# One Breath English Vocabulary 7000

Once you start reciting, you cannot stop.

這是一本能夠背完的字彙書。

每次背一冊  一冊一冊背完後，

手上隨時拿著  把「一口氣背

7000字①~⑯合集」  ，當作字典

一樣查閱。一有空就聽CD   。

教育部公佈的「高中常用 7000 字」為大學入試的命題範圍，只要熟悉這 7000 字，一般文章可看懂 90%。

| Vocabulary size | % of content in OEC | Example |
| --- | --- | --- |
| 10 | 25% | the, of, and, to, that, have |
| 100 | 50% | from, because, go, me, our, well, way |
| 1000 | 75% | girl, win, decide, huge, difficult, series |
| 4500 | 80% | humidity, species, protein, multiple, ingredient |
| **7000** | **90%** | **tackle, peak, crude, purely, dude, modest** |
| 50,000 | 95% | saboteur, autocracy, calyx, conformist |
| >100,000 | 99% | laggardly, endobenthic |

　　※ 本資料來自牛津英語語料庫（OEC）。

# 分組記憶能增強效果

根據「牛津字典」(Oxford Dictionary) 的統計，目前在使用的英文單字有 17 萬 1,476 個，每個字往往有好幾個意思，算起來有 60 幾萬字，這樣看來，英文單字簡直是無限多，誰能背得下來？好在，大考中心公布「高中英文常考字彙表」，共 6,369 字，也就是俗稱的「高中常用 7000 字」，分為 1~6 級，這都是高中同學在課本上、在試題中常碰見的，同學背好後，不僅終生受用，英文也可高人一等。

但是，7000 字還是太多，該怎麼背呢？傳統方法是從文章中背單字，一冊 12 課，每一課 20 幾個生字，一學期下來最多 300 個單字，這樣速度太慢，背到後面忘了前面。編者從事英語教學 42 年，長時間來一直在研究如何背單字，用過「比較法」，如：rival (對手) 背不下來，背 arrival (到達)；「字根字源法」，如：autobiography (自傳)，auto = *self*，bio = *life*，graphy = *writing*；也用過「聯想」、「諧音」等方法，也發明了「一口氣背單字」，利用 20 個主要字根來背，什麼方法都試過了。

現在，發現按照字母排列，用「一口氣英語」的方式最簡單，以三字一組，九字一回，去掉 a, the, about 等簡單的字，一冊 36 回，324 個字，16 冊，共 5,184 字。研究人類記憶的專家說，分組記憶能增強記憶效果。

編者在編書的時候，感到越編越有趣，如 dock〔dɑk〕(碼頭) 不好記，配上 doctor (醫生)，再配上 doctrine (教條)，這三個字背起來，dock–doctor–doctrine，中文的意思是「碼頭醫生的教條」，如果不這樣背，你今天在文章中看到一個 doctrine，雖然暫時背起來了，幾年後再碰到它，怎麼可能還記得？編「一口氣背 7000 字」是我們最快樂的事，這個點子是在遊輪上想到

的。編者躺在甲板上，高興得睡不著覺，日以繼夜地編寫，走到哪裡編到哪裡，我告訴我身旁所有人，這本稿子不能掉，小心替我注意，結果還是掉了，痛苦了一天，再重寫一次，這是上帝給我的磨練，想不到，第二次編寫更順、更妙、更快樂。當把 abound（充滿）–abundant（豐富的）–abundance（豐富）編在一起時，真是高興，這三個字是詞類變化，abound 和 abundance 分那麼開，不容易背，放在一起就好背了。

　　用這種新方法背單字會上癮。我背了三冊以後，本想休息一下，不再舉行「一口氣背 7000 字」講座，只休息一天，就受不了了，想要繼續背下去。專心背單字能去除煩惱，不會無聊，每天有成就感。編輯們也是一樣，「學習出版公司」的謝靜芳老師、李冠勳老師，晚上編寫到 12 點，都不覺得累，謝老師為品質把關，李老師充滿了想像力，他把記憶技巧編得很活。

　　每一回唸幾遍就能記下來中英文意思，可以一回接一回地背下去，每一冊 3 分鐘就可以背完。目前，王斯幼老師可以在 10 分鐘之內背完 3 冊，華江高中的黃怡珊同學，已經背完 8 冊，延平中學國二的葉羿妤同學，能夠在 3 分鐘之內背完一冊。所以，背這些常用單字不限年齡，只要有決心，誰都可以背得下來。編者記憶力最差，平常忘東忘西，有時看到人叫不出名字，記憶力似乎在衰退，但是，背了「一口氣背 7000 字」後，記憶力明顯進步，這種背單字的方法太妙了！

　　我們合訂改版的目的，是希望拿起來輕鬆。為了使這本書更好，我們將不斷改版修正，就像手機一樣，越來越進步。我們為了學英文，從前受了不少苦，現在有了「一口氣背 7000 字」的發明，能夠拯救受苦受難學英文的人，是我們最大的心願。

劉　毅

BOOK

1

# *1. abandon*

| | | | |
|---|---|---|---|
| **abandon** [4] | 〔ə'bændən〕 | v. | 拋棄 |
| **abbreviate** [6] | 〔ə'brivɪ,et〕 | v. | 縮寫 |
| **abbreviation** [6] | 〔ə,brivɪ'eʃən〕 | n. | 縮寫 |
| **aboriginal** [6] | 〔,æbə'rɪdʒənḷ〕 | adj. | 原始的 |
| **aborigine** [6] | 〔,æbə'rɪdʒəni〕 | n. | 原住民 |
| **abortion** [5] | 〔ə'bɔrʃən〕 | n. | 墮胎 |
| **abound** [6] | 〔ə'baund〕 | v. | 充滿 |
| **abundant** [5] | 〔ə'bʌndənt〕 | adj. | 豐富的 |
| **abundance** [6] | 〔ə'bʌndəns〕 | n. | 豐富 |

【記憶技巧】

　　有位美女被「拋棄」（abandon）後，隱姓埋名，「縮寫」（abbreviate）真名，用名字的「縮寫」（abbreviation）稱呼自己，到山中過「原始的」（aboriginal）「原住民」（aborigine）般的生活，崇尚自然，反對「墮胎」（abortion），讓家裡「充滿」（abound）孩童，有美滿「豐富的」（abundant）生活，生活的「豐富」（abundance）讓她忘記往日的傷痛。

1. **abandon** *v.* 拋棄（= *give up*）
   abandon = a (*to*) + ban（禁止）+ don，「對…禁止」，就是「拋棄」。abandon 和 London〔'lʌndən〕*n.* 倫敦 的字尾都是 don。

2. **abbreviate** *v.* 縮寫（= *shorten*）
   ab (*to*) + brevi (*brief*) + ate (*v.*) = abbreviate
   把字縮短，就是「縮寫」。字尾是 ate，重音在倒數第三音節上。

BOOK
1

3. abbreviation  *n.* 縮寫（ = *shortening* ）
abbreviate（縮寫）– e + ion（*n.*） = abbreviation
"TV" is an ***abbreviation*** for television.
（TV 是 television 的縮寫。）

4. aboriginal  *adj.* 原始的（ = *original* ）

| ab | + | origin | + | al |
|----|---|--------|---|----|
| \| | | \| | | \| |
| *from* | + | *beginning* | + | *adj.* |

來自於最初，就是「原始的」。

5. aborigine  *n.* 原住民（ = *native* ）；土人；土著
ab + origin（起源）+ e（人） = aborigine
一般字典上，aboriginal 也可當名詞，作「原住民」解，
但美國人較少用。

6. abortion  *n.* 墮胎（ = *miscarriage* ）
諧音：兒不生，「墮胎」會導致無法生孩子。
have an abortion  墮胎

7. abound  *v.* 充滿；大量存在（ = *be plentiful* ）
a + bound（被束縛的） = abound
注意，ou 一般讀 /aʊ/，變成形容詞 abundant 就把 ou /aʊ/
→ u /ʌ/，字長音變短。
Venice ***abounds*** in famous hotels.
（威尼斯有很多有名的飯店。）【abound 通常和 in 或 with 連用】

8. abundant  *adj.* 豐富的（ = *plentiful* ）
abound（充滿）– o + ant（*adj.*） = abundant
地方 + be abundant in + 事物  某地富含某物

9. abundance  *n.* 豐富（ = *plenty* ）
abundant（豐富的）– t + ce（*n.*） = abundance
An ***abundance*** of money ruins youth.
（【諺】錢多毀青年；少年致富未必是福。）

# *2. absent*

| | | | |
|---|---|---|---|
| **absent** [2] | (ˈæbsn̩t ) | *adj.* | 缺席的 |
| **absence** [2] | (ˈæbsn̩s ) | *n.* | 缺席 |
| **absentminded** [6] | (ˈæbsn̩tˈmaɪndɪd ) | *adj.* | 心不在焉的 |
| **absorb** [4] | ( əbˈsɔrb ) | *v.* | 吸收 |
| **absurd** [5] | ( əbˈsɝd ) | *adj.* | 荒謬的 |
| **absolute** [4] | (ˈæbsəˌlut ) | *adj.* | 絕對的 |
| **abstract** [4] | (ˈæbstrækt ) | *adj.* | 抽象的 |
| **abstraction** [6] | ( æbˈstrækʃən ) | *n.* | 抽象 |
| **abuse** [6] | ( əˈbjuz ) | *v.* | 濫用 |

【記憶技巧】

　　從上一回的「豐富」( abundance )，想到人若有豐富的
錢，上班就常「缺席的」( absent )，不是「缺席」( absence )
就是「心不在焉的」( absent-minded )，開始「吸收」
( absorb )「荒謬的」( absurd ) 無意義的知識，以為那些
是「絕對的」( absolute )、「抽象的」( abstract ) 真理，把
「抽象」( abstraction ) 意涵搞錯「濫用」( abuse ) 了。

1. absent *adj.* 缺席的 ( = *away* )
   ab (*away*) + s (*be*) + ent (*adj.*) = absent，不在，就是「缺席的」。
   be absent from school　曠課

2. absence *n.* 缺席；不在 ( = *time off* )；缺乏 ( = *lack* )；沒有
   absent ( 缺席的 ) – t + ce (*n.*) = absence

BOOK
**1**

in the absence of  沒有
***In the absence of*** definite evidence, the prisoner was set free. ( 因缺乏明確的證據，因犯被釋放。)

3. absentminded  *adj.* 心不在焉的 ( = *forgetful* )
   = absent-minded ↔ alert 〔ə'lɜt〕*adj.* 機警的

4. **absorb**  *v.* 吸收 ( = *suck in* )
   ab ( *away* ) + sorb ( 吸 ) = absorb，把東西吸走，就是「吸收」。

5. absurd  *adj.* 荒謬的 ( = *ridiculous* )
   諧音：愛不死的，這是「荒謬的」。↔ reasonable  *adj.* 合理的
   His advice is too ***absurd***. ( 他的勸告太荒謬。)

6. **absolute**  *adj.* 絕對的；完全的 ( = *complete* )
   諧音：阿爸收入，爸爸收入「絕對」很多，才可以養活全家。

7. abstract  *adj.* 抽象的

   | abs + tract | 從某處抽出來，即是「抽象的」。 |
   | from + draw | 相反詞是 concrete 〔'kɑnkrit〕*adj.* 具體的。 |

   這個字的發音，在各個字典上都不同，根據 Longman
   Pronunciation Dictionary ( 朗文發音字典 ) 和 Oxford
   Advanced Learner's Dictionary of Current English
   ( 牛津高級英漢辭典 )，abstract 作形容詞用時，唸成
   〔'æbstrækt〕，動詞唸成〔æb'strækt〕*v.* 抽取；寫⋯的摘要。

8. abstraction  *n.* 抽象；抽象觀念 ( = *concept* )
   abstract ( 抽象的 ) + ion ( *n.* ) = abstraction
   Whiteness, courage, and length are ***abstractions***.
   ( 白、勇敢，和長度，都是抽象概念。)

9. **abuse**  *v.* 濫用 ( = *misuse* )；虐待
   ab ( *away* ) + use ( 使用 ) = abuse，離開正確使用，就是「濫用」。abuse 作名詞唸成〔ə'bjus〕。     drug abuse  藥物濫用

# *3. accept*

| | | | |
|---|---|---|---|
| *accept* [2] | 〔 ək'sɛpt 〕 | *v.* | 接受 |
| *acceptable* [3] | 〔 ək'sɛptəbl̩ 〕 | *adj.* | 可接受的 |
| *acceptance* [4] | 〔 ək'sɛptəns 〕 | *n.* | 接受 |
| | | | |
| *access* [4] | 〔'æksɛs 〕 | *n.* | 接近或使用權 |
| accessible [6] | 〔 æk'sɛsəbl̩ 〕 | *adj.* | 容易接近的 |
| accessory [6] | 〔 æk'sɛsərɪ 〕 | *n.* | 配件 |
| | | | |
| accelerate [6] | 〔 æk'sɛlə‚ret 〕 | *v.* | 加速 |
| acceleration [6] | 〔 æk‚sɛlə'reʃən 〕 | *n.* | 加速 |
| *accent* [4] | 〔'æksɛnt 〕 | *n.* | 口音 |

【記憶技巧】

　　從上一回的「濫用」( abuse )，想到有些藥物的濫用，到
後來被「接受」( accept )，變成「可接受的」( acceptable )
藥物，大家的「接受」( acceptance )，使得人人可有「接近
或使用權」( access )，可說是成爲「容易接近的」( accessible )
「配件」( accessory ) 一般，這「加速」( accelerate ) 藥品
的普及，如此的「加速」( acceleration ) 讓不同「口音」
( accent ) 的人也可使用。

1. **accept** *v.* 接受 ( = *receive* )
   ac (*to*) + cept (*catch*) = accept，去抓，就是「接受」。

2. **acceptable** *adj.* 可接受的 ( = *satisfactory* )
   accept (接受) + able (可以…的) = acceptable

3. acceptance  *n.* 接受（ = *accepting* ）
acceptance（接受）+ ance (*n.*) = acceptance
His *acceptance* of bribes led to his arrest.
（接受賄賂導致他後來被捕。）

4. **access** ﹝'æksɛs﹞ *n.* 接近或使用權（ = *admission* ）

ac + cess
 |      |
to + go

能夠去，就是有「接近或使用權」，可引申
為「接近；通路；入口；附加」。

have access to  有接近或使用～的權利
Students must *have access to* good books.
（學生必須有機會讀到好書。）
He will *have access to* the library.（他將會有權利使用圖書館。）

5. **accessible**  *adj.* 容易接近的（ = *reachable* ）
access（接近）+ ible（可以…的）= accessible
The island is *accessible* only by boat.
（這座島只有乘小船才能去。）

6. **accessory**  *n.* 配件（ = *additional part* ）；
附件；裝飾品
access（接近）+ ory (*n.*) = accessory
Headphones are an *accessory* to this
device.（耳機是這個裝置的配件。）

accessories

7. accelerate  *v.* 加速（ = *speed up* ）
諧音：愛可賽了雷，愛一個人，可「加速」和雷比賽。

8. acceleration  *n.* 加速（ = *speeding up* ）
accelerate – e + ion (*n.*) = acceleration
The car has impressive *acceleration*.
（這台車有極好的加速性能。）

9. accent  *n.* 口音（ = *pronunciation* ）
He has a strong Southern *accent*.（他有很重的南方口音。）

# *4. academy*

| | | | |
|---|---|---|---|
| *academy [5] | 〔 əˈkædəmɪ 〕 | *n.* | 學院 |
| *academic [4] | 〔ˌækəˈdɛmɪk 〕 | *adj.* | 學術的 |
| *accident [3] | 〔ˈæksədənt 〕 | *n.* | 意外 |
| | | | |
| *accidental [4] | 〔ˌæksəˈdɛntḷ 〕 | *adj.* | 意外的 |
| accommodate [6] | 〔 əˈkɑməˌdet 〕 | *v.* | 容納 |
| accommodations [6] | 〔 əˌkɑməˈdeʃənz 〕 | *n. pl.* | 住宿設備 |
| | | | |
| accompany [4] | 〔 əˈkʌmpənɪ 〕 | *v.* | 陪伴 |
| *accomplish [4] | 〔 əˈkɑmplɪʃ 〕 | *v.* | 完成 |
| *accomplishment [4] | 〔 əˈkɑmplɪʃmənt 〕 | *n.* | 成就 |

【記憶技巧】

從上一回的「口音」(accent)，想到各種口音會在不同「學院」(academy) 聽到，做「學術的」(academic) 研究，有時會發生「意外」(accident)，「意外的」(accidental) 事情，最常發生在「容納」(accommodate) 學生的「住宿設備」(accommodations)，所以最好有人「陪伴」(accompany) 才可以順利「完成」(accomplish) 學業，有所「成就」(accomplishment)。

1. academy *n.* 學院 ( = *college* )
   諧音：愛可帶米，愛去「學院」唸書，成績好能帶米回家。
   the Academy Awards 奧斯卡獎【「奧斯卡獎」由「美國影藝學院」(*Academy of Motion Picture Arts and Sciences* ) 頒發，它不是真正的學院，而是個榮譽組織 ( honorary organization )，擁有電影博物館和好幾間戲院】

2. **academic** *adj.* 學術的（= *scholastic*）
   academy（學院）– y + ic (*adj.*) = academic
   His *academic* performance is poor.（他的學科成績很差。）

3. **accident** *n.* 意外；車禍（= *crash*）
   ac (*to*) + cid (*fall*) + ent (*n.*) = accident，從天而降，就是「意
   外」。　　by accident 意外地（= *by chance*）
   She cut her finger *by accident*.（她意外割傷手指。）

4. **accidental** *adj.* 意外的；偶然的（= *unintentional*）
   accident（意外）+ al (*adj.*) = accidental
   常考副詞：accidentally〔͵æksə'dɛntl̩ɪ〕*adv.* 意外地

5. accommodate　*v.* 容納；裝載（乘客）（= *take in*）

   | ac + | com | + mod + ate | 放在一起的方式， |
   |---|---|---|---|
   | \| | \| | \| \| | 即「容納；裝載」。 |
   | to + | together | + way + v. | |

   The hotel can *accommodate* 600 guests.
   （這間旅館能容納 600 個客人。）

6. accommodations　*n. pl.* 住宿設備（= *housing*）
   accommodate（容納）– e + ions (*n. pl.*) = accommodations
   The hotel offers comfortable *accommodations*.
   （這家旅館提供舒適的住宿設備。）

7. accompany　*v.* 陪伴；伴隨（= *go with*）
   ac (*to*) + company（同伴）= accompany，去當別人的同伴，
   就是「陪伴」。

8. **accomplish** *v.* 完成（= *achieve*）
   accompany（陪伴）– any + lish (*v.*) = accomplish，有人陪
   伴，容易「完成」工作。這兩個字無關，放在一起是為了好背。

9. **accomplishment** *n.* 成就（= *achievement*）
   accomplish（完成）+ ment (*n.*) = accomplishment

# 5. *accord*

| | | | |
|---|---|---|---|
| **accord** [6] | ﹝ə'kɔrd﹞ | *v.* | 一致 |
| **accordance** [6] | ﹝ə'kɔrdn̩s﹞ | *n.* | 一致 |
| **accordingly** [6] | ﹝ə'kɔrdɪŋlɪ﹞ | *adv.* | 因此 |
| *  **account** [3] | ﹝ə'kaʊnt﹞ | *n.* | 帳戶 |
| **accountable** [6] | ﹝ə'kaʊntəbl̩﹞ | *adj.* | 應負責的 |
| *  **accountant** [4] | ﹝ə'kaʊntənt﹞ | *n.* | 會計師 |
| **accounting** [6] | ﹝ə'kaʊntɪŋ﹞ | *n.* | 會計 |
| *  **accurate** [3] | ﹝'ækjərɪt﹞ | *adj.* | 準確的 |
| *  **accuracy** [4] | ﹝'ækjərəsɪ﹞ | *n.* | 準確 |

【記憶技巧】

　　從上一回的「成就」( accomplishment )，想到有成就的
人，言行「一致」( accord )，「一致」( accordance ) 才能獲得
信任，「因此」( accordingly ) 才可以管理「帳戶」( account )，
成為「應負責的」( accountable )「會計師」( accountant )。
做「會計」( accounting ) 的首要之務是「準確的」( accurate )，
「準確」( accuracy ) 才能使帳戶清楚明白。

1. accord  *v.* 一致 ( = *agree* )
   ac (*to*) + cord ( 細繩 ) = accord，像繩子一樣，長短「一致」。
   accord with  和～一致 ( = *agree with* = *match* )
   Our actions should ***accord with*** our words. ( 我們應該言行一致。)

2. accordance  *n.* 一致 ( = *agreement* )
   accord ( 一致 ) + ance (*n.*) = accordance

in accordance with 和～一致 ( = *in agreement with* )
This is not *in accordance with* facts. ( 這與事實不符。)
in accordance with 也可引申為「依照」，例如：*In accordance with* your orders, I cancelled the meeting.
( 按照你的命令，我取消了這次會議。)

3. **accordingly** *adv.* 因此 ( = *therefore* )
accord ( 一致 ) + ing (*adj.*) + ly (*adv.*) = accordingly
They asked him to leave the meeting, and *accordingly*, he went away. ( 他們要求他離開會場，因此他就走了。)
常考片語：according to 根據

4. **account** *n.* 帳戶 ( = *an arrangement with a bank* )
ac (*to*) + count ( 算 ) = account，去算「帳戶」。
account 的意思很多，當名詞時，作「帳戶；說明；重要性；價值」解。當動詞時，account for 是「說明；成為…的原因」。
There is no *accounting for* tastes. (【諺】人各有所好。)

5. accountable *adj.* 應負責的 ( = *responsible* )
account ( 帳戶 ) + able ( 可以…的 ) = accountable

6. accountant *n.* 會計師 ( = *bookkeeper* )
account ( 帳戶 ) + ant ( 人 ) = accountant
ant 表「人」，如：gi**ant** ( 巨人 )，merch**ant** ( 商人 )。

7. accounting *n.* 會計 ( = *bookkeeping* )
account ( 帳戶 ) + ing (*n.*) = accounting

8. **accurate** *adj.* 準確的 ( = *precise* )

| ac + | cur | + ate | |
|---|---|---|---|
| \| | \| | \| | 照顧事情，要能夠「準確的」。 |
| *to* + | *take care* | + *adj.* | |

9. accuracy *n.* 準確 ( = *precision* )
accurate ( 準確的 ) – ate (*adj.*) + acy (*n.*) = accuracy
I doubt the *accuracy* of your words. ( 我懷疑你的話的準確性。)

# *6. accuse*

| | | | |
|---|---|---|---|
| *accuse [4] | 〔 ə'kjuz 〕 | *v.* | 控告 |
| accusation [6] | 〔 ͵ækjə'zeʃən 〕 | *n.* | 控告 |
| accustom [5] | 〔 ə'kʌstəm 〕 | *v.* | 使習慣於 |
| accumulate [6] | 〔 ə'kjumjə͵let 〕 | *v.* | 累積 |
| accumulation [6] | 〔 ə͵kjumjə'leʃən 〕 | *n.* | 累積 |
| *achieve [3] | 〔 ə'tʃiv 〕 | *v.* | 達到 |
| *achievement [3] | 〔 ə'tʃivmənt 〕 | *n.* | 成就 |
| acknowledge [5] | 〔 ək'nɑlɪdʒ 〕 | *v.* | 承認 |
| acknowledgement [5] | 〔 ək'nɑlɪdʒmənt 〕 | *n.* | 承認 |

【記憶技巧】

　　從上一回的「準確」( accuracy )，想到證據要準確才能「控告」( accuse )，進行「控告」( accusation ) 會「使」你「習慣於」( accustom )「累積」( accumulate ) 足夠的證據，當證據的「累積」( accumulation )「達到」( achieve ) 說服法官的程度，是個了不起的「成就」( achievement )，便可以讓對方「承認」( acknowledge ) 犯下的罪行，是法律上有效的「承認」( acknowledgement )。

1. **accuse** *v.* 控告 ( = *charge* )
   ac (*to*) + cuse (*cause*) = accuse，有理由，才能「控告」。
   accuse *sb*. of *sth*.　控告某人某事
   = charge *sb*. with *sth*.

2. **accusation** *n.* 控告 ( = *charge* )

accuse（控告）– e + ation (*n.*) = accusation
The ***accusation*** that she stole the book is false.
（說她偷了那本書的那項指控是不實的。）

3. **accustom** *v.* 使習慣於（= *adapt*）
ac (*to*) + custom（風俗）= accustom，「使」自己「習慣於」
他人風俗。
be accustomed to 習慣於（= *be used to*）【to 是介系詞】
This is not the kind of food I ***am accustomed to***.
（這不是我習慣吃的那種食物。）

4. accumulate *v.* 累積（= *build up*）

| ac + cumulate | cumulate〔ˈkjumjəˌlet〕*v.* 累積 |
| to + heap up | 和 accumulate 是同義字。 |

5. accumulation *n.* 累積（= *collection*）
accumulate（累積）– e + ion (*n.*) = accumulation
He is only interested in the ***accumulation*** of money.
（他只對累積財富有興趣。）

6. **achieve** *v.* 達到（= *accomplish*）
ac (*to*) + chieve (*chief*) = achieve，往主要的目標，要「達
成」它。【chief〔tʃif〕*adj.* 主要的】

7. **achievement** *n.* 成就（= *accomplishment*）
achieve（達到）+ ment (*n.*) = achievement

8. **acknowledge** *v.* 承認（= *admit*）
ac (*to*) + knowledge（知識）= acknowledge
She ***acknowledged*** her mistakes.（她承認錯誤。）

9. acknowledgement *n.* 承認（= *admission*）
acknowledge（承認）+ ment (*n.*) = acknowledgement
This report is an ***acknowledgement*** of the seriousness
of the problem.（這個報告承認了問題的嚴重性。）

# 7. *act*

| | | | |
|---|---|---|---|
| **act** [1] | 〔 ækt 〕 | *n.* 行為 |
| **action** [1] | 〔'ækʃən 〕 | *n.* 行動 |
| **active** [2] | 〔'æktɪv 〕 | *adj.* 活躍的 |
| **actor** [1] | 〔'æktɚ 〕 | *n.* 演員 |
| **actress** [1] | 〔'æktrɪs 〕 | *n.* 女演員 |
| **actual** [3] | 〔'æktʃuəl 〕 | *adj.* 實際的 |
| **activist** [6] | 〔'æktɪvɪst 〕【注意重音】 | *n.* 激進主義份子 |
| **activity** [3] | 〔 æk'tɪvətɪ 〕 | *n.* 活動 |
| **acute** [6] | 〔 ə'kjut 〕 | *adj.* 急性的 |

【記憶技巧】

從上一回的「承認」( acknowledgement )，想到
有人勇於承認自己的所作所為，任何的「行為」( act )
和「行動」( action ) 都很「活躍的」( active )，適合
當「演員」( actor ) 或「女演員」( actress )，甚至在
「實際的」( actual ) 生活中，是個「激進主義份子」
( activist )，參與各種「活動」( activity )，容易得
「急性的」( acute ) 胃炎。

1. act *n.* 行為 ( = *deed* )　 *v.* 做事；演戲
   act as　擔任 ( = *serve as* )
   She can *act as* our guide. ( 她可以擔任我們的導遊。)

2. **action** *n.* 行動 ( = *step* )；行為 ( = *act* )
   act ( 行動 ) + ion (*n.*) = action
   *Actions* speak louder than words. (【諺】行動勝於空談。)

take action 採取行動
He *took* extreme *action*. ( 他採取激烈的行動。)

3. **active** *adj.* 活躍的 ( = *lively* )；主動的
act ( 演戲 ) + ive (*adj.*) = active
an active volcano 活火山 ↔ an extinct volcano 死火山
相反詞是 passive〔'pæsɪv〕*adj.* 被動的。

4. actor *n.* 演員 ( = *performer* )
act ( 演戲 ) + or ( 人 ) = actor

5. actress *n.* 女演員 ( = *female performer* )
act ( 演戲 ) + ress ( 女性 ) = actress

6. **actual** *adj.* 實際的 ( = *real* )
act ( 演戲 ) + ual (*adj.*) = actual
常考副詞：actually〔'æktʃuəlɪ〕*adv.* 實際上

7. activist *n.* 激進主義份子 ( = *militant*〔'mɪlətənt〕*n.* 好戰份子 )
active ( 活躍的 ) – e + ist ( 人 ) = activist
「激進主義份子」通常都很活躍。
'activist 這個字和 active 一樣，重音在第一音節，不可唸成
〔æk'tɪvɪst〕( 誤 )。

8. **activity** *n.* 活動 ( = *things that people do* )
active ( 活躍的 ) – e + ity (*n.*) = activity
extracurricular activites 課外活動

9. acute *adj.* 急性的；嚴重的 ( = *serious* )；靈敏的
acute 這個字用 a + cute ( 可愛的 ) 便可以背下來，是指疾
病方面的，和「個性急的」( impetuous〔ɪm'pɛtʃuəs〕) 不同。
The pain in my leg is *acute*.
( 我腿部的疼痛很劇烈。)【既嚴重又急性】
相反詞是 chronic〔'krɑnɪk〕*adj.* 慢性的。
Dogs have an *acute* sense of smell. ( 狗的嗅覺很敏銳。)

# *8. ad*

| | | |
|---|---|---|
| **ad** [3] | 〔 æd 〕 | *n.* 廣告 |
| *__adapt__ [4] | 〔 ə'dæpt 〕 | *v.* 適應 |
| **adaptation** [6] | 〔,ædəp'teʃən 〕 | *n.* 適應 |
| | | |
| *__*__add__ [1] | 〔 æd 〕 | *v.* 增加 |
| **addict** [5] | 〔 ə'dɪkt 〕 | *v.* 使上癮 |
| **addiction** [6] | 〔 ə'dɪkʃən 〕 | *n.* （毒）癮 |
| | | |
| *__addition__ [2] | 〔 ə'dɪʃən 〕 | *n.* 增加 |
| *__additional__ [3] | 〔 ə'dɪʃənḷ 〕 | *adj.* 附加的 |
| *__*__address__ [1] | 〔 ə'drɛs , 'ædrɛs 〕 | *n.* 地址 |

【記憶技巧】

　　從上一回的「急性的」( acute )，想到現代很多人有急性的
病，看「廣告」( ad ) 買成藥讓自己「適應」( adapt ) 痛苦，痛
苦的「適應」( adaptation ) 會「增加」( add ) 藥的劑量，「使」
我們「上癮」( addict )，像「毒癮」( addiction ) 一樣。服用量
的「增加」( addition ) 還會有「附加的」( additional ) 影響，
藥吃太多會讓你忘記你的「地址」( address )。

1. **ad** *n.* 廣告 ( = *advertisement* )　　place an ad 登廣告

2. **adapt** *v.* 適應 ( = *adjust* )；改編 ( = *change* )
   ad ( 廣告 ) + apt ( 有…傾向的 ) = adapt，廣告常有「改編」的
   傾向，需要「適應」。　　adapt to 適應
   She always ***adapted*** easily ***to*** new circumstances.
   （她總是很快適應新環境。）

3. adaptation  *n.* 適應（= *familiarization*）；改編
   adapt（適應）+ ation（*n.*）= adaptation
   The movie is an ***adaptation*** of a short novel.
   （這電影是改編自一本短篇小說。）

4. **add**  *v.* 增加（= *increase*）
   和 ad〔æd〕是同音字，唸的時候，嘴巴要裂開來。
   add A to B  把 A 加到 B
   Don't ***add*** fuel ***to*** the fire.（別火上加油。）

5. addict  *v.* 使上癮（= *hook*）
   諧音：愛得嗑他，很愛嗑，就是「上癮」。
   be addicted to  對~上癮（= *be hooked on*）【to 是介系詞】
   He became ***addicted*** to drugs.（他染上了毒癮。）

6. addiction  *n.*（毒）癮（= *dependence*）；入迷
   addict（使上癮）+ ion（*n.*）= addiction
   His ***addiction*** to the Internet is taking over his life.
   （他對網路的沈迷開始佔據他的生活。）

7. **addition**  *n.* 增加（= *increasing*）
   add（加）+ iton（*n.*）= addition
   in addition  此外  in addition to  除了…之外（還有）
   She speaks three foreign languages ***in addition to***
   English.（除了英語之外，她還會說三種外語。）

8. additional  *adj.* 附加的（= *extra*）
   addition（增加）+ al（*adj.*）= additional
   additional charges  額外的收費

9. **address**  *n.* 地址（= *location*）；演講（= *speech*）  *v.* 向…講話
   ad（*to*）+ dress（衣服）= address，衣服送到你的「地址」。
   這個字作「地址」解時，有兩種發音，美國人 58% 唸
   作〔ə'drɛs〕，42% 唸作〔'ædrɛs〕。【詳見 Longman
   Pronunciation Dictionary（朗文發音辭典）】

# 9. *admire*

| | | | |
|---|---|---|---|
| *admire ³ | 〔 əd'maɪr 〕 | | v. 欽佩 |
| *admirable ⁴ | 〔'ædmərəb!〕【注意重音】 | | adj. 值得讚賞的 |
| *admiration ⁴ | 〔,ædmə'reʃən 〕 | | n. 欽佩 |
| *admit ³ | 〔 əd'mɪt 〕 | | v. 承認 |
| *admission ⁴ | 〔 əd'mɪʃən 〕 | | n. 入學許可 |
| administer ⁶ | 〔 əd'mɪnəstə 〕 | | v. 管理 |
| administration ⁶ | 〔 əd,mɪnə'streʃən 〕 | | n. 管理 |
| administrative ⁶ | 〔 əd'mɪnə,stretɪv 〕 | | adj. 管理的 |
| administrator ⁶ | 〔 əd'mɪnə,stretə 〕 | | n. 管理者 |

【記憶技巧】

　　從上一回的「地址」( address )，想到某些地址住著名
人，讓人「欽佩」( admire )，因為「值得讚賞的」( admirable )
能力贏得「欽佩」( admiration )，想一樣受到他人「承認」
( admit )，要有名校的「入學許可」( admission )，還要能
「管理」( administer ) 企業，「管理」( administration ) 需
要具備很多「管理的」( administrative ) 知識，才能成為稱
職的「管理者」( administrator )。

1. **admire** *v.* 欽佩 ( = *respect* )
   諧音：愛的馬兒，你愛的馬兒跑很快，讓你「欽佩」。

2. **admirable** *adj.* 值得讚賞的；令人欽佩的 ( = *praiseworthy* )
   admire ( 欽佩 ) – e + able ( 可以…的) = 'admirable【注意重音，
   在第一音節】

3. admiration *n.* 欽佩 ( = *respect* )
   admire ( 欽佩 ) – e + ation ( *n.* ) = admiration
   Her eyes widened with *admiration*. ( 她睜大眼睛，滿是欽佩。 )

4. **admit** *v.* 承認 ( = *confess* )；准許進入 ( = *allow* )
   ad ( *to* ) + mit ( *send* ) = admit，送出去的話，就是「承認」。
   He was *admitted* to the famous school.
   ( 他獲准進入那所名校就讀。 )

5. **admission** *n.* 入場許可；入學許可 ( = *access* )
   ad ( *to* ) + mission ( 任務 ) = admission
   *Admission* is restricted to members only. ( 僅限會員入場。 )

6. **administer** *v.* 管理 ( = *manage* )；執行 ( = *execute* )
   ad ( 廣告 ) + minister ( 部長 ) = administer
   「部長」「管理」的範圍很大，需要「廣告」讓大家都知道。
   這個字看似名詞，卻是動詞，「管理者」是 administrator。
   The foundation was formed specifically to *administer*
   the project. ( 該基金會是專門為了管理這項計畫而設立的。 )
   administer justice　伸張正義

7. **administration** *n.* 管理 ( = *management* )；( 美國的 ) 政府
   administer ( 管理 ) – e + ation ( *n.* ) = administration
   We're looking for someone with experience in
   *administration*. ( 我們正在尋找有管理經驗的人。 )

8. **administrative** *adj.* 管理的 ( = *managerial* 〔,mænə'dʒɪrɪəl 〕
   *adj.* 管理的；經營的；行政的
   administration ( 管理 ) – ion ( *n.* ) + ive ( *adj.* ) = administrative
   The project will have an *administrative* staff of eight.
   ( 這個計畫將會需要八位行政人員。 )

9. **administrator** *n.* 管理者 ( = *manager* )
   administration ( 管理 ) – ion ( *n.* ) + or ( 人 ) = administrator

# *10. adjust*

| | | |
|---|---|---|
| *adjust ⁴ | 〔ə'dʒʌst〕 | v. 調整 |
| *adjustment ⁴ | 〔ə'dʒʌstmənt〕 | n. 調整 |
| *adjective ⁴ | 〔'ædʒɪktɪv〕【注意重音】 | n. 形容詞 |
| *adverb ⁴ | 〔'ædvɝb〕【注意重音】 | n. 副詞 |
| *adopt ³ | 〔ə'dɑpt〕 | v. 採用 |
| adore ⁵ | 〔ə'dor〕 | v. 非常喜愛 |
| adolescent ⁵ | 〔͵ædḷ'ɛsn̩t〕 | n. 青少年 |
| adolescence ⁵ | 〔͵ædḷ'ɛsn̩s〕 | n. 青春期 |
| *adequate ⁴ | 〔'ædəkwɪt〕 | adj. 足夠的 |

【記憶技巧】

　　從上一回的「管理者」(administrator)，想到管理者需要隨時「調整」(adjust) 產品，有「調整」(adjustment) 才能趕上潮流，用具體的「形容詞」(adjective) 和「副詞」(adverb) 來說明產品，才會讓消費者「採用」(adopt)，並「非常喜愛」(adore)，能吸引「青少年」(adolescent) 在「青春期」(adolescence) 時，買「足夠的」(adequate) 產品。

1. **adjust** *v.* 調整 ( = *adapt* )
   ad (*to*) + just (公正的) = adjust，「調整」成公正的。
   adjust to 適應 ( = *adapt to* )

2. adjustment *n.* 調整 ( = *alteration* )
   adjust (調整) + ment (*n.*) = adjustment
   It just needs a few minor *adjustments*. ( 這只需要些微的調整。)

3. adjective  *n.* 形容詞 ( = *a word that describes a noun* )
   ad (*to*) + ject (*throw*) + ive (*n.*) = adjective，丟出來修飾的
   的詞彙，就是「形容詞」。【注意重音，在第一音節】

4. adverb  *n.* 副詞 ( = *a word that describes a verb* )
   ad (*to*) + verb ( 動詞 ) = adverb，修飾動詞，就是「副詞」。

5. **adopt**  *v.* 採用 ( = *take on* )；領養 ( = *take in* )
   ad (*to*) + opt ( 選擇 ) = adopt，去選擇，就是「採用」。
   背 ad<u>o</u>pt 的時候，想到 o 代表 son ( 兒子 )，「領養」小孩。
   背 ad<u>a</u>pt 的時候，想到 a 代表是 adjust ( 適應 )。

6. adore 〔 ə'dɔr 〕 *v.* 非常喜愛 ( = *love* )
   諧音：餓多了，看到食物會「非常喜愛」。
   形容詞是 adorable 〔 ə'dorəbḷ 〕 *adj.* 可愛的。

7. **adolescent**  *n.* 青少年 ( = *teenager* )  *adj.* 青少年的
   諧音：愛多來深，「青少年」情竇初開，覺得自己的愛很深。
   字尾 ent 指「人」，像 stud<u>ent</u>。
   *Adolescents* are happiest with small groups of close
   friends. ( 青少年和小群親密的朋友在一起感到最快樂。 )

8. adolescence  *n.* 青春期 ( = *teens* )

   | ad + | olesc | + ence | |
   |------|-------|--------|---|
   | \| | \| | \| | 長大必經的階段，就是「青春期」。 |
   | *to* + | *grow up* + | *n.* | |

   *Adolescence* is often accompanied by rebellion.
   ( 青春期常常伴隨著叛逆。 )

9. **adequate**  *adj.* 足夠的 ( = *enough* )
   ad (*to*) + equ (*equal*) + ate (*adj.*) = adequate，達到平等，就
   是「足夠的」。
   He does not earn a large salary but it is *adequate* for his
   needs. ( 他賺的薪水不多，但是足夠滿足他的需求。 )
   7000 字裡的同義字還有：sufficient 〔 sə'fɪʃənt 〕。

# *11. advance*

| | | | |
|---|---|---|---|
| *advance [2] | 〔 əd'væns 〕 | v. | 前進 |
| advanced [3] | 〔 əd'vænst 〕 | *adj.* | 先進的 |
| *advantage [3] | 〔 əd'væntɪdʒ 〕 | n. | 優點 |
| | | | |
| *advice [3] | 〔 əd'vaɪs 〕 | n. | 勸告 |
| *advise [3] | 〔 əd'vaɪz 〕 | v. | 勸告 |
| adviser [3] | 〔 əd'vaɪzə 〕 | n. | 導師 |
| | | | |
| *advertise [3] | 〔'ædvə,taɪz 〕【注意重音】 | v. | 登廣告 |
| *advertiser [5] | 〔'ædvə,taɪzə 〕 | n. | 刊登廣告者 |
| *advertisement [3] | 〔,ædvə'taɪzmənt 〕 | n. | 廣告 |

【記憶技巧】

　　從上一回的「足夠的」( adequate )，想到有足夠的獎學金，我們才能「前進」( advance )，到「先進的」( advanced ) 國家進修，增加我們的「優點」( advantage )，同時要接受「勸告」( advice )，特別是善意「勸告」( advise ) 我們的「導師」( adviser )，學成歸國後，可以「登廣告」( advertise )，透過「刊登廣告者」( advertiser ) 的「廣告」( advertisement ) 可以增加身價。

1. **advance** *v.* 前進 ( = *progress* )　　*n.* 進步
   諧音：愛得煩死，你愛一個人愛到心煩意亂，「前進」去追他。
   Before he could ***advance*** another step, the men ran away.
   ( 他還沒來得及向前挪動一步，那些男人就跑開了。)

2. **advanced** *adj.* 高深的；先進的 ( = *up-to-date* )
   advance ( 前進 ) + d (*adj.*) = advanced ↔ backward *adj.* 落後的

BOOK 1

3. **advantage** *n.* 優點（ = *benefit* ）↔ disadvantage *n.* 缺點
advance（前進）– ce + tage (*n.*) = advantage，要前進，才
會有「優點」。
take advantage of 利用
You didn't **take** full **advantage of** the chance.
（你沒有充分利用那個機會。）

4. **advice** *n.* 勸告；建議（ = *suggestion* ）
ad (*to*) + vice (*see*) = advice，有「勸告」才知道要看哪裡。
不能加 s，可用單位名詞 piece 表「數」的觀念。
She promised to take my **advice**.（她答應聽從我的勸告。）
May I give you a piece of **advice**?（我可以給你一個建議嗎？）

5. **advise** *v.* 勸告（ = *suggest* ）
ad (*to*) + vise (*see*) = advise
名詞 advi<u>ce</u> 和動詞 advi<u>se</u> 字尾發音不同，動詞是
　　　　/s/　　　　　/z/
有聲的 /z/，名詞是無聲的 /s/。

6. adviser *n.* 顧問（ = *counselor* ）；導師
= advisor 　　advise（勸告）+ (e)r（人）= adviser

7. **advertise** *v.* 登廣告（ = *publicize* ）

```
ad  +  vert  +  ise
 |      |       |      把別人注意力轉過來，就是「登廣告」。
to  +  turn  +  v.
```

Political parties are not allowed to **advertise** on TV.
（政黨不可以在電視上登廣告。）

8. advertiser *n.* 刊登廣告者（ = *someone who advertises sth.* ）
advertise（登廣告）+ (e)r（人）= advertiser

9. **advertisement** *n.* 廣告（ = *ad* ）；平面廣告
advertise（登廣告）+ ment (*n.*) = advertisement
【比較】commercial〔kə'mɝʃəl〕*n.*（電視）廣告

# *12. affect*

| | | | |
|---|---|---|---|
| *affect [3] | ( ə'fɛkt ) | v. | 影響 |
| affection [5] | ( ə'fɛkʃən ) | n. | 感情 |
| affectionate [6] | ( ə'fɛkʃənɪt ) | adj. | 摯愛的 |
| | | | |
| *afford [3] | ( ə'ford ) | v. | 負擔得起 |
| *affair [2] | ( ə'fɛr ) | n. | 事情 |
| affirm [6] | ( ə'fɝm ) | v. | 斷定 |
| | | | |
| *culture [2] | ( 'kʌltʃə ) | n. | 文化 |
| *agriculture [3] | ( 'ægrɪ,kʌltʃə )【注意重音】 | n. | 農業 |
| agricultural [5] | ( ,ægrɪ'kʌltʃərəl ) | adj. | 農業的 |

【記憶技巧】

　　從上一回的「廣告」( advertisement )，想到廣告容易「影響」( affect ) 我們對產品的「感情」( affection )，從討厭的變成「摯愛的」( affectionate )，讓我們「負擔得起」( afford ) 去買，也可以改變我們對「事情」( affair ) 的看法，「斷定」( affirm ) 不同的意見，廣告的「文化」( culture ) 現在常用在推銷「農業」( agriculture )，對「農業的」( agricultural ) 發展很有幫助。

1. **affect** v. 影響 ( = *influence* )
   af (*to*) + fect (*do*) = affect，去做，就是「影響」。
   它的名詞是 effect ( ɪ'fɛkt ) n. 影響，不要搞混。

2. **affection** n. 感情 ( = *feeling* )；喜愛
   affect (影響) + ion (n.) = affection
   He has great *affection* for fashion. ( 他很喜歡時尚。)

3. affectionate  *adj.* 摯愛的（= *loving* ）；充滿深情的
   affection（感情）+ ate (*adj.*) = affectionate
   They are *affectionate* to each other.（他們彼此愛慕。）

4. **afford**  *v.* 負擔得起（= *have the money for* ）
   af (*to*) + ford (*forth*) = afford，能往前走，因為「負擔得起」。
   沒有錢買東西，不能說：*I don't have money to buy it.*
   （誤，中式美語）要說：I can't *afford* it.（我買不起。）
   【詳見「一口氣背會話上集」p.157】

5. **affair**  *n.* 事情（= *matter* ）
   af (*to*) + fair（公平的）= affair，處理「事情」要公平。
   current affairs  時事
   這個字常當「外遇」講，如：Her husband denied that
   he was having an *affair*.（她丈夫否認自己有外遇。）

6. affirm  *v.* 斷定（= *assert* ）；斷言；堅稱
   af (*to*) + firm（堅定的）= affirm，要堅定，才能「斷定」事情。
   He *affirmed* his innocence.（他堅稱他是清白的。）

7. **culture**  *n.* 文化（ = *lifestyle* 〔'laɪf,staɪl 〕*n.* 生活方式）；教養
   【「文化」主要的意思就是「生活方式」( lifestyle )】
   cult (*till*) + ure (*n.*) = culture，耕種出來的東西，形成「文化」，
   引申為「教養」。【till 〔 tɪl 〕*v.* 耕種】
   The doctor is a man of *culture*.（這醫生是位有教養的人。）
   【比較】cultural 〔'kʌltʃərəl 〕*adj.* 文化的
   　　　　cultured 〔'kʌltʃəd 〕*adj.* 有教養的

8. **agriculture**  *n.* 農業（= *farming n.* ）

   | agri + culture |
   | :---: |
   | &#124;　　&#124; |
   | *ago* + 文化 |

   以前人的生活方式，以「農業」為主。

9. **agricultural**  *adj.* 農業的（= *farming adj.* ）
   agriculture（農業）– e + al (*adj.*) = agricultural

# *13. age*

| | | | |
|---|---|---|---|
| ‡‡age [1] | 〔 edʒ 〕 | *n.* | 年紀 |
| *agent [4] | 〔ˈedʒənt 〕 | *n.* | 代理人 |
| *agency [4] | 〔ˈedʒənsɪ 〕 | *n.* | 代辦處 |
| | | | |
| agenda [5] | 〔 əˈdʒɛndə 〕 | *n.* | 議程 |
| *aggressive [4] | 〔 əˈgrɛsɪv 〕 | *adj.* | 有攻擊性的 |
| aggression [6] | 〔 əˈgrɛʃən 〕 | *n.* | 侵略 |
| | | | |
| ‡‡agree [1] | 〔 əˈgri 〕 | *v.* | 同意 |
| agreeable [4] | 〔 əˈgriəbl̩ 〕 | *adj.* | 令人愉快的 |
| *agreement [1] | 〔 əˈgrimənt 〕 | *n.* | 協議 |

【記憶技巧】

　　從上一回的「農業的」( agricultural )，想到現在從事農業的人，「年紀」( age ) 都較大，還得當「代理人」( agent )，去「代辦處」( agency ) 處理事情，參加「議程」( agenda )，討論時變得很「有攻擊性的」( aggressive )，因為農地受到商人的「侵略」( aggression )，給予補償後，最後「同意」( agree ) 和解，達成「令人愉快的」( agreeable )「協議」( agreement )。

1. **age** *n.* 年紀 ( = *years* )；時代　*v.* 變老 ( = *grow old* )
   at the age of~　在~歲
   He went to school *at the age of* six. ( 他六歲上學。 )

2. agent *n.* 代理人；經紀人 ( = *representative* )；密探
   ag (*act*) + ent ( 人 ) = agent，做事的人，就是「代理人」。
   travel agent　旅行業者　　an intelligence agent　情報人員

3. **agency** *n.* 代辦處（= *company*）
   agent（代理人）– t + cy (*n.*) = agency　　travel agency　旅行社

4. **agenda** *n.* 議程（= *schedule*）
   agent（代理人）– t + da = agenda，代理人出席討論「議程」。
   What is on the *agenda* today?（今天的議程上有什麼？）
   The *agenda* has not yet been set.（議程尚未擬定。）

5. **aggressive** *adj.* 有攻擊性的（= *offensive*）；積極進取的

   | ag + gress + ive | 走向別人的領域，就是 |
   |---|---|
   | *to* + *go* + *adj.* | 「有攻擊性的」行為。 |

   A salesman has to be *aggressive* if he wants to succeed.
   （推銷員想要成功，必須積極進取。）

6. **aggression** *n.* 侵略（= *attack*）；挑釁
   aggressive（有攻擊性的）– ive (*adj.*) + ion (*n.*) = aggression
   They started an *aggression* upon us.（他們向我們發動侵略。）

7. **agree** *v.* 同意（= *concur*）
   a (*to*) + gree (*please*) = agree，讓你高興，就是「同意」。
   agree with　同意；贊成
   I don't *agree with* corporal punishment in schools.
   （我不贊成在學校進行體罰。）

8. **agreeable** *adj.* 令人愉快的（= *pleasant*）
   agree（同意）+ able（可以…的）= agreeable
   這個字的字面意思是「可同意的」，但常引伸為「令人愉快的」。
   She has an *agreeable* voice.（她有令人愉快的聲音。）

9. **agreement** *n.* 協議（= *treaty*）
   agree（同意）+ ment (*n.*) = agreement
   The two sides are trying to work out an *agreement*.
   （雙方正在設法達成協議。）

# *14. air*

| | | |
|---|---|---|
| ‡**air** [1] | 〔ɛr 〕 | n. 空氣 |
| *‡**air conditioner** [3] | 〔'ɛrkən'dɪʃənɚ 〕 | n. 冷氣機 |
| *‡**aircraft** [2] | 〔'ɛr,kræft 〕 | n. 飛機【集合名詞】 |
| | | |
| ‡**airplane** [1] | 〔'ɛr,plen 〕 | n. 飛機 |
| *‡**airlines** [2] | 〔'ɛr,laɪnz 〕 | n. 航空公司 |
| **airways** [5] | 〔'ɛr,wez 〕 | n. 航空公司 |
| | | |
| ‡**airport** [1] | 〔'ɛr,port 〕 | n. 機場 |
| *‡**airmail** [1] | 〔'ɛr,mel 〕 | n. 航空郵件 |
| **airtight** [5] | 〔'ɛr'taɪt 〕 | adj. 不透氣的 |

【記憶技巧】

從上一回的「協議」( agreement )，想到全世界有個協議，
要減少「空氣」( air ) 中的二氧化碳，和少開「冷氣機」( air
conditioner ) 以保護臭氧層，「飛機」( aircraft, airplane ) 也
是污染源之一，所以「航空公司」( airlines, airways ) 也要負
起責任，減少「機場」( airport ) 的污染，增進「航空郵件」
( airmail ) 的效率，改善「不透氣的」( airtight ) 環境。

1. **air** *n.* 空氣 ( = *atmosphere* )
   air 和 heir 〔ɛr 〕*n.* 繼承人 是同音字。
   air pollution 空氣污染　　by air 搭飛機
   She often travels *by air*. ( 她經常搭飛機旅行。)

2. **air conditioner** *n.* 冷氣機 ( = *a piece of equipment that makes the air colder* )

air conditioner 是兩個字,不是一個字,不可寫成:
*air-conditioner*(誤)或 *airconditioner*(誤)。
【比較】air conditioning 空調

3. aircraft *n.* 飛機(= *plane*)【單複數同形】
   air(空中)+ craft(船;飛機)= aircraft
   【比較】spacecraft〔'spes,kræft〕*n.* 太空船

4. **airplane** *n.* 飛機(= *plane* = *aircraft*)
   air(空中)+ plane(平面;飛機)= airplane

5. **airlines** *n.* 航空公司(= *a business that runs a regular*
   *service for carrying passengers and goods by air*)
   air(空中)+ lines(線)= airlines,空中的航線,由「航空公司」
   負責。通常以複數形當單數用,作「航空公司」解(= *airways*)。
   但航空公司的名稱是專有名詞,有些用 Airlines,有些用
   Airways,如 China Airlines(中華航空公司)、British
   Airways(英國航空)等。

6. airways *n.* 航空公司(= *airlines*)
   air(空中)+ ways(路)= airways

7. **airport** *n.* 機場(= *airfield*)
   air(空中)+ port(港口)= airport,空中的港口,就是「機場」,
   日本人把「機場」稱作「空港」。

8. airmail *n.* 航空郵件(= *letters, parcels, etc. sent by air*);
   航空郵遞      air(空中)+ mail(郵件)= airmail
   by airmail 以航空郵寄
   I want to send this parcel *by airmail*.(我要用航空郵件寄這包裹。)

9. airtight *adj.* 不透氣的(= *not allowing air to enter or leave*)
   air(空氣)+ tight(緊密的)= airtight,對空氣緊密,就是「不透
   氣的」。watertight 字面的意思是對水是緊密的,也就是「防水的」
   (= *waterproof*)。

# 15. alike

| | | | |
|---|---|---|---|
| *\*alike* [2] | ﹝ ə'laɪk ﹞ | *adj.* | 相像的 |
| *\*alive* [2] | ﹝ ə'laɪv ﹞ | *adj.* | 活的 |
| *\*alert* [4] | ﹝ ə'lɝt ﹞ | *adj.* | 機警的 |
| *\*album* [2] | ﹝'ælbəm ﹞ | *n.* | 專輯 |
| *\*alcohol* [4] | ﹝'ælkə,hɔl ﹞ | *n.* | 酒 |
| *alcoholic* [6] | ﹝,ælkə'hɔlɪk ﹞ | *adj.* | 含酒精的 |
| *alien* [5] | ﹝'elɪən , 'eljən ﹞ | *n.* | 外星人 |
| *alienate* [6] | ﹝'eljən,et ﹞ | *v.* | 使疏遠 |
| *algebra* [5] | ﹝'ældʒəbrə ﹞ | *n.* | 代數 |

【記憶技巧】

　　從上一回的「不透氣的」( airtight )，想到在一個不透氣的酒吧，氧氣不足，頭很暈，大家看起來都「相像的」( alike )、「活的」( alive ) 人，這時候要保持「機警的」( alert )，聽著播放的「專輯」( album )，喝「酒」( alcohol ) 和「含酒精的」( alcoholic ) 飲料，長得像「外星人」( alien ) 的人想跟我搭訕，我爲了「使」他「疏遠」( alienate ) 我，問他「代數」( algebra )。

1. **alike** *adj.* 相像的 ( = *similar* )　　a + like ( 像…的 ) = alike
   A and B are alike = A is like B　A 像 B
   You two look very much *alike*. ( 你們兩個長得很像。)

2. **alive** *adj.* 活的 ( = *living* )；有活力的 ↔ dead *adj.* 死的
   a + live ( 活 ) = alive

【注意】alive 要放在名詞後，living 放在名詞前。
*alive people*（誤）　living people 活著的人（正）

3. alert *adj.* 機警的（= *attentive*）　*v.* 使…警覺；提醒
諧音：餓了，肚子餓要「機警的」開始去找吃的。
We have to stay *alert* all the time.（我們必須隨時提高警覺。）
alert *sb.* to *sth.* 提醒某人某事
The doctor *alerted* him to the danger of smoking.
（醫生提醒他抽煙的危險。）

4. album *n.* 專輯（= *record*）；剪貼本；（照片、郵票、手稿等的）
專冊；黏貼本　　諧音：愛兒本，給心愛的兒子製作一本「相簿」。
photo album 相簿

5. **alcohol** *n.* 酒；酒精（= *liquor*）
諧音：愛可喉，愛到可以喝下喉，就是「酒」。
I never touch *alcohol*.（我滴酒不沾。）

6. alcoholic *n.* 酒鬼（= *drunkard*）　*adj.* 含酒精的（= *hard*）
alcohol（酒）+ ic（*adj. n.*）= alcoholic
【比較】workaholic〔͵wɜkə'hɑlɪk〕*n.* 工作狂
　　　　shopaholic〔͵ʃɑpə'hɑlɪk〕*n.* 購物狂

7. **alien** *n.* 外星人；外國人（= *foreigner*）　*adj.* 外國的（= *foreign*）
ali（*other*）+ ent（人）= alien，外來的人，就是「外星人」。
alien 除了當「外星人」以外，還常當「外國人」解。外國人
在台灣的居留證，簡稱 ARC（= *Alien Resident Certificate*）。

8. alienate *v.* 使疏遠（= *make sb. less friendly towards you*）
alien（外星人）+ ate（*v.*）= alienate
He *alienated* many of his friends when he became a
police officer.（當他變成警官以後，就和很多朋友疏遠。）

9. algebra *n.* 代數（= *a branch of mathematics*）
諧音：喔解不了，喔！我解不了「代數」。

# *16. ally*

| | | | |
|---|---|---|---|
| **ally** [5] | 〔ə'laɪ〕 | *v.* | 結盟 |
| **alliance** [6] | 〔ə'laɪəns〕 | *n.* | 結盟 |
| **allocate** [6] | 〔'ælə,ket〕 | *v.* | 分配 |
| **allergy** [5] | 〔'ælədʒɪ〕 | *n.* | 過敏症 |
| **allergic** [5] | 〔ə'lɝdʒɪk〕 | *adj.* | 過敏的 |
| **alligator** [5] | 〔'ælə,getə〕 | *n.* | 短吻鱷 |
| **\*\*allow** [1] | 〔ə'laʊ〕 | *v.* | 允許 |
| **\*allowance** [4] | 〔ə'laʊəns〕 | *n.* | 零用錢 |
| **\*alley** [3] | 〔'ælɪ〕 | *n.* | 巷子 |

【記憶技巧】

　　從上一回的「代數」(algebra)，想到要一起解代數，需要「結盟」(ally)，有了「結盟」(alliance)，就可以「分配」(allocate)工作，萬一有人有「過敏症」(allergy)，發生「過敏的」(allergic)反應，就先去照顧「短吻鱷」(alligator)，「允許」(allow)多拿一些「零用錢」(allowance)，去「巷子」(alley)口買飼料。

1. ally *v.* 結盟 ( = *unite with* )
　〔'ælaɪ〕*n.* 盟國；盟友【名詞和動詞重音不同】
　all (全部) + y (*n.*) = ally，唸起來像 a line，一條線，就是「結盟」。
　The two countries have been *allied* for over fifty years.
　(那兩個國家已經結盟超過 50 年了。)

2. alliance *n.* 結盟 ( = *union* )
　ally (結盟) – y + iance (*n.*) = alliance

The companies have formed an *alliance* to market the product. (這些公司結盟來銷售這產品。)

3. allocate *v.* 分配 ( = *distribute* )

| al + loc + ate |
|---|
| to + place + v. |

把東西放在指定的地方，
就是「分配」。

He will *allocate* the benefit fairly. (他將公平地分配利益。)

4. allergy *n.* 過敏症 ( = *sensitivity* )；厭惡
all (全部) + energy (能量) – en = allergy，你身上全部的能量都
花費在「過敏」，引申為「厭惡」。
Food *allergies* result in many and varied symptoms.
(食物過敏會導致很多不同的症狀。)

5. allergic *adj.* 過敏的 ( = *sensitive* )
allergy (過敏症) – y + ic (*adj.*) = allergic
She is *allergic* to seafood. (她對海鮮過敏。)

alligator

6. alligator *n.* 短吻鱷 ( = *a large reptile* )
一般鱷魚是 crocodile〔ˈkrɑkəˌdaɪl〕*n.* 鱷魚，alligator 體型較小。
7000 字能選到 alligator 這個字真不簡單，表示選字的教授很認
真。美國人道別的時候，常說："See you later, alligator." (待
會見。) 或是 Later, gator. (再見。) 這都是幽默的話，背起來有
趣，並不是稱你為鱷魚，只是押韻。【gator 是 alligator 的簡化字】

7. **allow** *v.* 允許 ( = *permit* )
諧音：二老，看到兩位老人，「允許」他們先坐博愛座。

8. allowance *n.* 零用錢 ( = *pocket money* )
allow (允許) + ance (*n.*) = allowance，允許花的，就是「零用錢」。
make allowance(s) for 考慮到；體諒

9. alley *n.* 巷子 ( = *lane* )
all (全部) + hey (嘿) – h = alley，在「巷子」遇到要喊「嘿！」。

# *17. along*

| | | |
|---|---|---|
| **along** [1] | 〔 ə'lɔŋ 〕 | *prep.* 沿著 |
| **alongside** [6] | 〔 ə'lɔŋ'saɪd 〕 | *prep.* 在…旁邊 |
| **aloud** [2] | 〔 ə'laʊd 〕 | *adv.* 出聲地 |
| **alter** [5] | 〔 'ɔltɚ 〕 | *v.* 改變 |
| **alternate** [5] | 〔 'ɔltɚ,net 〕 | *v.* 使輪流 |
| **alternative** [6] | 〔 ɔl'tɝnətɪv 〕 | *n.* 其他選擇 |
| **altitude** [5] | 〔 'æltə,tjud 〕 | *n.* 高度 |
| **altogether** [2] | 〔 ,ɔltə'gɛðɚ 〕 | *adv.* 總共 |
| **aluminum** [4] | 〔 ə'lumɪnəm 〕 | *n.* 鋁 |

【記憶技巧】

　　從上一回的「巷子」( alley )，想到「沿著」( along ) 巷子，「在」路「旁邊」( alongside ) 聽到有小貓「出聲地」( aloud ) 叫，我「改變」( alter ) 心意，決定「使」人「輪流」( alternate ) 來照顧牠，再幫牠找「其他選擇」( alternative ) 可以住的地方，找了一個「高度」( altitude ) 六十公分的小箱子，買了「總共」( altogether ) 20 個「鋁」( aluminum ) 的罐頭飼料。

1. **along** *prep.* 沿著 ( = *moving on or beside a line* )
   a + long ( 長的 ) = along
   She walked ***along*** the street. ( 她沿著街走。)

2. **alongside** *prep.* 在…旁邊 ( = *along the side of* )
   along ( 沿著 ) + side ( 旁邊 ) = alongside
   The dog ran ***alongside*** me all the way.
   ( 那隻狗一路跟在我旁邊跑。)

3. aloud〔əˋlaʊd〕 *adv.* 出聲地（= *out loud*）
   a + loud（大聲地）= aloud

   > aloud 的主要意思是「出聲地」，作「大聲地」解，是古語用法，現在不用，要用 loudly 來取代。
   > 【比較】Read aloud.（唸出聲音來。）
   > Read loudly.（大聲唸出來。）【詳見「教師一口氣英語」p.4-3】

4. alter *v.* 改變（= *change*）
   這個字可以把 later（後來）的 la 改成 al，就變成 alter（改變）。
   He *altered* his appearance with surgery.
   （他透過手術改變了自己的外貌。）

5. alternate *v.* 使輪流（= *interchange*）；輪流　*adj.* 輪流的
   alter（改變）+ nate (*v. adj.*) = alternate
   Day *alternates* with night.（日夜交替。）

6. **alternative** *n.* 其他選擇（= *choice*）；替代物（= *substitute*）
   alternate（使輪流）– e + ive (*n.*) = alternative
   have no alternative but to V. 除了…之外，別無選擇
   He *had no alternative but to* resign.（除了辭職，他別無選擇。）

7. altitude *n.* 海拔；高度（= *height*）

   | alt + itude |
   |---|
   | high + *n.* |

   高的地方，就是「高度」。把 attitude（態度）的 at 改成 al 就可以了，「高度」取決於態度。

   At high *altitudes* it is difficult to get enough oxygen.
   （在高海拔的地方，很難獲得足夠的氧氣。）

8. **altogether** *adv.* 總共（= *all*）；完全地（= *completely*）
   al (*all*) + together（一起）= altogether
   There are five of us *altogether*.（我們總共五個人。）

9. **aluminum** *n.* 鋁（= *a silver-white metal*）
   諧音：啊鋁米能，啊，「鋁」罐裡面的米能吃。

# *18. amaze*

| | | | |
|---|---|---|---|
| *amaze ³ | 〔 ə'mez 〕 | v. | 使驚訝 |
| *amazement ³ | 〔 ə'mezmənt 〕 | n. | 驚訝 |
| *amateur ⁴ | 〔'æmə,tʃur 〕 | adj. | 業餘的 |
| *ambassador ³ | 〔 æm'bæsədɚ 〕 | n. | 大使 |
| ambiguous ⁶ | 〔 æm'bɪgjʊəs 〕 | adj. | 模稜兩可的 |
| ambiguity ⁶ | 〔,æmbɪ'gjuətɪ 〕 | n. | 含糊 |
| *ambition ³ | 〔 æm'bɪʃən 〕 | n. | 抱負 |
| *ambitious ⁴ | 〔 æm'bɪʃəs 〕 | adj. | 有抱負的 |
| *ambulance ⁶ | 〔'æmbjələns 〕 | n. | 救護車 |

【記憶技巧】

　　從上一回的「鋁」( aluminum )，想到在博物館看到用
鋁做的藝術品，「使」很多人「驚訝」( amaze )，「驚訝」
( amazement ) 之餘，遇到了一位「業餘的」( amateur )
「大使」( ambassador )，他講的話「模糊兩可的」
( ambiguous )，「含糊」( ambiguity ) 不清，但心中充滿
「抱負」( ambition )，是位「有抱負的」( ambitious ) 年輕
人，甚至會開「救護車」( ambulance ) 去拯救命危的人。

1. **amaze** *v.* 使驚訝 ( = *astonish* )
   a + maze ( 迷宮 ) = amaze，走到迷宮裡，「使」你「驚訝」。
   Alice *amazed* her friends by suddenly getting married.
   ( 愛麗思閃電結婚，讓她的朋友很驚訝。 )

2. amazement *n.* 驚訝 ( = *astonishment* )

amaze（使驚訝）+ ment (*n.*) = amazement
to *one's* amazement 讓某人驚訝的是
***To my amazement***, he refused to help me.
（讓我驚訝的是，他拒絕幫助我。）

3. amateur *adj.* 業餘的（= *nonprofessional*）　　*n.* 業餘愛好者
諧音：愛模特，喜愛當「業餘的」模特兒。
an amateur photographer 業餘攝影師

4. **ambassador** *n.* 大使（= *representative*）
諧音：暗被殺的，大使容易「被暗殺」。
【比較】embassy〔'ɛmbəsɪ〕*n.* 大使館

5. **ambiguous** *adj.* 含糊的；模擬兩可的（= *unclear*）

| amb + ig + uous |
| --- |
| about + drive + *adj.* |

到處開來開去，不知道要去哪，
就是「含糊的」。

an ambiguous answer 一個含糊的答覆

6. **ambiguity** *n.* 含糊（= *uncertainty*）
ambiguous（含糊的）– ous (*adj.*) + ity (*n.*) = ambiguity
Try to avoid ***ambiguity*** and keep your comments short.
（試著避免語意不明，評論也盡量簡潔。）

7. **ambition** *n.* 抱負；野心（= *goal*；*wish*）
amb (*around*) + it (*go*) + ion (*n.*) = ambition，到處走，很有「抱負」。在中文裡面，好的目標是「抱負」，壞的目標是「野心」，在英文裡都稱作 ambition。
achieve *one's* ambition 實現某人的抱負

8. **ambitious** *adj.* 有抱負的；有野心的（= *aspiring*）
ambition（抱負）– ion (*n.*) + ious (*adj.*) = ambitious

9. **ambulance** *n.* 救護車（= *a motor vehicle for transporting sick people*）　　諧音：俺不能死，我不能死，快叫「救護車」。

# 19. angry

| | | | |
|---|---|---|---|
| **angry** [1] | ('æŋgrɪ ) | *adj.* | 生氣的 |
| **anger** [1] | ('æŋgɚ ) | *n.* | 憤怒 |
| **angle** [3] | ('æŋgḷ ) | *n.* | 角度 |
| **angel** [3] | ('endʒəl ) | *n.* | 天使 |
| **animal** [1] | ('ænəmḷ ) | *n.* | 動物 |
| **animate** [6] | ('ænə,met ) | *v.* | 使有活力 |
| **ankle** [2] | ('æŋkḷ ) | *n.* | 腳踝 |
| **anchor** [5] | ('æŋkɚ ) | *n.* | 錨 |
| **anecdote** [6] | ('ænɪk,dot ) | *n.* | 軼事 |

【記憶技巧】

　　從上一回的「救護車」( ambulance )，想到看到寵物被送上救護車，感到「生氣的」( angry )，對虐待寵物的人充滿「憤怒」( anger )，不知道加害者是用什麼「角度」( angle ) 看待如「天使」( angel ) 般的「動物」( animal )，寵物「使」我們「有活力」( animate )，不論是我「腳踝」( ankle ) 受傷，或是車子拋「錨」( anchor ) 時，寵物都會陪著我度過，這些「軼事」( anecdote ) 永遠在我心中。

1. angry *adj.* 生氣的 ( = *mad* )
   Are you ***angry*** with me? ( 你在生我的氣嗎？ )

2. anger *n.* 生氣 ( = *rage* )；憤怒　*v.* 使生氣；激怒
   angry ( 生氣的 ) – ry (*adj.*) + er (*v.*) = anger
   His words ***angered*** her very much. ( 他說的話讓她很生氣。 )

3. angle  *n.* 角度 ( = *slope* )；觀點
   諧音：A 狗，A 字形「角度」的狗。
   Please consider the issue from different *angles*.
   （請用不同的角度來看這件事情。）

4. angel  *n.* 天使 ( = *divine messenger* )
   諧音：安久，「天使」活得安心又長久，不要拼成 angle（角度）。
   形容詞是 angelic〔ænˈdʒɛlɪk〕*adj.* 天使般的。

5. animal  *n.* 動物 ( = *creature* )
   諧音：愛你摸，「動物」喜歡你摸牠。

6. animate  *v.* 使有活力 ( = *enliven* )
   animal（動物）– al + ate (*v.*) = animate，動物通常都很「有活力」。
   Laughter *animated* his face for a moment.
   （笑使他臉上一時增添了生氣。）

7. ankle  *n.* 腳踝 ( = *the joint between the foot and the leg* )
   諧音：暗摳，「腳踝」很癢，偷偷地摳。其實這個字的字根，跟
   angle（角度）一樣，把 g 改成 k，「腳踝」成直「角」。
   sprain *one's* ankle  扭傷某人的腳踝
   ankle socks  短襪

anchor

8. anchor〔ˈæŋkɚ〕*n.* 錨 ( = *hook* )；主播 ( = *anchorperson* )
   anch (*angle*) + or (*n.*) = anchor，有角度的，就是「錨」。
   anchorman〔ˈæŋkɚˌmæn〕*n.*（男）主播
   anchorman 是一個字，不能分開，也不能寫成 *anchor-man*（誤）。

9. anecdote〔ˈænɪkˌdot〕*n.* 軼事；趣聞（關於真人真事的
   小故事）( = *story* )；傳聞

   | an + ec + dote | 沒有被傳到外面的事，就是「軼事」。 |
   | not + out + give | 諧音背：啊你可逗她，用「軼事；趣聞」逗她。 |

   This research is based on *anecdote* not fact.
   （這項研究的根據是傳聞，而非事實。）

# *20. analyze*

| *analyze* ⁴ | 〔ˈænḷˌaɪz 〕 | *v.* 分析 |
| --- | --- | --- |
| analyst ⁶ | 〔ˈænḷɪst 〕 | *n.* 分析者 |
| *analysis ⁴ | 〔 əˈnæləsɪs 〕 | *n.* 分析 |
| *ancestor ⁴ | 〔ˈænsɛstɚ 〕 | *n.* 祖先 |
| *ancient ² | 〔ˈenʃənt 〕 | *adj.* 古代的 |
| analects ⁶ | 〔ˈænəˌlɛkts 〕 | *n. pl.* 文選 |
| *announce ³ | 〔 əˈnaʊns 〕 | *v.* 宣佈 |
| *announcement ³ | 〔 əˈnaʊnsmənt 〕 | *n.* 宣佈 |
| *anniversary ⁴ | 〔ˌænəˈvɝsərɪ 〕 | *n.* 週年紀念 |

【記憶技巧】

從上一回的「軼事」(anecdote)，想到針對軼事，不能全盤相信，要「分析」(analyze)，有「分析者」(analyst)進行仔細的「分析」(analysis)，才可以更清楚知道「祖先」(ancestor)「古代的」(ancient)「文選」(analects)的真假，最後才能公開「宣佈」(announce)結果，今年是這項「宣佈」(announcement)的 60「週年紀念」(anniversary)。

1. analyze  *v.* 分析 ( = *research* )
   諧音：安娜來自，安娜來自哪裡要「分析」。
   We tried to *analyze* the cause of our failure.
   （我們試著分析我們失敗的原因。）

2. analyst  *n.* 分析者 ( = *a person who makes an analysis* )
   analyze (分析) – ze (*v.*) + st (人) = analyst

3. **analysis** *n.* 分析（= *study*）
   analyst（分析者）– st（人）+ sis（*n.*）= analysis
   We did an *analysis* of the way they have spent money in the
   past.（我們做了一個分析關於他們過去花錢的方式。）

4. **ancestor** *n.* 祖先（= *forefather*）
   an（一個）+ cestor（諧音「先死的」）= ancestor，先死的，就是
   「祖先」。「子孫」則是 descendent〔dɪ'sɛndənt〕。

5. **ancient** *adj.* 古代的（= *very old*）
   諧音：愛神的，「古代的」祖先很愛神，要祭祀拜拜。這個字和
   ancestor 同字源，把字尾 estor 改成 ient 就可以了。
   ancient civilization  古文明

6. **analects** *n. pl.* 文選；語錄（= *selections*）
   這個字看成：ana（安娜）+ selects（選擇）– se = analects，安
   娜要選出她祖先的「文選；語錄」。
   the Analects of Confucius  論語（孔子的語錄）

7. **announce** *v.* 宣佈（= *declare*）
   an（*to*）+ noun（名詞）+ ce（*v.*）= announce，説出名詞，就是
   「宣佈」。
   He *announced* that he had found a new job.
   （他宣佈他找到新工作了。）

8. **announcement** *n.* 宣佈（= *declaration*）；公告
   announce（宣佈）+ ment（*n.*）= announcement
   I have an important *announcement* to make.
   （我有件重要的事情要宣佈。）

9. **anniversary** *n.* 週年紀念（= *remembrance*）

   | anni + vers + ary | 每年一次，即是「週年紀念」。諧音記： |
   | --- | --- |
   | year + turn + n. | 愛你莫 sorry，所以要「週年紀念」。 |

   wedding anniversary  結婚週年紀念

# *21. annoy*

| | | | |
|---|---|---|---|
| * **annoy** 4 | 〔 ə'nɔɪ 〕 | *v.* | 使心煩 |
| **annoyance** 6 | 〔 ə'nɔɪəns 〕 | *n.* | 討厭的人或物 |
| * **annual** 4 | 〔 'ænjʊəl 〕 | *adj.* | 一年一度的 |
| ** **ant** 1 | 〔 ænt 〕 | *n.* | 螞蟻 |
| **antenna** 6 | 〔 æn'tɛnə 〕 | *n.* | 觸角 |
| **antarctic** 6 | 〔 æn'tɑrktɪk 〕 | *adj.* | 南極的 |
| **anticipate** 6 | 〔 æn'tɪsə,pet 〕 | *v.* | 預期 |
| **anticipation** 6 | 〔 æn,tɪsə'peʃən 〕 | *n.* | 期待 |
| **antique** 5 | 〔 æn'tik 〕 | *n.* | 古董 |

【記憶技巧】

從上一回的「週年紀念」( anniversary )，想到週年紀念要
準備很多東西，「使」人「心煩」( annoy )，是「討厭的事物」
( annoyance )，卻又是「一年一度的」( annual ) 盛事，吃
著宴會的蛋糕，看到上面的「螞蟻」( ant ) 有長長的「觸角」
( antenna )，汲汲營營就跟去「南極的」( antarctic ) 大陸探
險的先驅一樣，「預期」( anticipate ) 可以找到心中充滿「期
待」( anticipation ) 的冰山「古董」( antique )。

1. **annoy** *v.* 使心煩 ( = *bother* )
   an ( 一個 ) + no ( 不 ) + y (*v.*) = annoy，一個不好的東西，會
   「使」人「心煩」。　　Stop ***annoying*** me. ( 別煩我。 )

2. **annoyance** *n.* 討厭的人或物 ( = *nuisance* )
   annoy ( 使心煩 ) + ance (*n.*) = annoyance

BOOK 1

The barking dog is a great *annoyance* to me.
（那隻吠叫的狗對我是一大煩擾。）

3. **annual** *adj.* 一年一度的（= *once a year*）；一年的
   ann (*year*) + al (*adj.*) = annual
   an annual event　年度的大事

4. ant　*n.* 螞蟻（= *a small insect*）

5. antenna　*n.* 天線（= *aerial*）；觸角
   > ant（螞蟻）+ tenna（諧音「聽那」）= antenna
   > 螞蟻要聽到那裡的聲音，要靠「觸角」，antenna
   > 的主要意思是「天線」，有些昆蟲和動物頭上有
   > 兩個對稱的鬚鬚，也叫作 antenna（觸角；觸
   > 鬚），你看，造字的人多麼幽默。

   antenna

6. antarctic　*adj.* 南極的　*n.* 南極（= *the very cold and most southern part of the world*）

   | ant | + | arctic |
   |---|---|---|
   | opposite to | + | 北極的 |

   北極的相反，就是「南極」。

7. **anticipate**　*v.* 預期（= *expect*）；期待（= *look forward to*）
   anti (*before*) + cipate (*take*) = anticipate，預先得到的訊息，即
   「預期」。字尾是 ate，重音在倒數第三音節上。

8. anticipation　*n.* 期待（= *expectation*）
   anticipate（期待）– e + ion (*n.*) = anticipation
   I'm looking forward to the concert with *anticipation*.
   （我充滿期待想去那場演唱會。）

9. antique　*n.* 古董（= *collector's item*）
   ant（螞蟻）+ unique（獨特的）– un = antique，螞蟻爬在獨特的
   「古董」上。i 正常情況下，不是讀 /ɪ/ 就是讀 /aɪ/，讀 /i/ 不多，看成例
   外字，其他例外還有 machine（機器），magazine（雜誌），marine
   （海洋的）等。【詳見「文法寶典」第一冊附錄–13「母音字母的讀音」】

# *22. antibody*

| | | |
|---|---|---|
| **antibody** [6] | (ˈæntɪˌbɑdɪ ) | *n.* 抗體 |
| **antibiotic** [6] | (ˌæntɪbaɪˈɑtɪk ) | *n.* 抗生素 |
| **antonym** [6] | (ˈæntəˌnɪm ) | *n.* 反義字 |
| **anthem** [5] | (ˈænθəm ) | *n.* 頌歌 |
| *anxious [4] | (ˈæŋkʃəs ) | *adj.* 焦慮的 |
| *anxiety [4] | ( æŋˈzaɪətɪ ) | *n.* 焦慮 |
| *apart [3] | ( əˈpɑrt ) | *adv.* 分開地 |
| ***apartment** [2] | ( əˈpɑrtmənt ) | *n.* 公寓 |
| *ape [1] | ( ep ) | *n.* 猿 |

【記憶技巧】

　　從上一回的「古董」( antique )，想到一位古董商人，生病了，要增強「抗體」( antibody )，要吃「抗生素」( antibiotic )，但是醫生看藥方時，寫成「反義字」( antonym )，導致他心情起伏不定，有時唱「頌歌」( anthem )，有時「焦慮的」( anxious )，「焦慮」( anxiety ) 使他只好和妻子「分開地」( apart ) 住不同的「公寓」( apartment )，不剪頭髮，像「人猿」( ape )。

1. antibody　*n.* 抗體 ( = *a substance produced in the body which fights against disease* )
　anti (*against*) + body ( 身體 ) = antibody，反抗侵入體內的病毒，即「抗體」。

2. antibiotic　*n.* 抗生素 ( = *a medical substance* )
　anti (*against*) + bio (*life*) + tic (*n.*) = antibiotic，阻止細菌的生長，即「抗生素」。

BOOK 1

3. antonym *n.* 反義字 ( = *a word that is opposite in meaning to another word* )
   ant (*opposite*) + onym (*name*) = antonym，相反的名稱，也就是「反義字」。
   它的相反詞是 synonym〔'sɪnənɪm〕*n.* 同義字。
   【syn (*the same*) + onym (*name*)】

4. anthem *n.* 頌歌 ( = *song of praise* )
   an + them = anthem
   anthem 也可作「國歌」解，等於 national anthem。

5. **anxious** *adj.* 焦慮的 ( = *worried* )；渴望的 ( = *eager* )
   諧音：俺可羞死，我可羞恥死了，心裡「焦慮的」，「渴望」躲起來。
   His silence made me ***anxious***. ( 他的沈默讓我很焦慮。 )

6. **anxiety** *n.* 焦慮 ( = *worry* )；令人擔心的事
   諧音：俺三兒啼，我有三個兒子在哭哭啼啼，讓我感到「焦慮」。
   You have no reason for ***anxiety***. ( 你沒有理由擔心。 )

7. **apart** *adv.* 相隔；分開 ( = *away from each other* )
   a + part ( 部分 ) = apart
   be poles apart 南轅北轍；截然不同
   The twins ***are poles apart*** in character.
   ( 這對雙胞胎個性截然不同。 )
   tell…apart 分辨…
   I cannot ***tell*** the twins ***apart***. ( 我無法分辨這對雙胞胎。 )

8. **apartment** *n.* 公寓 ( = *flat* )
   apart ( 分開 ) + ment (*n.*) = apartment，一個一個分開的住宅，就是「公寓」。
   ***Apartments*** for Rent (【廣告】公寓出租 )

9. **ape** *n.* 猿 ( = *a large monkey* )　　*v.* 模仿
   He ***apes*** everything his father does.
   ( 他模仿他父親一切的行為。 )

ape

# 23. *appeal*

| | | |
|---|---|---|
| *appeal ³ | 〔ə'pil〕 | v. 吸引 |
| ‡appear ¹ | 〔ə'pɪr〕 | v. 出現 |
| *appearance ² | 〔ə'pɪrəns〕 | n. 外表 |
| *apply ² | 〔ə'plaɪ〕 | v. 申請 |
| *appliance ⁴ | 〔ə'plaɪəns〕 | n. 家電用品 |
| *application ⁴ | 〔͵æplə'keʃən〕 | n. 申請 |
| applicable ⁶ | 〔'æplɪkəbḷ〕 | adj. 適用的 |
| *applicant ⁴ | 〔'æpləkənt〕 | n. 申請人 |
| ***apple ¹ | 〔'æpḷ〕 | n. 蘋果 |

【記憶技巧】

　　從上一回的「人猿」(ape)，想到人猿演化成人，爲了「吸引」(appeal) 注意力，「出現」(appear) 在他人面前時，會注意「外表」(appearance)，有智力可以讀書「申請」(apply) 大學，使用「家電用品」(appliance)，並向政府提出「申請」(application)「適用的」(applicable) 生活必需品，幸運的「申請人」(applicant) 還可能得到「蘋果」(apple) 電腦。

1. **appeal** *v.* 吸引 ( = *attract* )
   諧音：兒皮喔，兒子很調皮喔，想「吸引」別人注意。
   appeal to 吸引 ( = *attract* )；訴諸於 ( = *resort to* )
   The idea *appealed to* him. ( 這個點子吸引他。)

2. **appear** *v.* 出現 ( = *show up* )；似乎 ( = *seem* )
   app + ear ( 耳朵 ) = appear
   It *appears* that you are all mistaken. ( 你似乎完全搞錯了。)

3. **appearance** *n.* 外表 ( = *look* )；出現
   appear ( 出現 ) + ance (*n.*) = appearance
   Don't judge a man by his ***appearance***. (【諺】勿以貌取人。)

4. **apply** *v.* 申請 ( = *request* )；應用 ( = *use* )
   ap (*to*) + ply (*fold*) = apply，折好的信，用來「申請」。
   apply for  申請；應徵    apply to  適用於【to 是介系詞】
   The rule can be ***applied to*** any case.
   ( 這規則適用於任何狀況。)

5. **appliance** *n.* 家電用品 ( = *device* )
   apply ( 應用 ) – y + iance (*n.*) = appliance
   household appliances  家電用品

6. **application** *n.* 申請 ( = *request* )；申請書；應用

   | ap + plic + ation | |
   |---|---|
   | $\mid$ $\mid$ $\mid$ | 把信寫折好送出去，要「申請」。 |
   | to + fold + n. | |

   Students learned the practical ***application*** of the theory.
   ( 學生學習理論實際的應用。)

7. **applicable** *adj.* 適用的 ( = *appropriate* )
   application ( 申請 ) – ation + able ( 可以⋯的 ) = applicable

8. **applicant** *n.* 申請人；應徵者 ( = *candidate* )
   application ( 申請 ) – ation + ant ( 人 ) = applicant

9. **apple** *n.* 蘋果 ( = *a hard round fruit* )
   An ***apple*** a day keeps the doctor away.
   (【諺】一天一顆蘋果，使醫生遠離。)
   the apple of *one's* eye  掌上明珠；極受寵的人
   Her only daughter was ***the apple of her eye***.
   ( 她的獨生女是她的掌上明珠。)

# *24. appoint*

| | | | |
|---|---|---|---|
| *appoint⁴ | 〔ə'pɔɪnt〕 | v. | 指派 |
| *appointment⁴ | 〔ə'pɔɪntmənt〕 | n. | 約會 |
| *appropriate⁴ | 〔ə'proprɪɪt〕 | adj. | 適當的 |
| *appreciate³ | 〔ə'priʃɪ,et〕 | v. | 欣賞 |
| *appreciation⁴ | 〔ə,priʃɪ'eʃən〕 | n. | 感激 |
| apprentice⁶ | 〔ə'prɛntɪs〕 | n. | 學徒 |
| *approve³ | 〔ə'pruv〕 | v. | 贊成 |
| *approval⁴ | 〔ə'pruvl̩〕 | n. | 贊成 |
| *approach³ | 〔ə'protʃ〕 | v. | 接近 |

【記憶技巧】

　　從上一回的「蘋果」(apple)，想到早餐吃著一顆蘋果，被「指派」(appoint) 去參加一場「約會」(appointment)，穿著「適當的」(appropriate) 服裝，「欣賞」(appreciate) 他人精彩的表演，心中充滿「感激 (appreciation)，甚至想成為「學徒」(apprentice)，家人「贊成」(approve) 我去學習更多的才能，有了他們的「贊成」(approval) 和支持，就可以更「接近」(approach) 成功了。

1. **appoint** *v.* 指派 ( = *assign* )
   ap (*to*) + point ( 指 ) = appoint，被「指」到，就「派」出去。
   He has been *appointed* chairman. ( 他被指派為主席。)

2. **appointment** *n.* 約會 ( = *meeting* )；約診
   appoint ( 指派 ) + ment (*n.*) = appointment

男女的約會，則是 date。
I'd like to make an *appointment* with the doctor.
（我想要跟醫生約診。）

3. **appropriate** *adj.* 適當的 ( = *suitable* )
ap (*to*) + propri (*proper*) + ate (*adj.*) = appropriate
【proper〔'prɑpɚ〕*adj.* 適當的】

4. **appreciate** *v.* 欣賞 ( = *like* )；感激 ( = *be grateful for* )

| ap + preci + ate | 從字根上分析，表示「估價」，引申為 |
|---|---|
| \| \| \| | 「重視」，再引申為「賞識」，所以受詞 |
| to + price + v. | 通常為非人，不可接人，表示「感激」。 |

I *appreciate* your help. （我感激你的幫忙。）
= I thank you for your help. 【詳見「一口氣背會話」上集 p.225】

5. **appreciation** *n.* 欣賞 ( = *admiration* )；感激 ( = *gratitude* )
appreciate（欣賞）– e + ion (*n.*) = appreciation
We share an *appreciation* of literature. （我們都能欣賞文學。）

6. apprentice *n.* 學徒 ( = *student* )
諧音：耳邊提醒，師父會在耳邊提醒「學徒」。
He is an *apprentice* to a plumber. （他是位水管工學徒。）

7. **approve** *v.* 贊成；批准 ( = *agree to* )
ap (*to*) + prove（證明）= approve，證明正確，即「贊成；批准」。
相反詞是 disapprove（不贊成）。

8. **approval** *n.* 贊成 ( = *consent* )
approve (*v.*) – e + al (*n.*) = approval
有些名詞是 al 結尾，如 arrival（到達）、denial〔dɪ'naɪəl〕*n.* 否認。
They clapped their hands in *approval*. （他們拍手表示贊成。）

9. **approach** *v.* 接近 ( = *come to* )    *n.* 方法 ( = *method* )
諧音：餓撲了去，就是「接近」。
We *approached* the castle. （我們接近那個城堡。）

# 25. apologize

| | | | |
|---|---|---|---|
| **apologize** [4] | 〔 əˈpɑləˌdʒaɪz 〕 | v. | 道歉 |
| ***apology** [4] | 〔 əˈpɑlədʒɪ 〕 | n. | 道歉 |
| ***apparent** [3] | 〔 əˈpærənt 〕 | adj. | 明顯的 |
| | | | |
| **applaud** [5] | 〔 əˈplɔd 〕 | v. | 鼓掌 |
| **applause** [5] | 〔 əˈplɔz 〕 | n. | 鼓掌 |
| ***appetite** [2] | 〔ˈæpəˌtaɪt 〕 | n. | 食慾 |
| | | | |
| ***April** [1] | 〔ˈeprəl 〕 | n. | 四月 |
| ***apron** [2] | 〔ˈeprən 〕 | n. | 圍裙 |
| **aptitude** [6] | 〔ˈæptəˌtjud 〕 | n. | 性向 |

【記憶技巧】

從上一回的「接近」( approach )，想到要接近他人再「道歉」( apologize )，如此的「道歉」( apology ) 才會清楚「明顯的」( apparent )，有誠心別人才會「鼓掌」( applaud )，有了他人的「鼓掌」( applause )，就有「食慾」( appetite )，在春天「四月」( April ) 穿著「圍裙」( apron ) 第一次下廚煮飯給自己吃，意外發現自己有烹飪的「性向」( aptitude ) 和天分。

1. **apologize** v. 道歉 ( = say sorry )
   諧音：餓跑了債，餓肚子逃跑欠債，要「道歉」。
   I *apologized* for being late. ( 很抱歉，我遲到了。)

2. apology n. 道歉 ( = regret )
   apologize ( 道歉 ) – ize (v.) + y (n.) = apology
   I owe you an *apology*. ( 我該向你道歉。)

3. **apparent** *adj.* 明顯的（= *obvious*）
ap + parent（父或母）= apparent
For no ***apparent*** reason she started to cry out loud.
（莫名其妙的，她開始放聲大哭。）

4. **applaud** *v.* 鼓掌（= *clap*）；稱讚（= *praise*）
ap (*to*) + plaud (*clap*) = applaud，拍手，就是「鼓掌」。也可以記
諧音：阿婆老，阿婆活到這麼老，要給她「鼓掌」。

5. **applause** *n.* 鼓掌（= *clapping*）
applaud（鼓掌）– d + se (*n.*) = applause
He was greeted with ***applause***.（他受到鼓掌歡迎。）

6. **appetite** *n.* 食慾（= *hunger*）；渴望
諧音：愛陪太太，愛陪「食慾」很好的太太吃東西。
Snacks may spoil your ***appetite***.（點心可能會破壞你的食慾。）

7. **April** *n.* 四月（= *the fourth month of the year*）
April Fools' Day 愚人節【4月1日】

8. **apron** *n.* 圍裙（= *something that you wear in front of
your clothes when you are cooking*）
apron 這個字不好記，但是和 April（四月）
一起背，就簡單了。

apron

9. **aptitude** *n.* 性向；才能（= *talent*）

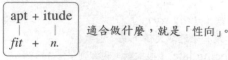

```
apt + itude
 |      |
fit  +  n.
```
適合做什麼，就是「性向」。

字尾是 tude，重音在倒數第三音節上。
aptitude test 性向測驗
She has shown no ***aptitude*** for music.（她看不出來有音樂天賦。）
【比較】attitude *n.* 態度　　altitude *n.* 海拔；高度

# *26. arch*

| | | | |
|---|---|---|---|
| *arch ⁴ | 〔ɑrtʃ〕 | *n.* | 拱門 |
| *architect ⁵ | 〔'ɑrkə,tɛkt〕 | *n.* | 建築師 |
| *architecture ⁵ | 〔'ɑrkə,tɛktʃə〕 | *n.* | 建築 |
| ‡are ¹ | 〔ɑr〕 | *v.* | 第二人稱及複數 be |
| ‡area ¹ | 〔'ɛrɪə , 'erɪə〕 | *n.* | 地區 |
| arena ⁵ | 〔ə'rinə〕 | *n.* | 競技場 |
| ‡argue ² | 〔'ɑrgju〕 | *v.* | 爭論 |
| *argument ² | 〔'ɑrgjəmənt〕 | *n.* | 爭論 |
| *arithmetic ³ | 〔ə'rɪθmə,tɪk〕 | *n.* | 算術 |

【記憶技巧】

從上一回的「性向」( aptitude )，想到做完性向測驗後，發現自己有做「拱門」( arch ) 的天分，適合當「建築師」( architect ) 從事「建築」( architecture )，到一個「地區」( area ) 去，想建造一個壯觀的「競技場 ( arena )，有人「爭論」( argue ) 太高會被地震震垮，爲了解決「爭論」( argument )，要做精密的「算數」( arithmetic )，計算出建築物的耐震程度，再來做評估。

1. arch *n.* 拱門 ( = *archway* )
   麥當勞的商標 ( logo )，美國人稱作 golden arch。這個字想到 March ( 三月 )，M 的形狀就是 arch ( 拱門 )

arch

McDonald's logo

2. **architect** *n.* 建築師 ( = *master builder* )
   arch ( 拱門 ) + i + tect (*builder*) = architect

3. **architecture** *n.* 建築（= *building*）；建築學
architect（建築師）+ ure (*n.*) = architecture
I don't like modern ***architecture***.（我不喜歡當代建築。）

4. are *v.* 第二人稱及複數 be（= *present tense pl. of be*）
這個字之所以收錄，純粹爲了背下面兩個字。

5. **area** *n.* 地區（= *region*）
are + a = area
residential area　住宅區　　　industrial area　工業區

6. **arena** *n.* 競技場（= *ring*）；表演場地；領域
are + na = arena
A business must be able to compete in
today's international ***arena***.
（一個企業必須能在當今國際舞台中競爭。）

arena

7. **argue** *v.* 爭論（= *quarrel*）；主張
諧音：啊苦，跟別人「爭論」，啊，好苦。
I ***argued*** for accepting the plan.（我主張接受這計畫。）

8. **argument** *n.* 爭論（= *quarrel*）；論點（= *reason*）
argue（爭論）– e + ment (*n.*) = argument
I've had an ***argument*** with my boyfriend.
（我剛跟我男朋友吵了一架。）
You've made a strong ***argument***.（你提出了很有力的論點。）

9. arithmetic *n.* 算術（= *science of numbers*）

| arithmet + ic |
|---|
| &#124; &#124; |
| *number* + *n.* |

跟數字有關的，就是「算數」。
諧音記：餓累死沒停課，「算數」算到
又餓又累又沒停課。

字尾是 ic，重音在倒數第二個音節上，這個字是例外之一。
其他還有：lunatic〔ˈlunətɪk〕*adj.* 瘋狂的，Catholic
〔ˈkæθəlɪk〕*n.* 天主教徒，rhetoric〔ˈrɛtərɪk〕*n.* 修辭學 等。
【詳見「文法寶典」第一冊 7. 單字的重音附錄-47】

# 27. arm

| | | | |
|---|---|---|---|
| ***arm** [1,2] | 〔 ɑrm 〕 | n. | 手臂 |
| **army** [1] | 〔 'ɑrmɪ 〕 | n. | 軍隊 |
| **armour** [5] | 〔 'ɑrmə 〕 | n. | 盔甲 |
| ***arrange** [2] | 〔 ə'rendʒ 〕 | v. | 安排 |
| **arrangement** [2] | 〔 ə'rendʒmənt 〕 | n. | 安排 |
| **arrest** [2] | 〔 ə'rɛst 〕 | v. | 逮捕 |
| ***arrive** [2] | 〔 ə'raɪv 〕 | v. | 到達 |
| **arrival** [3] | 〔 ə'raɪvḷ 〕 | n. | 到達 |
| **arrogant** [6] | 〔 'ærəgənt 〕 | adj. | 自大的 |

【記憶技巧】

　　從上一回的「算數」(arithmetic)，想到要做算數，看
有多少人的「手臂」(arm)，需要有「軍隊」(army)的「盔
甲」(armour)，才能「安排」(arrange)數量，「安排」
(arrangement)準備好後，準備「逮捕」(arrest)即將「到
達」(arrive)現場的嫌疑犯，必須在他「到達」(arrival)
時間前先埋伏，才能擄獲這位「自大的」(arrogant)犯人。

1. **arm** *n.* 手臂 ( = *upper limb* )　　*v.* 武裝；配備 ( = *equip* )
   The policeman is **armed** with a pistol. (警察配有手槍。)
   【比較】arms〔 ærmz 〕*n. pl.* 武器；軍火

2. **army** *n.* 軍隊；陸軍 ( = *soldiers* )；大批
   arm (手臂) + y = army，y 是集合名詞字尾，像 family；很多手
   臂在一起，就成爲「軍隊」(army)。
   An **army** of tourists appeared. (出現了一大批的觀光客。)

3. armour  *n.* 盔甲（= *shield*）
   arm（手臂）+ our（我們的）= armour，可簡化為 armor。

4. **arrange**  *v.* 安排（= *plan*）；排列（= *put in order*）
   ar（*to*）+ range（範圍）= arrange，在範圍內「安排」。
   They **arranged** to go swimming next week.
   （他們安排好下週去游泳。）

5. **arrangement**  *n.* 安排（= *plan*）；排列（= *display*）
   arrange（安排）+ ment（*n.*）= arrangement
   flower arrangement  插花
   Final **arrangements** have been made.（已經做好最後的安排。）

6. **arrest**  *v.* 逮捕（= *capture*）；吸引  *n.* 逮捕
   ar（*to*）+ rest（休息）= arrest，「逮捕」放在牢裡休息。
   put *sb.* under arrest  逮捕某人
   She **was put under arrest** for murder.（她因謀殺罪而被捕。）

7. **arrive**  *v.* 到達（= *come*）
   ar（*to*）+ rive（*river*）= arrive，去到河流，就是「到達」，古代
   人需要用水，都得到河流去，這也是為何四大古文明都是源自於
   河水。　　arrive at an agreement  達成協議

8. **arrival**  *n.* 到達（= *coming*）；出現
   arrive（到達）– e + al（*n.*）= arrival
   They celebrated the **arrival** of the New Year.
   （他們慶祝新年的到來。）

9. **arrogant**  *adj.* 自大的（= *conceited*）

   | ar + rog + ant | 無禮地向別人要求，即是「自大的」。 |
   | 丨　丨　丨 | 諧音：愛人跟的，喜歡別人跟著他， |
   | *to* + *ask* + *adj.* | 就是「自大的」。 |

   His **arrogant** attitude irritated us.（他自大的態度惹惱了我們。）
   相反詞是 modest〔'mɑdɪst〕*adj.* 謙虛的。

# *28. art*

| | | | |
|---|---|---|---|
| ‡**art** [1] | 〔 ɑrt 〕 | *n.* 藝術 |
| ‡**artist** [2] | 〔 'ɑrtɪst 〕 | *n.* 藝術家 |
| ***artistic** [4] | 〔 ɑr'tɪstɪk 〕 | *adj.* 藝術的 |
| | | |
| **artery** [6] | 〔 'ɑrtərɪ 〕 | *n.* 動脈 |
| ***article** [2,4] | 〔 'ɑrtɪkḷ 〕 | *n.* 文章 |
| **articulate** [6] | 〔 ɑr'tɪkjəlɪt 〕 | *adj.* 口齒清晰的 |
| | | |
| ***artificial** [4] | 〔 ,ɑrtə'fɪʃəl 〕 | *adj.* 人造的 |
| **artifact** [6] | 〔 'ɑrtɪ,fækt 〕 | *n.* 文化遺物 |
| ***arrow** [2] | 〔 'æro 〕 | *n.* 箭 |

## 【記憶技巧】

　　從上一回的「自大的」( arrogant )，想到有些自大的人，看不起「藝術」( art )，覺得「藝術家」( artist ) 和「藝術的」( artistic ) 工作只會餓死自己，不知藝術是文化的「動脈」( artery )，配合「文章」( article ) 和「口齒清晰的」( articulate ) 演說者，可以把藝術文化傳播出去，讓「人造的」( artificial )「文化遺物」( artifact )，像是古代的「箭」( arrow )，給大家欣賞。

1. **art** *n.* 藝術；藝術品 ( = *artwork* )；技巧 *pl.* 文科【文學、藝術等學科】
   a work of art 藝術作品　　the art of talking 說話的技巧

2. **artist** *n.* 藝術家 ( = *creator* )；畫家
   art ( 藝術 ) + ist ( 人 ) = artist

3. **artistic** *adj.* 藝術的 ( = *creative* )；有藝術鑑賞力的

artist（藝術家）+ ic (*adj.*) = artistic
They encourage boys to be sensitive and ***artistic***.
（他們鼓勵男孩們培養敏感力和藝術鑑賞力。）

4. artery　*n.* 動脈（ = *one of the tubes that carry blood from the heart to the rest of the body*）
art（藝術）+ ery = artery，「動脈」（artery）就是從心臟輸送血液至身體其他部位的血管之一。
【比較】vein〔ven〕*n.* 靜脈

5. **article**　*n.* 文章（ = *essay*）；物品（ = *thing*）
art（藝術）+ i + cle（物）= article

6. **articulate**　*adj.* 口齒清晰的（ = *clear*）；能言善道的（ = *eloquent*）
article（文章）– le + ulate (*adj.*) = articulate，說話妙語如珠，就像寫文章一樣，就是「口齒清晰的」。
【比較】articulate = art（藝術）+ i + culate
　　　　calculate〔'kælkjə,let〕*v.* 計算
　　　　She is an ***articulate*** young woman.
　　　　（她是位能言善道的年輕女性。）

7. **artificial**　*adj.* 人造的（ = *man-made*）
art（藝術）+ i + fic (*make*) + ial (*adj.*) = artificial，用藝術製造的東西，即是「人造的」。
The product contains no ***artificial*** colors, flavors, or preservatives.（這產品不含人造色素、調味料或防腐劑。）

8. artifact　*n.* 文化遺產（ = *an object that was made a long time ago and is historically important*）
art（藝術）+ i + fact（事實）= artifact，「文化遺產」是一種藝術品。

9. arrow　*n.* 箭（ = *dart*）
ar + row（排）= arrow　　　bow and arrow　弓箭
Time flies like an ***arrow***.（【諺】光陰似箭。）
【比較】sword〔sord〕*n.* 劍；刀

arrow

# *29. ass*

| | | | |
|---|---|---|---|
| **ass** [5] | 〔 æs 〕 | *n.* | 屁股 |
| *__**assemble**__ [4] | 〔 ə'sɛmbḷ 〕 | *v.* | 集合 |
| *__**assembly**__ [4] | 〔 ə'sɛmblɪ 〕 | *n.* | 集會 |
| | | | |
| **assess** [6] | 〔 ə'sɛs 〕 | *v.* | 評估 |
| **assessment** [6] | 〔 ə'sɛsmənt 〕 | *n.* | 評估 |
| **asset** [5] | 〔 'æsɛt 〕 | *n.* | 資產 |
| | | | |
| **assert** [6] | 〔 ə'sɜt 〕 | *v.* | 主張 |
| **assault** [5] | 〔 ə'sɔlt 〕 | *v. n.* | 襲擊 |
| **assassinate** [6] | 〔 ə'sæsṇ͵et 〕 | *v.* | 暗殺 |

【記憶技巧】

　　從上一回的「箭」( arrow )，想到發現自己遲到，像是被箭射到「屁股」( ass )，趕快去「集合」( assemble )，參加「集會」( assembly )，演講者說，「評估」( assess ) 一個國家經濟狀況，可以透過「評估」( assessment ) 人民的「資產」( asset )，但貧富差距太大時，會有人「主張」( assert )「襲擊」( assault ) 並「暗殺」( assassinate ) 富有的人。

1. **ass** *n.* 屁股 ( = *the part of the body you sit on* )
   美國人最喜歡用 ass 這個字罵人，不教不行，不然美國人說了罵人的話，你還跟他說 Thank you. 例如，Kiss my ass. 字面的意思是「親我的屁股。」引申為「滾開。」( = *Get lost.* )

2. **assemble** *v.* 集合 ( = *gather* )；裝配 ( = *put together* )
   as (*to*) + semble (*same*) = assemble，到相同的地點，即是「集合」或「裝配」。　　assemble a machine　組裝機器

BOOK 1

3. assembly *n.* 集會（= *meeting*）；裝配（= *putting together*）
assemble（集合）– e + y (*n.*) = assembly
School ***assembly*** will begin at nine o'clock.
（全校集會將在九點鐘開始。）
assembly line 裝配線【名詞修飾名詞，可表「功用」】
注意：assembly 這個字是名詞，不是副詞或形容詞。

4. assess *v.* 評估（= *evaluate*）

| as + sess | 「評估」要花很多時間，所以必須坐下來思考。 |
|---|---|
| \| \| | 這個字有 ass（屁股），就是要坐下。 |
| to + sit | |

He is so lazy that it's difficult to ***assess*** his ability.
（他很懶惰，所以很難評估他的能力。）

5. assessment *n.* 評估（= *evaluation*）
assess（評估）+ ment (*n.*) = assessment
What's your ***assessment*** of the situation?
（你對狀況的評估是什麼？）

6. asset *n.* 資產（= *property*）；有利條件
assess（評估）– ss + t = asset，評估一個人的「資產」。
Experience is your main ***asset*** in this job.
（經驗是你做這份工作的主要資產。）

7. assert *v.* 主張（= *insist upon*）；聲稱（= *state*）
asset（資產）+ r = assert，「主張」是自己的資產。
Although she was found guilty, she continued to ***assert***
her innocence.（雖然她被判有罪，她仍持續堅稱自己無罪。）

8. assault *v. n.* 襲擊（= *attack*）；毆打
ass（屁股）+ ault（諧音「毆的」）= assault，毆屁股，就是「襲擊」。

9. assassinate *v.* 暗殺（= *murder*）
ass（屁股）+ ass（屁股）+ in + ate (*v.*) = assassinate
身上有兩個屁股的人，被認為是怪胎，被他人「暗殺」。

# *30. assign*

| | | |
|---|---|---|
| *assign ⁴ | 〔 ə'saɪn 〕 | v. 指派 |
| *assignment ⁴ | 〔 ə'saɪnmənt 〕 | n. 作業 |
| *associate ⁴ | 〔 ə'soʃɪ,et 〕 | v. 聯想 |
| *association ⁴ | 〔 ə,soʃɪ'eʃən 〕 | n. 協會 |
| *assure ⁴ | 〔 ə'ʃur 〕 | v. 向～保證 |
| *assurance ⁴ | 〔 ə'ʃurəns 〕 | n. 保證 |
| *assume ⁴ | 〔 ə's(j)um 〕 | v. 假定 |
| assumption ⁶ | 〔 ə'sʌmpʃən 〕 | n. 假定 |
| asthma ⁶ | 〔'æzmə , 'æsmə 〕 | n. 氣喘 |

【記憶技巧】

從上一回的「暗殺」( assassinate )，想到要有個殺手
要進行暗殺行動，是上司「指派」( assign ) 給他的「作業」
( assignment )，他得「聯想」( associate ) 被暗殺者在哪
個「協會」( association )，「向」上司「保證」( assure )
身份不會曝光，並得到法醫的「保證」( assurance ) 去
「假定」( assume ) 他死於意外，大家都同意這個「假定」
( assumption )，認為是「氣喘」( asthma ) 發作。

1. **assign** *v.* 指派 ( = *appoint* )
   as (*to*) + sign ( 簽名 ) = assign，簽名給誰，就是「指派」。
   They ***assigned*** the task to us. ( 他們指派工作給我們 )

2. **assignment** *n.* 作業 ( = *homework* )；任務 ( = *task* )
   assign ( 指派 ) + ment (*n.*) = assignment
   Did you complete the ***assignment***? ( 你的作業做完了嗎？)

3. **associate** *v.* 聯想（= *think of together*）；與⋯結合（= *connect*）
as (*to*) + soci (*join*) + ate (*v.*) = associate，連結起來，就是
「聯想」。　　associate A with B　把 A 和 B 聯想在一起
be associated with　和⋯有關
Lung cancer *is associated with* smoking.（肺癌和抽煙有關。）

4. **association** *n.* 協會（= *group*）
associate（聯想）– e + tion (*n.*) = association
She set up an *association* to help blind people.
（她設立一個協會來幫助盲人。）

5. **assure** *v.* 向～保證（= *promise to*）
as (*to*) + sure（確定的）= assure，對～確定的，就是「向～保證」。
assure *sb.* of *sth.*　向某人保證某事
He *assured* us *of* his ability to solve the problem.
（他向我們保證他有能力解決這個問題。）

6. **assurance** *n.* 保證（= *promise*）；把握
assure（向～保證）– e + ance (*n.*) = assurance
He gave his *assurance* that the job will be done.
（他保證工作會完成。）

7. **assume** *v.* 假定；認爲（= *presume*）；承擔
as (*to*) + sume (*take*)，把想法拿給別人，就是「認爲」。
Everyone *assumed* that he was guilty.（每個人都認爲他有罪。）
assume responsibility　承擔責任

8. **assumption** *n.* 假定（= *presumption*）
assume（假定）– e + ption (*n.*) = assumption，m 和 tion 中間加
個無聲 p 是爲了好發音。
His *assumption* proved wrong.（他的假定證明爲誤。）

9. **asthma** *n.* 氣喘（= *a medical condition that makes it difficult to breathe*）
諧音：啊死嗎，「氣喘」發作，啊，要死了嗎？

# 31. *athlete*

| | | | |
|---|---|---|---|
| * **athlete** 3 | 〔'æθlit〕 | *n.* | 運動員 |
| * **athletic** 4 | 〔æθ'lɛtɪk〕 | *adj.* | 運動員般的 |
| * **ATM** 4 | | *n.* | 自動提款機 |
| * **attach** 4 | 〔ə'tætʃ〕 | *v.* | 附上 |
| * **attachment** 4 | 〔ə'tætʃmənt〕 | *n.* | 附屬品 |
| * **attack** 2 | 〔ə'tæk〕 | *n. v.* | 攻擊 |
| **attain** 6 | 〔ə'ten〕 | *v.* | 達到 |
| **attainment** 6 | 〔ə'tenmənt〕 | *n.* | 達成 |
| * **attempt** 3 | 〔ə'tɛmpt〕 | *n.* | 企圖 |

【記憶技巧】

　　從上一回的「氣喘」( asthma )，想到他有氣喘，所以無法成為「運動員」( athlete )，雖然有「運動員般的」( athletic ) 身材，到「自動提款機」( ATM ) 提款，拿出存摺「附上」( attach ) 的提款卡，放下身旁的「附屬品」( attachment )，馬上遭受「攻擊」( attack )，搶匪「達到」( attain ) 搶劫目標後，並在任務「達成」( attainment ) 逃跑前，「企圖」( attempt ) 殺人滅口。

1. **athlete** *n.* 運動員 ( = *sportsperson* )
   諧音：愛死累的，「運動員」愛運動到很累。

2. **athletic** *adj.* 運動員般的；強壯的 ( = *strong* )
   athlete ( 運動員 ) – e + ic ( *adj.* ) = athletic
   She looks *athletic*. ( 她看起來很結實。)
   【比較】athletics 〔æθ'lɛtɪks 〕*n.* 體育運動

3. ATM *n.* 自動提款機（= *automated teller machine* = *automatic teller machine*）

4. **attach** *v.* 附上（= *adhere*）；綁
at (*to*) + tach (*stake*) = attach，把東西拴上去，即是「附上」。
attach A to B 把 A 附到 B 上
She ***attached*** a check *to* the order form.
（她在訂貨單上附了一張支票。）
be attached to 非常喜歡；愛不釋手
John ***is attached to*** his new cellphone.
（約翰對他的新手機愛不釋手。）

5. attachment *n.* 附屬品（= *accessory*）；附件；喜愛
attach（附上）+ ment (*n.*) = attachment
The ***attachments***.
（這吸塵器有很多種附加裝置。）

6. **attack** *v. n.* 攻擊（= *assault*）
attach（附上）– h + k = attack，附上武器，就是「攻擊」。
attach 和 attack 事實上為同源字，所以長得很像。
launch an attack 發動攻擊

7. **attain** *v.* 達到（= *reach*）

| at + tain | |
|---|---|
| &#124;    &#124; | 接觸到目標，就是「達到」。 |
| to + touch | |

8. attainment *n.* 達成（= *achievement*）；成就
attain（達到）+ ment (*n.*) = attainment
The ***attainment*** of wealth did not make him happier.
（得到財富並沒有使他更快樂。）

9. **attempt** *n. v.* 企圖；嘗試（= *try*）
at (*to*) + tempt（誘惑）= attempt，「企圖」去誘惑他人。
He ***attempted*** to leave but was stopped.
（他試圖離開，但被阻止了。）

# *32. attend*

| *attend* [2] | 〔 əˋtɛnd 〕 | v. 參加 |
| **attendance** [5] | 〔 əˋtɛndəns 〕 | n. 參加人數 |
| **attendant** [6] | 〔 əˋtɛndənt 〕 | n. 服務員 |
| **attention** [2] | 〔 əˋtɛnʃən 〕 | n. 注意力 |
| **attic** [6] | 〔 ˋætɪk 〕 | n. 閣樓 |
| *attitude* [3] | 〔 ˋætəˌtjud 〕 | n. 態度 |
| *attract* [3] | 〔 əˋtrækt 〕 | v. 吸引 |
| *attraction* [4] | 〔 əˋtrækʃən 〕 | n. 吸引力 |
| *attractive* [3] | 〔 əˋtræktɪv 〕 | adj. 吸引人的 |

【記憶技巧】

　　從上一回的「企圖」( attempt )，想到企圖去「參加」
( attend ) 一個免費的演唱會，但是「參加人數」( attendance )
已滿，只好趁「服務員」( attendant ) 鬆懈「注意力」( attention )
的時候，偷跑進會場「閣樓」( attic )，演唱者認真的「態度」
( attitude )「吸引」( attract ) 群眾，那「吸引力」( attraction )
讓人目不轉睛，是一場非常「吸引人的」( attractive ) 表演。

1. **attend** v. 參加 ( = *go to* )
   at (*to*) + tend ( 傾向 ) = attend，有傾向，會去「參加」。
   attend to　注意；處理；服務 ( 顧客 )

2. **attendance** n. 參加人數 ( = *number present* )
   attend ( 參加 ) + ance (*n*.) = attendance
   There was a large *attendance* at the meeting.
   ( 參加會議的人很多。)

3. **attendant** *n.* 服務員 ( = *waiter* )
   attend ( 服侍 ) + ant ( 人 ) = attendant
   flight attendant 空服員 ( = *stewardess* )

4. **attention** *n.* 注意力 ( = *notice* )
   attend ( 參加 ) – d + tion (*n.*) = attention
   pay attention to 注意
   He *pays* particular *attention to* his appearance.
   ( 他特別注意他的外表。)
   【比較】attentive〔ə'tɛntɪv〕*adj.* 專心的

5. attic *n.* 閣樓 ( = *roof space* )
   諧音：愛啼歌，喜愛在「閣樓」唱歌。

attic

6. **attitude** *n.* 態度 ( = *manner* )
   at ( 位於 ) + titude ( 諧音「態度」) = attitude
   attitude to(ward) 對⋯的態度
   *Attitude* determines altitude. ( 態度決定高度。)

7. **attract** *v.* 吸引 ( = *appeal to* )

   > at + tract
   >  │    │
   > to + draw     把眾人的目光拉過來，就是「吸引」。

   be attracted to 受到⋯的吸引
   I *was* very much *attracted to* her. ( 我非常喜歡她。)

8. **attraction** *n.* 吸引力 ( = *appeal* )；有吸引力的東西
   attract ( 吸引 ) + ion (*n.*) = attraction
   gravitational attraction 地心引力
   tourist attraction 觀光景點

9. **attractive** *adj.* 吸引人的 ( = *charming* )
   attract ( 吸引 ) + ive (*adj.*) = attractive
   7000 字裡的同義字還有：alluring〔ə'lʊrɪŋ〕, engaging
   〔ɪn'gedʒɪŋ〕, inviting , seductive〔sɪ'dʌktɪv〕, tempting
   〔'tɛmptɪŋ〕。

# 33. audience

| | | | |
|---|---|---|---|
| *audience ³ | 〔'ɔdɪəns 〕 | *n.* | 觀衆 |
| *audio ⁴ | 〔'ɔdɪˌo 〕 | *adj.* | 聽覺的 |
| auditorium ⁵ | 〔ˌɔdə'torɪəm 〕 | *n.* | 大禮堂 |
| *author ³ | 〔'ɔθɚ 〕 | *n.* | 作者 |
| authorize ⁶ | 〔'ɔθəˌraɪz 〕 | *v.* | 授權 |
| *authority ⁴ | 〔 ə'θɔrətɪ 〕 | *n.* | 權威 |
| authentic ⁶ | 〔 ɔ'θɛntɪk 〕 | *adj.* | 眞正的 |
| auction ⁶ | 〔'ɔkʃən 〕 | *n.* | 拍賣 |
| ***August ¹ | 〔'ɔgəst 〕 | *n.* | 八月 |

【記憶技巧】

　　從上一回的「吸引人的」（attractive），想到一場吸引人的
演講，有很多「聽衆」（audience），坐在一個「聽覺的」（audio）
效果很好的「大禮堂」（auditorium），演講者是一位「作者」
（author），他「授權」（authorize）給各國出版他的書，是該
領域的「權威」（authority），他新書「眞正的」（authentic）
「拍賣」（auction）日期，預定在「八月」（August）。

1. **audience** *n.* 聽衆；觀衆（= *spectators*）
   audi (*hear*) + ence (*n.*) = audience，聆聽觀看的人，就是「聽衆」
   或「觀衆」。
   His books have reached a wide ***audience***. ( 他的書讀者很多。)

2. **audio** *adj.* 聽覺的（= *related to sound*）
   audi (*hear*) + o = audio，o 是耳朶張大的樣子。
   audio book 有聲書

3. auditorium　*n.* 大禮堂（＝*hall*）

| audi ＋ | tor ＋ | ium |
|---|---|---|
| hear ＋ | person ＋ | place |

讓人聽演講的地方，即是「大禮堂」。

4. **author**　*n.* 作者（＝*writer*）　*v.* 寫作；創作
auth (*grow*) ＋ or（人）＝ author，讓書成長，就是「作者」。
其實這個字，和 father（父親）同源，「作者」是書的父親。

5. **authorize**　*v.* 授權（＝*empower*）；許可
author（作者）＋ ize (*v.*) ＝ authorize，「授權」需要作者同意。
They ***authorized*** him to use force if necessary.
（他們允許他使用武力，如果必要的話。）

6. **authority**　*n.* 權威；權力（＝*powers that be*）
author（作者）＋ ity (*n.*) ＝ authority
作者往往在某方面是「權威」，有權威的人，就有「權力」。
authorities　*n. pl.* 當局　　authorities concerned　有關當局

7. **authentic**　*adj.* 真正的（＝*real*）；原作的；道地的
aut (*self*) ＋ hent (*does*) ＋ ic (*adj.*) ＝ authentic，自己親手做的，
就是「真正的」。　　authentic report　真實的報導
authentic Italian food　道地的義大利食品

8. **auction**　*n.* 拍賣（＝*a public occasion when things are sold to the people who offer the most money for them*）
action（行動）＋ u (*you*) ＝ auction，你要在「拍賣會」有行動。
be up for auction　交付拍賣
The house ***is*** now ***up for auction***.（這房子現已交付拍賣。）

9. August　*n.* 八月（＝*the eighth month of the year*）
august〔ɔ'gʌst〕*adj.* 令人敬畏的【注意發音】

# 34. *auto*

| | | |
|---|---|---|
| * **auto** 3 | 〔ˋɔto 〕 | *n.* 汽車 |
| * **automobile** 3 | 〔ˋɔtəməˏbil 〕 | *n.* 汽車 |
| * **automatic** 3 | 〔ˏɔtəˋmætɪk 〕 | *adj.* 自動的 |
| **autograph** 6 | 〔ˋɔtəˏgræf 〕 | *n.* 親筆簽名 |
| * **autobiography** 4 | 〔ˏɔtəbaɪˋɑgrəfɪ 〕 | *n.* 自傳 |
| **autonomy** 6 | 〔ɔˋtɑnəmɪ 〕 | *n.* 自治 |
| *** **aunt** 1 | 〔 ænt 〕 | *n.* 阿姨 |
| *** **autumn** 1 | 〔ˋɔtəm 〕 | *n.* 秋天 |
| * **auxiliary** 5 | 〔ɔgˋzɪljərɪ 〕 | *adj.* 輔助的 |

【記憶技巧】

　　從上一回的「八月」(August)，想到在八月要開著「汽車」(auto, automobile)去兜風，打開「自動的」(automatic)音樂播放機，拿著有明星「親筆簽名」(autograph)的「自傳」(autobiography)，要送去給住在「自治」(autonomy)區的「阿姨」(aunt)，她說「秋天」(autumn)快到了，需要有「輔助的」(auxiliary)閱讀材料，作為消遣。

1. **auto** *n.* 汽車 ( = *automobile* )
   auto 作為字首表示 self (自己)。

2. **automobile** *n.* 汽車 ( = *car* )
   auto (*self*) + mobile ( 可移動的 ) = automobile
   這個字有三種發音：〔ˋɔtəməˏbil, ˏɔtəˋmobil, ˏɔtəˋbil 〕，為了配合記憶，我們選擇第一個，要背〔ˋɔtəməˏbil 〕比較容易。

3. automatic　*adj.*　自動的（= *self-acting*）
   auto（*self*）+ mat（*think*）+ ic（*adj.*）= automatic，自己動腦想的，
   就是「自動的」。
   Do you have an ***automatic*** washing machine?
   （你有自動洗衣機嗎？）

4. autograph　*n.*　親筆簽名（= *a person's name in their
   own writing, esp. the signature of someone famous*）
   auto（*self*）+ graph（*write*）= autograph，自己寫的，就
   是「親筆簽名」。作家、演員或運動選手簽在自己著作或照片上之簽
   名為 autograph；簽在書信、文件上之簽名為 signature〔'sɪgnətʃə〕。

5. autobiography　*n.*　自傳（= *life story*）

   | auto + bio + graph + y | 寫關於自己一生的書， |
   | self + life + write + n. | 就是「自傳」。 |

   【比較】biography〔baɪ'ɑgrə,fɪ〕*n.* 傳記

6. autonomy　*n.*　自治（= *self-government*）

   | auto + nomy | 自訂法律，即「自治」。 |
   | self + law | |

   The business has complete ***autonomy***.（這項事業有完全的自主權。）
   形容詞是 autonomous〔ɔ'tɑnəməs〕*adj.* 自治的，如 an autonomous
   region「自治區」。

7. aunt　*n.*　阿姨；姑姑（= *the sister of one's father or mother*）
   和 ant〔ænt〕*n.* 螞蟻 同音。

8. autumn　*n.*　秋天（= *fall*）　　美國人用 fall（秋天）較多一點。

9. auxiliary　*adj.*　輔助的（= *supporting*）
   諧音：奧客喜你愛你，奧客都愛你，對生意是「輔助的」。
   auxiliary verb　助動詞

# 35. awake

| | | | |
|---|---|---|---|
| *awake ³ | 〔 ə'wek 〕 | v. | 醒來 |
| *awaken ³ | 〔 ə'wekən 〕 | v. | 喚醒 |
| *await ⁴ | 〔 ə'wet 〕 | v. | 等待 |
| *award ³ | 〔 ə'wɔrd 〕 | v. 頒發 | n. 獎 |
| *aware ³ | 〔 ə'wɛr 〕 | adj. | 知道的 |
| awhile ⁵ | 〔 ə'hwaɪl 〕 | adv. | 片刻 |
| awe ⁵ | 〔 ɔ 〕 | n. | 敬畏 |
| awesome ⁶ | 〔 'ɔsəm 〕 | adj. | 令人畏懼的 |
| *awful ³ | 〔 'ɔfḷ 〕 | adj. | 可怕的 |

【記憶技巧】

從上一回的「輔助的」( auxiliary )，想到有關鐘作為輔助的工具，可以讓我們早點「醒來」( awake )，「喚醒」( awaken ) 我們，到學校「等待」( await ) 即將「頒發」( award ) 的獎項，所有想「知道的」( aware ) 人都等待這「片刻」( awhile )，看著頒獎人，心中感到「敬畏」( awe )，走上台領獎那刻，既「令人畏懼的」( awesome ) 又「可怕的」( awful )。

1. **awake** v. 醒來 ( = wake up )　adj. 醒著的
   a + wake ( 醒來 ) = awake　　wide awake 十分清醒的
   I was **wide awake** all night, worrying. ( 我整夜非常清醒，很擔心。)

2. awaken v. 喚醒 ( = wake up )
   a + wake ( 醒來 ) + (e)n (v.) = awaken
   I was **awakened** by their shouts. ( 我被他們的叫喊聲吵醒。)

BOOK 1

3. awalt　*v.* 等待（ = *wait for* ）
a + wait（等待）= await，要注意 await 是及物動詞，不加 for。
We must **await** his decision.（我們必須等候他的決定。）

4. **award**　*v.* 頒發（ = *give* ）　*n.* 獎（ = *prize* ）
諧音：餓握的，餓肚子也要握著「獎」。
He was **awarded** a medal for bravery.
（他因英勇而獲頒一枚獎章。）
the Academy Award　奧斯卡獎
【比較】reward〔rɪˋwɔrd〕*n.* 報酬；獎賞

the Academy Award

5. **aware**　*adj.* 知道的（ = *conscious* ）
諧音：餓餵兒，「知道」要餵餓肚子的兒子。
be aware of　知道；察覺到（ = *be conscious of* = *know* ）
I **was** well **aware of** this fact.（這件事我非常清楚。）

6. awhile　*adv.* 片刻（ = *for a while* ）
a + while（短暫的時間）= awhile
Let's rest **awhile**.（我們休息一下吧。）

7. awe　*n.* 敬畏（ = *a feeling of respect mixed with fear* ）
be in awe of　敬畏
He **is** totally **in owe of** his father.（他非常敬畏他父親。）
【比較】owe〔o〕*v.* 欠

8. awesome　*adj.* 令人畏懼的（ = *shocking* ）
awe（敬畏）+ some（*adj.*）= awesome
awesome 在口語中，常作「很棒的」（ = *wonderful* ）解。
Wow! That's totally **awesome**!（哇！真是棒極了！）

9. **awful**　*adj.* 可怕的（ = *terrible* ）
awe（敬畏）– e + ful（*adj.*）= awful
【比較】awfully〔ˋɔfʊlɪ〕*adv.* 非常地
It's **awfully** good of you to find the time to see us.
（你抽空來看我們，真是太好了。）

# 36. baby

| | | | |
|---|---|---|---|
| **\*\*baby** [1] | 〔'bebɪ 〕 | *n.* | 嬰兒 |
| **\*\*baby-sitter** [2] | 〔'bebɪ,sɪtɚ 〕 | *n.* | 臨時褓姆 |
| **bachelor** [5] | 〔'bætʃələ 〕 | *n.* | 單身漢 |
| **\*\*\*back** [1] | 〔 bæk 〕 | *n.* | 背面 |
| **backbone** [5] | 〔'bæk,bon 〕 | *n.* | 脊椎 |
| **\*background** [3] | 〔'bæk,graʊnd 〕 | *n.* | 背景 |
| **\*backpack** [4] | 〔'bæk,pæk 〕 | *n.* | 背包 |
| **\*bacon** [3] | 〔'bekən 〕 | *n.* | 培根 |
| **\*bacteria** [3] | 〔 bæk'tɪrɪə 〕 | *n. pl.* | 細菌 |

【記憶技巧】

　　從上一回的「可怕的」(awful)，想到晚上聽到可怕的哭聲，是來自「嬰兒」(baby)，擔任「臨時褓姆」(baby-sitter)的「單身漢」(bachelor)，沒有經驗，要隨時注意睡在「背面」(back)的嬰兒，想到他出意外，就「脊椎」(backbone)發涼，慢慢地培養了一點照顧孩童的「背景」(background)，早上背著「背包」(backpack)，去市場買「培根」(bacon)，注意食物衛生，不要滋生「細菌」(bacteria)。

1. baby *n.* 嬰兒 ( = *infant* )

2. baby-sitter *n.* 臨時褓姆 ( = *a person who takes care of children* )
   = baby sitter = babysitter
   baby (嬰兒) + sitter (坐著的人) = baby-sitter，坐在 baby 旁邊的人，就是「臨時褓姆」。
   baby-sit 〔'bebɪ,sɪt 〕 *v.* 當臨時褓姆【只有一種寫法】

3. bachelor　*n.* 單身漢 ( = *a man who has never been married* )；
學士　　諧音：白去了，白白去了一趟約會，還是「單身漢」。
bachelor's degree　學士學位

4. back　*n.* 背面 ( = *rear* ) ( ↔ front　*n.* 前面 )　　*v.* 支持
behind *one's* back　背著某人
They always speak ill of him ***behind his back***.
（他們總是背著他說他壞話。）

5. backbone　*n.* 脊椎 ( = *spinal column* )；中堅分子；
骨幹；支柱；基礎
back（背後）+ bone（骨頭）= backbone，背後的骨頭，就是
「脊椎」。
Such men are the ***backbone*** of the country.
（這樣的人是國家棟樑。）

6. **background**　*n.* 背景 ( = *the scenery behind the main
objects in a picture* )；經驗 ( = *experience* )
back（背後）+ ground（地面）= background，背後的地面，就
是「背景」。
The mountains form a ***background*** to this photograph
of the family.（這幅家庭照的背景是山脈。）
She has a ***background*** in child psychology.
（她受過兒童心理學的教育。）

7. backpack　*n.* 背包 ( = *rucksack* 〔'rʌk,sæk 〕)
back（背後）+ pack（行李）= backpack
backpacker　*n.* 背包客；自助旅行者

8. bacon　*n.* 培根 ( = *meat from a pig that is treated with
smoke or salt* )　　bring home the bacon　賺錢養家

9. **bacteria**　*n. pl.* 細菌 ( = *microorganisms* )
諧音：備課特累呀，備課累到感染「細菌」生病。
單數為 bacterium〔bæk'tɪrɪəm 〕。

# *1. bad*

| | | | |
|---|---|---|---|
| **‡‡bad** [1] | [ bæd ] | *adj.* | 不好的 |
| **badge** [5] | [ bædʒ ] | *n.* | 徽章 |
| **‡badminton** [2] | [ˈbædmɪntən] | *n.* | 羽毛球 |
| **‡bake** [2] | [ bek ] | *v.* | 烘烤 |
| **‡‡bakery** [2] | [ˈbekərɪ] | *n.* | 麵包店 |
| **bait** [3] | [ bet ] | *n.* | 餌 |
| **‡balance** [3] | [ˈbæləns] | *n.* | 平衡 |
| **‡balcony** [2] | [ˈbælkənɪ] | *n.* | 陽台 |
| **‡bald** [4] | [ bɔld ] | *adj.* | 禿頭的 |

BOOK

2

【記憶技巧】

　　有一位原本「不好的」(bad) 人，浪子回頭，頒給他榮譽「徽章」(badge)，後來他開始打「羽毛球」(badminton)，「烘烤」(bake) 麵包，在「麵包店」(bakery) 當麵包師父。偶爾拿著「餌」(bait)，保持「平衡」(balance) 在河岸邊釣魚，或是坐在「陽台」(balcony) 上和一群「禿頭的」(bald) 朋友聊天。

1. bad　*adj.* 不好的 ( = *harmful* )
   go from bad to worse　每下愈況

2. badge　*n.* 徽章 ( = *token* )
   bad ( 不好的 ) + ge = badge
   「徽章」是身份的象徵，例如軍人會戴 badge of rank ( 軍階徽章 )，而學校會有 school badge ( 校徽 )。

3. badminton  *n.*  羽毛球；羽毛球運動（ *= a game in which two or four players use rackets to hit a shuttlecock to each other across a net* ）

諧音：背的明疼，打「羽毛球」很激烈，背的部分明天會疼。
這個字是「羽毛球運動」，常簡稱「羽毛球」。「打羽毛球」（ play badminton ）時，所打的「羽毛球」，正式的名稱是 shuttlecock 〔ˈʃʌtḷˌkɑk〕，shuttle（往返的接駁車）+ cock（公雞），「羽毛球」就像「來來回回的公雞」。
I often play ***badminton*** with my father.
（我常和我爸爸打羽毛球。）

4. **bake**  *v.*  烘烤（ *= cook in an oven* ）
bake a cake  烤一個蛋糕

5. bakery  *n.*  麵包店（ *= bakeshop* ）
bake（烤）+ ry = bakery

6. bait  *n.*  餌（ *= attraction* ）；誘惑
bait 其實和 bite（咬）同源，所以長得也很像，bait（餌）就是被魚（咬）的食物。　　take the bait  上鉤；中圈套
Many people ***took the bait*** and lost their life savings.
（很多人上鉤而失去了一生的儲蓄。）

7. **balance**  *n.*  平衡（ *= evenness* ）
諧音：被冷死，沒有保持「平衡」掉入水中會被冷死。
He lost his ***balance*** and fell.（他失去平衡後跌落。）

8. balcony  *n.*  陽台（ *= terrace* ）
諧音：背靠你，背靠著「陽台」看著你。
You can see the ocean from our ***balcony***.
（你可以從我們的陽台看到海洋。）

9. bald  *adj.*  禿頭的（ *= hairless* ）　　諧音：伯的，伯伯「禿頭的」。
He is going ***bald***.（他的頭漸漸禿了。）

# *2. ball*

| | | | |
|---|---|---|---|
| ***ball** [1] | 〔 bɔl 〕 | | *n.* 球 |
| **ballot** [5] | 〔'bælət〕【注意發音】 | | *n.* 選票 |
| *ballet* [4] | 〔 bæ'le 〕【注意發音】 | | *n.* 芭蕾舞 |
| | | | |
| **balloon** [1] | 〔 bə'lun 〕 | | *n.* 氣球 |
| *bamboo* [2] | 〔 bæm'bu 〕 | | *n.* 竹子 |
| **ban** [5] | 〔 bæn 〕 | | *v.* 禁止 |
| | | | |
| ***band** [1] | 〔 bænd 〕 | | *n.* 樂隊 |
| **bandit** [5] | 〔'bændɪt〕 | | *n.* 強盜 |
| *bandage* [3] | 〔'bændɪdʒ〕 | | *n.* 繃帶 |

BOOK
2

【記憶技巧】

從上一回的「禿頭的」(bald)，想到禿頭的人，頭就像
顆大「球」(ball)，投完「選票」(ballot) 後，去上「芭蕾舞」
(ballet) 課，回家的路上，看到「氣球」(balloon) 綁在「竹
子」(bamboo) 上，上面寫著「禁止」(ban) 吵鬧，因為上次
有「樂隊」(band) 太吵，引起「強盜」(bandit) 的注意，被
搶劫毆打後，團員都包了「繃帶」(bandage)。

1. ball  *n.* 球 ( = *a round object used in games* )；舞會
   a birthday ball  生日舞會

2. ballot  *n.* 選票 ( = *vote* )
   ball ( 球 ) + ot (*a lot*) = ballot ( 選票 )
   「選票」就像「球」一樣，需要「很多」。
   Party leaders are selected by ***ballot***.
   ( 政黨領導人由投票選舉產生。)

3. ballet　*n.* 芭蕾舞（= *a classical dance*）
   ball（球）+ et = ballet【注意 t 不發音】
   芭蕾要讓身體釋放出去，所以這個字後面是 let。

4. balloon　*n.* 氣球（= *a large bag filled with a gas
   lighter than air*）
   ball（球）+ oon = balloon，oo 是氣球的形狀。

5. bamboo　*n.* 竹子（= *woody tropical grass*）
   balloon 和 bamboo 都有 oo。o 有圓形的
   意思，竹子的莖也是圓的。

   字尾是 oo 或 oon，重音在最後一個音節上。
   【詳見「文法寶典①」，單字的重音附錄-53】

bamboo

6. ban　*v.* 禁止（= *forbid*）
   ban *sb.* from V-ing　禁止某人做～
   He **was banned from driving** a car for three years.
   （他被吊扣駕照三年。）

7. **band**　*n.* 樂隊（= *a musical group*）；一群
   a rock and roll band　搖滾樂團
   They are a **band** of thieves.（他們是一群盜賊。）

8. bandit　*n.* 強盜（= *robber*）
   band（樂隊）+ it = bandit
   He was attacked by a group of **bandits**.
   （他被一群強盜攻擊。）

9. bandage　*n.* 繃帶（= *dressing*）　*v.* 用繃帶包紮
   諧音：綁得住，「繃帶」要綁得住傷口。
   band（樂隊）+ age（年紀）= bandage
   The doctor **bandaged** the boy's foot.
   （醫生幫男孩包紮腿。）

# 3. *bank*

| | | | |
|---|---|---|---|
| ***bank** [1] | ( bæŋk ) | *n.* | 銀行 |
| *** banker** [2] | ( 'bæŋkə ) | *n.* | 銀行家 |
| *** bankrupt** [4] | ( 'bæŋkrʌpt ) | *adj.* | 破產的 |
| | | | |
| **banner** [5] | ( 'bænə ) | *n.* | 旗幟 |
| **banquet** [5] | ( 'bæŋkwɪt ) | *n.* | 宴會 |
| *** bar** [1] | ( bɑr ) | *n.* | 酒吧 |
| | | | |
| *** barber** [1] | ( 'bɑrbə ) | *n.* | 理髮師 |
| **barbershop** [5] | ( 'bɑrbə,ʃɑp ) | *n.* | 理髮店 |
| **barbarian** [5] | ( bɑr'bɛrɪən ) | *n.* | 野蠻人 |

BOOK 2

【記憶技巧】

從上一回的「強盜」( bandit )，想到強盜去搶「銀行」( bank )，「銀行家」( banker ) 差點被洗劫一空，變成「破產的」( bankrupt ) 人，掛起「橫幅標語」( banner )，舉辦「宴會」( banquet ) 慶祝逃過一劫，再去「酒吧」( bar ) 喝得酩酊大醉，隔天找「理髮師」( barber ) 理髮，在「理髮店」( barbershop ) 看到自己服儀不整的樣子，像個「野蠻人」( barbarian )。

1. **bank** *n.* 銀行 ( = *financial institution* )；河岸
   bank account 銀行帳戶
   We took a walk along the ***bank***. ( 我們沿著河岸散步。)

2. banker *n.* 銀行家 ( = *financier* )
   bank ( 銀行 ) + er ( 人 ) = banker
   【比較】teller ( 'tɛlə ) *n.* 銀行出納員

3. bankrupt *adj.* 破產的（= *broke*）
   bank（銀行）+ rupt（*break*）= bankrupt
   銀行都破了，就「破產」（bankrupt）了。
   The recession has made many small companies go
   ***bankrupt***.（經濟蕭條使很多小公司破產。）

4. banner *n.* 旗幟（= *flag*）；橫幅標語
   ban（禁止）+ ner = banner
   有很多「禁令」都寫在「旗幟」上，
   讓大家看到。

   banner

5. banquet *n.* 宴會（= *feast*）
   諧音：辦會，舉辦「宴會」。
   wedding banquet 婚宴（= *wedding reception*）
   A ***banquet*** will be held in honor of the graduates.
   （將會舉辦一場宴會來向畢業生致敬。）

6. bar *n.* 酒吧（= *pub*）；（巧克力、肥皂等）條；棒 *v.* 禁止
   a bar of soap　一塊肥皂
   bar *sb.* from V-ing　禁止某人～；使某人無法～
   Lack of money ***barred me from going*** on holiday.
   （缺錢使我無法去度假。）

7. **barber** *n.* 理髮師（= *a person who cuts men's hair*）
   諧音：爸伯，爸伯都需要「理髮師」。
   【比較】barber's *n.* 理髮店

8. **barbershop** *n.* 理髮店（= *a shop where men can get their
   hair cut*）
   barber（理髮師）+ shop（店）= barbershop

9. **barbarian** *n.* 野蠻人（= *savage*）　*adj.* 野蠻的；未開化的

   | barbar | + ian |
   |---|---|
   | 野人的叫聲 | + 人 |

   〔bɑrˈbɛr, bɑrˈbɛr〕
   是「野人」的叫聲。

# *4. bare*

| | | | |
|---|---|---|---|
| *bare ³ | ( bɛr ) | *adj.* | 赤裸的 |
| **barefoot** ⁵ | ( 'bɛr,fʊt ) | *adj.* | 光著腳的 |
| *barely ³ | ( 'bɛrlɪ ) | *adv.* | 幾乎不 |
| *bark ² | ( bɑrk ) | *v.* | 吠叫 |
| *bargain ⁴ | ( 'bɑrgɪn ) | *v.* | 討價還價 |
| *barn ³ | ( bɑrn ) | *n.* | 穀倉 |
| *barrel ³ | ( 'bærəl ) | *n.* | 一桶 |
| *barren ⁵ | ( 'bærən ) | *adj.* | 貧瘠的 |
| **barrier** ⁴ | ( 'bærɪɚ ) | *n.* | 障礙 |

BOOK 2

【記憶技巧】

從上一回的「野蠻人」(barbarian),想到野蠻人常「赤裸的」(bare)、「光著腳的」(barefoot)而且「幾乎不」(barely)講話,常常像狗一樣「吠叫」(bark),交易物品常「討價還價」(bargain),終於在「穀倉」(barn)買到「一桶」(barrel)肥料來灌溉「貧瘠的」(barren)土地,解決農耕的「障礙」(barrier)。

1. **bare** *adj.* 赤裸的 ( = *naked* )
   bar ( 酒吧 ) + e = bare,去酒吧喝醉忘記穿衣服,變「赤裸的」。
   He fought with ***bare*** hands. ( 他赤手空拳地打鬥。 )

2. barefoot *adj.* 光著腳的 ( = *shoeless* )　　*adv.* 光著腳地
   bare ( 赤裸的 ) + foot ( 腳 ) = barefoot
   The boys ran ***barefoot***. ( 男孩們赤腳地跑。 )
   【比較】barehanded ( 'bɛr'hændɪd ) *adj.* 赤手的

3. **barely** *adv.* 幾乎不（= *hardly*）
   bare（赤裸的）+ ly（*adv.*）= barely，赤裸，就是「幾乎不」穿。
   The old men *barely* talked to each other.
   （這些老先生幾乎不和彼此說話。）

4. **bark** *v.*（狗）吠ㄈ叫（= *howl*）；（狐狸、松鼠等）吠；叫
   *n.* 樹皮（= *covering*）

5. **bargain** *v.* 討價還價（= *negotiate*）　*n.* 便宜貨；協議
   bar（酒吧）+ gain（得到）= bargain，在酒吧要得到多的酒，
   就要「討價還價」。
   Don't be afraid to *bargain* in a small shop.
   （在小型商店不要害怕討價還價。）
   It's a *bargain*!（這真便宜！）　　strike a bargain　達成協議
   It's difficult to *strike a bargain* that both sides will accept.
   （要達成雙方都能接受的協議是不可能的）

6. **barn** *n.* 穀倉（= *a farm building for storing grain*）
   bar（酒吧）+ n = barn

7. **barrel** *n.* 一桶（= *a container*）
   bar（酒吧）+ rel = barrel，酒吧有「一桶桶」的酒。
   by the barrel　以桶計算
   Oil is sold *by the barrel*.（油是以桶為單位來賣。）

8. **barren** *adj.* 貧瘠的（= *sterile*〔'stɛrəl〕）
   bar（酒吧）+ ren（諧音「人」）= barren，去酒吧不管「貧瘠的」地。
   The desert area is dry and *barren* and can't grow any crop.
   （沙漠地區既乾旱又貧瘠，無法種植任何農作物。）

9. **barrier** *n.* 障礙（= *obstacle*）
   bar（酒吧）+ rier（諧音「你兒」）= barrier，酒吧你的兒子不能去，
   是「障礙」。　　barrier to N.　…的障礙
   Poverty is a *barrier to* education.（貧窮是教育的障礙。）

# *5. base*

| | | | |
|---|---|---|---|
| ‡**base** [1] | 〔 bes 〕 | *n.* | 基地 |
| ***baseball** [1] | 〔'bes,bɔl 〕 | *n.* | 棒球 |
| ‡**basement** [2] | 〔'besmənt 〕 | *n.* | 地下室 |
| | | | |
| ***basis** [2] | 〔'besɪs 〕 | *n.* | 基礎 |
| ‡**basic** [1] | 〔'besɪk 〕 | *adj.* | 基本的 |
| ***basin** [4] | 〔'besn̩ 〕 | *n.* | 臉盆 |
| | | | |
| ‡**basket** [1] | 〔'bæskɪt 〕 | *n.* | 籃子 |
| ‡**basketball** [1] | 〔'bæskɪt,bɔl 〕 | *n.* | 籃球 |
| **bass** [5] | 〔 bes 〕 | *adj.* | 低音的 |

BOOK
2

【記憶技巧】

　　從上一回的「障礙」(barrier)，想到遇到障礙，要回到「基地」(base)，從新開始，苦練「棒球」(baseball)，在「地下室」(basement) 從「基礎」(basis) 開始加強，訓練「基本的」(basic) 技能，累了就用「臉盆」(basin) 洗臉，或是把旁邊的「籃子」(basket) 當籃框，玩玩「籃球」(basketball)，發出「低音的」(bass) 運球聲。

1. **base** *n.* 基地 ( = *post* )；基礎 ( = *foundation* )；( 棒球 ) 壘
   The family **base** was crucial to my development.
   ( 家庭基礎對我的發展很重要。)
   base 是指具體的基礎，如「基地」；basis 是指抽象的「基礎」。

2. baseball *n.* 棒球 ( = *a ball game played with a bat and ball* )
   base ( 壘 ) + ball ( 球 ) = baseball

3. basement *n.* 地下室（= *underground room*）
base（基地）+ ment (*n.*) = basement

4. **basis** *n.* 基礎（= *base*）；根據（= *agreement*）
base（基地）– e + is (*n.*) = basis
on a～basis　根據…的原則
on a regular basis　規律地（= *regularly*）
on a daily basis　每天（= *daily*）
We go to a movie **on a weekly basis**.（我們每週去看一次電影。）

5. **basic** *adj.* 基本的（= *fundamental*）
English reading is a **basic** skill.（英文閱讀能力是基本的技能。）
常考副詞：basically〔'besɪkḷɪ〕*adv.* 大體上；基本上
The book is **basically** a love story.（這本書基本上是個愛情故事。）
【比較】basics〔besɪks〕*n. pl.* 基本原理；基本原則
Let's start with the **basics**.（我們從最基本的開始。）

6. basin *n.* 臉盆；盆地（= *valley*）
base（基地）– e + in（裡面）= basin
basin 除了用在地理上，作「盆地」
解之外，還有「臉盆」的意思，都
是中間下凹的樣子。

basin

7. basket *n.* 籃子（= *a container made of strips of wood*）；一籃的量
a basket of apples　一籃的蘋果

basket

8. basketball *n.* 籃球（= *a game*）
basket（籃子）+ ball（球）= basketball

9. bass〔bes〕*adj.* 低音的（= *low*）　*n.* 男低音　〔bæs〕*n.* 鱸魚
base（基地）– e + s = bass
He has a **bass** voice.（他的聲音很低沉。）

bass

# 6. bat

| | | | |
|---|---|---|---|
| **\*\*bat** [1] | 〔 bæt 〕 | *n.* | 球棒 |
| **\*\*\*bath** [1] | 〔 bæθ 〕 | *n.* | 洗澡 |
| **\*\*\*bathroom** [1] | 〔'bæθ‚rum 〕 | *n.* | 浴室 |
| | | | |
| **batter** [5] | 〔'bætɚ 〕 | *v.* | 重擊 |
| **\*battery** [4] | 〔'bætərɪ 〕 | *n.* | 電池 |
| **\*battle** [2] | 〔'bætḷ 〕 | *n.* | 戰役 |
| | | | |
| **batch** [5] | 〔 bætʃ 〕 | *n.* | 一批 |
| **\*bay** [3] | 〔 be 〕 | *n.* | 海灣 |
| **bazaar** [5] | 〔 bə'zɑr 〕 | *n.* | 市集 |

BOOK 2

【記憶技巧】

　　　從上一回的「低音的」(bass)，想到進家門時，聽到有低
音的歌聲，拿出「球棒」(bat)，往有人在「洗澡」(bath)的
「浴室」(bathroom)走過去，想「重擊」(batter)竊賊，此
時剛好手電筒「電池」(battery)沒電，和竊賊打了一場「戰
役」(battle)，被打倒在地後，竊賊偷走「一批」(batch)商
品，拿到「海灣」(bay)的「市集」(bazaar)廉價拋售。

1. bat *n.* 球棒（= *a wooden stick*）；蝙蝠（= *a flying mammal*）
   bat 是擬聲字，有「拍打」的意思，「球棒」打球，「蝙蝠」
   拍打翅膀。

2. **bath** *n.* 洗澡（= *an act of washing one's whole body*）
   動詞是 bathe〔beð〕*v.* 幫…洗澡。
   take a bath 洗澡　　take a shower 淋浴

3. bathroom　*n.* 浴室；廁所（ = *lavatory* ）
   bath + room = bathroom

   > 美國人說：Where's the bathroom? 意思是「廁所在哪裡？」
   > 是種文雅的說法，因為 bathroom 本來的意思是「浴室」。他
   > 們不說 Where's the toilet? 因為 toilet 含有「馬桶」的意
   > 思。【詳見「一口氣背會話」p.331 】

4. batter　*v.* 重擊（ = *beat* ）　*n.* （棒球的）打擊手
   It's wrong to **batter** your children.（毆打你的孩子是不對的。）

5. battery　*n.* 電池（ = *power unit* ）；連續猛擊；【律】毆打
   recharge a battery　充電
   When the red light comes on, you should **recharge the battery**.
   （當紅燈亮起，你就要充電。）

6. battle　*n.* 戰役（ = *fight* ）　*v.* 奮戰；競爭
   The hero won a glorious **battle**.
   （那位英雄贏了一場光榮的戰役。）
   She **battled** against cancer courageously.
   （她勇敢地和癌症奮鬥。）
   【比較】battlefield〔'bætḷ,fild〕*n.* 戰場

7. batch　*n.* 一批（ = *bunch* ）；一爐；一組
   諧音：包去，包成「一批」拿去。
   My mom baked a **batch** of cookies.（我媽烤了一爐餅乾。）

8. **bay**　*n.* 海灣（ = *gulf*〔gʌlf〕）
   keep…at bay　使…無法接近；阻止
   A thick wall **keeps** the noise **at bay**.
   （一道很厚的牆可阻礙噪音。）

9. bazaar　*n.* 市集（ = *fair* ）；市場（ = *market* ）
   諧音：買雜，去「市集」買雜貨。

bazaar

# 7. *beach*

| | | | |
|---|---|---|---|
| ‡**beach** [1] | 〔 bitʃ 〕 | *n.* | 海灘 |
| ***bead** [2] | 〔 bid 〕 | *n.* | 有孔的小珠 |
| ***beak** [4] | 〔 bik 〕 | *n.* | 鳥嘴 |
| ‡**bean** [2] | 〔 bin 〕 | *n.* | 豆子 |
| ***beam** [3,4] | 〔 bim 〕 | *n.* | 光線 |
| ‡**beat** [1] | 〔 bit 〕 | *v.* | 打 |
| ***beast** [3] | 〔 bist 〕 | *n.* | 野獸 |
| ‡**bear** [2,1] | 〔 bɛr 〕 | *v.* | 忍受 |
| ‡**beard** [2] | 〔 bɪrd 〕 | *n.* | 鬍子 |

【記憶技巧】

　　從上一回的「市集」( bazaar )，想到在「海灘」( beach ) 有個市集，攤販賣著「有孔的小珠」( bead ) 串成的項鍊，沙灘的海鳥，用「鳥嘴」( beak ) 啄著散落四處的「豆子」( bean )，反射著刺眼的「光線」( beam )，此刻一位女子尖叫，追「打」( beat ) 一位男子，罵他是「野獸」( beast )，蓄著雜亂令人難以「忍受」( bear ) 的「鬍子」( beard )。

1. **beach** *n.* 海灘 ( = *seaside* )

2. **bead** *n.* 有孔的小珠 ( = *little ball* )；珠狀物
這個字可以看形狀，b 和 d 都有圓圈的形狀，就像「有孔的小珠」。
The *beads* scattered all over the floor. ( 珠子散落在地板上。)
*Beads* of sweat covered his brow.
( 他的額頭流滿汗珠。)

3. beak　*n.* 鳥嘴（= *the pointed part of a bird's mouth*）

4. bean　*n.* 豆子（= *seed*）
　【比較】soybean（'sɔɪ,bin）*n.* 黃豆；大豆

bean

5. beam　*n.* 光線（= *ray*）；橫樑（= *rafter*）
　*v.* 眉開眼笑
　A *beam* of light shone into my face. （一道光線照向我臉上。）
　He *beamed* with satisfaction. （他滿意地眉開眼笑。）

6. **beat**　*v.* 打（= *hit*）；打敗【三態變化：beat–beat–beat】
　*n.* 心跳；節拍
　My father *beat* me for lying. （我爸爸因為我說謊而打我。）
　It *beats* me. （我不知道。）
　beat about the bush　拐彎抹角
　When I heard the news, my heart seemed to skip a *beat*.
　（當我聽到那新聞，我的心跳似乎停了一下。）

7. beast　*n.* 野獸（= *an animal, especially a dangerous one*）
　b + east（東方）= beast
　這個字要很好記，只要記得 Beauty
　and the Beast（美女與野獸）。

Beauty and the Beast

8. bear　*v.* 忍受（= *endure*）
　【三態變化：bear–bore–borne】　*n.* 熊
　I can't *bear* his harsh criticism.
　（我無法忍受他嚴厲的批評。）

bear

　bear market　熊市【下跌的股市】↔ bull market　牛市【上漲的股市】

9. beard　*n.* 鬍子（= *whiskers*）
　wear a beard　留鬍子（= *grow a beard*）
　He *wears a* long *beard*. （他留長鬍子。）

# 8. *beautiful*

| | | | |
|---|---|---|---|
| **beautiful** [1] | (ˈbjutəfəl ) | *adj.* | 美麗的 |
| **beautify** [5] | (ˈbjutə,faɪ ) | *v.* | 美化 |
| **beauty** [1] | (ˈbjutɪ ) | *n.* | 美 |
| **bee** [1] | ( bi ) | *n.* | 蜜蜂 |
| **beef** [2] | ( bif ) | *n.* | 牛肉 |
| **beep** [2] | ( bip ) | *n.* | 嗶嗶聲 |
| **beer** [2] | ( bɪr ) | *n.* | 啤酒 |
| **beetle** [2] | (ˈbitḷ ) | *n.* | 甲蟲 |
| **beckon** [6] | (ˈbɛkən ) | *v.* | 向…招手 |

【記憶技巧】

從上一回的「鬍子」( beard )，想到有個留鬍子的男子，有個「美麗的」( beautiful ) 家，他喜歡「美化」( beautify ) 環境，他對「美」( beauty ) 的重視，招來了「蜜蜂」( bee ) 來築巢，吃著「牛肉」( beef )，聽到窗外的「嗶嗶聲」( beep )，配「啤酒」( beer )，停在窗台的「甲蟲」( beetle )，像是在「向」他「招手」( beckon ) 示好。

1. beautiful *adj.* 美麗的 ( = *pretty* )

2. beautify *v.* 美化 ( = *make more beautiful* )
   beautiful ( 美麗的 ) – ful + fy (*make*) = beautify，使美麗，就是「美化」。
   Plants can ***beautify*** the garden.
   ( 植物可以美化花園。)

3. **beauty** *n.* 美（= *charm*）；美女
　　beautiful（美麗的）– iful + y (*n.*) = beauty
　　***Beauty*** is in the eye of the beholder.
　　（【諺】情人眼裡出西施。）
　　***Beauty*** is but skin deep.（【諺】美麗是膚淺的。）

4. bee *n.* 蜜蜂（= *a flying insect*）
　　蜜蜂發出的聲音叫 buzz〔 bʌz 〕*v.* 發出嗡嗡聲。
　　as busy as a bee　像蜜蜂一樣忙碌；非常忙碌
　　She is ***as busy as a bee***.（她像蜜蜂一樣忙碌。）
　　【比較】beehive〔'bi,haɪv 〕*n.* 蜂窩；蜂巢

bee

5. beef *n.* 牛肉（= *the meat from a cow*）

6. beep *n.* 嗶嗶聲（= *bleep*）；汽車喇叭聲　*v.* 發出嗶嗶聲
　　bee（蜜蜂）+ p = beep，這個字是擬聲字，唸一下就可以記起來了。
　　Please leave your message and phone number after the ***beep***.
　　（聽到嗶聲後請留言，和您的電話號碼。）

7. beer *n.* 啤酒（= *brew*）
　　bee（蜜蜂）+ r = beer　　beer belly　啤酒肚

8. beetle *n.* 甲蟲
　　bee（蜜蜂）+ tle = beetle

beetle

9. beckon *v.* 向…招手（= *wave*）
　　beck（命令）+ on = beckon〔beck〔 bɛk 〕*n.* 命令；招手〕
　　不要和 bacon〔'bekən 〕*n.* 培根搞混。
　　He ***beckoned*** to the waiter.
　　（他招手叫服務生。）
　　7000 字裡的同義字還有：gesture〔'dʒɛstʃɚ 〕，
　　signal〔'sɪgnḷ 〕。

beckon

# 9. *before*

| | | |
|---|---|---|
| **before** [1] | ﹝ bɪˈfɔr ﹞ | *prep.* 在…之前 |
| **beforehand** [5] | ﹝ bɪˈfɔrˌhænd ﹞ | *adv.* 事先 |
| | | |
| **beg** [2] | ﹝ bɛg ﹞ | *v.* 乞求 |
| **beggar** [3] | ﹝ ˈbɛgə ﹞ | *n.* 乞丐 |
| | | |
| **begin** [1] | ﹝ bɪˈgɪn ﹞ | *v.* 開始 |
| **beginner** [2] | ﹝ bɪˈgɪnə ﹞ | *n.* 初學者 |
| | | |
| **behalf** [5] | ﹝ bɪˈhæf ﹞ | *n.* 方面 |
| **behave** [3] | ﹝ bɪˈhev ﹞ | *v.* 行為舉止 |
| **behavior** [4] | ﹝ bɪˈhevjə ﹞ | *n.* 行為 |

**BOOK 2**

【記憶技巧】

　　從上一回的「招手」(beckon)，想到有個人對我招手，「在」不久「之前」(before)我似乎見過他，他「事先」(beforehand)跟我「乞求」(beg)一些錢，是個「乞丐」(beggar)，現在「開始」(begin)學習技能，還是個「初學者」(beginner)，在各個「方面」(behalf)都和以前不同，「行為舉止」(behave)進步許多，不再有粗魯的「行為」(behavior)。

1. **before** *prep.* 在…之前 ( = *ahead of* )
   be + fore ( 前面 ) = before

2. **beforehand** *adv.* 事先 ( = *in advance* )
   before ( 在…之前 ) + hand ( 手 ) = beforehand
   Please let me know *beforehand*. ( 請事先讓我知道。)

3. **beg** *v.* 乞求 ( = *ask for* )
   He ***begged*** the king for mercy. ( 他向國王乞求寬恕。 )

4. **beggar** *n.* 乞丐 ( = *a person who lives by begging* )
   beg ( 乞求 ) + g + ar ( 人 ) = beggar
   ar 是表「人」的字尾，通常都是負面的，例如：
   liar〔'laɪɚ〕*n.* 騙子，burglar〔'bɝglɚ〕*n.* 竊賊，
   scholar〔'skɑlɚ〕*n.* 學者 ( 學者容易自以爲是 )。

5. **begin** *v.* 開始 ( = *start* )
   to begin with   首先；第一 ( = *first of all* )

6. **beginner** *n.* 初學者 ( = *starter* )；創辦人
   begin ( 開始 ) + n + er ( 人 ) = beginner
   That's not too bad, for a ***beginner***!
   ( 對一個初學者來說，那還算不賴！ )
   beginner's luck   新手的好運氣
   【比較】beginning〔bɪ'gɪnɪŋ〕*n.* 開始

7. **behalf** *n.* 方面 ( = *part* )
   be + half ( 一半 ) = behalf，一半的部分，也就是「方面」。
   on *one's* behalf   代表某人 ( = *on behalf of sb.* )
   ***On behalf of*** my son, I want to thank you.
   ( 我想要代表我兒子感謝你。 )

8. **behave** *v.* 行爲舉止 ( = *act* )
   be + have ( 有 ) = behave
   Jimmy ***behaves*** well at school. ( 吉米在學校表現良好。 )
   【比較】well-behaved〔'wɛlbɪ'hevd〕*adj.* 行爲端正的；循規蹈矩的

9. **behavior** *n.* 行爲 ( = *conduct*〔'kɑndʌkt〕)
   behave ( 行爲舉止 ) – e + ior (*n.*) = behavior
   Stop your rude ***behavior***. ( 停止你粗魯的行爲。 )

# *10. believe*

| | | | |
|---|---|---|---|
| ‡ **believe** [1] | 〔 bɪˈliv 〕 | *v.* | 相信 |
| * **believable** [2] | 〔 bɪˈlivəbḷ 〕 | *adj.* | 可信的 |
| * **belief** [2] | 〔 bɪˈlif 〕 | *n.* | 相信 |
| ‡ **bell** [1] | 〔 bɛl 〕 | *n.* | 鐘 |
| * **belly** [3] | 〔ˈbɛlɪ 〕 | *n.* | 肚子 |
| ‡ **belt** [2] | 〔 bɛlt 〕 | *n.* | 皮帶 |
| ‡ **belong** [1] | 〔 bəˈlɔŋ 〕 | *v.* | 屬於 |
| **belongings** [5] | 〔 bəˈlɔŋɪŋz 〕 | *n. pl.* | 個人隨身物品 |
| **beloved** [5] | 〔 bɪˈlʌvɪd , bɪˈlʌvd 〕 | *adj.* | 親愛的 |

**BOOK 2**

【記憶技巧】

　　從上一回的「行爲（behavior），想到行爲正當的人，才能讓人「相信」你，便有「可信的」（believable）人格，要贏得人人的「相信」（belief），約會要和打「鐘」（bell）一樣準時，穿著得體，「肚子」（belly）上要繫「皮帶」（belt），注意「屬於」（belong）自己的「個人隨身物品」（belongings），對待他人就如自己「親愛的」（beloved）家人。

1. **believe** *v.* 相信 ( = *trust* )
   諧音：薄利，大家都「相信」薄利多銷。
   Seeing is *believing*. (【諺】眼見爲憑。)
   make believe　假裝 ( = *pretend* )

2. **believable** *adj.* 可信的 ( = *credible* 〔ˈkrɛdəbḷ 〕)
   believe（相信）– e + able（可以⋯的）= believable

3. **belief**　*n.* 相信（= *trust*）；信仰（= *faith*）
believe（相信）– ve + f = belief，把有聲子音 v 改成無聲子音 f。
She was beautiful beyond *belief*.（她美得讓人難以置信。）

4. **bell**　*n.* 鐘；鈴（= *a piece of equipment
that makes a ringing sound*）
a church bell　教堂的鐘　　ring the bell　按鈴

bell

5. **belly**　*n.* 肚子（= *stomach*）
bell（鐘）+ y = belly
Our first priority is putting food in empty *bellies*.
（我們的當務之急是把空肚子填飽。）

6. **belt**　*n.* 皮帶（= *strap*）；地帶
put on a belt　繫上腰帶
tighten *one's* belt　勒緊褲帶；節約花費
I've had to *tighten my belt* since I stopped working full-time.
（自從我沒有全職的工作，我一直勒緊褲帶過活。）

7. **belong**　*v.* 屬於（= *be owned by*）
be + long（長的）= belong　　belong to *sb.* 屬於某人
This book *belongs to* me.（這本書屬於我。）

8. **belongings**　*n. pl.* 個人隨身物品（= *possessions*）
belong（屬於）+ ing (*n.*) + s (*pl.*) = belongings
Don't leave your *belongings* unattended.
（請看管好你的隨身物品。）

beloved

belongings、greetings（問候）、surroundings（環境）
等 36 個常用的名詞，要用複數形。【詳見「文法寶典」p.84】

9. **beloved**　*adj.* 親愛的（= *loved*）；心愛的
be + loved（愛的）= beloved
He lost his *beloved* wife last year.
（他去年失去了她心愛的老婆。）

# 11. bend

| | | |
|---|---|---|
| * **bend** [2] | 〔 bɛnd 〕 | *v.* 彎曲 |
| ‡ **bench** [2] | 〔 bɛntʃ 〕 | *n.* 長椅 |
| * **beneath** [3] | 〔 bɪ'niθ 〕 | *prep.* 在…之下 |
| * **benefit** [3] | 〔 'bɛnəfɪt 〕 | *n.* 利益 |
| **beneficial** [5] | 〔 ,bɛnə'fɪʃəl 〕 | *adj.* 有益的 |
| * **berry** [3] | 〔 'bɛrɪ 〕 | *n.* 漿果 |
| * **bet** [2] | 〔 bɛt 〕 | *v.* 打賭 |
| **betray** [6] | 〔 bɪ'tre 〕 | *v.* 出賣 |
| **besiege** [6] | 〔 bɪ'sidʒ 〕 | *v.* 圍攻 |

BOOK **2**

【記憶技巧】

從上一回的「親愛的」( beloved )，想到和你親愛的朋友，坐在「彎曲」( bend ) 的「長椅」( bench )，「在」榕樹「之下」( beneath ) 討論商業「利益」( benefit )，吃著對身體「有益的」( beneficial )「漿果」( berry )，「打賭」( bet ) 誰可以贏得競標，若「出賣」( betray ) 對方，將會被眾人「圍攻」( besiege )。

1. **bend** *v.* 彎曲 ( = *turn* )
   The stick does not ***bend***. ( 這木棒無法彎曲。)
   bend the truth 扭曲事實
   He did not exactly lie—he just ***bent*** the truth.
   ( 他不是真的撒謊—他只是扭曲事實。)

2. bench *n.* 長椅 ( = *long seat* )

bench

3. **beneath** *prep.* 在…之下（= *under*）
She found pleasure in sitting **beneath** the trees.
（她覺得坐在樹下是很愉快的事。）

4. **benefit** *n.* 利益；好處（= *advantage*）　*v.* 對…有益；受益

> bene + fit
>   |     |
> good + do

做好的事情，就是「利益」。
This is for your **benefit**.（這是為了你好。）

I **benefited** greatly from your advice.（你的忠告讓我受益良多。）

5. **beneficial** *adj.* 有益的（= *good*）
benefit（利益）– t + cial (*adj.*) = beneficial
be beneficial to 對…有益
Vitamins **are beneficial to** health.（維他命對健康有益。）

6. berry *n.* 漿果；莓果（= *a kind of small fruit*）
berry 是指 strawberry（草莓）、blueberry（藍莓）、blackberry
（黑莓）等。

7. bet *v.* 打賭（= *gamble*）
bet on *sth.* 賭…；在…上下注
My father likes to **bet on** horse races.（我爸爸喜歡賭馬。）

8. betray *v.* 出賣（= *break with*）
be + tray（托盤）= betray，拖盤上面放東西是要「賣」的，就
是「出賣」（betray）。
You had better not **betray** your co-workers.
（你最好不要出賣你的同事。）

9. besiege *v.* 圍攻（= *surround*）
be (*make*) + siege（圍攻）= besiege，諧音：必死局，被「圍攻」，
必死的一局。【siege〔sidʒ〕*v.* 圍攻】
The mob **besieged** the city.（暴民圍攻這座城市。）

# *12. bicycle*

| | | |
|---|---|---|
| **bicycle** [1] | 〔'baɪsɪkḷ〕 | *n.* 腳踏車 |
| **Bible** [3] | 〔'baɪbḷ〕 | *n.* 聖經 |
| **bias** [6] | 〔'baɪəs〕 | *n.* 偏見 |
| | | |
| **bid** [5] | 〔bɪd〕 | *v.* 出（價） |
| **bill** [2] | 〔bɪl〕 | *n.* 帳單 |
| **billion** [3] | 〔'bɪljən〕 | *n.* 十億 |
| | | |
| **bind** [2] | 〔baɪnd〕 | *v.* 綁 |
| **bingo** [3] | 〔'bɪŋgo〕 | *n.* 賓果遊戲 |
| **binoculars** [6] | 〔baɪ'nɑkjələ-z, bɪ-, bə-〕 | *n.pl.* 雙筒望遠鏡 |

【記憶技巧】

> 　從上一回的「圍攻」（besiege），想到被圍攻，要趕快騎
「腳踏車」（bicycle）跑走，帶著「聖經」（Bible），遠離有
「偏見」（bias）的人，到了新環境，「出價」（bid）買下一
塊地，「帳單」（bill）是「十億」（billion），被合約「綁」
（bind）住，去玩「賓果遊戲」（bingo）想大賺一筆，並用
「雙筒望遠鏡」（binoculars）查探内線消息。

1. bicycle　*n.* 腳踏車（= *bike*）
   bi (*two*) + cycle（圈圈）= bicycle

2. Bible　*n.* 聖經（= *Word of God*）；（小寫）權威書籍；經典
   Our teacher told us that this textbook should be our
   ***bible***.（老師告訴我們，我們應該把這本教科書當作聖經。）

**BOOK 2**

3. bias   *n.* 偏見（= *prejudice*〔'prɛdʒədɪs〕）
   諧音：白餓死，別人對你有「偏見」，你只能白白餓死，沒人幫你。
   He is free from **bias**.（他沒有偏見。）
   形容詞是 biased〔'baɪəst〕*adj.* 有偏見的。

4. bid   *v.* 出價（= *offer*）；投標【三態變化：bid-bid-bid】   *n.* 企圖
   She **bid** a good price for the antique.
   （她出高價購買那古董。）
   in a bid to V. 企圖~（= *in an attempt to V.*）
   The company cut prices **in a bid to** boost sales.
   （那公司降價企圖要促進銷售。）

5. **bill**   *n.* 帳單（= *charges*）；紙鈔（= *banknote*）；法案
   pass a bill   通過法案

6. **billion**   *n.* 十億（= *one followed by 9 zeros*）
   bill（帳單）+ ion (*n.*) = billion
   【比較】trillion〔'trɪljən〕*n.* 一兆

7. bind   *v.* 綁（= *tie*）；包紮【三態變化：bind-bound-bound】
   He **bound** his wound with a long cotton bandage.
   （他用一條長的棉布繃帶包紮傷口。）

8. bingo   *n.* 賓果遊戲（= *a game of chance*）
   你對他人說 Bingo! 表示「你猜對了！」。

   bingo

9. binoculars   *n. pl.* 雙筒望遠鏡（= *field glasses*）

   | bin + ocul + ar | 要用兩個眼睛看，就是 |
   | --- | --- |
   | two + eye + *n.* | 「雙筒望遠鏡」。 |

   binoculars

   利用這個字裡面的字根 ocul (*eye*)，可以多認識一個字：
   oculist〔'ɑkjəlɪst〕*n.* 眼科醫生。

# *13. biology*

| | | | |
|---|---|---|---|
| *biology [4] | 〔 baɪˈalədʒɪ 〕 | *n.* | 生物學 |
| biological [6] | 〔ˌbaɪəˈladʒɪkl̩ 〕 | *adj.* | 生物學的 |
| *biography [4] | 〔 baɪˈagrəfɪ 〕 | *n.* | 傳記 |
| | | | |
| *bit [1] | 〔 bɪt 〕 | *n.* | 一點點 |
| *bitter [2] | 〔ˈbɪtɚ 〕 | *adj.* | 苦的 |
| bizarre [6] | 〔 bɪˈzar 〕 | *adj.* | 奇怪的 |
| | | | |
| *black [1] | 〔 blæk 〕 | *adj.* | 黑的 |
| *blackboard [2] | 〔ˈblækˌbord 〕 | *n.* | 黑板 |
| blacksmith [5] | 〔ˈblækˌsmɪθ 〕 | *n.* | 鐵匠 |

BOOK 2

【記憶技巧】

　　從上一回的「雙筒望遠鏡」( binoculars )，想到用望遠鏡可以研究「生物學」( biology )，撰寫「生物學的」( biological )「傳記」( biography )，發現有些植物嚐起來有「一點點」( bit )「苦的」( bitter )，有些長相「奇怪的」( bizarre )，或是很「黑的」( black )，展現在「黑板」( blackboard ) 上和學生分享發現的生物，連「鐵匠」( blacksmith ) 都很感興趣。

1. **biology** *n.* 生物學 ( = *the science that studies living organisms* )
   bio (*life*) + logy (*study*) = biology，研究生命，就是「生物學」。

2. **biological** *adj.* 生物學的 ( = *of or relating to biology* )
   biology (生物學) – y + ical (*adj.*) = biological
   biological parent 親生父 ( 母 ) ↔ adoptive parent 養父 ( 母 )
   biological engineering 生物工程

3. biography *n.* 傳記 ( = *life story* )
   bio (*life*) + graphy (*writing*) = biography，寫一個人的一生，
   就是「傳記」。

4. **bit** *n.* 一點點 ( = *a small amount* )　　　a bit of 一點
   I know ***a bit of*** German. ( 我懂一點德文。 )

5. bitter *adj.* 苦的 ( = *having a sharp, biting taste* )
   bit ( 一點點 ) + ter = bitter
   The lemon is somewhat ***bitter***. ( 這個檸檬有點苦。 )

6. bizarre *adj.* 奇怪的 ( = *strange* )；古怪的；奇異的
   His behavior is ***bizarre***. ( 他的行為很奇怪。 )

   > 在所有的英漢辭典中，都把 bizarre〔bɪ'zɑr〕翻得很奇怪，如
   > 「怪異的；怪誕的；奇形怪狀的；異乎尋常的；古怪的；奇異的」，
   > 英文解釋是 strange；odd；unusual，所以，主要翻譯應該是
   > 「奇怪的」，和 bazaar〔bə'zɑr〕*n.* 市集 發音近似，要背 a
   > bizarre bazaar ( 一個奇怪的市集 )。

7. black *adj.* 黑的 ( = *dark* )　　　black sheep 害群之馬；敗類
   My brother has always been the ***black sheep*** of the family.
   ( 我哥哥一直是我們家的敗類。 )
   black and blue 瘀青的；鼻青臉腫
   They beat the boy ***black and blue***. ( 他們把男孩打得鼻青臉腫。 )

8. blackboard *n.* 黑板 ( = *chalkboard* 〔'tʃɔk,bɔrd〕)
   black ( 黑的 ) + board ( 木板 ) = blackboard

9. blacksmith *n.* 鐵匠 ( = *a person who makes*
   *objects of iron* )
   black ( 黑的 ) + smith ( 工匠；鐵匠 ) = blacksmith
   英文有些姓氏是來自於職業，Smith ( 史密斯 )
   就是一例，很好記。

blacksmith

# 14. blank

| | | | |
|---|---|---|---|
| **blank** 2 | 〔 blæŋk 〕 | *adj.* | 空白的 |
| **blanket** 3 | 〔'blæŋkɪt 〕 | *n.* | 毯子 |
| **blast** 5 | 〔 blæst 〕 | *n.* | 爆炸 |
| **blame** 3 | 〔 blem 〕 | *v.* | 責備 |
| **blaze** 5 | 〔 blez 〕 | *n.* | 火焰 |
| **blade** 4 | 〔 bled 〕 | *n.* | 刀鋒 |
| **blink** 4 | 〔 blɪŋk 〕 | *v.* | 眨眼 |
| **blister** 4 | 〔'blɪstə 〕 | *n.* | 水泡 |
| **blizzard** 5 | 〔'blɪzəd 〕 | *n.* | 暴風雪 |

BOOK 2

【記憶技巧】

　　從上一回的 blacksmith ( 鐵匠 )，聯想到打鐵發生意外，用「空白的」( blank )「毯子」( blanket ) 阻擋「爆炸」( blast )，鐵匠受到「責備」( blame )，就像被「火焰」( blaze ) 燒傷，被「刀鋒」( blade ) 刺傷，一「眨眼」( blink ) 之間，身體起了「水泡」( blister )，只有到外面，靠「暴風雪」( blizzard ) 把水泡消除掉。

1. **blank** *adj.* 空白的 ( = *empty* )
   Please write your answer on the ***blank*** paper.
   ( 請把你的答案寫在空白的紙上。)
   go blank （腦子）一片空白
   My mind ***went blank*** suddenly. ( 我的腦子突然一片空白。)

2. blanket *n.* 毯子 ( = *cover* )
   blank ( 空白的 ) + et = blanket

3. blast *n.* 爆炸（= *explosion*）
b + last（最後的）= blast
Three people died in the *blast*.（有三個人死於邪場爆炸。）

4. **blame** *v.* 責備（= *impute*） *n.* 責難；責任
諧音：不累嗎，「責備」他人不累嗎？
Don't *blame* me if it doesn't work—it's not my fault.
（要是不行可別怪我——那不是我的錯。）
be to blame 應受責備；應該怪…
Who *is to blame*?（應該怪誰？）

5. blaze *n.* 火焰（= *fire*）；大火 *v.* 燃燒
諧音：不累死，消防員不累死要滅「火」。
put out the blaze 滅火　　blaze a trail 開路；帶頭
He *blazed a trail* for many in his scientific research.
（他為他人在他的科學研究開闢新路。）

6. blade *n.* 刀鋒（= *the cutting part of a knife*）
諧音：不累的，用「刀鋒」切菜不感到累。
The *blade* needs sharpening.（這刀鋒需要磨利。）

7. blink *v. n.* 眨眼（= *wink*）
b + link（連結）= blink，「眨眼」就是眼皮「連結」在一起。
in the blink of an eye 一眨眼間
It was all over *in the blink of an eye*.（一眨眼就全部結束了。）

8. blister *n.* 水泡（= *a thin bubble on the skin*）
諧音：不理死他，長「水泡」不要去理它，自然就會消了。
My feet have *blisters* after walking so far.
（走了這麼遠的一段路後，我的腳長了水泡。）

9. blizzard *n.* 暴風雪（= *snowstorm*）
諧音：不離車，遇到「暴風雪」，不要離開車。
blizzard 裡面的 zz 有「滋滋」的聲音。

blizzard

# *15. blood*

| | | | |
|---|---|---|---|
| **blood** [1] | 〔 blʌd 〕 | *n.* 血 |
| **bloody** [2] | 〔ˈblʌdɪ 〕 | *adj.* 血腥的 |
| **bloom** [4] | 〔 blum 〕 | *v.* 開花 |
| | | |
| **blossom** [4] | 〔ˈblasəm 〕 | *n.* ( 樹上的 ) 花 |
| **blot** [5] | 〔 blat 〕 | *n.* 污漬 |
| **blunder** [6] | 〔ˈblʌndɚ 〕 | *n.* 大錯誤 |
| | | |
| **blunt** [6] | 〔 blʌnt 〕 | *adj.* 鈍的 |
| **blur** [5] | 〔 blɜ 〕 | *v.* 使模糊不清 |
| **blush** [4] | 〔 blʌʃ 〕 | *v.* 臉紅 |

BOOK
**2**

【記憶技巧】

　　從上一回的「暴風雪」( blizzard )，想到在暴風雪外出，發生連環車禍，流了很多「血」( blood )，一片「血腥的」( bloody ) 場面，撞倒「開花」( bloom ) 的樹，「花」( blossom ) 散落一地，到處都是「污漬」( blot )，在雪地開快車是個「大錯誤」( blunder )，煞車很「鈍」( blunt )，大雪「使」視線「模糊不清」( blur )，「臉紅」( blush ) 向受害者道歉。

1. **blood** *n.* 血 ( = *the red fluid that flows inside your body* )
   oo 原則上讀 /u/ 音，但 blood 和 flood 讀 /ʌ/ 音，oo 為「眼睛睜大的樣子」，看到「血」，眼睛睜很大。
   ***Blood*** is thicker than water. (【諺】血濃於水。)

2. **bloody** *adj.* 血腥的 ( = *cruel* )
   blood ( 血 ) + y (*adj.*) = bloody

3. bloom  *v.* 開花 ( = *blossom* )；繁盛；容光煥發   *n.* 開花；盛開
boom ( 繁榮 ) + l = bloom，「開花」就是一片繁榮樣子。
bloom 指「果樹開花」，一般植物「開花」，用 flower。
You look *blooming*. ( 你看起來容光煥發。)

4. blossom  *n.* ( 樹上的 ) 花
bloom ( 開花 ) + ss = blossom      in blossom  花朵盛開
The cherry trees are *in blossom* now. ( 現在櫻桃樹上開滿了花。)
一般的「花」是 flower。

5. blot  *n.* 污漬 ( = *stain* )   *v.* 弄髒
b + lot ( *a lot* ) = blot，o 是「圓點」，就像「污漬」。
He has a *blot* on his shirt. ( 他的襯衫有一點污漬。)

6. blunder  *n.* 大錯誤 ( = *mistake* )
諧音：不讓的，不禮讓他人，犯「大錯誤」。
make a blunder  犯大錯
Jane *made a* careless *blunder*. ( 珍不小心犯了大錯。)

7. blunt  *adj.* 鈍的 ( = *dull* )；直率的 ↔ sharp *adj.* 銳利的
諧音：不攔的，口無遮攔，就是「直率的」。
The knife is *blunt*. ( 這刀子很鈍。)
Let me ask a *blunt* question. ( 允許我問一個直率的問題。)

8. blur  *v.* 使模糊不清 ( = *obscure* 〔 əb'skjʊr 〕)
fur ( 毛 ) – f + bl = blur，毛很多，會「使模糊不清」。
Tears *blurred* my vision. ( 眼淚模糊了我的視線。)
形容詞是 blurry 〔'blɜɪ 〕*adj.* 模糊不清的。

9. blush  *v.* 臉紅 ( = *turn red* )   *n.* 臉紅；腮紅
諧音：不拉屎，不去廁所，憋到「臉紅」。
She *blushed* at the thought of it. ( 她一想到這件事就臉紅。)
【比較】lush 〔 lʌʃ 〕*adj.* 草木茂盛的

# *16. bond*

| *bond* [4] | ( band ) | n. 關係 |
| --- | --- | --- |
| bondage [6] | ('bandɪdʒ ) | n. 束縛 |
| | | |
| *bone [1] | ( bon ) | n. 骨頭 |
| *bony [2] | ('bonɪ ) | adj. 骨瘦如柴的 |
| bonus [5] | ('bonəs ) | n. 獎金 |
| | | |
| *boot [3] | ( but ) | n. 靴子 |
| booth [5] | ( buθ ) | n. 攤位 |
| | | |
| *bore [3] | ( bor ) | v. 使無聊 |
| boredom [5] | ('bordəm ) | n. 無聊 |

BOOK 2

【記憶技巧】

> 從上一回的「臉紅」( blush ),想到羞恥臉紅,因為生意遇到困難,要找「關係」( bond ) 求救,因此受到他人的「束縛」( bondage ),努力要還人情,而變得「骨瘦如柴的」( bony ),把年終「獎金」( bonus ) 拿去買一雙「靴子」( boot ) 感謝他人,坐在「攤位」( booth ) 等客人上門,這「使」自己感到「無聊」( bore ),一天就在「無聊」( boredom ) 中度過。

1. bond  *n.* 關係 ( = *relation* );公債;債券   *v.* 建立感情
   諧音:綁的,綁住你跟我的,就是「關係」。
   I will cherish the *bond* between us. ( 我會珍惜我們之間的關係。)
   They all *bonded* while working together.
   ( 他們都在工作時建立了關係。)
   a government bond  政府債券

2. bondage  *n.*  束縛（= *confinement*）
bond（關係）+ age（*n.*）= bondage
He is in ***bondage*** to his ambition.（他受到野心的束縛。）

3. bone  *n.*  骨頭（= *one of the hard parts that form a frame inside the body*）
be all skin and bones  皮包骨
She ***is all skin and bones***.（她瘦得像皮包骨。）

4. bony  *adj.*  骨瘦如柴的（= *skinny*）
bone（骨頭）– e + y（*adj.*）= bony

5. bonus  *n.*  獎金（= *reward*）；額外贈品（= *extra*）
bon（*good*）+ us（我們）= bonus，對我們好的，就是「獎金」。
I got a year-end ***bonus***.（我得到年終獎金。）

6. boot  *n.*  靴子（= *overshoe*）  *v.*  啓動
boot（靴子）穿在 foot（腳）上。
***Boot*** your computer.（啓動你的電腦。）

7. booth  *n.*  攤位（= *stall*）；公共電話亭；（餐館中的）小房間
boot（靴子）+ h = booth
telephone booth  電話亭    ticket booth  售票亭

8. bore  *v.*  使無聊（= *tire*）  *n.*  令人厭煩的人
Life in the country ***bored*** me.
（鄉村的生活讓我覺得無聊。）
That movie was really a ***bore***.
（那部電影眞的很無聊。）

boredom

9. boredom  *n.*  無聊（= *dullness*）
bore（使無聊）+ dom（*n.*）= boredom
其他 dom 結尾的例子有：freedom（自由）、wisdom（智慧）。
My sister was going mad with ***boredom***.
（我妹妹無聊得要發瘋。）

# *17. bother*

| | | | |
|---|---|---|---|
| **bother** [2] | 〔ˋbɑðɚ〕 | *v.* | 打擾 |
| **bottle** [2] | 〔ˋbɑtḷ〕 | *n.* | 瓶子 |
| **bottom** [1] | 〔ˋbɑtəm〕 | *n.* | 底部 |
| **bound** [5] | 〔baʊnd〕 | *adj.* | 被束縛的 |
| **boundary** [5] | 〔ˋbaʊndərɪ〕 | *n.* | 邊界 |
| **bounce** [4] | 〔baʊns〕 | *v.* | 反彈 |
| **bout** [6] | 〔baʊt〕 | *n.* | 一回合 |
| **bow** [2] | 〔baʊ〕 | *v.* | 鞠躬 |
| **bowel** [5] | 〔ˋbaʊəl〕 | *n.* | 腸 |

【記憶技巧】

　　從上一回的 boredom（無聊），聯想到無聊時會去「打擾」
（bother）朋友，帶著酒的「瓶子」（bottle），喝到見到「底
部」（bottom），抱怨不甘心「被束縛的」（bound），駐守
在「邊界」（boundary），表明心中不快，卻遭到他人「反彈」
（bounce），喝完「一回合」（bout）後，「鞠躬」（bow）離
開，沒吃晚餐感到飢「腸」（bowel）轆轆。

1. **bother** *v.* 打擾（= *disturb*）
   brother（弟弟）– r = bother，弟弟很愛「打擾」我。
   He keeps ***bothering*** me with questions.（他一直問問題打擾我。）

2. bottle *n.* 瓶子（= *glass container*）　*v.* 把…裝入瓶中
   Empty ***bottles*** can be recycled.（空瓶可以回收。）
   bottled water　瓶裝水

3. bottom *n.* 底部（= *lowest part*）
   He sat at the ***bottom*** of the stairs.（他坐在樓梯的底部。）
   bottom line 底線；要點
   The ***bottom line*** is that we should never give up.
   （重要的是，我們應該永不放棄。）

4. **bound** *adj.* 被束縛的（= *tied*）　　*v.* 跳躍
   bind〔baɪnd〕*v.* 綁 的過去分詞，當形容詞用。
   There were several ***bound*** prisoners in the house.
   （房子裡有好幾位被綑綁的犯人。）
   The cat ***bounded*** out of the house.（那隻貓跳出屋外。）

5. boundary *n.* 邊界（= *border*）
   bound（被束縛的）+ ary (*n.*) = boundary
   The ***boundary*** questions are still unsettled.
   （邊界問題仍然未解決。）

6. bounce *v.* 反彈（= *rebound*）　　*n.* 彈性；精力
   bound（跳躍）– d + ce (*n.*) = bounce
   The ball ***bounced*** off the wall.（球從牆壁反彈回來。）
   She has a lot of ***bounce***.（她精力旺盛。）

7. bout *n.* 一回合（= *round*）
   b + out（出去）= bout
   The boxer has a boxing ***bout*** tomorrow.
   （這拳擊手明天有一場拳擊賽要打。）

8. bow *v.* 鞠躬（= *bend*）　　*n.* 船首（= *the front of a ship*）
   「鞠躬」是用頭，所以也有「船首」的意思。
   He ***bowed*** before the king.（他在國王面前鞠躬。）
   bow 也可作「弓」解，唸作〔bo〕，例如 bow and arrow（弓箭）。作「鞠躬」解時，可用「抱」肚子來聯想它的發音〔baʊ〕。

9. bowel *n.* 腸（= *gut*）
   bow（鞠躬）+ el = bowel　　　bowel movement 排便

# *18. boy*

| | | | |
|---|---|---|---|
| ***boy** [1] | 〔 bɔɪ 〕 | *n.* | 男孩 |
| **boyhood** [5] | 〔 'bɔɪhud 〕 | *n.* | 少年時代 |
| **boycott** [6] | 〔 'bɔɪˌkat 〕 | *v.* | 聯合抵制 |
| ***box** [1] | 〔 baks 〕 | *n.* | 箱子 |
| **boxer** [5] | 〔 'baksə 〕 | *n.* | 拳擊手 |
| **boxing** [5] | 〔 'baksɪŋ 〕 | *n.* | 拳擊 |
| ***bowl** [1] | 〔 bol 〕 | *n.* | 碗 |
| **bowling** [2] | 〔 'bolɪŋ 〕 | *n.* | 保齡球 |
| **brew** [6] | 〔 bru 〕 | *v.* | 釀造 |

【記憶技巧】

　　從上一回的「腸」( bowel )，想到飢腸轆轆的「男孩」
( boy ) 在「少年時代」( boyhood ) 都血氣方剛，喜歡
聚集在一起，「聯合抵制」( boycott ) 討厭的人，喜歡站在
「箱子」( box ) 上玩，當「拳擊手」( boxer ) 練「拳擊」
( boxing )，打破很多「碗」( bowl )，還一起去打「保齡
球」( bowling )，並喝著當地「釀造」( brew ) 的酒。

1. **boy** *n.* 男孩 ( = *a male child* )；年輕男子
   **boy band** 男孩團體【年輕帥哥組合成的流行樂團，通常邊唱邊跳，
   不是演奏樂器的團體】

2. **boyhood** *n.* 少年時代 ( = *the childhood of a boy* )
   boy (男孩) + hood (*n.*) = boyhood
   **boyhood memories** 少年時的記憶；少年時的事

BOOK
**2**

3. boycott  *v.* 聯合抵制；杯葛 ( = *refuse to buy as a protest* )
   boy（男孩）+ cott = boycott，「杯葛」就是 boycott 直接從
   英文音譯過來。
   We should ***boycott*** goods from companies that use child
   labor. ( 我們應該抵制來自使用童工的公司產品。)

4. box  *n.* 箱子 ( = *a case for holding something* )；耳光
   box office  售票處；票房
   The movie was one of the ***box office*** failures last year.
   ( 這部電影是去年票房失敗電影之一。)
   She got a ***box*** on the cheek for telling a lie.
   ( 她因為說謊而挨了一記耳光。)

5. boxer  *n.* 拳擊手 ( = *fighter* )
   box（箱子）+ er = boxer
   John wants to be a professional ***boxer***.
   ( 約翰想要當一位職業拳擊手。)

6. boxing  *n.* 拳擊 ( = *fighting with the fists* )
   box（箱子）+ ing (*n.*) = boxing

7. bowl  *n.* 碗 ( = *container* )
   bow（鞠躬）+ l = bowl，洗「碗」要躬著身體。
   Super Bowl  超級盃【美式足球冠軍賽，為美國運動界大盛事之一】

8. bowling  *n.* 保齡球 ( = *a game played by rolling a ball
   down a wooden alley* )
   bowl（碗）+ ing (*n.*) = bowling
   ***Bowling*** is my favorite sport.
   ( 保齡球是我最喜歡的運動。)
   go bowling  去打保齡球

bowling

9. brew  *v.* 釀造 ( = *make* )；醞釀；即將來臨
   I ***brewed*** my own beer. ( 我自己釀啤酒。)
   A storm was ***brewing***. ( 暴風雨即將來臨。)

# *19. brand*

| | | | |
|---|---|---|---|
| *brand² | ( brænd ) | *n.* | 品牌 |
| **branch² | ( bræntʃ ) | *n.* | 樹枝 |
| *brain² | ( bren ) | *n.* | 頭腦 |
| braid⁵ | ( bred ) | *n.* | 辮子 |
| *brake³ | ( brek ) | *n.* | 煞車 |
| brace⁵ | ( bres ) | *v.* | 使振作 |
| *bracelet⁴ | ('breslɪt ) | *n.* | 手鐲 |
| *brass³ | ( bræs ) | *n.* | 黃銅 |
| *brassiére⁴ | ( brə'zɪr ) | *n.* | 胸罩 |

BOOK 2

【記憶技巧】

從上一回的「釀造」( brew )，想到釀造有「品牌」( brand ) 的酒，接著要開「分店」( branch )，動動商業「頭腦」( brain ) 才能賺錢，開車去拜訪客户，前方突然跑出綁「辮子」( braid ) 的小女孩，踩「煞車」( brake )，坐在副駕駛座的妻子嚇了一跳，為了「使」自己「振作」( brace ) 精神，戴上幸運「手鐲」( bracelet )，調整有「黃銅」( brass ) 扣環的「胸罩」( brassiére )。

1. brand *n.* 品牌 ( = *trademark* )
   I have used this ***brand*** of soap for years.
   (我已經用這個品牌的肥皂好幾年了。)　　brand name 商標

2. **branch** *n.* 樹枝 ( = *shoot* )；分店 ( = *office* )；分支
   The store has ***branches*** in 50 cities. (這家店在 50 個城市有分店。)

3. **brain** *n.* 頭腦（= *mind*） *pl.* 智力
   The illness had affected his ***brain***.（疾病影響了他的腦部。）
   Use your ***brains***.（動動你的腦筋吧。）

4. braid *n.* 辮子（= *twist*）
   br + aid（幫助）= braid
   She wears her hair in ***braids***.（她梳了辮子。）

5. brake *n.* 煞車（= *a device for stopping motion*）
   hit the brakes 踩煞車
   I saw the child run out so I ***hit the brakes***.
   （我看到小孩跑出來，所以就緊急煞車。）

6. brace *v.* 使振作（= *energize*） *n. pl.* 牙套
   br + ace（王牌 A）= brace，打牌拿到 A 可以「使」你「振作」。
   brace *oneself* for 準備好面對
   He ***braced himself for*** the challenge.
   （他使自己振作，以面對挑戰。）
   She wears ***braces*** to straighten her teeth.
   （她戴牙套要矯正牙齒。）

7. bracelet *n.* 手鐲（= *wristlet*）
   brace（使振作）+ let（表示「小」的名詞字尾）= bracelet
   戴上「手鐲」，可以讓你振作。

8. brass *n.* 黃銅（= *a shiny yellow metal*）
   The door handle is made of ***brass***.
   （這門把是用黃銅做的。）

9. brassiére *n.* 胸罩（= bra〔brɑ〕）
   brass（黃銅）+ iére（法文「陰性」名詞字尾）= brassiere
   這個字來自法文，縮寫成 bra。正常情況下，美國人都用
   bra，較少用 brassiére。

# *20. break*

| | | | |
|---|---|---|---|
| **break** [1] | 〔 brek 〕 | *v.* | 打破 |
| **breakdown** [6] | 〔 'brek,daʊn 〕 | *n.* | 故障 |
| **breakthrough** [6] | 〔 'brek,θru 〕 | *n.* | 突破 |
| **breakup** [6] | 〔 'brek,ʌp 〕 | *n.* | 分手 |
| **breath** [3] | 〔 brɛθ 〕 | *n.* | 呼吸 |
| **breathe** [3] | 〔 brið 〕 | *v.* | 呼吸 |
| **bread** [1] | 〔 brɛd 〕 | *n.* | 麵包 |
| **breadth** [5] | 〔 brɛdθ 〕 | *n.* | 寬度 |
| **breast** [3] | 〔 brɛst 〕 | *n.* | 胸部 |

**BOOK 2**

【記憶技巧】

　　從上一回的「胸罩」( brassiére )，想到有位不愛穿胸罩的女性，「打破」( break ) 傳統，遇到機器「故障」( breakdown )，尋找「突破」( breakthrough )，自己修理，和男朋友「分手」( breakup ) 後，覺得「呼吸」( breath ) 更自由，沒有愛情，更能自在地「呼吸」( breathe )，重視「麵包」( bread ) 甚於愛情，生活更有「寬度」( breadth )，心「胸」( breast ) 更開闊。

1. break *v.* 打破 ( = *smash* )　　*n.* 休息
   take a break 休息一下　　lunch break 午餐休息時間
   They usually went shopping during their ***lunch break***.
   ( 他們通常在午餐休息時去購物。)

2. breakdown *n.* 故障 ( = *failure* )
   Our car had a ***breakdown*** on the road. ( 我們的車在路上故障了。)

動詞片語寫成：break down。
My car ***broke down*** on the way to school.
（我的車在去學校的路上故障了。）

3. breakthrough *n.* 突破（= *improvement*）
Scientists have made a major ***breakthrough*** in the treatment
of cancer.（科學家在治療癌症上有重大的突破。）
動詞片語寫成：break through。

4. breakup *n.* 分手（= *separation*）
John and Mary are still bitter about their ***breakup***.
（約翰和瑪麗仍然對於他們的分手感到痛苦。）
動詞片語寫成：break up。

5. **breath** *n.* 呼吸（= *an inhalation or exhalation of air*）
I took a slow ***breath*** to calm down.
（我慢慢地呼吸好讓自己冷靜下來。）

6. **breathe** *v.* 呼吸（= *take in oxygen*）
breath（呼吸）+ e (*v.*) = breathe
I could hardly ***breathe*** at the sight of the snake.
（我看到那隻蛇時幾乎無法呼吸。）

7. **bread** *n.* 麵包（= *food made from flour and water*）
麵包不可數，但可使用 loaf〔lof〕*n.* 一條 來計算，
如：a loaf of bread（一條麵包）。

8. breadth *n.* 寬度（= *width*）
bread（麵包）+ th = breadth
The table is two meters in ***breadth***.（這桌子兩公尺寬。）
也可唸成〔brɛtθ〕。

9. breast *n.* 胸部（= *chest*）
He beat his ***breast*** in anger.（他生氣地打胸部。）
breast cancer 乳癌

# *21. bribe*

| | | | |
|---|---|---|---|
| **bribe** 5 | 〔 braɪb 〕 | v. | 賄賂 |
| *<br>**bride** 3 | 〔 braɪd 〕 | n. | 新娘 |
| *<br>**bridegroom** 4 | 〔ˈbraɪdˌgrum 〕 | n. | 新郎 |
| *<br>**brick** 2 | 〔 brɪk 〕 | n. | 磚頭 |
| ***<br>**bridge** 1 | 〔 brɪdʒ 〕 | n. | 橋 |
| *<br>**brief** 2 | 〔 brif 〕 | adj. | 簡短的 |
| **briefcase** 5 | 〔ˈbrifˌkes 〕 | n. | 公事包 |
| ***<br>**bright** 1 | 〔 braɪt 〕 | adj. | 明亮的 |
| *<br>**brilliant** 3 | 〔ˈbrɪljənt 〕 | adj. | 燦爛的 |

BOOK

**2**

【記憶技巧】

　　從上一回的「胸部」( breast )，想到個商人，買了雞胸肉，想「賄賂」( bribe )「新娘」( bride ) 和「新郎」( bridegroom )，要他們走過用「磚頭」( brick ) 建造的「橋」( bridge )，講幾句「簡短的」( brief ) 話介紹他們公司新款的「公事包」( briefcase )，特色是有「明亮的」( bright ) 皮質，同時要帶著「燦爛的」( brilliant ) 笑容。

1. bribe  v. 賄賂 ( = *buy off* )  　n. 賄賂；行賄物
   They were accused of *bribing* officials. ( 他們被控賄賂官員。)
   【比較】bribery 〔ˈbraɪbərɪ 〕n. 行賄 ( 罪 )

2. bride  n. 新娘 ( = *a woman about to be married* )
   Let's toast the *bride* and groom. ( 我們來跟新娘和新郎敬酒。)

3. **bridegroom** *n.* 新郎（＝ *a man about to be married*）
bride（新娘）＋ groom（新郎）＝ bridegroom，也可寫成 groom。
【比較】best man 伴郎

4. **brick** *n.* 磚頭（＝ *a block used for building walls*）

5. **bridge** *n.* 橋（＝ *overpass*）　　*v.* 彌補；消除
We slowly walked across a wooden **bridge**.
（我們慢慢地走過一座木橋。）
bridge the gap 縮短差距
The government should strive to **bridge the gap** between the
rich and the poor.（政府應努力縮短貧富差距。）

6. **brief** *adj.* 簡短的（＝ *short*）
諧音：不理夫，只講「簡短的」話，不理丈夫。
I spent a **brief** holiday in Hong Kong.
（我在香港度過了短暫的假日。）
to be brief 簡言之（＝ *in short*）
**To be brief**, she is not my type.（簡言之，她不是我喜歡的類型。）

7. **briefcase** *n.* 公事包（＝ *a case with a handle*）
brief（簡短的）＋ case（盒子）＝ briefcase
【比較】suitcase〔'sut,kes〕*n.* 手提箱

briefcase

8. **bright** *adj.* 明亮的（＝ *shining*）；聰明的
Your room is **bright** and clean.（你的房間既明亮又乾淨。）
look on the bright side 看事物的光明面
Come on, try to **look on the bright side**.
（別這樣，試著往好的方面想。）

9. **brilliant** *adj.* 燦爛的（＝ *full of light*）；聰明的（＝ *intelligent*）
We can see **brilliant** stars in the sky tonight.
（我們今晚可以在空中看到燦爛的星星。）
a brilliant scientist 一位聰明的科學家

# *22. bring*

| | | | |
|---|---|---|---|
| **bring** [1] | 〔 brɪŋ 〕 | *v.* | 帶來 |
| **brink** [6] | 〔 brɪŋk 〕 | *n.* | 邊緣 |
| **brisk** [6] | 〔 brɪsk 〕 | *adj.* | 輕快的 |
| | | | |
| **broad** [2] | 〔 brɔd 〕 | *adj.* | 寬的 |
| **broaden** [5] | 〔'brɔdn̩ 〕 | *v.* | 加寬 |
| **broadcast** [2] | 〔'brɔd,kæst 〕 | *v.* | 廣播 |
| | | | |
| **broom** [3] | 〔 brum 〕 | *n.* | 掃帚 |
| **brood** [5] | 〔 brud 〕 | *v.* | 沉思 |
| **brook** [3] | 〔 bruk 〕 | *n.* | 小溪 |

【記憶技巧】

　　從上一回的「燦爛的」( brilliant )，想到燦爛的陽光「帶來」( bring ) 愉快的心情，去河岸「邊緣」( brink )，帶著「輕快的」( brisk ) 腳步，在「寬的」( broad ) 道路上散步。道路逐漸「加寬」( broaden )，聽著「廣播」( broadcast ) 的音樂，看著清道夫拿著「掃帚」( broom )清掃河岸，不禁「沉思」( brood ) 起來，望著眼前的「小溪」( brook )。

1. **bring** *v.* 帶來 ( = *take* )　　bring about 造成
   Her carelessness ***brought about*** the accident.
   ( 她的粗心造成了意外。)

2. brink *n.* 邊緣 ( = *edge* )
   on the brink of 快要 ( = *on the edge of* )

The two countries are *on the brink of* a war.
（那兩國快要發動戰爭。）

3. brisk  *adj.*  輕快的（ = *lively* ）；涼爽的（ = *fresh* ）
We had a *brisk* walk in the park after dinner.
（晚餐後我們去公園快走。）

4. broad  *adj.*  寬的（ = *wide* ）
His shoulders were *broad* and his waist narrow.
（他肩膀寬，腰很細。）
in broad daylight  在光天化日之下
They robbed the bank *in broad daylight*.
（他們在光天化日之下搶銀行。）

5. broaden  *v.*  加寬；拓寬（ = *widen* ）
broad（寬的） + en（*v.*） = broaden
broaden *one's* horizons  拓展某人的視野
Travel can *broaden your horizons*.（旅遊能拓展你的視野。）

6. broadcast  *v.*  廣播；播送（ = *air* ）
【三態變化：broadcast–broadcast–broadcast】
broad（廣） + cast（播） = broadcast

7. broom  *n.*  掃帚（ = *a long-handled sweeping brush* ）
b + room（房間） = broom
A new *broom* sweeps clean.（【諺】新官上任三把火。）

8. brood  *v.*  沉思（ = *think* ）　　brood over  沉思
He seems to be *brooding over* a problem.
（他似乎在沉思某個問題。）

9. brook  *n.*  小溪（ = *creek* ）

> 　　最後三個字都是 broo 開頭，只差一個字母，前兩個字 oo
> 讀 /u/，最後一個 brook 中的 oo 讀 /ʊ/，在 k 前的 oo 都讀 /ʊ/。
> 參照「文法寶典」第一冊附錄 2. 母音字母的讀音。

# 23. brother

| | | | |
|---|---|---|---|
| **brother** [1] | 〔 'brʌðə 〕 | *n.* | 兄弟 |
| **brotherhood** [5] | 〔 'brʌðə,hud 〕 | *n.* | 兄弟關係 |
| **broth** [5] | 〔 brɔθ 〕 | *n.* | 高湯 |
| **brow** [3] | 〔 braʊ 〕 | *n.* | 眉毛 |
| **brown** [1] | 〔 braʊn 〕 | *adj.* | 棕色的 |
| **browse** [5] | 〔 braʊz 〕 | *v.* | 瀏覽 |
| **bruise** [5] | 〔 bruz 〕 | *n.* | 瘀傷 |
| **brunch** [2] | 〔 brʌntʃ 〕 | *n.* | 早午餐 |
| **brush** [2] | 〔 brʌʃ 〕 | *n.* | 刷子 |

BOOK
**2**

【記憶技巧】

從上一回的「小溪」( brook )，想到在小溪和「兄弟」( brother )散步，維繫「兄弟關係」( brotherhood )，回到家煮「高湯」( broth )，和家人共度晚餐。發現妹妹把「眉毛」( brow )染成「棕色的」( brown )，因為她「瀏覽」( browse )雜誌發現這是最新的時尚，太專心看雜誌不小心跌倒，腳上帶著「瘀傷」( bruise )，吃著「早午餐」( brunch )，邊用「刷子」( brush )刷著睫毛膏。

1. brother  *n.* 兄弟 ( = *a boy or a man who has the same parents as you* )
   All men are my ***brothers***. (【諺】四海之內皆兄弟。 )

2. brotherhood  *n.* 兄弟關係 ( = *kinship* )
   brother ( 兄弟 ) + hood (*n.*) = brotherhood
   They broke up their ***brotherhood***. ( 他們斷絕了兄弟關係。 )

3. broth *n.* ( 肉汁加蔬菜等做成的 ) 高湯；清湯
   ( = *a thin soup* )

   > 吃火鍋時所加的湯，叫作 broth ( 高湯 )；一般有料的湯，
   > 稱作 soup。一般字典翻成「湯汁」，無人看懂。

   Too many cooks spoil the ***broth***.
   ( 【諺】太多廚師壞了一鍋湯；人多手雜。 )

4. brow *n.* 眉毛 ( = *eyebrow* )；額頭 ( = *forehead* )
   wrinkle *one's* brow 緊鎖眉頭
   He ***wrinkled his brow***, looking worried.
   ( 他緊鎖眉頭，看起來很擔心。 )

5. brown *adj.* 棕色的 ( = *having the same color as wood* )
   brow ( 眉毛 ) + n = brown

6. browse *v.* 瀏覽 ( = *skim* )
   brow ( 眉毛 ) + se = browse
   I need to ***browse*** the Internet for some information.
   ( 我需要瀏覽網路找點資料。 )
   browse around 到處看看
   The trip allows you plenty of time for ***browsing around*** the
   shops. ( 這趟旅程會給你足夠的時間到處逛逛商店。 )

7. bruise *n.* 瘀傷 ( = *black mark* )；瘀青 *v.* 碰傷；出現瘀青
   諧音：不如死，有「瘀傷」痛得生不如死。
   I got a purple ***bruise*** on my knee. ( 我膝蓋上有一塊紫色瘀青。 )
   I ***bruised*** my leg. ( 我腳瘀青。 )

8. brunch *n.* 早午餐 ( = *a meal that serves as both breakfast
   and lunch* )
   是混合字：breakfast ( 早餐 ) + lunch ( 午餐 ) = brunch

9. brush *n.* 刷子 ( = *sweeper* )
   Remove the dirt using a ***brush***. ( 用刷子把髒污去掉。 )

BOOK
2

# 24. bucket

| | | | |
|---|---|---|---|
| **bucket** ³ | 〔ˈbʌkɪt〕 | *n.* | 水桶 |
| **buckle** ⁶ | 〔ˈbʌkḷ〕 | *n.* | 扣環 |
| **bubble** ³ | 〔ˈbʌbḷ〕 | *n.* | 泡泡 |
| **bud** ³ | 〔bʌd〕 | *n.* | 芽 |
| **budget** ³ | 〔ˈbʌdʒɪt〕 | *n.* | 預算 |
| **buffalo** ³ | 〔ˈbʌfḷˌo〕 | *n.* | 水牛 |
| **bun** ² | 〔bʌn〕 | *n.* | 小圓麵包 |
| **bunch** ³ | 〔bʌntʃ〕 | *n.* | 一串 |
| **bundle** ² | 〔ˈbʌndḷ〕 | *n.* | 一大堆 |

【記憶技巧】

從上一回的「刷子」( brush )，想到帶著刷子和「水桶」
( bucket )，綁著安全「扣環」( buckle ) 刷高樓的牆壁，再沖
洗「泡泡」( bubble )，牆壁上有嫩「芽」( bud ) 長出來，刷
完後可得到兩千元的「預算」( budget )，足夠買飼料餵養「水
牛」( buffalo )，和「小圓麵包」( bun ) 當早餐，回去的路上，
買了「一串」( bunch ) 香蕉和「一大堆」( bundle ) 零食。

1. bucket *n.* 水桶 ( = *pail* )；一桶的量
   a drop in the bucket 滄海一粟
   Our salary was *a drop in the bucket* compared to what the
   company earned. ( 我們的薪水跟公司的獲利比起來只是滄海一粟。)

2. buckle *n.* 扣環 ( = *fastener* )   *v.* 用扣環扣住 ( = *fasten
   with a buckle* )   buckle up 繫好安全帶

**BOOK**

**2**

3. bubble *n.* 泡泡（= *a ball of air*）
   擬聲詞，唸起來就像「泡泡」。
   burst *one's* bubble 使某人的幻想破滅
   I don't want to **burst your bubble**, but I don't think he
   remembers you.（我不想打破你的幻想，但我不覺得他記得你。）

4. bud *n.* 芽；花蕾（= *shoot*）
   in bud 含苞待放
   The flowers are now **in bud**.（這些花含苞待放。）

5. **budget** *n.* 預算（= *funds*）
   bud（芽）+ get（得到）= budget
   a tight budget 錢很少；經濟拮据
   The poor family lives on a **tight budget**.
   （那貧窮的一家人生活拮据。）

6. buffalo *n.* 水牛（= *a large African animal*）
   諧音：把俘虜，「水牛」很值錢，要俘虜牠。

buffalo

bun

7. bun *n.* 小圓麵包（= *a small round piece of bread*）

8. bunch *n.* 一串（香蕉、葡萄、鑰匙）（= *cluster*）；束（花）
   （= *bouquet*〔buˋke〕）；一群（人）；一夥（人）
   bun（小圓麵包）+ ch = bunch
   Ken bought a **bunch** of flowers for his mother.
   （肯買了一束花給他的母親。）
   a bunch of flowers（一束花）也可說成 a bouquet（花束）。
   Thanks a **bunch**.（太謝謝你。）【諷刺語氣】
   （= *Thank you very much.*）

9. bundle *n.* 一大堆（= *heap*）；（尤指為了攜帶方便而紮成的）
   捆；包 *v.* 把…捆起來
   bun（小圓麵包）+ dle = bundle
   He held a **bundle** of clothes in his arms.
   （他懷中抱著一大堆衣服。）

# *25. bull*

| | | | |
|---|---|---|---|
| * **bull** ³ | 〔 bʊl 〕 | *n.* | 公牛 |
| * **bullet** ³ | 〔 'bʊlɪt 〕 | *n.* | 子彈 |
| * **bulletin** ⁴ | 〔 'bʊlətɪn 〕 | *n.* | 佈告 |
| | | | |
| **bulk** ⁵ | 〔 bʌlk 〕 | *n.* | 大部分 |
| **bulky** ⁶ | 〔 'bʌlkɪ 〕 | *adj.* | 龐大的 |
| **bulge** ⁴ | 〔 bʌldʒ 〕 | *v.* | 鼓起 |
| | | | |
| * **bulb** ³ | 〔 bʌlb 〕 | *n.* | 燈泡 |
| *\* **bug** ¹ | 〔 bʌg 〕 | *n.* | 小蟲 |
| *\* **buffet** ³ | 〔 bʌ'fe 〕【注意發音】 | *n.* | 自助餐 |

BOOK

2

【記憶技巧】

　　從上一回的「一大堆」( bundle )，想到有一大堆的「公牛」
( bull ) 得了狂牛症，被「子彈」( bullet ) 射死，張貼「佈告」
( bulletin ) 給大眾知道疫情。這些「大部分」( bulk )「龐大的」
( bulky ) 疫牛，身體「鼓起」( bulge )，在有「燈泡」( bull )
照射的獸欄裡，變成許多「小蟲」( bug ) 的「自助餐」( buffet )。

1. bull　*n.* 公牛 ( = *an adult male cow* )
   take the bull by the horns　直接面對問題；冒險
   I decided to ***take the bull by the horns*** and ask him to leave.
   (我決定直接面對問題，叫他離開。)

2. bullet　*n.* 子彈 ( = *a piece of metal fired from a gun* )
   | bull ( 公牛 ) + et = bullet |　take a bullet　中彈
   He ***took a bullet*** in his arm. ( 他手臂中彈。)

3. bulletin *n.* 佈告 ( = *report* )
   bullet ( 子彈 ) + in = bulletin
   We have read the news on the **bulletin** board.
   ( 我們已經看過了佈告欄上的新聞。)

4. bulk *n.* 大部分 ( = *the largest part* )
   諧音：罷課，「大部分」的人集體罷課。
   My mother does the **bulk** of the housework.
   ( 我母親做大部分的家事。)

5. bulky *adj.* 龐大的 ( = *big* )
   bulk ( 大部分 ) + y (*adj.*) = bulky
   Cell phones used to be **bulky** and heavy.
   ( 以前的手機又大又重。)

6. bulge *v.* 鼓起 ( = *swell* )；裝滿 ( = *be very full* )   *n.* 鼓起
   諧音：包起，起了一個包，就是「鼓起」。
   His stomach **bulged** after the huge meal.
   ( 吃完大餐後，他的肚子鼓起來了。)

7. bulb *n.* 燈泡 ( = *electric light* )；球根 ( = *tuber* )
   light bulb 燈泡    onion bulb 洋蔥球莖

   onion bulb

8. bug *n.* 小蟲 ( = *insect* )；( 機器 ) 故障   *v.* 竊聽 ( = *tap* )
   竊聽器長得就像隻「小蟲」。
   His office was **bugged**. ( 他的辦公室被竊聽。)

9. buffet *n.* 自助餐 ( = *a meal at which all the food is put
   on a table and people go and choose what they want* )
   諧音：飽肥，「自助餐」容易吃得又飽又肥。
   The price includes a **buffet** and a concert ticket.
   ( 價格包括自助餐和一張演唱會門票。)
   buffet 有三種唸法：﹝ bʌ'fe, bə'- , bu'- ﹞
   【比較】buffet ﹝'bʌfɪt﹞ *v.* 連續猛擊；不斷打擊
   Taipei was **buffeted** by heavy rain. ( 台北遭受大雨摧殘。)

# *26. bureau*

| | | | |
|---|---|---|---|
| *bureau 5 | (ˈbjʊro ) | *n.* | 局 |
| **bureaucracy 6** | ( bjʊˈrɑkrəsɪ ) | *n.* | 官僚作風 |
| **burger 2** | (ˈbɝgɚ ) | *n.* | 漢堡 |
| *burglar 3 | (ˈbɝglɚ ) | *n.* | 竊賊 |
| *bury 3 | (ˈbɛrɪ )【注意發音】 | *v.* | 埋 |
| ***burial 6** | (ˈbɛrɪəl )【注意發音】 | *n.* | 埋葬 |
| *burn 2 | ( bɝn ) | *v.* | 燃燒 |
| **burst 2** | ( bɝst ) | *v.* | 爆破 |
| *burden 3 | (ˈbɝdn̩ ) | *n.* | 負擔 |

【記憶技巧】

　　從上一回的「自助餐」( buffet )，想到吃完自助餐，去各「局」( bureau ) 辦理手續，遭受「官僚作風」( bureaucracy ) 的對待，職員吃著「漢堡」( burger )，沒注意到有「竊賊」( burglar )，把保險箱偷走「埋」( bury ) 起來，在隱密的「埋葬」( burial ) 地點用「燃燒」( burn ) 和「爆破」( burst ) 的方式打開保險箱，獲得財物，而減輕金錢「負擔」( burden )。

1. bureau *n.* 局 ( = *office* )
   weather bureau 氣象局
   注意：bureau 中的 eau 唸成 /o/，其他例子如：plateau ( plæˈto ) *n.* 高原、portmanteau ( portˈmænto ) *n.* 旅行箱。

2. bureaucracy *n.* 官僚作風 ( = *regulations* )
   bureau (*office*) + cracy (*rule*) = bureaucracy

政府機構的統治方式，就是「官僚作風」。
People complain about having to deal with too much
***bureaucracy***. ( 人民抱怨他們所必須應付太多官僚作風。)

3. burger　*n.* 漢堡 ( = *hamburger* )
現在有 vegeburger 〔'vɛdʒɪ,bɝgɚ〕*n.* 素漢堡 ( = *veggie burger* )。

4. burglar　*n.* 竊賊 ( = *thief* )
諧音：不夠了，錢不夠了，要當「竊賊」。
A ***burglar*** broke into my house yesterday.
( 有一名竊賊昨天闖入我家。)
【比較】burglary 〔'bɝglərɪ〕*n.* 竊盜 ( 案 )

5. **bury**　*v.* 埋；埋葬 ( = *place in the ground* )
All his family were ***buried*** in the same cemetery.
( 他的家人全部被埋在同一個墓園。)

6. burial　*n.* 埋葬 ( = *the act or process of burying* )
bury ( 埋 ) – y + ial ( *n.* ) = burial
The brave soldier had a decent ***burial***.
( 那位勇敢的士兵被好好地安葬。)

原則上 ur 讀 /ɝ/，但 bury〔'bɛrɪ〕和 burial〔'bɛrɪəl〕是例外。

7. **burn**　*v.* 燃燒 ( = *set on fire* )　*n.* 燙傷；灼傷
The house is ***burning***. ( 房子正在燃燒。)
burn the candle at both ends　蠟燭兩頭燒；過度勞累

8. burst　*v.* 爆破 ( = *explode* )【三態變化：burst–burst–burst】
The tire ***burst***. ( 爆胎了。)
burst into tears　突然哭起來 ( = *burst out crying* )

9. **burden**　*n.* 負擔 ( = *trouble* )
諧音：百頓，一百頓，是「負擔」。
Her husband is willing to share the ***burden*** of domestic
work. ( 她的丈夫願意分擔家事的負擔。)

# 27. *busy*

| | | | |
|---|---|---|---|
| ‡**busy** [1] | ('bɪzɪ ) | *adj.* | 忙碌的 |
| ‡**business** [2] | ('bɪznɪs ) | *n.* | 生意 |
| *  **bush** [3] | ( buʃ ) | *n.* | 灌木叢 |
| ‡**butter** [1] | ('bʌtɚ ) | *n.* | 奶油 |
| ‡**butterfly** [1] | ('bʌtɚ͵flaɪ ) | *n.* | 蝴蝶 |
| ‡**button** [2] | ('bʌtn̩ ) | *n.* | 按鈕 |
| ‡**bus** [1] | ( bʌs ) | *n.* | 公車 |
| *  **buzz** [3] | ( bʌz ) | *v.* | 發出嗡嗡聲 |
|    **byte** [6] | ( baɪt ) | *n.* | 位元組 |

【記憶技巧】

從上一回的「負擔」( burden )，想到生活的負擔來自於「忙碌的」( busy )「生意」( business )，偶爾可以去「灌木叢」( bush ) 野餐，吃「奶油」( butter ) 麵包，看看「蝴蝶」( butterfly )，想到有急事要處理，按下「按鈕」( button ) 打開筆記型電腦，坐上「公車」( bus )，引擎「發出嗡嗡聲」( buzz )，開始檢查記憶體還剩幾「位元組」( byte )，是否還有容量儲存資料。

1. busy *adj.* 忙碌的 ( = *occupied with* )
   be busy + V-ing 忙於

2. **business** *n.* 生意 ( = *dealings* )
   busy ( 忙碌的 ) – y + iness (*n.*) = business
   ***Business* is *business*.** (【諺】公事公辦。)
   business card 名片　　business hours 營業時間；辦公時間

3. bush  *n.* 灌木叢（= *plant*）
   想到美國前任總統「喬治布希」（George Bush），就會記得了。
   beat around the bush  說話拐彎抹角（= *beat about the bush*）
   Say whay you mean—don't *beat around the bush*.
   （把你的意思說清楚—別拐彎抹角。）

4. butter  *n.* 奶油（= *a solid yellow food made from cream*）
   bread and butter  主要生計；收入來源
   Driving a taxi is his *bread and butter*.
   （他靠開計程車謀生。）

5. butterfly  *n.* 蝴蝶（= *a flying insect with colorful wings*）
   butter（奶油）+ fly（飛）= butterfly
   have butterflies in *one's* stomach  感到緊張
   I *had butterflies in my stomach* when taking an exam.
   （考試的時候，我覺得很緊張。）
   a social butterfly  交際花

6. button  *n.* 按鈕（= *switch*）；鈕扣（= *fastener*）
   Press the *button* to start the computer.
   （按下按鈕就可以打開電腦。）
   fasten a button  扣上鈕釦

7. bus  *n.* 公車（= *a vehicle carrying many passengers*）
   shuttlc bus  接駁車

8. buzz  *v.* 發出嗡嗡聲（= *hum*）　　*n.* 嗡嗡聲；嘈雜聲
   Mosquitoes were *buzzing* around my head.
   （蚊子在我的頭旁邊嗡嗡叫。）
   give *sb.* a buzz  打電話給某人

9. byte  *n.* 位元組（= *a basic unit for storing computer
   information, used for measuring the size of
   a document*）【電腦儲存資訊記憶體大小的最基本單位】
   【比較】bit〔bɪt〕*n.* 位元【8位元等於1個位元組】

# 28. cabin

| | | | |
|---|---|---|---|
| * **cabin** [3] | 〔'kæbɪn 〕 | *n.* | 小木屋 |
| * **cabinet** [4] | 〔'kæbənɪt 〕 | *n.* | 櫥櫃 |
| * **cabbage** [2] | 〔'kæbɪdʒ 〕 | *n.* | 包心菜 |
| | | | |
| * **cafe** [2] | 〔 kə'fe 〕 | *n.* | 咖啡店 |
| * **cafeteria** [2] | 〔ˌkæfə'tɪrɪə 〕 | *n.* | 自助餐廳 |
| **caffeine** [6] | 〔'kæfiɪn 〕 | *n.* | 咖啡因 |
| | | | |
| * **cage** [1] | 〔 kedʒ 〕 | *n.* | 籠子 |
| * **cable** [2] | 〔'kebḷ 〕 | *n.* | 電纜 |
| **cactus** [5] | 〔'kæktəs 〕 | *n.* | 仙人掌 |

BOOK 2

【記憶技巧】

從上一回的「負擔」(burden)，想到帶著著很多物品是不小的負擔，去「小木屋」(cabin)露營，「櫥櫃」(cabinet)存放剛買的「包心菜」(cabbage)，發現露營區有「咖啡店」(cafe)和「自助餐廳」(cafeteria)，吃完飯後喝有「咖啡因」(caffeine)的咖啡來提神，看看園區「籠子」(cage)裡的動物，「第四台」(cable TV)，再坐「纜車」(cable car)去看「仙人掌」(cactus)。

1. cabin *n.* 小木屋 ( = *a small house built of wood* )；船艙；機艙
   cab (計程車) + in (裡面) = cabin，「小木屋」和計程車都有小空間。
   He prefers to have a seat at the front of the *cabin*.
   (他偏好前艙的座位。)

2. cabinet *n.* 櫥櫃 ( = *locker* )；( 大寫 ) 內閣
   cabin (小木屋) + et (表示「小」的字尾) = cabinet
   a Cabinet meeting　內閣會議

Precious jewels are put in the display *cabinet*.
（珍貴的珠寶被放在展示櫃裡。）

3. cabbage   *n.*  包心菜；高麗菜；大白菜（ = *a hard round
   vegetable with edible leaves* ）
   cab（計程車）+ bage (*n.*) = cabbage

   cabbage

   > 美國人不分大白菜或高麗菜等，都稱 cabbage。
   > 有些字典翻成「甘藍菜」，是大陸人的用語。

4. cafe   *n.*  咖啡店（ = *café* ）
   Internet cafe   網路咖啡廳

5. cafeteria   *n.*  自助餐廳（ = *a self-service restaurant* ）
   cafe（咖啡廳）+ teria = cafeteria，字尾聯想到 bac<u>teria</u>（細菌）。
   The department store has a *cafeteria*.
   （這家百貨公司有間自助餐廳。）

6. caffeine   *n.*  咖啡因（ = *caffein* ）
   cafe（咖啡廳）+ f + ine (*n.*) = caffeine，注意有兩個 f。
   *Caffeine* makes some people feel nervous.
   （咖啡因會使某些人覺得焦躁不安。）

7. cage   *n.*  籠子（ = *enclosure* ）
   c + age（年齡）= cage
   I hate to see animals being kept in *cages*.
   （我討厭看見動物被關在籠子裡。）

8. cable   *n.*  電纜（ = *line* ）；鋼索（ = *strong thick metal rope* ）
   c + able（能夠…的）= cable
   cable TV   第四台      cable car   纜車

9. cactus   *n.*  仙人掌（ = *a prickly plant whose stem stores
   water* ）
   諧音：卡個土司，「仙人掌」有刺，土司會卡在上面。
   cactus 的複數形是 cacti〔ˈkæktaɪ〕。

# *29. calculate*

| | | | |
|---|---|---|---|
| * **calculate** [4] | (ˈkælkjəˌlet) | v. | 計算 |
| * **calculation** [4] | (ˌkælkjəˈleʃən) | n. | 計算 |
| * **calculator** [4] | (ˈkælkjəˌletɚ) | n. | 計算機 |
| ** **calendar** [2] | (ˈkæləndɚ) | n. | 日曆 |
| **calf** [5] | ( kæf, kɑf ) | n. | 小牛 |
| **calcium** [6] | (ˈkælsɪəm) | n. | 鈣 |
| *** **call** [1] | ( kɔl ) | v. | 叫 |
| **calligraphy** [5] | ( kəˈlɪgrəfɪ ) | n. | 書法 |
| **calorie** [4] | (ˈkælərɪ) | n. | 卡路里 |

BOOK 2

【記憶技巧】

　　從上一回的「仙人掌」( cactus )，聯想到家裡開花店賣仙
人掌，每天要「計算」( calculate ) 賣出多少株，價格的「計
算」( calculation ) 需要用到「計算機」( calculator )，並看
「日曆」( calendar ) 來看每天的銷售額，同時要照顧飼養的「小
牛」( calf )，每天都要攝取「鈣」( calcium ) 質，「叫」( call )
人用「書法」( calligraphy ) 幫牠寫個名牌掛在脖子上，帶牠
散步消耗「卡路里」( calorie )。

1. **calculate** *v.* 計算 ( = *count* )
   calc (*lime*) + ul (*small*) + ate (*v.*) = calculate，古時候用小石
   頭來「計算」。諧音：刻苦累，每天刻苦「計算」消費很累。
   We'll have to *calculate* the overall cost.
   ( 我們必須計算所有的費用。)

2. **calculation** *n.* 計算 ( = *estimate* )

calculate（計算）– e + ion (*n.*) = calculation
By my *calculation*, we made 3,000 dollars.
（據我的計算，我們賺了三千美元。）

3. calculator　*n.* 計算機（ = *calculating machine* ）
calculate（計算）– e + or (*n.*) = calculator

4. **calendar**　*n.* 日曆（ = *a table showing the months and days of the year* ）；曆法
諧音：可憐的，看「日曆」沒錢過活，很可憐。

5. calf　*n.* 小牛（ = *a young cow* ）
注意：calf 中的 l 不發音，複數爲 cal<u>ves</u>。

6. calcium　*n.* 鈣（ = *a white chemical element that is an important part of bones and teeth* ）
calc (*lime*) + ium (*n.*) = calcium，「鈣」是組成骨頭的小石子。
Milk is rich in *calcium*.（牛奶富含鈣質。）

7. call　*v.* 叫（ = *speak loudly* ）　*n.* 喊叫；打電話
call for　呼籲；要求；需要
Your plan will *call for* a lot of money.
（你的計畫會需要很多錢。）
make a call　打電話　　return a call　回電話

8. calligraphy　*n.* 書法（ = *the art of producing beautiful handwriting using a brush or a special pen* ）

```
calli     + graphy
  |           |
beautiful + write
```
寫得漂亮，就是「書法」。

One of my hobbies is *calligraphy*.
（我的其中一項嗜好是書法。）

9. calorie　*n.* 卡路里（ = *cal* ）
I burn my *calories* by jogging.（我藉由慢跑來燃燒卡路里。）

# *30. camp*

| | | | |
|---|---|---|---|
| ‡ **camp** 1 | 〔kæmp〕 | v. | 露營 |
| * **campus** 3 | 〔'kæmpəs〕 | n. | 校園 |
| * **campaign** 4 | 〔kæm'pen〕 | n. | 活動 |
| * **came** 3 | 〔kem〕 | v. | 來 (come 的過去式) |
| * **camel** 1 | 〔'kæml̩〕 | n. | 駱駝 |
| ‡ **camera** 1 | 〔'kæmərə〕 | n. | 照相機 |
| **canal** 5 | 〔kə'næl〕 | n. | 運河 |
| * **canoe** 3 | 〔kə'nu〕 | n. | 獨木舟 |
| **canary** 5 | 〔kə'nɛrɪ〕【注意發音】 | n. | 金絲雀 |

【記憶技巧】

從上一回的「卡路里」( calorie )，想到要消耗卡路里，想去「露營」( camp )，在「校園」( campus ) 裡宣傳「活動」( campaign )，叫大家「來」( came )，可以去看「駱駝」( camel )，用「照相機」( camera ) 和牠拍照，並在「運河」( canal ) 上划「獨木舟」( canoe ) 欣賞「金絲雀」( canary )。

1. **camp** v. 露營 ( = *live in a tent* )  n. 營地；兵營
   go camping 去露營　　refugee camp 難民營

2. campus n. 校園 ( = *college grounds* )
   camp ( 露營 ) + us ( 我們 ) = campus，「我們」一起去「校園」中「露營」。
   I had a tour of the *campus* today. ( 我今天去參觀了學校。)
   on campus 在校園裡

3. **campaign** *n.* 活動（= *a series of actions*）
camp（露營）+ aign (*n.*) = campaign
There will be an anti-drug ***campaign*** tomorrow.
（明天會有一個反毒活動。）
【比較】champagne〔ʃæmˋpen〕*n.* 香檳酒

4. came *v.* 來（*past tense of come*）
收錄這個字，是爲了容易背下面兩個字。

5. camel *n.* 駱駝（= *a desert animal*）
came（來）+ l = camel

6. **camera** *n.* 照相機（= *equipment for taking*
*photographs*）；攝影機（= *equipment for making films*）
came（來）+ ra = camera
fool-proof camera 傻瓜相機【又稱輕便相機、全自動相機，通常指
容易操作，針對一般人而設計的小型全自動相機】
on camera 在鏡頭中
Two men were caught ***on camera*** robbing the bank.
（兩名男子搶劫銀行時被拍了下來。）

7. canal *n.* 運河（= *waterway*）
can（能夠）+ al = canal
the Panama Canal 巴拿馬運河
the Suez Canal 蘇伊士運河

8. canoe *n.* 獨木舟（= *a light narrow boat*）
can（能夠）+ oe = canoe，oe /u/ 的發音可以想到 sh<u>oe</u>。

9. canary *n.* 金絲雀（= *a type of small, yellow, singing bird*）
can（能夠）+ ary = canary
My father keeps a ***canary*** as a pet.
（我爸爸養金絲雀當寵物。）
canary〔kəˋnɛrɪ〕這個字也可唸成〔kəˋnerɪ〕，
不要唸成〔ˋkænərɪ〕。

canary

# *31. can*

| | | |
|---|---|---|
| **\*\*\*can** [1] | 〔 kæn 〕 | *aux.* 能夠 |
| **\*\*cancel** [2] | 〔'kænsḷ 〕 | *v.* 取消 |
| **\*\*cancer** [2] | 〔'kænsɚ 〕 | *n.* 癌症 |
| | | |
| **\*\*\*candy** [1] | 〔'kændɪ 〕 | *n.* 糖果 |
| **\*\*candle** [2] | 〔'kændḷ 〕 | *n.* 蠟燭 |
| **\*candidate** [4] | 〔'kændə,det 〕 | *n.* 候選人 |
| | | |
| **cannon** [5] | 〔'kænən 〕 | *n.* 大砲 |
| **\*canyon** [3] | 〔'kænjən 〕 | *n.* 峽谷 |
| **canvas** [6] | 〔'kænvəs 〕 | *n.* 帆布 |

**BOOK 2**

【記憶技巧】

　　從上一回的「金絲雀」( canary )，想到家裡養隻金絲雀，「能夠」( can ) 提供娛樂，玩得開心，只好「取消」( cancel ) 檢查「癌症」( cancer ) 的診，在家吃著「糖果」( candy )，點起「蠟燭」( candle )，看到電視上的總統「候選人」( candidate ) 去軍營巡視「大砲」( cannon )，爬上「峽谷」( canyon )，背著「帆布」( canvas ) 背包。

1. can *aux.* 能夠 ( *= be able to* )　*n.* 罐子；罐頭
   cannot but + V. 不得不 ( *= can't help V-ing* )
   trash can 垃圾桶

2. **cancel** *v.* 取消 ( *= call off* )；撤銷；廢除
   can ( 能夠 ) + cel = cancel
   The meeting was ***cancelled***. ( 會議取消了。)

3. **cancer** *n.* 癌症（= *tumor*）；弊端；（大寫）巨蟹座
   can（能夠）+ cer = cancer
   Some *cancers* are easier to treat than others.
   （有些癌症比其他的容易治療。）
   Gambling is a *cancer* in our society.
   （賭博是我們社會的弊病。）

4. **candy** *n.* 糖果（= *sweet food*）

5. **candle** *n.* 蠟燭（= *stick of wax with a wick in the middle*）
   can（能夠）+ dle = candle
   candle-lit dinner 燭光晚餐

6. **candidate** *n.* 候選人（= *nominee*）；有望做…的人

   | cand | + | id | + | ate |
   | white | + | adj. | + | 人 |

   古羅馬時期，想要為官者，常常身穿連身純白的長袍強調自己品德良好，希望獲得君王重視，這些人被稱為 candidate = 身穿白袍者。

   也可以背：can（能夠）+ did（做）+ ate（吃）= candidate
   John is a presidential *candidate*.（約翰是總統候選人。）

7. **cannon** *n.* 大砲（= *big gun*）
   can（能夠）+ non（不；非）= cannon，沒有比他大的，就是「大砲」。
   【比較】canon〔'kænən〕*n.* 聖典；正典

8. **canyon** *n.* 峽谷（= *valley*）
   can（能夠）+ yon = canyon
   the Grand Canyon 大峽谷

9. **canvas** *n.* 帆布（= *a heavy durable cloth*）
   can（能夠）+ vas = canvas
   I would like to buy a *canvas* bag.（我想要買一個帆布包。）
   【比較】canvass〔'kænvəs〕*v.* 遊說

# *32. capital*

| | | | |
|---|---|---|---|
| * **capital** 3,4 | 〔ˈkæpətḷ〕 | *n.* | 首都 |
| * **capitalism** 4 | 〔ˈkæpətḷˌɪzəm〕 | *n.* | 資本主義 |
| **capitalist** 4 | 〔ˈkæpətḷɪst〕 | *n.* | 資本家 |
| * **capture** 3 | 〔ˈkæptʃɚ〕 | *v.* | 抓住 |
| **captive** 6 | 〔ˈkæptɪv〕 | *n.* | 俘虜 |
| **captivity** 6 | 〔kæpˈtɪvətɪ〕 | *n.* | 囚禁 |
| * **capable** 3 | 〔ˈkepəbḷ〕 | *adj.* | 能夠的 |
| **capability** 6 | 〔ˌkepəˈbɪlətɪ〕 | *n.* | 能力 |
| * **capacity** 4 | 〔kəˈpæsətɪ〕 | *n.* | 容量 |

BOOK 2

【記憶技巧】

　　從上一回的「帆布」( canvas )，想到背著帆布背包，從鄉下到「首都」( capital )，充滿崇尚「資本主義」( capitalism )的「資本家」( capitalist )，路上貧窮的小偷被警察「抓住」( capture )，成為「俘虜」( captive )，送到監獄「囚禁」( captivity )，發現要「能夠」( capable ) 在這裡生存，需要有「能力」( capability )和無限吸收知識的「容量」( capacity )。

1. **capital** *n.* 首都 ( = *a town which is the center of government of a country* )；資本 ( = *money* )
cap ( 無邊的帽子 ) + it + al (*n.*) = capital，帽子戴頭上，國家的頭，就是「首都」。

2. **capitalism** *n.* 資本主義 ( = *free enterprise* )
capital ( 資本 ) + ism (*n.*) = capitalism

Some people consider *capitalism* evil.
（有些人認為資本主義很邪惡。）

3. capitalist  *n.* 資本家（ = *an investor of capital in business* ）
   capital（資本）+ ist（人）= capitalist
   *Capitalists* make money by investment rather than by labor.
   （資本家靠投資賺錢，而非勞力。）

4. **capture**  *v.* 抓住（ = *catch* ）
   capt（*catch*）+ ure（*v.*）= capture
   The cat *captured* the mouse.（貓抓到了老鼠。）

5. captive  *n.* 俘虜（ = *prisoner* ）

   | capt + ive | 被抓起來的人，就是「俘虜」。 |
   | --- | --- |
   | catch + 人 | 字尾 ive 指「人」，如 relative（親戚）。 |

6. captivity  *n.* 囚禁（ = *imprisonment* ）
   captive（俘虜）– e + ity（*n.*）= captivity
   He was in *captivity* for two weeks.（他遭囚禁兩週。）

7. **capable**  *adj.* 能夠的（ = *able* ）
   cap（*catch*）+ able（能夠…的）= capable
   be capable of V-ing  能夠（ = *be able to V.* ）
   I *am capable of* doing the task on my own.
   （我能夠獨自做這件事。）

8. **capability**  *n.* 能力（ = *ability* ）；才能
   cap（*catch*）+ ability（能力）= capability
   He has the *capability* of becoming an excellent engineer.
   （他有能力成為一位優秀的工程師。）

9. **capacity**  *n.* 容量（ = *space* ）；能力
   cap（*catch*）+ a + city（城市）= capacity
   be filled to capacity  客滿
   The concert hall *is filled to capacity*.（音樂廳擠滿了人。）

# *33. car*

| | | | |
|---|---|---|---|
| ‡**car** [1] | ( kɑr ) | *n.* | 汽車 |
| **carbon** [5] | ( 'kɑrbən ) | *n.* | 碳 |
| **carbohydrate** [6] | ( ˌkɑrbo'haɪdret ) | *n.* | 碳水化合物 |
| | | | |
| ‡**card** [1] | ( kɑrd ) | *n.* | 卡片 |
| **cardboard** [5] | ( 'kɑrd,bord ) | *n.* | 厚紙板 |
| *  **career** [4] | ( kə'rɪr ) | *n.* | 職業 |
| | | | |
| ‡**care** [1] | ( kɛr ) | *v.* | 在乎 |
| ‡**careful** [1] | ( 'kɛrfəl ) | *adj.* | 小心的 |
| **carefree** [5] | ( 'kɛr,fri ) | *adj.* | 無憂無慮的 |

**BOOK 2**

【記憶技巧】

　　從上一回的「容量」( capacity )，想到「汽車」( car ) 的容量越大，會排放越多的二氧化「碳」( carbon )，有害健康。爲了健康，每天都要吃「碳水化合物」( carbohydrate )，像糖、麵包和馬鈴薯，同時，要節省使用「卡片」( card ) 和「厚紙板」( cardboard )，不會導致樹木減少，從事有道德的「職業」( career )，「在乎」( care ) 地球，要「小心」( careful ) 對待他人，才能「無憂無慮」( carefree ) 過生活。

1. car *n.* 汽車 ( = *auto* )　　car accident 車禍

2. carbon *n.* 碳 ( = *a chemical element that is found in all living things* )
   ***Carbon dioxide*** is the primary greenhouse gas.
   （二氧化碳是主要的溫室氣體。）

BOOK
2

3. carbohydrate *n.* 碳水化合物（ = *a substance found in foods such as sugar, bread, and potatoes* ）
carbo (*carbon*) + hydr (*water*) + ate (*n.*) = carbohydrate

4. card *n.* 卡片（ = *thick stiff paper* ）   *pl.* 撲克牌遊戲；卡片
play cards 玩撲克牌
a deck of cards 一副牌

5. cardboard *n.* 厚紙板（ = *very thick stiff paper, used especially for making boxes* ）
card（卡片）+ board（紙板）= cardboard

6. **career** *n.* 職業（ = *job* ）
car（汽車）+ eer = career，開車是種「職業」。
Choosing a **career** is a very difficult decision.
（選擇職業是個非常困難的決定。）
a career woman 職業婦女

7. **care** *v.* 在乎（ = *feel concern or interest* ）   *n.* 注意；照料
Allen is selfish, and doesn't **care** about others' feelings.
（艾倫很自私，不在乎別人的感受。）
take care of 照顧；負責
with care 小心地（ = *carefully* ）

8. **careful** *adj.* 小心的（ = *cautious* ）↔ careless *adj.* 粗心的
care（在乎）+ ful（*adj.*）= careful

9. **carefree** *adj.* 無憂無慮的（ = *free of trouble and worry* ）

| care + free | 不用在乎任何事情，就是 |
| 在乎 + *without* | 「無憂無慮的」。 |

I often recalled those **carefree** days when I was a student.
（我常回想我還是學生時那些無憂無慮的日子。）
【比較】duty-free〔'djutɪ'fri〕*adj.* 免稅的 ⎫ 這兩個字有連結線
sugar-free〔'ʃugɚ'fri〕*adj.* 無糖的 ⎭

# *34. carp*

| | | | |
|---|---|---|---|
| **carp** [5] | 〔 karp 〕 | *n.* | 鯉魚 |
| ** **carpet** [2] | 〔 'karpɪt 〕 | *n.* | 地毯 |
| * **carpenter** [3] | 〔 'karpəntɚ 〕 | *n.* | 木匠 |
| * **cart** [2] | 〔 kart 〕 | *n.* | 手推車 |
| **carton** [5] | 〔 'kartn̩ 〕 | *n.* | 紙盒 |
| ** **cartoon** [2] | 〔 kar'tun 〕 | *n.* | 卡通 |
| * **carve** [4] | 〔 karv 〕 | *v.* | 雕刻 |
| * **cargo** [4] | 〔 'kargo 〕 | *n.* | 貨物 |
| **carnival** [5] | 〔 'karnəvl̩ 〕 | *n.* | 嘉年華會 |

**BOOK 2**

【記憶技巧】

　　從上一回的「無憂無慮的」( carefree )，想到走進一家店，有隻無憂無慮的「鯉魚」( carp ) 繡在「地毯」( carpet ) 上，「木匠」( carpenter ) 正在打造手工的「手推車」( cart )，我買來裝著一「紙盒」( carton ) 的「卡通」( cartoon ) CD，和「雕刻」( carve )的「貨物」( cargo )，去參加「嘉年華會」( carnival )。

1. carp　*n.* 鯉魚 ( = *a large fish that lives in lakes and rivers* )
   car ( 汽車 ) + p = carp

carp

2. carpet　*n.* 地毯 ( = *a thick soft cover for a floor* )
   carp ( 鯉魚 ) + et = carpet
   大片的地毯是 carpet，而「小塊的地毯」，則是 rug 〔 rʌg 〕。
   I laid a *carpet* at the door. ( 我在門口鋪了地毯。)

3. carpenter　*n.* 木匠（= *woodworker*）
   carp（鯉魚）+ enter（進入）= carpenter
   Jimmy is a ***carpenter*** by trade.（吉米的職業是木匠。）

4. cart　*n.* 手推車（= *a wheeled vehicle that can be pushed by
   a person*）　　car（汽車）+ t = cart
   She was pushing a shopping ***cart*** full of
   groceries.（她當時正推著裝滿雜貨的手推車。）
   put the cart before the horse　本末倒置

   cart

5. carton　*n.* 紙箱；紙盒（= *box*）
   cart（手推車）+ on = carton
   The milk is sold in ***cartons***.（該牛奶以盒裝出售。）

6. cartoon　*n.* 卡通（= *animation*）
   cart（手推車）+ oon = cartoon
   Children like to watch ***cartoons*** on TV.
   （孩童喜歡看電視卡通。）

7. **carve**　*v.* 雕刻（= *cut*）
   The artist ***carved*** a flower from the ice.
   （藝術家在冰上雕刻出了一朵花。）

8. cargo　*n.* 貨物（= *goods*）　*pl.* cargo(e)s
   car（車子）+ go（走）= cargo，可以被車載走的，就是「貨物」。
   The ship was loaded with a heavy ***cargo***.（這艘船載了重貨。）
   cargo ship　貨輪　　　cargo plane　貨機

9. carnival　*n.* 嘉年華會（= *festival*）

   > carn + ival
   > ｜　　｜　　在「嘉年華會」可以吃到很多肉。
   > *flesh* + *n.*

   There is a local ***carnival*** every year.（當地每年都有嘉年華會。）

# *35. cash*

| | | | |
|---|---|---|---|
| *cash* [2] | ﹝ kæʃ ﹞ | *n.* | 現金 |
| **cashier** [6] | ﹝ kæˈʃɪr ﹞ | *n.* | 出納員 |
| *case* [1] | ﹝ kes ﹞ | *n.* | 情況 |
| *cassette* [2] | ﹝ kæˈsɛt ﹞ | *n.* | 卡式錄音帶 |
| *cast* [3] | ﹝ kæst ﹞ | *v.* | 投擲 |
| *castle* [2] | ﹝ˈkæsḷ﹞【注意發音】 | *n.* | 城堡 |
| *carry* [1] | ﹝ˈkærɪ﹞ | *v.* | 攜帶 |
| *casual* [3] | ﹝ˈkæʒʊəl﹞ | *adj.* | 非正式的 |
| **casualty** [6] | ﹝ˈkæʒʊəltɪ﹞ | *n.* | 死傷（者） |

**BOOK 2**

【記憶技巧】

　　從上一回的「嘉年華會」( carnival )，想到去嘉年華會要帶「現金」( cash )，去銀行找「出納員」( cashier ) 拿現金，出現一個奇怪的「情況」( case )，他在聽「卡式錄音帶 ( cassette )，內容是有人「投擲」( cast ) 炸彈去炸「城堡」( castle )，這些不法份子「攜帶」( carry ) 易燃品，經過「非正式的」( casual ) 統計，「死傷者」( casualties ) 有 50 人。

1. **cash** *n.* 現金 ( = *money* )
   in cash 用現金　　short of cash 缺現金；缺錢
   She was ***short of cash***, so she decided to put off her trip.
   （因為缺錢，所以她決定延後去旅行。）

2. **cashier** *n.* 出納員 ( = *teller* )
   cash（現金）+ ier（人）= cashier
   Mary worked as a ***cashier*** in a bank.（瑪麗在銀行擔任出納員。）

3. **case**　*n.* 情況（ = *condition* ）；例子（ = *example* ）；
   盒子（ = *container* ）
   **in case**　免得；以防
   Take an umbrella ***in case*** it rains.（帶把傘以防下雨。）

4. **cassette**　*n.* 卡式錄音帶（ = *a container that holds a
   magnetic tape used for recording* ）
   cass（*case*）+ ette（表示「小」的名詞字尾）= cassette
   小盒子就是「卡式錄音帶」。
   **cassette recorder**　卡式錄放音機

5. **cast**　*v.* 投擲（ = *throw* ）；扔　*n.* 演員陣容；石膏
   She took a pebble and ***cast*** it into the water.
   （她拿了一顆小圓石，然後把它丟到水裡。）
   **cast…to the winds**　把…拋到九霄雲外；把…忘得一乾二淨
   ***Cast*** your care ***to the winds***.（把你的煩惱拋到九霄雲外吧。）

6. **castle**　*n.* 城堡（ = *palace* ）
   cast（投擲）+ le = castle，注意 castle 中的 t 不發音。

7. **carry**　*v.* 攜帶；拿著（ = *take* ）
   car（汽車）+ ry = carry，汽車可以「攜帶」東西。
   She ***carried*** a baby in her arms.（她懷中抱著嬰兒。）

8. **casual**　*adj.* 非正式的（ = *informal* ）；輕鬆的；休閒的
   case（情況）– e + ual（*adj.*）= casual
   I bought ***casual*** clothes for the weekend.
   （我買了週末穿的便服。）

9. **casualty**　*n.* 死傷（者）（ = *victim* ）；傷亡者
   casual（非正式的）+ ty（*n.*）= casualty
   There were many ***casualties*** in the car crash.
   （那場車禍造成很多死傷。）

   > casual 和 casualty 兩者無關，不是詞類變化，是完全不
   > 同的兩個字，放在一起是為了好背。

# *36. cat*

| | | | |
|---|---|---|---|
| ‡‡**cat** [1] | 〔kæt〕 | *n.* | 貓 |
| ‡‡**catch** [1] | 〔kætʃ〕 | *v.* | 抓住 |
| *‡**cattle** [3] | 〔'kætḷ〕 | *n.* | 牛 |
| | | | |
| *‡**catalogue** [4] | 〔'kætḷ,ɔg〕 | *n.* | 目錄 |
| **catastrophe** [6] | 〔kə'tæstrəfɪ〕 | *n.* | 大災難 |
| **category** [5] | 〔'kætə,gorɪ〕 | *n.* | 類別 |
| | | | |
| **cater** [6] | 〔'ketɚ〕 | *v.* | 迎合 |
| *‡**caterpillar** [3] | 〔'kætɚ,pɪlɚ〕 | *n.* | 毛毛蟲 |
| **cathedral** [5] | 〔kə'θidrəl〕 | *n.* | 大教堂 |

BOOK 2

【記憶技巧】

　　　從上一回的「死傷者」( casualty )，想到「貓」( cat )
有九條命，不容易死。貓「抓」( catch ) 老鼠，不抓「牛」
( cattle )。要買貓，要先看「目錄」( catalogue )，買錯會有
「大災難」( catastrophe )，要選適合的「類別」( category )，
會，能夠「迎合」( cater ) 你，逗你開心，看到你最怕的「毛
毛蟲」( caterpillar )，會把牠趕走，去「大教堂」( cathedral )
時，會安靜地趴在你的腿上，等你做完禮拜。

1. **cat** *n.* 貓 ( = *four-legged animal with soft fur* )
   a big cat　大型貓科動物【獅子、老虎等】

2. **catch** *v.* 抓住 ( = *seize* )；吸引 ( 注意 ) ( = *attract* )　　*n.* 陷阱
   The news **caught** my attention. ( 那則新聞吸引了我的注意力。)
   catch *sb*. V-ing　發現某人正在…

3. **cattle** *n.* 牛（= *cows*）

   這個字是集合名詞，不加 s。　　a herd of cattle 一群牛

   Dairy *cattle* provide milk for us.（乳牛提供牛奶給我們。）

4. **catalogue** *n.* 目錄（= *catalog*）　*v.* 將…編目分類

   > cata + logue
   > |　　　|
   > *fully* + *speak*

   所有的東西都跟你說了，就是「目錄」。

   Kevin *catalogues* his books alphabetically.

   （凱文把他的書依照字母順序編排。）

5. **catastrophe** *n.* 大災難（= *disaster*）

   cata (*down*) + strophe (*turn*) = catastrophe，反轉了整個世界，
   就是「大災難」。諧音：砍打四處飛，是「大災難」。

   The strong typhoon was a *catastrophe*.

   （那強烈颱風是個大災難。）

6. **category** *n.* 類別（= *class*）；範疇

   諧音：開的顆粒，醫生開顆粒的藥，是有「類別」。

   The problems are put into two *categories*.

   （那些問題被分成兩類。）

7. **cater** *v.* 迎合（= *provide people with things they want*）

   cat（貓）+ er = cater，愛貓要「迎合」牠。

   cater to 迎合

   The TV shows *cater to* teenagers.（那些電視節目迎合青少年。）

8. **caterpillar** *n.* 毛毛蟲（= *a small long thin insect with many legs*）

   cater（迎合）+ pillar（柱子）= caterpillar

   caterpillar

9. **cathedral** *n.* 大教堂（= *any large and important church*）

   諧音：可十一桌，「大教堂」很大，可以放十一張桌子。

   church 則是規模較小的「教堂」。

# *1. cause*

| | | |
|---|---|---|
| **cause** [1] | 〔 kɔz 〕 | *n.* 原因 |
| **caution** [5] | 〔ˋkɔʃən 〕 | *n.* 小心 |
| **cautious** [5] | 〔ˋkɔʃəs 〕 | *adj.* 小心的 |
| | | |
| **cave** [2] | 〔 kev 〕 | *n.* 洞穴 |
| **cavity** [6] | 〔ˋkævətɪ 〕 | *n.* 蛀牙 |
| **cavalry** [6] | 〔ˋkævl̩rɪ 〕 | *n.* 騎兵 |
| | | |
| **CD** [4] | 〔͵siˋdi 〕 | *n.* 雷射唱片 |
| **cease** [4] | 〔 sis 〕 | *v.* 停止 |
| **ceiling** [2] | 〔ˋsilɪŋ 〕 | *n.* 天花板 |

BOOK

**3**

【記憶技巧】

　　從生病的 cause（原因），想到吃東西要「小心」
（caution），喜歡吃甜食，牙齒就會有「洞」（cave），
也就是「蛀牙」（cavity）。有蛀牙的「騎兵」（cavalry）
愛聽「雷射唱片」（CD），休息時，都會「停止」（cease）
不動，眼睛盯著「天花板」（ceiling）。

　　前三個字是 cau 開頭，都讀成 /kɔ/，cave–cavity–
cavalry 是 cav 開頭，cavity 和 cavalry 重音都在第一
音節，前面讀成 /kæv/。CD–cease–ceiling 第一音節都
發 /si/ 的音。

1. **cause** *n.* 原因（ = *reason* ）　　*v.* 造成；導致（ = *lead to* ）
   cause and effect　因果關係

2. **caution** *n.* 小心；謹慎（ = *care* ）
   caut（燃燒）+ ion (*n.*) = caution，有東西在燃燒，所以要「小心」。
   【比較】precaution〔prɪˈkɔʃən〕*n.* 預防措施

3. **cautious** *adj.* 小心的；謹慎的（ = *careful* ）
   be cautious of / about　小心

4. **cave** *n.* 洞穴（ = *hollow* ）
   cave 的字根是 cav = hollow（中空的），同義字還有：cavern，
   grotto，den，cavity 等。

5. **cavity** *n.* 蛀牙（ = *caries*〔ˈkɛriz〕）；洞；穴；凹處；蛀牙的洞

   | cav + ity | 中空的地方，就是「洞」。 |
   |---|---|
   | hollow + *n.* | I have two *cavities*.（我有兩顆蛀牙。） |

6. **cavalry** *n.* 騎兵（ = *mounted troops* ）
   caval (*horse*) + ry（集合名詞字尾）

7. **CD** *n.* 雷射唱片（ = *compact disk* ）

CD

8. **cease** *v.* 停止（ = *stop* ）
   c + ease（容易）= compromise
   The colonel ordered the men to *cease* firing.
   （上校命令士兵們停止射擊。）

9. **ceiling** *n.* 天花板（ = *the upper interior surface of a room* ）
   hit the ceiling　大發脾氣（ = *hit the roof* ）

# 2. cell

| | | | |
|---|---|---|---|
| *cell [2] | ( sɛl ) | n. | 小牢房 |
| cellar [5] | ('sɛlɚ ) | n. | 地窖 |
| *celery [5] | ('sɛlərɪ ) | n. | 芹菜 |
| *celebrate [3] | ('sɛlə,bret ) | v. | 慶祝 |
| celebration [4] | (,sɛlə'breʃən ) | n. | 慶祝活動 |
| *celebrity [5] | ( sə'lɛbrətɪ ) | n. | 名人 |
| *cello [5] | ('tʃɛlo ) | n. | 大提琴 |
| cement [4] | ( sə'mɛnt ) | n. | 水泥 |
| cemetery [6] | ('sɛmə,tɛrɪ ) | n. | 墓地 |

BOOK
**3**

【記憶技巧】

　　從上一回的 ceiling（天花板），想到囚犯看著「小牢房」
（cell）的天花板，「小牢房」建在「地窖」（cellar）中，只
有供給「芹菜」（celery）當食物。「慶祝」（celebrate）「名
人」（celebrity）到達，舉辦「慶祝活動」（celebration），
拉「大提琴」（cello）。無論你是名人還是一般人，到最後
總要面對「水泥」（cement）建造的「墓地」（cemetery）。

1. **cell** *n.* 小牢房（= *a small room where a prisoner is kept*）；
   細胞；小蜂窩；電池；手機（= *cell phone*）

2. cellar *n.* 地窖（= *basement*）
   cell（小牢房）+ ar = cellar

3. celery　*n.* 芹菜（ = *a pale green vegetable with long stems* ）

celery

4. **celebrate**　*v.* 慶祝（ = *commemorate* ）

   | celebr | + ate |
   |--------|-------|
   | *populous* | + *v.* |

   「慶祝」活動中，有很多人參與。

   【比較】celebrated　*adj.* 有名的（ = *famous* ）

5. **celebration**　*n.* 慶祝活動（ = *commemoration* ）

   | celebr | + ation |
   |--------|---------|
   | *populous* | + *n.* |

   hold a celebration　舉行慶祝活動

6. **celebrity**　*n.* 名人（ = *personality* ）
   The hotel is well known for its *celebrity* guests.
   （這家飯店因有名人入住而有名。）

7. **cello**　*n.* 大提琴（ = *violoncello* ）
   這個字的發音是〔ˈtʃɛlo〕，要注意。
   【比較】violin〔ˌvaɪəˈlɪn〕*n.* 小提琴

cello

8. **cement**　*n.* 水泥（ = *mortar*〔ˈmɔrtɚ〕）
   【比較】concrete〔ˈkɑnkrit, kɑnˈkrit〕*n.* 混凝土

9. **cemetery**　*n.* 墓地（ = *graveyard* ）；公墓

   | cemet | + ery |
   |-------|-------|
   | *sleep* | + *n.* |

   安息之地，也就是「墓地」。

BOOK 3

# *3. cent*

| | | |
|---|---|---|
| *\*cent* [1] | 〔 sɛnt 〕 | *n.* 分 |
| *\*centigrade* [5] | 〔'sɛntə,gred 〕 | *adj.* 攝氏的 |
| *\*centimeter* [3] | 〔'sɛntə,mitɚ 〕 | *n.* 公分 |
| | | |
| *\*center* [1] | 〔'sɛntɚ 〕 | *n.* 中心 |
| *central* [2] | 〔'sɛntrəl 〕 | *adj.* 中央的 |
| *century* [2] | 〔'sɛntʃərɪ 〕 | *n.* 世紀 |
| | | |
| *certain* [1] | 〔'sɝtn̩ 〕 | *adj.* 確定的 |
| *certainty* [6] | 〔'sɝtn̩tɪ 〕 | *n.* 確信 |
| *\*certificate* [5] | 〔 sɚ'tɪfəkɪt 〕 | *n.* 證書 |

BOOK **3**

## 【記憶技巧】

　　　　從上一回的「墓地」(cemetery )，想到人死了一「分」
(cent ) 錢都不值，在墓地天氣很熱，想到氣溫是「攝氏」
(centigrade ) 幾度。有錢人的墓地放在「世紀」(century )
花園「中央的」(central )「中心」(center )。

　　前六個字是 cent 開頭，都讀成 /sɛnt/，centigrade–
centimeter–center–central–century 重音都在第一音
節。後三個字是 cert 開頭，都讀成 /sɝt/，certain–certainty
重音都在第一音節，但 certificate 重音在第二音節，因
為字尾是 ate，重音在倒數第三音節上。

1. cent  *n.* 分（ = *penny*）

2. centigrade  *adj.* 攝氏的（ = *Celsius* 〔'sɛlsɪəs 〕）
　 這個字可以分音節背：cen-ti-grade。

the centigrade thermometer 攝氏溫度計

$100^{\circ}$ centigrade 攝氏 100 度 ( $= 100^{\circ}C$ )

【比較】Fahrenheit〔ˈfɛrənˌhaɪt〕*adj.* 華氏的

3. **centimeter** *n.* 公分 ( $= cm$ )

centi (*hundredth*) + meter（公尺），公尺的百分之一，就是「公分」。

4. **center** *n.* 中心 ( $= middle$ )

New York is a *center* of trade.（紐約是貿易的中心。）

5. **central** *adj.* 中央的 ( $= middle$ )

centr (*center*) + al (*adj.*) = central

6. **century** *n.* 世紀 ( $= a\ period\ of\ one\ hundred\ years$ )

| cent | + | ury | 一百年，就是一「世紀」。 |
| --- | --- | --- | --- |
| \| | | \| | in the early/middle/late 15th century |
| *hundred* | + | *n.* | 在十五世紀初/中/末 |

7. **certain** *adj.* 確定的 ( $= sure$ )

I am not *certain* whether he will come today.

（我不確定他今天是否會來。）

8. **certainty** *n.* 確信；把握 ( $= confidence$ )；必然的事

certain (確定的) + ty = certainty

It is a *certainty* that prices will go up.

（物價會上漲是必然的事。）

9. **certificate** *n.* 證書 ( $= document$ )；證明書

certificate 是未經考試而得到的證書，如 birth certificate

（出生證明）。

diploma〔dɪˈplomə〕*n.* 畢業證書【經過考試而得到的】

# *4. chair*

| | | | |
|---|---|---|---|
| * **chair** [1] | 〔 tʃɛr 〕 | *n.* | 椅子 |
| ** **chairman** [5] | 〔'tʃɛrmən 〕 | *n.* | 主席 |
| * **chain** [3] | 〔 tʃen 〕 | *n.* | 鏈子 |
| | | | |
| * **chalk** [2] | 〔 tʃɔk 〕 | *n.* | 粉筆 |
| **challenge** [3] | 〔'tʃælɪndʒ 〕 | *n.* | 挑戰 |
| **chamber** [4] | 〔'tʃembɚ 〕 | *n.* | 房間 |
| | | | |
| **champagne** [6] | 〔 ʃæm'pen 〕 | *n.* | 香檳 |
| * **champion** [3] | 〔'tʃæmpɪən 〕 | *n.* | 冠軍 |
| * **championship** [4] | 〔'tʃæmpɪənˌʃɪp 〕 | *n.* | 冠軍資格 |

BOOK
**3**

【記憶技巧】

　　從上一回的 certificate，想到坐在「椅子」( chair ) 上的「主席」( chairman ) 頒發證書。用「粉筆」( chalk ) 寫出「挑戰」( challenge ) 成功，獲得「冠軍」( champion ) 的優勝者，大家在「房間」( chamber ) 裡喝「香檳」( champagne )，來慶祝這個「冠軍資格」( championship )。

1. chair *n.* 椅子
   【比較】wheelchair 〔'hwilˌtʃɛr 〕 *n.* 輪椅

2. **chairman** *n.* 主席 ( = *chairperson* )
   chair + man = chairman，坐在椅子上的人，就是「主席」。
   He was *chairman* of the meeting. ( 他是會議的主席。)

3. **chain** *n.* 鏈子（= *tether*〔'tɛðɚ〕）；連鎖店
Terry put the dog on a ***chain*** in the backyard.
（泰瑞把狗用鏈子栓在後院。）
a supermarket chain 連鎖超市

4. chalk *n.* 粉筆
My teacher is writing with a piece of ***chalk***.
（我的老師正用一枝粉筆在寫字。）
chalk 中的 l 不發音，而粉筆的單位名詞為 piece，
例如 two pieces of chalk（兩支粉筆）。

chalk

5. **challenge** *n.* 挑戰（= *test*）
In this ever changing world, we must be prepared to
face all kinds of ***challenges***.
（在這個瞬息萬變的世界，我們必須準備好面對各種挑戰。）

6. **chamber** *n.* 房間（= *room*）；會議廳；議會
chamber 作特殊用途的房間解時，通常用複數。
Cases not dealt with in court are sometimes heard in the
judge's ***chambers***.
（不在法庭上處理的案件，有時就在法官的專用辦公室審理。）

7. **champagne** *n.* 香檳（= *bubbly*）
這個字的發音是〔ʃæm'pen〕，要注意。

8. **champion** *n.* 冠軍（= *winner*）
a world swimming champion 世界游泳冠軍

9. **championship** *n.* 冠軍資格（= *title*）
champion（冠軍）+ ship = championship
win a world swimming championship 獲得世界游泳冠軍

# *5. change*

| | | | |
|---|---|---|---|
| **change** [2] | 〔 tʃendʒ 〕 | *v.* | 改變 |
| **changeable** [3] | 〔 'tʃendʒəbḷ 〕 | *adj.* | 可改變的 |
| **chance** [1] | 〔 tʃæns 〕 | *n.* | 機會 |
| * **chant** [5] | 〔 tʃænt 〕 | *v.* | 反覆地說 |
| **channel** [3] | 〔 'tʃænḷ 〕 | *n.* | 頻道 |
| * **chapter** [3] | 〔 'tʃæptɚ 〕 | *n.* | 章 |
| **character** [2] | 〔 'kærɪktɚ 〕 | *n.* | 性格 |
| * **characterize** [6] | 〔 'kærɪktə,raɪz 〕 | *v.* | 以…為特色 |
| * **characteristic** [4] | 〔 ,kærɪktə'rɪstɪk 〕 | *n.* | 特性 |

**BOOK 3**

【記憶技巧】

　　從上一回的 championship（冠軍資格），想到只要「改變」（change），就有「機會」（chance）。改變背單字的方法，「反覆地唸」（chant），跟著收音機的「頻道」（channel），一章接一「章」（chapter）。改變是成功的「性格」（character）和「特性」（characteristic）。

1. **change** *v.* 改變（= *alter* ）　*n.* 零錢
   I will not *change* my mind. ( 我不會改變我的想法。)
   Keep the *change*. ( 不用找了。)

2. **changeable** *adj.* 可改變的（= *variable* ）

3. **chance** *n.* 機會（= *opportunity*）
At the party, every child has a *chance* to win a prize.
（在派對上，每一個小孩都有機會贏得獎品。）

4. chant *v.* 吟唱（= *sing*）；反覆地說
"Resign! Resign!" they *chanted*.
（「辭職！辭職！」他們反覆不停地喊叫著。）

5. **channel** *n.* 頻道；海峽（= *strait*）
What's on *Channel* 55 tonight?
（今天晚上第五十五頻道播什麼？）
the English *Channel* 英吉利海峽
【比較】Chanel〔ʃɑ'nɛl〕*n.* 香奈兒【法國品牌】

6. chapter *n.* 章（= *section*）
The book consists of ten *chapters*.
（這本書由十個章節組成。）

7. **character** *n.* 性格（= *personality*）
She has a changeable *character*.（她有著善變的性格。）

8. **characterize** *v.* 以…為特色（= *distinguish*）
character（性格）＋ ize (*v.*) = characterize
be characterized by 以…為特色；特色是
The elephant *is characterized by* its long trunk and
ivory tusks.（大象是以牠的長鼻和象牙為特色。）

9. **characteristic** *n.* 特性（= *feature*）
character（性格）+ istic = characteristic
characteristic = feature = trait = property

# *6. chat*

| | | | |
|---|---|---|---|
| * **chat** [3] | 〔 tʃæt 〕 | *v.* | 聊天 |
| **chatter** [5] | 〔'tʃætɚ 〕 | *v.* | 喋喋不休 |
| **chase** [1] | 〔 tʃes 〕 | *v.* | 追趕 |
| | | | |
| **charity** [4] | 〔'tʃærətɪ 〕 | *n.* | 慈善機構 |
| **charitable** [6] | 〔'tʃærətəbḷ 〕 | *adj.* | 慈善的 |
| * **chariot** [6] | 〔'tʃærɪət 〕 | *n.* | 兩輪戰車 |
| | | | |
| * **charge** [2] | 〔 tʃardʒ 〕 | *v.* | 收費 |
| **chart** [1] | 〔 tʃart 〕 | *n.* | 圖表 |
| **charcoal** [6] | 〔'tʃar‚kol 〕 | *n.* | 木炭 |

BOOK **3**

【記憶技巧】

從上一回的 characteristic（特性），想到「喋喋不休」（chatter）在「聊天」（chat），也是種特性。創辦「慈善機構」（charity）的人，要像「兩輪戰車」（chariot）一樣不停奔走。慈善家畫「圖表」（chart）向人募款「收費」（charge）。

charity–charitable–chariot 第一音節讀成 /tʃæ/。
charge–chart–charcoal 第一音節讀成 /tʃa/。

1. **chat** *v. n.* 聊天（ = *talk*）
   I *chatted* with my friends about the affair.
   （我和朋友們聊那件事。）    have a chat with 與…閒聊

2. **chatter** *v.* 喋喋不休（ = *prattle*〔'prætḷ 〕）
   chat（聊天）+ ter = chatter

Those ladies are *chattering* about everything.
（那些女士正在對每件事情喋喋不休。）

3. chase   *v.* 追趕（ = *pursue* ）；追求
A dog was *chasing* a motorcycle.
（一隻狗正在追趕一輛摩托車。）        chase girls   追求女孩

4. **charity**   *n.* 慈善機構（ = *charitable organization* ）
The Red Cross is an international *charity*.
（紅十字會是一個國際的慈善機構。）
*Charity* begins at home.
（【諺】仁愛先從家裡開始；老吾老，以及人之老。）

5. charitable   *adj.* 慈善的（ = *benevolent* 〔 bəˈnɛvələnt 〕）
a charitable institution   慈善機構

6. chariot   *n.* 兩輪戰車
Romans used to ride *chariots* into war.
（羅馬人以前會駕兩輪戰車去打仗。）

chariot

7. **charge**   *v.* 收費（ = *bill* ）；控告（ = *accuse* ）   *n.* 費用；控告
He *charged* me five dollars for a cup of coffee.
（他一杯咖啡收我五美元。）
charge *sb.* with   控告某人～（ = *accuse sb. of* ）
free of charge   免費（ = *without charge* ）

8. **chart**   *n.* 圖表（ = *diagram* ）
The result is shown on *chart* 2.（結果顯示在第二張圖表上。）

9. charcoal   *n.* 木炭（ = *wood-coal* ）
char（把…燒焦）+ coal（煤）= 木炭
這個字不可數，若要數，須加單位名詞，如 a piece of
charcoal（一塊木炭）。

# 7. *check*

| | | | |
|---|---|---|---|
| **check** [1] | 〔 tʃɛk 〕 | v. | 檢查 |
| **checkbook** [5] | 〔 'tʃɛk͵bʊk 〕 | n. | 支票簿 |
| **cheat** [2] | 〔 tʃit 〕 | v. | 欺騙 |
| **check-in** [5] | 〔 'tʃɛk͵ɪn 〕 | n. | 登記住宿 |
| **check-out** [5] | 〔 'tʃɛk͵aʊt 〕 | n. | 結帳退房 |
| **checkup** [5] | 〔 'tʃɛk͵ʌp 〕 | n. | 健康檢查 |
| **cheer** [3] | 〔 tʃɪr 〕 | v. | 使振作 |
| **cheerful** [3] | 〔 'tʃɪrfəl 〕 | adj. | 愉快的 |
| **cheese** [3] | 〔 tʃiz 〕 | n. | 起司 |

【記憶技巧】

從上一回的「木炭」(charcoal)，想到用「支票簿」(checkbook) 買「木炭」時要「檢查」(check)，不然會被「欺騙」(cheat)。去做「健康檢查」(checkup) 前，先去飯店「登記住宿」(check-in)，做完了要「結帳退房」(check-out)。健康檢查沒問題後，可以使人「振作」(cheer)，心情「愉快的」(cheerful) 去吃「起司」(cheese)。拍照要說 "Cheese!" 是有道理的，因爲嘴巴會咧開，像是在笑。

1. **check** v. 檢查 ( = *examine* ) n. 支票 ( = *cheque* )
Please ***check*** the door before going to bed.
（請在睡覺前檢查門。）
I wrote my son a ***check*** for $10,000.
（我開了一張一萬美元的支票給我兒子。）

2. **checkbook** *n.* 支票簿（＝*chequebook*）
   check（支票）＋ book（書）＝ checkbook

3. **cheat** *v.* 欺騙；作弊（＝*deceive*）
   Kim was *cheated* by the stranger.（金被陌生人騙了。）
   cheat on an exam 考試作弊

4. **check-in** *n.* 登記住宿（＝*book-in*）；報到
   動詞片語是 check in，可作「登記住宿；（機場）報到」解。
   a check-in counter （機場內）旅客驗票並領取登機證的櫃台

5. **check-out** *n.* 結帳退房（＝*book-out*）
   動詞片語是 check out（結帳退房）。

6. **checkup** *n.* 健康檢查（＝*medical examination*）
   Madeleine takes her children to the doctor every year for a
   ***checkup***.（瑪德琳每年都帶她的孩子們去醫生那邊做健康檢查。）

7. **cheer** *v.* 使振作（＝*hearten*）；使高興；使感到安慰；歡呼
   cheer *sb.* up 使某人振作精神
   Cheers! 乾杯！
   cheer 也可作「歡呼」解，所以 cheerleader 是「啦啦隊隊
   長」，是帶領全場歡呼的人。

8. **cheerful** *adj.* 愉快的（＝*pleasant*）
   It's wonderful to see you so ***cheerful***.
   （看到你這麼高興太好了。）

9. **cheese** *n.* 起司（＝*soft or firm solid food made from milk*）
   I'm fond of French ***cheese***.（我喜歡法國起司。）
   拍照時，美國人常說：Say "Cheese"！（笑一個！）

# 8. chemical

| | | | |
|---|---|---|---|
| * **chemical** [2] | (ˈkɛmɪkl̩) | n. | 化學物質 |
| **chemistry** [4] | (ˈkɛmɪstrɪ) | n. | 化學 |
| **chemist** [5] | (ˈkɛmɪst) | n. | 化學家 |
| ** **cherry** [3] | (ˈtʃɛrɪ) | n. | 櫻桃 |
| **cherish** [4] | (ˈtʃɪrɪʃ) | v. | 珍惜 |
| **chess** [2] | (tʃɛs) | n. | 西洋棋 |
| * **chest** [3] | (tʃɛst) | n. | 胸部 |
| * **chestnut** [5] | (ˈtʃɛsnət) | n. | 栗子 |
| ** **chew** [3] | (tʃu) | v. | 嚼 |

BOOK 3

【記憶技巧】

從上一回的「起司」(cheese)，想到食品加工和「化學物質」(chemical) 有關。「化學家」(chemist) 和朋友吃著「櫻桃」(cherry)，「珍惜」(cherish) 彼此的友誼，常常相約下「西洋棋」(chess)，想到「胸部」(chest) 中的心臟，形狀有點像「栗子」(chestnut)，「嚼」(chew) 起它來真是舒服。

1. **chemical** *n.* 化學物質 ( = *compound* )   *adj.* 化學的
   ( = *involving chemistry* )
   Joe decided to be a ***chemical*** engineer.
   (喬決定當一位化學工程師。)

2. **chemistry** *n.* 化學 ( = *the scientific study of the structure of substances and the way they react with other substances* )

3. chemist　*n.* 化學家（ = *a scientist specializing in chemistry* ）
   【比較】physicist〔'fɪzəsɪst 〕*n.* 物理學家

4. cherry　*n.* 櫻桃（ = *a small round red or black fruit* ）
   cherry tree　櫻桃樹　　cherry blossom　櫻花

5. **cherish**　*v.* 珍惜（ = *treasure* ）；心中懷有
   They ***cherished*** the baby as their own.
   （他們疼愛那嬰兒，視如己出。）
   I ***cherish*** the hope that he will come back.
   （我懷著他會回來的希望。）

6. chess　*n.* 西洋棋（ = *a kind of board game* ）
   My younger brother loves playing ***chess***.
   （我弟弟喜歡下西洋棋。）

chess

7. chest　*n.* 胸部（ = *breast* ）
   a sweater chest size 38　胸圍 38 號的毛衣
   have a pain in the chest　胸部疼痛

8. chestnut　*n.* 栗子（ = *a smooth reddish-brown nut that stays enclosed in a prickly case until ripe, and can be cooked and eaten* ）
   英文裡字尾是 nut（堅果）的字很多，例
   如：peanut（花生），coconut（椰子），
   walnut（胡桃），hazelnut（榛子）等。

chestnut

9. **chew**　*v.* 嚼（ = *munch* ）
   chewing gum　口香糖
   Don't bite off more that you can ***chew***.
   （【諺】貪多嚼不爛；不要不自量力。）

# *9. chick*

| | | | |
|---|---|---|---|
| *chick ¹ | ( tʃɪk ) | n. | 小雞 |
| chicken ¹ | ('tʃɪkən ) | n. | 雞 |
| *chief ¹ | ( tʃif ) | adj. | 主要的 |
| *child ¹ | ( tʃaɪld ) | n. | 小孩 |
| childhood ³ | ('tʃaɪld,hud ) | n. | 童年 |
| *childish ² | ('tʃaɪldɪʃ ) | adj. | 幼稚的 |
| chill ³ | ( tʃɪl ) | n. | 寒冷 |
| chilly ³ | ('tʃɪlɪ ) | adj. | 寒冷的 |
| *chili ⁵ | ('tʃɪlɪ ) | n. | 辣椒 |

【同音字】（chilly, chili）

【記憶技巧】

> 從上一回的 chew（嚼），想到「小雞」（chick）都會嚼飼料。「雞」（chicken）是「主要的」（chief）肉食來源。每一個「小孩」（child）有如「小雞」一樣，要經歷過「幼稚的」（childish）「童年」（childhood）。小孩子怕「寒冷」（chill），天氣「寒冷的」（chilly）時候，要吃「辣椒」（chili）來抵禦寒冷。

1. chick *n.* 小雞 ( *= a baby bird, esp. a chicken* )
   【比較】duckling ('dʌklɪŋ ) *n.* 小鴨

2. chicken *n.* 雞 ( *= a common farmyard bird* )；雞肉
   I like to eat fried *chicken*. ( 我喜歡吃炸雞。)

3. **chief** *adj.* 主要的（= *main*）　　*n.* 首長（= *head*）；酋長
   Rice is the ***chief*** crop of this area.
   （稻米是這個地區的主要農作物。）
   the CIA chief 中情局局長　　an Indian chief 印地安的酋長

4. child *n.* 小孩（= *kid*）　　as a child 在小時候
   The ***child*** is father of the man.（【諺】小孩是成人之父；由小看大；
   三歲看七十；江山易改，本性難移。）

5. **childhood** *n.* 童年（= *the state or time of being a child*）
   Her early ***childhood*** had been very happy.
   （她的童年初期非常快樂。）

6. childish *adj.* 幼稚的（= *immature*）
   child（兒童）+ ish（帶有～性質）= childish
   像兒童般的，就是「幼稚的」。
   It's ***childish*** of you to say that.（你那樣子說話很幼稚。）
   【比較】childlike〔'tʃaɪld,laɪk〕*adj.* 天真無邪的

7. chill　*n.* 寒冷（= *coldness*）；害怕的感覺
   There is a noticeable ***chill*** in the air today.
   （今天空氣中有一股很明顯的寒意。）
   His words sent a ***chill*** down her spine.
   （他的話讓她覺得毛骨悚然。）

8. chilly　*adj.* 寒冷的（= *cold*）
   It's very ***chily*** this morning.（今天早上很冷。）

9. chili　*n.* 辣椒（= *chili pepper*）
   包含各種顏色，如 red chili（紅辣椒），
   green chili（綠辣椒）等。

chili

# *10. choice*

| | | | |
|---|---|---|---|
| **choice** [2] | 〔 tʃɔɪs 〕 | *n.* | 選擇 |
| **chocolate** [2] | 〔'tʃɔkəlɪt 〕 | *n.* | 巧克力 |
| **choke** [3] | 〔 tʃok 〕 | *v.* | 使窒息 |
| | | | |
| **chop** [3] | 〔 tʃɑp 〕 | *v.* | 砍 |
| **chopsticks** [2] | 〔'tʃɑp,stɪks 〕 | *n. pl.* | 筷子 |
| **chore** [4] | 〔 tʃor 〕 | *n.* | 雜事 |
| | | | |
| **chord** [5] | 〔 kɔrd 〕 | *n.* | 和弦 |
| **chorus** [4] | 〔'korəs 〕 | *n.* | 合唱團 |
| **cholesterol** [6] | 〔 kə'lɛstə,rol 〕 | *n.* | 膽固醇 |

**BOOK 3**

【記憶技巧】

　　從上一回的 chili ( 辣椒 )，想到可以抵禦「寒冷」
( chill )，可以再「選擇」( choice ) 喝熱「巧克力」
( chocolate )，不然太寒冷會「窒息」( choke )。「砍」
( chop ) 柴做「筷子」( chopsticks ) 是「雜事」( chore )。
「巧克力」吃多了要小心「膽固醇」( cholesterol ) 過高。

1. **choice** *n.* 選擇 ( = *selection* )

2. **chocolate** *n.* 巧克力 ( = *a hard brown food made from
   cocoa beans* )　*adj.* 巧克力的
   a bar of chocolate　一條巧克力

3. **choke** *v.* 使窒息；嗆住 ( = *suffocate* )
   choke on　被…嗆到

Don't let the baby put a marble in his mouth; he might *choke on* it. ( 別讓那個嬰兒放彈珠到他的嘴裡；他可能會噎到。 )

4. chop *v.* 砍；剁碎（= *cut* ) *n.* 小肉片；（帶骨的）小塊肉
The cook *chopped* the meat into smaller pieces.
( 廚師把肉剁成小碎塊。 )　　　a pork chop 豬排

5. chopsticks *n. pl.* 筷子（= *a pair of thin sticks* )
chop ( 砍 ) + stick ( 棍子 ) + s = chopsticks
Most Asians eat with *chopsticks*.
( 大多數的亞洲人用筷子吃東西。 )

6. chore *n.* 雜事（= *task* )
household chores 家事（= *domestic chores = housework* )

7. chord *n.* 和弦（= *a combination of musical notes* )；和音
【三個以上的音合在一起，稱作「和弦」】
Danny has already learned to play some simple *chords* on his guitar. ( 丹尼已經學會在他的吉他上彈一些簡單的和弦。 )
這個字和 accord ( 一致 ) 有點關係，因為「和弦」要「一致」，才會好聽。

8. chorus *n.* 合唱團（= *a group of singers* )
the London Philharmonic Orchestra and *Chorus*
倫敦愛樂管弦樂團及合唱團

9. cholesterol *n.* 膽固醇

chol + ster (*eo*) + ol
  |     |     |
*bile* + *solid* + *alcohol*

首先發現於膽石，所以叫「膽固醇」。
chol = bile ( 膽汁 )

Avoid fatty foods that are high in *cholesterol*.
( 避免吃油膩的高膽固醇食物。 )

BOOK 3

# *11. cigar*

| | | | |
|---|---|---|---|
| **cigar** 4 | ( sɪˋgɑr ) | *n.* | 雪茄 |
| **cigarette** 3 | (ˋsɪgəˌrɛt ) | *n.* | 香煙 |
| **cinema** 4 | (ˋsɪnəmə ) | *n.* | 電影 |
| **chubby** 5 | (ˋtʃʌbɪ ) | *adj.* | 圓胖的 |
| **chuckle** 6 | (ˋtʃʌkl̩ ) | *v.* | 咯咯地笑 |
| **chunk** 6 | ( tʃʌŋk ) | *n.* | 厚塊 |
| **church** 1 | ( tʃɝtʃ ) | *n.* | 教堂 |
| **Christmas** 1 | (ˋkrɪsməs ) | *n.* | 聖誕節 |
| **chronic** 6 | (ˋkrɑnɪk ) | *adj.* | 慢性的 |

【記憶技巧】

從上一回的「膽固醇」(cholesterol )，想到抽「雪茄」
(cigar ) 和「香煙」(cigarette ) 也對身體有害。「電影」
(cinema ) 很有趣，所以會「咯咯地笑」(chuckle )。看完
「電影」去「教堂」(church ) 發現「聖誕節」(Christmas )
要到了。聖誕大餐吃多了，會得「慢性」(chronic ) 病。

1. cigar　*n.* 雪茄 ( = *a roll of dried tobacco leaves* )
   tobacco ( təˋbæko ) *n.* 煙草
   *Cigars* are bigger than cigarettes and do not have paper
   around them. ( 雪茄比香煙大，而且沒有用紙包著。)

2. **cigarette**　*n.* 香煙 ( = *a narrow paper tube containing
   tobacco that people smoke* )
   cigar ( 雪茄 ) + ette = cigarette
   a packet of cigarettes　一包香煙

3. cinema  *n.*  電影（= *movie*）
其他的同義字有：film, picture, motion picture 等。

4. chubby  *adj.*  圓胖的（= *plump*）；圓圓胖胖的
Daisy has a *chubby* face. （黛絲有一張圓圓的臉。）
相反詞是 skinny〔'skɪnɪ〕*adj.* 皮包骨的。

5. chuckle  *v.*  咯咯地笑（= *chortle*）
chuckle to *oneself*  一個人偷笑；獨自傻笑
They were *chuckling* over the TV program.
（他們正看著電視節目咯咯笑。）

6. chunk  *n.*  厚塊（= *hunk*）
a chunk of cake  一大塊蛋糕

I had to *chuckle* when I saw the *chubby* girl eating
a *chunk* of chocolate. （當我看到那個圓圓胖胖的女孩
在吃一大塊的巧克力時，我忍不住咯咯地笑。）

7. **church**  *n.*  教堂（= *chapel*〔'tʃæpl̩〕）
People go to *church* to pray. （人們去教堂祈禱。）
英文裡關於教堂的字彙很多，例如 chapel（小教堂）、temple
（神殿）、cathedral（大教堂）等。

8. Christmas  *n.*  聖誕節（= *Xmas*）
Merry *Christmas*! （聖誕快樂！）

9. chronic  *adj.*  慢性的（= *constant*）；長期的

chron + ic
  |     |
*time* + *adj.*

持續長時間的，就是「慢性的」。

a chronic disease  慢性病
相反詞是 acute〔ə'kjut〕*adj.* 急性的。

# *12. circle*

| | | | |
|---|---|---|---|
| *circle* ² |〔'sɝkḷ〕 | *n.* | 圓圈 |
| *circuit* ⁵ | 〔'sɝkɪt〕 | *n.* | 電路 |
| *circular* ⁴ | 〔'sɝkjələ〕 | *adj.* | 圓的 |
| | | | |
| *circulate* ⁴ | 〔'sɝkjə,let〕 | *v.* | 循環 |
| circulation ⁴ | 〔,sɝkjə'leʃən〕 | *n.* | 循環 |
| circus ³ | 〔'sɝkəs〕 | *n.* | 馬戲團 |
| | | | |
| city ¹ | 〔'sɪtɪ〕 | *n.* | 都市 |
| citizen ² | 〔'sɪtəzn̩〕 | *n.* | 公民 |
| *civilian* ⁴ | 〔sə'vɪljən〕 | *n.* | 平民 |

BOOK

**3**

【記憶技巧】

　　從上一回的「慢性的」(chronic )，想到要把「圓圈」(circle ) 和「電路」(circuit ) 圖畫好都要畫很久，要慢慢畫。「馬戲團」( circus ) 每次都是「循環」( circulation ) 演出，到各個有「公民」( citizen ) 和「平民」( civilian ) 的「都市」( city ) 表演。

　　'circle-'circuit-'circular-'circu,late-,circu'lation-'circus 這六個字的字首都是 cir，都和「圓圈」有關。

1. **circle** *n.* 圓圈 ( = *ring* )
   Peter drew a *circle* in my book.
   ( 彼得在我的書上畫了一個圓圈。)
   sit in a circle 圍成一圈坐下

2. circuit  *n.* 電路（ = *a closed path for electric current to flow through* ）

> | circu + it | 以環繞方式運行的，就是「電路」。 |
> | :---: | :--- |
> | \|     \| | an electrical circuit  電路 |
> | *around + go* | a short circuit  短路 |

3. circular  *adj.* 圓的（ = *round* ）
a circular building  圓形建築物

4. circulate  *v.* 循環（ = *flow* ）

> | circul + ate | 表示「循環」的形狀，就像 |
> | :---: | :--- |
> | \|     \| | 是一個圈圈。 |
> | *circle + v.* | |

The condition prevents the blood from *circulating* freely.
（這種情況阻礙了血液的循環暢通。）

5. circulation  *n.* 循環（ = *flow* ）；發行量
blood circulation  血液循環　　have a large circulation  發行量多

6. circus  *n.* 馬戲團（ = *a public entertainment show* ）；
（古羅馬的）圓形競技場
We took children to the *circus*.（我們帶孩子去看了馬戲表演。）

7. city  *n.* 都市（ = *town* ）
a major city  大城市　　capital city  首都

8. **citizen**  *n.* 公民（ = *a civilian* ）
citiz（城市）+ en（人）= citizen
She's Italian by birth but is now an Australian *citizen*.
（她生於義大利，但現在是澳洲公民。）

9. civilian  *n.* 平民（ = *a common person* ）；老百姓；非軍警人員
*adj.* 平民的
He left the army and returned to *civilian* life.
（他從軍退了役，重新過平民百姓的生活。）

# 13. civil

| * **civil** 3 | 〔ˈsɪvḷ〕 | adj. 公民的 |
| * **civilize** 6 | 〔ˈsɪvḷˌaɪz〕 | v. 教化 |
| * **civilization** 4 | 〔ˌsɪvḷaɪˈzeʃən〕 | n. 文明 |
| **clam** 5 | 〔klæm〕 | n. 蛤蜊 |
| **clamp** 6 | 〔klæmp〕 | n. 夾具 |
| * **claim** 2 | 〔klem〕 | v. 宣稱 |
| **clap** 2 | 〔klæp〕 | v. 鼓掌 |
| * **clarify** 4 | 〔ˈklærəˌfaɪ〕 | v. 清楚地說明 |
| * **clarity** 6 | 〔ˈklærətɪ〕 | n. 清晰 |

BOOK 3

【記憶技巧】

　　從上一回的 civilian（平民），想到它的形容詞是 civil（平民的），再想到「教化」（civilize）人們，就是「文明」（civilization）。文明人吃「蛤蜊」（clam）會「要求」（claim）用「夾子」（clamp）夾住再打開。打開蛤蜊的聲音就像「鼓掌」（clap）的聲音，「清楚地說明」（clarify）自己是文明人。

1. civil　adj. 公民的（= civic）；平民的；（非軍用而是）民用的
   We all have *civil* rights and *civil* duties.
   （我們都有公民的權利和義務。）
   civil life　一般市民的生活　　civil aviation　民用航空

2. **civilize**　v. 教化（= cultivate）
   civil (*citizen*) + ize (v.) = civilize，把人變成公民，就是「教化」。

3. **civilization** *n.* 文明（= *culture*）
   civilize（教化）– e + ation = civilization

4. clam *n.* 蛤蜊（= *a kind of shellfish*）
   clam chowder 蛤蜊濃湯

5. **clamp** *n.* 夾具（= *a kind of tool*）；夾鉗；夾子
   clam 和 clip〔klɪp〕都可稱作「夾子」，夾
   小東西用 clip，夾大東西，或使東西固定，
   用 clamp。pliers〔'plaɪəz〕*n. pl.* 鉗子，須
   用複數形。

clamp

6. **claim** *v.* 宣稱（= *assert*）；要求（= *demand*）；認領
   He *claimed* his answer was right.（他宣稱他的答案是正確的。）
   She *claimed* political asylum in 1986.
   （她於 1986 年請求政治庇護。）

7. clap *v.* 鼓掌（= *applaud*）
   c + lap（膝上）= clap，是個擬聲字，唸起來就像是在「鼓掌」
   的聲音。
   Alice *clapped* when the music ended.
   （愛麗絲在音樂結束的時候鼓掌。）

8. clarify *v.* 清楚地說明（= *explain*）

   | clar + ify |
   |---|
   | \| \| |
   | *clear + make* |

   要使它變清楚，就要「清楚地說明」。
   Will you *clarify* that statement?
   （你能把那句話的意思講清楚點嗎？）

   它的名詞是 clarification「澄清；解釋」，未收錄在 7000 字中。

9. **clarity** *n.* 清晰（= *clearness*）
   【比較】He spoke with *clarity*.（他說話清晰。）
   　　　　His explanation needs *clarification*.
   　　　　（他的解釋需要澄清。）

# *14. class*

| class [1] | ﹝ klæs ﹞ | *n.* 班級 |
|---|---|---|
| classic [2] | ﹝'klæsɪk ﹞ | *adj.* 經典的 |
| classical [3] | ﹝'klæsɪkḷ ﹞ | *adj.* 古典的 |
| *classify [4] | ﹝'klæsə,faɪ ﹞ | *v.* 分類 |
| classification [4] | ﹝,klæsəfə'keʃən ﹞ | *n.* 分類 |
| *clause [5] | ﹝ klɔz ﹞ | *n.* 子句 |
| clean [1] | ﹝ klin ﹞ | *adj.* 乾淨的 |
| *cleaner [2] | ﹝'klinɚ ﹞ | *n.* 清潔工 |
| *cleanse [6] | ﹝ klɛnz ﹞【注意發音】 | *v.* 使清潔 |

BOOK
**3**

【記憶技巧】

　　從上一回的「清楚地說明」( clarify ) 和「清晰」
( clarity )，想到「第一流的」( classic ) 的學生都口齒
清晰，會被「分類」( classify ) 到「第一流的」( classic )
「班級」( class )。上文法課，學到「子句」( clause ) 的「分
類」( classification ) 方式。下課後，有「清潔工」( cleaner )
會將教室「清潔」( cleanse ) 得很「乾淨」( clean )。

1. class　*n.* 班級 ( = *a group of students who are taught together* )；
( 班級的 ) 上課 ( 時間 )；等級
be in class　正在上課中　　go to class　去上課

2. classic　*adj.* 經典的；第一流的 ( = *first-class* )；古典的
( = *classical* )　*n.* 經典作品　　class ( 班級 ) + ic = classic
*Pride and Prejudice* is a *classic* work.
(「傲慢與偏見」是一部經典的作品。)

3. **classical** *adj.* 古典的（= *classic*）
classic（經典的）+ al = classical
My mother loves ***classical*** music.（我媽媽喜愛古典音樂。）

4. **classify** *v.* 分類（= *categorize*）

> class + ify
> 　｜　　｜
> 等級 + *v.*

劃分等級，就是「分類」。
classified ads　分類廣告

5. **classification** *n.* 分類（= *categorization*）
通常字尾是 ify 的動詞，改成名詞時，改為 ification。
garbage classification　垃圾分類（= *garbage separation*
= *garbage sorting*）

6. **clause** *n.* 子句（= *a group of words that includes a verb
and a subject and is a sentence or a main part of one
sentence*）;（條約、法律的）條款
Their contracts contain a no-strike ***clause***.
（他們的合約中包含有不罷工的條款。）

7. **clean** *adj.* 乾淨的（= *hygienic*）; 打掃; 清理
I must have the room ***cleaned***.（我必須打掃房間。）

8. **cleaner** *n.* 清潔工（= *a person whose work is cleaning*）;
乾洗店（= *a shop providing dry-cleaning services*）
clean（乾淨的）+ er（人）= cleaner

9. **cleanse** *v.* 使清潔（= *clean*）; 洗清
clean（乾淨的）+ se = cleanse，唸成〔klɛnz〕，要特別注意。
The nurse ***cleansed*** the wound before stitching it.
（護士先把傷口弄乾淨才把它縫合。）
cleanse *oneself* of guilt　洗清某人的罪
【比較】cleanly（ˋklɛnlɪ）*adj.* 乾淨的; 整潔的
　　　　cleanliness（ˋklɛnlɪnɪs）*n.* 乾淨; 整潔

# *15.* *climb*

| | | | |
|---|---|---|---|
| **climb** [1] | 〔 klaɪm 〕 | *v.* | 爬 |
| **climax** [4] | 〔 ′klaɪmæks 〕 | *n.* | 高潮 |
| **climate** [2] | 〔 ′klaɪmɪt 〕 | *n.* | 氣候 |
| **cling** [5] | 〔 klɪŋ 〕 | *v.* | 黏住 |
| **clinic** [3] | 〔 ′klɪnɪk 〕 | *n.* | 診所 |
| **clinical** [6] | 〔 ′klɪnɪḳḷ 〕 | *adj.* | 臨床的 |
| **click** [3] | 〔 klɪk 〕 | *n.* | 喀嗒聲 |
| **cliff** [4] | 〔 klɪf 〕 | *n.* | 懸崖 |
| **clip** [3] | 〔 klɪp 〕 | *v.* | 修剪 |

BOOK **3**

【記憶技巧】

　　從上一回的「乾淨的」( clean ) 和「使清潔」( cleanse )，想到去「爬」( climb ) 山，呼吸清潔的空氣，爬到山頂，便是「高潮」( climax )，不小心被樹枝「抓住」( cling )，便到「診所」( clinic )，讓醫生「臨床」( clinical ) 診斷。聽到醫生「修剪」( clip ) 紗布，發出「喀嗒聲」( click )，想到自己在「懸崖」( cliff ) 上差點掉下去，卡在樹枝上。

1. **climb** *v.* 爬；攀登 ( = *mount* )

We will *climb* Mt. Jade this summer.

（我們這個夏天將會攀登玉山。）

要注意，climb 字尾的 b 不發音，如 bomb 〔 bɑm 〕 *n.* 炸彈，comb 〔 kom 〕 *n.* 梳子，dumb 〔 dʌm 〕 *adj.* 啞的。

【詳見「文法寶典」第一冊附錄 4. 不發音的字母】

2. **climax** *n.* 高潮（ = *culmination* ）

| cli + max |
| --- |
| \| \| |
| *bend + largest* |

當情緒變動幅度最大時，就代
表是情緒的「高潮」。

The ***climax*** of the film is a brilliant car chase.
（影片的高潮是一場精彩的汽車追逐戲。）

3. **climate** *n.* 氣候（ = *the average weather conditions of a particular place over a period of years* ）

4. **cling** *v.* 黏住（ = *stick* ）；緊抓住（ = *clutch* ）
His wet shirt ***clung*** to his body.（濕襯衫緊緊黏在他的身上。）

5. **clinic** *n.* 診所（ = *a place where people see doctors* ）

| clin + ic |
| --- |
| \| \| |
| *bed + n.* |

提供病床的地方，就是「診所」。

6. **clinical** *adj.* 臨床的（ = *based on direct observation of a patient* ）　　clinic（診所）+ al（ *adj* ）= clinical
clinical medicine　臨床醫學

7. **click** *n.* 喀嗒聲（ = *clack* ）【如點滑鼠，用相機拍照、用鑰匙開門的聲音等】　The key turned with a ***click***.（鑰匙轉動發出喀嗒的聲音。）

8. **cliff** *n.* 懸崖（ = *crag* ）
It's very dangerous to get too close to the edge of the ***cliff***.
（太靠近懸崖的邊緣非常危險。）

9. **clip** *v.* 修剪（ = *trim* ）；夾住　*n.* 迴紋針（ = *paper clip* ）；夾子
I have to ***clip*** my nails before they get any
longer.（我必須在指甲變更長之前修剪它們。）
paper clip　迴紋針

夾小東西用 clip，夾大東西用 clamp（夾鉗；夾具）。

clip

# *16. clock*

| | | |
|---|---|---|
| **clock** [1] | 〔 klɑk 〕 | *n.* 時鐘 |
| **clockwise** [5] | 〔 'klɑk,waɪz 〕 | *adv.* 順時針方向地 |
| **clone** [6] | 〔 klon 〕 | *n.* 複製的生物 |
| | | |
| **close** [1] | 〔 kloz 〕 | *v.* 關上 |
| **closet** [2] | 〔 'klɑzɪt 〕 | *n.* 衣櫥 |
| **closure** [6] | 〔 'kloʒɚ 〕 | *n.* 關閉 |
| | | |
| *＊**cloth** [2] | 〔 klɔθ 〕 | *n.* 布 |
| *＊**clothe** [2] | 〔 kloð 〕 | *v.* 穿衣 |
| *＊**clothes** [2] | 〔 kloz , kloðz 〕 | *n. pl.* 衣服 |

BOOK

**3**

【記憶技巧】

　　從上一回的 clinic（診所）、clip（修剪）紗布，想到病人
送到醫院，醫生要看「時鐘」（clock）上的時間，是否朝「順
時針方向地」（clockwise）走。「複製的生物」（clone）也是
在醫院製造。醫生要注意「關上」（close）「衣櫥」（closet），
「穿上」（clothe）白色的「衣服」（clothes）。

1. clock *n.* 時鐘（= *a time device*）
   internal clock　生理時鐘（= *biological clock*）

2. clockwise *adv.* 順時針方向地（= *going as the rotating
   hand of a clock*）
   clock（時鐘）+ wise（聰明的）= clockwise
   clockwise 的相反詞是 counterclockwise 〔,kauntɚ'klɑk,waɪz〕
   *adv.* 逆時針方向地。

BOOK

3

3. clone  *n.* 複製的生物（ = *a copy of an animal or plant* ）；
*v.* 複製（ = *producing a copy of an animal or plant* ）
c + lone（單獨的）= clone
A team from the U.K. was the first to successfully
***clone*** an animal.（英國的一個小組率先複製動物成功。）

4. **close**  *v.* 關上（ = *shut* ）　*adj.* 接近的（ = *near* ）
當動詞時，唸成〔kloz〕，當形容詞時，唸成〔klos〕。
close friend  密友
close 這個字本身就是字根，有「關閉」的意思。其他類似的
字根還有 claus, clud, clus。

5. **closet**  *n.* 衣櫥（ = *a piece of furniture* ）
close（關上）+ t = closet
Hang your coat in the ***closet***.（把你的外套掛在衣櫥裡。）

6. closure  *n.* 關閉；終止（ = *closing* ）
Lack of money forced the ***closure*** of the company.
（資金短缺迫該公司停業。）

7. **cloth**  *n.* 布（ = *fabric* ）
two yards of cloth  兩碼布

8. clothe  *v.* 穿衣（ = *dress* ）
cloth（布）+ e = clothe
He was ***clothed*** in wool.（他穿著毛料的衣服。）

9. **clothes**  *n. pl.* 衣服（ = *dress* ）
cloth（布）+ es = clothes

　　cloth–clothe–clothes 這三個字的發音要特別注意，分別
是〔klɔθ〕–〔kloð〕–〔kloz〕。

# *17. cloud*

| | | |
|---|---|---|
| **cloud** [1] | 〔 klaʊd 〕 | *n.* 雲 |
| **cloudy** [2] | 〔'klaʊdɪ 〕 | *adj.* 多雲的 |
| **clown** [2] | 〔 klaʊn 〕 | *n.* 小丑 |
| | | |
| **club** [2] | 〔 klʌb 〕 | *n.* 俱樂部 |
| **clumsy** [4] | 〔'klʌmzɪ 〕 | *adj.* 笨拙的 |
| **cluster** [5] | 〔'klʌstɚ 〕 | *v.* 聚集 |
| | | |
| **clutch** [5] | 〔 klʌtʃ 〕 | *v.* 緊抓 |
| **clover** [5] | 〔'klovɚ 〕 | *n.* 三葉草 |
| **clue** [3] | 〔 klu 〕 | *n.* 線索 |

【記憶技巧】

從上一回的「衣服」(clothes)，想到在「多雲的」
(cloudy) 天氣，「小丑」(clown) 穿著衣服，在「俱
樂部」(club) 裡進行「笨拙的」(clumsy) 表演。此時，
有個「偵探」(detective) 手裡「緊抓」(clutch) 著
「三葉草」(clover)，當作破案的「線索」(clue)。

1. cloud *n.* 雲 ( = *a mass of water or ice in the sky* )
   Every *cloud* has a silver lining.
   (【諺】烏雲背後是銀邊；否極泰來。)

2. cloudy *adj.* 多雲的 ( = *covered with clouds* )
   cloud ( 雲 ) + y = cloudy
   Today is a *cloudy* day. ( 今天是多雲的日子。)

3. clown　*n.* 小丑（ = *an entertainer, esp. in the circus* ）
這個字很容易和 crown「皇冠」混淆，要注意。

clown

4. club　*n.* 俱樂部；社團（ = *society* ）
Jessica belongs to the drama *club*.
（潔西卡是戲劇社的成員。）

5. **clumsy**　*adj.* 笨拙的（ = *awkward*〔'ɔkwəd 〕）
It was so *clumsy* of me to knock that vase over.
（我把那個花瓶打翻真是笨拙。）

6. cluster　*v.* 聚集（ = *gather* ）　　*n.*（葡萄等的）串；群
The children *clustered* together in the corner of the
room.（孩子們聚集在房間的角落裡。）
a cluster of spectators　一群觀眾

7. clutch　*v.* 緊抓（ = *seize* ）
*n.* 離合器（ = *an automobile device* ）
I carried my suitcase with my left hand and *clutched* my
ticket in my right.
（我左手提著手提箱，而右手則緊抓著我的車票。）

8. clover　*n.* 三葉草（ = *trefoil* ）；苜蓿
c + lover（愛人）= clover
a four-leaf clover　四葉苜蓿；幸運草
【一般為三葉，故被認為可帶來好運】
【比較】cloverleaf　*n.* 苜蓿葉；高速公路的立體交叉路口

clover　　cloverleaf

9. **clue**　*n.* 線索（ = *something that helps to solve a problem* ）
The police found a *clue* to her whereabouts.
（警方找到她下落的線索。）

# *18. coach*

| | | | |
|---|---|---|---|
| * **coach** [2] | ( kotʃ ) | *n.* | 教練 |
| * **coal** [2] | ( kol ) | *n.* | 煤 |
| * **coarse** [4] | ( kors ) | *adj.* | 粗糙的 |
| | | | |
| * **coast** [1] | ( kost ) | *n.* | 海岸 |
| **coastline** [5] | ('kost,laɪn ) | *n.* | 海岸線 |
| **coat** [1] | ( kot ) | *n.* | 外套 |
| | | | |
| * **cock** [2] | ( kɑk ) | *n.* | 公雞 |
| * **cockroach** [2] | ('kɑk,rotʃ ) | *n.* | 蟑螂 |
| ‡ **cocktail** [3] | ('kɑk,tel ) | *n.* | 雞尾酒 |

【記憶技巧】

> 從上一回的 clue（線索），想到嫌疑犯「教練」
> （coach）在現場留下「粗糙的」（coarse）「煤」
> （coal）。他在「海岸」（coast）邊，穿上「外套」
> （coat）沿著「海岸線」（coastline）跑步，看到
> 「公雞」（cock）在吃「蟑螂」（cockroach），休息
> 一下，順便喝杯「雞尾酒」（cocktail）。

1. coach *n.* 教練 ( = *a person who gives training* )
   Ted is my swimming ***coach***. ( 泰德是我的游泳教練。)
   【比較】couch ( kautʃ ) *n.* 長沙發

2. coal *n.* 煤 ( = *a hard black substance that is dug from
   the ground and burned as fuel to provide heat* )

a coal miner 煤礦工人
Put some more *coal* on the fire. (往火裡添些煤。)

3. coarse *adj.* 粗糙的 ( = *rough* )
   coarse skin 粗糙的皮膚
   I don't like to wear this shirt because the material feels *coarse*. (我不喜歡穿這件襯衫,因為感覺布料很粗糙。)

4. **coast** *n.* 海岸 ( = *shore* )
   The ship sank three miles off the French *coast*.
   (那艘船在離法國海岸三英里的海上沈沒。)

5. coastline *n.* 海岸線 ( = *the boundary of a coast* )
   coast (海岸) + line (線) = coastline

6. coat *n.* 外套;大衣 ( = *jacket* )   *v.* 覆蓋;塗在⋯上面
   All the books are *coated* with dust.
   (所有的書都蒙上一層灰塵。)

7. cock *n.* 公雞 ( = *rooster* )
   「母雞」則是 hen 〔hɛn〕。

8. cockroach *n.* 蟑螂 ( = *roach* )
   cock (公雞) + roach (蟑螂) = cockroach
   Lucy is afraid of *cockroaches*. (露西怕蟑螂。)

9. cocktail *n.* 雞尾酒 ( = *a mixed alcoholic drink* )
   cock (公雞) + tail (尾巴) = cocktail
   cocktail 源自古時的「雞尾酒」上面會用公雞的羽毛裝飾。

   cock–cockroach–cocktail 開頭都是 cock,三個字一起背,很簡單。

# *19.* *coin*

| | | | |
|---|---|---|---|
| **coin** [2] | ﹝ kɔɪn ﹞ | *n.* | 硬幣 |
| **coincide** [6] | ﹝ˏkoɪn'saɪd ﹞ | *v.* | 與…同時發生 |
| **coincidence** [6] | ﹝ ko'ɪnsədəns ﹞ | *n.* | 巧合 |
| | | | |
| **Coke** [1] | ﹝ kok ﹞ | *n.* | 可口可樂 |
| **cola** [1] | ﹝'kolə ﹞ | *n.* | 可樂 |
| **code** [4] | ﹝ kod ﹞ | *n.* | 密碼 |
| | | | |
| **coffee** [1] | ﹝'kɔfɪ ﹞ | *n.* | 咖啡 |
| **coffin** [6] | ﹝'kɔfɪn ﹞ | *n.* | 棺材 |
| **coherent** [6] | ﹝ ko'hɪrənt ﹞ | *adj.* | 有條理的 |

BOOK 3

【記憶技巧】

從上一回的「雞尾酒」(cocktail)，想到用「銅板」
(coin) 買飲料，可以「同時」(coincide) 買「可口可
樂」(Coke)、「可樂」(cola)、「咖啡」(coffee)，「咖啡」
喝太多，要準備「棺材」(coffin)，這不是「巧合」
(coincidence)，而是「有條理的」(coherent) 推理。

1. coin *n.* 硬幣 ( = *metal money* )　　a silver coin 一枚銀幣

2. coincide *v.* 與…同時發生 ( = *occur simultaneously* )；
　 (時間上)巧合　　coin (硬幣) + cide = coincide
　 co (*together*) + incide (*fall upon*)，一起落在上面，就是
　 「與…同時發生」。
　 The arrivals of the boat and the train are supposed to
　 ***coincide***. (船和火車預計會同時到達。)

3. coincidence  *n.* 巧合 ( = *happenstance* )
co ( *together* ) + incidence ( 事件 ) = coincidence，一起發生的
事，就是「巧合」。

偶然看到了朋友，可說：" What a coincidence!" ( 眞巧！ ) 或
"What a nice surprise!" ( 眞令人驚喜！ )

4. Coke  *n.* 可口可樂 ( = *Coca-Cola* )
I would like to have a *Coke*. ( 我想要喝可口可樂。 )
注意，大寫的 Coke 是「可口可樂」，小寫的 coke 只是一般的「可
樂」，有很多品牌，如 Pepsi cola ( 百事可樂 ) 等。coke 有時作毒
品「古柯鹼」解。

5. cola  *n.* 可樂 ( = *coke* )
a glass / can / bottle of cola  一杯 / 罐 / 瓶可樂

6. **code**  *n.* 密碼 ( = *cipher* 〔'saɪfə〕 )；道德準則；行為規範
We've cracked their *code*! ( 我們破解了他們的密碼！ )
a strict code of conduct  嚴格的行為準則
a dress code  服裝規定

7. **coffee**  *n.* 咖啡 ( = *a kind of beverage* )
【比較】caffeine 〔'kæfiɪn〕 *n.* 咖啡因

8. coffin  *n.* 棺材 ( = *casket* )

9. **coherent**  *adj.* 有條理的；前後一致的 ( = *consistent* )

| co | + | her | + | ent | 前後黏在一起， |
|---|---|---|---|---|---|
| \| | | \| | | \| | 表示「前後一致的」。 |
| *together* | + | *stick* | + | *adj.* | |

The excited woman was not very *coherent* on the telephone.
( 那個情緒激動的女人在電話裡有點語無倫次。 )

# *20. collect*

| | | | |
|---|---|---|---|
| *collect² | 〔 kə'lɛkt 〕 | v. | 收集 |
| collection³ | 〔 kə'lɛkʃən 〕 | n. | 收集 |
| *collector⁶ | 〔 kə'lɛktə 〕 | n. | 收藏家 |
| *collar³ | 〔 'kɑlə 〕 | n. | 衣領 |
| **college³ | 〔 'kɑlɪdʒ 〕 | n. | 大學 |
| colleague⁵ | 〔 'kɑlig 〕 | n. | 同事 |
| *collide⁶ | 〔 kə'laɪd 〕 | v. | 相撞 |
| *collision⁶ | 〔 kə'lɪʒən 〕 | n. | 相撞 |
| *collapse⁴ | 〔 kə'læps 〕 | v. | 倒塌 |

BOOK
3

【記憶技巧】

　　從上一回「有條理的」( coherent )，想到「收藏家」
( collector ) 在「收集」( collect ) 的時候也是很「有條理的」。
「大學」( college ) 也是收集學生的，在學校走路低頭看「衣
領」( collar )，跟「同事」( colleague )「相撞」( collide )，
這個「相撞」( collision ) 讓旁邊的書櫃「倒塌」( collapse )。

　　這一回 9 個字全部是 coll 開頭。

1. **collect** *v.* 收集 ( = *gather* )
   John ***collects*** foreign coins. ( 約翰收藏外國錢幣。)

2. **collection** *n.* 收集；收藏品 ( = *the act of collecting* )
   collect ( 收集 ) + ion = collection
   Her new book is a ***collection*** of short stories.
   ( 她的新書是一部短篇小說集。)

3. collector *n.* 收藏家（ = *a person who collects* ）
   collect（收集）+ or（人）= collector　　a stamp collector　集郵者

4. collar　*n.* 衣領（ = *neckband* ）
   white-collar　*adj.* 白領階級的【從事非體力勞動的】
   blue-collar　*adj.* 藍領階級的；勞力工作者

5. **college**　*n.* 大學；學院（ = *university* ）
   What do you plan to do after *college*?
   （大學畢業後你打算做什麼？）

6. colleague　*n.* 同事（ = *co-worker* ）

   | col | + league |
   | :--: | :--: |
   | \| | \| |
   | *together* + | *bind* |

   被工作綁在一起的，就是「同事」。

7. collide　*v.* 相撞（ = *clash* ）；衝突

   | col | + lide |
   | :--: | :--: |
   | \| | \| |
   | *together* + | *strike* |

   打在一起，表示「相撞」。
   The two planes *collided* in midair.
   （兩架飛機在火控中相撞。）

   The President *collided* with Congress over his budget plan..
   （總統在預算計劃上和國會發生了衝突。）

8. collision　*n.* 相撞（ = *crash* ）
   collide（相撞）– de + sion = collision
   Both cars were damaged in the *collision* at the intersection.
   （十字路口的相撞讓兩輛車都受損。）

9. **collapse**　*v.* 倒塌；倒下（ = *fall down* ）；崩潰；瓦解

   | col | + lapse |
   | :--: | :--: |
   | \| | \| |
   | *together* + | *glide down* |

   一起滑落，表示「倒塌」。

   The bridge *collapsed* under the weight of the train.
   （橋在火車的重壓下倒塌了。）

# *21. color*

| | | | |
|---|---|---|---|
| * **color** [1] | ( ˈkʌlɚ ) | *n.* | 顏色 |
| **colorful** [2] | ( ˈkʌlɚfəl ) | *adj.* | 多彩多姿的 |
| | | | |
| * **colony** [3] | ( ˈkɑlənɪ ) | *n.* | 殖民地 |
| ** **colonial** [5] | ( kəˈlonɪəl ) | *adj.* | 殖民地的 |
| | | | |
| **colonel** [5] | ( ˈkɝn̩ ) | *n.* | 上校 |
| **colloquial** [6] | ( kəˈlokwɪəl ) | *adj.* | 口語的 |
| | | | |
| **column** [3] | ( ˈkɑləm )【注意發音】 | *n.* | 專欄 |
| **columnist** [6] | ( ˈkɑləmɪst )【注意發音】 | *n.* | 專欄作家 |
| **combat** [5] | ( ˈkɑmbæt ) | *v.* | 與…戰鬥 |

BOOK **3**

【記憶技巧】

　　從上一回的「倒塌」(collapse)，想到穿著特殊「顏色」(color) 衣服的「殖民地的」(colonial)「上校」(colonel)，在為「殖民地」(colony)「戰鬥」(combat)，可惜失敗。後來，有一位「專欄作家」(columnist) 用「口語的」(colloquial) 的方式寫一篇「多彩多姿的」(colorful)「專欄」(column) 記錄這件事。

1. color *n.* 顏色 ( = *colour* )　　*adj.* 彩色的
   color film 彩色影片

2. **colorful** *adj.* 多彩多姿的 ( = *colourful* )
   color ( 顏色 ) + ful (*adj.*) = colorful

3. **colony** *n.* 殖民地（= *settlement*）
   a former French colony in Africa　法國過去在非洲的殖民地

4. **colonial** *adj.* 殖民地的（= *relating to a colony*）；擁有殖民地的
   colony（殖民地）– y + ial = colonial
   Britain was once a major ***colonial*** power.
   （英國曾經是一個殖民大國。）

5. **colonel** *n.* 上校（= *a military officer*）
   須注意發音，唸成〔ˈkɝnl̩〕。
   【比較】lieutenant colonel　中校

6. **colloquial** *adj.* 口語的（= *relating to spoken language*）；
   通俗語的

   > col　　 + loqu　 + ial
   > |　　　　　|　　　　|
   > *together* + *speak* + *adj.*　　一起說的，就是「口語的」。

   "I'm going nuts" is a ***colloquial*** expression.
   （"I'm going nuts"「我要發瘋了」是俗語表達法。）

7. **column** *n.* 專欄（= *article*）；圓柱（= *pillar*）
   字尾 mn 中的 n 不發音，詳見「文法寶典第一冊」附錄。
   She writes a ***column*** for an English newspaper.
   （她替一家英文報社寫專欄。）

8. **columnist** *n.* 專欄作家（= *a writer who writes columns*）
   column（專欄）+ ist（人）= columnist
   有兩種發音：〔ˈkɑləmɪst, ˈkɑləmnɪst〕。

9. **combat** *v.* 與…戰鬥（= *fight*）；戰鬥　*n.* 戰鬥　*adj.* 戰鬥用的
   com (*together*) + bat (*beat*)，一起對打，就是「與…戰鬥」。
   The soldiers ***combated*** the invading enemy soldiers.
   （士兵們和入侵的敵軍戰鬥。）

# 22. *come*

| | | | |
|---|---|---|---|
| **come** [1] | 〔 kʌm 〕 | *v.* | 來 |
| **comet** [5] | 〔 'kɑmɪt 〕 | *n.* | 彗星 |
| **comedy** [4] | 〔 'kɑmədɪ 〕 | *n.* | 喜劇 |
| **comedian** [5] | 〔 kə'midɪən 〕 | *n.* | 喜劇演員 |
| * **comfort** [3] | 〔 'kʌmfət 〕 | *n.* | 舒適 |
| * **comfortable** [2] | 〔 'kʌmfətəbl̩ 〕 | *adj.* | 舒適的 |
| * **combine** [3] | 〔 kəm'baɪn 〕 | *v.* | 結合 |
| ** **combination** [4] | 〔 ,kɑmbə'neʃən 〕 | *n.* | 結合 |
| * **comic** [4] | 〔 'kɑmɪk 〕 | *n.* | 漫畫 |

BOOK
**3**

【記憶技巧】

> 從上一回的「戰鬥」(combat)，想到如果有「彗星」
> (comet)「來」(come) 地球，就要和它戰鬥。能在家
> 裡看著電視上由「喜劇演員」(comedian)，演著「結合」
> (combine)「漫畫」(comic) 的「喜劇」(comedy)，
> 是「舒適的」(comfortable) 一件事。

1. come *v.* 來 ( = *arrive* )
   Easy *come*, easy go. (【諺】來得容易，去得快。)

2. comet *n.* 彗星 ( = *a small celestial body* )
   背這個字，只要背 come + t。
   【比較】meteor〔'mitɪə 〕*n.* 流星 ( = *shooting star* )

3. comedy  *n.* 喜劇 ( = *a dramatic work with an amusing plot* )
   come ( 來 ) + dy = comedy
   相反詞是 tragedy〔'trædʒədɪ〕*n.* 悲劇。
   Do you prefer *comedy* or tragedy? ( 你喜歡喜劇還是悲劇？ )

4. comedian  *n.* 喜劇演員 ( = *an actor in comedy* )
   comedy ( 喜劇 ) – y + ian ( 人 ) = comedian

5. **comfort**  *n.* 舒適 ( = *ease* )   *v.* 安慰 ( = *console* )
   com (*wholly*) + fort (*strong*)，全身強壯，就會感到「舒服」。
   live in comfort  過舒適的生活
   I tried to *comfort* Jane after her dog's death.
   ( 珍的狗去世後，我盡力安慰她。 )

6. **comfortable**  *adj.* 舒適的；舒服的 ( = *at ease* )
   comfort ( 舒適 ) + able (*adj.*) = comfortable
   This chair doesn't look *comfortable*. ( 這張椅子看起來不舒適。 )

7. **combine**  *v.* 結合 ( = *associate* )
   com (*together*) + bine (*two*)，把兩件事放在一起，也就是「結合」。
   The two countries *combined* against their common enemy.
   ( 這兩個國家聯合起來對抗共同的敵人。 )

8. **combination**  *n.* 結合 ( = *association* )
   An alloy is a *combination* of two or more different metals.
   ( 合金是兩種以上不同金屬結合而成的。 )

9. **comic**  *n.* 漫畫 ( = *comic book* )
   come ( 來 ) – e + ic = comic    comic strip  連環漫畫

# 23. *comma*

| | | | |
|---|---|---|---|
| * **comma** [3] | ( ˈkɑmə ) | *n.* | 逗點 |
| ‡ **command** [3] | ( kəˈmænd ) | *v.* | 命令 |
| * **commander** [4] | ( kəˈmændɚ ) | *n.* | 指揮官 |
| * **commence** [6] | ( kəˈmɛns ) | *v.* | 開始 |
| * **commercial** [3] | ( kəˈmɝʃəl ) | *adj.* | 商業的 |
| * **commemorate** [6] | ( kəˈmɛməˌret ) | *v.* | 紀念 |
| **comment** [4] | ( ˈkɑmɛnt ) | *n.* | 評論 |
| * **commentary** [6] | ( ˈkɑmənˌtɛrɪ ) | *n.* | 評論 |
| ‡ **commentator** [5] | ( ˈkɑmənˌtetɚ ) | *n.* | 評論家 |

【記憶技巧】

　　從上一回「漫畫」( comic )，想到「漫畫」只有圖，不會有「逗點」( comma )。這部「漫畫」獲得「指揮官」( commander ) 好的「評論」( comment )，馬上「命令」( command )「評論家」( commentator )，要「開始」( commence ) 寫「商業的」( commercial )「評論」( commentary )，加以宣傳，並作為「紀念」( commemorate )。

1. **comma** *n.* 逗點 ( = *a punctuation mark* )
   【比較】period ( ˈpɪrɪəd ) *n.* 句點

2. **command** *v.* 命令 ( = *order* )；俯瞰 ( = *overlook* )
   *n.* 精通；運用自如的能力
   The captain ***commanded*** his men to start at once.
   （上尉命令他的士兵立刻出發。）

a house commanding a fine view 視野極佳的房子
have a good command of English 精通英語

3. commander *n.* 指揮官（= *commandant* ）
commander in chief 最高指揮官；總司令

4. commence *v.* 開始（= *begin* ）
The meeting will *commence* promptly at 8:00, so don't
be late. ( 會議將準時在八點開始，所以別遲到了。)
At the age of eighteen he *commenced* studying law.
（他在 18 歲時開始學法律。）

5. **commercial** *adj.* 商業的（= *relating to commerce* ）
*n.* 商業廣告（= *commercial message* ）
Do these discoveries have any *commercial* value?
（這些發現有任何商業價值嗎？）
a TV commercial 電視廣告
a shampoo commercial 洗髮精廣告

6. commemorate *v.* 紀念（= *in memory of* ）
com（ *together* ）+ memor（ *remember* ）+ ate（ *v.* ），「紀念」
的目的，就是以後可以一起回憶。

7. **comment** *n.* 評論（= *remark* ）
com（ *thoroughly* ）+ ment（ *mind* ），徹底表達出心中的想法，
即是一種「評論」。

8. commentary *n.* 評論（= *review* ）
comment（評論）+ ary = commentary

9. commentator *n.* 評論家（= *reviewer* ）
comment（評論）+ ator = commentator

'comment–'commentary–'commentator 開頭都是 comment，
意思也有關連。

# 24. commit

| | | |
|---|---|---|
| *commit ⁴ | 〔 kə'mɪt 〕 | v. 犯（罪） |
| *commitment ⁶ | 〔 kə'mɪtmənt 〕 | n. 承諾 |
| *committee ³ | 〔 kə'mɪtɪ 〕 | n. 委員會 |
| | | |
| *common ¹ | 〔'kɑmən 〕 | adj. 常見的 |
| *commonplace ⁵ | 〔'kɑmən,ples 〕 | n. 老生常談 |
| commodity ⁵ | 〔 kə'mɑdətɪ 〕 | n. 商品 |
| | | |
| *commute ⁵ | 〔 kə'mjut 〕 | v. 通勤 |
| *commuter ⁵ | 〔 kə'mjutɚ 〕 | n. 通勤者 |
| *commission ⁵ | 〔 kə'mɪʃən 〕 | n. 佣金 |

BOOK **3**

【記憶技巧】

> 從上一回的「評論家」( commentator )，想到
> 「評論家」都會組成「委員會」( committee )，在
> 會議上説一些「常見的」( common ) 的「老生常談」
> ( commonplace ) 的「商品」( commodity )。「通
> 勤者」( commuter ) 在「通勤」( commute ) 的時
> 候賣商品要付「佣金」( commission )。

1. **commit** v. 犯（罪）( = *perpetrate* 〔'pɝpə,tret 〕)；委託；
   致力於

   The burglar promised that he would not *commit* any more
   crimes. ( 那個竊賊保證再也不會犯任何罪。)
   be committed to + N./V-ing 致力於 ( = *be devoted to* + N./V-ing
   = *be dedicated to* + N./V-ing )　　commit suicide 自殺

2. **commitment**　*n.* 承諾（= *promise*）；責任；義務；專心致力
   I have a ***commitment*** to him to pay all of the debt.
   （我答應他付清所有的債。）

3. **committee**　*n.* 委員會（= *commission*）
   commit（委託）+ t + ee（被~的人）= committee，接受委託，
   就是「委員會」。

4. **common**　*adj.* 常見的（= *usual*）；共同的
   Smith is a very ***common*** last name in England.
   （Smith 在英國是非常常見的姓氏。）

5. **commonplace**　*n.* 老生常談（= *cliché*〔klɪ'ʃe〕）；平凡的事物
   common（常見的）+ place（地方）= commonplace
   The computer is now a ***commonplace***.（電腦現在已經很普遍了。）

6. **commodity**　*n.* 商品（= *goods*）
   com（*together*）+ mod（*kind*）+ ity（*n.*），「商品」具有各種樣
   式，包括有形的產品和無形的服務。

7. **commute**　*v.* 通勤（= *travel*）
   com（*together*）+ mute（*change*）= *commute*
   I enjoy living in the suburbs, but I'm tired of ***commuting*** to
   work every day.（我喜歡住郊區，但是對於每天通勤上班感到厭倦。）

8. **commuter**　*n.* 通勤者（= *daily traveler*）
   commute（通勤）+ r = commuter

9. **commission**　*n.* 佣金（= *the rewarding money*）；委託
   com + mission（任務）= commission，請別人完成任務，要支
   付「佣金」。
   get a commission of 10 percent　得到銷售額十分之一的佣金
   He had a ***commission*** to build a new house.
   （他受委託蓋一棟新房子。）

# *25. communicate*

| | | | |
|---|---|---|---|
| **communicate** [3] | 〔 kə'mjunə͵ket 〕 | *v.* | 溝通 |
| *  **communication** [4] | 〔 kə͵mjunə'keʃən 〕 | *n.* | 溝通 |
| *  **communicative** [6] | 〔 kə'mjunə͵ketɪv 〕 | *adj.* | 溝通的 |
| | | | |
| **communism** [5] | 〔'kɑmju͵nɪzəm 〕 | *n.* | 共產主義 |
| **communist** [5] | 〔'kɑmju͵nɪst 〕 | *n.* | 共產主義者 |
| *  **community** [4] | 〔 kə'mjunətɪ 〕 | *n.* | 社區 |
| | | | |
| **company** [2] | 〔'kʌmpənɪ 〕 | *n.* | 公司 |
| *  **companion** [4] | 〔 kəm'pænjən 〕 | *n.* | 同伴 |
| **companionship** [6] | 〔 kəm'pænjən͵ʃɪp 〕 | *n.* | 友誼 |

BOOK

**3**

【記憶技巧】

從上一回的 commission（佣金），想到有佣
金就好「溝通」（communicate ），「共產主義」
（communism）就是需要溝通。人民公社的人，
像是住在一個「社區」（community ），也像一
家公司（company ），「同伴」（companion ）們，
都保持著良好的「友誼」（companionship ）。

1. **communicate** *v.* 溝通；聯繫（= *contact* ）
   Parents often find it difficult to *communicate* with their
   children.（父母常會覺得很難跟小孩溝通。）

2. **communication** *n.* 溝通；通訊（= *contact* ）
   communicate（溝通）– e + ation = communication
   mass communication　大眾傳播

3. communicative *adj.* 溝通的（＝*relating to communication*）；
樂意溝通的；愛說話的；健談的
I don't find him very ***communicative***.（我發現他不太愛說話。）

4. communism *n.* 共產主義（＝*a branch of socialism*）
com（*together*）＋ mun（*service*）＋ ism（表示主義的名詞字尾）。
Chinese Communism  中國的共產主義體制

5. communist *n.* 共產主義者（＝*a person who believes in communism*）
com（*together*）＋ mun（*service*）＋ ist（表示人的名詞字尾）。
a Communist country  共產國家
the Communist Party  共產黨

6. **community** *n.* 社區（＝*neighborhood*）；社會
com（*together*）＋ mun（*service*）＋ ity（*n.*）。
international community  國際社會

7. **company** *n.* 公司（＝*firm*）；同伴；朋友
company 如果作「朋友」解時，是不可數名詞，例如：keep good company（結交益友）。
Misery loves ***company***.（【諺】禍不單行。）

8. companion *n.* 同伴；朋友（＝*partner*）
com（*together*）＋ pan（*bread*）＋ ion（*n.*），貧困的時候，願意把麵包拿出來的人，就是「同伴」。
a companion in *one's* misfortune  共患難的朋友
a companion for life  終生伴侶

9. companionship *n.* 友誼（＝*friendship*）
com（*together*）＋ pan（*bread*）＋ ion（*n.*）＋ ship（表示抽象的名詞字尾）。

# *26. compare*

| | | | |
|---|---|---|---|
| * **compare** ² | 〔kəm'pɛr〕 | *v.* | 比較 |
| * **comparison** ³ | 〔kəm'pærəsn̩〕 | *n.* | 比較 |
| ** **comparative** ⁶ | 〔kəm'pærətɪv〕 | *adj.* | 比較的 |
| * **comparable** ⁶ | 〔'kɑmpərəbl̩〕【注意發音】 | *adj.* | 可比較的 |
| * **compass** ⁵ | 〔'kʌmpəs〕 | *n.* | 羅盤 |
| **compassion** ⁵ | 〔kəm'pæʃən〕 | *n.* | 同情 |
| * **compatible** ⁶ | 〔kəm'pætəbl̩〕 | *adj.* | 相容的 |
| * **compel** ⁵ | 〔kəm'pɛl〕 | *v.* | 強迫 |
| * **compile** ⁶ | 〔kəm'paɪl〕 | *v.* | 編輯 |

【記憶技巧】

> 從上一回的「友誼」( companionship )，想到朋友間不應該「比較」( compare )。「可比較的」( comparable )「友誼」就不是「友誼」，要「同情」( compassion ) 對方，要和對方是「相容的」( compatible )，不能「強迫」( compel )。

1. **compare** *v.* 比較 ( = *contrast* )；比喻
   compare A with B　比較 A 與 B
   compare A to B　比較 A 與 B；把 A 比喻為 B

2. **comparison** *n.* 比較 ( = *contrast* )
   compare ( 比較 ) – e + ison = comparison
   make a comparison between A and B　比較 A 與 B

BOOK 3

3. comparative　*adj.* 比較的 ( = *relating to comparison* )；
相對的　*n.* 比較級　　comparative literature　比較文學
"Faster" is the *comparative* form of "fast."
（faster 是 fast 的比較級。）

4. comparable　*adj.* 可比較的 ( = *being able to compare* )；比得
上的　　注意，'comparable 重音在第一音節。
The sets of figures are not *comparable*. ( 這幾組數字是不可比的。)

5. compass　*n.* 羅盤；指南針 ( = *a device for determining*
*geographic direction* )
com ( *thoroughly* ) + pass ( *pass* )，「羅盤」
讓人可以到處行走而不會迷失方向。

compass

6. **compassion**　*n.* 同情 ( = *sympathy* )；憐憫
com ( *together* ) + passion ( 熱情 ) = compassion
have compassion for the unfortunate　同情不幸者

7. compatible　*adj.* 相容的 ( = *consistent* )
com ( *together* ) + pat ( *suffer* ) + ible ( *adj.* )，能彼此容忍的，
就是「相容的」。
You are *compatible* with each other. ( 你們兩個合得來。)

8. compel　*v.* 強迫 ( = *force* )
com ( *with* ) + pel ( *drive* )，驅使別人去做不想做的事，就是
「強迫」。　　compel *sb.* to do *sth.*　強迫某人做某事

9. **compile**　*v.* 編輯 ( = *edit* )；收集 ( = *collect* )
com ( *together* ) + pile ( 一堆 ) = compile，把資料堆在一起，
就是「編輯」。　　compile a dictionary　編輯字典

# *27. compete*

| | | |
|---|---|---|
| ‡**compete** [3] | ( kəm'pit ) | *v.* 競爭 |
| ‡**competition** [4] | (,kampə'tıʃən ) | *n.* 競爭 |
| *  **competitive** [4] | ( kəm'pɛtətıv ) | *adj.* 競爭的 |
| *  **competitor** [4] | ( kəm'pɛtətɚ ) | *n.* 競爭者 |
| ‡**competent** [6] | ('kampətənt ) | *adj.* 能幹的 |
| **competence** [6] | ('kampətəns ) | *n.* 能力 |
| *  **compensate** [6] | ('kampən,set ) | *v.* 補償 |
| **compensation** [6] | (,kampən'seʃən ) | *n.* 補償 |
| ‡**compact** [5] | ( kəm'pækt ) | *adj.* 小型的 |

BOOK 3

【記憶技巧】

　　從上一回的 compile ( 編輯 )，想到雜誌社的編輯會互相「競爭」( compete )，想贏得這場「競爭」( competition )，就要有「競爭的」( competitive ) 決心，這些「競爭者」( competitor ) 都是「能幹的」( competent ) 人才，非常有「能力」( competence )，就算是輸了，公司也會「補償」( compensate ) 他們，只是所給的「補償」( compensation ) 都是「小型的」( compact )。

1. **compete** *v.* 競爭 ( = *contend* )
   com ( *together* ) + pete ( *strive* )，一起爭鬥，即「競爭」。

2. **competition** *n.* 競爭 ( = *contest* )
   compete ( 競爭 ) – e + ition = competition
   hot / keen / fierce competition　激烈的競爭

3. **competitive** *adj.* 競爭的；競爭激烈的（= *relating to competition*）　compete（競爭）– e + itive = competitive
a highly competitive society　高度競爭性的社會

4. **competitor** *n.* 競爭者（= *contender*）
compete（競爭）– e + itor = competitor

5. **competent** *adj.* 能幹的（= *capable*）；勝任的
compete（競爭）+ nt = competent
She is a ***competent*** teacher.（她是位稱職的老師。）

6. **competence** *n.* 能力（= *ability*）
compete（競爭）+ nce = competence
He has shown ***competence*** in solving problems.
（他表現了解決問題的能力。）

7. **compensate** *v.* 補償（= *recompense*）；賠償；彌補

| com | + | pens | + | ate |
|---|---|---|---|---|
| \| | | \| | | \| |
| *together* | + | *weigh* | + | *v.* |

把兩個東西放在一起
衡量，然後彌補不足
的，表示「補償」。

compensate for　補償（= *make up for*）
Nothing can ***compensate for*** the loss of one's health.
（喪失健康無可彌補。）

8. **compensation** *n.* 補償（= *recompense*）；賠償；彌補
compensate（補償）– e + ion = compensation
He received $2,000 in ***compensation*** for injury.
（他獲得兩千美元的傷害賠償。）

9. **compact** *adj.* 小型的（= *small*）；緊密的
I prefer a ***compact*** car because it is easier to park than a
larger one.（我比較喜歡小型車，因為它比大車還要好停。）
compact disc　雷射唱片（= *CD*）

# *28. complain*

| | | | |
|---|---|---|---|
| ***complain*** [2] | ( kəm'plen ) | *v.* | 抱怨 |
| ***complaint*** [3] | ( kəm'plent ) | *n.* | 抱怨 |
| *complement* [6] | ( 'kɑmpləmənt ) | *n.* | 補充 |
| | | | |
| complex [3] | ( kəm'plɛks , 'kɑmplɛks ) | *adj.* | 複雜的 |
| *complexion* [6] | ( kəm'plɛkʃən ) | *n.* | 膚色 |
| complexity [6] | ( kəm'plɛksətɪ ) | *n.* | 複雜 |
| | | | |
| *complicate* [4] | ( 'kɑmplə,ket ) | *v.* | 使複雜 |
| complication [6] | ( ,kɑmplə'keʃən ) | *n.* | 複雜 |
| *compliment* [5] | ( 'kɑmpləmənt ) | *n.* | 稱讚 |

BOOK

3

【記憶技巧】

　　　從上一回的都是「小型的」( compact )「補償」
( compensation )，想到「抱怨」( complain ) 後就有
「補充」( complement )，尤其對「複雜的」( complex )
各種「膚色」( complexion ) 的人，除了補償以外，不要
忘記「稱讚」( compliment )。

　　　complexity 和 complication 是同義字，都作「複
雜」解。

1. **complain** *v.* 抱怨 ( = *grumble* )
  com ( *together* ) + plain ( *beat the breast* ) 因爲是在「抱
  怨」，所以會捶胸頓足。　　complain about / of　抱怨…
  I have nothing to **complain about**. ( 我沒有任何怨言。 )

BOOK

3

2. **complaint** *n.* 抱怨（ = *grumble* ）；疾病
   make a complaint about  抱怨
   suffer from a chest complaint  患胸腔疾病

3. complement  *v. n.* 補充（ = *supplement* ）；補足；與⋯相配
   The excellent menu is *complemented* by a good wine list.
   （佳餚佐以美酒，可稱完美無缺。）

4. complex  *adj.* 複雜的（ = *complicated* ）
   The plot of the novel is quite *complex*.
   （那部小說的情節相當複雜。）

5. complexion  *n.* 膚色（ = *skin color* ）；氣色
   complex（複雜的）+ ion = complexion
   a pale complexion  蒼白的臉色

6. complexity  *n.* 複雜（ = *complication* ）
   complex（複雜的）+ ity = complexity

7. complicate  *v.* 使複雜（ = *perplex* ）

   > com   + plic + ate          將事情重疊在一起，就
   > │        │     │            會變得「複雜」難懂。
   > *together* + *fold* + *v.*

8. complication  *n.* 複雜（ = *complexity* ）；併發症
   a complication of diabetes  糖尿病的併發症

9. compliment  *n. v.* 稱讚（ = *praise* ）
   com（*with*）+ pli（*fill*）+ ment = compliment，要使人感到
   滿足，就要「稱讚」。

   > 注意，compliment（稱讚）和 complement（補充）是
   > 同音字，只差一個字母。complicate–complication–
   > compliment 一起背，就不會拼錯字了。

# *29. comprehend*

| comprehend [5] | (ˌkɑmprɪ'hɛnd ) | *v.* 理解 |
|---|---|---|
| *comprehension [5] | (ˌkɑmprɪ'hɛnʃən ) | *n.* 理解力 |
| *comprehensive [6] | (ˌkɑmprɪ'hɛnsɪv ) | *adj.* 全面的【注意中文意思】 |
| comprise [6] | ( kəm'praɪz ) | *v.* 組成 |
| compromise [5] | ('kɑmprə,maɪz ) | *v.* 妥協 |
| compound [5] | ('kɑmpaʊnd )【注意發音】 | *n.* 化合物 |
| compute [5] | ( kəm'pjut ) | *v.* 計算 |
| computer [2] | ( kəm'pjutɚ ) | *n.* 電腦 |
| computerize [5] | ( kəm'pjutə,raɪz ) | *v.* 使電腦化 |

【記憶技巧】

> 從上一回的「稱讚」( compliment )，聯想到能夠
> 「理解」( comprehend )，有「理解力」( comprehension )
> 的人，才能受到「全面的」( comprehensive )「稱讚」
> ( compliment )。「組成」( comprise )「化合物」
> ( compound ) 需要「電腦」( computer )「計算」
> ( compute ) 成份。

1. comprehend  *v.* 理解 ( = *understand* )
   com (*with*) + prehend (*seize*)，能抓到要領，就是「理解」。

2. comprehension  *n.* 理解力 ( = *understanding* )
   com (*with*) + prehens (*seize*) + ion (*n.*) = comprehension
   reading comprehension test  閱讀測驗

3. comprehensive *adj.* 全面的 ( = *overall* )
com (*with*) + prehens (*seize*) + ive (*adj.*) = comprehensive，
都能抓住，就是「全面的」。

> comprehension 的形容詞不是 comprehensive（全面的），
> 是 comprehensible〔͵kɑmprɪ'hɛnsəbḷ〕*adj.* 可理解的，兩個
> 字很像，但無關連。

4. comprise *v.* 組成 ( = *consist* )；包含 ( = *include* )
com (*together*) + prise (*seize*) = comprise，全部抓住，
都「包含」在裡面。

5. compromise *v.* 妥協 ( = *make concessions* )
com (*together*) + promise ( 承諾 ) = compromise，「妥協」
就是一起承諾某件事。

6. compound *n.* 化合物 ( = *combination* )

> com (*together*) + pound (*put*)，把許多元素放在一起，
> 就是「化合物」，唸成〔'kɑmpaʊnd〕。當形容詞時，作「化
> 合的」解，唸成〔kəm'paʊnd〕。

7. compute *v.* 計算 ( = *count* )；估計
com (*together*) + pute (*think*) = compute，「計算」就是
要思考一堆數字。
We *computed* the distance at 300 miles.
（我們估計那距離為 300 哩。）

8. **computer** *n.* 電腦 ( = *computing device* )

9. computerize *v.* 使電腦化 ( = *to equip with a computer or computer system* )
computer ( 電腦 ) + ize (*v.*) = computerize

# *30. conceive*

| | | | |
|---|---|---|---|
| * **conceive** [5] | 〔 kən'siv 〕 | v. | 想像 |
| * **conception** [6] | 〔 kən'sɛpʃən 〕 | n. | 觀念 |
| * **concept** [4] | 〔'kansɛpt 〕 | n. | 觀念 |
| * **concentrate** [4] | 〔'kansṇ,tret 〕 | v. | 專心 |
| * **concentration** [4] | 〔,kansṇ'treʃən 〕 | n. | 專心 |
| * **concession** [6] | 〔 kən'sɛʃən 〕 | n. | 讓步 |
| ** **concern** [3] | 〔 kən'sɝn 〕 | n. | 關心 |
| **concerning** [4] | 〔 kən'sɝnɪŋ 〕 | prep. | 關於 |
| **concert** [3] | 〔'kansɝt 〕 | n. | 音樂會 |

BOOK **3**

【記憶技巧】

從上一回的「使電腦化」(computerize)，想到「電腦化」是「想像」(conceive) 出來的「觀念」(conception)。要想出「觀念」(concept)，要「專心」(concentrate)，如果沒有「專心」(concentration)，就只有「讓步」(concession)，要不然只能「關心」(concern)「關於」(concerning)「音樂會」(concert) 之類的小事。

1. conceive  *v.* 想像 ( = *imagine* )；認為；構想出 ( = *think up* )
   con (*with*) + ceive (*take*) = conceive
   把某個想法帶著走，就是「認為」。
   Who first *conceived* such an idea? (誰最先想出這種主意？)

2. conception *n.* 觀念 ( = *concept* )；概念；想法
concept ( 觀念 ) + ion = conception
They should have a clear *conception* of their duties as
citizens. ( 他們必須明確知道身為公民的義務。)

3. concept *n.* 觀念 ( = *conception* )

4. concentrate *v.* 專心；集中 ( = *focus* )
con ( *together* ) + centr ( *center* ) + ate (*v.*)，把全部的思緒一起
放到中心，就是「專心」。
concentrate on  專心於 ( = *focus on* )

5. concentration *n.* 專心；集中 ( = *attention* )
concentration camp  集中營

6. concession *n.* 讓步 ( = *compromise* )
con ( *together* ) + cess ( *yield* ) + ion (*n.*)，大家都屈服，就是
「讓步」。
You have to be prepared to make *concessions* in a
relationship. ( 在戀愛過程中，你得隨時準備讓步。)

7. concern *n.* 關心 ( = *care* )
He shows no *concern* for his children. ( 他不關心他的小孩。)

8. concerning *prep.* 關於 ( = *regarding* )
和 concerning 同義的字，除了 regarding 之外，還有 respecting
和 about。

9. concert *n.* 音樂會 ( = *a performance of music* )；演唱會
Are you going to attend this *concert*?
( 你會去參加這場音樂會嗎？)

# *31. conclude*

| conclude ³ | 〔 kən'klud 〕 | *v.* 下結論 |
|---|---|---|
| **conclusion** ³ | 〔 kən'kluʒən 〕 | *n.* 結論 |
| **concise** ⁶ | 〔 kən'saɪs 〕 | *adj.* 簡明的 |
| | | |
| **conduct** ⁵ | 〔 kən'dʌkt 〕 | *v.* 進行 |
| **conductor** ⁴ | 〔 kən'dʌktɚ 〕 | *n.* 指揮 |
| **condition** ³ | 〔 kən'dɪʃən 〕 | *n.* 情況 |
| | | |
| **condemn** ⁵ | 〔 kən'dɛm 〕 | *v.* 譴責 |
| **condense** ⁶ | 〔 kən'dɛns 〕 | *v.* 濃縮 |
| **concrete** ⁴ | 〔 kɑn'krit 〕 | *adj.* 具體的 |

BOOK
**3**

【記憶技巧】

　　從上一回的「音樂會」(concert)，想到聽完「音樂會」
之後，「下結論」(conclude) 都是「簡明的」(concise)
「結論」(conclusion)。在「進行」(conduct) 音樂會的時
候，樂團「指揮」(conductor) 遇到有人打擾，那個人被
「譴責」(condemn)，最後只能「濃縮」(condense) 音樂
會「具體的」(concrete) 表演。

1. **conclude** *v.* 下結論 ( = *decide* )；結束 ( = *bring to an end* )
   con (*together*) + clude (*shut*)，做關上的動作，表示「結束」。

2. **conclusion** *n.* 結論 ( = *decision* )　　in conclusion　總之
   reach / arrive at / draw a conclusion　下結論

3. concise　*adj.* 簡明的（= *brief* ）
con (*with*) + cise (*cut*)，將冗長的文字切掉，才能「簡」
單「明」瞭。
a concise statement　簡明的陳述

4. **conduct**　*v.* 進行；做（= *carry out* ）
〔ˋkɑndʌkt〕*n.* 行為
con (*together*) + duct (*lead*) = conduct，要有人領導，
才能「進行」。

5. conductor　*n.* 指揮（= *music director* ）；導體
conduct（進行）+ or（人）= conductor
Water is a good *conductor* of electricity.
（水是電流的良導體。）

6. **condition**　*n.* 情況（= *state* ）；健康狀況
be in good condition　狀況良好；健康

7. condemn　*v.* 譴責（= *blame* = *denounce* ）
con (*together*) + demn (*harm*)，大家集體傷害，就是在
「譴責」。

8. **condense**　*v.* 濃縮（= *reduce* ）

> com　+　dense
> ｜　　　｜
> *together* + *make thick*

「濃縮」就是從鬆散變成密集。

相反詞是 dilute〔daɪˋlut〕*v.* 稀釋。

9. **concrete**　*adj.* 具體的（= *substantial* ）　　*n.* 混凝土
可唸成〔ˋkɑnkrit〕或〔kɑnˋkrit〕。
相反詞是 abstract〔ˋæbstrækt〕*adj.* 抽象的。

# *32. confer*

| | | | |
|---|---|---|---|
| *\*confer* [6] | 〔 kən'fɝ 〕 | *v.* | 商量 |
| **conference** [4] | 〔'kɑnfərəns 〕 | *n.* | 會議 |
| *\*confirm* [2] | 〔 kən'fɝm 〕 | *v.* | 證實 |
| *\*confine* [4] | 〔 kən'faɪn 〕 | *v.* | 限制 |
| **confess** [4] | 〔 kən'fɛs 〕 | *v.* | 招認 |
| *\*confession* [5] | 〔 kən'fɛʃən 〕 | *n.* | 招認 |
| *\*confident* [3] | 〔'kɑnfədənt 〕 | *adj.* | 有信心的 |
| **confidence** [4] | 〔'kɑnfədəns 〕 | *n.* | 信心 |
| **confidential** [6] | 〔ˌkɑnfə'dɛnʃəl 〕 | *adj.* | 機密的 |

BOOK
3

【記憶技巧】

從上一回的「具體的」( concrete )，想到「商量」
( confer ) 事情要具體，在「會議」( conference ) 上
才能「證實」( confirm ) 所提的建議是可行的，但要
「限制」( confine ) 所「招認」( confess ) 的事情，
「招認」( confession ) 後要有「信心」( confidence )，
那些「機密的」( confidential ) 事情不會被發現。

1. confer *v.* 商量 ( = *discuss* )；商議 ( = *consult* )
   con (*together*) + fer (*carry*)，一起帶出來討論，就是「商量」。

2. **conference** *n.* 會議 ( = *meeting* )
   confer ( 商量 ) + ence (*n.*) = conference
   conference room　會議室

3. **confirm** *v.* 證實（= *prove*）；確認
This *confirms* my suspicions.（這證實了我的懷疑。）

4. **confine** *v.* 限制（= *restrict*）；關閉

> con + fine
> ｜        ｜     同的界限，就是「限制」。
> *together* + *limit*

be confined to　偏限於（= *be limited to* = *be restricted to*）
The risk of infection *is confined to* relatively small
groups.（感染的危險只偏限於小群體。）

5. **confess** *v.* 招認（= *admit*）；承認
con（*fully*）+ fess（*speak*），把全部的事情都說出來，就是
「招認」。
A fault *confessed* is half redressed.
（【諺】承認錯，就等於改正了一半；知過能改，善莫大焉。）

6. **confession** *n.* 招認（= *admission*）；招供；告解
make a confession　招供

7. **confident** *adj.* 有信心的（= *assured*）
con（*fully*）+ fid（*trust*）+ ent（*adj.*），完全信任的，表示「有
信心的」。

8. **confidence** *n.* 信心（= *assurance*）
All the people in our company have *confidence* that the
economy will get better.
（我們公司裡所有的人都有信心，經濟會變得更好。）

9. **confidential** *adj.* 機密的（= *classified*）
confident（有信心的）+ tial = confidential
confidential papers　機密文件

# *33. confuse*

| | | | |
|---|---|---|---|
| *confuse 3 | 〔 kən'fjuz 〕 | v. | 使困惑 |
| *confusion 4 | 〔 kən'fjuʒən 〕 | n. | 困惑 |
| *Confucius 2 | 〔 kən'fjuʃəs 〕 | n. | 孔子 |
| *congratulate 4 | 〔 kən'grætʃə͵let 〕 | v. | 祝賀 |
| congratulations 2 | 〔 kən͵grætʃə'leʃənz 〕 | n. pl. | 恭喜 |
| congress 4 | 〔'kɑŋgrəs 〕 | n. | 議會 |
| connect 3 | 〔 kə'nɛkt 〕 | v. | 連接 |
| connection 3 | 〔 kə'nɛkʃən 〕 | n. | 關聯 |
| *conjunction 4 | 〔 kən'dʒʌŋkʃən 〕 | n. | 連接詞 |

BOOK
**3**

【記憶技巧】

　　從上一回的「機密的」( confidential )，想到有機密的文件「使」學生感到「困惑」( confuse ) 時，需要有人解除「困惑」( confession )，「孔子」( Confucius ) 總是會協助他的學生，並且教導他們「祝賀」( congratulate ) 別人的時候要說「恭喜」( congratulations )，而「議會」( congress ) 的議程必須要互相「連接」( connect )，要有「關聯」( connection )，所以在會議記錄上要多用「連接詞」( conjunction )。

1. **confuse** *v.* 使困惑 ( = *puzzle* )
   con (*together*) + fuse (*pour*)，太多事情同時注入，會覺得「困惑」。
   其他同義字還有：baffle〔'bæfl〕、bewilder〔bɪ'wɪldɚ〕、perplex〔pɚ'plɛks〕。

2. confusion *n.* 困惑（= *puzzlement*）；混亂局面
Her unexpected arrival threw us into total *confusion*.
（她的突然到來使得我們不知所措，亂成一團。）

3. Confucius *n.* 孔子（= *Kong Fuzi, an ancient Chinese philosopher*）
*Confucius* is the greatest teacher in Chinese history.
（孔子是中國歷史上最偉大的老師。）

4. congratulate *v.* 祝賀（= *compliment*）
con（*together*）+ gratul（*please*）+ ate（*v.*），大家一起讓對方感
到高興，此時會表達「祝賀」。
congratulate *sb.* on *sth.* 因某事向某人祝賀

5. congratulations *n. pl.* 恭喜（= *compliments*）
注意：這個字要用複數形。
"I've passed my driving test." "*Congratulations!*"
（「我駕照考過了。」「恭喜你！」）

6. congress *n.* 議會（= *council*）；會議（= *meeting*）
con（*together*）+ gress（*walk*），參加「會議」時，大家會一起
走去開會的地方。  a medical congress 醫學會議

7. connect *v.* 連接（= *link*）
con（*together*）+ nect（*bind*），連結在一起，即「連接」。
This highway *connects* Taipei and Keelung.
（這條公路連接台北與基隆。）

8. connection *n.* 關聯（= *link*）
Doctors say there's a *connection* between smoking and lung
cancer.（醫生們說抽煙與肺癌有關聯。）

9. conjunction *n.* 連接詞（= *any word or group of words*
*that connects words, phrases, or clauses*）
con（*together*）+ junct（*join*）+ ion（*n.*），將前後文連
結在一起的，就是「連接詞」。

# *34. conserve*

| | | |
|---|---|---|
| * **conserve** [5] | 〔 kən'sɝv 〕 | *v.* 節省 |
| * **conservative** [4] | 〔 kən'sɝvətɪv 〕 | *adj.* 保守的 |
| ** **conservation** [6] | 〔͵kɑnsə'veʃən 〕 | *n.* 節省 |
| | | |
| * **conscious** [3] | 〔'kɑnʃəs 〕 | *adj.* 知道的 |
| **conscience** [4] | 〔'kɑnʃəns 〕 | *n.* 良心 |
| **conscientious** [6] | 〔͵kɑnʃɪ'ɛnʃəs 〕 | *adj.* 有良心的 |
| | | |
| **consent** [5] | 〔 kən'sɛnt 〕 | *v.* 同意 |
| * **consequent** [4] | 〔'kɑnsə͵kwɛnt 〕 | *adj.* 接著發生的 |
| * **consequence** [4] | 〔'kɑnsə͵kwɛns 〕 | *n.* 後果 |

BOOK **3**

【記憶技巧】

從上一回的「連接詞」( conjunction )，想到寫作文常用到連接詞，寫作文必須「節省」( conserve ) 用紙，言論必須是「保守的」( conservative )，要「知道」( conscious ) 寫文章必須要有「良心」( conscience )，必須「同意」( consent )「接著發生的」( consequent )「後果」( consequence )。

1. **conserve** *v.* 節省 ( = *save* )；保護 ( = *preserve* )
   con (*together*) + serve (*keep*)，一起保留下來，就是「節省」。
   Please *conserve* water. ( 請節省用水。)

2. conservative *adj.* 保守的（= *traditional*）
   He is **conservative** about his clothes.（他對衣著很保守。）

3. conservation *n.* 節省（= *saving*）；保護（= *preservation*）
   conservation of water and soil 水土保持

4. **conscious** *adj.* 知道的；察覺到的（= *aware*）
   be conscious of 知道；察覺到（= *be aware of*）

5. **conscience** *n.* 良心（= *moral sense*）

   | con + science |
   |---|
   | all + 科學 |

   大家都認爲合乎科學的，
   即是對的，就是「良心」。

   have…on *one's* conscience 對…感到內疚
   He seemed to **have** something **on his conscience**.
   （他似乎良心有所不安。）

6. **conscientious** *adj.* 有良心的（= *honest*）；負責盡職的
   conscience（良心）– ce + tious = conscientious
   You should be more **conscientious** about your work.
   （對你的工作你應該更加盡責。）

7. consent *v.* 同意（= *agreement*）

   | con + sent |
   |---|
   | together + feel |

   有共同的感覺，表示「同意」。
   consent to 同意（= *agree to*）

   He **consented to** the divorce.（他同意離婚。）

8. **consequent** *adj.* 接著發生的（= *subsequent*）
   副詞是 consequently，作「因此」解。

9. **consequence** *n.* 後果（= *result*）
   take the consequence 承擔後果
   answer for the consequences 對後果負責

# 35. consider

| consider [2] | 〔 kən'sɪdə 〕 | v. 認為 |
| consider able [3] | 〔 kən'sɪdərəbl 〕 | adj. 相當大的 |
| considerate [5] | 〔 kən'sɪdərɪt 〕 | adj. 體貼的 |
| * consideration [3] | 〔 kən,sɪdə'reʃən 〕 | n. 考慮 |
| consist [4] | 〔 kən'sɪst 〕 | v. 由…組成 |
| * consistent [4] | 〔 kən'sɪstənt 〕 | adj. 一致的 |
| console [5] | 〔 kən'sol 〕 | v. 安慰 |
| * consolation [6] | 〔 ,kɑnsə'leʃən 〕 | n. 安慰 |
| * conspiracy [6] | 〔 kən'spɪrəsɪ 〕 | n. 陰謀 |

BOOK
3

【記憶技巧】

　　從上一回的 consequent ( 接著發生的 ) 和 consequence
( 後果 )，聯想到為了避免不良的後果，要處事謹慎，不要
「認為」( consider ) 自己高人一等，要謙虛，並付出「相當
大的」( considerable ) 努力，成為「體貼的」( considerate )
人。要「考慮」( consideration ) 重大事件都是要「由」一群
人所「組成」( consist ) 的團體才能完成。大家行動「一致」
( consistent )，遇到挫折互相「安慰」( console )，如果要
籌劃「陰謀」( conspiracy ) 造反，更需要團結。

1. **consider** *v.* 認為 ( = *think* )；考慮 ( = *think about* )
   consider A ( to be ) B　認為 A 是 B ( = *regard A as B* )
   Please ***consider*** my offer. ( 請考慮我的提議。)

2. **considerable** *adj.* 相當大的 ( = *large* )
   a considerable amount of money　相當多的錢

3. **considerate** *adj.* 體貼的（= *thoughtful*）
   It was very *considerate* of you to include me.
   （你把我算在內，真是體貼。）

4. **consideration** *n.* 考慮（= *deliberation*）
   take…into consideration 考慮到（= *take…into account*）

5. **consist** *v.* 由…組成 < *of* >（= *comprise*）；在於 < *in* >
   consist of 由…組成（= *be made up of* = *be composed of*）
   The committee *consists of* ten members.（委員會由十人組成。）
   consist in 在於（= *lie in* = *reside in*）

6. **consistent** *adj.* 一致的（= *compatible*）；前後連貫的
   （= *coherent*）    be consistent with 和…一致
   What you do *is* not *consistent with* what you say.
   （你的言行不一致。）

7. **console** *v.* 安慰（= *comfort*）

   | con  | + | sole  |
   |------|---|-------|
   | *together* | + | *alone* |

   共同表示獨身的寂寞，就會互相「安慰」。
   He tried to *console* her, but in vain.
   （他試圖安慰她，但徒勞無功。）

8. **consolation** *n.* 安慰（= *comfort*）
   console（安慰）– e + ation = consolation
   a letter of consolation 慰問信

9. **conspiracy** *n.* 陰謀（= *plot*）；共謀；謀反

   | con  | + | spir  | + | acy |
   |------|---|-------|---|-----|
   | *together* | + | *breathe* | + | *n.* |

   大家同一個鼻孔出氣，
   一起策劃「陰謀」。

   動詞是 conspire〔kən'spaɪr〕*v.* 密謀。
   They formed a *conspiracy* against the government.
   （他們密謀反對政府。）

# *36. constitute*

| | | | |
|---|---|---|---|
| * **constitute** [4] | 〔'kɑnstə,tjut 〕 | v. | 構成 |
| **constitution** [4] | 〔,kɑnstə'tjuʃən 〕 | n. | 憲法 |
| **constitutional** [5] | 〔,kɑnstə'tjuʃənḷ 〕 | adj. | 憲法的 |
| | | | |
| **construct** [4] | 〔 kən'strʌkt 〕 | v. | 建設 |
| **construction** [4] | 〔 kən'strʌkʃən 〕 | n. | 建設 |
| * **constructive** [4] | 〔 kən'strʌktɪv 〕 | adj. | 建設性的 |
| | | | |
| * **consult** [4] | 〔 kən'sʌlt 〕 | v. | 請教 |
| **consultant** [4] | 〔 kən'sʌltənt 〕 | n. | 顧問 |
| **consultation** [6] | 〔,kɑnsḷ'teʃən 〕 | n. | 請教 |

BOOK 3

【記憶技巧】

> 從上一回的「陰謀」(conspiracy),想到要謀反才
> 能「構成」(constitute) 新的國家,之後制訂「憲法」
> (constitution),依照「憲法的」(constitutional) 規
> 定來「建設」(construct),所以需要「有建設性的」
> (constructive) 意見,此時需要「請教」(consult)
> 「顧問」(consultant),向他「諮詢」(consultation)。

1. constitute  v. 構成;組成 ( = *comprise* )
   con (*together*) + stitute (*stand*),站在一起,就是「構成」。
   Twelve months *constitute* a year.
   (十二個月構成一年。)

2. constitution *n.* 憲法（＝*fundamental law*）；構成；構造
con (*together*) + stitut (*stand*) + ion (*n.*)，構成國家的根本大法，
就是「憲法」。
The US *Constitution* guarantees freedom of the press.
（美國憲法保障出版自由。）

3. constitutional *adj.* 憲法的（＝*relating to a constitution*）
constitution（憲法）+ al = constitutional
constitutional reform　憲法改革

4. **construct** *v.* 建造（＝*build*）；建築；建設
con (*together*) + struct (*build*) = construct
The tunnel was *constructed* in 1996. （這條隧道是 1996 年建造的。）

5. **construction** *n.* 建設（＝*building*）
construct（建造）+ ion (*n.*) = construction
under construction　建造中
The dam is still *under construction*. （水壩仍在建造中。）

6. constructive *adj.* 建設性的（＝*positive*）
constructive criticism　建設性的批評

7. **consult** *v.* 請教（＝*confer*）；查閱
consult a dictionary　查字典
Before going on a diet, it is advisable to *consult* your doctor.
（節食之前，最好先請教醫生。）

8. **consultant** *n.* 顧問（＝*adviser*）
consult（請教）+ ant（人）= consultant

9. consultation *n.* 請教；諮詢（＝*the act of consulting*）
consult（請教）+ ation (*n.*) = consultation
Seven other specialists were available for *consultation*.
（還可向另外七位專家諮詢。）

# *1. consume*

| | | | |
|---|---|---|---|
| * **consume** [4] | 〔 kən'sum 〕 | *v.* | 消耗 |
| * **consumer** [4] | 〔 kən'sumɚ 〕 | *n.* | 消費者 |
| **consumption** [6] | 〔 kən'sʌmpʃən 〕 | *n.* | 消耗 |
| | | | |
| * **contain** [2] | 〔 kən'ten 〕 | *v.* | 包含 |
| * **container** [4] | 〔 kən'tenɚ 〕 | *n.* | 容器 |
| **contaminate** [5] | 〔 kən'tæmə,net 〕 | *v.* | 污染 |
| | 【注意重音讀 /æ/】 | | |
| | | | |
| **contemplate** [5] | 〔 'kɑntəm,plet 〕【注意重音】 | *v.* | 沉思 |
| **contemplation** [6] | 〔 ,kɑntəm'pleʃən 〕 | *n.* | 沉思 |
| **contemporary** [5] | 〔 kən'tɛmpə,rɛrɪ 〕 | *adj.* | 當代的 |

BOOK **4**

【記憶技巧】

　　我們每天「消耗」(consume) 資源，是「消費者」
(consumer)。我們買的各種東西，「包含」(contain)
在「容器」(container) 裡，它們會「污染」(contaminate)
環境。我們需要「沈思」(contemplate) 污染問題，這是
所有「當代的」(contemporary) 人都需要關心的。

1. **consume** *v.* 消耗 ( = *use up* )；吃 ( 喝 ) ( = *take in* )
   con (*wholly*) + sume (*take*)= consume，全部都拿走，
   就是「消耗」，引申爲「吃 ( 喝 )」。
   My car *consumes* little oil. ( 我的車子不耗油。)
   consume 這個字，可唸成〔 kən'sum, -'sɪum, -'sjum 〕，有
   三種發音，但美國人多唸成〔 kən'sum 〕。

**1.** *consume*

2. **consumer** *n.* 消費者（= *buyer*）
   consume（消費）+ er（人）= consumer（消費者），e 重複
   了，所以去掉一個。
   這個字有三種唸法：〔kən'sumɚ , -'sɪumɚ , -'sjumɚ〕，美國
   人多唸〔kən'sumɚ〕。

3. **consumption** *n.* 消耗（= *using up*）；吃（喝）（= *eating*）
   consume（消耗）+ tion (*n.*) = consumption

   > 這個字比動詞多了一個 p，那是爲了發音的方便，m 和 tion
   > 直接放一起，不好發音，所以放一個和 m 發音類似的無聲子
   > 音 p，作爲橋樑，唸起來就順多了。例如：redeem〔rɪ'dim〕
   > *v.* 贖回 和 redemption〔rɪ'dɛmpʃən〕*n.* 贖回。

4. **contain** *v.* 包含（= *hold*）

   | con | + | tain |
   |-----|---|------|
   | together | + | hold |

   拿在一起，就是「包含」。

5. **container** *n.* 容器（= *holder*）

6. **contaminate** *v.* 污染（= *pollute*）

7. **contemplate** *v.* 沉思；仔細考慮（= *consider*）
   這個字要想到 temple（寺廟），是僧侶打坐「沉思」的地方。

8. **contemplation** *n.* 沉思（= *consideration*）
   He is lost in ***contemplation***.（他陷入沉思。）

9. **contemporary** *adj.* 當代的（= *latest*）；同時代的
   （= *belonging to the same period of time*）

   con + temporary（暫時的）= contemporary

# *2. contend*

| | | |
|---|---|---|
| **contend**[5] | 〔 kən'tɛnd 〕 | *v.* 爭奪 |
| * **content**[4] | 〔 kən'tɛnt 〕 | *adj.* 滿足的 |
| **contentment**[4] | 〔 kən'tɛntmənt 〕 | *n.* 滿足 |
| * **contest**[4] | 〔'kɑntɛst 〕 | *n.* 比賽 |
| **contestant**[6] | 〔 kən'tɛstənt 〕 | *n.* 參賽者 |
| * **context**[4] | 〔'kɑntɛkst 〕 | *n.* 上下文 |
| * **continent**[3] | 〔'kɑntənənt 〕 | *n.* 洲 |
| * **continental**[5] | 〔,kɑntə'nɛntl̩ 〕 | *adj.* 大陸的 |
| * **continual**[4] | 〔 kən'tɪnjuəl 〕 | *adj.* 連續的 |

【有間斷的】

**BOOK 4**

【記憶技巧】

　　從上一回的「當代的」( contemporary )，想到當代的人喜歡「爭奪」( contend ) 權利財富，才會感到「滿足」( content, contentment )。人生就是一場「比賽」( contest )，人人都是「參賽者」( contestant )，處於競爭的「環境」( context )。不管你去哪個「洲」( continent )，都是「大陸的」( continental ) 板塊，只要有人，競爭就會「連續的」( continual ) 到來。

1. contend *v.* 爭奪 ( = *compete* )；爭論 ( = *argue* )

con (*together*) + tend (*stretch*) = contend，大家一起伸出手去抓，就是「爭奪」。

2. **content**  *adj.* 滿足的（= *satisfied*）  *n.* 內容（= *matter*）
con (*together*) + tent (*hold*) = content，全部都握在一起，
就感到「滿足」。

> 要注意形容詞和名詞的重音不同：con ′tent（滿足的），
> ′content（內容）。

3. **contentment**  *n.* 滿足（= *satisfaction*）
content（滿足的）+ ment (*n.*) = contentment
Happiness consists in ***contentment***.（幸福在於知足。）

4. **contest**  *n.* 比賽（= *competition*）
con (*together*) + test（考試）= contest

5. **contestant**  *n.* 參賽者（= *competitor*）
con (*together*) + test（考試）+ ant（人）= contestant

6. **context**  *n.* 上下文（= *framework*）；背景；環境
（= *circumstances*）
con (*together*) + text（原文）= context
把原文拼在一起，就成了「上下文」。
You have to tell the meaning of a word from its ***context***.
（你必須用上下文來判斷一個字的意思。）

7. **continent**  *n.* 洲；大陸（= *one of the earth's large land masses*）

8. **continental**  *adj.* 大陸的（= *of the nature of a continent*）
continent（洲；大陸）+ al (*adj.*) = continental

9. **continual**  *adj.* 連續的（= *constant*）
continue（繼續）– e + al (*adj.*) = continual

# *3. continue*

| | | | |
|---|---|---|---|
| ** **continue** [1] | ﹝kən'tɪnjʊ﹞ | *v.* | 繼續 |
| **continuity** [5] | ﹝͵kɑntə'njuətɪ﹞ | *n.* | 連續 |
| * **continuous** [4] | ﹝kən'tɪnjʊəs﹞ | *adj.* | 連續的 |
| ** **contract** [3] | ﹝'kɑntrækt﹞ | *n.* | 合約 |
| **contractor** [6] | ﹝'kɑntræktə﹞ | *n.* | 承包商 |
| **contradict** [6] | ﹝͵kɑntrə'dɪkt﹞ | *v.* | 與…矛盾 |
| **contradiction** [6] | ﹝͵kɑntrə'dɪkʃən﹞ | *n.* | 矛盾 |
| * **contrary** [4] | ﹝'kɑntrɛrɪ﹞ | *adj.* | 相反的 |
| * **contrast** [4] | ﹝'kɑntræst﹞ | *n.* | 對比 |

BOOK 4

【記憶技巧】

延續上一回的「連續的」( continual )：為了讓生意能「繼續」( continue ) 發展下去，簽了幾個「連續的」( continuous )「合約」( contract )，和許多「承包商」( contractor ) 合作，意見「與」他們有「矛盾」( contradict )。要化解「矛盾」( contradiction )，要先把「相反的」( contrary ) 意見提出來，做「對比」( contrast )，接著再找出解決辦法。

1. **continue** *v.* 繼續 ( = *go on* )

2. continuity *n.* 連續 ( = *flow* )
   continue ( 連續 ) – e + ity (*n.*) = continuity
   The story lacks *continuity*. ( 這故事缺乏連貫性。)

3. continuous *adj.* 連續的（＝*constant*）
continue（連續）－e＋ous（*adj.*）＝continuous

continual 是「有間斷的」的連續，continuous 是「沒間斷的」連續。

4. **contract** *n.* 合約（＝*agreement*）
con（*together*）＋tract（*draw*）＝contract
把兩方拉在一起的東西，就是「合約」。

5. **contractor** *n.* 承包商（＝*a person or company that has a contract to do work or provide goods or services for another company*）
contract（合約）＋or（人）＝contractor

6. **contradict** *v.* 與…矛盾（＝*negate*〔nɪ'get〕）
contra（*against*）＋dict（*say*）＝contradict
說的話相反，就是「與…矛盾」。
The reports *contradict* each other.（這兩個報告彼此矛盾。）

7. **contradiction** *n.* 矛盾（＝*conflict*）
contradict（與…矛盾）＋ion（*n.*）＝contradiction
What he does is a *contradiction* of what he says.
（他的行為和他說的話矛盾。）

8. **contrary** *adj.* 相反的（＝*opposed*）　*n.* 正相反（＝*opposite*）
contra（*against*）＋(a)ry（*adj. n.*）＝contrary

9. **contrast** *n.* 對比（＝*opposition*）；對照；比較
contra（*against*）＋st（*stand*）＝contrast
相對地站，就是「對比」。
by contrast　對比之下

# 4. *control*

| | | | |
|---|---|---|---|
| **control** [2] | ( kən'trol ) | *v. n.* | 控制 |
| **controller** [2] | ( kən'trolə ) | *n.* | 管理者 |
| **controversial** [6] | (,kantrə'vɜʃəl ) | *adj.* | 爭議性的 |
| | | | |
| **controversy** [6] | ('kantrə,vɜsɪ ) 【注意重音】 | *n.* | 爭論 |
| *contribute* [4] | ( kən'trɪbjut ) | *v.* | 貢獻 |
| *contribution* [4] | (,kantrə'bjuʃən ) | *n.* | 貢獻 |
| | | | |
| **contempt** [5] | ( kən'tɛmpt ) | *n.* | 輕視 |
| *contact* [2] | ('kantækt ) | *v.* | 接觸 |
| **contagious** [5] | ( kən'tedʒəs ) | *adj.* | 傳染性的 |

BOOK
4

【記憶技巧】

延續上一回，做完「對比」( contrast ) 後：學會如何
「控制」( control ) 公司營運，才能成為「管理者」
( controller )，解決「有爭議性的」( controversial )「爭
論」( controversy )，才能對公司有「貢獻」( contribute )。
不可以「輕視」( contempt ) 屬下，要多與他們「接觸」
( contact )，善意是有「傳染性的」( contagious )。
前面四個字都是 contro 開頭。

1. **control** *v. n.* 控制 ( = *rule* )

2. controller *n.* 管理者 ( = *a person who regulates* )
   control ( 控制 ) + l + er ( 人 ) = controller

3. controversial *adj.* 爭議性的 ( = *debatable* )

   | contro + vers + ial |
   | :---: |
   | \| \ \ \ \ \ \ \| \ \ \ \ \ \ \| |
   | *against + turn + adj.* |

   一件事情，每個人的看法相反地
   轉變，就是「爭議性的」。

4. controversy *n.* 爭論 ( = *dispute* )
   contro (*against*) + vers (*turn*) + y (*n.*) = controversy
   That is a fact beyond *controversy*. ( 這是個無可爭論的事實。 )

5. **contribute** *v.* 貢獻；捐獻 ( = *give* )
   con (*together*) + tribute ( 貢品；贈品 ) = contribute
   I am willing to *contribute* some money to charity.
   ( 我願意捐獻一些錢給慈善機構。 )

6. **contribution** *n.* 貢獻 ( = *donation* )
   His invention made a great *contribution* to mankind.
   ( 他的發明對人類有很大的貢獻。 )

7. **contempt** *n.* 輕視 ( = *scorn* )
   con (*together*) + tempt ( 誘惑 ) = contempt
   什麼東西都可以誘惑你，你就會被「輕視」。
   She looked at me with *contempt*. ( 她輕視地看著我。 )

8. **contact** *v., n.* 接觸 ( = *touch* )；聯絡
   con (*together*) + tact (*touch*) = contact

   動詞唸成〔kənˋtækt〕或〔ˋkɑntækt〕，但名詞必須唸成
   〔ˋkɑntækt〕。

9. **contagious** *adj.* 傳染性的 ( = *infectious* )
   con (*together*) + tag (*touch*) + ious (*adj.*) = contagious
   contagious disease 傳染性疾病

# 5. convenient

| | | | |
|---|---|---|---|
| ‡‡convenient ² | ( kənˈvinjənt ) | adj. | 方便的 |
| *convenience ⁴ | ( kənˈvinjəns ) | n. | 方便 |
| *convention ⁴ | ( kənˈvɛnʃən ) | n. | 代表大會 |
| *conventional ⁴ | ( kənˈvɛnʃənḷ ) | adj. | 傳統的 |
| *converse ⁴ | ( kənˈvɝs ) | v. | 談話 |
| ‡conversation ² | ( ˌkɑnvəˈseʃən ) | n. | 對話 |
| convert ⁵ | ( kənˈvɝt ) | v. | 改變 |
| conversion ⁵ | ( kənˈvɝʃən ) | n. | 轉換 |
| *convey ⁴ | ( kənˈve ) | v. | 傳達 |

**BOOK 4**

【記憶技巧】

　　從上一回發生「傳染性的」( contagious ) 疾病
後，為了所有人的「方便」( convenience )，感染的
人要戴上口罩，去參加「代表大會」( convention )，
大會上，大家都提出很「傳統的」( conventional )
解決方法，彼此「談話」( converse ) 聊天。這樣子
的「對話」( conversation ) 無法「改變」( convert )
現狀，必須有所「轉換」( conversion )，要把病情
的嚴重性「傳達」( convey ) 出去。

1. **convenient** *adj.* 方便的 ( = *handy* )

2. convenience   *n.* 方便 ( = *advantage* )
It was a great ***convenience*** to have the school so near.
（學校這麼近實在太方便了。）

3. convention   *n.* 代表大會 ( = *meeting* )；習俗 ( = *custom* )
con (*together*) + vent (*come*) + ion (*n.*) = convention
所有人一起來的地方，就是「代表大會」。
convention（代表大會）每年開，就會變成「慣例；傳統」。
Alice rebelled against ***convention*** and refused to marry.
（愛麗斯反抗習俗，拒絕結婚。）

4. **conventional**   *adj.* 傳統的 ( = *traditional* )
convention（代表大會）+ al (*adj.*) = conventional

5. converse   *v.* 談話 ( = *talk* )
con (*together*) + verse (*turn*) = converse
輪流講話，就是「談話」。

6. **conversation**   *n.* 對話 ( = *talk* )

7. **convert**   *v.* 改變 ( = *change* )；使改信（宗教）( = *cause to adopt a different religion* )

con     + vert
　|　　　　|
*together* + *turn*

大家一起轉，就是「改變」，引申意思
爲「使改信（宗教）」。

8. conversion   *n.* 轉換 ( = *change* )
Mary underwent quite a ***conversion***. （瑪麗徹底改變了。）

9. convey   *v.* 傳達 ( = *communicate* )；搬運；運送；運輸；傳遞
A picture can ***convey*** far more than words.
（一張圖片可以傳達的含意比文字多更多。）
Pipes ***convey*** water. （水管輸送水。）

BOOK
4

# *6. cook*

| | | | |
|---|---|---|---|
| ‡**cook** [1] | ﹝kʊk﹞ | v. | 做菜 |
| ***cooker** [2] | ﹝'kʊkɚ﹞ | n. | 烹調器具 |
| ‡**cookie** [1] | ﹝'kʊkɪ﹞ | n. | 餅乾 |
| | | | |
| ***cooperate** [4] | ﹝ko'ɑpə͵ret﹞ | v. | 合作 |
| ***cooperation** [4] | ﹝ko͵ɑpə'reʃən﹞ | n. | 合作 |
| ***cooperative** [4] | ﹝ko'ɑpə͵retɪv﹞ | adj. | 合作的 |
| | | | |
| **coordinate** [6] | ﹝ko'ɔrdn͵et﹞ | v. | 使協調 |
| **convict** [5] | ﹝kən'vɪkt﹞ | v. | 定罪 |
| ***convince** [4] | ﹝kən'vɪns﹞ | v. | 使相信 |

BOOK

**4**

【記憶技巧】

　　從上一回的「傳達」( convey )，想到傳達善意就要「做菜」( cook ) 請客，這時需要「烹調器具」( cooker )，結束後要吃「餅乾」( cookie ) 當甜點。如此一來，以後別人就願意和你「合作」( cooperate )，容易「協調」( coordinate ) 事情。你的善意讓你以後萬一被「定罪」( convict ) 時，可以「使」法官「相信」( convince ) 你的清白。

1. cook  v. 做菜 ( = *prepare food by heating it* )

2. cooker  n. 烹調器具 ( = *an appliance for cooking* )
   注意：「廚師」是 cook，別搞錯。

3. cookie  *n.* 餅乾（= *a small sweet cake*）

   英式英文説成 biscuit〔'bɪskɪt〕*n.* 餅乾【注意發音】

4. **cooperate**  *v.* 合作（= *work together*）

   co (*together*) + operate（運作）= cooperate，大家一起
   運作，就是「合作」。

5. **cooperation**  *n.* 合作（= *teamwork*）

   Your ***cooperation*** is essential for our common cause.
   （你的合作對我們共同的目標是不可或缺的。）

6. **cooperative**  *adj.* 合作的（= *joint*）

   We would like to thank you for you ***cooperative*** effort.
   （我們想要感謝你努力合作。）

7. coordinate  *v.* 協調（= *organize*）

   | co | + ordin | + ate |
   |---|---|---|
   | \| | \| | \| |
   | with | + order | + v. |

   使事物有秩序，就是「協調」。

8. **convict**  *v.* 定罪（= *sentence*）

   con (*thoroughly*) + vict (*conquer*) = convict
   要「定罪」一個人，要用證據完全征服他。

   He was ***convicted*** of murder.（他被判謀殺罪。）
   當名詞時，唸成〔'kɑnvɪkt〕*n.* 囚犯。

9. **convince**  *v.* 使相信（= *persuade*）

   con (*thoroughly*) + vince (*conquer*) = convince

   I soon ***convinced*** him of my innocence.
   （我很快就讓他相信我是清白的。）

# 7. *copy*

| | | | |
|---|---|---|---|
| **copy** [2] | [ˈkɑpɪ ] | *v.* | 影印 |
| **copyright** [5] | [ˈkɑpɪˌraɪt ] | *n.* | 著作權 |
| **copper** [4] | [ˈkɑpɚ ] | *n.* | 銅 |
| **cord** [4] | [ kɔrd ] | *n.* | 細繩 |
| **cordial** [6] | [ˈkɔrdʒəl ]【注意發音】 | *adj.* | 熱誠的 |
| **coral** [5] | [ˈkɔrəl ] | *n.* | 珊瑚 |
| **cork** [4] | [ kɔrk ] | *n.* | 軟木塞 |
| **corn** [1] | [ kɔrn ] | *n.* | 玉米 |
| **corner** [2] | [ˈkɔrnɚ ] | *n.* | 角落 |

BOOK 4

【記憶技巧】

延續上一回「使相信」( convince )，想像你要讓
別人相信你沒有「影印」( copy ) 他人作品，違反「著
作權」( copyright ) 後，你用「銅」( copper ) 做成「細
繩」( cord )，滿是「熱誠的」( cordial ) 製作成「珊瑚」
( coral ) 的藝術品。看著自己的傑作，打開「軟木塞」
( cork ) 瓶蓋的紅酒，配「玉米」( corn ) 當晚餐，坐
在「角落」( corner ) 享受。

1. **copy** *v.* 影印 ( = *reproduce* )　*n.* 影本 ( = *print* )；
複製品 ( = *reproduction* )

2. copyright　*n.* 著作權（= *right of first publication*）

   copy（影印）+ right（權利）= copyright

   The company was sued for violation of ***copyright***.
   （那公司被控違反著作權。）

3. copper　*n.* 銅（= *a red-brown metal*）

4. cord　*n.* 細繩（= *rope*）

5. cordial　*adj.* 熱誠的（= *warm*）

   cord（細繩）+ ial（*adj.*）= cordial，cord 看成字根時是
   heart（心）的意思，可記「心弦」，就可以和「細繩」連
   起來。

   Mary responded to his ***cordial*** greetings coldly.
   （瑪麗冷淡地回應他熱誠的問候。）

6. coral　*n.* 珊瑚（= *a very small sea creature that lives
   in large groups that look like plants*）

   coral reef　珊瑚礁

7. cork　*n.* 軟木塞（= *a stopper for a bottle*）

cork

8. corn　*n.* 玉米（= *maize*〔mez〕）

   【比較】popcorn（'pɑp,kɔrn）*n.* 爆米花

9. corner　*n.* 角落（= *angle*）

   corn（玉米）+ er = corner

   be around the corner　即將到來

   A typhoon ***is around the corner***.（颱風即將來襲。）

# *8. correspond*

| | | | |
|---|---|---|---|
| * **correspond** [4] | 〔͵kɔrə'spɑnd 〕 | *v.* | 通信 |
| **correspondence** [5] | 〔͵kɔrə'spɑndəns 〕 | *n.* | 通信 |
| **correspondent** [6] | 〔͵kɔrə'spɑndənt 〕 | *n.* | 通訊記者 |
| | | | |
| **corrupt** [5] | 〔kə'rʌpt 〕 | *adj.* | 貪污的 |
| **corruption** [6] | 〔kə'rʌpʃən 〕 | *n.* | 貪污 |
| *** correct** [1] | 〔kə'rɛkt 〕 | *adj.* | 正確的 |
| | | | |
| **corporate** [6] | 〔'kɔrpərɪt 〕 | *adj.* | 法人的 |
| **corporation** [5] | 〔͵kɔrpə'reʃən 〕 | *n.* | 公司 |
| **corps** [6] | 〔kor 〕【注意發音】 | *n.* | 部隊 |

BOOK

**4**

【記憶技巧】

　　從上一回的「角落」( corner )，想像在角落有偷偷「通信」( correspond ) 的「通訊記者」( correspondent )，想要找政府「貪污」( corruption )「正確的」( correct ) 證據。求助於「法人的」( corporate )「公司」( corporation ) 和「部隊」( corps ) 來蒐集資訊。

前六個字都是 corr 開頭，後三個字都是 corp 開頭。

1. **correspond** *v.* 通信 ( = *write* )；符合 ( = *match* )
   cor (*together*) + respond ( 回應 ) = correspond
   correspond with　和⋯通信；和~符合
   correspond to　相當於

2. **correspondence** *n.* 通信 ( = *communication* )；符合
   ( = *match* )

correspond（通信）+ ence (*n.*) = correspondence
注意這個字沒有複數型，只能作單數或是不可數名詞。

3. correspondent  *n.*  通訊記者（= *reporter*）；特派員
   correspond（通信）+ ent（人）= correspondent

4. **corrupt**  *adj.*  貪污的（= *dishonest*）；腐敗的（= *vicious*）
   cor (*wholly*) + rupt (*break*) = corrupt
   「貪污」會導致身敗名裂。

5. **corruption**  *n.*  貪污（= *dishonesty*）；腐敗（= *vice*）
   The officials were arrested on *corruption* charges.
   （官員因被控貪污而被逮捕。）

6. **correct**  *adj.*  正確的（= *right*）
   cor (*with*) + rect (*right*) = correct

7. **corporate**  *adj.*  法人的（= *of or belonging to a corporation*）
   corpor (*body*) + ate (*adj.*) = corporate
   「法人」是一種團體組織。
   The law applies to *corporate* bodies.
   （這條法律適用於法人團體。）

8. **corporation**  *n.*  公司（= *a large business company*）
   corpor (*body*) + ation (*n.*) = corporation

9. **corps**  *n.*  部隊（= *an army unit*）；團體（= *team*）

   注意，corps 唸成〔kor〕，ps 不發音。
   the Marine Corps  （美國）海軍陸戰隊

   He is a member of the diplomatic *corps*.
   （他是外交使節團的一員。）

# *9.* cost

| | | | |
|---|---|---|---|
| **cost** [1] | [ kɔst ] | *v.* | 花費 |
| **costly** [2] | [ 'kɔstlɪ ] | *adj.* | 昂貴的 |
| **costume** [4] | [ 'kɑstjum ] | *n.* | 服裝 |
| | | | |
| **counsel** [5] | [ 'kaʊnsḷ ] | *n.* | 勸告 |
| **counselor** [5] | [ 'kaʊnslɚ ] | *n.* | 顧問 |
| **council** [4] | [ 'kaʊnsḷ ]<br>【和 counsel 同音】 | *n.* | 議會 |
| | | | |
| **cottage** [4] | [ 'kɑtɪdʒ ] | *n.* | 農舍 |
| **cotton** [2] | [ 'kɑtn̩ ] | *n.* | 棉 |
| **couch** [3] | [ kaʊtʃ ] | *n.* | 長沙發 |

BOOK
**4**

【記憶技巧】

　　從上一回的「部隊」(corps)，想到組織部隊，首先
要「花費」(cost) 很多錢買「昂貴的」(costly)「服裝」
(costume)。接著要「勸告」(counsel) 士兵守紀律，
有問題可以找「顧問」(counselor) 或是在「議會」
(council) 上提出來。不乖的就派去「農舍」(cottage)
幫忙種「棉」(cotton) 花，和搬「長沙發」(couch)。

1. cost *v.* 花費；值… ( = *be priced at* )　*n.* 費用 ( = *price* )

2. costly *adj.* 昂貴的 ( = *expensive* )
   cost (費用) + ly (*adj.*) = costly

3. costume *n.* 服裝（= *outfit*）

   cost（費用）+ ume = costume，購買「服裝」需要費用。

4. counsel *n.* 勸告；建議（= *advice*）

   coun（*together*）+ sel（*take*）= counsel
   採取大家集體的「建議」。

   We can always rely on his wise *counsel*.
   （我們總是可以信任他明智的建議。）

5. counselor *n.* 顧問（= *advisor*）

   counsel（勸告；建議）+ or（人）= counselor

6. council *n.* 議會（= *committee*）

   coun（*together*）+ cil（*call*）= council
   把所有人都叫過來開會，就是「議會」。

7. cottage *n.* 農舍（= *cabin*）

   cott（*cot*）+ age（場所；住處）= cottage

8. cotton *n.* 棉（= *cloth made from the white fibers of a plant called a cotton plant*）

   cotton cloth　棉布　　　cotton clothes　棉製品

9. couch *n.* 長沙發（= *sofa*）

   couch potato　電視迷

   He is a *couch potato* on weekends.（他週末成天看電視。）

---

「雙人沙發」稱作 loveseat〔'lʌv͵sit〕，不能寫成 *love seat*（誤）。「單人沙發」稱作 armchair〔'ɑrm͵tʃɛr〕*n.* 扶手椅。全部通稱 sofa（沙發）。

# *10. count*

| | | |
|---|---|---|
| ‡count [1] | 〔 kaʊnt 〕 | v. 數 |
| *countable [3] | 〔ˈkaʊntəbḷ 〕 | adj. 可數的 |
| *counter [4] | 〔ˈkaʊntɚ 〕 | n. 櫃台 |
| | | |
| counterclockwise [5] | 〔ˌkaʊntɚˈklɑkˌwaɪz 〕 | adv. 逆時針方向地 |
| counterpart [6] | 〔ˈkaʊntɚˌpart 〕 | n. 相對應的人或物 |
| *county [2] | 〔ˈkaʊntɪ 〕 | n. 縣 |
| | | |
| ‡country [1] | 〔ˈkʌntrɪ 〕 | n. 國家 |
| *countryside [2] | 〔ˈkʌntrɪˌsaɪd 〕 | n. 鄉間 |
| ‡couple [2] | 〔ˈkʌpḷ 〕 | n. 一對男女 |

BOOK 4

【記憶技巧】

從上一回的「長沙發」( couch )，想像你坐在酒吧的沙發，「數」( count ) 著「櫃台」( counter ) 上的酒杯，「逆時針方向地」( counterclockwise ) 找酒杯「相對應的人」( counterpart )，猜想他們是住在哪個「縣」( county ) 和「國家」( country )，城市還是「鄉間」( countryside )，最後看到常來喝酒的「一對男女」( couple )。

1. **count** v. 數 ( = *add up* )；重要 ( = *matter* )

Don't **count** your chickens before they are hatched.

（【諺】在蛋未孵化前，不要先數小雞的數目；勿打如意算盤。）

2. countable  *adj.* 可數的（ = *numerable* ）

   count（算）+ able（能夠⋯的）= countable

   countable noun  可數名詞

3. counter  *n.* 櫃台（ = *long flat surface* ）

   count（算）+ er（人）= counter  「櫃台」有人負責算錢。

4. counterclockwise  *adv.* 逆時針方向地（ = *anticlockwise* ）

   counter（*against*）+ clock（時鐘）+ wise（*way*）

   = counterclockwise  跟時針走的路相反就是「逆時針

   方向」。

5. counterpart  *n.* 相對應的人或物（ = *equal* ）

   counter（*against*）+ part（*part*）= counterpart

   Night is the *counterpart* of day.（黑夜與白天相對。）

6. county  *n.* 縣；郡（ = *district* ）

7. **country**  *n.* 國家（ = *nation* ）

   country 也有「鄉下；鄉村」的意思。

8. countryside  *n.* 鄉間（ = *rural areas* ）

   country（國家；鄉下）+ side = countryside

9. **couple**  *n.* 一對男女（ = *pair* ）；夫婦（ = *husband and wife* ）

   The *couple* have no children.（這對夫婦沒有生小孩。）

# 11. courage

| | | | |
|---|---|---|---|
| *courage [2] | 〔ˈkɝɪdʒ〕 | n. | 勇氣 |
| *courageous [4] | 〔kəˈrɛdʒəs〕 | adj. | 勇敢的 |
| *course [1] | 〔kɔrs〕 | n. | 課程 |
| *court [2] | 〔kort〕 | n. | 法院 |
| *courteous [4] | 〔ˈkɝtɪəs〕 | adj. | 有禮貌的 |
| *courtesy [4] | 〔ˈkɝtəsɪ〕 | n. | 禮貌 |
| courtyard [5] | 〔ˈkort͵jɑrd〕 | n. | 庭院 |
| *cousin [2] | 〔ˈkʌzn̩〕 | n. | 表（堂）兄弟姊妹 |
| coupon [5] | 〔ˈkupɑn〕 | n. | 折價券 |

BOOK
4

【記憶技巧】

　　從上一回的「一對男女」( couple )，想像他們很有「勇氣」( courage )，喝酒鬧事，覺得酒駕是「勇敢的」( courageous )，被警察抓到後，要上交通安全「課程」( course )，和去「法院」( court ) 接受審判，他們在法官面前變成「有禮貌的」( courteous ) 市民。看他們表現出「禮貌」( courtesy )，法官罰他們先去「庭院」( courtyard ) 打掃，示範給「表兄弟姊妹」( cousin ) 看，並用「折價券」( coupon ) 請他們吃飯。

1. **courage** *n.* 勇氣 ( = *bravery* )

2. **courageous** *adj.* 勇敢的 ( = *brave* )
   courage ( 勇氣 ) + ous (*adj.*) = courageous

He fought a *courageous* battle against cancer.
（他勇敢地和癌症對抗。）

3. **course** *n.* 課程（ = *classes* ）
   聯想常用的 of course（當然），就可以背下這個字。

4. **court** *n.* 法院（ = *a place for trials* ）；（網球）球場
   （ = *field* ）；天井；宮廷；庭院（ = *courtyard* ）
   tennis court　網球場

5. **courteous** *adj.* 有禮貌的（ = *polite* ）
   court（法院） + eous (*adj.*) = courteous
   在法院要「有禮貌」。

6. courtesy *n.* 禮貌（ = *politeness* ）
   court（法院） + esy = courtesy
   He behaves with *courtesy*.（他行為彬彬有禮。）

7. courtyard *n.* 庭院；天井（ = *yard* = *court* ）
   court（法院） + yard（庭院） = courtyard

8. **cousin** *n.* 表（堂）兄弟姊妹（ = *a child of one's aunt or uncle* ）

9. coupon *n.* 折價券（ = *voucher* 〔'vautʃə 〕）
   cou (*cut*) + pon (*bond*) = coupon，剪下來
   的票據，就是「折價券」。

   coupon

   This *coupon* gives you 20 percent off your next purchase.
   （這張折價券可以讓你下次購物享有八折。）

# *12. cover*

| | | | |
|---|---|---|---|
| **‡cover** [1] | 〔ˋkʌvɚ〕 | *v.* | 覆蓋 |
| **coverage** [6] | 〔ˋkʌvərɪdʒ〕 | *n.* | 涵蓋的範圍 |
| **covet** [6] | 〔ˋkʌvɪt〕 | *v.* | 貪圖 |
| | | | |
| **‡cow** [1] | 〔kaʊ〕 | *n.* | 母牛 |
| **‡coward** [3] | 〔ˋkaʊəd〕 | *n.* | 懦夫 |
| **‡cowboy** [1] | 〔ˋkaʊˌbɔɪ〕 | *n.* | 牛仔 |
| | | | |
| **‡crab** [2] | 〔kræb〕 | *n.* | 螃蟹 |
| **‡crack** [4] | 〔kræk〕 | *v.* | 使破裂 |
| **cracker** [5] | 〔ˋkrækɚ〕 | *n.* | 餅乾 |

BOOK **4**

【記憶技巧】

　　從上一回的「折價券」(coupon)，想像折價券「覆蓋」(cover) 在桌上，但是食物「涵蓋的範圍」(coverage) 很少，「貪圖」(covet) 那些剛從「母牛」(cow) 身上擠出的新鮮牛奶。認為喝了牛奶，就可以從「懦夫」(coward) 變成「牛仔」(cowboy)，騎馬去河邊抓「螃蟹」(crab)，「使」蟹殼「破裂」(crack)，吃著蟹肉配「薄脆餅」(cracker)。

1. cover　*v.* 覆蓋 ( = *mask* )：涵蓋　*n.* 蓋子

2. coverage　*n.* 涵蓋的範圍( = *the extent or degree to which sth. is covered* )；新聞報導 ( = *reporting* )

cover ( 覆蓋 ) + age (*n.*) = coverage

The book offers good *coverage* of the subject.

( 這本書充分地涵蓋了本科目的內容。 )

3. covet *v.* 貪圖;覬覦;垂涎 ( = *desire* )

4. **cow** *n.* 母牛 ( = *a fully grown female type of cattle* )

5. **coward** *n.* 懦夫 ( = *chicken* )

cow ( 母牛 ) + ard ( 人 ) = coward 母牛很溫和,一個人
如果像母牛,會被認為是「懦夫」。

6. **cowboy** *n.* 牛仔 ( = *cattleman* )

cow ( 母牛 ) + boy ( 男孩 ) = cowboy,趕牛的男孩,就是
「牛仔」。

7. **crab** *n.* 螃蟹 ( = *an edible sea animal with a shell and
five pairs of legs* )

8. **crack** *v.* 使破裂 ( = *break* );說 ( 笑話 )( = *tell* )

crack down on 取締

The police began to *crack down on* speeding.

( 警方開始取締超速。 )

He *cracked* a joke to break the silence.

( 他說了一個笑話來打破沈默。 )

9. **cracker** *n.* ( 薄脆 ) 餅乾 ( = *a thin crisp biscuit* );
爆竹 ( = *firecracker* )

crack ( 使破裂 ) + er (*n.*) = cracker,擬聲字,
「餅乾」和「爆竹」都會發出碎裂的聲音。

cracker

# *13. cram*

| | | | |
|---|---|---|---|
| *cram <sup>4</sup> | 〔kræm〕 | v. | 填塞 |
| cramp <sup>6</sup> | 〔kræmp〕 | n. | 抽筋 |
| *crane <sup>2</sup> | 〔kren〕 | n. | 起重機 |
| ‡crazy <sup>2</sup> | 〔'krezɪ〕 | adj. | 瘋狂的 |
| *crayon <sup>2</sup> | 〔'kreən〕【注意發音】 | n. | 蠟筆 |
| *cradle <sup>3</sup> | 〔'kredḷ〕 | n. | 搖籃 |
| | 【注意拼字，無 craddle 這個字】 | | |
| *crash <sup>3</sup> | 〔kræʃ〕 | v. n. | 墜毀 |
| *crawl <sup>3</sup> | 〔krɔl〕 | v. | 爬行 |
| crater <sup>5</sup> | 〔'kretɚ〕 | n. | 火山口 |

BOOK
4

【記憶技巧】

用上一回的「餅乾」( cracker )「填塞」( cram ) 肚
子後，開始「抽筋」( cramp )，腳不聽使喚，無法駕駛
「起重機」( crane )，像「瘋狂的」( crazy ) 人一樣，左
右蛇行。碾過了路上掉落的「蠟筆」( crayon ) 和「搖籃」
( cradle )，最後起重機跌落山坡「墜毀」( crash )，
司機一路「爬行」( crawl ) 到了「火山口」( crater )。

1. cram  v. 填塞 ( = *jam* )；K書  n. 填鴨式的用功
   cram school  補習班

2. cramp  n. 抽筋 ( = *spasm* )
   cram (填塞) + p = cramp，「抽筋」是因為血液不暢通。
   I got a ***cramp*** in my leg. ( 我腳抽筋。)

3. crane  *n.* 起重機（＝ *a very tall machine used for lifting or moving heavy objects* ）；鶴（＝ *a large bird with long legs and a long neck* ）

crane    crane

4. **crazy**  *adj.* 瘋狂的（＝ *mad* ）

5. crayon  *n.* 蠟筆（＝ *a small stick of colored wax used for drawing* ）

crayon

6. cradle  *n.* 搖籃（＝ *a swinging bed for a baby* ）

   from the cradle to the grave  從出生到死亡；一生

   He was blessed with good fortune *from the cradle to the grave*. ( 他一生都受到好運的眷顧。)

7. **crash**  *v. n.* 墜毀；撞毀（＝ *smash* ）  *n.* 汽車相撞聲

   air crash  空難；墜機

   car crash  車禍

   His elder son was killed in a *car crash* several years ago. ( 他的大兒子幾年前在一場車禍中喪生了。)

8. **crawl**  *v.* 爬行（＝ *creep* ）

9. crater  *n.* 火山口（＝ *hole* ）；隕石坑；（炸彈炸出的）彈坑

   volcano〔vɑl'keno〕*n.* 火山

   volcanic〔vɑl'kenɪk〕*adj.* 火山的

   「火山口」完整的寫法是：volcanic crater。

# *14. create*

| | | | |
|---|---|---|---|
| *create* [2] | 〔 krɪ'et 〕 | *v.* | 創造 |
| *creation* [4] | 〔 krɪ'eʃən 〕 | *n.* | 創造 |
| *creative* [3] | 〔 krɪ'etɪv 〕 | *adj.* | 有創造力的 |
| *creativity* [4] | 〔 ˌkrie'tɪvətɪ 〕 | *n.* | 創造力 |
| creator [3] | 〔 krɪ'etɚ 〕 | *n.* | 創造者 |
| *creature* [3] | 〔 'kritʃɚ 〕 | *n.* | 生物 |
| *credit* [3] | 〔 'krɛdɪt 〕 | *n.* | 信用 |
| credible [6] | 〔 'krɛdəbḷ 〕 | *adj.* | 可信的 |
| credibility [6] | 〔 ˌkrɛdə'bɪlətɪ 〕 | *n.* | 可信度 |

BOOK
**4**

【記憶技巧】

　　從上一回的「火山口」( crater )，想到這是上帝「創造」
( create ) 出來的，「有創造力的」( creative ) 神是萬物的
「創造者」( creator )，所有的「生物」( creature ) 都出自
於神的手。神和人訂了契約，要人守「信用」( credit )，相
信神的旨意都是「可信的」( credible )，神便會守護人類。
神的「可信度」( credibility ) 是不容質疑的。

1. **create** *v.* 創造 ( = *make* )

　　cre (*make*) + ate (*v.*) = create，做出來，就是「創造」。

　　All men are ***created*** equal.

　　（人皆生而平等。）

2. **creation** *n.* 創造 ( = *production* )
   create ( 創造 ) – e + ion ( *n.* ) = creation

3. **creative** *adj.* 有創造力的 ( = *inventive* )
   create ( 創造 ) – e + ive ( *adj.* ) = creative

4. **creativity** *n.* 創造力 ( = *imagination* )
   creative ( 有創造力的 ) – e + ity ( *n.* ) = creativity
   A good teacher should encourage *creativity*.
   ( 一位好的老師應該要鼓勵創造力。)

5. creator *n.* 創造者 ( = *maker* );《*the Creator*》造物者；上帝
   create ( 創造 ) – e + or ( 人 ) = creator

6. **creature** *n.* 生物 ( = *living thing* );動物 ( = *animal* )
   create ( 創造 ) + ure ( *n.* ) = creature

7. **credit** *n.* 信用 ( = *trust* )

   | cred  + it |
   | :---: |
   | &#124;      &#124; |
   | *believe* + *n.* |

   別人相信你會付錢，你就會有「信用」。

8. credible *adj.* 可信的 ( = *believable* )
   cred ( *believe* ) + ible ( 能夠…的 ) = credible
   This is *credible* information. ( 這是可信的資訊。)

9. credibility *n.* 可信度 ( = *believability* )
   cred (believe) + ibility (ability) = credibility
   To regain *credibility* is much harder than losing it.
   ( 重獲信任比失去信任來得難許多。)

BOOK
4

# *15. crime*

| | | |
|---|---|---|
| *crime ² | ﹝kraɪm﹞ | n. 罪 |
| * criminal ³ | ﹝'krɪmənḷ﹞ | n. 罪犯 |
| * cripple ⁴ | ﹝'krɪpḷ﹞ | n. 跛子 |
| * criticize ⁴ | ﹝'krɪtə,saɪz﹞ | v. 批評 |
| * critical ⁴ | ﹝'krɪtɪkḷ﹞ | adj. 批評的 |
| * criticism ⁴ | ﹝'krɪtə,sɪzəm﹞ | n. 批評 |
| * critic ⁴ | ﹝'krɪtɪk﹞ | n. 評論家 |
| * crispy ³ | ﹝'krɪspɪ﹞ | adj. 酥脆的 |
| * crisis ² | ﹝'kraɪsɪs﹞ | n. 危機 |

BOOK
4

【記憶技巧】

從上一回的「可信度」( credibility )，想到人無信，就容
易犯「罪」( crime )，成了「罪犯」( criminal ) 後，進了監獄
被他人痛打成了「跛子」( crippic )。於是開始憤世嫉俗，「批
評」( criticize ) 社會，出獄後成為社會「評論家」( critic )，吃
著「酥脆的」( crispy ) 餅乾，面臨中年就業「危機」( crisis )。

1. **crime** *n.* 罪 ( = *offense* )
   commit a crime 犯罪
   He *committed a crime* and was sent to prison.
   （他犯了罪，因此被監禁。）

2. **criminal** *n.* 罪犯 ( = *lawbreaker* )
   crime ( 罪 ) – e + in ( 裡面 ) + al (*n.*) = criminal

3. **cripple** *n.* 跛子;瘸子 ( = *a disabled person* )   *v.* 使殘廢
   ( = *disable* )

   crip (*creep*) + ple ( 重複的動作 ) = cripple,「瘸子」要用
   爬的。

4. **criticize** *v.* 批評 ( = *find fault with* )

   | crit + ic + ize | |
   |---|---|
   | judge + n. + v. | 判斷他人,就是「批評」。 |

5. **critical** *adj.* 批評的 ( = *fault-finding* );危急的 ( = *risky* )
   critic ( 批評者 ) + al (*adj.*) = critical
   He is in a ***critical*** state. ( 他處於危急的情況。 )

6. **criticism** *n.* 批評 ( = *disapproval* )
   critic ( 批評者 ) + ism (*n.*) = criticism

7. critic *n.* 評論家 ( = *reviewer* );批評者
   crit (*judge*) + ic (*n.*) = critic

8. crispy *adj.* 酥脆的 ( = *firm in a pleasant way* )
   I like ***crispy*** potato chips. ( 我喜歡酥脆的洋芋片。 )

9. crisis *n.* 危機 ( = *emergency* )
   cri (*judge*) + sis (*n.*) = crisis,遇到「危機」時,要會判斷。
   Strikes worsened the country's financial ***crisis***.
   ( 罷工使國家的財政危機更惡化。 )

# *16. crook*

| | | | |
|---|---|---|---|
| **crook** [6] | 〔 krʊk 〕 | *n.* | 彎曲 |
| **crooked** [6] | 〔'krʊkɪd 〕 | *adj.* | 彎曲的 |
| **crocodile** [5] | 〔'krɑkəˌdaɪl 〕 | *n.* | 鱷魚 |
| | | | |
| ***crossˣ** [2] | 〔 krɔs 〕 | *v.* | 越過 |
| **crossing** [5] | 〔'krɔsɪŋ 〕 | *n.* | 穿越處 |
| **crouch** [5] | 〔 kraʊtʃ 〕 | *v.* | 蹲下 |
| | | | |
| *** crow** [1,2] | 〔 kro 〕 | *n.* | 烏鴉 |
| **** crowd** [2] | 〔 kraʊd 〕 | *n.* | 群眾 |
| *** crown** [3] | 〔 kraʊn 〕 | *n.* | 皇冠 |

BOOK
4

【記憶技巧】

從上一回的「危機」( crisis )，聯想到當你遇到「彎曲
的」( crooked ) 河流，裡面有隻「鱷魚」( crocodile )，想
要「越過」( cross ) 河流，要先找到「穿越處」( crossing )，
從河邊「蹲伏」( crouch ) 爬過去。此時「烏鴉」( crow )
從頭上飛過，出現一大「群眾」( crowd )，為我慶祝度過
難關，戴上「皇冠」( crown )。

1. crook  *n.* 彎曲 ( = *bend* )；騙子 ( = *cheat* )
   人格「彎曲」就會變成「騙子」。

2. crooked　*adj.*　彎曲的（＝*bent*）
   crook（彎曲）＋ ed (*adj.*) ＝ crooked
   We took a walk along the ***crooked*** road.
   （我們沿著彎曲的路散步。）

3. crocodile　*n.*　鱷魚（＝*a large reptile found in rivers*）
   crocodile tears　鱷魚的眼淚；假慈悲

4. cross　*v.*　越過（＝*go across*）

5. crossing　*n.*　穿越處（＝*path*）
   pedestrian crossing　行人穿越道

6. crouch　*v.*　蹲下（＝*squat*）；蹲；蹲伏
   I ***crouched*** on the ground.（我蹲在地上。）

crouch

7. crow　*n.*　烏鴉（＝*a large black bird*）
   *v.*（公雞）啼叫（＝*cry*）
   as the crow flies　一直線地；以直線距離【源自烏鴉，有直向目
   的地飛的習性】

8. **crowd**　*n.*　群衆（＝*group*）；人群（＝*people*）
   crow（烏鴉）＋ d ＝ crowd，可以記成：烏合之「衆」。
   go with the crowd　跟隨潮流；附和群衆
   Would you ***go with the crowd*** or against the crowd?
   （你會跟隨潮流還是與衆不同？）

9. crown　*n.*　皇冠（＝*a circular decoration that a king or
   queen wears on his or her head as a symbol of power*）
   crow（烏鴉）＋ n ＝ crown

# 17. cruel

| | | | |
|---|---|---|---|
| **\*\*cruel** [2] | 〔'kruəl 〕 | *adj.* | 殘忍的 |
| **cruelty** [4] | 〔'kruəltɪ 〕 | *n.* | 殘忍 |
| **crude** [6] | 〔 krud 〕 | *adj.* | 未經加工的 |
| | | | |
| **cruise** [6] | 〔 kruz 〕 | *n.* | 巡航 |
| **cruiser** [6] | 〔'kruzɚ 〕 | *n.* | 巡洋艦 |
| **crucial** [6] | 〔'kruʃəl 〕 | *adj.* | 關鍵性的 |
| | | | |
| **crumb** [6] | 〔 krʌm 〕 | *n.* | 碎屑 |
| **crumble** [6] | 〔'krʌmbl̩ 〕 | *v.* | 粉碎 |
| **crust** [6] | 〔 krʌst 〕 | *n.* | 地殼 |

BOOK
4

【記憶技巧】

　　得到上一回的「皇冠」( crown ) 後，驕傲自大，變成
「殘忍的」( cruel ) 野人，吃「未經加工的」( crude ) 肉。
當海盜，想要去四處「巡航」( cruise )，搭乘「巡洋艦」
( cruiser )，尋找「關鍵性的」( crucial ) 地點，但卻撞
到冰山，變成「碎屑」( crumb )，殘骸「粉碎」( crumble )
沉落到海底的「地殼」( crust )。

1. cruel　*adj.* 殘忍的 ( = *brutal* )
  Don't be ***cruel*** to animals. ( 別對動物殘忍。)

2. cruelty　*n.* 殘忍 ( = *inhumane treatment* )
  cruel ( 殘忍的 ) + ty (*n.*) = cruelty

Mercy to the enemies means *cruelty* to the people.
（對敵人仁慈就是對人民殘忍。）

3. crude *adj.* 未經加工的（ = *raw* ）
c + rude（粗魯的） = crude　　crude oil　原油

4. cruise *n.* 巡航（ = *sail* ）；乘船遊覽（ = *a pleasure
voyage on a ship* ）
John and his wife were planning to go on a world *cruise*.
（約翰和他妻子計畫乘船環球遊覽。）
想到著名的影星 Tom Cruise（湯姆克魯斯），就不容易忘了。

5. cruiser *n.* 巡洋艦（ = *a fast military ship* ）；巡邏車
cruise（巡航） + r (*n.*) = cruiser
cruise control　（汽車）定速裝置

6. crucial *adj.* 關鍵性的；非常重要的（ = *vital* ）
The money is *crucial* for the research.
（這筆錢對這項研究非常重要。）

7. crumb *n.* 碎屑（ = *bit* ）
Wipe the eraser *crumbs* off the table.
（把橡皮擦碎屑從桌子擦掉。）

注意：crumb 唸成〔krʌm〕，字尾為 mb 的 b 不發音，
例如：bomb〔bɑm〕*n.* 炸彈，comb〔kom〕*n.* 梳子等。
【詳見「文法寶典」第一冊附錄 4. 不發音的子音。】

8. crumble *v.* 粉碎（ = *break up* ）
crumb（碎屑） + le = crumble
The buildings *crumbled* into dust.（那些建築物粉碎成灰。）

9. crust *n.* 地殼（ = *the thick outer surface of the Earth
or another planet* ）

# *18. cue*

| | | | |
|---|---|---|---|
| * **cue** [4] | 〔 kju 〕 | *v.* 暗示 |
| **cube** [4] | 〔 kjub 〕 | *n.* 立方體 |
| * **cucumber** [4] | 〔'kjukʌmbɚ 〕 | *n.* 黃瓜 |
| * **culture** [2] | 〔'kʌltʃɚ 〕 | *n.* 文化 |
| * **cultural** [3] | 〔'kʌltʃərəl 〕 | *adj.* 文化的 |
| * **cultivate** [6] | 〔'kʌltə,vet 〕 | *v.* 培養 |
| * **cup** [1] | 〔 kʌp 〕 | *n.* 杯子 |
| * **cupboard** [3] | 〔'kʌbəd 〕【注意發音】 | *n.* 碗櫥 |
| * **cunning** [4] | 〔'kʌnɪŋ 〕 | *adj.* 狡猾的 |

BOOK 4

【記憶技巧】

　　從上一回的「地殼」(crust)，想到地殼可以給我們「暗示」(cue) 關於地球的年齡，而有些地方的地殼會長出「立方體」(cube) 的「黃瓜」(cucumber)，其他的「文化」(culture) 特別喜歡「培養」(cultivate) 這種特別的植物。他們會把黃瓜放在「杯子」(cup) 跟「碗櫥」(cupboard) 裡，怕「狡猾的」(cunning) 的人偷走。

1. cue *v.* 暗示 ( = *give somebody a sign to do something* )
　　cue 要和 clue (提示；線索) 聯想在一起。

　　Can you *cue* me when you want me to begin singing?
　　( 在你要我開始唱歌的時候，可以給我暗示嗎？)

2. cube *n.* 立方體（ = *a solid body having six equal square faces* ）

3. cucumber *n.* 黃瓜（ = *a long thin vegetable that has a dark green skin and is white inside* ）

cucumber

4. **culture** *n.* 文化（ = *way of life* ）

| cult + ure |
|---|
| \| \| |
| *till* + *n.* |

till 是「耕種」的意思，「文化」是慢慢耕種累積的。

Our country welcomes people of different *cultures*.
（我們的國家歡迎不同文化的人。）

5. **cultural** *adj.* 文化的（ = *relating to the culture of a particular group* ）

culture（文化）– e + al（*adj.*）= cultural

6. **cultivate** *v.* 培養（ = *develop* ）

| cultiv + ate |
|---|
| \| \| |
| *till* + *v.* |

「耕種」就是慢慢的「培養」農作物。

7. cup *n.* 杯子（ = *a small open container* ）

8. **cupboard** *n.* 碗櫥（ = *a small piece of furniture used for storing things* ）

cup（杯子）+ board（木板）= cupboard
注意：cupboard 唸成〔'kʌbəd〕，不要唸錯。

9. **cunning** *adj.* 狡猾的（ = *sly*〔slaɪ〕）
as cunning as a fox　像狐狸一樣狡猾；非常狡猾

# *19. cure*

| | | | |
|---|---|---|---|
| *cure* [2] | 〔 kjʊr 〕 | *v.* | 治療 |
| *curious* [2] | 〔 ˈkjʊrɪəs 〕 | *adj.* | 好奇的 |
| *curiosity* [4] | 〔 ˌkjʊrɪˈɑsətɪ 〕 | *n.* | 好奇心 |
| | | | |
| *current* [3] | 〔 ˈkɝ̩nt 〕 | *adj.* | 現在的 |
| *currency* [5] | 〔 ˈkɝ̩nsɪ 〕 | *n.* | 貨幣 |
| *curriculum* [5] | 〔 kəˈrɪkjələm 〕 | *n.* | 課程 |
| | | | |
| *curry* [5] | 〔 ˈkɝ̩ɪ 〕 | *n.* | 咖哩 |
| *curse* [4] | 〔 kɝ̩s 〕 | *v. n.* | 詛咒 |
| *curl* [4] | 〔 kɝ̩l 〕 | *v.* | 捲曲 |

BOOK

**4**

【記憶技巧】

　　上一回那個「狡猾的」(cunning) 人，接受心理「治療」(cure) 後，變成一個有「好奇心的」(curious) 人。他的「好奇心」(curiosity) 專注在「現在的」(current)「貨幣」(currency)，上相關「課程」(curriculum)。但是投資失敗後，在家裡吃「咖哩」(curry)，並「詛咒」(curse) 他人，獨自「蜷曲」(curl) 在棉被裡偷偷哭泣。

1. **cure** *v.* 治療 ( = *heal* )
   cure 就是 care (關心；注意)，「治療」就是「關心」病人。

2. **curious** *adj.* 好奇的 ( = *interested* )
   cure (治療) – e + ious (*adj.*) = curious

3. **curiosity** *n.* 好奇心（ = *interest* ）

   curious（好奇的）– us + sity (*n.*) = curiosity

   Curiosity killed the *cat*. (【諺】好奇害死貓；好奇傷身。)

4. **current** *adj.* 現在的（ = *ongoing* ）

   | curr + ent |
   | --- |
   | &#124;    &#124; |
   | *run* + *v.* |

   能夠「流來流去」就是「現在的」。

5. **currency** *n.* 貨幣（ = *money* ）

   current（現在的）– t + cy (*n.*) = currency

   You can go to the back and change *currency*.
   （你可以去銀行換貨幣。）

   貨幣是流通的，所以用字根 curr（ = *run* ）。

6. **curriculum** *n.* 課程（ = *program* ）

   | curri + culum |
   | --- |
   | &#124;    &#124; |
   | *run* + *n.* |

   「流動」在學生的生活是「課程」。
   複數形是 curricula〔kə'rɪkjələ〕

   這三個字都是同一個字根 curr（流動）衍生而來，很好背。

7. **curry** *n.* 咖哩（ = *an Indian food consisting of meat or vegetables cooked in a sauce with a hot flavor* ）

   curry and rice 咖哩飯

8. **curse** *v. n.* 詛咒（ = *swear v.* ）（ = *swearword n.* ）

   這個字用諧音背，超簡單：「剋死」。

9. **curl** *n.* 捲曲（ = *twist* ）

   用你的舌頭去感受，ur 是捲舌音，就是這個字的意思。

# *20. custom*

| | | | |
|---|---|---|---|
| *custom² | 〔'kʌstəm〕 | *n.* | 習俗 |
| customary⁶ | 〔'kʌstəm,ɛrɪ〕 | *adj.* | 習慣的 |
| *customer² | 〔'kʌstəmɚ〕 | *n.* | 顧客 |
| | | | |
| customs⁵ | 〔'kʌstəmz〕 | *n.* | 海關 |
| *cushion⁴ | 〔'kuʃən〕 | *n.* | 墊子 |
| *curtain² | 〔'kɝtn̩〕 | *n.* | 窗簾 |
| | | | |
| *cub¹ | 〔kʌb〕 | *n.* | 幼獸 |
| curb⁵ | 〔kɝb〕 | *n.* | (人行道旁的) 邊石 |
| curve⁴ | 〔kɝv〕 | *n.* | 曲線 |

BOOK **4**

【記憶技巧】

從上一回的「蜷曲」( curl )，想到一個地區的人民，有
蜷曲的「習俗」( custom )，他們很「習慣的」( customary )
看到「顧客」( customer ) 蜷曲在到「海關」( customs ) 的
路邊，躺在「墊子」( cushion ) 上，把「窗簾」( curtain )
布當作棉被，因為路邊有「幼獸」( cub ) 會佔據「邊石」
( curb )，牠們會成「曲線」( curve ) 干擾他人走路。

1. **custom** *n.* 習俗 ( = *practice* )

   【比較】costume 〔'kɑstjum 〕 *n.* 服裝

2. **customary** *adj.* 習慣的 ( = *usual* )

   custom（習俗）+ ary (*adj.*) = customary

   It is *customary* with me to do so.（這麼做是我的習慣。）

3. **customer** *n.* 顧客（= *guest*）
custom（習俗）+ er（人）= customer

4. customs *n.* 海關（= *a government department that collects taxes on goods that people bring into a country*）

custom（習俗）+ s = customs
國家人民習俗的保護關口，就是「海關」。

5. cushion *n.* 墊子（= *pad*）
【比較】fashion〔ˈfæʃən〕*n.* 流行

6. curtain *n.* 窗簾（= *a long piece of cloth that hangs down and covers a window*）

7. cub *n.* 幼獸（= *a young bear, lion, fox, wolf or other wild animal*）
lion cub 幼獅    fox cub 幼狐

8. curb *n.*（人行道旁的）邊石；邊欄；路緣（= *an edge between a sidewalk and a roadway consisting of a line of curbstones*）

curb（邊石）可以阻礙車子跑到人
行道上，所以動詞有「抑制；控制」
的意思。

curb

9. curve *n.* 曲線（= *a line which is not straight at any point*）

ur 是捲舌音，就跟這個字的意思一樣，舌
頭要成「曲線」。

curve

The swimsuit can emphasize the *curves* of your body.
（這泳裝可以突顯你身體的曲線。）

# *21.* dad

| | | | |
|---|---|---|---|
| ‡**dad** [1] | 〔 dæd 〕 | *n.* | 爸爸 |
| ‡**daddy** [1] | 〔'dædɪ 〕 | *n.* | 爸爸 |
| **daffodil** [6] | 〔'dæfə,dɪl 〕 | *n.* | 黃水仙 |
| | | | |
| *  **dam** [3] | 〔 dæm 〕 | *n.* | 水壩 |
| ‡**damage** [2] | 〔'dæmɪdʒ 〕 | *v.* | 損害 |
| *  **damn** [4] | 〔 dæm 〕 | *v.* | 詛咒 |
| | | | |
| ‡**dance** [1] | 〔 dæns 〕 | *v.* | 跳舞 |
| *  **dancer** [1] | 〔'dænsɚ 〕 | *n.* | 舞者 |
| **dandruff** [6] | 〔'dændrəf 〕 | *n.* | 頭皮屑 |

**BOOK 4**

【記憶技巧】

　　從上一回「曲線」( curve )，想到啤酒肚曲線的「爸爸」( dad ) 拿著一朵「黃水仙」( daffodil )，站在「水壩」( dam ) 上，因為他的工作權益受到「損害」( damage )，想要「詛咒」( damn ) 陷害他的人。他開始「跳舞」( dance )，像是位「舞者」( dancer )，一甩頭，「頭皮屑」( dandruff ) 散落一地。

1. dad　*n.* 爸爸 ( = *father* )

2. daddy　*n.* 爸爸 ( = *father* )
重複字尾是嬰兒說話的特徵，像是 pa ( 爸爸 ) 也可說成 papa。

3. daffodil　*n.* 黃水仙 ( = *a kind of yellow spring flower which grows from a bulb* )

英國詩人華茲華斯（William Wordsworth）最有名的詩：

I wandered lonely as a cloud（孤獨流浪我似雲）
That floats on high o'er vales and hills,（飄過溪谷和高山，）
When all at once I saw a crowd,（驟然看見一大群，）
A host, of golden *daffodils*;（簇簇金色的黃水仙；）

daffodil

4. dam *n.* 水壩（＝ *barrier*）
the Hoover Dam 胡佛水壩

5. **damage** *v.* 損害（＝ *harm*）
dam（水壩）＋ age（年紀）＝ damage，「水壩年紀」大了，容易
受到「損害」。

6. damn *v.* 詛咒（＝ *curse*）
dam（水壩）＋ n（*not*）＝ damn，「不好的水壩」，受到「詛咒」。
The company was *damned* from the start.
（那間公司從一開始就受到詛咒。）

7. dance *v.* 跳舞（＝ *move rhythmically, usually to music*）
dance to the music 跟著音樂跳舞
They like to *dance to the music* on the radio.
（他們喜歡跟著收音機的音樂跳舞。）

8. dancer *n.* 舞者（＝ *a performer who dances professionally*）
dance（跳舞）＋ r（人）＝ dancer

9. dandruff *n.* 頭皮屑（＝ *small white pieces of dry skin in your hair*）

這個字用諧音記看看：淡的落膚，顏色是淡的，落在皮膚上，
就是「頭皮屑」。是不可數名詞，不可以加 s。

# *22. danger*

| | | | |
|---|---|---|---|
| **danger** [1] | ﹝'dendʒɚ﹞ | *n.* | 危險 |
| **dangerous** [2] | ﹝'dendʒərəs﹞ | *adj.* | 危險的 |
| **dart** [5] | ﹝dɑrt﹞ | *n.* | 飛鏢 |
| | | | |
| **dead** [1] | ﹝dɛd﹞ | *adj.* | 死的 |
| **deadline** [4] | ﹝'dɛd,laɪn﹞ | *n.* | 最後期限 |
| **deadly** [6] | ﹝'dɛdlɪ﹞ | *adj.* | 致命的 |
| | | | |
| **deaf** [2] | ﹝dɛf﹞ | *adj.* | 聾的 |
| **deafen** [3] | ﹝'dɛfən﹞ | *v.* | 使聾 |
| **death** [1] | ﹝dɛθ﹞ | *n.* | 死亡 |

BOOK 4

【記憶技巧】

從上一回的「頭皮屑」(dandruff)，聯想到頭皮屑很多的人，會招來「危險」(danger)，因為別人討厭他，想用「危險的」(dangerous)「飛鏢」(dart)射他，讓他「死」(dead)。給他「最後期限」(deadline)改善，否則就要用「致命的」(deadly)方式，「使」他變「聾」(deaf)，或是讓他「死亡」(death)。

1. **danger** *n.* 危險 ( = *risk* )
   **in danger** 處於危險中
   Many rare animals are *in danger*. (很多稀有的動物身處危險中。)

2. dangerous  *adj.* 危險的（= *risky*）
   danger（危險）+ ous (*adj.*) = dangerous

3. dart  *n.* 飛鏢（= *a small narrow pointed missile that is thrown or shot*）
   d + art（藝術）= dart，射「飛鏢」是種
   「藝術」。

   dart

4. dead  *adj.* 死的（= *no longer alive*）

5. deadline  *n.* 最後期限（= *time limit*）
   dead（死的）+ line（線）= deadline
   The ***deadline*** for applications is May 30.
   （申請的最後期限是五月三十日。）

6. **deadly**  *adj.* 致命的（= *fatal*）
   dead（死的）+ ly (*adj.*) = deadly
   The flu is a ***deadly*** disease.（這流感是個致命的疾病。）

7. deaf  *adj.* 聾的（= *partially or completely lacking in the sense of hearing*）
   turn a deaf ear to  不願意聽
   Alice ***turned a deaf ear to*** our advice.
   （愛麗絲不願意聽我們的建議。）

8. deafen  *v.* 使聾（= *make deaf*）
   deaf（聾的）+ en (*make*) = deafen

9. **death**  *n.* 死亡（= *the state of being dead*）
   dead（死的）– d + th (*n.*) = death
   ***Death*** comes to all.（所有的人都會死；人皆有死。）

BOOK
4

# *23.* dare

| | | | |
|---|---|---|---|
| *** dare** [3] | 〔 dɛr 〕 | *v.* | 敢 |
| *** dash** [3] | 〔 dæʃ 〕 | *v.* | 猛衝 |
| **dazzle** [5] | 〔'dæzl̩ 〕 | *v.* | 使目眩 |
| **** day** [1] | 〔 de 〕 | *n.* | 天 |
| *** dawn** [2] | 〔 dɔn 〕 | *n.* | 黎明 |
| **daybreak** [6] | 〔'de‚brek 〕 | *n.* | 破曉 |
| **deceive** [5] | 〔 dɪ'siv 〕 | *v.* | 欺騙 |
| **decay** [5] | 〔 dɪ'ke 〕 | *v.* | 腐爛 |
| *** decade** [3] | 〔'dɛked 〕 | *n.* | 十年 |

BOOK 4

【記憶技巧】

從上一回的「死亡」(death)，想到有人不怕死，很「敢」(dare) 開車「猛衝」(dash)，快得「使」人「目眩」(dazzle)。每「天」(day) 從「黎明」(dawn)「破曉」(daybreak) 開始，「欺騙」(deceive) 自己，過著慢慢「腐爛」(decay) 的生活，已經快要「十年」(decade)。

1. **dare** *v.* 敢 ( = *have the courage* )
   She didn't *dare* to walk in the dark on her own.
   ( 她不敢獨自走在暗處。)

2. **dash** *v.* 猛衝 ( = *rush* )　*n.* 破折號 ( — )
   He *dashed* to catch the last train. ( 他衝去趕搭最後一班火車。)
   **dashboard** 是汽車的「儀表板」。

3. dazzle *v.* 使目眩；使眼花（ = *prevent from seeing properly* )

   這字是 daze〔dez〕*v.* 使目眩 重複字尾而來，表反覆的動作。

   I was *dazzled* by the car's headlights.

   （車子的頭燈使我目眩。）

4. day *n.* 天（ = *the period from sunrise to sunset* )

   call it a day　今天到此為止

5. dawn *n.* 黎明（ = *daybreak* )

   at dawn　黎明時　　at dusk　黃昏時

6. daybreak *n.* 破曉（ = *the time when light first appears in the morning* )

   day（天）+ break（打破）= daybreak

7. **deceive** *v.* 欺騙（ = *cheat* )

   > de　+ ceive
   > ｜　　｜
   > *away* + *take*

   「欺騙」就是「拿走東西」。

8. decay *v.* 腐爛（ = *rot* )

   de (*down*) + cay (*fall*) = decay，「腐爛」的東西，會——

   「掉落」，所以「蛀牙」叫做 decayed tooth。

9. **decade** *n.* 十年（ = *a period of ten years* )

   dec 就是 December（十二月）裡的字根，因為羅馬曆法只有 10 個月，所以 dec 是「十」的意思。後來因為加了 January（一月）和 February（二月），才使原本的十月變成了十二月。

BOOK 4

# *24. decide*

| | | |
|---|---|---|
| ‡**decide**¹ | 〔 dɪ'saɪd 〕 | *v.* 決定 |
| ‡**decision**² | 〔 dɪ'sɪʒən 〕 | *n.* 決定 |
| **decisive**⁶ | 〔 dɪ'saɪsɪv 〕 | *adj.* 決定性的 |
| | | |
| ***declare**⁴ | 〔 dɪ'klɛr 〕 | *v.* 宣佈 |
| ***declaration**⁵ | 〔ˌdɛklə'reʃən 〕 | *n.* 宣言 |
| ***deck**³ | 〔 dɛk 〕 | *n.* 甲板 |
| | | |
| **decline**⁶ | 〔 dɪ'klaɪn 〕 | *v.* 拒絕 |
| ‡**decorate**² | 〔'dɛkəˌret 〕 | *v.* 裝飾 |
| ***decoration**⁴ | 〔ˌdɛkə'reʃən 〕 | *n.* 裝飾 |

**BOOK 4**

【記憶技巧】

　　從上一回的「十年」( decade )，想到過了十年，需要「決定」( decide )，是一個「決定性的」( decisive ) 開始，「宣佈」( declare ) 從家裡獨立的「宣言」( declaration )。坐上「甲板」( deck ) 出海，「拒絕」( decline ) 援助，也不再需要「裝飾」( decorate ) 自己，過著虛華的生活。

1. **decide** *v.* 決定 ( = *make up one's mind* )
   de (*off*) + cide (*cut*) = decide，「決定」就是切除，快刀斬亂麻。

2. **decision** *n.* 決定 ( = *conclusion* )
   decide (決定) – de + sion (*n.*) = decision
   make a decision　做決定

3. decisive　*adj.* 決定性的（＝ *conclusion* ）
　　decide（決定）– de + sive (*adj.*) = decisive

4. **declare**　*v.* 宣佈（＝ *announce* ）

> de　+ clare
> ｜　　｜
> 加強語氣 + *clear*

「宣佈」就是「把事情說得清楚」。

5. declaration　*n.* 宣言（＝ *announcement* ）
　　declare（宣佈）– e + ation (*n.*) = declaration
　　the Declaration of Independence　（美國）獨立宣言
　　The two countries will sign the *declaration* of peace
　　tomorrow.（這兩個國家明天會簽署和平宣言。）

6. deck　*n.* 甲板（＝ *the outside top part of a ship that you
　　can walk on* ）；一副（紙牌）（＝ *a pack of playing-cards* ）

7. **decline**　*v.* 拒絕（＝ *refuse* ）；衰退（＝ *worsen* ）

> de　+ cline
> ｜　　｜
> *down + bend*

手「向下彎曲」表示「拒絕」；
身體「向下彎曲」就是「衰退」。

8. **decorate**　*v.* 裝飾（＝ *adorn* ）
　　這個字是由 decor〔de'kor〕*n.* 裝飾（＝ *ornament* ）和 ate
　　動詞字尾結合而成。

9. decoration　*n.* 裝飾（＝ *adornment* ）
　　decorate（裝飾）– e + ion (*n.*) = decoration
　　He played a part in the *decoration* of the tree.
　　（他有參與裝飾那棵樹。）

# *25. defend*

| | | |
|---|---|---|
| * **defend** [4] | 〔 dɪˈfɛnd 〕 | *v.* 保衛 |
| * **defense** [4] | 〔 dɪˈfɛns 〕 | *n.* 防禦 |
| * **defensive** [4] | 〔 dɪˈfɛnsɪv 〕 | *adj.* 防禦的 |
| | | |
| * **defeat** [4] | 〔 dɪˈfit 〕 | *v.* 打敗 |
| **defect** [6] | 〔ˈdifɛkt 〕 | *n.* 瑕疵 |
| **deficiency** [6] | 〔 dɪˈfɪʃənsɪ 〕 | *n.* 不足 |
| | | |
| * **define** [3] | 〔 dɪˈfaɪn 〕 | *v.* 下定義 |
| * **definite** [4] | 〔ˈdɛfənɪt 〕 | *adj.* 明確的 |
| * **definition** [3] | 〔ˌdɛfəˈnɪʃən 〕 | *n.* 定義 |

【記憶技巧】

　　從上一回的「裝飾」( decorate )，想到盔甲可以裝飾也可以「保衛」( defend ) 自己，先有「防衛的」( defensive ) 的武器，就不容易被「打敗」( defeat )，彌補「瑕疵」( defect ) 和「不足」( deficiency )。何謂防衛，需要「下定義」( define )，人們說:「攻擊是最好的防衛。」這便是一個「明確的」( definite )「定義」( definition )。

1. **defend** *v.* 保衛 ( = *protect* )

   de (*down*) + fend (*strike*) = defend，打倒他人就是「保衛」自己的方法。

2. **defense** *n.* 防禦 ( = *protection* )

   這個字要先記 fence 〔 fɛns 〕 *n.* 籬笆，就是用來防禦家的。

3. defensive *adj.* 防禦的（= *protective*）
defense（防禦）– e + ive（*adj.*）= defensive

4. **defeat** *v.* 打敗（= *beat*）
de（*down*）+ feat（功績）= defeat 「打敗」他人就是把他的功績拿走。

5. defect *n.* 瑕疵（= *flaw*）；缺點（= *shortcoming*）
有兩種發音：〔ˈdifɛkt〕和〔dɪˈfɛkt〕，但前者較常用。

| de | + | fect |
| --- | --- | --- |
| | | |
| *down* | + | *make* |

做的品質下降，就會有「瑕疵；缺點」。

The report pointed out the ***defects*** in the present system.
（報告指出目前系統的缺點。）

6. deficiency *n.* 不足（= *lack*）
de（*down*）+ fic（*make*）+ ency（*n.*）= deficiency，多了一個 i 是為了發音需求，ci 常連在一起唸成 /ʃ/，如：official。
The child suffered from a nutritional ***deficiency***.
（那孩童營養不足。）

7. **define** *v.* 下定義（= *fix or state the exact meaning of*）

| de | + | fine |
| --- | --- | --- |
| | | |
| 加強語氣 | + | *limit* |

「下定義」就是「定下界線」。

8. **definite** *adj.* 明確的（= *certain*）
define（定義）– e + ite（*adj.*）= definite

9. **definition** *n.* 定義（= *explanation*）
definite（明確的）– e + ion（*n.*）= definition

# 26. delay

| | | |
|---|---|---|
| ‡‡‡**delay** 2 | ( dɪˋle ) | v. 延遲 |
| **delegate** 5 | (ˋdɛləˌget ) | n. v. 代表 |
| **delegation** 5 | (ˌdɛləˋgeʃən ) | n. 代表團 |
| | | |
| *  **delight** 4 | ( dɪˋlaɪt ) | n. 高興 |
| *  **delightful** 4 | ( dɪˋlaɪtfəl ) | adj. 令人高興的 |
| **delinquent** 6 | ( dɪˋlɪŋkwənt ) | n. 犯罪者 |
| | | |
| ‡‡**delicious** 2 | ( dɪˋlɪʃəs ) | adj. 美味的 |
| *  **delicate** 4 | (ˋdɛləkətˏ-kɪt ) | adj. 細緻的 |
| **deliberate** 6 | ( dɪˋlɪbərɪt ) | adj. 故意的 |

BOOK
4

【記憶技巧】

> 延續上一回的「定義」( definition )，定義説完了，做
> 事就不能「延遲」( delay )，「代表」( delegate ) 國家帶著
> 「代表團」( delegation ) 去國外參訪，是一件「令人高興的」
> ( delightful ) 事情，但是要防範「犯罪者」( delinquent )。
> 特別是在吃「美味的」( delicious ) 和「細緻的」( delicate )
> 食物時，會有「故意的」( deliberate ) 扒手。

1. **delay** v. 延遲 ( = *put off* )；耽誤 ( = *hold up* )
   de (*away*) + lay (*bring*) = delay，「帶到遠處」就會「延遲」。

2. **delegate** n. 代表 ( = *representative* )　v. 代表 ( = *represent* )
   de (*away*) + leg (*send*) + ate ( 人 ) = delegate
   「派出去的人」，就是「代表」。

3. delegation　*n.* 代表團（ = *a group of representatives* ）

   delegate（代表）– e + ion (*n.*) = delegation，字尾變長，
   代表「人變多」，所以是「代表團」。

4. **delight**　*n.* 高興（ = *joy* ）

   de（加強語氣）+ light（光）= delight

   take delight in　以…為樂

   Johnny **took delight in** ridiculing others.

   （強尼以取笑他人為樂。）

5. **delightful**　*adj.* 令人高興的（ = *pleasant* ）

   delight（高興）+ ful (*full*) = delightful

6. delinquent　*n.* 犯罪者（ = *criminal* ）

   | de | + linqu + | ent |
   | :---: | :---: | :---: |
   | *away* | + *leave* + | 人 |

   「丟開不管」就會變成「犯罪者」。

   這個字大多是指「少年犯罪者」。

7. **delicious**　*adj.* 美味的（ = *tasty* ）

8. **delicate**　*adj.* 細緻的（ = *refined* ）

   這個字其實和 delicious 同字源，所以只要把形容詞的字尾
   ious 改成 ate 就行了。「美味的」東西想必是「細緻的」。

9. **deliberate**　*adj.* 故意的（ = *planned* ）

   de (*entirely*) + liber (*balance*) + ate (*adj.*) = deliberate，
   全面地衡量輕重，就是「故意的」。這個字的字根和 Libra
   〔'laɪbrə〕*n.* 天秤座 有關。

# *27. deliver*

| | | | |
|---|---|---|---|
| *deliver [2] | ( dɪˈlɪvɚ ) | v. | 遞送 |
| *delivery [3] | ( dɪˈlɪvərɪ ) | n. | 遞送 |
| *demand [4] | ( dɪˈmænd ) | v. | 要求 |
| democrat [5] | ( ˈdɛməˌkræt ) | n. | 民主主義者 |
| *democratic [3] | ( ˌdɛməˈkrætɪk ) | adj. | 民主的 |
| *democracy [3] | ( dəˈmɑkrəsɪ ) | n. | 民主政治 |
| *demonstrate [4] | ( ˈdɛmənˌstret ) | v. | 示威 |
| *demonstration [4] | ( ˌdɛmənˈstreʃən ) | n. | 示威 |
| denounce [6] | ( dɪˈnauns ) | v. | 譴責 |

BOOK 4

【記憶技巧】

從上一回的「故意的」( deliberate )，想像有人故意「遞送」( deliver ) 好幾個比薩，「要求」( demand ) 要送給「民主主義者」( democrat )，感謝他們致力於「民主的」( democratic ) 活動，促進「民主政治」( democracy )，去「示威」( demonstrate ) 遊行，「譴責」( denounce ) 專制。

1. **deliver** v. 遞送 ( = *bring* )

   de (*away*) + liver (*free*) = deliver，自由離開的東西可以「遞送」出去。

2. **delivery** n. 遞送 ( = *transfer* )

   deliver ( 遞送 ) + y (*n.*) = delivery

3. **demand** *v.* 要求（ = *ask for* ）

   de (*completely*) + mand (*order*) = demand

   「強烈地命令」，就是「要求」。

4. democrat *n.* 民主主義者（ = *someone who supports democracy* ）；民主黨黨員

   先有 democracy（民主）這個字，後來才有 democrat。

5. democratic *adj.* 民主的（ = *characterized by the principles of democracy* ）

   democrat（民主主義者）+ ic (*adj.*) = democratic

6. democracy *n.* 民主政治（ = *government by the people* ）

   demo + cracy
   |　　　|
   *people + rule*

   人民統治，便是「民主政治」。

   Our ancestors fought for *democracy*.

   （我們的祖先為民主政治奮鬥。）

7. **demonstrate** *v.* 示威（ = *march in protest* ）；

   示範（ = *show clearly* ）

   de (*fully*) + monstr (*show*) + ate (*v.*) = demonstrate

   He *demonstrated* how the computer worked.

   （他示範電腦是如何運作。）

8. **demonstration** *n.* 示威（ = *protest* ）；示範（ = *show* ）

   demonstrate（示威；示範）– e + ion (*n.*) = demonstration

9. denounce *v.* 譴責（ = *condemn* ）

   de (*down*) + nounce (*report*) = denounce

   「數落」就是「譴責」。

# *28. depart*

| | | | |
|---|---|---|---|
| *depart* [4] | 〔 dɪ'pɑrt 〕 | *v.* | 離開 |
| **department** [2] | 〔 dɪ'pɑrtmənt 〕 | *n.* | 部門 |
| *departure* [4] | 〔 dɪ'pɑrtʃɚ 〕 | *n.* | 離開 |
| | | | |
| *depend* [2] | 〔 dɪ'pɛnd 〕 | *v.* | 依賴 |
| *dependable* [4] | 〔 dɪ'pɛndəbl̩ 〕 | *adj.* | 可靠的 |
| *dependent* [4] | 〔 dɪ'pɛndənt 〕 | *adj.* | 依賴的 |
| | | | |
| *depress* [4] | 〔 dɪ'prɛs 〕 | *v.* | 使沮喪 |
| *depression* [4] | 〔 dɪ'prɛʃən 〕 | *n.* | 沮喪 |
| deprive [6] | 〔 dɪ'praɪv 〕 | *v.* | 剝奪 |

BOOK
4

【記憶技巧】

　　從上一回的「譴責」( denounce )，想到被主管譴責後，
準備要「離開」( depart ) 原本的「部門 ( department )，去
「依賴」( depend ) 另一個公司工作，但是要找到一個「可
靠的」( dependable ) 和可以「依賴的」( dependent ) 工作
很難，這「使」人「沮喪」( depress )。「沮喪」( depression )
「剝奪」( deprive ) 了生命的快樂和活力。

1. **depart** *v.* 離開 ( = *leave* )

de (*from*) + part (*part*) = depart，從這裡分離，就是「離開」。

2. **department** *n.* 部門（ = *section* ）；系（ = *division* ）
   depart（離開）+ ment = department

3. **departure** *n.* 離開（ = *leaving* ）
   depart（離開）+ ure (*n.*) = departure

4. **depend** *v.* 依賴；依靠（ = *rely* ）

   | de + pend |
   | --- |
   | │    │ |
   | *down + hang* |

   「垂掛於」便是「依靠」。

5. **dependable** *adj.* 可靠的（ = *reliable* ）
   depend（依靠）+ able（能夠…的）= dependable

6. **dependent** *adj.* 依賴的（ = *reliant* ）
   depend（依靠）+ ent (*adj.*) = dependent
   depend on = be dependent on  依靠

7. **depress** *v.* 使沮喪（ = *upset* ）

   | de + press |
   | --- |
   | │    │ |
   | *down* + 壓 |

   「向下壓」便是「使沮喪」。

8. **depression** *n.* 沮喪（ = *sadness* ）；不景氣（ = *recession* ）
   depress（使沮喪）+ ion (*n.*) = depression
   the Great Depression  經濟大恐慌【發生於 1929 年】

9. **deprive** *v.* 剝奪（ = *take away* ）；使喪失（ = *rob* ）
   de (*entirely*) + prive (*rob*) = deprive
   deprive *sb.* of *sth.*  剝奪某人的某物
   They ***were*** imprisoned and ***deprived of*** their basic rights.
   （他們被監禁且被剝奪了基本的權利。）

# *29. descend*

| | | | |
|---|---|---|---|
| **descend** [6] | 〔 dɪ'sɛnd 〕 | *v.* 下降 |
| **descent** [6] | 〔 dɪ'sɛnt 〕 | *n.* 下降 |
| **descendant** [6] | 〔 dɪ'sɛndənt 〕 | *n.* 子孫 |
| | | |
| **describe** [2] | 〔 dɪ'skraɪb 〕 | *v.* 描述 |
| **description** [3] | 〔 dɪ'skrɪpʃən 〕 | *n.* 描述 |
| **descriptive** [5] | 〔 dɪ'skrɪptɪv 〕 | *adj.* 敘述的 |
| | | |
| **design** [2] | 〔 dɪ'zaɪn 〕 | *v. n.* 設計 |
| **designer** [3] | 〔 dɪ'zaɪnɚ 〕 | *n.* 設計師 |
| **designate** [6] | 〔'dɛzɪg,net 〕【注意發音】 | *v.* 指定 |

BOOK
**4**

【記憶技巧】

從上一回的「剝奪」( deprive )，想到權力被剝奪後，
地位開始「下降」( descend )，由「子孫」( descendant )
接手工作，只能「描述」( describe ) 以前的豐功偉業，寫
下「敘述的」( descriptive ) 故事。但是心中不甘心，要求
一位「設計」( design ) 服裝的「設計師」( designer )，「指
定」( designate ) 要和名人的服務一樣高級。

1. **descend** *v.* 下降 ( = *fall* )
   de (*down*) + scend (*climb*) = descend，往下爬，就是「下降」。
   The plane was preparing to **descend**.
   ( 飛機正準備降落。)

2. **descent** *n.* 下降 ( = *fall* )
   把動詞 descend 有聲的 d 改成無聲的 t 就是名詞了。

3. descendant　*n.* 子孫 ( = *child* )

    descend ( 下降 ) + ant ( 人 ) = descendant　家譜往下寫，出現的就是「子孫」。

4. **describe**　*v.* 描述 ( = *portray* )

    > de ＋ scribe
    > ｜　　｜
    > *down ＋ write*

    「寫下來」便是「描述」。

5. **description**　*n.* 描述 ( = *portrayal* )

    describe ( 描述 ) – be + ption (*n.*) = description，有聲的 b 要改成無聲的 p，因為後面接的字尾開頭是無聲的 /ʃ/。
    beyond description　難以形容
    Her matchless beauty is ***beyond description***.
    ( 她無與倫比的美難以形容。 )

6. **descriptive**　*adj.* 敘述的 ( = *serving to describe* )

    把名詞字尾 description 改成形容詞字尾 ive 就可以了。

7. **design**　*v. n.* 設計 ( = *plan* )

    > de ＋ sign
    > ｜　　｜
    > *down ＋ mark*

    「做標記」便是「設計」。

8. **designer**　*n.* 設計師 ( = *stylist* )

    design ( 設計 ) + er ( 人 ) = designer

9. **designate**　*v.* 指定 ( = *appoint* )

    design ( 設計 ) + ate (*v.*) = designate 【注意發音，唸成〔ˈdɛzɪɡ͵net 〕】
    We need to ***designate*** someone as our spokesperson.
    ( 我們需要指定一個發言人。 )

# *30. despair*

| | | |
|---|---|---|
| **despair** [5] | 〔 dɪˈspɛr 〕 | *n.* 絕望 |
| **despise** [5] | 〔 dɪˈspaɪz 〕 | *v.* 輕視 |
| *__desperate__ [4] | 〔ˈdɛspərɪt 〕 | *adj.* 絕望的 |
| | | |
| **destiny** [5] | 〔ˈdɛstənɪ 〕 | *n.* 命運 |
| **destined** [6] | 〔ˈdɛstɪnd 〕 | *adj.* 注定的 |
| *__destination__ [5] | 〔ˌdɛstəˈneʃən 〕 | *n.* 目的地 |
| | | |
| *__destroy__ [3] | 〔 dɪˈstrɔɪ 〕 | *v.* 破壞 |
| *__destruction__ [4] | 〔 dɪˈstrʌkʃən 〕 | *n.* 破壞 |
| *__destructive__ [5] | 〔 dɪˈstrʌktɪv 〕 | *adj.* 破壞性的 |

BOOK
**4**

【記憶技巧】

從上一回的「指定」( designate )，想到指定接班人後，
心裡覺得「絕望」( despair )，覺得被他人「輕視」( despise )，
帶著「絕望的」( desperate ) 心面對「命運」( destiny )，想
著這是人生「注定的」( destined )「目的地」( destination )。
痛恨那些「破壞」( destroy ) 他的事業的人，以及他們「破
壞性的」( destructive ) 誹謗。

1. **despair** *n.* 絕望 ( = *a state in which all hope is lost* )
   這個字用諧音記比較容易 :「弟死悲」就會「絕望」。
   She shook her head in ***despair***. ( 她絕望地搖頭。)

2. despise *v.* 輕視 ( = *scorn* )
   de (*down*) + spi (*see*) + (i)se (*v.*) = despise ( 向下看 )

3. desperate *adj.* 絕望的 ( = *hopeless* )
   despair ( 絕望 ) – air + rate (*adj.*) = desperate，因為音節變長，所以原本的雙母音 ai 要變成單母音 e，才會比較好發音。

4. destiny *n.* 命運 ( = *fate* )

   | de + stin + y | 「站在下面」表示受制於「命運」。 |
   | --- | --- |
   | down + stand + *n.* | 用諧音記：「命運」逮死你。 |

5. destined *adj.* 注定的 ( = *doomed* 〔 dumd 〕)
   把 destiny 字尾 y 變成 e 是動詞 destine *v.*，再加上 d，則是分詞作為形容詞。
   This was ***destined*** to happen. ( 這件事注定要發生。)

6. **destination** *n.* 目的地 ( = *journey's end* )
   destiny ( 命運 ) – y + ation = destination

7. **destroy** *v.* 破壞 ( = *ruin* )

   | de + stroy | 「向下建造」表示「破壞」。 |
   | --- | --- |
   | down + build | |

8. **destruction** *n.* 破壞 ( = *ruin* )
   de (*down*) + struct (*build*) + ion (*n.*) = destruction
   相反詞是：construction 〔 kən'strʌkʃən 〕*n.* 建造
   The earthquake caused extensive ***destruction***.
   ( 地震造成大規模的破壞。)

9. destructive *adj.* 破壞性的 ( = *damaging* )
   把名詞詞尾的 ion 改成 ive 就變成形容詞了。
   相反詞是：constructive 〔 kən'strʌktɪv 〕*adj.* 建設性的

# *31. detect*

| | | | |
|---|---|---|---|
| *detect* [2] | 〔 dɪˋtɛkt 〕 | v. | 偵查 |
| *detective* [4] | 〔 dɪˋtɛktɪv 〕 | n. | 偵探 |
| detain [6] | 〔 dɪˋten 〕 | v. | 拘留 |
| | | | |
| deter [6] | 〔 dɪˋtɝ 〕 | v. | 阻止 |
| *detergent* [5] | 〔 dɪˋtɝdʒənt 〕 | n. | 清潔劑 |
| deteriorate [6] | 〔 dɪˋtɪrɪə͵ret 〕【注意發音】 | v. | 惡化 |
| | | | |
| *determine* [3] | 〔 dɪˋtɝmɪn 〕 | v. | 決定 |
| *determination* [4] | 〔 dɪ͵tɝməˋneʃən 〕 | n. | 決心 |
| *detail* [3] | 〔ˋditel , dɪˋtel 〕 | n. | 細節 |

【記憶技巧】

　　　從上一回「破壞性的」( destructive )，想像受到破壞
性的傷害後，為了要「偵查」( detect ) 兇手，派「偵探」
( detective ) 去找，最後請警察「拘留」( detain ) 嫌疑犯，
才能「阻止」( deter ) 他們逃走。兇手被抓到後，打算喝「清
潔劑」( detergent ) 自殺，使情況「惡化」( deteriorate )，
他「決定」( determine ) 用自殺威脅，看他如此有「決
心」( determination )，就不再問他「細節」( detail )。

1. **detail** v. 偵查 ( = *investigate* )；偵測；查出 ( = *discover* )；
   查明；察覺 ( = *notice* )
   de (*off*) + tect (*cover*) = detect，蓋子拿開，就會「查出；
   察覺」。

   這個字在許多字典上多作「發現」解，事實上它是 detective
   的動詞，應翻成「偵查」。

BOOK 4

2. detective  *n.* 偵探（= *someone whose job is to conduct investigations and find information or evidence*）
   detect（發現）+ ive（人）= detective
   a private detective  私家偵探

3. detain  *v.* 拘留（= *hold*）
   de (*away*) + tain (*hold*) = detain，抓走，然後「拘留」。

4. deter  *v.* 阻止（= *prevent*）；使打消念頭（= *discourage*）

   > de  +  ter
   > |      |
   > 加強語氣 + *frighten*
   
   加深恐懼，就是「阻止；使打消念頭」。

5. detergent  *n.* 清潔劑（= *cleaner*）
   deter（阻礙）+ gent (*agent*) = detergent（阻礙污垢的東西）
   這個字用字根分析不好記，這樣子聯想比較容易。

6. deteriorate  *v.* 惡化（= *worsen*）
   de（強調語氣）+ terior (*terror*) + ate (*v.*) = deteriorate
   把中間的 terior 看成 terror；「非常害怕」病情會「惡化」。
   唸這個單字的祕訣：de-te-rio-rate。

7. **determine**  *v.* 決定（= *decide*）；決心（= *make up one's mind*）

   > de  + termine
   > |      |
   > *down* + *limit*
   
   「寫下界線」就是「決定；決心」。
   termine 想到 term（學期）就容易了。

8. **determination**  *n.* 決心（= *resolution*）
   determine（決定；決心）– e + ation (*n.*) = determination
   a man of great ***determination***  決心堅定的人

9. **detail**  *n.* 細節（= *a small part*）
   de (*down*) + tail（尾巴）= detail，「尾巴的底部」就是「細節」。

# 32. *devalue*

| | | | |
|---|---|---|---|
| **devalue** [6] | 〔 dɪ'væljʊ 〕 | *v.* | 使貶值 |
| **develop** [2] | 〔 dɪ'vɛləp 〕 | *v.* | 發展 |
| **development** [2] | 〔 dɪ'vɛləpmənt 〕 | *n.* | 發展 |
| **devise** [4] | 〔 dɪ'vaɪz 〕 | *v.* | 設計 |
| **device** [4] | 〔 dɪ'vaɪs 〕 | *n.* | 裝置 |
| **devil** [3] | 〔 'dɛvl̩ 〕 | *n.* | 魔鬼 |
| **devote** [4] | 〔 dɪ'vot 〕 | *v.* | 使致力於 |
| **devotion** [5] | 〔 dɪ'voʃən 〕 | *n.* | 致力 |
| **devour** [5] | 〔 dɪ'vaʊr 〕 | *v.* | 狼吞虎嚥 |

【記憶技巧】

　　從上一回的「細節」(detail)，想到不知道理財細節，「使」資產「貶值」(devalue)，不利「發展」(development)，要「設計」(devise) 一個「裝置」(device)，來隨時注意股票，因為「魔鬼」(devil) 藏在細節裡。要「使」自己「致力於」(devote) 股票投資，賺大錢，去餐廳「狼吞虎嚥」(devour)。

1. **devalue** *v.* 使貶值 ( = *depreciate* )

   de (*down*) + value (價值) = devalue，價值變低，就是「使貶值」。

2. **develop** *v.* 發展 ( = *grow* )；研發 ( = *improve* )

   de (*apart*) + velop (*wrap*) = develop，包裹打開，就會有「發展」。

3. **development** *n.* 發展（= *growth*）
develop（發展）+ ment (*n.*) = development

4. **devise** *v.* 設計（= *design*）；發明（= *invent*）
這個字的字源來自 divide（分割），有沒有發現拼字發音
也很像？「設計；發明」就是腦力「分割」出來的產物。

5. **device** *n.* 裝置（= *a thing made for a particular*
*purpose*）
devise 是動詞，字尾改成 ce 就變成名詞。

6. **devil** *n.* 魔鬼（= *an evil supernatural being*）
d + evil（邪惡的）= devil
The *devil* is in the detail.（【諺】魔鬼藏在細節裡。）

7. **devote** *v.* 使致力於（= *dedicate*）
de (*down*) + vote（選票）= devote，把選票投給「致力於」
爲民服務的人。
devote *oneself* to 致力於（= *be devoted to*）
He *devoted himself to* charity.（他致力於慈善。）

8. **devotion** *n.* 致力（= *dedication*）；熱愛（= *love*）
devote（使致力於）– e + ion (*n.*) = devotion
Thanks for you *devotion* to the job.
（謝謝你致力於這份工作。）

9. **devour** *v.* 狼吞虎嚥（= *swallow*）
這個字用諧音記：「弟好餓」就會「狼吞虎嚥」。
She *devoured* half an apple pie.
（她狼吞虎嚥吃下半個蘋果派。）

# *33. diagnose*

| **diagnose** [6] | 〔͵daɪəg'noz 〕 | *v.* 診斷 |
| **diagnosis** [6] | 〔͵daɪəg'nosɪs 〕 | *n.* 診斷 |
| **diabetes** [6] | 〔͵daɪə'bitɪs 〕 | *n.* 糖尿病 |
| ** **dial** [2] | 〔'daɪəl 〕 | *v.* 撥（號） |
| **dialect** [5] | 〔'daɪə͵lɛkt 〕 | *n.* 方言 |
| * **dialogue** [3] | 〔'daɪə͵lɔg 〕 | *n.* 對話 |
| ** **diamond** [2] | 〔'daɪəmənd 〕 | *n.* 鑽石 |
| **diaper** [4] | 〔'daɪəpɚ 〕 | *n.* 尿布 |
| ** **diary** [2] | 〔'daɪərɪ 〕 | *n.* 日記 |

**BOOK 4**

【記憶技巧】

上一回「狼吞虎嚥」( devour ) 後，身體不舒服，去「診斷」( diagnose )，發現有「糖尿病」( diabetes )。「撥號」( dial ) 給家人，用「方言」( dialect ) 跟家人「對話」( dialogue )，跟他們說全部診療費大概需要一顆「鑽石」( diamond ) 的費用，以後可能需要包「尿布」( diaper )，寫血糖「日記」( diary )。

這九個字的 dia 都唸 /daɪə/。

1. **diagnose** *v.* 診斷（= *identify*）
dia (*through*) + gnose (*know*) = diagnose，「透過…而知道」，就是「診斷」。

2. diagnosis *n.* 診斷 ( = *identification* )
   diagnose ( 診斷 ) – e + is (*n.*) = diagnosis

3. diabetes *n.* 糖尿病 ( = *a disease in which there is usually too much sugar in the blood* )
   糖尿病患者不能吃太多糖且被護士討厭，諧音：呆餓被踢死。

4. dial *v.* 撥 ( 號 ) ( = *press the buttons or turn the dial on a phone to call someone* )

5. dialect *n.* 方言 ( = *a form of a language spoken in a particular geographical area* )

   | dia | + | lect |
   |---|---|---|
   | \| | | \| |
   | *between* | + | *choose* |

   「選出來使用的」就是「方言」。
   lect 想到 se<u>lect</u> ( 選擇 ) 就容易了。

6. dialogue *n.* 對話 ( = *conversation* )

   | dia | + | logue |
   |---|---|---|
   | \| | | \| |
   | *between* | + | *speak* |

   兩人間的談話，就是「對話」。

7. **diamond** *n.* 鑽石 ( = *a very hard valuable precious stone* )
   鑽石很貴，所以諧音記：「呆餓夢得」。

8. diaper *n.* 尿布 ( = *nappy* )
   這個字這樣折比較容易：
   di + aper (*paper*) = diaper，「尿布」跟紙一樣可以包東西。

9. diary *n.* 日記 ( = *journal* )
   keep a diary 寫日記
   I have *kept a diary* since I was ten. ( 我從十歲開始寫日記。 )

BOOK 4

# *34. dictate*

| | | |
|---|---|---|
| **dictate** [6] | (ˈdɪktet ) | v. 聽寫 |
| **dictation** [6] | ( dɪkˈteʃən ) | n. 聽寫 |
| **dictator** [6] | (ˈdɪktetɚ , dɪkˈtetɚ ) | n. 獨裁者 |
| ***differ** [4] | (ˈdɪfɚ ) | v. 不同 |
| ***different** [1] | (ˈdɪfərənt ) | adj. 不同的 |
| **difference** [2] | (ˈdɪfərəns ) | n. 不同 |
| **differentiate** [6] | (ˌdɪfəˈrɛnʃɪˌet ) | v. 區別 |
| ***difficult** [1] | (ˈdɪfəˌkʌlt ) | adj. 困難的 |
| ***difficulty** [2] | (ˈdɪfəˌkʌltɪ ) | n. 困難 |

**BOOK 4**

【記憶技巧】

從上一回的「日記」( diary )，想像大臣的日記是「聽寫」( dictate )「獨裁者」( dictator ) 的命令，和凡人「不同」( differ )。獨裁者每天有「不同的」( different ) 要求，要會「區別」( differentiate ) 輕重緩急，這是很「困難的」( difficult )。

1. dictate v. 聽寫 ( = *say out loud for the purpose of recording* )；口授

dict (*say*) + ate (*v.*) = dictate，說話叫別人做，就是「聽寫」。

dictate 在發音字典上有兩種發音：(ˈdɪktet , dɪkˈtet )，但美國人多唸 (ˈdɪktet )。

2. dictation *n.* 聽寫( = *speech intended for reproduction in writing* )
   dictate ( 聽寫 ) – e + ion (*n.*) = dictation

3. dictator *n.* 獨裁者 ( = *tyrant* )
   dictate ( 聽寫 ) – e + or ( 人 ) = dictator，「獨裁者」說什麼
   別人就做什麼。

4. **differ** *v.* 不同 ( = *be dissimilar* )

5. **different** *adj.* 不同的 ( = *dissimilar* )
   differ ( 不同 ) + ent (*adj.*) = different

6. **difference** *n.* 不同 ( = *dissimilarity* )
   differ ( 不同 ) + ence (*n.*) = difference
   make a difference　差生差別；有重大影響
   Where you live *makes a difference* to your life.
   ( 你住的地方對你的生活有重大的影響。)

7. **differentiate** *v.* 區別 ( = *distinguish* )
   different ( 不同的 ) + iate (*v.*) = differentiate
   differentiate between A and B　區別 A 和 B
   He never learned to *differentiate between* good *and* evil.
   ( 他從未學會區別善惡。)
   這個字的唸法：di-ffe-ren-ti-ate。

8. **difficult** *adj.* 困難的 ( = *hard* )

9. **difficulty** *n.* 困難 ( = *trouble* )
   difficult ( 困難的 ) + y (*n.*) = difficulty
   have difficulty V-ing　做～有困難
   He *had difficulty solving* the math problem.
   ( 他解數學題遇到困難。)

# 35. dig

| | | |
|---|---|---|
| ‡**dig** [1] | 〔 dɪg 〕 | v. 挖 |
| ***digital** [4] | 〔ˈdɪdʒɪtḷ 〕 | adj. 數位的 |
| ***dignity** [4] | 〔ˈdɪgnətɪ 〕 | n. 尊嚴 |
| | | |
| ***digest** [4] | 〔 daɪˈdʒɛst 〕 | v. 消化 |
| ***digestion** [4] | 〔 daɪˈdʒɛstʃən 〕 | n. 消化 |
| **dilemma** [6] | 〔 dəˈlɛmə 〕 | n. 困境 |
| | | |
| ***dim** [3] | 〔 dɪm 〕 | adj. 昏暗的 |
| ***dime** [3] | 〔 daɪm 〕 | n. 一角硬幣 |
| **dimension** [6] | 〔 dəˈmɛnʃən , daɪ- 〕 | n. 尺寸 |

BOOK **4**

【記憶技巧】

從上一回的「困難」( difficulty )，想像你遇到困難：
身為記者，要去「挖」( dig ) 他人隱私，用「數位的」( digital )
相機，損害他人「尊嚴」( dignity )，影響「消化」( digestion )。
若放棄這工作，生活會有「困境」( dilemma )，只能待在「昏
暗的」( dim ) 房間裡，身上剩下「一角硬幣」( dime )，只能買
小「尺寸」( dimension ) 的餐盒。

1. **dig** v. 挖 ( = *hollow out* )
   dig a hole 挖洞

2. **digital** adj. 數位的 ( = *displaying numbers* )
   dig ( 挖 ) + i + tal ( *adj.* ) = digital ( 一個一個挖出來，數數一樣 )
   digital camera 數位相機

3. **dignity** *n.* 尊嚴（ = *pride* ）

諧音記：「低你踢」，比你矮的人還敢踢你，你會沒「尊嚴」。

He had wounded her *dignity*.（他傷了她的尊嚴。）

4. **digest** *v.* 消化（ = *absorb* ）　〔'daɪdʒɛst 〕*n.* 摘要；綱要

> di　＋　gest
> ｜　　　｜
> *apart* ＋ *carry*

「帶走」就是「消化」。

5. **digestion** *n.* 消化（ = *absorption* ）

digest（消化）+ ion (*n.*) = digestion

Junk food may interfere with *digestion*.

（垃圾食物可能會妨礙消化。）

6. **dilemma** *n.* 困境（ = *a situation in which you have to make a difficult decision* ）

諧音記：「得累馬」，馬走不動了，陷於「困境」。

We now face an embarrassing *dilemma*.

（我們現在面臨一個尷尬的困境。）

7. **dim** *adj.* 昏暗的（ = *dark* ）

the dim light of dusk 黃昏微暗的光

8. **dime** *n.* 一角硬幣（ = *a United States coin worth ten cents* ）

dim（昏暗的）+ e = dime，只剩「一角硬幣」覺得人生很「昏暗」。

a dime a dozen 一角錢買一打；稀鬆平常

The stamps of this sort are *a dime a dozen*.

（這種郵票稀鬆平常。）

9. **dimension** *n.* 尺寸（ = *size* ）；（ …度）空間（ = *length, height or width* ）

dime（一角硬幣）+ n + sion = dimension，一角硬幣的「尺寸」。

BOOK
4

# *36.* dine

| | | | |
|---|---|---|---|
| * **dine** ³ | 〔 daɪn 〕 | *v.* | 用餐 |
| ** **dinner** ¹ | 〔 'dɪnɚ 〕 | *n.* | 晚餐 |
| ** **dinosaur** ² | 〔 'daɪnə,sɔr 〕 | *n.* | 恐龍 |
| | | | |
| * **dip** ³ | 〔 dɪp 〕 | *v.* | 沾 |
| * **diploma** ⁴ | 〔 dɪ'plomə 〕 | *n.* | 畢業證書 |
| **diplomacy** ⁶ | 〔 dɪ'ploməsɪ 〕 | *n.* | 外交 |
| | | | |
| ** **diplomat** ⁴ | 〔 'dɪplə,mæt 〕 | *n.* | 外交官 |
| **diplomatic** ⁶ | 〔 ,dɪplə'mætɪk 〕 | *adj.* | 外交的 |
| **diminish** ⁶ | 〔 də'mɪnɪʃ 〕 | *v.* | 減少 |

BOOK
**4**

【記憶技巧】

從上一回的「尺寸」(dimension)，想到小孩子要用小尺寸的餐具「用餐」(dine)，否則他們吃「晚餐」(dinner)會不方便，會像「恐龍」(dinosaur)一樣吵鬧，「沾」(dip)醬油弄髒衣服。他們不會禮儀，即使拿到了「畢業證書」(diploma)，也不能從事「外交」(diplomacy)，當「外交官」(diplomat)要學「外交的」(diplomatic)禮儀，才能「減少」(diminish)文化衝突。

1. dine *v.* 用餐 ( = *eat* )
   I *dined* in town. (我在城裡吃飯。)

2. dinner *n.* 晚餐 ( = *a meal taken in the evening* )
   dine (用餐) – e + ner = dinner

3. dinosaur　*n.* 恐龍（= *a large frightening animal that lived a very long time ago but now is extinct*）

用諧音記很簡單：「呆腦獸」。

這個字可以拿來形容人，表示「迂腐落伍的人」。

4. dip　*n.* 沾；浸（= *immerse*）

She *dipped* her handkerchief in the cool water.

（她把手帕進入冷水中。）

5. diploma　*n.* 畢業證書（= *a document showing that you have completed a course of your education*）；文憑

這個字用字根不好記，諧音記看看：「抵破樓嗎」，一張「文憑」可以抵一棟破樓嗎？

6. diplomacy　*n.* 外交（= *negotiation between nations*）

diploma（畢業證書）+ cy = diplomacy，做外交要「畢業證書」。

Dealing with other countries requires the art of *diplomacy*.（和其他國家交涉需要外交的技巧。）

7. **diplomat**　*n.* 外交官（= *an official engaged in international negotiations*）

diploma（畢業證書）+ t（人）= diplomat

8. diplomatic　*adj.* 外交的（= *relating to or characteristic of diplomacy*）

diplomat（外交官）+ ic（*adj.*）= diplomatic

The two countries severed their *diplomatic* relations.

（這兩個國家斷絕了外交關係。）

9. **diminish**　*v.* 減少（= *decrease*）

dim（昏暗的）+ in + ish（*v.*）= diminish，在昏暗裡，因為燈光「減少」。

# *1. direct*

| | | |
|---|---|---|
| *direct* [1] | ( dəˈrɛkt ) | *adj.* 直接的 |
| *direction* [2] | ( dəˈrɛkʃən ) | *n.* 方向 |
| *director* [2] | ( dəˈrɛktə ) | *n.* 導演 |
| | | |
| directory [6] | ( dəˈrɛktərɪ ) | *n.* 電話簿 |
| *dirt* [3] | ( dɝt ) | *n.* 污垢 |
| *dirty* [1] | (ˈdɝtɪ ) | *adj.* 髒的 |
| | | |
| disable [6] | ( dɪsˈebḷ ) | *v.* 使失去能力 |
| disability [6] | (ˌdɪsəˈbɪlətɪ ) | *n.* 無能力 |
| *disadvantage* [4] | (ˌdɪsədˈvæntɪdʒ ) | *n.* 缺點 |

【記憶技巧】

　　　　她是個很「直接的」( direct ) 人，她人生的「方向」( direction ) 就是想成為演員，於是她想找一位知名的「導演」( director ) 幫她。翻開「電話簿」( directory )，打電話約好面試，導演發現她滿臉「污垢」( dirt )，又「髒」( dirty ) 又臭，這「使」她「失去」當演員的「能力」( disable )，而且講話也不委婉，成了「缺點」( disadvantage )。

1. **direct** *adj.* 直接的 ( = *straight* )

   di (*apart*) + rect (*right*) = direct，離開時走正確的路，就是走「直接的」路。

2. **direction** *n.* 方向（= *way*）

   direct（直接的）+ ion (*n.*) = direction
   in all directions  向四面八方
   The people fled *in all directions*.（人群向四面八方逃走。）

3. **director** *n.* 導演（= *someone who is in charge of making a film*）

   direct（直接的）+ or（人）= director

4. **directory** *n.* 電話簿（= *phone book*）

   direct（直接的）+ ory (*n.*) = directory，找到一個人最直接
   的方式就是找「電話簿」打電話給他。

5. **dirt** *n.* 污垢（= *filth*）

6. **dirty** *adj.* 髒的（= *filthy*）

7. **disable** *v.* 使失去能力（= *paralyze*）

   ```
   dis + able
    |     |
   剝奪 + 能夠…的
   ```
   剝奪一個人的能力，就是「使失去能力」。

8. **disability** *n.* 無能力（= *incapacity*）

   dis（剝奪）+ ability（能力）= disability
   Facilities for people with *disabilities* are still inadequate.
   （給殘障人士的設施仍然不足。）

9. **disadvantage** *n.* 缺點（= *weakness*）；不利的條件

   dis（剝奪）+ advantage（優勢）= disadvantage，被剝奪
   了優勢，就是「不利的條件」。
   at a disadvantage  處於不利地位的
   Anyone not familiar with computers is *at a* serious
   *disadvantage*.（任何不熟悉電腦的人都處於非常不利的地位。）

# *2. disagree*

| | | | |
|---|---|---|---|
| * **disagree** [2] | 〔͵dɪsəˈgri 〕 | v. | 不同意 |
| * **disagreement** [2] | 〔͵dɪsəˈgrimənt 〕 | n. | 意見不合 |
| * **disappear** [2] | 〔͵dɪsəˈpɪr 〕 | v. | 消失 |
| * **disappoint** [3] | 〔͵dɪsəˈpɔɪnt 〕 | v. | 使失望 |
| * **disappointment** [3] | 〔͵dɪsəˈpɔɪntmənt 〕 | n. | 失望 |
| **disapprove** [6] | 〔͵dɪsəˈpruv 〕 | v. | 不贊成 |
| * **disaster** [4] | 〔 dɪzˈæstɚ 〕 | n. | 災難 |
| **disastrous** [6] | 〔 dɪzˈæstrəs 〕【注意發音】 | adj. | 悲慘的 |
| **disbelief** [5] | 〔͵dɪsbəˈlif 〕 | n. | 不信 |

【記憶技巧】

從上一回的「不利的條件」( disadvantage )，想到如果婚姻有不利的條件，夫妻會「不同意」( disagree ) 彼此的想法，就會「意見不合」( disagreement )，「消失」( disappear ) 不見，這「使」彼此「失望」( disappoint )，身旁好友都「不贊成」( disapprove ) 這個做法，因為這對婚姻來說是場「災難」( disaster )，彼此之間只剩「不信」( disbelief )。

**BOOK 5**

1. **disagree** v. 不同意 ( = *differ in opinion* )
   dis (*not*) + agree ( 同意 ) = disagree
   disagreeable *adj.* 不合意的

2. **disagreement** n. 意見不合 ( = *argument* )
   disagree ( 不同意 ) + ment (*n.*) = disagreement

Money is a source of ***disagreement*** for many couples.
（錢是許多夫妻意見不合的源頭。）

3. **disappear** *v.* 消失（= *vanish*）
dis（*not*）+ appear（出現）= disappear

disappear into thin air　不知去向；消失得無影無蹤
Police say the suspect seems to have ***disappeared into thin air***.（警方說嫌疑犯似乎已經消失得無影無蹤。）

4. **disappoint** *v.* 使失望（= *let down*）
dis（*not*）+ appoint（指派；任命）= disappoint，沒被指派到任務，「使」人「失望」。

5. **disappointment** *n.* 失望（= *dejection*）
disappoint（使失望）+ ment（*n.*）= disappointment

to *one's* disappointment　令某人失望的是
***To our disappointment***, Jason told a lie again.
（令我們失望的是，傑森又說謊。）

6. **disapprove** *v.* 不贊成（= *object to*）
dis（*not*）+ approve（贊成）= disapprove
disapprove of　不贊成（↔ approve of　贊成）
disapproval　*n.* 不贊成

7. **disaster** *n.* 災難（= *catastrophe*）
這個字記諧音：弟殺死他，是場「災難」。

8. **disastrous** *adj.* 悲慘的（= *tragic*）【注意拼字】
disaster（災難）– e + ous（*adj.*）= disastrous

9. **disbelief** *n.* 不信（= *mistrust*）；懷疑（= *doubt*）
dis（*not*）+ belief（信仰；信任）= disbelief

# *3. discard*

| | | | |
|---|---|---|---|
| * **discard** 5 | 〔 dɪsˈkɑrd 〕 | v. | 丟棄 |
| **discharge** 6 | 〔 dɪsˈtʃɑrdʒ 〕 | v. | 解雇 |
| **disciple** 5 | 〔 dɪˈsaɪpḷ 〕 | n. | 弟子 |
| | | | |
| * **discipline** 4 | 〔ˈdɪsəplɪn 〕 | n. | 紀律 |
| **disciplinary** 6 | 〔ˈdɪsəplɪn͵ɛrɪ 〕 | adj. | 紀律的 |
| **disclose** 6 | 〔 dɪsˈkloz 〕 | v. | 洩漏 |
| | | | |
| * **disco** 3 | 〔ˈdɪsko 〕 | n. | 迪斯可舞廳 |
| **discomfort** 6 | 〔 dɪsˈkʌmfɚt 〕 | n. | 不舒服 |
| * **disconnect** 4 | 〔͵dɪskəˈnɛkt 〕 | v. | 切斷 |

【記憶技巧】

　　從上一回的「不信」( disbelief )，想到師父不信任他人，想要「丟棄」( discard ) 並「解雇」( discharge ) 不聽話的「弟子」( disciple )，因為他們沒有「紀律」( discipline )，「洩漏」( disclose ) 祕密，還跑去「迪斯可舞廳」( disco ) 玩了整夜，所以身體「不舒服」( discomfort )，師父必須要和他們「切斷」( disconnect ) 關係。

1. discard　*v.* 丟棄 ( = *throw away* )
   dis (*away*) + card ( 卡片 ) = discard，丟掉卡片，就是「丟棄」。
   discard = desert = forsake = abandon

2. discharge　*v.* 解雇 ( = *fire* )
   dis (*not*) + charge ( 索費 ) = discharge，「解雇」員工，他就不再跟你要薪資。

3. **disciple** *n.* 弟子；門徒（= *follower*）；追隨者
這個字記諧音：弟賽缽，「弟子」要比賽誰的缽有比較多的錢。

4. **discipline** *n.* 紀律（= *control*）；訓練（= *training*）
disciple（弟子）– e + ine = discipline，弟子要排成一條線，
這就是「紀律」，所以這個字最後是 line。
The strict teacher demanded *discipline* in the classroom.
（那位嚴格的老師要求課堂上有要紀律。）

5. **disciplinary** *adj.* 紀律的（= *relating to discipline in*
*behavior*）
discipline（紀律）– e + ary（*adj.*）= disciplinary

6. **disclose** *v.* 洩漏（= *reveal*）
dis（*apart*）+ close（關閉）= disclose，把關閉的東西打
開，就是「洩漏」。

7. **disco** *n.* 迪斯可舞廳（= *a place where people dance to*
*popular music*）；迪斯可舞會；迪斯可音樂；迪斯可舞曲
disc（CD 唱片）+ o = disco，「迪斯可舞廳」播放 CD 讓人跳舞。
I am going to the *disco* party.（我要去參加迪斯可舞會。）

8. **discomfort** *n.* 不舒服（= *uncomfortableness*）
dis（*not*）+ comfort（舒服）= discomfort
He suffered from some *discomfort*, but no real pain.
（他不太舒服，但不是真的感到痛。）

9. **disconnect** *v.* 切斷（= *shut off*）
dis（*not*）+ connect（連結）= disconnect，無法連結就是
「切斷」。

BOOK
5

# *4. discourage*

| | | |
|---|---|---|
| * **discourage** [4] | ﹝ dɪsˈkɝɪdʒ ﹞ | v. 使氣餒 |
| * **discouragement** [4] | ﹝ dɪsˈkɝɪdʒmənt ﹞ | n. 氣餒 |
| * **discount** [3] | ﹝ˈdɪskaʊnt ﹞ | n. 折扣 |
| ** **discover** [1] | ﹝ dɪˈskʌvɚ ﹞ | v. 發現 |
| * **discovery** [3] | ﹝ dɪˈskʌvərɪ ﹞ | n. 發現 |
| **discreet** [6] | ﹝ dɪˈskrit ﹞ | adj. 謹慎的 |
| **discriminate** [5] | ﹝ dɪˈskrɪməˌnet ﹞ | v. 歧視 |
| **discrimination** [6] | ﹝ dɪˌskrɪməˈneʃən ﹞ | n. 歧視 |
| * **disguise** [4] | ﹝ dɪsˈɡaɪz ﹞ | v. n. 偽裝 |

【記憶技巧】

從上一回的「切斷」(disconnect)，想到和情人切斷關係「使」人「氣餒」(discourage)，但是更令人趕到「氣餒」(discouragement) 的是，去百貨公司想要買有「折扣」(discount) 的東西，卻「發現」(discover) 所有的東西都是原價。花錢很「謹慎」(discreet)，卻招來店員的「歧視」(discriminate)，認為我們「偽裝」(disguise) 成有錢人。

1. **discourage** v. 使氣餒 ( = *dishearten* )

   dis (*away*) + courage (勇氣) = discourage，使失去勇氣，就是「使氣餒」。

2. **discouragement** n. 氣餒 ( = *disheartenment* )

   discourage (使氣餒) + ment (*n.*) = discouragement

She expressed *discouragement* over the difficulty of finding a good job. ( 她感到氣餒，因為很難找到一份好工作。 )

3. discount *n.* 折扣 ( = *cut price* )
dis (*away*) + count ( 算 ) = discount，一些不算，就是「折扣」。

4. **discover** *v.* 發現 ( = *find out* )

dis + cover
  |      |
剝奪 + 覆蓋
把蓋子拿走，就會「發現」。

5. **discovery** *n.* 發現 ( = *finding* )
discover ( 發現 ) + y (*n.*) = discovery

6. **discreet** *adj.* 謹慎的 ( = *cautious* )
dis (*apart*) + creet (*separate*) = discreet，一個一個分開，要很「謹慎」。這一個字和 discrete 的發音和字根分析都一樣，一個一個分開，表示「個別的」。

7. **discriminate** *v.* 歧視 ( = *treat differently* )

dis + crimin + ate
  |      |      |
*apart* + *space* + *v.*
彼此有空間，就是「歧視」。

8. **discrimination** *n.* 歧視 ( = *bias* )
discriminate ( 歧視 ) – e + ion (*n.*) = discrimination

9. **disguise** *v. n.* 偽裝 ( = *camouflage* 〔ˈkæməˌflɑʒ〕 )
這個字記諧音：弟撕蓋子，弟弟把「偽裝」的蓋子撕掉。
A blessing in *disguise*. 【諺】偽裝的祝福；因禍得福；塞翁失馬，焉知非福。

BOOK 5

# 5. *discuss*

| | | | |
|---|---|---|---|
| **discuss** [2] | 〔 dɪ'skʌs 〕 | *v.* | 討論 |
| **discussion** [2] | 〔 dɪ'skʌʃən 〕 | *n.* | 討論 |
| **disease** [3] | 〔 dɪ'ziz 〕 | *n.* | 疾病 |
| **disgrace** [6] | 〔 dɪs'gres 〕 | *n.* | 恥辱 |
| **disgraceful** [6] | 〔 dɪs'gresfəl 〕 | *adj.* | 可恥的 |
| **disgust** [4] | 〔 dɪs'gʌst 〕 | *v.* | 使厭惡 |
| **dish** [1] | 〔 dɪʃ 〕 | *n.* | 盤子 |
| **disk** [3] | 〔 dɪsk 〕 | *n.* | 光碟 |
| **dismantle** [6] | 〔 dɪs'mæntl̩ 〕 | *v.* | 拆除 |

【記憶技巧】

從上一回的「偽裝」(disguise)，想到有人想偽裝一切，但是街頭巷尾都在「討論」(discuss)他染上了奇怪的「疾病」(disease)，他感到「恥辱」(disgrace)，覺得自己是「可恥的」(disgraceful)，讓人「厭惡」(disgust)，大家不願意跟他共用「盤子」(dish)，他只好自己在家獨自看「光碟」(disk)，心中忿忿不平想要「拆除」(dismantle)鄰居的房子。

BOOK

**5**

1. **discuss** *v.* 討論 ( = *talk about* )
   dis (*apart*) + cuss (*strike*) = discuss，事情打碎，就是「討論」。

2. **discussion** *n.* 討論 ( = *talk* )
   discuss (討論) + ion (*n.*) = discussion
   under discussion 討論中

3. **disease** *n.* 疾病（= *illlness*）
   dis (*without*) + ease（舒服）= disease，不舒服，因爲罹患了「疾病」。
   disease = illness = complaint = disorder = ailment

4. **disgrace** *n.* 恥辱（= *shame*）
   dis (*without*) + grace（優雅）= disgrace，沒有了優雅，感到「恥辱」。
   I have brought ***disgrace*** upon my family.（我讓家人蒙羞。）

5. **disgraceful** *adj.* 可恥的（= *shameful*）
   disgrace（恥辱）+ ful (*adj.*) = disgraceful

6. **disgust** *v.* 使厭惡（= *sicken*）
   dis (*without*) + gust (*taste*) = disgust，沒有品味，「使」人「厭惡」。
   His behavior ***disgusted*** me.（他的行爲使我厭惡。）

7. **dish** *n.* 盤子（= *plate*）；菜餚（= *food*）
   do the dishes 洗碗

8. **disk** *n.* 光碟（= *disc*）
   CD 就是 compact disc（小型光碟）的縮寫。
   【compact（ˈkɑmpækt）*adj.* 小型的】

9. **dismantle** *v.* 拆除（= *take down*）

   | dis  +  mantle |
   | :---: |
   | *away* +  *cloak* |

   把覆蓋物拿掉，就是「拆除」。
   mantle（ˈmæntl̩）*n.* 斗蓬；覆蓋物。

   The old building was ***dismantled***.
   （那老舊的建築物被拆除了。）

# 6. *dispense*

| | | |
|---|---|---|
| **dispense** [5] | ﹝dɪˋspɛns﹞ | v. 分發 |
| **dispensable** [6] | ﹝dɪˋspɛnsəbl̩﹞ | adj. 可有可無的 |
| **dispatch** [6] | ﹝dɪˋspætʃ﹞ | v. 派遣 |
| **dispose** [5] | ﹝dɪˋspoz﹞ | v. 處置 |
| **disposal** [6] | ﹝dɪˋspozl̩﹞ | n. 處理 |
| **disposable** [6] | ﹝dɪˋspozəbl̩﹞ | adj. 用完即丟的 |
| *** display** [2] | ﹝dɪˋsple﹞ | v. n. 展示 |
| **displace** [6] | ﹝dɪsˋples﹞ | v. 取代 |
| **displease** [6] | ﹝dɪsˋpliz﹞ | v. 使不高興 |

【記憶技巧】

　　延續上一回想「拆除」(dismantle) 鄰居的房子後，他被「分發」(dispense) 了一個他覺得「可有可無的」(dispensable) 工作，被「派遣」(dispatch) 去「處置」(dispose)「用完即丟的」(disposable) 垃圾，並向大眾「展示」(display) 回收垃圾的成果，他覺得自己的工作容易被「取代」(displace)，這「使」他「不高興」(displease)。

1. dispense v. 分發 ( = *distribute* )；分配；給與；施與
   dis (*apart*) + pense (*weigh*) = dispense，分開秤重，要先「分發」。
   The Red Cross ***dispensed*** food and clothing to the sufferers.
   ( 紅十字會發食物與衣服給受難者。)

2. dispensable adj. 可有可無的 ( = *unnecessary* )
   dispense ( 分發 ) – e + able ( 可以…的 ) = dispensable
   相反詞是 indispensable ( 不可或缺的 )。

3. dispatch　*v.* 派遣（= *send off*）

dis（*away*）+ patch（修補）= dispatch，「派遣」出去修補東西；也可以背諧音：patch 唸成「派去」。

4. **dispose**　*v.* 處置（= *arrange*）

> dis　+ pose
> ｜　　　｜
> *away* + *put*　　放到其他地方，就是「處置」。

Man proposes, God ***disposes***.（【諺】謀事在人，成事在天。）

5. disposal　*n.* 處理（= *getting rid of something*）

dispose（處置）– e + al（*n.*）= disposal

Waste ***disposal*** is a major problem.

（垃圾處理是一項重大的問題。）

6. **disposable**　*adj.* 用完即丟的（= *throwaway*）

dispose（處置）– e + able（可以…的）= disposable

disposable diapers　紙尿布

7. **display**　*v. n.* 展示（= *show*）

dis（*apart*）+ play（*fold*）= display，折開，就是「展示」。

on display　展示的

8. **displace**　*v.* 取代（= *take the place of*）

dis（*away*）+ place（放）= displace，放到其他地方，就是「取代」。

9. **displease**　*v.* 使不高興（= *annoy*）

dis（*not*）+ please（使高興）= displease

# 7. *dissuade*

| | | | |
|---|---|---|---|
| **dissuade**[6] | 〔 dɪˈswed 〕 | *v.* | 勸阻 |
| **dissolve**[6] | 〔 dɪˈzɑlv 〕 | *v.* | 溶解 |
| **dissident**[6] | 〔ˈdɪsədənt 〕 | *n.* | 意見不同者 |
| **\*distant**[2] | 〔ˈdɪstənt 〕 | *adj.* | 遙遠的 |
| **\*distance**[2] | 〔ˈdɪstəns 〕 | *n.* | 距離 |
| **\*disturb**[4] | 〔 dɪˈstɝb 〕 | *v.* | 打擾 |
| **\*distinct**[4] | 〔 dɪˈstɪŋkt 〕 | *adj.* | 不同的 |
| **distinctive**[5] | 〔 dɪˈstɪŋktɪv 〕 | *adj.* | 獨特的 |
| **\*distinction**[5] | 〔 dɪˈstɪŋkʃən 〕 | *n.* | 差別 |

【記憶技巧】

從上一回的「使不高興」( displease )，想到讓你
不高興的事：當我要去「勸阻」( dissuade ) 並「化解」
( dissolve )「意見不同者」( dissident ) 之間的分歧，
他們卻跟我保持「遙遠的」( distant )「距離」( distance )，
不想被我「打擾」( disturb )。他們認爲他們跟別人是
「不同的」( distinct )、「獨特的」( distinctive )，以「差
別」( distinction ) 自豪。

BOOK
5

1. dissuade　*v.* 勸阻 ( = *deter* )
   dis (*against*) + suade (*advise*) = dissuade，勸告不要做，就
   是「勸阻」。

2. dissolve　*v.* 溶解 ( = *break up* )；化解 ( = *put an end to* )
   dis (*apart*) + solve ( 解決 ) = dissolve

3. dissident *n.* 意見不同者（= *a person who disagrees*）
   dis（*apart*）+ sid（*sit*）+ ent（人）= dissident，和你分
   開坐的人，就是「意見不同者」。
   前三個字都有兩個 s。

4. **distant** *adj.* 遙遠的（= *remote*）
   di(s)（*apart*）+ stan（*stand*）+ t（*adj.*）= distant

5. **distance** *n.* 距離（= *space*）
   di(s)（*apart*）+ stan（*stand*）+ ce（*n.*）= distance，分開
   站，就會有「距離」。

   at a distance　在稍遠的地方
   in the distance　在遠處

6. **disturb** *v.* 打擾（= *bother*）
   dis（強調）+ turn（*trouble*）= disturb，非常麻煩，就是
   「打擾」。

7. **distinct** *adj.* 不同的（= *different*）
   di(s)（*apart*）+ stinc（*sting*）+ t（*adj.*）= distinct，sting
   是「螫；刺」的意思，刺不到，表示處於「不同的」世界。

8. **distinctive** *adj.* 獨特的（= *unique*）
   distinct（不同的）+ ive（*adj.*）= distinctive，字尾變長，
   有加強的語氣，非常的不同，就變成「獨特的」。

9. **distinction** *n.* 差別（= *difference*）
   distinct（不同的）+ ion（*n.*）= distinction
   There were obvious ***distinctions*** between the two.
   （這兩者有明顯的差別。）

# *8. dive*

| | | | |
|---|---|---|---|
| *dive ³ | ﹝ daɪv ﹞ | v. | 潛水 |
| **divert** ⁶ | ﹝ daɪ'vɜt ﹞ | v. | 轉移 |
| **diversion** ⁶ | ﹝ daɪ'vɜʒən, də-, -ʃən ﹞ | n. | 轉移 |
| **diverse** ⁶ | ﹝ daɪ'vɜs, də- ﹞ | adj. | 各種的 |
| **diversify** ⁶ | ﹝ daɪ'vɜsə͵faɪ, də- ﹞ | v. | 使多樣化 |
| **diversity** ⁶ | ﹝ daɪ'vɜsətɪ, də- ﹞ | n. | 多樣性 |
| ** **divide** ² | ﹝ də'vaɪd ﹞ | v. | 劃分 |
| * **division** ² | ﹝ də'vɪʒən ﹞ | n. | 劃分 |
| * **divine** ⁴ | ﹝ də'vaɪn ﹞ | adj. | 神聖的 |

【記憶技巧】

從上一回的「差別」( distinction )，想到要體驗世界的差別，你可以去「潛水」( dive )，「轉移」( divert ) 注意力，這樣的「轉移」( diversion )，讓你能看到「各種的」( diverse ) 海洋生物，這「使」你的生活「多樣化」( diversify )，讓生活更有「多樣性」( diversity )。我們要好好的「劃分」( divide ) 我們的時間，時間的「劃分」( division ) 很重要，因為生命是「神聖的」( divine )。

1. dive　v. 潛水 ( = go underwater )

2. divert　v. 轉移 ( = turn away from )

| di | + | vert | |
|---|---|---|---|
| \| | | \| | 轉離原本的地方，就是「轉移」。 |
| from | + | turn | |

BOOK

**5**

3. diversion  *n.* 轉移；分散注意力（= *distraction*）；消遣
（= *pastime*）　　　divert（轉移）– t + sion (*n.*) = diversion
The party will make a pleasant *diversion*.
（這派對會是一個很愉快消遣。）

4. diverse  *adj.* 各種的（= *various*）；多元的
di (*apart*) + verse (*turn*) = diverse，轉開，會出現「各種的」。
My interests are *diverse*. （我的興趣很多元。）

5. diversify  *v.* 使多樣化（= *make diverse*）；開發（新產品）
diverse（多元的）– e + ify (*make*) = diversify
The company has been *diversifying* its products.
（這家公司持續開發新產品。）
diversification  *n.* 多角化經營

6. diversity  *n.* 多樣性（= *variety*）
diverse（多元的）– e + ity (*n.*) = diversity
biological diversity  生物多樣性

7. **divide**  *v.* 劃分（= *separate*）；分割
di (*apart*) + vide (*separate*) = divide
I *divided* the cake into four pieces. （我把蛋糕分成四塊。）

8. **division**  *n.* 劃分（= *separation*）；分配
divide（劃分）– de + sion (*n.*) = division  de 或 d 結尾的
動詞，遇到無聲的字尾 sion，為了容易發音，需要刪除。
the division of labor  分工

9. divine  *adj.* 神聖的（= *sacred*）
div (*god*) + ine (*adj.*) = divine
To err is human, to forgive *divine*. （【諺】犯錯是人，寬恕是神。）

# 9. dock

| | | | |
|---|---|---|---|
| *dock [3] | ( dɑk ) | n. | 碼頭 |
| ‡‡‡doctor [1] | ('dɑktɚ ) | n. | 醫生 |
| doctrine [6] | ('dɑktrɪn ) | n. | 教條 |
| *document [5] | ('dɑkjəmənt ) | n. | 文件 |
| documentary [6] | (,dɑkjə'mɛntərɪ ) | n. | 記錄片 |
| *dodge [3] | ( dɑdʒ ) | v. n. | 躲避 |
| ‡‡doll [1] | ( dɑl ) | n. | 洋娃娃 |
| ‡‡dollar [1] | ('dɑlɚ ) | n. | 元 |
| ‡‡dolphin [2] | ('dɑlfɪn ) | n. | 海豚 |

【記憶技巧】

從上一回的「神聖的」( divine )，想到被分配的工作
很神聖，是要在「碼頭」( dock ) 當「醫生」( doctor )，
拯救沿海的難民是行醫的「教條」( doctrine )，需要製作
醫療「文件」( document ) 和「紀錄片」( documentary )，
還可以「躲避」( dodge ) 城市的喧囂。跟岸邊的攤販買
「洋娃娃」( doll ) 花了一百「元」( dollar )，坐在岸邊看
「海豚」( dolphin )。

1. dock　n. 碼頭 ( = port )

2. doctor　n. 醫生 ( = physician )；博士
   doct (teach) + or ( 人 ) = doctor，「醫生」教導你克服疾病。

BOOK 5

3. doctrine  *n.* 教條（＝*creed*〔krid〕）；教義；信條

   doctor（醫生）－ o ＋ ine (*n.*) ＝ doctrine

4. **document**  *n.* 文件（＝*a written statement*）

   > docu ＋ ment
   >    |       |
   > teach ＋ *n.*
   >
   > 作爲教導的工具，就是「文件」。

5. documentary  *n.* 記錄片（＝*a film presenting the facts about a person or event*）

   document（文件）＋ ary (*adj. n.*) ＝ documentary，文件可以做成「記錄片」。

6. dodge  *v. n.* 躲避（＝*avoid*）

   記諧音：躲去，就是「躲避」。

   dodge ball  躲避球遊戲

7. doll  *n.* 洋娃娃（＝*a children's toy in the shape of a small person*）

8. dollar  *n.* 元（＝*the standard unit of currency*）

   doll（洋娃娃）＋ ar ＝ dollar，洋娃娃要 100「元」。

   New Taiwan Dollar  新台幣（＝*NT\$*）

9. dolphin  *n.* 海豚（＝*a large sea animal with a long nose*）

   dolphin

   dolphin 源自希臘文 womb〔wum〕*n.* 子宮，因爲「海豚」是哺乳類，被視爲是有子宮的魚。

# 10. *donate*

| | | | |
|---|---|---|---|
| **donate** [6] | ( 'donet ) | v. | 捐贈 |
| **donation** [6] | ( do'neʃən ) | n. | 捐贈 |
| **donor** [6] | ( 'donə ) | n. | 捐贈者 |
| | | | |
| *__dominate__ [4] | ( 'damə,net ) | v. | 控制 |
| *__dominant__ [4] | ( 'damənənt ) | adj. | 支配的 |
| *__domestic__ [3] | ( də'mɛstɪk ) | adj. | 國內的 |
| | | | |
| **dome** [6] | ( dom ) | n. | 圓頂 |
| **doom** [6] | ( dum ) | v. | 註定 |
| *__donkey__ [2] | ( 'daŋkɪ ) | n. | 驢子 |

【記憶技巧】

　　從上一回的「海豚」( dolphin )，想到牠是由外國所「捐贈」( donate )，這「捐贈」( donation ) 表示了「捐贈者」( donor ) 的善意。海豚到我國之後，就由政府所「支配」( dominate )，海豚受到全國的關注，具有「支配的」( dominant ) 影響力，因此政府特地找了一個「國內的」( domestic ) 有「圓頂」( dome ) 的海洋公園，交由專業人士照顧。爲了回禮，政府選了一個命中「註定」( doom ) 作爲禮物的「驢子」( donkey )。

1. donate　v. 捐贈 ( = *give* )

　　don (*give*) + ate (*v.*) = donate，給出去，就是「捐贈」。

BOOK
**5**

2. **donation** *n.* 捐贈（= *offering*）；捐款
   donate（捐贈）– e + ion (*n.*) = donation
   Employees make regular ***donations*** to charity.
   （員工定期捐款給慈善機構。）

3. donor *n.* 捐贈者（= *giver*）
   don (*give*) + or（人）= donor，給的人，就是「捐贈者」。

4. **dominate** *v.* 控制（= *control*）；支配

   > domin + ate
   > │      │
   > *rule* +  *v.*

   統治，就是「支配」。

   As a boy, he was ***dominated*** by his mother.
   （他還是個小男孩的時候，受他的母親控制。）

5. dominant *adj.* 支配的（= *controlling*）；佔優勢的；統治的；
   最有勢力的（= *powerful*）
   domin (*rule*) + ant (*adj.*) = dominant
   She was a ***dominant*** figure in the film industry.
   （她在電影業很有勢力。）

6. **domestic** *adj.* 國內的（= *home*）；家庭的
   dome（圓頂）+ stic (*adj.*) = domestic，治「國」如治
   「家」，所以兩個意思相通。

7. dome *n.* 圓頂（= *a hemispherical roof*）
   dom (*house*) + e = dome，古代很多房子都有「圓頂」。

8. doom *v.* 註定（= *destine* (ˈdɛstɪn)）

   > be doomed to V. 註定～（= *be destined to V.*）

9. donkey *n.* 驢子（= *ass*）
   把 monkey（猴子）的 m 改成 d 就可以了。

donkey

# *11. doorstep*

| | | | |
|---|---|---|---|
| **doorstep** [5] | (ˈdɔrˌstɛp ) | *n.* | 門階 |
| **doorway** [5] | (ˈdɔrˌwe ) | *n.* | 門口 |
| *** dormitory** [4,5] | (ˈdɔrməˌtorɪ ) | *n.* | 宿舍 |
| *** dose** [3] | ( dos ) | *n.* | (藥的)一劑 |
| **dosage** [6] | (ˈdosɪdʒ ) | *n.* | 劑量 |
| **dough** [5] | ( do ) | *n.* | 麵糰 |
| ** **doughnut** [2] | (ˈdoˌnʌt ) | *n.* | 甜甜圈 |
| ** **doubt** [2] | ( daʊt ) | *v. n.* | 懷疑 |
| * **doubtful** [3] | (ˈdaʊtfəl ) | *adj.* | 懷疑的 |

【記憶技巧】

　　從上一回的「驢子」(donkey)，想到當學生就像驢子背著
很重的書包，笨重地踏上「門階」(doorstep)，走到「門口」
(doorway)，進「宿舍」(dormitory)，吃了「一劑」(dose)
提神藥，這樣的「劑量」(dosage)配上一個「麵糰」(dough)
做的「甜甜圈」(doughnut)作為宵夜，準備通宵唸書。但是
居然感到很睏，我「懷疑」(doubt)提神藥是否已經過期了。

1. doorstep　*n.* 門階 ( = *a step leading to a door* )
　　door (門) + step (階梯) = doorstep

2. doorway　*n.* 門口 ( = *an opening into a building* )
　　door (門) + way (路) = doorway，有門的路，就是「門口」。

doorstep

3. **dormitory** *n.* 宿舍（= *dorm*）

   dormit (*sleep*) + ory（地點）= dormitory，睡覺的地點，就是「宿舍」。

4. **dose** *n.*（藥的）一劑（= *a measured portion of medicine*）

   諧音：多死，「藥的一劑」太多會死。

   If you are in pain, increase the ***dose*** of painkillers.

   （如果你感到痛，就增加止痛藥的劑量。）

5. **dosage** *n.* 劑量（= *the amount of medicine to be given*）

   dose（藥的一劑）- e + age (*n.*) = dosage

6. **dough** *n.* 麵糰（= *a thick mixture of flour and water*）

7. **doughnut** *n.* 甜甜圈（= *a round sweet food in the shape of a ring*）

   dough（麵糰）+ nut（堅果）= doughnut

   **doughnut**

8. **doubt** *v. n.* 懷疑（= *be uncertain*）；不相信（= *distrust*）

   > dou + bt
   >   |    |
   > two + *v.*

   有兩種想法，就是「懷疑；不相信」。
   用 double（兩倍），去聯想。

   t 前面的 b 不發音，因為 t 為無聲子音，b 為有聲子音，不容易發音，如：subtle〔'sʌtl〕*adj.* 微妙的，debt〔dɛbt〕*n.* 債務。
   【詳見「文法寶典」第一冊附錄 p–34. 不發音的字母】

9. **doubtful** *adj.* 懷疑的（= *uncertain*）

   doubt（懷疑）+ ful (*adj.*) = doubtful

   I am ***doubtful*** about his honesty.

   （我很懷疑他的誠信。）

# *12. drag*

| | | | |
|---|---|---|---|
| *drag [2] | ( dræg ) | v. | 拖 |
| *dragon [2] | ('drægən ) | n. | 龍 |
| *dragonfly [2] | ('drægən,flaɪ ) | n. | 蜻蜓 |
| *drain [3] | ( dren ) | n. | 排水溝 |
| *drama [2] | ('drɑmə , 'dræmə ) | n. | 戲劇 |
| *dramatic [3] | ( drə'mætɪk ) | adj. | 戲劇的 |
| *draw [1] | ( drɔ ) | v. | 拉 |
| *drawer [2] | ( drɔr ) | n. | 抽屜 |
| drawback [6] | ('drɔ,bæk ) | n. | 缺點 |

【記憶技巧】

　　從上一回的「懷疑的」( doubtful )，想到自己懷疑地看著天空，飛機飛過，「拖」( drag ) 曳出一長條像「龍」( dragon ) 的雲朵；往地面看，正有「蜻蜓」( dragonfly ) 在「排水溝」( drain ) 旁飛舞。這一切的景象，就像「戲劇」( drama ) 一般。看到如此「戲劇的」( dramatic ) 景象，我「拉」( draw ) 出「抽屜」( drawer )，拿出相機，拍了一張毫無「缺點」( drawback ) 的相片。

1. **drag** *v.* 拖 ( = *pull* )

2. **dragon** *n.* 龍 ( = *a mythical beast* )

　　drag ( 拖 ) + on = dragon

dragon

BOOK 5

3. dragonfly  *n.* 蜻蜓（*= a kind of insect with a long body and double wings*）
   dragon（龍）+ fly（飛）= dragonfly

4. drain  *n.* 排水溝（*= ditch*）  *v.* 排出⋯的水（*= draw off a liquid*）  d + rain（雨）= drain
   go / be down the drain  化爲烏有；被浪費；白費

5. drama  *n.* 戲劇（*= play*）
   諧音：抓罵，突然被抓去罵了一頓，像「戲劇」一般。

6. dramatic  *adj.* 戲劇的（*= theatrical*）；誇張的
   （*= exaggerated*）
   drama（戲劇）+ tic (*adj.*) = dramatic
   副詞是 dramatically  *adv.* 戲劇性地；相當大地。

7. **draw**  *v.* 拉（*= pull*）；畫（*= make a picture*）；吸引
   （*= attract*）
   draw *one's* attention  吸引某人的注意力
   **The celebrity *drew everyone's attention*.**
   （那位名人吸引了大家的注意。）

8. drawer  *n.* 抽屜（*= a boxlike container*）；製圖者
   draw（拉）+ er = drawer，從桌子拉出來，就是「抽屜」。

9. drawback  *n.* 缺點（*= disadvantage*）
   draw（拉）+ back（往回）= drawback  「缺點」會拉住你，
   無法往前走。7000 字裡面的「缺點」還有：flaw〔flɔ〕，
   shortcoming〔ˈʃɔrtˌkʌmɪŋ〕，weakness〔ˈwiknɪs〕

# *13. dress*

| | | | |
|---|---|---|---|
| **dress** [2] | 〔 drɛs 〕 | *n.* | 衣服 |
| **dresser** [5] | 〔'drɛsɚ 〕 | *n.* | 梳妝台 |
| **dressing** [5] | 〔'drɛsɪŋ 〕 | *n.* | 調味醬 |
| **dread** [4] | 〔 drɛd 〕 | *v.* | 害怕 |
| **dreadful** [5] | 〔'drɛdfəl 〕 | *adj.* | 可怕的 |
| **drawing** [2] | 〔'drɔɪŋ 〕 | *n.* | 圖畫 |
| **dream** [1] | 〔 drim 〕 | *n.* | 夢 |
| **dreary** [6] | 〔'drɪrɪ 〕【注意發音】 | *adj.* | （天氣）陰沉的 |
| **drift** [4] | 〔 drɪft 〕 | *v.* | 漂流 |

【記憶技巧】

從上一回的「抽屜」（drawer），想到從衣櫃的抽屜拿出「衣服」（dress），再從「櫥櫃」（dresser）拿出配件搭配。出門去吃晚餐把「調味醬」（dressing）沾到衣服上，「害怕」（dread）沾醬會留下「可怕的」（dreadful）「圖畫」（drawing），嚇得我從這「夢」（dream）醒過來，看著窗外「陰沈的」（dreary）天氣，樹葉掉落在河裡「漂流」（drift）。

1. dress *n.* 衣服（= *clothing*）；洋裝

2. dresser *n.* 梳妝台（= *dressing table*）；帶鏡衣櫃
   （= *a low chest of drawers often supporting a mirror and typically used for holding clothes and personal items*）
   dress（衣服）+ er = dresser

dresser

BOOK 5

3. dressing　*n.* 調味醬（= *sauce* ）；穿衣；打扮

   dress（衣服）+ ing = dressing，「調味醬」是食物的衣服，添加色彩和味道。

   dressing room（與臥室相連的）更衣室

4. dread　*v.* 害怕（= *fear* ）

   d + read（讀書）= dread，很多人「害怕」讀書。

5. **dreadful** *adj.* 可怕的（= *fearful* ）；糟透了的；非常討厭的

   dread（害怕）+ ful（*adj.*）= dreadful

   What a *dreadful* noise!（多麼可怕的噪音！）

6. drawing　*n.* 圖畫（= *picture* ）

   draw（畫）+ ing（*n.*）= drawing

7. dream　*n.* 夢（= *a series of mental images occurring during sleep* ）

   dream a dream　做了一個夢　　dream of　夢想

   I have always *dreamed of* going to Egypt.

   （我一直夢想著去埃及。）

8. **dreary** *adj.* （天氣）陰沉的（= *depressing* ）；無聊的（= *boring* ）；令人沮喪的

   這個字有三種唸法：〔ˈdrɪrɪ, ˈdrɪrɪ, ˈdrɛrɪ 〕

   諧音：追憶，當「天氣陰沈，無聊的」時候，就會開始追憶以前的事情。

   What a dreary day!（多麼陰沈的天氣！）

9. drift　*v.* 漂流（= *float* ）

   諧音：墜浮的，墜落的樹葉浮在河流上「漂流」。

# 14. drive

| | | | |
|---|---|---|---|
| ‡‡**drive** [1] | 〔 draɪv 〕 | v. | 開車 |
| ‡‡**driver** [1] | 〔'draɪvə 〕 | n. | 駕駛人 |
| **driveway** [5] | 〔'draɪv,we 〕 | n. | 私人車道 |
| | | | |
| ‡‡**drink** [1] | 〔 drɪŋk 〕 | v. | 喝 |
| *drill** [4] | 〔 drɪl 〕 | n. | 鑽孔機 |
| *drip** [3] | 〔 drɪp 〕 | v. | 滴下 |
| | | | |
| **drizzle** [6] | 〔'drɪzḷ 〕 | v. | 下毛毛雨 |
| ‡‡**drop** [2] | 〔 drɑp 〕 | v. | 落下 |
| **drought** [6] | 〔 draʊt 〕 | n. | 乾旱 |

【記憶技巧】

　　從上一回的「漂流」(drift)，想到四處漂流的我獨自「開車」(drive) 在高速公路上，沒有其他的「駕駛人」(driver)，像在「私人車道」(driveway) 上，邊「喝」(drink) 著飲料，邊看著路邊的工人用「鑽孔機」(drill) 建造新路。突然間，雨「滴下」(drip)，開始「下毛毛雨」(drizzle)，這「落下」(drop) 的及時雨，解救了「乾旱」(drought)。

1. drive  v. 開車 ( = *operate a vehicle* )；驅使 ( = *force* )
   drive *sb*. crazy  使某人發瘋
   The noise is ***driving me crazy***. ( 那噪音要讓我發瘋了。)

2. driver  *n.* 駕駛人 ( = *the operator of a motor vehicle* )
   drive ( 開車 ) + r ( 人 ) = driver

3. driveway  *n.* 私人車道 ( = *private road* )
   drive ( 開車 ) + way ( 路 ) = driveway，
   一個人開車走的路，就是「私人車道」。

driveway

4. drink  *v.* 喝 ( = *take in liquids* )   *n.* 飲料 ( = *beverage* )
   drink and drive  酒後駕車

5. drill  *n.* 鑽孔機 ( = *borer* )；練習 ( = *practice* )；演習  *v.* 鑽孔
   a fire drill  消防演習

6. drip  *v.* 滴下 ( = *fall in drops* )；充滿
   The rain was *dripping* from the eaves. ( 雨水正從屋簷滴落。)
   be dripping with  充滿
   He *is dripping with* sweat. ( 他汗如雨下。)

7. drizzle  *v.* 下毛毛雨 ( = *rain lightly* )
   dri ( 掉落 ) + zz ( 雨的樣子 ) + le ( 小 ) = drizzle，雨從窗外
   看出去，是 z 的樣子，其他像是 bli<u>zz</u>ard〔'blɪzəd〕*n.* 暴風雪。

8. drop  *v.* 落下 ( = *fall* )   *n.* 一滴
   dr ( 落下 ) + o ( 水滴的形狀 ) + p (「波」的擬聲音 ) = drop
   There was not a *drop* of water. ( 沒有一滴水。)

9. **drought**  *n.* 乾旱 ( = *water shortage* )
   dr ( 掉落 ) + ought ( 應該 ) = drought，應該要降雨了，因爲
   「乾旱」。
   反義字：flood〔flʌd〕*n.* 洪水

BOOK

5

# *15. duck*

| | | | |
|---|---|---|---|
| **duck** [1] | 〔 dʌk 〕 | *n.* | 鴨子 |
| **duckling** [1] | 〔'dʌklɪŋ 〕 | *n.* | 小鴨 |
| **dull** [2] | 〔 dʌl 〕 | *adj.* | 遲鈍的 |
| **dumb** [2] | 〔 dʌm 〕【注意發音】 | *adj.* | 啞的 |
| **dump** [3] | 〔 dʌmp 〕 | *v. n.* | 傾倒 |
| **dumpling** [2] | 〔'dʌmplɪŋ 〕 | *n.* | 水餃 |
| **dusk** [5] | 〔 dʌsk 〕 | *n.* | 黃昏 |
| **dust** [3] | 〔 dʌst 〕 | *n.* | 灰塵 |
| **dusty** [4] | 〔'dʌstɪ 〕 | *adj.* | 滿是灰塵的 |

【記憶技巧】

上一回的「乾旱」(drought)導致湖泊乾枯沒有「鴨子」(duck)和「小鴨」(duckling),人沒喝水,腦子變「遲鈍的」(dull),喉嚨「啞的」(dumb),沒有水可以「傾倒」(dump)給植物,和煮「水餃」(dumpling)。等到了「黃昏」(dusk),還是沒雨水,風一吹,「灰塵」(dust)揚起,臉上「滿是灰塵」(dusty)。

1. duck   *n.* 鴨子 ( = *a water bird with short legs* )
   The Rubber Duck 黃色小鴨【事實上是由 rubber ( 橡膠 ) 做成的】

2. duckling   *n.* 小鴨 ( = *a young duck* )
   duck ( 鴨 ) + ling ( 小 ) = duckling
   ugly duckling 醜小鴨

The Rubber Duck

BOOK

**5**

3. **dull** *adj.* 遲鈍的（= *insensitve* ）；笨的（= *stupid* ）
   All work and no play makes Jack a **dull** boy.
   （【諺】只工作不遊戲，會使人變遲鈍。）

4. **dumb** *v.* 啞的（= *mute* ）；笨的（= *stupid* ）
   諧音：當笨，當作是「笨的」。
   注意：字尾為 mb，b 不發音。
   play dumb 裝聾作啞；裝傻
   Don't **play dumb** with me.（別跟我裝傻。）

5. **dump** *v.* 傾倒（= *throw away* ）；拋棄（= *desert* ）
   John was **dumped** by his girlfriend.（約翰被他女友拋棄了。）
   dump 也可以當名詞。
   take a dump 上大號　　take a leak 上小號

6. **dumpling** *n.* 水餃（= *a ball of cooked dough* ）
   dump（傾倒）+ ling（小）= dumpling，傾倒在鍋子裡用水
   煮的小東西，就是「水餃」。

7. **dusk** *n.* 黃昏（= *sunset* ）
   at dusk 在黃昏時　　at dawn 在破曉時
   同義字還有：twilight〔'twaɪˌlaɪt〕*n.* 黃昏

8. **dust** *n.* 灰塵（= *very small pieces of dirt* ）　*v.* 除去⋯的灰塵
   （= *remove dust from* ）
   turn *sth.* to dust 摧毀某物
   The kingdom was **turned to dust** in the 14th century.
   （這王國在十四世紀時被徹底摧毀。）

9. **dusty** *adj.* 滿是灰塵的（= *filled with dust* ）
   dust（灰塵）+ y (*adj.*) = dusty
   The books looked **dusty** and unused.
   （這些書看起來滿是灰塵，沒人使用了。）

# 16. earn

| | | |
|---|---|---|
| *earn [2] | 〔 ɝn 〕 | v. 賺 |
| *earnest [4] | 〔 ˈɝnɪst 〕 | adj. 認眞的 |
| *earnings [3] | 〔 ˈɝnɪŋz 〕 | n. pl. 收入 |
| *economy [4] | 〔 ɪˈkɑnəmɪ 〕 | n. 經濟 |
| *economist [4] | 〔 ɪˈkɑnəmɪst 〕 | n. 經濟學家 |
| *economic [4] | 〔 ˌikəˈnɑmɪk 〕 | adj. 經濟的 |
| *economical [4] | 〔 ˌikəˈnɑmɪkl̩ 〕 | adj. 節省的 |
| *economics [4] | 〔 ˌikəˈnɑmɪks 〕 | n. 經濟學 |
| eclipse [5] | 〔 ɪˈklɪps 〕 | n. ( 日、月 ) 蝕 |

注意中文意思

【記憶技巧】

從上一回的「滿是灰塵的」( dusty )，想到去滿是灰塵的工地工作「賺」( earn ) 錢，非常的「認眞」( earnest )，爲了有「收入」( earnings ) 養活「經濟」( economy ) 狀況不好的一家人。而且「經濟學家」( economist ) 說，全國「經濟的」( economic ) 狀況不好，所以還得過著「節省的」( economical ) 日子，生活就是一門「經濟學」( economics )，金錢每天就像月「蝕」( eclipse ) 一樣，一天一天的減少。

1. **earn** v. 賺 ( = be paid )
   諧音：餓，餓了就會去「賺」錢。

2. **earnest** adj. 認眞的 ( = serious )
   earn ( 賺錢 ) + est ( adj. ) = earnest，「認眞」才能賺到錢。

BOOK 5

3. earnings *n. pl.* 收入（= *income*）
   earn（賺錢）+ ings（*n. pl.*）= earnings
   有些名詞常用複數形，詳見「文法寶典」p.84。
   如： riches（財富）、stairs（樓梯）、sands（沙灘）、goods（商
   　　品）、wishes（祝福）、savings（儲蓄）、thanks（感謝）、
   　　greetings（問候）。

4. **economy** *n.* 經濟（= *financial system*）

   | eco　+　nom　+ y |
   | --- |
   | \|　　　　\|　　　\| |
   | *house* + *manage* + *n.* |

   處理家務，就是「經濟」。

   The *economy* is in recession.（經濟正在衰退中。）

5. **economist** *n.* 經濟學家（= *economic expert*）

6. **economic** *v.* 經濟的（= *financial*）
   The pace of *economic* growth is picking up.
   （經濟成長的腳步正在加快。）
   根據 Longman 發音字典，62% 的人唸〔͵ikə'nɑmɪk〕，38% 的人
   唸〔͵ekə'nɑmɪk〕。

7. **economical** *adj.* 節省的（= *inexpensive*）；節儉的（= *thrifty*）
   an economical car（省油的）經濟車
   He is *economical* with money.（他節省金錢。）
   economy 有兩個形容詞：① economic *adj.* 經濟的
   ② economical *adj.* 節省的。

8. **economics** *n.* 經濟學（= *the social science that deals with
   the management of economic systems*）

9. **eclipse** *n.*（日、月）蝕（= *blocking*）
   e（*out*）+ clip（剪）+ se（*v.*）= eclipse，有部分被剪掉，
   就是「（日、月）蝕」。

# *17. edit*

| | | |
|---|---|---|
| *edit* [3] | 〔'ɛdɪt〕 | v. 編輯 |
| *editor* [3] | 〔'ɛdɪtə〕 | n. 編輯 |
| *edition* [3] | 〔ɪ'dɪʃən〕 | n. ( 發行物的 ) 版 |
| *educate* [3] | 〔'ɛdʒə,ket〕 | v. 教育 |
| *education* [2] | 〔,ɛdʒə'keʃən〕 | n. 教育 |
| *educational* [3] | 〔,ɛdʒə'keʃənl̩〕 | adj. 教育的 |
| *edge* [1] | 〔ɛdʒ〕 | n. 邊緣 |
| *edible* [6] | 〔'ɛdəbl̩〕【注意發音】 | adj. 可以吃的 |
| editorial [6] | 〔,ɛdə'tɔrɪəl〕 | n. 社論 |

【記憶技巧】

　　從上一回的「( 日、月 ) 蝕」( eclipse )，想到日、月蝕出現，要「編輯」( edit ) 新「版」( edition ) 的期刊報導，需要新的「編輯」( editor ) 幫忙。這難得的事件，可以「教育」( educate ) 大眾，對全民的「教育」( education ) 是很重要的，不可以錯過這「教育的」( educational ) 機會。教育對社會「邊緣」( edge ) 的人來說，格外重要，要讓他們知道什麼是「可以吃的」( edible )，並寫「社論」( editorial ) 啟迪民智。

1. edit  v. 編輯 ( = *make a book ready to be published* )
   e (*out*) + dit (*give*) = edit，寫出來給別人看，就是「編輯」。

BOOK 5

2. editor *n.* 編輯（= *compiler*）
   edit（編輯）+ or（人）= editor

3. **edition** *n.*（發行物的）版（= *version*）
   edit（編輯）+ ion（*n.*）= edition，編輯後的成品，就是「（發
   行物的）版」。

4. **educate** *v.* 教育（= *teach*）

   > e + duc + ate
   >   |    |    |
   > *out* + *lead* + *v.*
   
   引導出資質，就是「教育」。

5. **education** *n.* 教育（= *teaching*）
   educate（教育）– e + ion（*n.*）= education

6. **educational** *adj.* 教育的（= *teaching*）；有教育意義的
   （= *instructive*）
   education（教育）+ al（*adj.*）= educational
   The program is both *educational* and informative.
   （這節目既有教育意義也可增廣見聞。）

7. **edge** *n.* 邊緣（= *brink*）；優勢（= *advantage*）
   be on the edge of 在⋯的邊緣；瀕臨
   She seems to be *on the edge of* an emotional breakdown.
   （她情緒似乎快要崩潰了。）

8. **edible** *adj.* 可吃的（= *eatable*）
   ed（*eat*）+ ible（可以⋯的）= edible，ed 諧音：愛的，就是
   想「吃」的。

9. **editorial** *n.* 社論（= *an article giving opinions*）　*adj.* 編輯的
   editor（編輯）+ ial（*n.*）= editorial，編輯寫「社論」。

# *18. elect*

| | | |
|---|---|---|
| *elect* [2] | [ ɪˋlɛkt ] | v. 選舉 |
| *election* [3] | [ ɪˋlɛkʃən ] | n. 選舉 |
| *electric* [3] | [ ɪˋlɛktrɪk ] | adj. 電的 |
| *electrical* [3] | [ ɪˋlɛktrɪkḷ ] | adj. 與電有關的 |
| *electrician* [4] | [ ɪ͵lɛkˋtrɪʃən ] | n. 電工 |
| *electricity* [3] | [ ɪ͵lɛkˋtrɪsətɪ ] | n. 電 |
| electron [6] | [ ɪˋlɛktrɑn ] | n. 電子 |
| *electronic* [3] | [ ɪ͵lɛkˋtrɑnɪk ] | adj. 電子的 |
| *electronics* [4] | [ ɪ͵lɛkˋtrɑnɪks ] | n. 電子學 |

【記憶技巧】

從上一回的「社論」(editorial)，想到社論對「選舉」(election)影響很大。社論批評「電的」(electric)費用調漲，所有「與電有關的」(electrical)行業都受影響，感受最深的就是「電工」(electrician)，他們每天用「電」(electricity)，分析「電子」(electron)，使用「電子的」(electronic)產品，並研究「電子學」(electronics)。

1. **elect** *v.* 選舉 ( = *select by a vote for an office* )
   e (*out*) + lect (*choose*) = elect，選出來，就是「選舉」。

2. **election** *n.* 選舉 ( = *vote* )
   elect (選舉) + ion (*n.*) = election
   hold an election 舉行選舉

3. **electric** *adj.* 電的；用電的 ( = *working by electricity* )
   electr ( 電 ) + ic (*adj.*) = electric，這個字也可以用諧音背，
   更容易：依賴最可，現代人最依賴的就是「電」。
   electric fan 電扇

4. **electrical** *adj.* 與電有關的 ( = *relating to electricity* )
   electr ( 電 ) + ical (*adj.*) = electrical
   The fire was caused by an ***electrical*** fault.
   （這火災是由電力故障引起的。）

5. **electrician** *n.* 電工 ( = *a person who installs or repairs electrical or telephone lines* )
   electric ( 電的 ) + ian ( 人 ) = electrician

6. **electricity** *n.* 電 ( = *power* )
   electric ( 電的 ) + ity (*n.*) = electricity

7. **electron** *n.* 電子 ( = *an elementary particle with a negative charge* )
   electr ( 電 ) + on (*n.*) = electron

8. **electronic** *adj.* 電子的 ( = *relating to electronics* )
   electron ( 電子 ) + ic (*adj.*) = electronic
   electronic equipment 電子設備

9. **electronics** *n.* 電子學 ( = *the science and technology that uses or produces electronic equipment* )
   electronic ( 電子的 ) + s (*n.*) = electronics

# *19. elegant*

| | | | |
|---|---|---|---|
| *elegant [4] | 〔ˈɛləgənt 〕 | *adj.* | 優雅的 |
| *element [2] | 〔ˈɛləmənt 〕 | *n.* | 要素 |
| *elementary [4] | 〔͵ɛləˈmɛntərɪ 〕 | *adj.* | 基本的 |
| | | | |
| **elephant [1] | 〔ˈɛləfənt 〕 | *n.* | 大象 |
| elevate [5] | 〔ˈɛlə͵vet 〕 | *v.* | 提高 |
| *elevator [2] | 〔ˈɛlə͵vetɚ 〕 | *n.* | 電梯 |
| | | | |
| eligible [6] | 〔ˈɛlɪdʒəbḷ 〕 | *adj.* | 有資格的 |
| eloquent [6] | 〔ˈɛləkwənt 〕 | *adj.* | 口才好的 |
| eloquence [6] | 〔ˈɛləkwəns 〕 | *n.* | 口才 |

【記憶技巧】

　　從上一回的「電子學」(electronics)，想到大學電子學的那位「優雅的」(elegant) 教授，她說原子的「要素」(element) 中，電子是最「基本的」(elementary)。有電子才有辦法製造出可以載運「大象」(elephant) 的電子產品，和「提高」(elevate) 樓層的「電梯」(elevator)。教授的教學讓她成為一位「有資格的」(eligible) 又「口才好的」(eloquent) 學者，她的「口才」(eloquence) 讓她深受學生歡迎。

BOOK
**5**

1. **elegant** *adj.* 優雅的 ( = *graceful* )；精美的
   e + leg ( 腿 ) + ant ( 螞蟻 ) = elegant，螞蟻想要有「優雅的」腿。

2. **element** *n.* 要素（= *factor*）
   諧音：愛了沒，愛一個人要需很多「要素」。

3. **elementary** *adj.* 基本的（= *basic*）
   element（要素）+ ary（*adj.*）= elementary
   elementary school 小學（= *primary school*）

4. elephant *n.* 大象（= *a very large five-toed mammal*）

5. elevate *v.* 提高（= *raise*）
   e（*up*）+ lev（*raise*）+ ate（*v.*）= elevate，舉高，就是「提高」。

6. **elevator** *n.* 電梯（= *lift*）；升降機
   elevate（提高）– e + or（*n.*）= elevator，可以把人提高的東西，就是「電梯」。「電扶梯」是 escalator〔ˈɛskəˌletɚ〕。

7. eligible *adj.* 有資格的（= *qualified*）
   e（*out*）+ lig（*choose*）+ ible（可以⋯的）= eligible，可以選出來的，就是「有資格的」。也可以背諧音：愛了酒保，酒保是「有資格的」好對象。

8. eloquent *adj.* 口才好的（= *fluent*）；滔滔不絕的

   | e + loqu + ate | |
   |---|---|
   | \| \|\| \| | 把話大聲說出來，就是「口才好的」。 |
   | *out* + *speak* + *adj.* | |

   an eloquent speaker 口才好的演講者

9. **eloquence** *n.* 口才（= *fluency*）；雄辯
   eloquent（口才好的）– t + ce（*n.*）= eloquence
   with eloquence 口才好地（= *eloquently*）；有說服力地
   He delivered the speech *with* great *eloquence*.
   （他的演講很有說服力。）

# *20. embark*

| | | |
|---|---|---|
| **embark** [6] | ( ɪmˋbɑrk ) | v. 搭乘 |
| **embarrass** [4] | ( ɪmˋbærəs ) | v. 使尷尬 |
| **embarrassment** [4] | ( ɪmˋbærəsmənt ) | n. 尷尬 |
| | | |
| **emerge** [4] | ( ɪˋmɝdʒ ) | v. 出現 |
| **emergency** [3] | ( ɪˋmɝdʒənsɪ ) | n. 緊急情況 |
| **embassy** [4] | ( ˋɛmbəsɪ ) | n. 大使館 |
| | | |
| **emigrate** [6] | ( ˋɛməˌgret ) | v. 移出 |
| **emigrant** [6] | ( ˋɛməgrənt ) | n. (移出的)移民 |
| **emigration** [6] | ( ˌɛməˋgreʃən ) | n. 移出 |

【記憶技巧】

　　從上一回的「口才」(eloquence)，想到一個人若口才不佳，「搭乘」(embark) 飛機出國，會發生「使」自己「尷尬」(embarrass) 的事。在國外當「尷尬」(embarrassment)「出現」(emerge) 的時候，要當作「緊急狀況」(emergency) 處理，要去「大使館」(embassy) 求助，否則誤會發生，要「移出」(emigrate) 國會很困難。身為「移民」(emigrant) 要注意安全，到「移出」(emigration) 國之前，都不能大意。

1. embark v. 搭乘 ( = *board* )；從事 ( = *undertake* )

　　em (*in*) + bark (*boat*) = embark，進入船，就是「搭乘」，坐船出海，為了「從事」某件事情。以前的船是用樹木做的，bark (樹皮) 在以前用來指「船」。

　　embark on　搭乘；從事

BOOK
5

2. **embarrass** *v.* 使尷尬 ( = *abash* )

> em + bar + rass
>   |      |      |
> *in* + *bar* + *grass*
>
> 在草地上被棒子絆倒,很「尷尬」。

3. **embarrassment** *n.* 尷尬 ( = *shame* )
   embarrass (使尷尬) + ment (*n.*) = embarrassment

4. **emerge** *v.* 出現 ( = *appear* )

> e  + merge
> |        |
> *out* + 合併
>
> 從合併中離開,就是「出現」。
> merge〔mɝdʒ〕*v.* 合併

5. **emergency** *n.* 緊急情況 ( = *crisis* )
   emerge (出現) + ncy (*n.*) = emergency,出現「緊急狀況」。
   【比較】emergence〔ɪˈmɝdʒəns〕*n.* 出現

6. **embassy** *n.* 大使館 ( = *a diplomatic building where ambassadors live or work* )
   諧音:愛奔西,喜愛奔去西方國家,有問題要去「大使館」。
   「大使」是 ambassador,字首是 am。

7. **emigrate** *v.* 移出 ( = *move abroad* )
   e (*out*) + migrate (移動;遷徙) = emigrate,往外移動,就是「移出」。相反詞是 immigrate〔ˈɪməˌgret〕*v.* 移入

8. **emigrant** *n.* (移出的) 移民 ( = *someone who leaves one country to settle in another* )
   emigrate (移出) – ate (*v.*) + ant (人) = emigrant

9. **emigration** *n.* 移出 ( = *migration from a place* )
   emigrate (移出) – e + ion (*n.*) = emigration

# *21. emphasize*

| | | |
|---|---|---|
| *emphasize* 3 | (ˈɛmfəˌsaɪz ) | v. 強調 |
| *emphasis* 4 | (ˈɛmfəsɪs ) | n. 強調 |
| emphatic 6 | ( ɪmˈfætɪk ) | adj. 強調的 |
| | | |
| *empire* 4 | (ˈɛmpaɪr ) | n. 帝國 |
| *emperor* 3 | (ˈɛmpərɚ ) | n. 皇帝 |
| *employ* 3 | ( ɪmˈplɔɪ ) | v. 雇用 |
| | | |
| *employee* 3 | (ˌɛmplɔɪˈi ) | n. 員工 |
| *employer* 3 | ( ɪmˈplɔɪɚ ) | n. 雇主 |
| *employment* 3 | ( ɪmˈplɔɪmənt ) | n. 雇用 |

【記憶技巧】

從上一回的「移出」( emigration )，想到有些外籍勞工，移出到國外工作，當地的老闆會不斷「強調」( emphasize ) 自己的國家很優越，那「強調的」( emphatic ) 口吻，就像是把自己當作一個「帝國」( empire ) 的「皇帝」( emperor ) 一樣，認為「雇用」( employ ) 他國的「員工」( employee ) 是種恩惠。這種「雇主」( employer ) 不會提供好的「雇用」( employment ) 條件。

1. **emphasize** v. 強調 ( = *stress* )
   em (*in*) + pha (*show*) + size (*v.*) = emphasize，讓事物顯現，就是「強調」。

2. **emphasis** n. 強調 ( = *stress* )
   emphasize (強調) – ize (*v.*) + (s)is (*n.*) = emphasis

put/lay/place emphasis on 強調（= *emphasize*）；重視
We should *place* greater *emphasis on* work efficiency.
（我們應該更重視工作效率。）

3. emphatic *adj.* 強調的（= *emphasized*）；加重語氣的
emphasize（強調）– size (*v.*) + tic (*adj.*) = emphatic
He answered my question with an *emphatic* no.
（他回答我的問題，堅定地說「不」。）

4. empire *n.* 帝國（= *kingdom*）
諧音：安派兒，安心地可以派兒子去統治一個「帝國」。
【比較】vampire〔ˈvæmpaɪr〕*n.* 吸血鬼

5. emperor *n.* 皇帝（= *the male ruler of an empire*）
empire（帝國）的衍生字，把 i 改成 e，字尾 e 改成 or（人）。

6. **employ** *v.* 雇用（= *hire*）

> em + ploy
> |       |
> *in* + *fold*   往裡面折，表示捲入工作，就是「雇用」。

7. **employee** *n.* 員工（= *worker*）
字尾 ee 表「被動」。

8. **employer** *n.* 雇主（= *boss*）
字尾 er 表「主動」。

9. **employment** *n.* 雇用；工作（= *work*）
employ（雇用）+ ment (*n.*) = employment
She is looking for *employment*.（她正在找工作。）
「失業」則是 unemployment〔ˌʌnɪmˈplɔɪmənt〕。

# 22. *enable*

| | | |
|---|---|---|
| *enable [3] | 〔 ɪn'ebḷ 〕 | v. 使能夠 |
| enact [6] | 〔 ɪn'ækt 〕 | v. 制定 |
| enactment [6] | 〔 ɪn'æktmənt 〕 | n. ( 法律的 ) 制定 |
| | | |
| *enclose [4] | 〔 ɪn'kloz 〕 | v. ( 隨函 ) 附寄 |
| enclosure [6] | 〔 ɪn'kloʒɚ 〕 | n. 附寄物 |
| *encounter [4] | 〔 ɪn'kaʊntɚ 〕 | v. 遭遇 |
| | | |
| *encourage [2] | 〔 ɪn'kɝɪdʒ 〕 | v. 鼓勵 |
| *encouragement [2] | 〔 ɪn'kɝɪdʒmənt 〕 | n. 鼓勵 |
| encyclopedia [6] | 〔 ɪn,saɪklə'pidɪə 〕 | n. 百科全書 |

【記憶技巧】

從上一回的「雇用」( employment )，可以想到要「使」我們「能夠」( enable ) 找到有保障的雇用工作，需要「制定」( enact ) 法律，而「( 法律的 ) 制定」( enactment ) 還能讓我們求職時，「( 隨函 ) 附寄」( enclose ) 的個人資料以及「附寄物」( enclosure ) 不會「遭遇」( encounter ) 雇主濫用，洩漏個資。法律能「鼓勵」( encourage ) 人民勇於追求自己的權利，有了這樣的「鼓勵」( encouragement )，就能把更多時間花在充實自己，閱讀「百科全書」( encyclopedia )。

1. **enable** v. 使能夠 ( = *allow* )

en (*in*) + able ( 能夠…的 ) = enable

A scholarship **enabled** her to attend college.

( 獎學金使她能夠上大學。)

2. enact *v.* 制定（= *make into law*）

in (*in*) + act（行為）= enact，變成行為，就是「制定」。

3. enactment *n.*（法律的）制定（= *legislation*）

enact（制定）+ ment (*n.*) = enactment

We should support the *enactment* of the law.
（我們應該支持這條法律的制定。）

4. **enclose** *v.*（隨函）附寄（= *send with*）

en (*in*) + close（關閉）= enclose，把東西也放進去信封裡面，
就是「（隨函）附寄」。

I *enclosed* my photo.（我隨函附寄了我的照片。）

5. enclosure *n.* 附寄物（= *something enclosed*）

enclose（附寄）– e + ure (*n.*) = enclosure

6. **encounter** *v.* 遭遇（= *come across*）

en (*in*) + counter（反對）= encounter，進入反對的狀態，
就是「遭遇」。

7. **encourage** *v.* 鼓勵（= *inspire*）

en (*in*) + courage（勇氣）= encourage，有勇氣進入，就是
「鼓勵」。

8. **encouragement** *n.* 鼓勵（= *inspiration*）

encourage（鼓勵）+ ment (*n.*) = encouragement

9. **encyclopedia** *n.* 百科全書（= *a reference work containing information on every branch of knowledge*）

諧音：硬塞可能被抵押，「百科全書」很多冊，佔空間，不能
亂塞，不然會被拿去抵押。

# 23. endure

| | | |
|---|---|---|
| *endure [4] | 〔ɪn'djʊr〕 | v. 忍受 |
| endurance [6] | 〔ɪn'djʊrəns〕 | n. 忍耐 |
| endeavor [5] | 〔ɪn'dɛvɚ〕 | v. n. 努力 |
| | | |
| **energy [2] | 〔'ɛnɚdʒɪ〕 | n. 活力 |
| **energetic [3] | 〔ˌɛnɚ'dʒɛtɪk〕 | adj. 充滿活力的 |
| **enemy [2] | 〔'ɛnəmɪ〕 | n. 敵人 |
| | | |
| *enforce [4] | 〔ɪn'fors〕 | v. 執行 |
| *enforcement [4] | 〔ɪn'forsmənt〕 | n. 實施 |
| *endanger [4] | 〔ɪn'dendʒɚ〕 | v. 危害 |

【記憶技巧】

　　從上一回的「百科全書」(encyclopedia)，想到要讀完百科全書是要「忍受」(endure) 無聊，需要長期的「忍耐」(endurance)、「努力」(endeavor) 和「活力」(energy)。然而，要每天都「充滿活力」(energetic)，才能打敗懶惰這「敵人」(enemy)，徹底「執行」(enforce) 讀書計畫，計畫的「實施」(enforcement) 要循序漸進，才不會「危害」(endanger) 健康和熱情。

1. **endure** v. 忍受 ( = bear )
　　en (in) + dure (last) = endure，持續下去，就是「忍受」。

2. endurance　*n.* 忍耐（＝*patience*）；耐力
   endure（忍受）－e＋ance（*n.*）＝endurance
   A marathon tests a runner's ***endurance***.
   （馬拉松能測試跑步選手的耐力。）

3. endeavor　*v.* 努力（＝*strive*）　*n.* 努力（＝*effort*）
   諧音：硬待活，「努力」硬著頭皮等待活下去。
   We ***endeavor*** to make our customers happy.
   （我們努力要讓我們的顧客滿意。）

4. **energy**　*n.* 活力（＝*power*）
   en（*in*）＋erg（*work*）＋y（*n.*）＝energy，工作要有「活力」。

5. energetic　*adj.* 充滿活力的（＝*active*）
   energy（活力）－y＋etic（*adj.*）＝energetic

6. **enemy**　*n.* 敵人（＝*rival*）
   諧音：愛你米，「敵人」會搶你的米。

7. enforce　*v.* 執行（＝*implement*）

   | en ＋ force |
   |---|
   | ｜　　｜ |
   | *in* ＋ 力量 |

   變成有力量的，就是「執行」。

8. enforcement　*n.* 實施（＝*implementation*）
   enforce（執行）＋ment（*n.*）＝enforcement
   We need stricter law ***enforcement***.（我們需要更嚴格的執法。）

9. endanger　*v.* 危害（＝*put in danger*）
   en（*in*）＋danger（危險）＝endanger，使在危險內，就是「危害」。
   Drunk driving is likely to ***endanger*** your life.
   （酒駕很可能會危害你的生命。）

# *24.* engine

| | | |
|---|---|---|
| **＊engine** [3] | 〔ˈɛndʒən 〕 | *n.* 引擎 |
| **＊engineer** [3] | 〔ˌɛndʒəˈnɪr 〕 | *n.* 工程師 |
| **＊engineering** [4] | 〔ˌɛndʒəˈnɪrɪŋ 〕 | *n.* 工程學 |
| **＊engage** [3] | 〔 ɪnˈgedʒ 〕 | *v.* 從事 |
| **＊engagement** [3] | 〔 ɪnˈgedʒmənt 〕 | *n.* 訂婚 |
| **enhance** [6] | 〔 ɪnˈhæns 〕 | *v.* 提高 |
| **enhancement** [6] | 〔 ɪnˈhænsmənt 〕 | *n.* 提高 |
| **＊＊＊enjoy** [2] | 〔 ɪnˈdʒɔɪ 〕 | *v.* 享受 |
| **＊enjoyable** [3] | 〔 ɪnˈdʒɔɪəbḷ 〕 | *adj.* 令人愉快的 |

【記憶技巧】

　　從上一回的「危害」( endanger )，想到修理「引擎」
( engine ) 是很危險的，可能會危害「工程師」( engineer )
的生命。工程師的專業是「工程學」( engineering )，「從事」
( engage ) 工程類的工作，遇到他最愛的人，很快就「訂婚」
( engagement )，為了「提高」( enhance ) 生活品質，「享受」
( enjoy ) 生活，婚後去夏威夷度過了「令人愉快的」
( enjoyable ) 的蜜月旅行。

1. **engine** *n.* 引擎 ( = *motor* )
   諧音：安靜，「引擎」很吵，你會希望它安靜。

2. **engineer** *n.* 工程師 ( = *someone who designs or builds
   things such as roads, railroads, bridges, or machines* )
   engine ( 引擎 ) + er ( 人 ) = engineer

3. **engineering** *n.* 工程學（= *the practical application of science to commerce or industry*）
   engineer（工程師）+ ing (*n.*) = engineering

4. **engage** *v.* 從事（= *be involved*）；訂婚

   en + gage
   |      |
   *in* + *pledge*

   遵守承諾，就是「從事；訂婚」。
   pledge〔plɛdʒ〕*n.* 保證；承諾

   engage in 從事
   be engaged to 和⋯訂婚

5. **engagement** *n.* 訂婚（= *a mutual promise to marry*）
   engage（訂婚）+ ment (*n.*) = engagement
   break off an engagement 解除婚約

6. **enhance** *n.* 提高（= *raise*）；改善（= *improve*）
   en (*in*) + hance (*high*) = enhance，變高，就是「提高；改善」。
   This is an opportunity to **enhance** the reputation of the company.（這是提高公司聲譽的機會。）

7. **enhancement** *n.* 提高；改善（= *improvement*）
   enhance（提高）+ ment (*n.*) = enhancement
   We should be committed to the **enhancement** of human rights.（我們應該致力於人權的改善。）

8. **enjoy** *v.* 享受（= *take pleasure in*）
   en (*in*) + joy（快樂）= enjoy，在快樂當中，就是「享受」。

9. **enjoyable** *adj.* 令人愉快的（= *pleasant*）
   enjoy（享受）+ able（可以⋯的）= enjoyable
   We spent an **enjoyable** evening chatting about our youth.
   （我們在暢談年輕時光中，度過了愉快的夜晚。）

# *25. enlarge*

| | | |
|---|---|---|
| * **enlarge** [4] | 〔 ɪn'lɑrdʒ 〕 | v. 擴大 |
| * **enlargement** [4] | 〔 ɪn'lɑrdʒmənt 〕 | n. 擴大 |
| * **enormous** [4] | 〔 ɪ'nɔrməs 〕 | adj. 巨大的 |
| **enlighten** [6] | 〔 ɪn'laɪtṇ 〕 | v. 啓蒙 |
| **enlightenment** [6] | 〔 ɪn'laɪtṇmənt 〕 | n. 啓發 |
| **enrich** [6] | 〔 ɪn'rɪtʃ 〕 | v. 使豐富 |
| **enrichment** [6] | 〔 ɪn'rɪtʃmənt 〕 | n. 豐富 |
| **enroll** [5] | 〔 ɪn'rol 〕 | v. 登記 |
| **enrollment** [5] | 〔 ɪn'rolmənt 〕 | n. 登記 |

【記憶技巧】

　　從上一回的「令人愉快的」（enjoyable），想到讀書是令人愉快的，因爲視野「擴大」（enlarge）了，眼界的「擴大」（enlargement），對我們有「巨大的」（enormous）影響。這可以「啓蒙」（enlighten）我們的智力，智慧的「啓發」（enlightment）使生活「豐富」（enrichment），這就是爲何孩童需要去「登記」（enroll）入學，教育要從小開始。

1. enlarge  v. 擴大（= *make larger*）
   en (*in*) + large（大的）= enlarge，變大，就是「擴大」。

2. enlargement  n. 擴大（ = *expansion* ）；放大
   enlarge（擴大）+ ment (*n.*) = enlargement
   There is insufficient space for the ***enlargement*** of the buildings.（沒有足夠空間來擴建這些建築。）

**BOOK 5**

3. **enormous** *adj.* 巨大的（= *huge*）

e（*out*）+ norm（標準）+ ous（*adj.*）= enormous，超出標準的，就是「巨大的」。

An **enormous** amount of money went to charity.

（有一大筆錢用於慈善。）

4. enlighten *v.* 啓蒙（= *educate*）

en（*in*）+ light（光）+ en（*v.*）= enlighten，讓他人看到光，就是「啓蒙」。

A teacher's aim is to **enlighten** students.

（老師的目標是要啓蒙學生。）

5. enlightenment *n.* 啓發（= *understanding*）

enlighten（啓蒙）+ ment（*n.*）= enlightenment

6. enrich *v.* 使豐富（= *make rich*）

en（*in*）+ rich（豐富的）= enrich，變得豐富，就是「使豐富」。

enrich *one's* life　豐富某人的生活

7. enrichment *n.* 豐富；充實（= *improvement*）

enrich（使豐富）+ ment（*n.*）= enrichment

Books are an **enrichment** of life.（書本可以充實生活。）

8. enroll *v.* 登記（= *register*）；入學（= *enter*）

en（*in*）+ roll（滾）= enroll，滾進去，就是「登記；入學」。

enroll in college　上大學

9. enrollment *n.* 登記（= *registration*）；註冊

enroll（登記）+ ment（*n.*）= enrollment

Fees must be paid at **enrollment**.（費用必須在註冊時繳納。）

# 26. enter

| | | | |
|---|---|---|---|
| ***enter** [1] | [ˈɛntɚ ] | v. | 進入 |
| **enterprise** [5] | [ˈɛntɚˌpraɪz ] | n. | 企業 |
| | | | |
| *entry** [3] | [ˈɛntrɪ ] | n. | 進入 |
| *entrance** [2] | [ˈɛntrəns ] | n. | 入口 |
| | | | |
| *entertain** [4] | [ˌɛntɚˈten ] | v. | 娛樂 |
| *entertainment** [4] | [ˌɛntɚˈtenmənt ] | n. | 娛樂 |
| | | | |
| *entire** [2] | [ ɪnˈtaɪr ] | adj. | 整個的 |
| **entitle** [5] | [ ɪnˈtaɪtl̩ ] | v. | 將…命名為 |
| *enthusiastic** [5] | [ ɪnˌθjuzɪˈæstɪk ] | adj. | 熱心的 |

【記憶技巧】

從上一回的「登記」( enroll ) 入學，想到學業完成後，要「進入」( enter ) 社會工作，對於新鮮人，「企業」( enterprise ) 就是社會「進入」( entry ) 的「入口」( entrance )。在企業裡，除了工作，還需要「娛樂」( entertain ) 他人，「娛樂」( entertainment ) 可以增進人緣，讓「整個的」( entire ) 公司有愉快的氣氛，大家會「將」你「命名為」( entitle ) 公司的開心果，充滿「熱心的」( enthusiastic ) 奉獻。

1. **enter** v. 進入 ( = go into )

2. **enterprise** n. 企業 ( = company )

    enter ( 進入 ) + prise ( prize ) = enterprise，進入「企業」拿獎金。

BOOK

5

3. entry　*n.* 進入（＝*entering*）
   enter（進入）– e + y（*n.*）= entry
   No ***Entry***.（禁止入內。）

4. entrance　*n.* 入口（＝*way in*）；入學資格（＝*admission*）
   enter（進入）– e + ance（*n.*）= entrance
   He finally gained ***entrance*** to medical school.
   （他終於進入醫學院。）

5. **entertain**　*v.* 娛樂（＝*amuse*）
   enter（進入）+ tain（甜）= entertain，進入你的心，讓你
   感到很甜，就是「娛樂」你。

6. **entertainment**　*n.* 娛樂（＝*amusement*）
   entertain（娛樂）+ ment（*n.*）= entertainment
   I play the piano purely for my own ***entertainment***.
   （我彈鋼琴純粹是為了自娛。）

7. **entire**　*adj.* 整個的（＝*whole*）
   en（*in*）+ tire（使疲勞）= entire，進入疲勞，「整個的」
   身體都不舒服。

8. entitle　*v.* 將…命名為（＝*name*）；給…權利（＝*authorize*）
   en（*in*）+ title（名稱）= entitle，有名稱，就是「將…命名
   為」，引申為「給…權利」。
   The movie is ***entitled*** "Love and Peace."
   （這部電影片名為「愛與和平」。）

9. **enthusiastic**　*adj.* 熱心的（＝*earnest*）
   諧音：因素是愛死的一個，因為很愛，所以是「熱心的」。

# *27. equal*

| | | | |
|---|---|---|---|
| **\*equal** [1] | [ˈikwəl ] | *adj.* | 相等的 |
| **equivalent** [6] | [ ɪˈkwɪvələnt ] | *adj.* | 相等的 |
| **\*equality** [4] | [ ɪˈkwɑlətɪ ] 【注意發音】 | *n.* | 相等 |
| | | | |
| **equate** [5] | [ ɪˈkwet ] | *v.* | 把…視為同等 |
| **equation** [6] | [ ɪˈkweʃən ] | *n.* | 方程式 |
| **equator** [6] | [ ɪˈkwetɚ ] | *n.* | 赤道 |
| | | | |
| **\*equip** [4] | [ ɪˈkwɪp ] | *v.* | 裝備 |
| **\*equipment** [4] | [ ɪˈkwɪpmənt ] | *n.* | 設備 |
| **EQ** [6] | [ˌiˈkju ] | *n.* | 情緒商數 |

【記憶技巧】

從上一回的「熱心的」( enthusiastic ),想到有位熱心的數學老師,他視每位學生為「相等的」( equal ),每個學生都有「相等的」( equivalent ) 受教育的權利。他也覺得人權的基本概念就是「相等」( equality ),所以他「視」不同種族的人「相等」( equate ),因此他想要把數學「方程式」( equation ) 教授給住在「赤道」( equator ) 附近的非洲居民。他「裝備」( equip ) 好自己後,帶著簡單的教學「設備」( equipment ) 和良好的「情緒商數」( EQ ),準備面對新的教學環境。

**BOOK**

**5**

1. **equal** *adj.* 相等的 ( = *the same* );平等的 ( = *fair* )   *v.* 等於
   諧音:一鍋,放在同一鍋,就是「相等的」。

2. **equivalent** *adj.* 相等的 ( = *equal* );等值的   *n.* 相等物
   equ (*equal*) + val (*value*) + ent (*adj.*) = equivalent,價值「相等的」。   be equivalent to 和…相等 ( = *be equal to* )

His silence *is equivalent to* an admission of guilt.
（他的沈默等同於認罪。）

3. equality *n.* 相等（= *sameness*）；平等（= *fairness*）
   equal（平等的）+ ity (*n.*) = equality
   equality of the sexes 性別平等
   須注意發音，唸成〔ɪˈkwɑlətɪ〕，a 在 w 後面產生音變，讀成 /ɑ/。

4. equate *v.* 把…視爲同等（= *regard as the same*）
   equ (*equal*) + ate (*v.*) = equate
   equate A with B 把 A 和 B 視爲同等
   He *equates* money *with* happiness.（他認爲金錢就是幸福。）

5. equation *n.* 方程式（= *a mathematical statement that two
   expressions are equal*）；等式；相等；等同看待
   There is an *equation* between unemployment and rising
   crime levels.（失業率變高則犯罪率變高。）

6. equator *n.* 赤道（= *an imaginary line that goes around
   the Earth and divides it into the northern and southern
   hemispheres*）
   赤道是一條假想的線，是南北半球的分界，越接近赤道越熱。
   Singapore is near the *equator*.（新加坡位於赤道附近。）

7. equip *v.* 裝備；使配備（= *supply*）
   equip A with B 使 A 配備 B

8. equipment *n.* 設備（= *supplies*）
   equip（裝備）+ ment (*n.*) = equipment，爲不可數名詞。
   a piece of equipment 一件裝備

9. EQ *n.* 情緒商數（= *Emotional Quotient*）
   EQ 是指「自我情緒控制的指數」。
   【比較】IQ *n.* 智商（= *Intelligence Quotient*）

# *28. erase*

| | | | |
|---|---|---|---|
| *erase* [3] | 〔ɪˈres〕 | *v.* | 擦掉 |
| *eraser* [2] | 〔ɪˈresɚ〕 | *n.* | 橡皮擦 |
| *era* [4] | 〔ˈɪrə,ˈirə〕【注意發音】 | *n.* | 時代 |
| | | | |
| erupt [5] | 〔ɪˈrʌpt〕 | *v.* | 爆發 |
| eruption [6] | 〔ɪˈrʌpʃən〕 | *n.* | 爆發 |
| erect [5] | 〔ɪˈrɛkt〕 | *v.* | 豎立 |
| | | | |
| *errand* [4] | 〔ˈɛrənd〕 | *n.* | 差事 |
| *error* [2] | 〔ˈɛrɚ〕 | *n.* | 錯誤 |
| erode [6] | 〔ɪˈrod〕 | *v.* | 侵蝕 |

【記憶技巧】

　　從上一回的「情緒商數」(EQ)，想到有位情緒商數很差的人，想要「擦掉」(erase) 寫錯的字，跟旁邊的人借「橡皮擦」(eraser)，卻被取笑說這個「時代」(era)，用橡皮擦太過時了。於是他憤怒如火山「爆發」(erupt)，這情緒的「爆發」(eruption) 讓他全身毛孔「豎立」(erect)，忘了原本的「差事」(errand)，造成許多「錯誤」(error)，這讓他知道不可以讓一時的情緒「侵蝕」(erode) 了理性。

1. erase　*v.* 擦掉 ( = *delete* )
   e (*out*) + rase (*scrape*) = erase，刮掉，就是「擦掉」。

2. eraser　*n.* 橡皮擦 ( = *a rubber for removing pencil marks* )
   erase (擦掉) + r (*n.*) = eraser

BOOK
5

3. era *n.* 時代（= *age*）

   We are living in an *era* in which technology is developing rapidly.（我們活在科技快速發展的時代。）

4. erupt *v.* 爆發（= *explode*）；突然發生（= *break out*）

   ```
    e  + rupt
    |     |        裂開，就是「爆發」。
   out + break
   ```

5. eruption *n.* 爆發（= *explosion*）；突然發生（= *outbreak*）

   erupt（爆發）+ ion (*n.*) = eruption

   The *eruption* of a volcano is spontaneous.

   （火山爆發是自發性的。）

6. erect *v.* 豎立（= *put up*）；建立（= *found*）

   e (*up*) + rect (*straight*) = erect，直直立著，就是「豎立」。

   Japanese often mispronounce the word "*erect*" as "elect."

   （日本人常把 erect 誤唸成 elect。）

7. errand *n.* 差事（= *task*）

   err（犯錯）+ and = errand，犯了錯，要去做「差事」。

   run an errand　跑腿

8. **error** *n.* 錯誤（= *mistake*）

   err（犯錯）+ or (*n.*) = error　　　human error　人為過失

9. erode *v.* 侵蝕（= *wear away*）；損害（= *destroy*）

   e (*out*) + rode (*gnaw*) = erode，咬去，就是「侵蝕」。

   gnaw〔nɔ〕*v.* 咬。這個字用諧音：一落的，一個一個落下的，土壤被「侵蝕」，會一個一個落下。

   Jealousy *eroded* their friendship.（嫉妒損害了他們的友誼。）

# **29.** *escort*

| | | | |
|---|---|---|---|
| **escort** [5] | 〔ˈɛskɔrt 〕 | *n.* | 護送者 |
| **escalate** [6] | 〔ˈɛskə,let 〕 | *v.* | 逐漸擴大 |
| ***escalator** [4] | 〔ˈɛskə,letɚ 〕 | *n.* | 電扶梯 |
| ***essay** [4] | 〔ˈɛse 〕 | *n.* | 文章 |
| **essence** [6] | 〔ˈɛsn̩s 〕 | *n.* | 本質 |
| **essential** [4] | 〔 əˈsɛnʃəl 〕 | *adj.* | 必要的 |
| ***establish** [4] | 〔 əˈstæblɪʃ 〕 | *v.* | 建立 |
| ***establishment** [4] | 〔 əˈstæblɪʃmənt 〕 | *n.* | 建立 |
| **estate** [5] | 〔 əˈstet 〕 | *n.* | 地產 |

【記憶技巧】

從上一回的「侵蝕」（erode），想到兩位女性友人的友
誼被嫉妒侵蝕，因為其中一位有了英俊的「男伴」（escort），
彼此的隔閡「逐漸擴大」（escalate），連一起搭「電扶梯」
（escalator）也視而不見。另一位女士因此寫了「文章」
（essay）投稿，談論友誼的「本質」（essence），其「必要的」
（essential）條件，和如何「建立」（establish）堅固的友誼。
友誼的「建立」（establishment）需要時間，就如「地產」
（estate），需要時間的累積和培養，才會增值。

1. escort *n.* 護送者；男伴；護花使者（= *companion* ）　*v.* 護送
 es (*out*) + cort (*correct*) = escort，在外走對的路，需要
 「護送」。
 You should not visit the area without an *escort*.
 （你不該在沒有護衛的情況下去訪問這地區。）

BOOK

**5**

2. escalate　*v.* 逐漸擴大（ = *grow* ）；迅速上漲（ = *surge* ）
e ( *out* ) + scal ( *ladder* ) + ate ( *v.* ) = escalate，梯子越爬越高，
就是「逐漸擴大」。
To tension *escalated* until it became unbearable.
（壓力逐漸增大，一直到無法忍受的地步。）

3. escalator　*n.* 電扶梯（ = *a moving staircase in a multi-storied
building* ）　　【比較】elevator〔ˈɛləˌvetə〕*n.* 電梯；升降機

4. essay　*n.* 文章（ = *composition* ）；論說文
es（愛死）+ say（說）= essay，把想說的東西寫成「文章」。

5. essence　*n.* 本質（ = *nature* ）；精髓

| ess + ence | 存在就有「本質」。諧音可以記：愛神死， |
| be + *n.* | 基督徒非常愛神，神就是一切的「本質」。 |

in essence　本質上
His theory is *in essence* very simple. ( 他的理論本質上很簡單。 )

6. essential　*adj.* 必要的（ = *necessary* ）；非常重要的（ = *vital* ）

7. establish　*v.* 建立（ = *found* ）
e + stabl ( *stable* ) + ish ( *v.* ) = establish，把東西變穩固，就是
「建立」。stable〔ˈstebḷ〕*adj.* 堅固的；穩固的

8. establishment　*n.* 建立（ = *founding* ）；機構（ = *organization* ）
The *establishment* of his company led to his wealth.
（ 他公司的創立造就了他的財富。 ）

9. estate　*n.* 地產（ = *a landed property* ）；財產（ = *assets* ）

| e + state | 站在外面，就是「地產」。 |
| out + stand | real estate　不動產；房地產 |

# *30.* eve

| | | |
|---|---|---|
| ***eve** [4] | 〔iv〕 | n. (節日的) 前夕 |
| ***event** [2] | 〔ɪ'vɛnt〕 | n. 事件 |
| *eventual** [4] | 〔ɪ'vɛntʃʊəl〕 | adj. 最後的 |
| | | |
| evacuate [6] | 〔ɪ'vækjʊ,et〕 | v. 疏散 |
| *evaluate** [4] | 〔ɪ'væljʊ,et〕 | v. 評估 |
| *evaluation** [4] | 〔ɪ,vælju'eʃən〕 | n. 評價 |
| | | |
| ***evil** [3] | 〔'ivḷ〕 | adj. 邪惡的 |
| *evident** [4] | 〔'ɛvədənt〕 | adj. 明顯的 |
| *evidence** [4] | 〔'ɛvədəns〕 | n. 證據 |

【記憶技巧】

　　從上一回的「地產」(estate)，想到兄弟想爭地產，在聖誕節「前夕」(eve)，發生一個「事件」(event)。父親進了醫院，兄弟要去見他「最後的」(eventual) 一面。他們刻意「疏散」(evacuate) 其他人，請房仲去「評估」(evaluate) 父親的地產價值，房仲的「評價」(evaluation) 很好，這讓他們有「邪惡的」(evil) 念頭，想要加害父親。就在他們要在給父親的開水裡面下毒時，被護士目睹，成了「明顯的」(evident) 謀殺未遂的「證據」(evidence)。

1. **eve** *n.* (節日的) 前夕 ( = *the day or evening before a festival* )
   **Christmas Eve** 聖誕夜；平安夜　　**New Year's Eve** 除夕

2. **event** *n.* 事件 ( = *occurrence* )；大型活動

3. **eventual** *adj.* 最後的（ = *final* ）

event（事件）+ ual（*adj.*）= eventual，事件都會到「最後的」
階段。

eventually〔ɪˈvɛntʃʊəlɪ〕*adv.* 最後；終於（ = *finally* ）

4. **evacuate** *v.* 疏散（ = *clear* ）

> e　+　vacu　+　ate
> │　　　│　　　│
> *out* + *empty* + *v.*

空出，就是「疏散」。

Children were *evacuated* from the city to the country
during the war.（孩童在戰爭時從城市疏散到鄉村。）

5. **evaluate** *v.* 評估（ = *assess* ）

e（*out*）+ valu（*value*）+ ate（*v.*）= evaluate，把價值找出來，
就是「評估」。

6. **evaluation** *n.* 評價（ = *assessment* ）；評估

evaluate（評估）– e + ion（*n.*）= evaluation

They took some samples of the products for *evaluation*.
（他們拿了一些產品的樣本做評估。）

7. **evil** *adj.* 邪惡的（ = *wicked* ）

【比較】devil〔ˈdɛvḷ〕*n.* 魔鬼

8. **evident** *adj.* 明顯的（ = *obvious* ）

e（*out*）+ vid（*see*）+ ent（*adj.*）= evident，顯露在外被看到，
就是「明顯的」。

9. **evidence** *n.* 證據（ = *proof* ）

evident（明顯的）– t + ce（*n.*）= evidence，「證據」要明
顯。這個字為不可數名詞，不可加 S。

The police didn't have enough *evidence* to convict him.
（警方沒有足夠的證據來認定他有罪。）

# *31. exact*

| | | | |
|---|---|---|---|
| * **exact** [2] | 〔 ɪg'zækt 〕 | *adj.* | 精確的 |
| * **exaggerate** [4] | 〔 ɪg'zædʒə,ret 〕 | *v.* | 誇大 |
| * **exaggeration** [5] | 〔 ɪg,zædʒə'reʃən 〕 | *n.* | 誇大 |
| * **exam** [1] | 〔 ɪg'zæm 〕 | *n.* | 考試 |
| * **examination** [1] | 〔 ɪg,zæmə'neʃən 〕 | *n.* | 考試 |
| * **examine** [1] | 〔 ɪg'zæmɪn 〕 | *v.* | 檢查 |
| * **examiner** [4] | 〔 ɪg'zæmɪnɚ 〕 | *n.* | 主考官 |
| * **examinee** [4] | 〔 ɪg,zæmə'ni 〕 | *n.* | 應試者 |
| ‡ **example** [1] | 〔 ɪg'zæmpl̩ 〕 | *n.* | 例子 |

【記憶技巧】

　　從上一回的「證據」(evidence)，想到證據跟講話一樣，須力求「精確的」(exact)，不能「誇大」(exaggerate)。「誇大」(exaggeration) 在「考試」(exam, examination) 的時候，若受到「檢查」(examine)，被「主考官」(examiner) 發現的話，「應試者」(examinee) 會被取消資格，以前已經有許多類似的「例子」(example)。

1. **exact** *adj.* 精確的 ( = *accurate* )
   ex (*out*) + act (動作) = exact，做動作，要「精確的」表現。

2. **exaggerate** *v.* 誇大 ( = *overstate* )
   諧音很容易：一個殺了就累，才殺了一個人就很累，就是「誇大」。
   He tends to *exaggerate* the importance of his job.
   ( 他往往會誇大他工作的重要性。)

BOOK

5

3. exaggeration  *n.* 誇大 ( = *overstatement* )

   exaggerate ( 誇大 ) – e + ion (*n.*) = exaggeration

   He is prone to ***exaggeration***. ( 他容易誇大其詞。 )

   be no exaggeration  並不誇張

   It ***is no exaggeration*** to say that everyone will be affected
   by the new policy.

   ( 每人這都會被這新政策所影響,這麼說一點也不誇張。 )

4. exam  *n.* 考試 ( = *examination* )

5. examination  *n.* 考試 ( = *exam* );檢查 ( = *inspection* )

   medical examination  健康檢查;體檢

6. examine  *v.* 檢查 ( = *inspect* );仔細研究 ( = *consider in
   detail* );測驗 ( = *test* )

   exam ( 考試 ) + ine (*v.*) = examine

   Scientists are ***examining*** the impact of global warming
   on local animals.

   ( 科學家正在研究全球暖化對當地動物的影響。 )

7. **examiner**  *n.* 主考官 ( = *tester* )

   examine ( 測驗 ) + r ( 人 ) = examiner

8. examinee  *n.* 應試者 ( = *a person who takes an examination* )

   examine ( 測驗 ) – e + ee ( 受…的人 ) = examinee

9. **example**  *n.* 例子 ( = *a small part* )

   for example  舉例來說 ( = *for instance* )

   You could, ***for example***, walk instead of taking the car.

   ( 舉例來說,你可以走路而不要坐車。 )

# *32. excel*

| excel [5] | 〔 ɪk'sɛl 〕 | *v.* 擅長 |
|---|---|---|
| ‡‡ excellent [2] | 〔 'ɛkslənt 〕 | *adj.* 優秀的 |
| * excellence [3] | 〔 'ɛksləns 〕 | *n.* 優秀 |
| ‡‡ except [1] | 〔 ɪk'sɛpt 〕 | *prep.* 除了 |
| * exception [4] | 〔 ɪk'sɛpʃən 〕 | *n.* 例外 |
| * exceptional [5] | 〔 ɪk'sɛpʃən̩ 〕 | *adj.* 例外的 |
| exceed [5] | 〔 ɪk'sid 〕 | *v.* 超過 |
| excess [5] | 〔 ɪk'sɛs 〕 | *n.* 超過 |
| excessive [6] | 〔 ɪk'sɛsɪv 〕 | *adj.* 過度的 |

【記憶技巧】

　　從上一回的「例子」( example )，聯想到世界上有許多成功的例子，那些人「擅長」( excel ) 他們喜愛的活動，是「優秀的」( excellent ) 人才，他們的「優秀」( excellence )，「除了」( except ) 他們外，沒人能匹敵，在他人看來是個「例外」( exception )，擁有「例外的」( exceptional ) 才能。他們天分「超過」( exceed ) 他人，而且他們能力的「超過」( excess )，部分是因為「過度的」( excessive ) 努力和熱誠。

1. **excel** *v.* 擅長 ( = *be good at* )；勝過 ( = *surpass* )
   ex (*out*) + cel (*rise*) = excel，升得比較高，就是「擅長；勝過」。
   想到電腦有 excel 這個程式，就會記下來了。
   **excel in** 擅長於 ( = *be proficient in* )
   She *excelled in* outdoor sports. ( 她擅長戶外運動。)

2. **excellent** *adj.* 優秀的 ( = *outstanding* )
   excel ( 擅長 ) + lent (*adj.*) = excellent
   excellent 是 excel 是的形容詞。

3. **excellence** *n.* 優秀 ( = *superiority* )
   excellent ( 優秀的 ) – t + ce (*n.*) = excellence
   We should value moral character more than academic
   ***excellence***. ( 比起學業優秀，我們應該更重視品德。)

4. **except** *prep.* 除了 ( = *other than* )
   ex (*out*) + cept (*catch*) = except，抓不到，就是「除了」。
   【比較】besides〔bɪˈsaɪdz〕*prep.* 除了…之外（還有）

5. **exception** *n.* 例外 ( = *exclusion* )
   except ( 除了 ) + ion (*n.*) = exception
   with the exception of 除了 ( = *except* )

6. **exceptional** *adj.* 例外的 ( = *uncommon* )；優異的
   ( = *extraordinary* )
   exception ( 例外 ) + al (*adj.*) = exceptional

7. **exceed** *v.* 超過 ( = *surpass* )
   ex (*out*) + ceed (*go*) = exceed，走得比較多，就是「超過」。

8. **excess** *n.* 超過 ( = *overabundance* )；過量
   ex (*out*) + cess (*go*) = excess
   Avoid an ***excess*** of sugar in your diet.
   ( 飲食要避免加過多的糖。)

9. **excessive** *adj.* 過度的 ( = *too much* )；過多的；過分的
   excess ( 超過 ) + ive (*adj.*) = excessive

# 33. *excite*

| | | | |
|---|---|---|---|
| **\*excite** [2] | ﹝ɪkˋsaɪt﹞ | *v.* | 使興奮 |
| **\*excitement** [2] | ﹝ɪkˋsaɪtmənt﹞ | *n.* | 興奮 |
| **\*exchange** [3] | ﹝ɪksˋtʃendʒ﹞ | *v.* | 交換 |
| | | | |
| **exclude** [5] | ﹝ɪkˋsklud﹞【注意發音】 | *v.* | 排除 |
| **exclusive** [6] | ﹝ɪkˋsklusɪv﹞【注意發音】 | *adj.* | 獨家的 |
| **exclaim** [5] | ﹝ɪkˋsklem﹞【注意發音】 | *v.* | 大叫 |
| | | | |
| **execute** [5] | ﹝ˋɛksɪˏkjut﹞ | *v.* | 執行 |
| **execution** [6] | ﹝ˏɛksɪˋkjuʃən﹞ | *n.* | 執行 |
| **executive** [5] | ﹝ɪgˋzɛkjutɪv﹞ | *n.* | 主管 |

【記憶技巧】

　　從上一回的「過度的」(excessive)，想到記者看到緋聞，過度的腎上腺素會「使」他太「興奮」(excite)，充滿「興奮」(excitement)要去跟別人「交換」(exchange)其他小道消息，聽到這些「排除」(exclude)他人且「獨家的」(exclusive)內容，他快樂地「大叫」(exclaim)，他趕回去報社，立即「執行」(execute)他寫獨家報導的工作。因為他優秀的「執行」(execution)能力，他很快就被升遷為「主管」(executive)。

BOOK

**5**

1. **excite** *v.* 使興奮 ( = *thrill* )
   ex (*out*) + cite (*call*) = excite，把人叫出來，要「使興奮」。

2. **excitement** *n.* 興奮 ( = *thrill* )
   excite (使興奮) + ment (*n.*) = excitement
   with excitement 興奮地 ( = *excitedly* )

3. **exchange** *v.* 交換（ = *give each other sth.* ）
   ex ( *out* ) + change（改變）= exchange
   exchange A for B 用 A 換 B
   We ***exchanged*** labor for room and board.
   （我們用勞力換住宿。）

4. **exclude** *v.* 排除（ = *keep out* ）

   | ex　+ clude |
   | \|　　　　\| | 關在外面，就是「排除」
   | *out* + *close* |

   ex　+ clude
   ｜　　　｜　　關在外面，就是「排除」
   *out* + *close*

5. **exclusive** *adj.* 獨家的（ = *only* ）；獨有的（ = *entire* ）
   exclude（排除）– de + sive (*adj.*) = exclusive
   exclusive news 獨家新聞
   She wants her boyfriend's ***exclusive*** attention.
   （她要她的男朋友只專注於她。）

6. **exclaim** *v.* 大叫（ = *cry out* ）
   ex ( *out* ) + claim（聲稱）= exclaim，大力聲稱，就是「大叫」。

7. **execute** *v.* 執行（ = *carry out* ）；處死（ = *put to death* ）
   字根不好背，背諧音：愛死苦，喜愛苦的人，「執行」工作
   很快；喜愛看別人受苦，會「處死」他人。

8. **execution** *n.* 執行（ = *carrying out* ）；處死（ = *killing* ）
   execute（執行）– e + ion= execution
   He failed in the ***execution*** of his duties.（他沒有履行職責。）

9. **executive** *n.* 主管（ = *administer* ）　*adj.* 執行的
   （ = *administrative* ）；行政的
   execute（執行）– e + ive（人）= executive
   the Executive Yuan 行政院

# *34. exist*

| | | | |
|---|---|---|---|
| *exist* [2] | 〔 ɪg'zɪst 〕 | *v.* | 存在 |
| *existence* [3] | 〔 ɪg'zɪstəns 〕 | *n.* | 存在 |
| *exit* [3] | 〔 'ɛgzɪt , 'ɛksɪt 〕 | *n.* | 出口 |
| *exhibit* [4] | 〔 ɪg'zɪbɪt 〕【注意發音】 | *v.* | 展示 |
| *exhibition* [3] | 〔 ,ɛksə'bɪʃən 〕【注意發音】 | *n.* | 展覽會 |
| *exhaust* [4] | 〔 ɪg'zɔst 〕【注意發音】 | *v.* | 使精疲力盡 |
| *exercise* [2] | 〔 'ɛksə,saɪz 〕 | *v. n.* | 運動 |
| exert [6] | 〔 ɪg'zɝt 〕 | *v.* | 運用 |
| exotic [6] | 〔 ɪg'zɑtɪk 〕 | *adj.* | 有異國風味的 |

【記憶技巧】

從上一回的「主管」(executive)，想到有主管「存在」
(exist) 於部門，是很重要的。他的「存在」(existence)
讓員工不會上班時在逃生「出口」(exit) 處偷懶，監督員工
「展示」(exhibit) 公司的新產品，在「展覽會」(exhibition)
上「使」大家都「精疲力盡」(exhaust)。為了保持體力，他
會鼓勵大家要多「運動」(exercise)，並「運用」(exert) 想
像力來研發「有異國風味的」(exotic) 產品來吸引顧客。

BOOK
5

1. **exist** *v.* 存在 ( = *be* )
   ex (*out*) + (s)ist (*stand*) = exist，站出來，就是「存在」。

2. **existence** *n.* 存在 ( = *being* )
   exist ( 存在 ) + ence (*n.*) = existence
   come into existence 產生；出現

New companies *come into existence* every year.
（每年都有新的公司出現。）

3. **exit** *n.* 出口（= *way out*）
ex (*out*) + it (*go*) = exit，向外走出去的地方，就是「出口」。

4. **exhibit** *v.* 展示（= *display*）

> ex ＋ hibit
> ｜　　｜　　　　習慣表現在外，就是「展示」。
> out ＋ habit

5. **exhibition** *n.* 展覽會（= *display*）
exhibit（展示）+ ion (*n.*) = exhibition
on exhibition 展示的；展覽中（= *on display*）
*On exhibition* are costumes from all over the world.
（展出的是來自世界各地的服飾。）

6. **exhaust** *v.* 使精疲力盡（= *tire out*）；用光（= *use up*）
*n.* 廢氣（= *gases ejected from an engine*）
諧音：一刻殺死，一刻就殺死全部的人，「使」你「精疲力盡」。

7. **exercise** *v.* 運動（= *work out*）　*n.* 運動；練習
do exercise 做運動
Have you done your piano *exercises* yet?（你練過鋼琴了嗎？）

8. **exert** *v.* 運用（= *use*）；施加（壓力）；盡（力）
ex (*out*) + ert (*join*) = exert，把力量結合在一起，就是「運用」。諧音可以記：一個捧，「運用」力氣捧人。
A ruler *exerts* authority.（統治者運用權威。）

9. **exotic** *adj.* 有異國風味的（= *foreign*）
exo (*outside*) + tic (*adj.*) = exotic，外面來的，就是「有異國風味的」。

# 35. *expect*

| | | |
|---|---|---|
| * expect [2] | 〔 ɪk'spɛkt 〕 | v. 期待 |
| * expectation [3] | 〔 ˌɛkspɛk'teʃən 〕 | n. 期望 |
| expedition [6] | 〔 ˌɛkspɪ'dɪʃən 〕 | n. 探險 |
| * expense [3] | 〔 ɪk'spɛns 〕 | n. 費用 |
| * expensive [2] | 〔 ɪk'spɛnsɪv 〕 | adj. 昂貴的 |
| expel [6] | 〔 ɪk'spɛl 〕 | v. 驅逐 |
| * experiment [3] | 〔 ɪk'spɛrəmənt 〕 | n. 實驗 |
| * experimental [4] | 〔 ɪkˌspɛrə'mɛntl̩ 〕 | adj. 實驗的 |
| * experience [2] | 〔 ɪk'spɪrɪəns 〕 | n. 經驗 |

【記憶技巧】

從上一回的「有異國風味的」( exotic )，想到「期待」( expect ) 要去有異國風味的地方，心中滿是「期望」( expectation )，這一場「探險」( expedition ) 所花的「費用」( expense )，是非常「昂貴的」( expensive )，感覺自己就像被「驅逐」( expel ) 出境，做新的「實驗」( experiment )，這趟「實驗的」( experimental ) 旅程，會是一生難忘的「經驗」( experience )。

1. **expect** *v.* 期待 ( = *anticipate* )
   ex (*out*) + (s)pect (*see*) = expect，往外看，就是「期待」。

2. **expectation** *n.* 期望；期待 ( = *anticipation* )
   expect (期待) + ation (*n.*) = expectation
   live up to *one's* expectations　不辜負某人的期望

BOOK

5

3. expedition  *n.* 探險（ = *exploration* ）；旅行（ = *journey* ）

| ex + pedi + tion |
|    \|     \|     \| |
| *out* + *foot* + *n.* |

腳往外走，就是「探險；旅行」。
諧音記：一刻死比地深，「探險」要小
心，不然一刻就死在比地還深的地方。

We plan to go on a shopping *expedition*.
（我們打算去一趟購物之旅。）

4. **expense**  *n.* 費用（ = *cost* ）
ex (*out*) + (s)pense (*spend*) = expense，花出去的，就是「費用」。
at the expense of  以…爲代價
He succeeded *at the expense of* his health.
（他的成功是以他的健康爲代價。）

5. **expensive**  *adj.* 昂貴的（ = *costly* ）
expense（費用）– e + ive (*adj.*) = expensive

6. **expel**  *v.* 驅逐（ = *exile* ）；開除（ = *kick out* ）
ex (*out*) + pel (*push*) = expel，推出去，就是「驅逐；開除」。
He was *expelled* for cheating on an exam.
（他因爲考試作弊而被開除。）

7. **experiment**  *n.* 實驗（ = *test* ）
ex (*out*) + peri (*try*) + ment (*n.*) = experiment，嘗試過的事情，
就是「實驗」。
do an experiment with  用…做實驗

8. **experimental**  *adj.* 實驗的（ = *based on experiment* ）
experiment（實驗）+ al (*adj.*) = experimental

9. **experience**  *n.* 經驗（ = *happening* ）
experiment – ment + ence (*n.*) = experience，實驗是種
「經驗」。

# *36. expand*

| | | |
|---|---|---|
| * **expand** 4 | 〔 ɪk'spænd 〕 | v. 擴大 |
| * **expansion** 4 | 〔 ɪk'spænʃən 〕 | n. 擴大 |
| * **explain** 2 | 〔 ɪk'splen 〕 | v. 解釋 |
| | | |
| * **explode** 3 | 〔 ɪk'splod 〕 | v. 爆炸 |
| * **explosion** 4 | 〔 ɪk'sploʒən 〕 | n. 爆炸 |
| * **explosive** 4 | 〔 ɪk'splosɪv 〕 | *adj.* 爆炸性的 |
| | | |
| * **explore** 4 | 〔 ɪk'splor 〕 | v. 在…探險 |
| **exploration** 6 | 〔 ͵ɛksplə'reʃən 〕 | n. 探險 |
| **exploit** 6 | 〔 ɪk'splɔɪt 〕 | v. 開發 |

【記憶技巧】

　　從上一回的「經驗」( experience )，想到經驗可以「擴大」( expand ) 視野，眼界的「擴大」( expansion ) 讓自己可以用不同的角度「解釋」( explain ) 各種現象。這種體驗，就像是原本固有的刻板印象「爆炸」( explode ) 了，「爆炸」( explosion ) 過後，就會開始勇於做其他「爆炸性的」( explosive ) 嘗試，像是「在」非洲「探險」( explore )，這類型的「探險」( exploration ) 可以「開發」( exploit ) 出潛能和興趣。

1. **expand** *v.* 擴大 ( = *increase* )
   ex (*out*) + pand (*spread*) = expand，往外擴張，就是「擴大」。
   expand *one's* horizons　擴展某人的眼界

2. expansion　*n.* 擴大 ( = *increase* )
   expand (擴大) – d + sion (*n.*) = expansion

BOOK

**5**

The rapid *expansion* of cities can cause social and economic problems. (城市快速的擴大可能會造成社會和經濟的問題。)

3. **explain** *v.* 解釋 ( = *make clear* )

   ex ( 加強語氣 ) + plain ( 清楚的 ) = explain，使它更清楚，就是「解釋」。

4. **explode** *v.* 爆炸 ( = *blow up* )

   ex ( *out* ) + plode ( *applaud* ) = explode，拍手很大聲，屋頂都要「爆炸」。

5. explosion *n.* 爆炸 ( = *blowup* )

   explode ( 爆炸 ) – de + sion ( *n.* ) = explosion
   Three people were killed in a bomb *explosion*.
   ( 三個人死於炸彈爆炸。)

6. explosive *adj.* 爆炸性的 ( = *able to explode* )　*n.* 炸彈

   explode ( 爆炸 ) – de + sive ( *n. adj.* ) = explosive

7. **explore** *v.* 在…探險 ( = *travel around* )；探測；探討；研究 ( = *research* )

   背諧音：一刻死剝，一刻裡一直剝絲抽繭，就是「在…探險；研究」。
   He *explored* the region around the South Pole.
   ( 他探測了南極地帶。)

8. exploration *n.* 探險 ( = *expedition* )；研究 ( = *research* )

   explore ( 在…探險 ) – e + ation ( *n.* ) = exploration
   the exploration of space　太空探險

9. exploit *v.* 開發 ( = *make good use of* )；剝削 ( = *abuse* )

   exploy ( 雇用 ) – y + it ( *v.* ) = exploit，雇用員工來「開發」新產品，過度使用他們的勞力則變成「剝削」。
   exploit natural resources　開發天然資源

# *1. expose*

| | | | |
|---|---|---|---|
| * **expose** 4 | 〔 ɪk'spoz 〕 | v. | 暴露 |
| * **exposure** 4 | 〔 ɪk'spoʒɚ 〕 | n. | 暴露 |
| * **export** 3 | 〔 ɪks'port 〕 | v. | 出口 |
| * **express** 2 | 〔 ɪk'sprɛs 〕 | v. | 表達 |
| * **expression** 3 | 〔 ɪk'sprɛʃən 〕 | n. | 表達 |
| **expressive** 3 | 〔 ɪk'sprɛsɪv 〕 | adj. | 表達的 |
| * **expire** 6 | 〔 ɪk'spaɪr 〕 | v. | 到期 |
| **expiration** 6 | 〔,ɛkspə'reʃən 〕 | n. | 期滿 |
| **exquisite** 6 | 〔 ɪk'skwɪzɪt 〕 | adj. | 精緻的 |

【注意發音說明】

【記憶技巧】

　　想像要賣東西到國外，有人「暴露」( expose ) 了
海關「出口」( export ) 的捷徑。我「表達」( express )
想使用，卻因為貴賓卡已經「到期」( expire )，「期滿」
( expiration ) 了，沒辦法受到「精緻的」( exquisite )
禮遇。

1. **expose** v. 暴露 ( = *uncover* )；使接觸 ( = *lay open to* )
   ex (*out*) + pose (*put*) = expose
   放在外面，就是「暴露」，也會「使」容易「接觸」。
   The film was **exposed** to the light.
   （那捲底片曝光了。）

**BOOK**

**6**

2. exposure　*n.* 暴露（= *being unprotected*）；接觸（= *contact*）
After only a short *exposure* to sunlight, he began to turn red.
（他在陽光下只曬了一會兒，皮膚就開始變紅了。）

3. export　*v.* 出口（= *transport abroad*）

> ex + port
> ｜　　｜
> out + bring

往外帶，就是「出口」。
相反詞是 import（進口）。

4. **express**　*v.* 表達（= *communicate*）　　*adj.* 快遞的（= *speedy delivery*）；快速的（= *speedy*）

5. **expression**　*n.* 表達（= *explanation*）；表情（= *face*）；說法（= *a particular wording or phrasing*）

6. expressive　*adj.* 表達的（= *telling*）；富於表情的（= *vivid*）
She has such an *expressive* face.（她有一張表情很豐富的臉。）

7. **expire**　*v.* 到期（= *terminate*）

> ex + spire
> ｜　　｜
> out + breathe

呼完了，氣數盡了，就「到期、死亡」。

8. expiration　*n.* 期滿（= *termination*）
expiration date　有效期限

9. exquisite　*adj.* 精緻的（= *fine*）；高雅的（= *graceful*）
His photography is *exquisite*.（他的攝影非常精緻。）

> 我們現在的字典，大多根據 1944 年出版的 A Pronouncing
> Dictionary of American English，但是現在根據統計，美國只有
> 24% 年紀較大的人，把 exquisite 唸成〔′ɛkskwɪzɪt〕，76% 的人唸
> 成〔ɪk′skwɪzɪt〕。（詳見 Longman Pronunciation Dictionary p.292）

# 2. *extend*

| | | | |
|---|---|---|---|
| *extend 4 | ( ɪk'stɛnd ) | *v.* | 延伸 |
| *extension 5 | ( ɪk'stɛnʃən ) | *n.* | 延伸 |
| *extensive 5 | ( ɪk'stɛnsɪv ) | *adj.* | 大規模的 |
| exterior 5 | ( ɪk'stɪrɪə ) | *adj.* | 外表的 |
| external 5 | ( ɪk'stɝnḷ ) | *adj.* | 外部的 |
| *extent 4 | ( ɪk'stɛnt ) | *n.* | 程度 |
| extinct 5 | ( ɪk'stɪŋkt ) | *adj.* | 絕種的 |
| extract 6 | ( ɪk'strækt ) | *v.* | 拔出 |
| extracurricular 6 | (ˌɛkstrəkə'rɪkjələ ) | *adj.* | 課外的 |

【記憶技巧】

　　從上一回的 exquisite ( 精緻的 ) 想到「一口氣英語」精緻的產品要「延伸」( extend )，「延伸」( extension ) 出去之後就變「大規模的」( extensive )，伸到「外部的」( exterior )、「外面的」( external ) 去。轟動「程度」( extent ) 讓不良的對手變成「絕種的」( extinct )，鐵公雞也「拔出」( extract ) 錢買，成為「課外的」( extracurricular ) 學習最佳選擇。

1. **extend** *v.* 延伸 ( = *make broader* )；延長 ( = *make longer* )
   ex (*out*) + tend ( 伸 ) = extend
   往外伸，就是「延伸；延長」。

2. **extension** *n.* 延伸 ( = *making longer* )；( 電話 ) 分機

3. **extensive** *adj.* 大規模的（= *massive*）；廣泛的；大量的

```
ex +  tens  + ive
 |      |      |
out + stretch + adj.
```
往外延伸，就是「大規模的」。

He suffered a broken wrist and *extensive* bruising.
（他手腕骨折及身上出現大量的瘀青。）

4. exterior *adj.* 外表的（= *on the outside*）；外面的
（= *relating to the outside*）　*n.* 外部
The house needs some minor repairs to the *exterior*.
（房子外面需要小幅維修。）

5. external *adj.* 外部的（= *outside*）；外用的（= *suitable for the outside*）
This ointment is for *external* use only.（這藥膏僅限外用。）
exterior 和 external 這兩個字有時候可混用，但作「外用的」解時，只能用 external。

6. extent *n.* 程度（= *degree*）
She tried to assess the *extent* of the damage.
（她試著評估損傷的程度。）

7. **extinct** *adj.* 絕種的（= *having died out*）
Siberian tigers are nearly *extinct* in the wild.
（在野外，西伯利亞虎幾乎絕種。）
名詞是 extinction〔ɪkˈstɪŋkʃən〕*n.* 絕種，但 7000 字未收錄。

8. extract〔ɪkˈstrækt〕*v.* 拔出（= *draw out*）
〔ˈɛkstrækt〕*n.* 摘錄　　extract a tooth　拔牙

9. extracurricular *adj.* 課外的（= *outside of class*）
extracurricular activity　課外活動

# *3. fable*

| | | | |
|---|---|---|---|
| *fable⁴ | ( 'febḷ ) | *n.* | 寓言 |
| fabric⁵ | ( 'fæbrɪk ) | *n.* | 布料 |
| fabulous⁶ | ( 'fæbjələs ) | *adj.* | 極好的 |
| | | | |
| facial⁴ | ( 'feʃəl ) | *adj.* | 臉部的 |
| *facility⁴ | ( fə'sɪlətɪ ) | *n.* | 設備 |
| facilitate⁶ | ( fə'sɪlə,tct ) | *v.* | 使便利 |
| | | | |
| **fact¹ | ( fækt ) | *n.* | 事實 |
| faction⁵ | ( 'fækʃən ) | *n.* | 派系 |
| *factor³ | ( 'fæktɚ ) | *n.* | 因素 |

【記憶技巧】

　　從上一回的 extracurricular ( 課外的 )，想到課外活動會講「寓言」( fable ) 故事，故事中公主用的「布料」( fabric ) 都是「極好的」( fabulous )，連「臉部的」( facial ) 保養都有專門的「設備」( facility )，「使」她「便利」( facilitate ) 梳妝打扮。但殘酷的「事實」( fact ) 到來，因為「派系」( faction ) 鬥爭的「因素」( factor )，王族失勢，使公主流落民間。

1. fable *n.* 寓言；故事 ( = *story* )
　　它的字根是 fab ( *speak* )，靠口說而傳的，就是「寓言；故事」。
　　Aesop's Fables　伊索寓言

BOOK
6

2. fabric　*n.* 布料（= *material of clothes* ）；織品；織物
「纖維」（fiber）織成「布料」（fabric）。fabric 是比較厚
一點的布料，多用於沙發、地毯，和窗簾。（詳見「一口氣背
會話」下集 p.1308 ）

3. fabulous　*adj.* 極好的（= *wonderful* ）
像故事（fable ）中一樣好，就是「極好的」。
You look *fabulous*!（你看起來眞棒！）

4. **facial**　*adj.* 臉部的（= *of the face* ）
face（臉）– e + ial（*adj.*）= facial

5. **facility**　*n.* 設備；設施（= *equipment* ）；廁所【常用複數】
它的字根是 fac（*do*），做事需要「設備、設施」。
如果你跟外國人說：I need to use the *facilities*.（我需要上
洗手間。）他會認為你英文很好。這裡的 facilities 是指「衛
生設備」，也就是「廁所」。
military facilities　軍事設施

6. **facilitate**　*v.* 使便利（= *assist the progress of* ）
facility（設施）– y + ate（*v.*）= facilitate
Computers can be used to *facilitate* language learning.
（電腦可以用來便利語言學習。）

7. **fact**　*n.* 事實（= *truth* ）
in fact　事實上（= *in truth* ）

8. **faction**　*n.* 派系（= *a group sharing a cause* ）

> fact + ion
> 　|　　|
> do　+　n.

一群人做相同的事，會形成「派系」。

9. **factor**　*n.* 因素（= *determinant* ）
social and economic *factors*　政治與經濟因素

# *4. fail*

| | | | |
|---|---|---|---|
| **ᵃfail** ² | 〔 fel 〕 | | *v.* 失敗 |
| *failure* ² | 〔'feljɚ 〕 | | *n.* 失敗 |
| *fade* ³ | 〔 fed 〕 | | *v.* 褪色 |
| | | | |
| **ᵃfair** ² | 〔 fɛr 〕 | | *adj.* 公平的 |
| *fairly* ³ | 〔'fɛrlɪ 〕 | 【注意發音 不同】 | *adv.* 公平地 |
| *fairy* ³ | 〔'fɛrɪ 〕 | | *n.* 仙女 |
| | | | |
| *faith* ³ | 〔 feθ 〕 | | *n.* 信念 |
| *faithful* ⁴ | 〔'feθfəl 〕 | | *adj.* 忠實的 |
| *fake* ³ | 〔 fek 〕 | | *adj.* 假的 |

【記憶技巧】

從上一回的 factor（因素），想到公主受到不良因素的影響，變得「失敗」（fail；failure），人生瞬間光芒隨之「褪色」（fade）。其實上天是「公平的」（fair），「公平地」（fairly）對人。求神問卜拜「仙女」（fairy），不如秉持「信念」（faith），一步一腳印，成為「忠實的」（faithful）實踐者，除此之外，都是「假的」（fake）。

1. **fail** *v.* 失敗 ( = *be unsuccessful* )
   fail to V. 未能…

**BOOK**

**6**

2. **failure** *n.* 失敗 ( = *lack of success* )
   fail ( 失敗 ) + ure = failure
   The meeting was a total ***failure***. ( 那次會議完全失敗。 )

3. **fade** *v.* 褪色 ( = *lose color* )；逐漸消失
   The colors soon ***faded*** out of the fabric.
   ( 那塊布很快就褪了色。 )

4. **fair** *adj.* 公平的 ( = *impartial* )
   All's ***fair*** in love and war. (【諺】戀愛和戰爭是不擇手段的。 )

5. **fairly** *adv.* 公平地 ( = *justly* )；相當地 ( = *quite* )
   I am ***fairly*** sure. ( 我相當確定。 )

6. fairy 仙女 ( = *genie* )
   「童話故事」是 fairy tale，裡面總是不乏「仙女」。

7. **faith** *n.* 信念 ( = *belief* )；信任 ( = *trust* )
   faith 由字根 fid ( 信念 ) 變形，如 confidence 是「信心」。
   He was strong in his ***faith***. ( 他當時懷有強烈的信念。 )

8. **faithful** *adj.* 忠實的 ( = *loyal* )

   | faith + ful | |
   | --- | --- |
   | &#124; &#124; | 對某個人事物具有信念，自然會無比「忠實」。 |
   | *faith + adj.* | |

   They are ***faithful*** supporters of the Labour Party.
   ( 他們是工黨的忠實支持者。 )

9. fake *adj.* 假的 ( = *not true* )；仿冒的 ( = *false* )
   a fake passport 假護照

# 5. family

| **family** [1] | 〔'fæməlɪ 〕 | n. 家庭 |
| **familiar** [3] | 〔 fə'mɪljɚ 〕 | adj. 熟悉的 |
| **familiarity** [6] | 〔 fə,mɪlɪ'ærətɪ 〕 | n. 熟悉 |
| | | |
| **fame** [4] | 〔 fem 〕 | n. 名聲 |
| **famous** [2] | 〔'feməs 〕 | adj. 有名的 |
| **famine** [6] | 〔'fæmɪn 〕【注意發音】 | n. 飢荒 |
| | | |
| **fall** [1] | 〔 fɔl 〕 | v. 落下 |
| **false** [1] | 〔 fɔls 〕 | adj. 錯誤的 |
| **falter** [5] | 〔'fɔltɚ 〕 | v. 搖晃 |

【記憶技巧】

從上一回的 fake（假的），聯想到買到假貨時，受騙
上當只有「家庭」(family) 給你依靠，家人是你最「熟
悉的」(familiar)，「熟悉」(familiarity) 才安全。不管
多有「名聲」(fame)、是不是「有名的」(famous) 人，
如果經歷「飢荒」(famine)，還是可能一「落」(fall) 千
丈。像背棄家人這種「錯誤的」(false) 舉動，只會落得
「蹣跚」(falter) 獨行。

1. **family** n. 家庭 ( = *home* )；家人 ( = *kin* )

2. **familiar** adj. 熟悉的 ( = *well-known* )
   家人 (family) 是最「熟悉的」(familiar) 人。

3. **familiarity** *n.* 熟悉（= *acquaintance*）

| familiar + ity |
|---|
|       &#124; |
| *familiar* + *n.* |

跟家人（family）很像。
「家人」最「熟悉」。

His *familiarity* with this system is pretty limited.
（他對這系統還不太熟悉。）
*Familiarity* breeds contempt.（【諺】熟悉產生輕視。）

4. **fame** *n.* 名聲（= *celebrity*）

5. **famous** *adj.* 有名的（= *notable to many*）

6. famine *n.* 飢荒（= *hunger disaster*）
可用諧音記：飢荒（famine）會死於「非命」。
A million people are facing *famine*.
（一百萬人正面臨飢荒。）

7. **fall** *v.* 落下（= *drop down*）　*n.* 秋天（= *autumn*）
秋天會落葉，所以有「落下」和「秋天」兩個意思。注
意美國人使用的季節序是「冬春夏秋」（winter, spring,
summer, fall），因為 1 月份新年是冬天。

8. **false** *adj.* 錯誤的（= *wrong*）；偽造的；假的
The statement gives us a *false* impression.
（那段陳述給了我們錯誤的印象。）
a false smile　假笑

9. **falter** *v.* 搖晃（= *sway*）；站不穩（= *stagger*）
She *faltered* for a moment.（她走路搖搖晃晃了一陣。）
He could feel his legs *faltering*.（他覺得雙腳發軟。）

BOOK
**6**

# *6. fan*

| | | |
|---|---|---|
| **fan** [3,1] | [ fæn ] | *n.* (影、歌、球)迷 |
| **fancy** [3] | ['fænsɪ ] | *adj.* 花俏的 |
| **fantasy** [4] | ['fæntəsɪ ] | *n.* 幻想 |
| | | |
| **fare** [3] | [ fɛr ] | *n.* 車資 |
| **farewell** [4] | [,fɛr'wɛl ]【注意重音】 | *n.* 告別 |
| **fantastic** [4] | [ fæn'tæstɪk ] | *adj.* 極好的 |
| | | |
| **farm** [1] | [ farm ] | *n.* 農田 |
| **farmer** [1] | ['farmɚ ] | *n.* 農夫 |
| **farther** [3] | ['farðɚ ] | *adj.* 更遠的 |

【記憶技巧】

從上一回的 falter (蹣跚) 亂走的樣子，聯想到對國外生活瘋狂的「迷」( fan )，走路搖搖晃晃 ( falter )，穿上「花俏的」( fancy ) 衣裳，懷著各種「幻想」( fantasy )。帶著「車資」( fare )，向家人「告別」( farewell )，在「極好的」( fantastic ) 心情下奔赴打工。結果只看到「農田」( farm ) 和「農夫」( farmer ) 雇主。她決定往「更遠的」( farther ) 地方去。

1. **fan** *n.* ( 影、歌、球等的 ) 迷 ( = *a person who is enthusiastic* )；風扇 ( = *wind blower* )

   fan 的複數是 fans [ fænz ]，就是現在常說的「粉絲」( 即歌迷、影迷等 ) 的由來。

BOOK

**6**

2. fancy  *adj.* 花俏的（= *extravagant*）；昂貴的（= *expensive*）
   fancy car  名車　fancy dress  盛裝

3. **fantasy**  *n.* 幻想（= *dream*）
   I used to have *fantasies* about living in Paris.
   （我曾幻想住在巴黎。）

4. fare  *n.* 車資（= *amount charged for transportation*）
   跟 far 同源。可以記：到遠處（far），需要「車資」（fare）。
   Children under 14 travel half-*fare*.
   （14 歲以下孩童半票。）

5. farewell  *n.* 告別（= *departing saying*）

   | fare + well |
   |:---:|
   | &#124;　　&#124; |
   | *far*　+ *good* |

   到遠（far）處要好好（well）過，
   就是「告別」。

6. **fantastic**  *adj.* 極好的（= *amazing*）
   fantasy – y + tic。如同幻想（fantasy）般，就是「極好的」。
   It's such a *fantastic* place!（這地方太棒了！）

7. farm  *n.* 農田（= *land for agriculture*）

8. **farmer**  *n.* 農夫（= *peasant*）
   farm + er，很簡單。但要注意的是 er 字尾並非都是「人」，
   有時也指工具，如 screwdriver（螺絲起子）、cooker（烹
   調器具）等。

9. farther  *adj.* 更遠的（= *at a greater distance*）
   We decided to go *farther*.（我們決定向更遠的地方去）

# 7. *fate*

| | | | |
|---|---|---|---|
| ***fate** 3 | 〔 fet 〕 | | *n.* 命運 |
| ***fatal** 4 | 〔 ˈfetḷ 〕 | | *adj.* 致命的 |
| **fatigue** 5 | 〔 fəˈtig 〕【注意發音】 | | *n.* 疲勞 |
| | | | |
| ***favor** 2 | 〔 ˈfevɚ 〕 | | *n.* 恩惠 |
| ***favorable** 4 | 〔 ˈfevərəbḷ 〕 | | *adj.* 有利的 |
| ‡**favorite** 2 | 〔 ˈfevərɪt 〕 | | *adj.* 最喜愛的 |
| | | | |
| ***fault** 2 | 〔 fɔlt 〕 | | *n.* 過錯 |
| ***faucet** 3 | 〔 ˈfɔsɪt 〕 | | *n.* 水龍頭 |
| ***fax** 3 | 〔 fæks 〕 | | *v.* 傳眞 |

【記憶技巧】

從上一回的 farther（更遠的）聯想到「命運」（fate）在遠方等著她。長途勞累雖不是「致命的」（fatal），但也免不了「疲勞」（fatigue）。所幸有旅館施予「恩惠」（favor），提供「有利的」（favorable）折扣，她挑了「最喜愛的」（favorite）房間住下。結果犯了一個「過錯」（fault），整晚忘記關「水龍頭」（faucet），飯店「傳眞」（fax）大筆的帳單給她。

1. fate *n.* 命運（= *destiny*）

2. fatal *adj.* 致命的（= *deadly*）
   a fatal disease 致命的疾病
   fatal = lethal〔ˈliθəl〕= mortal = deadly

**BOOK**

**6**

3. fatigue *n.* 疲勞 ( = *tiredness* )

可以這樣記：肥胖（fat）的人，容易「疲勞」。

His face was grey with ***fatigue***. ( 他因疲勞而臉色蒼白。)

【grey〔gre〕*adj.* 灰色的；臉色蒼白的】

i 發 /i/ 的情況不多，詳見「文法寶典」第一冊。

4. **favor** *n.* 恩惠 ( = *benefit* )；幫忙 ( = *help* )

do *sb.* a favor 幫某人的忙

5. **favorable** *adj.* 有利的 ( = *advantageous* )

> favor + able
> |　　|
> *good* + able

好的東西，都是對人「有利的」。

favorable weather conditions 有利的天氣狀況

6. **favorite** *adj.* 最喜愛的 ( = *preferred* )

可以跟 favorable 一起記。「有利的」東西令人「喜愛」。

7. **fault** *n.* 過錯 ( = *mistake* )

It's not your ***fault***. ( 這不是你的錯。)

8. **faucet** *n.* 水龍頭 ( = *tap* )

fauc（喉嚨）+ et (*little*) = faucet

港澳地區説「水喉」，就是「水龍頭」。

9. **fax** *v.* 傳真 ( = *facsimile* )

fac (*do*) + simile (*similar*) = facsimile

做出相似的，就是「傳真」。

The contract should be ***faxed*** to him today.

( 今天要把合約傳真給他。)

# *8. fear*

| | | |
|---|---|---|
| ‡**fear** [1] | 〔 fɪr 〕 | *n.* 恐懼 |
| **fearful** [2] | 〔'fɪrfəl 〕 | *adj.* 害怕的 |
| **feasible** [6] | 〔'fizəbḷ 〕 | *adj.* 可實行的 |
| | | |
| ***feast** [4] | 〔 fist 〕 | *n.* 盛宴 |
| ***feature** [3] | 〔'fitʃɚ 〕 | *n.* 特色 |
| ***feather** [3] | 〔'fɛðɚ 〕 | *n.* 羽毛 |
| | | |
| ‡**February** [1] | 〔'fɛbjʊˌɛrɪ 〕【注意發音說明】 | *n.* 二月 |
| **federal** [5] | 〔'fɛdərəl 〕 | *adj.* 聯邦的 |
| **federation** [6] | 〔ˌfɛdə'reʃən 〕 | *n.* 聯邦政府 |

【記憶技巧】

　　從上一回 fax 帳單，聯想到鉅額的帳單讓她「恐懼」（fear），感到「害怕的」（fearful），想不出「可實行的」（feasible）解決方案。樓下大廳正舉辦「盛宴」（feast），桌子插滿具有「特色」（feature）的「羽毛」（feather）。此時正值「二月」（February），她求助於美國「聯邦的」（federal）「聯邦政府」（federation）。

1. **fear** *n.* 恐懼（= *dread*）　*v.* 害怕

2. **fearful** *adj.* 害怕的（= *afraid*）；可怕的（= *dreadful*）
   People are *fearful* of the rising crime.
   （人們對增加的犯罪事件感到害怕。）

BOOK **6**

3. feasible *adj.* 可實行的 ( = *practicable* )

$$\begin{array}{c c} \text{feas} & + & \text{ible} \\ | & & | \\ do & + & able \end{array}$$ 可以做的，就是「可實行的」。

The scheme seems *feasible*. ( 那計畫看來可行。)

4. **feast** *n.* 盛宴 ( = *banquet* (ˈbæŋkwɪt ) )
   和 festival ( 慶典 ) 同源、發音相近，可一起記。
   a wedding feast 結婚喜宴 ( = *a wedding banquet* )

5. **feature** *n.* 特色 ( = *characteristic* ) *v.* 以…為特色
   The exhibition *features* paintings by Picasso.
   ( 這場展覽的特色是有畢卡索的畫作。)

6. feather *n.* 羽毛 ( = *tuft of bird* )
   可用諧音記憶：用來「飛的」( feather )，就是「羽毛」。
   Birds of a *feather* flock together. (【諺】物以類聚。)

7. February *n.* 二月 ( = *the second month of a year* )
   這個字也可唸成 (ˈfɛbruˌɛrɪ )。根據發音字典，現在美國人
   64% 唸 /ju/，36% 唸 /ru/。

8. federal *adj.* 聯邦的 ( = *confederate* )
   字根 fed 語源跟 faith 相同，指信念。信念相同，可以組
   成「聯邦」。
   Federal Bureau of Investigation 美國聯邦調查局 ( = FBI )

9. federation *n.* 聯邦政府 ( = *federal government* )；聯盟
   ( = *league* )
   the Russian Federation 俄羅斯聯邦

# *9. fertile*

| | | | |
|---|---|---|---|
| *fertile ⁴ | ('fɜtl̩ ) | *adj.* | 肥沃的 |
| fertility ⁶ | ( fɜ'tɪlətɪ ) | *n.* | 肥沃 |
| *fertilizer ⁵ | ('fɜtl̩‚aɪzə ) | *n.* | 肥料 |
| *female ² | ('fimel ) | *n.* | 女性 |
| feminine ⁵ | ('fɛmənɪn ) | *adj.* | 女性的 |
| *fence ² | ( fɛns ) | *n.* | 籬笆 |
| *fetch ⁴ | ( fɛtʃ ) | *v.* | 拿來 |
| **festival ² | ('fɛstəvl̩ ) | *n.* | 節日 |
| *ferry ⁴ | ('fɛrɪ ) | *n.* | 渡輪 |

【記憶技巧】

　　從上一回的 federation（聯邦政府）聯想到，聯邦政府租給她的田地並不是「肥沃的」（fertile），「肥沃」（fertility）程度低，只好大量使用「肥料」（fertilizer）。她雖是「女性」（femalc），卻沒有「女性的」（feminine）嬌弱，她圍起「籬笆」（fence），把耙子「拿來」（fetch）就開始幹活，不顧那天是「節日」（festival），有很多人坐著「渡輪」（ferry）在遊覽。

1. **fertile** *adj.* 肥沃的 ( = *ready to produce* )

　這個字諧音唸起來就像「肥土」。相反詞是 sterile ('stɛrəl )
　*adj.* 貧瘠的。

2. **fertility** *n.* 肥沃 ( = *readiness to produce* )

　The area is known for its soil *fertility*. ( 此地以沃土而聞名。 )

BOOK **6**

3. fertilizer  *n.* 肥料 ( = *a substance to aid crop production* )
   fertile ( 肥沃的 ) – e + izer = fertilizer
   organic fertilizer  有機肥料

4. **female**  *n.* 女性 ( = *woman* )    *adj.*  女性的 ( = *feminine* )
   相反詞是 male〔mel〕*n.* 男性。    a female name 女性的名字

5. feminine  *adj.*  女性的 ( = *ladylike* )
   跟 female 唸法、意義都相近，可以一起記。
   Her clothes are always very *feminine*.
   ( 她的穿著總是十分女性化。)

6. fence  *n.* 籬笆 ( = *an upright structure like a wall* )
   sit on the fence  騎牆；觀望
   He often sits on the *fence* in important debates.
   ( 在重要的辯論中，他常騎牆觀望。)

7. fetch  *v.* 拿來 ( = *go and get* )；去拿
   中文的「去拿」，常含有「拿回來」的意思。
   可以諧音記憶：飛取 ( fetch )，就是「拿來」。
   fetch the fire extinguisher  去拿滅火器來

8. festival  *n.* 節日 ( = *holiday* )

   | festiv + al |
   | :---: |
   | \|     \| |
   | *feast* + *n.* |

   吃大餐 ( feast ) 的時候，通常是「節日」。

9. ferry  *n.* 渡輪 ( = *transportation boat* )
   字根 fer 的意思是 bring，「渡輪」的功用就
   是把人「帶」到彼岸。
   You can get there by *ferry*.
   ( 你可以搭渡輪過去。)

ferry

# *10. fiancé*

| | | | |
|---|---|---|---|
| **fiancé** 5 | 〔fiˈɑnse〕 | 【同音字】 | *n.* 未婚夫 |
| **fiancée** 5 | 〔fiˈɑnse〕 | | *n.* 未婚妻 |
| **fiber** 5 | 〔ˈfaɪbɚ〕 | | *n.* 纖維 |
| **fiddle** 5 | 〔ˈfɪdl̩〕 | | *n.* 小提琴 |
| **fidelity** 6 | 〔fəˈdɛlətɪ〕 | | *n.* 忠實 |
| *fiction 4 | 〔ˈfɪkʃən〕 | | *n.* 小說 |
| *field 2 | 〔fild〕 | | *n.* 田野 |
| *fierce 4 | 〔fɪrs〕 | | *adj.* 兇猛的 |
| *figure 2 | 〔ˈfɪgjɚ〕 | | *n.* 數字 |

【記憶技巧】

　　從上一回的 ferry（渡輪），聯想到渡輪上面坐著一對「未婚夫」（fiancé）和「未婚妻」（fiancée）。他們吃著高「纖維」（fiber）的沙拉，伴隨著「小提琴」（fiddle）演奏，互許「忠實」（fidelity）承諾。這如「小說」（fiction）般的情節，很難發生在「田野」（field）中。田野有的是「兇猛的」（fierce）野獸和令人擔憂的收成「數字」（figure）。

1. fiancé　*n.* 未婚夫（= *husband-to-be*）

2. fiancée　*n.* 未婚妻（= *wife-to-be*）

　　fiancé 和 fiancée 還可唸成〔ˌfiənˈse〕，是同音字。

　　fiancée 字尾兩個 e 代表「未婚妻」因為害羞而閉起來的眼睛。「未婚夫」（fiancé）比較不害羞，字尾一個 e，表示只閉起一個眼睛。

BOOK

**6**

3. fiber  *n.* 纖維（ = *strand of material* ）
   與前面背過的 fabric（布料）有關。布料就是「纖維」構成的。

4. fiddle  *n.* 小提琴（ = *violin* ）   *v.* 撥弄（ = *thrum* ）
   我們可以用同樣是 fi 開頭的 finger（手指）來記。「撥弄」、
   按「小提琴」，都是手指的動作。
   **be fit as a fiddle**  非常健康
   小提琴像人的身體，腰細、屁股大。

   fiddle

5. fidelity  *n.* 忠實（ = *faithfulness* ）；忠誠；忠貞

   | fidel + ity | 具有信念，自然會無比「忠實」。 |
   | trust + n. | fidelity to *one's* leader  對領袖的忠誠 |

   音響的 Hi-Fi 就是 High Fidelity（高音質傳真）。
   這個字也可唸成〔 faɪˈdɛlətɪ 〕。

6. **fiction**  *n.* 小說（ = *novel* ）；虛構的事（ = *made-up story* ）
   fiction 唸起來很像 fake thing（假的事情）。
   The book is a work of *fiction*.（那本書是一部小說作品。）

7. **field**  *n.* 田野（ = *land* ）
   Track and Field（田徑）當中，field 指的就是「田」賽。

8. **fierce**  *adj.* 兇猛的（ = *ferocious* ）；激烈的（ = *intense* ）
   由 fire（火）發展而來。熊熊火焰就是「凶猛的；激烈的」。
   **fierce competition**  激烈的競爭

9. **figure**  *n.* 數字（ = *number* ）；人物（ = *famous person* ）
   double figures（兩位數）    three figures（三位數）
   political figure  政治人物

# *11. final*

| | | |
|---|---|---|
| **final** [1] | (ˈfaɪn!) | *adj.* 最後的 |
| **finance** [4] | (ˈfaɪnæns)【注意發音說明】 | *n.* 財務 |
| **financial** [4] | ( faɪˈnænʃəl ) | *adj.* 財務的 |
| **fire** [1] | ( faɪr ) | *n.* 火 |
| **firecrackers** [4] | (ˈfaɪr͵krækəz ) | *n. pl.* 鞭炮 |
| **fireman** [2] | (ˈfaɪrmən ) | *n.* 消防隊員 |
| **fireplace** [4] | (ˈfaɪr͵ples ) | *n.* 壁爐 |
| **fireproof** [6] | (ˈfaɪrˈpruf ) | *adj.* 防火的 |
| **firework** [3] | (ˈfaɪr͵wɝk ) | *n.* 煙火 |

【記憶技巧】

　　從上一回的 figure ( 數字 )，聯想到農夫要面對「最後的」( final )「財務」( finance ) 數字。這「財務的」( financial ) 壓力，幾乎讓住處著「火」( fire )，引燃了「鞭炮」( firecrackers )，招來了「消防隊員」( fireman )。後來「壁爐」( fireplace ) 的邊緣都做了「防火」( fireproof ) 處理，以防再度引燃「煙火」( firework )。

1. **final** *adj.* 最後的 ( = *last* )
   字根 fin 意思就是 end ( 最後的 )，例如 finish 就是「結束」。
   **final minutes** 最後時刻　　**finally** *adv.* 最後

2. **finance** *n.* 財務 ( = *economic affairs* ) *v.* 資助
   ( = *offer money* )
   可以用 fine ( 罰金 ) 來聯想到錢。

現在 87% 的美國人唸成〔'faɪnæns〕，13% 的人唸成〔fə'næns〕。
【詳見 Longman Pronunciation Dictionary p.306】

3. **financial** *adj.* 財務的（= *having to do with money*）
   financial crisis　金融危機

4. **fire**　*n.*　火（= *burning*）

5. **firecrackers**　*n. pl.*　鞭炮（= *fireworks*）

   > fire + crack + er
   > ｜　　　｜　　　｜　　　有火會爆破的，就是「鞭炮」。
   > *fire* + *break* + *n.*

6. **fireman**　*n.*　消防隊員（= *firefighter*）

7. **fireplace**　*n.*　壁爐（= *hearth*）
   有火（fire）之處（place），就是「壁爐」。
   A portrait of his wife was over the
   ***fireplace***.（在壁爐上方有他妻子的肖像。）

   fireplace

8. **fireproof**　*adj.*　防火的（= *resistant to burning*）
   waterproof 是「防水的」，bulletproof 是「防彈的」，
   soundproof 則是「隔音的」。

   Remember to store valuable papers in a ***fireproof*** box.
   （記得把珍貴的文件存放在防火箱裡。）

9. **firework**　*n.*　煙火（= *explosives with lights for amusement*）
   通常用複數。
   有火（fire）才會作用（work），就是「煙火」（firework）。
   set off fireworks　放煙火
   We watched the ***fireworks*** at Taipei 101.
   （我們看了台北 101 的煙火。）

# *12. flag*

| | | | |
|---|---|---|---|
| **flag** [2] | 〔 flæg 〕 | *n.* | 旗子 |
| **flash** [2] | 〔 flæʃ 〕 | *n.* | 閃光 |
| **flashlight** [2] | 〔'flæʃ,laɪt 〕 | *n.* | 閃光燈 |
| **flat** [2] | 〔 flæt 〕 | *adj.* | 平的 |
| **flatter** [4] | 〔'flætɚ 〕 | *v.* | 奉承 |
| **flavor** [3] | 〔'flevɚ 〕 | *n.* | 口味 |
| **flake** [5] | 〔 flek 〕 | *n.* | 薄片 |
| **flame** [3] | 〔 flem 〕 | *n.* | 火焰 |
| **flare** [6] | 〔 flɛr 〕 | *v.* | ( 火光 ) 閃耀 |

【記憶技巧】

　　從上一回的 firework ( 煙火 )，聯想到台北 101 可説是煙火界的「旗」( flag ) 艦。「閃光」( flash ) 閃不停，原來是記者相機的「閃光燈」( flashlight )。他們站在一處「平的」( flat ) 廣場，讚不絶口地「奉承」( flatter ) 主辦人，迎合他的「口味」( flavor )。此時天空落下些許燃盡的「薄片」( flake )，帶著微微的「火焰」( flame )，在空中「閃耀」( flare )。

　　fl 開頭的單字有飄動的感覺，以 fly、flow 等爲代表。

1. flag　*n.* 旗子 ( = *banner* )
   flagship store　旗艦店

BOOK

**6**

2. **flash** *n.* 閃光（= *flicker of light*）;（光的）閃爍（= *shimmer*）
   The bomb exploded with a blinding *flash*.
   （炸彈爆炸時發出令人眩目的閃光。）

3. flashlight *n.* 閃光燈（= *spotlight*）;手電筒
   會閃（flash）的燈（light），就是「閃光燈」。

4. flat *adj.* 平的（= *level and smooth*）
   She smoothed her handkerchief *flat*.（她把她的手帕弄平。）

5. flatter *v.* 奉承（= *overly compliment*）;討好（= *gratify*）
   不斷地替別人把東西弄平（flat），就是 flatter（奉承）。
   I knew he was only *flattering* me.（我知道他只是在奉承我。）

6. **flavor** *n.* 口味（= *taste*）
   What *flavor* of ice cream do you like?
   （你喜歡哪一種口味的冰淇淋？）

7. flake *n.* 薄片（= *peel*）
   想像一下輕飄飄有 fly（飛）的感覺的，就是 flake（薄片）。
   snowflakes 雪花　　cornflakes 玉米片

8. flame *n.* 火焰（= *fire*）
   火舌亂竄，就如同 fl 字群一樣搖擺不定。flame 是指閃動的
   「火焰」部分。
   They tried to put out the fire, but the *flames* grew higher.
   （他們試圖滅火，但火焰卻愈竄愈高。）

9. flare *v.*（火光）閃耀（= *fire blow*）;（天然）發光（= *glow*）;
   閃亮（= *flash*）;（火光）搖曳（= *flicker*）
   可以看作 flame 的變形。
   The campfire *flared* in the wind.（營火在風中閃耀。）

# 13. *flea*

| | | | |
|---|---|---|---|
| * **flea** ³ | 〔 fli 〕 | 【同音字】 | *n.* 跳蚤 |
| * **flee** ⁴ | 〔 fli 〕 | | *v.* 逃走 |
| **fleet** ⁶ | 〔 flit 〕 | | *n.* 艦隊 |
| | | | |
| * **flesh** ³ | 〔 flɛʃ 〕 | | *n.* 肉 |
| * **flexible** ⁴ | 〔 ˈflɛksəbḷ 〕 | | *adj.* 有彈性的 |
| **flaw** ⁵ | 〔 flɔ 〕 | | *n.* 瑕疵 |
| | | | |
| **flick** ⁵ | 〔 flɪk 〕 | | *n. v.* 輕彈 |
| **flicker** ⁶ | 〔 ˈflɪkɚ 〕 | | *v.* 閃爍不定 |
| **fling** ⁶ | 〔 flɪŋ 〕 | | *v.* 扔 |

【記憶技巧】

　　從上一回的 flare ( 閃耀 )，聯想到像閃耀的火光同樣不穩定的「跳蚤」( flea )，被追打後「逃走」( flee )，跳上「艦隊」( fleet ) 出海。船上有很多水手的「肉」( flesh )，而且是健壯而「有彈性的」( flexible )，「瑕疵」( flaw ) 是很多刀疤。突然間，跳蚤被「輕彈」( flick ) 了一下，在「閃爍不定」( flicker ) 的星光下，被「扔」( fling ) 到了花園。

　　以下 18 個字也都是 fl 開頭。由懸空搖擺的發音，引申出飛行 ( fly )、漂流 ( float ) 等意涵。

1. flea　*n.* 跳蚤 ( = *bug* )
「跳蚤」很會跳，容易逃走，可以跟 flee ( 逃走 ) 一起記。
**flea market** 跳蚤市場 ( = *a market where old things are sold at low prices* )

BOOK

**6**

2. flee　*v.* 逃走（= *run away*）；逃離（= *escape*）
   The ***attackers*** turned and fled.（襲擊者轉向並逃離。）
   flee 的三態變化為：flee–fled–fled。

3. fleet　*n.* 艦隊（= *group of vessels*）；船隊（= *group of ships*）
   a combined fleet　聯合艦隊

4. flesh　*n.* 肉（= *body tissue*）
   可以這樣記：肉（flesh）一定要新鮮（fresh）。
   The dog's teeth sank into my ***flesh***.（狗牙咬進我的肉裡。）
   flesh 是指身體的「肉」，而供食用的動物的「肉」，則是 meat。

5. **flexible**　*adj.* 有彈性的（= *pliable*）

   | flex + ible |
   | --- |
   | bend + able |

   可以彎的，就是「有彈性的」。

   work flexible hours　彈性時間上班

6. **flaw**　*n.* 瑕疵（= *defect*）
   與 flake（薄片）同源，薄片易碎，產生瑕疵（flaw）。
   flawless〔'flɔlɪs〕*adj.* 完美無暇

7. **flick**　*n. v.* 輕彈（= *light touch*）
   Father ***flicked*** the ash from his cigar.
   （爸爸輕輕彈了彈雪茄的煙灰。）

8. **flicker**　*v.* 閃爍不定（= *sparkle*）
   The lights are ***flickering***.（燈光在閃爍。）
   flicker = flash = flare

9. **fling**　*v.* 扔（= *throw*）；拋（= *throw upwards*）
   fling the coin　扔硬幣

# *14. flower*

| | | | |
|---|---|---|---|
| ***flower*** [1] | 〔ˈflaʊɚ〕 | 【注意發音説明】 | n. 花 |
| ***flour*** [2] | 〔 flaʊr 〕 | | n. 麵粉 |
| **flourish** [5] | 〔ˈflɝɪʃ〕 | | v. 繁榮 |
| | | | |
| ***flu*** [2] | 〔 flu 〕 | | n. 流行性感冒 |
| **fluent** [4] | 〔ˈfluənt〕 | | adj. 流利的 |
| **fluency** [5] | 〔ˈfluənsɪ〕 | | n. 流利 |
| | | | |
| **fluid** [6] | 〔ˈfluɪd〕 | | n. 液體 |
| ***flute*** [2] | 〔 flut 〕 | | n. 笛子 |
| **flutter** [6] | 〔ˈflʌtɚ〕 | | v. 拍動（翅膀） |

【記憶技巧】

　　從上一回跳蚤被 fling（扔）到「花」（flower）圃後，牠聞到了「麵粉」（flour）的味道，原來船艦是要去「繁榮」（flourish）的印度換取藥草，治療「流行性感冒」（flu）。商人説著「流利的」（fluent）英語，「流利」（fluency）度很高，喝著美酒之類的瓊漿玉「液」（fluid），旁有「笛子」（flute）聲助興，養的鸚鵡也「拍動」（flutter）著翅膀應和。

1. flower *n.* 花（= *bloom*）

2. flour *n.* 麵粉（= *wheat powder*）

　　flower 和 flour 是同音字，發音完全相同，而音標寫法不同，是為了配合看字讀音方便。【詳見「文法寶典」第一冊】

3. **flourish** *v.* 繁榮（ = *boom* ）；興盛（ = *prosper* ）

> flour + ish
> ｜　　｜
> *flower* + *v.*

如花朵般盛開，就是「繁茂；興盛」。

Her business is *flourishing*. （她的生意興旺。）

4. **flu** *n.* 流行性感冒（ = *influenza* ）

由 influenza〔ˌɪnfruˈɛnzə〕簡化而來，flu 就是 flow（流），
所以是「流行性感冒」。

5. fluent *adj.* 流利的（ = *smooth and articulate* ）

> flu + ent
> ｜　　｜
> *flow* + *adj.*

口若懸河般流（ flow ）出話來，
就是語言「流利」。

She is *fluent* in English and French.
（她的英語和法語流利。）

6. fluency *n.* 流利（ = *ease of expression* ）

7. fluid *n.* 液體（ = *liquid* ）

flu 就是 flow（流），流體就是「液體」。

8. flute *n.* 笛子（ = *pipe-shaped musical instrument* ）

9. **flutter** *v.* 拍動（翅膀）（ = *flap* ）

許多 tter 結尾的字都是模仿聲音，如 twitter〔ˈtwɪtə〕吱喳聲。
The bird *fluttered* its wings up and down.
（那隻鳥上下地拍動翅膀。）

# *15. fog*

| | | | |
|---|---|---|---|
| *fog [1] | ( fɔg , fɑg ) | *n.* | 霧 |
| **foggy [2] | ('fɑgɪ ) | *adj.* | 多霧的 |
| foe [5] | ( fo ) | *n.* | 敵人 |
| | | | |
| *fold [3] | ( fold ) | *v.* | 摺疊 |
| *folk [3] | ( fok ) | *n.* | 人們 |
| folklore [5] | ('fok,lor ) | *n.* | 民間傳說 |
| | | | |
| **follow [1] | ('falo ) | *v.* | 跟隨 |
| *follower [3] | ('faloɚ ) | *n.* | 信徒 |
| *following [2] | ('faləwɪŋ ) | *adj.* | 下列的 |

【記憶技巧】

　　從上一回 flutter「拍動（翅膀）」，想到拍動翅膀在空中飛時，突然風雲變色，出現濃「霧」（fog）。在此「多霧的」（foggy）區域，埋伏著許多「敵人」（foe）。他們從「摺疊」（fold）艙板衝了出來。在「人們」（folk）相傳的「民間傳說」（folklore）中，他們是「跟隨」（follow）壞祭司的「信徒」（follower）。「下列」（following）的人：船長、大副、二副，都被抓了起來。

1. fog　*n.* 霧（ = heavy mist ）

2. foggy　*adj.* 多霧的（ = full of fog ）
   a foggy day　多霧的一天

BOOK

**6**

3. foe *n.* 敵人 ( = *enemy* )；對手 ( = *opponent* )
   a political foe　政敵

4. **fold** *v.* 摺疊 ( = *lay in creases* )
   *Fold* the paper along the dotted line.（順著虛線把紙對摺。）

5. **folk** *n.* 人們 ( = *people* )　*adj.* 民間的
   ( = *between people* )
   A treat has been arranged for the old *folk*.
   （款待老人的事已做了安排。）
   a folk dance　土風舞；民族舞蹈

6. **folklore** *n.* 民間傳說 ( = *tales* )　　lore〔lor〕*n.* 傳說

   > folk　+　lore
   > ｜　　　　｜
   > *people* + *story*

   民間流傳的故事，就是「民間傳說」。

   The mother often told stories from ***folklore***.
   （這位媽媽常說民間傳說的故事。）
   【比較】ghost lore　鬼怪傳說（這二個英文字不能合在一起）

7. **follow** *v.* 跟隨 ( = *pursue* )；遵守 ( = *observe* )
   You must *follow* a few simple guidelines.
   （你必須遵守幾條簡單的準則。）

8. follower *n.* 信徒 ( = *a person who follows* )
   follow（追隨）+ er（人）= follower

9. **following** *adj.* 下列的 ( = *being next or after* )
   He did it for the ***following*** reasons.
   （他這麼做有以下幾個理由。）

# *16. forecast*

| | | | |
|---|---|---|---|
| *__forecast__ ⁴ | 〔'fɔr͵kæst 〕【注意發音<br>說明】 | *n.* | 預測 |
| __foresee__ ⁶ | 〔 fɔr'si 〕 | *v.* | 預料 |
| *__forehead__ ³ | 〔'fɔr͵hɛd 〕【注意發音<br>說明】 | *n.* | 額頭 |
| **__foreign__ ¹ | 〔'fɔrɪn 〕 | *adj.* | 外國的 |
| **__foreigner__ ² | 〔'fɔrɪnɚ 〕 | *n.* | 外國人 |
| *__forest__ ¹ | 〔'fɔrɪst 〕 | *n.* | 森林 |
| **__forget__ ¹ | 〔 fɚ'gɛt 〕 | *v.* | 忘記 |
| *__forgetful__ ⁵ | 〔 fɚ'gɛtfəl 〕 | *adj.* | 健忘的 |
| *__forgive__ ² | 〔 fɚ'gɪv 〕 | *v.* | 原諒 |

【記憶技巧】

從上一回的 following（下列的）人，只有三個，聯想
到沒抓到在頂層的天氣「預測」（forecast）員。他沒「預
料」（foresee）到這種事，「額頭」（forehead）一直冒汗。
「外國的」（foreign）這些「外國人」（foreigner）來自
「森林」（forest），很兇悍，他居然「忘記」（forget）
提醒大家。他恨自己居然是這麼「健忘的」（forgetful），
無法「原諒」（forgive）自己。

1. forecast *n.* 預測（= *prediction*）  *v.* 預測（= *predict*）
   fore（前）+ cast（投）= forecast，未發生前，先扔出來，
   就是「預測」。
   weather forecast 氣象預報

**BOOK**

**6**

一般字典根據 1944 年出版的 A Pronouncing Dictionary of American English，動詞唸成〔fɔrˈkæst〕，但現在新的發音字典，forecast 名詞和動詞重音都在第一個音節。

2. foresee　*v.*　預料（＝*predict*）

> | fore | + | see |
> |---|---|---|
> | before | + | see |

先（fore）看到（see），就是「預料」。
I don't *foresee* any problems.
（我沒預料到什麼困難。）

3. forehead　*n.*　額頭（＝*the part of the face above the eyes and below the hair*）
fore（前）+ head = forehead，頭的前面部份，就是「額頭」。
88％ 的美國人唸成〔ˈfɔrˌhɛd〕，老一輩的人唸成〔ˈfɔrɪd〕。

4. **foreign**　*adj.*　外國的（＝*alien*）；不屬於本身的；外來的
唸成〔ˈfɔrɪn〕，ei 唸 /ɪ/，g 不發音，這個字容易拼錯。
He's a very good person; unkindness is *foreign* to his nature.
（他人很好；冷酷不是他的本性。）

5. **foreigner**　*adj.*　外國人（＝*alien person*）
foreign（外國的）+ er（人）= foreigner

6. **forest**　*n.*　森林（＝*woods*）

7. **forget**　*v.*　忘記（＝*not be able to remember*）
Forgive and *forget*.（【諺】既往不咎。）

8. forgetful　*adj.*　健忘的（＝*tending to not remember*）
forget（忘記）+ ful = forgetful
He is such a *forgetful* person.（他真是健忘。）

9. **forgive**　*v.*　原諒（＝*pardon*）
Some people forget, but never *forgive*; some people *forgive*, but never forget.（有些人會遺忘但不會原諒；有些人會原諒但不會遺忘。）

# *17. form*

| | | | |
|---|---|---|---|
| *form [2] | ( fɔrm ) | v. | 形成 |
| *former [2] | ( 'fɔrmɚ ) | n. | 前者 |
| *formal [2] | ( 'fɔrml̩ ) | adj. | 正式的 |
| | | | |
| format [5] | ( 'fɔrmæt ) | n. | 格式 |
| *formation [4] | ( fɔr'meʃən ) | n. | 形成 |
| formidable [6] | ( 'fɔrmɪdəbl̩ )【注意重音】 | adj. | 可怕的 |
| | | | |
| *formula [4] | ( 'fɔrmjələ ) | n. | 公式 |
| formulate [6] | ( 'fɔrmjə,let ) | v. | 使公式化 |
| forsake [6] | ( fɚ'sek ) | v. | 拋棄 |

【記憶技巧】

從上一回的天氣預測員不能 forgive ( 原諒 ) 自己，聯
想到罪惡感「形成」( form )。他請「前任的」( former ) 預
測員擬了一份「正式的」( formal ) 文告，「格式」( format )
嚴謹，加速剿匪共識的「形成」( formation )，不畏「可怕的」
( formidable ) 敵人威脅。他寫下做炸藥的「公式」
( formula ) 後，並將流程「公式化」( formulate )，不
「拋棄」( forsake ) 任何希望。

1. **form** *v.* 形成 ( = *shape* )    *n.* 形式 ( = *accepted procedure* )

2. **former** *n.* 前者 ( = *previous one* )    *adj.* 前任的
   the former…the latter~   前者…後者~

BOOK
**6**

3. **formal** *adj.* 正式的（= *official*）

   form（形式）+ al = formal，具有形式的，就是「正式的」。

4. **format** *n.* 格式（= *layout*）

   Official reports are usually written in a set *format*.

   （官方報告通常按固定格式寫成。）

5. **formation** *n.* 形成（= *establishment*）

6. **formidable** *adj.* 可怕的（= *terrifying*）；難對付的

   （= *hard to cope with*）

   | for | + | mid | + | able |
   |---|---|---|---|---|
   | *before* | + | *middle* | + | *adj.* |

   擋在你前面（for）又正中間
   （mid）的東西很「難對付」。

   The government is facing a *formidable* task.

   （政府正面對棘手的問題。）

7. **formula** *n.* 公式（= *set form*）

   There is a special *formula* for calculating distance if
   speed and time are known.

   （如果已知速度和時間，就可利用一個特別的公式來計算距離。）

8. **formulate** *v.* 使公式化（= *reduce to a formula*）

   formula – a + ate (*v.*) = formulate

   The government is *formulating* a new strategy to
   combat crime.（政府正在制定打擊犯罪的新戰略。）

9. **forsake** *v.* 拋棄（= *abandon*）

   for (*away*) + sake (*seek*) = forsake，不追求了，就是「拋棄」。

   The child was *forsaken* by his parents.（這小孩被父母遺棄。）

   forsake = abandon = discard = desert

# *18.* fort

| | | |
|---|---|---|
| *fort ⁴ | 〔 fɔrt 〕 | n. 堡壘 |
| *forth ³ | 〔 forθ, fɔrθ 〕 | adv. 向前 |
| forthcoming ⁶ | 〔ˈforθˈkʌmɪŋ 〕 | adj. 即將出現的 |
| fortify ⁶ | 〔ˈfɔrtəˌfaɪ 〕 | v. 強化 |
| *fortune ³ | 〔ˈfɔrtʃən 〕 | n. 運氣 |
| *fortunate ⁴ | 〔ˈfɔrtʃənɪt 〕 | adj. 幸運的 |
| **forty ¹ | 〔ˈfɔrtɪ 〕 | n. 四十 |
| **fourteen ¹ | 〔ˈforˈtin 〕 | n. 十四 |
| *forward ² | 〔ˈfɔrwəd 〕 | adv. 向前 |

【記憶技巧】

從上一回不能 forsake（拋棄）希望，聯想到如果拋棄了希望，心靈「堡壘」（fort）就會崩潰。他大步「向前」（forth），認為成功「即將出現」（forthcoming）。他緊握十字架，想「強化」（fortify）「運氣」（fortune）。結果，非常「幸運的」（fortunate），來自森林的「四十」（forty）個大盜全部暈船。這「十四」（fourteen）名船員一股作氣，高呼「前進」（forward），收復船艦。

1. fort  n. 堡壘（= *fortress*）

字根 fort、force 意為「力量」。能提供防禦及安定士氣力量的，就是「堡壘」。

2. forth *adv.* 向前（＝*forward*）
   and so forth 等等（＝*and so on*）
   He went *forth* into the desert to pray.
   （他向前走進沙漠中去祈禱。）

3. **forthcoming** *adj.* 即將出現的（＝*imminent*）
   向前（forth）到來（coming）的，就是「即將出現的」。
   Keep an eye on the notice boards for *forthcoming* events.
   （留意告示板，上面有即將來臨的事情。）

4. **fortify** *v.* 強化（＝*make strong*）

   > fort ＋ ify
   >   |     |
   > *power* ＋ *v.*　　使有力量，就是「強化」。

   Her position was *fortified* by the election success.
   （她的地位在選舉勝利後得到強化。）

5. **fortune** *n.* 運氣（＝*fate*）；財富（＝*wealth*）
   have the good *fortune* to succeed 幸而成功
   fame and fortune 名氣和財富

6. **fortunate** *adj.* 幸運的（＝*lucky*）

7. **forty** *n.* 四十（＝*40*）

8. **fourteen** *n.* 十四（＝*14*）
   注意 fourteen 中的 four（四）完整保留，不像 forty 少了 u。

9. **forward** *adv.* 向前（＝*forth*）　　*adj.* 向前的（＝*advancing*）
   for（前）＋ ward（*way*）＝ forward
   look forward to N./V-ing 期待～　　rush forward 向前衝
   look forward 向前看

# *19. found*

| | | |
|---|---|---|
| *found ³ | 〔 faʊnd 〕 | v. 建立 |
| *foundation ⁴ | 〔 faʊnˈdeʃən 〕 | n. 建立 |
| *founder ⁴ | 〔ˈfaʊndɚ 〕 | n. 創立者 |
| foul ⁵ | 〔 faʊl 〕 ⎫ 【同音字】 | adj. 有惡臭的 |
| fowl ⁵ | 〔 faʊl 〕 ⎭ | n. 鳥 |
| *fountain ³ | 〔ˈfaʊntn̩ 〕 | n. 噴泉 |
| **fox ² | 〔 fɑks 〕 | n. 狐狸 |
| fossil ⁴ | 〔ˈfɑsl̩ 〕 | n. 化石 |
| foster ⁶ | 〔ˈfɑstɚ 〕 | adj. 收養的 |

【注意發音説明】

【記憶技巧】

從上一回的 forward（向前），聯想到他們不斷向前進，
「建立」（found）了戰功，威信「建立」（foundation）也
很成功。「創立者」（founder）船長看到鸚鵡被嚇成「有惡
臭的」（foul）「鳥」（fowl），趕緊帶去「噴泉」（fountain）
清洗。噴泉旁有「狐狸」（fox）的「化石」（fossil），看起
來是野生的，不是「收養的」（foster）。

1. **found** v. 建立（= *bring into being*）
   可以用 fund（資金）來記，有資金才能「建立」基業。
   The church was *founded* in 1665.
   （此教堂建於 1665 年。）

BOOK
6

2. **foundation** *n.* 建立 ( = *establishment* )；基礎 ( = *basis* )
   found ( 建立 ) + ation = foundation，建立一定從「基礎」開始。

3. founder *n.* 創立者 ( = *establisher* )
   She is the ***founder*** of the company. ( 她是該公司的創立者。)

4. foul *adj.* 有惡臭的 ( = *stinking* )；污穢的 ( = *dirty* )；
   ( 比賽時 ) 犯規的 ( = *not fair in games* )；邪惡的；不正當的
   ( = *unjust* )    a foul smell 惡臭
   win by foul play 以不正當的手段獲勝

5. fowl *n.* 鳥 ( = *bird* )；家禽 ( = *domesticated bird* )
   foul 和 fowl 讀音一樣，也同源。路過雞舍常會有臭味。

6. fountain *n.* 噴泉 ( = *spring* )；泉源 ( = *source* )
   字根 tain 的意思是 keep，如 maintain ( 保持 )。而「泉源」
   很珍貴，找到 ( found ) 一定要留下來 ( tain )。
   fountain of inspiration 靈感的泉源

7. fox *n.* 狐狸 ( = *a wild animal similar to a small dog,*
   *with red brown fur, a pointed face, and a thick tail* )
   as sly as a fox 狐狸般狡猾的

8. fossil *n.* 化石 ( = *organic remains of creatures* )
   可以用 soil ( 土壤 ) 來記 fossil ( 化石 )。
   ***Fossil*** fuels are formed by natural processes.
   ( 石化燃料是經由自然的過程而形成的。)

9. foster *adj.* 收養的 ( = *adopted* )
   fo 表 food，供給食物就是「扶養、收養」。
   foster parents 養父母
   一般字典唸成 〔ˈfɔstɚ〕，但現在美國人唸成 〔ˈfɑstɚ〕。
   ( 根據 Longman Pronunciation Dictionary p.31 )

# 20. *fraction*

| | | | |
|---|---|---|---|
| **fraction** [5] | 〔'frækʃən 〕 | *n.* | 小部分 |
| **fracture** [6] | 〔'fræktʃə 〕 | *n.* | 骨折 |
| **fragile** [6] | 〔'frædʒəl 〕【注意發音 說明】 | *adj.* | 易碎的 |
| **fragrant** [4] | 〔'fregrənt 〕 | *adj.* | 芳香的 |
| *_fragrance_ [4] | 〔'fregrəns 〕 | *n.* | 芳香 |
| **fragment** [6] | 〔'frægmənt 〕 | *n.* | 碎片 |
| **frail** [6] | 〔 frel 〕 | *adj.* | 虛弱的 |
| *_frame_ [4] | 〔 frem 〕 | *n.* | 框架 |
| **framework** [5] | 〔'frem,wɜk 〕 | *n.* | 骨架 |

【記憶技巧】

從上一回不是 foster（收養的）狐狸的化石，想到
牠似乎有一「小部份」（fraction）「骨折」（fracture）
了，看起來是「易碎的」（fragile）。船長動了惻隱之
心，取出「芳香的」（fragrant）檀木補上了那塊「碎片」
（fragment）。雖然看起來還是有點「虛弱的」（frail），
但至少化石「框架」（frame）中的「骨架」（framework）
正常了。

1. fraction *n.* 小部分（= *part* ）；分數（= *incomplete number* ）
   frac 由音近的 break（破碎）變化而來。「破碎」會產生「小部份」。
   We only have a *fraction* of the data.
   （我們只有一小部分的資料。）

2. **fracture** *n.* 骨折（= *break*）；斷裂；裂縫
   骨頭「破碎」，就是「骨折」。
   I suffered a *fracture* in my wrist. ( 我的手腕骨折。 )

3. fragile *adj.* 易碎的（= *breakable*）；脆弱的
   容易「破碎」的，就是「易碎的」。
   Crystal is *fragile*. ( 水晶易碎。 )
   這個字也可唸成〔ˈfrædʒaɪl〕。

4. fragrant *adj.* 芳香的（= *smelling pleasant*）
   The flower smells *fragrant*. ( 這花聞起來很香。 )

5. **fragrance** *n.* 芳香（= *pleasant smell*）
   fragrant（芳香的）– t + ce = fragrance

6. fragment *n.* 碎片（= *chip*）

   | frag + ment |
   | --- |
   | *break* + *n.* |

   破了，就成為「碎片」。

   He stepped on a *fragment* of glass. ( 他踩到一片碎玻璃。 )

7. frail *adj.* 虛弱的（= *weak*）
   脆弱（fragile）的人，可能相當「虛弱」（frail）。
   He is too *frail* to take care of himself.
   ( 他太虛弱而無法照顧自己。 )

8. frame *n.* 框架（= *casing*）；骨架
   a picture frame 畫框　　a window frame 窗框

9. framework *n.* 骨架（= *skeleton*）；框架；結構
   theoretical framework 理論架構
   The block of office buildings was built of concrete on a
   steel *framework*. ( 這組辦公大樓是在鋼結構上用混凝土建成的。 )

# 21. frank

| | | |
|---|---|---|
| ‡**frank** [2] | 〔fræŋk〕 | *adj.* 坦白的 |
| **frantic** [5] | 〔'fræntɪk〕 | *adj.* 發狂的 |
| **fraud** [6] | 〔frɔd〕 | *n.* 詐欺 |
| ‡‡**free** [1] | 〔fri〕 | *adj.* 自由的 |
| ‡‡**freedom** [2] | 〔'fridəm〕 | *n.* 自由 |
| ‡**freeway** [4] | 〔'fri,we〕 | *n.* 高速公路 |
| ‡**freeze** [3] | 〔friz〕 | *v.* 結冰 |
| ‡**freezer** [2] | 〔'frizɚ〕 | *n.* 冷凍庫 |
| **freight** [5] | 〔fret〕【注意發音】 | *n.* 貨物 |

【記憶技巧】

　　從上一回的 framework ( 骨架 )，想到在賣化石時，賣家對於補上的骨架並不是很「坦白的」( frank )，「發狂的」( frantic ) 買家說這根本是「詐欺」( fraud )。於是發揮他的「自由」( freedom )，「自由的」( free ) 觀光客，轉頭開車上了「高速公路」( freeway )，誰知路面「結冰」( freeze )，像個大「冷凍庫」( freezer )，很多「貨物」( freight ) 掉到地上亂滑。

1. **frank** *adj.* 坦白的 ( = *honest* )
   to be frank　坦白說 ( = *frankly speaking* )
   He is **frank** with me about everything. ( 他什麼都對我很坦白。)

2. **frantic** *adj.* 發狂的 ( = *mad* )
   這個字由頭腦 ( brain ) 變形而來，頭腦變形就變「發狂的」。

**BOOK**

**6**

Your mother has been *frantic* with worry.
（你媽媽擔心到發狂。）

3. fraud *n.* 詐欺；詐騙（= *deception*）
The picture was proved to be a *fraud*.
（那照片證實是場騙局。）

4. free *adj.* 自由的（= *unrestrained*）；免費的
（= *without charge*）

5. **freedom** *n.* 自由（= *liberty*）
freedom of speech 言論自由

6. **freeway** *n.* 高速公路（= *expressway*）
freeway 比 highway（公路）速限更高，開起來更接近
free 的狀態。

7. **freeze** *v.* 結冰（= *make cold enough to become solid*）
freezing *adj.* 很冷的    frozen *adj.* 結冰的
The pipes had *frozen*.（水管都結冰了。）

8. freezer *n.* 冷凍庫；冷凍櫃（= *a large piece of electrical
equipment used for freezing food*）
There are some steaks in the *freezer*.（冷凍庫裡有一些牛排。）

9. freight *n.* 貨物（= *goods being shipped*）
「貨物」很重，所以跟 weight（重量）長得很像。
不要跟 fright〔fraɪt〕*n.* 驚嚇 搞混。
This aircraft company carries *freight* only; it has no
passenger service.
（這家航空公司只經營貨運，不承辦客運業務。）
ei 在 gh 前多讀 /e/。（參照「文法寶典」第一冊）

BOOK
**6**

# 22. *friend*

| | | | |
|---|---|---|---|
| **friend** [1] | 〔frɛnd〕 | *n.* | 朋友 |
| **friendly** [2] | 〔'frɛndlɪ〕 | *adj.* | 友善的 |
| **friendship** [3] | 〔'frɛndʃɪp〕 | *n.* | 友誼 |
| | | | |
| **fright** [2] | 〔fraɪt〕 | *n.* | 驚嚇 |
| **frighten** [2] | 〔'fraɪtn̩〕 | *v.* | 使驚嚇 |
| **Friday** [1] | 〔'fraɪdɪ〕 | *n.* | 星期五 |
| | | | |
| **front** [1] | 〔frʌnt〕 | *n.* | 前面 |
| **frontier** [5] | 〔frʌn'tɪr〕 | *n.* | 邊境 |
| **frog** [1] | 〔frɑg〕 | *n.* | 青蛙 |

【記憶技巧】

從上一回的 freight（貨物）亂滑，聯想到「朋友」（friend）基於「友善的」（friendly）「友誼」（friendship）幫忙撿貨物，但路上有人受到「驚嚇」（fright）。更「使」人「驚嚇」（frighten）的是，這天是黑色「星期五」（Friday），看到「前面」（front）「邊境」（frontier）有一隻會說話的「青蛙」（frog）跳過來。

1. friend *n.* 朋友 ( = *companion* )
   make friends with 和…交朋友

2. **friendly** *adj.* 友善的 ( = *amiable* )
   字尾 ly 不一定是副詞，有時候是形容詞，如 lonely（寂寞的）、lovely（可愛的）、deadly（致命的）。（詳見「文法寶典」p.230）

BOOK
**6**

3. **friendship** *n.* 友誼（= *a friendly relationship*）

   ship 為抽象名詞字尾。

   The two boys formed a deep and lasting *friendship*.

   （這兩個男孩結下了深遠的友誼。）

4. fright *n.* 驚嚇（= *horror*）

   fright（驚嚇）跟 afraid（害怕的），發音跟意思部分相似。

   have stage fright 怯場

   He was trembling with *fright*.（他嚇得發抖。）

5. **frighten** *v.* 使驚嚇（= *horrify*）

   fright（驚嚇）+ en (*v.*) = frighten

   The alarm *frightened* the thief away.

   （警鈴嚇走了小偷。）

6. Friday *n.* 星期五（= *the fifth day of the week*）

   Good Friday 耶穌受難日【Easter（復活節）前的星期五】

7. **front** *n.* 前面（= *the most forward position*）

   in front of 在⋯前面

8. frontier *n.* 邊境；邊界（= *boundary*）

   front（前面）+ ier = frontier

   相較於大後方，「前方」（front）靠近
   邊境，所以是 frontier。

   Everything is quiet on the *frontier*.

   （邊境一切寧靜。）

   frontier

9. frog *n.* 青蛙（= *a jumping amphibian*）

# *23. frustrate*

| | | | |
|---|---|---|---|
| *frustrate ³ | 〔'frʌstret 〕 | *v.* | 使受挫折 |
| *fulfill ⁴ | 〔 ful'fɪl 〕 | *v.* | 實現 |
| *fulfillment ⁴ | 〔 ful'fɪlmənt 〕 | *n.* | 實現 |
| | | | |
| **fun ¹ | 〔 fʌn 〕 | *n.* | 樂趣 |
| *function ² | 〔'fʌŋkʃən 〕 | *n.* | 功能 |
| *functional ⁴ | 〔'fʌŋkʃɔnḷ 〕 | *adj.* | 功能的 |
| | | | |
| *fund ³ | 〔 fʌnd 〕 | *n.* | 資金 |
| *fundamental ⁴ | 〔ˌfʌndə'mɛntḷ 〕 | *adj.* | 基本的 |
| **funny ¹ | 〔'fʌnɪ 〕 | *adj.* | 好笑的 |

【記憶技巧】

　　從上一回會說話的 frog（青蛙），想到青蛙王子，沒人願吻他，「使」他「受挫」（frustrate），無法「實現」（fulfill）願望，重拾人生「樂趣」（fun），包括跑步的「功能」（function）。他只好用剩下的「資金」（fund），買一些「基本的」（fundamental）用品和「好笑的」（funny）漫畫自娛。

1. **frustrate** *v.* 使受挫折（ = *discourage* ）
   He was *frustrated* by the failures.
   （那幾次的失敗讓他感到受挫。）

2. **fulfill** *v.* 實現（ = *accomplish* ）；履行（義務、約定）
   full 是滿的，fill 是填滿。「實現」了，當然會感到滿足。
   注意前面的 ful 只有一個 l。

fulfill *one's* promises 履行承諾　　　fulfill *oneself* 實現自我
The organization finally ***fulfilled*** the hopes of its founders.
（那個組織終於實現了創立者的心願。）

3. fulfillment *n.* 實現（= *accomplishment*）

> fulfill + ment
> ｜　　　　｜
> *fulfill* +　*n.*

The plans have come to ***fulfillment***. （那些計畫實現了。）

4. fun *n.* 樂趣（= *amusement*）
have fun 玩得愉快

5. **function** *n.* 功能（= *use*）　　*v.* 起作用；擔任
function as 擔任（= *act as*）

6. **functional** *adj.* 功能的（= *operative*）

The two departments have slight ***functional*** differences.
（兩個部門在功能上有些差異。）

7. **fund** *n.* 資金（= *money*）；基金（= *money reserve*）
fundraising 募款

8. **fundamental** *adj.* 基本的（= *basic*）

> funda　+ ment + al
> ｜　　　　｜　　｜
> *foundation* +　*n.*　+ *adj.*

「建立」需要從「基本的」
開始。

The freedom of speech is a ***fundamental*** right.
（言論自由是一種基本的權利。）

9. **funny** *adj.* 好笑的（= *comical*）；有趣的

# *24. fur*

| | | | |
|---|---|---|---|
| *fur ³ | 〔 fʒ 〕 | *n.* | 毛皮 |
| *furnish ⁴ | 〔'fʒnɪʃ 〕 | *v.* | 裝置家具 |
| *furniture ³ | 〔'fʒnɪtʃə 〕 | *n.* | 傢俱 |
| fury ⁵ | 〔'fjʊrɪ 〕 | *n.* | 憤怒 |
| *furious ⁴ | 〔'fjʊrɪəs 〕 | *adj.* | 狂怒的 |
| *future ² | 〔'fjutʃə 〕 | *n.* | 未來 |
| *further ² | 〔'fʒðə 〕 | *adj.* | 更進一步的 |
| *furthermore ⁴ | 〔'fʒðə,mor 〕 | *adv.* | 此外 |
| fuss ⁵ | 〔 fʌs 〕 | *n.* | 大驚小怪 |

【記憶技巧】

從上一回的 funny（好笑的），想到青蛙王子有個好笑的想法，他回家用「毛皮」（fur）來「裝置家具」（furnish）。他看著「家具」（furniture），逐漸感到「憤怒」（fury），再變成「狂怒的」（furious）。他想著，「未來」（future）一定要將動物權「更進一步的」（further）推展。「此外」（furthermore），也要叫大家不要對青蛙「大驚小怪」（fuss）。

1. fur *n.* 毛皮（= *hair on animals*）　*adj.* 毛皮製的
   fur coat 毛皮大衣

2. furnish *v.* 裝置家具（= *equip and decorate*）
   fur
   The room was *furnished* with a desk, telephone and
   hat stand.（這房間備有一張書桌、一部電話，以及帽架。）

BOOK
**6**

3. **furniture** *n.* 傢俱（ = *household property* ）
furnish（裝置家具）– sh + ture (*n.*) = furniture
furniture 為不可數名詞，須用單位名詞 piece 或 article 表
數量，如 a piece of furniture 一件傢俱。
We didn't have much *furniture*.（我們的傢俱不多。）

4. fury *n.* 憤怒（ = *extreme anger* ）
用 fur 來記，惹「毛」了，就是「憤怒」。
I was shaking with *fury*.（我因憤怒而顫抖。）

5. furious *adj.* 狂怒的（ = *extremely angry* ）

```
fur  + ious
 |      |
fury + adj.
```

Residents in the area are *furious* at the decision.
（當地居民對此決定非常憤怒。）

6. **future** *n.* 未來（ = *time to come* ）  *adj.* 未來的
in the future 將來    in the near future 在不久的將來

7. **further** *adj.* 更進一步的   *adv.* 更進一步地（ = *more* ）
further news 更進一步的消息
The police decided to investigate *further*.
（警方決定做更進一步的調查。）

8. **furthermore** *adv.* 此外（ = *moreover* ）
further（更進一步地）+ more = furthermore
作副詞用，通常放句首，是作文中很常用的轉承語。
furthermore = moreover = in addition = what's more

9. **fuss** *n.* 大驚小怪（ = *disturbance* ）
make a fuss 大驚小怪
Stop making such a *fuss*!（不要大驚小怪！）

BOOK 6

# 25. gallon

| | | | |
|---|---|---|---|
| *gallon ³ | ﹝'gælən﹞ | n. | 加侖 |
| gallop ⁵ | ﹝'gæləp﹞ | v. | 疾馳 |
| *gallery ⁴ | ﹝'gælərɪ﹞ | n. | 畫廊 |
| *gang ³ | ﹝gæŋ﹞ | n. | 幫派 |
| *gangster ⁴ | ﹝'gæŋstɚ﹞ | n. | 歹徒 |
| *gamble ³ | ﹝'gæmbḷ﹞ | v. | 賭博 |
| **garden ¹ | ﹝'gɑrdṇ﹞ | n. | 花園 |
| *gardener ² | ﹝'gɑrdṇɚ﹞ | n. | 園丁 |
| garbage ² | ﹝'gɑrbɪdʒ﹞ | n. | 垃圾 |

【記憶技巧】

從上一回的 fuss（大驚小怪），想到他喝了一「加侖」
（gallon）的啤酒也不奇怪，結果發狂「疾馳」（gallop）
在「畫廊」（gallery）之中，還撞到一個「幫派」（gang）
份子，他和很多「歹徒」（gangster）正在「賭博」
（gamble）。「花園」（garden）的「園丁」（gardener）
聞聲趕來，只看到滿地的「垃圾」（garbage）。

1. gallon *n.* 加侖（容量單位）( = *a unit for measuring an amount of liquid*)
   這是直接音譯，gallon（加侖），很容易記。
   In the U.S., a *gallon* is equal to 3.79 liters.
   （在美國，1 加侖等於 3.79 公升。）

2. gallop *v.* 疾馳 ( = *race with jumping motion* )；騎馬疾馳
gallop、gallop，就是在模擬馬奔跑的聲音。

gallop

He *galloped* across the field.
（他騎馬飛馳穿過原野。）

3. gallery *n.* 畫廊 ( = *showplace for paintings* )
*n.* 走廊 ( = *corridor* )

The *gallery* is having a show of British oil paintings.
（這個畫廊正在展出英國油畫。）

4. gang *n.* 幫派 ( = *band of gangsters* )

He became a victim of *gang* warfare.
（他成了幫派火拼的犧牲者。）

5. gangster *n.* 歹徒 ( = *bandit* )

| gang + ster | 幫派（gang）的人，就是「歹徒」。 |
| gang + 人 | ster 表「人」，如 sister（姊妹）。 |

6. gamble *v.* 賭博 ( = *take a chance on winning* )

「賭博」就是一種 game（遊戲）。也可以跟前兩個字
一起記，賭博常跟「幫派」（gang）脫不了關係。

Their religion forbids them to drink or *gamble*.
（這個宗教禁止他們飲酒或賭博。）

7. **garden** *n.* 花園 ( = *yard for plants* )；庭園 ( = *yard* )
a botanical garden 植物園

8. gardener *n.* 園丁；園藝家 ( = *garden plant grower* )

9. garbage *n.* 垃圾 ( = *trash* )

# *26. garlic*

| *  **garlic** [3] | (ˈgɑrlɪk) | *n.* 大蒜 |
|---|---|---|
| **garment** [5] | (ˈgɑrmənt) | *n.* 衣服 |
| *  **garage** [2] | ( gəˈrɑʒ ) | *n.* 車庫 |
| **  **gas** [1] | ( gæs ) | *n.* 瓦斯 |
| *  **gasoline** [3] | (ˈgæsḷ‚in) | *n.* 汽油 |
| **gasp** [5] | ( gæsp ) | *v.* 喘氣 |
| *  **gate** [2] | ( get ) | *n.* 大門 |
| *  **gather** [2] | (ˈgæðɚ) | *v.* 聚集 |
| **gathering** [5] | (ˈgæðərɪŋ) | *n.* 聚會 |

【記憶技巧】

　　從上一回 garbage ( 垃圾 )，聯想到垃圾裡有「大蒜」
( garlic )，弄得「衣服」( garment ) 都是大蒜味。歹徒跑到「車
庫」( garage )，開啓「瓦斯」( gas ) 拿著「汽油」( gasoline )
「喘氣」( gasp )，很可怕。「大門」( gate )「聚集」( gather )
了人潮圍觀，原來歹徒「聚會」( gathering ) 這麼可怕。

1. garlic　*n.* 大蒜 ( = *a plant rather like an onion, which is
   used in cooking to give a strong taste* )
   諧音：「大蒜」有益健康，可以爲你「加力」( garlic )。
   a clove of garlic　一片大蒜

2. garment　*n.*【正式】衣服；服裝 ( = *a piece of clothing* )
   waterproof outer garments　防水外衣

BOOK

**6**

The ***garment*** workers were being paid very low wages.
（製衣工人的工資很低。）

3. **garage** *n.* 車庫（= *parking building for vehicles*）
garage sale （在車庫中進行之）舊貨出售

4. gas *n.* 瓦斯（= *a clear substance for burning*）；
汽油（= *gasoline*）；氣體
「瓦斯」就是 gas 的音譯。指「汽油」時則是 gasoline 的簡稱。
The explosion was caused by a ***gas*** leak.
（這場爆炸起因於瓦斯漏氣。）

5. gasoline *n.* 汽油（= *gas*）
I fill up the tank with ***gasoline*** about once a week.
（我大約每個星期加滿一箱汽油。）

6. gasp *v.* 喘氣（= *draw breath in sharply*）；屏息
（= *catching of breath*）
這個字發音就是在模擬張大嘴「喘息」的聲音。
He ***gasped*** with pain.（他因疼痛而喘著氣。）

7. gate *n.* 大門（= *a movable barrier at an entrance*）
the main gate of the school 學校正門

8. **gather** *v.* 聚集（= *assemble*）
His supporters ***gathered*** in the main square.
（他的支持者聚集在主廣場上。）

9. gathering *n.* 聚會（= *assembly*）
gather（聚集）+ ing (*n.*) = gathering
social gathering 社交聚會

# 27. *general*

| | | | |
|---|---|---|---|
| *\*\**general [1,2] |〔'dʒɛnərəl 〕 | *adj.* | 一般的 |
| **generalize** [6] | 〔'dʒɛnərəl͵aɪz 〕 | *v.* | 歸納 |
| **gender** [5] | 〔'dʒɛndɚ 〕 | *n.* | 性別 |
| **generate** [6] | 〔'dʒɛnə͵ret 〕 | *v.* | 產生 |
| *\**generation** [4] | 〔͵dʒɛnə'reʃən 〕 | *n.* | 一代 |
| **generator** [6] | 〔'dʒɛnə͵rɑtɚ 〕 | *n.* | 發電機 |
| *\**generous** [2] | 〔'dʒɛnərəs 〕 | *adj.* | 慷慨的 |
| *\**generosity** [4] | 〔͵dʒɛnə'rɑsətɪ 〕 | *n.* | 慷慨 |
| *\**gene** [4] | 〔 dʒin 〕 | *n.* | 基因 |

【記憶技巧】

從上一回的歹徒的 gathering（聚會），聯想到「一般」
（general）「歸納」（generalize）來說，歹徒「性別」
（gender）以男性居多。「產生」（generate）的偏見經歷好
幾個「世代」（generation）。若能把精力用在正途，就如同
「發電機」（generator），人也會變得「慷慨」（generosity），
好像天生擁有「慷慨的」（generous）「基因」（gene）。

1. **general** *adj.* 一般的（= *common*）　 *n.* 將軍（= *commander*）
   in general 一般而言

2. generalize *v.* 歸納；做出結論（= *conclude*）
   general + ize（動詞字尾）= generalize，由「總的」情形來
   「歸納」出結論。

It would be foolish to ***generalize*** from a single example.
（僅從一個例子進行歸納的做法是愚蠢的。）

3. gender  *n.* 性別（= *sexuality*）
性別是與生俱來的，與基因（gene）音近同源。
In French the adjective must agree with the noun in number
and ***gender***.（法語中形容詞必須在數和性別上與名詞一致。）

4. **generate**  *v.* 產生（= *produce*）
generate electricity  發電

| gener | + ate |
| :---: | :---: |
| &#124; | &#124; |
| *produce* | + *v.* |

5. **generation**  *n.* 一代；代
（= *age group*）；產生（是 generate 的名詞）
generation gap  代溝
be passed down from generation to generation  一代傳一代
每一代為 30 年，「老一代」是 the older generation，
「年輕一代」是 the younger generation。

6. generator  *n.* 發電機（= *dynamo*）

7. **generous**  *adj.* 慷慨的（= *liberal*）
She is always very ***generous*** to the kids.
（她總是對孩子們很慷慨。）
相反詞是 stingy〔'stɪndʒɪ〕*adj.* 小氣的。

8. generosity  *n.* 慷慨（= *spirit of giving*）

9. gene  *n.* 基因（= *a unit inside a cell which controls a
particular quality in a living thing that has been passed
on from its parents*）
a dominant gene  顯性基因
a recessive gene  隱性基因

# *28. gentle*

| | | | |
|---|---|---|---|
| **gentle** ² | 〔'dʒɛntḷ 〕 | *adj.* | 溫柔的 |
| **gentleman** ² | 〔'dʒɛntḷmən 〕 | *n.* | 紳士 |
| **genuine** ⁴ | 〔'dʒɛnjuɪn 〕 | *adj.* | 眞正的 |
| **genius** ⁴ | 〔'dʒinjəs 〕 | *n.* | 天才 |
| **genetic** ⁶ | 〔dʒə'nɛtɪk 〕 | *adj.* | 遺傳的 |
| **genetics** ⁶ | 〔dʒə'nɛtɪks 〕 | *n.* | 遺傳學 |
| **geometry** ⁵ | 〔dʒi'ɑmətrɪ 〕 | *n.* | 幾何學 |
| **geography** ² | 〔dʒi'ɑgrəfɪ 〕 | *n.* | 地理學 |
| **geographical** ⁵ | 〔ˌdʒiə'græfɪkḷ 〕 | *adj.* | 地理的 |

【記憶技巧】

> 從上一回的 gene（基因），想到只有慷慨的基因不夠，
> 還要成爲一個「溫柔的」( gentle )「紳士」( gentleman )。
> 雖然「眞正的」( genuine )「天才」( genius ) 是「遺傳的」
> ( genetic )，是「遺傳學」( genetics ) 的範疇，但如「幾何
> 學」( geometry )、「地理學」( geography )，尤其是「地理
> 的」( geographical ) 學問，更需要多多用功。

1. **gentle** *adj.* 溫柔的 ( = *mild and benign* )
Steve is a very *gentle*, caring person.
（史提夫是個非常溫柔而體貼的人。）

2. **gentleman** *n.* 紳士 ( = *courteous and mild person* )

BOOK

**6**

3. **genuine** *adj.* 真正的（ = *real* ）

   genuine 開頭的發音 /dʒɛn/ 就和「真」諧音。

   The strap is made of ***genuine*** leather.（這條皮帶由真皮製造。）

4. **genius** *n.* 天才（ = *a person with extraordinary talent* ）；天賦

   「天才」也是與「生」俱來的，由字根 gen 發展而成。

   ***Genius*** is one percent inspiration and ninety-nine percent perspiration.（【諺】天才是百分之一的靈感，百分之九十九的努力。）

5. **genetic** *adj.* 遺傳的（ = *hereditary* ）

   gene（基因） + tic (*adj.*) = genetic

   Some ***genetic*** diseases can not be cured.

   （有些遺傳疾病無法治癒。）

6. **genetics** *n.* 遺傳學（ = *genetic biology* ）

   字尾 ics 常表示一種學問，如 physics（物理學）。

7. **geometry** *n.* 幾何學（ = *the study of angles and shapes* ）

   > geo + metry
   > |　　　|
   > *earth + meter*

   「幾何學」從前是測量土地的。

8. **geography** *n.* 地理學（ = *study of land* ）

   > geo + graphy
   > |　　　|
   > *earth + writing*

   把地形地貌寫下來，就是「地理學」。

   National Geographic Channel　國家地理頻道

9. **geographical** *adj.* 地理的（ = *about the study of land* ）

   She is making a ***geographical*** study of this area.

   （她正在這個區域進行地理研究。）

# 29. gift

| | | |
|---|---|---|
| ‡**gift** 1 | 〔 gɪft 〕 | n. 禮物 |
| ***gifted** 4 | 〔'gɪftɪd 〕 | adj. 有天份的 |
| | | |
| ‡**giant** 2 | 〔'dʒaɪənt 〕 | n. 巨人 |
| ***gigantic** 4 | 〔 dʒaɪ'gæntɪk 〕 | adj. 巨大的 |
| | | |
| ***giggle** 4 | 〔'gɪgl 〕 | v. 咯咯地笑 |
| ***ginger** 4 | 〔'dʒɪndʒɚ 〕 | n. 薑 |
| | | |
| ***germ** 4 | 〔 dʒɝm 〕 | n. 病菌 |
| ‡**gesture** 3 | 〔'dʒɛstʃɚ 〕 | n. 手勢 |
| ***giraffe** 2 | 〔 dʒə'ræf 〕 | n. 長頸鹿 |

【記憶技巧】

　　從上一回的 geographical（地理的），聯想到尼羅河是
上帝級的贈「禮」（gift）。工程家也很「有天份的」（gifted），
造出「巨人」（giant）般「巨大的」（gigantic）金字塔。
小孩看了「咯咯地笑」（giggle）。中午咖哩飯裡面有「薑」
（ginger），可以抵抗「病菌」（germ）。小孩比了比「手
勢」（gesture），路上居然有「長頸鹿」（giraffe）。

1. **gift** n. 禮物（= present）

2. **gifted** adj. 有天份的（= talented）

　　「天份」是上天所賦予的禮物（gift），所以 gifted 就是
「有天份的」。

She is a ***gifted*** athlete.（她是個有天份的運動員。）

**BOOK**

**6**

3. **giant** *n.* 巨人 ( = *very large person* )
   *adj.* 巨大的 ( = *huge* )
   世界最大腳踏車廠牌「捷安特」( Giant )，公司名字叫
   「巨大」機械。

4. **gigantic** *adj.* 巨大的 ( = *extremely large; huge* )
   a gigantic tanker 巨大的油輪
   gigantic = enormous = huge

5. **giggle** *v.* 咯咯地笑 ( = *snicker* )
   giggle 是模仿「咯咯」的笑聲的擬聲字。
   She can't stop **giggling**. ( 她無法停止咯咯笑。)

6. **ginger** *n.* 薑 ( = *the root of the ginger plant used in
   cooking as a spice* )
   中文的「薑」，剛好跟 ginger 發音相近。

7. **germ** *n.* 病菌 ( = *bacterium* )
   Dirty hands can be a breeding ground for **germs**.
   ( 髒手會成為病菌的溫床。)

8. **gesture** *n.* 手勢 ( = *a motion with certain meaning* )

   | gest | + | ure |
   |------|---|-----|
   | \| | | \| |
   | *bring* | + | *n.* |

   「帶著」意思的肢體語言，就是「姿勢」。

   He shook his head with a **gesture** of impatience.
   ( 他搖著頭，擺出不耐煩的姿勢。)

9. **giraffe** *n.* 長頸鹿 ( = *a tall African animal with a very
   long neck, long legs, and dark marks on its coat* )

# 30. glad

| \*\*\*glad [1] | 〔 glæd 〕 | adj. 高興的 |
| \*glance [3] | 〔 glæns 〕 | n. v. 看一眼 |
| glamour [6] | 〔 'glæmə 〕 | n. 魅力 |
| \*\*\*glass [1] | 〔 glæs 〕 | n. 玻璃 |
| \*\*glasses [1] | 〔 'glæsɪz 〕 | n. pl. 眼鏡 |
| glassware [6] | 〔 'glæs,wɛr 〕 | n. 玻璃製品 |
| glisten [6] | 〔 'glɪsn̩ 〕 | v. 閃爍 |
| glitter [5] | 〔 'glɪtə 〕 | v. 閃爍 |
| \*glimpse [4] | 〔 glɪmps 〕 | n. v. 看一眼 |

【記憶技巧】

從上一回的 giraffe（長頸鹿），聯想到小孩看了變「高興的」（glad），只是「看一眼」（glance），就覺得「魅力」（glamour）無窮。透過「玻璃」（glass）製的「眼鏡」（glasses），或透過「玻璃製品」（glassware），長頸鹿更加「閃爍」（glisten）又「閃爍」（glitter）。讓人忍不住想「看一眼」（glimpse）。

這組 gl 字首有「發亮」（glow）的意思。

1. glad adj. 高興的（= delightful）

BOOK

6

2. **glance** *n. v.* 看一眼（= *glimpse*）
cast a glance at　看一眼
The man **glanced** nervously at his watch.
（那男人緊張地看了手錶一眼。）

3. glamour *n.* 魅力（= *allure*）
有「魅力」的東西，通常都閃閃發亮，符合 gl「發亮」的特徵。
The moonlight cast a **glamour** over the scene.
（月光為景色增添了魅力。）

4. glass *n.* 玻璃（= *a clear material made of silicon*）；玻璃杯
hardened glass　強化玻璃

5. glasses *n. pl.* 眼鏡（= *eyeglasses*）
a pair of glasses　一副眼鏡
「隱形眼鏡」則是 contact lenses。

6. glassware *n.* 玻璃製品（= *appliances made of glass*）
glass（玻璃）+ ware（製品）= glassware

7. glisten *v.* 閃爍（= *flicker*）
閃爍，符合 gl「發亮」的字群特徵。
注意 glisten 中的 t 不發音。

glassware

8. glitter *v.* 閃爍（= *sparkle*）
All that **glitters** is not gold.（【諺】閃爍者未必是金。）

9. glimpse *n. v.* 看一眼（= *glance*）；瞥見
catch a glimpse of　看一眼（= *take a glimpse at*）
They caught a **glimpse** of a dark green car.
（他們看了一眼一輛墨綠色的汽車。）

# *31. globe*

| | | | |
|---|---|---|---|
| *globe ⁴ | 〔 glob 〕 | *n.* | 地球 |
| *global ³ | 〔'globl̩ 〕 | *adj.* | 全球的 |
| *glow ³ | 〔 glo 〕 | *v.* | 發光 |
| gloom ⁵ | 〔 glum 〕 | *n.* | 陰暗 |
| gloomy ⁶ | 〔'glumɪ 〕 | *adj.* | 昏暗的 |
| glue ² | 〔 glu 〕 | *n.* | 膠水 |
| *glory ³ | 〔'glorɪ 〕 | *n.* | 光榮 |
| *glorious ⁴ | 〔'glorɪəs 〕 | *adj.* | 光榮的 |
| glove ² | 〔 glʌv 〕 | *n.* | 手套 |

【記憶技巧】

　　從上一回 glimpse（看一眼）閃爍的長頸鹿，想到「地球」( globe ) 上的東西都一樣，很少會「發光」( glow )，所以「陰暗」( gloom ) 處只能看到「昏暗的」( gloomy ) 景象。勇士就用「膠水」( glue ) 把會發亮的「光榮的」( glorious ) 徽章黏在衣服上，並戴上「手套」( glove )，避免弄髒。

1. **globe** *n.* 地球 ( = *earth* )

   /ob/ 的發音很容易聯想它是個大圓球。

   come from every corner of the globe　來自世界各地

   circle the globe　繞地球一周

2. **global** *adj.* 全球的 ( = *worldwide* )

   global warming　全球暖化　　global village　地球村

BOOK

6

We must take a ***global*** view of our business.
（我們須對我們的事業採取全球視野。）

3. glow *v.* 發光（= *radiate light*）

   發光，符合 gl 字群的「發亮」特徵。

   The coals were ***glowing*** red in the stove.
   （煤炭在爐中發出紅光。）

4. gloom *n.* 陰暗（= *darkness*）

   可以想像光被/um/的合嘴發音遮蓋了，自然「陰暗無光」。

   His future seemed filled with ***gloom***.
   （他的未來看起來陰暗無光。）

5. gloomy *adj.* 昏暗的（= *dark*）

   gloom（陰暗）+ y (*adj.*) = gloomy

   Their apartment is small and ***gloomy***.
   （他們的公寓窄小而昏暗。）

6. glue *n.* 膠水（= *a sticky substance*）

   Put a dab of ***glue*** on each corner.（在每個角上塗一點膠水。）

7. **glory** *n.* 光榮（= *honor*）；榮譽；輝煌

   He who died bravely in battle earned everlasting ***glory***.
   （在戰場上英勇犧牲的人贏得了永恆的榮譽。）

8. glorious *adj.* 光榮的（= *honorable*）

   glory – y + ious (*adj.*) = glorious

   The team won a ***glorious*** victory.（該隊獲得光榮的勝利。）

9. glove *n.* 手套（= *hand covering*）

   a pair of gloves 一副手套

# *32. go*

| | | | |
|---|---|---|---|
| **go** [1] | 〔 go 〕 | v. | 去 |
| **goal** [2] | 〔 gol 〕 | n. | 目標 |
| **goat** [2] | 〔 got 〕 | n. | 山羊 |
| | | | |
| **god** [1] | 〔 gɑd 〕 | n. | 神 |
| **goddess** [1] | 〔'gɑdɪs 〕 | n. | 女神 |
| **gobble** [5] | 〔'gɑbl̩ 〕 | v. | 狼吞虎嚥 |
| | | | |
| **gold** [1] | 〔 gold 〕 | n. | 黃金 |
| **golden** [2] | 〔'goldn̩ 〕 | adj. | 金色的 |
| **golf** [2] | 〔 gɔlf , gɑlf 〕 | n. | 高爾夫球 |

【記憶技巧】

　　從上一回勇士戴上 glove（手套），聯想到他要「去」（go）打獵，「目標」（goal）是更多「山羊」（goat）。烤羊肉讓「神」（god）和「女神」（goddess）都「狼吞虎嚥」（gobble），很高興，賞給勇士「黃金」（gold）做的「金色的」（golden）「高爾夫球」（golf）。

1. go  v. 去（= *advance*）

2. goal  n. 目標（= *aim*）
   achieve *one's* goal  達成目標

3. **goat** *n.* 山羊 ( = *an animal closely related to the sheep* )
「綿羊」是 sheep，「小羊」是 lamb〔læm〕。

4. **god** *n.* 神 ( = *deity* )
如果寫成大寫 God，指的是「上帝」。
***God*** helps those who help themselves. (【諺】天助自助者。)

5. **goddess** *n.* 女神 ( = *female deity* )
字尾 ess 常代表女性，如：waitress（女服務生），princess
（公主），hostess（女主人）等。

6. **gobble** *v.* 狼吞虎嚥 ( = *devour* )
可以用 /gɑb/ 的發音聯想大口吞的樣子。
Don't ***gobble*** your food!
（吃東西不要狼吞虎嚥！）

gobble

7. **gold** *n.* 黃金 ( = *a valuable soft yellow metal* )
Speech is silver; silence is ***gold***.
（【諺】雄辯是銀，沉默是金。）

8. **golden** *adj.* 金色的 ( = *gold color* )；金製的 ( = *made of gold* )
golden retriever 黃金獵犬
The picture in my room has a ***golden*** frame.
（我房間的畫有金色的框。）

9. **golf** *n.* 高爾夫球 ( = *a game in which white balls are hit
into holes* )
「高爾夫」是 golf〔gɔlf〕的直接音譯。
golf course 高爾夫球場

# 33. *gorge*

| | | | |
|---|---|---|---|
| **gorge** 5 | 〔 gɔrdʒ 〕 | n. | 峽谷 |
| **gorgeous** 5 | 〔'gɔrdʒəs 〕 | adj. | 非常漂亮的 |
| **gorilla** 5 | 〔 gə'rɪlə 〕 | n. | 大猩猩 |
| *****govern** 2 | 〔'gʌvən 〕 | v. | 統治 |
| ******government** 2 | 〔'gʌvənmənt 〕 | n. | 政府 |
| *****governor** 3 | 〔'gʌvənə 〕 | n. | 州長 |
| *****gossip** 3 | 〔'gɑsəp 〕 | v. | 說閒話 |
| **gospel** 5 | 〔'gɑspḷ 〕 | n. | 福音 |
| *****gown** 3 | 〔 gaʊn 〕 | n. | 禮服 |

【記憶技巧】

從上一回「金色的」( gold )「高爾夫球」( golf )，聯想到一樣打進「峽谷」( gorge ) 裡，有「非常漂亮的」( gorgeous ) 景色，還有「大猩猩」( gorilla ) 遊走其中。「統治」( govern ) 當地的「政府」( government ) 很會管理，讓「州長」( governor ) 不會被「說閒話」( gossip )。受人擁戴，可以去傳「福音」( gospel )，穿著「禮服」( gown )。

1. gorge  *n.* 峽谷 ( = *canyon* )  *v.* 拚命吃喝 ( = *gobble* )

gorge 喉音重，模擬狹窄如喉嚨的「峽谷」，和「拚命吃喝」聲。

the Rhine Gorge  萊茵峽谷

We *gorged* ourselves on fresh sardines and salad.

( 我們大吃新鮮的沙丁魚和沙拉。)

**BOOK**

**6**

2. **gorgeous**　*adj.*　非常漂亮的（ = *beautiful* ）；華麗的

   也是喉音。看到「非常漂亮的」東西會發出「咕喔…」的驚嘆聲。

   The hotel room had a ***gorgeous*** view.

   （那個旅館房間有非常漂亮的視野。）

3. gorilla　*n.*　大猩猩（ = *a very large African ape* ）

4. govern　*v.*　統治（ = *rule* ）

   The region is now ***governed*** by Morocco.

   （這個地區現在由摩洛哥統治。）

   gorilla

5. **government**　*n.*　政府（ = *administrative authority* ）

   govern（統治）+ ment (*n.*) = government

6. governor　*n.*　州長（ = *highest administrator* ）

   govern（統治）+ or（人）= governor

   the governor of California　加州州長

7. gossip　*v.*　說閒話（ = *talk about others* ）

   The whole town was ***gossiping*** about them.

   （整個城鎮都在說他們的閒話。）

8. gospel　*n.*　福音（ = *Christian teachings* ）

   God（上帝）spell（拼讀）出來的，就是 gospel（福音）。

   Missionaries were sent to preach the ***Gospel***.

   （傳教士被派遣出去傳福音。）

   【missionary〔ˈmɪʃənˌɛrɪ〕*n.* 傳教士　　preach〔pritʃ〕*v.* 說教；傳教】

9. gown　*n.*　禮服（ = *robe* ）

   She said she needed an evening ***gown*** for the ceremony.

   （她說她需要一件晚禮服以參加典禮。）

# *34. grace*

| | | | |
|---|---|---|---|
| * **grace** 4 | 〔 gres 〕 | *n.* | 優雅 |
| * **graceful** 4 | 〔'gresfəl 〕 | *adj.* | 優雅的 |
| * **gracious** 4 | 〔'greʃəs 〕 | *adj.* | 親切的 |
| ** **grade** 2 | 〔 gred 〕 | *n.* | 成績 |
| * **gradual** 3 | 〔'grædʒuəl 〕 | *adj.* | 逐漸的 |
| * **graduate** 3 | 〔'grædʒu,et 〕 | *v.* | 畢業 |
| ** **gram** 3 | 〔 græm 〕 | *n.* | 公克 |
| * **grammar** 4 | 〔'græmɚ 〕 | *n.* | 文法 |
| * **grammatical** 4 | 〔 grə'mætɪkl̩ 〕 | *adj.* | 文法上的 |

【記憶技巧】

　　從上一回穿著 gown（禮服），聯想到很「優雅」（grace）。「優雅的」（graceful）人通常也是很「親切的」（gracious）。態度一好，「成績」（grade）就「逐漸的」（gradual）提升，直到「畢業」（graduate）。畢業時，得到一百「公克」（gram）的黃金作為獎勵，發願研究「文法」（grammar），成為「文法上的」（grammatical）專家。

1. grace *n.* 優雅（= *elegance*）
   She walked with *grace*.（她走路優雅。）

2. graceful *adj.* 優雅的（= *elegant*）
   grace（優雅）+ ful (*adj.*) = graceful

3. **gracious** *adj.* 親切的（= *kind*）

   「優雅的」（*graceful*）人常會有「親切的」（*gracious*）態度。
   He was **gracious** enough to invite us to his home.
   （他很親切地請我們到他家。）

4. **grade** *n.* 成績（= *mark*）

   She got good **grades** on her exam.（她考試成績優良。）

5. **gradual** *adj.* 逐漸的（= *happening slowly*）

   | grad + ual |
   | :--: |
   | \| \| |
   | *step* + *adj.* |

   一步步來的，就是「逐漸的」。

   There has been a **gradual** change in climate.
   （氣候逐漸在變化。）

6. **graduate** *v.* 畢業（= *complete one's education*）

   也可當名詞，作「畢業生」解，唸成〔'grædʒuɪt〕。
   He **graduated** from Yale University in 1936.
   （他 1936 年畢業於耶魯大學。）

7. **gram** *n.* 公克（= *weight measure of 1 cc of water*）

   我們常用的 g，表示「公克」。kg 則是 kilogram（公斤；一千
   公克）。

8. **grammar** *n.* 文法（= *syntax*）

   Check your spelling and **grammar**.（檢查你的拼字和文法。）

9. **grammatical** *adj.* 文法上的（= *pertaining to syntax*）

   a grammatical error 文法上的錯誤

# *35. grand*

| | | | |
|---|---|---|---|
| ***grand** [1] | 〔 grænd 〕 | *adj.* | 雄偉的 |
| ***grandfather** [1] | 〔'grænd,faðə 〕 | *n.* | 祖父 |
| ****grandson** [1] | 〔'græn,sʌn 〕 | *n.* | 孫子 |
| | 【注意發音說明】 | | |
| **grant** [5] | 〔 grænt 〕 | *v.* | 給予 |
| ***grape** [2] | 〔 grep 〕 | *n.* | 葡萄 |
| **grapefruit** [4] | 〔'grep,frut 〕 | *n.* | 葡萄柚 |
| **graph** [6] | 〔 græf 〕 | *n.* | 圖表 |
| **graphic** [6] | 〔'græfɪk 〕 | *adj.* | 圖解的 |
| ***grasp** [3] | 〔 græsp 〕 | *v.* | 抓住 |

【記憶技巧】

從上一回 grammatical（文法上的）專家，想到他建立起「雄偉的」( grand ) 出版王國，當了「祖父」( grandfather ) 了，常講故事給「孫子」( grandson ) 聽。他答應「給予」( grant ) 孫子買「葡萄」( grape )，結果對方送貨送成「葡萄柚」( grapefruit )。他馬上拿出「圖表」( graph )，用「圖解的」( graphic ) 方式向送貨員解釋，突然孫子一把就「抓住」( grasp ) 了葡萄柚。

1. **grand** *adj.* 雄偉的 ( = *magnificent* )；壯麗的
   a grand palace 雄偉的宮殿

2. **grandfather** *n.* 祖父 ( = *grandpa* )
   「祖母」是 grandmother。

**BOOK**

**6**

3. grandson　*n.* 孫子（= *son of one's child*）

   也可唸成〔'grænd,sʌn〕。

   「孫女」是 granddaughter。

4. grant　*v.* 答應（= *promise*）；給予（= *give*）

   A license to sell alcohol was ***granted*** to the club.
   （這家俱樂部被發給了販售酒品的執照。）

5. grape　*n.* 葡萄（= *fruit of a vine*）

   a bunch of grapes　一串葡萄

6. grapefruit　*n.* 葡萄柚（= *a citrus with yellow or ruby flesh*）

   grape（葡萄）+ fruit = grapefruit

   很多人疑惑為什麼葡萄柚叫作 grapefruit？
   其實是因為葡萄柚長在樹上的樣子，和葡萄
   一樣是一堆一堆的。

   grapefruit

7. graph　*n.* 圖表（= *diagram*）

   Martin showed me a ***graph*** of their recent sales.
   （馬汀給我看了一張他們最近銷售情況的圖表。）

8. graphic　*adj.* 圖解的（= *connected with drawings
   and design*）；（敘述等）生動的；逼真的

   | graph | + | ic |
   |---|---|---|
   | | | |
   | draw | + | adj. |

   畫出來的，就是「圖解的」。
   the graphic method　圖解法

   The principal kept a ***graphic*** record of school attendance.
   （校長用圖表記錄學生的出席率。）

9. grasp　*v.* 抓住（= *grip*）

   跟 grab（抓取）、grip（緊抓）發音和意思都相近。

   She ***grasped*** the handle and pulled it.
   （她抓住了把手並且用力拉。）

# *36. grass*

| | | |
|---|---|---|
| ***grass**[1] | 〔 græs 〕 | *n.* 草 |
| **grasshopper**[3] | 〔'græs,hɑpɚ 〕 | *n.* 蚱蜢 |
| **grassy**[2] | 〔'græsɪ 〕 | *adj.* 多草的 |
| **grateful**[4] | 〔'gretfəl 〕 | *adj.* 感激的 |
| **gratitude**[4] | 〔'grætə,tjud 〕 | *n.* 感激 |
| **gravity**[5] | 〔'grævətɪ 〕 | *n.* 重力 |
| ***gray**[1] | 〔 gre 〕 | *adj.* 灰色的 |
| **grave**[4] | 〔 grev 〕 | *n.* 墳墓 |
| **graze**[5] | 〔 grez 〕 | *v.* 吃草 |

【記憶技巧】

　　從上一回的 grasp（抓住），聯想到抓住的原來是「草」（grass）中跳出的「蚱蜢」（grasshopper），只有「多草的」（grassy）地方才抓得到。孫子決定放了牠，牠發出「感激的」（grateful）鳴聲，心懷「感激」（gratitude），藉著「重力」（gravity）跳下草地，落到「灰色的」（gray）墳墓邊，繼續「吃草」（graze）。

1. **grass** *n.* 草（= *a very common plant with thin green leaves that covers the ground*）

2. **grasshopper** *n.* 蚱蜢（= *locust*）
   hop 是跳，grass + hopper，在草中跳的，就是「蚱蜢」。

BOOK

**6**

3. grassy *adj.* 多草的（= *carpeted with grass*）
   grass（草）+ y（*adj.*）= grassy

4. **grateful** *adj.* 感激的（= *appreciative*）
   與 grace（優雅；恩典）同源，有恩典，自然令人「感激」。
   We are all *grateful* for all your help.
   （我們對你的幫忙都很感激。）

5. **gratitude** *n.* 感激（= *appreciation*）

   | grat | + itude |
   |------|---------|
   | \| | \| |
   | *please* + | *n.* |

   心中充滿歡喜，就會「感激」。

   Tears of *gratitude* filled her eyes.
   （她的眼裡充滿了感激的淚水。）

6. gravity *n.* 重力；地心引力（= *gravitation*）
   Newton's law of gravity 牛頓萬有引力定律
   The stone rolled down the hill by *gravity*.
   （石頭因重力滾下山丘。）

7. gray *adj.* 灰色的（= *grey*）
   His hair is turning *gray*.（他的頭髮變灰白了。）

8. grave *n.* 墳墓（= *tomb*）
   from cradle to grave 從搖籃到墳墓；終其一生

9. graze *v.* 吃草（= *feed on grass*）
   Groups of cattle were *grazing* on the rich grass.
   （一群群的牛正在肥美的草地上吃草。）

BOOK
7

# *1. great*

| | | | |
|---|---|---|---|
| **great**¹ | ( gret ) | *adj.* | 很棒的 |
| **grease**⁵ | ( gris ) | *n.* | 油脂 |
| **greasy**⁴ | ('grisɪ ) | *adj.* | 油膩的 |
| **greed**⁵ | ( grid ) | *n.* | 貪心 |
| **greedy**² | ('gridɪ ) | *adj.* | 貪心的 |
| **green**¹ | ( grin ) | *adj.* | 綠色的 |
| **greenhouse**³ | ('grin,haʊs ) | *n.* | 溫室 |
| **greet**² | ( grit ) | *v.* | 問候 |
| **greeting**⁴ | ('gritɪŋ ) | *n.* | 問候 |

【記憶技巧】

　　通常「很棒的」( great ) 肉品都富含許多「油脂」
( grease )，讓人感到「油膩的」( greasy )，但是「貪心」
( greed ) 常常會驅使人一直吃肉，如此「貪心的」( greedy )
行為對健康是不好的。人要多吃「綠色的」( green )「溫室」
( greenhouse ) 蔬菜，去拜訪「問候」( greet ) 他人時，也
可以送些蔬菜水果，作為「問候」( greeting )。

1. **great** *adj.* 很棒的 ( = *very good* )；重大的 ( = *important* )

2. **grease** *n.* 油脂 ( = *fat that comes out of meat when you
   cook it* )　　【比較】oil ( ɔɪl ) *n.* 石油；食用油

3. **greasy** *adj.* 油膩的 ( = *made with much oil* )
   grease ( 油脂 ) – e + y (*adj.*) = greasy

4. **greed** *n.* 貪心（ = *a strong wish to have more money, things
   or power than you need* )；貪婪　　out of greed　出於貪心
   He ate too much *out of* sheer *greed*.
   （他吃太多，完全是出於貪心。）

5. **greedy** *adj.* 貪心的（ = *wanting more than you need* )；
   貪婪的（ = *eager* )　　greed（貪心）+ y (*adj.*) = greedy
   He is *greedy* for power. （他貪圖權力。）

6. **green** *adj.* 綠色的（ = *like grass in color* )；環保的
   have a green thumb　擅長園藝
   be green with envy　嫉妒（ = *be extremely jealous* )
   My brother has just bought a brand-new car—I*'m green
   with envy*. （我哥哥剛買了一台新車——我很嫉妒。）

7. **greenhouse** *n.* 溫室（ = *a building made of glass that is used
   for growing plants that need protection from the weather* )
   greenhouse effect　溫室效應【人類活動釋放出大量的溫室氣體，如
   二氧化碳（$CO_2$），甲烷（$CH_4$），一氧化二氮（$N_2O$），使地球表面的溫度
   升高，會導致 global warming（全球暖化）】
   如果指 green house（綠色的房屋），重音在 house 上。
   形容詞加名詞，通常重音在名詞上。（詳見「文法寶典」I.）

8. **greet** *v.* 問候（ = *hail* )；迎接
   be greeted by　遭受；遇到
   Her remarks *were greeted by* silence.
   （她的評論遭到沈默的回應。）

9. **greeting** *n.* 問候（ = *the act or words of one who greets* )
   Greetings!「你好！」演講時常用，如 Ladies and gentlemen.
   *Greetings* and good evening to you all.
   （各位先生，各位女士，大家晚安，大家好。）

# 2. grocer

| **grocer**[6] | 〔'grosɚ 〕 | n. | 雜貨商 |
| **grocery**[3] | 〔'grosɚɪ 〕 | n. | 雜貨店 |
| **groan**[5] | 〔 gron 〕 | v. | 呻吟 |
| **grope**[6] | 〔 grop 〕 | v. | 摸索 |
| **gross**[5] | 〔 gros 〕 | adj. | 全部的 |
| **ground**[1] | 〔 graʊnd 〕 | n. | 地面 |
| **grow**[1] | 〔 gro 〕 | v. | 成長 |
| **growth**[2] | 〔 groθ 〕 | n. | 成長 |
| **growl**[5] | 〔 graʊl 〕 | v. | 咆哮 |

【記憶技巧】

　　從上一回的「問候」( greeting )，想到有一個騙子，看到「雜貨商」( grocer )，心生歹念，在「雜貨店」( grocery )裡癱倒在地，開始「呻吟」( groan )，裡面的顧客都靠過來關心，於是他開始「摸索」( grope )「全部的」( gross )「地面」( ground )，佯裝痛苦，並扒走許多顧客的皮夾，今天的收入因此「成長」( grow ) 許多，他收入的「成長」( growth )背後是顧客憤怒的「咆哮」( growl )。

1. **grocer** *n.* 雜貨商 ( = *a person who sells certain kinds of food and household supplies* )

2. **grocery** *n.* 雜貨店 ( = *grocer's shop* )
   grocer ( 雜貨商 ) + y (*n.*) = grocery
   【比較】groceries 〔'grosɚɪz 〕 *n. pl.* 食品雜貨

3. groan *v.* 呻吟（= *moan*）
   諧音：咕噥，跟中文意思很接近，表示不滿，就是「呻吟」。
   The man on the floor began to *groan* with pain.
   （男子在地上開始痛苦地呻吟。）

4. grope *v.* 摸索（= *feel one's way*）；尋找（= *search*）
   g + rope（繩子）= grope，抓著繩子走路，就是「摸索」。
   He *groped* in his pocket for his wallet.
   （他在口袋裡摸索他的皮夾。）

5. gross *adj.* 全部的（= *total*）；十足的（= *sheer*）；嚴重的
   諧音：給若失，給出去就如失去「全部的」東西。
   gross domestic product 國內生產毛額（= *GDP*）
   He made a *gross* mistake.（他犯了一個嚴重的錯誤。）

6. **ground** *n.* 地面（= *land*）；理由（= *reason*）  *v.* 禁足
   on the grounds that 因為
   They oppose the bill *on the grounds that* it discriminates
   against homosexuals.
   （他們反對這法案，因為該法案歧視同性戀。）

7. **grow** *v.* 成長（= *increase in size*）；變得（= *become*）
   The sound was *growing* louder.（聲音變得越來越大聲。）

8. **growth** *n.* 成長（= *increase*）
   grow（成長）+ th (*n.*) = growth
   Economic *growth* is often accompanied by ecological
   problems.（經濟成長常常伴隨著生態問題。）

9. growl *v.* 咆哮（= *make a frightening low noise*）  *n.* 低聲怒吼
   grow（成長）+ l (*loud*) = growl，變大聲，就是「咆哮」。

# *3. guard*

| *guard* [2] | 〔 gɑrd 〕 | n. 警衛 |
|---|---|---|
| *guardian* [3] | 〔'gɑrdɪən 〕 | n. 監護人 |
| *guarantee* [4] | 〔ˌgærən'ti 〕 | v. 保證 |
| *guide* [1] | 〔 gaɪd 〕 | v. 引導 |
| guidance [3] | 〔'gaɪdn̩s 〕 | n. 指導 |
| guideline [5] | 〔'gaɪdˌlaɪn 〕 | n. 指導方針 |
| guilt [4] | 〔 gɪlt 〕 | n. 罪 |
| guilty [4] | 〔'gɪltɪ 〕 | adj. 有罪的 |
| *guitar* [2] | 〔 gɪ'tɑr 〕 | n. 吉他 |

【記憶技巧】

　　從上一回的「咆哮」(growl)，想到在路上看到惡人對小孩咆哮，要立即通知「警衛」(guard)並通知他的「監護人」(guardian)，以「保證」(guarantee)他的安全，再「引導」(guide)他離開現場，給他安全的「指導」(guidance)以及保護自己的「指導方針」(guideline)，不可隨便反擊他人，否則犯下了「罪」(guilt)，會留下「有罪的」(guilty)案底，以後找工作很困難，只能在街頭彈「吉他」(guitar)。

1. **guard** *n.* 警衛 ( = *watchman* )；警戒 ( = *caution* )　*v.* 看守
　on *one's* guard　小心；警戒
　Be *on* your *guard* against his tricks. ( 你要小心他的詭計。)

2. **guardian** *n.* 監護人 ( = *someone who is legally responsible for another person* )；守護者 ( = *a person who protects sth.* )
　guard ( 警衛 ) + ian ( 人 ) = guardian

3. **guarantee** *v. n.* 保證（= *promise*）
   諧音：給人踢，給人踢了之後，「保證」可以領保險賠償金。
   under guarantee 在保固期內（= *under warranty*）
   My watch is still **under guarantee**, so they'll repair it for
   free.（我的錶還在保固期內，所以他們會免費修理。）

4. **guide** *n.* 引導（= *something that serves to direct or
   indicate*）；指標；指南（= *guidebook*）　*v.* 引導；帶領
   tour guide 導遊
   His only **guide** was the stars overhead.
   （唯一能引導他的，是頭上的星星。）

5. **guidance** *n.* 指導（= *advice*）；方針

   | guid + ance | I went to a counselor for **guidance** |
   |---|---|
   | \| \| | on my career.（我去找諮商師尋求關 |
   | *guide* + *n.* | 於我職業上的指導。） |

6. **guideline** *n.* 指導方針（= *official instructions or advice
   about how to do something*）；參考
   guide（引導）+ line（線）= guideline

7. **guilt** *n.* 罪（= *the fact that someone has committed a crime*）；
   罪惡感（= *bad conscience*）
   He admitted his **guilt** in a robbery.（他承認他犯下搶案的罪。）

8. **guilty** *adj.* 有罪的（= *found to have violated a criminal law*）
   guilt（罪）+ y（*adj.*）= guilty ↔ innocent（ˈɪnəsn̩t）*adj.* 清白的
   guilty of 被判犯下⋯的罪成立
   He was found **guilty of** murder.（他被判謀殺罪成立。）

9. **guitar** *n.* 吉他（= *a musical instrument with six strings*）

# *4. habit*

| | | | |
|---|---|---|---|
| *habit² | ( 'hæbɪt ) | n. | 習慣 |
| *habitat⁶ | ( 'hæbə,tæt ) | n. | 棲息地 |
| **habitual⁴ | ( hə'bɪtʃʊəl )【注意發音】 | adj. | 習慣性的 |
| *hack⁶ | ( hæk ) | v. | 猛砍 |
| hacker⁶ | ( 'hækə ) | n. | 駭客 |
| haircut¹ | ( 'hɛr,kʌt ) | n. | 理髮 |
| hairdo⁵ | ( 'hɛr,du ) | n. | 髮型 |
| *hairdresser³ | ( 'hɛr,drɛsə ) | n. | 美髮師 |
| *hairstyle⁵ | ( 'hɛr,staɪl ) | n. | 髮型 |

【記憶技巧】

從上一回的「吉他」( guitar )，想到有一位男士有彈吉
他的「習慣」( habit )，他喜歡找一個安靜「棲息地」( habitat )
做他「習慣性的」( habitual ) 活動，有一天他在彈吉他的時
候，發現有一位「猛砍」( hack ) 樹木的電腦「駭客」( hacker )，
他困在樹林裡，找不到出路，很久沒有「理髮」( haircut )，
「髮型」( hairdo ) 像是個野蠻人，於是男士帶他走出森林，
找個「美髮師」( hairdresser )，換了新「髮型」( hairstyle )。

1. **habit** *n.* 習慣 ( = *tendency* )
   make it a habit to V. 習慣~
   He *makes it a habit to* get up early. ( 他習慣早起。 )
   Old *habits* die hard. (【諺】積習難改。 )

2. habitat    *n.* 棲息地 ( = *the place where one is usually found* )
   habit ( 習慣 ) + at = habitat，位於習慣的地方，就是「棲息地」。

3. habitual    *adj.* 習慣性的 ( = *regular* )；養成習慣的
   habit ( 習慣 ) + ual (*adj.*) = habitual
   habitual smoker  有煙癮的人    habitual liar  習慣說謊的人

4. hack    *v.* 猛砍 ( = *cut in a rough way* )；侵入電腦
   hack into  侵入
   They **hacked into** banks and transferred huge amounts of
   cash. ( 他們侵入銀行的電腦系統，轉走大量的現金。 )

5. hacker    *n.* 駭客 ( = *a programmer who breaks into computer
   systems* )    hack ( 侵入電腦 ) + er ( 人 ) = hacker

6. haircut    *n.* 理髮 ( = *an act of cutting one's hair* )；髮型
   hair ( 頭髮 ) + cut ( 剪 ) = haircut    have a haircut  理髮
   I haven't **had a haircut** for months! ( 我有幾個月沒理髮了！ )

7. hairdo    *n.* 髮型 ( = *a hairstyle, especially for a woman* )
   hair ( 頭髮 ) + do ( 做 ) = hairdo

8. hairdresser    *n.* 美髮師 ( = *someone who cuts or beautifies hair* )
   hair ( 頭髮 ) + dress ( 打扮 ) + er ( 人 ) = hairdresser
   【比較】 hairdresser's 〔ˈhɛrˌdrɛsəz〕 *n.* 美容院；髮廊
          barbershop 〔ˈbɑrbəˌʃɑp〕 *n.* ( 男性 ) 理髮店

9. hairstyle    *n.* 髮型 ( = *a style in which hair is cut and arranged* )
   hair ( 頭髮 ) + style ( 風格 ) = hairstyle
   當你看到別人有新髮型時，你可説：“I like your new hairstyle.”
   ( = *I like your hairdo.* )

# 5. hall

| | | | |
|---|---|---|---|
| *hall [4] | ( hɔl ) | n. | 大廳 |
| *hallway [3] | ('hɔl͵we ) | n. | 走廊 |
| *halt [4] | ( hɔlt ) | v. | 停止 |
| **ham [1] | ( hæm ) | n. | 火腿 |
| **hamburger [2] | ('hæmbɝgɚ ) | n. | 漢堡 |
| **hammer [2] | ('hæmɚ ) | n. | 鐵鎚 |
| *handicap [5] | ('hændɪ͵kæp ) | n. | 身心殘障 |
| *handicraft [5] | ('hændɪ͵kræft ) | n. | 手工藝 |
| **handkerchief [2] | ('hæŋkɚtʃɪf ) | n. | 手帕 |

【記憶技巧】

　　從上一回的「髮型」( hairstyle )，想到有個人剪了一個奇怪的髮型，走過「大廳」( hall ) 到「走廊」( hallway )，看到的人都「停止」( halt ) 下來看他，不管是在吃「火腿」( ham ) 或「漢堡」( hamburger ) 的學生，拿「鐵鎚」( hammer ) 在工作的工人，連「身心障礙」( handicap ) 的人士都停下「手工藝」( handicraft )，手上的「手帕」( handkerchief ) 掉在地板。

1. hall *n.* 大廳 ( = *a large room used for meetings, concerts, or other public events* )
   concert hall 音樂廳

   hall

2. hallway *n.* 走廊 ( = *passageway* )
   hall ( 大廳 ) + way ( 路 ) = hallway，到大廳的路，就是「走廊」。

BOOK
**7**

3. halt  *n. v.* 停止（= *stop*）
come to a halt  停住
The taxi *came to a halt* in front of his front door.
（計程車在他的前門門口停住了。）

4. ham  *n.* 火腿（= *meat from the uppert part of a pig's leg preserved with salt or smoke for use as food*）

5. hamburger  *n.* 漢堡（= *burger*）
ham（火腿）+ burger（漢堡）= hamburger，「漢堡」是沒有火腿的，它的名稱是源自德國城市「漢堡」（Hamburg）。

6. hammer  *n.* 鐵鎚（= *a tool used for hitting things or forcing nails into wood*） *v.* 擊打
ham（火腿）+ mer = hammer

7. handicap  *n.* 身心殘障（= *a physical or mental disability*）；障礙（= *disadvantage*）
hand（手）+ i + cap（帽子）= handicap，手拿帽子乞討，通常是因為「身心殘障」。　handicapped *adj.* 殘障的
the handicapped  殘障者　　handicap to…  對…的障礙
His lack of experience is a *handicap to finding* a decent job.（他缺少經驗，這對他找到一份工作是個障礙。）

8. handicraft  *n.* 手工藝（= *skill and facility with the hands*）；手工藝品
Traditional *handicraft* techniques are being steadily improved.（傳統手工藝的技術持續改良。）

9. handkerchief  *n.* 手帕（= *a small square of cloth*）
hand（手）+ ker（諧音「可」）+ chief（主要的）= handkerchief
主要可以拿在手上的，就是「手帕」。

# *6. handy*

| | | | |
|---|---|---|---|
| *handy [3] | ( ˈhændɪ ) | adj. | 便利的 |
| **hang [2] | ( hæŋ ) | v. | 懸掛 |
| *hanger [2] | ( ˈhæŋɚ ) | n. | 衣架 |
| | | | |
| harass [6] | ( həˈræs ) | v. | 騷擾 |
| harassment [6] | ( həˈræsmənt ) | n. | 騷擾 |
| *harbor [3] | ( ˈhɑrbɚ ) | n. | 港口 |
| | | | |
| **hard [1] | ( hɑrd ) | adj. | 困難的 |
| *harden [4] | ( ˈhɑrdn̩ ) | v. | 變硬 |
| *hardship [4] | ( ˈhɑrdʃɪp ) | n. | 艱難 |

【記憶技巧】

　　從上一回的「手帕」(handkerchief)，想像有名女子在
販賣「便利的」(handy) 手帕，把許多手工製的手帕「懸掛」
(hang) 在「衣架」(hanger) 上去市場販賣，卻遭到男士
「騷擾」(harass)，為了躲避「騷擾」(harassment)，她改到
「港口」(harbor) 去賣，但是生意一落千丈，生活變得「困
難的」(hard)，她告訴自己要讓意志力「變硬」(harden)，
才能度過「艱難」(hardship)。

1. **handy** *adj.* 便利的 ( = *convenient* )；手邊的 ( = *accessible* )
   hand ( 手 ) + y (*adj.*) = handy，用手就拿得到，所以是「便利的」。
   The book is *handy* for reference. ( 這本書便於查閱。)

2. **hang** *v.* 懸掛 ( = *suspend* )；吊死 ( = *kill with rope* )
「懸掛」的三態為：hang-hung-hung
「吊死」的三態為：hang-hanged-hanged

3. **hanger** *n.* 衣架 ( = *clothes hanger* )
hang ( 懸掛 ) + er (*n.*) = hanger

4. **harass** *v.* 騷擾 ( = *annoy continually* )
這個字把它看成：her ass ( 她的屁股 )，就可以聯想到「騷擾」。

5. **harrassment** *n.* 騷擾 ( = *the act of harassing* )
harrass ( 騷擾 ) + ment (*n.*) = harrassment
sexual harrassment　性騷擾

6. **harbor** *n.* 港口 ( = *port* )
諧音：海泊，海上停泊的地方，就是「港口」。

7. **hard** *adj.* 困難的 ( = *difficult* )；硬的　*adv.* 努力地 ( = *diligently* )
have a hard time V-ing　做…感到困難
He *had a hard time making* ends meet.
( 他曾過著難以收支平衡的日子。)
【比較】hardly 〔ˈhɑrdlɪ〕*adv.* 幾乎不

8. **harden** *v.* 變硬 ( = *become hard* )；使麻木

| hard + en |
| :---: |
| &#124;　　&#124; |
| *hard* + *v.* |

Years of reporting on wars *hardened* them
to human suffering. ( 多年來一直報導戰爭，
使他們對人類的苦難麻木。)

9. **hardship** *n.* 艱難 ( = *difficulty* )
hard ( 困難的 ) + ship (*n.*) = hardship
Many people are suffering economic *hardship*.
( 很多人遭受經濟上的困難。)

# 7. *hardy*

| **hardy** [5] | (ˈhɑrdɪ) | *adj.* 強健的 |
| *  **hardware** [4] | (ˈhɑrd͵wɛr) | *n.* 硬體 |
| *  **harsh** [4] | (hɑrʃ) | *adj.* 嚴厲的 |
| *  **harm** [3] | (hɑrm) | *v. n.* 傷害 |
| *  **harmful** [3] | (ˈhɑrmfəl) | *adj.* 有害的 |
| *  **harmony** [4] | (ˈhɑrmənɪ) | *n.* 和諧 |
| *  **harmonica** [4] | (hɑrˈmɑnɪkə) | *n.* 口琴 |
| **harness** [5] | (ˈhɑrnɪs) | *v.* 利用 |
| *  **harvest** [3] | (ˈhɑrvɪst) | *n.* 收穫 |

【記憶技巧】

從上一回的「艱難」(hardship)，想到電腦工程師需要有「強健的」(hardy) 身體克服艱難，修理電腦「硬體」(hardware)，否則會受到上司「嚴厲的」(harsh)教訓，「傷害」(harm) 了自尊，如此「有害的」(harmful)批評也會影響公司的「和諧」(harmony)。為了抒發壓力，可以吹吹「口琴」(harmonica)，「利用」(harness)空閒時間將會有其他「收穫」(harvest)。

1. hardy　*adj.* 強健的 ( = *strong* )；耐寒的
   hard (硬的) + y (*adj.*) = hardy

2. hardware　*n.* 硬體 ( = *computer equipment* )；五金
   ( = *metal goods and utensils* )
   hard (硬的) + ware (用具) = hardware ↔ software　*n.* 軟體

3. harsh *adj.* 嚴厲的（= *severe*）；無情的（= *unpleasant*）
   har（*hard*）+ sh（噓）= harsh，「嚴厲的」人會噓你。
   be harsh on　對～很嚴厲
   Don't *be harsh on* a newcomer.（對新人不要太嚴厲。）

4. **harm** *v. n.* 傷害（= *damage*）
   do *sb.* harm　對某人有害 ↔ do *sb.* good　對某人有好處
   do more harm than good　弊大於利
   Strenuous exercise can *do more harm than good*.
   （激烈的運動通常弊大於利。）

5. **harmful** *adj.* 有害的（= *damaging*）
   harm（傷害）+ ful（*adj.*）= harmful ↔ harmless *adj.* 無害的

6. **harmony** *n.* 和諧（= *accord*）
   harm（傷害）+ (m)ony（沒你）= harmony，沒傷害到你，
   就是「和諧」。　　　　in harmony　和諧地
   Few married couples live *in* perfect *harmony*.
   （很少夫婦可以非常和諧地相處。）
   形容詞是 harmonic〔hɑr'mɑnɪk〕*adj.* 和諧的

7. harmonica *n.* 口琴（= *a kind of small
   musical instrument played with the mouth*）
   harmonic（和諧的）+ a = harmonica

harmonica

8. harness *v.* 利用（= *use*）　*n.* 馬具
   har（*hair*）+ ness（*n.*）= harness，抓住馬的毛，
   不然牠會亂跑，就是「馬具」，引申為「利用」。

harness

   We can *harness* the power of the sun to generate
   electricity.（我們可以利用太陽能來發電。）

9. **harvest** *n.* 收穫（= *reaping*）；成果　*v.* 收穫（= *reap*）
   har（*hard*）+ vest（背心）= harvest，努力工作買了一件背
   心，就是「收穫」。

# 8. haste

| | | | |
|---|---|---|---|
| *haste⁴ | 〔hest〕 | | n. 匆忙 |
| *hasten⁴ | 〔'hesn̩〕【t 不發音】 | | v. 催促 |
| *hasty³ | 〔'hestɪ〕 | | adj. 匆忙的 |
| ‡hate¹ | 〔het〕 | | v. 恨 |
| hateful² | 〔'hetfəl〕 | | adj. 可恨的 |
| *hatred⁴ | 〔'hetrɪd〕 | | n. 憎恨 |
| haul⁵ | 〔hɔl〕【和 hall 同音】 | | v. 拖 |
| haunt⁵ | 〔hɔnt〕 | | v. (鬼魂) 出沒於 |
| *hawk³ | 〔hɔk〕 | | n. 老鷹 |

【記憶技巧】

　　　從上一回的「收穫」(harvest)，想到很多不肖人士，
常常爲了快速收穫，行事「匆忙」(haste)，不斷「催促」
(hasten) 牛群生長的進度，使養育變「匆忙的」(hasty)，
更讓人「恨」(hate) 之入骨的是，施打「可恨的」(hateful)
生長激素，造成人民對牛肉的不信任和「憎恨」(hatred)。
小牛很快長大後，被「拖」(haul) 到屠宰廠，母牛「出沒
於」(haunt) 牛舍，找不到小牛，小牛的腐肉早已給「老
鷹」(hawk) 叼走了。

1. haste  n. 匆忙 ( = *hurry* )
   in haste  匆忙地 ( = *in a hurry* )
   More ***haste***, less speed. (【諺】欲速則不達。)
   ( = *Haste makes waste.* )

BOOK

**7**

2. hasten　*v.* 催促（= *cause to hurry*）；加速；趕快（= *hurry*）

> hast(e) + en
> 　|　　　|
> *quick* + *v.*

　I *hastened* home to tell my parents
　the good news.
　（我趕緊回家告訴我爸媽這好消息。）

3. hasty　*adj.* 匆忙的（= *hurried*）
　haste（匆忙）– e + y（*adj.*）= hasty

4. hate　*v.* 恨（= *dislike*）；討厭　*n.* 恨

5. hateful　*adj.* 可恨的（= *extremely bad*）
　hate（恨）+ ful（*adj.*）= hateful

6. hatred　*n.* 憎恨（= *a feeling of intense dislike*）
　hat（帽子）+ red（紅色）= hatred，公牛看到紅色帽子，
　充滿「憎恨」。

　Some people have a *hatred* of anything new.
　（有些人厭惡任何新的事物。）

7. haul　*v.* 拖（= *drag or draw sth. with effort*）；拉
　諧音：厚，厚重的東西用「拖」的。
　I *hauled* my luggage to a nearby hotel.
　（我把我的行李拖到附近的飯店。）

8. haunt　*v.*（鬼魂）出沒於（= *visit often*）；使困擾（= *trouble*）
　h（*home*）+ aunt = haunt，鬼魂常「出沒於」阿姨的家。
　a haunted house　鬼屋
　Linda was *haunted* by the fear that her husband was
　having an affair.（琳達提心吊膽害怕她丈夫有婚外情。）

9. hawk　*n.* 老鷹（= *a large bird that kills*
　*other birds or animals for food*）

hawk

# *9. head*

| | | | |
|---|---|---|---|
| ‡**head**[1] | ( hɛd ) | *n.* 頭 |
| ***headline**[3] | ( 'hɛd͵laɪn ) | *n.* ( 報紙的 ) 標題 |
| ***headquarters**[3] | ( 'hɛd'kwɔrtəz ) | *n. pl.* 總部 |
| | | |
| ‡**health**[1] | ( hɛlθ ) | *n.* 健康 |
| ***healthful**[4] | ( 'hɛlθfəl ) | *adj.* 有益健康的 |
| ‡**healthy**[2] | ( 'hɛlθɪ ) | *adj.* 健康的 |
| | | |
| ‡**heart**[1] | ( hɑrt ) | *n.* 心 |
| **hearty**[5] | ( 'hɑrtɪ ) | *adj.* 眞摯的 |
| ***heap**[3] | ( hip ) | *n.* 一堆 |

【記憶技巧】

從上一回的「老鷹」( hawk )，想到有位記者，在路上
看到有隻老鷹從窗戶探出「頭」( head )，他馬上寫下新聞
「標題」( headline )，寄回「總部」( headquarters )，要
求要去採訪主人。老鷹的主人很重視寵物的「健康」
( health )，餵牠吃「有益健康的」( healthful ) 食物，也
做些「健康的」( healthy ) 戶外活動。他很有「心」( heart )
照顧他的寵物，是位非常「眞摯的」( hearty ) 主人，不像
「一堆」( heap ) 只想引起注意而養奇特寵物的人。

1. head *n.* 頭 ( = *top part of body* )　　*v.* 前往
   Two **heads** are better than one.
   (【諺】三個臭皮匠，勝過一個諸葛亮。)

2. **headline** *n.* ( 報紙的 ) 標題 ( = *the title of a newspaper story* )
   head ( 頭 ) + line ( 台詞 ) = headline，報紙的頭要台詞，就是「標題」。
   hit the headlines  上頭條 ( = *make the headlines* )
   A scandal *hit the headlines*. ( 有一則醜聞上了頭條。)

3. **headquarters** *n. pl.* 總部 ( = *a center of operations* )
   head ( 頭 ) + quarters ( 地方 ) = headquarters，一個地方的頭，就是「總部」。    quarter 〔ˈkwɔrtə〕 *n.* 四分之一；( *pl.* ) 地方

4. **health** *n.* 健康 ( = *fitness* )
   heal ( 痊癒 ) + th (*n.*) = health，痊癒就是「健康」。
   in good health  健康狀況良好

5. **healthful** *adj.* 有益健康的 ( = *beneficial* )
   health ( 健康 ) + ful (*adj.*) = healthful
   a healthful diet  有益健康的飲食

6. **healthy** *adj.* 健康的 ( = *fit* )；有益健康的
   health ( 健康 ) + y (*adj.*) = healthy
   a healthy diet
   = a healthful diet
   現在美國人都用 healthy 來代替 healthful。在 Macmillan English
   Dictionary 2011 年修訂版中，已經查不到 healthful 這個字。

7. **heart** *n.* 心 ( = *organ that pumps blood* )；心地
   a child at heart  赤子之心
   He is *a child at heart*. ( 他有顆赤子之心。)

8. **hearty** *adj.* 真摯的 ( = *sincere* )；熱情友好的 ( = *friendly* )
   heart ( 心 ) + y (*adj.*) = hearty
   They gave us a *hearty* welcome. ( 他們熱情地歡迎我們。)

9. **heap** *n.* 一堆 ( = *a large pile of sth.* )
   a heap of garbage  一堆垃圾

# *10. heat*

| ‡**heat** [1] | 〔 hit 〕 | n. 熱 |
| ‡**heater** [2] | 〔'hitɚ 〕 | n. 暖氣機 |
| ***heel** [3] | 〔 hil 〕 | n. 腳跟 |
| ***heaven** [3] | 〔'hɛvən 〕 | n. 天堂 |
| **heavenly** [5] | 〔'hɛvənlɪ 〕 | adj. 天空的 |
| ‡**heavy** [1] | 〔'hɛvɪ 〕 | adj. 重的 |
| ***hell** [3] | 〔 hɛl 〕 | n. 地獄 |
| ***helmet** [3] | 〔'hɛlmɪt 〕 | n. 安全帽 |
| **helicopter** [4] | 〔'hɛlɪˌkɑptɚ 〕 | n. 直昇機 |

【記憶技巧】

　　從上一回的「一堆」(heap)，想到冬天很冷，需要穿一堆衣服才會感到「熱」(heat)，坐在「暖氣機」(heater) 旁，連「腳跟」(heel) 都覺得暖和，有如在「天堂」(heaven) 一般。一旦走出門外，看著「天空的」(heavenly) 烏雲，身穿厚「重的」(heavy) 衣服，騎機車就像身處「地獄」(hell)，戴著「安全帽」(helmet) 吹著冷風，真希望有「直昇機」(helicopter) 來代步。

1. **heat** *n.* 熱 ( = *hotness* )
   the heat 炎熱的天氣
   They went to the beach to eascape *the* summer *heat*.
   (他們去海灘避暑。)

2. **heater** *n.* 暖氣機（ = *a device that provides heat* ）
heat（熱）+ er (*n.*) = heater

3. **heel** *n.* 腳跟（ = *the back part of the foot* ）　*pl.* 高跟鞋

4. **heaven** *n.* 天堂（ = *paradise* ）
a marriage made in heaven　天作之合的婚姻

5. **heavenly** *adj.* 天空的（ = *relating to the sky* ）；天堂的
heaven（天堂）+ ly (*adj.*) = heavenly
heavenly body　天體（星星、月亮、太陽等）

6. **heavy** *adj.* 重的（ = *weighty* ）；大量的（ = *considerable* ）；
嚴重的（ = *severe* ）　　a heavy cold　重感冒　　heavy rain　大雨

7. **hell** *n.* 地獄（ = *the underworld* ）
a living hell　人間地獄；生不如死
These past few days have been *a living hell*.
（過去這幾天真是讓人生不如死。）

8. **helmet** *n.* 安全帽（ = *a metal and/or leather covering to protect
the head* ）
hel (*hell*) + met（遇見）= helmet，不戴「安全帽」，會遇見地獄。
【比較】hamlet〔ˋhæmlɪt〕*n.* 村落

9. **helicopter** *n.* 直昇機（ = *an aircraft capable of hover, vertical
flight, and horizontal flight in any direction* ）
helicopter parents　直昇機父母【像直升機一樣，
老是在子女身邊盤旋不去，過度保護子女的父母】

helicopter

| helic + opter |
| :---: |
| \| 　　 \| |
| *spiral + wing* |

有螺旋狀翅膀的，就是「直昇機」。

# 11. herb

| **herb** [5] | 〔 ɝb , hɝb 〕 | *n.* 草藥 |
| * **herd** [4] | 〔 hɝd 〕 | *n.* ( 牛 ) 群 |
| **herald** [5] | 〔 ˋhɛrəld 〕 | *n.* 預兆 |
| | | |
| **heritage** [6] | 〔 ˋhɛrətɪdʒ 〕 | *n.* 遺產 |
| **hermit** [5] | 〔 ˋhɝmɪt 〕 | *n.* 隱士 |
| ** **hero** [2] | 〔 ˋhɪro 〕 | *n.* 英雄 |
| | | |
| **heroic** [5] | 〔 hɪˋro·ɪk 〕 | *adj.* 英勇的 |
| * **heroine** [2] | 〔 ˋhɛro·ɪn 〕 | *n.* 女英雄 |
| **heroin** [6] | 〔 ˋhɛro·ɪn 〕 | *n.* 海洛英 |

【爲了避免 /ɔɪ/ 連音，而用一點分開成 /o·ɪ/ 】

【記憶技巧】

從上一回的「直昇機」( helicopter )，想到直昇機飛過
一大片種「草藥」( herb ) 的草原，有許多「牛群」( herb )
在吃草，一片安寧，看似一個幸福的「預兆」( herald )。
原來這片草地是一位不願爭奪「遺產」( heritage )，而退居
山裡的「隱士」( hermit ) 所有，他是個「英雄」( hero )，
成就了「英勇的」( heroic ) 事蹟，因爲他和另一位「女英
雄」( heroine ) 一起對抗毒梟，把原本種植的「海洛英」
( heroin ) 全部燒毀。

1. herb *n.* 草藥 ( = *a usually small plant used to flavour
   food or to make medicines* )
   形容詞爲 herbal 〔 ˋhɝbḷ 〕 *adj.* 草藥的；草本的

2. **herd** *n.* ( 牛 ) 群 ( = *a large group of animals* )
   a herd of cattle 一群牛

3. **herald** *n.* 預兆 ( = *sign* )；前鋒　*v.* 預告 ( = *indicate* )
   諧音：嘿囉，對你說嘿囉，代表要跟你「預告」事情。
   These tiny flowers are the *heralds* of spring.
   ( 這些小花預示著春天的到來。)
   A sharp wind often *heralds* a storm.
   ( 刺骨的寒風常常預示著暴風雨即將到來。)

4. **heritage** *n.* 遺產 ( = *inheritance* )

   ```
   her + it + age
    |    |    |
   heir + go + n.
   ```
   跑去繼承人那的，就是「遺產」。

   her ( 她的 ) + it ( 東西 ) + age ( 年紀 ) = heritage，她的年紀
   大了，得到丈夫的「遺產」。
   cultural heritage 文化遺產　　【比較】heir 〔ɛr〕*n.* 繼承人

5. **hermit** *n.* 隱士 ( = *a person who lives alone* )
   諧音：何覓，何處可以尋覓到「隱士」。

6. **hero** *n.* 英雄 ( = *great man* )；偶像 ( = *idol* )；男主角
   unsung hero 無名英雄

7. **heroic** *adj.* 英勇的 ( = *courageous* )；英雄的 ( = *relating to a hero* )
   hero ( 英雄 ) + ic (*adj.*) = heroic　　heroic deeds 英勇的行為

8. **heroine** *n.* 女英雄 ( = *a woman possessing heroic qualities* )；女主角　heroine 和 heroin 是同音字。
   hero ( 英雄 ) + ine = heroine

9. **heroin** *n.* 海洛英 ( = *a drug obtained from opium* )

# *12. hesitate*

| | | |
|---|---|---|
| *hesitate³ | 〔'hɛzə,tet〕 | v. 猶豫 |
| *hesitation⁴ | 〔,hɛzə'teʃən〕 | n. 猶豫 |
| heterosexual⁵ | 〔,hɛtərə'sɛkʃuəl〕 | adj. 異性戀的 |
| **high¹ | 〔haɪ〕 | adj. 高的 |
| *highly⁴ | 〔'haɪlɪ〕 | adv. 非常地 |
| highlight⁶ | 〔'haɪ,laɪt〕 | v. 強調 |
| *highway² | 〔'haɪ,we〕 | n. 公路 |
| hijack⁵ | 〔'haɪ,dʒæk〕 | v. 劫（機） |
| *hike³ | 〔haɪk〕 | v. 健行 |

【記憶技巧】

> 　　從上一回的「英雄的」（heroic），想到要成就英雄的事
> 蹟，英雄不能「猶豫」（hesitate），「猶豫」（hesitation）有
> 礙大事。但終究英雄難過美人關，遇到一位「異性戀的」
> （heterosexual）美女，穿著很「高的」（high）高跟鞋，
> 「非常地」（highly）高貴，「強調」（highlight）自己出身
> 名門，喜歡在「公路」（highway）上開跑車，不喜歡坐飛
> 機，怕遇到「劫機」（hijack），常去「健行」（hike）運動。

1. **hesitate** *v.* 猶豫（= *pause before doing sth.*）
   he（他）+ sit（坐）+ ate（吃）= hesitate，不知道要坐，還是
   吃，很「猶豫」。

2. **hesitation** *n.* 猶豫（= *a pause before doing sth.*）
   hesitate（猶豫）– e + ion（*n.*）= hesitation

After some *hesitation*, he answered her question.
（他猶豫了一下之後，回答了她的問題。）

3. heterosexual   *n.* 異性戀（ = *a person who is sexually*
*attracted to the opposite sex*）   *adj.* 異性戀的

hetero + sex + ual
   |      |     |
*other* + 性別 + *adj. n.*

喜歡另一個性別，就是「異性戀的」。

相反詞是 homosexual〔͵homə'sɛkʃuəl〕*adj.* 同性戀的   *n.* 同性戀

4. high   *adj.* 高的（ = *tall*）   *adv.* 高高地   *n.* 高點
a new high   史上新高（ = *a record high*）
Unemployment rate has reached *a new high*.
（失業率達到史上新高。）

5. **highly**   *adv.* 非常地（ = *very*）
be highly pleased   非常高興       think highly of   重視
The boss *thinks highly of* you.（老闆很重視你。）

6. **highlight**   *v.* 強調（ = *emphasize*）   *n.* 最精彩的部分
high（高的） + light（光） = highlight，光最多，就是「強調」。
The report *highlights* our needs to change our plan.
（這個報告強調，我們必須改變我們的計劃。）

7. **highway**   *n.* 公路（ = *a main public road*）
high（高的） + way（路） = highway，「公路」很平，一樣高。

8. **hijack**   *v.* 劫（機）（ = *illegally take control of a plane*）
hi（嗨） + jack（傑克） = hijack
Two armed men *hijacked* the plane.
（二名武裝男子劫持了這架飛機。）

9. **hike**   *v.* 健行（ = *go for a long walk in the countryside*）
go hiking   去健行

# *13. hip*

| | | | |
|---|---|---|---|
| *hip* ² | ( hɪp ) | *n.* | 屁股 |
| *hippo* ² | ( 'hɪpo ) | *n.* | 河馬 |
| *hippopotamus* ² | ( ˌhɪpə'pɑtəməs ) | *n.* | 河馬 |
| | | | |
| *history* ¹ | ( 'hɪstrɪ ) | *n.* | 歷史 |
| *historic* ³ | ( hɪs'tɔrɪk ) | *adj.* | 歷史上重要的 |
| *historical* ³ | ( hɪs'tɔrɪkḷ ) | *adj.* | 歷史的 |
| | | | |
| *hit* ¹ | ( hɪt ) | *v.* | 打 |
| hiss ⁵ | ( hɪs ) | *v.* | 發出嘶嘶聲 |
| *historian* ³ | ( hɪs'torɪən ) | *n.* | 歷史學家 |

【記憶技巧】

　　從上一回的「健行」(hike)，想到去健行可以瘦「屁股」(hip)，否則會變得跟「河馬」(hippo, hippopotamus)一樣大。「歷史」(history)上有研究，有個「歷史上重要的」(historic)論點説，在「歷史的」(historical)文獻裡，發現早期的人類不容易胖，因為要「打」(hit)擊猛獸，遇到「發出嘶嘶聲」(hiss)的蛇也不害怕，大多「歷史學家」(historian)都同意。

1. hip *n.* 屁股 ( = *either side of the body below the waist and above the thigh* )
   想到 hip hop（嘻哈音樂），就可以把這個字記下來了。

2. hippo *n.* 河馬 ( = *massive thick-skinned herbivorous animal living in or around rivers of tropical Africa* )
   hip（屁股）+ po = hippo，「河馬」屁股很大。

**BOOK 7**

3. hippopotamus　*n.* 河馬（＝*hippo*）
　　諧音：黑胖胖的馬子，就是「河馬」。

hippopotamus

4. **history**　*n.* 歷史（＝*the past*）
　　his（他的）＋(s)tory（故事）＝ history，他的故事，就是「歷史」。
　　*History* repeats itself.（【諺】歷史會重演。）

5. historic　*adj.* 歷史上重要的（＝*well-known or important in history*）
　　history（歷史）– y ＋ ic（*adj.*）＝ historic
　　這個字要和 historical（歷史的）做區別：
　　historical figure（歷史人物）【可能只是小人物，大家不一定知道】
　　historic figure（史上重要的人物）（＝*an important figure*）

6. **historical**　*adj.* 歷史的（＝*connected with history*）；歷史學的
　　history（歷史）– y ＋ ical（*adj.*）＝ historical
　　historical event　歷史事件

7. **hit**　*v.* 打（＝*strike*）；達到（＝*reach*）　*n.* 成功的事物（＝*success*）
　　The song was a ***hit*** in 2012.（這首歌在 2012 年時非常受歡迎。）
　　hit the books　K 書；用功讀書
　　hit the ceiling/roof　大發雷霆
　　*sb.* hit on *sth.*　某人想到某事（＝*sth. occur to sb.*）
　　He ***hit on*** a clever scheme.（他突然想到一個妙計。）

8. hiss　*v.* 發出嘶嘶聲（＝*make a long "s" sound*）　*n.* 嘶嘶聲
　　為擬聲字，蛇（snake）會發出的聲音，蛇 <u>h</u>iss 要和你 <u>k</u>iss。

9. historian　*n.* 歷史學家（＝*a person who writes or studies history*）

　　| history | ＋ | ian |
　　| knowing | ＋ | 人 |
　　知道很多歷史的人，就是「歷史學家」。

# *14. hobby*

| | | | |
|---|---|---|---|
| ‡‡**hobby** 2 | (ˈhɑbɪ ) | *n.* | 嗜好 |
| **hockey** 5 | (ˈhɑkɪ ) | *n.* | 曲棍球運動 |
| *** hollow** 3 | (ˈhɑlo ) | *adj.* | 中空的 |
| ‡‡**home** 1 | ( hom ) | *n.* | 家 |
| *** homeland** 4 | (ˈhomˌlænd ) | *n.* | 祖國 |
| ‡‡**homesick** 2 | (ˈhomˌsɪk ) | *adj.* | 想家的 |
| **hometown** 3 | (ˈhomˈtaʊn ) | *n.* | 家鄉 |
| ‡‡‡**homework** 1 | (ˈhomˌwɝk ) | *n.* | 功課 |
| **homosexual** 5 | (ˌhoməˈsɛkʃʊəl ) | *adj.* | 同性戀的 |

【記憶技巧】

> 從上一回的「歷史上重要的」( historic )，想到我人
> 生史上重要的「嗜好」( hobby )，就是去參加「曲棍球」
> ( hockey ) 比賽。有一次打完比賽後，我製作了一個
> 「中空的」( hollow ) 南瓜燈籠，萬聖節當天回「家」
> ( home )，踏上「祖國」( homeland ) 的土地，「想家
> 的」( homesick ) 情感湧上心頭，趕車回到「家鄉」
> ( hometown )，進家門看到弟弟在做「功課」
> ( homework )，寫關於「同性戀的」( homosexual ) 報告。

1. **hobby** *n.* 嗜好 ( = *pastime* )
   【比較】habit *n.* 習慣

2. hockey *n.* 曲棍球運動 ( = *a game for two
   teams of eleven players, played with clubs* )

hockey

BOOK 7

3. **hollow** *adj.* 中空的（= *empty*）；虛假的
   hollow promise 空洞的諾言；虛假的諾言
   Bamboo is **hollow**. ( 竹子是中空的。)
   【注意】hello〔hə'lo〕*interj.* 喂！你好！【招呼語】

4. home *n.* 家（= *a place where one lives*）
   Be it ever so humble, there is no place like **home**.
   （【諺】無論家是多麼簡陋，沒有地方比得上它。）
   be at home 舒服自在；擅長 <*in*>
   She **is at home in** math. ( 她擅長數學。)

5. homeland *n.* 祖國（= *mother country*）
   home ( 家 ) + land ( 土地 ) = homeland

6. homesick *adj.* 想家的（= *longing to return home*）
   home ( 家 ) + sick ( 生病的 ) = homesick，很「想家」會生病。

7. hometown *n.* 家鄉（= *the town or city where you grew up*）
   home ( 家 ) + town ( 市鎮 ) = hometown

8. **homework** *n.* 功課（= *schoolwork*）；準備作業
   （= *preparatory work*）
   do *one's* homework 做功課；做準備作業
   They did not **do their homework** before coming to the
   meeting. ( 他們來會議前，沒有做功課。)

9. homosexual *adj.* 同性戀的（= *sexually attracted to
   members of your own sex*） *n.* 同性戀者

   | homo + sex + ual |
   |---|
   | \|　　\|　　\| |
   | *same* + 性別 + *adj. n.* |

   喜歡同一個性別，就是「同性戀的」。

# *15. honest*

| **honest** [2] | (ˋɑnɪst ) | *adj.* 誠實的 |
|---|---|---|
| **honesty** [3] | (ˋɑnɪstɪ ) | *n.* 誠實 |
| **honeymoon** [4] | (ˋhʌnɪˏmun ) | *n.* 蜜月旅行 |
| **honor** [3] | (ˋɑnɚ ) | *n.* 光榮 |
| **honorable** [4] | (ˋɑnərəbḷ ) | *adj.* 光榮的 |
| **honorary** [6] | (ˋɑnəˏrɛrɪ ) | *adj.* 名譽的 |
| **hook** [4] | ( hʊk ) | *n.* 鉤子 |
| **hood** [5] | ( hʊd ) | *n.* 風帽 |
| **hoof** [5] | ( hʊf , huf ) | *n.* ( 馬 ) 蹄 |

【記憶技巧】

從上一回的「同性戀的」( homosexual )，想到同性戀者要「誠實的」( honest ) 面對自己的性向，「誠實」( honesty ) 才能遇到真愛，去「蜜月旅行」( honeymoon )，感到「光榮」( honor )。誠實面對自己是「光榮的」( honorable )，「名譽的」( honorary ) 的行為，不用再遮掩自己，用「鉤子」( hook ) 扣緊「風帽」( hood )，快跑如「馬蹄」( hoof )。

1. **honest** *adj.* 誠實的 ( = *frank* )
to be honest 老實說；說實話
***To be honest***, I am not interested. ( 老實說，我不感興趣。)

2. honesty *n.* 誠實 ( = *frankness* )
honest ( 誠實的 ) + y ( *adj.* ) = honesty
***Honesty*** is the best policy. (【諺】誠實為上策。)

3. **honeymoon** *n.* 蜜月 ( = *a holiday taken by a newly married couple* )【honey ( 蜂蜜 ) + moon ( 月 ) = honeymoon 】
Where are you going on your ***honeymoon***?
（你們要去哪裡度蜜月？）

4. **honor** *n.* 光榮 ( = *high respect* ) *v.* 表揚 ( = *treat with honor* )
**in honor of** 向…致敬；為紀念… ( = *in memory of* )
A banquet was given ***in honor of*** the distinguished guests.
（宴會是為了向貴賓致敬而舉行。）
She was ***honored*** for her hard work in promoting peace.
（她因努力促進和平而受到表揚。）

5. **honorable** *adj.* 光榮的 ( = *worthy of being honored* )
honor ( 光榮 ) + able ( 能夠…的 ) = honorable

6. **honorary** *adj.* 名譽的 ( = *given as an honor without the normal duties* )
an honorary degree 名譽學位【授予對社會某個領域有傑出貢獻的人】

7. **hook** *n.* 鉤子 ( = *a curved or sharply bent device* ) *v.* 鉤住
**by hook or by crook** 不擇手段地；千方百計地
The police are going to get these guys, ***by hook or by crook***. （警方要抓到這些人，不管用什麼手段。）

hook

8. **hood** *n.* ( 外衣上的 ) 風帽；兜帽 ( = *the part of a coat or jacket that covers you head* )；( 汽車 ) 引擎蓋
the Little Red Riding Hood 小紅帽
想到孩童時期 ( boyhood ) 喜歡穿有「兜帽」( hood ) 的外套就可以記下來了。

hood

9. **hoof** *n.* ( 馬 ) 蹄 ( = *the hard part of a horse's foot* )
hoof and mouth disease 口蹄疫
原則上，oo 讀 /u/，在 k 前的 oo 讀 /ʊ/，hood 可以唸〔hud〕和〔hʊd〕，是例外之一。

hoof

# *16. horizon*

| | | | |
|---|---|---|---|
| **horizon** [4] | 〔 hə'raɪzn̩ 〕 | *n.* | 地平線 |
| **horizontal** [5] | 〔ˌhɑrə'zɑntl̩ 〕 | *adj.* | 水平的 |
| **hormone** [6] | 〔'hɔrmon 〕 | *n.* | 荷爾蒙 |
| | | | |
| *horror* [3] | 〔'hɔrɚ , 'harɚ 〕 | *n.* | 恐怖 |
| *horrify* [4] | 〔'hɔrəˏfaɪ , 'harəˏfaɪ 〕 | *v.* | 使驚嚇 |
| **horrible** [3] | 〔'hɔrəbl̩ , 'harəbl̩ 〕 | *adj.* | 可怕的 |
| | | | |
| *horn* [3] | 〔 hɔrn 〕 | *n.* | ( 牛、羊的 ) 角 |
| **horse** [1] | 〔 hɔrs 〕 | *n.* | 馬 |
| *hose* [4] | 〔 hoz 〕 | *n.* | 軟管 |

【記憶技巧】

　　從上一回的「馬蹄」( hoof )，想到馬蹄聲從遠方的「地平線」( horizon ) 傳來，她保持「水平的」( horizontal ) 視線，看著聲音傳來的地方，「荷爾蒙」( hormone ) 開始作用，她想像是白馬王子來接她了。但是出現的是一群面目猙獰「恐怖」( horror ) 的野獸，這「使」她「驚嚇」( horrify )，看到這些「可怕的」( horrible ) 動物，她趕緊吹號「角」( horn )，上「馬」( horse )，用「軟管」( hose ) 當鞭子，策馬離開。

1. horizon *n.* 地平線 ( = *the line at which the sky and Earth appear to meet* ) *pl.* 知識範圍；眼界
   broaden *one's* horizons 拓展某人的視野
   Travelling has really helped to *expand her horizons*.
   ( 旅行確實有助於拓展她的眼界。)

**7**

**BOOK**

2. horizontal　*adj.* 平行的 ( = *parallel* )
   horizon ( 地平線 ) + al ( *adj.* ) = horizontal
   相反詞是 vertical〔'vɜtɪkḷ〕*adj.* 垂直的

3. hormone　*n.* 荷爾蒙 ( = *a substance produced by certain glands of the body, which makes some organ of the body active* )

4. horror　*n.* 恐怖 ( = *terror* )
   in horror　驚恐地
   She looked at me ***in horror***. ( 她驚恐地看著我。 )

5. **horrify**　*v.* 使驚嚇 ( = *terrify* )
   horror ( 恐怖 ) + ify ( *v.* ) = horrify

   | horr | + | ify |
   |------|---|-----|
   | \| | | \| |
   | *tremble* | + | *v.* |

   使人發抖，也就是「使」人受到「驚嚇」。

6. **horrible**　*n.* 可怕的 ( = *terrible* )
   horr ( *horror* ) + ible ( 能夠…的 ) = horrible

7. horn　*n.* ( 牛、羊的 ) 角 ( = *a hard object which grows on the head of a cow, sheep, etc.* )；喇叭
   honk *one's* horn　按喇叭 ( = *sound one's horn* )
   A car ***honked its horn*** at me. ( 有一輛車朝著我按喇叭。 )

   horn

8. horse　*n.* 馬 ( = *a large, solid-hoofed, herbivorous mammal* )
   I could eat a ***horse***. ( 我餓壞了。 ) ( = *I am very hungry.* )
   eat like a horse　食量很大 ↔ eat like a bird　食量很小
   No wonder he's so fat.　He ***eats like a horse***.
   ( 難怪他會這麼胖。他食量很大。 )

9. hose　*n.* 軟管 ( = *a flexible pipe* )　　hose

# 17. hospital

| | | |
|---|---|---|
| ***hospital** [2] | 〔'hɑspɪtḷ〕 | n. 醫院 |
| **hospitable** [6] | 〔'hɑspɪtəbḷ〕 | adj. 好客的 |
| **hospitality** [6] | 〔,hɑspɪ'tælətɪ〕 | n. 好客 |
| | | |
| ***host** [2,4] | 〔host〕 | n. 主人 |
| ***hostess** [2] | 〔'hostɪs〕 | n. 女主人 |
| **hostage** [5] | 〔'hɑstɪdʒ〕 | n. 人質 |
| | | |
| ***hostel** [4] | 〔'hɑstḷ〕 | n. 青年旅館 |
| **hostile** [5] | 〔'hɑstḷ , 'hɑstaɪl〕 | adj. 有敵意的 |
| **hostility** [6] | 〔hɑs'tɪlətɪ〕 | n. 敵意 |

【記憶技巧】

　　從上一回的「軟管」(hose)，聯想到身為消防隊員，用「軟管」(hose) 幫「醫院」(hospital) 滅火後，所有的醫護人員都很「好客的」(hospitable) 邀請我去吃飯，他們的「好客」(hospitality) 讓我盛情難卻。受邀到「主人」(host) 和「女主人」(hostess) 的家，被他們抓住當「人質」(hostage)，他們對我們家開的「青年旅館」(hostel) 是「有敵意的」(hostile)，因為我們的生意很好，引發了「敵意」(hostility)。

1. hospital  *n.* 醫院 ( = *a building or group of buildings where people who are ill or injured are given treatment* )

2. hospitable  *adj.* 好客的 ( = *showing kindness to guests* )
   hospital (醫院) – l + (a)ble (能夠…的) = hospitable

3. hospitality　*n.* 好客（= *welcome*）；慇懃款待
   hospital（醫院）+ ity (*n.*) = hospitablity
   Thank you for your kind ***hospitality***. （謝謝你的盛情款待。）

   > hospital 和 hospitable, hospitality 沒有關係，只是因為發音類似，放在一起比較好背。hospitable, hospitality 是來自 host（主人）。

4. **host** *n.* 主人（= *a person who invites guests to a social event*）；
   主持人　*v.* 擔任…的主人；主辦
   Tokyo won the bid to ***host*** the 2020 Olympics.
   （東京贏得主辦 2020 年的奧運競標。）

5. **hostess** *n.* 女主人（= *a woman acting as host*）
   host（主人）+ ess（女性的「人」）= hostess

6. **hostage** *n.* 人質（= *a person who is held prisoner*）
   > host（主人）+ age (*n.*) = hostage，被主人抓起來當「人質」。

   take *sb.* hostage　挾持某人當人質（= *hold sb. hostage*）
   Six visiting businessmen were ***taken hostage*** by the robbers.
   （六名來訪的商人被搶匪挾持做人質。）

7. **hostel** *n.* 青年旅館（= *a hotel providing overnight lodging for travelers*）　　host（主人）+ el (*n.*) = hostel

8. **hostile** *adj.* 有敵意的（= *unfriendly*）；敵對的

   > hosti + (i)le
   > ｜　　　｜
   > *enemy* + *adj.*
   >
   > 敵人一定是對你「有敵意的」。

   be hostile to　對…有敵意；反對
   She ***was*** openly ***hostile to*** him. （她毫不隱瞞對他的敵意。）

9. **hostility** *n.* 敵意（= *unfriendliness*）；反對（= *opposition*）
   hostile（有敵意的）– e + ity (*n.*) = hostility
   I find it hard to handle people's ***hostility*** to me.
   （我覺得很難化解大家對我的敵意。）

# *18. house*

| **house** [1] | 〔 haʊs 〕 | *n.* 房子 |
| **household** [4] | 〔 'haʊs,hold 〕 | *adj.* 家庭的 |
| **housekeeper** [3] | 〔 'haʊs,kipɚ 〕 | *n.* 女管家 |
| **housewife** [4] | 〔 'haʊs,waɪf 〕 | *n.* 家庭主婦 |
| **housework** [4] | 〔 'haʊs,wɜk 〕 | *n.* 家事 |
| **housing** [5] | 〔 'haʊzɪŋ 〕 | *n.* 住宅 |
| **hug** [3] | 〔 hʌg 〕 | *v. n.* 擁抱 |
| **hum** [2] | 〔 hʌm 〕 | *v.* 哼唱 |
| **howl** [5] | 〔 haʊl 〕 | *v.* 嗥叫 |

【記憶技巧】

從上一回的「敵意」( hostility )，想到要躲避敵意，就躲到自己的「房子」( house )，只管「家庭的」( household ) 事務，當「女管家」(housekeeper ) 兼「家庭主婦」(housewife )，管好「家事」( housework ) 和「住宅」( housing ) 問題。每天「擁抱」( hug ) 丈夫和小孩，「哼唱」( hum ) 搖籃曲給嬰兒聽，不要讓家犬挨餓「嗥叫」( howl )。

1. house *n.* 房子 ( = *building for living in* )
   move house　搬家
   We're ***moving house*** at the end of the month. ( 我們月底搬家。)

2. **household** *adj.* 家庭的 ( = *domestic* )　　*n.* 一家人；家庭
   house ( 房子 ) + hold ( 握 ) = household
   household name　家喻戶曉的人 ( 或物 )

3. housekeeper　*n.* 女管家；家庭主婦（= *housewife*）
   （= *a person, especially a woman, employed to run
   a household*）
   house（家）+ keep（保持）+ er（人）= housekeeper

4. housewife　*n.* 家庭主婦（= *housekeeper*）
   house（家）+ wife（妻子）= housewife

5. housework　*n.* 家事（= *household chores*）
   house（家）+ work（工作）= housework

6. housing　*n.* 住宅（= *buildings for people to live in*）
   house（家）– e + ing（*n.*）= housing，為「家」的集合稱，
   是不可數名詞。
   housing benefit　房屋補助；房屋津貼
   There is a shortage of affordable ***housing***.
   （民眾買得起的住宅短缺。）

7. hug　*v. n.* 擁抱（= *embrace*）
   give *sb.* a hug　給某人一個擁抱
   As they said good-bye, she gave him a ***hug***.
   （當他們說再見時，她給他一個擁抱。）

8. hum　*v.* 哼唱（= *sing with closed lips*）；嗡嗡作響（= *buzz*）
   *n.* 蜜蜂嗡嗡聲
   擬聲字，雙唇要閉起來。
   He was ***humming*** a tune to himself.（他當時獨自哼著歌。）

9. howl　*v.* 嗥叫（= *make a long, loud cry*）；哀嚎；吼叫；
   大聲叫；咆哮；號啕大哭
   擬聲字：嗷嗚，中文也有同音的詞彙。
   Live with wolves, and you will learn how to ***howl***.
   （【諺】跟狼一起生活，你就學會嗥叫；近朱者赤，近墨者黑。）

# *19. human*

| | | |
|---|---|---|
| **human** [1] | ( ˈhjumən ) | *n.* 人 |
| **humanity** [4] | ( hjuˈmænətɪ ) | *n.* 人類 |
| **humanitarian** [6] | ( hjuˌmænəˈtɛrɪən ) | *n.* 人道主義者 |
| | | |
| **humid** [2] | ( ˈhjumɪd ) | *adj.* 潮溼的 |
| **humidity** [4] | ( hjuˈmɪdətɪ ) | *n.* 潮溼 |
| **humiliate** [6] | ( hjuˈmɪlɪˌet ) | *v.* 使丟臉 |
| | | |
| **humor** [2] | ( ˈhjumɚ ) | *n.* 幽默 |
| **humorous** [3] | ( ˈhjumərəs ) | *adj.* 幽默的 |
| **humble** [2] | ( ˈhʌmbḷ ) | *adj.* 謙卑的 |

【記憶技巧】

從上一回的「嗥叫」（howl），想到嗥叫不是「人」
（human）的行為，「人類」（humanity）和動物不同，就
在於人有理性，並有惻隱之心。身為一位「人道主義者」
（humanitarian），看到小狗受困在「潮濕的」（humid）
水溝，會拯救牠，不讓牠身體「潮濕」（humidity）生病。
看到他人出醜，不會取笑他，「使」他「丟臉」（humiliate），
而是發揮「幽默」（humor）化解尷尬，對他人表現出「幽
默的」（humorous）和「謙卑的」（humble）一面。

1. **human** *n.* 人（= *human being*）　*adj.* 人的；人類的
   hum (*earth*) + an (*n. adj.*) = human，上帝用土壤造「人」。
   human nature 人性　　human rights 人權

2. **humanity** *n.* 人類（= *mankind*）；人性（= *human nature*）
   human（人）+ ity (*n.*) = humanity

By respecting other cultures, we affirm our common
***humanity***.（藉由尊重不同的文化，我們肯定了我們共通的人性。）

3. humanitarian *n.* 人道主義者；慈善家（= *philanthropist*）
*adj.* 人道主義的（= *humane*〔hju'men〕）
字典上查不到 humanitary（人道的），因為少用，多用
humanitarian，二者是同義字。字尾 an 表示「人」，可以作名
詞「人道主義者」，也可以作形容詞「人道主義的」。
They will be released as a ***humanitarian*** act.
（他們將會被釋放，這是人道的行為。）

4. humid *adj.* 潮溼的（= *damp*〔dæmp〕）
hum (*earth*) + id (*adj.*) = humid，地面容易「潮濕的」。

5. **humidity** *n.* 潮溼（= *dampness*）

| hubid + ity | The heat and ***humidity*** were |
|---|---|
| \| \| | unbearable. |
| *humid* + *n.* | （又熱又潮濕讓人難以忍受。） |

6. **humiliate** *v.* 使丟臉（= *shame*）；羞辱
hum (*earth*) + ili + ate (吃 *v.*) = humiliate，可以拆成「吃
土」，就是「使丟臉」。

7. humor *n.* 幽默（= *the quality of being funny*）
a sense of humor 幽默感

8. **humorous** *adj.* 幽默的（= *funny*）
humor (幽默) + ous (*adj.*) = humorous

9. humble *adj.* 謙卑的（= *modest*）；卑微的（= *lowly*）
hum (*earth*) + ble (*adj.*) = humble，灰頭土臉，感到「謙卑的」。
He came from ***humble*** origins to amass immense wealth.
（他出身卑微，後來累積了大量的財富。）

BOOK 7

# 20. hunger

| **hunger** [2] | (ˈhʌŋgɚ) | n. 飢餓 |
| **hungry** [1] | (ˈhʌŋgrɪ) | adj. 飢餓的 |
| **hundred** [1] | (ˈhʌndrəd) | n. 百 |
| | | |
| **hunt** [2] | (hʌnt) | v. 打獵 |
| **hunter** [2] | (ˈhʌntɚ) | n. 獵人 |
| **hunch** [6] | (hʌntʃ) | n. 直覺 |
| | | |
| **hurry** [2] | (ˈhɝɪ) | v. 趕快 |
| **hurricane** [4] | (ˈhɝɪˌken) | n. 颶風 |
| **hurdle** [6] | (ˈhɝdl̩) | n. 障礙物 |

【記憶技巧】

　　從上一回的「謙卑的」(humble)，想到一個人若總是太謙卑，會無法生存，感到「飢餓」(hunger)，「飢餓的」(hungry) 身體癱倒在地，有人施捨給他一「百」(hundred) 元，他吃飽後，有體力，學會開始「打獵」(hunt)，成為「獵人」(hunter)，開始有敏銳的「直覺」(hunch)，能夠判斷何時要「趕快」(hurry) 逃離危險，看天候知道何時「颶風」(hurricane) 會來襲，並設置「障礙物」(hurdle) 捕捉獵物。

1. hunger  n. 飢餓 ( = the desire for food )；渴望 ( = desire )
   He has a *hunger* for success that seems bottomless.
   （他對成功的渴望似乎是無窮的。）

2. **hungry** *adj.* 飢餓的（= *starving*）；渴望的（= *eager*）
   hunger（飢餓）– e + y（*adj.*）= hungry
   The **hungry** belly has no ears.（【諺】饑寒起盜心。）

3. hundred *n.* 百（= *100*）
   one hundred percent 百分之百；完全地

4. **hunt** *v.* 打獵（= *chase for food*）；獵捕 *n.* 尋找（= *search*）
   I'll have a **hunt** for that lost necklace.（我將要尋找不見的項鍊。）

5. hunter *n.* 獵人（= *someone who hunts game*）
   hunt（打獵）+ er（人）= hunter

6. hunch *n.* 直覺（= *intuition*）；預感
   I had a **hunch** that he would lose.（我有預感他會輸。）

7. hurry *v. n.* 趕快（= *rush*）；催促
   in a hurry 匆忙地    hurry *sb.* into V-ing 催促某人做某事
   Don't let them **hurry** you into signing anything.
   （別在他們催促之下匆忙簽下任何東西。）

8. hurricane *n.* 颶風（= *a severe tropical cyclone*）；暴風雨
   hurri（*hurry*）+ can（可以）+ e = hurricane，可以跑很快的
   東西，就是「颶風」。在大西洋地區形成的稱做 hurricane，
   在太平洋地區形成的稱為 typhoon（颱風）。
   People have been killed in the **hurricane's** destructive path.
   （許多人在颶風強大風力的路徑中喪生。）

9. hurdle *n.* 障礙物（= *obstacle*）；跨欄（= *a light movable barrier*）   諧音：很多，人生的「障礙物」很多。
   clear a hurdle 越過障礙；度過難關（= *cross a hurdle*）
   I'll feel better after we've cleared that **hurdle**.
   （我們度過那個難關後，我才會覺得好些。）

   hurdle

BOOK

**7**

# 21. *hydrogen*

| | | | |
|---|---|---|---|
| *__**hydrogen__ [4]__ | ( ˈhaɪdrədʒən ) | *n.* | 氫 |
| __**hygiene__ [6]__ | ( ˈhaɪdʒin ) | *n.* | 衛生 |
| __**hymn__ [5]__ | ( hɪm )【注意發音】 | *n.* | 聖歌 |
| __**hypocrite__ [6]__ | ( ˈhɪpəˌkrɪt ) | *n.* | 偽君子 |
| __**hypocrisy__ [6]__ | ( hɪˈpɑkrəsɪ ) | *n.* | 偽善 |
| __**hysterical__ [6]__ | ( hɪsˈtɛrɪkl̩ ) | *adj.* | 歇斯底里的 |
| ***husband** [1] | ( ˈhʌzbənd ) | *n.* | 丈夫 |
| *hush** [3] | ( hʌʃ ) | *v.* | 使安靜 |
| *hut** [3] | ( hʌt ) | *n.* | 小木屋 |

【記憶技巧】

　　從上一回的「障礙物」( hurdle )，想到世界若沒有石油，行動會有障礙，幸好已有「氫」( hydrogen ) 汽車的研發，讓環境更有「衛生」( hygiene )，需要為那些科學家唱「聖歌」( hymn )。但有些「偽君子」( hypocrite ) 見不得新發明，內心的「偽善」( hypocrisy ) 化成「歇斯底里的」( hysterical ) 恐慌，說新款車很貴，許多家庭「丈夫」( husband ) 付不起，「使」他們「安靜」( hush ) 不說話待在「小木屋」( hut ) 裡。

1. hydrogen  *n.* 氫 ( = *an element, the lightest gas* )
   hydro (*water*) + gen (*birth*) = hydrogen，產生水，需要「氫」。

2. hygiene  *n.* 衛生 ( = *cleanliness* ( ˈklɛnlɪnɪs ) )
   諧音：海禁，不「衛生」的東西要海禁在外。
   Be extra careful about personal *hygiene*.
   ( 要格外注意個人衛生。 )

3. hymn　*n.* 聖歌；讚美詩（= *a song of praise*）
【注意】字尾的 n 不發音，唸成〔hɪm〕，和 him 同音。

4. hypocrite　*n.* 偽君子（= *pretender*）

> | hypo + crite |
> | under + critic |

在下面批評，不敢正面說，就是
「偽君子」。諧音：害怕客來的，
「偽君子」害怕面對客人。

5. hypocrisy　*n.* 偽善（= *the condition of a person pretending to be something he is not*）；虛偽（= *insincerity*）
hypocrite（偽君子）– te + sy (*n.*) = hypocrisy
He condemned the *hypocrisy* of those politicians who do one thing and say another.
（他譴責那些說一套做一套的政客虛偽的行為。）

6. hysterical　*adj.* 歇斯底里的（= *marked by excessive or uncontrollable emotion*）
hysteria（歇斯底里）– a + cal (*adj.*) = hysterical
Janet became *hysterical* and began screaming.
（珍變得歇斯底里，開始尖叫。）

7. husband　*n.* 丈夫（= *a woman's partner in marriage*）
hus (*house*) + band（團體）= husband，夫妻的團體要有「丈夫」。

8. hush　*v.* 使安靜（= *make silent*）；（叫人保持安靜）噓
擬聲字：啊噓，就是「使」人「安靜」。
She tried to *hush* her noisy father.
（她試著使她吵鬧的爸爸安靜下來。）
老一輩的美國人叫別人安靜時，手指著
嘴巴說 hush，現在人會說 shh...。

hush

9. hut　*n.* 小木屋（= *cabin*）
小木屋（hut）通常很熱（hot），把母音
改一下就可以記下來了。

hut

# 22. ice

| | | |
|---|---|---|
| ‡‡‡**ice** [1] | 〔 aɪs 〕 | *n.* 冰 |
| \***iceberg** [4] | 〔 'aɪs,bɝg 〕 | *n.* 冰山 |
| \***icy** [3] | 〔 'aɪsɪ 〕 | *adj.* 結冰的 |
| ‡‡‡**idea** [1] | 〔 aɪ'diə 〕 | *n.* 想法 |
| \***ideal** [3] | 〔 aɪ'diəl 〕 | *adj.* 理想的 |
| \***identical** [4] | 〔 aɪ'dɛntɪkḷ 〕 | *adj.* 完全相同的 |
| \***identify** [4] | 〔 aɪ'dɛntə,faɪ 〕 | *v.* 辨識 |
| \***identity** [3] | 〔 aɪ'dɛntətɪ 〕 | *n.* 身分 |
| \***identification** [4] | 〔 aɪ,dɛntəfə'keʃən 〕 | *n.* 身份證明 |

【記憶技巧】

　　從上一回的「小木屋」(hut)，想到山上的小木屋冬天開始下雪結「冰」(ice)，滿是雪的山如一座「冰山」(iceberg)，和「結冰的」(icy) 河流。他於是有個「想法」(idea)，想要把木屋改造成「理想的」(ideal) 冰屋旅館，做成和他的藍圖「完全相同的」(identical) 樣子，成品讓他很滿意。因此很多人來參觀，他於是要「辨認」(identify) 來者「身份」(identity)，參觀前要出示「身份證明」(identification)。

1. **ice** *n.* 冰 ( = *water frozen solid* )
   **break the ice** 打破僵局
   The host told a joke to his guest to ***break the ice***.
   ( 主人對客人說了一個笑話來打破冷場。)

2. **iceberg** *n.* 冰山 ( = *a large mass of ice floating at sea* )
   ice ( 冰 ) + berg (*mountain*) = iceberg

the tip of the iceberg  冰山一角
The reported cases of food poisoning are only ***the
tip of the iceberg***. ( 食物中毒的報導案例只是冰山一角。 )

iceberg

3. icy  *adj.* 結冰的 ( = *covered with ice* );冷漠的 ( = *indifferent* )
ice – e + y (*adj.*) = icy
His response was ***icy***. ( 他的回應很冷漠。 )

4. idea  *n.* 想法 ( = *opinion* );主意 ( = *plan* )

5. **ideal**  *adj.* 理想的 ( = *highly satisfactory* );完美的  *n.* 理想
idea ( 想法 ) + l (*n. adj.*) = ideal

6. **identical**  *adj.* 完全相同的 ( = *the same* )
identity ( 身份 ) – ty + cal (*adj.*) = identical,和本人一樣,
就是「完全相同的」。
be identical to/with  和…完全一樣
This house ***is*** almost ***identical to*** the one where I lived as a
child. ( 這座房子和我小時候住過的幾乎一模一樣。 )

7. **identify**  *v.* 辨認 ( = *recognize* );指認;認同

> ident  +  ify
>   |         |          看出身份,就是「辨認」。
> *the same + make*

identify with  感同身受
He ***identified with*** our distress. ( 我們的痛苦他感同身受。 )

8. **identity**  *n.* 身份 ( = *who or what a person is* )

9. **identification**  *n.* 身份證明 ( = *proof of identity* );身份證件
identification card = identity card = ID card,作「身份證」時,
兩字互通。

# *23. idiom*

| *\*idiom* [4] | 〔ˈɪdɪəm〕 | *n.* 成語 |
|---|---|---|
| **idiot** [5] | 〔ˈɪdɪət〕 | *n.* 白痴 |
| *\*idle* [4] | 〔ˈaɪdḷ〕 | *adj.* 遊手好閒的 |
| | | |
| *\*ignore* [2] | 〔ɪgˈnor〕 | *v.* 忽視 |
| *\*ignorant* [4] | 〔ˈɪgnərənt〕 | *adj.* 無知的 |
| *\*ignorance* [3] | 〔ˈɪgnərəns〕 | *n.* 無知 |
| | | |
| **illusion** [6] | 〔ɪˈluʒən〕 | *n.* 幻覺 |
| *\*illustrate* [4] | 〔ˈɪləstret〕 | *v.* 圖解說明 |
| *\*illustration* [4] | 〔͵ɪləsˈtreʃən〕 | *n.* 插圖 |

【記憶技巧】

從上一回的「身份證明」( identification )，聯想到警察
要求看遊民的身份證明，問了一個「成語」( idiom )，來確
認他是不是「白痴 ( idiot )，還是只是深夜「遊手好閒的」
( idle ) 民眾。他卻「忽視」( ignore ) 警察的要求，裝出「無
知的」( ignorant ) 樣子，警察相信他的「無知」( ignorance )，
頭腦不清楚，有「幻覺」( illusion )，於是「圖解說明」
( illustrate ) 加上「插圖」( illustration ) 使他了解狀況。

1. idiom *n.* 成語 ( *= phrase* )；慣用語
   idio (*self*) + m (*mouth*) = idiom，自成格局的話，就是「成語」。

2. idiot *n.* 白痴 ( *= a foolish or stupid person* )
   idio (*self*) + t (*n.*) = idiot，活在自己的世界，就是「白痴」。

3. idle *adj.* 遊手好閒的（ = *unemployed* )；懶惰的（ = *lazy* )
   *v.* 無所事事　　idle away　虛度（光陰）
   An *idle* youth, a needy age. (【諺】少壯不努力，老大徒傷悲。)
   She *idled away* most of Monday in her office.
   ( 她星期一在辦公室大部分的時間都無所事事。)

4. **ignore** *v.* 忽視（ = *neglect* )
   i(*n*) + gnore (*know*) = ignore，不知道，就是「忽視」。

5. **ignorant** *adj.* 無知的（ = *unaware* )
   ignore ( 忽視 ) – e + ant (*adj.*) = ignorant
   be ignorant of　對⋯一無所知
   He *was ignorant of* the dangers which lay ahead.
   ( 他不知道前方有危險。)

6. **ignorance** *n.* 無知（ = *the lack of knowledge* )
   ignore ( 忽視 ) – e + ance (*n.*) = ignorance
   *Ignorance* is bliss. (【諺】無知便是福。)【bliss *n.* 極大的幸福】

7. illusion *n.* 幻覺（ = *false impression* )；錯誤觀念（ = *false belief* )
   ill ( 生病的 ) + u + sion (*n.*) = illusion，生病會有「幻覺」。
   be under no illusion　不抱幻想
   She *was under no illusion that* he loved her.
   ( 她不抱幻想他愛著她。)

8. illustrate *v.* 圖解說明（ = *show sth. by using pictures* )；說明
   ( = *explain* )

   | il + lustr + ate | 放在光裡面，很清楚，就是 |
   |---|---|
   | in + light + v. | 「圖解說明；說明」。 |

9. illustration *n.* 插圖（ = *picture* )；實例（ = *example* )
   illustrate ( 圖解說明 ) – e + ion (*n.*) = illustration

BOOK 7

# *24. imagine*

| | | | |
|---|---|---|---|
| \*imagine ² | ( ɪˈmædʒɪn ) | v. | 想像 |
| \*imagination ³ | ( ɪ͵mædʒəˈneʃən ) | n. | 想像力 |
| \*imaginative ⁴ | ( ɪˈmædʒə͵netɪv ) | adj. | 有想像力的 |
| \*imaginary ⁴ | ( ɪˈmædʒə͵nɛrɪ ) | adj. | 虛構的 |
| \*imaginable ⁴ | ( ɪˈmædʒɪnəbl̩ ) | adj. | 想像得到的 |
| \*image ³ | ( ˈɪmɪdʒ ) | n. | 形象 |
| \*imitate ⁴ | ( ˈɪmə͵tet ) | v. | 模仿 |
| \*imitation ⁴ | ( ͵ɪməˈteʃən ) | n. | 模仿 |
| \*immediate ³ | ( ɪˈmidɪɪt ) | adj. | 立即的 |

【記憶技巧】

　　從上一回的「插圖」( illustration )，想到插圖配上文字可以
刺激我們「想像」( imagine )，培養「想像力」( imagination )，
變得更「有想像力的」( imaginative )，創造出「虛構的」
( imgaginary ) 和「想像得到的」( imaginable ) 事物「形象」
( image )。我們一開始「模仿」( imitate )，配合想像力，可以
把「模仿」( imitation ) 變成「立即的」( immediate ) 創意。

1. **imagine** *v.* 想像 ( = *form a mental picture of* )
   image ( 形象 ) – e + ine (*v.*) = imagine
   imagine + V-ing　想像～

2. **imagination** *n.* 想像力 ( = *creativity* )
   imagine ( 想像 ) – e + ation (*n.*) = imagination
   vivid imagination　豐富的想像力

3. **imaginative** *adj.* 有想像力的 ( = *creative* )
   imagination ( 想像力 ) – ion (*n.*) + ive (*adj.*) = imaginative

4. imaginary *adj.* 虛構的 ( = *made-up* )；想像的
   imagine ( 想像 ) – e + ary (*adj.*) = imaginary
   An only child often creates an *imaginary* friend to play with.
   ( 獨生小孩常常會幻想有個朋友跟他一起玩。)

5. imaginable *adj.* 想像得到的 ( = *capable of being imagined* )
   imagine ( 想像 ) – e + able ( 可以…的 ) = imaginable

6. **image** *n.* 形象 ( = *idea* )；圖像 ( = *picture* )
   im (*I am*) + age ( 年紀 ) = image，人年紀大會在意「形象」。
   positive/negative image   正面的/負面的形象
   His public *image* is very different from the real person.
   ( 他的公眾形象和本人非常不同。)

7. **imitate** *v.* 模仿 ( = *copy* )
   im (*I am*) + it ( 事物 ) + ate (*v.*) = imitate，自己變成事物，
   就是「模仿」。
   7000 字的裡的同義字還有：mimic〔'mɪmɪk〕, ape〔ep〕。

8. imitation *n.* 模仿 ( = *copy* )；仿製品
   imitate ( 模仿 ) – e + ion (*n.*) = imitation
   Children learn how to speak by *imitation*.
   ( 孩童經由模仿學習如何說話。)
   poor imitation   拙劣的仿製品

9. **immediate** *adj.* 立即的 ( = *instant* )
   im (*not*) + med (*middle*) + iate (*adj.*) = immediate，沒有中
   間的間隔，就是「立即的」。

# *25. imply*

| *imply* 4 | 〔 ɪmˋplaɪ 〕 | v. 暗示 |
| **implicit** 6 | 〔 ɪmˋplɪsɪt 〕 | *adj.* 暗示的【注意說明】 |
| **implication** 6 | 〔ˏɪmplɪˋkeʃən 〕 | n. 暗示 |
| *import* 3 | 〔 ɪmˋport 〕 | v. 進口 |
| *important* 1 | 〔 ɪmˋpɔrtn̩t 〕 | *adj.* 重要的 |
| *importance* 2 | 〔 ɪmˋpɔrtn̩s 〕 | n. 重要性 |
| *impress* 3 | 〔 ɪmˋprɛs 〕 | v. 使印象深刻 |
| *impression* 4 | 〔 ɪmˋprɛʃən 〕 | n. 印象 |
| *impressive* 3 | 〔 ɪmˋprɛsɪv 〕 | *adj.* 令人印象深刻的 |

【記憶技巧】

　　從上一回的「立即的」( immediate )，想到他很聰明，可以立即看出別人對他「暗示」( imply ) 的動作，「暗示的」( implicit ) 訊息是他們彼此之間才懂的「暗示」( implication )，因為他們想要「進口」( import ) 高價值的產品，這「重要的」( important ) 訊息對生意有很大的「重要性」( importance )。因此獲利許多，這「使」他人「印象深刻」( impress )，他留給他人的「印象」( impression ) 就是「令人印象深刻的」( impressive ) 生意頭腦。

1. **imply** *v.* 暗示 ( = *suggest* )；意味著 ( = *mean* )
   im (*in*) + ply (*fold*) = imply，折在裡面，就是「暗示」。
   as the name implies　顧名思義
   Sunflowers, *as the name implies*, require a lot of sunlight to thrive. ( 太陽花，顧名思義，需要很多陽光才會茁壯。)

BOOK

**7**

2. implicit  *adj.* 暗示的（= *implied*）；含蓄的

| im + plic + it |
|---|
| &#124;    &#124;    &#124; |
| *in* + *fold* + *adj.* |

折在裡面的，就是「暗示的」。
They have an *implicit* agreement.
（他們彼此心照不宣。）

相反詞是 explicit「清楚的；明確的」。

3. implication  *n.* 暗示（= *suggestion*）
implicit（暗示的）– it + ation (*n.*) = implication
by implication  含蓄地；透過暗示
The law bans organized protests and, *by implication*, any form of opposition.（這法條禁止組織抗議，暗示著，禁止任何形式的反對。）

4. **import**  *v.* 進口（= *bring in*）  *n.* 進口品（= *imported goods*）
im (*in*) + port（港口）= import ↔ export  *v.* 出口
import tariffs〔'tærɪfs〕關稅

5. **important**  *adj.* 重要的（= *significant*）

6. **importance**  *n.* 重要性（= *significance*）
of importance  重要的（= *important*）
Customer satisfaction is *of* great *importance* to us.
（消費者的滿意度對我們來說非常的重要。）

7. **impress**  *v.* 使印象深刻（= *affect strongly*）
im (*in*) + press（壓）= impress，往裡面壓，就是「使印象深刻」。

8. **impression**  *n.* 印象（= *idea*）
impress（使印象深刻）+ ion (*n.*) = impression
He made an *impression* on us.（他留給我們深刻的印象。）

9. **impressive**  *adj.* 令人印象深刻的（= *striking*）；令人感動的；
令人欽佩的    impress（使印象深刻）+ ive (*adj.*) = impressive
impressive（令人印象深刻的）修飾非人，impressed（印象深刻的）修飾人。Your English is very *impressive*.  I am very impressed.（你的英文很好。我很佩服。）

# *26. incident*

| *incident*[4] | ('ɪnsədənt ) | *n.* 事件 |
|---|---|---|
| **incidental**[6] | (ˌɪnsə'dɛntl̩ ) | *adj.* 附帶的 |
| **incline**[6] | ( ɪn'klaɪn ) | *v.* 使傾向於 |
| **include**[2] | ( ɪn'klud ) | *v.* 包括 |
| *including*[4] | ( ɪn'kludɪŋ ) | *prep.* 包括 |
| **inclusive**[6] | ( ɪn'klusɪv ) | *adj.* 包括的 |
| **incense**[5] | ('ɪnsɛns ) | *n.* 香【注意說明】 |
| **incentive**[6] | ( ɪn'sɛntɪv ) | *n.* 動機 |
| **inch**[1] | ( ɪntʃ ) | *n.* 英吋 |

【記憶技巧】

從上一回的「令人印象深刻的」( impressive )，想到
一件令人印象深刻的「事件」( incident ) 和其「附帶的」
( incidental ) 結果，「使」我們「傾向於」( incline ) 認
為這是個無稽之談：內容「包括」( include ) 一件謀殺案，
人員「包括」( including ) 死者和家屬，所有「包括的」
( inclusive ) 人員說，他們燒「香」( incense ) 問神殺手
和死者在哪，「動機」( incentive ) 為何，結果就在離廟幾
「英吋」( inch ) 的地方找到了作案的工具。

1. **incident** *n.* 事件 ( = *event* )
without incident 平安無事地
The plane landed *without incident*. ( 飛機安全地降落。)

2. incidental *adj.* 附帶的 ( = *accompanying* );偶發的;伴隨的
   incidental 不是 incident 的形容詞,但是可以想像,「事件」
   往往是「偶發的」,常「伴隨」著「附帶的」影響。
   incidental expenses  雜費
   常考副詞:incidentally 〔ˌɪnsə'dɛntlɪ〕 *adv.* 順便一提 ( = *by the way* )

3. incline *v.* 使傾向於 ( = *influence to have a certain tendency* )

   | in | + cline |
   |---|---|
   | \| | \| |
   | towards | + lean |

   向～靠過去,就是「使傾向於」。

   be inclined to V. 傾向於 ( = *tend to V.* )
   I *am inclined to* believe he is innocent. ( 我傾向相信他是清白的。)

4. **include** *v.* 包括 ( = *contain* )
   in (*in*) + clude (*close*) = include,關在裡面,就是「包括」。

5. **including** *prep.* 包括 ( = *as well as* )
   include ( 包含 ) – e + ing = including
   The price is NT$10,000, *including* tax. ( 價格是新台幣一萬元,含稅。)

6. **inclusive** *adj.* 包括的 ( = *covering* );費用全包的
   include ( 包含 ) – de + sive (*adj.*) = inclusive
   inclusive of  包括 ( = *including* )

7. incense *n.* ( 供神焚燒的 ) 香 〔ɪn'sɛns〕*v.* 激怒 ( = *enrage* )
   諧音:陰森死,死人要燒「香」,否則會「激怒」他。

8. incentive *n.* 動機 ( = *movtive* );鼓勵 ( = *encouragement* )
   諧音:陰森地府,看到地府你會有「動機」想逃走。
   Hope of promotion was an *incentive* to hard work.
   ( 升遷的希望是努力工作的動機。)

9. **inch** *n.* 英吋 ( = *2.54 centimeters* )
   inch by inch  逐步地 ( = *gradually* )
   Give him an *inch* and he'll take a yard. (【諺】得寸進尺。)

# *27. indeed*

| | | |
|---|---|---|
| *indeed ³ | 〔 ɪn'did 〕 | *adv.* 的確 |
| ‡independent ² | 〔,ɪndɪ'pɛndənt 〕 | *adj.* 獨立的 |
| *independence ² | 〔,ɪndɪ'pɛndəns 〕 | *n.* 獨立 |
| index ⁵ | 〔'ɪndɛks 〕 | *n.* 索引 |
| ‡indicate ² | 〔'ɪndə,ket 〕 | *v.* 指出 |
| *indication ⁴ | 〔,ɪndə'keʃən 〕 | *n.* 跡象 |
| indifferent ⁵ | 〔 ɪn'dɪfrənt 〕 | *adj.* 漠不關心的 |
| indifference ⁵ | 〔 ɪn'dɪfrəns 〕 | *n.* 漠不關心 |
| *individual ³ | 〔,ɪndə'vɪdʒʊəl 〕 | *n.* 個人 |

【記憶技巧】

　　從上一回的「英吋」(inch)，想到自己的孩子上大學又長高幾英吋，他「的確」(indeed) 變得「獨立的」(independent)，他的「獨立」(independence) 在於，他開始自己上圖書館，看「索引」(index) 找資料，這「指出」(indicate) 他智能成長的「跡象」(indication)。不像以前對課業「漠不關心的」(indifferent) 樣子，「漠不關心」(indifference) 會危及他「個人」(individual) 的未來。

1. **indeed** *adv.* 的確 ( = *certainly* )；真正地 ( = *really* )
   in (*in*) + deed (行為) = indeed，顯現在行為內，就是「的確」。
   I am **indeed** sorry I cannot help you.
   (我真的很抱歉，我無法幫你。)

2. **independent** *adj.* 獨立的 ( = *self-reliant* )
   in (*not*) + depend (依靠) + ent (*adj.*) = independent

be independent of 獨立於；不依靠
She *is* now economically ***independent of*** her parents.
（她現在經濟上不用靠她父母了。）

3. **independence** *n.* 獨立（ = *self-reliance* ）
   independent（獨立的）– t + ce (*n.*) = independence
   Independence Day 美國獨立紀念日【七月四日】

4. **index** *n.* 索引（ = *an alphabetical list of words at the*
   *end of a book* ）；跡象 *pl.* indices〔'ɪndə,siz〕
   諧音：引得是，看「索引」可以引得要找的資訊。
   index finger 食指【用食指指著索引找資料】

5. **indicate** *v.* 指出（ = *show* ）；顯示；表達（ = *express* ）

   | in | + | dic | + ate |
   |----|---|-----|-------|
   | \| | | \| | \| |
   | *towards* | + | *proclaim* | + *v.* |

   向～宣告，就是「指出」。

6. **indication** *n.* 跡象（ = *sign* ）；指標
   indicate（指出）– e + ion (*n.*) = indication
   He gave no ***indication*** of his own feelings at all.
   （他完全沒有顯現自己的感受如何。）

7. **indifferent** *adj.* 漠不關心的（ = *unconcerned* ）；冷漠的
   in (*not*) + different（不同的）= indifferent，內心沒有差別，
   就是「漠不關心的」。　　be indifferent to 對…漠不關心

8. **indifference** *n.* 漠不關心（ = *lack of interest* ）；冷漠
   indifferent（漠不關心的）– t + ce (*n.*) = indifference
   She watched them with a cool ***indifference***. （她冷漠地看著他們。）

9. **individual** *n.* 個人（ = *person* ）　*adj.* 個別的（ = *separate* ）
   in (*not*) + divide（分割）– e + ual (*adj.*) = individual，無法再
   分割，就是「個人」。

# *28. indignant*

| **indignant** [5] | 〔 ɪnˈdɪgnənt 〕 | *adj.* 憤怒的 |
|---|---|---|
| **indignation** [6] | 〔 ˌɪndɪgˈneʃən 〕 | *n.* 憤怒 |
| **indispensable** [5] | 〔 ˌɪndɪsˈpɛnsəbḷ 〕 | *adj.* 不可或缺的 |
| *industrial* [3] | 〔 ɪnˈdʌstrɪəl 〕 | *adj.* 工業的 |
| *industrialize* [4] | 〔 ɪnˈdʌstrɪəlˌaɪz 〕 | *v.* 使工業化 |
| *industry* [2] | 〔 ˈɪndəstrɪ 〕 | *n.* 工業 |
| *infect* [4] | 〔 ɪnˈfɛkt 〕 | *v.* 傳染 |
| *infection* [4] | 〔 ɪnˈfɛkʃən 〕 | *n.* 感染 |
| *infectious* [6] | 〔 ɪnˈfɛkʃəs 〕 | *adj.* 傳染性的 |

【記憶技巧】

從上一回的「個人」( individual )，想到一個「憤怒的」
( indignant ) 人，要發洩他的「憤怒」( indignation )，因
為他失去了「不可或缺的」( indispensable ) 工作。他只好去
一家「工業的」( industrial ) 工廠工作，因為機器「使」作
業「工業化」( industrialize )，「工業」( industry ) 污染了環
境，使很多疾病在工廠間「傳染」( infect )，病毒的「感染」
( infection ) 讓「傳染性的」( infectious ) 疾病不斷擴大。

1. indignant *adj.* 憤怒的 ( = *furious* )
   in (*not*) + dign (*dignity*) + ant (*adj.*) = indignant，沒有尊嚴，
   會感到「憤怒的」。

2. indignation *n.* 憤怒 ( = *fury* )
   in (*not*) + dign (*dignity*) + ation (*n.*) = indignation

to *one's* indignation　讓某人憤怒的是
***To his indignation***, he found that his name was not on the list.
（讓他憤怒的是，他發現他的名字沒有在名單上。）

3. indispensable　*adj.* 不可或缺的（= *essential*）
in (*not*) + dispensable（可有可無的）= indispensable
7000 字裡的同義字還有：necessary, vital〔'vaɪtḷ〕
crucial〔'kruʃəl〕, imperative〔ɪm'pɛrətɪv〕

4. **industrial**　*adj.* 工業的（= *relating to industry*）
industry（工業）– y + ial (*adj.*) = industrial
industry 有兩個形容詞，一個是 industrious〔ɪn'dʌstrɪəs〕*adj.* 勤
勉的，另一個是 industrial　*adj.* 工業的。

5. industrialize　*v.* 使工業化（= *develop industry*）
industrial（工業的）+ ize (*v.*) = industrialize

6. **industry**　*n.* 工業（= *production*）；產業；勤勉（= *diligence*）
in (*in*) + dust（灰塵）+ ry (*n.*) = industry，「工業」造成很多灰塵。
He owed his success to both ability and ***industry***.
（他將成功歸因於能力和勤勉。）

7. infect　*v.* 感染（= *give a disease to*）；傳染
in (*in*) + fect (*make*) = infect，疾病到你身體裡，就是「感染」。
疾病 + infect + 人 = 人 + be infected with + 疾病
He ***is infected with*** malaria.（他感染到瘧疾。）

8. infection　*n.* 感染（= *the process of becoming infected with
a disease*）　　infect（感染）+ ion (*n.*) = infection
The ***infection*** has spread to his lungs.（感染已經擴散到他的肺部。）

9. infectious　*adj.* 傳染性的（= *contagious*）
infect（感染）+ ious (*adj.*) = infectious
infectious disease　傳染病

# *29. infer*

| infer [6] | 〔 ɪnˈfɝ 〕 | *v.* 推論 |
| **inference** [6] | 〔ˈɪnfərəns 〕【注意重音】 | *n.* 推論 |
| *inferior [3] | 〔 ɪnˈfɪrɪə 〕 | *adj.* 較差的 |
| **influence [2] | 〔ˈɪnfluəns 〕【注意重音】 | *n.* 影響 |
| *influential [4] | 〔 ˌɪnfluˈɛnʃəl 〕 | *adj.* 有影響力的 |
| *inflation [4] | 〔 ɪnˈfleʃən 〕 | *n.* 通貨膨脹 |
| *inform [3] | 〔 ɪnˈfɔrm 〕 | *v.* 通知 |
| **information [4] | 〔 ˌɪnfəˈmeʃən 〕 | *n.* 資訊 |
| *informative [4] | 〔 ɪnˈfɔrmətɪv 〕 | *adj.* 知識性的 |

【記憶技巧】

　　從上一回的「傳染性的」(infectious)，想到有人染上
了傳染性的疾病，大家開始「推論」(infer) 原因，得到的
「推論」(inference) 是他「較差的」(inferior) 個人衛生。
疾病的「影響」(influence) 很大，是很「有影響力的」
(influential)，造成「通貨膨脹」(inflation)，導致醫療
物資缺乏，費用變高。所以一旦發生傳染病，要立即「通
知」(inform) 衛生局，把「資訊」(information) 傳播出
去，並發送「知識性的」(informative) 手冊宣導。

1. **infer** *v.* 推論 ( = *conclude from evidence* )
   in (*in*) + fer (*bring*) = infer，從裡面帶出來，就是「推論」。

2. inference *n.* 推論 ( = *deduction* )；推斷
   infer (推論) + ence (*n.*) = inference

draw inferences 做推論 ( = *make inferences* )
What *inferences* have you *drawn* from this evidence*?*
（你從這個證據可以得到什麼推論？）

3. **inferior** *adj.* 較差的 ( = *worse* )；劣質的 ( = *bad* )
   諧音：一福利兒，「較差的」孩兒需要有社會福利。
   be inferior to 劣於 ↔ be superior to 優於
   This carpet *is inferior to* that. （這地毯比那條差。）

4. **influence** *v. n.* 影響 ( = *impact* )
   in (*in*) + flu（流感）+ ence (*v. n.*) = influence，流感會「影響」你。
   have an influence on 影響 ( = *influence* )

5. **influential** *adj.* 有影響力的( = *having or exercising influence* )
   influence（影響）– ce + tial (*adj.*) = influential

6. **inflation** *n.* 通貨膨脹 ( = *rising prices* )；膨脹 ( = *swelling* )

   | in | + | fla | + | tion |
   | --- | --- | --- | --- | --- |
   | in | + | blow | + | n. |

   向裡面吹氣，就會「膨脹」。

7. **inform** *v.* 通知 ( = *notify* )
   in (*into*) + form（形狀）= inform，心中有形狀，就是「通知」。
   inform *sb.* of *sth.* 通知某人某事
   99 年學測考過：informed〔ɪnˋfɔrmd〕*adj.* 見多識廣的；明智的

8. **information** *n.* 資訊 ( = *news* )；情報；消息
   inform（通知）+ ation (*n.*) = information
   a piece of information 一則消息

9. **informative** *adj.* 知識性的 ( = *instructive* )
   inform（通知）+ ive (*adj.*) = informative
   an informative and entertaining book 一本寓教於樂的書

# *30. ingenious*

| | | |
|---|---|---|
| **ingenious** [6] | 〔 ɪn'dʒinjəs 〕 | *adj.* 聰明的 |
| **ingenuity** [6] | 〔 ˌɪndʒə'nuətɪ 〕 | *n.* 聰明 |
| ***ingredient** [4] | 〔 ɪn'gridɪənt 〕 | *n.* 原料 |
| **inhabit** [6] | 〔 ɪn'hæbɪt 〕 | *v.* 居住於 |
| **inhabitant** [6] | 〔 ɪn'hæbətənt 〕 | *n.* 居民 |
| **inherit** [5] | 〔 ɪn'hɛrɪt 〕 | *v.* 繼承 |
| ***initial** [4] | 〔 ɪ'nɪʃəl 〕 | *adj.* 最初的 |
| **initiate** [5] | 〔 ɪ'nɪʃɪˌet 〕 | *v.* 創始 |
| **initiative** [6] | 〔 ɪ'nɪʃɪˌetɪv 〕 | *n.* 主動權 |

【記憶技巧】

　　從上一回的「有知識性的」( informative )，可聯想到有知識性的訊息，配合「聰明的」( ingenious ) 頭腦，可以幫助我們把「聰明」( ingenuity ) 應用在使用「原料」( ingredient ) 上。例如：「居住於」( inhabit ) 山中的「居民」( inhabitant )「繼承」( inherit ) 祖先「最初的」( initial ) 知識，再發揮創意「創始」( initiate ) 狩獵工具，對獵物採取「主動權」( initiative )。

1. ingenious *adj.* 聰明的 ( = *clever* )；別出心裁的 ( = *creative* )
   in (*in*) + genious ( 表「天才」) = ingenious，天才有的，就是「聰明的」。　　an ingenious device　一個別出心裁的的裝置
   genius 〔'dʒinjəs 〕 *n.* 天才

2. ingenuity *n.* 聰明 ( = *cleverness* )；創意
   ingenious ( 聰明的 ) – ious + uity (*n.*) = ingenuity
   The task requires some *ingenuity*. ( 這工作需要動點腦筋。)

3. ingredient *n.* 原料（= *component*）；材料；要素（= *factor*）

> in + gred + ient
> |　　　|　　　|
> *in* + *walk* + *n.*
>
> 走進去的東西，就是「原料」。

Good communication is an essential *ingredient* of good management.（良好的溝通是成功管理的基本要素。）

4. **inhabit** *v.* 居住於（= *live in*）
in (*in*) + habit（習慣）= inhabit，習慣「居住在」身體裡。
inhabit = dwell in = reside in = live in

5. **inhabitant** *n.* 居民（= *resident*）
inhabit（居住於）+ ant（人）= inhabitant

6. **inherit** *v.* 繼承（= *take over*）
in (*in*) + her (*heir*) + it (*go*) = inherit，往繼承人的身上走，
就是「繼承」。也可以看成「變成（in）她的（her）東西（it）」。

7. **initial** *adj.* 最初的（= *beginning*）　*n.*（字的）起首字母
in (*into*) + it (*go*) + ial (*adj.*) = initial，第一個走的，就是
「最初的」。諧音記：in 你手，就是第一手。
The *initial* reaction has been excellent.（一開始的反應很棒。）
常考副詞：initially〔ɪˋnɪʃəlɪ〕*adv.* 開始；最初（= *originally*）

8. **initiate** *v.* 創始（= *begin*）；發起（= *launch*）
in (*into*) + it (*go*) + iate (*v.*) = initial，走進來，就是「創始」。

9. **initiative** *n.* 主動權（= *lead*）
initiate（創始）– e + ive (*n.*) = initiative
take the initiative　採取主動
We *took the initiative* in trying to solve the problem.
（我們採取主動試著解決這個問題。）

# *31. inject*

| inject [6] | 〔 ɪn'dʒɛkt 〕 | v. 注射 |
|---|---|---|
| injection [6] | 〔 ɪn'dʒɛkʃən 〕 | n. 注射 |
| injustice [6] | 〔 ɪn'dʒʌstɪs 〕 | n. 不公平 |
| *injure [3] | 〔 'ɪndʒɚ 〕 | v. 傷害 |
| injury [3] | 〔 'ɪndʒərɪ 〕 | n. 傷 |
| inland [5] | 〔 'ɪnlənd 〕 | adj. 內陸的 |
| *inn [3] | 〔 ɪn 〕 | n. 小旅館 |
| *innocent [3] | 〔 'ɪnəsn̩t 〕 | adj. 清白的 |
| *innocence [4] | 〔 'ɪnəsns̩ 〕 | n. 清白 |

【記憶技巧】

　　從上一回的「主動權」(initiative)，聯想到有護士看到帥哥生病，採取主動權，「注射」(inject) 藥物，「注射」(injection) 的結果讓其他病人覺得有差別待遇和「不公平」(injustice)，「傷害」(injure) 到他們的感情，護士感到心理受「傷」(injury)，逃到「內陸的」(inland)「小旅館」(inn) 休息，相信自己是「清白的」(innocent)，等待他人還給她「清白」(innocence)。

1. inject v. 注射 ( = *shoot* )
　　in (*in*) + ject (*throw*) = inject，把藥丟進去，就是「注射」。
　　The doctor *injected* the antibiotic into her arm.
　　( 醫生注射抗生素到她的手臂。 )

2. injection n. 注射 ( = *shot* )
　　inject ( 注射 ) + ion (*n.*) = injection

3. injustice *n.* 不公平 ( = *inequality* )；不公正
   in (*not*) + justice ( 公平；正義 ) = injustice
   They will continue to fight *injustice*. ( 他們將持續對抗不公不義。)

4. **injure** *v.* 傷害 ( = *harm* )
   in (*not*) + jur (*just*) + e (*v.*) = injure，不公正，就是「傷害」。

5. **injury** *n.* 傷 ( = *wound* )；受傷 ( = *harm* )
   injure ( 傷害 ) – e + y (*n.*) = injury    escape injury 未受傷
   All the passengers in the vehicle *escaped injury*.
   ( 所有車上的乘客都沒受傷。)

6. inland *adj.* 內陸的 ( = *interior* )
   in (*in*) + land ( 陸地 ) = inland
   inland areas 內陸地區
   【相反詞】coastal 〔'kostḷ〕*adj.* 海岸的

7. inn *n.* 小旅館 ( = *hostel* )；小酒館 ( = *bar* )

inn

8. **innocent** *adj.* 清白的 ( = *not guilty* )；天眞的 ( = *native* )

   | in | + | noc | + | ent |
   |----|---|-----|---|-----|
   | in | + | harm | + | adj. |

   沒有傷害他人的，就是「清白的」。

   be innocent of a crime 清白無罪的
   A man should *be* presumed *innocent of* a crime until he is
   proved guilty.
   ( 一個人直到他被證明有罪之前，應該要被認定爲清白無罪的。)

9. innocence *n.* 清白 ( = *guiltlessness* )；天眞 ( = *ingenuousness* )
   innocent ( 清白的 ) – t + ce (*n.*) = innocence
   maintain *one's* innocence 堅持自己無罪
   The prisoners continued to *maintain their innocence*.
   ( 囚犯持續堅持自己無罪。)

# *32. innovation*

| **innovation** [6] | ( ˌɪnəˈveʃən ) | *n.* 創新 |
| **innovative** [6] | ( ˈɪnoˌvetɪv ) | *adj.* 創新的 |
| **innumerable** [5] | ( ɪˈnjumərəbḷ )【注意發音】 | *adj.* 無數的 |
| **inquire** [5] | ( ɪnˈkwaɪr ) | *v.* 詢問 |
| **inquiry** [6] | ( ˈɪnkwərɪ )【注意發音說明】 | *n.* 詢問 |
| ⁑**insect** [2] | ( ˈɪnsɛkt ) | *n.* 昆蟲 |
| *⁑**insert** [4] | ( ɪnˈsɝt ) | *v.* 插入 |
| ⁑**insist** [2] | ( ɪnˈsɪst ) | *v.* 堅持 |
| **insistence** [6] | ( ɪnˈsɪstəns ) | *n.* 堅持 |

【記憶技巧】

從上一回的「清白」(innocence)，聯想到發明家要證明自己的清白，他的「創新」(innovation)不是抄襲，他所有「創新的」(innovative)、「無數的」(innumerable)設計，都是「詢問」(inquire)身旁的人，經由「詢問」(inquiry)知道需求，並從「昆蟲」(insect)身上得到靈感，設計出可以「插入」(insert)手臂的小型手機。他「堅持」(insist)創新，他不容他的「堅持」(insistence)受到他人的誹謗。

1. **innovation** *n.* 創新 ( = *creation* )；發明
   in (*in*) + nov (*new*) + ation (*n.*) = innovation
   We must encourage ***innovation*** if the company is to remain competitive. (如果公司要保持競爭力，我們必須鼓勵創新。)

2. **innovative** *adj.* 創新的 ( = *original* )
   in (*in*) + nov (*new*) + ative (*adj.*) = innovative

innovative products 創新的產品

這個字很難唸，52% 的美國人唸〔ˈɪnəvetɪv〕，42% 的人唸〔ˈɪnəvətɪv〕，詳見 Longman 發音字典 p.414。

3. **innumerable** *adj.* 無數的 ( = *countless* )
   in (*in*) + numer (*number*) + able ( 可以…的 ) = innumerable
   無法變成數字的，就是「無數的」。

4. **inquire** *v.* 詢問 ( = *ask* )；打聽 ( = *ask for information about* )
   in (in) + quire (ask) = inquire，向裡面問，就是「詢問」。

5. **inquiry** *n.* 詢問 ( = *question* )；調查 ( = *investigation* )
   inquire ( 詢問 ) – e + y (*n.*) = inquiry
   make inquiries 詢問；調查
   He *made* some *inquiries* and discovered she had gone
   abroad. ( 他做了些調查，發現她已經出國了。)

   根據 Longman 發音字典，美國人 74% 唸成〔ˈɪnkwərɪ〕，26% 唸成〔ɪnˈkwaɪrɪ〕。一般字典唸在第二音節，是按照 1944 年出版的 KK 音標發音字典，現在只有老一輩的人重音唸第二音節。

6. **insect** *n.* 昆蟲 ( = *a small animal that has six legs and often has wings* )　　in (*in*) + sect (*cut*) = insect，裡面分割，就是節肢動物「昆蟲」。常考單字：insecticide〔ɪnˈsɛktə͵saɪd〕*n.* 殺蟲劑

7. **insert** *v.* 插入 ( = *put in* )
   in (*in*) + sert (*put*) = insert，放入，就是「插入」。

8. **insist** *v.* 堅持 ( = *persist* )；堅持認為 ( = *claim* )
   in (*on*) + sist (*stand*) = insist，站著不走，就是「堅持」。
   insist on 堅持 ( = *persist in* )
   She *insisted on* coming with me. ( 她堅持要跟我一起來。)

9. **insistence** *n.* 堅持 ( = *demand* )
   insist ( 堅持 ) + ence (*n.*) = insistence
   at *one's* insistence 在某人的堅持下
   *At my insistence*, she went to see the doctor.
   ( 在我的堅持下，她去看了醫生。)

# *33. inspect*

| | | | |
|---|---|---|---|
| *inspect* [3] | 〔 ɪn'spɛkt 〕 | *v.* | 檢查 |
| *inspection* [4] | 〔 ɪn'spɛkʃən 〕 | *n.* | 檢查 |
| *inspector* [3] | 〔 ɪn'spɛktə 〕 | *n.* | 檢查員 |
| *inspire* [4] | 〔 ɪn'spaɪr 〕 | *v.* | 激勵 |
| *inspiration* [4] | 〔͵ɪnspə'reʃən 〕 | *n.* | 靈感 |
| *instance* [2] | 〔'ɪnstəns 〕 | *n.* | 實例 |
| *install* [4] | 〔 ɪn'stɔl 〕 | *v.* | 安裝 |
| **installment** [6] | 〔 ɪn'stɔlmənt 〕 | *n.* | 分期付款的錢 |
| **installation** [6] | 〔͵ɪnstə'leʃən 〕 | *n.* | 安裝 |

【記憶技巧】

從上一回的「堅持」(insistence)，想到上司堅持要「檢查」(inspect) 每位員工的電腦，希望「檢查」(inspection) 可以防止洩漏公司機密，派「檢查員」(inspector) 來協助。同時「激勵」(inspire) 員工提供「靈感」(inspiration) 和「實例」(instance) 來刺激創新。有創意的員工，可以「安裝」(install) 新的電腦，公司會補助「分期付款的錢」(installment) 來鼓勵電腦「安裝」(installation)。

1. **inspect** *v.* 檢查 ( = *examine* )
   in (*in*) + spect (*see*) = inspect，往裡面看，就是「檢查」。

2. **inspection** *n.* 檢查 ( = *examination* )；審查 ( = *review* )
   inspect (檢查) + ion (*n.*) = inspection
   on closer inspection 更進一步審查

***On closer inspection***, a number of problems emerged.
（經過更進一步的審查，發現了一些問題。）

3. inspector *n.* 檢查員（= *examiner*）

4. **inspire** *v.* 激勵（= *encourage*）；給予靈感（= *give sb. the idea*）

```
in + spire
 |      |
in + breathe
```
向裡面吹氣，就是「激勵」。

Her courage ***inspired*** her followers.
（她的勇氣激勵了她的追隨者。）

5. inspiration *n.* 靈感（= *inventiveness*）；鼓舞（= *motivation*）
Genius is one percent ***inspiration*** and ninety-nine percent perspiration.
（【諺】天才是百分之一的靈感，百分之九十九的努力。）

6. **instance** *n.* 實例（= *example*）
in (*near*) + stan (*stand*) + ce (*n.*) = instance，站在旁邊成「實例」。
for instance 舉例來說（= *for example*）

7. **install** *v.* 安裝（= *set up for use*）；安置（= *settle*）
in (*in*) + stall（攤位）= install，放進攤位，就是「安裝」。

8. **installment** *n.* 分期付款的錢（= *a payment of part of a debt*）
install 有二個名詞，一個是 installment，原來意思是「安裝」，現在多當「分期付款的錢」解，有些字典只用一個 l，寫成 instalment。另一個是 installation，做「安裝」解。
The car will be paid for ***in*** ten monthly ***installments***.
（這車子的款項將分十期分期付款償還。）

9. installation *n.* 安裝（= *setting up*）；安裝設備
***Installation*** is simple and strightforward.（安裝程序簡單直接。）

# *34. institute*

| *institute⁵ | ('ɪnstə,tjut ) | *n.* 協會 |
| *institution⁶ | (,ɪnstə'tjuʃən ) | *n.* 機構 |
| *instinct⁴ | ('ɪnstɪŋkt ) | *n.* 本能 |
| instruct⁴ | ( ɪn'strʌkt ) | *v.* 教導 |
| instruction³ | ( ɪn'strʌkʃən ) | *n.* 教導 |
| *instructor⁴ | ( ɪn'strʌktə ) | *n.* 講師 |
| insure⁵ | ( ɪn'ʃur ) | *v.* 為…投保 |
| *insurance⁴ | ( ɪn'ʃurəns ) | *n.* 保險 |
| *insult⁴ | ('ɪnsʌlt ) | *n.* 侮辱 |

【記憶技巧】

　　從上一回的「安裝」( installation )，聯想到有新款電腦
需要安裝，要去很多「協會」( institute )和「機構」( institution )，
安裝技巧熟練到變成「本能」( instinct )，另外還要「教導」
( instruct ) 如何使用新電腦，所以要擔任電腦「教導」
( instruction )「講師」( instructor )，並「為」每台電腦「投
保」( insure ) 一百萬的「保險」( insurance )，發生意外時，
才不會受到「侮辱」( insult ) 被說罔顧顧客權益。

1. **institute** *n.* 協會 ( = *an organization that does a particular type of research or educational work* )；學院　*v.* 設立；制定
   in (*in*) + stitute (*stand*) = institute，站在裡面，建立「協會」。
   Massachusetts Institute of Technology　麻省理工學院 ( = *MIT* )
   We will *institute* a number of methods to improve saftey.
   （我們會制定一些方法來增進安全。）

2. **institution** *n.* 機構（ = *an organization or establishment founded for a specific purpose, such as a hospital* )；習俗
   institute（建立）– e + ion (*n.*) = institution
   a charitable institution 慈善機構
   We need to respect their beliefs, traditions, and social *institutions*. ( 我們需要尊敬他們的信仰、傳統和社會習俗。 )

3. institute *n.* 本能（ = *natural tendency* )；直覺（ = *intuition* ）
   in (*in*) + stinct (*sting*) = instinct，刺到你，發揮出「本能」。
   the instinct for survival 求生的本能
   【比較】extinct〔ɪkˈstɪŋkt〕*adj.* 絕種的

4. **instruct** *v.* 教導（ = *teach* ）

   | in + struct |
   |---|
   | in + build |

   建造內心，就是「教導」。

5. **instruction** *n.* 教導（ = *teaching* ） *pl.* 使用說明（ = *directions* ）
   instruct（教導）+ ion (*n.*) = instruction
   driving instruction 駕訓指導
   The *instructions* are written in English. ( 使用說明是英文。 )

6. **instructor** *n.* 講師（ = *teacher* ）
   instruct（教導）+ or（人）= instructor

7. **insure** *v.* 為…投保（ = *protect by insurance* ）
   in (*in*) + sure（確定的）= insure，感到確定，因為有「為…投保」。
   insure…against *sth.* 替…投保防止某事
   She *insured* her car *against* theft. ( 她替她的車保失竊險。 )

8. **insurance** *n.* 保險（ = *coverage* ）
   insure（為…投保）– e + ance (*n.*) = insurance

9. **insult** *v. n.* 侮辱（ = *an offensive remark* ） 〔ɪnˈsʌlt〕*v.* 侮辱
   This exam is an *insult* to our intelligence.
   ( 這個考試對我們的智力是一種侮辱。 )

# *35. integrate*

| integrate [6] | ('ɪntə,gret ) | v. 整合 |
| **integration** [6] | (,ɪntə'greʃən ) | n. 整合 |
| **integrity** [6] | ( ɪn'tɛgrətɪ ) | n. 正直 |
| | | |
| **intellect** [6] | ('ɪntḷ,ɛkt ) | n. 智力 |
| ⚹**intelligent** [4] | ( ɪn'tɛlədʒənt ) | adj. 聰明的 |
| *intelligence [4] | ( ɪn'tɛlədʒəns ) | n. 聰明才智 |
| | | |
| *intense [4] | ( ɪn'tɛns ) | adj. 強烈的 |
| *intensify [4] | ( ɪn'tɛnsə,faɪ ) | v. 加強 |
| *intensity [4] | ( ɪn'tɛnsətɪ ) | n. 強度 |

【記憶技巧】

> 從上一回的「侮辱」(insult)，想到公司受到侮辱
> 後，開始「整合」(integrate) 所有部門，透過「整合」
> (integration) 挑選出有「正直」(integrity) 和「智
> 力」(intellect) 的人，有「聰明的」(intelligent) 員
> 工，讓他們的「聰明才智」(intelligence) 有所發揮，
> 才會有「強烈的」(intense) 熱忱，去「加強」
> (intensify) 公司對抗競爭的「強度」(intensity)。

1. **integrate** v. 整合 ( = *unify* )；合併；(使) 融入
   in (*not*) + tegr (*touch*) + ate (*v.*) = integrate，變成沒被碰過
   的樣子，就是「整合」。
   integrate A into B　整合 A 成 B
   We have to *integrate* the parts *into* a coherent whole.
   (我們必須把部分整合成有連貫性的全體。)

2. integration *n.* 整合（= *incorporation*）；融入
integrate（整合）– e + ion (*n.*) = integration
They overwhelmingly support the ***integration*** of disabled
people into society.（他們壓倒性地支持要使殘障人士融入社會。）

3. integrity *n.* 正直（= *moral soundness*）；完整
integrate（整合）– ate + ity (*n.*) = integrity
I have always regarded him as a man of ***integrity***.
（我一直認為他是一個正直的人。）

4. intellect *n.* 智力（= *the thinking power of the mind*）

| intel | + | lect |
|---|---|---|
| \| | | \| |
| *between* | + | *choose* |

要能夠在兩者之間做選擇，需要「智力」。

He was a person of great ***intellect***.（他是一個很睿智的人。）

5. **intelligent** *adj.* 聰明的（= *smart*）
intel (*between*) + lig (*choose*) + ent (*adj.*) = intelligent

6. **intelligence** *n.* 聰明才智（= *cleverness*）；情報（= *information*）
intelligent（聰明的）– t + ce (*n.*) = intelligence
Central Intelligence Agency 中央情報局（= *CIA*）

7. **intense** *n.* 強烈的（= *fierce*）
in (*in*) + tense（拉緊；緊張的）= intense，緊張是很「強烈的」。
intense pressure 強大的壓力

8. **intensify** *v.* 加強（= *strengthen*）
intense（強烈的）– e + ify (*v.*) = intensify

9. **intensity** *n.* 強度（= *force*）
intense（強烈的）– e + ity (*n.*) = intensity
The ***intensity*** of the hurricane was frightening.
（颶風的強度很驚人。）

# 36. *intent*

| **intent** [5] | ( ɪnˋtɛnt ) | *n.* 意圖 |
|---|---|---|
| *intention [4] | ( ɪnˋtɛnʃən ) | *n.* 企圖 |
| *intensive [4] | ( ɪnˋtɛnsɪv ) | *adj.* 密集的 |
| | | |
| *interact [4] | (ˏɪntɚˋækt ) | *v.* 互動 |
| *interaction [4] | (ˏɪntɚˋækʃən ) | *n.* 互動 |
| *intermediate [4] | (ˏɪntɚˋmidɪɪt ) | *adj.* 中級的 |
| | | |
| *interfere [4] | (ˏɪntɚˋfɪr ) | *v.* 干涉 |
| *interference [5] | (ˏɪntɚˋfɪrəns ) | *n.* 干涉 |
| **interior** [5] | ( ɪnˋtɪrɪɚ ) | *adj.* 內部的 |

【記憶技巧】

　　從上一回的「強度」( intensity )，想到他學習英文的強度，衍生出「意圖」( intent )，進而有「企圖」( intention ) 要有「密集的」( intensive ) 訓練，和外國人「互動」( interact )。語文「互動」( interaction ) 內容原本是練習「中級的」( intermediate ) 會話，他卻開始「干涉」( interfere ) 他人的生活，「干涉」( interference ) 導致許多「內部的」( interior ) 爭吵和不和諧。

1. intent *n.* 意圖 ( = *intention* )；目的　*adj.* 專心的
   in (*in*) + tent (*stretch*) = intent，伸展到裡面，有「意圖」。
   She behaved foolishly but with good *intent*.
   （她行爲笨拙，但是是善意的。）
   be intent on 專心於
   She *is intent on* her work. ( 很她專心做她的工作。)

2. **intention** *n.* 企圖（ = *plan* ）
   intent（意圖）+ ion (*n.*) = intention
   We have no *intention* of giving up.（我們沒有放棄的打算。）

3. intensive *adj.* 密集的（ = *concentrated* ）
   intense（強烈的）– e + ive (*adj.*) = intensive，很強烈，變成
   「密集的」。   intensive training 密集的訓練
   intensive care unit 加護病房（ = *ICU* ）

4. **interact** *v.* 互動（ = *act on each other* ）；相互作用
   inter (*between*) + act（行動）= interact，彼此之間的行動，
   就是「互動」。

5. **interaction** *n.* 互動（ = *the activity of being with and talking
   to other people* ）
   interact（互動）+ ion (*n.*) = interaction
   Jobs that involve a degree of social *interaction* are usually
   more satisfying.（與社會有些互動的工作通常更令人有滿足感。）

6. intermediate *adj.* 中級的（ = *average* ）
   inter (*between*) + med (*middle*) + iate (*adj.*) = intermediate
   an exam at intermediate level 中級程度的考試

7. interfere *v.* 干涉（ = *get involved* ）；妨礙

   | inter + fere | 在中間打擊，就是「干涉」。 |
   | --- | --- |
   | between + strike | interfere in 干涉   interfere with 妨礙 |

8. **interference** *n.* 干涉（ = *intervention* 〔ˌɪntɚˈvɛnʃən〕）
   interfere（干涉）+ (e)nce (*n.*) = interference

9. interior *adj.* 內部的（ = *inner* ）   *n.* 內部；內陸
   inter (*among*) + ior（表示「比較級」的字尾）= interior
   相反詞是 exterior *adj.* 外面的；外部的

# *1. internal*

| **internal** ³ | 〔 ɪnˈtɜnḷ 〕 | *adj.* 內部的 |
| **international** ² | 〔ˌɪntəˈnæʃənḷ 〕 | *adj.* 國際的 |
| **Internet** ⁴ | 〔ˈɪntəˌnɛt 〕 | *n.* 網際網路 |
| **interpret** ⁴ | 〔 ɪnˈtɜprɪt 〕 | *v.* 解釋 |
| **interpretation** ⁵ | 〔 ɪnˌtɜprɪˈteʃən 〕 | *n.* 解釋 |
| **interpreter** ⁵ | 〔 ɪnˈtɜprɪtə 〕 | *n.* 口譯者 |
| **interrupt** ³ | 〔ˌɪntəˈrʌpt 〕 | *v.* 打斷 |
| **interruption** ⁴ | 〔ˌɪntəˈrʌpʃən 〕 | *n.* 打斷 |
| **intersection** ⁶ | 〔ˌɪntəˈsɛkʃən 〕 | *n.* 十字路口 |

【記憶技巧】

在公司裡用的是「內部的」( internal ) 網路，如果要連到外部的，就要用「國際的」( international )「網際網路」( Internet )。網路可以「解釋」( interpret ) 很多資料，如果不懂這些「解釋」( interpretation )，可以在外面找「口譯者」( interpreter )。口譯者解釋的時候被「打斷」( interrupt )，會被「打斷」( interruption ) 是因為他站在「十字路口」( intersection )。

1. internal *adj.* 內部的 ( = *inner* )
   inter (*between*) + n + al (*adj.*)，在兩者之間，就是「內部的」。
   【比較】external 〔 ɪkˈstɜnḷ 〕 *adj.* 外部的

2. **international** *adj.* 國際的（= *involving two or more nations*）
inter（*between*）+ national（國家的），在國與國之間的，就是
「國際的」。

3. **Internet** *n.* 網際網路（= *the Net* = *the Web*）
Inter（*between*）+ net（網路），網路之間互相連結，形成「網際
網路」。 surf the Internet 上網

4. **interpret** *v.* 解釋（= *explain*）；口譯（= *translate orally*）

| inter | + | pret |
|---|---|---|
| \| | | \| |
| *between* | + | *price* |

要確定兩者之間價格的差異，就是要「解釋」。
「筆譯」是 translate。

This move was ***interpreted*** in two ways.
（這個行動有兩種解釋。）

5. **interpretation** *n.* 解釋（= *explanation*）
interpret（解釋）+ ation（*n.*）= interpretation

6. interpreter *n.* 口譯者（= *translator*）
inter（*between*）+ pret（*price*）+ er（人）= interpreter

7. **interrupt** *v.* 打斷（= *disrupt*）

| inter | + | rupt |
|---|---|---|
| \| | | \| |
| *between* | + | *break* |

從中間切斷，就是「打斷」。

8. interruption *n.* 打斷（= *disruption*〔dɪsˈrʌpʃən〕）
interrupt（打斷）+ ion（*n.*）= interruption

9. intersection *n.* 十字路口（= *crossroads*）

| inter | + | sect | + | ion |
|---|---|---|---|---|
| \| | | \| | | \| |
| *between* | + | *cut* | + | *n.* |

「十字路口」看起來就像是兩條
路互切。

# 2. intervene

| | | | |
|---|---|---|---|
| *intervene [6] | 〔͵ɪntə'vin 〕 | v. | 介入 |
| intervention [6] | 〔͵ɪntə'vɛnʃən 〕 | n. | 介入 |
| *interview [2] | 〔'ɪntə͵vju 〕 | n. | 面試 |
| | | | |
| *intimate [4] | 〔'ɪntəmɪt 〕 | adj. | 親密的 |
| *intimacy [6] | 〔'ɪntəməsɪ 〕 | n. | 親密 |
| intimidate [6] | 〔 ɪn'tɪmə͵det 〕 | v. | 威脅 |
| | | | |
| *intrude [6] | 〔 ɪn'trud 〕 | v. | 闖入 |
| intruder [6] | 〔 ɪn'trudə 〕 | n. | 入侵者 |
| intuition [5] | 〔͵ɪntju'ɪʃən 〕 | n. | 直覺 |

【記憶技巧】

從上一回在「十字路口」(intersection) 被打斷,想到被打斷是外力「介入」(intervene) 的結果,在「面試」(interview) 的時候,也會有人為的「介入」(intervention),如果跟主考官的關係太「親密」(intimacy),會讓其他應徵者覺得受「威脅」(intimidate),就像家裡被「闖入」(intrude),那些人是「入侵者」(intruder),這些都是「直覺」(intuition)。

1. intervene v. 介入 ( = *interfere* );調停

The officer tried to *intervene* in the dispute of these men. ( 警察試圖調停這些人的紛爭。 )

2. intervention　*n.* 介入（= *interference*）
inter (*between*) + vent (*come*) + ion (*n.*)，走到兩人之間，
就是「介入」。

3. **interview**　*n.* 面試（= *a formal meeting*）
inter (*between*) + view（看），「面試」的時候要互相看。

4. **intimate**　*adj.* 親密的（= *close*）
Robert counts Mike among his ***intimate*** friends.
（羅伯特把麥克當作他的密友。）

5. **intimacy**　*n.* 親密（= *closeness*）
intimate – te + cy = intimacy

6. **intimidate**　*v.* 威脅（= *threaten*）；使害怕
in (*in*) + timid（膽小的）+ ate (*v.*)，「威脅」會使人膽怯。
be intimidated by　害怕（= *be frightened by*）

7. **intrude**　*v.* 闖入；打擾（= *trespass*〔'trɛspəs〕）

> in　+　trude
> ｜　　　｜　　　推擠到別人家裡，就是「打擾」。
> *into*　+　*thrust*

8. **intruder**　*n.* 入侵者（= *trespasser*〔'trɛspəsɚ〕）
intrud（闖入）+ er（人）= intruder

9. **intuition**　*n.* 直覺（= *instinct*）

> in　+　tui　+ tion　　　有洞察力，就是擁有敏銳
> ｜　　　｜　　　｜　　　的「直覺」。
> *in*　+ *watch* +　*n.*

Archaeologists often use their ***intuition*** to decide
where to dig.（考古學家常常憑直覺決定從哪裡挖掘。）
【比較】tuition〔tju'ɪʃən〕*n.* 學費

# *3. invade*

| | | | |
|---|---|---|---|
| *invade* [4] | 〔 ɪn'ved 〕 | *v.* | 入侵 |
| *invasion* [4] | 〔 ɪn'veʒən 〕 | *n.* | 侵略 |
| *invaluable* [6] | 〔 ɪn'væljəbḷ 〕 | *adj.* | 無價的 |
| *invent* [2] | 〔 ɪn'vɛnt 〕 | *v.* | 發明 |
| *invention* [4] | 〔 ɪn'vɛnʃən 〕 | *n.* | 發明 |
| *inventor* [3] | 〔 ɪn'vɛntɚ 〕 | *n.* | 發明者 |
| *invest* [4] | 〔 ɪn'vɛst 〕 | *v.* | 投資 |
| *investigate* [3] | 〔 ɪn'vɛstə‚get 〕 | *v.* | 調查 |
| *investigation* [4] | 〔 ɪn‚vɛstə'geʃən 〕 | *n.* | 調查 |

【記憶技巧】

　　從上一回的「直覺」( intuition )，想到如果能不被「入侵」( invade )，能抵抗「侵略」( invasion )，是「無價的」( invaluable )。能「發明」( invent ) 許多「發明」( invention ) 的人，就是「發明者」( inventor )，想要發明東西，就要「投資」( invest ) 和「調查」( investigate )，沒有「調查」( investigation )，就無法發明。

1. **invade** *v.* 入侵 ( = *enter a place by military force* )
   in (*into*) + vade (*go*)，走進別人的地盤，表示「入侵」。
   The Normans *invaded* England in 1066.
   ( 諾曼人在 1066 年入侵英格蘭。)

2. invasion *n.* 侵略（ = *the act of invading with armed force*）

3. invaluable *adj.* 無價的（ = *valuable*）；珍貴的
   in (*not*) + valu (*value*) + able (*adj.*)，無法評估價值，表示
   「無價的；珍貴的」。
   invaluable = valuable = priceless = precious
   相反詞：worthless, valueless 都是「無價值的；沒有價值的」。

4. **invent** *v.* 發明（ = *create*）
   in (*upon*) + vent (*come*)，會「發明」東西，就是靈感突然跑來
   腦中。
   He *invented* the first electric clock. ( 他發明了第一個電子時鐘。)

5. **invention** *n.* 發明（ = *creation*）
   invent（發明）+ ion（*n.*）= invention

6. **inventor** *n.* 發明者（ = *creator*）
   invent（發明）+ or（人）= inventor

7. **invest** *v.* 投資（ = *put in*）
   in (*in*) + vest (*clothe*)，錢先放入別人的口袋，就是「投資」。
   Harvey spends only a portion of his income and *invests*
   the rest. ( 哈維只花費他收入的一部分，並且投資其餘的錢。)

8. **investigate** *v.* 調查（ = *examine*）

   | in + vestig + ate |
   |---|
   | in + trace + v. |

   往內追蹤，就是「調查」。

   We are *investigating* the cause of the accident.
   ( 我們正在調查事故的原因。)

9. **investigation** *n.* 調查（ = *examination*）
   crime scene investigation 犯罪現場調查
   under investigation 調查中

# *4. iron*

| *iron* [1] | ('aɪən ) | n. 鐵 |
| *irony* [6] | ('aɪrənɪ ) | n. 諷刺 |
| *ironic* [6] | ( aɪ'rɑnɪk ) | adj. 諷刺的 |
| | | |
| irritate [6] | ('ɪrə,tet ) | v. 激怒 |
| irritation [6] | (,ɪrə'teʃən ) | n. 激怒 |
| *irritable [6] | ('ɪrətəbḷ ) | adj. 易怒的 |
| | | |
| isle [5] | ( aɪl )【注意發音】 | n. 島 |
| *island [2] | ('aɪlənd ) | n. 島 |
| *isolate [4] | ('aɪsḷ,et ) | v. 使隔離 |

**BOOK 8**

【記憶技巧】

從上一回的「調查」( investigation )，想到調查的時候踢到「鐵」( iron ) 板，真是「諷刺的」( ironic ) 一件事。一直踢到鐵板，人會被「激怒」( irritate )，常常受到「激怒」( irritation )，就會變成「易怒的」( irritable )，只好跑去小「島」( isle )，在「島」( island ) 上，「使」自己和人群「隔離」( isolate )，可以消消氣。

1. **iron** *n.* 鐵 ( = *a chemical element* ) *v.* 熨燙
   This gun is made of *iron*. ( 這把槍是用鐵做的。)
   Would you *iron* this shirt for me? ( 你可以幫我熨這件襯衫嗎？)

2. irony *n.* 諷刺 ( = *sarcasm* ('sɑrkæzəm ))
   Her voice contains a touch of *irony*.
   ( 她的聲音帶著一絲嘲諷意味。)

3. ironic  *adj.* 諷刺的（= *sarcastic* ）
   irony – y + ic = ironic
   It is ***ironic*** that he was cheated by his girlfriend.
   （他被女朋友欺騙，真是諷刺。）

4. **irritate**  *v.* 激怒（= *annoy* ）
   The little girl ***irritated*** her mother by asking the same
   question over and over again.
   （小女孩一直問同樣的問題，激怒了她的媽媽。）

5. irritation  *n.* 激怒（= *annoyance* ）
   irritate（激怒）– e + ion = irritation
   He could not hide his ***irritation***. （他無法掩飾他的憤怒。）

6. irritable  *adj.* 易怒的（= *bad-tempered* ）
   irritate（激怒）– te + ble (*adj.*) = irritable
   Mark is an ***irritable*** person. （馬克是一個容易動怒的人。）

7. isle  *n.* 島【用於詩歌或地名中】（= *island* ）
   這個字唸成〔aɪl〕，s 不發音，和 aisle〔aɪl〕*n.* 走道是同音字。
   【用於詩歌或地名中】　　the British Isles  不列顛群島

8. island  *n.* 島（= *isle* ）
   is（是）+ land（土地），「島」就是一塊土地。
   No man is an ***island***. （【諺】沒有人是一座孤島；人都需要朋友。）

9. isolate  *v.* 使隔離（= *insulate*〔ˈɪnsəˌlet〕）

   isol　 + ate
   ｜　　 ｜
   island + *v.*　　　像小島一樣被孤立，表示「隔離」。

   The witnesses are ***isolated*** for their own safety.
   （為了他們的安全起見，目擊證人已被隔離。）

# *5. jack*

| | | | |
|---|---|---|---|
| **jack** [5] | 〔 dʒæk 〕 | *n.* | 起重機 |
| **jacket** [2] | 〔'dʒækɪt 〕 | *n.* | 夾克 |
| **jam** [1,2] | 〔 dʒæm 〕 | *n.* | 果醬 |
| *__janitor__ [5] | 〔'dʒænətɚ 〕 | *n.* | 管理員 |
| **January** [1] | 〔'dʒænjʊˌɛrɪ 〕 | *n.* | 一月 |
| *__jasmine__ [5] | 〔'dʒæsmɪn 〕 | *n.* | 茉莉 |
| **jade** [5] | 〔 dʒed 〕 | *n.* | 玉 |
| *__jail__ [3] | 〔 dʒel 〕 | *n.* | 監獄 |
| *__jaw__ [3] | 〔 dʒɔ 〕 | *n.* | 顎 |

**BOOK 8**

【記憶技巧】

　　從上一回的「隔離」(isolate)，想到工地有「起重機」(jack)和穿著警告標語「夾克」(jacket)的工人，就要離遠一點，以策安全。工人去買「果醬」(jam)，遇到「管理員」(janitor)，管理員說他「一月」(January)種的「茉莉」(jasmine)花開了，想要帶去「監獄」(jail)探望朋友，沒想到被太太手上的「玉」(jade)鐲打到，弄傷下「顎」(jaw)。

1. jack  *n.* 起重機 ( = *a piece of equipment used for lifting and supporting a heavy object* )
   大寫是人名 Jack (傑克)。

2. jacket *n.* 夾克 ( = *coat* )
The waiter in the white *jacket* is very polite.
（那位穿白色夾克的服務生非常有禮貌。）

3. jam *n.* 果醬 ( = *a thick sweet substance made by boiling fruit with sugar* )；阻塞 ( = *congestion* )
Cathy loves toast with strawberry *jam*.
（凱西喜愛塗草莓果醬的土司。）
a traffic jam 交通阻塞 ( = *traffic congestion* )
I got caught in a *traffic jam*. （我遇到了交通阻塞。）
jam 作「阻塞」解時，是可數名詞。

4. janitor *n.* 管理員 ( = *doorkeeper* )

> jani       + tor
> |            |
> *Janus* (門神) + 人

像門神一樣的人，就是「管理員」。

5. January *n.* 一月 ( = *the first month of the year* )
My class begins in *January*. （我一月開始上課。）

6. jasmine *n.* 茉莉 ( = *a plant with white and yellow flowers* )；
茉莉花　　jasmine tea 茉莉花茶

7. jade *n.* 玉 ( = *a hard green stone used for making jewelry* )
a jade necklace 玉項鍊

8. **jail** *n.* 監獄 ( = *prison* )
be sent to jail 被送進監獄　　be kept in jail 被關在監獄
The suspect *was kept in jail* until his trial.
（那位嫌犯被關在監獄裡，直到審判。）

9. jaw *n.* 顎 ( = *the part of the mouth where your teeth grow* )
He broke his *jaw* in the accident. （他在事故中弄斷了下巴。）
【比較】jaws〔dʒɔz〕*n. pl.* （動物的）嘴

# 6. jealous

| | | |
|---|---|---|
| *jealous ³ | 〔 'dʒɛləs 〕 | adj. 嫉妒的 |
| jealousy ⁴ | 〔 'dʒɛləsɪ 〕 | n. 嫉妒 |
| jeans ² | 〔 dʒinz 〕 | n. pl. 牛仔褲 |
| jeep ² | 〔 dʒip 〕 | n. 吉普車 |
| jeer ⁵ | 〔 dʒɪr 〕 | v. 嘲笑 |
| *jelly ³ | 〔 'dʒɛlɪ 〕 | n. 果凍 |
| *Jew | 〔 dʒu 〕 | n. 猶太人 |
| jewel ³ | 〔 'dʒuəl 〕【可數名詞】 | n. 珠寶 |
| jewelry ³ | 〔 'dʒuəlrɪ 〕【集合名詞】 | n. 珠寶 |

【記憶技巧】

　　從上一回的「顎」（jaw），想到「嫉妒」（jealous）別人的牙齒很整齊，就想去做齒顎矯正，看到別人穿好看的「牛仔褲」（jeans），就想買一條，也是種「嫉妒」（jealousy）。花大錢買「吉普車」（jeep）被「嘲笑」（jeer），因為買完只能吃「果凍」（jelly），不像有錢的「猶太人」（Jew），就算只用掉一些「珠寶」（jewel），還能剩很多「珠寶」（jewelry）。

1. **jealous** adj. 嫉妒的（= envious）
   be jealous of 嫉妒
   Mary **is jealous of** Helen's beauty.（瑪莉嫉妒海倫的美麗。）

2. **jealousy** n. 嫉妒（= envy）
   Professional **jealousy** can cause problems at work.
   （職業上的嫉妒可能會引起工作上的問題。）

3. jeans  *n. pl.* 牛仔褲（ = *pants made of denim*）
   a pair of jeans  一條牛仔褲
   Most teenagers like to wear *jeans*.
   （大多數的青少年喜歡穿牛仔褲。）

4. jeep  *n.* 吉普車（ = *a car that can drive over all types of land*）
   A *jeep* is good as a family car.
   （吉普車就像家用車一樣好。）        jeep

5. jeer  *v.* 嘲笑（ = *mock*）
   We shouldn't *jeer* at the poor. （我們不應該嘲笑窮人。）

6. jelly  *n.* 果凍（ = *a soft sweet food made from fruit and sugar*）
   The children are eating *jelly*. （孩子們正在吃果凍。）

7. Jew  *n.* 猶太人（ = *Hebrew*）
   My childhood friend Don was a Jew.
   （我兒時的朋友唐是猶太人。）

8. jewel  *n.* 珠寶（ = *precious stone*）
   jew（*Jew* 猶太人）+ el，猶太人很會賺錢，身上總有「珠寶」。

9. jewelry  *n.* 珠寶（ = *jewels*）
   jewel（珠寶）+ ry（集合名詞字尾）= jewelry
   這個字不可數，若要數，可加量詞，如 a piece of jewelry
   （一件珠寶）。

# 7. join

| | | | |
|---|---|---|---|
| **join**[1] | 〔 dʒɔɪn 〕 | v. | 加入 |
| **joint**[2] | 〔 dʒɔɪnt 〕 | n. | 關節 |
| **jog**[2] | 〔 dʒɑg 〕 | v. | 慢跑 |
| | | | |
| **job**[1] | 〔 dʒɑb 〕 | n. | 工作 |
| **jolly**[5] | 〔'dʒɑlɪ 〕 | adj. | 愉快的 |
| **joke**[1] | 〔 dʒok 〕 | n. | 笑話 |
| | | | |
| **journey**[3] | 〔'dʒɝnɪ 〕 | n. | 旅程 |
| **journal**[3] | 〔'dʒɝnl̩ 〕 | n. | 期刊 |
| **journalist**[5] | 〔'dʒɝnl̩ɪst 〕 | n. | 記者 |

BOOK **8**

【記憶技巧】

從上一回的「珠寶」( jewelry )，聯想到需要變賣珠寶，購買昂貴的醫療器材，「加入」( join ) 人工「關節」( joint )，才能再去「慢跑」( jog )。恢復健康後，找到一份新「工作」( job )，是非常「愉快的」( jolly )，因為上班時會聽到「笑話」( joke )。聽說有一個人，專門將「旅程」( journey ) 記載在「期刊」( journal ) 上，後來就成為一位「記者」( journalist )。

1. **join** v. 加入 ( = become a member of an organization )
   Scott **joined** the army last year. ( 史考特去年從軍了。)

2. joint *n.* 關節（= *a part of your body where two bones meet*）
   join（加入）+ t = joint
   I have a pain in the knee *joint*.（我的膝關節在痛。）

3. jog *v.* 慢跑（= *run slowly*）
   go jogging 去慢跑
   I like to *jog* in the morning.（我喜歡在早晨慢跑。）

4. job *n.* 工作（= *work*）
   a part-time job 兼差的工作　　a full-time job 全職的工作

5. jolly *adj.* 愉快的（= *happy*）
   My family had a very *jolly* moment last night.
   （我的家人昨晚有非常愉快的時光。）

6. joke *n.* 笑話（= *jest*）；玩笑
   Mr. Black told a *joke* to his children.
   （布萊克先生對他的孩子們說了一個笑話。）

7. **journey** *n.* 旅程（= *travel*）
   go on a journey 去旅行
   We had a long *journey* ahead of us.（我們前面的旅程還很長。）

8. **journal** *n.* 期刊（= *a magazine containing articles*）；
   雜誌；報紙；日誌；日記

   | journ + al |
   |---|
   | &#124; &#124; |
   | *day* + *n.* |

   每一天的記錄，就是「日記」。

9. **journalist** *n.* 記者（= *reporter*）
   journal（期刊）+ ist（人），撰寫期刊、報紙的人，就是「記者」。
   Tony wants to be a *journalist*.（東尼想要當一位記者。）

# *8. joy*

| | | | |
|---|---|---|---|
| **joy** ¹ | 〔 dʒɔɪ 〕 | *n.* 喜悅 |
| *****joyful** ³ | 〔'dʒɔɪfəl 〕 | *adj.* 愉快的 |
| **joyous** ⁶ | 〔'dʒɔɪəs 〕 | *adj.* 愉快的 |
| | | |
| ******judge** ² | 〔 dʒʌdʒ 〕 | *v.* 判斷 |
| **judgment** ² | 〔'dʒʌdʒmənt 〕 | *n.* 判斷 |
| **jug** ⁵ | 〔 dʒʌg 〕 | *n.* 水罐 |
| | | |
| *****juice** ¹ | 〔 dʒus 〕 | *n.* 果汁 |
| *****juicy** ² | 〔'dʒusɪ 〕 | *adj.* 多汁的 |
| ******July** ¹ | 〔 dʒu'laɪ 〕 | *n.* 七月 |

**BOOK**

**8**

【記憶技巧】

　　從上一回的「記者」( journalist )，想到記者看到期刊刊登自己寫的文章非常「喜悅」( joy )，感到很「愉快」( joyful )，但是太「愉快」( joyous ) 會無法「判斷」( judge )，這時的「判斷」( judgment ) 會出錯，必須用「水罐」( jug ) 喝「果汁」( juice ) 才能冷靜下來，這時的水果很「多汁」( juicy )，因為「七月」( July ) 正是盛產季。

1. **joy** *n.* 喜悅 ( = *pleasure* )
   the joys and sorrows of life　人生的苦與樂

2. **joyful** *adj.* 愉快的 ( = *pleasing* )
   The class reunion was a *joyful* event.
   ( 同學會是愉快的事情。)

3. joyous  *adj.* 愉快的（= *joyful*）

4. **judge**  *v.* 判斷（= *estimate*）  *n.* 法官（= *a person whose job is to make decisions in a court of law*）
   You can't *judge* a person by appearance.
   （你不能用外表來評斷一個人。）
   The *judge* dismissed their claim for compensation.
   （法官駁回了他們的索賠要求。）

5. **judgment**  *n.* 判斷（= *the act of estimating*）

   | ju | + | dg | + ment |
   |---|---|---|---|
   | \| | | \| | \| |
   | *law* | + | *point out* + | *n.* |

   指出法律，就是「判斷」。

   It is still too soon to form a *judgment* about this.
   （現在對此做出判斷仍為時過早。）

6. jug  *n.* 水罐（= *pitcher*）
   She spilled a *jug* of water.
   （她把一罐子水弄灑了。）

   jug

7. juice  *n.* 果汁（= *the liquid that comes out of fruit*）
   I drink a glass of orange *juice* every morning.
   （我每天早上喝一杯柳橙汁。）

8. juicy  *adj.* 多汁的（= *full of juice*）
   juice（果汁）– e + y (*adj.*) = juicy
   a sweet juicy apple  一顆香甜多汁的蘋果

9. July  *n.* 七月（= *the seventh month of the year*）
   It is hot in *July*.（七月的時候很熱。）

# 9. *jungle*

| *jungle* [3] | 〔ˈdʒʌŋgḷ〕 | *n.* 叢林 |
| junior [4] | 〔ˈdʒunjɚ〕 | *adj.* 年少的 |
| *junk* [3] | 〔dʒʌŋk〕 | *n.* 垃圾 |
| *just* [1] | 〔dʒʌst〕 | *adv.* 僅 |
| justice [3] | 〔ˈdʒʌstɪs〕 | *n.* 正義 |
| *justify* [5] | 〔ˈdʒʌstə‚faɪ〕 | *v.* 使正當化 |
| *June* [1] | 〔dʒun〕 | *n.* 六月 |
| jury [5] | 〔ˈdʒʊrɪ〕 | *n.* 陪審團 |
| juvenile [5] | 〔ˈdʒuvə‚naɪl〕 | *adj.* 青少年的 |

【記憶技巧】

　　從上一回的「七月」(July)，想到七月時的「叢林」
(jungle) 很熱，有個「年少的」(junior) 遊客抽完菸，
亂丟「垃圾」(junk)，煙蒂引燃森林大火，為了伸張「正
義」(justice)，不能讓這種行為「正當化」(justify)，所
以「六月」(June) 的時候，「陪審團」(jury) 會出席，
判定這是「青少年的」(juvenile) 犯罪。

1. jungle　*n.* 叢林 ( = *a thick tropical forest* )
   the Amazon jungle　亞馬遜叢林
   We had to cut our way through the *jungle*.
   ( 我們必須在叢林裡開路前進。)

2. junior　*adj.* 年少的 ( = *young* )
   junior high school　國中 ( = *junior high* )

【反義詞】senior〔'sinjə〕*adj.* 年長的

senior high school 高中（= *senior high*）

3. junk *n.* 垃圾（= *rubbish*）；無價值的東西

junk food 垃圾食物

Most TV channels are filled with *junk*.

（大多數的電視頻道都充斥著垃圾節目。）

4. just *adv.* 僅（= *merely* = *only*）　*adj.* 公正的

5. justice *n.* 正義（= *justness*）；公正；公平

just (*law*) + ice (*n.*)，法律，就是「正義」。

When people go to court, they hope to find *justice*.

（當人們上法院，他們希望能找到正義。）

6. justify *v.* 使正當化（= *prove to be right*）；為～辯護

just (*right*) + ify (*v.*)，使事情變成對的，就是「使正當化」。

The end *justifies* the means.（【諺】為達目的，不擇手段。）

7. June *n.* 六月（= *the sixth month of the year*）

8. jury *n.* 陪審團（= *a group of people legally selected to hear and to judge a case*）

The *jury* found him guilty of murdering three people.

（陪審團因他殺害三個人而判他有罪。）

9. juvenile *adj.* 青少年的（= *youthful*）

| juven + ile | 年輕的，就是「青少年的」。 |
| --- | --- |
| young + adj. | juvenile delinquency 青少年犯罪 |

根據 Longman Pronunciation Dictionary 調查，美國人
70% 唸成〔'dʒuvə,naɪl〕，30% 唸成〔'dʒuvənḷ〕。

# *10. kettle*

| **kettle** ³ | (ˈkɛtl̩) | *n.* 茶壺 |
|---|---|---|
| **key** ¹ | ( ki ) | *n.* 鑰匙 |
| **keyboard** ³ | (ˈkiˌbord) | *n.* 鍵盤 |
| | | |
| **kid** ¹ | ( kɪd ) | *n.* 小孩 |
| **kidnap** ⁶ | (ˈkɪdnæp) | *v.* 綁架 |
| **kidney** ³ | (ˈkɪdnɪ) | *n.* 腎臟 |
| | | |
| **kill** ¹ | ( kɪl ) | *v.* 殺死 |
| **kilogram** ³ | (ˈkɪləˌgræm) | *n.* 公斤 |
| **kilometer** ³ | ( kəˈlɑmətɚ )【注意發音說明】 | *n.* 公里 |

【記憶技巧】

> 從上一回的「青少年的」(juvenile)，想到青少年時
> 期去買「茶壺」(kettle)，忘記帶家裡的「鑰匙」(key)，
> 只好跟店家借有「鍵盤」(keyboard)的電話來打，聽到
> 新聞說有「小孩」(kid)被「綁架」(kidnap)，要進行「腎
> 臟」(kidney)移植，差點被「殺死」(kill)，他瘦了好幾
> 「公斤」(kilogram)，趁機逃走，跑了好幾「公里」
> (kilometer)的路才能獲救。

1. kettle *n.* 茶壺 ( = *a pot for brewing tea* )
   The *kettle's* boiling. (茶壺裡的水開了。)

kettle

2. key *n.* 鑰匙 ( = *a tool for opening or locking* )
   *adj.* 非常重要的 ( = *significant* )；關鍵性的

He held a *key* position in the firm.
（他在公司裡擔任非常重要的職位。）

3. keyboard  *n.* 鍵盤（ = *a set of keys, as on a computer, word processor, typewriter, or piano* ）
Ken is typing on the computer *keyboard*.
（肯正在用電腦鍵盤打字。）

4. kid  *n.* 小孩（ = *child* ） *v.* 開玩笑
You're *kidding*!（你在開玩笑吧！）

5. kidnap  *v.* 綁架（ = *abduct* ）
kid（小孩）+ nap（午睡）= kidnap，小孩睡午覺的時候，最容易被「綁架」。

The rich man was *kidnapped* by a criminal.
（那個有錢人被一個罪犯綁架。）

6. kidney  *n.* 腎臟（ = *one of the two organs in your body that clean your blood and remove waste* ）
They had to remove his *kidney*.（他們必須切除他的腎臟。）

7. kill  *v.* 殺死（ = *murder* ）；止（痛）；打發（時間）
kill the pain with a drug  以藥止痛　　kill time  打發時間

8. **kilogram**  *n.* 公斤（ = *one thousand grams* ）

9. kilometer  *n.* 公里（ = *one thousand meters* ）
現在美國知識份子只有 16% 的人唸〔ˈkɪləˌmitə〕，84% 的人都唸〔kəˈlɑmətə〕，詳見 Longman 發音字典。
常用 kilo〔ˈkɪlo〕代替 kilogram（公斤）。
How many *kilos* do you weigh?（你體重多少公斤？）
不用 kilo 代替 kilometer。

The house is five ⎰ *kilometers* ⎱ away.（這房子在五公里以外。）
　　　　　　　　⎱ *kilos*（誤）⎰

# 11. kin

| | | |
|---|---|---|
| **\*kin** [5] | 〔 kɪn 〕 | n. 親戚 |
| **kind** [1] | 〔 kaɪnd 〕 | adj. 親切的 |
| **\*kindergarten** [2] | 〔 'kɪndə‚gɑrtṇ 〕 | n. 幼稚園 |
| **\*kindle** [5] | 〔 'kɪndḷ 〕 | v. 點燃 |
| **king** [1] | 〔 kɪŋ 〕 | n. 國王 |
| **\*kingdom** [2] | 〔 'kɪŋdəm 〕 | n. 王國 |
| **\*kit** [3] | 〔 kɪt 〕 | n. 一套用具 |
| **kitchen** [1] | 〔 'kɪtʃɪn 〕 | n. 廚房 |
| **kitten** [1] | 〔 'kɪtṇ 〕 | n. 小貓 |

【記憶技巧】

從上一回的「公里」( kilometer )，想到有一個遠
房「親戚」( kin ) 很「親切」( kind )，成立「幼稚園」
( kindergarten )。他「點燃」( kindle ) 了希望，像是
一個「國王」( king )，擁有自己的「王國」( kingdom )，
爲了拿「一套用具」( kit )，進「廚房」( kitchen )，發
現一隻「小貓」( kitten )。

1. **kin** n. 親戚【集合名詞】( = *relatives* )
   I'm going home to see my friends and *kin*.
   （我正要回家見親朋好友。）
   be no kin to 與…沒有親戚關係

2. kind　_adj._ 親切的（＝_friendly_）；仁慈的　_n._ 種類
They are very **_kind_** to me.（他們對我很好。）
kind of　有點（＝_sort of_＝_somewhat_＝_a little_）

3. kindergarten　_n._ 幼稚園（＝_a small school for young children_）
My younger sister is studying in the **_kindergarten_**.
（我的妹妹正在幼稚園上學。）
字尾的 garten 不要拼成 garden〔'gɑrdn〕_n._ 花園。

4. kindle　_v._ 點燃（＝_ignite_〔ɪg'naɪt〕）；使明亮
The sparks **_kindled_** the paper.（火花點燃了紙張。）
The rising sun **_kindled_** the palace.（升起的太陽照亮了宮殿。）

5. king　_n._ 國王（＝_a male monarch_）
「皇后；女王」則是 queen〔kwin〕。
They made him **_King_** of England.（他們讓他成為英格蘭國王。）

6. kingdom　_n._ 王國（＝_a country ruled by a king or queen_）
king（國王）＋ dom（_domain_）＝ kingdom
「王國」就是國王的領土。

7. kit　_n._ 一套用具（＝_a set of tools or equipment_）
first-aid kit　急救箱
There are some bandages in the
medicine **_kit_**.（醫藥箱裡有一些繃帶。）

first-aid kit

8. kitchen　_n._ 廚房（＝_cookhouse_）
kit（一套用具）＋ chen ＝ kitchen

9. kitten　_n._ 小貓（＝_young cat_）
【比較】puppy〔'pʌpɪ〕_n._ 小狗

# *12. knee*

| | | | |
|---|---|---|---|
| *knee* [1] | 〔 ni 〕 | *n.* | 膝蓋 |
| *kneel* [3] | 〔 nil 〕 | *v.* | 跪下 |
| *knife* [1] | 〔 naɪf 〕 | *n.* | 刀子 |
| *knot* [3] | 〔 nat 〕 | *n.* | 結 |
| knock [2] | 〔 nak 〕 | *v.* | 敲 |
| knob [3] | 〔 nab 〕 | *n.* | 圓形把手 |
| knowledge [2] | 〔ˈnalɪdʒ 〕 | *n.* | 知識 |
| knowledgeable [5] | 〔ˈnalɪdʒəbḷ 〕 | *adj.* | 有知識的 |
| *knuckle* [4] | 〔ˈnʌkḷ 〕 | *n.* | 指關節 |

【記憶技巧】

> 從上一回的「小貓」(kitten)，想到小貓都會趴在
> 主人的「膝蓋」(knee)上，不會「跪下」(kneel)來。
> 打毛線發現線纏在一起，要用「刀子」(knife)把
> 「結」(knot)劃開，劃不開就要用「敲」(knock)
> 的，這些都是「知識」(knowledge)，如果是「有知
> 識的」(knowledgeable)人，就知道不能用「指關
> 節」(knuckle)敲，不然會受傷。

> 這一組九個字都是 kn 開頭，n 前的 k 不發音。
> 【詳見「文法寶典」第一冊】

1. knee *n.* 膝蓋 ( = *the joint at the bend of the leg* )
   Tony fell and hurt his *knees*. (東尼跌倒並且弄傷他的膝蓋。)

2. kneel  *v.* 跪下 ( = *go down on one or both knees* )
   knee（膝蓋）+ l = kneel
   The minister asked the congregation to *kneel* and pray.
   （牧師要會眾跪下並且祈禱。）

3. knife  *n.* 刀子 ( = *blade* )
   a knife and fork  刀叉
   Michelle used a *knife* to cut the apple.
   （蜜雪兒用一把刀子來切蘋果。）

4. knot  *n.* 結 ( = *a point where string, rope, or cloth is
   tied together* )；緣份；結合
   k + not，打不開的東西，就是「結」。
   make a knot  打個結    tie the knot  結婚

   knot

5. knock  *v.* 敲 ( = *strike* )
   The kid *knocked* on the door.（那個小孩敲了門。）

6. knob  *n.* 圓形把手 ( = *a round handle* )
   The *knob* doesn't turn; the door must be locked.
   （那個圓形把手轉不動；門一定是被上鎖了。）

7. knowledge  *n.* 知識 ( = *what a person knows* )
   *Knowledge* is power.（【諺】知識就是力量。）

8. knowledgeable  *adj.* 有知識的 ( = *well informed* )；
   知識豐富的
   knowledge（知識）+ able (*adj.*) = knowledgeable
   She is very *knowledgeable* about music.（她對音樂所知甚多。）

9. knuckle  *n.* 指關節 ( = *a finger joint* )
   Amy knocked on the door with her *knuckles*.
   （艾咪用她的指關節敲門。）

# *13. lab*

| | | | |
|---|---|---|---|
| *lab⁴ | 〔 læb 〕 | *n.* | 實驗室 |
| *labor⁴ | 〔'lebɚ〕 | *n.* | 勞力 |
| *laboratory⁴ | 〔'læbrə,torɪ〕 | *n.* | 實驗室 |
| *lad⁵ | 〔 læd 〕 | *n.* | 小伙子 |
| lady¹ | 〔'ledɪ〕 | *n.* | 女士 |
| ladybug² | 〔'ledɪ,bʌg〕 | *n.* | 瓢 ㄆㄠˊ 蟲 |
| lag⁴ | 〔 læg 〕 | *n.* | 落後 |
| *lamb¹ | 〔 læm 〕 | *n.* | 羔羊 |
| *lamp¹ | 〔 læmp 〕 | *n.* | 燈 |

【記憶技巧】

　　　從上一回的「指關節」(knuckle)，想到用手在「實驗室」(lab) 裡做實驗，是種「勞力」(labor)，「實驗室」(laboratory) 裡有個「小伙子」(lad)，向一位「女士」(lady) 要了「瓢蟲」(ladybug) 來做實驗，但是進度「落後」(lag)，像是迷途的「羔羊」(lamb)，需要有「燈」(lamp) 來指引方向。

1. **lab** *n.* 實驗室 ( = *laboratory* )
   The students performed the experiment in the ***lab***.
   ( 學生們在實驗室裡做了實驗。)

2. **labor** *n.* 勞力 ( = *workforce* )；勞動；勞工
   All wealth comes from human ***labor***.
   ( 一切的財富來自於人類的勞動。)
   shortage of labor　勞動力不足

3. **laboratory** *n.* 實驗室（= *lab*）

| labora + tory |
| :--: |
| \| \| |
| *work* + *place* |

苦心研究的地方，就是「實驗室」。

This is our new *laboratory*.（這是我們新的實驗室。）

4. **lad** *n.* 小伙子；少年（= *a boy or a young man*）
He's just a *lad*.（他只是個年輕人。）
Hello, *lads*.（哈囉，老弟。）
【比較】lass〔læs〕*n.* 小妞；少女；姑娘

5. **lady** *n.* 女士（= *madam*）
There was a young *lady* standing outside the house.
（有位年輕的女士站在房子外面。）

6. **ladybug** *n.* 瓢蟲（= *a kind of beetle with round spots*）
lady（女士）+ bug（昆蟲）= ladybug，
「瓢蟲」的殼花樣眾多，像愛美的女士。
bedbug *n.* 臭蟲

ladybug

7. **lag** *n.* 落後（= *the act of falling behind*）
jet lag  時差

A *lag* in technological development is one of the problems
in the region.（科技發展落後是那個地區的問題之一。）

8. **lamb** *n.* 羔羊（= *young sheep*）
注意，lamb 字尾的 b 不發音。
【比較】sheep〔ʃip〕*n.* 綿羊    goat〔got〕*n.* 山羊

9. **lamp** *n.* 燈（= *a device that generates light*）；檯燈
Use a desk *lamp* when you study.（你唸書時要用檯燈。）

# 14. land

| | | | |
|---|---|---|---|
| **land** [1] | 〔 lænd 〕 | n. | 陸地 |
| **landlady** [5] | 〔'lænd͵ledɪ 〕 | n. | 女房東 |
| **landlord** [5] | 〔'lænd͵lɔrd 〕 | n. | 房東 |
| *__landmark__ [4] | 〔'lænd͵mɑrk 〕 | n. | 地標 |
| **landscape** [4] | 〔'lænskep 〕 | n. | 風景 |
| *__landslide__ [4] | 〔'lænd͵slaɪd 〕 | n. | 山崩 |
| **lane** [2] | 〔 len 〕 | n. | 巷子 |
| *__language__ [2] | 〔'læŋgwɪdʒ 〕 | n. | 語言 |
| *__lantern__ [2] | 〔'læntən 〕 | n. | 燈籠 |

BOOK 8

【記憶技巧】

　　從上一回的「燈」(lamp)，想到燈光照到蓋在「陸地」(land) 上的民宿，裡面的「女房東」(landlady) 和「房東」(landlord) 在討論「地標」(landmark) 和「風景」(landscape)，這時候發生「山崩」(landslide)，躲到「巷子」(lane) 裡，才發現那裡的人說著他們聽不懂的「語言」(language)，並且提著「燈籠」(lantern)。

1. **land** *n.* 陸地 ( = *earth* ) *v.* 降落
   Most mammals live on **land**. (大多數的哺乳類動物生活在陸地上。)
   The pilot **landed** the airplane in a field.
   (飛行員把飛機降落在田地。)

2. landlady  *n.* 女房東（ = *a woman who owns and rents land, buildings, or dwelling units*）
   land（土地）+ lady（女士）= landlady

3. landlord  *n.* 房東（ = *a person who owns and rents land, buildings, or dwelling units*）
   land（土地）+ lord（主人）= landlord

4. **landmark**  *n.* 地標（ = *a prominent feature of a landscape*）
   land（土地）+ mark（記號），土地上的標誌，就是「地標」。
   New York City has some famous ***landmarks***.
   （紐約市有一些著名的地標。）

5. **landscape**  *n.* 風景（ = *scenery*）
   We took several photographs of the beautiful ***landscape*** of southern France.（我們拍了幾張法國南方美麗風景的照片。）
   seascape  *n.* 海景　　cityscape  *n.* 都市風景
   mindscape  *n.* 心境

6. landslide  *n.* 山崩（ = *landslip*）
   land（土地）+ slide（滑落），土地滑落，就是「山崩」。
   Continuous heavy rain for days brought about ***landslides*** in many areas.（連日豪雨在許多區域造成山崩。）
   【比較】mudslide  *n.* 土石流

7. lane  *n.* 巷子（ = *a narrow road or street*）；車道
   fast lane  快車道　　slow lane  慢車道

8. **language**  *n.* 語言（ = *the system of human expression by means of words*）
   sign language  手語　　body language  肢體語言

9. lantern  *n.* 燈籠（ = *a light inside a portable case*）
   Lantern Festival  元宵節

lantern

# 15. laugh

| | | | |
|---|---|---|---|
| **laugh** [1] | 〔 læf 〕 | v. | 笑 |
| **laughter** [3] | 〔'læftɚ 〕 | n. | 笑 |
| **latitude** [5] | 〔'lætə,tjud 〕 | n. | 緯度 |
| | | | |
| **launch** [4] | 〔 lɔntʃ 〕 | v. | 發射 |
| **laundry** [3] | 〔'lɔndrɪ 〕 | n. | 洗衣服 |
| **lawn** [3] | 〔 lɔn 〕 | n. | 草地 |
| | | | |
| **law** [1] | 〔 lɔ 〕 | n. | 法律 |
| **lawmaker** [5] | 〔'lɔ,mekɚ 〕 | n. | 立法委員 |
| **lawyer** [2] | 〔'lɔjɚ 〕 | n. | 律師 |

BOOK **8**

【記憶技巧】

從上一回的「燈籠」( lantern )，想到南瓜燈籠上的圖案在「笑」( laugh )，這個「笑」( laughter ) 容，像「緯度」( latitude )線和「發射」( launch ) 火箭的軌道一樣彎曲。欣賞完燈籠，回家「洗衣服」( laundry ) 後，晾在公園的「草地」( lawn )上。之後看到報上說，對於某些「法律」( law ) 的見解，「立法委員」( lawmaker ) 和「律師」( lawyer ) 的看法不同。

1. **laugh** v. 笑 ( = *chuckle* )
   We talked and ***laughed*** late into the night.
   (我們說說笑笑一直到深夜。)
   laugh at 嘲笑

2. **laughter** n. 笑 ( = *chuckling* )
   ***Laughter*** is the best medicine. (【諺】笑是最好的藥。)

**BOOK 8**

3. latitude　*n.* 緯度（ = *the angular distance, measured north*
   *or south from the equator, of a point on the earth's surface* ）
   lat (*side*) + itude（抽象名詞字尾）= latitude
   【比較】altitude〔ˈæltəˌtud〕*n.* 高度；海拔
   　　　　longitude〔ˈlɑndʒəˌtud〕*n.* 經度
   The Tropic of Cancer is located at roughly 23.5 degrees
   north latitude.（北回歸線位於北緯 23.5 度左右。）

4. **launch**　*v.* 發射（ = *send an object into the air* ）；發動
   The rocket will be *launched* on Friday.
   （火箭將於星期五被發射。）
   They *launched* an attack.（他們發動了攻擊。）

5. laundry　*n.* 洗衣服（ = *the act of laundering* ）；待洗的衣物
   laun (*wash*) + dry（烘乾）= laundry
   do the laundry　洗衣服
   We always *do the laundry* on Tuesday.
   （我們總是在星期二的時候洗衣服。）

6. **lawn**　*n.* 草地（ = *an area of grass* ）
   The *lawn* in front of the house is kept very neat.
   （房子前的草地被維護得非常整齊。）

7. law　*n.* 法律（ = *an official rule that people must obey* ）；定律
   law school　法學院　　the law of gravity　萬有引力定律

8. **lawmaker**　*n.* 立法委員（ = *legislator* ）；立法者
   law（法律）+ maker（製作者）= lawmaker
   制訂法律的人，就是「立法委員」。

9. **lawyer**　*n.* 律師（ = *attorney*〔əˈtɜnɪ〕）
   law（法律）+ yer（人）= lawyer

# *16.* lay

| lay [1] | 〔 le 〕 | v. 放置 |
| layman [6] | 〔'lemən 〕 | n. 門外漢 |
| layout [6] | 〔'le͵aʊt 〕 | n. 設計圖 |
| lead [1,4] | 〔 lid 〕 | v. 帶領 |
| leader [1] | 〔'lidɚ 〕 | n. 領導者 |
| leadership [2] | 〔'lidɚ͵ʃɪp 〕 | n. 領導能力 |
| **leaf [1] | 〔 lif 〕 | n. 葉子 |
| *league [5] | 〔 lig 〕 | n. 聯盟 |
| *leak [3] | 〔 lik 〕 | v. 漏出 |

【記憶技巧】

　　從上一回的「律師」( lawyer )，想到律師不會「放置」( lay )「設計圖」( layout )，是「門外漢」( layman )。能夠「帶領」( lead ) 別人的人，是「領導者」( leader )，也具備「領導能力」( leadership )，能夠保護「聯盟」( league )，不讓機密「漏出」( leak )。

1. **lay** v. 放置 ( = *put* )；下（蛋）；奠定
   lay emphasis on　重視 ( = *emphasize* )
   lay the foundation　奠定基礎
   This hen *lays* an egg every day.
   （這隻母雞每天都下一顆蛋。）

2. layman *n.* 門外漢（= *nonprofessional*）；外行人
   lay（下蛋）+ man（人），人不會下蛋，所以是「門外漢」。

3. layout *n.* 設計圖（= *design*）；格局；版面設計
   The thieves studied the *layout* of the building.
   （小偷們研究了建築物的設計圖。）

4. **lead** *v.* 帶領（= *guide*）　*n.* 率先　〔lɛd〕*n.* 鉛
   The teacher *leads* students to the playground.
   （老師帶領學生們到運動場。）
   take the lead 領先　　unleaded gasoline 無鉛汽油

5. leader *n.* 領導者（= *a person who guides others*）
   He is a remarkable *leader*.（他是一位出色的領導者。）

6. leadership *n.* 領導能力（= *the ability or capacity to lead*）
   The Prime Minister isn't showing enough *leadership*.
   （首相未表現出足夠的領導能力。）

7. leaf *n.* 葉子（= *a part of a plant growing from the side
   of a stem, usually green*）
   dead leaves 枯葉　　fallen leaves 落葉

8. league *n.* 聯盟（= *association*）
   Our team won the *league* championship.
   （我們的隊伍贏得聯盟冠軍。）
   【比較】colleague〔'kɑlig〕*n.* 同事（= *co-worker*）

9. leak *v.* 漏出（= *come out from a hole*）　*n.* 漏洞；漏水；小便
   There was a hole in my cup and the coffee *leaked* all over
   the table.（我的杯子有一個破洞，所以咖啡漏出來到整張桌子。）
   I need to take a *leak*.（我需要上小號。）

# *17. leg*

| **leg** [1] | ( lɛg ) | *n.* 腿 |
| **legend** [4] | ( ˈlɛdʒənd ) | *n.* 傳說 |
| **legendary** [6] | ( ˈlɛdʒənˌɛrɪ ) | *adj.* 傳奇的 |
| | | |
| **legislator** [6] | ( ˈlɛdʒɪsˌletə ) | *n.* 立法委員 |
| **legislative** [6] | ( ˈlɛdʒɪsˌletɪv ) | *adj.* 立法的 |
| **legislation** [5] | ( ˌlɛdʒɪsˈleʃən ) | *n.* 立法 |
| | | |
| **legislature** [6] | ( ˈlɛdʒɪsˌletʃə ) | *n.* 立法機關 |
| **legal** [2] | ( ˈligl̩ ) | *adj.* 合法的 |
| **legitimate** [6] | ( lɪˈdʒɪtəmɪt ) | *adj.* 正當的 |

**BOOK 8**

【記憶技巧】

從上一回的「漏出」( leak )，想到古人用「腿」( leg ) 到處走動，才能將許多「傳說」( legend ) 散播到各地，真是很「傳奇的」( legendary ) 一件事。「立法委員」( legislator ) 在「立法」( legislative ) 院履行「立法」( legislation ) 的職責，立法院是「立法機關」( legislature )，必須制定「合法的」( legal ) 並且「正當的」( legitimate ) 法律。

1. leg *n.* 腿 ( = *limb* )
   She sat down and crossed her *legs*. ( 她坐下來並且盤起了腿。 )
   pull *one's* leg 開某人玩笑

2. legend *n.* 傳說 ( = *an old story about people and events in the past* )
   King Arthur is the hero of an old *legend*.
   ( 亞瑟王是一個古老傳說的英雄。 )

3. legendary  *adj.*  傳奇的（= *relating to legend*）
   legend（傳說）+ ary (*adj.*) = legendary

4. legislator  *n.*  立法委員（= *lawmaker*）

   > legis + la + tor
   >   |       |      |
   > *law* + *bring* + *person*

   提出法律者，就是「立法委員」。

   The ***legislators*** will vote on the new law tomorrow.
   （立法委員們明天將投票表決新的法律。）

5. legislative  *adj.*  立法的（= *relating to the enactment of laws*）
   the Legislative Yuan  立法院

6. legislation  *n.*  立法（= *the act of making laws*）
   ***Legislation*** is the duty of a congress.（立法是國會的職責。）

7. legislature  *n.*  立法機關（= *the part of government that makes and changes laws*）
   He was an outstanding member of the ***legislature***.
   （他是立法機關的傑出成員。）

8. legal  *adj.*  合法的（= *lawful*）；法律的
   leg (*law*) + al (*adj.*) = legal

   legal = lawful = legitimate

   【反義詞】illegal〔ɪˋligl〕*adj.* 非法的
   Don't worry.  It's quite ***legal***!（不用擔心。這是完全合法的！）

9. legitimate  *adj.*  正當的（= *just*）；合理的；合法的（= *lawful*）
   Jenny had a ***legitimate*** reason for being late.
   （珍妮有遲到的正當理由。）
   Is his businesss strictly ***legitimate***?
   （他的生意是否絕對合法？）

# *18. letter*

| | | | |
|---|---|---|---|
| *letter [1] | (ˈlɛtɚ) | n. | 信 |
| *lettuce [2] | (ˈlɛtɪs) | n. | 萵苣 |
| *level [1] | (ˈlɛvl̩) | n. | 水平線 |
| *liberate [6] | (ˈlɪbəˌret) | v. | 解放 |
| liberation [6] | (ˌlɪbəˈreʃən) | n. | 解放運動 |
| liberty [3] | (ˈlɪbɚtɪ) | n. | 自由 |
| *library [2] | (ˈlaɪˌbrɛrɪ) | n. | 圖書館 |
| *librarian [3] | (laɪˈbrɛrɪən) | n. | 圖書館員 |
| **license [4] | (ˈlaɪsn̩s) | n. | 執照 |

【記憶技巧】

　　從上一回的「正當的」(legitimate)，想到寫「信」
(letter) 與朋友往來是正當的行爲，想請朋友吃飯，就去
買「萵苣」(lettuce)，種在同樣「水平線」(level) 上的「萵
苣」才好吃。吃飯時，聊到美國歷史，當時「解放」(liberate)
奴隸，從事「解放運動」(liberation)，讓奴隸獲得「自由」
(liberty)。吃完飯去「圖書館」(library) 找「圖書館員」
(librarian) 借書，不小心遺失了駕駛「執照」(license)。

1. letter *n.* 信 ( = *mail* )；字母【一個字母是 a letter】
　　【比較】alphabet (ˈælfəˌbæt) *n.* 字母，是指「字母表；字
　　母系統」。

2. lettuce　*n.* 萵苣（ = *a kind of green plant with large leaves* ）
use lettuce in a salad　用萵苣做沙拉

lettuce

3. **level**　*n.* 水平線；水平面；水準；地位；層級；
程度（ = *degree* ）
Robert is a man with a high *level* of education.
（羅伯特是一個有高等教育程度的人。）

4. liberate　*v.* 解放（ = *free* ）

> liber + ate
> ｜　　｜
> *free* + *v.*

使人自由，就是「解放」。

5. liberation　*n.* 解放運動（ = *the act of liberating* ）
Women's Liberation　婦女解放運動

6. **liberty**　*n.* 自由（ = *freedom* ）

> liber + ty
> ｜　　｜
> *free* + *n.*

the Statue of Liberty　自由女神像

7. **library**　*n.* 圖書館（ = *a place where books, newspapers,
documents, etc. are available for reading or borrowing* ）
John goes to the *library* every Wednesday.
（約翰每週三都去圖書館。）　　【比較】study〔'stʌdɪ〕*n.* 書房

8. **librarian**　*n.* 圖書館員（ = *a person who is a specialist in
library work* ）
library（圖書館）– y + ian（人）= librarian

9. **license**　*n.* 執照（ = *legal permission* ）
lic (*be permitted*) + ense（表動作的名詞字尾），擁有「執照」，
就是被允許做某件事。　　driver's license　駕駛執照

# *19. lifeboat*

| | | | |
|---|---|---|---|
| ***lifeboat** ³ | 〔'laɪf،bot 〕 | *n.* | 救生艇 |
| ***lifeguard** ³ | 〔'laɪf،gɑrd 〕 | *n.* | 救生員 |
| ***lifelong** ⁵ | 〔'laɪf'lɔŋ 〕 | *adj.* | 終身的 |
| ***lighten** ⁴ | 〔'laɪtn̩ 〕 | *v.* | 照亮 |
| ***lighthouse** ³ | 〔'laɪt،haʊs 〕 | *n.* | 燈塔 |
| **lightning** ² | 〔'laɪtnɪŋ 〕 | *n.* | 閃電 |
| ***likely** ¹ | 〔'laɪklɪ 〕 | *adj.* | 可能的 |
| **likelihood** ⁵ | 〔'laɪklɪ،hʊd 〕 | *n.* | 可能性 |
| **likewise** ⁶ | 〔'laɪk،waɪz 〕 | *adv.* | 同樣地 |

BOOK

**8**

【記憶技巧】

從上一回的「執照」( license )，想到操作「救生艇」( lifeboat )，及當「救生員」( lifeguard ) 都要有「終身的」( lifelong ) 執照。海邊的天空被「照亮」( lighten )，是「燈塔」( lighthouse ) 的光，或者是「閃電」( lightning )，都是有「可能的」( likely )，也有一種「可能性」( likelihood )，是兩者「同樣地」( likewise ) 發生。

1. lifeboat *n.* 救生艇 ( = *a boat used for rescue service* )
   【比較】life vest 救生衣 ( = *life jacket* )

2. lifeguard *n.* 救生員 ( = *lifesaver* )
   life ( 生命 ) + guard ( 守護 ) = lifeguard
   「救生員」是守護生命的人。
   【比較】bodyguard *n.* 保鑣    security guard 警衛

BOOK

**8**

3. lifelong *adj.* 終身的 ( = *continuing for a lifetime* )
   Education is a *lifelong* process. ( 教育是一個終身的過程。)

4. lighten *v.* 照亮 ( = *brighten* ) ; 變亮 ; 減輕
   light ( 光 ) + en (*v.*), 使它光亮，就是「照亮」。
   Paint the ceiling white to *lighten* the room.
   ( 把天花板刷白，使屋子顯得亮一些。)

5. lighthouse *n.* 燈塔 ( = *a tower with a light that gives warning signals to passing ships* )
   There's a *lighthouse* near the shore.
   ( 海岸附近有一座燈塔。)

6. lightning *n.* 閃電 ( = *a flash of light in the sky* )
   During the storm, we saw *lightning* in the sky.
   ( 暴風雨的時候，我們看到天上有閃電。)
   【比較】thunder〔'θʌndə〕*n.* 雷

7. **likely** *adj.* 可能的 ( = *probable* )
   It is *likely* to rain soon. ( 有可能很快就會下雨。)
   He is *likely* to arrive a bit late. ( 他可能會晚一點到。)
   likely 可用於「人」和「非人」，而 possible 原則上只可用於「非人」。

8. **likelihood** *n.* 可能性 ( = *probability* )

   | likeli + hood |
   |---|
   | \| \| |
   | *likely* + *n.* |

   可能的性質，就是「可能性」。
   In all *likelihood*, he will win the game.
   ( 他很有可能贏得這場比賽。)

9. **likewise** *adv.* 同樣地 ( = *similarly* )
   like ( 同樣的 ) + wise (*adv.*) = likewise
   He tried to do *likewise*. ( 他試圖照樣做。)

# *20. limit*

| | | | |
|---|---|---|---|
| *limit* [2] | ('lɪmɪt ) | v. n. | 限制 |
| limitation [4] | (,lɪmə'teʃən ) | n. | 限制 |
| *limousine [6] | ('lɪmə,zin , ,lɪmə'zin ) | n. | 大轎車 |
| | | | |
| *linger [5] | ('lɪŋgə ) | v. | 逗留 |
| *linguist [6] | ('lɪŋgwɪst ) | n. | 語言學家 |
| link [2] | ( lɪŋk ) | v. | 連結 |
| | | | |
| *lipstick [3] | ('lɪp,stɪk ) | n. | 口紅 |
| *liquid [2] | ('lɪkwɪd ) | n. | 液體 |
| *liquor [4] | ('lɪkə ) | n. | 烈酒 |

BOOK **8**

【記憶技巧】

從上一回的「同樣地」( likewise )，想到要「限制」
( limit )，就要有相同的標準，這樣的「限制」( limitation )
才公平，就像「大轎車」( limousine ) 也不能停在紅線「逗留」
( linger ) 一樣。「語言學家」( linguist ) 為了「連結」( link )
記憶，像「口紅」( lipstick ) 一樣顏色的「液體」( liquid )，
就是「烈酒」( liquor )。

1. **limit** *v. n.* 限制 ( = *restrict* = *confine* )
   be limited to 被限制於 ( = *be restricted to* = *be confined to* )
   This problem *is* not *limited to* the United States.
   ( 這個問題並不限於美國。)
   There is a *limit* to everything. ( 任何事都有個限度。)

2. **limitation** *n.* 限制 ( = *restriction* )
   limit ( 限制 ) + ation (*n.*) = limitation
   Not all the information could be displayed due to space
   ***limitations***. ( 由於空間有限，無法展示所有的資料。)

3. **limousine** *n.* 大轎車 ( = *a large luxurious car* )
   常簡稱 limo〔ˈlɪmo〕。

   limousine

4. **linger** *v.* 逗留 ( = *stay* )；徘徊
   Many students ***lingered*** after class.
   ( 很多學生下課後還逗留不走。)

5. **linguist** *n.* 語言學家 ( = *a specialist in linguistics* )
   lingu (*language*) + ist ( 人 ) = linguist
   【比較】linguistics〔lɪŋˈgwɪstɪks〕*n.* 語言學

6. **link** *v.* 連結 ( = *connect* )
   link a thing to another　將某物與另一物連結
   The new canal will ***link*** the two rivers.
   ( 新的運河將會連結兩條河流。)

7. **lipstick** *n.* 口紅 ( = *rouge*〔ruʒ〕)
   lip ( 嘴唇 ) + stick ( 棒狀物 )，用來擦嘴唇的棒狀物，即「口紅」。

8. **liquid** *n.* 液體 ( = *fluid* )
   Oil, milk, and water are all ***liquids***.
   ( 油、牛奶和水全都是液體。)
   【比較】solid〔ˈsɑlɪd〕*n.* 固體　　gas〔gæs〕*n.* 氣體

9. liquor *n.* 烈酒 ( = *strong alcoholic drink* )
   liquid ( 液體 ) – id + or = liquor
   The bartender recycled all the empty ***liquor*** bottles.
   ( 酒保回收了所有空的烈酒瓶。)
   【比較】wine〔waɪn〕*n.* 葡萄酒

# *21. liter*

| | | |
|---|---|---|
| *liter ⁶ | ('litɚ ) | n. 公升 |
| literate ⁶ | ('lɪtərɪt ) | adj. 識字的 |
| literacy ⁶ | ('lɪtərəsɪ ) | n. 識字 |
| | | |
| literature ⁴ | ('lɪtərətʃɚ ) | n. 文學 |
| **literary ⁴ | ('lɪtə,rɛrɪ ) | adj. 文學的 |
| *literal ⁶ | ('lɪtərəl ) | adj. 字面的 |
| | | |
| little ¹ | ('lɪtl̩ ) | adj. 小的 |
| litter ³ | ('lɪtɚ ) | v. 亂丟垃圾 |
| lizard ⁵ | ('lɪzɚd ) | n. 蜥蜴 |

**BOOK 8**

【記憶技巧】

從上一回的「烈酒」(liquor)，想到喝了好幾「公升」(liter) 的烈酒，結果酒精中毒，「識字的」(literate) 能力消失，變得不「識字」(literacy)，也看不懂「文學」(literature)，無論是「文學的」(literary)，或者是「字面的」(literal) 意思都不清楚，就像「小的」(little) 時候一樣，看不懂禁止「亂丟垃圾」(litter) 的告示，還會被「蜥蜴」(lizard) 嚇到。

1. liter *n.* 公升 ( = *one thousand milliliters* )
   Harry drank a *liter* of water. ( 哈利喝了一公升的水。)

2. literate *adj.* 識字的 ( = *being able to read and write* )
   【反義詞】 illiterate ( ɪ'lɪtərɪt ) *adj.* 不識字的

Only 20 percent of women in the country are *literate*.
（該國只有 20%的婦女能讀會寫。）

3. literacy　*n.* 識字（= *the ability to read and write*）
   liter (*letter*) + acy (*n.*) = literacy

4. **literature**　*n.* 文學（= *the body of written works of a language, period, or culture*）；文學作品
   liter (*letter*) + ature (*n.*) = literature

5. **literary**　*adj.* 文學的（= *relating to literature*）

   | liter　+　ary |
   | --- |
   | ｜　　　｜ |
   | *letter + adj.* |

   有關文字的，就是「文學的」。

   literary works　文學作品　　a literary masterpiece　文學傑作

6. literal　*adj.* 字面的（= *being in accordance with the exact meaning of a word*）
   I don't know the *literal* meaning of that word.
   （我不知道那個字的字面意思。）
   副詞是 literally〔'lɪtərəlɪ〕*adv.* 照字面地。

7. little　*adj.* 小的（= *small*）；很少的；幾乎沒有的
   a little bird　小鳥　　There is *little* hope.（沒什麼希望了。）

8. **litter**　*v.* 亂丟垃圾（= *discard rubbish*）
   The sign says, "No *littering* in the park."
   （告示說：「公園裡禁止亂丟垃圾。」）

9. lizard　*n.* 蜥蜴（= *a type of reptile with a long tail and rough skin*）
   【比較】wizard〔'wɪzəd〕*n.* 巫師　　　　lizard

# *22. locate*

| | | | |
|---|---|---|---|
| **locate** 2 | 〔 loˊket , ˊloket 〕 | *v.* | 使位於 |
| **location** 4 | 〔 loˊkeʃən 〕 | *n.* | 位置 |
| **local** 2 | 〔 ˊlokl̩ 〕 | *adj.* | 當地的 |
| **lobby** 3 | 〔 ˊlabɪ 〕 | *n.* | 大廳 |
| ***lobster** 3 | 〔 ˊlabstɚ 〕 | *n.* | 龍蝦 |
| ***lodge** 5 | 〔 ladʒ 〕 | *v.* | 住宿 |
| ***lock** 2 | 〔 lak 〕 | *v. n.* | 鎖 |
| ***locker** 4 | 〔 ˊlakɚ 〕 | *n.* | 置物櫃 |
| ***locomotive** 5 | 〔 ˌlakəˊmotɪv 〕 | *n.* | 火車頭 |

**BOOK 8**

【記憶技巧】

從上一回的「蜥蜴」(lizard)，想到蜥蜴通常都「位於」(locate)特定的「位置」(location)。旅行的時候，前往「當地的」(local)有寬敞「大廳」(lobby)和「龍蝦」(lobster)大餐的飯店「住宿」(lodge)，想把行李「鎖」(lock)在「置物櫃」(locker)裡，卻發現行李忘在「火車頭」(locomotive)上。

1. **locate** *v.* 使位於 ( = *situate* )；找出；查出 ( 確定的地方 )
   be located in 位於 ( = *be situated in* )
   The country *is located in* the northern part of Europe.
   ( 那個國家位於歐洲北部。)

2. **location** *n.* 位置 ( = *position* )
   loc (*place*) + ation (*n.*)，「位置」，就是地點。

3. **local** *adj.* 當地的（= *relating to a particular place*）

   *n.* 當地人；本地居民

   loc（*place*）+ al（*adj.*），地方性的，就是「當地的」。

   I'm not used to the **local** customs yet.（我還沒習慣當地的風俗。）

   The **locals** are very welcoming.（當地人非常好客。）

4. lobby　*n.* 大廳（= *entrance hall*）

   a hotel lobby　飯店的大廳

5. lobster　*n.* 龍蝦（= *a kind of shellfish with large claws*）

   【比較】shrimp〔ʃrɪmp〕*n.* 蝦子

6. lodge　*v.* 住宿（= *accommodate*）；投宿　*n.* 小屋

   We plan to **lodge** in that hotel tomorrow night.

   （我們明天晚上打算住那間旅館。）

   a ski lodge　滑雪度假小屋

7. **lock**　*v.* 鎖（= *fasten*）　*n.* 鎖

   Don't forget to **lock** the door.（別忘了要鎖門。）

   All the windows were fitted with locks.

   （所有的窗戶都上了鎖。）

8. locker　*n.* 置物櫃（= *a device to store things*）

   lock（鎖）+ er = locker

   locker room　（健身房、游泳池等的）更衣室

9. locomotive　*n.* 火車頭（= *the vehicle at the front of a train*）

   | loco + motive |
   |---|
   | place + moving |

   「火車頭」可帶領乘客由
   某地移動到另一個地方。

   a steam locomotive　蒸汽火車頭　　　　locomotive

# *23. logic*

| | | | |
|---|---|---|---|
| * **logic** ⁴ | 〔'ladʒɪk 〕 | *n.* | 邏輯 |
| ‡‡ **logical** ⁴ | 〔'ladʒɪkḷ 〕 | *adj.* | 合乎邏輯的 |
| * **lollipop** ³ | 〔'lalɪ,pap 〕 | *n.* | 棒棒糖 |
| * **lone** ² | 〔 lon 〕 | *adj.* | 孤單的 |
| * **lonely** ² | 〔'lonlɪ 〕 | *adj.* | 寂寞的 |
| * **lonesome** ⁵ | 〔'lonsəm 〕 | *adj.* | 寂寞的 |
| **long** ¹ | 〔 lɔŋ 〕 | *adj.* | 長的 |
| * **longevity** ⁶ | 〔 lan'dʒɛvətɪ 〕 | *n.* | 長壽 |
| ‡‡ **longitude** ⁵ | 〔'landʒə,tjud 〕 | *n.* | 經度 |

BOOK **8**

【記憶技巧】

　　從上一回的「火車頭」( locomotive )，想到火車是由火車頭來帶動前進，這才有「邏輯」( logic )，也是「合乎邏輯的」( logical ) 思考。一個人坐著火車吃「棒棒糖」( lollipop )，覺得既「孤單」( lone ) 又「寂寞」( lonely )，會這麼「寂寞」( lonesome )，是因為人生很「長」( long )，「長壽」( longevity ) 是時間上的長度，而「經度」( longitude ) 則是從南極到北極，空間上的長度。

1. **logic** *n.* 邏輯 ( = *a system of reasoning* )
   log (*speak*) + ic (*n.*)，說話可以顯示一個人是否有「邏輯」。

2. **logical** *adj.* 合乎邏輯的 ( = *relating to logic* )
   logic (邏輯) + al (*adj.*) = logical
   It seems like the most *logical* solution to the problem.
   (這似乎是解決問題最合乎邏輯的方法。)

3. lollipop  *n.*  棒棒糖（= *a candy on a stick*）
   pop〔pɑp〕*n.*  流行音樂

lollipop

4. lone  *adj.*  孤單的（= *solitary*）
   【衍伸詞】loner〔'lonɚ〕*n.*  獨行俠

5. lonely  *adj.*  寂寞的（= *lonesome*）
   Jimmy is a ***lonely*** boy.（吉米是一個寂寞的男孩。）

6. lonesome  *adj.*  寂寞的（= *lonely*）
   lone（孤單的）+ some（*adj.*）= lonesome
   feel lonesome  感到寂寞

7. long  *adj.*  長的（= *opposite of short*）    *adv.*  長時間地
   *n.*  長時間   *v.*  渴望
   as long as  只要    long for  渴望（= *yearn for*）
   It will not be ***long*** before we know the truth.
   （我們不久就會知道真相。）

8. longevity  *n.*  長壽（= *long life*）

   | long + ev + ity |
   | --- |
   | \| \| \| |
   | long + age + n. |

   很長的年齡，就是「長壽」。

   The old man says his ***longevity*** is due to good genes and
   a good diet.（老人說他的長壽是由於良好的基因和飲食。）
   Studying promotes ***longevity***.（學習能夠使人長壽。）

9. longitude  *n.*  經度（= *the angular distance measured east
   or west from the top of the Earth to the bottom*）

   | long + itude |
   | --- |
   | \| \| |
   | long + n. |

   long 是「長的」，所以 longitude
   指的是南北走向的「經度」。

   【比較】latitude〔'lætə͵tjud〕*n.*  緯度

# *24. lotus*

| | | | |
|---|---|---|---|
| *__lotus__ ⁵ | 〔ˋlotəs〕 | *n.* | 蓮花 |
| *__lotion__ ⁴ | 〔ˋloʃən〕 | *n.* | 乳液 |
| *__lottery__ ⁵ | 〔ˋlɑtərɪ〕 | *n.* | 彩券 |
| *__loud__ ¹ | 〔laʊd〕 | *adj.* | 大聲的 |
| *__loudspeaker__ ³ | 〔ˋlaʊdˌspikɚ〕 | *n.* | 喇叭 |
| __lounge__ ⁶ | 〔laʊndʒ〕 | *n.* | 交誼廳 |
| *__lousy__ ⁴ | 〔ˋlaʊzɪ〕 | *adj.* | 差勁的 |
| *__loyal__ ⁴ | 〔ˋlɔɪəl〕 | *adj.* | 忠實的 |
| *__loyalty__ ⁴ | 〔ˋlɔɪəltɪ〕 | *n.* | 忠實 |

BOOK **8**

【記憶技巧】

　　從上一回的「經度」(longitude )，想到「蓮花」(lotus )
只生長在某些經緯度的地方，吃蓮子對身體好，有不輸擦「乳
液」(lotion ) 的效果。賣「彩券」(lottery ) 的老闆説話很「大
聲」(loud )，原來是用了「喇叭」(loudspeaker )，整個「交
誼廳」(lounge ) 都是他的聲音，這感覺眞是「差勁」(lousy )，
狗才是最「忠實的」(loyal ) 朋友，是大家公認最「忠實」
(loyalty ) 的寵物。

1. lotus　*n.* 蓮花 ( = *a plant with large white or pink flowers* )
   There is a *lotus* in the pool. ( 水池裡有一朵蓮花。)
   lotus seeds　蓮子【美國人不吃】

   lotus

2. lotion　*n.* 乳液 ( = *a liquid for soothing or cleaning the skin* )
   Daisy can't find her *lotion*. ( 黛絲找不到她的乳液。)
   body lotion　身體乳液　　【比較】toner〔ˋtonɚ〕*n.* 化妝水

3. lottery　*n.*　彩券（ = *a gambling game for raising money* ）
lot（籤）+ tery = lottery
Kelly won ten thousand dollars in the *lottery*.
（凱莉中彩券贏得了一萬美金。）

4. **loud**　*adj.*　大聲的（ = *opposite to quiet* ）　*adv.*　大聲地
The man speaks in a *loud* voice.（男士大聲地說話。）
My mom says I play my music too *loud*.
（我媽媽說我放的音樂太大聲了。）

5. loudspeaker　*n.*　喇叭（ = *a device that allows sounds or voices to be heard loudly* ）；擴音器
loud（大聲的）+ speaker（說話者）= loudspeaker
有了「擴音器」，就能變成大聲說話的人。

在字典上，loudspeaker 和 microphone 都翻成
「擴音器」，但是，loudspeaker 是指整組擴音器的
「喇叭」，microphone 是指對著嘴巴的「麥克風」。
microphone　*n.*　擴音器；麥克風

loudspeaker

microphone

6. **lounge**　*n.*　交誼廳（ = *a comfortable room in a house where people sit and relax* ）；休息室；（機場等的）等候室
lounge bar　雅座酒吧；高級酒吧

7. lousy　*adj.*　差勁的（ = *very bad* ）
He is a *lousy* singer.（他歌唱得很差。）

lounge

8. loyal　*adj.*　忠實的（ = *faithful* ）
They are all *loyal* supporters of the King.
（他們都是國王最忠心耿耿的擁護者。）
【比較】royal〔ˈrɔɪəl〕*adj.*　皇家的

9. loyalty　*n.*　忠實（ = *faithfulness* ）；忠誠；忠心
loyal（忠實的）+ ty (*n.*) = loyalty

# *25. lucky*

| | | | |
|---|---|---|---|
| **lucky** [1] | 〔'lʌkɪ 〕 | *adj.* | 幸運的 |
| *** luggage** [3] | 〔'lʌgɪdʒ 〕 | *n.* | 行李 |
| *** lullaby** [3] | 〔'lʌlə,baɪ 〕 | *n.* | 搖籃曲 |
| | | | |
| **lunar** [4] | 〔'lunɚ 〕 | *adj.* | 月亮的 |
| **lunatic** [6] | 〔'lunə,tɪk 〕【注意發音】 | *n.* | 瘋子 |
| *** lure** [6] | 〔 lʊr 〕 | *v.* | 誘惑 |
| | | | |
| **‡‡‡ lush** [6] | 〔 lʌʃ 〕 | *adj.* | 綠油油的 |
| *** luxury** [4] | 〔'lʌkʃərɪ , 'lʌgʒərɪ 〕 | *n.* | 豪華 |
| **luxurious** [4] | 〔 lʌg'ʒʊrɪəs 〕 | *adj.* | 豪華的 |

BOOK 8

【記憶技巧】

> 從上一回的「忠實」(loyalty )，想到有狗這樣忠實的
> 寵物，很「幸運」(lucky )，出去還會看「行李」( luggage )。
> 有一首「搖籃曲」( lullaby ) 是關於「月亮的」(lunar ) 故
> 事，有一個「瘋子」( lunatic ) 被「誘惑」( lure )，以為月
> 球上有「綠油油的」( lush ) 草地，可以享受一切的「豪華」
> ( luxury )，還有「豪華的」( luxurious ) 宮殿可以住。

1. lucky *adj.* 幸運的 ( = *fortunate* )

2. luggage *n.* 行李 ( = *baggage* )【為不可數名詞】
   Remember to bring all your *luggage* with you when you
   get off the train. ( 當你下火車的時候，記得帶著你全部的行李。)
   a piece of luggage 一件行李 ( = *a piece of baggage* = *a bag* )
   美國人多用 bag 代替 luggage。

3. lullaby　*n.* 搖籃曲（= *cradlesong*〔'kredḷ,sɔŋ〕）
　 lull（使入睡）+ a + by（*bye*），哄小孩説再見，就唱「搖籃曲」。
　 The mother sang a *lullaby* as she put the baby to bed.
　 （當那位媽媽讓嬰兒就寢時，她唱了搖籃曲。）
　 A baby needs a *lullaby* and a lollipop.（小孩需要搖籃曲和棒棒糖。）

4. lunar　*adj.* 月亮的（= *relating to the moon*）
　 lunar calendar　陰曆；農曆
　 Lunar New Year　農曆新年（不加 Day）　　　New Year's Day　元旦

5. lunatic　*n.* 瘋子（= *a person who is insane*）　*adj.* 精神錯亂的

　 | luna + tic |
　 | \| \| |
　 | *moon + adj.* |

　 「瘋子」，源自瘋病與月亮有關的迷信。
　 字尾是 ic，重音通常在倒數第二音節上，
　 但這個字例外。

　 Peggy said that her neighbor is a *lunatic* who ought to be
　 locked up.（珮姬説她的鄰居是一個應該要被關起來的瘋子。）

6. lure　*v.* 誘惑（= *tempt*）
　 The policeman's daughter was *lured* away from home.
　 （那位警察的女兒被誘騙離家。）
　 【比較】allure 也是「誘惑」的意思，但常用在好的方面，
　 　　　　lure 常用在壞的方面。

7. lush　*adj.* 綠油油的（= *green*）　　　lush meadows　綠茵草地

8. luxury　*n.* 豪華（= *a situation in which you are very comfortable,*
　 *with the best and most expensive things around you*）
　 lux（洗髮精品牌）+ ury = luxury
　 They live a life of *luxury*.（他們過著奢華的生活。）

9. luxurious　*adj.* 豪華的（= *very expensive and comfortable*）
　 The celebrity lodged at a *luxurious* hotel.
　 （那個名人下榻在一間豪華的旅館。）
　 luxurious 根據新 Longman 發音字典，79% 的美國人唸成
　 〔lʌg'ʒʊrɪəs〕，21% 的人唸成〔lʌk'ʃʊrɪəs〕。

# *26. magic*

| | | | |
|---|---|---|---|
| *magic ² | 〔'mædʒɪk 〕 | n. | 魔術 |
| *magical ³ | 〔'mædʒɪkḷ 〕 | adj. | 神奇的 |
| *magician ² | 〔 mə'dʒɪʃən 〕 | n. | 魔術師 |
| **magnet ³ | 〔'mægnɪt 〕 | n. | 磁鐵 |
| *magnetic ⁴ | 〔 mæg'nɛtɪk 〕 | adj. | 有磁性的 |
| magnitude ⁶ | 〔'mægnə,tjud 〕 | n. | 規模 |
| *magnify ⁵ | 〔'mægnə,faɪ 〕 | v. | 放大 |
| *magnificent ⁴ | 〔 mæg'nɪfəsṇt 〕 | adj. | 壯麗的 |
| *magazine ² | 〔'mægə,zin 〕【注意發音】 | n. | 雜誌 |

【記憶技巧】

　　從上一回的「豪華的」( luxurious )，想到「魔術」( magic ) 可以變出精品，很「神奇的」( magical )，要很厲害的「魔術師」( magician ) 才能做到，他就像「磁鐵」( magnet ) 是「有磁性的」( magnetic )，能吸引許多觀眾。節目「規模」( magnitude ) 要大，就要「放大」( magnify )，製造「壯麗的」( magnificent ) 效果，刊登在「雜誌」( magazine ) 上。

1. magic  n. 魔術 ( = *mysterious tricks* )；魔法
   The girl was turned by *magic* into a swan.
   ( 那個女孩被施了魔法，變成一隻天鵝。 )

2. magical  adj. 神奇的 ( = *relating to magic* )
   magic ( 魔術 ) + al (*adj.*) = magical
   That was a *magical* story. ( 那是一個神奇的故事。 )

3. magician   *n.*  魔術師 ( = *a person who performs magic tricks* )
   magic ( 魔術 ) + ian ( 人 ) = magician
   Harry Houdini was a great *magician*.
   ( 哈利‧胡迪尼是一位偉大的魔術師。 )

Harry Houdini

4. **magnet**   *n.*  磁鐵 ( = *a piece of iron that can make other iron
   objects come to it and stick to it* )

5. **magnetic**   *adj.*  有磁性的 ( = *capable of attracting iron objects* )
   magnetic field   磁場

6. magnitude   *n.*  規模 ( = *size* )；震度
   magn (*great*) + itude (*n.*)，有多大，就有多少「規模」。
   The *magnitude* of the earthquake was so great that it
   was felt thousands of miles away.
   ( 地震的震度很大，以致於好幾千哩外都能感覺到。 )

7. magnify   *v.*  放大 ( = *make greater in size* )
   magn (*great*) + ify (*v.*)，讓東西變大，就是「放大」。
   Tony wanted to *magnify* that picture. ( 東尼想把那張照片放大。 )

8. **magnificent**   *adj.*  壯麗的 ( = *splendid* )；很棒的

   | magn + ific + ent | |
   |---|---|
   | &#124;   &#124;   &#124; | 做大事，就是「壯麗的」。 |
   | *great* + *do* + *adj.* | |

   Switzerland is a country with *magnificent* scenery.
   ( 瑞士是一個有壯麗風景的國家。 )

9. **magazine**   *n.*  雜誌 ( = *a publication containing articles,
   stories, pictures, or other features* )
   【比較】journal〔ˈdʒɝnḷ〕*n.* 期刊
   現在，新一代的美國人多唸〔ˈmægəˌzin〕，較少人唸〔ˌmægəˈzin〕。

# *27. maid*

| ‡**maid** [3] | 〔 med 〕 | *n.* 女傭 |
| ***maiden** [5] | 〔'medn̩ 〕 | *n.* 少女 |
| ***mail** [1] | 〔 mel 〕 | *v.* 郵寄 |
| ***main** [2] | 〔 men 〕 | *adj.* 主要的 |
| ***mainland** [5] | 〔'men,lænd 〕 | *n.* 大陸 |
| **mainstream** [5] | 〔'men,strim 〕 | *n.* 主流 |
| ‡**maintain** [2] | 〔 men'ten 〕 | *v.* 維持 |
| ***maintenance** [5] | 〔'mentənəns 〕 | *n.* 維修 |
| **machinery** [4] | 〔 mə'ʃinərɪ 〕 | *n.* 機器 |

【記憶技巧】

從上一回的「雜誌」(magazine)，想到「女傭」(maid)
為了看雜誌，請一位「少女」(maiden) 幫她「郵寄」
(mail)，雜誌「主要的」(main) 內容說，去中國「大陸」
(mainland) 發展，是現在的「主流」(mainstream)。那
裡的工廠要「維持」(maintain) 生產力，就要做好「維修」
(maintenance)，「機器」(machinery) 才能正常運作。

1. maid *n.* 女傭 ( = *female servant* )
   The *maid* brought them their lunch. ( 女傭把午餐端給他們。)

2. maiden *n.* 【文】少女 ( = *young girl* )；未婚的年輕女子
   *adj.* 未婚的；處女的；初次的
   maid ( 女傭 ) + en = maiden　　a maiden lady 未婚女士
   maiden voyage 處女航

The aircraft makes its ***maiden*** flight tomorrow.
（飛機明天首航。）

3. **mail** *v.* 郵寄（ = *send by mail*）　*n.* 信件（ = *letter*）
Please ***mail*** me the manual.（請把手冊寄給我。）

4. **main** *adj.* 主要的（ = *primary*）
This is the ***main*** building of our college.
（這是我們大學的主要建築物。）

5. **mainland** *n.* 大陸（ = *the principal landmass of a continent*）
main（主要的）+ land（陸地）= mainland
mainland China　中國大陸

6. **mainstream** *n.* 主流（ = *the prevailing current of thought*）
main（主要的）+ stream（溪流）= mainstream
Danny's views place him outside the ***mainstream*** of
British society.（丹尼的觀點使他位於英國主流社會之外。）

7. **maintain** *v.* 維持（ = *keep*）；維修

| main + tain | 把東西握在手中，表示「維持」。 |
| :---: | :--- |
| \|    \| | The increase in sales is being ***maintained***. |
| hand + hold | （銷售量的增加得以維持。） |

8. **maintenance** *n.* 維修（ = *the work of keeping something in
proper condition*）　須注意拼字。
Without proper ***maintenance***, your car will not last long.
（沒有適當的維修，你的車將不會撐太久。）

9. **machinery** *n.* 機器（ = *machines considered as a group*）
machine（機器）+ ry（集合名詞字尾）= machinery
Do not operate the ***machinery*** without a mask.
（沒有戴面罩，勿操作機器。）

# *28. majestic*

| | | | |
|---|---|---|---|
| ***majestic*** 5 | 〔 məˈdʒɛstɪk 〕 | *adj.* | 雄偉的 |
| **majesty** 5 | 〔ˈmædʒɪstɪ 〕 | *n.* | 威嚴 |
| **makeup** 4 | 〔ˈmekˌʌp 〕 | *n.* | 化妝品 |
| **major** 3 | 〔ˈmedʒɚ 〕 | *adj.* | 主要的 |
| **majority** 3 | 〔 məˈdʒɔrətɪ 〕 | *n.* | 大多數 |
| **malaria** 6 | 〔 məˈlɛrɪə 〕 | *n.* | 瘧疾 |
| **male** 2 | 〔 mel 〕 | *n.* | 男性 |
| **mall** 3 | 〔 mɔl 〕 | *n.* | 購物中心 |
| **mammal** 5 | 〔ˈmæml̩ 〕 | *n.* | 哺乳類動物 |

BOOK 8

【記憶技巧】

　　從上一回的「機器」( machinery )，想到工廠裡都是機器，看起來很「雄偉」( majestic )，廠長很有「威嚴」( majesty )，他說「化妝品」( makeup ) 是工廠「主要的」( major ) 產品，「大多數」( majority ) 的員工是「男性」( male )，都有打「瘧疾」( malaria ) 的預防針。他們在「購物中心」( mall ) 有門市，強調化妝品有經過「哺乳類動物」( mammal ) 實驗，對人體無害。

1. majestic *adj.* 雄偉的 ( = *grand* )
   The Taj Mahal is one of the most *majestic* buildings in India. ( 泰姬瑪哈陵是印度最雄偉的建築物之一。)

2. majesty *n.* 威嚴 ( = *dignity* )
   The *majesty* of the king is very impressive.
   ( 國王的威嚴令人非常印象深刻。)

BOOK
**8**

3. **makeup** *n.* 化妝品 ( = *make-up* = *cosmetics* )；化妝
Sarah wears **makeup** every day. ( 莎拉每天都化妝。)
當動詞時，寫成 make up ( 化妝 )。

4. **major** *adj.* 主要的 ( = *main* )
The **major** problem of this artist is a lack of creativity.
( 這位畫家的主要問題是缺乏創造力。)

5. **majority** *n.* 大多數 ( = *the greater part or number* )
His job is to represent the views of the **majority**.
( 他的任務是表達大多數人的意見。)
【反義詞】minority 〔 maɪˈnɔrətɪ 〕 *n.* 少數

6. **malaria** *n.* 瘧疾 ( = *a disease caused by the bite of a certain type of mosquito* )

> mal + aria
> |    |
> *bad + air*    以前的人認為，會得「瘧疾」是因為空氣不好。

It is important to avoid mosquito bites here because the
insect carries **malaria**.
( 在這裡避免蚊子叮咬很重要，因為這種昆蟲帶有瘧疾。)

7. **male** *n.* 男性 ( = *man* ) *adj.* 男性的 ( = *masculine* )
【反義詞】female 〔ˈfimel 〕 *n.* 女性　*adj.* 女性的

8. **mall** *n.* 購物中心 ( = *shopping center* )
There is a **mall** next to the gym. ( 體育館旁邊有一間購物中心。)

9. **mammal** *n.* 哺乳類動物 ( = *an animal that is born from its mother's body, not from an egg, and drinks its mother's milk as a baby* )
Humans, dogs, and cows are all **mammals**.
( 人類、狗和牛，全都是哺乳類動物。)
【比較】reptile 〔ˈrɛptl 〕 *n.* 爬蟲類動物

# *29. man*

| **man** [1] | 〔 mæn 〕 | *n.* 男人 |
| **\*manage** [3] | 〔 'mænɪdʒ 〕 | *v.* 管理 |
| **\*manageable** [3] | 〔 'mænɪdʒəbḷ 〕 | *adj.* 可管理的 |
| **manager** [3] | 〔 'mænɪdʒɚ 〕 | *n.* 經理 |
| **management** [3] | 〔 'mænɪdʒmənt 〕 | *n.* 管理 |
| **Mandarin** [2] | 〔 'mændərɪn 〕 | *n.* 國語 |
| **mango** [2] | 〔 'mæŋgo 〕 | *n.* 芒果 |
| **manifest** [5] | 〔 'mænə,fɛst 〕 | *v.* 表露 |
| **manipulate** [6] | 〔 mə'nɪpjə,let 〕 | *v.* 操縱 |

BOOK **8**

【記憶技巧】

從上一回的「哺乳類動物」( mammal )，想到「男人」( man ) 也是動物。會「管理」( manage )，並且是「可管理的」( manageable ) 人，才能當「經理」( manager )。「管理」( management ) 的時候，要說「國語」( Mandarin )，才能「表露」( manifest ) 自己的意思，也不會被「操縱」( manipulate )。

1. man　*n.* 男人 ( = *male* )；人類 ( = *mankind* )

2. **manage**　*v.* 管理 ( = *control* )；設法
   Mr. Wang has *managed* this apartment for two years.
   ( 王先生已經管理這棟公寓兩年。)

3. manageable　*adj.* 可管理的 ( = *able to be controlled* )
   manage ( 管理 ) + able ( *adj.* ) = manageable

**BOOK 8**

4. **manager** *n.* 經理 ( = *someone whose job is to control the work of a business or organization or a part of it* )
manage ( 管理 ) + r = manager，管理的人，就是「經理」。

5. management *n.* 管理 ( = *the control of a business or organization* )
manage ( 管理 ) + ment (*n.*) = management
The effective ***management*** is communication.
( 有效的管理是溝通。)

6. Mandarin *n.* 國語 ( = *the official language of China* )；北京話
My grandmother can't speak ***Mandarin***. ( 我的祖母不會說國語。)
小寫的 mandarin 是「橘子」( = 'mandarin' orange )。

7. mango *n.* 芒果 ( = *a soft sweet tropical fruit with a red or green skin that is yellow inside* )
Please give me ***mango*** ice cream. ( 請給我芒果冰淇淋。)

8. manifest *v.* 表露 ( = *express* )

| mani + fest |
|---|
| \| 　　 \| |
| *hand + strike* |

拍手，可以「表露」自己。

Musical talent usually ***manifests*** itself in childhood.
( 音樂天賦通常在童年時期就顯露出來。)

9. manipulate *v.* 操縱 ( = *influence someone or control something in a clever way* )；控制

| mani + pul + ate |
|---|
| \| 　 \| 　 \| |
| *hand + pull + v.* |

「操縱」，要用手去拉動控制。

He knows how to ***manipulate*** the audience.
( 他知道如何左右觀眾。)

# *30. mar*

| | | | |
|---|---|---|---|
| *mar [6] | 〔 mɑr 〕 | *v.* | 損傷 |
| *marble [3] | 〔 'mɑrbl̩ 〕 | *n.* | 大理石 |
| *March [1] | 〔 mɑrtʃ 〕 | *n.* | 三月 |
| *margin [4] | 〔 'mɑrdʒɪn 〕 | *n.* | 邊緣 |
| *marginal [5] | 〔 'mɑrdʒɪnl̩ 〕 | *adj.* | 邊緣的 |
| *mark [2] | 〔 mɑrk 〕 | *n.* | 記號 |
| **market [1] | 〔 'mɑrkɪt 〕 | *n.* | 市場 |
| marshal [5] | 〔 'mɑrʃəl 〕 }【同音字】 | *n.* | 警察局長 |
| martial [5] | 〔 'mɑrʃəl 〕 | *adj.* | 戰爭的 |

BOOK 8

【記憶技巧】

從上一回的「操縱」(manipulate )，想到操作不慎，「損傷」(mar ) 到自己，因為被「大理石」(marble ) 壓到，所以要休息至「三月」(March )，只能在筆記本的「邊緣」(margin ) 做「邊緣的」(marginal )「記號」(mark )。出院之後，在「市場」(market ) 看到「警察局長」(marshal )，他是崇尚「戰爭的」(martial ) 人，但是對打擊犯罪很有幫助。

1. mar  *v.* 損傷 ( = *hurt* )；損毀
   Nothing can *mar* our friendship. ( 沒有什麼能損害我們的友誼。 )
   【比較】Mars 〔 mɑrz 〕 *n.* 火星

2. marble  *n.* 大理石 ( = *a hard smooth stone used for building and making statues* )；彈珠
   There is a *marble* statue in the park. ( 公園裡有一座大理石雕像。 )
   play marbles  玩彈珠

3. March　*n.* 三月（＝ *the third month of the year* ）
　　小寫的 march 是「行軍；前進」。

4. **margin**　*n.* 邊緣（＝ *edge* ）；差距；頁邊的空白（＝ *the blank edge round a page of writing or print* ）
　　at the margin of a lake　在湖邊　　by a narrow margin　差一點點
　　I made notes in the *margin*.（我在頁邊的空白處做了筆記。）

5. **marginal**　*adj.* 邊緣的（＝ *relating to the edge or border* ）；
　　非常小的；少量的
　　The *marginal* surface of the book was stained with ink.
　　（書的邊緣被墨水弄髒。）

6. **mark**　*n.* 記號（＝ *a printed or written symbol that is not a letter or a number* ）
　　There is a *mark* on the map showing where the MRT
　　station is.（地圖上有一個顯示捷運站在哪裡的記號。）

7. **market**　*n.* 市場（＝ *a public place where people buy and sell merchandise* ）　　a night market　夜市

8. **marshal**　*n.* 警察局長（＝ *the head of a police department* ）；
　　消防局長；（陸軍或空軍）元帥
　　Mr. Brown is the new *marshal* of the city.
　　（布朗先生是該市新任的警察局長。）

9. **martial**　*adj.* 戰爭的；戰鬥的；軍事的（＝ *relating to war or fighting* ）；好戰的

> mart ＋ ial
> ｜　　｜
> Mars ＋ *adj.*
> 　　　　這個字源自於 Mars（戰神），
> 　　　　和戰神有關的，就是「戰爭的」。

martial árt　武術（如功夫、柔道、空手道等）
martial láw　戒嚴令
Peace-loving people disagree with the *martial* attitude of their
president.（愛好和平者與總統的好戰態度意見不合。）

# 31. *marry*

| | | | |
|---|---|---|---|
| **marry** [1] | (ˈmærɪ) | v. | 和…結婚 |
| **marriage** [2] | (ˈmærɪdʒ) | n. | 婚姻 |
| **marathon** [4] | (ˈmærə,θɑn) | n. | 馬拉松 |
| | | | |
| **marvel** [5] | (ˈmɑrvl̩) | v. | 驚訝 |
| **marvelous** [3] | (ˈmɑrvl̩əs) | adj. | 令人驚嘆的 |
| **masculine** [5] | (ˈmæskjəlɪn) | adj. | 男性的 |
| | | | |
| **map** [1] | (mæp) | n. | 地圖 |
| **maple** [5] | (ˈmepl̩) | n. | 楓樹 |
| **marine** [5] | (məˈrin) | adj. | 海洋的 |

BOOK 8

【記憶技巧】

　　從上一回的「好戰的」(martial )，想到「和」好戰的人
「結婚」(marry )，這段「婚姻」(marriage ) 會很辛苦，只好
去跑「馬拉松」(marathon ) 釋放壓力，「驚訝」(marvel ) 的
是，成績還不錯，真是「令人驚嘆」( marvelous )。有一位
「男性的」(masculine ) 參賽者迷路，看著「地圖」(map )
上的「楓樹」(maple )，卻跑去「海洋」(marine ) 公園。

1. **marry** v. 和…結婚 ( = *wed* )；結婚
   Sarah ***married*** David two years ago.
   （莎拉兩年前和大衛結婚。）　　　marry = be married to

2. **marriage** n. 婚姻 ( = *the state of being husband and wife* )
   Her first ***marriage*** was not very happy.
   （她的第一段婚姻不怎麼快樂。）

3. marathon　*n.* 馬拉松（= *a race of 42.195km*）
Thousands of runners participated in the *marathon*.
（數以千計的跑者參加這次的馬拉松。）

4. marvel　*v.* 驚訝（= *be amazed*）；驚嘆
I can only *marvel* at your skill.
（我對你的技術只有感到驚嘆。）

5. **marvelous**　*adj.* 令人驚嘆的（= *amazing*）；很棒的
marvel（驚訝）+ ous（*adj.*）= marvelous
This exhibition of Chinese paintings is *marvelous*.
（這個中國畫展真是令人驚艷。）

6. masculine　*adj.* 男性的（= *male*）　　*n.* 男性；陽性
John is usually a *masculine* name.（約翰通常是男性的名字。）
【反義詞】feminine〔ˈfɛmənɪn〕*adj.* 女性的（= *female*）

7. map　*n.* 地圖（= *a drawing of an area that shows the positions of things such as countries, rivers, cities, and streets*）

8. maple　*n.* 楓樹（= *a tree that grows mainly in northern countries and has wide leaves that turn red and yellow in the autumn*）
It's been five years since the *maple* was planted.
（那棵楓樹已種了五年。）　　maple leaf 楓葉

9. marine　*adj.* 海洋的（= *relating to the sea*）

> mart + ine
> 　|　　|
> sea + adj.
>
> 和海有關的，就是「海洋的」。

maple leaf

Cindy likes to go to the *marine* park.（辛蒂喜歡去海洋公園。）

# *32. mass*

| | | | |
|---|---|---|---|
| *__mass__ ² | 〔 mæs 〕 | *adj.* | 大量的 |
| __massive__ ⁵ | 〔'mæsɪv 〕 | *adj.* | 巨大的 |
| *__massacre__ ⁶ | 〔'mæsəkɚ 〕 | *n.* | 大屠殺 |
| *__master__ ¹ | 〔'mæstɚ 〕 | *v.* | 精通 |
| __mastery__ ⁶ | 〔'mæstərɪ 〕 | *n.* | 精通 |
| *__masterpiece__ ⁵ | 〔'mæstɚ͵pis 〕 | *n.* | 傑作 |
| *__mash__ ⁵ | 〔 mæʃ 〕 | *v.* | 搗碎 |
| __mask__ ² | 〔 mæsk 〕 | *n.* | 面具 |
| __massage__ ⁵ | 〔 mə'sɑʒ 〕 | *n.* | 按摩 |

BOOK
**8**

【記憶技巧】

從上一回的「海洋的」( marine )，想到海裡有「大量的」( mass ) 生物，有些很小，有些很「巨大」( massive )，大吃小是「大屠殺」( massacre )。這種想法給了大師創作的靈感。大師就是「精通」( master ) 某件事的人，因為「精通」( mastery )，才能做出「傑作」( masterpiece )，沒想到傑出的作品被「搗碎」( mash )，於是他將殘骸變成「面具」( mask )，戴著去「按摩」( massage )。

1. **mass** *adj.* 大量的 ( = *relating to a large quantity or number* )；
   大眾的 ( = *public* )
   mass production 大量生產
   mass communication 大眾傳播
   mass rapid transit 大眾捷運系統 ( = *MRT* )

2. massive　*adj.*　巨大的（ = *huge* ）
   We have seen ***massive*** changes in recent years.
   （這幾年我們經歷了巨大的變化。）

3. massacre　*n.*　大屠殺（ = *slaughter*〔'slɔtɚ〕）
   mass（大量的）+ acre（英畝）= massacre
   把住在好幾英畝土地上的人殺光，就是「大屠殺」。
   Government soldiers were accused of the ***massacre*** of the
   entire town.（政府軍被控進行全鎮的大屠殺。）

4. **master**　*v.*　精通（ = *become skilled in* ）　*n.*　主人；大師
   If you study hard, you can ***master*** English.
   （如果你認真學習，你就能精通英語。）

5. mastery　*n.*　精通（ = *the act of mastering* ）
   master（精通）+ y (*n.*) = mastery
   Mr. Hsu has ***mastery*** of calligraphy.（許先生擅長寫書法。）

6. masterpiece　*n.*　傑作（ = *an outstanding work* ）
   master（大師）+ piece（一件作品）= masterpiece
   大師的作品，就是「傑作」。
   It is one of the ***masterpieces*** of the artist.
   （這是那位畫家的傑作之一。）

7. mash　*v.*　搗碎（ = *crush* ）
   Dad helped Mom to ***mash*** up the potatoes.
   （爸爸幫媽媽搗碎馬鈴薯。）
   mashed potato　馬鈴薯泥【指菜名時用單數】

8. mask　*n.*　面具（ = *a covering for all or part of the face* ）
   Everyone has to wear a ***mask*** at the masquerade.
   （每個人都要在化裝舞會上戴面具。）

9. massage　*n.*　按摩（ = *rubbing* ）
   【比較】message〔'mɛsɪdʒ〕*n.*　訊息

mask

# *33. mate*

| | | | |
|---|---|---|---|
| *‡mate*[2] | 〔 met 〕 | *n.* | 伴侶 |
| *‡material*[2,6] | 〔 mə'tɪrɪəl 〕 | *n.* | 物質 |
| *‡materialism*[6] | 〔 mə'tɪrɪəl͵ɪzəm 〕 | *n.* | 物質主義 |
| | | | |
| *‡math*[3] | 〔 mæθ 〕 | *n.* | 數學 |
| mathematics[3] | 〔͵mæθə'mætɪks 〕 | *n.* | 數學 |
| mathematical[3] | 〔͵mæθə'mætɪkl̩ 〕 | *adj.* | 數學的 |
| | | | |
| matter[1] | 〔'mætɚ 〕 | *n.* | 事情 |
| mattress[6] | 〔'mætrɪs 〕 | *n.* | 床墊 |
| *‡match*[2,1] | 〔 mætʃ 〕 | *v.* | 搭配 |

BOOK 8

【記憶技巧】

> 從上一回的「按摩」(massage)，想到可以帶「伴侶」
> (mate)去按摩，代表「物質」(material)生活充裕，很崇
> 尚「物質主義」(materialism)，就算「數學」(math)不
> 好，也不擔心「數學的」(mathematical)「事情」(matter)，
> 一心只想著按摩完要去買新的「床墊」(mattress)，來「搭配」
> (match)新的裝潢。

1. **mate** *n.* 伴侶 ( = *partner* )
   The female bird went in search of food while its *mate*
   guarded the nest. ( 母鳥去尋找食物的同時，牠的伴侶守護巢穴。 )
   【比較】roommate *n.* 室友　　classmate *n.* 同班同學

2. **material** *n.* 物質 ( = *substance* )；材料
   The problem was the lack of *material* after the earthquake.
   ( 地震後的物資缺乏是一個問題。 )

Plastic is a widely used ***material***.
（塑膠是被廣泛使用的材料。）

3. materialism *n.* 物質主義（ = *the philosophical theory
that matter is the only reality*）；唯物論

> material + ism
>    |      |
> *matter* + *n.*

***Materialism*** puts emphasis on
the existing substance.
（唯物論重視現有的物質。）

4. math *n.* 數學（ = *mathematics*）
They were doing ***math*** exercises when I left.
（當我離開的時候，他們正在做數學習題。）

5. **mathematics** *n.* 數學（ = *math*）
math（數學）+ ematics = mathematics
applied mathematics 應用數學　　pure mathematics 純數學

6. **mathematical** *adj.* 數學的（ = *relating to mathematics*）
We will test the ***mathematical*** ability of every child.
（我們將會測驗每個孩子的數學能力。）

7. **matter** *n.* 事情（ = *affair*）；物質（ = *substance*）
*v.* 重要（ = *count*）
That's another ***matter***.（那是另一件事。）
It doesn't ***matter*** how you do it.（你怎麼做，無關緊要。）

8. **mattress** *n.* 床墊（ = *the part of a bed made of thick soft
material that you put on the bed's base to make it more
comfortable*）
I think I need a bigger ***mattress***.（我想我需要大一點的床墊。）

9. **match** *v.* 搭配（ = *go with*）；與…匹敵　*n.* 火柴；配偶
This tie doesn't ***match*** your suit.（這條領帶和你的西裝不搭。）

# *34.* mat

| | | | |
|---|---|---|---|
| *mat ² | 〔 mæt 〕 | *n.* | 墊子 |
| *mature ³ | 〔 mə'tʃur 〕 | *adj.* | 成熟的 |
| **maturity ⁴ | 〔 mə'tʃurətɪ 〕 | *n.* | 成熟 |
| | | | |
| *May ¹ | 〔 me 〕 | *n.* | 五月 |
| mayor ³ | 〔 'meɚ 〕 | *n.* | 市長 |
| mayonnaise ⁵ | 〔 'meə,nez , 'mænez 〕 | *n.* | 美乃滋 |
| | 【注意發音】 | | |
| | | | |
| mean ¹ | 〔 min 〕 | *v.* | 意思是 |
| *meaning ² | 〔 'minɪŋ 〕 | *n.* | 意義 |
| *meaningful ³ | 〔 'minɪŋfḷ 〕 | *adj.* | 有意義的 |

BOOK **8**

【記憶技巧】

從上一回的「搭配」( match )，想到有了新「墊子」
( mat )，就可在在上面吃「成熟的」( mature ) 水果，沒
有「成熟」( maturity ) 的水果就不好吃。「五月」( May )
剛選上的「市長」( mayor ) 吃東西喜歡沾「美乃滋」
( mayonnaise )，他所發表的演說主要的「意思是」
( mean )，做事要有「意義」( meaning )，說話也必須
要是「有意義的」( meaningful )。

1. **mat** *n.* 墊子 ( = *a piece of material for various purposes* )
   Jason bought a new *mat*. ( 傑生買了新的墊子。)

2. **mature** *adj.* 成熟的 ( = *behaving in the sensible way that
   you would expect an adult to behave* )

May has grown up to be a ***mature*** and elegant lady.
（梅已經長大成爲一位成熟且優雅的淑女。）
【反義詞】childish〔ˈtʃaɪldɪʃ〕 *adj.* 幼稚的

3. **maturity** *n.* 成熟（ = *the qualities and behavior that you would expect of a sensible adult* ）
mature（成熟的）- e + ity (*n.*) = maturity
He hasn't got the ***maturity*** to be a father.
（他還不夠成熟做一個父親。）

4. **May** *n.* 五月（ = *the fifth month of the year* ）
We're taking an early holiday in ***May***.（我們將在五月提早放個假。）

5. **mayor** *n.* 市長（ = *the chief public official of a city* ）
The election of the ***mayor*** was usually a popular occasion.
（市長選舉通常是一個大衆廣泛參與的活動。）

6. **mayonnaise** *n.* 美乃滋（ = *a sauce made of egg yolk, oil, and vinegar, often used on salads* ）
Vicky likes to have her breakfast with ***mayonnaise***.
（薇琪喜歡吃加了美乃滋的早餐。）

7. **mean** *v.* 意思是（ = *signify* ）　　*adj.* 卑鄙的；惡劣的
The word ***means*** something different in French.
（這個字在法語中有不同的意思。）
He was ***mean*** to his wife.（他對妻子很壞。）

8. **meaning** *n.* 意義（ = *signification* ）
mean（意思是）+ ing (*n.*) = meaning
It seems that the clothes have a deep religious ***meaning***.
（這件衣服似乎有很深的宗教意涵。）

9. **meaningful** *adj.* 有意義的（ = *significant* ）
meaning（意義）+ ful (*adj.*) = meaningful
The speech of the elder man was ***meaningful***.
（那位長者說的話很有意義。）

# 35. *measure*

| measure [2,4] | ﹝'mɛʒɚ﹞ | v. 測量 |
|---|---|---|
| measurable [2] | ﹝'mɛʒərəbḷ﹞ | adj. 可測量的 |
| measurement [2] | ﹝'mɛʒɚmənt﹞ | n. 測量 |
| | | |
| *mechanic [4] | ﹝mə'kænɪk﹞ | n. 技工 |
| mechanical [4] | ﹝mə'kænɪkḷ﹞ | adj. 機械的 |
| *mechanics [5] | ﹝mə'kænɪks﹞ | n. 機械學 |
| | | |
| medicine [2] | ﹝'mɛdəsṇ﹞ | n. 藥 |
| *medical [3] | ﹝'mɛdɪkḷ﹞ | adj. 醫學的 |
| *medication [6] | ﹝,mɛdɪ'keʃən﹞ | n. 藥物治療 |

BOOK 8

【記憶技巧】

從上一回的「有意義的」(meaningful)，想到「測量」 (measure)「可測量的」(measurable)的東西，才會是有 意義的「測量」(measurement)。「技工」(mechanic)對 任何「機械的」(mechanical)東西很拿手，因為他學過 「機械學」(mechanics)，不小心被機器弄傷，就要吃「藥」 (medicine)，要接受「醫學的」(medical)「藥物治療」 (medication)，才會趕快好。

1. **measure** *v.* 測量 ( = *quantify* )　*n.* 措施 ( = *means* )
   Danny ***measured*** the window carefully before buying
   new curtains. ( 丹尼在買新的窗簾之前，仔細地測量窗戶。)
   take measures 採取措施

2. **measurable** *adj.* 可測量的 ( = *quantifiable* )
   measure ( 測量 ) – e + able (*adj.*) = measurable

3. measurement *n.* 測量（= *quantification*）
   measure（測量）+ ment (*n.*) = measurement
   ***Measurement*** of blood pressure can be undertaken by
   the practice nurse.（血壓的測量可以由實習護士來做。）

4. mechanic *n.* 技工（= *a person who repairs machinery*）

   > mechan + ic
   >    |　　　|
   > *machine*+ *n.*
   　　　　　　　負責機器的人，就是「技工」。

   字尾 ic 表「人」的還有：critic〔'krɪtɪk〕*n.* 批評家，
   lunatic〔'lunətɪk〕*n.* 瘋子。

5. **mechanical** *adj.* 機械的（= *relating to machines*）
   The system has shut down because of ***mechanical*** problems.
   （系統由於機械問題已關閉。）

6. **mechanics** *n.* 機械學（= *the area of physics that deals
   with machines*）
   Kelly is late for ***mechanics*** class.
   （凱莉上機械學課遲到。）

7. **medicine** *n.* 藥（= *drug*）；醫學
   take medicine 吃藥　　practice medicine 行醫

8. **medical** *adj.* 醫學的（= *relating to the study or practice
   of medicine*）；醫療的

   > med + ical
   >  |　　　|
   > *heal*+ *adj.*
   　　　　和治療有關的，就是「醫療的」。
   　　　　medical facilities 醫療設備

9. **medication** *n.* 藥物治療（= *treatment with drugs*）
   med (*heal*) + ic（人）+ ation (*n.*) = medication
   He was on ***medication*** for cancer.
   （他正因爲癌症接受藥物治療。）

# *36. mediate*

| | | | |
|---|---|---|---|
| *<br>**mediate** [5] | ( 'midɪˌet ) | *v.* | 調解 |
| **meditate** [6] | ( 'mɛdəˌtet ) | *v.* | 沉思 |
| **meditation** [6] | ( ˌmɛdə'teʃən ) | *n.* | 打坐 |
| | | | |
| **medium** [3] | ( 'midɪəm ) | *adj.* | 中等的 |
| **medieval** [6] | ( ˌmidɪ'ivl ) | *adj.* | 中世紀的 |
| *<br>**melancholy** [6] | ( 'mɛlənˌkɑlɪ ) | *adj.* | 憂鬱的 |
| | | | |
| *<br>**mellow** [6] | ( 'mɛlo ) | *adj.* | 成熟的 |
| **melody** [2] | ( 'mɛlədɪ ) | *n.* | 旋律 |
| **melon** [2] | ( 'mɛlən ) | *n.* | 甜瓜 |

**BOOK 8**

【記憶技巧】

　　從上一回的「藥物治療」( medication )，想到兩個人吵架，無法治療，就要「調解」( mediate )，讓他們「沉思」( meditate )，以及透過「打坐」( meditation ) 才能解決問題，如果是「中等的」( medium ) 問題，就不用像「中世紀的」( medieval ) 的騎士一樣進行決鬥，也不會是「憂鬱的」( melancholy )。可以聽著輕快的「旋律」( melody )，吃「成熟的」( mellow )「甜瓜」( melon )，放鬆心情。

1. mediate　*v.* 調解 ( = *settle a dispute* )；調停 ( = *intervene* )
   medi (*middle*) + ate (*v.*) = mediate，在中間做事，就是「調解；調停」。
   He was asked to ***mediate*** in the dispute. ( 有人請他來調解這場紛爭。)
   背這個字可先背 immediate ( 立即的 )。

2. meditate　*v.* 沉思 ( = *contemplate* )；冥想；打坐
   Leo ***meditates*** two hours every day. ( 李奧每天沉思兩個小時。)

3. meditation  *n.* 打坐；沉思（= *contemplation* )；冥想

   | med + it + ation |
   |---|
   | \| \| \| |
   | *middle* + *go* + *n.* |

   「沉思」，就是去内心探索。

   The monks at this temple engage in ***meditation*** every day.
   （這間寺廟的僧侶每天都進行打坐。）

4. medium  *adj.* 中等的（= *middle* ）
   The man is of ***medium*** height.（這位男士身高中等。）

5. medieval  *adj.* 中世紀的（= *relating to the Middle Ages* ）；
   中古時代的（ *1000AD–1500AD* ）
   medi (*middle*) + ev (*time*) + al (*adj.*) = medieval
   It was common for knights to swear allegiance to a king in
   ***medieval*** times.（在中世紀的時候，騎士們發誓對國王效忠很常見。）

6. melancholy  *adj.* 憂鬱的（= *sad* ）

   | melan + chol + y |
   |---|
   | \| \| \| |
   | *black* + *bile* + *adj.* |

   醫藥之父希波克拉底 Hippocrates
   認為黑膽汁 black bile 分泌過多，
   會使人憂鬱，就是「憂鬱的」。

   He has been feeling ***melancholy*** ever since he broke up with
   his girlfriend.（自從他和女朋友分手後，他就感到憂鬱。）
   melancholy 可用諧音「沒人可理」來背。

7. mellow  *adj.* 成熟的（= *ripe* ）
   The apple isn't ***mellow***.（蘋果沒有熟。）

8. **melody**  *n.* 旋律（= *tune* ）
   I hear that ***melody*** everywhere; it must be a very popular
   song.（我到處都聽到那個旋律；這一定是非常流行的歌曲。）

9. melon  *n.* 甜瓜（= *a large and sweet fruit with many seeds* ）；
   （各種的）瓜【尤指西瓜、香瓜】
   Would you like a slice of ***melon***?（你想要吃一片甜瓜嗎？）
   watermelon  *n.* 西瓜

# *1. mend*

| | | | |
|---|---|---|---|
| *mend ³ | 〔 mɛnd 〕 | *v.* 修補 |
| *mental ³ | 〔 'mɛntḷ 〕 | *adj.* 心理的 |
| mentality ⁶ | 〔 mɛn'tælətɪ 〕 | *n.* 心態 |
| | | |
| *mention ³ | 〔 'mɛnʃən 〕 | *v.* 提到 |
| **menu ² | 〔 'mɛnju 〕 | *n.* 菜單 |
| menace ⁵ | 〔 'mɛnɪs 〕 | *n.* 威脅 |
| | | |
| *mercy ⁴ | 〔 'mɝsɪ 〕 | *n.* 慈悲 |
| *merchant ³ | 〔 'mɝtʃənt 〕 | *n.* 商人 |
| merchandise ⁶ | 〔 'mɝtʃən,daɪz 〕 | *n.* 商品 |

BOOK
**9**

【記憶技巧】

被男朋友拋棄後，她需要「修補」(mend)「心理的」
(mental) 傷口，否則「心態」(mentality) 會持續低潮。
於是她的朋友「提到」(mention) 要去一家高級餐廳吃美
食，她一看到「菜單」(menu)，就語帶「威脅」(menace)
說大家都要聽她的話點菜，所有人也表現出「慈悲」
(mercy) 順從她，且身為「商人」(merchant) 的朋友也
贈送高級「商品」(merchandise) 撫慰她的心。

1. mend *v.* 修補 ( = *make repairs* )；改正 ( = *correct* )
   諧音：滿的，「修補」才會變滿。
   mend fences　言歸於好；重修舊好
   He *mended fences* with his ex-wife. ( 他和前妻言歸於好。)
   It is never too late to *mend*. (【諺】改過永不嫌遲。)

2. **mental** *adj.* 心理的（= *of the mind*）；精神的
   ment (*mind*) + al (*adj.*) = mental，人有心智，有「心理的」能力。
   mental illness　精神疾病

3. **mentality** *n.* 心理狀態；心態（= *mindset*）；思維方式
   mental（心理的）+ ity (*n.*) = mentality
   I can't understand the *mentality* of these people.
   （我無法了解這些人的心態。）

4. **mention** *v.* 提到（= *refer to*）
   ment (*mind*) + ion (*v. n.*) = mention，心中想到，就會「提到」。
   not to mention　更不用說（= *let alone*）
   He is rich and clever, *not to mention* handsome.
   （他既有錢又聰明，更不用說是英俊了。）

5. **menu** *n.* 菜單（= *a list of dishes*）
   這個字只要記住 men + u 就可背下來。

6. **menace** *n.* 威脅（= *threat*）；禍害　*v.* 威脅（= *threaten*）
   men（男人）+ ace（A 牌）= menace，玩牌的人有很多 A，
   對你是「威脅」。
   A careless driver is a *menace* to all road users.
   （漫不經心的駕駛，會威脅到所有道路的使用者。）

7. **mercy** *n.* 慈悲（= *compassion*）；寬恕（= *forgiveness*）
   乞丐向人要錢常說：Have *mercy* on me. 或 Have *mercy*.
   意思是「可憐可憐我吧！」（= *Take pity on me.*）

8. **merchant** *n.* 商人（= *trader*）
   merch (*market*) + ant（人）= merchant，市場很多「商人」。
   諧音：莫秤，沒秤重就把東西賣給你，是「商人」。

9. **merchandise** *n.*【集合名詞】商品；貨物（= *goods*）
   merchant（商人）– t + dise (*n.*) = merchandise，商人賣「商品」。
   I would like to see the *merchandise*.（我想看一下商品。）

BOOK
**9**

# *2. mess*

| | | | |
|---|---|---|---|
| *mess ³ | 〔 mεs 〕 | *n.* | 雜亂 |
| *messy ⁴ | 〔'mεsɪ 〕 | *adj.* | 雜亂的 |
| *message ² | 〔'mεsɪdʒ 〕 | *n.* | 訊息 |
| *messenger ⁴ | 〔'mεsṇdʒɚ 〕 | *n.* | 送信的人 |
| *merry ³ | 〔'mεrɪ 〕 | *adj.* | 歡樂的 |
| *merit ⁴ | 〔'mεrɪt 〕 | *n.* | 優點 |
| *metal ² | 〔'mεtḷ 〕 | *n.* | 金屬 |
| metaphor ⁶ | 〔'mεtəfɔr 〕 | *n.* | 比喻 |
| *meter ² | 〔'mitɚ 〕 | *n.* | 公尺 |

BOOK
9

## 【記憶技巧】

　　從上一回的「商品」(merchandise)，買了很多商品，房間一片「雜亂」(mess)，為了整理「雜亂的」(messy) 房間，傳「訊息」(message) 叫「送信的人」(messenger) 傳達給朋友一個「歡樂的」(merry) 活動：交換禮物。「優點」(merit) 是可以處理掉許多不需要的東西，大家聽著重「金屬」(metal) 音樂跳舞，可「比喻」(metaphor) 為節慶，好幾「公尺」(meter) 遠的家庭也都可以感受到愉快的氣氛。

1. mess　*n.* 雜亂 ( = *disorder* )　　be in a mess 一團亂

2. messy　*adj.* 雜亂的 ( = *disorderly* )
　 mess (雜亂) + y (*adj.*) = messy

3. **message** *n.* 訊息 ( = *a piece of information* )
　 text message 簡訊

4. **messenger** *n.* 送信的人（= *a person who carries a message*）
從 message（訊息）+ (e)r（人）得來，但是注意拼成：messenger。

5. **merry** *adj.* 歡樂的（= *cheerful*）
Merry Christmas 聖誕快樂（= *I wish you a merry Christmas*）
*Merry* New Year（誤）　　Happy New Year（正）
Merry Christmas 和 Happy New Year 是習慣用法。

6. **merit** *n.* 優點（= *advantage*）；價值　*v.* 值得（= *deserve*）
His proposal is not without ***merit***.（他的提議並非毫無價值。）
Such ideas ***merit*** careful consideration.
（這樣的點子值得細心考慮。）

一般美國中學，學生表現優良，學校會記「優點」，稱為 a merit point，「缺點」則稱為 a demerit point。

7. **metal** *n.* 金屬（= *a hard, usually shiny substance*）
【比較】medal〔ˈmɛdl̩〕*n.* 獎牌　　petal〔ˈpɛtl̩〕*n.* 花瓣

8. **metaphor** *n.* 比喻；比喻說法；隱喻；象徵（= *a figure of speech in which an expression is used to refer to something*）
這個字以前唸成〔ˈmɛtəfə〕，現在美國人都唸成〔ˈmɛtəfɔr〕。

| meta + phor | 帶來改變的意思，就是「隱喻」。 |
| *change + carry* | |

"He's a tiger when he's angry" is an example of ***metaphor***.
（「他生氣時，是一隻老虎」是隱喻的例子。）
"The ship of the desert" is a ***metaphor*** for the camel.
（「沙漠之舟」是駱駝的比喻說法。）

9. **meter** *n.* 公尺（= *m*）；儀；錶（= *an instrument for measuring*）
【比較】centimeter〔ˈsɛntəˌmitə〕*n.* 公分
an electricity meter 電錶

# *3. microphone*

| | | | |
|---|---|---|---|
| * **microphone** ³ | 〔'maɪkrə,fon 〕 | *n.* | 麥克風 |
| * **microscope** ⁴ | 〔'maɪkrə,skop 〕 | *n.* | 顯微鏡 |
| * **microwave** ³ | 〔'maɪkrə,wev 〕 | *n.* | 微波 |
| | | | |
| **migrant** ⁵ | 〔'maɪgrənt 〕 | *n.* | 移居者 |
| **migrate** ⁶ | 〔'maɪgret 〕 | *v.* | 遷移 |
| **migration** ⁶ | 〔 maɪ'greʃən 〕 | *n.* | 遷移 |
| | | | |
| *** **mile** ¹ | 〔 maɪl 〕 | *n.* | 英哩 |
| **mileage** ⁵ | 〔'maɪlɪdʒ 〕 | *n.* | 哩程 |
| **milestone** ⁵ | 〔'maɪl,ston 〕 | *n.* | 里程碑 |

BOOK

**9**

【記憶技巧】

　　從上一回的「公尺」( meter )，想到離學生好幾公尺遠的老師，站在演講台上，使用「麥克風」( microphone ) 講話，示範如何使用「顯微鏡」( microscope ) 和「微波」( microwave ) 爐，這對即將出國的「移居者」( migrant ) 是很重要的，當一個人「遷移」( migrate ) 到新的環境，會有「遷移」( migration ) 帶來的心理和生活壓力。在離母國好幾「英哩」( mile ) 的地方，又要坐飛機飛過很大的「哩程」( mileage )，可說是到達人生的一個新的「里程碑」( milestone )。

1. **microphone** *n.* 麥克風 ( = *an electronic instrument for picking up sound waves to be amplified* )
   micro (*small*) + phone (*sound*) = microphone，把小的聲音放大，就是「麥克風」。

2. microscope *n.* 顯微鏡 ( = *magnifier of the image of small objects* )

micro (*small*) + scope (*scope*) = microscope，可以看到小的
東西，就是「顯微鏡」。

3. microwave  *n.* 微波（ = *a type of electromagnetic wave* )；
微波爐（ = *microwave oven* )
micro (*small*) + wave (波浪) = microwave

4. migrant  *n.* 移居者；移民；候鳥   *adj.* 移居的；遷移的
migrant 常指 immigrant（移民；移入者），在台灣的「外勞」
稱做 migrant workers，因為他們像候鳥一樣移來移去。「移
出者」稱為 emigrant，字首 e- 代表 out。

5. **migrate**  *v.* 遷移（ = *wander* )；遷徙
Some tribes **migrate** with their cattle in search of fresh grass.
（有些部落為了尋找新鮮的牧草而帶他們的牛遷移。）

6. migration  *n.* 遷移（ = *wandering* )；遷徙
Swallows begin their **migration** south in autumn.
（燕子在秋天開始往南方遷徙。）

7. mile  *n.* 英哩（ = *a measure of length equal to 1.61 km* )
A miss is as good as a **mile**.
（【諺】些微的錯誤也是錯；失之毫釐，差之千里。）

8. mileage  *n.* 哩程（ = *distance measured in miles* )；（旅行等的）
總哩程數   My annual **mileage** is about 10,000 miles.（我每
年大約行駛 1 萬英里。）
在機場辦理登機手續時，你可說：Please put the **mileage**
toward my account.（請把哩程數加入我的帳上。）May I use
my **mileage** to upgrade to business class?（我可不可以用我
的哩程數升等商務艙？）

9. milestone  *n.* 里程碑（ = *a stone functioning as a milepost* )；
重要階段（ = *a turning point* )
Getting married is a **milestone** in one's life.
（結婚是人一生中的重要階段。）

# *4. minimal*

| | | | |
|---|---|---|---|
| **minimal** [5] | 〔'mɪnɪml̩〕 | *adj.* | 極小的 |
| **minimize** [6] | 〔'mɪnə,maɪz〕 | *v.* | 使減到最小 |
| *** minimum** [4] | 〔'mɪnəməm〕 | *n.* | 最小量 |
| *** minister** [4] | 〔'mɪnɪstɚ〕 | *n.* | 部長 |
| *** ministry** [4] | 〔'mɪnɪstrɪ〕 | *n.* | 部 |
| **miniature** [6] | 〔'mɪnɪtʃɚ〕 | *adj.* | 小型的 |
| **✲ minor** [3] | 〔'maɪnɚ〕 | *adj.* | 次要的 |
| *** minority** [3] | 〔mə'nɔrətɪ,maɪ-〕 | *n.* | 少數 |
| **✲ minus** [2] | 〔'maɪnəs〕 | *prep.* | 減 |

BOOK

**9**

【記憶技巧】

　　從上一回的「里程碑」( milestone )，想到自己如何辛
苦地達到人生的里程碑：每天花「極少的」( minimal ) 錢，
「使」所有消費「減到最小」( minimize )，節省生活用品使用
「最小量」( minimum )，同時日以繼夜工作，終於升遷到「部
長」( minister ) 一職。在教育「部」( ministry ) 大刀闊斧進
行改革，每天舉辦「小型的」( miniature ) 演講，即便是「次
要的」( minor ) 工作也親力親爲，還爲「少數」( minority )
弱勢團體爭取權益，熱誠從不消「減」( minus )。

1. minimal *adj.* 極小的 ( = *smallest* )
   minim (*small*) + al (*adj.*) = minimal

   相反詞爲：maximal 〔'mæksɪməl〕 *adj.* 最大的，唸 i /ɪ/ 的時候
   嘴巴張得小，所以意思「小」，a /æ/ 張得大，所以「大」。

2. **minimize** *v.* 使減到最小 ( = *reduce* )
minim (*small*) + ize (*v.*) = minimize
You can *minimize* these problems with sensible planning.
（有明智的計畫，你可以讓問題減到最小。）
相反詞為：maximize〔'mæksə,maɪz〕*v.* 使增加至最大

3. **minimum** *n.* 最小量 ( = *the smallest possible quantity* )
minim (*small*) + um (「最高級」字尾) = minimum
keep…to a minimum　使…減到最低
We should *keep* costs *to a minimum*. （我們應該把成本降到最低。）

4. minister *n.* 部長 ( = *an official in charge of a government
department* )
mini (*small*) + ster (人) = minister，「部長」要自謙為小公僕。

5. ministry *n.* 部 ( = *a governmental department* )
the Ministry of Education　教育部

6. miniature *adj.* 小型的 ( = *small* )　*n.* 小型物
mini (*paint red*) + ature (*n.*) = miniature，這個字原本的意思是
「用紅著色」，因為以前的手稿都很小，所以後來就有「小」的意思。

7. **minor** *adj.* 次要的 ( = *secondary* )　*v.* 副修　*n.* 副修
相反詞為：major〔'medʒɚ〕*adj.* 主要的；重大的
major in　主修 ↔ minor in　副修

8. **minority** *n.* 少數 ( = *a smaller group opposed to a majority* )
minor (次要的) + ity (*n.*) = minority
a minority of　少數的 ↔ a majority of　大多數的

9. **minus** *prep.* 減 ( = *less by the subtraction of* )
加減乘除的說法：$( 5 + 5 - 4 ) \times 2 \div 3 = 4$
Five *plus* five *minus* four *times* two *divided by* three equals
four. 文法家把 plus，minus，和 times 當作介系詞。

# 5. miracle

| | | | |
|---|---|---|---|
| *miracle [3] | (ˈmɪrəkḷ) | n. | 奇蹟 |
| miraculous [6] | (məˈrækjələs) | adj. | 奇蹟般的 |
| *mirror [2] | (ˈmɪrɚ) | n. | 鏡子 |
| | | | |
| *mischief [4] | (ˈmɪstʃɪf) | n. | 惡作劇 |
| mischievous [6] | (ˈmɪstʃɪvəs)【注意發音】 | adj. | 愛惡作劇的 |
| *misfortune [4] | (mɪsˈfɔrtʃən) | n. | 不幸 |
| | | | |
| miser [5] | (ˈmaɪzɚ) | n. | 小氣鬼 |
| *miserable [4] | (ˈmɪzərəbḷ) | adj. | 悲慘的 |
| *misery [3] | (ˈmɪzərɪ) | n. | 悲慘 |

**BOOK 9**

【記憶技巧】

從上一回的「減」(minus)，想到一個兩歲就會減法的神童，是個「奇蹟」(miracle)，他的父母認為他有「奇蹟般的」(miraculous)數學天分，過度的寵愛讓他長大後變得自戀，愛照「鏡子」(mirror)，喜歡「惡作劇」(mischief)，如此「愛惡作劇的」(mischievous)個性常常導致「不幸」(misfortune)。同時又是個「小氣鬼」(miser)，小時的神童淪落到過著「悲慘的」(miserable)生活，天才最後反而帶給他「悲慘」(misery)。

1. **miracle** n. 奇蹟 ( = *wonder* )
   mir (*mirror*) + acle (n.) = miracle，鏡子可以反射，是「奇蹟」。

2. **miraculous** adj. 奇蹟般的 ( = *wonderful* )
   miracle (奇蹟) – le + ulous (adj.) = miraculous

3. **mirror** *n.* 鏡子（= *looking-glass*）　*v.* 反映（= *reflect*）
His own shock was *mirrored* in his face.
（他的震驚反映在他的表情上。）

4. **mischief** *n.* 惡作劇（= *trouble*）；頑皮（= *naughtiness*）
mis（*bad*）+ chief（首領）= mischief，不好的首領，
帶頭「惡作劇」。
be up to mischief　搗蛋；搞惡作劇
That boy *is* always *up to* some *mischief*.（那男孩總是在搗蛋。）

5. **mischievous** *adj.* 愛惡作劇的（= *naughty*）
mischief（惡作劇）- f + vous（*adj.*）= mischievous，
無聲的 f 變成有聲的 v，因為後面接了有聲的母音。
這個字有 67% 的美國人重音唸第一音節，33% 的人重
音唸第二音節。

6. **misfortune** *n.* 不幸（= *bad luck*）
mis（*bad*）+ fortune（運氣）= misfortune
*Misfortunes* never come singly.
（【諺】不幸從不獨自到來；禍不單行。）
【比較】unfortunate〔ʌnˈfɔrtʃənɪt〕*adj.* 不幸的

7. **miser** *n.* 小氣鬼（= *stingy person*）；守財奴
形容詞為 miserly〔ˈmaɪzəlɪ〕*adj.* 吝嗇的（= *stingy*）。

8. **miserable** *adj.* 悲慘的（= *poor*）
miser（小氣鬼）+ able（能夠…的）= miserable，像小氣鬼
一樣，會是「悲慘的」。

9. **misery** *n.* 悲慘（= *misfortune*）
miser（小氣鬼）+ y（*n.*）= misery
*Misery* loves company.（【諺】禍不單行；同病相憐。）

# *6. miss*

| | | | |
|---|---|---|---|
| ***miss*** [1] | 〔 mɪs 〕 | v. | 錯過 |
| **mission** [3] | 〔 ˈmɪʃən 〕 | n. | 任務 |
| **missionary** [6] | 〔 ˈmɪʃənˌɛrɪ 〕 | n. | 傳教士 |
| **missile** [3] | 〔 ˈmɪsḷ 〕 | n. | 飛彈 |
| **missing** [3] | 〔 ˈmɪsɪŋ 〕 | adj. | 失蹤的 |
| **mist** [3] | 〔 mɪst 〕 | n. | 薄霧 |
| **mister** [1] | 〔 ˈmɪstɚ 〕 | n. | 先生 |
| **mistress** [5] | 〔 ˈmɪstrɪs 〕 | n. | 女主人 |
| **misunderstand** [4] | 〔 ˌmɪsʌndɚˈstænd 〕 | v. | 誤會 |

**BOOK 9**

【記憶技巧】

　　延續上一回的「悲慘」( misery )，想到為了擺脫悲慘的生活，他決定不再「錯過」( miss ) 任何重要的「任務」( mission )，決定去當「傳教士」( missionary )，去被「飛彈」( missile ) 攻擊的國家，宣揚人道關懷，停止戰爭。卻在戰火連天的地方走失了，成了「失蹤的」( missing ) 人口，走在一片被「薄霧」( mist ) 籠罩的森林裡，看到一位「先生」( mister ) 和「女主人」( mistress )，面面相覷之下，他們一臉驚恐，急忙解釋，擔心他「誤會」( misunderstand )。

1. **miss** v. 錯過 ( = *skip* )；想念 ( = *long for* )

2. **mission** n. 任務 ( = *task* )
   miss ( 想念 ) + ion (n.) = mission，心中想念著「任務」。

3. missionary　*n.* 傳教士（= *someone who attempts to convert others to a particular doctrine*）　*adj.* 傳道的
mission（任務）+ ary（人）= missionary，「傳教士」有傳播教義的任務。

4. missile　*n.* 飛彈（= *projectile*〔prə'dʒɛktḷ〕）
mission（任務）– on + le = missile，「飛彈」有打擊敵人的任務。

5. missing　*adj.* 失蹤的（= *not able to be found*）
miss（想念）+ ing（*adj.*）= missing，「失蹤的」人讓人想念。
【比較】lost〔lɔst〕*adj.* 迷路的（= *unable to find one's way*）

6. mist　*n.* 薄霧（= *a thin fog*）
諧音：「迷失的」，在「薄霧」裡走路容易迷失。
形容詞為 misty〔'mɪstɪ〕*adj.* 有霧的；霧濛濛的。
the mist of early morning　清晨的薄霧
一般的「霧」叫 fog〔fɑg , fɔg〕。

7. mister　*n.* 先生（= *Mr.*）
Mr. Right　理想丈夫；天命真子

8. mistress　*n.* 女主人（= *the female head of a household*）；情婦（= *a woman who is having a sexual relationship with a married man*）
mister（先生）– e + ess（女性的「人」）= mistress

9. misunderstand　*v.* 誤會（= *get the wrong idea about*）
mis（*wrongly*）+ understand（了解）= misunderstand
名詞為 misunderstanding〔'mɪsʌndə'stændɪŋ〕*n.* 誤解。
Tell them what you want to avoid ***misunderstandings***.
（為了避免有誤解，告訴他們你想要的。）

# 7. *mob*

| | | | |
|---|---|---|---|
| *mob ³ | 〔 mɑb 〕 | *n.* | 暴民 |
| *mobile ³ | 〔 'mobḷ 〕 | *adj.* | 可移動的 |
| mobilize ⁶ | 〔 'mobḷ,aɪz 〕 | *v.* | 動員 |
| *model ² | 〔 'mɑdḷ 〕 | *n.* | 模特兒 |
| *moderate ⁴ | 〔 'mɑdərɪt 〕 | *adj.* | 適度的 |
| mock ⁵ | 〔 mɑk 〕 | *v.* | 嘲笑 |
| ***modern ² | 〔 'mɑdɚn 〕 | *adj.* | 現代的 |
| modernize ⁵ | 〔 'mɑdɚn,aɪz 〕 | *v.* | 使現代化 |
| modernization ⁶ | 〔 ,mɑdɚnə'zeʃən 〕 | *n.* | 現代化 |

BOOK

**9**

【記憶技巧】

從上一回的「誤會」(misunderstand)，想到誤會會讓
人變成「暴民」(mob)，他們是一群「可移動的」(mobile)
人群，需要「動員」(mobilize)許多警力才能壓制他們。
他們會去騷擾「模特兒」(model)，所以會場必須要有「適
度的」(moderate)管制，否則他們會「嘲笑」(mock)走
伸展台的人。有「現代的」(modern)監視科技，「使」治
安管理更「現代化」(modernize)，因此暴民在「現代化」
(modernization)科技的管制下，不敢輕舉妄動。

1. mob *n.* 暴民 (= *a large disorderly crowd* )；亂民；烏合之眾
   He was attacked by an angry **mob**.
   (他被一群生氣的暴民攻擊。)

2. mobile *adj.* 可移動的 (= *capable of moving* )；活動的
   mobile 這個字也可唸成〔'mobaɪl〕，但在美國阿拉巴馬州，
   有一個城市叫做 Mobile，要唸成〔'mobɪl〕。

mob（暴民）+ ile (*adj.*) = mobile，暴民是「可移動的」人群。
另外，mob 作爲字根時，等於 move（移動）。
mobile phone    行動電話；手機（= *cell phone*）

3. **mobilize** *v.* 動員（= *deploy*）；召集
mobile（可移動的）– e + ize (*v.*) = mobilize，使動起來，就
是「動員」。
We have ***mobilized*** a hundred volunteers for support.
（我們已經動員了一百名義工支援。）

4. **model** *n.* 模特兒（= *a person who wears clothes in order to
show how they look when worn*）；模型；模範
mode（模式）+ l = model，有固定的模式，就是「模特兒」。
role model    楷模；榜樣

5. **moderate** *adj.* 適度的（= *reasonable*）；溫和的（= *mild*）
mode（模式）+ rate (*adj.*) = moderate，依照模式，就是「適度的」。
A ***moderate*** amount of stress can be beneficial.
（適度的壓力是有好處的。）

6. **mock** *v.* 嘲笑；嘲弄；譏笑（= *laugh at*）    *adj.* 模擬的
Are you trying to ***mock*** me?（你想嘲笑我嗎？）
mock exam    模擬考

7. **modern** *adj.* 現代的（= *current*）

8. **modernize** *v.* 使現代化（= *update*）
modern（現代的）+ ize (*v.*) = modernize

9. **modernization** *n.* 現代化（= *making modern in appearance
or behavior*）
modernize（使現代化）– e + ation (*n.*) = modernization
International competition is a spur to ***modernization***.
（國際間的競爭是走向現代化的動力。）
這個字英國人唸〔ˌmɑdənaɪˈzeʃən〕，美國人唸〔ˌmɑdənəˈzeʃən〕。

# 8. *modest*

| | | |
|---|---|---|
| * **modest** [4] | ['madɪst ] | *adj.* 謙虛的 |
| * **modesty** [4] | ['madəstɪ ] | *n.* 謙虛 |
| **modify** [5] | ['madə,faɪ ] | *v.* 修正 |
| **mold** [6,5] | [ mold ] | *n.* 模子 |
| *** **moment** [1] | ['momənt ] | *n.* 時刻 |
| **momentum** [6] | [ mo'mɛntəm ] | *n.* 動力 |
| * **moist** [3] | [ mɔɪst ] | *adj.* 潮濕的 |
| * **moisture** [3] | ['mɔɪstʃə ] | *n.* 濕氣 |
| **molecule** [5] | ['malə,kjul ] | *n.* 分子 |

BOOK 9

【記憶技巧】

　　從上一回的「現代化」(modernization)，想到即便科技讓我們的生活進入現代化，人還是要保持「謙虛的」(modest)，「謙虛」(modesty) 才能讓我們願意「修正」(modify) 缺點求進步，而不會故步自封在守舊的「模子」(mold) 裡，每個「時刻」(moment) 都要充滿「動力」(momentum)，即便在「潮濕的」(moist) 環境下，空氣充滿「濕氣」(moisture)「分子」(molecule)，也要有抖擻的精神。

1. **modest** *adj.* 謙虛的 ( = *humble* )；樸素的 ( = *simple* )
   mode ( 模式 ) + st (*adj.*) = modest，在模式內，就是「謙虛的」。

2. **modesty** *n.* 謙虛 ( = *humility* )；樸素 ( = *simplicity* )
   Pride hurts, *modesty* benefits. (【諺】滿招損，謙受益。)

Industry and *modesty* are the chief factors of his success.
（勤勉和謙虛是他成功的主要因素。）

3. modify  *v.* 修正（= *alter* ）；更改；（文法）修飾
mode（模式）– e + ify (*make*) = modify，改模式，就是「修正」。
Established practices are difficult to *modify*.
（既定的慣例是很難更改的。）

4. mold  *n.* 模子（= *a frame or model around or
on which something is formed or shaped* ）；模型
break the mold  打破常規
mold 是美式拼字，英式拼法為 mould，也有美國人使用。

mold

5. **moment**  *n.* 時刻（= *point* ）；片刻（= *minute* ）

| mo + ment |
| --- |
| \|    \| |
| *move* + *n.* |

分針的移動，代表「時刻」。
at the moment  此刻；目前
wait a moment  等一下

6. momentum  *n.* 動力（= *power* ）
moment（時刻）+ um (*n.*) = momentum
gain momentum  得到動力；發展壯大
This campaign is really *gaining momentum*.
（這活動的確持續發展壯大。）

7. moist  *adj.* 潮濕的（= *slightly wet* ）；（眼睛）淚汪汪的
諧音：摸一濕的，摸一下發現是「潮濕的」。

8. moisture  *n.* 濕氣（= *humidity* ）；水分
moist（潮濕的）+ ure (*n.*) = moisture

9. molecule  *n.* 分子（= *a very small group of atoms* ）
mole（痣）+ cule（表示「小」的字尾）= molecule
「分子」就如小小的一顆痣。
The *molecule* is the smallest particle.（分子是最小的粒子。）
一個物質分到最小，還保持原來特質的叫 molecule（分子），
沒有保持原來性質的叫 atom（原子）。

# 9. *monotony*

| | | | |
|---|---|---|---|
| **monotony** [6] | 〔 məˈnɑtn̩ɪ 〕 | *n.* 單調 |
| **monotonous** [6] | 〔 məˈnɑtn̩əs 〕 | *adj.* 單調的 |
| **monopoly** [6] | 〔 məˈnɑpl̩ɪ 〕 | *n.* 獨占 |
| | | | |
| **\*\*monster** [2] | 〔 ˈmɑnstɚ 〕 | *n.* 怪物 |
| **monstrous** [5] | 〔 ˈmɑnstrəs 〕【注意拼字】 | *adj.* 怪物般的 |
| **\*monument** [4] | 〔 ˈmɑnjəmənt 〕 | *n.* 紀念碑 |
| | | | |
| **\*monk** [3] | 〔 mʌŋk 〕 | *n.* 修道士 |
| **\*\*\*monkey** [1] | 〔 ˈmʌŋkɪ 〕 | *n.* 猴子 |
| **monarch** [5] | 〔 ˈmɑnɚk 〕【注意發音】 | *n.* 君主 |

BOOK **9**

【記憶技巧】

　　從上一回的「分子」( molecule )，想到世界上的有機體，由各種分子所組成，世界因此不「單調」( monotony )，「單調的」( monotonous ) 人，如果擁有了「獨占」( monopoly ) 市場，就像「怪物」( monster ) 一樣，如此「怪物般的」( monstrous ) 現象，是不容於自由貿易的世界，終究會被剷除，只留下「紀念碑」( monument )，或者被放逐到邊疆地區，當「修道士」( monk ) 和「猴子」( monkey ) 相處，做山中的「君主」( monarch )。

1. **monotony** *n.* 單調 ( = *boredom* )
   mono (*single*) + ton (*tone*) + y (*n.*) = monotony，單一的語調，就是「單調」。
   She watches television to relieve the ***monotony*** of everyday life. ( 她看電視來抒解日常生活的單調。)

2. monotonous　*adj.* 單調的（= *boring*）
   monotony（單調）– y + ous（*adj.*）= monotonous

3. monopoly　*n.* 獨佔（= *the sole right of making or selling something*）；壟斷

   > mono + poly
   > 　|　　　|
   > single + sell

   只有一個人在賣，就是「獨佔」。
   In many countries tobacco is a government *monopoly*.（在很多國家，煙草是政府獨營事業。）

   動詞為：monopolize〔mə'nɑpl,aɪz〕*v.* 壟斷
   His aim was to outdo other competitors and *monopolize* the market.（他的目標是打敗其他競爭者，壟斷市場。）

4. monster　*n.* 怪物（= *an imaginary creature that is large and frightening*）

5. monstrous　*adj.* 怪物般的（= *horrible*）；殘忍的（= *cruel*）
   monster（怪物）– e + ous（*adj.*）= monstrous

6. monument　*n.* 紀念碑（= *memorial*）
   記諧音：「馬牛們」，立一個「紀念碑」給替人類工作的馬和牛。

7. monk　*n.* 修道士（= *a member of a male religious group*）；和尚　　「修女；尼姑」則是 nun〔nʌn〕。

8. monkey　*n.* 猴子（= *ape*）
   *Monkey* see, *monkey* do.（【諺】有樣學樣。）
   have a monkey on *one's* back　有甩不掉的包袱；有無法承受的負擔。

9. monarch　*n.* 君主（= *a nation's ruler or head of state*）
   mon(o)（*single*）+ arch（*ruler*）= monarch，單一的統治者，就是「君主」。第二個 o 要去掉，因為後面遇到母音 a，子音 + 母音才好發音。

# **10.** *moral*

| *moral* [3] | ('mɔrəl) | *adj.* 道德的 |
|---|---|---|
| **morality** [6] | ( mɔ'rælətɪ ) | *n.* 道德 |
| **morale** [6] | ( mo'ræl )【注意發音】 | *n.* 士氣 |
| | | |
| **mortal** [5] | ('mɔrtḷ ) | *adj.* 必死的 |
| **mosquito** [2] | ( mə'skito ) | *n.* 蚊子 |
| **moss** [5] | ( mɔs ) | *n.* 青苔 |
| | | |
| **moth** [2] | ( mɔθ ) | *n.* 蛾 |
| **mother** [1] | ('mʌðɚ ) | *n.* 母親 |
| **motherhood** [5] | ('mʌðɚˏhud ) | *n.* 母性 |

BOOK
9

【記憶技巧】

從上一回的「君主」( monarch )，想到一位有「道德的」
( moral ) 君主，才能使臣民有「道德」( morality )，鼓
舞士兵的「士氣」( morale )，上戰場才會有「必死的」
( mortal ) 決心，連敵人的「蚊子」( mosquito ) 和停在
「青苔」( moss ) 上的「蛾」( moth ) 也不放過，全部殲滅。
最後士兵凱旋歸國後，見到「母親」( mother )，感受到「母
性」( motherhood ) 對孩子的愛。

1. **moral** *adj.* 道德的 ( = *concerned with right and wrong* )
   *n.* 道德教訓 ( = *lesson* )；寓意
   more (*custom*) + al (*adj.*) = moral，依照習俗，就是「道德的」。
   The ***moral*** of this story is don't believe everything you
   hear. ( 這故事的教訓是不要輕信聽到的每一件事。)

2. morality　*n.* 道德 ( = *principles of right or wrong behavior* )；
道德觀　　moral ( 道德的 ) + ity (*n.*) = morality
She shows a lack of concern for conventional *morality*.
（她不太在意傳統道德觀。）

3. morale　*n.* 士氣 ( = *the level of courage and confidence* )
moral ( 道德 ) + e = morale，道德可以鼓舞「士氣」。
boost morale　鼓舞士氣
*Morale* is running high.（士氣越來越高。）

4. mortal　*adj.* 必死的 ( = *able to die* )；致命的 ( = *fatal* )
*n.* 普通人；凡人 ( = *human being* )

> mort + al
> ｜　　｜
> *death* + *adj.*
>
> 和死亡相關的，就是「必死的」。
> All men are *mortal*.（【諺】人皆有死。）

5. mosquito　*n.* 蚊子 ( = *a small insect, which sucks blood from animals and people* )　*pl.* mosquito(e)s
諧音：冒死去偷，「蚊子」冒死去偷血。

6. moss　*n.* 青苔；蘚苔；苔 ( = *a type of small flowerless plant, found in damp places* )
A rolling stone gathers no *moss*.
（【諺】滾石不生苔；轉業不聚財。）
The stones are covered with *moss*.（石頭生滿了青苔。）

7. moth　*n.* 蛾 ( = *a flying insect like a butterfly* )
諧音：莫死，希望飛「蛾」不要冒死去撲火。

moth

8. mother　*n.* 母親 ( = *mom* )
the mother of　…的根源
Failure is *the mother of* success.（【諺】失敗為成功之母。）

9. motherhood　*n.* 母性 ( = *the qualities of a mother* )
mother ( 母親 ) + hood (*n.*) = motherhood

BOOK
9

# 11. *motive*

| | | | |
|---|---|---|---|
| **motive** [5] |〔ˈmotɪv〕 | *n.* | 動機 |
| *****motivate** [4] | 〔ˈmotəˌvet〕 | *v.* | 激勵 |
| *****motivation** [4] | 〔ˌmotəˈveʃən〕 | *n.* | 積極動機 |
| | | | |
| *****motion** [2] | 〔ˈmoʃən〕 | *n.* | 動作 |
| *****motor** [3] | 〔ˈmotɚ〕 | *n.* | 馬達 |
| ******motorcycle** [2] | 〔ˈmotɚˌsaɪkḷ〕 | *n.* | 摩托車 |
| | | | |
| **mount** [5] | 〔maʊnt〕 | *v.* | 爬上 |
| ******mountain** [1] | 〔ˈmaʊntṇ〕 | *n.* | 山 |
| *****mountainous** [4] | 〔ˈmaʊntṇəs〕 | *adj.* | 多山的 |

BOOK

**9**

【記憶技巧】

從上一回的「母性」（motherhood），想到母性是很強烈的「動機」（motive），能夠「激勵」（motivate）自己為了孩子，不怕困難的「動機」（motivation），什麼「動作」（motion）都難不倒母親。修「馬達」（motor）、騎「摩托車」（motorcycle），還是「爬上」（mount）很高的「山」（mountain），即便是「多山的」（mountainous）地區都沒問題。

1. **motive** *n.* 動機（= *intention*）；緣由（= *reason*）
   mot (*move*) + ive (*n.*) = motive
   Police have ruled out robbery as a ***motive*** for the killing.
   （警方已經排除搶劫為殺人的動機。）

2. **motivate** *v.* 激勵（= *inspire*）；使有動機；激起（行動）
   motive（動機）– e + ate (*v.*) = motivate

No one really knows what ***motivated*** him to do so.
（沒有人真正知道是什麼激勵他那樣做。）

3. motivation　*n.* 動機（ = *a feeling of enthusiasm or interest that makes you determined to do sth.* ）
motivate（激勵） – e + ion (*n.*) = motivation
You can do anything if you've got the ***motivation***.
（如果你有了動機，什麼都可以做到。）

4. **motion**　*n.* 動作（ = *action* ）；移動（ = *movement* ）
mot (*move*) + ion (*n.*) = motion
be in motion　移動中　　motion picture　動畫；電影

5. **motor**　*n.* 馬達（ = *engine* ）　　　mot (*move*) + or (*n.*) = motor

6. **motorcycle**　*n.* 摩托車（ = *a motor vehicle with two wheels* ）
motor（馬達） + cycle（自行車） = motorcycle

motorcycle

美國人常用 bike〔baɪk〕來代替「腳踏車」和「摩托車」。

7. **mount**　*v.* 爬上（ = *go up stairs or climb* ）；增加　*n.* …山
Tension here is ***mounting***, as we await the final result.
（當我們在等待最後的結果，這裡的緊張氣氛持續上升。）
Mount Everest　埃弗勒斯峰；聖母峰

8. **mountain**　*n.* 山（ = *a land mass that projects well above its surroundings* ）；大量（ = *a large amount* ）
mount（山） + ain = mountain　　a mountain of debt　龐大的債務
move mountains　竭盡全力；創造奇蹟
Faith can ***move mountains***.（【諺】信念可以移山；有信心就會成功。）

9. **mountainous**　*adj.* 多山的（ = *rocky* ）；巨大的（ = *huge* ）
mountain（山） + ous (*adj.*) = mountainous
mountainous waves　如山的巨浪

# 12. mouse

| | | | |
|---|---|---|---|
| ***mouse** [1] | 〔 maʊs 〕 | 【注意說明】 | n. 老鼠 |
| ***mouth** [1] | 〔 maʊθ 〕 | | n. 嘴巴 |
| **mouthpiece** [6] | 〔ˈmaʊθ͵pis 〕 | | n. (電話的)送話口 |
| | | | |
| ***move** [1] | 〔 muv 〕 | | v. 移動 |
| **movement** [1] | 〔ˈmuvmənt 〕 | | n. 動作 |
| *movable** [2] | 〔ˈmuvəbl̩ 〕 | | adj. 可移動的 |
| | | | |
| ***movie** [1] | 〔ˈmuvɪ 〕 | | n. 電影 |
| **mow** [4] | 〔 mo 〕 | | v. 割 ( 草 ) |
| **mower** [5] | 〔ˈmoɚ 〕 | | n. 割草機 |

**BOOK 9**

【記憶技巧】

> 從上一回的「多山的」(mountainous)，想到多山的
> 地區很多「老鼠」(mouse)，牠們的「嘴巴」(mouth)還
> 會去咬「電話的送話口」(mouthpiece)，在房間裡到處「移
> 動」(move)，「動作」(movement)很快，是「可移動的」
> (movable)動物裡面，數一數二快。不管我是在家裡看
> 「電影」(movie)、「割草」(mow)，還是清理「除草機」
> (mower)都可以看到牠們的行蹤。

1. mouse n. 老鼠 ( = *a small furry animal with a long tail* );
   滑鼠   *pl.* mice
   as poor as a church mouse   非常貧窮；一貧如洗
   mouse potato   電腦迷【成天坐在電腦前面的人】

2. **mouth** n. 嘴巴 ( = *the opening through which an animal
   takes in food* )

中國人沒有 /θ/ 和 /ə/ 的發音，往往把 mouth 唸成 mouse，
祕訣是，碰到 th 時，舌頭該伸出。

3. **mouthpiece** *n.* （電話的）送話口；電話筒對嘴的一端
   （= *the part of a telephone into which a person*
   *speaks* ）；代言人（= *spokesperson* ）
   mouth（嘴巴）+ piece（片；塊）= mouthpiece

4. **move** *v.* 移動（= *change position* ）；搬家　*n.* 行動
   make no move　什麼都不做
   She *made no move* to help with the cleaning.
   （她沒有幫忙打掃。）

5. **movement** *n.* 動作（= *act* ）；運動（= *campaign* ）
   move（移動）+ ment (*n.*) = movement
   have a bowel movement　排便
   women's rights movement　女權運動

6. **movable** *adj.* 可移動的（= *portable* ）
   move（移動）– e + able（可以⋯的）= movable

7. **movie** *n.* 電影（= *film* ）
   movie theater　電影院（= *cinema* ）
   horror movie　恐怖片　　action movie　動作片

8. **mow** *n.* 割（草）（= *cut grass using a machine* ）
   諧音：茂，茂盛的草要「割」。ow 在字尾通常讀 /o/。
   mow the lawn　修剪草坪

9. **mower** *n.* 割草機（= *lawnmower* ）
   mow（割草）+ er (*n.*) = mower

mower

# *13. mud*

| | | | |
|---|---|---|---|
| **mud** [1] | 〔 mʌd 〕 | *n.* | 泥巴 |
| **muddy** [4] | 〔ˈmʌdɪ 〕 | *adj.* | 泥濘的 |
| **mug** [1] | 〔 mʌg 〕 | *n.* | 馬克杯 |
| | | | |
| **multiple** [4] | 〔ˈmʌltəpḷ 〕 | *adj.* | 多重的 |
| **multiply** [2] | 〔ˈmʌltəˏplaɪ 〕 | *v.* | 繁殖 |
| **mumble** [5] | 〔ˈmʌmbḷ 〕 | *v.* | 喃喃地說 |
| | | | |
| **murder** [3] | 〔ˈmɝdə 〕 | *v. n.* | 謀殺 |
| **murderer** [4] | 〔ˈmɝdərə 〕 | *n.* | 兇手 |
| **murmur** [4] | 〔ˈmɝmə 〕 | *n.* | 喃喃自語 |

BOOK

**9**

【記憶技巧】

　　從上一回的「除草機」(mower)，想到用除草機在滿是「泥巴」(mud)又「泥濘的」(muddy)草地上除草，意外發現一個「馬克杯」(mug)，裡面有「多重的」(multiple)蟲「繁殖」(multiply)，感到疑惑，「喃喃地說」(mumble)，是否這是「謀殺案」(murder)「兇手」(murderer)培植的，不斷「喃喃自語」(murmur)。

1. mud *n.* 泥巴 ( = *wet soft earth* )
   sling mud at *sb.* 批評某人；誹謗某人

2. muddy *adj.* 泥濘的 ( = *dirty with mud* )
   mud (泥巴) + dy (*adj.*) = muddy

3. mug  *n.*  馬克杯（ = *a large glass with a handle* ）
   諮音：馬克，就是「馬克杯」。

mug

4. multiple  *adj.*  多重的（ = *many* ）

   | multi + ple |
   |---|
   | &#124;    &#124; |
   | *many + fold* |

   很多摺，就是「多重的」。
   multiple personality  多重人格
   multiple-choice test  選擇題考試

5. multiply  *v.*  繁殖（ = *reproduce* ）；大量增加；乘
   multiple（多重的）– e + y (*v.*) = multiply
   These creatures can ***multiply*** quickly.
   （這些生物可以繁殖得快。）　　　multiply A by B  A 乘 B

6. mumble  *v.*  喃喃地說（ = *mutter* ）；含糊不清地說
   這個字是模擬含糊說話的樣子，兩個 mm，表示「嘴巴關閉」。
   He ***mumbled*** a few words.（他喃喃地說了一些話。）

7. murder  *v.*  謀殺（ = *kill* ）；徹底擊敗（ = *defeat* ）  *n.*（ = *killing* ）
   諧音：磨的，磨好的刀要「謀殺」他人。
   We were ***murdered*** by last year's champions.
   （我們慘敗給去年的冠軍。）
   commit a murder  犯下殺人罪
   ***Murder*** will out.（【諺】壞事終究會暴露；紙包不住火。）

8. murderer  *n.*  兇手（ = *killer* ）
   murder（謀殺）+ er（人）= murderer

9. murmur  *n.*  低語  *v.*  小聲地說；喃喃自語
   murmur 和 mumble 是同義字，murmur 嘴巴閉起來，
   mumble 是含糊不清楚的說。
   I listened to the ***murmur*** of traffic.（我聽到一點點車聲。）

# 14. *muscle*

| | | | |
|---|---|---|---|
| \***muscle** [3] | (ˈmʌsl̩) | *n.* | 肌肉 |
| **muscular** [5] | (ˈmʌskjələ) | *adj.* | 肌肉的 |
| \***mushroom** [3] | (ˈmʌʃrum) | *n.* | 蘑菇 |
| | | | |
| **muse** [5] | ( mjuz ) | *v.* | 沉思 |
| \*\*\***museum** [2] | ( mjuˈziəm ) | *n.* | 博物館 |
| \*\***musician** [2] | ( mjuˈzɪʃən ) | *n.* | 音樂家 |
| | | | |
| \*\*\***must** [1] | ( mʌst ) | *aux.* | 必須 |
| **mustard** [5] | (ˈmʌstəd) | *n.* | 芥末 |
| \***mustache** [4] | (ˈmʌstæʃ, məˈstæʃ) | *n.* | 八字鬍 |

**BOOK**
**9**

【記憶技巧】

　　從上一回的「喃喃自語」( murmur )，想到一個人無
聊喃喃自語，運動嘴部「肌肉」( muscle )，對「肌肉的」
( muscular ) 細胞很有幫助，邊吃著「蘑菇」( mushroom )
和看著歷史文物「沉思」( muse )，在「博物館」( museum )
裡遇到一位「音樂家」( musician )。他吃飯時「必須」( must )
注意「芥末」( mustard ) 有沒有沾到「八字鬍」( mustache )。

1. **muscle** *n.* 肌肉 ( = *a piece of flesh that connects
   one bone to another* )
   mus (*mouse*) + cle ( 小 ) = muscle，「肌肉」像隻小
   老鼠。

muscle

2. **muscular** *adj.* 肌肉的 ( = *relating to, or consisting of muscle* )；
   肌肉發達的 ( = *strong* )

muscle（肌肉）– le + ular (*adj.*) = muscular
a muscular body  健壯的身體

3. mushroom  *n.* 蘑菇（= *a type of fungus, usually shaped like an umbrella*）  *v.* 迅速增加（= *increase very quickly*）
mush（糊狀物）+ room（房間）= mushroom，「蘑菇」常做成糊狀的濃湯，端到房間喝，客人會「迅速增加」。
Trade between the two countries has ***mushroomed***.（兩國之間的貿易迅速發展。）

mushroom

4. muse  *v.* 沉思（= *ponder*）  *n.* 謬斯（Muse 文藝女神）；創作靈感（= *inspiration*）
music（音樂）就是 muse 演變而來。
He ***mused*** upon his relationship with his father.
（他沉思他和父親的關係。）

5. **museum**  *n.* 博物館（= *a place where many valuable and important objects are kept so that people can see them*）

6. **musician**  *n.* 音樂家（= *someone who performs or writes music*）  music（音樂）+ ian（人）= musician

7. must  *aux.* 一定（= *have to*）  *n.* 必備之物
A raincoat is a ***must*** in the rainy season.
（在雨季雨衣是必備之物。）

8. **mustard**  *n.* 芥末（= *a yellow substance with a hot taste*）
must（一定）+ ard = mustard

9. mustache  *n.* 八字鬍（= *the hair that grows on a man's upper lip*）
must（一定）+ ache（痛）= mustache，
拔「八字鬍」一定會痛。

mustache

# *15. mute*

| | | | |
|---|---|---|---|
| **mute** [6] | 〔 mjut 〕 | *adj.* | 啞的 |
| **mule** [2] | 〔 mjul 〕 | *n.* | 騾ㄌㄨㄛ |
| **municipal** [6] | 〔 mjuˈnɪsəpḷ 〕 | *adj.* | 市立的 |
| **mutter** [5] | 〔ˈmʌtɚ 〕 | *v.* | 喃喃地說 |
| **mutton** [5] | 〔ˈmʌtṇ 〕 | *n.* | 羊肉 |
| *****mutual** [4] | 〔ˈmjutʃʊəl 〕 | *adj.* | 互相的 |
| *****mystery** [3] | 〔ˈmɪstrɪ 〕 | *n.* | 神祕 |
| **myth** [5] | 〔 mɪθ 〕 | *n.* | 神話 |
| **mythology** [6] | 〔 mɪˈθɑlədʒɪ 〕 | *n.* | 神話 |

BOOK **9**

【記憶技巧】

　　上一回的「芥末」( mustard )，想到吃到芥末，難以說話，就像一隻「啞的」( mute )「騾子」( mule )，喝了大量的水之後，去「市立的」( municipal ) 圖書館看書，嘴裡「喃喃地說」( mutter ) 想要吃「羊肉」( mutton )，和旁邊的友人「互相的」( mutual ) 交頭接耳，討論著「神祕」( mystery ) 的古代「神話」( myth, mythology )。

1. **mute** *adj.* 啞的 ( = *dumb* )；沈默的；無聲的 ( = *silent* )
   m 要「嘴巴緊閉」，所以是「啞的」，也當做「沈默的」解。
   He was *mute*, distant and indifferent. ( 他沈默、有距離感和冷漠。)

2. **mule** *n.* 騾 ( = *an animal whose parents are a horse and a donkey* )
   mule 是騾的叫聲，是公驢和母馬所生的。
   as stubborn as a mule 像騾一樣固執；非常固執

mule

3. municipal *adj.* 市立的（= *civic*）；市政府的
   the municipal library 市立圖書館

4. mutter *v.* 喃喃地說（= *murmur*）；抱怨（= *grumble*）
   mut（閉嘴）+ ter（重複）= mutter，重複閉嘴，就是「喃喃地說」。
   People began ***muttering*** about the unfair way he was being
   treated.（人們開始抱怨他受到不公平的對待。）

   > 【比較】聲音從小到大　murmur → mutter → mumble
   > 　　　　　　　　　　（聽不見）（聽不清楚）（聽得見）

5. mutton *n.* 羊肉（= *the flesh of sheep, used as food*）
   諧音：媽燙，媽媽燙「羊肉」給我吃。

6. **mutual** *adj.* 互相的（= *shared*）
   諧音：木球，大家有一個「互相的」木球。
   a mutual friend 一位共同的朋友　　a mutual interest 共同的興趣

7. **mystery** *n.* 神祕；神祕的事物；謎（= *puzzle*）
   諧音：迷思特例，就是「神祕」。
   How she passed her exam is a ***mystery*** to me.
   （她如何通過考試對我來說是個謎。）
   Yesterday is history. Tomorrow is a ***mystery***. Today is a gift.
   （昨天是歷史。明天是個謎。今天是禮物。）

8. myth *n.* 神話（= *an ancient traditional story about God*）；
   迷思（= *fancy*）；不真實的事
   諧音：「迷思」，完全對應中文意思。
   It was important to dispel the ***myth*** that AIDS was a gay
   disease.（破除愛滋病是男同性戀的疾病這個迷思，是很重要的。）

9. **mythology** *n.* 神話（= *myths collectively*）
   myth（神話）+ ology（*study*）= mythology
   Greek and Roman mythology 希臘羅馬神話
   myth 是一則一則的神話，為可數名詞，mythology 是集合
   名詞，表全體。

# *16. nag*

| | | | |
|---|---|---|---|
| **nag** [5] | 〔 næg 〕 | *v.* | 嘮叨 |
| *\***nap** [3] | 〔 næp 〕 | *n.* | 小睡 |
| *\*\***napkin** [2] | 〔'næpkɪn 〕 | *n.* | 餐巾 |
| **narrate** [6] | 〔'næret 〕【注意發音說明】 | *v.* | 敘述 |
| **narrator** [6] | 〔'næretɚ 〕 | *n.* | 敘述者 |
| **narrative** [6] | 〔'nærətɪv 〕 | *n.* | 敘述 |
| *\*\***nation** [1] | 〔'neʃən 〕 | *n.* | 國家 |
| *\*\*\***national** [2] | 〔'næʃənl̩ 〕 | *adj.* | 全國的 |
| *\***nationality** [4] | 〔,næʃən'æləti 〕 | *n.* | 國籍 |

BOOK
**9**

【記憶技巧】

從上一回的「神話」（mythology），想到在床上看神話故事，被媽媽「嘮叨」（nag），覺得不開心，於是就「小睡」（nap）一下，醒後去餐廳吃飯，看到一位手拿「餐巾」（napkin）的顧客，大聲「敘述」（narrate）自己的過去，那位「敘述者」（narrator）的「敘述」（narrative）圍繞著跟「國家」（nation）相關的議題，和「全國的」（national）族群「國籍」（nationality）問題。

1. nag *v.* 嘮叨 ( = *frequently ask someone to do sth. they do not want to do* )
   諧音：那個，一直叫你做那個，就是「嘮叨」。
   My mom keeps *nagging* me to tidy my room.
   （我媽媽一直嘮叨我，要我整理房間。）

2. nap *n.* 小睡 ( = *a short sleep* )　　take a nap 小睡一下

3. napkin *n.* 餐巾 ( = *a piece of cloth or paper used for protecting your clothes while you are eating* )；餐巾紙
nap ( 小睡 ) + kin ( 親戚 ) = napkin，吃完午餐，用「餐巾」擦完嘴，就想「小睡一下」( take a nap )。

napkin

4. narrate *v.* 敘述 ( = *tell* )

| narr + ate | 把知道的說出來，就是「敘述」。 |
| know + v. | narrate an event　敘述一個事件 |

這個字也可唸成〔næ'ret〕，但現在美國人多唸〔'næret〕。

5. narrator *n.* 敘述者 ( = *someone who tells a story* )；旁白
narrate ( 敘述 ) – e + or ( 人 ) = narrator
Most Discovery Channel programs have a *narrator*.
( 大部分探索頻道的節目都有旁白。)

6. narrative *n.* 敘述 ( = *story* )　*adj.* 敘述的 ( = *being a narrative* )
narrate ( 敘述 ) – e + ive ( *n. adj.* ) = narrative
He began his *narrative* with the day of the murder.
( 他從謀殺案那天開始敘述。)

7. **nation** *n.* 國家 ( = *country* )
nat ( *birth* ) + ion ( *n.* ) = nation，生出來的地方，就是「國家」。

8. **national** *adj.* 全國的 ( = *nationwide* )
nation ( 國家 ) + al ( *adj.* ) = national
Now let's take a look at the main *national* and international news. ( 現在我們來看一下國內和國際主要新聞。)
national anthem 國歌

9. **nationality** *n.* 國籍 ( = *citizenship* )
national ( 國家的 ) + ity ( *n.* ) = nationality
Taiwanese nationality 台灣國籍　　dual nationality 雙重國籍

BOOK
9

# *17. nature*

| | | | |
|---|---|---|---|
| **nature** [1] | (ˈnetʃɚ) | *n.* | 自然 |
| **natural** [2] | (ˈnætʃərəl) | *adj.* | 自然的 |
| **naturalist** [6] | (ˈnætʃərəlɪst) | *n.* | 自然主義者 |
| **naval** [6] | (ˈnevl̩) 【同音字】 | *adj.* | 海軍的 |
| **navel** [6] | (ˈnevl̩) | *n.* | 肚臍 |
| **naughty** [2] | (ˈnɔtɪ) | *adj.* | 頑皮的 |
| **navigate** [5] | (ˈnævəˌget) | *v.* | 航行 |
| **navigation** [6] | (ˌnævəˈgeʃən) | *n.* | 航行 |
| **navy** [3] | (ˈnevɪ) | *n.* | 海軍 |

BOOK **9**

【記憶技巧】

從上一回的「國籍」( nationality )，想到不管是哪個國籍
的人，都應該尊重「自然」( nature ) 和「自然的」( natural )
生物，都必須是個保護自然的「自然主義者」( naturalist )。
有些「海軍的」( naval ) 環保行動，他們光著上半身，露出「肚
臍」( navel )，在海上和「頑皮的」( naughty ) 海豚一同「航
行」( navigate )，他們的「航行」( navigation ) 可以幫助監
督海洋污染，是「海軍」( navy ) 的楷模。

1. **nature** *n.* 自然 ( = *the physical world* )；本質 ( = *quality* )
   nat (*born*) + ure (*n.*) = nature，生育出來的產物，就是「自然」。
   human nature　人性
   Habit is second ***nature***. (【諺】習慣是第二天性；習慣成自然。)

2. **natural** *adj.* 自然的（ = *present in or produced by nature*）
   nature（自然）– e + al（*adj.*）= natural
   natural disaster 自然災害

3. naturalist *n.* 自然主義者（ = *environmentalist*）
   natural（自然的）+ ist（人）= naturalist

4. **naval** *adj.* 海軍的（ = *relating to a navy*）

   | nav + al |
   | --- |
   | ship + adj. |

   跟船有關的，就是「海軍的」。
   naval officer 海軍軍官

5. navel *n.* 肚臍（ = *a small round place in the middle of someone's stomach*）
   諧音：內縫，「肚臍」天生縫在肚子內。
   A *navel* is also called a "belly button."
   （肚臍也被稱作「肚子上的鈕釦」。）

6. **naughty** *adj.* 頑皮的（ = *mischievous*）
   naught（零）+ y（*adj.*）= naughty，沒有事情可做，會是「頑皮的」。
   naught〔nɔt〕*n.* 零；沒有

7. **navigate** *v.* 航行（ = *sail*）；穿越（ = *make one's way*）
   nav（*ship*）+ ig（*drive*）+ ate（*v.*）= navigate，開船，就是「航行」。
   He *navigated* with difficulty through the crowd.
   （他艱難地穿越人群。）

8. navigation *n.* 航行（ = *sailing*）
   navigate（航行）– e + ion（*n.*）= navigation
   *Navigation* becomes more difficult further up the river.
   （繼續向河流上游走，航行變得更困難。）

9. navy *n.* 海軍（ = *naval forces*）
   nav（*ship*）+ y（*n.*）= navy，駕駛船的，就是「海軍」。

# 18. nearby

| | | | |
|---|---|---|---|
| *nearby [2] | ('nɪr'baɪ ) | adv. | 在附近 |
| *nearly [2] | ('nɪrlɪ ) | adv. | 幾乎 |
| *nearsighted [4] | (ˌnɪr'saɪtɪd )【注意說明】 | adj. | 近視的 |
| ‡neck [1] | ( nɛk ) | n. | 脖子 |
| *necklace [2] | ('nɛklɪs ) | n. | 項鍊 |
| *necktie [3] | ('nɛkˌtaɪ ) | n. | 領帶 |
| ‡need [1] | ( nid ) | v. | 需要 |
| *needy [4] | ('nidɪ ) | adj. | 窮困的 |
| ‡needle [2] | ('nidḷ ) | n. | 針 |

【記憶技巧】

從上一回的「海軍」(navy )，想到去志願當海軍，「在」
身旁「附近」(nearby ) 的人「幾乎」(nearly ) 都是「近視
的」(nearsighted )，他們的「脖子」(neck ) 都戴著「項鍊」
(necklace )，穿軍服都要綁「領帶」(necktie )，都很「需要」
(need ) 錢，因爲他們來自「窮困的」(needy ) 家庭，用
「針」(needle ) 縫補自己的衣服。

1. **nearby** *adv.* 在附近 ( = *not far away* )
   near (靠近的 ) + by (旁邊 ) = nearby

2. **nearly** *adv.* 幾乎 ( = *almost* )
   near (靠近的 ) + ly (*adv.*) = nearly
   7000 字裡常考的「幾乎」: practically, virtually ('vɜtʃʊəlɪ )

BOOK

**9**

3. nearsighted *adj.* 近視的 ( = *unable to see distant objects clearly* )；短視近利的

near ( 靠近的 ) + sight ( 視力 ) + ed (*adj.*) = nearsighted，只有靠近可以發揮視力，就是「近視的」，引申為「短視近利的」。
這個字以前唸成〔ˈnɪrˈsaɪtɪd〕，現在都唸成〔ˌnɪrˈsaɪtɪd〕。

4. neck *n.* 脖子 ( = *the part of the body between the head and chest* )

5. necklace *n.* 項鍊 ( = *an ornament worn around the neck* )
neck ( 脖子 ) + lace ( 蕾絲 ) = necklace
necklace 可唸成〔ˈnɛklɪs〕或〔ˈnɛkləs〕，但不能唸成〔ˈnɛkˌles〕。
lace〔les〕*n.* 蕾絲；紡織品的花邊
shoelace〔ˈʃuˌles〕*n.* 鞋帶

necklace

6. necktie *n.* 領帶 ( = *tie* )
neck ( 脖子 ) + tie ( 帶子 ) = necktie

7. need *v.* 需要 ( = *want* )　　*n.* 需要 ( = *demand* )
need V-ing 需要 ( 被 ) = need to be + p.p.
The bathroom ***needs washing***. ( 浴室需要洗了。)
mcct a need 滿足需求　　in need 在貧困中；有困難
A friend ***in need*** is a friend indeed. (【諺】患難見眞情。)

8. needy *adj.* 窮困的 ( = *poor* )
need ( 需要 ) + y (*adj.*) = needy　　the needy 窮人

9. needle *n.* 針 ( = *a pointed slender piece of metal* )；針頭
need ( 需要 ) + le (*n.*) = needle，生病的時候需要打「針」。
Look for a ***needle*** in a haystack. (【諺】大海撈針。)
a needle and thread 針線

# *19. neglect*

| | | | |
|---|---|---|---|
| * **neglect** ⁴ | ( nɪˈglɛkt ) | *v.* | 忽略 |
| * **negotiate** ⁴ | ( nɪˈgoʃɪˌet ) | *v.* | 談判 |
| **negotiation** ⁶ | ( nɪˌgoʃɪˈeʃən ) | *n.* | 談判 |
| * **neighbor** ² | ( ˈnebɚ ) | *n.* | 鄰居 |
| * **neighborhood** ³ | ( ˈnebɚˌhʊd ) | *n.* | 鄰近地區 |
| * **nephew** ² | ( ˈnɛfju ) | *n.* | 姪兒 |
| * **nerve** ³ | ( nɝv ) | *n.* | 神經 |
| * **nervous** ³ | ( ˈnɝvəs ) | *adj.* | 緊張的 |
| * **nest** ² | ( nɛst ) | *n.* | 巢 |

BOOK

**9**

【記憶技巧】

從上一回的「針」(needle)，想到可以用針刺「忽略」(neglect) 和你「談判」(negotiate) 的人，「談判」(negotiation) 常發生在「鄰居」(neighbor) 之間，住在「鄰近地區」(neighborhood) 的「姪兒」(nephew) 常來觀看，看到談判吵架，他感到「神經」(nerve)「緊張的」(nervous)，像鳥「巢」(nest) 裡看不見母鳥的的雛鳥。

1. **neglect** *v.* 忽略 ( = *ignore* )　*n.* ( = *disregard* )
   neg (*not*) + lect (*choose*) = neglect，不選，就是「忽略」。
   neglect of duty　怠忽職守
   The officer was reported for *neglect of duty*.
   （那警察因為怠忽職守而被舉發。）

2. negotiate *v.* 談判（= *discuss*）；協商
   諧音：你狗謝，「談判」成功，對方的狗也很感謝。
   negotiate *sth.* with *sb.* 和某人商議某事

3. **negotiation** *n.* 談判（= *discussion*）；協商
   negotiate（談判）– e + ion (*n.*) = negotiation
   under negotiation 在商談中
   The contract is still *under negotiation*.（合約還在商談中。）

4. **neighbor** *n.* 鄰居（= *a person who lives near another*）
   諧音：內伯，住在鎮內的伯伯，是「鄰居」。
   A good fence makes a good *neighbor*.
   （【諺】籬笆造得牢，鄰居處得好。）【保持距離有助於彼此的關係。】

5. **neighborhood** *n.* 鄰近地區（= *a nearby region*）
   neighbor（鄰居）+ hood (*n.*) = neighborhood
   He lives in our *neighborhood*.（他住在我們那一區。）

6. **nephew** *n.* 姪兒（= *a son of your brother*）；外甥
   【比較】niece〔nis〕*n.* 姪女；外甥女

7. **nerve** *n.* 神經（= *one of the cords which carry messages*
   *between all parts of the body and the brain*）；勇氣
   He didn't have the *nerve* to ask me to go out with him.
   （他沒膽子約我出去。）

8. **nervous** *adj.* 緊張的（= *tense*）；神經的
   nerve（神經）– e + ous (*adj.*) = nervous
   nervous system 神經系統

9. **nest** *n.* 巢（= *a structure that birds make to keep their eggs*
   *and babies in*）
   想到你家旁邊（next）有鳥「巢」（nest），把 x 改成 s，就記得了。

# *20. net*

| | | | |
|---|---|---|---|
| *net² | 〔 nɛt 〕 | *n.* | 網 |
| *network³ | 〔'nɛt‚wɝk 〕 | *n.* | 網路 |
| neutral⁶ | 〔'njutrəl 〕 | *adj.* | 中立的 |
| | | | |
| ‡news¹ | 〔 njuz 〕 | *n.* | 新聞 |
| newscast⁵ | 〔'njuz‚kæst 〕 | *n.* | 新聞報導 |
| newscaster⁶ | 〔'njuz‚kæstɚ 〕 | *n.* | 新聞播報員 |
| | | | |
| nickel⁵ | 〔'nɪkḷ 〕 | *n.* | 五分錢硬幣 |
| *nickname³ | 〔'nɪk‚nem 〕 | *n.* | 綽號 |
| ‡niece² | 〔 nis 〕 | *n.* | 姪女 |

**BOOK 9**

【記憶技巧】

　　從上一回的「巢」(nest)，想到巢是「網」(net)狀的，
罪犯的巢也一樣是「網狀組織」(network)，要一舉突破，
需要「中立的」(neutral)「新聞」(news)，有了「新聞報
導」(newscast)和「新聞播報員」(newscaster)的宣導，
才不會再發生有罪犯用「五分錢硬幣」(nickel)和「綽號」
(nickname)，就騙走他人的「姪女」(niece)。

1. **net** *n.* 網 ( = *web* )　　*adj.* 淨餘的 ( = *final* )；純的
   the Net 網際網路 ( = *the Internet* )　　net gain 淨利

2. **network** *n.* (電腦)網路；網路系統 ( = *system* )；網狀組織
   net (網) + work (工作) = network
   Taipei has an advanced ***network*** of transportation.
   (台北有先進的運輸網。)

3. neutral *adj.* 中立的（= *impartial*）; 中性的

> | neutr + al |
> | :---: |
> | neither + *adj.* |

沒有偏向任一邊，，就是「中立的」。
remain neutral 保持中立

4. news *n.* 新聞（= *information about recent events*）
new（新的）+ s (*n.*) = news　　front-page news 頭版新聞
break the news to *sb.* 告訴某人壞消息
I hate to **break the news** to you.
（我很不想告訴你這個壞消息。）

5. newscast *n.* 新聞播報（= *a broadcast of news on radio or television*）
news（新聞）+ cast（播）= newscast，播新聞，就是「新聞播報」。
evening newscast 晚間新聞

6. newscaster *n.* 新聞播報員（= *someone who broadcasts the news*）
newscast（新聞播報）+ or（人）= newscaster

7. nickel *n.* 五分錢硬幣（= *a coin worth five cents*）; 鎳
諧音：你摳，你很摳，只有給我「五分錢硬幣」。

nickel

8. nickname *n.* 綽號（= *informal name*）　*v.* 給⋯取綽號
nick（諧音「你可」）+ name（名）= nickname，可以取給你的
名字，就是「綽號」。
We **nicknamed** him "Foureyes" because he wore spectacles.
（我們給他一個綽號叫「四隻眼睛」，因為他戴眼鏡。）

9. niece *n.* 姪女（= *the daughter of one's brother or sister*）;
外甥女
可以記：我的「姪女」(niece)，都很「好」(nice)，中間多個 e。

# *21. night*

| | | |
|---|---|---|
| ***night** [1] | ( naɪt ) | *n.* 晚上 |
| **nightingale** [5] | ( 'naɪtn̩‚gel ) | *n.* 夜鶯 |
| *****nightmare** [4] | ( 'naɪt‚mɛr ) | *n.* 惡夢 |
| **nominate** [5] | ( 'nɑmə‚net ) | *v.* 提名 |
| **nomination** [6] | (‚nɑmə'neʃən ) | *n.* 提名 |
| **nominee** [6] | (‚nɑmə'ni ) | *n.* 被提名人 |
| **norm** [6] | ( nɔrm ) | *n.* 標準 |
| *****normal** [3] | ( 'nɔrml̩ ) | *adj.* 正常的 |
| ***north** [1] | ( nɔrθ ) | *n.* 北方 |

BOOK
9

【記憶技巧】

　　從上一回的「姪女」( niece )，想到姪女喜歡在「晚上」
( night ) 唱歌，覺得自己歌聲像「夜鶯」( nightingale )，
但卻讓鄰居做「惡夢」( nightmare )。有人故意「提名」
( nominate ) 她去報名歌唱比賽，這「提名」( nomination )
讓她受寵若驚，但是聽到其他「被提名人」( nominee ) 的歌
聲，她才知道她沒達到「標準」( norm )，保持「正常的」
( normal ) 心態，回到「北方」( north ) 的家鄉。

1. **night** *n.* 晚上 ( *= the period from sunset to sunrise* )
   **night shift** 晚班　　**day and night** 日以繼夜
   He worked ***day and night***. ( 他日以繼夜地工作。)

2. **nightingale** *n.* 夜鶯 ( *= a small bird known*
   *for the beautiful way it sings at night* )

nightingale

night（晚上）+ in (*in*) + gale (*sing*) = nightingale，在晚上唱歌，就是「夜鶯」，想到人名「南丁格爾」護士，就會記得了。
Florence Nightingale　佛羅倫斯・南丁格爾（近代護理學創始人）

3. **nightmare** *n.* 惡夢（= *bad dream*）；可怕的情景
night（夜晚）+ mare (*monster*) = nightmare，晚上出現的怪物，就是「惡夢」。
Traveling during the rush hour can be a real *nightmare*.
（尖峰時間出門可能是可怕的惡夢。）

4. nominate *v.* 提名（= *propose*）

> nomin + ate
>   |     |
> *name* + *v.*
>
> 有名字，就是「提名」。

5. nomination *n.* 提名（= *proposal*）
nominate（提名）– e + ion (*n.*) = nomination
We need *nominations* for her successor.
（我們需要提名她的接班人。）

6. nominee *n.* 被提名人（= *a person nominated*）
字尾 er，or 表「主動者」，ee 表「被動者」。
【比較】nominator〔'namə,netə〕*n.* 提名人

7. norm *n.* 標準（= *standard*）；常見的事物　*pl.* 行為準則
Two children per family is currently the *norm* in Taiwan.
（一個家庭兩個小孩是目前台灣的常態。）

8. **normal** *adj.* 正常的（= *common*）
norm（標準）+ al (*adj.*) = normal
【比較】abnormal〔æb'nɔrml〕*adj.* 不正常的

9. **north** *n.* 北方（= *the direction to the left of a person facing the rising sun*）　　the North Pole　北極

# *22. note*

| | | |
|---|---|---|
| **\*note** [1] | ﹝ not ﹞ | *n.* 筆記 |
| **notable** [5] | ﹝'notəbḷ﹞ | *adj.* 值得注意的 |
| **\*\*notebook** [2] | ﹝'not‚bʊk﹞ | *n.* 筆記本 |
| **\*\*notice** [1] | ﹝'notɪs﹞ | *v.* 注意到 |
| **noticeable** [5] | ﹝'notɪsəbḷ﹞【注意重音】 | *adj.* 明顯的 |
| **notify** [5] | ﹝'notə‚faɪ﹞ | *v.* 通知 |
| **\*\*nose** [1] | ﹝ noz ﹞ | *n.* 鼻子 |
| **notion** [5] | ﹝'noʃən﹞ | *n.* 觀念 |
| **notorious** [6] | ﹝ no'torɪəs ﹞ | *adj.* 惡名昭彰的 |

BOOK

**9**

【記憶技巧】

> 從上一回的「北方」(north)，想到獨自到了北方，不熟悉，
> 要常做「筆記」(note)，看到「值得注意的」(notable) 東西，
> 都要記到「筆記本」(notebook)，當「注意到」(notice)「明
> 顯的」(noticeable) 危險，要馬上「通知」(notify) 警方，
> 不要被陌生人牽著「鼻子」(nose) 走，養成錯誤的「觀念」
> (notion)，而因此變成「惡名昭彰的」(notorious) 人。

1. **note** *n.* 筆記 ( = *record* )　*v.* 注意
   not (*mark*) + e (*n.*) = note，做標記，就是「筆記」。
   take notes 做筆記　　take note 注意到
   I *took note of* what she said. ( 我注意到她說的話。)

2. **notable** *adj.* 值得注意的 ( = *worthy of note* )
   note ( 注意 ) – e + able ( 可以…的 ) = notable

3. **notebook** *n.* 筆記本 ( = *a book of or for notes* )；筆記型電腦
   ( = *notebook computer* = *laptop* )
   note (筆記) + book (書) = notebook

4. **notice** *v.* 注意到 ( = *note* )   *n.* 通知
   note (筆記) – e + ice (*v. n.*) = notice
   at short notice 臨時；馬上
   It had to be done *at short notice*. (這件事必須馬上做。)

5. **noticeable** *adj.* 明顯的 ( = *obvious* )
   notice (注意) + able (可以…的) = noticeable

6. **notify** *v.* 通知 ( = *inform* )
   note (筆記) – e + ify (*v.*) = notify
   notify *sb.* of *sth.* 通知某人某事 ( = *inform sb. of sth.* )
   The police should be *notified of* the theft.
   (這件竊案應向警方報案。)

7. **nose** *n.* 鼻子 ( = *snout* )
   have a runny nose 流鼻水     put *one's* nose into 干涉

8. **notion** *n.* 觀念 ( = *idea* )；想法
   note (注意) – e + ion (*n.*) = notion
   He has very odd *notions*. (他有很奇怪的想法。)

9. **notorious** *adj.* 惡名昭彰的 ( = *well-known for badness* )；
   聲名狼藉的
   note (注意) – e + or (人) + ious (*adj.*) = notorious，要特別注
   意的人，因為他「惡名昭彰」。
   He is *notorious* as a serial killer.
   (他是個惡名昭彰的連續殺人犯。)
   同義字很好背：infamous〔ˈɪnfəməs〕【注意重音】

# 23. *noun*

| | | | |
|---|---|---|---|
| *noun⁴ | 〔naʊn〕 | *n.* | 名詞 |
| *nourish⁶ | 〔'nɝʃ〕 | *v.* | 滋養 |
| *nourishment⁶ | 〔'nɝʃmənt〕 | *n.* | 滋養品 |
| ‡novel² | 〔'nɑvl̩〕 | *n.* | 小說 |
| *novelist³ | 〔'nɑvl̩ɪst〕 | *n.* | 小說家 |
| novice⁵ | 〔'nɑvɪs〕 | *n.* | 初學者 |
| nude⁵ | 〔njud〕 | *adj.* | 裸體的 |
| *nuclear⁴ | 〔'njuklɪə〕 | *adj.* | 核子的 |
| nucleus⁵ | 〔'njuklɪəs〕 | *n.* | 核心 |

BOOK
**9**

【記憶技巧】

　　從上一回的「惡名昭彰的」(notorious)，想到一位惡名
昭彰的人，改邪歸正，過正常的生活，並擺脫污名的種種「名
詞」(noun)，開始吃「滋養」(nourish) 身體的「滋養品」
(nourishment)，並開始把他的故事寫成「小說」(novel)，
成為「小說家」(novelist) 的「初學者」(novice)，另外還去
出席「裸體的」(nude) 抗議，反對「核子的」(nuclear) 發
電，人道關懷變成他生活的「核心」(nucleus)。

1. noun  *n.* 名詞 ( = *a word used as the name* )
   countable noun 可數名詞　　uncountable noun 不可數名詞

2. **nourish**  *v.* 滋養 ( = *nurture* )；培育 ( = *cultivate* )
   nour (*nurse*) + ish (*v.*) = nourish，護士會照顧你，就是「滋養」。

The school's aim is to ***nourish*** young musical talent.
（這所學校的目標是培育年輕的音樂人才。）

3. nourishment　*n.* 滋養品（ = *nutriment* ）；食物（ = *food* ）
   nourish（滋養）+ ment (*n.*) = nourishment
   He was unable to take ***nourishment*** for several days.
   （他無法進食好幾天了。）

4. **novel**　*n.* 小說（ = *fiction* ）　　*adj.* 新奇的（ = *new* ）
   nov (*new*) + el (*n. adj.*) = novel，「小說」是近代「新奇的」文類。
   【比較】novelty（'nɑvḷtɪ）*n.* 新奇的事物；新鮮感

5. **novelist**　*n.* 小說家（ = *one who writes novels* ）
   novel（小說）+ ist（人）= novelist

6. **novice**　*n.* 初學者；新手（ = *beginner* ）
   nov (*new*) + ice (*n.*) = novice
   I'm a complete ***novice*** at skiing.（滑雪我完全是個新手。）

7. **nude**　*adj.* 裸體的（ = *naked* ）
   諧音：怒的，有「裸體的」人走在街上，警察很怒。
   a nude scene in a film　電影裡的裸露鏡頭
   nude beach　裸體海灘；天體海灘
   【比較】bare（bɛr）*adj.*（身體部分）赤裸的

8. **nuclear**　*adj.* 核子的（ = *of the nucleus of an atom* ）
   nu（諧音「牛」）+ clear（清楚的）= nuclear，「核子的」炸彈，
   像一隻牛一樣清楚顯眼。
   nuclear power　核能　　　nuclear family　核心家庭；小家庭

9. **nucleus**　*n.* 核心（ = *center* ）；原子核　　*pl.* nuclei（'njuklɪˌaɪ）
   nuclear – ar (*adj.*) + us（我們）= nucleus，我們組成「核心」。
   These lessons form the ***nucleus*** of the language course.
   （這些課形成了該語言課程的核心。）
   果實的「核心」叫 core（kor , kɔr）。

# 24. number

| | | |
|---|---|---|
| ✱✱**number** [1] | ('nʌmbɚ ) | n. 數字 |
| ✱**numerous** [4] | ('njumərəs )【注意發音】 | adj. 非常多的 |
| **nuisance** [6] | ('njusn̩s ) | n. 討厭的人或物 |
| | | |
| ✱✱**nurse** [1] | ( nɝs ) | n. 護士 |
| ✱**nursery** [4] | ('nɝsərɪ ) | n. 育兒室 |
| **nurture** [6] | ('nɝtʃɚ ) | v. 養育 |
| | | |
| **nutrition** [6] | ( nju'trɪʃən ) | n. 營養 |
| **nutritious** [6] | ( nju'trɪʃəs ) | adj. 有營養的 |
| **nutrient** [6] | ('njutrɪənt ) | n. 營養素 |

BOOK

**9**

【記憶技巧】

從上一回的「核心」( nucleus )，想到在城市一座核
心的醫院裡，病人的「數字」( number ) 是「非常多的」
( numerous )，因此自然會有「討厭的人或物」( nuisance )，
其中「護士」( nurse ) 是最直接受到影響的人，除了安撫病
患，還要在「育兒室」( nursery )「養育」( nurture ) 新生兒，
確保他們有足夠的「營養」( nutrition ) 和吃「有營養的」
( nutritious )「營養素」( nutrient )。

1. **number** n. 數字 ( = *word for amount* )；數量；號碼
   a number of 一些
   【比較】numb ( nʌm ) adj. 麻木的；失去感覺的

2. **numerous** adj. 非常多的 ( = *many* )
   numer (*number*) + ous (*adj.*) = numerous

3. **nuisance** *n.* 討厭的人或物（ = *trouble* ）
   諧音：牛紳士，脾氣像牛的紳士，就是「討厭的人或物」。
   That child is a terrible *nuisance*.（那小孩真討人厭。）

4. nurse *n.* 護士（ = *a person who looks after sick or injured people in hospital* ）　*v.* 照顧（ = *take care of* ）
   His wife *nursed* him back to health.
   （他妻子照顧他直到恢復健康。）

5. **nursery** *n.* 育兒室（ = *a room set aside for children or a baby* ）；托兒所
   nurse（護士）+ ry (*n.*) = nursery　　nursery school 托兒所
   【比較】nursing home 安養院

6. **nurture** *v.* 養育（ = *raise* ）；培養（ = *cultivate* ）　*n.* 養育
   nurt (*nurse*) + ure (*n. v.*) = nurture
   The magazine had a reputation for *nurturing* young writers.
   （這本雜誌以培養青年作家而聞名。）

7. **nutrition** *n.* 營養（ = *nourishment* ）

   | nutri | + | tion |
   |---|---|---|
   | nourish | + | *n.* |

   滋養的物質，就是「營養」。

   Poor *nutrition* can cause heart disease in later life.
   （營養不良日後會造成心臟疾病。）

8. **nutritious** *adj.* 有營養的（ = *nourishing* ）
   nutrition（營養）– ion (*n.*) + ious (*adj.*) = nutritious

9. **nutrient** *n.* 營養素（ = *a source of nourishment* ）；養分
   nutrition（營養）– tion (*n.*) + ent (*n.*) = nutrient
   The plant absorbs *nutrients* from the soil.
   （植物從土壤吸收養分。）

# 25. *oak*

| | | | |
|---|---|---|---|
| * **oak** ³ | 〔 ok 〕 | *n.* | 橡樹 |
| **oath** ⁵ | 〔 oθ 〕 | *n.* | 宣誓 |
| **oatmeal** ⁵ | 〔 'ot͵mil 〕 | *n.* | 燕麥片 |
| ** **obey** ² | 〔 ə'be 〕 | *v.* | 遵守 |
| * **obedient** ⁴ | 〔 ə'bidɪənt 〕 | *adj.* | 服從的 |
| * **obedience** ⁴ | 〔 ə'bidɪəns 〕 | *n.* | 服從 |
| ** **object** ² | 〔 əb'dʒɛkt 〕【注意說明】 | *v.* | 反對 |
| * **objection** ⁴ | 〔 əb'dʒɛkʃən 〕 | *n.* | 反對 |
| * **objective** ⁴ | 〔 əb'dʒɛktɪv 〕 | *adj.* | 客觀的 |

BOOK **9**

【記憶技巧】

　　從上一回的「營養素」( nutrient )，想到吸收營養素的「橡樹」( oak ) 長得高大，有情侶在樹下做「宣誓」( oath )，和吃「麥片」( oatmeal )，發誓「遵守」( obey ) 忠誠，對彼此的關係「服從的」( obedient )、「服從」( obedience ) 為婚姻的原則，「反對」( object ) 出軌，若對誓言有任何「反對」( objection )，必須要有「客觀的」( objective ) 第三者來裁定。

1. oak  *n.* 橡樹 ( = *a type of large tree with hard wood* )
   oak 倒過來看成 kao，唸起來是「靠」，靠著「橡樹」。

2. oath  *n.* 宣誓 ( = *promise* )　　　　　　　　oak
   諧音：毆死，違反「宣誓」會被毆死。　　take an oath  宣誓
   His follower *took an oath* of loyalty. ( 他的追隨者宣誓效忠。)

3. oatmeal  *n.* 燕麥片 ( = *crushed oats* )；燕麥粥
   oat ( 燕麥 ) + meal ( 餐 ) = oatmeal

4. **obey** *v.* 遵守（= *follow*）；服從（= *give in*）
   諧音：毆背，不「服從」就毆他背後。　　obey the law　遵守法律

5. obedient *adj.* 服從的（= *compliant*）

   | ob + edi + ent |
   | :-: |
   | \| 　 \| 　 \| |
   | *to* + *hear* + *adj.* |

   聽話，就是「服從的」。

6. **obedience** *n.* 服從（= *compliance*）
   obedient（服從的）– t+ ce (*n.*) = obedience
   The teacher demands unquestioning *obedience* to the rules.
   （那位老師要求毫無異議遵守規則。）

7. **object** *v.* 反對（= *oppose*）　*n.* 物品；受詞；目標〔ˈɑbdʒɪkt〕
   ob (*against*) + ject (*throw*) = object，丟「物品」，就是「反對」。
   object to = oppose = be opposed to = be against　反對
   I *object to* paying that much for milk.
   （我反對付那麼多錢買牛奶。）

8. **objection** *n.* 反對（= *opposition*）
   object（反對）+ ion (*n.*) = objection
   raise an objection　提出異議；表示反對（= *have an objection*）
   They *raised no objection to* the plans.
   （他們對這些計畫沒有異議。）

9. **objective** *adj.* 客觀的（= *neutral*）　*n.* 目標（= *purpose*）
   object（反對）+ ive (*adj. n.*) = objective
   A judge must remain *objective*.（法官必須保持客觀。）
   You have successfully achieved the *objective*.
   （你已經成功達成目標。）
   【反義字】subjective〔səbˈdʒɛktɪv〕*adj.* 主觀的
   很奇怪，objection 和 objective 沒有詞類變化的關係，objection
   沒有形容詞，可用 oppositional〔ˌɑpəˈzɪʃn̩l〕*adj.* 反對的。

# 26. oblige

| oblige [6] | 〔ə'blaɪdʒ〕 | v. 使感激 |
|---|---|---|
| obligation [6] | 〔ˌɑblə'geʃən〕 | n. 義務 |
| oblong [5] | 〔'ɑblɔŋ〕 | n. 長方形 |
| *observe [3] | 〔əb'zɝv〕 | v. 觀察 |
| *observation [4] | 〔ˌɑbzɚ'veʃən〕 | n. 觀察 |
| observer [5] | 〔əb'zɝvɚ〕 | n. 觀察者 |
| *obstacle [4] | 〔'ɑbstəkl̩〕 | n. 阻礙 |
| obstinate [5] | 〔'ɑbstənɪt〕 | adj. 頑固的 |
| obscure [6] | 〔əb'skjur〕 | adj. 模糊的 |

BOOK 9

【記憶技巧】

　　從上一回的「客觀的」( objective )，想到有個人常常給予客觀的意見，而「使」別人「感激」( oblige ) 他，他覺得這是他的「義務」( obligation )，朋友也受益於他的意見而送他一個「長方形」( oblong ) 禮物。他善於「觀察」( observe ) 他人，他從「觀察」( observation ) 可以了解一個人，是個細微的「觀察者」( observer )。當他察覺溝通有「阻礙」( obstacle )，和他人「頑固的」( obstinate ) 態度，他會用迂迴「模糊的」( obscure ) 方式作爲暗示。

1. oblige v. 使感激 ( = *make grateful* )；強迫 ( = *compel* )
   ob (*to*) + lig (*bind*) + e (*v.*) = oblige，被恩惠綁住，「使」你「感激」。
   be obliged to *sb.* 感激某人 ( = *be thankful to sb.* )
   I *am* much *obliged to you*. ( 我非常感激你。)

2. **obligation** n. 義務 ( = *duty* )；責任；人情債；恩惠

obligation 是 oblige 的名詞。
The firm has an *obligation* to its customers.
（公司應該對顧客負責。）

3. oblong  *n.* 長方形（= *rectangle* 〔'rɛktæŋgl̩〕）  *adj.* 長方形的
   ob（加強語氣）+ long（長的）= oblong，有兩邊
   特別長，就是「長方形的；長方形」。

   oblong

4. **observe**  *v.* 觀察（= *watch carefully*）；遵守（= *obey*）
   ob (*to*) + serve（服務）= observe，服務他人，要一直「觀察」。

5. **observation**  *n.* 觀察（= *watching*）
   observe 有二個名詞，observation「觀察」和 observance「遵
   守」，字不同意思不同。
   He has been admitted to the hospital for *observation*.
   （他已入院觀察。）

6. observer  *n.* 觀察者（= *watcher*）
   observe（觀察）+ (e)r（人）= observer

7. **obstacle**  *n.* 阻礙（= *barrier*）；障礙

   | ob | + | sta | + | cle |
   |----|---|-----|---|-----|
   | \| |   | \|  |   | \|  |
   | *against* | + | *stand* | + | *n.* |

   面對著你站著，就是「障礙」。

   His inability to learn foreign languages was an *obstacle* to his
   career.（他無法學習外語讓他工作上遇到障礙。）

8. **obstinate**  *adj.* 頑固的（= *stubborn*）
   ob (*against*) + stin (*stand*) + ate (*adj.*) = obstinate，面對著你站
   著不離開，就是「頑固的」。

9. obscure  *adj.* 模糊的（= *unclear*）；默默無名的（= *unknown*）
   諧音：阿伯死哭兒，阿伯死了兒子哭得眼睛都「模糊的」。
   obscure answer  含糊的答案    obscure author  默默無名的作者
   The word is of *obscure* origin.（這個字的字源不明。）

# *27. occasion*

| | | | |
|---|---|---|---|
| * **occasion** ³ | 〔ə'keʒən〕 | | *n.* 場合 |
| * **occasional** ⁴ | 〔ə'keʒənḷ〕【注意說明】 | | *adj.* 偶爾的 |
| * **occupy** ⁴ | 〔'ɑkjə͵paɪ〕 | | *v.* 佔據 |
| * **occupation** ⁴ | 〔͵ɑkjə'peʃən〕 | | *n.* 職業 |
| * **occur** ² | 〔ə'kɝ〕 | | *v.* 發生 |
| **occurrence** ⁵ | 〔ə'kɝns〕 | | *n.* 事件 |
| *** **October** ¹ | 〔ɑk'tobɚ〕 | | *n.* 十月 |
| **octopus** ⁵ | 〔'ɑktəpəs〕 | | *n.* 章魚 |
| ** **ocean** ¹ | 〔'oʃən〕 | | *n.* 海洋 |

BOOK **9**

【記憶技巧】

　　從上一回的「模糊的」(obscure)，想到一位剛畢業的大學生，對未來的前景感到模糊，大學時愛去社交「場合」(occasion) 交朋友，「偶爾的」(occasional) 時候唸書，沒有能力「佔據」(occupy) 一個好工作，所以不知道自己適合什麼「職業」(occupation)，期待「發生」(occur) 中樂透之類的「事件」(occurrence)，從暑假畢業到「十月」(October)，一籌莫展，吃著烤「章魚」(octopus)，望著無際的「海洋」(ocean)。

1. **occasion** *n.* 場合 ( = *the time at which an event occurs* )；特別的大事 ( = *a significant event* )
   oc (*before*) + cas (*fall*) + ion (*n.*) = occasion，落在眼前的事，就是「場合」。　美國人常說 What's the *occasion*? ( 有什麼特別的事？)，如果你看到某人盛裝打扮，就可以說這句話。

2. **occasional** *adj.* 偶爾的（ = *infrequent* ）

   occasion 和 occasional 不是詞類變化關係，只有在 on occasion 時，等於 occasionally（偶爾）。

   I visit him *on occasion*. = I visit him *occasionally*.

   （我偶爾去探訪他。）

   He makes *occasional* visits to London.（他偶爾會去倫敦。）

3. **occupy** *v.* 佔領（ = *take over* ）；居住（ = *live in* ）；使忙碌

   Is this seat *occupied*?（這位子有人坐嗎？）

   occupy *oneself* with　忙於（ = *be occupied with* ）

   You need to find something to *occupy yourself with* when you retire.（退休後你得找點事情讓自己忙起來。）

4. **occupation** *n.* 職業（ = *job* ）；佔領

   | oc + cup + ation | 從上面往下抓，要抓「職業」。也可 |
   |---|---|
   | │　│　│ | 記諧音：愛哭怕損，「職業」怕損失。 |
   | *over* + *capture* + *n.* | |

5. **occur** *v.* 發生（ = *happen* ）

   oc (*before*) + cur (*run*) = occur，流在眼前，就是「發生」。

   *sth.* occur to *sb.*　某人想到某事

   The thought of giving up never *occurred to* me.（我從未想過放棄。）

6. **occurrence** *n.* 事件（ = *incident* ）

   occur（發生）+ r（重複字尾）+ ence (*n.*) = occurrence

   a rare occurrence　罕見的事

7. **October** *n.* 十月（ = *the tenth month of the year* ）

   Octo (*eight*) + ber (*n.*) = October，古羅馬曆只有 10 個月，一月和二月是後來加上去的，故十月是原本的八月。

8. **octopus** *n.* 章魚（ = *a deep-sea creature with eight tentacles* ）

   octo (*eight*) + pus (*foot*) = octopus，八腳「章魚」。

9. **ocean** *n.* 海洋（ = *a large body of water* ）；大量（ = *a lot* ）

   the Pacific Ocean　太平洋　　oceans of money　很多錢

# *28. offend*

| | | | |
|---|---|---|---|
| * **offend** 4 | 〔 ə'fɛnd 〕 | *v.* | 冒犯 |
| * **offense** 4 | 〔 ə'fɛns 〕 | *n.* | 攻擊 |
| * **offensive** 4 | 〔 ə'fɛnsɪv 〕 | *adj.* | 無禮的 |
| ‡ **office** 1 | 〔'ɔfɪs 〕 | *n.* | 辦公室 |
| ‡ **officer** 1 | 〔'ɔfəsə 〕 | *n.* | 軍官 |
| * **official** 2 | 〔 ə'fɪʃəl 〕 | *adj.* | 正式的 |
| ‡ **offer** 2 | 〔'ɔfə 〕 | *v. n.* | 提供 |
| **offering** 6 | 〔'ɔfərɪŋ 〕 | *n.* | 提供 |
| **offspring** 6 | 〔'ɔf,sprɪŋ 〕 | *n.* | 子孫 |

BOOK **9**

【記憶技巧】

　　從上一回的「海洋」( ocean )，想到在海洋公園看海豚表演，被一個人「冒犯」( offend )，他言語的「攻擊」( offense )，和「無禮的」( offensive ) 態度令人髮指。我打電話到警局「辦公室」( office )，找「警官」( officer )，提出「正式的」( official ) 控訴，並「提供」( offer ) 相關證據，看到我證據的「提供」( offering ) 充分，他的「子孫」( offspring ) 開始替他求情。

1. offend *v.* 冒犯 ( = *irritate* )；得罪；觸怒
   of (*against*) + fend ( 抵擋 ) = offend，抵擋他人，會「冒犯」。
   I was very ***offended*** that you didn't invite me to the party.
   ( 我覺得你沒邀請我參加派對很傷感情。)
   offend 從前當「攻擊」，所以 offend，offense，offensive 是詞類變化。

2. offense *n.* 攻擊（= *the action of attacking an enemy*）；生氣
take offense  生氣
I think he ***took offense*** at my lack of enthusiasm.
（我覺得他對於我缺乏熱情感到生氣。）

3. offensive *adj.* 無禮的（= *insulting*）
offensive remarks  冒犯人的話

4. office *n.* 辦公室（= *place of business*）
public office  公職    office hours  辦公時間；上班時間

5. **officer** *n.* 軍官（= *someone with a position of power and
authority in the armed forces*）；警官
office（辦公室）+ (e)r（人）= officer

6. **official** *adj.* 正式的（= *formal*）；官方的  *n.* 官員；公務員；
高級職員    office（辦公室）– e + ial (*adj. n.*) = official
official language  官方語言    officer 是武官，official 是文官。

7. **offer** *v.* 提供（= *give*）；願意  *n.* 提供（= *sth. offered*）
of (*to*) + fer (*bring*) = offer，帶過來，就是「提供」。
They ***offered*** to help me.（他們表示願意幫助我。）
a job offer  雇用通知

8. offering *n.* 提供（= *offer*）；捐獻物
offer（提供）+ ing (*n.*) = offering
a free-will offering  自由捐款

9. offspring *n.* 子孫（= *child or children*）；結果（= *result*）

off + spring    從身體跳出來，就是「子孫」。單複數同型。
 |     |    spring〔sprɪŋ〕*v.* 跳；源自於
*out* +  跳

John is her only ***offspring***.（約翰是她唯一的孩子。）
descendant〔dɪ'sɛndənt〕*n.* 子孫，是 offspring 的同義字。

# *29. opera*

| | | |
|---|---|---|
| *opera ⁴ | (ˈɑpərə ) | n. 歌劇 |
| *operate ² | (ˈɑpə͵ret ) | v. 操作 |
| **operation ⁴ | (͵ɑpəˈreʃən ) | n. 手術 |
| operational ⁶ | (͵ɑpəˈreʃənḷ ) | adj. 操作上的 |
| *operator ³ | (ˈɑpə͵retɚ ) | n. 接線生 |
| **opinion ² | ( əˈpɪnjən ) | n. 意見 |
| *oppose ⁴ | ( əˈpoz ) | v. 反對 |
| opposition ⁶ | (͵ɑpəˈzɪʃən ) | n. 反對 |
| *opposite ³ | (ˈɑpəzɪt ) | adj. 相反的 |

BOOK
**9**

【記憶技巧】

　　從上一回的「子孫」(offspring)，想到有位男子有個子孫，當他在看「歌劇」(opera) 的時候，他的子孫打電話給他說他第一次「操作」(operate)「手術」(operation)，跟他詢問「操作上的」(operational) 建議，病人是位「接線生」(operator)，需要他給一些「意見」(opinion)。他持「相反的」(opposite) 意見，認為吃藥就好，「反對」(oppose，opposition) 動手術。

1. **opera** *n.* 歌劇 ( = *a drama set to music* )
   oper (*work*) + a (*n.*) = opera，唱「歌劇」很花力氣，像工作一樣。
   **soap opera** 肥皂劇；連續劇　　**opera house** 歌劇院

2. **operate** *v.* 操作 ( = *run* )；動手術 ( = *perform surgery* )
   oper (*work*) + ate (*v.*) = operate　　**operate on** 對…動手術

We may have to *operate on* your leg.
（我們可能要對你的腿動手術。）

3. **operation** *n.* 手術（= *surgery*）；運作（= *action*）；操作
   operate（動手術）- e + ion (*n.*) = operation
   undergo an operation 接受手術（= *have an operation*）
   *Operation* of this equipment requires special training.
   （操作這個設備需要特殊的訓練。）

4. **operational** *adj.* 操作上的（= *of or relating to an operation*）；
   運作正常的（= *working*）
   operation（操作）+ al (*adj.*) = operational
   operational difficulties 操作上的困難

5. **operator** *n.* 接線生（= *a person who operates a telephone
   switchboard*）；操作員
   operate（操作）- e + or（人）= operator
   a smooth operator 八面玲瓏的人

6. **opinion** *n.* 意見（= *idea*）；看法（= *view*）
   op (*opt*) + in (*in*) + ion (*n.*) = opinion，心裡的選擇，就是
   「意見」。    in *one's* opinion 依某人之見

7. **oppose** *v.* 反對（= *object to*）

   | op + pose | 放在相反的地方，就是「反對」。 |
   | against + put | （oppose 的用法詳見 p.58） |

8. **opposition** *n.* 反對（= *disapproval*）
   opposite（相反的）- e + ion (*n.*) = opposition
   face strong opposition 遭到強烈的反對

9. **opposite** *adj.* 相反的（= *contrary*）；對面的
   oppose（反對）- e + ite (*adj.*) = opposite
   the opposite sex 異性

# *30. oppress*

| oppress [6] | 〔 ə'prɛs 〕 | v. 壓迫 |
|---|---|---|
| oppression [6] | 〔 ə'prɛʃən 〕 | n. 壓迫 |
| opponent [5] | 〔 ə'ponənt 〕 | n. 對手 |
| optimism [5] | 〔 'aptə,mɪzəm 〕 | n. 樂觀 |
| *optimistic [3] | 〔 ,aptə'mɪstɪk 〕 | adj. 樂觀的 |
| *opportunity [3] | 〔 ,apə'tjunətɪ 〕 | n. 機會 |
| option [6] | 〔 'apʃən 〕 | n. 選擇 |
| optional [6] | 〔 'apʃənḷ 〕 | adj. 可選擇的 |
| oral [4] | 〔 'ɔrəl 〕 | adj. 口頭的 |

BOOK **9**

【記憶技巧】

從上一回的「反對」(opposition)，想到你的反對可能會被「壓迫」(oppress)，透過「壓迫」(oppression) 可以剷除「對手」(opponent)，但要保持「樂觀」(optimism)，有「樂觀的」(optimistic) 態度才會有「機會」(opportunity) 和「選擇」(option)，你的貴人會給你「可選擇的」(optional) 道路和「口頭的」(oral) 指引。

1. **oppress** v. 壓迫 ( = *govern cruelly* )
   op (*against*) + press (壓) = oppress，對著你壓，就是「壓迫」。
   The king *oppressed* his poeple. (這國王壓迫他的人民。)

2. oppression n. 壓迫 ( = *the act of oppressing* )
   oppress (壓迫) + ion (*n.*) = oppression
   political oppression 政治迫害

3. **opponent** *n.* 對手 ( = *rival* )

   op (*against*) + pon (*place*) + ent ( 人 ) = opponent，置身於跟
   你相反的立場，就是「對手」。

   7000 字裡的同義字還有：enemy, foe〔fo〕

   【反義字】proponent〔prə'ponənt〕*n.* 擁護者；支持者

4. optimism *n.* 樂觀 ( = *hope* )

   | optim + ism |
   | --- |
   | \|    \| |
   | *best* + *n.* |

   有最好的心態，就是「樂觀」。
   He was full of *optimism*. ( 他充滿樂觀。)

5. **optimistic** *adj.* 樂觀的 ( = *hopeful* )

   optimism ( 樂觀 ) – m + tic (*adj.*) = optimistic

   反義字：pessimistic〔,pɛsə'mɪstɪk〕*adj.* 悲觀的

   optimistic 的 o，代表張開的眼睛，即「樂觀的」；pessimistic
   的 e，代表閉上的眼睛，表「悲觀的」。

6. **opportunity** *n.* 機會 ( = *chance* )

   op (*to*) + port ( 港口 ) + un + ity (*n.*) = opportunity，到了港口，
   就可以有見到更多事物的「機會」。

   *Opportunity* knocks but once. (【諺】機會只敲一次門；機不可失。)

7. option *n.* 選擇 ( = *choice* )　　　opt ( 選擇 ) + ion (*n.*) = option

   have no option but to V. 不得不；只好

   She *had no option but to* admit the truth. ( 她不得不認清事實。)

8. **optional** *adj.* 選擇的 ( = *elective* )

   option ( 選擇 ) + al (*adj.*) = optional

   an optional subject 選修科目 ↔ a required subject 必修科目

9. oral *adj.* 口頭的 ( = *spoken* )；口部的

   這個字也可唸〔'orəl〕，但美國人現在多唸〔'ɔrəl〕。

   oral exam 口試　　　oral report 口頭報告

# *31. order*

| | | | |
|---|---|---|---|
| ‡ **order** [1] | ['ɔrdɚ ] | *n.* | 命令 |
| **orderly** [6] | ['ɔrdɚlɪ ] | *adj.* | 整齊的 |
| * **ordinary** [2] | ['ɔrdn͵ɛrɪ ] | *adj.* | 普通的 |
| * **organ** [2] | ['ɔrgən ] | *n.* | 器官 |
| * **organic** [4] | [ ɔr'gænɪk ] | *adj.* | 有機的 |
| **organism** [6] | ['ɔrgən͵ɪzəm ] | *n.* | 生物 |
| * **organize** [2] | ['ɔrgən͵aɪz ] | *v.* | 組織 |
| **organizer** [5] | ['ɔrgən͵aɪzɚ ] | *n.* | 組織者 |
| * **organization** [2] | [͵ɔrgənə'zeʃən ] | *n.* | 組織 |

BOOK

9

【記憶技巧】

　　從上一回的「口頭的」(oral)，想到老師口頭的「命
令」(order)，要大家把桌子保持「整齊的」(orderly)，
只放「普通的」(ordinary) 文具，今天要介紹人體「器官」
(organ) 和「有機的」(organic)「生物」(organism)，
生物會「組織」(organize) 成團體，需要一位「組織者」
(organizer) 來帶領整個「組織」(organization)。

1. **order** *n.* 命令 ( = *command* )；順序　*v.* 命令
　obey orders　遵守命令 ↔ disobey orders　違抗命令
　in alphabetical order　按照字母順序
　【比較】disorder [ dɪs'ɔrdɚ ] *n.* 混亂

2. orderly   *adj.* 整齊的 ( = *neat* )；有秩序的 ( = *well-organized* )
   *n.* (醫院的) 雜工；勤務兵     order (順序) + ly (*adj.*) = orderly
   【反義字】disorderly 〔 dɪsˋɔrdəlɪ 〕 *adj.* 混亂的；無秩序的

3. **ordinary**   *adj.* 普通的 ( = *usual* )；平淡的
   ordin (*order*) + ary (*adj.*) = ordinary，按照順序，就是「普通的」。
   out of the ordinary 不尋常的 ( = *unusual* )
   【反義字】extraordinary 〔 ɪkˋstrɔrdn̩ˏɛrɪ 〕 *adj.* 不平凡的

4. **organ**   *n.* 器官 ( = *body part* )；機構 ( = *organization* )
   digestive organ 消化器官
   The courts are the *organs* of justice. (法院是司法機關。)

5. **organic**   *adj.* 有機的；天然的 ( = *natural* )；器官的
   organic farming 有機農業

6. **organism**   *n.* 生物 ( = *creature* )

   organ 主要意思是「器官」，它的形容詞是 organic，從「器官的」引申出「有機的；天然的」，這二個字都和 organism 「生物」有關。

7. **organize**   *v.* 組織 ( = *form* )；安排；籌辦
   organ (器官) + ize (*v.*) = organize
   Who is *organizing* the conference? (誰在籌辦這次會議？)

8. **organizer**   *n.* 組織者 ( = *planner* )；主辦人
   She was the *organizer* of the meeting. (她是會議的主辦人。)

9. **organization**   *n.* 組織 ( = *a group of people who work together* )；機構
   Efficiency depends on good *organization*.
   (效率依賴良好的組織。)
   a charitable organization 慈善機構

# *32. origin*

| *origin* [3] | 〔'ɔrədʒɪn 〕 | *n.* 起源 |
|---|---|---|
| *original* [3] | 〔 ə'rɪdʒənḷ 〕 | *adj.* 最初的 |
| **originality** [6] | 〔 ə,rɪdʒə'næləti 〕 | *n.* 創意 |
| **originate** [6] | 〔 ə'rɪdʒə,net 〕 | *v.* 起源 |
| **Orient** [5] | 〔'orɪ,ɛnt 〕 | *n.* 東方 |
| **Oriental** [5] | 〔,orɪ'ɛntḷ 〕 | *adj.* 東方的 |
| *orphan* [3] | 〔'ɔrfən 〕 | *n.* 孤兒 |
| **orphanage** [5] | 〔'ɔrfənɪdʒ 〕 | *n.* 孤兒院 |
| **ornament** [5] | 〔'ɔrnəmənt 〕 | *n.* 裝飾品 |

BOOK **9**

【記憶技巧】

　　從上一回的「組織」( organization )，想到有一個組織的「起源」( origin ) 來自於「最初的」( original )「創意」( originality )，它「起源」( originate ) 於「東方」( Orient )，在「東方的」( Oriental ) 地區，為「孤兒」( orphan ) 服務，設立「孤兒院」( orphanage )，義賣「裝飾品」( ornament )。

1. **origin** *n.* 起源 ( = *beginning* )；出身【常用複數】
　　ori (*rise*) + gin = origin，在上升的地方，就是「起源」。字尾的 gin，想到 vir<u>gin</u> ( 處女 )，就可以記下來了。
　　the origin of species　物種的起源　　humble origins　出身卑微
　　She is a woman of ***humble origins***. ( 她是出身卑微的女子。)

2. **original** *adj.* 最初的 ( = *first* )；原本的；新穎的；有創意的
　　*n.* 原物；原文

original sin   （基督教）原罪      an original idea   有創意的想法
The *original* of the painting is in a museum of New York.
（這幅畫的原作收藏在紐約的一家博物館。）

3. **originality** *n.* 創意（ = *creativity* ）；獨創性；獨創能力
orignial（新穎的）+ ity (*n.*) = originality
Her book shows great *originality*.（她的書表現出很大的創意。）

4. **originate** *v.* 起源（ = *arise* ）；發明（ = *create* ）
origin（起源）+ ate (*v.*) = originate
The disease *originated* in Africa.（這疾病起源於非洲。）
No one knows who *originated* this story.
（沒人知道誰發明這個故事。）

5. **Orient** *n.* 東方（ = *East* ）
Ori (*rise*) + ent (*n.*) = Orient
the Orient   東方諸國【尤指中國和日本】
the Occident〔ˈɑksədənt〕西方諸國【尤指歐洲和美洲國家】
【比較】orientation〔ˌorɪɛnˈteʃən〕*n.* 新生訓練

6. **Oriental** *adj.* 東方的（ = *of or from the Orient* ）
Orient（東方）+ al (*adj.*) = Oriental

7. **orphan** *n.* 孤兒（ = *a child who has lost both parents* ）
諧音：毆份，「孤兒」沒人保護他，只有被毆打的份。

8. **orphanage** *n.* 孤兒院（ = *an institution for orphans and abandoned children* ）
orphan（孤兒）+ age（地點）= orphanage

9. **ornament** *n.* 裝飾（ = *decoration* ）    *v.* 裝飾；點綴

| orna | + | ment |
|------|---|------|
| \| | | \| |
| *decorate* | + | *n.* |

佈置的東西，就是「裝飾」。
The flowers were put on the table as an *ornament*.（花放在桌上是裝飾用的。）

BOOK
**9**

# *33. out*

| | | |
|---|---|---|
| ‡**out** [1] | 〔aʊt〕 | *adv.* 向外 |
| **outbreak** [6] | 〔'aʊt͵brek〕 | *n.* 爆發 |
| ***outcome** [4] | 〔'aʊt͵kʌm〕 | *n.* 結果 |
| | | |
| **outdo** [5] | 〔aʊt'du〕 | *v.* 勝過 |
| ***outdoor** [3] | 〔'aʊt͵dor〕 | *adj.* 戶外的 |
| ***outdoors** [3] | 〔'aʊt'dorz〕 | *adv.* 在戶外 |
| | | |
| ***outer** [3] | 〔'aʊtɚ〕 | *adj.* 外部的 |
| **outfit** [6] | 〔'aʊt͵fɪt〕 | *n.* 服裝 |
| **outgoing** [5] | 〔'aʊt͵goɪŋ〕 | *adj.* 外向的 |

BOOK
**9**

【記憶技巧】

從上一回的「裝飾品」(ornament)，想到把裝飾品「向外」
(out) 放，「爆發」(outbreak) 了意外的「結果」(outcome)，
燈光太亮「勝過」(outdo) 其他「戶外的」(outdoor) 路燈，所
有「在戶外」(outdoors) 的人，看著房子「外部的」(outer)
裝飾，像是精美的「服裝」(outfit)，吸引許多「外向的」
(outgoing) 小孩來觀賞。

1. **out** *adv.* 向外 ( = *in a direction away from the inside* )
   *adj.* 過時的   *v.* 暴露；公開
   The truth will *out*. (【諺】真相終將大白。)

2. **outbreak** *n.* 爆發 ( = *outburst* )
   out (向外) + break (破裂) = outbreak
   the outbreak of war   戰爭的爆發   break out 爆發【動詞片語】

3. **outcome** *n.* 結果（= *result*）
   out（向外）+ come（到來）= outcome
   【比較】income〔'ɪn,kʌm〕*n.* 收入

4. **outdo** *v.* 勝過（= *surpass*）
   out（向外）+ do（做）= outdo，做到外面去，就是「勝過」。
   Both sides have tried to *outdo* the other.（兩方試著要勝過彼此。）

5. **outdoor** *adj.* 戶外的（= *open-air*）↔ indoor *adj.* 室內的
   out（向外）+ door（門）= outdoor，門外的，就是「戶外的」。
   outdoor activities　戶外活動

6. **outdoors** *adv.* 在戶外（= *outside*）↔ indoors *adv.* 在室內
   outdoor（戶外的）+ s = outdoors
   Let's play *outdoors*.（我們去外面玩吧。）

7. **outer** *adj.* 外部的（= *external*）↔ inner *adj.* 內部的
   out（向外）+ er = outer
   outer beauty　外在美 ↔ inner beauty　內在美
   *Outer beauty* attracts, but inner beauty captivates.
   （【諺】外在美吸引人，但是內在美擄獲人心。）

8. **outfit** *n.* 服裝（= *costume*）　*v.* 裝配（= *equip*）
   out（向外）+ fit（穿）= outfit
   I need a new *outfit* for the wedding.
   （我需要一套新衣服在婚禮上穿。）
   The mountain climbers were *outfitted* with the latest equipment.
   （登山者裝配著最新的裝備。）

9. **outgoing** *adj.* 外向的（= *sociable*）
   out（向外）+ go（走）+ ing（*adj.*）= outgoing
   We're looking for someone with an *outgoing* personality.
   （我們在尋找個性外向的人。）
   【相反詞】introvert〔'ɪntrə,vɜt〕*adj.* 內向的

# *34. outlaw*

| **outlaw** [6] | (ˈaʊtˌlɔ) | *n.* 罪犯 |
| **outlet** [6] | (ˈaʊtˌlɛt) | *n.* 出口 |
| ***outline** [3] | (ˈaʊtˌlaɪn) | *n.* 大綱 |
| **output** [5] | (ˈaʊtˌpʊt) | *n.* 產量 |
| **outlook** [6] | (ˈaʊtˌlʊk) | *n.* 看法 |
| **outnumber** [6] | (aʊtˈnʌmbɚ) | *v.* 比⋯多 |
| **outright** [6] | (ˈaʊtˌraɪt) | *adj.* 直率的 |
| **outrage** [6] | (ˈaʊtˌredʒ) | *n.* 暴行 |
| **outrageous** [6] | (aʊtˈredʒəs) | *adj.* 殘暴的 |

BOOK

**9**

【記憶技巧】

從上一回的「外向的」(outgoing)，想到有位外向的「罪犯」(outlaw)，要找到「出口」(outlet) 賺錢，寫了一個「大綱」(outline)，說明偷渡品的「產量」(output) 和他的「看法」(outlook)，利潤「比」他人還「多」(outnumber)，並用他「直率的」(outright) 態度和「暴行」(outrage)，來強迫他人購買，這「殘暴的」(outrageous) 行為終會被繩之於法。

1. outlaw *n.* 罪犯 ( = *criminal* )　*v.* 禁止 ( = *ban* )
   out ( 在外 ) + law ( 法律 ) = outlaw，在法律之外，就是「罪犯」。
   Drunk driving has been *outlawed*. ( 法律已經禁止酒駕。)

2. outlet *n.* 出口 ( = *channel* )；發洩途徑；商店 ( = *shop* )；插座
   out ( 在外 ) + let ( 釋放 ) = outlet，釋放出去，就是「出口」。
   outlet 常指「精品工廠直銷店」，通常是銷售過季名牌，價錢便宜。

3. outline　*n.* 大綱（= *summary*）；輪廓　*v.* 畫…的輪廓
   out（在外）+ line（線）= outline，畫出外面的線，就是「大綱」。
   Don't tell me the whole story.　Just give me an *outline*.
   （不要告訴我全部的故事。跟我講大綱就好。）

4. output　*n.* 產量（= *production*）；產品；
   （機械、電）輸出（量）　【相反詞】是 input（輸入）
   out（向外）+ put（放）= output，放出來，就是「產量」。
   *Output* is falling.（產量正在減少。）

5. outlook　*n.* 看法（= *point of view*）
   out（向外）+ look（看）= outlook，向外看，就是「看法」。
   outlook on life　人生觀
   They shared the same kind of *outlook on life*.
   （他們有相同的人生觀。）

6. outnumber　*v.* 比…多（= *be more than*）；數量勝過
   out（向外）+ number（數量）= outnumber
   We were completely *outnumbered*.（我們完全寡不敵衆。）

7. outright　*adj.* 直率的（= *clear and direct*）；完全的　*adv.* 直率地
   （= *frankly*）　　out（向外）+ right（正直的）= outright
   She could not tell him an *outright* lie.
   （她無法對他徹頭徹尾地撒謊。）

8. outrage　*n.* 暴行（= *cruelty*）；激憤　*v.* 激怒（= *anger*）
   out（向外）+ rage（生氣）= outrage，生氣表現在外，變成「暴行」。
   The use of torture is an *outrage* against humanity.
   （刑求是違反人性的暴行。）

9. outrageous　*adj.* 殘暴的（= *cruel*）；無理的（= *unreasonable*）
   outrage（暴行）+ ous（*adj.*）= outrageous
   His *outrageous* behavior shocked us.
   （他殘暴的行爲讓我們震驚。）

# *35. outside*

| | | |
|---|---|---|
| **\*\*\*outside**[1] | 〔'aʊt'saɪd 〕 | *adv.* 在外面 |
| **outsider**[5] | 〔aʊt'saɪdə 〕 | *n.* 外人 |
| **outskirts**[5] | 〔'aʊt͵skɝts 〕 | *n.pl.* 郊區 |
| **outset**[6] | 〔'aʊt͵sɛt 〕 | *n.* 開始 |
| **\*outstanding**[4] | 〔'aʊt'stændɪŋ 〕 | *adj.* 傑出的 |
| **outward**[5] | 〔'aʊtwəd 〕 | *adj.* 向外的 |
| **outing**[6] | 〔'aʊtɪŋ 〕 | *n.* 出遊 |
| **\*oval**[4] | 〔'ovḷ 〕 | *adj.* 橢圓形的 |
| **\*\*oven**[2] | 〔'ʌvən 〕 | *n.* 烤箱 |

BOOK 9

【記憶技巧】

　　從上一回的「殘暴的」( outrageous )，想到殘暴的事情，容易「在外面」( outside ) 發生，遇到「外人」( outsider )，和在「郊區」( outskirts ) 時要特別小心。外出要有好的「開始」( outset )，要有「傑出的」( outstanding ) 同伴一同計畫「向外的」( outward )「出遊」( outing )，必要時，要準備好「橢圓形的」( oval ) 麵包當點心，和「烤箱」( oven )。

1. outside *adv.* 在外面 ( = *outdoors* ) ↔ inside *adv.* 在裡面
   out ( 在外 ) + side ( 邊 ) = outside

2. outsider *n.* 外人 ( = *a person not part of a particular group* )
   outside ( 在外面 ) + (e)r ( 人 ) = outsider
   The *outsider* sees most of the game. (【諺】旁觀者清。)

3. outskirts *n. pl.* 郊區 ( = *the outer parts or area* )
out ( 在外 ) + skirts ( 裙子 ) = outskirts，裙子的外圍，引申為
「郊區」。
on the outskirts of 在…的郊區 ( = *in the suburbs of* )
The factory is ***on the outskirts of*** Taipei.
( 這工廠在台北的郊區。)

4. outset *n.* 開始；開端 ( = *beginning* )
out ( 在外 ) + set ( 設置 ) = outset，設置在外，準備「開始」。
from the outset 從一開始 ( = *at the outset* )
You are going to love this book ***from the outset***.
( 你從一開始就會喜歡這本書。)

5. **outstanding** *adj.* 傑出的 ( = *excellent* )；出眾的；顯著的
out ( 向外 ) + stand ( 站 ) + ing (*adj.*) = outstanding，站出來，
與眾不同，就是「傑出的」。
動詞片語：stand out 突出；出色

6. outward *adj.* 向外的 ( = *outbound* )；明顯的 ( = *apparent* )
out ( 向外 ) + ward (*turn*) = outward
Many people judge purely by *outward* appearances.
( 很多人僅憑外表進行判斷。)

7. outing *n.* 出遊 ( = *trip* )；郊遊
out ( 向外 ) + ing (*n.*) = outing，外出去「出遊」。
go on an outing 去郊遊

8. oval *adj.* 橢圓形的 ( = *egg-shaped* )
ov + al (*adj.*) = oval，介於 o 和 v 之間的形狀，就是「橢圓形的」。

oval

9. oven *n.* 烤箱 ( = *kitchen appliance used for baking
or roasting* )
諧音：喔溫，喔是溫的，從「烤箱」拿出來的。
【比較】microwave oven 微波爐

oven

# 36. overdo

| | | | |
|---|---|---|---|
| **overdo** [5] | ('ovə'du ) | v. | 做…過火 |
| **overeat** [5] | ('ovə'it ) | v. | 吃得過多 |
| *__overcome__ [4] | (,ovə'kʌm ) | v. | 克服 |
| **overflow** [5] | (,ovə'flo ) | v. | 氾濫 |
| **overhear** [5] | (,ovə'hɪr ) | v. | 無意間聽到 |
| **overlap** [6] | (,ovə'læp ) | v. | 重疊 |
| *__overlook__ [4] | (,ovə'luk ) | v. | 忽視 |
| **oversleep** [5] | ('ovə'slip ) | v. | 睡過頭 |
| *__overtake__ [4] | (,ovə'tek ) | v. | 趕上 |

BOOK 9

【記憶技巧】

　　從上一回的「烤箱」(oven)，想到用烤箱「做」蛋糕太「過火」(overdo)，導致蛋糕「吃得過多」(overeat)，要「克服」(overcome)吃東西慾望，不可以讓食物「氾濫」(overflow)。有天「無意間聽到」(overhear)別人說自己很胖，雙下巴「重疊」(overlap)，「忽視」(overlook)別人看法，「睡過頭」(oversleep)，因此沒「趕上」(overtake)車。

1. overdo  v. 做…過火 ( = *go too far* )；做…過度
   over ( 超過 ) + do ( 做 ) = overdo
   Work hard but don't **overdo** it. ( 努力工作，但別太累了。)

2. overeat  v. 吃得過多 ( = *eat to excess* )
   over ( 超過 ) + eat ( 吃 ) = overeat
   Many people tend to **overeat** when depressed.
   ( 很多人難過時通常會大吃大喝。)

3. **overcome** *v.* 克服（ = *beat* ）；戰勝（ = *defeat* ）
over（超過）+ come（來）= overcome，超過迎面而來的，就是
「克服」。　　be overcome with　禁不起；受不了
The entire family *was overcome with* grief.（全家人悲痛萬分。）

4. overflow *v.* 氾濫（ = *flood* ）；淹沒；流出（ = *spill over* ）
over（超過）+ flow（流）= overflow
The river *overflowed* its bank.（河流氾濫到河堤外。）
overflow with　充滿
Her heart was *overflowing with* joy.（她滿懷喜悅。）

5. overhear *v.* 無意間聽到（ = *eavesdrop on* ）；偶然聽到；偷聽到
over（超過）+ hear（聽）= overhear
I *overheard* two doctors discussing my case.
（我無意間聽到兩位醫生討論我的病例。）

6. **overlap** *v.* 重疊（ = *extend over and cover a part of* ）；與…
部分一致
lap 這個字常指「（賽跑中）跑完一圈」，當跑步超過一圈，就是「重
疊」（overlap）。　　Our vacations *overlap*.（我們的假期重疊。）

7. **overlook** *v.* 忽視（ = *neglect* ）；俯瞰（ = *look down on* ）
over（超過）+ look（看）= overlook
The little details are easily *overlooked*.（小細節很容易被忽略。）
The house *overlooked* the river.（這房子俯瞰河流。）

8. **oversleep** *v.* 睡過頭（ = *sleep longer than one intended* ）
over（超過）+ sleep（睡）= oversleep
He *overslept* and missed the train.（他睡過頭，錯過了火車。）

9. **overtake** *v.* 趕上（ = *catch up with* ）；超越；超車
over（超過）+ take（拿）= overtake
The tortoise *overtook* the hare.（烏龜趕上了兔子。）
No *Overtaking*.（禁止超車。）

# *1. overhead*

| | | |
|---|---|---|
| **overhead** [6] |〔'ovə,hɛd 〕 | *adj.* 頭上的 |
| *  **overnight** [4] | 〔'ovə'naɪt 〕 | *adv.* 一夜之間 |
| *  **overpass** [2] | 〔'ovə,pæs 〕 | *n.* 天橋 |
| | | |
| **overwork** [5] | 〔'ovə'wɜk 〕 | *v. n.* 工作過度 |
| **overturn** [6] | 〔,ovə'tɜn 〕 | *v.* 打翻 |
| *  **overthrow** [4] | 〔,ovə'θro 〕 | *v.* 推翻 |
| | | |
| *  **overcoat** [3] | 〔'ovə,kot 〕 | *n.* 大衣 |
| **overall** [5] | 〔'ovə,ɔl 〕 | *adj.* 全面的 |
| **overwhelm** [5] | 〔,ovə'hwɛlm 〕 | *v.* 壓倒 |

【注意發音說明】

**BOOK**
**10**

【記憶技巧】

　　想像一個職員「頭上的」( overhead ) 毛髮「一夜之間」( overnight ) 全白，跑到「天橋」( overpass ) 上吶喊，原來是在公司「工作過度」( overwork )，情緒失控，不僅「打翻」( overturn ) 茶杯，也「推翻」( overthrow ) 公司的決策，和同事一言不合，穿上「大衣」( overcoat ) 衝出去，覺得「全面的」( overall )、「壓倒」( overwhelm ) 性的壓力使他喘不過氣。

1. **overhead** *adj.* 頭上的 ( = *up above* )
   **overhead railway** 高架鐵路

2. **overnight** *adv.* 一夜之間 ( = *within one night* )；突然
   中文的「一夜」白頭、「一夜」致富，也都有「突然」的意思。
   He became famous *overnight*. ( 他一夜成名。)

3. overpass *n.* 天橋（= *footbridge*）；高架橋；
   高架道路　「地下道」則是 underpass。
   the Jianguo *Overpass* 建國高架道路

overpass

4. overwork *v. n.* 工作過度（= *work too hard*）
   He became ill through *overwork*.（他因工作過度而生病。）

5. overturn *v.* 打翻（= *overthrow*）；推翻（= *topple*）
   His car *overturned*, trapping him inside.
   （他的車翻轉，將他困在裡面。）
   The government was *overturned* by the rebels.
   （政府被叛軍推翻。）

6. overthrow *v.* 推翻（= *topple*）；打翻（= *overturn*）
   over + throw = overthrow，把某人「從上方丟下」，就是「推翻」。
   In 1792, Louis XVI of France was *overthrown*.
   （1792 年，法王路易十六被推翻。）

7. overcoat *n.* 大衣（= *heavy coat*）
   Put on your *overcoat*.（穿上你的大衣。）

overcoat

8. **overall** *adj.* 全面的（= *general*）
   The *overall* situation is improving.（整體情勢正在好轉。）

9. **overwhelm** *v.* 壓倒（= *whelm*）；使無法承受

   | over | + | whelm |
   | :--: | :--: | :--: |
   | \| | | \| |
   | *above* | + | *whole* |

   全（whole）在上面，就會「壓倒」。

   Grief *overwhelmed* me.（悲傷壓倒了我。）
   形容詞是 overwhelming〔͵ovɚˈhwɛlmɪŋ〕，「壓倒性的勝利」是
   overwhelming victory。

   ---

   overwhelm 這個字很難唸，美國人唸這個字時，h 通常不發音，
   唸成〔͵ovɚˈwɛlm〕，這樣唸就容易了，音標中 *h* 表示可唸可不唸。

# *2. own*

| | | |
|---|---|---|
| **\*\*\*own** [1] | 〔 on 〕 | *v.* 擁有 |
| **\*\*owner** [2] | 〔 'onɚ 〕 | *n.* 擁有者 |
| **\*ownership** [3] | 〔 'onɚˌʃɪp 〕 | *n.* 所有權 |
| | | |
| **\*\*ox** [2] | 〔 ɑks 〕 | *n.* 公牛 |
| **\*oxygen** [4] | 〔 'ɑksədʒən 〕 | *n.* 氧 |
| **oyster** [5] | 〔 'ɔɪstɚ 〕 | *n.* 牡蠣 |
| | | |
| **\*owe** [3] | 〔 o 〕 | *v.* 欠 |
| **\*owl** [2] | 〔 aʊl 〕 | *n.* 貓頭鷹 |
| **ozone** [5] | 〔 'ozon 〕 | *n.* 臭氧 |

BOOK
**10**

【記憶技巧】

　　　　從上一回的 overwhelm ( 壓倒 )，聯想到他為了紓解壓倒性的壓力，站在天橋上看著人群，想到自己「擁有」( own ) 的還是很多，是很多財產的「擁有者」( owner )，絕不會放棄「所有權」( ownership )。他家有養很多「公牛」( ox )，吸很多「氧」( oxygen ) 氣，還有養「牡蠣」( oyster )，只「欠」( owe ) 一隻「貓頭鷹」( owl )，在雨後飽含「臭氧」( ozone ) 的夜晚鳴叫。

1. **own** *v.* 擁有 ( = *have* )　*adj.* 自己的
   The cost of *owning* a car is rising.
   ( 擁有一輛車的成本變高了。)

2. **owner** *n.* 擁有者 ( = *possessor* )
   landowner 地主　　restaurant owner 餐廳老闆

3. ownership　*n.* 所有權 ( = *right of possession* )

> | owner + ship |
> | :---: |
> | owner + *n.* |

They have a dispute over the *ownership* of the land.

（他們對此地的所有權有爭端。）

4. ox　*n.* 公牛 ( = *bull* )

英國牛津（Oxford）火車站，正對面就有一隻公牛（ox）塑像。

5. **oxygen**　*n.* 氧 ( = $O_2$ )

化學符號的 O，就是「氧」( oxygen )。

6. oyster　*n.* 牡蠣 ( = *a kind of edible shellfish* )

牡蠣的閩南語發音「蚵」，與 oyster 開頭發音相似。

The whole world is your *oyster*.

（【諺】世界充滿珍寶，等你發掘。）

7. **owe**　*v.* 欠 ( = *be in debt to* )

美國人寫借條，常寫上 "IOU" 字樣，就是取 "I owe you" 的發音。

I *owe* you too much.（我欠你的太多了。）

8. owl　*n.* 貓頭鷹 ( = *a bird with big eyes that hunts at night* )

owl 是擬聲字，來自牠「嗷嗷」的鳴叫聲。

owl

9. ozone　*n.* 臭氧 ( = $O_3$ )

化學式是 $O_3$，比氧氣 $O_2$ 多了一個 O。

可看成 O（氧）+ zone = ozone　　ozone layer 臭氧層

The *ozone layer* has been damaged.（臭氧層已經受到損害。）

# *3. pack*

| | | | |
|---|---|---|---|
| **‡pack** [2] | [ pæk ] | *v.* | 打包 |
| **packet** [5] | [ˈpækɪt ]【注意説明】 | *n.* | 小包 |
| **package** [2] | [ˈpækɪdʒ ] | *n.* | 包裹 |
| **\*pad** [3] | [ pæd ] | *n.* | 墊子 |
| **paddle** [5] | [ˈpædl ] | *n.* | 槳 |
| **pact** [6] | [ pækt ] | *n.* | 協定 |
| **‡page** [1] | [ pedʒ ] | *n.* | 頁 |
| **\*pace** [4] | [ pes ] | *n.* | 步調 |
| **pacific** [5] | [ pəˈsɪfɪk ] | *adj.* | 和平的 |

BOOK
10

【記憶技巧】

從上一回的 ozone（臭氧），聯想到臭氧層有破洞，要「包裝」（pack）防曬乳，包成「小包」（packet），用「包裹」（package）墊了「墊子」（pad）空運寄出。直升機的螺旋「槳」（paddle）高速轉動，還載著一本「協定」（pact），有很多「頁」（page），「步調」（pace）快速，開創「和平的」（pacific）新局。

1. **pack** *v.* 打包；包裝（= *make ready for transport*）  *n.* 小包
   Are you all **packed**? 你全都打包好了嗎？（為何用被動，詳見「一口氣背會話」p.448）

2. packet *n.* 小包（= *small parcel*）
   pack（包裝）+ et（小的）= packet（小包）
   a packet of cigarettes = a pack of cigarettes 一包煙

3. **package** *n.* 包裹（= *parcel*）；一套方案；套裝軟體
   a package of books　一包書　　package tour　套裝旅遊

4. pad　*n.* 墊子（= *a thick piece of a substance*）；便條紙；襯墊

   > pad 是一種「片狀物」，像 iPad，i 代表 Internet，iPad 字面
   > 意思就是「可以上網的片狀物」。heating pad 就是「小電毯」，
   > mouse pad 是「滑鼠墊」。

5. paddle　*n.* 槳（= *oar*）
   pad + dle，「槳」也是「片狀物」，重覆
   d 表重覆動作。

   paddle

6. pact　*n.* 協定（= *agreement*）
   The two countries signed a non-aggression *pact*.
   （兩國簽訂了非侵略協定。）

7. page　*n.* 頁（= *folio*）

8. pace　*n.* 步調（= *tempo of motion*）
   可以用諧音，「步調」（pace）要「配速」，不然跑不遠。
   In this little village, the *pace* of life is very slow.
   （在這小村莊，生活步調相當緩慢。）

9. pacific　*adj.* 和平的（= *peaceful*）

   | paci | + | fic |
   |---|---|---|
   | &#124; | | &#124; |
   | peace | + | adj. |

   由「和平」（peace）變形，成為「和平的」。

   the Pacific Ocean　太平洋
   The agreement was signed with their *pacific* intentions.
   （他們以和平的意向簽署了協議。）

# *4. pain*

| | | |
|---|---|---|
| *pain* [2] | ( pen ) | *n.* 疼痛 |
| *painful* [2] | ('penfəl ) | *adj.* 疼痛的 |
| *pail* [3] | ( pel ) | *n.* 桶 |
| | | |
| *paint* [1] | ( pent ) | *v.* 畫 |
| *painter* [2] | ('pentɚ ) | *n.* 畫家 |
| *painting* [2] | ('pentɪŋ ) | *n.* 畫 |
| | | |
| *pal* [3] | ( pæl ) | *n.* 夥伴 |
| *palace* [3] | ('pælɪs ) | *n.* 宮殿 |
| *pale* [3] | ( pel ) | *adj.* 蒼白的 |

【記憶技巧】

從上一回 pacific ( 和平的 )，聯想到和平來臨之前，
戰亂造成諸多「疼痛」( pain )，要緩和「疼痛的」( painful )
藥數以「桶」計。很會「畫」( paint ) 的「畫家」( painter )
作「畫」( painting ) 描述此景，許多打仗的「伙伴」( pal )
倒在「宮殿」( palace ) 旁，臉色都是「蒼白的」( pale )。

1. **pain** *n.* 疼痛 ( = *ache* )；痛苦

   No ***pain*(s)**, no gain(s). ([諺] 一分耕耘，一分收穫。)

2. **painful** *adj.* 疼痛的 ( = *agonizing* )；痛苦的

   It is a ***painful*** decision for me.

   (這對我來說是個痛苦的決定。)

3. pail　*n.* 桶（ = *bucket* ）
   a pail of water　一桶水

pail

4. **paint**　*v.* 畫；油漆（ = *draw with oil pigment* ）

   > paint 和 draw 不同。用鉛筆、原子筆等劃出線條，稱為 draw，這樣子畫出來的畫叫做 drawing。用水彩筆（ brush ）畫，就像刷油漆一樣的畫，才稱為 paint，畫出來的畫叫做 painting。但是「畫圖」可說成：draw a picture 或 paint a picture，不可說成：*draw a painting* 或 *paint a painting*。

5. painter　*n.* 畫家（ = *one who paints* ）；油漆工

6. **painting**　*n.* 畫（ = *a painted work of art* ）
   There was a large *painting* on the wall.
   （之前這牆上有幅巨畫。）

7. pal　*n.* 朋友（ = *friend* ）；夥伴（ = *companion* ）；同志
   pen pal　筆友
   We have been *pals* since we were at school.
   （我們從在學校的時候就是伙伴。）

8. **palace**　*n.* 宮殿（ = *royal mansion* ）
   可用諧音記，雕樑畫棟的「宮殿」，爬蕾絲（ palace ）。
   The former royal *palace* is now open to the public.
   （以前的皇宮現在對外開放。）
   Buckingham Palace　白金漢宮

Buckingham Palace

9. **pale**　*adj.* 蒼白的（ = *blanched* ）
   His face suddenly went *pale*.
   （他的臉色突然變得蒼白。）

# 5. *pan*

| | | | |
|---|---|---|---|
| **pan** ² | 〔 pæn 〕 | *n.* | 平底鍋 |
| **pancake** ³ | 〔'pæn,kek 〕 | *n.* | 薄煎餅 |
| **panda** ² | 〔'pændə 〕 | *n.* | 貓熊 |
| | | | |
| **pane** ⁵ | 〔 pen 〕 | *n.* | 窗玻璃 |
| **panel** ⁴ | 〔'pænl 〕 | *n.* | 面板 |
| **panic** ³ | 〔'pænɪk 〕 | *v. n.* | 恐慌 |
| | | | |
| **palm** ² | 〔 pɑm 〕【注意發音】 | *n.* | 手掌 |
| **pamphlet** ⁵ | 〔'pæmflɪt 〕 | *n.* | 小冊子 |
| **pants** ¹ | 〔 pænts 〕 | *n. pl.* | 褲子 |

**BOOK**
**10**

【記憶技巧】

　　從上一回臉色 pale（蒼白的），聯想到要用「平底鍋」
（pan）做「薄煎餅」（pancake）給他們補充營養。此時
有隻「貓熊」（panda）透過「窗玻璃」（pane）的「面板」
（panel）盯著他們，引起「恐慌」（panic）。看著牠有力的
「手掌」（palm），他們趕緊看逃生「小冊子」（pamphlet），
嚇到快尿「褲子」（pants）。

1. pan　*n.* 平底鍋（ = *a cooking pot with a flat bottom* ）
　 pan 跟「片」、「扁」發音相近。「平底鍋」的特徵也是扁平物。

2. pancake　*n.* 薄煎餅（ = *a thin round flat food made
   by cooking a mixture of flour, eggs, and milk* ）
   pan + cake = pancake，「薄煎餅」是一種「扁」
   的「糕餅」（cake）。

pancake

3. panda  *n.* 貓熊（ = *a large black and white animal that looks like a bear* ）

   唸起來像「胖的」，很容易和胖胖的貓熊聯想在一起。

panda

4. pane  *n.* 窗玻璃（ = *a flat piece of glass in a window* ）；（窗戶上的）一塊玻璃

   「窗玻璃」（ pane ），發音也像一「片」。

pane

5. panel  *n.* 面板（ = *a piece of something* ）；專門小組

   「面板」也是片狀物。而「小組」是一個扁平組織。

   The door *panel* was damaged and had to be replaced.
   （門板壞了，需要換了。）　　a panel of experts　一組專家

6. panic  *v. n.* 恐慌（ = *fright* ）

   來自希臘神話的牧神潘恩（ Pan ），凶悍令人「恐慌」。

   The children fled in *panic*.（孩子們恐慌地逃離。）

   形容詞是 panicky〔'pænɪkɪ〕*adj.* 恐慌的。

7. palm  *n.* 手掌（ = *hand* ）

   注意：palm 中的 l 不發音，如 balm〔bɑm〕*n.* 香膏、calm〔kɑm〕*adj.* 冷靜的。（詳見「文法寶典」第一冊附錄 4.不發音的字 p.35）

8. pamphlet  *n.* 小册子（ = *brochure* ）

   | pam | + | phl | + | et |
   |---|---|---|---|---|
   | palm | + | love | + | little |

   喜歡拿在手掌上的，就是「小册子」。

   They published a *pamphlet* to promote their ideas.
   （他們發行手册宣導他們的想法。）

9. pants  *n. pl.* 褲子（ = *trousers* ）

   a pair of pants　一條褲子

# *6. paradise*

| | | | |
|---|---|---|---|
| *** paradise** [3] | ( 'pærə,daɪs ) | *n.* | 天堂 |
| **paradox** [5] | ( 'pærə,dɑks ) | *n.* | 矛盾 |
| *** parachute** [4] | ( 'pærə,ʃut ) | *n.* | 降落傘 |
| | | | |
| *** paragraph** [4] | ( 'pærə,græf ) | *n.* | 段落 |
| **parallel** [5] | ( 'pærə,lɛl ) | *adj.* | 平行的 |
| **paralyze** [6] | ( 'pærə,laɪz ) | *v.* | 使麻痺 |
| | | | |
| *** parcel** [3] | ( 'pɑrsl̩ ) | *n.* | 郵包 |
| ** pardon** [2] | ( 'pɑrdn̩ ) | *n.v.* | 原諒 |
| **parliament** [6] | ( 'pɑrləmənt ) | *n.* | 國會 |

BOOK
**10**

【記憶技巧】

　　從上一回嚇到尿 pants ( 褲子 )，聯想到差點上「天堂」
( paradise )，心情「矛盾」( paradox )。此時「降落傘」
( parachute ) 出現，如同小說精采「段落」( paragraph )，傘
兵「平行」( parallel ) 而下，解救被「麻痺」( paralyze ) 的人民。
他們帶著一「郵包」( parcel ) 的必需品，說「原諒」( pardon )
我們來遲了，事後受到「國會」( parliament ) 表揚。

1. **paradise** *n.* 天堂 ( = *heaven* )；樂園 ( = *wonderland* )
　莫札特的中間名「阿瑪迪斯」( Amadeus ) 意爲神 ( deus ) 之愛。
　para ( *beside* ) + dise ( 神 ) = paradise，神的旁邊就是「天堂」。
　Hawaii is a ***paradise*** for surfers. ( 夏威夷是衝浪者的天堂。)

2. **paradox** *n.* 矛盾 ( = *contradiction* )
　para ( *against* ) + dox ( *opinion* ) = paradox

It is a ***paradox*** that in such a rich country there should be so many poor people.

（在如此富有的國家裡竟有這麼多窮人，真是矛盾。）

3. parachute *n.* 降落傘（ = *personal landing equipment*）

| para | + chute |
|---|---|
| | |
| *against* + | *fall* |

抵抗掉落的，就是「降落傘」。

chute 字根不常見，可以想像「咻」的發音代表「掉落」。

4. **paragraph** *n.* 段落（ = *passage*）

Translate the following ***paragraphs*** into English.

（把下列各段翻譯成英文。）

5. parallel *adj.* 平行的（ = *aligned*）

這個字的 llel 有三條 l，透過 para (*beside*) 確認他們「平行」。

Draw a line ***parallel*** to that one.

（畫一條與那條線相平行的線。）

6. paralyze *v.* 使麻痺；使癱瘓（ = *immobilize*）

Fear of unemployment is ***paralyzing*** the economy.

（對失業的恐懼癱瘓了經濟。）

7. parcel *n.* 郵包；郵寄包裹

（ = *a package sent in the mail*）

parcel

8. pardon *n. v.* 原諒（ = *forgive*）

Pardon.（對不起，請再說一遍。）

9. parliament *n.* 國會（ = *legislature*）

可以用諧音記，每天「叭哩」吵鬧的，就是「國會」。

The act has been sent to the ***parliament***.（法案已經送交國會。）

# 7. *part*

| | | |
|---|---|---|
| **part** [1] | [ part ] | *n.* 部分 |
| ***party** [1] | [ 'partɪ ] | *n.* 宴會 |
| *partial** [4] | [ 'parʃəl ] | *adj.* 部分的 |
| *participate** [3] | [ par'tɪsə,pet ] | *v.* 參加 |
| *participation** [4] | [ pə,tɪsə'peʃən ] | *n.* 參與 |
| **participant** [5] | [ pə'tɪsəpənt ] | *n.* 參加者 |
| *participle** [4] | [ 'partəsəpl̩ ]【注意重音】 | *n.* 分詞 |
| **particle** [5] | [ 'partɪkl̩ ] | *n.* 粒子 |
| *particular** [2] | [ pə'tɪkjələ ] | *adj.* 特別的 |

**BOOK**

**10**

【記憶技巧】

　　從上一回的 parliament (國會)，聯想到有一「部分」
(part) 國會的委員出席「宴會」(party)，「部份的」
(partial)「參加」(participate) 宴會的「參加者」
(participant)，「參與」(participation) 了文法討論，認
爲一定要搞懂「分詞」(participle) 構句。空氣中彌漫著芬
芳「粒子」(particle)，環繞著這「特別的」(particular)
聚會。

1. part　*n.* 部分 ( = *portion* )　*v.* 分開 ( = *separate* )
　The best of friends must *part*. (【諺】天下無不散的筵席。)

2. party　*n.* 宴會 ( = *celebration* )；政黨 ( = *political group* )
　the ruling party　執政黨

3. partial  *adj.* 部分的；局部的；不完全的（= *incomplete*）
   part（部分）+ ial = partial   partial refund 部分退款

4. **participate**  *v.* 參加（= *take part in*）

   > parti + cip + ate
   >   |     |     |
   > *part + take + v.*

   拿取部分，就是「參加」的表現。

   Teachers usually expect students to *participate* actively.
   （老師們常期望學生能夠積極參與。）

5. participation  *n.* 參與（= *taking part in*）
   We all thank you very much for your *participation*.
   （我們都很感謝你的參與。）

6. **participant**  *n.* 參加者（= *partner*）
   participate – ate + ant（人）= participant

7. participle  *n.* 分詞（= *a form of a verb that has been altered for grammatical reasons*）
   這個字長得很像「參加」（participate）。動詞的意義和形容詞的功能都「參加」，就是「分詞」。
   present participles 現在分詞   past participles 過去分詞
   participle construction 分詞構句

8. particle  *n.* 粒子（= *tiny substance*）
   parti + cle (*small*) = particle
   很小的「部分」（part），就是「粒子」。
   tiny particles of soil 土壤微粒

9. **particular**  *adj.* 特別的（= *special*）
   這個字的副詞 particularly（特別地）也很常用。

# *8. partly*

| **partly** [5] | (ˈpɑrtlɪ) | *adv.* 部分地 |
|---|---|---|
| **partner** [2] | (ˈpɑrtnɚ) | *n.* 夥伴 |
| **partnership** [4] | (ˈpɑrtnɚˏʃɪp) | *n.* 合夥關係 |
| **pass** [1] | (pæs) | *v.* 經過 |
| **passage** [3] | (ˈpæsɪdʒ) | *n.* 一段（文章） |
| **passenger** [2] | (ˈpæsn̩dʒɚ) | *n.* 乘客 |
| **passion** [3] | (ˈpæʃən) | *n.* 熱情 |
| **passionate** [5] | (ˈpæʃənɪt) | *adj.* 熱情的 |
| **passive** [4] | (ˈpæsɪv) | *adj.* 被動的 |

【記憶技巧】

　　從上一回的 particular（特別的），聯想到特別的文法很
多，只能「部分地」（partly）討論。這些「夥伴」（partner）
結成「合夥關係」（partnership），討論時「經過」（pass）
「一段」（passage）一段地分析，搭車回家時，不管車上有
其他的「乘客」（passenger），仍然滿懷「熱情」（passion），
以「熱情的」（passionate）語調討論，沒有人是「被動的」
（passive）。

1. **partly** *adv.* 部分地（= *not completely*）
   You are *partly* right.（你有部分是對的）。

2. **partner** *n.* 夥伴（= *companion*）
   「夥伴」就是共享一「部分」（part）的「人」（er）。

3. partnership　*n.* 合夥關係（= *cooperation*）
partner（伙伴）+ ship（*n.*）= partnership
I have been in ***partnership*** with him for years.
（我跟他合夥已有數年。）

4. **pass**　*v.* 經過（= *go by*）
I ***passed*** by her.（我從她身旁經過。）

5. **passage**　*n.* 一段（文章）（= *paragraph*）
讀文章如同走路，要「一段」一段 pass 過去。
He read a short ***passage*** from the Bible.
（他讀了聖經的一小節。）

6. **passenger**　*n.* 乘客（= *commuter*）

> pass + en　+　ger
> ｜　　｜　　　｜
> *pass* + 中綴 + *people*

經過的人，就是「乘客」。

7. **passion**　*n.* 熱情（= *affection*）
compassion 是「同情」，去掉 com，就是 passion（熱情）。
His eyes were burning with ***passion***.
（他的眼睛燃燒著熱情。）

8. passionate　*adj.* 熱情的（= *enthusiastic*）
I have always been ***passionate*** about football.
（我對足球總是充滿熱情。）

9. **passive**　*adj.* 被動的（= *inactive*）
「被動的」人，通常得「過」（pass）且過。
His response was ***passive***.（他的反應被動。）

# 9. *past*

| | | |
|---|---|---|
| ‡‡**past** [1] | 〔 pæst 〕 | *adj.* 過去的 |
| ***pasta** [4] | 〔 'pɑstə , 'pɑstə 〕 | *n.* 義大利麵 |
| **pastime** [5] | 〔 'pæs,taɪm 〕 | *n.* 消遣 |
| | | |
| ***paste** [2] | 〔 pest 〕 | *n.* 漿糊 |
| **pastry** [5] | 〔 'pestrɪ 〕 | *n.* 糕餅 |
| ***pat** [2] | 〔 pæt 〕 | *v.* 輕拍 |
| | | |
| **patch** [5] | 〔 pætʃ 〕 | *n.* 補丁 |
| ***path** [2] | 〔 pæθ 〕 | *n.* 小徑 |
| **pathetic** [6] | 〔 pə'θɛtɪk 〕 | *adj.* 可憐的 |

BOOK

**10**

【記憶技巧】

從上一回 passive（被動的），聯想到「過去的」
（past）日子，每餐都被動地吃「義大利麵」（pasta），應
該主動變化作「消遣」（pastime）。用「漿糊」（paste）
狀的麵糰製成「糕餅」（pastry），需要「輕拍」（pat），破
了就敷上「補丁」（patch），做好後吃不完，就沿著「小徑」
（path）送去給「可憐的」（pathetic）人吃。

1. **past** *adj.* 過去的（= *previous*）　　*n.* 過去
   in the past 在過去

2. **pasta** *n.* 義大利麵（= *spaghetti*）

   來自拉丁文 *pasta*（麵糰），麵糰做成「義大利麵」。

pasta

3. pastime *n.* 消遣（= *amusement*）
   用來「度過」（pass）「時間」（time）的，就是「消遣」。
   Reading is my favorite *pastime*.（閱讀是我最喜歡的消遣。）

4. paste *n.* 漿糊（= *glue*）；糊狀物；糊；醬；膏；麵糰
   toothpaste 牙膏　　tomato paste 蕃茄醬（做義大利麵的醬汁）

5. pastry *n.* 糕餅（= *baked flour product*）
   也來自「麵糰」的意思，「糕餅」也是由麵糰製成。
   I had two kinds of *pastry* for breakfast.
   （我早餐吃了兩種糕餅。）

   pastry

6. pat *v.* 輕拍（= *tap*）
   跟「拍」的中文發音很相似，都是取自該動作發出的「啪」聲。
   He *patted* me on the shoulder.（他輕拍我的肩膀。）

7. patch *n.* 補丁（= *mend*）
   可以想像一張「補丁」，「啪」一聲貼到破洞上。
   The jacket has leather *patches* at the elbows.
   （這件夾克手肘處有皮革補丁。）

   patch

8. **path** *n.* 小徑（= *lane*）
   a garden path 花園小徑

9. pathetic *adj.* 可憐的（= *pitiful*）；無用的；差勁的

   | pathe | + | tic |
   |---|---|---|
   | suffer | + | adj. |

   受苦的人，就是「可憐的」。

   The blind old dog was a *pathetic* sight.
   （那隻又盲又老的狗看起來很可憐。）

   > pathetic 和 poor 不同，pathetic 所指的「可憐」是指「令人同情的」，如：a pathetic story「一個令人同情的故事」。

# *10. patriot*

| | | | |
|---|---|---|---|
| **patriot** [5] | 〔'petrɪət 〕 | *n.* 愛國者 |
| **patriotic** [6] | 〔,petrɪ'ɑtɪk 〕 | *adj.* 愛國的 |
| **patron** [5] | 〔'petrən 〕 | *n.* 贊助者 |
| | | | |
| ** **patient** [2] | 〔'peʃənt 〕 | *adj.* 有耐心的 |
| * **patience** [3] | 〔'peʃəns 〕 | *n.* 耐心 |
| * **payment** [1] | 〔'pemənt 〕 | *n.* 付款 |
| | | | |
| * **pave** [3] | 〔 pev 〕 | *v.* 鋪（路） |
| * **pavement** [3] | 〔'pevmənt 〕 | *n.* 人行道 |
| * **paw** [3] | 〔 pɔ 〕 | *n.*（貓、狗的）腳掌 |

BOOK 10

【記憶技巧】

　　　從上一回「可憐的」（pathetic）人，聯想到其中有些
是「愛國者」（patriot），是非常「愛國的」（patriotic）
「贊助者」（patron），捐出了畢生積蓄，以無限的「耐心」
（patience）分期「付款」（payment）。捐款被用來「鋪」
（pave）「人行道」（pavement），連貓狗的「腳掌」（paw）
踩著都舒服。

1. patriot　*n.* 愛國者（ = *nationalist*）
　　patri 是希臘文 pater (*father*) 的變形。視國如父的，就是
　　「愛國者」。
　　He is a passionate *patriot*.
　　（他是個熱情的愛國者。）

2. patriotic　*adj.* 愛國的（= *nationalistic*）
   patriot（愛國者）+ ic（*adj.*）= patriotic

3. patron　*n.* 贊助者（= *supporter*）；顧客；老主顧
   字根也是 patri（*father*），老爸通常是最大的「贊助者」。
   a patron of the arts　藝術的贊助者

4. **patient**　*adj.* 有耐心的（= *willing to endure*）
   *n.* 病人（= *a person with a medical problem*）

   | pati | + | ent |
   |------|---|-----|
   | suffer | + | adj. |

   「有耐心的」和「病人」，都在忍耐受苦。

   Be *patient* — your time will come.（耐心等待你的時機。）

5. patience　*n.* 耐心（= *capacity to endure*）
   She had the *patience* to hear me out.（她有耐心聽完我的話。）

6. **payment**　*n.* 付款（= *expense*）
   pay（付款）+ ment（*n.*）= payment
   Your *payment* has been successful.（你已經成功付款。）

7. pave　*v.* 鋪（路）（= *cover the road with a substance*）
   pave 跟中文的「鋪」唸起來很像。
   pave a street　鋪設道路

8. pavement　*n.* 人行道（= *sidewalk*）；路面（= *the surface
   of a road*）　　pave（鋪）+ ment（*n.*）= pavement
   鋪好可以走的，就是「人行道」。

9. paw　*n.*（貓、狗的）腳掌（= *animal's foot*）
   「貓、老鷹的爪」則是 claw〔klɔ〕。

# *11. pea*

| | | | |
|---|---|---|---|
| \* **pea** [3] | 〔 pi 〕 | *n.* | 豌豆 |
| \* **peace** [2] | 〔 pis 〕 | *n.* | 和平 |
| \* **peaceful** [2] | 〔'pisfəl 〕 | *adj.* | 和平的 |
| | | | |
| \* **peach** [2] | 〔 pitʃ 〕 | *n.* | 桃子 |
| **peacock** [5] | 〔'pi,kɑk 〕 | *n.* | 孔雀 |
| \* **peanut** [2] | 〔'pi,nʌt 〕 | *n.* | 花生 |
| | | | |
| \* **pear** [2] | 〔 pɛr 〕【注意發音】 | *n.* | 西洋梨 |
| \* **pearl** [3] | 〔 pɝl 〕 | *n.* | 珍珠 |
| **peasant** [5] | 〔'pɛznt 〕【注意發音】 | *n.* | 農夫 |

**BOOK 10**

【記憶技巧】

從上一回貓狗的 paw（腳掌），聯想到牠們用腳掌走路，來到長著「豌豆」（pea），崇尚「和平」（peace），非常「和平的」（peaceful）世界。在那裡，「桃子」（peach）多汁、「孔雀」（peacock）美麗、「花生」（peanut）鬆軟、「西洋梨」（pear）香甜，還養著大顆的「珍珠」（pearl）蚌，「農夫」（peasant）笑呵呵。

1. **pea** *n.* 豌豆（ = *bean* ）
   這個字衍生出 peanut（花生）、peasant（農夫）等相關字。

pea

2. **peace** *n.* 和平（ = *calmness* ）
   make peace with *sb.* 與某人講和

3. **peaceful** *adj.* 和平的（ = *at peace* ）；平靜的；寧靜的（ = *serene* ）
   They hope for a ***peaceful*** settlement of the dispute.
   （他們希望和平解決爭端。）

4. peach　*n.* 桃子（ = *a round juicy fruit similar to an apricot* ）

5. peacock　*n.* 孔雀（ = *peafowl* ）
   pea（豌豆）+ cock（公雞）= peacock
   孔雀的紋彩，圓圓的像「豌豆」（pea）。
   as proud as a peacock　非常驕傲

   peacock

   He is ***as proud as a peacock***.（他如孔雀一般驕傲。）

6. peanut　*n.* 花生（ = *earthnut* ）
   pea（豌豆）+ nut（堅果）= peanut
   花生仁在殼裡，像「豌豆」一樣。　　peanut butter　花生醬

7. pear　*n.* 西洋梨（ = *a fruit that is white inside and has yellow, green, or brown skin* ）

   有一則謎語：What fruit is never alone? 答案就是 pear（西洋梨），因為它和 pair（一對）發音相同，如此就不會唸成〔 pɪr 〕（誤）。

8. pearl　*n.* 珍珠（ = *a jewel bead that forms in oysters* ）
   字源學者認為跟 pear（西洋梨）有關。天然珍珠不圓，像西洋梨。
   cultured pearl　養珠

9. peasant　*n.* 農夫（ = *farmer* ）

   種豆子的人，就是「農夫」。
   The majority of the population are landless ***peasants***.（大部分的人都是沒有田地的雇農。）

   注意：　peasant 字中加上 l 就變成 pleasant〔 ˈplɛznt 〕*adj.* 令人愉快的，如此就不會把 peasant〔 ˈpɛznt 〕唸成〔 ˈpiznt 〕（誤）。

# *12. pedal*

| | | | |
|---|---|---|---|
| * **pedal** [4] | ( ˈpɛdḷ ) | *n.* | 踏板 |
| **peddler** [5] | ( ˈpɛdlɚ ) | *n.* | 小販 |
| **pedestrian** [6] | ( pəˈdɛstrɪən ) | *n.* | 行人 |
| *** **pen** [1] | ( pɛn ) | *n.* | 筆 |
| *** **pencil** [1] | ( ˈpɛnsḷ ) | *n.* | 鉛筆 |
| * **penalty** [4] | ( ˈpɛnḷtɪ ) | *n.* | 處罰 |
| **penetrate** [5] | ( ˈpɛnəˌtret ) | *v.* | 穿透 |
| * **penguin** [2] | ( ˈpɛngwɪn ) | *n.* | 企鵝 |
| **peninsula** [6] | ( pəˈnɪnsələ ) | *n.* | 半島 |

**【記憶技巧】**

> 從上一回的 peasant（農夫），聯想到農夫要踩水
> 車的「踏板」( pedal )。相較之下，「小販」( peddler )
> 就要向「行人」( pedestrian ) 兜售「筆」( pen ) 和
> 「鉛筆」( pencil )，累得如同受「處罰」( penalty )。
> 尤其在大熱天，很想「穿透」( penetrate ) 時空，到達
> 「企鵝」( penguin ) 居住的涼爽「半島」( peninsula )。

1. pedal   *n.* 踏板；腳踏板（ = *a part that you push with your foot* )
   字根 ped 意爲「腳；步」。「踏板」就是用腳踩的工具，如腳
   踏車、汽車油門、煞車，還有鋼琴等的「踏板」。
   centipede ( ˈsɛntəˌpid ) *n.* 蜈蚣（有 100 隻腳）

2. peddler   *n.* 小販（ = *vendor* )
   「小販」( peddler ) 沿街販賣，「腳」力也很重要。

BOOK

**10**

3. pedestrian　*n.* 行人（= *walker*）

用「腳」（ ped ）走的「人」（ ian ），就是「行人」。

A zebra crossing is a type of ***pedestrian*** crossing.

（斑馬線是行人穿越道的一種。）

pedestrian crossing

4. pen　*n.* 筆（ = *a quill for writing* ）

The ***pen*** is mightier than the sword.

（【諺】文勝於武。）

5. pencil　*n.* 鉛筆（ = *a writing implement filled with black graphite* ）　　pencil case　鉛筆盒

6. **penalty**　*n.* 處罰；刑罰；懲罰（ = *punishment* ）

跟 punish（處罰）長得像，發音與意義也相近。

The ***penalty*** for a first offense is a fine.

（初犯以罰款處罰。）

7. penetrate　*v.* 穿透（ = *pierce* ）

可想成 pen + etr (*enter*) + ate (*v.*)，筆戳進去，就會「穿透」。

Bullets can ***penetrate*** armor.（子彈可以穿透盔甲。）

8. penguin　*n.* 企鵝（ = *an Antarctic sea bird* ）

***Penguins*** live in the Antarctic area.（企鵝住在南極地區。）

9. peninsula　*n.* 半島（ = *cape* ）

> pen + insula
> |　　　|
> *half + island*

半個島嶼，就是「半島」。

the Arabian peninsula　阿拉伯半島

peninsula

# 13. per

| | | |
|---|---|---|
| *per [2] | 〔 pɚ 〕 | *prep.* 每… |
| perceive [5] | 〔 pɚˋsiv 〕 | *v.* 察覺 |
| **perception** [6] | 〔 pɚˋsɛpʃən 〕 | *n.* 知覺 |
| | | |
| *percent [4] | 〔 pɚˋsɛnt 〕 | *n.* 百分之… |
| *percentage [4] | 〔 pɚˋsɛntɪdʒ 〕 | *n.* 百分比 |
| **perch** [5] | 〔 pɝtʃ 〕 | *n.* （鳥的）棲木 |
| | | |
| *perfect [2] | 〔ˋpɝfɪkt 〕 | *adj.* 完美的 |
| *perfection [4] | 〔 pɚˋfɛkʃən 〕 | *n.* 完美 |
| *perfume [4] | 〔ˋpɝfjum 〕 | *n.* 香水 |

BOOK
**10**

【記憶技巧】

　　從上一回涼爽的 peninsula（半島），聯想到「每」
（per）年半島上的企鵝都「察覺」（perceive）或有「知
覺」（perception）到，有「百分之」（percent）一的冰原
在消失，「百分比」（percentage）驚人，「棲木」（perch）
也在消失。沒有「完美的」（perfect）方法挽回，因為人
並不「完美」（perfection），只好噴「香水」（perfume）
讓自己心情好一點。

1. **per** *prep.* 每… ( = *every* )
   The admission fee is $9.99 ***per*** person. （入場費每人 9.99 美元。）

2. **perceive** *v.* 察覺 ( = *notice* )
   per (*through*) + ceive (*take*) = perceive

透過感官獲取，就是「察覺」。
He didn't *perceive* any difference. (他沒察覺到任何不同。)

3. perception *n.* 知覺 ( = *comprehension* )；感受

```
per    + cept + ion
 |         |      |
through + take + n.
```

透過感官獲取的，就是「知覺」。
He is a man of keen *perception*.
( 他的覺察力很敏銳。)

4. **percent** *n.* 百分之… ( = *per centum* )
cent 指「百分之一」( = hundredth )，如 *cent*imeter (cm)，公尺
的百分之一，就是「公分」( cm )。
per ( 每 ) + cent ( 百分之一 ) = percent

5. **percentage** *n.* 百分比 ( = *rate* )
What *percentage* of the students are admitted to college?
( 有多少百分比的學生獲准進入大學？)

6. **perch** *n.* ( 鳥的 ) 棲木 ( = *a branch where a bird sits* )
*v.* ( 鳥 ) 停 ( 在… )
The bird *perched* on a tree branch. ( 這隻鳥棲息在一個樹枝上。)

7. **perfect** *adj.* 完美的 ( = *flawless* )；最適當的
He is the *perfect* man for the position.
( 他是擔任那個職務最適當的人選。)

8. perfection *n.* 完美 ( = *flawlessness* )
The fish was cooked to *perfection*. ( 這魚煮得恰到好處。)

9. perfume *n.* 香水 ( = *fragrance* )
「香水」( perfume ) 噴出來會有一陣「煙霧」( fume )。
She was wearing the *perfume* that he'd bought her.
( 她擦的是他買給她的香水。)
這個字當名詞，重音在第一音節，當動詞，做「灑香水」解，
重音在第二音節上〔pəˋfjum〕。

# *14. perform*

| *perform* [3] | ( pɚˈfɔrm ) | v. 表演 |
|---|---|---|
| *performance* [3] | ( pɚˈfɔrməns ) | n. 表演 |
| performer [5] | ( pɚˈfɔrmɚ ) | n. 表演者 |
| peril [5] | ( ˈpɛrəl ) 【注意發音】 | n. 危險 |
| perish [5] | ( ˈpɛrɪʃ ) | v. 死亡 |
| *permanent [4] | ( ˈpɝmənənt ) | adj. 永久的 |
| *permit [3] | ( pɚˈmɪt ) | v. 允許 |
| *permission [3] | ( pɚˈmɪʃən ) | n. 許可 |
| permissible [5] | ( pɚˈmɪsəbl̩ ) | adj. 可允許的 |

BOOK

**10**

【記憶技巧】

> 　　從上一回 perfume ( 香水 )，聯想到噴了香水後，才上台「表演」( perform )。「表演」( performance ) 對「表演者」( performer ) 很重要。特技表演很「危險」( peril )，可能「死亡」( perish ) 或造成「永久的」( permanent ) 傷害。要政府「允許」( permit )，獲得「許可」( permission )，風險必須是「可允許的」( permissible )。

1. **perform** v. 表演 ( = appear on stage )；執行 ( = do )
   Surgeons **performed** an emergency operation.
   ( 外科醫生們執行了緊急手術。 )

2. **performance** n. 表演 ( = public presentation )；表現

3. performer  *n.* 表演者（ = *actor* ）
   perform（表演）+ er（人）= performer

4. peril  *n.* 危險（ = *danger* ）
   可以和下面的 perish（死亡）一起記。「危險」很容易「死亡」。
   They put their own lives in *peril*.
   （他們將自己的生命置於危險之中。）

5. **perish**  *v.* 死亡（ = *die* ）；毀滅；消滅；腐敗
   「危險」（peril）就容易「死亡」（perish），剩下「灰」（ash）。
   Hundreds of people *perished* when the ship went down.
   （數百人死於沉船。）

6. **permanent**  *adj.* 永久的（ = *eternal* ）
   per（完全）+ man（*maintain*）+ ent（*adj.*）= permanent
   Please fill in your *permanent* address.（請填寫你的永久住址。）

7. **permit**  *v.* 允許（ = *allow* ）

   | per | + | mit |
   |---|---|---|
   | &#124; | | &#124; |
   | *through* | + | *go* |

   可以走過去，就是「允許」。

   Smoking is not *permitted* in the restaurant.
   （這家餐廳禁止吸煙。）

8. **permission**  *n.* 許可（ = *approval* ）
   We have obtained *permission* from the board.
   （我們已得到董事會的許可。）

9. permissible  *adj.* 可允許的（ = *allowable* ）
   It is not *permissible* to make photocopies of these
   documents.（這些文件不准複印。）

# *15. persist*

| persist [5] | 〔 pəˈsɪst 〕 | v. 堅持 |
| persistence [6] | 〔 pəˈsɪstəns 〕 | n. 堅持 |
| persistent [6] | 〔 pəˈsɪstənt 〕 | adj. 持續的 |
| *personal [2] | 〔ˈpɝsn̩l 〕 | adj. 個人的 |
| *personality [3] | 〔ˌpɝsn̩ˈælətɪ 〕 | n. 個性 |
| personnel [5] | 〔ˌpɝsn̩ˈɛl 〕 | n. 全體職員 |
| *persuade [3] | 〔 pəˈswed 〕 | v. 說服 |
| *persuasion [4] | 〔 pəˈsweʒən 〕 | n. 說服力 |
| *persuasive [4] | 〔 pəˈswesɪv 〕 | adj. 有說服力的 |

BOOK

10

【記憶技巧】

　　從上一回的 permissible（可允許的）特技，聯想到
如果被允許了，就要「堅持」（persist），有了「堅持」
（persistence），才有「持續的」（persistent）進步。
「個人的」（personal）「個性」（personality）放一旁，
以「全體職員」（personnel）為考量，才能「說服」
（persuade）人、具有「說服力」（persuasion），做出
「有說服力的」（persuasive）表演。

1. **persist** *v.* 堅持（= *insist*）；持續（= *last*）
The tradition has ***persisted*** to this day.（那個傳統持續到了今天。）
persist，persistent，persistence 以前有二種發音，字中的 si 可
唸成 /zɪ/ 或 /sɪ/，但現在美國人多唸 /sɪ/，詳見麥克米倫字典。

2. persistence  *n.* 堅持 ( = *perseverance* )；堅忍不拔
   persist ( 堅持 ) + ence (*n.*) = persistence
   Her *persistence* paid off when she was offered the job.
   （她的堅持有了回報，得到了那份工作。）

3. persistent  *adj.* 持續的 ( = *lasting* )；堅忍不拔的
   a persistent cough  不癒的咳嗽

4. **personal**  *adj.* 個人的 ( = *individual* )
   personal belongings  個人物品

5. **personality**  *n.* 個性 ( = *individuality* )
   a man of weak personality  個性軟弱的人

6. personnel  *n.* 全體職員 ( = *staff* )；人事部 ( = *department of staff affairs* )
   法文。person + nel，「職員」和「人事」都和「人」有關。
   A copy should then be sent to *personnel* for our files.
   （副本將送至人事部門存檔。）

7. **persuade**  *v.* 說服 ( = *convince* )
   suade 的發音就跟「說」服很像。

   ```
   per      + suade
   |          |
   thoroughly + sweet
   ```
   用甜言蜜語徹底勸誘，就是「說服」。

8. **persuasion**  *n.* 說服力 ( = *the power to persuade* )
   persuade ( 說服 ) – de + sion = persuasion

9. **persuasive**  *adj.* 有說服力的 ( = *convincing* )
   persuade ( 說服 ) – de + sive = persuasive
   We need a more *persuasive* argument.
   （我們需要更有說服力的論點。）

# 16. pet

| | | | |
|---|---|---|---|
| ***pet** [1] | 〔 pɛt 〕 | *n.* | 寵物 |
| ***petal** [4] | 〔'pɛtḷ 〕 | *n.* | 花瓣 |
| **petroleum** [6] | 〔 pə'trolɪəm 〕 | *n.* | 石油 |
| | | | |
| ***pest** [3] | 〔 pɛst 〕 | *n.* | 害蟲 |
| **pesticide** [6] | 〔'pɛstɪ,saɪd 〕 | *n.* | 殺蟲劑 |
| **petty** [6] | 〔'pɛtɪ 〕 | *adj.* | 小的 |
| | | | |
| **pharmacy** [6] | 〔'farməsɪ 〕 | *n.* | 藥房 |
| **pharmacist** [6] | 〔'farməsɪst 〕 | *n.* | 藥劑師 |
| **phase** [6] | 〔 fez 〕 | *n.* | 階段 |

**BOOK 10**

【記憶技巧】

　　從上一回 persuasive（有說服力的）表演，聯想到「寵物」（pet）去表演沒有說服力，踩到的「花瓣」（petal）沾上「石油」（petroleum）很滑，滑倒受傷感染「害蟲」（pest）。老闆拿出「殺蟲劑」（pesticide），說這種「小的」（petty）蟲沒有到要去「藥房」（pharmacy）找「藥劑師」（pharmacist）的「階段」（phase）。

1. **pet** *n.* 寵物（ = *an animal cared for at home* ）
   keep a pet　養寵物（ = *have a pet* ）

2. **petal** *n.* 花瓣（ = *the leaf of a flower* ）
   這個字長得像「踏板」（pedal）。踏板的形狀也很像「花瓣」。
   The **petals** of a rose are soft.（玫瑰花瓣是軟的。）

3. petroleum  *n.* 石油（= *crude oil*）

   耶穌對首任教宗聖彼得（Peter）說了雙關語：「我要將教
   會建築在這磐石（petro）之上。」petro 就是「石」。

   petr（石）+ oleum（*oil*）= petroleum（石油）

   petroleum war  石油戰爭

   【比較】gas〔gæs〕*n.* 汽油（= *gasoline*）

4. pest  *n.* 害蟲（= *blight*）；討厭的人或物（= *annoyance*）

   可以用諧音：噴死他，聯想到 pest（害蟲）。

5. pesticide  *n.* 殺蟲劑（= *insecticide*）

   | pesti + cide | |
   |---|---|
   | \| 　　 \| | 切除害蟲的，就是「殺蟲劑」。 |
   | *pest* + *cut* | |

6. petty  *adj.* 小的（= *little*）；微不足道的（= *unimportant*）

   「寵物」（pet）常是小黃、小白，都是「小的」（petty）。

   Don't bother me with such *petty* things.

   （不要用這些小事來煩我。）

7. pharmacy  *n.* 藥房（= *drugstore*）

   A *pharmacy* is where you buy medicine with a
   prescription.（藥房就是你拿著處方籤去買藥的地方。）

8. pharmacist  *n.* 藥劑師（= *a professional in medicine*）

   7000 字裡面只有 pharmacy 和 pharmacist 這兩個字是 pharm
   開頭。可以和 charm（魔力）聯想：古時巫醫盛行，「藥劑師」
   被認為有「魔力」（charm）。

9. phase  *n.* 階段（= *stage*）

   It's just a *phase* he's going through.

   （這只是他在經歷的一個階段。）

   【比較】phrase〔frez〕*n.* 片語

# *17. photo*

| | | | |
|---|---|---|---|
| ** **photo** [2] | ('foto ) | *n.* | 照片 |
| * **photograph** [2] | ('fotə,græf ) | *n.* | 照片 |
| * **photographer** [2] | ( fə'tɑgrəfə ) | *n.* | 攝影師 |
| | | | |
| ** **physics** [4] | ('fızıks ) | *n.* | 物理學 |
| * **physicist** [4] | ('fızəsıst ) | *n.* | 物理學家 |
| * **physician** [4] | ( fə'zıʃən ) | *n.* | 內科醫生 |
| | | | |
| * **philosophy** [4] | ( fə'lɑsəfı ) | *n.* | 哲學 |
| * **philosopher** [4] | ( fə'lɑsəfə ) | *n.* | 哲學家 |
| * **phenomenon** [4] | ( fə'nɑmə,nɑn ) | *n.* | 現象 |

BOOK
**10**

【記憶技巧】

從上一回的 phase（階段），聯想到每個階段都有「照片」（photo）。術業有專攻，拍「照片」（photograph）需要「攝影師」（photographer），而讀「物理學」（physics）的「物理學家」（physicist）和「內科醫生」（physician），以及研究「哲學」（philosophy）的「哲學家」（philosopher）都很聰明，但未必能解釋社會「現象」（phenomenon）。

1. photo *n.* 照片（= *photograph*）
   是 photograph（照片）的簡稱。
   Can you help us take a *photo*?（可以幫我們拍張照嗎？）

2. **photograph** *n.* 照片（= *snapshot*）

3. **photographer** *n.* 攝影師（= *a professional in taking photos*）
   photo（光）+ graph（*write*）+ er（人）= photographer
   把可見光如實錄寫下來的人，就是「攝影師」。
   He is a ***photographer*** for Vogue magazine.
   （他是「時尚雜誌」的攝影師。）

4. **physics** *n.* 物理學（= *physical science*）
   物理課本的封面，很多都寫上大大的 physics 字樣。

5. **physicist** *n.* 物理學家（= *physics researcher*）
   physics（物理學）– s + ist（人）= physicist

6. **physician** *n.* 內科醫生（= *medical doctor*）
   physical〔ˈfɪzɪkl̩〕*adj.* 身體的，照顧身體的人，就是「醫生」。
   I was transferred to a ***physician*** at the hospital.
   （我被轉診給醫院的一位內科醫生。）

7. **philosophy** *n.* 哲學（= *metaphysics*）；人生觀（= *ideology*）

   | philo + sophy |
   | love + wisdom |

   愛好並追求智慧，就會思考「哲學」。

8. **philosopher** *n.* 哲學家（= *metaphysician*）
   the Greek philosopher Aristotle 希臘哲學家亞里斯多德

9. **phenomenon** *n.* 現象（= *happening*）
   和 phantom（幽靈）同源，phan 表示「出現」。自然界的性
   質「顯現」，就是「現象」。
   這個字不容易拼，記得母音順序是 e-o-e-o。
   Language is a social and cultural ***phenomenon***.
   （語言是一種社會與文化的現象。）

# *18. pick*

| | | | |
|---|---|---|---|
| ‡**pick** [2] | 〔 pɪk 〕 | *v.* | 挑選 |
| *pickle [3] | 〔'pɪkḷ 〕 | *n.* | 酸黃瓜 |
| *pickpocket [4] | 〔'pɪk͵pɑkɪt 〕 | *n.* | 扒手 |
| ‡**picnic** [2] | 〔'pɪknɪk 〕 | *n.* | 野餐 |
| ‡**picture** [1] | 〔'pɪktʃɚ 〕 | *n.* | 圖畫 |
| **picturesque** [6] | 〔͵pɪktʃə'rɛsk 〕 | *adj.* | 風景如畫的 |
| ‡**pie** [1] | 〔 paɪ 〕 | *n.* | 派 |
| **piety** [6] | 〔'paɪətɪ 〕 | *n.* | 虔誠 |
| **pier** [5] | 〔 pɪr 〕 | *n.* | 碼頭 |

BOOK
**10**

【記憶技巧】

　　從上一回的社會「現象」( phenomenon )，聯想到「挑選」( pick )「酸黃瓜」( pickle ) 的「扒手」( pickpocket ) 也是社會現象。扒手偷完之後去「野餐」( picnic )，在常被畫成「圖畫」( picture )，「風景如畫的」( picturesque ) 地方吃，還吃了「派」( pie ) 當甜點。這時，載著「虔誠」( piety ) 朝聖者的船靠向了「碼頭」( pier )。

1. pick  *v.* 挑選 ( = *choose* )；摘
   She *picked* some strawberries for him.
   （她採了一些草莓給他。）

2. pickle  *n.* 酸黃瓜 ( = *preserved cucumber* )；泡菜
   這個字的發音唸起來就很脆，讓人聯想到「酸黃瓜」與「泡菜」。

3. **pickpocket** *n.* 扒手 ( = *thief* )

   pick（撿）+ pocket（口袋）= pickpocket

   「扒手」專門撿人口袋裡的東西。

   Beware of *pickpockets*. ( 小心扒手。)

pickpocket

4. **picnic** *n.* 野餐 ( = *outdoor meal* )　*v.* 去野餐

   go on a picnic　去野餐 ( = *go picnicking* )

5. **picture** *n.* 圖畫 ( = *drawing* )；照片 ( = *photo* )

   take a picture　拍張照

6. **picturesque** *adj.* 風景如畫的 ( = *beautiful* )

   這個字不難。「風景如畫」，「畫」( picture ) 字直接寫出來，
   字尾 que 常有異國情調，如 baroque（巴洛克式）。

   This is a quiet village with a *picturesque* harbor.

   ( 這是個寧靜的村莊，有風景如畫的海港。)

7. **pie** *n.* 派 ( = *pastry* )；餡餅

   中文的「派」是 pie 直接音譯過來的。　　apple pie　蘋果派

8. **piety** *n.* 虔誠 ( = *devotion to God* )；孝順
   ( = *caring for parents* )

   可以用諧音「拜」來記憶：「虔誠；孝順」，都要「拜」。

   filial piety　孝順

   They went to church not because of *piety*, but because
   of curiosity.

   ( 他們到教堂並非因為虔誠，而是因為好奇。)

9. **pier** *n.* 碼頭 ( = *dock* )；橋墩

   stroll along the pier　沿著碼頭散步

pier

# *19. pig*

| **pig** [1] | 〔 pɪg 〕 | *n.* 豬 |
| **pigeon** [2] | 〔 'pɪdʒɪn 〕 | *n.* 鴿子 |
| **pilgrim** [4] | 〔 'pɪlgrɪm 〕 | *n.* 朝聖者 |
| **pill** [3] | 〔 pɪl 〕 | *n.* 藥丸 |
| **pillar** [5] | 〔 'pɪlɚ 〕 | *n.* 柱子 |
| **pillow** [2] | 〔 'pɪlo 〕 | *n.* 枕頭 |
| **pin** [2] | 〔 pɪn 〕 | *n.* 別針 |
| **pinch** [5] | 〔 pɪntʃ 〕 | *v.* 捏 |
| **pimple** [5] | 〔 'pɪmpl̩ 〕 | *n.* 青春痘 |

BOOK
**10**

【記憶技巧】

從上一回靠向「碼頭」( pier )，聯想到船上有個帶著「豬」
( pig ) 和「鴿子」( pigeon ) 作供品的「朝聖者」( pilgrim )，
沒吃暈船「藥丸」( pill )，撞到「柱子」( pillar )，暈得倒在「枕
頭」( pillow ) 上，被同伴捉弄，用「別針」( pin ) 把他用手
「捏」( pinch ) 住的「青春痘」( pimple ) 刺破。

1. pig　*n.* 豬 ( = *swine* )
   ***Pigs*** might fly. (【諺】無奇不有。)

2. pigeon　*n.* 鴿子 ( = *dove* )
   pigeon 是常見的灰色鴿子，dove 則是白色的和平鴿，形象不
   同。後者較常出現於詩歌中，象徵和平與純潔的愛情。

3. pilgrim *n.* 朝聖者（＝*palmer*）

| pil | ＋ | grim |
|-----|----|------|
| beyond | ＋ | earth |

穿越國土，才能去遠方當「朝聖者」。
He went to Mecca as a ***pilgrim***.
（他以朝聖者的身分前往麥加。）

4. pill *n.* 藥丸（＝*tablet of medicine*）
「生病」（ill）了，就要吃「藥丸」（pill）。
He has to take ***pills*** to control his blood pressure.
（他必須吃藥丸以控制血壓。）

5. pillar *n.* 柱子（＝*column*）　　　pill（藥丸）＋ ar ＝ pillar
Huge ***pillars*** supported the roof.（巨大的柱子支撐屋頂。）

6. pillow *n.* 枕頭（＝*cushion*）
rest *one's* head on a pillow　把頭枕在枕頭上

7. pin *n.* 別針（＝*tack*）；大頭針
be on pins and needles　如坐針氈；坐立不安
大寫的 PIN 則是指「個人識別碼；安全密碼」（*personal
identification number*）。　　safety pin 安全別針
hairpin 髮夾　　tie pin 領帶夾　　drawing pin 圖釘

8. pinch *v.* 捏（＝*nip*）
「捏」（pinch）了會痛，好像被「別針」（pin）刺了一下。
We have to stop him from ***pinching*** the baby.
（我們必須讓他不要繼續捏那個嬰兒。）

9. pimple *n.* 青春痘（＝*facial spot*）
pimple 可用 simple（簡單的）來記，可以想像 p 是擠青春痘
時的爆裂聲，字首 p 改成 d，就變成 dimple〔'dɪmpl̩〕*n.* 酒
窩，酒窩是凹進去的，可用 dent〔dɛnt〕*n.* 凹痕來記。
【比較】acne〔'æknɪ〕*n.* 粉刺

# *20. pine*

| | | | |
|---|---|---|---|
| \* **pine** ³ | 〔 paɪn 〕 | *n.* | 松樹 |
| ‡ **pineapple** ² | 〔ˈpaɪnˌæpḷ 〕 | *n.* | 鳳梨 |
| \* **ping-pong** ² | 〔ˈpɪŋˌpɑŋ 〕 | *n.* | 乒乓球 |
| **pint** ³ | 〔 paɪnt 〕 | *n.* | 品脫 |
| \* **pioneer** ⁴ | 〔ˌpaɪəˈnɪr 〕 | *n.* | 先驅 |
| **pious** ⁶ | 〔ˈpaɪəs 〕 | *adj.* | 虔誠的 |
| ‡ **pipe** ² | 〔 paɪp 〕 | *n.* | 管子 |
| **pipeline** ⁶ | 〔ˈpaɪpˌlaɪn 〕 | *n.* | 管線 |
| \* **pirate** ⁴ | 〔ˈpaɪrət 〕 | *n.* | 海盜 |

BOOK

**10**

【記憶技巧】

從上一回刺破 pimple (青春痘)，聯想到「松樹」(pine)
和「鳳梨」(pineapple) 都有很多刺，被刺到會腫得像「乒
乓球」(ping-pong)，很痛，就喝一「品脫」(pint) 的美酒
止痛。叫引路的「先鋒」(pioneer) 以「虔誠的」(pious)
心透過「管子」(pipe) 將美酒倒入「管線」(pipeline)，引
起「海盜」(pirate) 的覬覦。

1. pine　*n.* 松樹 ( = *a kind of conifer tree with long sharp
   leaves that do not fall off in winter* )
   「松」果長得像小型的鳳梨，所以「鳳梨」(pineapple) 依此
   命名。　　pine cone 松果　　pine nut 松子

2. pineapple　*n.* 鳳梨 ( = *a large dark yellow tropical fruit* )
   pineapple juice 鳳梨汁

3. ping-pong　*n.* 乒乓球（= *table tennis*）
   音譯爲「乒乓」，取自來回擊球的聲音。

4. pint　*n.* 品脫（= *a measure of 473 ml of liquid*）
   pint 這個字直接音譯成「品脫」。

5. pioneer　*n.* 先驅（= *starter*）；先鋒（= *forerunner*）

   | pion | + | eer |
   |------|---|-----|
   | *soldier* | + | *man* |

   士兵常被派到邊境去墾荒，作「先鋒」。

   這個字有正面意涵，是美國人冒險精神的重要部份，托福與英
   檢常出現相關題材。
   They were the *pioneers* of the American West.
   （他們是美國西部的開發先驅。）

6. pious　*adj.* 虔誠的（= *faithful to God*）
   piety（虔誠）– ety + ous（*adj.*）= pious
   He is a quiet, *pious* man.（他是個安靜而虔誠的人。）

7. pipe　*n.* 管子（= *tube*）；煙斗（= *smoking tool*）；笛子（= *flute*）
   gas pipe　瓦斯管　　light *one's* pipe　給煙斗點火

8. pipeline　*n.* 管線（= *conduit*）
   pipe（管子）+ line（線）= pipeline
   Natural gas is transported by *pipeline*.（天然氣是由管線輸送的。）

9. pirate　*n.* 海盜（= *sea robber*）　　*v.* 盜版（= *copy*）
   「海盜」（pirate）會盜取「私人的」（private）東西。
   There are lots of *pirated* editions of this book.
   （這本書有許多盜印版本。）

# *21. pit*

| | | | |
|---|---|---|---|
| * **pit** [3] | 〔 pɪt 〕 | *n.* | 洞 |
| * **pitch** [2] | 〔 pɪtʃ 〕 | *v.* | 投擲 |
| **pitcher** [6] | 〔'pɪtʃɚ〕 | *n.* | 投手 |
| | | | |
| **piss** [5] | 〔 pɪs 〕 | *v.* | 小便 |
| **pistol** [5] | 〔'pɪstl̩〕 | *n.* | 手槍 |
| ** **pizza** [2] | 〔'pitsə 〕【注意音標】 | *n.* | 披薩 |
| | | | |
| *** **plan** [1] | 〔 plæn 〕 | *n.v.* | 計劃 |
| ** **plant** [1] | 〔 plænt 〕 | *n.* | 植物 |
| **plantation** [5] | 〔 plæn'teʃən 〕 | *n.* | 大農場 |

BOOK

**10**

【記憶技巧】

　　從上一回的 pirate ( 海盜 )，聯想到海盜船有個
「洞」( pit )，先鋒找來很會「投擲」( pitch ) 的
「投手」( pitcher ) 丟手榴彈，像「小便」( piss )
一樣準，海盜連「手槍」( pistol ) 都來不及拔。打
贏後吃「披薩」( pizza ) 慶功。他們上岸後「計畫」
( plan ) 開闢有各種「植物」( plant ) 的「大農場」
( plantation )。

1. **pit** *n.* 洞 ( = *hole* )；坑；礦坑
「洞」( pit ) 裡可以「放」( put ) 東西。
They dug a ***pit*** to bury the rubbish.
（他們挖了一個坑埋垃圾。）

2. pitch   *v.* 投擲（= *throw*）   *n.* 投擲；音調（= *tone*）
   I ***pitched*** the ball as hard as I could.
   （我儘可能把球用力投出去。）

3. pitcher   *n.* 投手（= *thrower*）；水壺；水罐（= *jug*）
   He is the best ***pitcher*** I've ever seen.
   pitcher
   （他是我見過最好的投手。）　　a pitcher of water　一罐水
   pitcher 和 jug 都當「水罐」解，pitcher 沒有蓋子，jug 可有可無。

4. piss   *v.* 小便（= *take a leak*）
   通俗的講法是 pee〔pi〕，生活中很常聽到。
   I need to ***piss***. 我要上小號。（= *I need to pee.*）

5. pistol   *n.* 手槍（= *gun*）

   | pis   +  tol |
   |---|
   | pitch  +  tube |

   投射子彈的管子，就是「手槍」。

   pistol

   It sounded like a ***pistol*** going off.
   （那聽起來像是手槍擊發的聲音。）

6. pizza   *n.* 披薩（= *an Italian baked pastry*）
   a slice of pizza　一片披薩

7. plan   *n.v.* 計劃（= *blueprint*）
   make plans for the summer vacation　擬定暑假計畫

8. **plant**   *n.* 植物（= *a living thing that has leaves and roots*）；工廠　*v.* 種植（= *cultivate*）
   nuclear power plant　核能發電廠

9. plantation   *n.* 大農場（= *farm*）；農園；種植場
   plant（植物）+ ation = plantation，「大農場」裡面，植物最多。
   He once owned a rubber ***plantation***. （他曾經有一座橡膠園。）

plantation

# *22. player*

| **player** [1] | ﹝'pleɚ﹞ | n. 選手 |
| **playground** [1] | ﹝'ple͵graʊnd﹞ | n. 運動場 |
| **playwright** [5] | ﹝'ple͵raɪt﹞ | n. 劇作家 |
| | | |
| **plea** [5] | ﹝pli﹞ | n. 懇求 |
| **plead** [5] | ﹝plid﹞ | v. 懇求 |
| **please** [1] | ﹝pliz﹞ | v. 取悅 |
| | | |
| **pleasant** [2] | ﹝'plɛznt﹞ | adj. 令人愉快的 |
| **pleasure** [2] | ﹝'plɛʒɚ﹞ | n. 樂趣 |
| **pledge** [5] | ﹝plɛdʒ﹞ | v. 保證 |

BOOK

10

【記憶技巧】

從上一回的 plantation（大農場），聯想到也可以讓
投球的「選手」（player）當作「運動場」（playground），
「劇作家」（playwright）也想用場地，一邊「懇求」
（plea）再「懇求」（plead），一邊「取悅」（please）老
闆，說他會寫出「令人愉快的」（pleasant）劇本，帶來
「樂趣」（pleasure），一再「保證」（pledge）會很成功。

1. player　n. 選手（= *contestant*）；運動員；演奏者；播放器
   football player　足球選手

2. playground　n. 運動場（= *schoolyard*）；遊樂場
   play + ground = playground

3. **playwright** *n.* 劇作家（= *dramatist*）；編寫劇本的人

```
play  + wright
 |       |          寫戲劇的人，就是「劇作家」。
drama +  write
```

4. plea *n.* 懇求（= *appeal*）；答辯（= *pleading*）
在「懇求」的時候，常常合掌說出 "plea—se"，很好記。
make a plea 懇求
They *made a plea* for help.（他們懇求協助。）

5. plead *v.* 懇求（= *appeal*）；答辯；極力主張
plea（懇求）+ d = plead
Human rights groups *pleaded* for government help.
（人權團體懇求政府的協助。）

6. please *v.* 取悅（= *entertain*）　*adv.* 請
She is hard to *please*.（她很難取悅。）

7. pleasant *adj.* 令人愉快的（= *agreeable*）
please（取悅）– e + ant (*adj.*) = pleasant
取悅，就會是「令人愉快的」。
It was a *pleasant* surprise.（那是一次驚喜。）

8. pleasure *n.* 樂趣（= *enjoyment*）
please（取悅）– e + ure (*n.*) = pleasure
It's my *pleasure* to help you.（我很樂意幫助你。）

9. pledge *v.* 保證（= *assure*）；發誓（= *swear*）
按著胸口的「徽章」（badge）「保證」（pledge）。
The government made a *pledge* of support for the plan.
（政府保證支持那項計畫。）

# 23. plug

| | | | |
|---|---|---|---|
| *plug [3] | 〔 plʌg 〕 | n. | 插頭 |
| *plum [3] | 〔 plʌm 〕 | n. | 梅子 |
| *plumber [3] | 〔'plʌmɚ 〕【注意發音】 | n. | 水管工人 |
| | | | |
| pluck [5] | 〔 plʌk 〕 | v. | 拔出 |
| *plus [2] | 〔 plʌs 〕 | prep. | 加上 |
| plunge [5] | 〔 plʌndʒ 〕 | v. | 跳進 |
| | | | |
| *plenty [3] | 〔'plɛntɪ 〕 | n. | 豐富 |
| *plentiful [4] | 〔'plɛntɪfəl 〕 | adj. | 豐富的 |
| plight [6] | 〔 plaɪt 〕 | n. | 困境 |

BOOK

10

【記憶技巧】

　　從上一回劇作家 pledge（保證）之後，開始佈置場
地，設置插「插頭」（plug）的插座，拿「梅子」（plum）
給口渴的「水管工人」（plumber）吃。清理場地「拔出」
（pluck）樹枝，「加上」（plus）護欄，以避免「跳進」
（plunge）坑洞。農場物產「豐富」（plenty），有「豐
富的」（plentiful）資源供他們度過「困境」（plight）。

1. plug  n. 插頭（ = *the object that connects appliances to a
   socket* ）　 v. 插插頭（ = *connect to a socket* ）
   和 pluck（拔出）同源。「插頭」必須能「拔」。
   ***Plug in*** the printer.（給印表機插上插頭。）

2. plum *n.* 梅子 ( = *a small round fruit with purple, red or yellow skin and a large hard seed inside* )
   plum blossom 梅花

   plum

3. plumber *n.* 水管工人 ( = *pipe fitter* )
   plumb〔plʌm〕*v.* 接通水管
   plumbing〔'plʌmɪŋ〕*n.* 管道系統

4. pluck *v.* 拔出 ( = *draw out* )；摘（花）( = *pick* )
   可以想像拔出東西時「啵啦」的一聲，和 pluck 發音相似。
   pluck out a grey hair 拔出一根白頭髮
   pluck up weeds 拔出雜草

5. plus *prep.* 加上 ( = *added to* )　　評等時 A⁺ 唸作 A plus。
   Three *plus* six equals nine. ( 三加六等於九。)

6. plunge *v.* 跳進 ( = *dive* )
   「跳進」水裡也會有「啪啦」/plʌ/ 的水聲。
   He ran to the river and *plunged* in. ( 他跑到那條河邊跳進去。)

7. plenty *n.* 豐富 ( = *abundance* )　　plenty of 很多的
   You've got *plenty of* time. ( 你有很多時間。)

8. plentiful *adj.* 豐富的 ( = *abundant* )

   | pl | + enti | + ful |
   |---|---|---|
   | plural | + *n.* | + *adj.* |

   複數就會多，就是「豐富的」。

   There is a *plentiful* supply of food. ( 食物供給豐富。)

9. plight *n.* 困境 ( = *dilemma* )；苦境 ( = *predicament* )
   「困境」負擔不輕，p（不）+ light = plight
   She wept at the *plight* of the refugees.
   ( 她為難民的苦境而哭泣。)

# 24. pocket

| | | | |
|---|---|---|---|
| *pocket [1] | ('pakɪt ) | n. | 口袋 |
| pocketbook [5] | ('pakɪt,buk ) | n. | 口袋書 |
| *poem [2] | ('po‧ɪm ) | n. | 詩 |
| | | | |
| *poet [2] | ('po‧ɪt ) | n. | 詩人 |
| *poetry [1] | ('po‧ɪtrɪ ) | n. | 詩【集合名詞】 |
| poetic [5] | ( po'ɛtɪk ) | adj. | 詩的 |
| | | | |
| *point [1] | ( pɔɪnt ) | n. | 點 |
| *poison [2] | ('pɔɪzn̩ ) | n. | 毒藥 |
| *poisonous [4] | ('pɔɪznəs ) | adj. | 有毒的 |

BOOK
10

【記憶技巧】

從上一回的 plight（困境），聯想到作家不畏困境，
喜歡在「口袋」(pocket) 裡放「口袋書」(pocketbook)，
偶爾會寫些「詩」(poem)，作個「詩人」(poet)，編寫
「詩」(poetry) 集，也很「詩」(poetic) 情畫意，渾然
不知當地一「點」(point) 一滴被下了「毒藥」(poison)，
到處都是「有毒的」(poisonous) 物質。

1. pocket *n.* 口袋 ( = *pouch* )
   pocket money 零用錢 ( = *allowance* )

2. pocketbook *n.* 口袋書 ( = *pocket book* )；袖珍版的書；
   皮夾；錢包；小筆記本
   pocket (口袋) + book (書) = pocketbook

3. **poem** *n.* 詩 ( = *verse* )

   I decided to write a *poem* about how I felt.
   （我決定把我的感受寫成一首詩。）

4. **poet** *n.* 詩人 ( = *poem writer* )

   Poet's Corner 詩人區【在倫敦西敏寺（Westminster Abbey）
   南側走廊的一區，有許多英國詩人的墳墓與紀念碑】

5. poetry *n.* 詩【集合名詞】( = *rhyme* )

   Keats and Shelley were masters of English *poetry*.
   （濟慈和雪萊是英國詩文大師。）

   poem 是指一首一首的詩，poetry 是集合名詞，表全體，
   poet「詩人」和 pickpocket「扒手」，都是 et 結尾，代
   表「人」。

6. **poetic** *adj.* 詩的 ( = *lyrical* )；充滿詩情畫意的

   poet（詩人）+ ic (*adj.*) = poetic

   Her language is very *poetic*.（她的言詞很有詩意。）

7. **point** *n.* 點 ( = *spot* )

   the point where the two streets cross 兩條街的交叉點

8. **poison** *n.* 毒藥 ( = *toxin* )

   One man's meat is another's *poison*.
   （【諺】對甲是肉，對乙是毒；人各有所好。）

poison

9. **poisonous** *adj.* 有毒的 ( = *toxic* )

   poison（毒藥）+ ous = poisonous

   Some mushrooms are extremely *poisonous*.
   （有些蘑菇含有劇毒。）

# *25. police*

| | | | |
|---|---|---|---|
| ***police*** [1] | 〔 pəˈlis 〕 | *n.* | 警察 |
| **policeman** [1] | 〔 pəˈlismən 〕 | *n.* | 警察 |
| **policy** [2] | 〔ˈpaləsɪ 〕 | *n.* | 政策 |
| | | | |
| **politics** [3] | 〔ˈpaləˌtɪks 〕 | *n.* | 政治學 |
| **political** [3] | 〔 pəˈlɪtɪkḷ 〕 | *adj.* | 政治的 |
| **politician** [3] | 〔ˌpaləˈtɪʃən 〕 | *n.* | 政治人物 |
| | | | |
| ***pollute*** [3] | 〔 pəˈlut 〕 | *v.* | 污染 |
| ***pollution*** [4] | 〔 pəˈluʃən 〕 | *n.* | 污染 |
| **pollutant** [6] | 〔 pəˈlutṇt 〕 | *n.* | 污染物 |

BOOK
10

【記憶技巧】

　　從上一回「有毒的」(poisonous) 物質，聯想到「警察」(police) 機關派了「警察」(policeman)，按「政策」(policy) 規定前來調查。通曉「政治學」(politics) 的「政治的」(political) 要角和「政治人物」(politician) 都認為此事不單純，與「污染」(pollute) 當地，造成「污染」(pollution) 的「污染物」(pollutant) 有關。

1. **police** *n.* 警察；警方 ( = *law enforcement agency* )
   Someone called the ***police***. ( 有人報警。)
   police 是集合名詞，通常和 the 連用，the police = policemen，詳見「文法寶典」p.53。

2. policeman *n.* 警察 ( = *cop* )

3. **policy**   *n.* 政策 ( = *plan* )
The company has adopted a strict no-smoking *policy*.
（那家公司採取了嚴格的禁菸政策。）

4. **politics**   *n.* 政治學 ( = *the study of public affairs* )

> poli + tics
> |        |
> *many* + *study*      眾人之學，就是「政治學」。

Einstein once said, "***Politics*** is much more difficult than physics." （愛因斯坦曾說：「政治學比物理學難得多。」）

5. **political**   *adj.* 政治的 ( = *about politics* )
politics（政治）– s + al = political
The UN is seeking a *political* solution rather than a military one. （聯合國正尋求政治性而非軍事的解決方案。）

6. **politician**   *n.* 政治人物 ( = *statesman* )；政客 ( = *political manipulator* )
You need to be a bit of a *politician* to succeed in this company. （你要在這家公司獲得成功，就需要有一點政客的手腕。）

7. **pollute**   *v.* 污染 ( = *contaminate* )
東西「潑路」就會「污染」。    pollute the air  污染空氣
pollute the environment  污染環境

8. **pollution**   *n.* 污染 ( = *contamination* )
The costs of *pollution* control must be considered.
（必須考量控制污染的成本。）

9. pollutant   *n.* 污染物 ( = *contaminator* )
***Pollutants*** are constantly being released into the atmosphere. （污染物正不斷地被排放到大氣中。）

# 26. pond

| ** **pond** [1] | ( pand ) | n. 池塘 |
|---|---|---|
| **ponder** [6] | ('pandɚ ) | v. 沉思 |
| * **pony** [3] | ('ponɪ ) | n. 小馬 |
| | | |
| * **pop** [3] | ( pap ) | adj. 流行的 |
| ** **popcorn** [1] | ('pap,kɔrn ) | n. 爆米花 |
| | | |
| ** **popular** [2,3] | ('papjəlɚ ) | adj. 受歡迎的 |
| * **popularity** [4] | (,papjə'lærətɪ ) | n. 受歡迎 |
| | | |
| **populate** [6] | ('papjə,let ) | v. 居住於 |
| ** **population** [2] | (,papjə'leʃən ) | n. 人口 |

【記憶技巧】

從上一回的「污染物」( pollutant ),聯想到受到污染
的「池塘」( pond )。池塘旁有個人在「沉思」( ponder ),
騎著一匹「小馬」( pony ),聽著「流行的」( pop ) 音樂,
吃著「爆米花」( popcorn ),想著「受歡迎的」( popular )
歌,為何如此「受歡迎」( popularity )。他平常「居住於」
( populate )「人口」( population ) 稠密的地方。

1. pond  n. 池塘 ( = *pool* )
The farm has a *pond* from which cattle can drink.
（農場有一個供牛飲水的池塘。）

2. ponder  v. 沉思 ( = *deliberate* );仔細考慮
字源來自量東西有幾「磅」( pound )。衡量輕重,就是「仔細考慮」。
I am *pondering* what to do next. ( 我在考慮下一步要做什麼。)

3. pony *n.* 小馬 ( = *little horse* )
   ponytail 是「馬尾」，就是 pony（小馬）+ tail（尾巴）。

ponytail

4. **pop** *adj.* 流行的 ( = *popular* )
   簡化自 popular。常見的用法是 pop music（流行音樂）、
   pop singer（流行歌手）等。

   這個字不要和 pub〔pʌb〕*n.* 酒吧；酒館搞混。

5. popcorn *n.* 爆米花 ( = *popped corn* )
   pop 是模擬它爆破的聲音。　　pop（爆）+ corn（玉米）= popcorn

6. **popular** *adj.* 受歡迎的 ( = *liked* )；流行的
   跟 people 同源。受歡迎，就是「人」氣很高。
   Professor Smith is ***popular*** with the students.
   （史密斯教授很受學生的歡迎。）

7. **popularity** *n.* 受歡迎 ( = *being popular* )；流行；普遍
   popular（受歡迎的）+ ity (*n.*) = popularity
   The president's ***popularity*** has declined considerably.
   （總統的受歡迎程度大幅下滑。）

8. populate *v.* 居住於 ( = *inhabit* )
   popular – ar + ate = populate
   用的是 people（人）的字源 pop，因此不適用個人的「居住」
   行為，而通常指群體在一地定居，使該地有「人」( people )。
   The highlands are ***populated*** mainly by farmers.
   （高地主要由農民居住。）
   densely-populated *adj.* 人口稠密的 ( = *populous* )
   sparsely-populated *adj.* 人口稀疏的

9. **population** *n.* 人口 ( = *inhabitant* )；(動物的) 群體
   populate – e + ion = population 「人口」就是「人」的集合。
   What is the ***population*** of Taipei?（台北有多少人口？）
   the koala population of Australia 澳洲的無尾熊族群

# 27. *port*

| | | | |
|---|---|---|---|
| * **port** 2 | 〔 port 〕 | *n.* | 港口 |
| * **portable** 4 | 〔 'portəbḷ 〕 | *adj.* | 手提的 |
| * **porter** 4 | 〔 'portɚ 〕 | *n.* | ( 行李 ) 搬運員 |
| * **portion** 3 | 〔 'porʃən 〕 | *n.* | 部分 |
| * **portrait** 3 | 〔 'portret 〕 | *n.* | 肖像 |
| * **portray** 4 | 〔 por'tre 〕 | *v.* | 描繪 |
| * **pose** 2 | 〔 poz 〕 | *n.* | 姿勢 |
| * **position** 1 | 〔 pə'zɪʃən 〕 | *n.* | 位置 |
| * **positive** 2 | 〔 'pɑzətɪv 〕 | *adj.* | 肯定的 |

【記憶技巧】

　　從上一回 population ( 人口 ) 密集處，聯想到人很多
的「港口」( port )，有很多幫忙拿「手提的」( portable ) 行
李的「搬運員」( porter )，還有一「部份」( portion ) 藝術
家在做「肖像」( portrait )「描繪」( portray ) 的生意。只見
人們擺出「姿勢」( pose )，在固定「位置」( position )，給
予畫家「肯定的」( positive ) 微笑。

1. **port** *n.* 港口 ( = *harbor* )；港市
   ships coming into / leaving port　出港/離港的船隻

2. **portable** *adj.* 手提的 ( = *easily transported* )
   port ( 攜帶 ) + able ( *adj.* ) = portable，可以攜帶的，就是「手
   提的」。　　portable CD player　手提式 CD 音響

3. porter *n.* （行李）搬運員（= *bearer*）
   port（攜帶）+ er（人）= porter
   專門攜帶行李的人，就是「（行李）搬運員」。

4. portion *n.* 部分（= *part*）
   portion 變形自 part（部分）。
   We're spending a larger ***portion*** of our income on
   entertainment.（我們將收入的較大部分用於娛樂。）

5. **portrait** *n.* 肖像（= *image*）
   「肖像」一定要畫出人的「特徵」（trait）。
   She painted landscapes as well as ***portraits***.
   （她畫風景畫，也畫肖像畫。）

6. portray *v.* 描繪；描寫
   Romantic artists ***portrayed*** nature as wild and powerful.
   （浪漫派畫家將大自然描繪成野性而有力的。）
   Who is that woman ***portrayed*** in the painting?
   （畫中所描繪的女子是誰？）

7. **pose** *n.* 姿勢 *v.* 擺姿勢（= *posture*）
   We ***posed*** for photographs.（我們擺了姿勢拍照。）

8. **position** *n.* 位置（= *location*）
   That vase is in the wrong ***position***.
   （那個花瓶擺錯了位置。）

9. **positive** *adj.* 肯定的（= *certain*）；樂觀的（= *optimistic*）；
   正面的
   positive attitude 樂觀的態度
   相反詞是 negative〔ˈnɛgətɪv〕*adj.* 否定的；負面的。

# 28. *possess*

| | | | |
|---|---|---|---|
| **possess** [4] | 〔pə'zɛs〕 | *v.* | 擁有 |
| *** possession** [4] | 〔pə'zɛʃən〕 | *n.* | 擁有 |
| *** possibility** [2] | 〔,pɑsə'bɪlətɪ〕 | *n.* | 可能性 |
| | | | |
| *** post** [2] | 〔post〕 | *n.* | 郵政 |
| *** postage** [3] | 〔'postɪdʒ〕 | *n.* | 郵資 |
| **** postcard** [2] | 〔'post,kɑrd〕 | *n.* | 明信片 |
| | | | |
| *** poster** [3] | 〔'postɚ〕 | *n.* | 海報 |
| *** postpone** [3] | 〔post'pon〕 | *v.* | 延期 |
| *** postponement** [3] | 〔post'ponmənt〕 | *n.* | 延期 |

【記憶技巧】

> 從上一回給畫家 positive（肯定的）讚賞，聯想
> 到給畫家肯定的客人就能「擁有」（possess）畫像。
> 「擁有」（possession）還不夠，要發展別的「可能
> 性」（possibility），如到「郵政」（post）總局支付
> 「郵資」（postage），製成「明信片」（postcard）。
> 至於要印成「海報」（poster），則要等到出名，只好
> 「延期」（postpone）再「延期」（postponement）。

1. **possess** *v.* 擁有（= *have*）

   字根 pos 意思是 put（放），而 sess 可看作 asset（資產），
   能放的資產就是「擁有」。

   **Different workers *possess* different skills.**
   （不同的工作者擁有不同的技術。）

2. **possession** *n.* 擁有（＝*hold*）
   He was arrested for *possession* of heroin.
   （他因持有海洛英被捕。）

3. **possibility** *n.* 可能性（＝*probability*）
   There is a *possibility* that there is life on other planets.
   （可能在其他行星上有生物存在。）

4. **post** *n.* 郵政（＝*mail service*）；柱子；崗位；（網路）貼文
   *v.* 郵寄（＝*mail*）；把（最近的）消息告訴（某人）
   post office  郵局　　keep posted  保持聯絡

5. **postage** *n.* 郵資（＝*postal fees*）
   post（郵寄）＋ age（*n.*）＝ postage
   What is the *postage* for this parcel?（這個包裹要多少郵資？）

6. **postcard** *n.* 明信片（＝*card sent in the post*）
   post（郵寄）＋ card（卡片）＝ postcard
   郵寄的卡片，就是「明信片」。

postcard

7. **poster** *n.* 海報（＝*placard*）
   put up a poster  張貼海報
   election posters  選舉海報

8. **postpone** *v.* 延期（＝*delay*）；延後

   | post | ＋ | pone |
   | behind | | put |

   往後放，就是「延期」。
   The match had to be *postponed* until
   next week.（比賽必須延期到下禮拜。）

   postpone ＝ put off ＝ delay

9. **postponement** *n.* 延期（＝*delay*）；延後
   postpone（延期）＋ ment（*n.*）＝ postponement

# *29. pot*

| | | | |
|---|---|---|---|
| *pot [2] | ﹝ pɑt ﹞ | n. | 鍋子 |
| *pottery [3] | ﹝'pɑtərɪ﹞ | n. | 陶器 |
| potential [5] | ﹝ pə'tɛnʃəl ﹞ | n. | 潛力 |
| *pour [3] | ﹝ por ﹞ | v. | 傾倒 |
| *poultry [4] | ﹝'poltrɪ﹞【注意發音】 | n. | 家禽 |
| *poverty [3] | ﹝'pɑvətɪ﹞ | n. | 貧窮 |
| **power [1] | ﹝'pauə﹞ | n. | 力量 |
| *powerful [2] | ﹝'pauəfəl﹞ | adj. | 強有力的 |
| **powder [3] | ﹝'paudə﹞ | n. | 粉末 |

BOOK

10

【記憶技巧】

　　從上一回的 postponement（延期），聯想到「鍋子」(pot)
是用「陶器」(pottery) 製成，也有耐久的「潛力」(potential)，
可以延期使用。用鍋子裝廚餘「傾倒」(pour) 給「家禽」
(poultry)，養雞鴨讓「貧窮」(poverty) 的家庭也有肉吃，
得到「力量」(power)，肌肉變得「強有力的」(powerful)，
可以把石頭打成「粉末」(powder)。

1. pot *n.* 鍋子 ( = *pan* )；壺；陶罐
   A watched *pot* never boils. (【諺】心急水不沸。)

2. pottery *n.* 陶器 ( = *ceramic* )；陶藝
   最古早的鍋子，是「陶器」做成的。
   I took a *pottery* class last semester.
   (我上學期選修了陶藝課。)

pot

3. **potential** *n.* 潛力（＝ *ability not developed*）；可能性
（＝ *possibility*） *adj.* 有潛力的；可能的

> po ＋ tent ＋ ial
> | | |
> *forward* ＋ *stretch* ＋ *adj.*

能夠往前伸展，就是「有潛力的」。

4. pour *v.* 傾倒（＝ *drain*）；下傾盆大雨
It never rains but *pours*.
（【諺】不下則已，一雨傾盆；禍不單行。）

5. **poultry** *n.* 家禽（＝ *domesticated birds*）
poul（*fowl*）＋ try（集合名詞）＝ poultry
ou 原則上讀 /au/，讀 /o/ 是例外，詳見「文法寶典①」。
*Poultry* is expensive this winter.（今年冬天禽肉很貴。）

6. **poverty** *n.* 貧窮（＝ *scarcity*）
是 poor（貧窮的）的名詞。
10% of the population now live below the *poverty* line.
（有一成的人口生活在貧窮線以下。）

7. **power** *n.* 力量（＝ *ability*）
Knowledge is *power*.（【諺】知識就是力量。）

8. **powerful** *adj.* 強有力的（＝ *strong*）
Recent events are a *powerful* argument for gun control.
（最近的事件構成槍枝管制的強有力的理由。）

9. **powder** *n.* 粉末（＝ *very small grains*）
可用諧音記：拿來「泡的」，就是「粉末」。
The detergent is sold in both liquid and *powder* form.
（這款清潔劑的液狀與粉狀產品均有出售。）

# 30. pray

| | | | |
|---|---|---|---|
| **pray** [2] | 〔 pre 〕 | *v.* | 祈禱 |
| **prayer** [3] | 〔'preɚ 〕 | *n.* | 祈禱者 |
| **praise** [2] | 〔 prez 〕 | *v. n.* | 稱讚 |
| **practice** [1] | 〔'præktɪs 〕 | *v.* | 練習 |
| **practical** [3] | 〔'præktɪkḷ 〕 | *adj.* | 實際的 |
| **prairie** [5] | 〔'prɛrɪ 〕【注意發音】 | *n.* | 大草原 |
| **precede** [6] | 〔 prɪ'sid 〕【注意發音說明】 | *v.* | 在…之前 |
| **precedent** [6] | 〔'prɛsədənt 〕 | *n.* | 先例 |
| **preach** [5] | 〔 pritʃ 〕 | *v.* | 說教 |

BOOK
10

【記憶技巧】

從上一回有力氣將石頭捏成 powder（粉末），聯想到「祈禱」（pray）也可以得到力量。「祈禱者」（prayer）結束時要「稱讚」（praise）上帝。有些人則認為要「練習」（practice）更「實際的」（practical）技能，以在「大草原」（prairie）生存。宗教與世俗的爭辯，「在」中世紀「之前」（precede）就有「先例」（precedent），常被拿來「說教」（preach）。

1. **pray** *v.* 祈禱（= *speak to God*）
   They *pray* for peace.（他們祈禱和平。）

2. **prayer** *n.* 祈禱者（= *one that prays*）
   這個字也常當做「祈禱；祈禱文」解，要唸成〔 prɛr 〕。
   God has answered your *prayer*.（上帝已經回應了你的祈禱。）

3. **praise** *v. n.* 稱讚 ( = *applaud; applause* )
「稱讚」( praise ) 會把人「抬」( raise ) 得高高的。
The mayor *praised* the rescue teams for their courage.
( 市長稱讚救援團隊很有勇氣。)

4. **practice** *v.* 練習 ( = *exercise* )　　*n.* 實踐;慣例;做法
put *sth.* into practice　把某事付諸實行
the practice of discrimination against older people
歧視年長者的做法

5. **practical** *adj.* 實際的 ( = *realistic* )
Applicants for the job must have *practical* experience.
( 此工作的應徵者必須具有實際經驗。)

6. prairie　*n.* 大草原 ( = *meadow* )
可以看成 prai (prey) + rie ( ry = 集合名詞) = prairie
大草原,一定有很多「獵物」( prey ) 可以抓。
A single spark can start a *prairie* fire. (【諺】星星之火可以燎原。)
La Prairie　蓓莉【瑞士知名的化妝品牌】

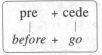

La Prairie

7. **precede** *v.* 在…之前 ( = *go ahead of* )

| pre + cede |
| :---: |
| \| \|　 |
| *before* + *go* |

走在前面,就是「在…之前」。
Verbs are usually *preceded* by the subject
in English. ( 英語的主詞通常位於動詞之前。)

這個字還可唸成〔pri'sid〕,但現在美國人多唸成〔prɪ'sid〕。

8. precedent　*n.* 先例 ( = *instance* );判例;慣例
「先例」也是「走在前面」。
set/create/establish a precedent　開一個先例

9. **preach** *v.* 說教 ( = *speak about beliefs* )
和 teach ( 教導 ) 長得有點像。「說教」就是要去教人。
Practice what you *preach*. (【諺】躬行己說。)

# *31. predict*

| | | | |
|---|---|---|---|
| * **predict** [4] | 〔 prɪ'dɪkt 〕 | *v.* 預測 |
| **prediction** [6] | 〔 prɪ'dɪkʃən 〕 | *n.* 預測 |
| * **precise** [4] | 〔 prɪ'saɪs 〕 | *adj.* 精確的 |
| | | |
| * **prefer** [2] | 〔 prɪ'fɝ 〕 | *v.* 比較喜歡 |
| * **preferable** [4] | 〔'prɛfərəbḷ 〕【注意重音】 | *adj.* 比較好的 |
| **preference** [5] | 〔'prɛfərəns 〕 | *n.* 比較喜歡 |
| | | |
| * **precious** [3] | 〔'prɛʃəs 〕 | *adj.* 珍貴的 |
| * **pregnant** [4] | 〔'prɛgnənt 〕 | *adj.* 懷孕的 |
| * **pregnancy** [4] | 〔'prɛgnənsɪ 〕 | *n.* 懷孕 |

BOOK
**10**

【記憶技巧】

從上一回的 preach（說教），聯想到老人說教常會「預測」（predict）結果，「預測」（prediction）都是很「精確的」（precise）。但年輕人還是「比較喜歡」（prefer）自己決定，認爲這樣是「比較好的」（preferable），自己「比較喜歡」（preference）把「珍貴的」（precious）信念透過「懷孕」（pregnancy）傳給下一代。

1. **predict** *v.* 預測（= *forecast*）
   pre（在前）+ dict（說）= predict，先說出來，就是「預測」。
   The weather forecast *predicts* sunshine for tomorrow.
   （氣象預報預測明天會出太陽。）

2. **prediction** *n.* 預測（= *forecast*）
   earthquake prediction　地震預測

3. **precise** *adj.* 精確的 ( = *accurate* )

   | pre | + cise |
   | --- | --- |
   | | | | |
   | *before* | + *cut* |

   在前面切不能偏心，一定要「精確的」。

   She gave them a *precise* report of what had happened.
   （她把發生的事情向他們精確地報告。）

4. **prefer** *v.* 比較喜歡 ( = *favor* )
   prefer A to B　喜歡 A 甚於 B

5. **preferable** *adj.* 比較好的 ( = *favored* )；較合人意的
   prefer（比較喜歡）+ able (*adj.*) = preferable
   能讓人比較喜歡的，就是「比較好的」。
   It is *preferable* that you wait.（你還是等一下比較好。）
   這個字不可唸成〔prɪˈfɝəbl̩〕，有時連美國人都會唸錯。

6. **preference** *n.* 比較喜歡 ( = *liking* )
   His *preference* was for beer rather than whisky.
   （他喜愛啤酒甚於威士忌。）

7. **precious** *adj.* 珍貴的 ( = *valuable* )
   preci (*price*) + ous (*adj.*) = precious
   很有「價」( price )，就是「珍貴的」。

8. **pregnant** *adj.* 懷孕的 ( = *carrying a child* )
   pre（在前）+ gn（生）+ ant (*adj.*) = pregnant
   在生產之前的，就是「懷孕的」。
   Please yield your seat to *pregnant* women.
   （請讓座給懷孕婦女。）

9. **pregnancy** *n.* 懷孕 ( = *child-bearing* )
   her third pregnancy　她的第三胎

# 32. *premature*

| premature [6] | (ˌprimə'tʃur ) | adj. | 過早的 |
|---|---|---|---|
| preliminary [6] | ( prɪ'lɪmə,nɛrɪ ) | adj. | 初步的 |
| prehistoric [5] | (ˌprihɪs'tɔrɪk ) | adj. | 史前的 |
| | | | |
| preface [6] | ('prɛfɪs )【注意發音】 | n. | 序言 |
| prejudice [6] | ('prɛdʒədɪs ) | n. | 偏見 |
| predecessor [6] | ('prɛdɪ,sɛsə ) | n. | 前任 |
| | 【注意發音説明】 | | |
| | | | |
| ‡prepare [1] | ( prɪ'pɛr ) | v. | 準備 |
| *preparation [3] | (ˌprɛpə'reʃən ) | n. | 準備 |
| *preposition [4] | (ˌprɛpə'zɪʃən ) | n. | 介系詞 |

BOOK

**10**

【記憶技巧】

從上一回的 pregnancy ( 懷孕 )，聯想到「過早的」
( premature ) 懷孕不好，應該有「初步的」( preliminary )
經濟基礎，不能像「史前的」( prehistoric ) 人一樣早。有
些寫個「序言」( preface ) 都充滿「偏見」( prejudice ) 的
老「前輩」( predecessor )，「準備」( prepare ) 了很多話來
教訓年輕人，太激動連「介系詞」( preposition ) 都用錯。

1. **premature** *adj.* 過早的 ( = *early* )；不成熟的；早產的
   pre (*before*) + mature ( 成熟 ) = premature
   在成熟之前，就是「過早的」。　　**premature** birth 早產

2. **preliminary** *adj.* 初步的 ( = *initial* )；預備的
   pre (*before*) + limin (*limit*)+ ary (*adj.*) = preliminary
   His plan is still in the **preliminary** stage. ( 他的計畫還在初步階段。)

3. prehistoric　*adj.* 史前的（= *ancient*）
   prehistoric remains　史前遺跡

4. preface　*n.* 序言（= *foreword*）
   pre（在前）+ face（面）= preface

5. prejudice　*n.* 偏見（= *bias*）

   > pre　+　jud　+　ice
   > ｜　　　　｜　　　　｜
   > *before* + *judge* + *n.*

   未審先判，就是有「偏見」。

   *Pride and Prejudice*　傲慢與偏見（小說名）

6. predecessor　*n.*（某職位的）前任；前輩（= *the person who
   had a job before someone else*）
   pre（在前）+ de（*down*）+ cess（走）+ or（人）= predecessor
   走在前面的人，就是「前輩」。
   She is working hard to excel her ***predecessors***.
   （她正努力超越她的前輩。）

   > 這個字以前的 KK 音標有二個發音：〔ˌprɛdɪˈsɛsɚ〕或〔ˈprɛdɪˌsɛsɚ〕，
   > 現在，根據 Longman 發音字典，88% 的美國人唸成〔ˈprɛdɪˌsɛsɚ〕。
   > 【比較】successor〔səkˈsɛsɚ〕*n.* 繼承人；繼承者（字尾相同）

7. **prepare**　*v.* 準備（= *get ready*）
   The student is ***preparing*** for the examination.
   （那個學生正在準備考試。）

8. preparation　*n.* 準備（= *arrangement*）
   The flowers were ordered in ***preparation*** for the wedding.
   （鮮花是爲了準備婚禮而訂的。）

9. preposition　*n.* 介系詞（= *a word before a noun to
   show place, time, direction, etc.*）
   pre（*before*）+ posit（*put*）+ ion（*n.*）= preposition
   「介系詞」永遠放在名詞前面，所以又叫作「前置詞」。

# *33. present*

| | | | |
|---|---|---|---|
| ***present*** [2] | 〔 'prɛznt 〕 | *adj.* | 出席的 |
| **present*presence*** [2] | 〔 'prɛzns 〕 | *n.* | 出席 |
| **presentation*** [4] | 〔 ,prɛzn'teʃən 〕 | *n.* | 報告 |
| **preside** [6] | 〔 prɪ'zaɪd 〕 | *v.* | 主持 |
| **president*** [2] | 〔 'prɛzədənt 〕 | *n.* | 總統 |
| **presidential** [6] | 〔 ,prɛzə'dɛnʃəl 〕 | *adj.* | 總統的 |
| **preserve*** [4] | 〔 prɪ'zɝv 〕 | *v.* | 保存 |
| **prescribe** [6] | 〔 prɪ'skraɪb 〕 | *v.* | 開藥方 |
| **prescription** [6] | 〔 prɪ'skrɪpʃən 〕 | *n.* | 藥方 |

【記憶技巧】

　　從上一回的 preposition（介系詞），聯想到文法上規定介系詞後面的受詞不能缺席，要「出席」( present )，「出席」( presence ) 典禮上台「報告」( presentation ) 時，「主持」( preside ) 人常會先介紹「總統」( president )。「總統的」( presidential ) 藥盒用來「保存」( preserve ) 藥丸，是由名醫「開藥方」( prescribe )，那「藥方」( prescription ) 很有效。

1. **present** *adj.* 出席的 ( = *appear* )；現在的
   *n.* 禮物 ( = *gift* )；現在　　〔 prɪ'zɛnt 〕 *v.* 展示；呈現
   Only a few people were ***present*** at the meeting.
   （只有少數人出席會議。）

   美國人常說："Today is the present." 句中 the present 可當「現在」，也可當「禮物」，表示「要珍惜今天」。

2. presence *n.* 出席 ( = *attendance* )
   Your ***presence*** is an honor to us. ( 你的出席是我們的光榮。)

3. presentation *n.* 報告 ( = *formal talk* )；演出；贈送；呈現；
   提出；引見；介紹；出席；被贈送或提出之物
   這個字是 present ( 呈現 ) 的名詞，意思很多，都是由「呈現」引申出來的。
   make a presentation 做報告　　a presentation copy 贈閱本

4. preside *v.* 主持 ( = *host* )
   pre (*before*) + side (*sit*) = preside，坐在前面，就是「主持」。
   The priest is often invited to ***preside*** at the reception.
   ( 這名神職人員常被邀請主持接待會。)

5. **president** *n.* 總統 ( = *highest official leader* )；總裁
   pre (*before*) + sid (*sit*) + ent (*n.*) = president

6. presidential *adj.* 總統的 ( = *pertaining to a president* )
   president + ial = presidential　　presidential election 總統選舉

7. **preserve** *v.* 保存 ( = *protect* )

   | pre | + | serve |
   |---|---|---|
   | before | + | keep |

   保持在以前的狀態，就是「保存」。
   It's important that these traditions are ***preserved***. ( 將這些傳統保存下來是很重要的。)

8. **prescribe** *v.* 開藥方 ( = *order a medicine* )；規定
   pre (*before*) + scribe (*write*) = prescribe
   先寫好的，就是「規定」；醫生先寫，就是「開藥方」。
   My doctor ***prescribes*** a painkiller for every complaint.
   ( 我的醫生對任何疾病都開止痛藥。)

9. **prescription** *n.* 藥方 ( = *a written order for a medicine* )
   Antibiotics are available only by ***prescription***.
   ( 抗生素只能憑處方購買。)

# *34. press*

| | | |
|---|---|---|
| *press ² | ( prɛs ) | v. 壓 |
| *pressure ³ | ('prɛʃɚ ) | n. 壓力 |
| prestige ⁶ | ( prɛs'tiʒ ) | n. 聲望 |
| *prevent ³ | ( prɪ'vɛnt ) | v. 預防 |
| *prevention ⁴ | ( prɪ'vɛnʃən ) | n. 預防 |
| preventive ⁶ | ( prɪ'vɛntɪv ) | adj. 預防的 |
| ***price ¹ | ( praɪs ) | n. 價格 |
| priceless ⁵ | ('praɪslɪs ) | adj. 無價的 |
| *pride ² | ( praɪd ) | n. 驕傲 |

BOOK
10

【記憶技巧】

　　從上一回的 prescription ( 藥方 )，聯想到要急救的
藥方是要「壓」( press ) 心臟，給予「壓力」( pressure )。
救人很有「聲望」( prestige )，但更重要的是要「預防」
( prevent )，「預防」( prevention ) 勝於治療，所以要
有「預防的」( preventive ) 措施，不管「價格」( price )
多貴，因爲生命是「無價的」( priceless )，救人一命讓人
感到「驕傲」( pride )。

1. **press** v. 壓 ( = *push on with force* )；按
   press a button　按個按鈕

2. **pressure** n. 壓力 ( = *force* )
   The council is still under *pressure* to reduce spending.
   ( 議會仍承受縮減開支的壓力。)

3. prestige *n.* 聲望（= *fame*）

pre (*before*) + stige (*stage*)，前面台上的人，很有「聲望」。

enjoy high prestige 享有高度聲望

形容詞是 prestigious〔 prɛsˋtɪdʒəs 〕*adj.* 有聲望的。

4. **prevent** *v.* 預防（= *keep from happening*）；阻止

pre (*before*) + vent (*event*) = prevent，事件發生前，要「預防」。

We ***prevented*** the fire from spreading.（我們阻止火勢蔓延。）

5. **prevention** *n.* 預防（= *avoidance*）

prevent（預防）+ ion (*n.*) = prevention

***Prevention*** is better than cure.（【諺】預防重於治療。）

6. preventive *adj.* 預防的（= *precautionary*）

prevent（預防）+ ive (*adj.*) = preventive

preventive measures 預防措施

7. price *n.* 價格（= *financial value*）；代價

at the price of 犧牲…；以…為代價（= *at the cost of*）

8. priceless *adj.* 無價的（= *precious*）；珍貴的

price（價格）+ less（不）= priceless，構詞 less 代表「不」。
不能以價格衡量的，就是「無價的」。

priceless = valuable = invaluable = precious

9. **pride** *n.* 驕傲（= *self-esteem*）

是 proud（驕傲的）的名詞。長得像，容易記。

take pride in 以…為榮（= *be proud of*）

***Pride*** goes before a fall.（【諺】驕者必敗。）

BOOK

**10**

# 35. *prime*

| | | | |
|---|---|---|---|
| *prime* ⁴ | 〔praɪm〕 | *adj.* | 上等的 |
| *primary* ³ | 〔'praɪ͵mɛrɪ〕 | *adj.* | 主要的 |
| *primitive* ⁴ | 〔'prɪmətɪv〕 | *adj.* | 原始的 |
| | | | |
| *prince* ² | 〔prɪns〕 | *n.* | 王子 |
| *princess* ² | 〔'prɪnsɪs〕 | *n.* | 公主 |
| | | | |
| *principal* ² | 〔'prɪnsəpl̩〕 ⎫ | *n.* | 校長 |
| *principle* ² | 〔'prɪnsəpl̩〕 ⎬【同音字】 | *n.* | 原則 |
| | | | |
| *print* ¹ | 〔prɪnt〕 | *v.* | 印刷 |
| *printer* ² | 〔'prɪntɚ〕 | *n.* | 印表機 |

**BOOK**

**10**

【記憶技巧】

從上一回 pride（驕傲），聯想到我們引以為傲的方法
是「上等的」（prime）、「主要的」（primary），不能再用
「原始的」（primitive）方法。從「王子」（prince）、「公
主」（princess）到經理、「校長」（principal），都讚賞這
個「原則」（principle）。好書要用「印刷」（print）的才快，
用「印表機」（printer）印太慢了。

　　字首 pre 意為「在…之前」，變形 pri 發展出「初始、第
一」等意涵。

1. prime　*adj.* 主要的（= *chief*）；上等的（= *best*）
　　由字首 pri 可知，在前面的，就是「主要的；上等的」。
　　prime minister 首相　　prime beef 上等的牛肉

2. **primary** *adj.* 主要的（＝ *main* ）；基本的（＝ *basic* ）
   prime（主要的）－ e ＋ ary ＝ primary
   Dealing with crime is our ***primary*** concern.
   （處理犯罪問題是我們主要關心的事。）
   primary school　小學（＝ *elementary school* ）

3. **primitive** *adj.* 原始的（＝ *original* ）
   由字首 pri 可知，先前的，就是「原始的」。
   ***Primitive*** people lived in caves.（原始人住在洞穴中。）

4. **prince** *n.* 王子（＝ *son of the king / queen* ）；親王
   the Prince of Wales　威爾斯親王

5. princess　*n.* 公主（＝ *daughter of the king / queen* ）
   字尾 ess 表「女性」，如 waitress（女服務生）、hostess（女主人）
   等。王子和公主，都是「第一」家庭的成員，都是 pri 開頭。

6. **principal** *n.* 校長（＝ *head of a school* ）　*adj.* 主要的（＝ *chief* ）

7. principle　*n.* 原則（＝ *basic rule* ）
   Excellent customer service is our guiding ***principle***.
   （優良的客戶服務是我們的指導原則。）

   > principal 和 principle 是同音字，容易搞混，只要記住 pal〔pæl〕
   > 是「朋友；夥伴」，當「校長」（principal）要把老師和學生都當作
   > 「朋友」（pal）。

8. **print** *v. n.* 印刷（＝ *publish* ）；列印
   out of print　絕版的

9. printer　*n.* 印表機（＝ *printing machine* ）
   laser / inkjet printer　雷射 / 噴墨印表機

BOOK
**10**

# 36. prior

| prior [5] | (ˈpraɪə ) | adj. 之前的 |
|-----------|-----------|-----------|
| priority [5] | ( praɪˈɔrətɪ ) | n. 優先權 |
| *prisoner [2] | (ˈprɪznə ) | n. 囚犯 |
| | | |
| *private [2] | (ˈpraɪvɪt ) | adj. 私人的 |
| *privacy [4] | (ˈpraɪvəsɪ ) | n. 隱私權 |
| *privilege [4] | (ˈprɪvḷɪdʒ ) | n. 特權 |
| | | |
| *proceed [4] | ( prəˈsid ) | v. 前進 |
| *procedure [4] | ( prəˈsidʒə ) | n. 程序 |
| *process [3] | (ˈprɑsɛs ) | n. 過程 |

【記憶技巧】

> 　　從上一回的 printer（印表機），聯想到有「之前的」
> （prior）人擅用「優先權」（priority）盜印，結果成了
> 「囚犯」（prisoner）。著作權是「私人的」（private），
> 像「隱私權」（privacy）一樣，這種「特權」（privilege）
> 應該受到保護。立法要繼續「前進」（proceed），簡化
> 「程序」（procedure），加快進步的「過程」（process）。

1. **prior** *adj.* 之前的 ( = *previous* )
   pri（先前）+ or = prior 這裡的 or 是拉丁文的比較級。
   prior to 在…之前 ( = *before* )

2. **priority** *n.* 優先權 ( = *precedence* )
   prior（之前的）+ ity (*n.*) = priority，在前的權利，就是「優先權」。
   priority seat 博愛座　　top priority 第一優先

BOOK
10

3. prisoner　*n.* 囚犯（= *captive*）；俘虜
   a prisoner of war　戰俘（= *POW*）

4. **private**　*adj.* 私人的（= *personal*）
   private detective　私家偵探　　private school　私立學校

5. **privacy**　*n.* 隱私權（= *secrecy*）
   private（私人的）- te + cy = privacy
   They don't want their ***privacy*** invaded by reporters.
   （他們不希望隱私權被記者侵犯。）

6. **privilege**　*n.* 特權（= *special right*）

   | privi + lege | 為私人立法，就是「特權」。 |
   |---|---|
   | ｜　　　｜ | A good education should not be a ***privilege*** |
   | *private* + *law* | of the rich.（教育不應該是富人的特權。） |

7. **proceed**　*v.* 前進（= *advance*）
   pro (*forward*) + ceed (*go*) = proceed，向前走，就是「前進」。
   相反詞是 recede〔rɪˋsid〕*v.* 後退。

8. **procedure**　*n.* 程序（= *a particular course of action*）
   pro (*forward*) + ced (*go*) + ure (*n.*) = procedure
   一步步向前走，需要經過「程序」。
   Standard Operating Procedure (SOP)　標準作業程序

9. **process**　*n.* 過程（= *series of actions*）　*v.* 加工；處理
   pro (*forward*) + cess (*go*) = process，向前走，每一段都是走出
   的「過程」。
   Learning language is a slow ***process***.（學語言是漫長的過程。）
   food processing industry　食品加工業
   process information　處理資料

# *1. produce*

| | | |
|---|---|---|
| **produce** [2] | ﹝ prə'djus ﹞ | *v.* 生產 |
| **producer** [2] | ﹝ prə'djusə ﹞ | *n.* 生產者 |
| **product** [3] | ﹝'prɑdəkt ﹞ | *n.* 產品 |
| **production** [4] | ﹝ prə'dʌkʃən ﹞ | *n.* 生產 |
| **productive** [4] | ﹝ prə'dʌktɪv ﹞ | *adj.* 有生產力的 |
| **productivity** [6] | ﹝ˌprodʌk'tɪvətɪ ﹞ | *n.* 生產力 |
| **profession** [4] | ﹝ prə'fɛʃən ﹞ | *n.* 職業 |
| **professional** [4] | ﹝ prə'fɛʃənḷ ﹞ | *adj.* 職業的 |
| **professor** [4] | ﹝ prə'fɛsə ﹞ | *n.* 教授 |

【記憶技巧】

「生產」( produce ) 東西的人是「生產者」
( producer )，所以市面上的「產品」( product ) 也
是透過「生產」( production ) 過程而來，要當「有生
產力的」( productive ) 的生產者，這樣才會有可觀的
「生產力」( productivity )。以「職業」( profession )
來說，一位「職業的」( professional )「教授」
( professor ) 就要能發表很多論文。

**BOOK**

**11**

1. **produce** *v.* 生產 ( = *manufacture* )；製造
   pro (*forth*) + duce (*lead*)，向前引出，表示「生產」。
   The country is unable to *produce* enough food for its
   growing population.
   ( 該國無法為成長中的人口生產足夠的糧食。)

2. producer  *n.* 生產者;製造者( = *manufacturer* );製作人
   pro (*forward*) + duce (*lead*) + r(*n.*),從事「生產」的人,就是
   「生產者」。
   The interests of ***producers*** and consumers may be in
   conflict.(生產者和消費者的利益可能會有衝突。)

3. **product**  *n.* 產品( = *something produced by people* )
   They improve the ***product*** every year.(他們每年都改良產品。)

4. **production**  *n.* 生產( = *the act of producing* )
   Their latest car has gone into ***production***.
   (他們的最新式汽車已投入生產。)

5. **productive**  *adj.* 有生產力的( = *capable of producing* );多產的
   The piece of land near the valley is ***productive*** of fruit
   and other crops.(靠近山谷的那塊土地盛產水果和農作物。)
   到了晚上,回家時可說:I had a ***productive*** day.  I didn't waste
   a minute.(我今天做很多事。我沒有浪費一分鐘時間。)

6. **productivity**  *n.* 生產力( = *the quality of being productive* )
   The ***productivity*** of the factory has been increased
   recently.(工廠的生產力近期已經提升。)

7. **profession**  *n.* 職業( = *occupation* )
   My uncle is a musician by ***profession***.(我叔叔的職業是音樂家。)
   by profession  就職業而言

8. **professional**  *adj.* 職業的( = *relating to a profession* );
   專業的;很內行的;高水準的
   Jack is a ***professional*** golfer.(傑克是一位職業高爾夫球手。)
   professional skill  專業技術
   【反義字】amateur〔ˈæməˌtʃʊr〕*adj.* 業餘的

9. **professor**  *n.* 教授( = *a college or university teacher* )
   She is a ***professor*** of physics at my university.
   (她是我大學的物理學教授。)

# *2. profit*

| | | |
|---|---|---|
| ‡**profit** ³ | (ˈprɑfɪt ) | *n.* 利潤 |
| **profitable** ⁴ | (ˈprɑfɪtəbḷ ) | *adj.* 有利可圖的 |
| ‡**profile** ⁵ | (ˈprofaɪl ) | *n.* 輪廓 |
| ‡**progress** ² | ( prəˈgrɛs ) | *v.* 進步 |
| ‡**progressive** ⁶ | ( prəˈgrɛsɪv ) | *adj.* 進步的 |
| **program** ³ | (ˈprogræm ) | *n.* 節目 |
| ‡**prohibit** ⁶ | ( proˈhɪbɪt ) | *v.* 禁止 |
| **prohibition** ⁶ | (ˌproəˈbɪʃən ) | *n.* 禁止 |
| **proficiency** ⁶ | ( prəˈfɪʃənsɪ ) | *n.* 精通 |

【記憶技巧】

從上一回的「教授」( professor )，想到教授發現
寫論文的「利潤」( profit ) 太少，想找「有利可圖的」
( profitable ) 事情做，一開始不知道要做什麼，沒
有「輪廓」( profile )，後來「進步」( progress ) 了，
上一個可以讓他「進步的」( progressive )「節目」
( program ) 當名嘴，原本這是被「禁止」( prohibit )
的事，但是這些「禁止」( prohibition ) 沒有用，因為
他「精通」( proficiency ) 於不被發現。

1. **profit** *n.* 利潤 ( = *benefit* )；利益
   Although business was slow, we still made a small *profit*.
   (儘管生意不好，我們還是有少量的獲利。)

2. profitable *adj.* 有利可圖的（= *beneficial*）；盈利的
Some of their new electronic products are highly ***profitable***.
（他們某些新的電子產品利潤很高。）

3. profile *n.* 輪廓（= *outline*）；側面（= *a side view of a face*）；
外形；形觀；形象
The ***profile*** of the king is on every coin.
（國王的側臉在每一個硬幣上。）
keep a low profile 保持低姿態；保持低調

4. **progress** *v.* 進步（= *improve*）；前進　〔'prɑgrɛs〕*n.* 進步

| pro | + gress |
|-----|---------|
| \| | \| |
| *forward* | + *walk* |

往前邁進，表示「進步」。
Your English is ***progressing***.
（你的英文有進步。）

5. progressive *adj.* 進步的（= *improving*）
The public facilities of the city are ***progressive***.
（該城市的公共設施很先進。）
the Democratic Progressive Party 民進黨（= *the DPP*）

6. **program** *n.* 節目（= *a television or radio broadcast*）；
課程；程式

7. prohibit *v.* 禁止（= *forbid*；*ban*）
prohibit *sb.* from *V-ing* 阻止某人做~
Nonresidents of the apartment building are ***prohibited*** from
parking in its garage.（非本棟公寓住戶禁止在車庫停車。）

8. prohibition *n.* 禁止（= *the act of prohibiting*）
Environmental groups want a total ***prohibition*** on the
dumping of nuclear waste.（環保組織要求徹底禁止傾倒核廢料。）

9. proficiency *n.* 精通（= *a high degree of ability*）；熟練
The "General English ***Proficiency*** Test" is the prevailing means
of examination in Taiwan.（全民英檢是台灣廣為實施的考試方式。）
proficient *adj.* 精通的；熟練的　　be proficient in 精通於

# *3. project*

| | | |
|---|---|---|
| *project² | ( prə`dʒɛkt ) | *v.* 投射 |
| *projection⁶ | ( prə`dʒɛkʃən ) | *n.* 投射 |
| *prolong⁵ | ( prə`lɔŋ ) | *v.* 延長 |
| | | |
| *promise² | ( `pramɪs ) | *v.* 保證 |
| promising⁴ | ( `pramɪsɪŋ ) | *adj.* 有前途的 |
| prominent⁴ | ( `pramənənt ) | *adj.* 卓越的 |
| | | |
| promote³ | ( prə`mot ) | *v.* 使升遷 |
| promotion⁴ | ( prə`moʃən ) | *n.* 升遷 |
| *prompt⁴ | ( prampt ) | *adj.* 迅速的 |

【記憶技巧】

　　從上一回的「精通」( proficiency )，想到要精通，
就要會「投射」「計劃」( project )，還要有目標的「投
射」( projection )，才能「延長」( prolong ) 賺錢的
時間，才能「保證」( promise ) 未來是「有前途的」
( promising ) 和「卓越的」( prominent )，就算是要
「升遷」( promote )，「升遷」( promotion ) 的速度也
會是「迅速的」( prompt )。

**BOOK 11**

1. **project** *v.* 投射 ( = *throw a shadow* )；計劃
   ( `pradʒɛkt ) *n.* 計劃
   pro (*forward*) + ject (*throw*)，往前丟，就是「投射」。
   a new research ***project*** 一項新的研究計劃

2. **projection** *n.* 投射 ( = *the act of projecting* )；投射物；投影

3. prolong *v.* 延長（= *lengthen*）；拉長；拖延

pro ＋ long
｜　　　｜
*forward* ＋ *long*

向前延伸，就是「延長」。

We enjoyed the town so much that we ***prolonged*** our stay.
（我們在這個小鎮玩得很開心，所以我們延長了停留的時間。）

4. **promise** *v. n.* 保證（= *guarantee*）；答應；承諾
I ***promise*** not to be late.（我保證不會遲到。）

5. promising *adj.* 有前途的（= *likely to be successful*）；有希望的
He is a ***promising*** scientist.（他是一位有前途的科學家。）

6. prominent *adj.* 卓越的（= *outstanding*）；突出的；著名的

pro ＋ min ＋ ent
｜　　　｜　　　｜
*forth* ＋ *jut*（突出）＋ *adj.*

「卓越」人士的表現都很突出。

The scandal involved several ***prominent*** business leaders.
（該醜聞牽涉到數名卓越的商業領袖。）

7. **promote** *v.* 使升遷（= *raise to a higher rank or position*）；
推銷；提倡

pro ＋ mote
｜　　　｜
*forward* ＋ *move*

職位向前移動，就是「使升遷」。
Steve was recently ***promoted*** to senior
manager.（史蒂夫最近被晉升爲資深經理。）

8. promotion *n.* 升遷（= *the act of promoting*）；促銷；提倡
The car company is planning a big ***promotion*** for their new
car.（汽車公司正在爲新車策劃一場大型促銷活動。）

9. prompt *adj.* 迅速的（= *immediate*）；即時的；及時的；敏捷的
Staff should be ***prompt*** in dealing with complaints.
（員工應該要迅速處理客訴。）

# 4. pronoun

| | | |
|---|---|---|
| *pronoun [4] | 〔'pronaʊn 〕 | n. 代名詞 |
| *pronounce [2] | 〔 prə'naʊns 〕 | v. 發音 |
| *pronunciation [4] | 〔 prə,nʌnsɪ'eʃən 〕 | n. 發音 |
| *prone [6] | 〔 pron 〕 | adj. 易於…的 |
| prop [5] | 〔 prɑp 〕 | n. 支柱 |
| propaganda [6] | 〔,prɑpə'gændə 〕 | n. 宣傳 |
| propel [6] | 〔 prə'pɛl 〕 | v. 推進 |
| *propeller [6] | 〔 prə'pɛlɚ 〕 | n. 推進器 |
| *proportion [5] | 〔 prə'porʃən 〕 | n. 比例 |

【記憶技巧】

從上一回的「迅速的」( prompt )，想到唸「代名詞」( pronoun ) 的時候要「發音」( pronounce )，這些「發音」( pronunciation ) 唸起來都是迅速的，也是「易於」記憶「的」( prone )，就像商業行銷的「支柱」( prop ) 就是「宣傳」( propaganda )，「推進」( propel ) 宣傳的時候，速度要像「推進器」( propeller ) 一樣快，才能獲得高「比例」( proportion ) 的成果。

BOOK 11

1. **pronoun** n. 代名詞 ( = *a word used instead of a noun* )
   pro (*in place of*) + noun ( 名詞 )，代替名詞，就是「代名詞」。

2. **pronounce** v. 發音 ( = *say the sounds of letters or words* )
   pro (*forth*) + nounce (*report*) = pronounce
   聲音往前傳達，就是「發音」。

3. **pronunciation** *n.* 發音（= *the act of pronouncing*）
   pro (*forth*) + nunci (*report*) + ation (*n.*) = pronunciation
   What is the correct **pronunciation** of this word?
   （這個字的正確發音是什麼？）

4. **prone** *adj.* 易於…的；有…傾向的（= *inclined*）
   Tom is **prone** to illness due to malnutrition.
   （湯姆因為營養不良而容易生病。）
   **be prone to** 易於；傾向於（= *be apt to* = *be liable to* = *be inclined to*
   = *tend to*）

5. **prop** *n.* 支柱（= *mainstay*（'men,ste））；後盾；靠山
   Tourism is the economic **prop** of Thailand.
   （觀光業是泰國的經濟支柱。）
   His father is his financial **prop**.（他父親是他經濟上的靠山。）

6. **propaganda** *n.* 宣傳（= *the spreading of particular ideas*）
   The government newspaper is full of **propaganda**.
   （政府機關的報紙充斥著宣傳。）

7. **propel** *v.* 推進（= *push*）

   | pro + pel |
   |---|
   | \| \| |
   | *forward + drive* |

   驅策往前，就是「推進」。
   The boat is **propelled** by steam.
   （這艘船是由蒸汽來推動。）

8. **propeller** *n.* 推進器（= *a device or equipment for moving
   forward*）；螺旋槳
   The **propellers** of the ship broke and the ship stopped.
   （這艘船的螺旋槳故障所以就停了下來。）

9. **proportion** *n.* 比例（= *the quantity, size, number, etc of
   one thing compared with another*）
   Their earnings are in **proportion** to their skill.
   （他們的收入和技術成比例。）　　**in proportion to** 和～成比例

# 5. proper

| | | |
|---|---|---|
| **proper** [3] | (ˈprɑpɚ) | *adj.* 適當的 |
| **property** [3] | (ˈprɑpɚtɪ) | *n.* 財產 |
| **prophet** [5] | (ˈprɑfɪt)【注意說明】 | *n.* 先知 |
| | | |
| *__propose__ [2] | (prəˈpoz) | *v.* 提議 |
| **proposal** [3] | (prəˈpozḷ) | *n.* 提議 |
| *__prose__ [6] | (proz) | *n.* 散文 |
| | | |
| **prosecute** [6] | (ˈprɑsɪˌkjut) | *v.* 起訴 |
| *__prosecution__ [6] | (ˌprɑsɪˈkjuʃən) | *n.* 起訴 |
| *__prospect__ [5] | (ˈprɑspɛkt) | *n.* 期望 |

【記憶技巧】

　　從上一回的「比例」( proportion )，想到只要將「適當的」( proper ) 比例的「財產」( property ) 拿來投資，就能獲得更多財產，這是一位「先知」( prophet ) 所「提議」( propose ) 的事，先知除了有「提議」( proposal )，還會寫「散文」( prose )，因為亂寫文章罵人，被「起訴」( prosecute )，這個「起訴」( prosecution ) 的內容，不符合他的「期望」( prospect )。

1. **proper** *adj.* 適當的 ( = *suitable* )
   You should tell her the truth at the ***proper*** time.
   ( 你應該在適當的時機告訴她事實。)

2. **property** *n.* 財產 ( = *assets* )；特性 ( = *quality* )
   Soap has the ***property*** of removing dirt.
   ( 肥皂具有去污的特性。)

3. prophet *n.* 先知（＝*predictor*）；預言者

| pro + phet |
| --- |
| &#124; &#124; |
| *before + speak* |

將事情先說出來的人，就是「預言者」。
The **Prophet** Mohammed founded the
Muslim religion.（先知穆罕默德創立回教。）

和 profit（ˈprɑfɪt）*n.* 利潤 同音。

4. **propose** *v.* 提議（＝*suggest*）；求婚

| pro + pose |
| --- |
| &#124; &#124; |
| *forward + put* |

將自己的想法放在大家面前，就是「提議」。
Man **proposes**, God disposes.
（【諺】謀事在人，成事在天。）

5. **proposal** *n.* 提議（＝*the act of proposing*）；求婚
**Proposals** for a new constitution are under discussion.
（新憲法的提案正在討論中。）

6. prose *n.* 散文【不是詩】（＝*the ordinary form of written language,*
*as distinguished from poetry or verse*）；散文體；平凡
Newspapers are written in **prose**.（報紙是散文體。）

7. prosecute *v.* 起訴（＝*officially say that someone is guilty of*
*a crime and must be judged by a court of law*）
【衍生字】prosecutor（ˈprɑsɪˌkjutɚ）*n.* 檢察官

8. prosecution *n.* 起訴（＝*the acting of prosecuting*）
He could face **prosecution** over the incident.
（他可能因這起事件而面臨起訴。）
the prosecution 檢方

9. prospect *n.* 期望（＝*expectation*）；展望；前景

| pro + spect |
| --- |
| &#124; &#124; |
| *forward + look at* |

向前看，代表心中充滿「期望」。
**Prospect** is often better than possession.
（【諺】期待往往勝過擁有。）

# *6. prosper*

| | | |
|---|---|---|
| * **prosper** ⁴ | (ˈprɑspə ) | v. 繁榮 |
| **prosperity** ⁴ | ( prɑsˈpɛrətɪ ) | n. 繁榮 |
| **prosperous** ⁴ | (ˈprɑspərəs ) | adj. 繁榮的 |
| **protect** ² | ( prəˈtɛkt ) | v. 保護 |
| **protection** ³ | ( prəˈtɛkʃən ) | n. 保護 |
| * **protective** ³ | ( prəˈtɛktɪv ) | adj. 保護的 |
| * **protein** ⁴ | (ˈprotiɪn )【注意說明】 | n. 蛋白質 |
| **protest** ⁴ | (ˈprotɛst ) | n. 抗議 |
| **prospective** ⁶ | ( prəˈspɛktɪv ) | adj. 預期的 |

【記憶技巧】

> 從上一回的「期望」( prospect )，想到事業「繁榮」
> ( prosper ) 也是種期望，得到「繁榮」( prosperity ) 之
> 後，為了讓這「繁榮的」( prosperous ) 一切能夠被「保護」
> ( protect )，就需要保鑣的「保護」( protection )，才能提
> 供真正「保護的」( protective ) 能力，保鑣要吃有「蛋白
> 質」( protein ) 的食物，有人「抗議」( protest ) 的時候才
> 有力氣阻擋，才能發現「預期的」( prospective ) 的危險。

1. **prosper** *v.* 繁榮 ( = *thrive* )；興盛
   His business has ***prospered***. ( 他的生意興隆。)

2. **prosperity** *n.* 繁榮 ( = *the condition of prospering* )
   prosper ( 繁榮 ) + ity (*n.*) = prosperity
   The country's vast oil fields have meant ***prosperity***.
   ( 該國廣大的油田已意謂著繁榮。)

BOOK

11

3. **prosperous** *adj.* 繁榮的（ = *thriving* ）
   The town is increasingly ***prosperous***.（這個城鎮越來越繁榮。）

4. **protect** *v.* 保護（ = *defend* ）；防護

5. **protection** *n.* 保護（ = *defense* ）
   protect（保護）+ ion (*n.*) = protection
   A healthy diet should provide ***protection*** against disease.
   （健康飲食能預防疾病。）

6. **protective** *adj.* 保護的（ = *defensive* ）
   protect（保護）+ ive (*adj.*) = protective
   Mr. Wright is very ***protective*** toward his child.
   （萊特先生對他的孩子非常保護。）

7. protein *n.* 蛋白質（ = *a substance in food such as meat, eggs, and milk that people need in order to grow and be healthy* ）
   Foods such as eggs are high in ***protein***.
   （像蛋這類的食物含有豐富的蛋白質。）
   ***Protein*** is essential to life.（蛋白質是生命不可缺少的。）
   protein〔'protin〕之所以有 /i/ 和 /ɪ/ 在一起，是為了看字讀音
   方便，等於〔'protin〕。

8. **protest** *n.* 抗議（ = *objection* ）　〔prə'tɛst〕*v.*
   I will ***attend*** the protest on Saturday.
   （我會參加星期六的抗議。）
   The residents ***protested*** when the park was closed.
   （公園關閉時居民抗議。）

9. prospective *adj.* 預期的（ = *expected* ）；有希望的；可能的
   prospect（期望）+ ive (*adj.*) = prospective
   Mr. Lin is looking for a ***prospective*** customer.
   （林先生正在尋找可能的買主。）

# 7. *province*

| | | |
|---|---|---|
| **‡province** [5] | ( 'pravɪns ) | *n.* 省 |
| **‡‡provincial** [6] | ( prə'vɪnʃəl ) | *adj.* 地方的 |
| **‡provoke** [6] | ( prə'vok ) | *v.* 激怒 |
| | | |
| **pub** [3] | ( pʌb ) | *n.* 酒吧 |
| **‡public** [1] | ( 'pʌblɪk ) | *adj.* 公共的 |
| **‡publication** [4] | ( ˌpʌblɪ'keʃən ) | *n.* 出版 ( 品 ) |
| | | |
| **publish** [4] | ( 'pʌblɪʃ ) | *v.* 出版 |
| **‡‡publicize** [5] | ( 'pʌblɪˌsaɪz ) | *v.* 宣傳 |
| **publicity** [4] | ( pʌb'lɪsətɪ ) | *n.* 出名 |

【記憶技巧】

　　從上一回的「預期的」( prospective )，想到一個「省」
( province ) 通常會比「地方的」( provincial ) 政府還要有
經費，這是可以預期的事。被「激怒」( provoke ) 以後，去
「酒吧」( pub ) 散散心，酒吧是「公共的」( public ) 空間，
有提供「出版品」( publication ) 讓人翻閱，若是有作家「出
版」( publish ) 新書，可以在這邊「宣傳」( publicize )，就
有「出名」( publicity ) 的機會。

BOOK
**11**

1. province　*n.* 省 ( = *one of the areas into which some
   countries are divided* )
   I went to the ***Province*** of Alberta in Canada last week.
   ( 我上週去加拿大的亞伯達省。)

2. provincial　*adj.* 地方的 ( = *local* )

The ***provincial*** election took place in June.
（六月舉辦了地方選舉。）

3. provoke　*v.* 激怒（= *irritate*）
His rude remarks ***provoked*** the drunken man.
（他的無禮言辭激怒了醉漢。）

4. pub　*n.* 酒吧（= *bar*）
pub 是 bar 的一種，只喝酒，不跳舞的是 pub，可以跳舞的是
nightclub（夜總會），較正式的叫 lounge bar（雅座酒吧）。

5. **public**　*adj.* 公共的（= *concerning the people of a
community or nation in general*）；公開的
Time Square is New York City's attractive ***public*** place.
（時代廣場是紐約市引人注目的公共場所。）
【比較】private〔'praɪvɪt〕*adj.* 私人的

6. publication　*n.* 出版（品）（= *the act or process of
publishing printed material*）
She became famous after the ***publication*** of her first novel.
（她在第一本小說出版之後就出名了。）

7. **publish**　*v.* 出版（= *issue* = *print*）
The book will be ***published*** by the Oxford University Press.
（那本書將由牛津大學出版部出版。）

8. publicize　*v.* 宣傳（= *promote*）
The film company went all out to ***publicize*** their new movie.
（電影公司使盡全力來宣傳他們的新電影。）

9. **publicity**　*n.* 出名（= *the condition of being famous*）；知名度
Emma's restaurant gained ***publicity*** after she was interviewed
by reporters.（被記者採訪後，艾瑪的餐廳增加了知名度。）
【比較】popularity〔͵pɑpjə'lærətɪ〕*n.* 受歡迎

# *8. punish*

| | | |
|---|---|---|
| *punish* [2] | ( ˈpʌnɪʃ ) | v. 處罰 |
| punishment [2] | ( ˈpʌnɪʃmənt ) | n. 處罰 |
| punctual [6] | ( ˈpʌŋktʃʊəl ) | adj. 準時的 |
| *pump [2] | ( pʌmp ) | n. 抽水機 |
| pumpkin [2] | ( ˈpʌmpkɪn ) | n. 南瓜 |
| punch [3] | ( pʌntʃ ) | v. 用拳頭打 |
| *psychology [4] | ( saɪˈkɑlədʒɪ ) | n. 心理學 |
| *psychologist [4] | ( saɪˈkɑlədʒɪst ) | n. 心理學家 |
| *psychological [4] | ( ˌsaɪkəˈlɑdʒɪkl̩ ) | adj. 心理的 |

【記憶技巧】

從上一回的「出名」( publicity )，想到就算是名人，做錯事會被「處罰」( punish )，也要接受「處罰」( punishment )。「準時的」( punctual ) 用「抽水機」( pump ) 抽水種「南瓜」( pumpkin )，可是機器壞掉，只好「用拳頭打」( punch )。如果精通「心理學」( psychology )，成為「心理學家」( psychologist )，知道大家「心理的」( psychological ) 問題，也能夠出名。

1. **punish** v. 處罰 ( = *discipline* )
   pun (*penalty*) + ish (*v.*) = punish，給予懲罰，也就是「處罰」。
   Sam's father *punished* him for his carelessness.
   （山姆的父親因為他粗心而處罰他。）

2. punishment *n.* 處罰 ( = *discipline* )
   punish (處罰) + ment (*n.*) = punishment

BOOK
**11**

Most people are against physical ***punishment*** today.
（現在大部分的人都反對體罰。）

3. punctual *adj.* 準時的（= *on time*）；守時的
Laura is ***punctual*** to the minute.（蘿拉很守時。）

4. pump *n.* 抽水機（= *a machine or device for making liquid move into or out of something*）
We use a ***pump*** to draw water.（我們使用一台抽水機來抽水。）

5. pumpkin *n.* 南瓜（= *a kind of large, round, thick-skinned, and yellow fruit*）
Jack-o'-lanterns are made from ***pumpkins***.
（萬聖節燈籠是用南瓜做的。）
【比較】napkin（'næpkɪn）*n.* 餐巾

6. punch *v.* 用拳頭打（= *strike*）
Arthur ***punched*** the other boy on the chin.
（亞瑟用拳頭打另一位男孩的下巴。）

7. psychology *n.* 心理學（= *the study of the human mind*）
psycho (*soul*) + logy (*study*) = psychology
關於心靈的研究，就是「心理學」。
Russell's major is ***psychology***.（羅素的主修是心理學。）

8. psychologist *n.* 心理學家（= *a specialist in psychology*）
psychology（心理學）– y + ist（人）= psychologist
Lindsay wants to be a ***psychologist*** as her lifelong career.
（琳賽想成為一位心理學家作為畢生職志。）

9. psychological *adj.* 心理的（= *mental*）
Harry's problems are more ***psychological*** than physical.
（哈利的問題與其說是生理上的，不如說是心理上的。）

# 9. *puppy*

| | | | |
|---|---|---|---|
| **puppy** [2] | 〔ˈpʌpɪ 〕 | *n.* | 小狗 |
| **puppet** [2] | 〔ˈpʌpɪt 〕 | *n.* | 木偶 |
| **pupil** [2] | 〔ˈpjupḷ 〕 | *n.* | 學生 |
| | | | |
| **pure** [3] | 〔 pjʊr 〕 | *adj.* | 純粹的 |
| **purify** [6] | 〔ˈpjʊrəˌfaɪ 〕 | *v.* | 淨化 |
| **purity** [6] | 〔ˈpjʊrətɪ 〕 | *n.* | 純淨 |
| | | | |
| **purple** [1] | 〔ˈpɝpḷ 〕 | *adj.* | 紫色的 |
| **purpose** [1] | 〔ˈpɝpəs 〕 | *n.* | 目的 |
| **purchase** [5] | 〔ˈpɝtʃəs 〕 | *v.* | 購買 |

【記憶技巧】

從上一回的「處罰」( punishment )，想到家裡養的「小狗」( puppy ) 會亂咬以為是骨頭的「木偶」( puppet )，所以被關起來當作處罰。身為「學生」( pupil )，要過「純粹的」( pure ) 生活，要「淨化」( purify ) 自己的想法，保持心靈的「純淨」( purity )，雖然喜歡「紫色的」( purple ) 東西，但是沒有正當的「目的」( purpose )，也不該隨便「購買」( purchase )。

BOOK

**11**

1. puppy  *n.* 小狗 ( = *a young dog* )
   puppy love  初戀
   【比較】kitty 〔ˈkɪtɪ 〕 *n.* 小貓

2. puppet  *n.* 木偶 ( = *a doll that can be moved by wires or by putting hands inside the body* )；傀儡
   Most kids love *puppet* shows. ( 大多數的孩子都愛看木偶戲。)

3. pupil　*n.* 學生（= *student*）；瞳孔
Mrs. Mary taught her ***pupils*** a new song in music class today.
（瑪莉女士今天在音樂課上教了她的學生一首新歌。）

4. **pure**　*adj.* 純粹的（= *unmixed*）
The piece of old jewelry was found to be made of ***pure*** gold.
（這件陳年珠寶被發現是由純金所製成。）

5. purify　*v.* 淨化（= *cleanse*）

> pur　+ ify
> |　　　|
> *pure* + *v.*
>
> 將東西變得純粹，就是「淨化」。

You should ***purify*** the water because it may not be safe to
drink.（你應該要將水淨化，因為它喝起來可能不安全。）
purification　*n.* 淨水　　　water purification　水的淨化

6. purity　*n.* 純淨（= *the condition or quality of being pure*）
pure（純粹的）– e + ity (*n.*) = purity
The mechanic was trying to test the ***purity*** of the air.
（技工正試圖檢驗空氣的潔淨程度。）

7. purple　*adj.* 紫色的（= *of a color made by mixing blue and red*）
*n.* 紫色
James is wearing a ***purple*** jacket.（詹姆士正穿著一件紫色夾克。）

8. purpose　*n.* 目的（= *intention*）

> pur　+ pose
> |　　　|
> *before* + *put*
>
> 放在每件事的前方，就是做事的「目的」。
> The ***purpose*** of going to school is to learn.
> （上學的目的是去學習。）

9. purchase　*v.* 購買（= *buy*）

> pur + chase
> |　　　|
> *for* + 追求
>
> 把錢花在自己追求的東西，就是「購買」。
> They ***purchased*** a lot of things in that
> grocery.（他們在那間雜貨店買了很多東西。）

# *10. qualify*

| | | | |
|---|---|---|---|
| **qualify** 5 | (ˈkwɑləˌfaɪ) | *v.* | 使合格 |
| **qualification** 6 | (ˌkwɑləfəˈkeʃən) | *n.* | 資格 |
| **quake** 4 | ( kwek ) | *n.* | 地震 |
| **quality** 2 | (ˈkwɑlətɪ) | *n.* | 品質 |
| **quantity** 2 | (ˈkwɑntətɪ) | *n.* | 量 |
| **quack** 5 | ( kwæk ) | *n.* | 密醫 |
| **quarrel** 3 | (ˈkwɔrəl) | *n. v.* | 爭吵 |
| **quart** 5 | ( kwɔrt ) | *n.* | 夸ㄎ脫 |
| **quarter** 2 | (ˈkwɔrtɚ) | *n.* | 四分之一 |

【記憶技巧】

從上一回的「購買」( purchase )，想到「使」自己
成爲「合格」( qualify ) 的有錢人後，就有購買精品的
「資格」( qualification )，住好房子就不怕「地震」
( quake )，所以「品質」( quality ) 很重要，只有「量」
( quantity ) 是不夠的，就像生病時看「密醫」( quack )
也不會好，只會引發「爭吵」( quarrel )，因爲密醫説吃
藥要吃一「夸脫」( quart )，但其實只要吃「四分之一」
( quarter ) 的量就好。

BOOK
11

1. **qualify** *v.* 使合格 ( = *enable to be suitable for something* )；
   使有資格　　qualified *adj.* 合格的
   Mr. Lee is a ***qualified*** doctor. ( 李先生是一位合格的醫生。)

2. **qualification** *n.* 資格 ( = *the condition of being qualified* )

We decided to hire the applicant because he has the right
*qualifications* for the job.
（我們決定雇用這位應徵者，因為他有做這份工作最恰當的資格。）

3. quake *n.* 地震（= *earthquake*）
The strong *quake* caused extensive damage to the
downtown area.（強烈地震帶給市中心區域大規模的損害。）

4. **quality** *n.* 品質（= *the degree to which something is good or
bad*）；特質
The humid weather is affecting the air *quality*.
（潮濕的天氣正影響著空氣品質。）

5. quantity *n.* 量（= *amount*）
They monitor both the *quantity* and quality of materials used.
（他們監督所用材料的數量和品質。）
Quality is more important than *quantity*.（質比量重要。）

6. quack *n.* 密醫（= *a person who dishonestly claims to have
medical qualifications*）；庸醫；江湖郎中；冒牌醫生　*v.*（鴨）叫
That guy is a *quack*; we should report him.
（那個傢伙是一位密醫，我們應該要舉發他。）
The ducks *quacked* as they swam across the pond.
（鴨子們游過池塘時呱呱叫。）

7. **quarrel** *n. v.* 爭吵（= *argue*）
He had another *quarrel* with Jimmy.（他又和吉米吵了一架。）

8. quart *n.* 夸脫（= *0.946 liters*）
One *quart* is equal to one fourth of a gallon.
（一夸脫等於四分之一加侖。）

9. quarter *n.* 四分之一（= *one of four equal parts of something*）；
二角五分硬幣；一刻鐘；十五分鐘；一季（三個月）
Kevin has walked a *quarter* of a mile.
（凱文已經走了四分之一英里。）
【注意】quarter 和 quart 不同。

# *11. quest*

| | | | |
|---|---|---|---|
| **quest** [5] | 〔 kwɛst 〕 | *n.* 尋求 |
| **question** [1] | 〔'kwɛstʃən 〕 | *n.* 問題 |
| **questionnaire** [6] | 〔ˌkwɛstʃən'ɛr 〕 | *n.* 問卷 |
| | | |
| **queen** [1] | 〔 kwin 〕 | *n.* 女王 |
| **queer** [3] | 〔 kwɪr 〕 | *adj.* 奇怪的 |
| **query** [6] | 〔'kwɛrɪ 〕【注意說明】 | *v. n.* 詢問 |
| | | |
| **quit** [2] | 〔 kwɪt 〕 | *v.* 停止 |
| **quilt** [4] | 〔 kwɪlt 〕 | *n.* 棉被 |
| **quite** [1] | 〔 kwaɪt 〕 | *adv.* 非常 |

【記憶技巧】

> 從上一回的「四分之一」( quarter )，想到「尋求」
> ( quest )「問題」( question ) 的解答不能只找四分之
> 一，就像填寫「問卷」( questionnaire ) 時，如果只寫
> 四分之一就不是有效的問卷，有一個「女王」( queen )，
> 時常會有「奇怪的」( queer ) 問題「詢問」( query ) 大
> 家，詢問到一半就會把「棉被」( quilt ) 蓋在身上，真
> 是「非常」( quite ) 奇怪。

**BOOK**

**11**

1. quest *n.* 尋求 ( = *search* )；尋找；探索
   The explorers set out on a *quest* for the hidden treasure.
   ( 探險家們出發尋找秘密的寶藏。)

2. question *n.* 問題 ( = *an expression of inquiry* )
   *v.* 質問；詢問　　quest ( 尋求 ) + ion (*n.*) = question
   question a witness 詢問證人

3. questionnaire　*n.*　問卷（= *a form containing a set of questions*）
Please help us to fill out the *questionnaire*.
（請幫助我們填寫問卷。）
字尾是 aire，重音在最後一個音節上，如 millionaire（百萬富翁）。【詳見「文法寶典」第二冊】

4. queen　*n.*　女王（= *a female sovereign*）；皇后
*Queen* Victoria came to the throne in 1837.
（維多利亞女王登基於 1837 年。）

5. queer　*adj.*　奇怪的（= *strange*）
I find it *queer* that John never talks about his past.
（我發現約翰從未談到他的過去很奇怪。）

6. query　*v. n.*　詢問（= *ask*）；疑問；質疑；質問
I'd like to raise a few *queries* here.
（我想在這裡提出幾個疑問。）
I *queried* his decision.（我質疑他的決定。）
這個字還可唸成〔'kwɪrɪ〕，但現在美國人多唸成〔'kwɛrɪ〕。

7. quit　*v.*　停止（= *stop*）；辭職（= *resign*）
He has to *quit* smoking.（他必須戒菸。）
Danny *quit* his job last Friday.（丹尼上個星期五辭職了。）

8. quilt　*n.*　棉被（= *a thick cover for a bed*）；被子
We bought new *quilts* at the mall.
（我們在購物中心買了新的棉被。）

9. quite　*adv.*　非常（= *very*）；相當；十分
Martin is *quite* sick, so he can't go to school today.
（馬丁非常不舒服，所以他今天不能去上學。）

# *12. race*

| | | |
|---|---|---|
| *race¹ | 〔 res 〕 | n. 種族 |
| *racial³ | 〔'reʃəl 〕 | adj. 種族的 |
| *racism⁶ | 〔'resɪzəm 〕 | n. 種族主義 |
| | | |
| *radar³ | 〔'redɑr 〕 | n. 雷達 |
| radiant⁶ | 〔'redɪənt 〕 | adj. 容光煥發的 |
| radiate⁶ | 〔'redɪ,et 〕 | v. 輻射 |
| | | |
| radiation⁶ | 〔,redɪ'eʃən 〕 | n. 輻射線 |
| radiator⁶ | 〔'redɪ,etɚ 〕 | n. 暖爐 |
| *radio¹ | 〔'redɪ,o 〕 | n. 無線電 |

【記憶技巧】

從上一回的「非常」( quite )，想到每一個「種族」( race ) 都有非常特別的地方，如果有「種族的」( racial ) 偏見，就會抱持「種族主義」( racism ) 的態度，非常不好。「雷達」( radar ) 的原理，是將電波「散發」( radiate ) 出去，就能偵測物體的位置，而某些「輻射線」( radiation ) 也會從「暖爐」( radiator ) 和「無線電」( radio ) 等設備散發出來。

BOOK

11

1. **race** *n.* 種族 ( = *people* )；賽跑
   Peter came in second in the *race*. ( 彼得賽跑獲得第二名。)

2. **racial** *adj.* 種族的 ( = *relating to one race or races* )
   The school has children from many different *racial* groups.
   ( 這所學校有許多不同種族的孩子。)

3. racism *n.* 種族主義（ = *racial prejudice* ）
   race（種族）– e + ism（表示主義的名詞字尾）= racism
   They promised to continue the struggle against ***racism***.
   （他們承諾要繼續對抗種族主義。）

4. radar *n.* 雷達（ = *a method of finding the position of*
   *something by sending out radio waves* ）
   There are enemy aircraft on the ***radar*** screen.
   （雷達螢幕上出現敵人的飛機。）

5. **radiant** *adj.* 容光煥發的（ = *extremely happy* ）；光芒四射的

   | radi + ant | 像光線一樣的，就是「容光煥發的」。 |
   | --- | --- |
   | ray + adj. | She was ***radiant*** with joy at her wedding. |
   | | （她在她的婚禮上洋溢著容光煥發的喜悅。） |

   Wow!  You look ***radiant*** today.（哇！你今天看起來容光煥發。）

6. radiate *v.* 輻射（ = *emit* ）；散發

   | radi + ate | 光線會到處「散發」。 |
   | --- | --- |
   | ray + v. | Heat ***radiates*** from that old machine. |
   | | （熱氣從那台舊機器散發出來。） |

7. radiation *n.* 輻射線（ = *a form of energy produced during a*
   *nuclear reaction* ）；放射線；輻射
   People fear that the nuclear waste will give off harmful
   ***radiation***.（人們擔心核廢料會發出有害的輻射線。）

8. radiator *n.* 暖爐（ = *heating device* ）；電熱器
   radi (*ray*) + ator (*n.*) = radiator
   It's pretty cold in here.  Why don't we use the ***radiator***?
   （這裡非常冷，我們為什麼不用暖爐？）

9. radio *n.* 無線電（ = *wireless transmission through*
   *electromagnetic waves* ）；收音機
   We might be able to contact him by ***radio***.
   （我們也許能透過無線電與他聯繫。）

# 13. rag

| | | | |
|---|---|---|---|
| *rag [3] | 〔 ræg 〕 | n. 破布 | |
| **ragged [5] | 〔 'rægɪd 〕【注意發音】 | adj. 破爛的 | |
| *rage [4] | 〔 redʒ 〕 | n. 憤怒 | |
| rail [5] | 〔 rel 〕 | n. 鐵軌 | |
| railroad [1] | 〔 'rel,rod 〕 | n. 鐵路 | |
| *raid [6] | 〔 red 〕 | n. 襲擊 | |
| radical [6] | 〔 'rædɪkl̩ 〕 | adj. 根本的 | |
| *radish [5] | 〔 'rædɪʃ 〕 | n. 小蘿蔔 | |
| *radius [5] | 〔 'redɪəs 〕 | n. 半徑 | |

【記憶技巧】

從上一回的「無線電」(radio)，想到農夫的無線電壞掉，他手裡拿著一塊「破布」(rag)，為了表達他對「破爛的」(ragged)無線電的「憤怒」(rage)，他把破布丟到「鐵軌」(rail)另一邊的「鐵路」(railroad)上，當成一種「襲擊」(raid)，農夫用無線電聽氣象的資訊，是很「根本的」(radical)做法，農夫採收「小蘿蔔」(radish)時，發現每一個的「半徑」(radius)都不同。

1. rag  *n.* 破布 ( = *a piece of cloth* )
   He was wiping his oily hands on a ***rag***.
   （他正用一塊破布擦拭他油膩的手。）　　　in rags 衣衫襤褸

2. ragged  *adj.* 破爛的 ( = *tattered* )
   The poor child was dressed in a ***ragged*** T-shirt.
   （那個可憐的小孩穿著破爛的 T 恤。）

BOOK
11

3. rage  *n.* 憤怒（= *anger*）
   fly into a rage  勃然大怒；大發雷霆
   Mike would sometimes ***fly into a rage*** for no reason.
   （麥克有時候會無緣無故勃然大怒。）

4. rail  *n.* 鐵軌（= *track*）；欄杆（= *a bar or barrier*）；鐵路系統
   The train went off the ***rails*** in that accident.
   （火車在那場事故中出軌。）
   Taiwan High Speed Rail  台灣高鐵
   Don't lean against the ***rail***.（別靠在欄杆上。）

5. railroad  *n.* 鐵路（= *railway*）
   rail（鐵軌）+ road（路）= railroad
   The ***railroad*** continues along a river.（鐵路沿著一條河流延伸。）

6. raid  *n.* 襲擊（= *attack*）
   The army launched a ***raid*** on the enemy at dawn.
   （軍隊在破曉時向敵人發動襲擊。）      air raid  空襲

7. radical  *adj.* 根本的；基本的（= *basic*）；激進的
   radi (*root*) + cal (*adj.*) = radical，靠近根部，就是「根本的」。
   Our official system needs a ***radical*** reform.
   （我們的官僚系統需要一個根本的改革。）

8. radish  *n.* 小蘿蔔；櫻桃蘿蔔（= *a plant with red skin and a white root*）
   Mr. Yang would plant some ***radishes*** in
   the backyard.（楊先生會在後院種小蘿蔔。）
   【比較】turnip（ˈtɝnɪp）*n.* 大蘿蔔；蕪菁
   　　　　carrot（ˈkærət）*n.* 紅蘿蔔

   radish　　turnip

9. radius  *n.* 半徑（= *a straight line from the center of a circle to its circumference*）
   How long is the ***radius*** of this circle?（這個圓的半徑有多長？）
   【比較】diameter（daɪˈæmətɚ）*n.* 直徑

# *14. rain*

| | | | |
|---|---|---|---|
| **rain**[1] | ( ren ) | *n.* | 雨 |
| **rainy**[2] | ('renɪ ) | *adj.* | 下雨的 |
| **rainbow**[1] | ('ren,bo ) | *n.* | 彩虹 |
| | | | |
| ***rainfall**[4] | ('ren,fɔl ) | *n.* | 降雨（量） |
| **raise**[1] | ( rez ) | *v.* | 提高 |
| ***raisin**[3] | ('rezn̩ ) | *n.* | 葡萄乾 |
| | | | |
| **ranch**[5] | ( ræntʃ ) | *n.* | 牧場 |
| ***random**[6] | ('rændəm ) | *adj.* | 隨便的 |
| ***ransom**[6] | ('rænsəm ) | *n.* | 贖金 |

【記憶技巧】

從上一回的「襲擊」(raid)，想到天空突然下起「雨」
(rain) 來，全身濕透很狼狽。「下雨的」(rainy) 天氣，
就能看到「彩虹」(rainbow)，「降雨量」(rainfall) 要剛
剛好，才能「提高」(raise) 葡萄的產量，做出好的「葡
萄乾」(raisin)，「牧場」(ranch) 主人做事是「隨便的」
(random)，不小心把牧場拿去抵押，只好支付「贖金」
(ransom) 贖回。

**BOOK**
**11**

1. **rain** *n.* 雨 ( = *water that falls in drops from the clouds in the sky* )
   *v.* 下雨
   It **rains** cats and dogs. （傾盆大雨。）
   It never **rains** but it pours. (【諺】禍不單行。)

2. **rainy** *adj.* 下雨的 ( = *characterized by rain* )
   The weather was cold and **rainy**. ( 天氣寒冷且多雨。)

3. rainbow  *n.* 彩虹（= *an arc of spectral colors*）

```
rain + bow
  |     |
  雨  +  弓
```

「彩虹」是弓型的。
There are seven colors in the *rainbow*.
（彩虹有七種顏色。）

4. **rainfall**  *n.* 降雨（量）（= *the fall of rain*）；下雨

```
rain + fall
  |     |
  雨  +  落下
```

雨落下的量，就是「降雨量」。

Since there has been almost no *rainfall*, the farmers won't
have good harvests.（因此幾乎沒有降雨，農夫將不會有好的收成。）
【比較】waterfall〔'wɔtɚ,fɔl〕*n.* 瀑布

5. **raise**  *v.* 提高（= *lift*）；舉起；養育
Jennifer is the first to *raise* her hand.（珍妮佛是第一個舉手的人。）

6. raisin  *n.* 葡萄乾（= *dried grape*）
Susan put some *raisins* in the cake.
（蘇珊在蛋糕裡放了一些葡萄乾。）　　【比較】grape〔grep〕*n.* 葡萄

7. ranch  *n.* 牧場（= *large farm*）
Mr. Smith owned a *ranch* in the country.
（蓋瑞先生在郊外擁有一座牧場。）

8. random  *adj.* 隨便的（= *happening or chosen without
a particular aim, plan, or pattern*）
Linda dialed a *random* number in the telephone book for fun.
（琳達為了好玩而撥打電話簿裡的一個隨機電話號碼。）
at random  隨便地；隨機地【「介系詞＋形容詞」的成語，詳見「文法
寶典」第二冊 p.193】

9. ransom  *n.* 贖金（= *the money paid for freeing someone*）
Kidnappers often demand money, which is called a *ransom*.
（綁匪常常要錢，這被稱為贖金。）

# *15. rat*

| | | | |
|---|---|---|---|
| **rat** [1] | 〔 ræt 〕 | *n.* | 老鼠 |
| **rattle** [5] | 〔'rætḷ 〕 | *v.* | 發格格聲 |
| **rational** [6] | 〔'ræʃənḷ 〕 | *adj.* | 理性的 |
| **rapid** [2] | 〔'ræpɪd 〕 | *adj.* | 迅速的 |
| **rascal** [5] | 〔'ræskḷ 〕 | *n.* | 流氓 |
| **rash** [6] | 〔 ræʃ 〕 | *adj.* | 輕率的 |
| **rate** [3] | 〔 ret 〕 | *n.* | 速度 |
| **ratio** [5] | 〔'reʃo 〕 | *n.* | 比例 |
| **razor** [3] | 〔'rezɚ 〕 | *n.* | 刮鬍刀 |

【記憶技巧】

從上一回的「贖金」(ransom)，想到「老鼠」(rat) 在閣樓上爬，「發格格聲」(rattle)，很吵鬧，就算是很「理性的」(rational) 人，也會覺得很煩，要「迅速的」(rapid) 把贖金交給「流氓」(rascal)，流氓才不會做出「輕率的」(rash) 決定，付完贖金去商店買東西，發現一款「速度」(rate) 和刀片「比例」(ratio) 都很好的「刮鬍刀」(razor)，買來刮鬍子，恢復理智。

BOOK
11

1. rat *n.* 老鼠 ( = *large mouse* )
   The *rats* have made holes in those bags of rice.
   ( 老鼠已在那些米袋上弄出破洞。 )

2. rattle *v.* 發格格聲 ( = *make short and sharp knocking sounds* );
   格格作響；發出嘎嘎聲；喋喋不休地講話   *n.* 碰撞聲

The strong wind ***rattled*** the window.
（強風讓窗戶嘎嘎作響。）

3. rational *adj.* 理性的（= *reasonable* ）；合理的

> | rat | + ion + al |
> |---|---|
> | \| | \|　　\| |
> | *reason* + | *n.* + *adj.* |

跟理智有關的，就是「理性的」。
ration 的名詞是 rationality（理性），
不是 ration。

We were convinced by Marvin's ***rational*** argument.
（我們都被馬文的理性論點說服了。）
【比較】ration〔'ræʃən〕*n.*（士兵的）口糧；配給量

4. **rapid** *adj.* 迅速的（= *quick* ）；快速的
He took a ***rapid*** glance at me.（他很快看了我一眼。）

5. rascal *n.* 流氓（= *scoundrel*〔'skaʊndrəl〕）
That ***rascal*** is up to his old tricks again!
（那個老流氓又在圖謀不軌！）

6. rash *adj.* 輕率的（= *reckless* ）
Quitting your present job was a ***rash*** decidion.
（辭去你目前的工作是一個輕率的決定。）
rash 當名詞用時，作「疹子」解。

7. **rate** *n.* 速度（= *speed* ）；速率；比率；費用；價格
Our money was running out at an alarming ***rate***.
（我們的錢正在以驚人的速度減少。）

8. ratio *n.* 比例（= *proportion* ）
The ***ratio*** of boys to girls in the English department is one to two.（英文系的男女比是一比二。）

9. razor *n.* 刮鬍刀；剃刀（= *an instrument for shaving* ）
George is shaving with a ***razor***.（喬治正在用剃刀刮鬍子。）

# *16. real*

| | | |
|---|---|---|
| **real** [1] | ('riəl ) | *adj.* 真的 |
| **realism** [6] | ('riəl,ɪzəm ) | *n.* 寫實主義 |
| **reality** [2] | ( rɪ'ælətɪ ) | *n.* 真實 |
| | | |
| **realistic** [4] | (,riə'lɪstɪk ) | *adj.* 寫實的 |
| **realize** [2] | ('riə,laɪz ) | *v.* 了解 |
| **realization** [6] | (,riələ'zeʃən ) | *n.* 了解 |
| | | |
| *\* **rear** [5] | ( rɪr ) | *v.* 養育 |
| \* **reason** [1] | ('rizn̩ ) | *n.* 理由 |
| \* **reasonable** [3] | ('riznəbl̩ ) | *adj.* 合理的 |

【記憶技巧】

　　從上一回的「剃刀」( razor )，想到手上拿的剃刀是「真的」( real )，就像「寫實主義」( realism ) 是要描繪這個世界的「真實」( reality )，越是「寫實的」( realistic ) 作品，越能「了解」( realize ) 這個世界的樣子，有「了解」( realization )，才知道「養育」( rear )兒女的「理由」( reason )是要很「合理的」( reasonable )。

BOOK

**11**

1. **real** *adj.* 真的 ( = *actual* )
   This apple is not ***real***. ( 這顆蘋果不是真的。)

2. **realism** *n.* 寫實主義 ( = *a style in art and literature that shows life as it really is* )
   real ( 真的 ) + ism ( 表示主義的名詞字尾 ) = realism

Jean-François Millet was a *realism* artist.
（尙－法蘭索瓦・米勒是一位寫實主義畫家。）

3. **reality** *n.* 眞實（= *actuality*）
He is no longer able to differentiate between fantasy and *reality*.（他再也無法區分幻想和現實。）
in reality 事實上

4. **realistic** *adj.* 寫實的（= *relating to realism*）
Sally's painting was *realistic*.（莎莉的畫作很寫實。）

5. **realize** *v.* 了解（= *understand*）；實現
You have to *realize* that this is upsetting.
（你必須了解這令人苦腦。）
He *realized* his ambition to become an astronaut.
（他實現了成爲太空人的志願。）

6. realization *n.* 了解（= *understanding*）；實現
Allen has full *realization* of this situation.
（艾倫對這個情況有充分的了解。）
the realization of *one's* hopes 希望的實現

7. **rear** *v.* 養育（= *raise*）　*n.* 後面
She has *reared* six children.（她已經養育了六個小孩。）
He followed them in the *rear*.（他在後面跟著他們。）

8. **reason** *n.* 理由（= *cause*）
We have *reason* to believe that he is right.
（我們有理由相信他是對的。）

9. **reasonable** *adj.* 合理的（= *sensible*）
reason（理由）+ able（*adj.*）= reasonable
We have taken all *reasonable* precautions to avoid an
accident.（我們已經採取所有合理的措施來防範意外。）

# 17. rebel

| | | | |
|---|---|---|---|
| \*\***rebel** [4] | [ rɪˋbɛl ] | v. | 反叛 |
| **rebellion** [6] | [ rɪˋbɛljən ] | n. | 叛亂 |
| \***recall** [4] | [ rɪˋkɔl ] | v. | 回想 |
| | | | |
| **receive** [1] | [ rɪˋsiv ] | v. | 收到 |
| **receiver** [3] | [ rɪˋsivɚ ] | n. | 聽筒 |
| **receipt** [3] | [ rɪˋsit ]【注意發音】 | n. | 收據 |
| | | | |
| \***reception** [4] | [ rɪˋsɛpʃən ] | n. | 歡迎（會） |
| \***recession** [6] | [ rɪˋsɛʃən ] | n. | 不景氣 |
| **recent** [2] | [ ˋrisn̩t ] | adj. | 最近的 |

【記憶技巧】

從上一回的「合理的」( reasonable )，想到「反叛」( rebel )
的原因要是合理的，否則發生「叛亂」( rebellion ) 的時候，會
無法「回想」( recall ) 為什麼要這麼做。叛軍的領袖「收到」
( receive ) 買「聽筒」( receiver ) 的「收據」( receipt )，因
為他在一場「歡迎會」上，聽到大家說「不景氣」( recession ) 是
「最近的」( recent ) 事。

1. rebel  v. 反叛 ( = *revolt* )
   re (*again*) + bel (*war*) = rebel，敵人「反叛」，再次引起戰爭。
   The masses *rebelled* against the dictator. ( 民眾反叛獨裁者。)
   這個字當名詞用唸成 [ ˋrɛbl̩ ]，作「叛徒」解。

2. rebellion  n. 叛亂 ( = *the act of rebelling* )
   The government was overthrown by an armed *rebellion*.
   ( 政府被一個武裝叛亂推翻。)

BOOK
11

3. **recall** *v.* 回想（ = *remember* ）；召回
   I can't *recall* what was said then. （我想不起那時候說了什麼。）

4. **receive** *v.* 收到（ = *get* ）

   | re + ceive |
   | --- |
   |   &#124;    &#124; |
   | *back* + *take* |

   拿到自己這邊，表示「收到」。

   Andrew *received* a bicycle from his uncle yesterday.
   （安德魯昨天從他的叔叔那收到一輛腳踏車。）

5. receiver *n.* 聽筒（ = *handset* ）
   receive（收到）+ r (*n.*) = receiver，接收聲音的東西，就是「聽筒」。
   Carrie picked up the *receiver* and dialed 119.
   （凱莉拿起聽筒並且撥打 119。）

6. receipt *n.* 收據（ = *proof of purchase* ）
   Don't forget to ask the store for a *receipt* when you buy
   something. （當你買東西的時候，別忘了和商店要收據。）

7. reception *n.* 歡迎（會）（ = *a formal party* ）；接待
   We held a *reception* for the new principal.
   （我們為新校長舉辦歡迎會。）
   wedding reception 喜筵（ = *wedding banquet* ）
   reception desk （飯店）櫃台（ = *front desk* ）

8. recession *n.* 不景氣（ = *depression* ）

   | re + cess + ion |
   | --- |
   |  &#124;   &#124;    &#124; |
   | *back* + *go* + *n.* |

   經濟向後退，表示「不景氣」。

   Because *recession* was forecast, many investors sold their
   shares of stock. （因為不景氣的預測，許多投資者賣掉他們的股票。）

9. recent *adj.* 最近的（ = *happening a short time ago* ）
   That is my experience of *recent* years. （那是我最近幾年的經驗。）

BOOK
11

# *18. recipe*

| | | | |
|---|---|---|---|
| *recipe [4] | 〔ˈrɛsəpɪ〕 | *n.* | 食譜 |
| *recipient [6] | 〔rɪˈsɪpɪənt〕 | *n.* | 接受者 |
| *recite [4] | 〔rɪˈsaɪt〕 | *v.* | 背誦 |
| *recognize [3] | 〔ˈrɛkəɡ͵naɪz〕 | *v.* | 認得 |
| recognition [4] | 〔͵rɛkəɡˈnɪʃən〕 | *n.* | 承認 |
| reckon [5] | 〔ˈrɛkən〕 | *v.* | 計算 |
| *recommend [5] | 〔͵rɛkəˈmɛnd〕 | *v.* | 推薦 |
| *recommendation [6] | 〔͵rɛkəmɛnˈdeʃən〕 | *n.* | 推薦 ( 函 ) |
| *reconcile [6] | 〔ˈrɛkən͵saɪl〕 | *v.* | 調解 |

【記憶技巧】

從上一回的「不景氣」( recession )，想到自己煮飯比較
經濟實惠，就去買「食譜」( recipe )，結帳的時候發現有一
位獎學金的「接受者」( recipient ) 正在「背誦」( recite )
食譜的內容，他還「認得」( recognize ) 出自己，互相「承
認」( recognition ) 身份之後，「計算」( reckon ) 出他的
能力，想「推薦」( recommend ) 他，寫一封「推薦函」
( recommendation )，希望他能「調解」( reconcile ) 糾紛。

BOOK

11

1. **recipe** *n.* 食譜 ( = *a set of instructions on how to cook* )；
祕訣；竅門；方法
This is my grandmother's *recipe* for apple pie.
（ 這是我祖母做蘋果派的食譜。）

2. **recipient** *n.* 接受者 ( = *a person who receives something* )；
領受者

The ***recipient*** of the scholarship may apply it to any
university he or she wishes to attend.
（獎學金接受者可以將這筆錢用於他或她希望就讀的大學。）

3. recite *v.* 背誦（= *repeat*）；朗誦
re (*again*) + cite (*call*) = recite，把之前記的內容再說一次，就是
「背誦」。 recite a poem 朗誦一首詩

4. **recognize** *v.* 認得（= *know*）

| re | + cogn | + ize |
|---|---|---|
| \| | \| | \| |
| *again* | + *know* | + *v.* |

再看一次仍知道，表示「認得」。
I didn't ***recognize*** her at first.
（我一開始認不出她。）

5. **recognition** *n.* 承認（= *acknowledgment*）；認得
The official stepped down immediately after his ***recognition***
of the scandal. （該官員承認醜聞後立即下台。）

6. reckon *v.* 計算（= *calculate*）；認為（= *think*）
I tried to ***reckon*** the total of the charges in my head.
（我試著在頭腦裡計算費用的總額。）

7. **recommend** *v.* 推薦（= *commend*）
The waiter ***recommended*** a wine to go with our meal.
（服務生推薦一款葡萄酒來搭配我們的餐點。）

8. recommendation *n.* 推薦（函）（= *reference*）
You have to add the ***recommendation*** to your application.
（你必須將推薦信附加到申請書。）

9. **reconcile** *v.* 調解（= *conciliate*）；和解

| re | + concile |
|---|---|
| \| | \| |
| *again* | + *friendly* |

讓兩人再度回到友好，就是「使和解」。

It is unlikely that their dispute will be ***reconciled***.
（要和解他們的糾紛將是不可能的。）

# *19. record*

| | | | |
|---|---|---|---|
| **record** [2](#) | 〔 rɪ'kɔrd 〕 | v. | 記錄 |
| **recover** [3](#) | 〔 rɪ'kʌvɚ 〕 | v. | 恢復 |
| **recovery** [4](#) | 〔 rɪ'kʌvərɪ 〕 | n. | 恢復 |
| | | | |
| **recreation** [4](#) | 〔 ˌrɛkrɪ'eʃən 〕【注意說明】 | n. | 娛樂 |
| **recreational** [6](#) | 〔 ˌrɛkrɪ'eʃənḷ 〕 | adj. | 娛樂的 |
| **recruit** [6](#) | 〔 rɪ'krut 〕 | v. | 招募 |
| | | | |
| **reduce** [3](#) | 〔 rɪ'djus 〕 | v. | 減少 |
| **reduction** [4](#) | 〔 rɪ'dʌkʃən 〕 | n. | 減少 |
| **redundant** [6](#) | 〔 rɪ'dʌndənt 〕 | adj. | 多餘的 |

【記憶技巧】

　　從上一回的「使和解」( reconcile )，想到有人會「記錄」( record )「恢復」( recover ) 友好的時間，一旦「恢復」( recovery )，就能從事「娛樂」( recreation )，能做「娛樂的」( recreational ) 事，就能「招募」( recruit ) 事業的新夥伴，可是要「減少」( reduce ) 開銷，開銷的「減少」( reduction ) 就能有「多餘的」( redundant ) 收入。

BOOK
**11**

1. **record** *v.* 記錄 ( = *set down* )；錄 ( 音 )；錄 ( 影 )
   〔'rɛkɚd 〕*n.* 紀錄
   Vicky *recorded* everything in her notebook.
   ( 維琪把每件事記錄在她的筆記本內。)

2. **recover** *v.* 恢復 ( = *become healthy again* )；復原
   Mary has *recovered* from her illness.
   ( 瑪莉已經從病中恢復過來。)

3. **recovery** *n.* 恢復（= *the act of recovering*）; 復原
It was comforting that David made a quick *recovery* from surgery.（很欣慰大衛迅速地從手術當中復元。）

4. **recreation** *n.* 娛樂（= *pastime*）

| re | + creation |
|----|------------|
| \| | \| |
| *again* + | 創造 |

「娛樂」的目的是要再創造。
**Mr. Ben plays golf for *recreation*.**
（班先生打高爾夫球當娛樂。）

這個字作「再創造; 改造」解時, 唸成〔ˌrikrɪˈeʃən〕*n.* 再創造; 重新創造。

5. **recreational** *adj.* 娛樂的（= *relating to recreation*）
More *recreational* facilities were built in the community.
（社區裡興建了更多的娛樂設施。）

6. **recruit** *v.* 招募（= *get someone to work in a company or join an organization*）

| re | + cruit |
|----|---------|
| \| | \| |
| *again* + | *grow* |

讓組織再次成長, 就要「招募」新人。
**We won't be *recruiting* again until next year.**（我們明年才會招募新人。）

7. **reduce** *v.* 減少（= *decrease*）
We should *reduce* the number of plastic bags used.
（我們應該要減少使用塑膠袋的數量。）

8. **reduction** *n.* 減少（= *the act of reducing*）
There has been a dramatic *reduction* in the birth rate.
（出生率已大幅減少。）

9. **redundant** *adj.* 多餘的（= *superfluous*）

| re | + dund | + ant |
|----|--------|-------|
| \| | \| | \| |
| *again* + | *wave* + | *adj.* |

海浪再度回來, 表示「多餘的」。
**Computers have made our paper records *redundant*.**

（電腦讓我們的紙本紀錄顯得多餘。）

# *20. refer*

| *refer* [4] | 〔 rɪˈfɜ 〕 | *v.* 提到 |
|---|---|---|
| **reference** [4] | 〔ˈrɛfərəns 〕 | *n.* 參考 |
| *referee* [5] | 〔ˌrɛfəˈri 〕 | *n.* 裁判 |
| *refine* [6] | 〔 rɪˈfaɪn 〕 | *v.* 精煉 |
| ‡**refinement** [6] | 〔 rɪˈfaɪnmənt 〕 | *n.* 精煉 |
| **reform** [4] | 〔 rɪˈfɔrm 〕 | *v.* 改革 |
| *reflect* [4] | 〔 rɪˈflɛkt 〕 | *v.* 反射 |
| *reflection* [4] | 〔 rɪˈflɛkʃən 〕 | *n.* 反射 |
| *reflective* [6] | 〔 rɪˈflɛktɪv 〕 | *adj.* 反射的 |

【記憶技巧】

　　從上一回的「多餘的」( redundant )，想到「提到」( refer )「參考」( reference ) 書的時候，要選對自己有幫助的，其他都是多餘的，就像「裁判」( referee ) 對比賽的判決要簡單明瞭。要「精煉」( refine ) 自己的氣質，要「精煉」( refinement )，就需要「改革」( reform )，要常照鏡子，鏡子能「反射」( reflect ) 光線，具有「反射的」( reflective ) 的特質。

BOOK
11

1. **refer** *v.* 提到 ( = *mention* )；參考；委託
   John *referred* to the subject several times during his speech.
   ( 約翰在演講中好幾次提到這個主題。)

2. **reference** *n.* 參考 ( = *the act of looking at something for information* )

The sentences are numbered for ease of ***reference***.
（這些句子都標出了號碼以方便參閱。）　　reference book　參考書

3. referee　*n.* 裁判（= *umpire*）
refer（委託）+ ee（人）= referee
在比賽中被委託來主持公道的人，就是「裁判」。
Mr. Albert has been a ***referee*** in the league for twenty years.
（亞伯特先生在聯賽裡擔任裁判已有二十年。）

4. refine　*v.* 精煉（= *purify*）；使文雅
You must ***refine*** your manner.（你必須讓你的舉止優雅。）

5. refinement　*n.* 精煉（= *purification*）；文雅
Gasoline is produced by the ***refinement*** of petroleum.
（汽油是由石油經過提煉生產出來的。）

6. **reform**　*v.* 改革（= *improve*）

| re | + | form |
|---|---|---|
| | | |
| *again* | + | 形成 |

「改革」，就是再次形成新的東西。

The experts are going to ***reform*** the educational system.
（專家們正要改革教育制度。）

7. **reflect**　*v.* 反射（= *send back*）；反映

| re | + | flect |
|---|---|---|
| | | |
| *back* | + | *bend* |

曲折而回，也就是「反射」。
The trees are clearly ***reflected*** in the lake.
（樹木清晰地映在湖中。）

8. **reflection**　*n.* 反射（= *the act of reflecting*）
The image was the ***reflection*** of light.（圖像是光的反射。）

9. reflective　*adj.* 反射的（= *relating to reflection*）
reflect（反射）+ ive（*adj.*）= reflective
A mirrored surface is ***reflective***.（鏡面是會反光的。）

# *21. refresh*

| | | |
|---|---|---|
| *refresh ⁴ | 〔rɪ'frɛʃ〕 | *v.* 使提神 |
| refreshment ⁶ | 〔rɪ'frɛʃmənt〕 | *n.* 提神之物 |
| *refrigerator ² | 〔rɪ'frɪdʒə,retə〕 | *n.* 冰箱 |
| | | |
| *refuge ⁵ | 〔'rɛfjudʒ〕 | *n.* 避難所 |
| refugee ⁴ | 〔,rɛfjʊ'dʒi〕【注意發音】 | *n.* 難民 |
| refund ⁶ | 〔rɪ'fʌnd〕【注意説明】 | *v.* 退（錢） |
| | | |
| refuse ² | 〔rɪ'fjuz〕 | *v.* 拒絕 |
| refusal ⁴ | 〔rɪ'fjuzl̩〕 | *n.* 拒絕 |
| refute ⁵ | 〔rɪ'fjut〕 | *v.* 反駁 |

【記憶技巧】

　　從上一回的「反射的」(reflective )，想到要「提神」
( refresh )，就要找「提神之物」( refreshment )，這是反射
的動作，就像天氣很熱，會開「冰箱」( refrigerator ) 找冷飲
一樣。「避難所」( refuge ) 裡有很多「難民」( refugee ) 正在
要求「退錢」( refund )，但是被「拒絕」( refuse )，不僅僅是
難民「拒絕」( refusal )，還不讓他們「反駁」( refute )。

1. **refresh** *v.* 使提神 ( = *revive* )
   A cup of coffee will **refresh** you. ( 喝杯咖啡可以讓你提神。)

2. refreshment *n.* 提神之物 ( = *something that refreshes* )；
   (*pl.*) 點心；茶點
   A hot bath is a great **refreshment** after a day's work.
   ( 在一天的工作之後洗個熱水澡眞是神清氣爽。)

3. refrigerator *n.* 冰箱 ( = *fridge* ( frɪdʒ ) )
   美國人現在較常用 fridge。

4. refuge *n.* 避難所 ( = *shelter* )

   | re + fuge |
   |---|
   | \| \| |
   | *back + flee* |

   讓人逃回的地方，就是「避難所」。
   The local church is a ***refuge*** for earthquake
   victims. ( 當地教堂是為地震災民準備的避難所。)

5. refugee *n.* 難民 ( = *a person who flees for refuge or safety* )
   Thousands of ***refugees*** have entered the camps along the
   borders in recent days.
   ( 近日來數以千計的難民進入邊界附近的難民營。)

6. refund *v.* 退 ( 錢 ) ( = *pay back* ) 〔'ri,fʌnd 〕*n.* 退錢
   The store will not ***refund*** you the cost if you do not have your
   sales receipt. ( 如果你沒有交易的收據，店家將不會退錢給你。)

7. **refuse** *v.* 拒絕 ( = *decline* ) 〔'rɛfjus 〕*n.* 垃圾；廢物

   | re + fuse |
   |---|
   | \| \| |
   | *back + pour* |

   把水倒回去，表示「拒絕」。

   If you ***refuse*** to help others, they may not help you.
   ( 如果你拒絕幫助其他人，他們可能不會幫助你。)

8. refusal *n.* 拒絕 ( = *the act of refusing* )
   refuse ( 拒絕 ) – e + al (*n.*) = refusal
   She gave a firm ***refusal***. ( 她斷然拒絕。)

9. refute *v.* 反駁 ( = *rebut* ( rɪ'bʌt ) )

   | re + fute |
   |---|
   | \| \| |
   | *back + beat* |

   用言語打回去，就是「反駁」。

   I don't have good reason to ***refute*** my father's words.
   ( 我沒有好的理由來反駁我爸爸的話。)

# *22. region*

| | | |
|---|---|---|
| **region** [2] | 〔'ridʒən〕 | n. 地區 |
| **regional** [3] | 〔'ridʒənl〕 | adj. 區域性的 |
| **regime** [6] | 〔rɪ'ʒim〕【注意發音】 | n. 政權 |
| **register** [4] | 〔'rɛdʒɪstɚ〕 | v. 登記 |
| ***registration** [4] | 〔,rɛdʒɪ'streʃən〕 | n. 登記 |
| ***regret** [3] | 〔rɪ'grɛt〕 | v. n. 後悔 |
| ***regulate** [4] | 〔'rɛgjə,let〕 | v. 管制 |
| ***regulation** [4] | 〔,rɛgjə'leʃən〕 | n. 規定 |
| ***regular** [2] | 〔'rɛgjələ〕 | adj. 規律的 |

【記憶技巧】

　　從上一回的「反駁」(refute)，想到有一個「地區」(region) 想發展「區域性的」(regional)「政權」(regime)，但是被反駁。去「登記」(register) 的時候要考慮清楚，一旦辦理「登記」(registration)，就不能「後悔」(regret)，會這樣「管制」(regulate)，是因為這些「規定」(regulation) 都是「規律的」(regular)。

1. **region** *n.* 地區 ( = *area* )
   reg (*rule*) + ion (*n.*) = region，統治的地方，就是「地區」。
   Singapore is in a tropical ***region***. ( 新加坡在熱帶地區。)

2. **regional** *adj.* 區域性的 ( = *relating to region* )
   region ( 地區 ) + al (*adj.*) = regional
   The restaurant is famous for serving ***regional*** cuisine.
   ( 該餐廳以供應地方菜餚而聞名。)

3. regime *n.* 政權 ( = *a form of government* )
The ***regime*** quickly collapsed once the dictator was
assassinated. ( 那個獨裁者一旦被暗殺，該政權很快就會垮台。 )

4. register *v.* 登記 ( = *enrol* )；註冊

> re + gister
> |　　 |
> *back* + *carry*

「登記」時，要把資料帶過去。
Where do we go to ***register***?
( 我們要去哪裡登記？ )

5. registration *n.* 登記 ( = *enrollment* )；註冊
Please write down your ***registration*** number.
( 請寫下你的註冊號碼。 )

6. **regret** *v. n.* 後悔 ( = *repent* 〔 rɪ'pɛnt 〕 )
I ***regretted*** my foolish behavior.
( 我對我的愚蠢行為感到後悔。 )
His face showed no sign of ***regret*** for what he had done.
( 他臉上沒有為他所做過的事流露出絲毫的後悔。 )

7. **regulate** *v.* 管制 ( = *control* )

> regul + ate
> |　　 |
> *rule* + *v.*

用規則來「管制」。

The price of gas is ***regulated*** by the government, so it does
not vary from town to twon.
( 瓦斯的價格由政府控管，所以在城鎮之間不會有差異。 )

8. **regulation** *n.* 規定 ( = *rule* )
traffic regulations 交通規則

9. **regular** *adj.* 規律的 ( = *steady* )；定期的
We hold ***regular*** meetings every month.
( 我們每個月定期開會。 )
regular customer 老主顧

# 23. *rehearse*

| | | | |
|---|---|---|---|
| * **rehearse** [4] | 〔rɪˋhɝs〕 | *v.* | 預演 |
| ‡ **rehearsal** [4] | 〔rɪˋhɝsḷ〕 | *n.* | 預演 |
| * **rejoice** [5] | 〔rɪˋdʒɔɪs〕 | *v.* | 高興 |
| | | | |
| * **reign** [5] | 〔ren〕 | *n.* | 統治期間 |
| * **rein** [6] | 〔ren〕 | *n.* | 韁繩 |
| * **reinforce** [6] | 〔͵riɪnˋfors〕 | *v.* | 增強 |
| | | | |
| **relate** [3] | 〔rɪˋlet〕 | *v.* | 使有關連 |
| * **relation** [2] | 〔rɪˋleʃən〕 | *n.* | 關係 |
| ‡ **relationship** [2] | 〔rɪˋleʃən͵ʃɪp〕 | *n.* | 關係 |

【記憶技巧】

從上一回的「規律的」( regular )，想到要定期「預演」
( rehearse )，如果「預演」( rehearsal ) 很成功，正式演
出時觀眾才會「高興」( rejoice )。國王在他的「統治期間」
( reign )，拉著「韁繩」( rein ) 騎馬到處巡視，目的是要
「增強」( reinforce ) 國力，也和其他「有關連」( relate )
的國家維持良好的「關係」( relation ) 和穩定的「關係」
( relationship )。

1. rehearse  *v.* 預演 ( = *practice before performing* )；排練
   re (*again*) + hearse (*harrow*) = rehearse
   「預演」，就是演出前反覆練習，像是反覆耙平土壤，把缺點去掉。
   We've been *rehearsing* the opera for weeks.
   （我們已經排演歌劇好幾個星期了。）

2. rehearsal  *n.* 預演 ( = *the act of practicing before performing* )

The band was set to begin *rehearsals* for a concert tour.
（樂團正要開始巡迴演唱會的排練。）

3. rejoice　*v.* 高興（= *feel very happy*）；使高興（= *delight*）
Everyone *rejoiced* at the news of his safe return.
（每個人為他平安歸來的消息而高興。）

4. reign　*n.* 統治期間（= *rule*）；（君主的）統治；王權；統治權
The *reign* of Queen Elizabeth lasted for forty-five years.
（伊莉莎白女王在位四十五年。）

5. rein　*n.* 韁繩（= *a long piece of leather fastened to a horse's head that the rider uses to control the horse*）
Please make sure that you hold the *reins* tight.
（請確定你有抓緊韁繩。）

6. **reinforce**　*v.* 增強（= *strengthen*）

> re ＋ in ＋ force
> ｜　　｜　　｜
> *again* ＋ *in* ＋ *strong*
> 　　　　把力量再加進去，就是「增強」。

Extra troops will be sent to *reinforce* the army.
（額外的部隊將會被派去增援軍隊。）

7. **relate**　*v.* 使有關聯（= *associate*）；有關聯
I can't really see how the two things *relate*.
（我實在看不出來這兩件事有什麼關聯。）
be related to　和…有關

8. **relation**　*n.* 關係（= *association*）
The researchers are studying the *relation* between weather and mood.（研究人員正在研究天氣和情緒的關係。）

9. **relationship**　*n.* 關係（= *association*）
The *relationship* between Tommy and Jane was pretty friendly.（湯米和珍的關係非常友好。）

# *24. reject*

| | | | |
|---|---|---|---|
| *__reject__ [2] | 〔 rɪˈdʒɛkt 〕 | *v.* | 拒絕 |
| *__rejection__ [4] | 〔 rɪˈdʒɛkʃən 〕 | *n.* | 拒絕 |
| *__relative__ [4] | 〔ˈrɛlətɪv 〕 | *n.* | 親戚 |
| | | | |
| *__relax__ [3] | 〔 rɪˈlæks 〕 | *v.* | 放鬆 |
| *__relaxation__ [4] | 〔ˌrilæksˈeʃən 〕 | *n.* | 放鬆 |
| __relay__ [6] | 〔 rɪˈle 〕 | *v.* | 轉播 |
| | | | |
| *__rely__ [3] | 〔 rɪˈlaɪ 〕 | *v.* | 信賴 |
| *__reliable__ [3] | 〔 rɪˈlaɪəbḷ 〕 | *adj.* | 可靠的 |
| *__reliance__ [6] | 〔 rɪˈlaɪəns 〕 | *n.* | 依賴 |

【記憶技巧】

> 　　從上一回的「關係」( relationship )，想到國王想和
> 某一國維持友好的關係，結果被「拒絕」( reject )，這個
> 「拒絕」( rejection ) 讓國王很生氣，國王的「親戚」
> ( relative ) 希望國王能「放鬆」( relax ) 一下，有「放
> 鬆」( relaxation ) 才能消氣。國王有秘密，私下「轉達」
> ( relay ) 給「信賴」( rely ) 的大臣，這個大臣是「可靠
> 的」( reliable )，值得國王「依賴」( reliance )。

**BOOK 11**

1. **reject** *v.* 拒絕 ( = *refuse* )
   re (*back*) + ject (*throw*) = reject
   將別人的請求丟回去，表示「拒絕」。
   Unfortunately, the novelist's book has been *rejected* by three
   publishers. ( 遺憾的是，那位小說家的書已被三間出版社拒絕。)

2. rejection *n.* 拒絕 ( = *refusal* )
James didn't propose to Becky last night for fear of ***rejection***.
（詹姆士昨晚怕被拒絕而沒有向貝琪求婚。）

3. **relative** *n.* 親戚 ( = *kin* )
We spent one week visiting ***relatives***.
（我們花了一星期拜訪親戚。）

4. **relax** *v.* 放鬆 ( = *ease* )

| re + lax |
| --- |
| \| \| |
| *back + loosen* |

把緊繃的神經鬆開，也就是「放鬆」。
Beautiful scenery will ***relax*** you.
（美麗的風景會使你放鬆。）

5. **relaxation** *n.* 放鬆 ( = *the act of relaxing* )
I listen to music for ***relaxation***. （我聽音樂來放鬆。）

6. relay *v.* 轉播 ( = *broadcast* )；傳達 ( = *convey* )；接力

| re + lay |
| --- |
| \| \| |
| *again + leave* |

把東西再度留給下一個人，就是「傳達」。
relay race 接力賽

I will ***relay*** your message to Mr. Smith.
（我會將你的訊息轉達給史密斯先生。）
這個字當名詞時，唸作〔'rile〕*n.* 轉播；接力賽跑 ( = *relay race* )。

7. **rely** *v.* 信賴 ( = *depend* )；依靠
You may ***rely*** on his judgment. （你可以信賴他的判斷。）

8. **reliable** *adj.* 可靠的 ( = *dependable* )
Parker is a ***reliable*** person. （帕克是一個可靠的人。）

9. **reliance** *n.* 依賴 ( = *dependance* )
There is more ***reliance*** on technology today.
（人們現今增加對科技的依賴。）

# 25. relief

| relief ³ | 〔 rɪˈlif 〕 | *n.* 放心 |
|---|---|---|
| *relieve ⁴ | 〔 rɪˈliv 〕 | *v.* 減輕 |
| *release ³ | 〔 rɪˈlis 〕 | *v.* 釋放 |
| religion ³ | 〔 rɪˈlɪdʒən 〕 | *n.* 宗教 |
| religious ³ | 〔 rɪˈlɪdʒəs 〕 | *adj.* 宗教的 |
| *relish ⁶ | 〔ˈrɛlɪʃ 〕 | *v.* 享受 |
| ***remain ³ | 〔 rɪˈmen 〕 | *v.* 仍然 |
| *remark ⁴ | 〔 rɪˈmɑrk 〕 | *n.* 評論 |
| remarkable ⁴ | 〔 rɪˈmɑrkəbļ 〕 | *adj.* 出色的 |

【記憶技巧】

　　從上一回的「依賴」(reliance)，想到依賴能讓自己
「放心」(relief)，能「減輕」(relieve) 負擔和「釋放」
(release) 壓力。可以信仰「宗教」(religion)，「宗教的」
(religious) 力量，有人把它當作是精神糧食，要好好
「享受」(relish) 一番，但「仍然」會有人「留下」
(remain)，對於宗教的「評論」(remark)，這其中也
是有「出色的」(remarkable) 內容。

1. **relief** *n.* 放心 ( = *at ease* )；鬆了一口氣；減輕
   It was a great *relief* to hear that the miners were all saved.
   ( 聽到礦工全數獲救讓我們安心許多。)

2. **relieve** *v.* 減輕 ( = *soothe* 〔 suð 〕)；使放心
   No words could *relieve* her worry. ( 什麼話都無法減輕她的憂慮。)

3. **release** *v.* 釋放 ( = *set free* )
The sun *releases* large amounts of solar energy toward the earth every minute. ( 太陽每分鐘都向地球釋放大量的太陽能。 )

4. **religion** *n.* 宗教 ( = *a particular system of belief* )
Christianity is a popular *religion* in the Western world.
( 基督教是普及於西方世界的宗教。 )

5. **religious** *adj.* 宗教的 ( = *relating to religion* )；虔誠的
People's *religious* freedom shouldn't be prohibited.
( 人民的宗教自由不該被禁止。 )

6. **relish** *v.* 享受 ( = *enjoy* )；喜愛；愛好；津津有味地品嚐
I would *relish* a lobster and a bottle of wine.
( 我願享受一隻龍蝦和一瓶酒。 )

7. **remain** *v.* 仍然 ( = *continue to be* )；保持不變；
留下 ( = *stay* )；剩下

| re + main |
| \| \| |
| *again + stay* |

「留下」來，表示「仍然」在做同樣的事。
The situation *remains* unchanged.
( 情況仍然沒有改變。 )

She *remained* at home to look after her children.
( 她留在家裡照顧她的孩子。 )

8. **remark** *n.* 評論 ( = *comment* )；話

| re + mark |
| \| \| |
| *again + 記號* |

反覆留下記號，表示給予「評論」。
Dennis made an unkind *remark* about Helen's dress. ( 丹尼斯對海倫的洋裝做了無情的評論。 )

9. **remarkable** *adj.* 出色的 ( = *outstanding* )；值得注意的；
顯著的；非凡的
He is really a *remarkable* baseball player.
( 他真的是一位傑出的棒球選手。 )

# 26. remind

| | | | |
|---|---|---|---|
| * **remind** 3 | 〔 rɪ'maɪnd 〕 | v. | 使想起 |
| * **reminder** 5 | 〔 rɪ'maɪndɚ 〕 | n. | 提醒的人或物 |
| ‡ **remedy** 4 | 〔'rɛmədɪ 〕 | n. | 治療法 |
| * **remove** 3 | 〔 rɪ'muv 〕 | v. | 除去 |
| ‡ **removal** 6 | 〔 rɪ'muvl̩ 〕 | n. | 除去 |
| **remote** 3 | 〔 rɪ'mot 〕 | adj. | 遙遠的 |
| ‡ **rent** 3 | 〔 rɛnt 〕 | v. | 租 |
| * **rental** 6 | 〔'rɛntl̩ 〕 | adj. | 出租的 |
| * **renaissance** 5 | 〔'rɛnə,sɑns , ,rɛnə'sɑns 〕 | n. | 文藝復興 |
| | 【注意說明】 | | |

【記憶技巧】

　　從上一回的「出色的」( remarkable )，「想起」( remind ) 有一個「提醒」我「的人」( reminder ) 說，有一個出色的 「治療法」( remedy ) 可以「除去」( remove ) 許多疾病， 為了獲得「除去」( removal ) 疾病的治療法，要到很「遙 遠的」( remote ) 地方，就像是特地「租」( rent ) 一台「出 租的」( rental ) 車，因為要開到別的地方看「文藝復興」 ( renaissance ) 時期的展覽。

BOOK
11

1. **remind** v. 使想起 ( = *cause to remember* )；提醒
   remind *sb.* of *sth.* 使某人想起某事
   The story ***reminds me of*** an experience I had.
   ( 這個故事讓我想曾有過的經驗。)

2. **reminder** n. 提醒的人或物 ( = *a person or thing that causes one to remember* )　　remind ( 提醒 ) + er ( *n.* ) = reminder

The cold served as a ***reminder*** that winter wasn't quite finished. (寒冷提醒人們冬天還沒過去。)

3. remedy *n.* 治療法 ( = *cure* )
Is there any good ***remedy*** for this disease?
(這種病有好的治療方法嗎？)

4. **remove** *v.* 除去 ( = *get rid of* )
Scientists are trying to turn seawater into drinking water by ***removing*** the salt. (科學家正試圖藉由除去鹽分將海水變成飲用水。)

5. removal *n.* 除去 ( = *the act of removing* )
remove ( 除去 ) – e + al (*n.*) = removal

6. **remote** *adj.* 遙遠的 ( = *distant* )；偏僻的

| re + mote | 退到遠處的，就是「遙遠的」。 |
|---|---|
| back + move | remote control 遙控器 |

Mike lives in a ***remote*** town. (麥克住在一個遙遠的小鎮。)

7. **rent** *v.* 租 ( = *pay money regularly to use something that belongs to someone* ) *n.* 租金
Martin ***rented*** a boat to go out fishing. (馬丁租了一艘船去釣魚。)

8. rental *adj.* 出租的 ( = *relating to renting* )
Mr. Chen runs a ***rental*** car business. (陳先生經營出租汽車的生意。)

9. renaissance *n.* 文藝復興 ( = *a revival of culture* )

| re + naiss + ance | 文化的復興，就是「文藝復興」。 |
|---|---|
| again + be born + *n.* | |

The renaissance 文藝復興【十四世紀至十七世紀時在歐洲發生的古典文學及學術的復興】 Renaissance painters 文藝復興時期的畫家
一般字典多寫成〔ˏrɛnəˈsɑns〕，但現在美國人多唸成〔ˈrɛnəˏsɑns〕。
(詳見「東華英漢大辭典」p.2860 )

# *27. repay*

| | | |
|---|---|---|
| ‡**repay** 5 | 〔rɪ'pe〕 | v. 償還 |
| *repeat 2 | 〔rɪ'pit〕 | v. 重複 |
| * repetition 4 | 〔ˌrɛpɪ'tɪʃən〕 | n. 重複 |
| * replace 3 | 〔rɪ'ples〕 | v. 取代 |
| ‡**replacement** 3 | 〔rɪ'plesmənt〕 | n. 取代 |
| reply 2 | 〔rɪ'plaɪ〕 | v. 回答 |
| * report 1 | 〔rɪ'port〕 | v. 報導 |
| reporter 2 | 〔rɪ'portɚ〕 | n. 記者 |
| ‡**repress** 6 | 〔rɪ'prɛs〕 | v. 鎮壓 |

【記憶技巧】

從上一回的「文藝復興」(Renaissance) 展覽，
想到主辦單位怕東西被偷，無法「償還」(repay)，
只好「重複」(repeat) 製作複製品，拿這些「重複」
(repetition) 的東西來「取代」(replace) 真的東
西，「取代」(replacement) 展覽品這件事，被人質
問，無法「回答」(reply)，也被「報導」(report)
出來，有「記者」(reporter) 說，主辦單位正在
「鎮壓」(repress) 外界的質疑。

BOOK

11

1. repay　v. 償還 ( = *pay back* )
　　re (*back*) + pay (支付) = repay，把錢付回去，就是「償還」。
　　He will ***repay*** the money soon. (他很快就會還錢。)

2. **repeat** *v.* 重複（ = *say or do something again* ）
The teacher *repeated* his words to the class.
（那位老師對全班重複說他的話。）

3. **repetition** *n.* 重複（ = *the act of repeating* ）
We were fascinated by Roy's magic trick and asked for a
*repetition* of it.（我們被羅伊的魔術迷住並且要求再重複一次。）

4. **replace** *v.* 取代（ = *substitute* ）
The rise of oil prices made scientists search for new
energy resources to *replace* oil.
（油價上升使得科學家搜尋新的能源來取代石油。）

5. replacement *n.* 取代（ = *substitution* ）
It will be difficult to find a *replacement* for Ted.
（要找到取代泰德的人很困難。）

6. **reply** *v.* 回答（ = *answer* ）；回覆
I sent Mary a letter last week, but she has not *replied*.
（我上週寄給瑪莉一封信，但是她還沒回覆。）

7. **report** *v.* 報導（ = *tell* ）；報告
Three journalists were sent to *report* on the conflict.
（三名記者被派去報導這場衝突。）

8. **reporter** *n.* 記者（ = *journalist* ）
Sam wants to be a *reporter* after college.
（山姆大學畢業後想成為一位記者。）

9. repress *v.* 鎮壓（ = *suppress* ）

| re + press | 將力量壓回去，也就是「鎮壓」。 |
| --- | --- |
| \| \| | The police are trying to *repress* a riot. |
| *back* + 壓 | （警方正試圖鎮壓暴動。） |

【比較】 sup<u>press</u> 〔 səˈprɛs 〕 *v.* 鎮壓；抑制
op<u>press</u> 〔 əˈprɛs 〕 *v.* 壓迫

# 28. represent

| | | |
|---|---|---|
| **represent** [3] | 〔,rɛprɪˈzɛnt〕 | v. 代表 |
| **representation** [4] | 〔,rɛprɪzɛnˈteʃən〕 | n. 代表 |
| **representative** [3] | 〔,rɛprɪˈzɛntətɪv〕 | n. 代表人 |
| **republic** [3] | 〔rɪˈpʌblɪk〕 | n. 共和國 |
| **republican** [5] | 〔rɪˈpʌblɪkən〕 | adj. 共和國的 |
| **reptile** [5] | 〔ˈrɛptaɪl, ˈrɛptḷ〕 | n. 爬蟲類動物 |
| **request** [3] | 〔rɪˈkwɛst〕 | v. n. 請求 |
| **require** [2] | 〔rɪˈkwaɪr〕 | v. 需要 |
| **requirement** [2] | 〔rɪˈkwaɪrmənt〕 | n. 必備條件 |

【記憶技巧】

從上一回的「鎮壓」( repress )，想到「代表」( represent )
主辦單位的「代表」( representation ) 這時候出來説話，他説
作爲一個「代表人」( representative )，他必須維護主辦單位
的利益。在某個「共和國」( republic ) 內，發現新物種，就被
稱爲某「共和國的」( republican )「爬蟲類動物」( reptile )，
「請求」( request ) 爲這個物種命名，「需要」( require ) 一些
「必備條件」( requirement )。

1. **represent** v. 代表 ( = *stand for* )
   You have been chosen to *represent* our association at the
   conference. ( 你已經被選爲在會議上代表我們協會的人。)

2. representation n. 代表 ( = *the state of being represented* )
   They have no *representation* in the congress.
   ( 他們在國會中沒有代表。)

BOOK

11

3. representative  *n.*  代表人（ = *a person who represents others* ）
represent（代表）+ ative (*n.*) = representative
Wilson is our company's ***representative*** at the convention.
（威爾森是我們公司在大會上的代表。）
大寫的 Representative 是指「（美國的）眾議員」。

4. **republic**  *n.*  共和國（ = *a country governed by elected representatives of the people, and led by a president, not a king or queen* ）
As the country has become a ***republic***, the king is no longer the head of state.（當一個國家成為共和國，國王再也不是元首。）

5. republican  *adj.*  共和國的（ = *relating to a republic* ）
Many countries have a ***republican*** form of government.
（很多國家採用共和政體。）
Republican  *adj.*（美國）共和黨的  *n.*（美國的）共和黨員

6. reptile  *n.*  爬蟲類動物（ = *a type of animal that lays eggs and whose body is covered in scales* ）
Snakes and crocodiles are ***reptiles***.（蛇和鱷魚是爬蟲類動物。）
【比較】mammal〔′mæml〕*n.* 哺乳類動物

7. **request**  *v. n.*  請求（ = *ask* ）
He ***requested*** that we keep silent.（他請我們保持肅靜。）
on request  一經要求

8. **require**  *v.*  需要（ = *need* ）

| re    + quire | 一再尋找，表示很「需要」。 |
| ---          | ---                 |
| \|      \|   | The matter ***requires*** the utmost care. |
| *again* + *seek* | （處理此事需要極度慎重。） |

【比較】acquire〔ə′kwaɪr〕*v.* 獲得；inquire〔ɪn′kwaɪr〕*v.* 詢問

9. **requirement**  *n.*  必備條件（ = *necessity* ）；要求
One of the ***requirements*** for the job is a good knowledge of Japanese.（這份工作的必備條件之一是要精通日語。）

BOOK **11**

# *29. resemble*

| | | |
|---|---|---|
| resemble [4] | 〔 rɪ'zɛmbl̩ 〕 | v. 像 |
| *resemblance [6] | 〔 rɪ'zɛmbləns 〕 | n. 相似之處 |
| | | |
| *research [4] | 〔 rɪ'sɜtʃ , 'risɜtʃ 〕 | v.n. 研究 |
| researcher [4] | 〔 rɪ'sɜtʃ⋅ , 'risɜtʃ⋅ 〕 | n. 研究人員 |
| | | |
| resent [5] | 〔 rɪ'zɛnt 〕 | v. 憎恨 |
| resentment [5] | 〔 rɪ'zɛntmənt 〕 | n. 憎恨 |
| | | |
| reserve [3] | 〔 rɪ'zɝv 〕 | v. 預訂 |
| reservation [4] | 〔 ˌrɛzɚ'veʃən 〕 | n. 預訂 |
| reservoir [6] | 〔 'rɛzɚˌvɔr , -ˌvwɑr 〕【注意發音】 | n. 水庫 |

【記憶技巧】

　　從上一回的「必備條件」( requirement )，想到如果
兩個人很「像」( resemble )，就代表一定會有「相似之
處」( resemblance )，這就是必備條件。進行「研究」
( research ) 的「研究人員」( researcher )，做實驗遇到
瓶頸，開始「憎恨」( resent )，這個「憎恨」( rentment )
讓他想放假，所以「預訂」( reserve ) 旅館，弄好「預訂」
( reservation ) 之後，就到「水庫」( reservoir ) 附近的
風景區走走。

BOOK

11

1. **resemble** *v.* 像 ( = *take after* )
   re (*again*) + semble (*same*) = resemble
   因為很「像」，所以再次出現。
   The two species *resemble* each other. ( 這兩個物種很相像。 )

2. resemblance　*n.* 相似之處（= *similarity*）
There's little *resemblance* between the two brothers.
（這兩兄弟之間幾乎沒有相似之處。）
　have a resemblance to
= bear a resemblance to
= resemble　和…相似

3. **research**　*v. n.* 研究（= *study*）
The doctor is *researching* the link between eating habits
and diabetes.（醫生正在研究飲食習慣和糖尿病的關聯。）

4. **researcher**　*n.* 研究人員（= *a person who does research*）
David is a postdoctoral *researcher*.
（大衛是一位博士後研究員。）

5. **resent**　*v.* 憎恨（= *feel angry or upset*）
re（加強語氣的字首）+ sent (*feel*) = resent
「憎恨」，是很強烈的情緒。
She *resented* his remark.（她對他的話很氣憤。）

6. **resentment**　*n.* 憎恨（= *the act of resenting*）
Paul walked away in *resentment*.（保羅憤怒地走開。）

7. **reserve**　*v.* 預訂（= *book*）；保留（= *keep*）

| re　+ serve |
| --- |
| ｜　　　｜ |
| *back* + *keep* |

「預訂」，就是先將東西「保留」到以後再來用。
I'll *reserve* a table for five at the restaurant.
（我會在餐廳訂五個人的位。）

8. **reservation**　*n.* 預訂（= *the act of reserving*）
I've made a *reservation* for you on the morning flight.
（我已為你預訂早上的航班。）

9. **reservoir**　*n.* 水庫（= *a place where water is stored*）
This *reservoir* supplies the entire city with water.
（這個水庫為全城供水。）　【比較】mem<u>oir</u>（ˈmɛmwɑr）*n.* 回憶錄

BOOK
11

# 30. reside

| | | | |
|---|---|---|---|
| *reside [5] | ( rɪ'zaɪd ) | v. | 居住 |
| *resident [5] | ('rɛzədənt ) | n. | 居民 |
| *residence [5] | ('rɛzədəns ) | n. | 住宅 |
| *residential [6] | (,rɛzə'dɛnʃəl ) | adj. | 住宅的 |
| *resign [4] | ( rɪ'zaɪn ) | v. | 辭職 |
| *resignation [4] | (,rɛzɪg'neʃən )【注意發音】 | n. | 辭職 |
| *resist [3] | ( rɪ'zɪst ) | v. | 抵抗 |
| resistance [4] | ( rɪ'zɪstəns ) | n. | 抵抗 |
| resistant [6] | ( rɪ'zɪstənt ) | adj. | 抵抗的 |

【記憶技巧】

從上一回的「水庫」( reservoir )，想到「居住」
( reside ) 在「水庫」附近的「居民」( resident )，會在
這裡擁有「住宅」( residence )，是因為這裡「住宅的」
( residential ) 條件很好，還有人要「辭職」( resign )
之後來住，沒想到才剛辦好「辭職」( resignation )，土
地就被徵收，有些人只好出來「抵抗」( resist )，「抵抗」
( resistance ) 的過程會很久，需要很有「抵抗的」
( resistant ) 決心。

1. reside  v. 居住 ( = live )
   The Jones no longer *reside* in that house; they have moved
   overseas. (瓊斯一家人不再住那間房子；他們已經搬到國外。)
   reside in  居住於 ( = dwell in = live in = inhabit )

2. **resident**　*n.* 居民（= *inhabitant*）
Many local ***residents*** have objected to the plan.
（許多當地居民反對這項計畫。）

3. resident　*n.* 住宅（= *the place in which one lives*）
That building is a private ***residence***.（那棟建築物是私人住宅。）

4. **residential**　*adj.* 住宅的（= *relating to residence*）
The surrounding farmland gradually turned ***residential***.
（周圍的農地漸漸變成住宅區。）

5. **resign**　*v.* 辭職（= *leave*）

> re　+ sign
> ｜　　｜
> *again* + 簽名

離開公司要再簽一次名，表示「辭職」。

【比較】as<u>sign</u>〔ə'saɪn〕*v.* 指派　　de<u>sign</u>〔dɪ'zaɪn〕*v.* 設計

6. **resignation**　*n.* 辭職（= *the act of resigning*）
resign（辭職）+ ation (*n.*) = resignation
Kelly gave in her ***resignation*** yesterday.（凱莉昨天遞出辭呈。）

7. **resist**　*v.* 抵抗（= *oppose*）；抗拒

> re　+ sist
> ｜　　｜
> *against* + *stand*

站在對立的立場，表示「抵抗」。

I couldn't ***resist*** another slice of cake even though I was
supposed to be on a diet.
（我無法抗拒再吃一片蛋糕，即使我應該要節食。）

8. **resistance**　*n.* 抵抗（= *opposition*）
Vitamin A helps build ***resistance*** to infection.
（維他命 A 有助於增強對感染的抵抗力。）

9. resistant　*adj.* 抵抗的（= *opposed*）；耐…的；防…的
This is a quake-***resistant*** building.（這是一棟防震的建築物。）

# *31. resolve*

| | | |
|---|---|---|
| **resolve** 4 | ﹝rɪˈzɑlv﹞ | *v.* 決定 |
| **resolute** 6 | ﹝ˈrɛzəˌlut﹞ | *adj.* 堅決的 |
| **resolution** 4 | ﹝ˌrɛzəˈluʃən﹞ | *n.* 決心 |
| | | |
| **respect** 2 | ﹝rɪˈspɛkt﹞ | *v. n.* 尊敬 |
| **respectful** 4 | ﹝rɪˈspɛktfəl﹞ | *adj.* 恭敬的 |
| **respective** 6 | ﹝rɪˈspɛktɪv﹞ | *adj.* 個別的 |
| | | |
| **respond** 3 | ﹝rɪˈspɑnd﹞ | *v.* 回答 |
| **response** 3 | ﹝rɪˈspɑns﹞ | *n.* 回答 |
| **responsibility** 3 | ﹝rɪˌspɑnsəˈbɪlətɪ﹞ | *n.* 責任 |

【記憶技巧】

從上一回的「抵抗的」( resistant )，想到「決定」
( resolve ) 要抵抗的時候，都需要有「堅決的」( resolute )
「決心」( resolution )，對於有這樣特質的人，要「尊敬」
( respect )，要用「恭敬的」( respectful ) 態度來對待他們，
根據每個人「個別的」( respective ) 狀況，來「回答」
( respond ) 他們的問題，做這樣子的「回答」( response )，
是一種「責任」( responsibility )。

1. resolve *v.* 決定 ( = *decide* )；決心；解決 ( = *solve* )
   背這個字前，可先背 solve ﹝sɑlv﹞ *v.* 解決【詳見「文法寶典」p.388】。
   George *resolved* to speak to his boss about a promotion.
   （喬治決定向他的老闆談升遷。）
   resolve 這個字和 determine 一樣，可用被動表主動意思。
   I am *resolved to* succeed. （我決心要成功。）

2. resolute　*adj.* 堅決的（＝*determined*）；斷然的
   He is a person of ***resolute*** will.（他是一個意志堅決的人。）

3. **resolution**　*n.* 決心（＝*determination*）；解決；決定要做的事
   He made a ***resolution*** never to repeat the act.
   （他下定決心不再重複那種舉動。）
   *one's* New Year's resolution　新年新希望（新的一年決定要做的事）

4. **respect**　*v. n.* 尊敬（＝*regard*）；方面；重視

   | re　＋spect |
   |---|
   | ｜　　 ｜ |
   | *again ＋ look* |

   再看一眼，表示重視，引申為「尊敬」。
   She is perfect in every ***respect***.
   （她各方面都完美。）

5. **respectful**　*adj.* 恭敬的（＝*regardful*）
   You should be ***respectful*** to your elders.
   （你應該要對長輩恭敬有禮。）
   【比較】respectable　*adj.* 可敬的

6. **respective**　*adj.* 個別的（＝*individual*）
   The tourists went back to their ***respective*** countries.
   （觀光客回到各自的國家去。）

7. **respond**　*v.* 回答（＝*anser*）；反應
   Jenny ***responded*** to the question without thinking.
   （珍妮不加思索地回答那個問題。）

8. **response**　*n.* 回答（＝*answer*）；回應
   The speaker received little ***response*** from the audience.
   （演講者幾乎沒有收到來自聽眾的回應。）

9. **responsibility**　*n.* 責任（＝*duty*）
   I will take the ***responsibility*** of doing it.
   （我會負起做那件事的責任。）

# *32. rest*

| **rest** [1] | 〔rɛst〕 | *v. n.* 休息 |
|---|---|---|
| **restroom** [2] | 〔'rɛst,rum〕 | *n.* 廁所 |
| **restaurant** [2] | 〔'rɛstərənt〕 | *n.* 餐廳 |
| **restore** [4] | 〔rɪ'stor〕 | *v.* 恢復 |
| **restoration** [6] | 〔,rɛstə'reʃən〕 | *n.* 恢復 |
| **restrain** [5] | 〔rɪ'stren〕 | *v.* 克制 |
| **restraint** [6] | 〔rɪ'strent〕 | *n.* 抑制 |
| **restrict** [3] | 〔rɪ'strɪkt〕 | *v.* 限制 |
| **restriction** [4] | 〔rɪ'strɪkʃən〕 | *n.* 限制 |

【記憶技巧】

從上一回的「責任」(responsibility)，想到負了「責任」想「休息」(rest)，就去上「廁所」(restroom)，接著去「餐廳」(restaurant) 吃東西，來「恢復」(restore) 體力，沒想到「恢復」(restoration) 之後，發現無法「克制」(restrain) 想吃東西的慾望，沒有「抑制」(restraint) 的結果，就是被餐廳「限制」(restrict)，因為「限制」(restriction)，哪裡都不能去了。

1. **rest** *v. n.* 休息 ( = *ease* )
   After running for half an hour, Joe sat down to *rest*.
   (在跑了一個半小時以後，喬坐下來休息。)
   take a rest 休息一下

BOOK
**11**

2. **restroom** *n.* 廁所（= *lavatory; bathroom*）；洗手間
   Excuse me, I have to go to the ***restroom***.
   （不好意思，我得去洗手間。）
   restroom 也可寫成：rest room 或 rest-room。
   【詳見「東華英漢大辭典」p.2894】）

3. **restaurant** *n.* 餐廳（= *a place where meals are served*）
   【比較】cafeteria〔͵kæfəˊtɪrɪə〕*n.* 自助餐廳

4. **restore** *v.* 恢復（= *revive*）
   The police were sent to ***restore*** law and order.
   （警方被派去恢復治安。）

5. **restoration** *n.* 恢復（= *revival*）
   The army's task was the ***restoration*** of public order.
   （軍隊的任務是社會秩序的恢復。）

6. **restrain** *v.* 克制（= *inhibit*）

   | re + strain |
   | --- |
   | \| \| |
   | *back* + *draw* |

   將欲望緊緊往回拉，表示「克制」。
   Eric could not ***restrain*** his temper.
   （艾瑞克無法克制他的脾氣。）

7. **restraint** *n.* 抑制（= *inhibition*）
   restrain（克制）+ t (*n.*) = restraint
   Her anger was beyond ***restraint***.（她怒不可遏。）

8. **restrict** *v.* 限制（= *limit*）；限定
   The speed is ***restricted*** to 40 kilometers an hour here.
   （這裡限速每小時四十公里。）

9. **restriction** *n.* 限制（= *limitation*）
   restrict（限制）+ ion (*n.*) = restriction
   The swimming pool is open to families in the neighborhood
   without ***restriction***.
   （這個游泳池對鄰近地區的家庭開放，不受限制。）

# *33. result*

| | | | |
|---|---|---|---|
| **⁑result** ² | 〔 rɪˋzʌlt 〕 | *n.* | 結果 |
| **⁑resume** ⁵ | 〔 rɪˋzum 〕 | *v.* | 再繼續 |
| **⁑résumé** ⁵ | 〔 ˋrɛzə͵me 〕【注意發音】 | *n.* | 履歷表 |
| **⁑retain** ⁴ | 〔 rɪˋten 〕 | *v.* | 保留 |
| **retaliate** ⁶ | 〔 rɪˋtælɪ͵et 〕 | *v.* | 報復 |
| **retail** ⁶ | 〔 ˋritel 〕 | *v. n.* | 零售 |
| **retire** ⁴ | 〔 rɪˋtaɪr 〕 | *v.* | 退休 |
| **retirement** ⁴ | 〔 rɪˋtaɪrmənt 〕 | *n.* | 退休 |
| **⁑retort** ⁵ | 〔 rɪˋtɔrt 〕 | *v.* | 反駁 |

【記憶技巧】

　　　從上一回的「限制」( restriction )，想到去應徵工作，
都有條件的限制，「結果」( result ) 沒有錄取，只好「再
繼續」( resume ) 寫「履歷表」( résumé )。只要「保留」
( retain ) 機會，就能「報復」( retaliate )。開「零售」
( retail ) 商店的老闆要「退休」( retire ) 了，可是這時個
「退休」( retirement )，很多人會「反駁」( retort )。

1. **result** *n.* 結果 ( = *consequence* )　　*v.* 導致 ( 和 in 連用 )
   What was the *result* of the game?（比賽的結果如何？）
   Continuous heavy rains *resulted in* a big landslide.
   （連續的幾場豪雨導致大規模的山崩。）

2. **resume** *v.* 再繼續 ( = *continue* )；恢復
   Now, *resume* reading where you left off.
   （現在，從你停下來的地方繼續讀下去。）

3. résumé *n.* 履歷表（ = *curriculum vitae* ）
Please remember to bring your *résumé*.
（請記得攜帶你的履歷表。）
這個字以前唸成〔ˌrɛzuˈme 〕，現在唸成〔ˈrɛzəˌme 〕。

4. **retain** *v.* 保留（ = *keep* ）；抑制；約束

| re + tain | 把東西拿到後面，就是「保留」。 |
| --- | --- |
| back + hold | retain heat 保溫 |

Many countries make an effort to *retain* their traditions of
the past.（許多國家致力於保留它們過去的傳統。）

5. retaliate *v.* 報復（ = *take revenge* ）
He sought every opportunity to *retaliate* against his
persecutors.（他尋求每一個機會向迫害他的人復仇。）

6. retail *v. n.* 零售（ = *sell directly to the consumer* ）

| re + tail | 將大批貨物分開單獨販賣，就是「零售」。 |
| --- | --- |
| back + cut | This jacket *retails* at 100 dollars. |
| | （這件夾克零售一百美元。） |

7. **retire** *v.* 退休（ = *stop working permanently* ）
Mr. Goodman hopes to *retire* at the age of fifty.
（古德曼先生希望在五十五歲時退休。）

8. retirement *n.* 退休（ = *the act of retiring* ）
I'm now approaching *retirement*.（我快要退休了。）

9. retort *v.* 反駁（ = *reply in an angry or humorous way* ）；頂嘴
"Mind your own business," Lucy *retorted*.
（「別多管閒事，」露西反駁說。）

BOOK
11

# *34. retreat*

| | | | |
|---|---|---|---|
| *retreat ⁴ | 〔 rɪ'trit 〕 | v. | 撤退 |
| *retrieve ⁶ | 〔 rɪ'triv 〕 | v. | 尋回 |
| *reunion ⁴ | 〔 ri'junjən 〕 | n. | 團聚 |
| *reveal ³ | 〔 rɪ'vil 〕 | v. | 顯示 |
| revelation ⁶ | 〔 ,rɛvə'leʃən 〕【注意說明】 | n. | 揭露 |
| revenge ⁴ | 〔 rɪ'vɛndʒ 〕 | n. | 報復 |
| revenue ⁶ | 〔 'rɛvə,nju 〕 | n. | 收入 |
| *reverse ⁵ | 〔 rɪ'vɝs 〕 | v. n. | 顛倒 |
| *review ² | 〔 rɪ'vju 〕 | v. | 復習 |

【記憶技巧】

從上一回的「反駁」( retort )，想到前線有個士兵想
「撤退」( retreat )，去「尋回」( retrieve ) 他的家人進行
「團聚」( reunion )，但是被反駁，他「顯示」( reveal ) 出
要「揭露」( revelation )「報復」( revenge ) 念頭，但是為
了他的「收入」( revenue )，只好日夜「顛倒」( reverse )
進行「復習」( review ) 演練。

1. **retreat** *v.* 撤退 ( = *withdraw* )
   The enemy ***retreated*** after heavy losses. (敵人受到重創後撤退。)

2. **retrieve** *v.* 尋回；取回；收回 ( = *get back* )
   re (*again*) + trieve (*find*) = retrieve
   I would like to ***retrieve*** my umbrella, which I left in the car.
   (我想要找回我留在車上的雨傘。)

BOOK
**11**

3. reunion *n.* 團聚（= *the act of reuniting*）

   re (*again*) + union（聯合）= reunion，再聯合，就是「團聚」。

   We held a class *reunion* last Saturday.

   （我們上週六舉辦了同學會。）

4. **reveal** *v.* 顯示（= *show*）；透露

   An X-ray *revealed* a tumor in his brain.

   （X 光顯示他腦部有腫瘤。）

5. **revelation** *n.* 揭露（= *disclosure*）；透露

   The *revelation* of the scandal has done great harm to that
   politician.（醜聞的揭發已對那位政治人物造成很大的傷害。）

   這個字一般字典唸成〔͵rɛvḷˈeʃən〕，現在美國人唸成〔͵rɛvəˈleʃən〕。

   【詳見 Longman 發音字典】

6. **revenge** *n.* 報復（= *retaliation*）

   The people of the village took *revenge* on the thieves by
   beating them with sticks.（村裡的人們用棍棒打竊賊來報復。）

7. **revenue** *n.* 收入（= *income*）；歲入

   A country's *revenue* comes mostly from taxes.

   （一個國家的收入大多來自稅金。）

   【比較】avenue〔ˈævə͵nju〕*n.* 大街；大道

8. **reverse** *v. n.* 顛倒；反轉；倒退（= *turn upside down*）

   re + verse
   |    |
   *back* + *turn*

   轉向另一邊，就和原本的方向是「顛倒的」。

   I put the car in reverse.（我倒車。）

9. **review** *v.* 復習（= *study again*）

   She *reviewed* today's lessons.（她復習了今天的課程。）

# *35. revise*

| | | | |
|---|---|---|---|
| **revise** [4] | 〔 rɪ'vaɪz 〕 | *v.* | 修訂 |
| * **revision** [4] | 〔 rɪ'vɪʒən 〕 | *n.* | 修訂 |
| | | | |
| **revive** [5] | 〔 rɪ'vaɪv 〕 | *v.* | 使甦醒 |
| **revival** [6] | 〔 rɪ'vaɪvl̩ 〕 | *n.* | 復甦 |
| | | | |
| * **revolt** [5] | 〔 rɪ'volt 〕 | *v.* | 反抗 |
| **revolution** [4] | 〔 ˌrɛvə'luʃən 〕 | *n.* | 革命 |
| * **revolutionary** [4] | 〔 ˌrɛvə'luʃənˌɛrɪ 〕 | *adj.* | 革命性的 |
| | | | |
| **revolve** [5] | 〔 rɪ'valv 〕 | *v.* | 公轉 |
| * **reward** [4] | 〔 rɪ'wɔrd 〕 | *n.* | 報酬 |

【記憶技巧】

> 從上一回的「復習」(review)，想到有一次看到新
> 「修訂」(revise) 的護理教科書，在這「修訂」(revision)
> 裡面，有讓昏迷的人「甦醒」(revive) 的心肺「復甦」
> (revival) 術。很多人起來「反抗」(revolt)，就會變
> 成「革命」(revolution)。就像哥白尼有「革命性的」
> (revolutionary) 發現，就是地球繞著太陽「公轉」
> (revolve)，可是他卻沒有獲得「報酬」(reward)。

1. revise  *v.* 修訂 ( = *improve or modify something* )
   The writer ***revised*** his story. (作家修訂他的小說。)
   【比較】ad<u>vise</u> 〔 əd'vaɪz 〕 *v.* 建議；de<u>vise</u> 〔 dɪ'vaɪz 〕 *v.* 設計

2. revision *n.* 修訂 ( = *the act of revising* )
The law is in need of ***revision***. ( 法律需要修訂。 )

3. revive *v.* 使甦醒 ( = *come back to consciousness* )；復活
re (*again*) + vive (*live*) = revive，再度活過來，就是「使甦醒」。
Paramedics tried to ***revive*** the unconscious man.
( 護理人員試圖讓那個失去意識的人甦醒過來。 )

4. revival *n.* 復甦 ( = *the act of reviving* )；復活
The operation was a success and we are waiting for the
patient's ***revival***. ( 手術很成功，我們正在等病人的復甦。 )

5. revolt *v.* 反抗 ( = *rebel* )　*n.* 叛亂

> re　 + volt
> |　　　 |
> *back* + *roll*　對外的力量席捲回來，表示遭到「反抗」。

The sailors ***revolted*** against their strict captain and took over
the ship. ( 水手們反抗他們嚴格的船長並接管船隻。 )

6. **revolution** *n.* 革命 ( = *a great social or political change* )
The ***revolution*** freed the city from its rulers.
( 革命讓該城市脫離它的統治者。 )

7. revolutionary *adj.* 革命性的 ( = *relating to revolution* )
This is a ***revolutionary*** treatment for cancer.
( 這是一項革命性的癌症治療法。 )

8. revolve *v.* 公轉 ( = *turn around a central point* )
It's a fact that the earth ***revolves*** around the sun.
( 地球繞著太陽公轉是事實。 )
【比較】rotate〔ˈrotet〕*v.* 自轉

9. **reward** *n.* 報酬 ( = *return* )；獎賞
I gave the boy a ***reward*** for running an errand for me.
( 我給替我跑腿的男孩一些獎勵。 )

# *36. rhyme*

| * **rhyme** [4] | 〔 raɪm 〕 | *n.* 押韻詩 |
|---|---|---|
| **rhythm** [4] | 〔ˈrɪðəm 〕 | *n.* 節奏 |
| **rhythmic** [6] | 〔ˈrɪðmɪk 〕 | *adj.* 有節奏的 |
| | | |
| **rhino** [3] | 〔ˈraɪno 〕 | *n.* 犀牛 |
| **rhinoceros** [5] | 〔 raɪˈnɑsərəs 〕 | *n.* 犀牛 |
| **rhetoric** [6] | 〔ˈrɛtərɪk 〕 | *n.* 修辭學 |
| | | |
| * **rib** [5] | 〔 rɪb 〕 | *n.* 肋骨 |
| * **ribbon** [3] | 〔ˈrɪbən 〕 | *n.* 絲帶 |
| **riddle** [3] | 〔ˈrɪdḷ 〕 | *n.* 謎語 |

【記憶技巧】

從上一回的「報酬」( reward )，想到詩人都會寫「押韻詩」( rhyme )，字裡行間都有「節奏」( rhythm )，一首「有節奏的」詩，才會有好的報酬。詩人寫關於「犀牛」( rhino ) 的詩，可是寫到最後才有「犀牛」( rhinoceros )，是「修辭學」( rhetoric ) 的效果。在「肋骨」( rib ) 上綁「絲帶」( ribbon )，不是「謎語」( riddle )，而是古老的傳說。

BOOK

11

1. rhyme *n.* 押韻詩 ( = *poem* )；同韻字；押韻；童詩　*v.* 押韻
   A *rhyme* has rhythm. ( 押韻詩有節奏。)
   Not all poems *rhyme*. ( 不是所有的詩都押韻。)

2. rhythm *n.* 節奏 ( = *a regular pattern of sounds or movements* )
   dance the rhythm of the music　隨著音樂的節奏跳舞

3. rhythmic　*adj.* 有節奏的（= *having or relating to rhythm*）；
有韻律的
I can hear a strong ***rhythmic*** beat from the window.
（我能從窗邊聽到節奏強烈的拍子。）

4. rhino　*n.* 犀牛（= *rhinoceros*）

5. rhinoceros　*n.* 犀牛（= *a large animal with very thick skin
and one two horns on its nose*）
【常簡稱為 rhino（ˈraɪno）】
Some ***rhinoceroses*** are under
the threat of extinction.
（有些犀牛受到滅絕的威脅。）

rhinoceros

6. rhetoric　*n.* 修辭學（= *the study of using language effectively*）
***Rhetoric*** is the art of speaking or writing to persuade or
influence people.
（修辭學是以說話或書寫來說服或影響人們的學科。）

7. rib　*n.* 肋骨（= *one of the long curved bones that are
in the chest*）
rib cage　胸腔
He broke his ***rib*** yesterday.（他昨天弄斷了肋骨。）

8. ribbon　*n.* 絲帶（= *a long narrow piece of colored cloth
or paper*）
She tied up her hair with a ***ribbon***.（她用一條絲帶綁頭髮。）

9. riddle　*n.* 謎語（= *puzzle*）
I will put a ***riddle*** to you.（我出個謎語給你猜。）

BOOK
**1**

# *1. ridge*

| | | |
|---|---|---|
| **ridge** [5] | ﹝ rɪdʒ ﹞ | n. 山脊 |
| **ridicule** [6] | ﹝'rɪdɪˌkjul﹞ | v. 嘲笑 |
| * **ridiculous** [5] | ﹝ rɪ'dɪkjələs ﹞ | adj. 荒謬的 |
| **rip** [5] | ﹝ rɪp ﹞ | v. 撕裂 |
| * **ripe** [3] | ﹝ raɪp ﹞ | adj. 成熟的 |
| **ripple** [5] | ﹝'rɪpḷ﹞ | n. 漣漪 |
| **rite** [6] | ﹝ raɪt ﹞【和 right 同音】 | n. 儀式 |
| **ritual** [6] | ﹝'rɪtʃuəl﹞ | adj. 儀式的 |
| **rival** [5] | ﹝'raɪvḷ﹞ | n. 對手 |

【記憶技巧】

孤獨的人站在高高的「山脊」( ridge )，「嘲笑」
( ridicule ) 他人「荒謬的」( ridiculous ) 行為，會
「撕裂」( rip ) 感情，不是「成熟的」( ripe ) 做法。
傷人一句話會像「漣漪」( ripple ) 迴盪，所以有些
人選擇用「儀式」( rite ) 詛咒「對手」( rival )。

1. ridge  n. 山脊 ( = *a long narrow top of a mountain* )；屋脊
　可以用 b<u>ridge</u> ( 橋 ) 來背。
　We made our way carefully along the *ridge*.
　( 我們小心地沿著山脊前進。)

2. ridicule  v. 嘲笑 ( = *laugh at* )
　At that time, his idea was *ridiculed*.  ( 當時他的點子遭到嘲笑。)

3. **ridiculous** *adj.* 荒謬的（= *absurd*）；可笑的（= *silly*）
   ridicule – e + ous (*adj.*) = ridiculous
   這個字比較常聽到，反而可以用它來記動詞 ridicule（嘲笑）。
   It's ***ridiculous*** that nobody did anything to stop it.
   （可笑的是，沒有人採取任何行動阻止那件事。）

4. rip *v.* 撕裂（= *tear*）
   ripe 是「成熟的」。果實太熟了就會從皮「撕裂」（rip）。
   Dolly ***ripped*** out a sheet of paper from her notebook.
   （多莉從她的筆記本裡撕下了一張紙。）

5. ripe *adj.* 成熟的（= *mature*）
   The time is ***ripe*** for action.（行動的時機已經成熟。）

6. ripple *n.* 漣漪（= *slight waves on water*）
   可以用兒歌：「鵝兒戲綠波」的「綠波」諧音
   來記 ripple（漣漪）。這個字也是擬聲字，做
   「小水波聲」解。
   A breeze made ***ripples*** on the pond.
   （一陣微風將池面吹出漣漪。）

ripple

7. rite *n.* 儀式（= *ceremony*）；祭典；典禮
   the funeral rites　葬禮

8. ritual *adj.* 儀式的（= *ceremonial*）；祭典的
   It's cruel and unbearable to kill someone for ***ritual*** reasons.
   （為了儀式的理由而殺人，是殘忍而令人無法忍受的。）

9. **rival** *n.* 對手；敵手（= *competitor*）
   可用 ar<u>rival</u>（到達）來背。
   He has no ***rival*** in boxing.（他拳擊無敵。）

# 2. rob

| | | |
|---|---|---|
| **rob** [3] | ﹝rɑb﹞ | v. 搶劫 |
| **robber** [3] | ﹝'rɑbɚ﹞ | n. 強盜 |
| **robbery** [3] | ﹝'rɑbərɪ﹞ | n. 搶案 |
| | | |
| **robe** [3] | ﹝rob﹞ | n. 長袍 |
| **robot** [1] | ﹝'robɑt﹞ | n. 機器人 |
| **robust** [5] | ﹝ro'bʌst﹞ | adj. 強健的 |
| | | |
| **rock** [1,2] | ﹝rɑk﹞ | n. 岩石 |
| **rocky** [2] | ﹝'rɑkɪ﹞ | adj. 多岩石的 |
| **rocket** [3] | ﹝'rɑkɪt﹞ | n. 火箭 |

【記憶技巧】

從上一回的 rival（對手），想到要去「搶劫」（rob）他，就派「強盜」（robber）去犯下「搶案」（robbery），穿上「長袍」（robe）掩蓋如「機器人」（robot）般「強健的」（robust）身軀，埋伏在「岩石」（rock）後面「多岩石的」（rocky）地方，準備「火箭」（rocket）炮來襲擊。

1. **rob** v. 搶劫（= sack）
   諧音：「搶劫」（rob）會「拉」人的包包。
   He was **robbed** of his wallet.（他被搶了皮夾。）

2. robber n. 強盜（= bandit）
   rob + ber = robber

BOOK

12

3. robbery  *n.*  搶劫 ( = *looting* )；搶案
   bank robbery  銀行搶案

robe

4. robe  *n.*  長袍 ( = *gown* )
   Many Arabs wear *robes*. ( 許多阿拉伯人穿長袍。)

5. **robot**  *n.*  機器人 ( = *automaton* )
   這個字起源於 1920 年的幻想劇「洛桑的萬能羅伯特」，劇中主
   角「羅伯特」就是一隻「機器人」( robot )，但他故意把羅伯特
   Robert 〔′rɑbət 〕唸成〔′robɑt 〕，這個字還可唸成〔′robət 〕。

6. robust  *adj.*  強健的 ( = *healthy* )；堅固的
   機器人 ( robot ) 都很「強健」( robust )。
   The formerly *robust* economy has begun to weaken.
   ( 從前強健的經濟已經開始衰弱。)
   【比較】bust 〔 bʌst 〕*v.* 破壞

7. rock  *n.*  岩石 ( = *stone* )    *v. n.*  搖動 ( = *shake* )
   rock and roll  搖滾樂 ( = *rock'n'roll* 〔,rɑk ən 'rol 〕)
   Let's *rock* and roll. ①走吧。( = *Let's go.* )
   　　　　　　　　　②開始吧。( = *Let's begin.* )

8. rocky  *adj.*  多岩石的 ( = *stony* )
   They hurried over the rough *rocky* ground.
   ( 他們在粗糙多石的地面上趕路。)
   Rocky Mountains  洛磯山脈 ( 北美地名，多花崗岩而得名 )

9. rocket  *n.*  火箭 ( = *a vehicle shaped like a tube that travels
   in space* )
   The *rocket* was launched in March 1980.
   ( 這枚火箭發射於 1980 年 3 月。)
   rocket scientist  火箭科學家

# *3. role*

| | | | |
|---|---|---|---|
| **role** [2] | 〔 rol 〕 | 【同音字】 | *n.* 角色 |
| **roll** [1] | 〔 rol 〕 | | *v.* 滾動 |
| **romantic** [3] | 〔 ro'mæntɪk 〕 | | *adj.* 浪漫的 |
| **romance** [4] | 〔 ro'mæns 〕 | | *n.* 愛情故事 |
| **rotate** [6] | 〔'rotet 〕 | | *v.* 旋轉 |
| **rotation** [6] | 〔 ro'teʃən 〕 | | *n.* 旋轉 |
| **row** [1] | 〔 ro 〕【注意說明】 | | *n.* 排 |
| **royal** [2] | 〔'rɔɪəl 〕 | | *adj.* 皇家的 |
| **royalty** [6] | 〔'rɔɪəltɪ 〕 | | *n.* 皇室 |

【記憶技巧】

從上一回的 rocket（火箭），想到裡面的太空人都是屬害的「角色」( role )，很帥，連「滾動」( roll ) 的動作都是很「浪漫的」( romantic )。讓人想來段「愛情故事」( romance )，期待得「旋轉」( rotate )，「旋轉」( rotation ) 時撞到一「排」( row ) 人，原來是「皇家的」( royal ) 禁衛軍在「皇室」( royalty ) 面前接受閱兵。

1. **role** *n.* 角色 ( = *character* )
   leading role 主角　　role-playing 角色扮演
   play an important role 扮演一個重要的角色

2. **roll** *v.* 滾動 ( = *turn* )
   A ***rolling*** stone gathers no moss. (【諺】滾石不生苔。)

BOOK
**12**

這句諺語有正反兩種用法，一種指「流水不腐」，要保持活動才不會腐壞生苔；另一種是指「轉業不聚財」，勸人對事業要持之以恆。

3. romantic　*adj.*　浪漫的（= *relating to feelings of love*）
中文音譯為「羅曼蒂克」。
I once dreamed of a ***romantic*** proposal on a cruise of the Siene River.（我曾夢想在塞納河遊船上的浪漫求婚。）

4. romance　*n.*　愛情故事（= *romantic story*）；羅曼史
romantic – tic + ce = romance
They didn't want anyone to know about their ***romance***.
（他們不想讓任何人知道他們的戀情。）

5. rotate　*v.*　旋轉（= *turn with a circular movement*）；自轉
字源跟 roll（滾動）相同。滾動就是「旋轉」（rotate）。這個字英國人唸成〔ro'tet〕。　　【比較】revolve〔rɪ'vɑlv〕*v.* 公轉

6. rotation　*n.*　旋轉（= *movement in a circle*）；自轉
the rotation of the earth　地球自轉

7. **row**　*n.*　排（= *line*）　*v.* 划（船）
in a row　排成一排；連續
rotation
She won three games ***in a row***.（她連續贏了三場比賽。）
row 這個字也可做「吵鬧」解，動詞、名詞都唸成〔raʊ〕，和中文的「鬧」發音接近。

8. royal　*adj.*　皇家的（= *relating to the monarch's family*）
He once served in the ***Royal*** Air Force of the UK.
（他曾在英國皇家空軍服務。）
【比較】loyal〔'lɔɪəl〕*adj.* 忠實的；忠誠的

9. royalty　*n.*　皇室（= *kings and their families*）；王位
royal + ty = royalty

# *4. root*

| | | | |
|---|---|---|---|
| *root¹ | 〔 rut 〕 | *n.* | 根 |
| *roof¹ | 〔 ruf 〕 | *n.* | 屋頂 |
| *rooster¹ | 〔'rustɚ 〕 | *n.* | 公雞 |
| *rot³ | 〔 rɑt 〕 | *v.* | 腐爛 |
| *rotten³ | 〔'rɑtn̩ 〕 | *adj.* | 腐爛的 |
| *rough³ | 〔 rʌf 〕 | *adj.* | 粗糙的 |
| roughly⁴ | 〔'rʌflɪ 〕 | *adv.* | 大約 |
| *route⁴ | 〔 rut 〕 | *n.* | 路線 |
| *routine³ | 〔 ru'tin 〕 | *n.* | 例行公事 |

【記憶技巧】

從上一回的 royalty ( 皇室 )，想到他們都吃人蔘的
「根」( root )，不像「屋頂」( roof ) 的「公雞」( rooster )，
常在「腐爛的」( rotten ) 泥土中找「粗糙的」( rough )
食物，每天只能循著「大約」( roughly ) 的「路線」
( route )，做一些啼叫等的「例行公事」( routine )。

1. **root** *n.* 根 ( = *radix* )；根源
   Latin roots of words　拉丁字根
   The love of money is the *root* of all evil.
   (【諺】愛錢是萬惡之源。)

2. **roof** *n.* 屋頂 ( = *top of a house* )
   the roof of the world　世界屋脊【尤指帕米爾高原 ( the Pamirs )】

3. rooster　*n.* 公雞（＝*cock*）
   hen　母雞　　chick　小雞

rooster

4. rot　*v.* 腐爛（＝*decay*）
   rot away/off/out　腐爛

5. rotten　*adj.* 腐爛的（＝*decayed*）；討厭的；差勁的
   為 rot（腐爛）的過去分詞，轉為形容詞。
   One *rotten* apple spoils the whole lot.
   （【諺】一只爛蘋果，弄壞全筐；害群之馬。）

   > rotten 這個字和中文的「爛」一樣，美國人常用，如：
   > What a *rotten* day!（好爛的天氣！）
   > What a *rotten* movie!（好爛的電影！）

6. **rough**　*adj.* 粗糙的（＝*rugged*）
   Her hands were *rough* with work.（她的手因為工作而粗糙。）
   rough estimation　粗略估計

7. **roughly**　*adv.* 大約（＝*about*）
   rough + ly = roughly
   The meeting lasted *roughly* 45 minutes.
   （那次會議持續了大約 45 分鐘。）

8. **route**　*n.* 路線（＝*way*）
   這個字唸起來就像「路」（route）。
   It's a good idea to plan your *route* before you leave.
   （你應該在離開前先把路線規畫好。）

9. **routine**　*n.* 例行公事（＝*usual things to do regularly*）

   | rout | + ine | 照固定的「路線」（route）做，
   |------|-------|
   | \| | \| | 就是「例行公事」。
   | *route* | + *n.* |

   daily routine　每天的例行公事
   establish a routine/break the rautine　建立/打破成規

# 5. rub

| | | |
|---|---|---|
| **rub** ¹ | 〔 rʌb 〕 | v. 摩擦 |
| **rubber** ¹ | 〔ˈrʌbɚ〕 | n. 橡膠 |
| **rubbish** ⁵ | 〔ˈrʌbɪʃ〕 | n. 垃圾 |
| **ruby** ⁶ | 〔ˈrubɪ〕 | n. 紅寶石 |
| **rude** ² | 〔 rud 〕 | adj. 無禮的 |
| **ruin** ⁴ | 〔ˈruɪn〕 | v. 毀滅 |
| **rug** ³ | 〔 rʌg 〕 | n. (小塊) 地毯 |
| **rugged** ⁵ | 〔ˈrʌgɪd〕 | adj. 崎嶇的 |
| **rule** ¹ | 〔 rul 〕 | n. 規則 |

【記憶技巧】

　　從上一回的 routine (例行公事),想到例行公事中不免產生「摩擦」(rub),像是「橡膠」(rubber) 墊被丟到「垃圾」(rubbish) 桶,讓人想用「紅寶石」(ruby) 發出雷射光把「無禮的」(rude) 人給「毀滅」(ruin)。但以和為貴,就用小塊的「地毯」(rug) 掩蓋「崎嶇的」(rugged) 路,遵守人際間的「規則」(rule)。

1. **rub** v. 摩擦 ( = *graze* )

   The cat *rubbed* its back against my leg.
   ( 貓用牠的背摩擦我的腿。)

2. rubber n. 橡膠 ( = *a material from the gumtree* );橡皮擦

| rub + ber |
|---|
| 摩擦 + *thing* |

橡膠最初的用途就是橡皮擦；
用來擦（rub）的，就是「橡膠」。

3. **rubbish** *n.* 垃圾（ = *garbage* = *waste* = *litter* ）
摩擦（rub）之後，就會產生碎屑等「垃圾」（rubbish）。
The streets were littered with ***rubbish***.
（街道上散亂著被丟棄的垃圾。）

4. **ruby** *n.* 紅寶石（ = *a kind of red gemstone* ）
a ruby ring 紅寶石戒指

5. **rude** *adj.* 無禮的（ = *bold* ）
這個字發音就很像「魯」，粗魯就是「無禮的」。名詞是 rudeness。
Forgive my ***rudeness***.（原諒我的無禮。）

6. **ruin** *v.* 毀滅（ = *destroy* ）
He made a blunder and nearly ***ruined*** the whole project.
（他犯了一個大錯誤，幾乎毀了整個案子。）

7. **rug** *n.*（小塊）地毯（ = *small carpet* ）
a rug in front of the fireplace
壁爐前的地毯
【比較】carpet（'kɑrpɪt）*n.*（整片的）地毯

rug

8. **rugged** *adj.* 崎嶇的（ = *uneven* ）
The coastline is ***rugged***.（這條海岸線崎嶇不平。）
rug 和 rugged 這兩個字完全無關連。

9. **rule** *n.* 規則（ = *observed order* ） *v.* 統治
make it a rule 定為常規
This land was once ***ruled*** over by a warlike king.
（這個國家從前由一個好戰的國王統治著。）

# 6. ruler

| | | | |
|---|---|---|---|
| ***ruler** [2] | ('rulɚ ) | *n.* | 統治者 |
| ***rumor** [3] | ('rumɚ ) | *n.* | 謠言 |
| **rumble** [5] | ('rʌmbḷ ) | *v.* | (卡車) 發出隆隆聲 |
| | 【注意說明】 | | |
| ***run** [1] | ( rʌn ) | *v.* | 跑 |
| ***runner** [2] | ('rʌnɚ ) | *n.* | 跑者 |
| ***rural** [4] | ('rurəl ) | *adj.* | 鄉村的 |
| ***rust** [3] | ( rʌst ) | *v.* | 生銹 |
| ***rusty** [3] | ('rʌstɪ ) | *adj.* | 生銹的 |
| **rustle** [5] | ('rʌsḷ ) | *v.* | (樹葉) 發出沙沙聲 |

【記憶技巧】

　　從上一回的 rule (規則)，想到規則常是「統治者」
(ruler) 定的。要加稅的「謠言」(rumor) 盛行，「發
出隆隆聲」(rumble)。國王派出擅長「跑」(run) 步的
「跑者」(runner)，到「鄉村的」(rural) 地區調查民
情。鄉村很多地方「生銹」(rust)，「生銹的」(rusty)
東西摩擦會「發出沙沙聲」(rustle)。

1. ruler *n.* 統治者 ( = *lord* )；尺
　 rule + r = ruler 「統治者」就是國家的「尺」度。

2. rumor *n.* 謠言 ( = *hearsay* )
　 「謠言」(rumor) 通常透過「低聲說話」(murmur) 來流傳。

> Rumor has it that… 謠傳說…

***Rumor has it that*** the minister will soon resign.
（有謠言說部長不久就要辭職。）

3. rumble *v.* （卡車）發出隆隆聲（＝ *roar*）

   在一般字典上，只翻成「發出隆隆聲」，不好記，改成「（卡車）發出隆隆」，較好記，可聯想為「火車、打雷、肚子等的隆隆聲」。

   The train ***rumbled*** through the town. （火車隆隆地駛過城鎮。）

4. run *v.* 跑（＝ *moving more quickly than walking*）；經營

   ***Running*** a company is not so easy as you think.
   （經營一家公司沒有你想的那麼容易。）

5. runner *n.* 跑者（＝ *one who runs*）

   marathon runner 馬拉松跑者

6. rural *adj.* 鄉村的（＝ *country*）

   rural area 鄉村地區
   rural cottage 鄉村小屋
   rural scene 鄉間景色
   【比較】urban〔'ɝbən〕*adj.* 都市的

rural cottage

7. rust *v.* 生銹（＝ *oxidize*）

   Better wear out than ***rust*** out. （【諺】磨損總比銹壞好。）

8. rusty *adj.* 生銹的（＝ *corroded*）

   The machine is getting ***rusty***. （機器有點生銹了。）

9. rustle *v.* （樹葉）發出沙沙聲（＝ *make a rubbing sound*）

   這個字通常指樹葉和紙張發出的「沙沙聲」。

   The leaves on the branch ***rustled*** and shook.
   （樹枝上的樹葉搖擺，發出沙沙聲響。）

# 7. *sack*

| | | |
|---|---|---|
| *** sack** [3] | 〔 sæk 〕 | *n.* 一大袋 |
| **sacred** [5] | 〔'sekrɪd 〕 | *adj.* 神聖的 |
| *** sacrifice** [4] | 〔'sækrə,faɪs 〕 | *v. n.* 犧牲 |
| | | |
| **‡ sad** [1] | 〔 sæd 〕 | *adj.* 悲傷的 |
| **saddle** [5] | 〔'sædl̩ 〕 | *n.* 馬鞍 |
| **safeguard** [6] | 〔'sef,gɑrd 〕 | *v.* 保護 |
| | | |
| **‡ safe** [1] | 〔 sef 〕 | *adj.* 安全的 |
| *** safety** [2] | 〔'seftɪ 〕 | *n.* 安全 |
| **saint** [5] | 〔 sent 〕 | *n.* 聖人 |

【記憶技巧】

　　從上一回的 rustle（發出沙沙聲），想到「一大袋」
（sack）東西發出沙沙聲，原來是「神聖的」（sacred）
教徒「犧牲」（sacrifice）後的骨灰，引起人「悲傷的」
（sad）情緒。使徒跳上「馬鞍」（saddle），小心「保
護」（safeguard），用最「安全的」（safe）方式，「安
全」（safety）地將「聖人」（saint）的骨灰送回安葬。

1. sack　*n.* 一大袋（= *bag*）
   a sack of candy　一大袋糖果

2. sacred　*adj.* 神聖的（= *holy*）
   跟 sacrifice（犧牲）同源。打「聖」戰（sacred war），
   「犧牲」也在所不惜。
   the sacred name of Jesus　耶穌的聖名

**BOOK**

**12**

3. **sacrifice** *v. n.* 犧牲（= *give up something for other people* ）

   sacri　+　fice
     |       |
   *sacred* + *do*　　　　「犧牲」是在「做」「神聖」的事。

4. **sad** *adj.* 悲傷的（= *gloomy* ）
   sad to say　【常置於句首】可悲的是；遺憾的是

5. **saddle** *n.* 馬鞍（= *seat on horseback* ）
   要「坐穩」( settle ) 在馬上，需要有「馬鞍」( saddle )。
   The boy saw a pony with a new *saddle* over its back.
   （男孩看到一匹小馬，馬背上有新的馬鞍。）

6. **safeguard** *v.* 保護（= *protect* ）　*n.* 保護措施
   safe + guard = safeguard
   They are negotiating a plan to *safeguard* the environment.
   （他們正在協商一項保護環境的計畫。）

7. **safe** *adj.* 安全的（= *secure* ）　*n.* 保險箱（= *strongbox* ）
   Better *safe* than sorry.
   （【諺】安全總比後悔好。）
   a fireproof safe　防火保險箱　　　　　safe

8. **safety** *n.* 安全（= *security* ）　*adj.* 安全的
   safety first　安全第一
   safety measures　安全措施

9. **saint** *n.* 聖人（= *holy person* ）
   用於功績卓著的基督徒或殉教者，冠於名字前面常作 St.,
   如：St. Peter（聖彼得），St. Thomas（聖湯瑪斯）等。

# 8. sail

| | | |
|---|---|---|
| **sail** [1] | 〔 sel 〕 | v. 航行 |
| **sailor** [2] | 〔'selɚ 〕 | n. 水手 |
| **sake** [3] | 〔 sek 〕 | n. 緣故 |
| **salad** [2] | 〔'sæləd 〕 | n. 沙拉 |
| **salary** [4] | 〔'sæları 〕 | n. 薪水 |
| **sale** [1] | 〔 sel 〕 | n. 出售 |
| **salesman** [4] | 〔'selzmən 〕 | n. 售貨員 |
| **salmon** [5] | 〔'sæmən 〕【注意發音】 | n. 鮭魚 |
| **saloon** [6] | 〔 sə'lun 〕 | n. 酒吧 |

【記憶技巧】

　　從上一回的 saint（聖人），想到聖人會「航行」（sail）去傳教，需要「水手」（sailor）。水手不知什麼「緣故」（sake），想要吃「沙拉」（salad），用他的「薪水」（salary）去向有「出售」（sale）沙拉的「售貨員」（salesman）買，買到「鮭魚」（salmon）沙拉，帶去「酒吧」（saloon）享用。

1. **sail** v. 航行（ = *navigate* ）　n.（船的）帆；帆船
   set sail 揚帆；啓航

2. **sailor** n. 水手（ = *seaman* ）
   sail（航行）+ or（人）= sailor

3. **sake** n. 緣故（ = *reason* ）
   for the sake of 為了…的緣故

sailor

I am not doing this *for the sake of* money.
（我不是為了錢才做這個。）

4. **salad** *n.* 沙拉；涼拌菜（= *a food containing a mixture of raw vegetables, usually served with a salad dressing*）
沙拉醬是 salad dressing，注意「沙拉醬」由上淋下，用 dressing 而不是 sauce（沾醬）。

5. **salary** *n.* 薪水（= *earnings*）

```
 sal + ary
  |     |
salt +  n.
```
古代鹽、鐵由國家專營，很值錢，鹽被拿來發給士兵作為「薪水」。

6. sale *n.* 出售（= *the process of selling goods*）
for sale 出售　　bargain sale 特價出售
clearance sale 出清特賣

7. salesman *n.* 售貨員（= *salesperson*）；推銷員；業務員

8. salmon *n.* 鮭魚（= *a silver fish with pink flesh*）
港澳、大陸將 salmon 音譯為「三文魚」。
*Salmon* are born in fresh water and migrate to the ocean.
（鮭魚在淡水中出生，遷徙入海。）

9. saloon *n.* 酒吧（= *bar*）；酒店
The *saloon* stays open all night.
（那家酒吧通宵營業。）

saloon

一般「酒吧」都稱為 bar，分為：
① pub，指可喝酒、吃飯的「小酒館」。② nightclub（夜總會），大型吵鬧的地方，以跳舞和聽音樂為主。③ lounge（雅座酒吧），較正式，可喝酒、聊天、聽音樂。④ saloon，較複雜，可喝酒和賭博。

# *9. salt*

| | | | |
|---|---|---|---|
| **\*\*salt** [1] | 〔 sɔlt 〕 | *n.* | 鹽 |
| **salty** [2] | 〔 'sɔltɪ 〕 | *adj.* | 鹹的 |
| **salute** [5] | 〔 sə'lut 〕 | *v.* | 向…敬禮 |
| | | | |
| **\*sample** [2] | 〔 'sæmpḷ 〕 | *n.* | 樣品 |
| **sanction** [6] | 〔 'sæŋkʃən 〕 | *n.* | 制裁 |
| **sanctuary** [6] | 〔 'sæŋktʃʊˌɛrɪ 〕 | *n.* | 避難所 |
| | | | |
| **sand** [1] | 〔 sænd 〕 | *n.* | 沙子 |
| **sandal** [5] | 〔 'sændḷ 〕 | *n.* | 涼鞋 |
| **\*\*sandwich** [2] | 〔 'sændwɪtʃ 〕 | *n.* | 三明治 |

【記憶技巧】

從上一回的 saloon（酒吧），想到吧台有「鹽」（salt），精鹽是特別「鹹的」（salty），鹹到忘記跟長官「敬禮」（salute），就拿了些「樣品」（sample），經過「批准」（sanction），捐到「避難所」（sanctuary）。避難所有很多「沙子」（sand），會跑進「涼鞋」（sandal）裡面，所裡的人都吃「三明治」（sandwich）果腹。

1. **salt** *n.* 鹽（ = *a kind of salty substance; NaCl* ）
   a pinch of salt 一小撮鹽

2. **salty** *adj.* 鹹的（ = *tasting of salt* ）
   **saltiness** *n.* 鹹味
   The four basic tastes are: sweetness, sourness, *saltiness*, and bitterness. （四種基本味覺是：甜味、酸味、鹹味，和苦味。）

3. salute  *v.* 向…敬禮（＝*express respect*）；向…行單禮；向…致敬
   In some ceremonies we have to *salute* the national flag.
   （在一些典禮上，我們必須向國旗敬禮。）

   注意：salute 通常是及物動詞，不須加 to。

4. sample  *n.* 樣品（＝*example*）；範例
   writing sample  寫作範例

5. sanction  *n.* 制裁（＝*penalty*）；批准（＝*permission*）
   sanction 這個字很奇怪，有兩個完全相反的意思，要看上下文來
   決定它的意思。
   economic sanctions  經濟制裁
   The war was declared without the *sanction* of parliament.
   （那次宣戰沒有經過國會批准。）

6. sanctuary  *n.* 避難所（＝*shelter*）；聖殿

   | sanct + tuary |
   | saint  +  *n.* |

   聖人慈悲為懷，會主持「避難所」，死後則入葬「聖殿」。

   sanctuary

   He sought *sanctuary* in the temple.（他向寺院尋求庇護。）

7. **sand**  *n.* 沙子（＝*particles broken from rocks*）
   a grain of sand  沙粒

8. sandal  *n.* 涼鞋（＝*a light shoe that does not cover the toes*）
   在「沙」（sand）灘，就要穿「涼鞋」（sandal）。
   「一隻涼鞋」叫 sandal；「一雙涼鞋」是 sandals。例：
   I wore my *sandals* today.（我今天穿涼鞋。）
   I can't find my other *sandal*.（我找不到我另一隻涼鞋。）

9. sandwich  *n.* 三明治（＝*a light meal of stuffing in bread*）
   起源於 18 世紀的一位三明治伯爵（Earl of Sandwich），打橋牌
   成痴，常用麵包夾肉片在牌桌上吃，流行成為「三明治」。

# *10. satisfy*

| | | |
|---|---|---|
| **satisfy** [2] | ( ˈsætɪsˌfaɪ ) | v. 滿足 |
| **satisfactory** [3] | ( ˌsætɪsˈfæktərɪ ) | adj. 令人滿意的 |
| **satisfaction** [4] | ( ˌsætɪsˈfækʃən ) | n. 滿足 |
| **sauce** [2] | ( sɔs ) | n. 醬汁 |
| **saucer** [3] | ( ˈsɔsɚ ) | n. 碟子 |
| **sausage** [3] | ( ˈsɔsɪdʒ ) | n. 香腸 |
| **sane** [6] | ( sen ) | adj. 頭腦清醒的 |
| **sanitation** [6] | ( ˌsænəˈteʃən ) | n. 衛生 |
| **satellite** [4] | ( ˈsætḷˌaɪt ) | n. 衛星 |

【記憶技巧】

從上一回的 sandwich ( 三明治 )，想到吃三明治無法
「滿足」( satisfy ) 胃口。「令人滿意的」( satisfactory ) 的
餐點要把「醬汁」( sauce ) 裝在「碟子」( saucer ) 裡，用
「香腸」( sausage ) 沾來吃，吃飽了才會「頭腦清醒的」
( sane )，同時要注重「衛生」( sanitation )，才不會變成
被「衛星」( satellite ) 轉播的災民。

1. **satisfy** v. 滿足 ( = *gratify* )；使滿意
   satisfy *one's* curiosity  滿足某人的好奇心
   satisfy the requirements  滿足要求

2. **satisfactory** adj. 令人滿意的 ( = *satisfying* )

**BOOK 12**

北美系統的成績評等描述常分為：
Outstanding > Good > Satisfactory > Inferior > Failed
a satisfactory outcome　尚令人滿意的結果

3. **satisfaction** *n.* 滿足（= *contentment*）
a sense of satisfaction　滿足感

4. **sauce** *n.* 醬汁（= *a liquid put on food to give a flavor*）
Hunger is the best *sauce*.（【諺】飢餓是最好的調味料。）

5. **saucer** *n.* 碟子（= *small dish*）
「碟子」（saucer）可以盛裝「醬汁」（sauce）。
a flying saucer　飛碟（= *UFO*）

6. **sausage** *n.* 香腸（= *a food of ground meat stuffed in a casing*）
和 sauce（醬汁）字源相同，來自發音相近的 salted（鹽漬的）。

7. **sane** *adj.* 頭腦清醒的（= *sober*）
比較常用且常聽到的是它的相反詞 insane（瘋的）。
華裔 NBA 球星林書豪的成名炫風，美媒形容為「Linsanity」，
用的就是 insane 的名詞 insanity，冠上姓氏 Lin 組成。
I am *sane*; you are insane!（我頭腦很清醒；瘋的是你！）

8. **sanitation** *n.* 衛生（= *hygiene*）

> sani ＋ ation
> │　　　 │
> *healthy* ＋ *n.*

心理健康，就「頭腦清楚」（sane）；
身體健康，需要「衛生」（sanitation）。

They lived in conditions of poor *sanitation*.
（他們曾住在衛生條件很差的環境。）

9. **satellite** *n.* 衛星（= *an object that moves around a planet*）
artificial satellite　人造衛星

artificial satellite

# *11. save*

| | | | |
|---|---|---|---|
| ***save** [1] | 〔 sev 〕 | *v.* | 節省 |
| * **saving** [3] | 〔'sevɪŋ 〕 | *n.* | 節省 |
| **savage** [5] | 〔'sævɪdʒ 〕 | *adj.* | 野蠻的 |
| | | | |
| **scan** [5] | 〔 skæn 〕 | *v.* | 掃描 |
| **scandal** [5] | 〔'skændḷ 〕 | *n.* | 醜聞 |
| **scar** [5] | 〔 skɑr 〕 | *n.* | 疤痕 |
| | | | |
| * **scarce** [3] | 〔 skɛrs 〕 | *adj.* | 稀少的 |
| * **scary** [3] | 〔'skɛrɪ 〕 | *adj.* | 可怕的 |
| * **scarecrow** [3] | 〔'skɛr,kro 〕 | *n.* | 稻草人 |

【記憶技巧】

從上一回的 satellite ( 衛星 )，想到衛星轉播「節省」
( save ) 了很多時間，也不會被「野蠻的」( savage )
人阻斷訊息。只要開電腦一「掃描」( scan )，「醜聞」
( scandal ) 就像「疤痕」( scar ) 般現形，資訊不再是
「稀少的」( scarce )，而有「可怕的」( scary ) 威力，
不像「稻草人」( scarecrow ) 只能嚇嚇人。

1. **save** *v.* 節省 ( = *keep something for future use* )；拯救

A penny *saved* is a penny earned. (【諺】省一分，就是賺一分。)
凱因斯學派則認為 "A penny *saved* is a penny not earned."
( 省一分錢，別人就賺不到，總體收入下降。)

2. **saving** *n.* 節省 ( = *the behavior of saving* )
   From *saving* comes having. (【諺】節儉致富。)
   複數形 savings 則是「存款」。

3. **savage** *adj.* 野蠻的 ( = *brutal* );兇暴的
   savage 唸起來諧音很像「殺伐者」,殺伐者常是「野蠻的;凶暴的」。
   The people on that island are still in a *savage* state.
   (島上的人們仍處於野蠻的狀態中。)

4. **scan** *v.* 掃描 ( = *inspect* );瀏覽 ( = *browse* )
   【比較】scanner *n.* 掃瞄器

5. **scandal** *n.* 醜聞 ( = *a situation that disgraces someone* )
   「掃描」( scan ) 名人的一生,難免有「醜聞」( scandal )。

6. **scar** *n.* 疤痕 ( = *a permanent mark on injured skin* )
   可以用諧音記:結痂後急著「撕痂」,會產生「疤痕」( scar )。
   He bore the *scars* of an unhappy childhood.
   (他帶著不幸童年的傷疤。)

7. **scarce** *adj.* 稀少的 ( = *lacking* )
   看到錢剩下很「稀少」( scarce ),會「受驚嚇」( scared )。
   The natural resources become *scarce*.
   (天然資源變得稀少。)

8. **scary** *adj.* 可怕的 ( = *fearful* );嚇人的
   a scary scene 可怕的畫面
   【比較】scare〔skɛr〕*v.* 驚嚇

9. **scarecrow** *n.* 稻草人 ( = *straw man* )
   scare ( 驚嚇 ) + crow ( 烏鴉 ) = scarecrow
   從前在美國,農田裡烏鴉 ( crow ) 很多,「稻
   草人」( scarecrow ) 是用來嚇烏鴉的。

scarecrow

# *12. scene*

| *scene* [1] | 〔 sin 〕 | *n.* 場景 |
| *scenery* [4] | 〔'sinərɪ 〕 | *n.* 風景【集合名詞】 |
| *scenic* [6] | 〔'sinɪk 〕【注意發音】 | *adj.* 風景優美的 |
| *schedule* [3] | 〔'skɛdʒul 〕 | *n.* 時間表 |
| *scheme* [5] | 〔 skim 〕【注意發音】 | *n.* 計劃 |
| *scholar* [3] | 〔'skɑlə 〕 | *n.* 學者 |
| *science* [2] | 〔'saɪəns 〕 | *n.* 科學 |
| *scientist* [2] | 〔'saɪəntɪst 〕 | *n.* 科學家 |
| *scientific* [3] | 〔,saɪən'tɪfɪk 〕 | *adj.* 科學的 |

【記憶技巧】

從上一回的 scarecrow ( 稻草人 )，想到田園的「風景」
( scenery )。在這「風景優美的」( scenic ) 地方，卻有人需
要照「時間表」( schedule ) 執行「計畫」( scheme )，原來
是「學者」( scholar )，是個要研究「科學」( science ) 的「科
學家」( scientist )，執行「科學的」( scientific ) 研究計畫。

1. **scene** *n.* 場景 ( = *setting* )；風景 ( = *view* )
   Crime Scene Investigation (CSI) 犯罪現場調查
   「一場；一幕；部份的景色；出事地點」，叫 scene，make a scene
   製造一個場景，即「大吵大鬧」，「全部的景色」叫 scenery。

2. **scenery** *n.* 風景【集合名詞】( = *collective noun of scene* )
   Switzerland has some spectacular *scenery*.
   ( 瑞士有一些壯觀的風景。)

BOOK
12

3. **scenic** *adj.* 風景優美的（ = *picturesque* ）
   scenic spot 風景優美的景點
   She missed a *scenic* cruise down the Rhine River.
   （她錯過了沿萊茵河而下的賞景遊船。）

4. **schedule** *n.* 時間表（ = *time plan* ）
   I am on a tight *schedule*.（我時間很緊。）
   on schedule 按照預定；準時　　behind schedule 進度落後

5. **scheme** *n.* 計劃（ = *organized plan* ）；陰謀
   They doubt the practicability of the *scheme*.
   （他們懷疑這項計劃的可行性。）

6. **scholar** *n.* 學者（ = *man of learning* ）

   | schol | + | ar |
   | :---: | :---: | :---: |
   | \| | | \| |
   | *school* | + | *person* |

   待在學校的人，就是「學者」。

   【比較】scholarship〔'skɑlɚˌʃɪp〕*n.* 獎學金

7. **science** *n.* 科學（ = *knowledge about nature* ）
   natural science 自然科學　　social science 社會科學

8. **scientist** *n.* 科學家（ = *professional in scientific research* ）

   | sci | + ent + | ist |
   | :---: | :---: | :---: |
   | \| | \| | \| |
   | *know* | + *adj.* + | *person* |

   努力求知的人，就是「科學家」。
   常用同根字是 conscious（知道的）。

9. **scientific** *adj.* 科學的（ = *relating to science* ）
   scientific research 科學研究
   There is nothing *scientific* about this method.
   （這種方法完全不科學。）

# *13. scrap*

| | | | |
|---|---|---|---|
| **scrap** [5] | 〔 skræp 〕 | *n.* | 碎片 |
| *****scratch** [4] | 〔 skrætʃ 〕 | *v.* | 抓（癢） |
| **scramble** [5] | 〔'skræmbḷ 〕 | *v.* | 炒（蛋） |
| | | | |
| *****screw** [3] | 〔 skru 〕 | *n.* | 螺絲 |
| *****screwdriver** [4] | 〔'skru,draɪvɚ 〕 | *n.* | 螺絲起子 |
| **script** [6] | 〔 skrɪpt 〕 | *n.* | 原稿 |
| | | | |
| *****scrub** [3] | 〔 skrʌb 〕 | *v.* | 刷洗 |
| **sculptor** [5] | 〔'skʌlptɚ 〕 | *n.* | 雕刻家 |
| *****sculpture** [4] | 〔'skʌlptʃɚ 〕 | *n.* | 雕刻 |

【記憶技巧】

　　從上一回的 scientific（科學的）研究，想到線索通常是「碎片」（scrap），一個「抓」（scratch）痕或「炒蛋」（scramble）的痕跡也不能放過，找到遺跡就用「螺絲」（screw）和「螺絲起子」（screwdriver）釘上記號，在紙上畫下「原稿」（script），「刷洗」（scrub）掉泥沙，請「雕刻家」（sculptor）照著化石刻出「雕刻」（sculpture）。

　　這組 scr 開頭的字，由於三個子音在磨擦，會產生「刮」的意涵。

1. **scrap** *n.* 碎片；碎屑（ = *bit* ）；(*pl.*) 剩飯；剩菜；殘餘物
The message was written on a *scrap* of paper.
（訊息寫在一張紙上。）
feed kitchen *scraps* to the pigs 把廚餘拿去餵豬
【比較】crap〔kræp〕*n.* 廢物；垃圾；廢話

2. scratch *v.* 抓（癢）( = *scrape* )；搔（頭）　*n.* 抓痕；刮痕；
擦傷；【牌】零分
The cat won't *scratch* you. ( 這隻貓不會抓你。)
start from *scratch* 白手起家；從零開始　　scratch

3. scramble *v.* 炒（蛋）( = *cook an egg by mixing the
white and yellow parts together* )；攀登 ( = *climb* )
「攀登」( scramble ) 會「抓」( scratch ) 峭壁。
scrambled eggs 炒蛋　　無 cramble 這個字。

4. screw *n.* 螺絲 ( = *a nail in spiral form used to fasten things* )
Give the *screw* another turn. ( 把螺絲再轉緊一點。)

5. screwdriver *n.* 螺絲起子 ( = *a tool to turn a screw* )
screwdriver 也是一種雞尾酒名，是伏特加 ( vodka ) 加橙汁。

6. script *n.* 原稿 ( = *writing* )；劇本
script 字根意思是「寫」，如 description（描寫）。寫的，就是
「原稿」。　　a film script 電影腳本

7. scrub *v.* 刷洗 ( = *clean something by rubbing it hard* )；
用力擦洗；擦掉；刷掉
scr（刮）– r + rub（摩擦）= scrub，又刮又擦，就是「刷洗」。
He is *scrubbing* the dirty shirts. ( 他在刷洗髒襯衫。)

8. sculptor *n.* 雕刻家 ( = *sculpture artist* )

| sculp + tor | He is an outstanding *sculptor*. |
|---|---|
| carve + man | ( 他是位傑出的雕刻家。) |

9. sculpture *n.* 雕刻 ( = *carved artwork* )；雕刻術；雕像
【比較】statue〔'stætʃu〕*n.* 雕像

# 14. sea

| | | | |
|---|---|---|---|
| ***sea** [1] | 〔 si 〕 | *n.* | 海 |
| ***seagull** [4] | 〔'si͵gʌl 〕 | *n.* | 海鷗 ( = *gull* ) |
| ***seal** [3] | 〔 sil 〕 | *v.* | 密封 |
| ***secret** [2] | 〔'sikrɪt 〕 | *n.* | 祕密 |
| ***secretary** [2] | 〔'sɛkrə͵tɛrɪ 〕 | *n.* | 秘書 |
| ***section** [2] | 〔'sɛkʃən 〕 | *n.* | 部分 |
| **sector** [6] | 〔'sɛktɚ 〕 | *n.* | 部門 |
| **secure** [5] | 〔 sɪ'kjʊr 〕 | *adj.* | 安全的 |
| ***security** [3] | 〔 sɪ'kjʊrətɪ 〕 | *n.* | 安全 |

【記憶技巧】

　　從上一回的 sculpture ( 雕刻 ) 想到「海」( sea ) 蝕也會
雕刻海岸。海上有「海鷗」( seagull )，用海鷗傳書要「密封」
( seal )，因爲裡面有「祕密」( secret )，要傳給「秘書」
( secretary )，分成很多「部分」( section ) 給不同的「部門」
( sector ) 做，才「安全」( security )。

1. sea *n.* 海 ( = *marine* )
   at sea 在海上；在航行中
   The ship was lost *at sea*. ( 那艘船在航行中失蹤。)

2. seagull *n.* 海鷗 ( = *a common grey and white seabird* )
   sea + gull ( 海鷗，是模擬牠「咕咕」的叫聲 ) = seagull
   A *seagull* can live more than 30 years.
   ( 海鷗的壽命可長達 30 年。)

BOOK

**12**

3. **seal** *v.* 密封（ = *shut airtight* ） *n.* 印章；海豹
   蓋「印章」，也是一種「封」緘的方法。
   I stamped and *sealed* all the envelopes.
   （我把所有信封蓋章並封緘。）

seal

4. **secret** *n.* 祕密（ = *secrecy* ） *adj.* 祕密的
   We must keep this *secret* from them.
   （我們必須對他們保守這個祕密。）

5. **secretary** *n.* 秘書（ = *special assistant* ）
   secret（祕密）+ ary = secretary
   「祕密」（ secret ）的事務要交給「秘書」（ secretary ）處理。

6. **section** *n.* 部分（ = *part* ）

   Mother cut the cake into five *sections*.
   （媽媽把蛋糕切成五份。）

7. **sector** *n.* 部門（ = *department* ）；業界；領域
   public sector　國營部門
   private sector　民營部門
   The industrial *sector* is growing.（工業部門正在成長當中。）

8. **secure** *adj.* 安全的（ = *safe* ）
   有人 take care（留意），就會 secure（安全的）。
   This computer system is *secure* from hacker attacks.
   （這套電腦系統安全而不受駭客攻擊。）

9. **security** *n.* 安全（ = *safety* ）；防護措施
   social security　社會安全　　security guard　警衛

# *15. select*

| | | |
|---|---|---|
| ‡**select** [2] | 〔 sə'lɛkt 〕 | *v.* 挑選 |
| ***selection** [2] | 〔 sə'lɛkʃən 〕 | *n.* 選擇 |
| **selective** [6] | 〔 sə'lɛktɪv 〕 | *adj.* 精挑細選的 |
| ‡**sense** [1] | 〔 sɛns 〕 | *n.* 感覺 |
| ***sensible** [3] | 〔 'sɛnsəbḷ 〕 | *adj.* 明智的 |
| ***sensitive** [3] | 〔 'sɛnsətɪv 〕 | *adj.* 敏感的 |
| **sensitivity** [5] | 〔 ˌsɛnsə'tɪvətɪ 〕 | *n.* 敏感 |
| **sentiment** [5] | 〔 'sɛntəmənt 〕 | *n.* 感情 |
| **sentimental** [6] | 〔 ˌsɛntə'mɛntḷ 〕 | *adj.* 多愁善感的 |

【記憶技巧】

> 從上一回的 secure（安全的），想到要「挑選」( select )
> 安全的老公，一定要是「精挑細選的」( selective )，不能光
> 靠「感覺」( sense )，要用「明智的」( sensible ) 方式與「敏
> 感的」( sensitive ) 觀察，才不會浪費「感情」( sentiment )，
> 變成「多愁善感的」( sentimental )。

1. **select** *v.* 挑選（= *pick* ）
   *Select* what you want.（選擇你想要的。）

2. **selection** *n.* 選擇（= *choice* ）；精選集
   best selection 特選之物
   It's worth taking the time to make a careful *selection*.
   （花時間小心地挑選是值得的。）

3. selective *adj.* 精挑細選的（ = *carefully picked out* ）

se + lect + ive
|      |      |
*out* + *choose* + *adj.*
選出來的，就是「精挑細選的」。

4. **sense** *n.* 感覺（ = *feeling* ）；判斷力；道理；意義；見識；智慧
the sense of hearing 聽覺
a sense of humor 幽默感　　common sense 常識

5. **sensible** *adj.* 明智的；理智的；合理的（ = *reasonable* ）
It would be *sensible* to consult an expert.
（明智的做法是去諮詢專家。）

6. **sensitive** *adj.* 敏感的（ = *touchy* ）
sense – e + i + tive = sensitive
be sensitive to 對~敏感
Dogs *are sensitive to* smell.（狗對氣味敏感。）

7. **sensitivity** *n.* 敏感（ = *tenderness* ）
The drug causes increased *sensitivity* to sunlight.
（這種藥導致對陽光更加敏感。）

8. **sentiment** *n.* 感情（ = *emotion* ）
senti (*sense*) + ment (*n.*) = sentiment
The song aroused patriotic *sentiment*.
（那首歌喚起了愛國的情感。）

9. **sentimental** *adj.* 多愁善感的（ = *emotional* ）；感傷的

senti + ment + al
|     |     |
*sense* + *n.* + *adj.*
感受豐富，就是「多愁善感的」。

a sentimental person 多愁善感的人

# *16. separate*

| | | |
|---|---|---|
| *separate [2] | (ˈsɛpəˌret) | v. 使分開 |
| *separation [3] | (ˌsɛpəˈreʃən) | n. 分開 |
| ***September [1] | (sɛpˈtɛmbɚ) | n. 九月 |
| | | |
| serene [6] | (səˈrin) | adj. 寧靜的 |
| serenity [6] | (səˈrɛnətɪ) | n. 寧靜 |
| | | |
| *serve [1] | (sɝv) | v. 服務 |
| server [5] | (ˈsɝvɚ) | n. 服務生 |
| | | |
| *servant [2] | (ˈsɝvənt) | n. 僕人 |
| *service [1] | (ˈsɝvɪs) | n. 服務 |

【記憶技巧】

　　從上一回的 sentimental（多愁善感的），想到「使」
人「分開」（separate）是很多愁善感的事。「分開」
（separation）到「九月」（September）重逢，找一個
「寧靜」（serene）而「服務」（serve）又好的餐廳，
「服務生」（server）打扮成「僕人」（servant），提供上
等的「服務」（service）。

1. **separate** *v.* 使分開（= *make apart*）；區別；分離
　　It is not always easy to **separate** the good from the bad.
　　（要區別好壞，未必很容易。）
　　They **separated** after the dinner.
　　（他們在吃完晚餐後分別。）

BOOK

**12**

2. separation  *n.*  分開（= *division*）

   | se  + par + ation |
   |---|
   | \|     \|     \| |
   | *apart* + *par* +  *n.* |

   分離成不同部分，就是「分開」。

   garbage separation  垃圾分類

3. September  *n.*  九月（= *the ninth month of a year*）

4. serene  *adj.*  寧靜的（= *peaceful*）
   這個字唸起來諧音像「森林」，森林是「寧靜的」( serene )。
   It happened on a *serene* summer night.
   （那發生在一個寧靜的夏日夜晚。）

5. serenity  *n.*  寧靜（= *peace*）
   The baby rested in *serenity*. （嬰兒在寧靜中沉睡。）

6. serve  *v.*  服務（= *help customers*）；供應（= *supply*）
   First come, first *served*. （【諺】先到先得；捷足先登。）

7. server  *n.*  服務生（= *attendant*）；伺服器
   The *server* is temporarily unable to service your request.
   （伺服器暫時無法處理您的要求。）

8. servant  *n.*  僕人（= *a person hired to serve*）
   字尾 ant 指「人」，serve – e + ant（人）= servant，
   其他還有 giant（巨人）、merchant（商人）等。
   public servant  公僕（公務員）

9. service  *n.*  服務（= *help provided to customers*）；（郵電、
   電話等的）（公共）事業；設施

# 17. set

| *set 1 | 〔 sɛt 〕 | v. 設定 |
| setback 6 | 〔'sɛt,bæk 〕 | n. 挫折 |
| setting 5 | 〔'sɛtɪŋ 〕 | n. ( 事件的 ) 背景 |
| *settle 2 | 〔'sɛtl̩ 〕 | v. 定居 |
| *settlement 2 | 〔'sɛtl̩mənt 〕 | n. 定居 |
| settler 4 | 〔'sɛtlɚ 〕 | n. 殖民者 |
| *sex 3 | 〔 sɛks 〕 | n. 性 |
| *sexy 3 | 〔'sɛksɪ 〕 | adj. 性感的 |
| *sexual 3 | 〔'sɛkʃʊəl 〕 | adj. 性的 |

【記憶技巧】

從上一回僕人的 service ( 服務 ) 想到要「設定」
( set ) 目標，面對生意「挫折」( setback )，又沒有
「背景」( setting ) 時，解決的方式是招募前來「定居」
( settle, settlement ) 的「殖民者」( settler )，訓練不
同「性」( sex ) 別的人跳「性感的」( sexy ) 舞蹈，以
「性的」( sexual ) 視覺刺激吸引客源。

1. set v. 設定 ( = *arrange* )；創 ( 紀錄 )　n. 一套
   She *set* the alarm clock for 7 o'clock. ( 她把鬧鐘定在七點。 )
   set a new record　創下新紀錄

2. setback n. 挫折 ( = *frustration* )
   「挫折」會把人往「後」( back ) 打，阻礙前進。

BOOK

12

He suffered a *setback* in his business.
（他在生意上遭到挫折。）

3. **setting** *n.* （事件的）背景（= *background*）
set（設定）+ ting = setting，「背景」就是已經被「設定」好的。
The movie has its *setting* in London.
（那齣電影的背景在倫敦。）

4. **settle** *v.* 定居（= *stay and live*）；解決（= *solve*）
settle down  安定下來　　settle a dispute  解決爭論
All his daughters have married and *settled down*.
（他所有的女兒都結了婚，而且安定下來。）

5. **settlement** *n.* 定居（= *staying and living*）；解決；殖民
settlement in a new house  在新居的安頓
final settlement  最後的解決方式

6. **settler** *n.* 殖民者（= *colonist*）；移民（= *immigrant*）
They were the earliest *settlers* in Australia.
（他們是澳洲最早的移民。）

7. **sex** *n.* 性（= *gender*）
Every individual should have equal rights, without
distinction of race, age, or *sex*.
（每個人都應該有平等的權利，不分種族、年齡，與性別。）

8. **sexy** *adj.* 性感的（= *sexually attractive*）
A *sexy* man should be both gentle and wild.
（一個性感的男人要溫柔而又狂野。）

9. **sexual** *adj.* 性的（= *relating to sex*）
sexual harassment  性騷擾
sexual discrimination  性別歧視

# *18. shade*

| | | |
|---|---|---|
| *shade ³ | 〔 ʃed 〕 | n. 陰影 |
| *shady ³ | 〔'ʃedɪ 〕 | adj. 陰涼的 |
| *shadow ³ | 〔'ʃædo 〕 | n. 影子 |
| *shake ¹ | 〔 ʃek 〕 | v. 搖動 |
| shabby ⁵ | 〔'ʃæbɪ 〕 | adj. 破舊的 |
| *shallow ³ | 〔'ʃælo 〕 | adj. 淺的 |
| *shame ³ | 〔 ʃem 〕 | n. 羞恥 |
| *shameful ⁴ | 〔'ʃemful 〕 | adj. 可恥的 |
| *shampoo ³ | 〔 ʃæm'pu 〕 | n. 洗髮精 |

【記憶技巧】

從上一回 sexual ( 性的 ) 視覺刺激，想到要在「陰影」( shade ) 下乘涼觀賞，地方很「陰涼的」( shady )。然而舞者在樹的「影子」( shadow )「搖動」( shake )，他們在「破舊的」( shabby ) 店做這種膚「淺的」( shallow ) 事，覺得是「可恥的」( shameful )，回家一直用「洗髮精」( shampoo ) 清洗頭髮。

1. **shade** *n.* 陰影 ( = *shadow* )；樹蔭 ( = *tree shadow* )
   I spent the afternoon reading under the ***shade*** of the tree. ( 我那天花了一下午在樹蔭下看書。 )

   這組 shade-shady-shadow 都有 shad，意思幾乎一樣，很好記。

BOOK

**12**

2. **shady** *adj.* 陰涼的（ = *shaded* ）
They took a rest under *shady* trees.
（他們在陰涼的樹下休息了一會兒。）

3. **shadow** *n.* 影子（ = *a dark shape caused by blocking light* ）
The tree cast long, scary *shadows* in the evening light.
（那棵樹在黃昏的光下映出長而可怕的影子。）

4. **shake** *v.* 搖動（ = *move quickly back and forth* ）；抖動
可以指大幅度的「搖動」，也可以指小幅度的「抖動」。
She *shook* her head at this proposal.（她對這份提案搖了搖頭。）
His hands *shook* from excitement.（他的手因為興奮而發抖。）

5. **shabby** *adj.* 破舊的；衣衫襤褸的（ = *ragged* ）
可用諧音記：「衣衫襤褸的」（shabby），
看起來像「沙皮」狗。
The children were all so *shabby* and hungry.
（這些兒童衣衫襤褸，非常飢餓。）

shabby

6. **shallow** *adj.* 淺的（ = *not deep* ）；膚淺的
a shallow river/dish  淺河/碟
Don't be such a *shallow* person.（別那麼膚淺好嗎。）

7. **shame** *n.* 羞恥（ = *guilt* ）；可惜的事（ = *pity* ）
There is no *shame* in failing.（失敗不是羞恥的事。）
It's really a *shame* that you can't come with us.
（你不能跟我們一起去，真是太可惜了。）

8. **shameful** *adj.* 可恥的（ = *guilty* ）
shameful conduct  可恥的行為

9. **shampoo** *n.* 洗髮精（ = *liquid for washing hair* ）
【比較】 rinse〔rɪns〕*n.* 潤絲精
conditioner〔kən'dɪʃənə〕*n.* 護髮素

# *19. shark*

| | | | |
|---|---|---|---|
| **\*shark** [1] | ﹝ ʃɑrk ﹞ | *n.* | 鯊魚 |
| **\*sharp** [1] | ﹝ ʃɑrp ﹞ | *adj.* | 銳利的 |
| **sharpen** [5] | ﹝'ʃɑrpən ﹞ | *v.* | 使銳利 |
| **\*shave** [3] | ﹝ ʃev ﹞ | *v.* | 刮（鬍子） |
| **\*shaver** [4] | ﹝'ʃevɚ ﹞ | *n.* | 電動刮鬍刀 |
| **shatter** [5] | ﹝'ʃætɚ ﹞ | *v.* | 使粉碎 |
| **\*shell** [2] | ﹝ ʃɛl ﹞ | *n.* | 貝殼 |
| **\*shelf** [2] | ﹝ ʃɛlf ﹞ | *n.* | 架子 |
| **\*shelter** [4] | ﹝'ʃɛltɚ ﹞ | *n.* | 避難所 |

【記憶技巧】

從上一回的 shampoo（洗髮精），想到洗髮時用來保養頭皮的膠原蛋白要用「鯊魚」（shark）皮提煉。鯊魚的牙齒很「銳利」（sharp），比「刮」（shave）鬍子的「電動刮鬍刀」（shaver）利很多，能「使」骨頭「粉碎」（shatter），所以漁夫用「貝殼」（shell）鋪在鐵「架」（shelf）上，作為「避難所」（shelter）。

1. **shark** *n.* 鯊魚（ *= a large fierce ocean fish* ）
   shark's fin 魚翅（鯊魚的鰭）
   【比較】bird's nest 燕窩　　abalone ﹝͵æbə'lonɪ﹞ *n.* 鮑魚

2. **sharp** *adj.* 銳利的（ *= able to cut or pierce* ）；急轉的；鮮明的
   Be careful with this ***sharp*** knife. （小心這把刀很利。）
   make a sharp turn 急轉彎　　a sharp contrast 鮮明的對比

3. **sharpen** *v.* 使銳利（= *make sharp*）
   sharp + en = sharpen
   knife sharpener 磨刀器　　pencil sharpener 削鉛筆機

4. **shave** *v.* 刮（鬍子）（= *cut off hair*）　*n.* 刮鬍子
   shave 唸起來諧音很像「削」。「刮」鬍子就是在「削」。
   I usually cut myself while I was *shaving*.
   （我刮鬍子的時候常常割傷自己。）
   have a close shave 千鈞一髮（= *have a close call* = *have a narrow escape*）

5. **shaver** *n.* 電動刮鬍刀（= *electric razor*）
   Electric *shavers* are usually safer than razors.
   （電動刮鬍刀通常比剃刀安全。）

6. **shatter** *v.* 使粉碎；打碎；使破碎（= *break into pieces*）
   shatter 諧音唸起來像「摔得」，可以記成摔得「粉碎」。
   He *shattered* the cup when he dropped it on the floor.
   （他把杯子掉到了地上，摔得粉碎。）

7. **shell** *n.* 貝殼；（烏龜、蝦、螃蟹等的）甲殼（= *hard out covering*）
   gather shells 收集貝殼
   【比較】in a nutshell 簡言之
   　　　　　（nutshell（ˈnʌtˌʃɛl）*n.* 堅果殼）

   shell

8. **shelf** *n.* 架子（= *ledge*）
   Put this book on the *shelf*.（把這本書放在架子上。）
   【比較】bookshelf *n.* 書架

   nutshell

9. **shelter** *n.* 避難所（= *protected place*）
   bus shelter 公車候車亭（可遮風避雨）
   We built a temporary *shelter* for the refugees.
   （我們為難民造了臨時避難所。）

# 20. short

| | | | |
|---|---|---|---|
| **short** [1] | 〔 ʃɔrt 〕 | *adj.* | 短的 |
| **shortage** [5] | 〔'ʃɔrtɪdʒ 〕 | *n.* | 缺乏 |
| **shortcoming** [5] | 〔'ʃɔrt,kʌmɪŋ 〕 | *n.* | 缺點 |
| **shortly** [3] | 〔'ʃɔrtlɪ 〕 | *adv.* | 不久 ( = *soon* ) |
| **shorts** [2] | 〔 ʃɔrts 〕 | *n. pl.* | 短褲 |
| **shortsighted** [4] | 〔'ʃɔrt'saɪtɪd 〕 | *adj.* | 近視的 |
| **shove** [5] | 〔 ʃʌv 〕 | *v.* | 用力推 |
| **shovel** [3] | 〔'ʃʌvl̩ 〕 | *n.* | 鏟子 |
| **shout** [1] | 〔 ʃaut 〕 | *v.* | 吼叫 |

【記憶技巧】

從上一回的 shelter（避難所）想到鐵竿太「短」
（short），「缺乏」（shortage）支撐力，成為一大「缺
點」（shortcoming）。「不久」（shortly），有個穿「短
褲」（shorts）的「近視的」（shortsighted）人跑出來，
「用力推」（shove）他的架子，還揮舞「鏟子」（shovel）
在「吼叫」（shout）。

1. **short** *adj.* 短的 ( = *not long* )；矮的；缺乏的
   in short 簡言之 ( = *in brief* )　　be short of money 缺錢

2. **shortage** *n.* 缺乏 ( = *lack* )
   short + age = shortage
   water shortage 缺水　　shortage of food 缺糧

BOOK

**12**

3. **shortcoming** *n.* 缺點（= *weakness* = *drawback*）
   short + coming = shortcoming
   相對於「長處」，「短」（short）處常指「缺點」。

   She made up her mind to overcome her *shortcomings*.
   （她下定決心克服自己的缺點。）

4. **shortly** *adv.* 不久（= *soon* = *before long*）
   She is going to New York *shortly*. （她不久後將去紐約。）

5. **shorts** *n. pl.* 短褲（= *short trousers*）
   You can't go into the church in *shorts*. （你不能穿短褲進教堂。）

6. **shortsighted** *adj.* 近視的（= *nearsighted*）；短視近利的

   > short + sight + ed
   >   |     |     |
   > *short* + *see* + *adj.*

   看得近，就是「近視的」。

   相反詞是 longsighted（遠視的）和 farsighted（有遠見的）。
   有些字典寫成 short-sighted，但 Merriam-Webster 字典寫成 shortsighted。

7. **shove** *v.* 用力推（= *push roughly*）；亂擠；推撞
   shove 諧音「休夫」，就把丈夫「用力推」出去。
   She *shoved* her husband out. （她把他丈夫推了出去。）
   He *shoved* his way through the crowd. （他推開人群向前走。）

8. **shovel** *n.* 鏟子（= *spade*）
   「鏟子」（shovel）鏟下去，要「用力推」（shove）把土推開。
   He was working with a *shovel*. （他用鏟子在工作。）

9. **shout** *v.* 吼叫（= *call in a loud voice*）
   shout 唸起來跟「一聲長嘯」的「嘯」很像，嘯就是「吼叫」。
   He *shouted* for help. （他大聲喊救命。）

# 21. shut

| | | |
|---|---|---|
| *shut¹ | 〔 ʃʌt 〕 | v. 關 |
| shutters⁵ | 〔'ʃʌtɚz 〕 | n. pl. 百葉窗 |
| *shuttle⁴ | 〔'ʃʌtḷ 〕 | n. 來回行駛 |
| *sight¹ | 〔 saɪt 〕 | n. 景象 |
| *sightseeing⁴ | 〔'saɪt,siɪŋ 〕 | n. 觀光 |
| *sign² | 〔 saɪn 〕 | n. 告示牌 |
| *signal³ | 〔'sɪgnḷ 〕 | n. 信號 |
| signify⁶ | 〔'sɪgnə,faɪ 〕 | v. 表示 |
| *signature⁴ | 〔'sɪgnətʃɚ 〕【注意發音】 | n. 簽名 |

【記憶技巧】

從上一回的 shout（吼叫），想到漁夫被嚇到，大叫一聲後，「關」（shut）閉「百葉窗」（shutter），想到警車「來回行駛」（shuttle）的「景象」（sight），就跑到「觀光」（sightseeing）區的「告示牌」（sign）附近，發出求救「信號」（signal），警察「表示」（signify），報案的紀錄表上要他的「簽名」（signature）。

1. shut v. 關；閉（= close）
   shut up 閉嘴　　shut down 關閉（商店等）
   The factory temporarily **shut down** for the Christmas vacation. （工廠因耶誕假期而暫時關閉。）

2. shutters n. pl. 百葉窗（= window shade）
   百葉窗（shutters）就是可以「關」（shut）上的窗簾。

BOOK

**12**

shutters 作「百葉窗」解時，通常用複數。單數的 shutter 可指
「（照相機的）快門」解。

She pulled down the ***shutters*** before the storm came.

（她在暴風雨來襲之前把百葉窗拉下。）

3. shuttle  *n.*  來回行駛（ = *journey to and fro* ）；太空梭

    shuttle bus  短程往返的班車     space shuttle  太空梭

    She usually takes a ***shuttle bus*** to school.

    （她通常坐來回行駛的巴士到學校。）

4. **sight**  *n.*  景象（ = *spectacle* ）；看見；視力（ = *vision* ）

    Out of ***sight***, out of mind. (【諺】離久情疏。)

5. sightseeing  *n.*  觀光（ = *tour* ）

    sightseeing tour  觀光旅遊

6. **sign**  *n.*  告示牌（ = *a notice giving information, warnings,*
    *directions, etc.* ）；信號；符號  *v.* 簽名（ = *write one's name* ）

    作「信號」解時，指較不明確的徵兆或暗示，如：

    The robin is a ***sign*** of spring. （知更鳥是春天的信號。）

    ***Sign*** here, please. （請在這裡簽名。）

7. **signal**  *n.*  信號（ = *message by sound, light, movement, etc.* ）

    相較於 sign，signal 是較為明確而科學化的「信號」，如：

    signal to attack（攻擊信號），broadcast signal（廣播信號）等。

    The wi-fi ***signal*** is somehow blocked.

    （無線網路的信號不知為何被阻斷了。）

8. signify  *v.*  表示（ = *represent* ）

    Red often ***signifies*** danger. （紅色常表示危險。）

9. signature  *n.*  簽名   注意重音在第一個音節。

    Please put your ***signature*** on the check. （請在支票上簽名。）

    【比較】autograph〔ˈɔtəˌgræf〕*n.* （名人的）親筆簽名

# 22. silk

| | | | |
|---|---|---|---|
| * **silk** ² | 〔 sɪlk 〕 | *n.* | 絲 |
| **silkworm** ⁵ | 〔ˈsɪlkˌwɝm 〕 | *n.* | 蠶 |
| ** **silly** ¹ | 〔ˈsɪlɪ 〕 | *adj.* | 愚蠢的 |
| ** **similar** ² | 〔ˈsɪmələ 〕 | *adj.* | 相似的 |
| * **similarity** ³ | 〔ˌsɪməˈlærətɪ 〕【注意發音】 | *n.* | 相似之處 |
| **simmer** ⁵ | 〔ˈsɪmə 〕 | *v.* | 用文火慢慢煮 |
| *** **simple** ¹ | 〔ˈsɪmpḷ 〕 | *adj.* | 簡單的 |
| **simplify** ⁶ | 〔ˈsɪmpləˌfaɪ 〕 | *v.* | 簡化 |
| **simplicity** ⁶ | 〔 sɪmˈplɪsətɪ 〕 | *n.* | 簡單 |

【記憶技巧】

　　　從上一回的 signature（簽名），想到刷卡買「絲」
（silk）巾要簽名。「蠶」（silkworm）絲很高級,「愚
蠢的」（silly）人看到「相似的」（similar）東西就以
為一樣。要分辨,不是「用文火慢慢煮」（simmer）,
有個「簡單」（simple）的方法是用火燒,有化學味道
就是假的,很「簡單」（simplicity）。

1. **silk** *n.* 絲（ = *a soft, shiny fiber spun by silkworms* ）
   *adj.* 絲（製）的
   蠶絲源自中國,所以 silk 就是音譯自「絲」。
   **Silk Road** 絲路　　**silk stockings** 絲襪

BOOK

12

2. silkworm *n.* 蠶 ( = *a kind of caterpillar that spins silk* )
   silk（絲）+ worm（蟲）= silkworm，吐絲的蟲，就是「蠶」。
   A *silkworm* spins a cocoon.（蠶會結繭。）

3. silly *adj.* 愚蠢的 ( = *foolish* )；荒謬的；無聊的
   Don't be *silly*.（別傻了。）

4. **similar** *adj.* 相似的 ( = *alike* )

   | simi + lar |
   | --- |
   | same + adj. |

   同根字還有 resemble（相似）、
   facsimile（傳眞）、simile（明喻）等。

5. similarity *n.* 相似之處 ( = *resemblance* )
   The *similarity* between the two reports is suspicious.
   （這兩篇報告的相似之處相當可疑。）

6. simmer *v.* 用文火慢慢煮 ( = *stew* )
   simmer 諧音「細密」，文火熬煮比較「細密」。
   Let the soup *simmer* for about 30 minutes.
   （將湯以文火慢煮約 30 分鐘。）

7. **simple** *adj.* 簡單的 ( = *easy to do or understand* )
   simple-minded *adj.* 頭腦簡單的

8. simplify *v.* 簡化 ( = *make simpler* )
   simple – e + ify（使…）= simplify
   simplified Chinese characters 簡體中文
   We use the *simplified* version in class.
   （我們在課堂上使用簡化的版本。）
   它的名詞是 simplification（簡化），但少用。

   漢汉
   字字
   simplified Chinese characters

9. **simplicity** *n.* 簡單；樸素 ( = *easiness* )；簡樸
   This examination is *simplicity* itself.
   （這次考試眞是太簡單了。）
   I like the *simplicity* of her dress.（我喜歡她衣著的樸素。）

# 23. *sin*

| | | |
|---|---|---|
| * **sin** ³ | ﹝ sɪn ﹞ | *n.* 罪 |
| **since** ¹ | ﹝ sɪns ﹞ | *conj.* 因為 |
| * **sincere** ³ | ﹝ sɪn'sɪr ﹞ | *adj.* 真誠的 |
| * **sincerity** ⁴ | ﹝ sɪn'sɛrətɪ ﹞【注意發音】 | *n.* 真誠 |
| ‡ **sing** ¹ | ﹝ sɪŋ ﹞ | *v.* 唱歌 |
| ‡ **singer** ¹ | ﹝'sɪŋɚ﹞ | *n.* 歌手 |
| * **single** ² | ﹝'sɪŋgḷ﹞ | *adj.* 單一的 |
| * **singular** ⁴ | ﹝'sɪŋgjələ﹞ | *adj.* 單數的 |
| ‡ **sink** ² | ﹝ sɪŋk ﹞ | *v.* 下沉 |

【記憶技巧】

從上一回的 simplicity（簡單），想到「罪」( sin ) 只有三個字母，很簡單。罪犯也能「因為」( since )「真誠的」( sincere )「唱歌」( sing ) 而成為「歌手」( singer )，但歌路不能是「單一的」( single )，最好組團，不要是「單數的」( singular )，不然聲望很快就會「下沉」( sink )。

1. sin *n.* 罪 ( = *guilt* )
   sin 唸起來像「信」。基督信仰相「信」人有「罪」。
   Christians believe in the original *sin* of mankind.
   ( 基督徒相信人有原罪。)

2. since *conj.* 因為；自從 ( = *from* )；既然 ( = *now that* )
   後面可接子句，也可直接接名詞。

She is the most successful novelist *since* J.K. Rowling.
（她是繼 J.K. 羅琳之後最成功的小說家。）

3. **sincere** *adj.* 真誠的 ( = *from one's heart* )
cere 唸起來像「洗了」,「真誠的」懺悔可以把「罪」( sin ) 洗了 ( cere )。
I want to express my *sincere* apologies for what I did.
（我想為我的所作所為表達真誠的歉意。）

sincere 的副詞是 sincerely,常用於書信最後,相當於中文的
「敬上」。英國人寫成 Yours sincerely,美國人寫成 Sincerely
yours 或 Sincerely。

4. **sincerity** *n.* 真誠;誠意 ( = *earnest* )
Misfortune tests the *sincerity* of friends.
（不幸之事能夠考驗朋友的真誠。）

5. **sing** *v.* 唱歌 ( = *make music by voice* )
She often *sings* in the shower.（她常常邊沖澡邊唱歌。）

6. singer *n.* 歌手;唱歌的人 ( = *someone who sings* )
She's a wonderful *singer*.（她歌唱得非常好。）

7. **single** *adj.* 單一的 ( = *only one* );單身的 ( = *not married* )
single bed 單人床　　He is still *single*.（他仍是單身。）
I have answered every *single* question correctly.
（我每一題都回答正確。）

8. singular *adj.* 單數的 ( = *refering to one person or thing* )

> singul+ ar
> │　│
> *single* + *n.*

由 single（單一的）變形,
用在文法上指「單數的」。

The noun "tooth" is *singular*, and "teeth"
is plural.（名詞 tooth 是單數,teeth 是複數。）

sink

9. **sink** *v.* 下沉 ( = *immerse* )　*n.* 水槽
The ship *sank* to the bottom of the sea.（船沈入海底。）

# 24. ski

| | | |
|---|---|---|
| *ski [3] | 〔 ski 〕 | v. 滑雪 |
| *skill [1] | 〔 skɪl 〕 | n. 技巧 |
| *skillful [2] | 〔ˈskɪlfəl 〕 | adj. 熟練的 |
| | | |
| *skin [1] | 〔 skɪn 〕 | n. 皮膚 |
| *skinny [2] | 〔ˈskɪnɪ 〕 | adj. 皮包骨的 |
| skim [6] | 〔 skɪm 〕 | v. 略讀 |
| | | |
| *sketch [4] | 〔 skɛtʃ 〕 | n. 素描 |
| skeleton [5] | 〔ˈskɛlətn̩ 〕 | n. 骨骼 |
| skeptical [6] | 〔ˈskɛptɪkl̩ 〕 | adj. 懷疑的 |

【記憶技巧】

從上一回的 sink（下沉），想到「滑雪」（ski）的「技巧」（skill）要是「熟練的」（skillful）才不會下沈到雪堆裡。雪堆裡發現只剩「皮膚」（skin）的「皮包骨的」（skinny）動物，專家「略讀」（skim）後，看了「素描」（sketch）的「骨骼」（skeleton），露出「懷疑的」（skeptical）表情。

sk 開頭只有這九個字要背。

1. ski  v. 滑雪（= glide on snow）
   「滑雪」（ski）很需要「技巧」（skill）。
   He *skied* down the hill into the village.
   （他從山上滑雪下來，進入了村莊。）

ski

2. **skill** *n.* 技巧（= *ability developed by training or experience*）; 技能
Reading and writing are two different *skills*.
（閱讀和寫作是兩種不同的技能。）

3. **skillful** *adj.* 熟練的（= *adept*）; 擅長的
Jenny is *skillful* at dealing with customers.
（珍妮很擅長應付顧客。）

4. **skin** *n.* 皮膚（= *outer covering of flesh*）
Beauty is only *skin* deep.（【諺】美麗是膚淺的。）

5. **skinny** *adj.* 皮包骨的（= *very thin*）
skin + ny = skinny，瘦得剩下皮（skin），就是「皮包骨的」。

6. **skim** *v.* 略讀（= *read roughly*）; 瀏覽（= *browse*）
It took her an hour to *skim* the book.
（她花了一小時略讀了這本書。）

7. **sketch** *n.* 素描（= *drawing with pencil*）
He made a *sketch* first and then started his
painting.（他先做了素描，才開始作畫。）

sketch

8. **skeleton** *n.* 骨骼（= *framework of bones*）; 骸骨
唸起來諧音「skin 裡頭」。皮膚（skin）裡頭就是「骨骼」。
The researchers dug out a dinosaur *skeleton*.
（研究人員挖出了一副恐龍骸骨。）

9. **skeptical** *adj.* 懷疑的（= *doubtful*）

| skept + ical |
| --- |
| suspect + adj. |

skept 是 suspect（懷疑）
後半段的變形。

He listened to me with a *skeptical* expression.
（他聽我講話時露出懷疑的表情。）

# *25. slave*

| | | | |
|---|---|---|---|
| * **slave** [3] | 〔 slev 〕 | n. | 奴隸 |
| **slavery** [6] | 〔'slevərɪ 〕 | n. | 奴隸制度 |
| **slay** [5] | 〔 sle 〕 | v. | 殺害 |
| | | | |
| * **slip** [2] | 〔 slɪp 〕 | v. | 滑倒 |
| * **slipper** [2] | 〔'slɪpɚ 〕 | n. | 拖鞋 |
| * **slippery** [3] | 〔'slɪpərɪ 〕 | adj. | 滑的 |
| | | | |
| * **slope** [3] | 〔 slop 〕 | n. | 斜坡 |
| **sloppy** [5] | 〔'slɑpɪ 〕 | adj. | 邋遢的 |
| * **slogan** [4] | 〔'slogən 〕 | n. | 口號 |

【記憶技巧】

　　從上一回的 skim（略讀），想到如果對「奴隸」
（slave）的新聞只是略讀，會讓「奴隸制度」（slavery）
「殺害」（slay）更多窮人。窮人可能穿著「拖鞋」
（slipper）「滑倒」（slip）在很「滑的」（slippery）「斜
坡」（slope），受傷又「邋遢的」（sloppy），很可憐，喊
出平等的「口號」（slogan）。

這 9 個字分三組，都是 sl 開頭。

1. **slave** *n.* 奴隸（ = *a laborer owned by another person* ）
   slave 唸起來像「使累伕」，受使役而疲累的人，就是「奴隸」。
   He is a *slave* of money.（他是個守財奴。）

2. **slavery** *n.* 奴隸制度（ = *the system of owning slaves* ）
   slave + ry（集合名詞） = slavery

**BOOK**

**12**

When was *slavery* abolished in America?
（美國是什麼時候廢除奴隸制度的？）

3. slay v. 殺害（= *kill violently*）【三態變化為：slay–slew–slain】
「砍」（slash）「奴隸」（slave）就會造成「殺害」（slay）。
The knights were *slain* during the battle.
（騎士們在戰役中被殺害。）

4. **slip** v. 滑倒（= *slide by accident*）；滑落
There's many a *slip* between the cup and the lip.
（【諺】酒杯到唇邊還可能滑落；事情往往會功敗垂成。）

5. slipper n. 拖鞋（= *a very simple kind of shoe*）

| slipp + er |
| :-: |
| slip + n. |

「拖鞋」（slipper）容易「滑倒」（slip）。
er 結尾的鞋還有 sneakers（運動鞋）。

6. slippery adj. 滑的（= *causing slipping*）；滑溜的
a slippery eel　滑溜溜的鰻魚

7. slope n. 斜坡（= *slant*）
在斜坡（slope）上會滾下來，唸起來像「使落坡」。

slope

8. sloppy adj. 邋遢的；凌亂的（= *messy*）
「想睡覺的」（sleepy）時候，會很「邋遢」（sloppy）。
He is very *sloppy* at home.（他在家的時候非常邋遢。）

9. slogan n. 口號；標語（= *a phrase to draw attention*）
s + log（說）+ an = slogan
"Union is strength" is their *slogan*.
（「團結就是力量」是他們的口號。）

# 26. sneak

| | | |
|---|---|---|
| **sneak**[5] | 〔 snik 〕 | v. 偷偷地走 |
| **sneaky**[6] | 〔'snikɪ 〕 | adj. 鬼鬼祟祟的 |
| **\*\*sneakers**[5] | 〔'snikɚz 〕 | n. pl. 運動鞋 |
| **sneer**[6] | 〔 snɪr 〕 | v. 嘲笑 |
| **\*sneeze**[4] | 〔 sniz 〕 | v. 打噴嚏 |
| **sniff**[5] | 〔 snɪf 〕 | v. 嗅 |
| **soak**[5] | 〔 sok 〕 | v. 浸泡 |
| **\*\*soap**[1] | 〔 sop 〕 | n. 肥皂 |
| **soar**[6] | 〔 sor 〕 | v. 翱翔 |

【記憶技巧】

從上一回奴隸的 slogan（口號），想到沒錢付醫院費用，「偷偷地走」（sneak），「鬼鬼祟祟的」（sneaky），來不及穿「運動鞋」（sneakers），受到路人「嘲笑」（sneer），又「嗅」（sniff）到奇怪的味道而「打噴嚏」（sneeze），回家「浸泡」（soak）在「肥皂」（soap）水裡，很想「翱翔」（soar）天際。

1. sneak v. 偷偷地走（= *slink away*）
   Jimmy *sneaked* out to play basketball.
   （吉米偷溜出去打籃球。）

2. sneaky adj. 鬼鬼祟祟的（= *sly and stealthy*）
   諧音：鬼鬼祟祟的（sneaky），要「使匿跡」。

BOOK

**12**

His ***sneaky*** behavior alerted the police.
（他鬼鬼祟祟的行為讓警察警覺起來。）

3. sneakers  *n. pl.* 運動鞋（ = *cloth shoes with rubber soles* ）
***Sneakers*** are usually worn for sports. （運動鞋通常穿來運動。）

"sn" 帶有鼻音，接下來三個字 sneer–sneeze–sniff 都和鼻子有關。

4. sneer  *v.* 嘲笑；輕視（ = *scorn* ）
鼻音常用來表示不屑，就會「嘲笑；輕視」。
In stead of helping, they just sat and ***sneered***.
（他們不幫忙，只在那邊嘲笑。）

5. **sneeze**  *v.* 打噴嚏（ = *let out a sudden breath from the nose* ）
「打噴嚏」也是鼻子的動作。
Flu is usually spread by coughs and ***sneezes***.
（流行性感冒常由咳嗽和噴嚏所傳染。）

6. sniff  *v.* 嗅（ = *smell* ）
「嗅」也是鼻子的動作。

sniff

The dog stopped to ***sniff*** the bird. （狗停下來嗅那隻鳥。）

7. soak  *v.* 浸泡（ = *lie in water* ）；使溼透
soaked to the skin  渾身溼透；淋成落湯雞

8. soap  *n.* 肥皂（ = *a substance for cleansing* ）
soap opera  （電視或廣播中的）連續劇（ = *serial* ['sɪrɪəl] ）
「連續劇」之所以稱作 soap opera（肥皂劇），是因為第一個
在美國廣播電台播出的連續劇有「肥皂」（soap）的廣告。】

9. soar  *v.* 翱翔（ = *fly high* ）  *v.* 暴漲
The eagle was ***soaring*** high above.
（那隻老鷹在高空翱翔。）
Prices have ***soared***. （物價暴漲。）

soar

# *27. social*

| | | | |
|---|---|---|---|
| **social** [2] | ('soʃəl ) | *adj.* | 社會的 |
| **socialist** [6] | ('soʃəlɪst ) | *n.* | 社會主義者 |
| **socialism** [6] | ('soʃəl‚ɪzəm ) | *n.* | 社會主義 |
| | | | |
| **socialize** [6] | ('soʃə‚laɪz ) | *v.* | 交際 |
| **society** [2] | ( sə'saɪətɪ ) | *n.* | 社會 |
| **sociable** [6] | ('soʃəbḷ ) | *adj.* | 善交際的 |
| | | | |
| **sociology** [6] | (‚soʃɪ'alədʒɪ ) | *n.* | 社會學 |
| **socks** [2] | ( saks ) | *n. pl.* | 短襪 |
| **socket** [4] | ('sakɪt ) | *n.* | 插座 |

【記憶技巧】

> 從上一回的 soar (翱翔),想到「社會的」( social )
> 現實令人難以翱翔,所以有「社會主義者」( socialist )
> 提倡「社會主義」( socialism )。在「社會」( society )
> 上「交際」( socialize ) 的人多了,會變「善交際的」
> ( sociable ),不用讀「社會學」( sociology ),只要穿
> 著「短襪」( socks ),在家插著「插座」( socket ) 用電
> 腦上網交友。

1. **social** *adj.* 社會的 (= *relating to society* );社交的
   social phenomenon 社會現象    social activity 社交活動

2. **socialist** *n.* 社會主義者 (= *supporter of socialism* )
   social + ist ( 人 ) = socialist

Most *socialists* support the idea of a welfare state.
（大多社會主義者支持福利國家的理念。）

3. socialism *n.* 社會主義（= *an idea of equal distribution of goods and resources to the society*）

> social ＋ ism
> ｜　　　｜
> 社會　＋主義

以 ism 結尾的字很多，常見的有 racism（種族主義）、terrorism（恐怖主義）等。

4. socialize *v.* 交際（= *interact*）；使社會化
People don't *socialize* with their neighbors as much as they used to.（人們不像過去一樣那麼常與鄰居交際了。）

5. **society** *n.* 社會（= *a community of people*）
civil society 公民社會

6. sociable *adj.* 善交際的（= *enjoying being with others*）
字根 soci 意為「連結」，所以 associate 是「聯想」。
soci（連結）＋ able（能夠）= sociable
She is an outgoing and *sociable* kind of person.
（她是個外向而善交際的人。）

7. sociology *n.* 社會學（= *study of society*）
Her college major was *sociology*.
（她大學主修社會學。）

sociology

8. socks *n. pl.* 短襪（= *short stockings*）
【比較】stockings（'stɑkɪŋz）*n. pl.* 長襪

9. socket *n.* 插座（= *outlet*）
She put the electric plug into the *socket*.
（她將插頭接上插座。）

# *28.* soda

| | | | |
|---|---|---|---|
| **soda** [1] | ('sodə ) | *n.* | 蘇打水 |
| **sodium** [6] | ('sodɪəm ) | *n.* | 鈉 |
| **sofa** [1] | ('sofə ) | *n.* | 沙發 |
| | | | |
| **soft** [1] | ( sɔft ) | *adj.* | 柔軟的 |
| **soften** [5] | ('sɔfən )【t 不發音】 | *v.* | 軟化 |
| **software** [4] | ('sɔft,wɛr ) | *n.* | 軟體 |
| | | | |
| **sole** [5] | ( sol ) | *adj.* | 唯一的 |
| **solar** [4] | ('solə ) | *adj.* | 太陽的 |
| **soldier** [2] | ('soldʒə ) | *n.* | 軍人 |

【記憶技巧】

　　從上一回的插 socket ( 插座 ) 用電腦，想到喝著「汽水」( soda )，含有「鈉」( sodium ) 的成分，坐在「沙發」( sofa ) 上。「柔軟的」( soft ) 沙發讓身體「軟化」( soften )，在上面用電腦「軟體」( software ) 很舒服。「唯一的」( sole ) 壞處是少了「太陽的」( solar ) 照耀，不像「軍人」( soldier ) 一樣強壯。

1. **soda** *n.* 蘇打水 ( = *soda water* )；汽水；氣泡水
   soda 是所有氣泡飲料的總稱，如 Coke ( 可口可樂 )、Pepsi ( 百事可樂 )、7-up ( 七喜 ) 等皆是。

2. **sodium** *n.* 鈉 ( = *a silver-white metal; Na* )
   The chemical formula of ***sodium*** carbonate is $Na_2CO_3$.
   ( 碳酸鈉的化學式是 $Na_2CO_3$。 )

3.  sofa   *n.* 沙發 ( = *couch* )
    音譯爲「沙發」。「長沙發」則是 couch〔kautʃ〕。

4.  soft   *adj.* 柔軟的 ( = *tender* )
    soft power   軟實力
    soft drink   軟性飲料；不含酒精的飲料

5.  soften   *v.* 軟化 ( = *become soft* )
    soft + en ( 使… ) = soften
    I felt that he was beginning to *soften* towards me.
    ( 我感覺他對我的態度開始軟化了。)

6.  software   *n.* 軟體 ( = *computer program* )

    | soft + ware |
    | soft + 用具 |

    「軟體」也是一種用具，
    相反詞是 hardware ( 硬體 )。

    She downloaded the new *software*.
    ( 她下載了新的軟體。)

7.  sole   *adj.* 唯一的 ( = *only* )
    The story was published with the *sole* purpose of selling it.
    ( 這個故事出版的唯一目的是銷售。)

8.  solar   *adj.* 太陽的 ( = *relating to the sun* )
    solar power   太陽能
    solar calendar   陽曆
    solar eclipse   日蝕
    solar panel   太陽能板

    solar panel

9.  soldier   *n.* 軍人 ( = *member of an army* )
    【比較】veteran〔'vɛtərən〕*n.* 老兵；退伍軍人；老手

# *29. solemn*

| | | | |
|---|---|---|---|
| * **solid** ³ | ('salɪd ) | *adj.* | 堅固的 |
| **solidarity** ⁶ | (,salə'dærətɪ ) | *n.* | 團結 |
| **solemn** ⁵ | ('saləm ) | *adj.* | 嚴肅的 |
| | | | |
| **solitary** ⁵ | ('salə,tɛrɪ ) | *adj.* | 孤獨的 |
| **solitude** ⁶ | ('salə,tjud ) | *n.* | 孤獨 |
| **solo** ⁵ | ('solo ) | *n.* | 獨奏 |
| | | | |
| ** **solve** ² | ( salv ) | *v.* | 解決 |
| * **solution** ² | ( sə'luʃən ) | *n.* | 解決之道 |
| **soothe** ⁶ | ( suð ) | *v.* | 安撫 |

【記憶技巧】

　　從上一回的 solider ( 軍人 ) 想到軍人要有「堅固的」( solid ) 信心，並且要「嚴肅」( solemn ) 剛直，還要注重「團結」( solidarity )，不能以「孤獨的」( solitary ) 身影「獨奏」( solo )。有「孤獨」( solitude ) 的情形要想辦法「解決」( solve )，「解決之道」( solution ) 是「安撫」( soothe ) 人心。

1. **solid** *adj.* 堅固的 ( = *hard* )；固體的
　　「堅固的」東西有「單一的」( sole ) 形狀，不會歪曲或散掉。
　　solid foundation　堅實的基礎
　　solid faith　堅實的信心
　　in a solid state　成固體的形態

**BOOK**
**12**

2. solidarity *n.* 團結 ( = *unity* )

> solid + arity
> |　　　|
> 堅固的 + *n.*

要變得「堅固」( solid )，得要靠「團結」( solidarity )。

「團結」也要凝聚成「單一的」( sole )。

I am here to express my *solidarity* with the people.
（我來此是為了表達我與人民團結一致。）

3. solemn *adj.* 嚴肅的 ( = *very serious* )
Their faces suddenly grew *solemn*.（他們的臉突然變得很嚴肅。）

接下來的五個 sol 開頭的字，都與 sole（單一的）有關。

4. solitary *adj.* 孤獨的 ( = *lonely* )
soli (*sole*) + tary (*adj.*) = solitary
The benches were empty except for a *solitary* figure.
（長椅空空，只有一個孤獨的身影。）

5. solitude *n.* 孤獨 ( = *loneliness* )
live in solitude 孤獨地生活

6. solo *n.* 獨唱；獨奏 ( = *music performed by one person* )；
單飛；單獨進行的行動
The composer wrote a *solo* for her.
（那位作曲家為她寫了一首獨唱曲。）
violin solo 小提琴獨奏　　piano solo 鋼琴獨奏

violin solo

7. **solve** *v.* 解決；解答 ( = *find out the answer* )
solve a problem 解決問題
Nobody has ever *solved* the mystery.（沒有人曾解開過這個謎。）

8. **solution** *n.* 解決之道 ( = *method to solve a problem* )

9. soothe *v.* 安撫 ( = *relax* )
She made a cup of tea to *soothe* her nerves.
（她泡了一杯茶安撫自己的神經。）

# *30.* *sorry*

| | | | |
|---|---|---|---|
| **sorry** [1] | (ˈsɑrɪ) | *adj.* | 抱歉的 |
| *sorrow [3] | (ˈsɑro) | *n.* | 悲傷 |
| *sorrowful [4] | (ˈsɑrofəl) | *adj.* | 悲傷的 |
| | | | |
| **sour [1] | (saur) | *adj.* | 酸的 |
| **south [1] | (sauθ) | *n.* | 南方 |
| *southern [2] | (ˈsʌðən) 【注意發音】 | *adj.* | 南方的 |
| | | | |
| *sophomore [4] | (ˈsɑfm̩ˌor) | *n.* | 大二學生 |
| sophisticated [6] | (səˈfɪstɪˌketɪd) | *adj.* | 複雜的 |
| *sore [3] | (sor , sɔr) | *adj.* | 疼痛的 |

【記憶技巧】

　　從上一回的 soothe（安撫），想到要安撫「抱歉的」
（sorry）人，減輕他的「悲傷」（sorrow），讓「悲傷
的」（sorrowful）心不要像「酸的」（sour）東西一樣腐
蝕他。可以休假去「南方」（south）曬太陽，感受「南方
的」（southern）溫暖。有個「大二學生」（sophomore）
「複雜的」（sophisticated）「疼痛的」（sore）症狀，度
假放鬆就解決了。

1. sorry　*adj.* 難過的（= *sad*）；抱歉的；遺憾的
　 sorry 不一定是道歉，也可指「難過的；遺憾的」。
　 I am *sorry* for what happened to you.（我對你發生的事感到難過。）
　 這個字以前都唸 (ˈsɔrɪ)，現在，68% 的美國人都唸 (ˈsɑrɪ)，
　 詳見 Longman 發音字典。

2. **sorrow** *n.* 悲傷 ( = *great sadness* )
He expressed his *sorrow* at my father's death.
（他對於我父親的死表達悲傷。）

3. **sorrowful** *adj.* 悲傷的 ( = *causing great sadness* )
a sorrowful sigh 一聲悲嘆

4. **sour** *adj.* 酸的 ( = *with a taste like lemon* )
指味道上的酸。「酸性的」則是 acid 〔'æsɪd 〕。

5. **south** *n.* 南方 ( = *opposite to north* )
in the south of 在…的南部　　to the south of 在…以南

6. **southern** *adj.* 南方的 ( = *relating to south* )
the Southern States 南部各州

7. **sophomore** *n.* 大二學生；高二學生 ( = *student in the second year of a US college or high school* )

sopho + more
|　　　 |
智慧　+ *more*　　升上大二，智慧變多（more）。

美國的高中是四年制。指高中生或大學生，都可以用下列四字：
freshman 大/高一學生　　sophomore 大/高二學生
junior 大/高三學生　　senior 大/高四學生

8. **sophisticated** *adj.* 複雜的 ( = *complicated* )；世故的；老練的

sophis + ticated
|　　　　|
智慧　+ *adj.*　　需要「智慧」，才能理解「複雜的」
　　　　　　　　（sophisticated）東西。

The voters' concerns have become much more *sophisticated*.
（投票者的關切內容變得複雜許多。）

9. **sore** *adj.* 疼痛的 ( = *painful* )
I have a *sore* throat and aching limbs. （我喉嚨痛，四肢疼。）

# *31. space*

| | | | |
|---|---|---|---|
| **space** [1] | 〔 spes 〕 | *n.* | 空間 |
| **spacious** [6] | 〔 'speʃəs 〕 | *adj.* | 寬敞的 |
| **spacecraft** [5] | 〔 'spes,kræft 〕 | *n.* | 太空船 |
| | | | |
| **spark** [4] | 〔 spark 〕 | *n.* | 火花 |
| **sparkle** [4] | 〔 'sparkḷ 〕 | *n. v.* | 閃耀 |
| **sparrow** [4] | 〔 'spæro 〕 | *n.* | 麻雀 |
| | | | |
| **span** [6] | 〔 spæn 〕 | *n.* | 期間 |
| **spade** [3] | 〔 sped 〕 | *n.* | 鏟子 |
| **spaghetti** [2] | 〔 spə'gɛtɪ 〕【注意發音】 | *n.* | 義大利麵 |

【記憶技巧】

從上一回的 sore (疼痛的)，想到有病痛的人要有
「空間」( space ) 休息，最好是「寬敞的」( spacious )，
如「太空船」( spacecraft ) 一般。太空船會冒出「火
花」( spark )，會「閃耀」( sparkle )，嚇昏「麻雀」
( sparrow )，在這個「期間」( span )，要趕快把麻雀
帶回用小「鏟子」( spade ) 來餵牠吃「義大利麵」
( spaghetti )。

1. **space** *n.* 空間 ( = *empty area* )；太空
   電腦的空白鍵，也叫 space。
   **outer space** 外太空
   **look/stare into space** 發呆

2. spacious *adj.* 寬敞的；廣大的（= *wide*）
   無 *spaceful* 這個字。

3. spacecraft *n.* 太空船（= *space shuttle*）

   | space + craft |
   |:---:|
   | &#124;      &#124; |
   | 太空 ＋ 飛機 |

   craft 有兩個意思，「工藝」或是「船；飛機」，
   如 aircraft（飛行器）。

   單複數同形。
   ***Spacecraft*** are vehicles used for flight in outer space.
   （太空船是用來在外太空飛行的交通工具。）

4. spark *n.* 火花（= *a tiny burning piece*）
   He saw electric ***sparks*** from a broken wire.
   （他看到破損的電線冒出火花。）

5. sparkle *n. v.* 閃耀（= *shine with small points of light*）
   「火花」（spark）會「閃耀」（sparkle）。
   The sea ***sparkled*** in the sun.（大海在陽光下閃耀。）

6. sparrow *n.* 麻雀（= *a small brown bird*）
   ***Sparrows*** are common in cities.（麻雀在城市中很常見。）

7. span *n.* 持續的時間（= *amount of time*）；期間
   Over a ***span*** of ten years, the company has made great
   progress.（經過十年的時間，這家公司有了很大的進步。）

8. spade *n.* 鏟子（= *shovel*）；（撲克牌的）黑桃
   撲克牌的「黑桃」，英文也叫 spade，因為是鏟子的形狀。
   **call a spade a spade** 直言不諱【算命時抽
   到「黑桃」（spade）表示惡運，如果是黑桃就說
   是黑桃，也就是「直言不諱」。】

   spade

9. spaghetti *n.* 義大利麵（= *pasta*）

# *32. special*

| | | | |
|---|---|---|---|
| ‡‡**special** [1] | (ˈspɛʃəl) | *adj.* | 特別的 |
| **specialist** [5] | (ˈspɛʃəlɪst) | *n.* | 專家 |
| **specialize** [6] | (ˈspɛʃəlˌaɪz) | *v.* | 專攻 |
| **specialty** [6] | (ˈspɛʃəltɪ) | *n.* | 專長 |
| **specify** [6] | (ˈspɛsəˌfaɪ) | *v.* | 明確指出 |
| *****specific** [3] | (spɪˈsɪfɪk) | *adj.* | 特定的 |
| *****species** [4] | (ˈspiʃɪz) | *n.* | 物種 |
| **specimen** [5] | (ˈspɛsəmən) | *n.* | 標本 |
| *****spear** [4] | (spɪr) | *n.* | 矛 |

【記憶技巧】

從上一回給麻雀吃 spaghetti（義大利麵），想到要找「特別的」（special）「專家」（specialist）來醫治牠。這位專家「專攻」（specialize）的「專長」（specialty）是鳥類醫學，「明確指出」（specify）需要「特定的」（specific）「物種」（species）「標本」（specimen）當藥。於是拿著「矛」（spear）出去獵取。

1. **special** *adj.* 特別的（= *different*） *n.* 特製；特別節日
   Our fish *special* tonight is salmon in a lemonade sauce.
   （我們今晚的魚特餐是檸檬奶油醬鮭魚。）

2. specialist *n.* 專家（= *expert*）
   You need to get some *specialist* advice.
   （你必須請教專家的意見。）

3. specialize  *v.* 專攻 ( = *be an expert in* )
   This travel agency *specializes* in European tours.
   ( 這家旅行社專攻歐洲旅遊。)

4. specialty  *n.* 專長 ( = *speciality* );( 商店的 ) 名產；特產；
   招牌菜
   His *speciality* was night photography. ( 他的專長是夜間攝影。)
   The menu changes daily, though the *specialty* is seafood.
   ( 菜單每天都變,不過招牌菜是海鮮。)

5. specify  *v.* 明確指出 ( = *explain in an exact way* )
   The rules clearly *specify* that vendors must accept
   vouchers. ( 這些條款明確規定攤商必須接受禮券。)

6. **specific**  *adj.* 特定的 ( = *particular* )
   Could you be more *specific* about what you are
   looking for? ( 你可以把你要找的東西說得更具體一點嗎?)

7. **species**  *n.* 物種；種 ( = *a biological classification* )
   生物的種類叫 species,單複數同型,如 the human species
   「人類」。
   a rare species  一種稀有物種
   endangered species  瀕臨絕種的動物 ( species 為複數形 )

8. **specimen**  *n.* 標本 ( = *example* )
   She treasures a very fine butterfly *specimen*.
   ( 她珍藏著一個保存完好的蝴蝶標本。)

specimen

9. **spear**  *n.* 矛 ( = *a long weapon with one sharp end* )
   「矛」( spear ) 用來「穿刺」( pierce )。
   These people hunt with *spears*. ( 這些人用長矛打獵。)
   【比較】Shakespeare〔'ʃek͵spɪr〕*n.* 莎士比亞

# 33. *spectacle*

| | | |
|---|---|---|
| **spectacle** [5] | 〔'spɛktəkl̩〕 | n. 奇觀 |
| **spectator** [5] | 〔'spɛktetɚ〕 | n. 觀眾 |
| **spectacular** [6] | 〔spɛk'tækjəlɚ〕 | adj. 壯觀的 |
| **spectrum** [6] | 〔'spɛktrəm〕 | n. 光譜 |
| **speculate** [6] | 〔'spɛkjə,let〕 | v. 推測 |
| *****speech** [1] | 〔spitʃ〕 | n. 演講 |
| *****speed** [2] | 〔spid〕 | n. 速度 |
| ******spell** [1] | 〔spɛl〕 | v. 拼（字） |
| ****spelling** [2] | 〔'spɛlɪŋ〕 | n. 拼字 |

【記憶技巧】

從上一回的 spear（矛），想到競技場持矛決鬥是「奇觀」（spectacle），有很多「觀眾」（spectator）。在「壯觀的」（spectacular）場景中，太陽折射出七彩「光譜」（spectrum），主持人很激昂，「推測」（speculate）「演講」（speech）的「速度」（speed）比書記官「拼字」（spelling）的速度快上兩倍。

1. spectacle *n.* 奇觀；壯觀的場面（= *a grand sight*）；景象；(*pl.*) 眼鏡

spect 的字根意義是「看」。有「眼鏡」更能看清楚「壯觀的場面」，都跟「看」很有關係。

The fireworks dislay was such a fine *spectacle*.

（那場煙火秀的場面相當壯觀。）

2. spectator *n.* 觀衆 ( = *audience* )

> | spect + ator |
> | :---: |
> | &#124;    &#124; |
> | *see* + 人 |

看的人，就是「觀衆」。
而 audience 則較強調「聽衆」。

這個字美國人唸成〔'spɛktetə〕，91% 的英國人唸成〔spɛk'tetə〕。
The match attracted over 40,000 *spectators*.
（這場比賽吸引了超過四萬名觀衆。）

3. **spectacular** *adj.* 壯觀的 ( = *very impressive to see* )
We had a *spectacular* view of the coastline from the plane.
（我們從飛機上看到了壯觀的海岸線景觀。）

4. **spectrum** *n.* 光譜 ( = *range of colors* )
複數形是 spectra〔'spɛktrə〕。
They are looking at the *spectra* of the reflected
light.（他們觀察著反射出了的光譜。）

spectrum

5. **speculate** *v.* 推測 ( = *guess* )
「推測」必須要先觀察，會一直「看」( spec )。
The police are *speculating* on his motives.
（警方正在推測他的動機。）

6. **speech** *n.* 演講 ( = *speaking* )
make/give/deliver a speech 發表演說

7. **speed** *n.* 速度 ( = *rate of moving; velocity* )
at full speed 全速　　speed limit 速限

8. **spell** *v.* 拼（字）( = *say or write letters of words* )
*n.* 符咒；魅力　　「符咒」也要正確地「拼」出來才會有效。
cast a spell on *sb.* 對某人施魔咒　*n.* 使某人著迷

9. **spelling** *n.* 拼字 ( = *the correct way of writing a word* )
spelling bee （一種流行於美國校園的）拼字比賽

# *34. spice*

| | | | |
|---|---|---|---|
| *__spice__ ³ | 〔 spaɪs 〕 | *n.* 香料 |
| *__spicy__ ⁴ | 〔'spaɪsɪ 〕 | *adj.* 辣的 |
| *__spider__ ² | 〔'spaɪdɚ 〕 | *n.* 蜘蛛 |
| *__spin__ ³ | 〔 spɪn 〕 | *v.* 旋轉 |
| *__spinach__ ² | 〔'spɪnɪdʒ 〕【注意發音】 | *n.* 菠菜 |
| __spine__ ⁵ | 〔 spaɪn 〕 | *n.* 脊椎骨 |
| *__spirit__ ² | 〔'spɪrɪt 〕 | *n.* 精神 |
| *__spiritual__ ⁴ | 〔'spɪrɪtʃuəl 〕 | *adj.* 精神上的 |
| __spire__ ⁶ | 〔 spaɪr 〕 | *n.* 尖塔 |

【記憶技巧】

從上一回的書記官 spelling（拼字）想到拼字很無聊，要吃「香料」（spice），最好是「辣的」（spicy），太辣像被「蜘蛛」（spider）咬，辣到「脊椎骨」（spine）都扭曲「旋轉」（spin），吃「菠菜」（spinach）解辣，辣到快要「精神」（spirit）崩潰。為了「精神上的」（spiritual）慰藉，去「尖塔」（spire）朝聖。

1. spice *n.* 香料（= *flavor*）；趣味
   Variety is the *spice* of life.
   （【諺】變化是生活的香料。）

spices

2. spicy *adj.* 辣的（= *strong hot flavor*）
   「香料」（spice）常是「辣的」（spicy）。

*Spicy* food has a strong hot flavor.
（辣的食物有著強烈而辛熱的味道。）

3. spider　*n.* 蜘蛛（ = *an animal with eight legs that weaves a web to catch insects*）
【比較】Spiderman　*n.* 蜘蛛人【電影名】

4. spin　*v.* 旋轉（ = *rotate*）；紡織（ = *weave*）
The dancers were *spinning* in circles.
（舞者們繞著圈旋轉身體。）
spin thread out of wool　將羊毛紡成紗

5. spinach　*n.* 菠菜（ = *a vegetable with dark green leaves*）

spinach

6. spine　*n.* 脊椎骨（ = *bones along an animal's back*）；骨氣
He'll never do it—he's got no *spine*.
（他不會這麼做的，他沒那個骨氣。）

7. **spirit**　*n.* 精神（ = *mood*）
high-spirited　*adj.* 精神高昂的
low-spirited　*adj.* 精神低落的

8. **spiritual**　*adj.* 精神上的（ = *related to spirit*）
People in the modern society usually neglect their *spiritual* needs.（現代社會的人們常忽略了精神上的需求。）

9. spire　*n.* 尖塔（ = *a building with a pointed top*）

spire

# *35. splendor*

| | | | |
|---|---|---|---|
| **splendor** [5] | ('splɛndɚ ) | *n.* | 光輝 |
| ***splendid** [4] | ('splɛndɪd ) | *adj.* | 壯麗的 |
| ***splash** [3] | ( splæʃ ) | *v.* | 濺起 |
| | | | |
| ***split** [4] | ( splɪt ) | *v.* | 使分裂 |
| ***spoil** [3] | ( spɔɪl ) | *v.* | 破壞 |
| **spokesperson** [6] | ('spoks,pɝsn̩ ) | *n.* | 發言人 |
| | | | |
| **sponge** [5] | ( spʌndʒ ) | *n.* | 海綿 |
| **sponsor** [6] | ('spɑnsɚ ) | *n.* | 贊助者 |
| **spontaneous** [6] | ( spɑn'tenɪəs ) | *adj.* | 自動自發的 |

【記憶技巧】

從上一回 spire（尖塔）想到尖塔充滿「光輝」
（splendor），是非常「壯麗的」（splendid），心中「濺
起」（splash）景仰的情懷。突然有東西「使」水池「分
裂」（split），天使「發言人」（spokesperson）出現，
說人心被「破壞」（spoil），應該用「海綿」（sponge）
清洗，並擔任慈善機構的「贊助者」（sponsor），而且要
是「自動自發的」（spontaneous）。

1. splendor *n.* 光輝 ( = *brilliance* )；華麗
   The *splendor* of the old temple has faded.
   （那座古寺的光輝已褪色。）

2. splendid *adj.* 壯麗的 ( = *magnificent* )
   是 splendor 的形容詞。

The huge windows gave us a *splendid* view of the grounds.
（那扇大窗戶讓我們能看到地表壯麗的景色。。）

3. splash  *v.* 濺起（ = *flying mass of liquid* ）  *n.* 水濺起的聲音
是擬聲字，模仿水花「啪啦」「濺起」（ splash ）的聲音。

4. split  *v.* 使分裂（ = *divide* ）；分攤
The issue *split* the party. （該問題使黨分裂。）
Let's *split*. （我們平均分攤吧。）

5. spoil  *v.* 破壞（ = *make worse* ）；寵壞
Too many cooks *spoil* the broth. （【諺】人多手腳忙。）
Spare the rod, *spoil* the child. （【諺】不打不成器。）

6. spokesperson  *n.* 發言人（ = *spokesman* ）
The company's *spokesperson* said that she had no comment
on that report. （公司發言人說，對於該項報導不予置評。）

7. sponge  *n.* 海綿（ = *a piece of a soft
substance used for sucking up liquid
and for cleaning things* ）
Wipe the table with a clean *sponge*.
（用一塊乾淨海綿擦擦桌面。）

sponge

8. sponsor  *n.* 贊助者（ = *financial supporter* ）  *v.* 贊助
sponsor 諧音「是幫者」。「贊助者」，就「是幫者」。
Many sports teams could not survive without commercial
*sponsors*. （許多球隊沒有商業贊助就無法生存。）

9. spontaneous  *adj.* 自動自發的（ = *in a natural way* ）；
自發性的
spontaneous combustion  自燃
She made a *spontaneous* offer of help.
（她自動地提出可以幫忙。）

# *36. spoon*

| | | | |
|---|---|---|---|
| ***spoon** [1] | 〔 spun 〕 | *n.* | 湯匙 |
| *sport** [1] | 〔 sport 〕 | *n.* | 運動 |
| *sportsman** [4] | 〔'sportsmən 〕 | *n.* | 運動家 |
| | | | |
| *spot** [2] | 〔 spat 〕 | *n.* | 地點 |
| spotlight [5] | 〔'spat,laɪt 〕 | *n.* | 聚光燈 |
| spouse [6] | 〔 spaʊz 〕 | *n.* | 配偶 |
| | | | |
| *spray** [3] | 〔 spre 〕 | *v.* | 噴灑 |
| *sprain** [3] | 〔 spren 〕 | *v.* | 扭傷 |
| sprawl [6] | 〔 sprɔl 〕 | *v.* | 手腳張開地躺著 |

【記憶技巧】

　　　從上一回的 spontaneous（自動自發的），想到拿著
「湯匙」（spoon）吃完飯的「運動家」（sportsman）要
自動自發去做「運動」（sport）。運動的「地點」（spot）
早就被「聚光燈」（spotlight）照著，陪他運動的「配偶」
（spouse）很受矚目。結果庭園自動「噴灑」（spray）
系統噴的水讓他滑倒「扭傷」（sprain），只能「手腳張開
地躺著」（sprawl）。

1. spoon *n.* 湯匙（= *scoop*）
   【比較】teaspoon *n.* 茶匙　　tablespoon *n.*（餐桌用的）湯匙

2. sport *n.* 運動（= *physical activity*）
   形容詞是 sports *adj.* 運動的。
   sports pages 體育版　　sports equipment 體育用品

3. sportsman *n.* 運動家 ( = *a man who plays sport* )；運動
   sports + man = sportsman
   sportsmanship 則是「運動家精神」。
   The players on our team are all well-trained ***sportsmen***.
   （我們隊上的球員都是訓練有素的運動員。）

4. **spot** *n.* 地點 ( = *particular place* )    *v.* 發現
   on the spot  當場 ( = *on the scene* )
   They were ***spotted*** by the police as soon as/when they
   entered the bank. （他們進入銀行時就被警察發現了。）

5. spotlight *n.* 聚光燈 ( = *a powerful light that shines
   on a small area* )
   the spotlight  眾人矚目的焦點
   She's enjoying life under the ***spotlight***.
   （她很享受聚光燈下的生活。）

   spotlight

6. spouse *n.* 配偶 ( = *husband or wife* )
   諧音：對「配偶」( spouse ) 絕不能「施暴」，要「死抱」。
   You must treat your ***spouse*** well. （一定要對你的配偶好。）

7. spray *v.* 噴灑 ( = *scatter tiny drops* )
   She ***sprayed*** herself with perfume.
   （她把自己噴上香水。）
   【比較】pray〔pre〕*v.* 祈禱

   spray

8. sprain *v.* 扭傷 ( = *injure a joint by twisting it* )
   「噴水」( spray ) 或「下雨」( rain )，容易「扭傷」( sprain )。
   sprain *one's* ankle  扭傷腳踝

9. sprawl *v.* 手腳張開地躺著
   ( = *lie with limbs spread out* )
   sprawl and watch TV  躺著看電視

   sprawl

# *1. sprinkle*

| *sprinkle ³ | (ˈsprɪŋkḷ ) | v. 灑 |
| sprinkler ³ | (ˈsprɪŋklɚ ) | n. 灑水裝置 |
| sprint ⁵ | ( sprɪnt ) | v. 衝刺 |
| squad ⁶ | ( skwɑd ) | n. 小隊 |
| squash ⁵,⁶ | ( skwɑʃ ) | v. 壓扁 |
| squat ⁵ | ( skwɑt ) | v. 蹲（下） |
| ***square ² | ( skwɛr ) | n. 正方形 |
| *squeeze ³ | ( skwiz ) | v. 擠壓 |
| *squirrel ² | (ˈskwɝəl , skwɝl ) | n. 松鼠 |

【記憶技巧】

發生一場火災，消防隊員要「灑」（sprinkle）水滅火，帶了「灑水裝置」（sprinkler）並「衝刺」（sprint）到現場，帶著一「小隊」（squad）人，進入快被「壓扁」（squash）的平房，「蹲」（squat）低從門口進入「正方形」（square）的房子，看到被「擠壓」（squeeze）在門縫中不知所措的「松鼠」（squirrel）。

1. sprinkle v. 灑（ = *scatter* = *spray* = *spread* )；撒；下小雨
   n. 少量；一點點
   He *sprinkled* the roses with water.（他在玫瑰花上灑水。）
   Add a *sprinkle* of salt.（加一點鹽。）

2. sprinkler n. 灑水裝置（ = *a piece of equipment used for automatically sprinkling water* )；自動灑水滅火器

sprinkler

3. sprint  *v.* 衝刺（= *run at full speed*）  *n.* 衝刺；短跑
   s + print（列印）= sprint，列印東西要很快，就是「衝刺」。
   He *sprinted* to the finish line.（他一路衝刺到終點線。）

4. squad  *n.* 小隊（= *group*）；小組；（軍隊的）班
   在軍中，squad 是「班」，約 8 至 12 人；三個班為一「排」
   （platoon〔plæ'tun〕）；三個排為一「連」（company）。
   firing squad  行刑隊；鳴槍隊    football squad  足球隊
   the drug squad  緝毒小組

5. squash  *v.* 壓扁（= *crush*）；硬塞；擠進  *n.* 南瓜；南瓜屬植物
   s + quash（鎮壓）= squash，諧音：死過去，全部「壓扁」。
   【quash〔kwɑʃ〕*v.* 鎮壓；使平息】
   The cake got a bit *squashed* on the way here.
   （到這裡的路上蛋糕有點被壓扁了。）
   Chinese winter squash  冬瓜

6. squat  *v.* 蹲（下）（= *crouch*）
   這個字看成：sat（坐）+ qu = squat，要坐之前，要先「蹲」。
   The beggar *squatted* all day in the marketplace.
   （那乞丐整天蹲坐在市場。）

7. **square**  *n.* 正方形（= *a rectangular plane with four equal sides
   and four right angles*）；廣場  *adj.* 方形的；平方的
   諧音：四塊二，四是二的「平方」。    Times Square  時代廣場
   A table of 4 feet *square* has an area of 16 *square* feet.
   （四呎見方的桌子面積有十六平方呎。）

8. **squeeze**  *v.* 擠壓（= *press*）；擠；塞
   *Squeeze* the sponge to get rid of the water.
   （把海綿的水分擠掉。）

9. squirrel  *n.* 松鼠（= *a type of animal of the rodent family,
   usually either reddish-brown or grey, with a large bushy tail*）
   諧音：撕果肉，「松鼠」撕開堅果吃果肉。

# *2. stable*

| | | | |
|---|---|---|---|
| *stable ³ | （'steblّ ） | *adj.* | 穩定的 |
| stabilize ⁶ | （'steblّ͵aɪz ） | *v.* | 使穩定 |
| stability ⁶ | （ stə'bɪlətɪ ） | *n.* | 穩定 |
| *stab ³ | （ stæb ） | *v.* | 刺 |
| stack ⁵ | （ stæk ） | *n.* | 堆 |
| *staff ³ | （ stæf ） | *n.* | 職員【集合名詞】 |
| *stand ¹ | （ stænd ） | *v.* | 站立 |
| *standard ² | （'stændəd ） | *n.* | 標準 |
| stanza ⁵ | （'stænzə ） | *n.* | 詩的一節 |

【記憶技巧】

　　　從上一回的「松鼠」( squirrel )，想到一個負責在動物
園養松鼠的人，過著「穩定的」( stable ) 的生活，也「使」
松鼠「穩定」( stabilize )，生活的「穩定」( stability ) 在於
他每天「刺」( stab ) 著乾草「堆」( stack ) 送給籠子裡的動
物，身為稱職的「職員」( staff )，他每天長時間「站立」
( stand )，過著規律「標準」( standard ) 的生活，閒暇時
偶爾吟「詩的一節」( stanza )。

1. stable *adj.* 穩定的 ( = *steady* )
   s + table ( 桌子 ) = stable，桌子必須「穩定的」。

2. stabilize *v.* 使穩定 ( = *stable* )；穩定
   Oil prices have *stabilized*. ( 油價已經穩定下來。)

3. stability　*n.* 穩定（＝*firmness*）
Our country has enjoyed economic ***stability*** for some time.
（我們國家有穩定的經濟一段時間了。）

4. stab　*v.* 刺（＝*pierce*）；戳　*n.* 刺；刺痛（＝*prick*）
諧音：使它破，要讓它破，就要「刺」。
stab *sb.* to death　刺死某人　　stab *sb.* in the back　背叛；背後中傷
She was ***stabbed in the back*** by her supposed "friends."
（她被她認爲的「朋友」背叛。）

5. stack　*n.* 堆；乾草堆（＝*a pile of hay*）　　*v.* 堆放
a stack of　一堆（＝*a pile of* ＝ *a heap of*）
There were ***stacks*** of books on the floor.（地板上有一堆的書。）
***Stack*** the books up against the wall.（把書靠著牆堆放。）

6. **staff**　*n.* 職員（＝*employees*）【可接單數或複數動詞】
諧音：死大夫，大夫死了，只剩「職員」。
The ***staff*** are not happy with the arrangement.
（員工不滿意這樣的安排。）
a member of staff　員工裡的一員【不可説成 a staff（誤）】

7. stand　*v.* 站立；忍受（＝*bear*）；位於　*n.* 立場（＝*opinion*）
I can't ***stand*** any more arguing from you.
（我再也無法忍受你的爭論。）

8. **standard**　*n.* 標準（＝*criterion*）　*adj.* 標準的；普通的
stand（忍受）+ ard（*n.*）= standard，要忍受不同的「標準」。
She always produces work of a high ***standard***.
（她總是創造出高標準的作品。）
double standard　雙重標準

9. stanza　*n.* 詩的一節（＝*a section of a poem*）
詩的一節爲 stanza，文章的一段則用 paragraph。
This poem has four ***stanzas***.（這首詩有四小節。）

# 3. star

| ***star** [1] | 〔 stɑr 〕 | n. 星星 |
| **starch** [6] | 〔 stɑrtʃ 〕 | n. 澱粉 |
| ***stare** [3] | 〔 stɛr 〕 | v. 凝視 |
| ***start** [1] | 〔 stɑrt 〕 | v. 開始 |
| **startle** [5] | 〔'stɑrtḷ 〕 | v. 使嚇一跳 |
| ***starve** [3] | 〔 stɑrv 〕 | v. 飢餓 |
| **starvation** [6] | 〔 stɑr'veʃən 〕 | n. 飢餓 |
| ***statement** [1] | 〔'stɛtmənt 〕 | n. 敘述 |
| **statesman** [5] | 〔'stetsmən 〕 | n. 政治家 |

【記憶技巧】

　　從上一回的「詩的一節」( stanza )，想到有人會吟著詩，看著「星星」( star )，吃著「澱粉」( starch ) 製的餅乾，「凝視」( stare ) 天空，「開始」( start ) 思考未來，這「使」他「嚇一跳」( startle )，找不到工作，會讓家人「飢餓」( starve )，要避免「飢餓」( starvation )，得學會細緻的「敘述」( statement ) 話語，像「政治家」( statesman ) 一樣說服他人伸出援手。

1. star　*n.* 星星 ( = *a small light in the night sky* )；明星　*v.* 主演
a shooting star　流星　　a five-star hotel　五星級飯店
He is *starring* in the new TV series.
( 他目前在那部新的電視影集中擔任主角。)

2. starch　*n.* 澱粉 ( = *a white food substance found especially in flour, potatoes, etc* )；漿糊　*v.* ( 衣服 ) 上漿

3. **stare** *v. n.* 凝視（ = *gaze* ）；瞪眼看
stare *sb.* in the face　就在某人的眼前；清楚地擺在某人眼前
The answer *was staring me in the face*.
（答案擺明在我眼前。）

4. start　*v.* 開始（ = *begin* ）；啓動；引起　*n.*（ = *beginning* ）
start out　以⋯開始
She *started out* as a waitress in a restaurant.
（她一開始是在餐廳當女服務生。）
from start to finish　自始至終；從頭到尾

5. **startle**　*v.* 使嚇一跳（ = *surprise* ）
I didn't mean to *startle* you.（我不是故意想嚇你的。）

| 「驚嚇」程度排行（由弱到強）： | | |
|---|---|---|
| 弱　┌ surprise | ┌ = frighten | ┌ = shock |
| ↓　╎ = startle | ╎ = stun | ╎ = terrify |
| 強　└ = alarm | └ = scare | └ = panic |

6. **starve**　*v.* 飢餓（ = *be very hungry* ）；餓死；使挨餓
諧音：失大富，失去廣大的財富，要「飢餓」了。
I am *starving*!（我快餓死了！）

7. **starvation**　*n.* 飢餓（ = *extreme hunger* ）；餓死
The animals have died of *starvation*.（那些動物餓死了。）

8. **statement**　*n.* 敘述（ = *account* ）；聲明（ = *announcement* ）；
（銀行）對帳單；月結單

9. **statesman**　*n.* 政治家（ = *political figure* ）
He is a great *statesman* and political figure.
（他是位偉大的政治家和政治人物。）
【比較】politician〔͵pɑlə'tɪʃən〕*n.* 政治人物；政客【有時含有貶意】

# *4. state*

| | | |
|---|---|---|
| *state [1] | 〔 stet 〕 | *n.* 州 |
| *station [1] | 〔 'steʃən 〕 | *n.* 車站 |
| | | |
| stationary [6] | 〔 'steʃən‚ɛrɪ 〕 ┐ | *adj.* 不動的 |
| *stationery [6] | 〔 'steʃən‚ɛrɪ 〕 ┘【同音字】 | *n.* 文具 |
| | | |
| statistics [5] | 〔 stə'tɪstɪks 〕 | *n. pl.* 統計數字 |
| statistical [5] | 〔 stə'tɪstɪkl̩ 〕 | *adj.* 統計的 |
| | | |
| *statue [3] | 〔 'stætʃʊ 〕 | *n.* 雕像 |
| stature [6] | 〔 'stætʃɚ 〕 | *n.* 身高 |
| *status [4] | 〔 'stetəs 〕 | *n.* 地位 |

【記憶技巧】

　　　從上一回的「政治家」(statesman)，想到有位政治家，
致力於改善他所住的「州」(state)，在「車站」(station)做
民意調查，當火車「不動的」(stationary)時候，進行安全
檢查，發送「文具」(stationery)給學童，使用各種「統計數
字」(statistics)和「統計的」(statistical)圖表，作為施政
方針，後來州民幫他樹立「雕像」(statue)，同樣的「身高」
(stature)，來表彰他在州的「地位」(status)。

1. **state** *n.* 州 ( = *a region of a country* )；狀態　*v.* 敘述
   The country is drifting into a *state* of chaos.
   (該國正陷入混亂狀態。)

2. station *n.* 車站 ( = *stop* )；所；局

3. stationary　*adj.*　不動的（=*fixed*）
   station（車站）+ ary（*adj.*）= stationary，車站是「不動的」。

4. stationery　*n.*　文具（=*writing materials*）
   station（車站）+ ery（*n.*）= stationery，在車站賣「文具」。
   這個字其實來自於 stationer〔'steʃənɚ〕*n.* 文具商人。

5. statistics　*n. pl.*　統計數字（=*figures giving information about sth.*）；統計學【單數】
   New *statistics* show that economy is continuing to grow.
   （新的統計數字顯示經濟正持續成長。）

6. statistical　*adj.*　統計的（=*of or relating to statistics*）
   statistics（統計數字）– s + al（*adj.*）= statistical
   a statistical method　統計方法

7. **statue**　*n.*　雕像（=*a sculpted figure*）
   state（狀態）– e + ue（*n.*）= statue，站著的
   靜止狀態，就是「雕像」。
   the Statue of Liberty　自由女神像

the Statue of Liberty

8. **stature**　*n.*　身高（=*height*）；名望（=*prestige*）
   state（狀態）– e + ure（*n.*）= stature，站起來的狀態，就是「身高」，引申為「名望」。
   She was a little short in *stature*.（她身高有點矮。）
   a man of stature　有名望的男人

9. **status**　*n.*　地位（=*standing*）；身份（=*position*）；狀況
   state（狀態）– e + us（我們）= status，我們都想要有「身份；地位」。
   She cheated banks to satisfy her desire for money and *status*.
   （她欺騙銀行為了滿足她金錢和地位的慾望。）
   Please indicate your name, age, and marital *status*.
   （請說明你的名字、年齡和婚姻狀況。）

   和 statue，stature，status 很類似的，還有一個字：statute〔'stætʃut〕
   *n.* 法規，這個字不在 7000 字中，但是也很常用。

# 5. steal

| | | |
|---|---|---|
| **steal** [2] | 〔 stil 〕 | v. 偷 |
| **steam** [2] | 〔 stim 〕 | n. 蒸氣 |
| **steamer** [5,6] | 〔'stimɚ 〕 | n. 汽船 |
| **steel** [2] | 〔 stil 〕【和 steal 同音】 | n. 鋼 |
| **steer** [5] | 〔 stɪr 〕 | v. 駕駛 |
| **steep** [3] | 〔 stip 〕 | adj. 陡峭的 |
| **stem** [4] | 〔 stɛm 〕 | n. （樹）幹 |
| **step** [1] | 〔 stɛp 〕 | n. 一步 |
| **stepfather** [3] | 〔'stɛp,faðɚ 〕 | n. 繼父 |

【記憶技巧】

> 從上一回的「地位」（status），想到一位有地位的人，
> 教唆人去「偷」（steal）冒出「蒸氣」（steam）的「汽船」
> （steamer）載運的「鋼」（steel），上岸後，「駕駛」（steer）
> 大卡車開過「陡峭的」（steep）山坡，卻撞倒「樹幹」（stem），
> 差「一步」（step）就可以把貨物交給「繼父」（stepfather）。

1. steal v. 偷（= take without permission）
   【三態變化：steal–stole–stolen】
   steal the show　搶出風頭
   Lisa loves to *steal the show* at parties. （麗莎喜歡在派對搶風頭。）

2. steam n. 蒸氣（= vapor）　v. 冒蒸氣；蒸煮
   s + team（團隊）= steam，團隊的人多，有較多的汗水和「水蒸氣」。
   let off steam　發洩
   The protesters *let off steam* at the meeting. （示威者在會議上發洩。）

3. steamer *n.* 汽船（= *steamship*）; 蒸籠
   steam（蒸氣）+ er (*n.*) = steamer

steamer

4. **steel** *n.* 鋼（= *a very hard alloy of iron and carbon*）
   *v.* 使堅強（= *get ready for something difficult or unpleasant*）
   He *steeled* himself to tell his wife the truth.
   （他提起勇氣去跟他妻子說實話。）

5. steer *v.* 駕駛（= *drive*）; 引導（= *guide*）
   We *steered* the boat into the harbor.（我們駛船入港。）
   steer clear of 避開
   *Steer clear of* the area.（避開那個區域。）

6. steep *adj.* 陡峭的（= *rising with a sudden slope*）; 急遽的
   st + deep（深的）– d = steep，深的地方，要走過「陡峭的」坡。
   It's a *steep* climb to the top of the mountain.
   （爬上山頂的路很陡峭。）
   There was a *steep* rise in oil prices.（油價急遽上漲。）

7. stem *n.*（樹）幹（= *trunk*）; 莖 *v.* 源自於
   stem cell 幹細胞
   *Stem cells* are currently used to treat certain cancers.
   （幹細胞現在被用來治療某些癌症。）
   stem from 源自於; 起因於（= *result from*）
   Many of her problems *stem from* her family.
   （她很多問題都因她的家庭而起。）

8. **step** *n.* 一步（= *pace*）; 步驟 *v.* 走; 邁步
   take a step 走一步    take steps to V. 採取措施
   The government must *take steps to reduce* unemployment.
   （政府一定要採取措施降低失業率。）
   *Step* back or you'll get hit by a ball.（後退點，不然你會被球打到。）

9. stepfather *n.* 繼父（= *the husband of one's mother by a later marriage*）↔ stepmother *n.* 繼母

# *6. stereo*

| \*  **stereo** [3] | 〔'stɛrɪo 〕 | *n.* 立體音響 |
|---|---|---|
| **stereotype** [5] | 〔'stɛrɪə,taɪp 〕 | *n.* 刻板印象 |
| **stern** [5] | 〔stɝn 〕 | *adj.* 嚴格的 |
| **stew** [5] | 〔stju 〕 | *v.* 燉 |
| **steward** [5] | 〔'stjuwəd 〕 | *n.* 服務員 |
| \*  **stick** [2] | 〔stɪk 〕 | *n.* 棍子 |
| \*  **sticky** [3] | 〔'stɪkɪ 〕 | *adj.* 黏的 |
| **stimulate** [6] | 〔'stɪmjə,let 〕 | *v.* 刺激 |
| **stimulation** [6] | 〔,stɪmjə'leʃən 〕 | *n.* 刺激 |

【記憶技巧】

　　從上一回的「繼父」（stepfather），想到繼父對「立體音響」（stereo）有「刻板印象」（stereotype），以及「嚴格的」（stern）品質要求，才能夠邊「燉」（stew）肉，邊聽音樂，並看著「服務員」（steward）用「棍子」（stick）打棉被去灰塵，最後喝著「黏」稠「的」（sticky）濃湯「刺激」（stimulate）味蕾，替無聊的生活增加點「刺激」（stimulation）。

1. **stereo** *n.* 立體音響 ( = *a set of electronic equipment with two speakers* )；鉛版印刷　*adj.* 立體聲的
   諧音：實太利耳，「立體音響」實在太利於耳朵聽音樂。

2. **stereotype** *n.* 刻板印象 ( = *conventional, oversimplified idea* )；典型　*v.* 把…定型
   He doesn't fit the *stereotype* of an American.
   （他不符合人家對美國人的刻板印象。）

3. **stern** *adj.* 嚴格的（= *strict*）；嚴肅的　*n.* 船尾
   諧音：死瞪，死瞪著你，看起來「嚴肅的」。
   Her father was ***stern*** and hard to please.
   （她的父親很嚴肅，難以取悅。）

4. **stew** *v.* 燉（= *cook by slowly boiling*）
   We had ***stewed*** beef for dinner.（我們晚餐吃燉牛肉。）

5. **steward** *n.*（飛機、火車上等）服務員
   stew（燉）+ ard（人）= steward
   steward 這個字加上 ess，即是 stewardess「空中小姐」。

6. **stick** *n.* 棍子（= *rod*）　*v.* 把…插入；黏貼
   【三態變化：stick–stuck–stuck】
   walking stick　枴杖
   stick to　遵守；堅守（= *stick with*）
   If everyone ***sticks to*** the rules, we shouldn't have any problems.
   （如果每個人都遵守規則，應該不會有任何問題。）

7. **sticky** *adj.* 黏的（= *adhesive*〔əd'hisɪv〕）；濕熱的（= *humid*）
   Her hands were ***sticky*** with candy.（她的手被糖果弄得黏黏的。）
   a sticky summer afternoon　濕熱的夏日午後
   sticky rice　糯米　　sticky rice dumpling　粽子

8. **stimulate** *v.* 刺激（= *encourage*）；激發
   諧音：死盯不累，死盯著你會「刺激」你無法休息。其實本字的字
   根 stim 來自於 sting〔stɪŋ〕*v.* 刺；螫，發音跟意義都很接近。
   The government took new measures to ***stimulate*** economy.
   （政府採取新措施來刺激經濟。）

9. **stimulation** *n.* 刺激（= *spur*）
   【比較】simulation〔ˌsɪmjə'leʃən〕*n.* 模擬

# 7. *sting*

| | | | |
|---|---|---|---|
| * **sting** ³ | 〔 stɪŋ 〕 | *v.* | 叮咬 |
| *‡ **stingy** ⁴ | 〔'stɪndʒɪ 〕 | *adj.* | 小氣的 |
| **stink** ⁵ | 〔 stɪŋk 〕 | *v.* | 發臭 |
| **stock** ⁵,⁶ | 〔 stɑk 〕 | *n.* | 股票 |
| * **stocking** ³ | 〔'stɑkɪŋ 〕 | *n.* | 長襪 |
| *‡ **stomach** ² | 〔'stʌmək 〕 | *n.* | 胃 |
| * **stone** ¹ | 〔 ston 〕 | *n.* | 石頭 |
| * **stool** ³ | 〔 stul 〕 | *n.* | 凳子 |
| **stoop** ⁵ | 〔 stup 〕 | *v.* | 彎腰 |

【記憶技巧】

　　從上一回的「刺激」(stimulation)，想到受到他人言語的刺激，要當作被蚊蟲「叮咬」(sting)，「小氣的」(stingy)態度就像「發臭」(stink)的牛奶，對自己沒好處，不如去投資「股票」(stock)，買雙新「長襪」(stocking)，吃美食暖「胃」(stomach)，讓自己快樂，到公園散步踢踢小「石頭」(stone)，走到「凳子」(stool)，「彎腰」(stoop)坐下。

1. **sting** *v.* 叮咬 ( = *bite* )【三態變化：sting–stung–stung】 *n.* 刺痛
   諧音：死叮，蚊子會冒死「叮咬」你。
   Some spiders can *sting*. ( 有些蜘蛛會叮人。)
   She felt the *sting* of tears in her eyes. ( 她哭得眼睛刺痛。)

2. **stingy** *adj.* 小氣的 ( = *mean* )；吝嗇的
   sting ( 叮咬 ) + y (*adj.*) = stingy，「小氣的」人連蚊子都不給叮。
   be stingy with 對…很吝嗇；對…捨不得
   He *is stingy with* money. ( 他捨不得用錢。)

3. stink *v.* 發臭（= *have a very bad smell*）；令人討厭；很糟糕
*n.* 臭味【三態變化：stink–stank–stunk】

stink 可引申很多意思，如：This weather really *stinks*.（這種天氣很糟糕。）That movie really *stinks*.（那部電影真的很爛。）【詳見「一口氣背會話」p.895】。

4. **stock** *n.* 股票（= *share*）；庫存（= *supply*）
He made a living by buying and selling *stocks*.
（他靠買賣股票為生。）
The size is out of *stock*.（這個尺寸已經沒庫存。）

5. stocking *n.* 長襪（= *one of a pair of close-fitting coverings for the legs and feet*）
【比較】sock〔sɑk〕*n.* 短襪

6. **stomach** *n.* 胃（= *the bag-like organ in the body into which food passes*）；腹部；嗜好
They have no *stomach* for a fight.（他們不想打架。）
on an empty stomach　空著肚子；空腹
It's not good to drink alcohol *on an empty stomach*.
（空腹喝酒對身體不好。）

7. stone *n.* 石頭（= *rock*）　　*v.* 用石頭砸
leave no stone unturned　千方百計；想盡辦法
The police *left no stone unturned* to find the child.
（警方想盡辦法要找到那孩童。）

8. stool *n.* 凳子（= *a simple seat without a back or arms*）
oo 就是圓「凳」的樣子。

9. stoop *v.* 彎腰（= *bow* = *bend* = *lean*）；駝背；屈尊
stop（停止）+ o = stoop，累到「彎腰」得停止。
He is tall but he has a tendency to *stoop*.
（他個子高，但有點駝背。）
He wouldn't *stoop* to cheating.（他不會卑屈到去作弊。）

stool

# *8. store*

| | | | |
|---|---|---|---|
| ***store** ¹ | 〔 stor 〕 | *n.* | 商店 |
| **store** ² | 〔 stɔrm 〕 | *n.* | 暴風雨 |
| **stormy** ³ | 〔'stɔrmɪ 〕 | *adj.* | 暴風雨的 |
| **straight** ² | 〔 stret 〕 | *adj.* | 直的 |
| **straighten** ⁵ | 〔'stretn̩ 〕 | *v.* | 使變直 |
| **straightforward** ⁵ | 〔,stret'fɔrwəd 〕 | *adj.* | 直率的 |
| ***strange** ¹ | 〔 strendʒ 〕 | *adj.* | 奇怪的 |
| **strangle** ⁶ | 〔'stæŋgl̩ 〕 | *v.* | 勒死 |
| **strand** ⁵ | 〔 strænd 〕 | *v.* | 使擱淺 |

【記憶技巧】

　　從上一回的「彎腰」(stoop)，想到雨變大，彎腰快跑進
「商店」(store) 躲雨，眼看「暴風雨」(storm) 肆虐，「暴風
雨的」(stormy) 暴雨，讓「直的」(straight) 巷道變成水路，
沖刷了泥土，「使」彎道「變直」(straighten)，「直率的」
(straightforward) 養殖場老闆也遇到「奇怪的」(strange)
情況，他的魚像是被「勒死」(strangle) 一般，「擱淺」
(strand) 在水退去的路邊。

1. store *n.* 商店 ( = *shop* ) *v.* 儲存 ( = *keep* )
*Store* the cake in an airtight container.
（把蛋糕收在密封的容器裡。）

2. storm *n.* 暴風雨 ( = *a violent disturbance in the air* )
*v.* 氣沖沖地離去
He *stormed* out of the room. （他氣沖沖地離開房間。）

BOOK

13

3. stormy *adj.* 暴風雨的 ( = *turbulent* )；激烈的；多風波的
   a stormy night 暴風雨的夜晚
   They had a *stormy* relationship. (他們的關係一波三折。)

4. **straight** *adj.* 直的 ( = *direct* )；坦率的　*adv.* 筆直地；直接地
   straight hair 直髮
   He wouldn't give me a *straight* answer.
   (他不願給我一個坦誠的答覆。)

5. straighten *v.* 使變直 ( = *make straight* )
   He looked in the mirror and *straightened* his tie.
   (他看鏡子把領帶弄直。)

6. straightforward *adj.* 直率的 ( = *direct* )；直接了當的；易懂的
   straight (直的) + forward (向前) = straightforward
   I was impressed by his *straightforward* intelligent manner.
   (我對他直率聰明的態度印象深刻。)

7. strange *adj.* 奇怪的 ( = *odd* )；不熟悉的；不習慣的
   She is still *strange* to the job. (她仍然不習慣這工作。)

8. strangle *v.* 勒死；使窒息 ( = *kill by gripping or squeezing the
   neck tightly = choke = suffocate = smother* )；扼殺
   在 strange 字尾 ge 中加上 l，就是 strangle。
   He *strangled* her with a nylon rope. (他用尼龍繩勒死了她。)
   strangle economy 扼殺經濟

9. strand *v.* 使擱淺 ( = *bring to the ground* )；使處於困境
   在 stand 的字中加上 r，就變成 strand。
   The storm *stranded* the ship on the rocks.
   (暴風雨使那艘船擱淺在石頭上。)
   He was *stranded* in a foreign country without money.
   (他受困在國外，身上沒錢。)

# 9. *straw*

| | | | |
|---|---|---|---|
| **straw** [2] | 〔 strɔ 〕 | *n.* 稻草 |
| **strawberry** [2] | 〔'strɔ,bɛrɪ 〕 | *n.* 草莓 |
| **stray** [5] | 〔 stre 〕 | *adj.* 走失的 |
| **strategy** [3] | 〔'strætədʒɪ 〕 | *n.* 策略 |
| **strategic** [6] | 〔 strə'tidʒɪk 〕 | *adj.* 策略上的 |
| **strap** [5] | 〔 stræp 〕 | *n.* 帶子 |
| **strength** [3] | 〔 strɛŋθ 〕 | *n.* 力量 |
| **strengthen** [4] | 〔'strɛŋθən 〕 | *v.* 加強 |
| **stress** [2] | 〔 strɛs 〕 | *n.* 壓力 |

【記憶技巧】

　　從上一回的「使擱淺」(strand)，想到船隻擱淺後水手躲在「稻草」(straw)裡，看到路邊的「草莓」(strawberry)，摘了幾顆來吃，卻碰到一位「走失的」(stray)敵兵，想出「策略」(strategy)，佔據「策略上的」(strategic)位置，拿著「帶子」(strap)準備攻擊，用盡「力量」(strength)，「加強」(strengthen)勒住敵人的「壓力」(stress)，使他窒息而死。

1. straw *v.* 稻草 ( = *a single stalk or stem* )；吸管
   the last straw　最後一根稻草；最令人無法忍受的事
   When he didn't come home that night, it was ***the last straw***.
   (他那晚沒回家，實在讓人忍無可忍。)

2. strawberry *n.* 草莓 ( = *sweet fleshy red fruit* )
   straw (稻草) + berry (漿果) = strawberry
   strawberry generation　草莓族；草莓世代

**BOOK 13**

3. stray *adj.* 走失的（= *lost*）；迷途的　*v.* 偏離；走失；迷路
   a stray dog　流浪狗
   Be careful not to *stray* from the point.（小心不要偏離主題。）

4. **strategy** *n.* 策略（= *scheme*）；戰略
   諧音：師傅特技，師父傳給我的特技，就是「策略」。
   The countries hope to devise a common *strategy* to provide
   aid.（這些國家希望能制定出一個共同的策略以提供援助。）
   military strategy　軍事戰略

5. strategic *adj.* 策略上的（= *tactical*）；戰略上的
   She was responsible for the firm's *strategic* planning.
   （她負責公司的策略規劃。）

6. strap　*n.* 帶子；皮帶（= *belt*）
   s + trap（陷阱）= strap，用「帶子」當陷阱困住別人。
   The bag was hanging on the chair by its *strap*.
   （包包掛在椅子上。）

7. **strength** *n.* 力量（= *physical power*）；長處
   這個字是 strong（有力的）+ th (*n.*)，把 o 改成 e 就是 strength。
   I didn't have the *strength* to get out of bed.（我沒有力量下床。）
   She is well aware of her *strengths* and weaknesses.
   （她很明白自己的優缺點。）

8. **strengthen** *v.* 加強（= *reinforce*）
   strength（力量）+ en (*v.*) = strengthen
   Exercise *strengthens* muscle.（運動可以強化肌肉。）

9. **stress** *n.* 壓力（= *pressure*）；重音；強調　*v.* 強調（= *emphasize*）
   諧音：使墜死，「壓力」太大會讓人跳樓墜死。
   He's been under a lot of *stress* lately.（他最近壓力很大。）
   My mom *stresses* the importance of a good night's sleep.
   （我母親強調睡一晚好覺的重要性。）

# *10. strive*

| | | | |
|---|---|---|---|
| *strive [4] | 〔 straɪv 〕 | v. | 努力 |
| **stride** [5] | 〔 straɪd 〕 | v. | 大步走 |
| **strike** [2] | 〔 straɪk 〕 | n. | 罷工 |
| **stripe** [5] | 〔 straɪp 〕 | n. | 條紋 |
| *strip [3] | 〔 strɪp 〕 | v. | 脫掉 |
| *string [2] | 〔 strɪŋ 〕 | n. | 細繩 |
| ***strong** [1] | 〔 strɔŋ 〕 | *adj.* | 強壯的 |
| *stroke [4] | 〔 strok 〕 | n. | 中風 |
| **stroll** [5] | 〔 strol 〕 | *n. v.* | 散步 |

【記憶技巧】

> 從上一回的「壓力」(stress)，想到壓力很大，每天都
> 「努力」(strive) 工作被剝削，所以「大步走」(stride) 走
> 到工廠「罷工」(strike)，穿著「條紋」(stripe) 衣服，「脫
> 掉」(strip) 鞋子，拉著有「細繩」(string) 的橫福標語，
> 和「強壯的」(strong) 工人一起抗議。雇主氣得「中風」
> (stroke)，得做物理治療，「散步」(stroll) 恢復行動力。

1. **strive** *v.* 努力 ( = *try very hard* )
   諧音：死踹夫，「努力」踹出軌的丈夫。
   He always *strives* to please his teacher. (他總是努力要討好老師。)

2. **stride** *v.* 大步走 ( = *walk with long steps* )　*n.* 大步；闊步
   【三態變化：stride–strode–stridden】
   st + ride (騎) = stride，別人騎車，你要「大步走」才跟得上。
   He *strode* down the street. (他在街上大步走。)

3. **strike** *n.* 罷工（＝ *a work stoppage*）　*v.* 打擊；（災難）侵襲
【三態變化：strike–struck–struck/stricken】
be on strike　罷工
Workers have ***been on strike*** since Monday.
（工人從週一開始罷工。）
***Strike*** while the iron is hot.（【諺】打鐵趁熱。）

4. stripe　*n.* 條紋；長條
st + ripe（熟的）= stripe，人成熟開始會有皺「紋」。
Zebras have black and white ***stripes***.
（斑馬有黑白的條紋。）
stars and stripes　星條旗（美國國旗）

stars and stripes

5. **strip** *v.* 脫掉（＝ *undress*）；剝去（＝ *remove*）；剝奪
*n.* 帶子（＝ *strap*）
The doctor asked him to ***strip***.（醫生要他脫掉衣服。）
strip *sb.* of *sth.*　剝奪某人某物
They ***stripped*** the prisoners *of* weapons and cash.
（他們收繳俘虜的武器和現金。）　　strip tease　脫衣舞

6. **string** *n.* 細繩（＝ *cord* ＝ *line*）；一連串
I was confronted with a ***string*** of questions.
（我面臨著一連串的問題。）

7. strong　*adj.* 強壯的（＝ *powerful*）；有力的；穩固的；強效的
strong medicine　強效藥

8. stroke　*n.* 中風（＝ *a sudden loss of consciousness*）；打擊；
划水；一筆；一劃；一撇；一擊　*v.* 撫摸
He had a minor ***stroke***, which left him partly paralyzed.
（他有輕微中風，這使他部分癱瘓。）

9. stroll　*v., n.* 散步（＝ *walk*）
They were ***strolling*** down the beach.（他們正在沙灘上散步。）
take/have/go for a stroll　去散步（＝ *take/go for a walk*）

# *11. structure*

| | | |
|---|---|---|
| * **structure** ³ | 〔ˈstrʌktʃɚ 〕 | n. 結構 |
| **structural** ⁵ | 〔ˈstrʌktʃərəl 〕 | adj. 結構上的 |
| * **struggle** ² | 〔ˈstrʌgl̩ 〕 | v. 掙扎 |
| **study** ¹ | 〔ˈstʌdɪ 〕 | v. 讀書 |
| * **stubborn** ³ | 〔ˈstʌbən 〕 | adj. 頑固的 |
| * **stuff** ³ | 〔 stʌf 〕 | n. 東西 |
| **stump** ⁵ | 〔 stʌmp 〕 | n. 樹樁 |
| **stumble** ⁵ | 〔ˈstʌmbl̩ 〕 | v. 絆倒 |
| **stun** ⁵ | 〔 stʌn 〕 | v. 使大吃一驚 |

【記憶技巧】

　　從上一回的「散步」( stroll )，想到一位建築師，想設計一個創新的建築「結構」( structure )，遇到「結構上的」( structural )問題，「掙扎」( struggle ) 不已，去「讀書」( study ) 看看如何解決這「頑固的」( stubborn )「東西」( stuff )，不得其解，到外頭去散步，被「樹樁」( stump )「絆倒」( stumble )，得到靈感，「使」他「大吃一驚」( stun )。

1. **structure** *n.* 結構 ( = *organization* )；組織；建築物
   struct (*build*) + ture (*n.*) = structure，建造需要「結構」。
   Plant cells have a different *structure* from animal cells.
   (植物細胞的組織和動物細胞不同。)

2. structural *adj.* 結構上的 ( = *constructional* )
   The school needs major *structural* repairs.
   (學校的建築結構需要大幅維修。)

3. **struggle** *v.* 掙扎（= *twist violently*）；奮鬥　*n.* 奮鬥；抗爭
   諧音：死抓狗，狗會「掙扎」逃走。
   The child *struggled* in his arms.（孩童在他懷裡掙扎。）
   Her *struggle* with cancer lasted ten years.
   （她和癌症的搏鬥持續十年。）

4. study *v.* 讀書（= *learn*）；研究　*n.* 研究；書房　*pl.* 學業
   The *study* showed a link between radiation leaks and cancer.
   （這項研究顯示輻射外洩和癌症的關係。）
   【比較】research〔'rɪsɜtʃ〕*n.* 研究【不可數名詞】

5. **stubborn** *adj.* 頑固的（= *obstinate*）
   諧音：死大笨，死腦筋大笨蛋，就是「頑固的」。
   as stubborn as a mule　跟騾子一樣頑固；非常頑固

6. **stuff** *n.* 東西（= *things*）　*v.* 填塞；裝滿；填滿
   Please don't touch my *stuff*.（請不要碰我的東西。）
   I'm *stuffed*.（我吃得很飽。）【詳見「一口氣背會話」p.87】
   【比較】staff〔stæf〕*n.*（全體）職員

7. **stump** *n.* 樹樁（= *the part of a tree left in the ground after the trunk has been cut down*）；殘株
   諧音：死擋，死擋著你的路，就是「樹樁」。
   Nothing remained of the forest but tree *stumps*.
   （森林裡除了樹樁沒剩下別的。）

8. **stumble** *v.* 絆倒（= *trip*）
   stump（樹樁）– p + ble (*v.*) = stumble，樹樁會「絆倒」你。
   She *stumbled* over a branch.（她被樹枝絆倒。）
   stumble on　偶然發現　　stumbling block　絆腳石

9. **stun** *v.* 使大吃一驚（= *shock*）
   諧音：死當，被死當，「使」你「大吃一驚」。
   He was *stunned* by the news of her death.
   （她的死訊讓他大吃一驚。）

# *12. subject*

| | | | |
|---|---|---|---|
| *__subject__ ² | ﹝'sʌbdʒɪkt ﹞ | *n.* | 主題 |
| __subjective__ ⁶ | ﹝ səb'dʒɛktɪv ﹞ | *adj.* | 主觀的 |
| *__submarine__ ³ | ﹝'sʌbmə,rin ﹞ | *n.* | 潛水艇 |
| __subscribe__ ⁶ | ﹝ səb'skraɪb ﹞ | *v.* | 訂閱 |
| __subscription__ ⁶ | ﹝ səb'skrɪpʃən ﹞ | *n.* | 訂閱 |
| *__substance__ ³ | ﹝'sʌbstəns ﹞ | *n.* | 物質 |
| __substantial__ ⁵ | ﹝ səb'stænʃəl ﹞ | *adj.* | 實質的 |
| __substitute__ ⁵ | ﹝'sʌbstə,tjut ﹞ | *v.* | 用…代替 |
| __substitution__ ⁶ | ﹝,sʌbstə'tjuʃən ﹞ | *n.* | 代理 |

【記憶技巧】

　　從上一回的「使大吃一驚」(stun)，想到今天上課讓大家吃
驚的「主題」(subject)，老師介紹他「主觀的」(subjective)
喜好：「潛水艇」(submarine)的海洋觀測，要大家「訂閱」
(subscribe)關於海洋的刊物，說這「訂閱」(subscription)
可以增進大家對海洋「物質」(substance)的了解，有「實質的」
(substantial)意義，無法「用」其他來「代替」(substitute)，
要找個「代理」(substitution)人負責幫大家訂購。

1. **subject** *n.* 主題 ( = *topic* = *theme* )；科目　*adj.* 受制於
   sub (*under*) + ject (*throw*) = subject，丟到某個「主題」下討論。
   be subject to　受制於；易受…的影響
   Everyone *is subject to* the law. ( 每個人都要守法。)

2. subjective *adj.* 主觀的 ( = *personal* )
   subject ( 主題 ) + ive (*adj.*) = subjective ↔ objective *adj.* 客觀的

3. submarine  *n.* 潛水艇（ = *a ship that can travel under the surface of the sea* ）    *adj.* 海底的；海中的
sub（*under*）+ marine（海洋的）= submarine
submarine tunnel  海底隧道

4. subscribe  *v.* 訂閱（ = *buy regularly* ）；付費使用

> sub + scribe
> |      |
> *under* + *write*

寫在下面，表示同意「訂閱」。和 to 連用。
You can also *subscribe to* the newspaper.
（你也可以訂閱這份報紙。）

5. subscription  *n.* 訂閱（ = *a purchase made by signed order* ）
The publication is available only by *subscription*.
（只有訂閱才能得到這刊物。）

6. substance  *n.* 物質（ = *material* ）；毒品；內容
sub（*under*）+ stance（態度；立場）= substance，人的態度受
「物質」左右。    flammable substance  易燃物質
addictive substance  使人上癮的毒品
There is little *substance* to his speech.（他的演講沒什麼內容。）

7. substantial  *adj.* 實質的（ = *real* ）；相當多的
substance（物質）– ce + tial（*adj.*）= substantial
Your fears turn out not to be *substantial*.
（你所恐懼的事結果不是真的。）

8. substitute  *v.* 用…代替（ = *replace* ）    *n.* 代替物；替代品
sub（*under*）+ stitute（*stand*）= substitute
「用」站在下面的來「代替」。
substitute A for B  用 A 代替 B（ = *replace B with A* ）

9. substitution  *n.* 代理（ = *replacement* ）；替換
The coach is going to make a *substitution*.
（那位教練打算換人。）

# *13. succeed*

| | | | |
|---|---|---|---|
| *succeed ² | 〔 sək'sid 〕 | v. | 成功 |
| *success ² | 〔 sək'sɛs 〕 | n. | 成功 |
| ***successful ² | 〔 sək'sɛsfəl 〕 | adj. | 成功的 |
| succession ⁶ | 〔 sək'sɛʃən 〕 | n. | 連續 |
| successive ⁶ | 〔 sək'sɛsɪv 〕 | adj. | 連續的 |
| successor ⁶ | 〔 sək'sɛsə 〕 | n. | 繼承者 |
| *suffer ³ | 〔'sʌfə 〕 | v. | 受苦 |
| *sufficient ³ | 〔 sə'fɪʃənt 〕 | adj. | 足夠的 |
| suffocate ⁶ | 〔'sʌfə,ket 〕 | v. | 窒息 |

【記憶技巧】

　　從上一回的「代理」(substitution)，想到代理商「成功」
(succeed)進口商品，獲益許多，是很大的「成功」(success)，
能夠有「成功的」(successful)結果，在於家族企業的「連續」
(succession)，才能有「連續的」(successive)「繼承者」
(successor)繼續經營。當初祖先「受苦」(suffer)許多，才
累積「足夠的」(sufficient)商譽，不能讓企業中斷「窒息」
(suffocate)而終結。

1. **succeed** v. 成功 ( = *achieve one's aim* )；繼承；接著發生
   suc (*under*) + ceed (*go*) = succeed，走在後面，就是「繼承」，
   先經歷失敗，才會「成功」。
   succeed in V-ing 成功~　　succeed to 繼承

2. **success** n. 成功 ( = *victory* )；成功的人或事
   把 succeed (成功) 字尾改成 cess 就成了名詞。

BOOK

13

Nothing succeeds like *success*. (【諺】一事成功,事事成功。)
字面的意思是「沒有一件事像成功一樣,會接著發生。」句中的
succeed 是指「接著發生」。

3. **successful** *adj.* 成功的 ( = *triumphant* )
be successful in 在~很成功

4. **succession** *n.* 連續 ( = *continuation* );一系列;繼承
We have had a *succession* of cold dry winters.
(我們連續幾年冬天都是又乾又冷。)
in succession 連續地;一個接一個地 ( = *successively* )

5. **successive** *adj.* 連續的 ( = *following* )
He remains champion for the fifth *successive* year.
(他連續五年都是冠軍。)

6. **successor** *n.* 繼承者 ( = *heir* );接班人【注意:不是指「成功者」】
successor to ~的繼承者

7. **suffer** *v.* 受苦 ( = *be in pain* );罹患
suf (*under*) + fer (*bring*) = suffer,被帶到較差的情況,就是「受苦」。
suffer from 罹患
He's been *suffering from* depression. (他一直患有憂鬱症。)

8. **sufficient** *adj.* 足夠的 ( = *enough* )
諧音:收費深,收費到深入的地步,就是「足夠的」。
We don't have *sufficient* evidence to convict her.
(我們沒有足夠的證據來定她的罪。)
【比較】efficient 〔ə'fɪʃənt〕 *adj.* 有效率的
deficient 〔dɪ'fɪʃənt〕 *adj.* 不足的

9. **suffocate** *v.* 窒息 ( = *choke* = *strangle* );(使)呼吸困難
諧音:沙覆蓋,被沙覆蓋,會「窒息」。
The man tried to *suffocate* him with a plastic bag.
(那男子想要用塑膠袋把他悶死。)

# *14. suggest*

| | | | |
|---|---|---|---|
| *suggest ³ | 〔 səg'dʒɛst 〕 | *v.* | 建議 |
| *suggestion ⁴ | 〔 səg'dʒɛstʃən 〕 | *n.* | 建議 |
| *suicide ³ | 〔'suə,saɪd 〕 | *n.* | 自殺 |
| *suit ² | 〔 sut 〕 | *v.* | 適合 |
| *suitable ³ | 〔'sutəbḷ 〕 | *adj.* | 適合的 |
| suitcase ⁵ | 〔'sut,kes 〕 | *n.* | 手提箱 |
| *sum ³ | 〔 sʌm 〕 | *n.* | 金額 |
| *summarize ⁴ | 〔'sʌmə,raɪz 〕 | *v.* | 總結 |
| *summary ³ | 〔'sʌmərɪ 〕 | *n.* | 摘要 |

【記憶技巧】

　　從上一回的「窒息」( suffocate )，想到有人快窒息而死，
要救他，「建議」( suggest ) 他要珍惜生命，接受「建議」
( suggestion )，不再「自殺」( suicide )，找「適合」( suit )
自己的地方，和「適合的」( suitable ) 工作，提著「手提箱」
( suitcase ) 和足夠的「金額」( sum ) 去談生意，「總結」
( summarize ) 目標，做「摘要」( summary ) 來達成生意。

1. **suggest** *v.* 建議 ( = *advise* )；暗示；顯示 ( = *indicate* )
   sug (*under*) + gest (*gesture*) = suggest，在下面做手勢，就是
   「建議；暗示」。【gesture 〔'dʒɛstʃə 〕 *n.* 手勢；姿勢】
   suggest + V-ing　建議~

2. **suggestion** *n.* 建議 ( = *proposal* )；暗示；跡象 ( = *sign* )
   We are open to *suggestions*. ( 我們樂意接受建議。 )

3. suicide　*n.* 自殺（ = *self-murder* ）
   sui (*self*) + cide (*cut*) = suicide
   commit suicide　自殺　　attempted suicide　自殺未遂

4. **suit**　*v.* 適合（ = *fit* ）　　*n.* 西裝；訴訟（ = *lawsuit* ）
   I work part time, which *suits* me fine.（做兼職很適合我。）
   The family filed a *suit* against the hospital for negligence.
   （這家人控告醫院醫療疏失。）

5. **suitable**　*adj.* 適合的（ = *appropriate* ）
   The film is not *suitable* for young children.（這部電影兒童不宜。）

6. suitcase　*n.* 手提箱（ = *travel bag* ）
   suit（適合）+ case（盒子）= suitcase

suitcase

7. **sum**　*n.* 金額（ = *a quantity of money* ）；總額　　*v.* 總結
   He borrowed a large *sum*.（他借了一大筆錢。）
   in sum　總之
   It was, *in sum*, a complete failure.
   （總而言之，那是徹底的失敗。）
   sum up　總結
   He *summed up* the various proposals.（他總結各項提議。）

8. **summarize**　*v.* 總結；扼要說明（ = *make a summary of* ）
   The authors *summarize* their views in the introduction.
   （這些作者在序言扼要說明他們的觀點。）

9. **summary**　*n.* 摘要（ = *outline* ）　　*adj.* 概括的；簡要的
   Here's a *summary* of the day's news.
   （這裡有今天的新聞摘要。）
   He had time only for a *summary* report.
   （他只有時間做一份簡單的報告。）

> **in sum** 總之
> = in summary
> = to sum up
> = to summarize
> = in conclusion

# 15. *summer*

| | | | |
|---|---|---|---|
| ‡**summer** [1] | ﹝'sʌmɚ﹞ | *n.* | 夏天 |
| *  **summit** [3] | ﹝'sʌmɪt﹞ | *n.* | 山頂 |
|    **summon** [5] | ﹝'sʌmən﹞ | *v.* | 召喚 |
| | | | |
| ‡**sun** [1] | ﹝sʌn﹞ | *n.* | 太陽 |
| ‡**Sunday** [1] | ﹝'sʌndɪ﹞ | *n.* | 星期天 |
| ‡**sunny** [2] | ﹝'sʌnɪ﹞ | *adj.* | 晴朗的 |
| | | | |
| ‡**super** [1] | ﹝'supɚ﹞ | *adj.* | 極好的 |
|    **superb** [6] | ﹝su'pɝb﹞【注意發音】 | *adj.* | 極好的 |
|    **superficial** [5] | ﹝ˌsupɚ'fɪʃəl﹞ | *adj.* | 表面的 |

【記憶技巧】

     從上一回的「摘要」( summary )，想到要做個旅遊摘要，
今年「夏天」( summer ) 要去「山頂」( summit ) 露營，主
管「召喚」( summon ) 數個員工，計畫在有「太陽」( sun )
的「星期天」( Sunday )，天氣「晴朗的」( sunny ) 和「極
好的」( super, superb ) 日子出遊，這個計畫「表面的」
( superficial ) 行程目前看來都很完善。

1. **summer** *n.* 夏天 ( = *the warmest season of the year* )
    summer camp 夏令營    summer solstice 夏至

2. **summit** *n.* 山頂 ( = *mountaintop* )；顛峰；高峰會議
    *adj.* 高階層的
    He hasn't reached the **summit** of his career.
    （他還沒達到他事業的顛峰。）
    a summit meeting 高峰會議 ( = *a summit* )

3. summon *v.* 召喚 ( = *send for* )；傳喚　summons *n. pl.* 傳票
sum ( 總額 ) + mon ( *advise* ) = summon，建議都過來，就是「召喚」。
He was *summoned* to appear in court. ( 他被傳喚出庭。)
summon up the courage　鼓起勇氣

4. sun *n.* 太陽 ( = *the star that is the source of light and heat for the planets in the solar system* )
in the sun　在太陽光下　　under the sun　在天底下；在世界上
There is nothing new *under the sun*. ( 天底下沒有新奇的事物。)

5. Sunday *n.* 星期日 ( = *the first day of the week* )

6. sunny *adj.* 晴朗的 ( = *bright* )；開朗的
It was always good to see her *sunny* smile.
( 看到她開朗的笑容總是會令人高興。)

7. super *adj.* 極好的 ( = *extremely good* )；超級的
We had a *super* time. ( 我們非常愉快。)
What a *super* idea! ( 這主意非常棒！)
*super* thin　超級瘦
【比較】supper〔ˈsʌpɚ〕*n.* 晚餐

8. superb *adj.* 極好的 ( = *super* = *excellent* = *marvelous* )
We just had a *superb* meal. ( 我們剛剛吃了一頓極好的餐點。)

9. superficial *adj.* 表面的 ( = *on the surface* )；粗略的；膚淺的
super ( *above* ) + fic ( *face* ) + ial ( *adj.* ) = superficial，在臉上面，
就是「表面的」。ficial 其實就是 facial〔ˈfeʃəl〕*adj.* 臉部的　變過
去的。
His injuries were only *superficial*. ( 他只受了點皮肉傷。)
I have only a *superficial* knowledge of the subject.
( 我對這門學科只略知一二。)
Sandy is *superficial*—she only cares about how she looks.
( 珊蒂很膚淺——只關心自己的外表。)

# *16. superior*

| | | | |
|---|---|---|---|
| * **superior** 3. | 〔 sə'pɪrɪɚ 〕 | *adj.* | 較優秀的 |
| **superiority** 6 | 〔 sə͵pɪrɪ'ɔrətɪ 〕 | *n.* | 優秀 |
| *** **supermarket** 2 | 〔'supɚ͵mɑrkɪt 〕 | *n.* | 超級市場 |
| | | | |
| **superstition** 5 | 〔͵supɚ'stɪʃən 〕 | *n.* | 迷信 |
| **superstitious** 6 | 〔͵supɚ'stɪʃəs 〕 | *adj.* | 迷信的 |
| **supersonic** 6 | 〔͵supɚ'sɑnɪk 〕 | *adj.* | 超音速的 |
| | | | |
| **supervise** 5 | 〔'supɚ͵vaɪz 〕 | *v.* | 監督 |
| **supervisor** 5 | 〔'supɚ͵vaɪzɚ 〕 | *n.* | 監督者 |
| **supervision** 6 | 〔͵supɚ'vɪʒən 〕 | *n.* | 監督 |

【記憶技巧】

> 從上一回的「表面的」( superficial )，想到大家只看到他
> 表面的英俊，事實上他的能力是「較優秀的」( superior )，他
> 的「優秀」( superiority ) 在經營「超級市場」( supermarket )，
> 厭惡「迷信」( superstition )，沒有「迷信的」( superstitious )
> 行為，遇到問題，總是以「超音速的」( supersonic ) 方式解決，
> 作為「監督」( supervise ) 他人的「監督者」( supervisor )，表
> 現良好，在他的「監督」( supervision ) 下，運作順利。

1. **superior** *adj.* 較優秀的 ( = *better* )；有優越感的　*n.* 上司；長官
   super ( 極好的 ) + ior ( 形容詞比較級 ) = superior，和 to 連用。
   She's *superior to* her husband in education.
   ( 她的教育程度比她丈夫高。)
   這個字也可唸成〔 su'pɪrɪɚ 〕。

2. superiority *n.* 優秀 ( = *excellence* )；優越
   superior ( 較優秀的 ) + ity (*n.*) = superiority
   這個字也可唸成〔 su͵pɪrɪˈɔrətɪ 〕。
   sense of superiority 優越感 ( = *superiority complex* )
   Her *sense of superiority* makes her very unpopular.
   （她的優越感讓她很不受歡迎。）

3. supermarket *n.* 超級市場 ( = *a large, self-service store selling
   food and other goods* )

4. superstition *n.* 迷信 ( = *an irrational belief* )

   | super + stit + ion | 站在我們上方，支配我們， |
   |---|---|
   | \| \| \| | 就是「迷信」。 |
   | *above* + *stand* + *n.* | |

   There is an old *superstition* that those who marry in May will
   have bad luck.（有一個古老的迷信指出，五月結婚會有厄運。）
   abolish superstition 破除迷信

5. superstitious *adj.* 迷信的 ( = *prone to superstition* )
   She is a very *superstitious* person.（她是個很迷信的人。）

6. supersonic *adj.* 超音速的 ( = *faster than the speed of sound* )
   super ( 超級的 ) + sonic ( 音速的 ) = supersonic
   These planes travel at *supersonic* speeds.
   （這些飛機可以以超音速的速度飛行。）

7. supervise *v.* 監督 ( = *oversee* )；指導
   super (*above*) + vise (*see*) = supervise，在上面看，就是「監督」。
   She *supervises* the typists.（她監督打字員。）

8. supervisor *n.* 監督者 ( = *overseer* )

9. supervision *n.* 監督 ( = *management* )
   Children should not play here without *supervision*.
   （沒有人照料的孩童不可以在這裡玩。）

# *17. supply*

| | | | |
|---|---|---|---|
| *supply ² | 〔 sə'plaɪ 〕 | v. n. | 供給 |
| supplement ⁶ | 〔'sʌpləmənt 〕 | v. | 補充 |
| *supper ¹ | 〔'sʌpɚ 〕 | n. | 晚餐 |
| *support ² | 〔 sə'port 〕 | v. | 支持 |
| *suppose ³ | 〔 sə'poz 〕 | v. | 假定 |
| suppress ⁵ | 〔 sə'prɛs 〕 | v. | 壓抑 |
| *surf ⁴ | 〔 sɝf 〕 | v. | 衝浪 |
| *surface ² | 〔'sɝfɪs 〕 | n. | 表面 |
| surplus ⁶ | 〔'sɝplʌs 〕 | n. | 剩餘 |

【記憶技巧】

從上一回的「監督」( supervision )，想到家長除了監督學童，還要注意營養的「供給」( supply 和「補充」( supplement )，確定有吃營養的「晚餐」( supper )，並「支持」( support ) 孩童的興趣，不要「假定」( suppose ) 他們人生的方向，而「壓抑」( suppress ) 他們，如果孩童愛上「衝浪」( surf )，喜歡在水的「表面」( surface ) 玩樂，可以多給他們多的「剩餘」( surplus ) 時間去發展興趣。

1. **supply** v. 供給 ( = *provide* )　n. ( = *provision* )
   sup (*under*) + ply (*fill*) = supply，把下面空缺塞滿，就是「供給」。
   supply *sb.* with *sth.* 提供某人某物 ( = *provide sb.* with *sth.* )
   in short supply 短缺；不足
   Food is *in short supply* now. ( 現在食物短缺。)

BOOK 13

2. **supplement** *v.* 補充（*= add to*）　*n.* 補充物；營養補充品
   He was able to *supplement* his income by writing stories.
   （他能以寫短篇小說來補收入的不足。）
   nutritional supplement　營養補充品

3. supper *n.* 晚餐（*= dinner*）
   supper 比 dinner 來得不正式，較隨便，通常在家裡吃，較不豐盛。

4. **support** *v.* 支持（*= help*）；支撐；扶養　*n.* 支持
   sup (*up*) + port（港口）= support，拿上去到港口，要有「支持」。
   I have children to *support*, and a home to maintain.
   （我有小孩要扶養，和一個家庭需要維持。）

5. **suppose** *v.* 假定（*= assume*）；認為（*= consider*）
   sup (*under*) + pose (*put*) = suppose，放在下面沒明說，就是「假定」。
   be supposed to V.　應該~；被視為~
   You *are supposed to* be punctual.（你應該要準時。）

6. suppress *v.* 壓抑（*= restrain*）；鎮壓；禁止出版
   sup (*under*) + press（壓）= suppress，壓到下面，就是「壓抑」。
   She could not *suppress* her anger.（她怒不可遏。）

7. surf *v.* 衝浪（*= ride the waves of the sea with a surfboard*）；
   瀏覽（*= browse*）　　go surfing　去衝浪
   She spends several hours every day just *surfing* the Net.
   （她每天花好幾個小時上網。）

8. **surface** *n.* 表面（*= covering*）；外觀　*v.* 顯現（*= emerge*）
   sur (*above*) + face（臉）= surface　　on the surface　表面上
   *On the surface* he seems unfriendly, but he's really a kind
   person.（表面上他似乎很不友善，但實際上他真的是個好人。）

9. surplus *n.* 剩餘（*= excess*）；過剩　*adj.* 多餘的
   sur (*above*) + plus（加）= surplus
   Mexico has a large *surplus* of oil.
   （墨西哥生產的原油有大量剩餘。）

BOOK

13

# *18.* surge

| surge [5] | 〔 sɝdʒ 〕 | v. 蜂擁而至 |
|---|---|---|
| *surgeon [4] | 〔'sɝdʒən 〕 | n. 外科醫生 |
| *surgery [4] | 〔'sɝdʒərɪ 〕 | n. 手術 |
| *surround [3] | 〔 sə'raʊnd 〕 | v. 環繞 |
| *surroundings [4] | 〔 sə'raʊndɪŋz 〕 | n. pl. 周遭環境 |
| *surrender [4] | 〔 sə'rɛndɚ 〕 | v. 投降 |
| *survive [2] | 〔 sɚ'vaɪv 〕 | v. 生還 |
| *survivor [3] | 〔 sɚ'vaɪvɚ 〕 | n. 生還者 |
| *survival [3] | 〔 sɚ'vaɪvl̩ 〕 | n. 生還 |

【記憶技巧】

從上一回的「剩餘」(surplus)，想到大家看到百貨公司有剩餘的廉價商品，「蜂擁而至」(surge)，導致許多人受傷，得去看「外科醫生」(surgeon)動「手術」(surgery)，在「環繞」(surround)我們的「周遭環境」(surroundings)裡，常常有很多誘惑，不可以隨便「投降」(surrender)，才能「生還」(survive)，成為少數的「生還者」(survivor)，「生還」(survival)是一生持續要面臨的課題。

1. surge  v. 蜂擁而至 ( = *swarm* )　 n. 巨浪；洶湧；激增
   sur (*above*) + ge (*v.*) = surge，湧上來，就是「蜂擁而至」。
   The crowd *surged* forward. ( 群眾蜂擁而上。)
   She felt a *surge* of anger at the sight.
   ( 看到那景象，她感到一陣怒火湧了上來。)

2. surgeon  n. 外科醫生 ( = *a doctor who treats injuries or diseases by operations* )

surge（蜂擁而至）+ on (*n.*) = surgeon
【比較】sergeant〔'sɑrdʒənt〕*n.* 中士

3. **surgery** *n.* 手術（= *operation*）
surge（蜂擁而至）+ ry (*n.*) = surgery
He had *surgery* on his leg yesterday.（他昨天腿部動了手術。）

4. **surround** *v.* 環繞（= *encircle*）；圍繞
sur (*over*) + round（圈圈）= surround，圍成圈圈，就是「環繞」。
He is *surrounded* by friends.（他身邊很多朋友。）

5. **surroundings** *n. pl.* 周遭環境（= *environment*）
surround（環繞）+ ings (*n. pl.*) = surroundings
Our new *surroundings* are a lot more friendly than we
expected.（我們所處的環境比預期的要友善許多。）

6. **surrender** *v.* 投降（= *give in*）；交出；放棄 *n.* 投降；放棄
sur (*over*) + render（提供）= surrender，提供出去，就是「投降」。
surrender to 對…投降；屈服於
We'll never *surrender to* the terrorists.
（我們絕對不會向恐怖份子投降。）
Both sides will have to *surrender* their weapons.
（雙方都必須交出武器。）

7. **survive** *v.* 生還（= *remain alive*）；自…中生還；活得比…久
sur (*over*) + vive (*live*) = survive，活超過，就是，「生還」。
We *survived* the bitter winter.（我們熬過了嚴冬。）
He *survived* his wife by 12 years.（他比他老婆多活 12 年。）

8. **survivor** *n.* 生還者（= *one who outlives another*）
survive（生還）– e + or（人）= survivor

9. **survival** *n.* 生還（= *remaining alive*）；存活
survive（生還）– e + al (*n.*) = survival
The doctor said she had a 50/50 chance of *survival*.
（醫生說她有百分之五十的存活機會。）

# 19. suspend

| **suspend** [5] | ( səˈspɛnd ) | v. 懸掛 |
| **suspense** [6] | ( səˈspɛns ) | n. 懸疑 |
| **suspension** [6] | ( səˈspɛnʃən ) | n. 暫停 |
| | | |
| **suspect** [3] | ( səˈspɛkt ) | v. 懷疑 |
| *suspicion [3] | ( səˈspɪʃən ) | n. 懷疑 |
| *suspicious [4] | ( səˈspɪʃəs ) | adj. 可疑的 |
| | | |
| *sweat [3] | ( swɛt ) | v. 流汗 |
| **sweater [2] | ( ˈswɛtɚ ) | n. 毛衣 |
| *swear [3] | ( swɛr ) | v. 發誓 |

【記憶技巧】

從上一回的「生還」(survival)，想到從酒駕中生還，
但車子被「懸掛」(suspend) 在半空中，車禍籠罩在「懸
疑」(suspense) 中，找不到肇事者，調查陷入「暫停」
(suspension)，警方「懷疑」(suspect) 那些行為異常，
引起「懷疑」(suspicion) 的那一群「可疑的」(suspicious)
駕駛，他們受調查時，會「流汗」(sweat)，穿著「毛衣」
(sweater)，動不動就「發誓」(swear) 說自己是無辜的。

1. suspend v. 懸掛；暫停 ( = stop )；使停職 ( = temporarily prevent
one from continuing an activity )；吊銷
He was **suspended** from his job shortly after the incident.
（在這事件不久後，他被停職。）
suspend *one's* license　吊銷某人的執照

2. **suspense** *n.* 懸疑（= *uncertainty*）；忐忑不安
   keep *sb.* in suspense 使某人忐忑不安；吊某人胃口
   Please don't **keep me in suspense**. I need to know!
   （請不要讓我擔心，我要知道是怎麼回事！）

3. **suspension** *n.* 暫停（= *stopping*）；停職
   The athlete received a two-year **suspension**.
   （那位運動員要停賽兩年。）
   suspend 有二個名詞，不同意思，suspense「懸疑」和 suspension
   「暫停」。

4. **suspect** *v.* 懷疑（= *suppose*）〔'sʌspɛkt〕*n.* 嫌疑犯；可疑人物

   | su(s) + spect |
   |---|
   | under + see |

   在下面偷偷看，就是「懷疑」。
   suspect *sb.* of V-ing 懷疑某人～

   I **suspected Kevin of** taking the money.（我懷疑凱文拿走那筆錢。）

5. **suspicion** *n.* 懷疑（= *intuition*）；察覺
   su(s)（*under*）+ spic（*see*）+ ion（*n.*）= suspicion，spic 其實就是
   spec 的變形而已，意思都是「看」。
   She has been arrested on **suspicion** of spying.
   （她因間諜嫌疑而被捕。）

6. **suspicious** *adj.* 可疑的（= *questionable*）；懷疑的
   be suspicious of 懷疑

7. **sweat** *v.* 流汗（= *perspire*）　*n.* 汗水

8. **sweater** *n.* 毛衣（= *a warm piece of clothing that covers your
   upper body and arms*）
   sweat（流汗）+ er（*n.*）= sweater，穿「毛衣」會流汗。

9. **swear** *v.* 發誓（= *vow*）；詛咒（= *curse*）
   【三態變化：swear–swore–sworn】
   I **swear** I'm telling the truth.（我發誓我說的是實話。）

# *20. symbol*

| | | | |
|---|---|---|---|
| *symbol* [2] | (ˈsɪmbl̩ ) | *n.* | 象徵 |
| **symbolic** [6] | ( sɪmˈbɑlɪk ) | *adj.* | 象徵性的 |
| **symbolize** [6] | (ˈsɪmbl̩͵aɪz ) | *v.* | 象徵 |
| *sympathy* [4] | (ˈsɪmpəθɪ ) | *n.* | 同情 |
| *sympathize* [5] | (ˈsɪmpə͵θaɪz ) | *v.* | 同情 |
| *sympathetic* [4] | (͵sɪmpəˈθɛtɪk ) | *adj.* | 同情的 |
| **symphony** [4] | (ˈsɪmfənɪ ) | *n.* | 交響曲 |
| **symptom** [6] | (ˈsɪmptəm ) | *n.* | 症狀 |
| **symmetry** [6] | (ˈsɪmɪtrɪ ) | *n.* | 對稱 |

【記憶技巧】

　　從上一回的「發誓」( swear )，想到總統的發誓是種「象徵」( symbol )，有「象徵性的」( symbolic ) 意義，「象徵」( symbolize ) 服務人民和「同情」( sympathy )，「同情」( sympathize ) 人民才能得到支持，「同情的」( sympathetic ) 作爲是贏得民心的要素。整個國家才會像首和諧的「交響曲」( symphony )，當然樂手有不佳的「症狀」( symptom )，要馬上治療，才能確保歌曲和諧「對稱」( symmetry )。

1. **symbol** *n.* 象徵 ( = *sign* )；符號
   諧音：心寶，心中的寶，是種「象徵」說法。
   The dove is the *symbol* of peace. ( 鴿子是和平的象徵。)

2. symbolic *adj.* 象徵的 ( = *representative* )
   be symbolic of　象徵
   The snake *is symbolic of* evil. ( 蛇象徵邪惡。)

3. symbolize　*v.* 象徵（= *represent*）
A heart *symbolizes* love.（心形象徵愛。）

4. **sympathy**　*n.* 同情（= *compassion*）；憐憫

| sym + pathy |
| --- |
| &#124;　　&#124; |
| *same + feeling* |

有同樣的感覺，就是「同情」。
We expressed our *sympathy* for her loss.
（我們對她的損失表達同情。）

5. **sympathize**　*v.* 同情（= *pity*）；憐憫；認同
sympathize with　同情
I *sympathize* with her, but I don't know what I can do.
（我很同情她，但我不知道我能做什麼來幫她。）

6. **sympathetic**　*adj.* 同情的（= *compassionate*）；有同感的
I felt *sympathetic* toward her.（我對她很同情。）

7. symphony　*n.* 交響曲

| sym　+ phon + y |
| --- |
| &#124;　　　&#124;　　 &#124; |
| *together + sound + n.* |

很多樂器同時發出聲音，像「交響曲」。

8. **symptom**　*n.* 症狀（= *indication*）；跡象

| sym　　+　 pto　+ m |
| --- |
| &#124;　　　　　&#124;　　　&#124; |
| *together + happen + n.* |

與疾病一起發生的，就是「症狀」。

The *symptoms* include fever and vomiting.
（症狀包括發燒和嘔吐。）

9. **symmetry**　*n.* 對稱（= *balance*）

| sym + metry |
| --- |
| &#124;　　 &#124; |
| *same + measure* |

兩邊測量起來一樣，就是「對稱」。

The *symmetry* of the design is perfect.（這設計有完美的對稱性。）

# *21. table*

| | | | |
|---|---|---|---|
| ***table*** [1] | (ˈtebḷ) | *n.* | 桌子 |
| **\*\*tablet** [3] | (ˈtæblɪt) | *n.* | 藥片 |
| **tack** [3] | ( tæk ) | *n.* | 圖釘 |
| **tackle** [5] | (ˈtækḷ) | *v.* | 處理 |
| **tact** [6] | ( tækt ) | *n.* | 圓滑 |
| **tactics** [6] | (ˈtæktɪks) | *n.pl.* | 策略 |
| **\*\*tail** [1] | ( tel ) | *n.* | 尾巴 |
| **\*tailor** [3] | (ˈtelɚ) | *n.* | 裁縫師 |
| **\*tale** [1] | ( tel )【和 tail 同音】 | *n.* | 故事 |

【記憶技巧】

　　從上一回的「對稱」( symmetry )，想到在對稱的「桌子」
( table ) 上，放有「藥片」( tablet ) 和「圖釘」( tack )，釘
著「處理」( tackle ) 事情的「圓滑」( tact )「策略」( tactics )
圖。在圖的「尾巴」( tail )，有個「裁縫師」( tailor ) 的圖片，
似乎暗示著有一段不為人知的「故事」( tale )。

1. table *n.* 桌子；餐桌
   set the table 擺碗筷　　clear the table 清理飯桌
   table manners 餐桌禮儀
   Can you *set the table*, please? ( 可以請你擺碗筷？)

2. tablet *n.* 藥片 ( = *solid piece of medicine* )；平板電腦
   table ( 桌子 ) + t = tablet，桌子跟「藥片」都是平面的形狀。
   Take two *tablets* a day, with food.
   ( 每天吃飯時服兩片藥。)

tablet

BOOK
13

3. tack *n.* 圖釘 *v.* 釘
He had *tacked* this note to the door.
（他把這張紙條釘在門上。）　　　　　tack

4. tackle *v.* 處理（*= deal with*）：應付
這個字背了容易忘，背了下面三句就記得了。
Let me *tackle* the problem.（讓我來處理這個問題。）
I can do it.（我可以做得到。）
You can trust me.（你可以信任我。）

5. tact *n.* 圓滑；老練；機智（*= skill or judgment in handling difficult situations*）
You'll need a lot of *tact* to handle this situation.
（你必須很圓滑才能處理這場面。）　　tactful〔'tæktfəl〕*adj.* 圓滑的

6. tactics *n. pl.* 策略（*= a procedure or set of maneuvers engaged in to achieve an end, an aim, or a goal*）；戰術
They planned their *tactics* for the election.
（他們計畫他們的選舉策略。）
strategy 和 tactics 都可當「策略」，strategy 指長期的大方向，像「戰略」，tactics 指個別的方法，如「戰術」。

7. tail *n.* 尾巴（*= back part*）；硬幣的反面　*v.* 秘密跟蹤
Let's play heads or *tails*.（我們來玩猜正面或反面的遊戲。）
The police are *tailing* me.（警方在跟蹤我。）

8. tailor *n.* 裁縫師（*= dressmaker*）　*v.* 縫製；使配合
tail（尾巴）+ or（人）= tailor，源自從前裁縫師常做「燕尾服」（tailcoat）。
The *tailor* makes the man.（【諺】人靠衣裝，佛靠金裝。）
He *tailored* his way of living to his income.（他配合收入過生活。）

9. tale *n.* 故事（*= story*）；傳言
Dead men tell no *tales*.（【諺】死人不會洩密。）
A *tale* never loses in the telling.
（【諺】故事在講的過程中不會減少；加油添醋。）

# *22. tan*

| **tan** [5] | 〔 tæn 〕 | *v.* 曬黑 |
|---|---|---|
| *****tangerine** [2] | 〔ˌtændʒəˈrin 〕 | *n.* 橘子 |
| **tangle** [5] | 〔ˈtæŋgḷ 〕 | *v.* 糾纏 |
| | | |
| **tar** [5] | 〔 tɑr 〕 | *n.* 柏油 |
| ***target** [2] | 〔ˈtɑrgɪt 〕 | *n.* 目標 |
| **tariff** [6] | 〔ˈtærɪf 〕 | *n.* 關稅 |
| | | |
| **tart** [5] | 〔 tɑrt 〕 | *n.* 水果餡餅 |
| ******taste** [1] | 〔 test 〕 | *v.* 嚐起來 |
| *****tasty** [2] | 〔ˈtestɪ 〕 | *adj.* 美味的 |

【記憶技巧】

　　從上一回的「故事」( tale )，想到有一種被「曬黑」( tan )
的「橘子」( tangerine ) 很好吃，心中很「糾纏」( tangle )，
想要帶回國給家人吃，只好用「柏油」( tar ) 塗成黑色，才達
到「目標」( target )，進口避開水果的「關稅」( tariff )，之後
做成「水果餡餅」( tart )，「嚐起來」( taste ) 是「美味的」( tasty )。

1. tan *v.* 曬黑；使曬成褐色　*n.* 曬黑；( 皮膚經日曬而成的 )
   褐色 ( = *a browning of the skin* )
   I have very pale skin that never *tans*. (我的皮膚很白，不會曬黑。)

2. tangerine *n.* 橘子 ( = *a type of small orange that
   has a sweet taste and is easily peeled* )；柑橘
   【比較】 tangerine 是小而容易剝皮的橘子。
   　　　　「大的橘子」或「柳丁」是 orange。

   tangerine

   ***Tangerines*** have skins that are easy to take off.
   (橘子的皮很容易剝掉。)

3. **tangle** *v.* 糾纏（= *twist*）；糾結　*n.* 糾結
   Her hair is always *tangled*.（她的頭髮總是糾結在一起。）
   【比較】tango〔'tæŋgo〕*n.* 探戈舞

4. **tar** *n.* 柏油（= *a dark, oily, viscous material*）；瀝青；黑油
   *v.* 塗柏油　　The street is *tarred*.（街道鋪上瀝青路面。）
   我們所說的「柏油路」，英文說成 paved road，因為路面不只是
   鋪著柏油而已。

5. **target** *n.* 目標（= *goal*）；（嘲笑、批評的）對象
   *v.* 以⋯為目標；針對
   They are setting a *target* of 2,000 new members.
   （他們設定目標準備招募兩千名新會員。）
   We *targeted* the product at teenagers.
   （我們的產品以青少年為對象。）

6. **tariff** *n.* 關稅（= *tax*）
   諧音：他日付，他日要付「關稅」。
   Import *tariffs* on cars are to be increased.
   （汽車進口稅即將提高。）

7. **tart** *n.* 水果餡餅（= *a small open pie with a fruit filling*）
   a slice of home-made tart　一片自製的水果餡餅
   egg tart　蛋塔

   tart

8. **taste** *v.* 嚐起來（= *savor*）　*n.* 味道；嗜好；品味
   taste of　有⋯的味道
   The cake *tastes of* bananas.（這蛋糕有香蕉味。）
   *Tastes* differ.（【諺】人各有所好。）
   She shows good *taste* in clothes.（她對衣服有很好的品味。）

9. tasty *adj.* 美味的（= *delicious*）
   What a *tasty* pie!（好好吃的派啊！）
   【比較】tasteful〔'testfəl〕*adj.* 有品味的
   　　　　tasteless〔'testlɪs〕*adj.* 沒有味道的；品味差的

# *23. technique*

| | | | |
|---|---|---|---|
| *technique [3] | 〔 tɛk'nik 〕 | *n.* 技術 |
| *technician [4] | 〔 tɛk'nɪʃən 〕 | *n.* 技術人員 |
| *technical [3] | 〔'tɛknɪkḷ 〕 | *adj.* 技術上的 |
| *technology [3] | 〔 tɛk'nɑlədʒɪ 〕 | *n.* 科技 |
| *technological [4] | 〔,tɛknə'lɑdʒɪkḷ 〕 | *adj.* 科技的 |
| *telegram [4] | 〔'tɛlə,græm 〕 | *n.* 電報 |
| *telegraph [4] | 〔'tɛlə,græf 〕 | *n.* 電報 |
| ***telephone [2] | 〔'tɛlə,fon 〕 | *n.* 電話 |
| *telescope [4] | 〔'tɛlə,skop 〕 | *n.* 望遠鏡 |

【記憶技巧】

從上一回的「美味的」( tasty )，想到要一個美味的餐點，常常伴隨「技術」( technique ) 的進步，和專業的「技術人員」( technician )，「技術上的」( technical ) 進展不能沒有「科技」( technology ) 衍生的「科技的」( technological ) 產品，像是「電報」( telegram, telegraph )、「電話」( telephone ) 和「望遠鏡」( telescope )。

1. **technique** *n.* 技術 ( = *skill* )；方法 ( = *method* )
   techn (*skill*) + ique (*n.*) = technique
   He went abroad to improve his tennis ***technique***.
   ( 他去國外增進他的網球技術。)

2. **technician** *n.* 技術人員 ( = *an expert in a technique* )
   techn (*skill*) + ician ( 人 ) = technician
   The machine has broken down, but one of our ***technicians*** will repair it. ( 這機器壞了，但我們有一位技術人員會修好它。)

3. **technical** *adj.* 技術上的（= *relating to a particular science or skill*）；專業的；工藝的
   techn (*skill*) + ical (*adj.*) = technical
   This process needs a high level of *technical* skill.
   （這種處理方法需要高水準的技術。）

4. **technology** *n.* 科技（= *science applied to practical purposes*）
   techn (*skill*) + ology (*study*) = technology
   研讀技術，發展成「科技」。
   We already have the *technology* to do this.
   （我們已經有科技可以辦到這件事。）

5. **technological** *adj.* 科技的（= *relating to or involving technology*）
   technology（科技）– y + ical (*adj.*) = technological
   We are living in an era of rapid *technological* change.
   （我們活在一個科技快速變遷的年代。）

6. **telegram** *n.* 電報（= *a message sent by telegraph*）；電報訊息

   | tele + gram |
   |---|
   |   \|     \| |
   | *far* + *write* |

   從遠方寫過來的訊息，就是「電報」。

7. **telegraph** *n.* 電報（= *a system of sending messages using either wires and electricity or radio*）；電報機 *v.* 發電報
   tele (*far*) + graph (*write*) = telegraph
   by telegraph 用電報

8. **telephone** *n.* 電話（= *phone*）；電話機 *v.* 打電話（給）
   tele (*far*) + phone (*sound*) = telephone
   be on the telephone 在講電話

9. **telescope** *n.* 望遠鏡（= *a magnifier of images of distant objects*）
   tele (*far*) + scope (*look*) = telescope
   看很遠的東西，需要「望遠鏡」。

# *24. temper*

| temper ³ | ('tɛmpɚ ) | n. 脾氣 |
|---|---|---|
| **temperament** ⁶ | ('tɛmpərəmənt ) | n. 性情 |
| ⁑**temperature** ² | ('tɛmprətʃɚ ) | n. 溫度 |
| | | |
| **tempest** ⁶ | ('tɛmpɪst ) | n. 暴風雨 |
| ⁑**temple** ² | ('tɛmpḷ ) | n. 寺廟 |
| **tempo** ⁵ | ('tɛmpo ) | n. 節奏 |
| | | |
| *temporary ³ | ('tɛmpə‚rɛrɪ ) | adj. 暫時的 |
| **tempt** ⁵ | ( tɛmpt ) | v. 引誘 |
| **temptation** ⁵ | ( tɛmp'teʃən ) | n. 誘惑 |

【記憶技巧】

　　從上一回的「望遠鏡」( telescope )，想到有一個人喜歡帶著望遠鏡，他「脾氣」( temper ) 好，「性情」( temperament ) 溫和，有一天「溫度」( temperature ) 下降，即將有「暴風雨」( tempest )，他看到「寺廟」( temple ) 那裡正在舉辦慶典，有音樂的「節奏」( tempo )，他看得入神，得到「暫時的」( temporary ) 快樂，被快樂的氣氛「引誘」( tempt )，難以抵抗這「誘惑」( temptation )。

1. **temper** *n.* 脾氣 ( = *self-control* )；心情
   lose *one's* temper 發脾氣　　be in a good temper 心情好
   He's *in a bad temper*. ( 他心情不好。)

2. temperament *n.* 性情 ( = *character* )；性格；本性；氣質
   She is quiet by *temperament*. ( 她天生不愛說話。)
   You are not just beautiful, but you also have a good
   *temperament*. ( 你不只是美麗，而且很有氣質。)

3. **temperature** *n.* 溫度（ = *the amount or degree of cold or heat* ）
temper（脾氣）+ a + ture (*n.*) = temperature
take *one's* temperature 量某人體溫
The nurse *took my temperature* with a thermometer.
（護士用溫度計量我的體溫。）

4. **tempest** *n.* 暴風雨（ = *a violent storm* ）；騷動（ = *uproar* ）
temper（脾氣）– r + st (*n.*) = tempest，發脾氣就像「暴風雨」。
A *tempest* arose and they were drowned at sea.
（發生一場暴風雨，所以他們淹沒在海裡。）

5. **temple** *n.* 寺廟（ = *shrine* ）；太陽穴
諧音：淡薄，在「寺廟」過著淡薄的生活。

6. **tempo** *n.* 節奏（ = *rhythm* ）；步調（ = *pace* ）
temp (*time*) + o = tempo，時間是種生活「節奏」。
I enjoy the easy *tempo* of island life.（我喜歡島嶼生活輕鬆的步調。）

7. **temporary** *adj.* 暫時的（ = *short-term* ）；短期的
↔ permanent *adj.* 永久的；長期的
tempo（節奏）+ rary (*adj.*) = temporary
These measures are only *temporary*.（這些措施只是暫時的。）
a temporary job 臨時工作

8. **tempt** *v.* 引誘（ = *attract* ）
tempo（節奏）– o + t (*v.*) = tempt，心情節奏會「引誘」你去做某事。
be tempted to V. 禁不住；想要
Don't *be tempted to spend* too much.（別禁不起誘惑花太多的錢。）
【比較】attempt〔ə'tɛmpt〕*v. n.* 嘗試
contempt〔kən'tɛmpt〕*n.* 輕視

9. **temptation** *n.* 誘惑（ = *attraction* ）；引誘
tempt（引誘）+ ation (*n.*) = temptation
Will they be able to resist the *temptation* to buy?
（他們夠抵抗購買的誘惑嗎？）

# 25. tend

| | | |
|---|---|---|
| *tend ³ | 〔 tɛnd 〕 | v. 易於 |
| *tendency ⁴ | 〔'tɛndənsɪ 〕 | n. 傾向 |
| *tender ³ | 〔'tɛndə 〕 | adj. 溫柔的 |
| tenant ⁵ | 〔'tɛnənt 〕 | n. 房客 |
| *tense ⁴ | 〔 tɛns 〕 | adj. 緊張的 |
| *tension ⁴ | 〔'tɛnʃən 〕 | n. 緊張 |
| *tent ² | 〔 tɛnt 〕 | n. 帳篷 |
| tentative ⁵ | 〔'tɛntətɪv 〕 | adj. 暫時性的 |
| ***tennis ² | 〔'tɛnɪs 〕 | n. 網球 |

【記憶技巧】

　　從上一回的「誘惑」( temptation )，想到誘惑會讓人有「易於」( tend ) 做某事的「傾向」( tendency )，原本「溫柔的」( tender )「房客」( tenant ) 也感到「緊張的」( tense )，「緊張」( tension ) 讓他無法睡在「帳棚」( tent ) 裡，只好找「暫時的」( tentative ) 方法來舒緩緊張：打「網球」( tennis )。

1. **tend** v. 易於 ( = be apt )；傾向於；照顧 ( = take care of )
   He *tends* to exaggerate. ( 他往往會誇大。)

2. **tendency** n. 傾向 ( = inclination )；趨勢 ( = trend )
   背 tend 和 tendency 的方法是：
   tend to V. = have a tendency to V. ( 傾向於 )
   I *have a tendency to* avoid arguments. ( 我傾向不與人爭論。)
   = I *tend to* avoid arguments.

3. tender *adj.* 溫柔的（= *gentle*）；嫩的；脆弱的　*v.* 提出；呈交
   Her voice is low and *tender*. （她的聲音很低很溫柔。）
   He was forced to *tender* his resignation. （他被迫提出辭呈。）

4. tenant *n.* 房客（= *renter*）↔ landlord *n.* 房東

   > ten + ant
   > |　　　|
   > *hold* + 人

   Do you own your house or are you a *tenant*?
   （你的房子是自有還是租來的？）

5. tense *adj.* 緊張的（= *nervous*）；令人感到緊張的；拉緊的
   He was tired but too *tense* to sleep.
   （他很累，但緊張得睡不著覺。）
   a tense atmosphere　緊張的氣氛

6. **tension** *n.* 緊張（= *nervousness*）；緊張關係
   I tried to ease the *tension* with a joke.
   （我試圖講個笑話來消除緊張情緒。）
   The *tension* between the two countries is likely to remain.
   （兩國間的緊張關係可能會持續下去。）

7. **tent** *n.* 帳篷（= *a movable shelter made of canvas*）
   put up a tent　搭帳篷（= *pitch a tent*）

   tent

8. **tentative** *adj.* 暫時性的；暫時的；試驗性的
   （= *unconfirmed* = *unsettled* = *trial* = *test*）
   We have made a *tentative* arrangement.
   （我們已經做了暫時的安排。）
   tentative 和 temporary 都可翻成「暫時的」，但 tentative 是指
   還在試驗階段，尚未確定；temporary 是指時間短暫。
   The delay is *temporary*. （延誤是暫時的。）
   Our plans are *tentative*. （我們的計劃還在試驗階段。）

9. **tennis** *n.* 網球
   table tennis　桌球

# 26. *term*

| ‡**term** [2] | 〔 tɜm 〕 | *n.* 用語 |
|---|---|---|
| **terminal** [5] | 〔'tɜmənḷ 〕 | *adj.* 最終的 |
| **terminate** [6] | 〔'tɜmə,net 〕 | *v.* 終結 |
| ***terrify** [4] | 〔'tɛrə,faɪ 〕 | *v.* 使害怕 |
| ‡**terrible** [2] | 〔'tɛrəbḷ 〕 | *adj.* 可怕的 |
| ‡**terrific** [2] | 〔 tə'rɪfɪk 〕 | *adj.* 很棒的 |
| ***terror** [4] | 〔'tɛrɚ 〕 | *n.* 恐怖 |
| ***territory** [3] | 〔'tɛrə,torɪ 〕 | *n.* 領土 |
| **terrace** [5] | 〔'tɛrɪs 〕 | *n.* 陽台 |

【記憶技巧】

從上一回的「網球」(tennis)，想到一位網球選手，因為比賽時，「用語」(term) 粗魯，被判出局，成了他「最終的」(terminal) 比賽，「終結」(terminate) 網球生涯，這「使」他感到「害怕」(terrify)，這「可怕的」(terrible) 裁判讓他失去了「很棒的」(terrific) 工作，他覺得這世界充滿「恐怖」(terror)，打算回到自己的「領土」(territory)，在「陽台」(terrace) 思考人生的下一步。

1. **term** *n.* 用語 ( = *language* )；名詞；期限；關係
He complained in the strongest *terms*.
（他措辭激烈地抱怨。）
in terms of 以⋯的角度來看　　be on good terms 關係良好
We parted *on good terms*. （我們好聚好散。）

2. terminal *adj.* 最終的 ( = *final* ) *n.* 總站；航空站
   ***Terminal*** cancer was diagnosed. ( 診斷爲癌症末期。 )
   terminal station 終點站

3. terminate *v.* 終結 ( = *end* )
   The contract has been ***terminated***. ( 合約已經終止。 )

4. terrify *v.* 使害怕 ( = *fill with terror* )
   Heights ***terrify*** me. ( 我有懼高症。 )

5. **terrible** *adj.* 可怕的 ( = *dreadful* )；嚴重的
   terrible news 可怕的新聞
   It was a ***terrible*** disaster. ( 這是個嚴重的災難。 )
   【比較】terribly〔'tɛrəblɪ〕*adv.* 可怕地；非常地

6. terrific *adj.* 很棒的 ( = *very good* )
   a terrific bargain 划算的買賣

7. terror *n.* 恐怖 ( = *fear* )；驚恐
   in terror 驚恐地
   They fled from the house ***in terror***. ( 他們驚恐地逃出房子。 )
   【比較】horror〔'hɔrə〕*n.* 恐怖；厭惡

8. territory *n.* 領土 ( = *the land under the control of a ruler or*
   *state* )；領域

   | terr + itory |
   |:---:|
   | earth + n. |

   佔領的土地，就是「領土」。
   諧音：太撈多利，「領土」撈到很多利益。

   He was shot down in enemy ***territory***. ( 他在敵軍的領土被擊落。 )

9. terrace *n.* 陽台 ( = *patio*〔'pætɪ‚o〕 )；台階式看台
   可以跑的地方，就是「陽台」。
   We ate lunch on the ***terrace***.
   ( 我們在陽台吃午餐。 )

   terrace

# 27. text

| | | | |
|---|---|---|---|
| *text ³ | ( tɛkst ) | n. | 內文 |
| ‡textbook ² | ('tɛkst,bʊk ) | n. | 教科書 |
| textile ⁶ | ('tɛkstaɪl ) | n. | 紡織品 |
| texture ⁶ | ('tɛkstʃɚ ) | n. | 質地 |
| ‡theater ² | ('θiətɚ ) | n. | 戲院 |
| theatrical ⁶ | ( θɪ'ætrɪkl̩ ) | adj. | 戲劇的 |
| *theory ³ | ('θiərɪ ) | n. | 理論 |
| theoretical ⁶ | (,θiə'rɛtɪkl̩ ) | adj. | 理論上的 |
| *theme ⁴ | ( θim ) | n. | 主題 |

【記憶技巧】

從上一回的「陽台」( terrace )，想到有個人在陽台仔細閱讀「內文」( text )，是一本「教科書」( textbook )，關於「紡織品」( textile )「質地」( texture )，接著他去「戲院」( theater )看電影，對「戲劇的」( theatrical )「理論」( theory ) 產生了興趣，想更進一步了解「理論上的」( theoretical ) 應用和戲劇「主題」( theme ) 的關係。

1. **text** *n.* 內文 ( = *body* )；教科書 *v.* 傳簡訊 ( 給 )
   想到 test ( 考試 ) 要讀 text ( 內文；教科書 ) 就可以記得了。
   We need to break up the *text* with some drawings.
   ( 我們必須在內文穿插一些插圖。)　　text message 簡訊

2. **textbook** *n.* 教科書 ( = *a book prepared for use in schools* )
   text ( 內文 ) + book ( 書 ) = textbook
   This is a *textbook* on grammar. ( 這是一本文法課本。)

3. **textile** *n.* 紡織品（= *a cloth or fabric made by weaving*）
   *adj.* 紡織的
   The ***textile*** industry flourished here.（這裡的紡織業很發達。）

   textile 這個字以前的 KK 音標字典唸成〔ˈtɛkstl̩〕，但是在
   Cambridge Pronouncing Dictionary 中，唸成〔ˈtɛkstaɪl〕
   或〔ˈtɛkstɪl〕，雖然在 Longman Pronunciation Dictionary
   中，唸成〔ˈtɛkstl̩〕，但現在美國人多唸成〔ˈtɛkstaɪl〕。

4. **texture** *n.* 質地（= *quality*）；口感
   Different types of fabric have different ***textures***.
   （不同的布料有不同的質地。）
   skin texture　膚質

5. **theater** *n.* 戲院（= *cinema*）；戲劇
   go to the theater　去看電影（= *go to the movies*）

6. **theatrical** *adj.* 戲劇的（= *dramatic*）；誇張的
   theatrical costumes　戲服
   She's always making ***theatrical*** gestures.
   （她總是做些誇張的手勢。）

7. **theory** *n.* 理論（= *hypothesis*）；學說；看法
   He produced a ***theory*** about historical change.
   （他創造了一個關於歷史上的變遷的理論。）

8. **theoretical** *adj.* 理論上的（= *hypothetical*）
   It's a ***theoretical*** possibility, but I don't think it will happen.
   （在理論上它有可能，但我認為它不會發生。）

9. **theme** *n.* 主題（= *subject*）
   The ***theme*** for tonight's talk is education.
   （今晚談話的主題是教育。）
   theme park　主題樂園【將遊樂園內容分成野生動物、海洋生物、幻想世界等】

# *28. therapy*

| | | | |
|---|---|---|---|
| * **therapy** [3] | (ˈθɛrəpɪ ) | *n.* | 治療法 |
| **therapist** [6] | (ˈθɛrəpɪst ) | *n.* | 治療學家 |
| **thermometer** [6] | ( θəˈmɑmətɚ ) | *n.* | 溫度計 |
| ** **therefore** [2] | (ˈðɛrˌfor ) | *adv.* | 因此 |
| **thereafter** [6] | ( ðɛrˈæftɚ ) | *adv.* | 從那之後 |
| **thereby** [6] | ( ðɛrˈbaɪ ) | *adv.* | 藉以 |
| *** **third** [1] | ( θɝd ) | *adj.* | 第三的 |
| * **thirst** [3] | ( θɝst ) | *n.* | 口渴 |
| *** **thirsty** [2] | (ˈθɝstɪ ) | *adj.* | 口渴的 |

【記憶技巧】

　　從上一回的「主題」(theme )，想到上次的主題是關於各種「治療法」(therapy )，由知名的「治療學家」(therapist )跟大家演講，說「溫度計」(thermometer )是療程中必要的工具，「因此」(therefore )「從那之後」(thereafter )我時常攜帶溫度計，「藉以」(thereby )測量自己和他人的體溫，萬一有「第三」(third )方有「口渴」(thirst )和體溫過高的問題，要趕快補充水分，滿足「口渴的」(thirsty )需求。

1. **therapy** *n.* 治療法 ( = *treatment* )
   諧音：曬了皮，皮膚被曬傷，要找「治療法」。
   Massage is one of the oldest *therapies*.
   （按摩是最古老的療法之一。）

2. therapist *n.* 治療學家 ( = *healer* )
   therapy（療法）– y + ist（人）= therapist
   speech therapist　言語治療師

3. thermometer *n.* 溫度計（= *an instrument used for measuring temperature*）

   thermo + meter
   |　　　　|
   *heat* + *measure*

   測量溫度，就是「溫度計」。

4. **therefore** *adv.* 因此（= *thus*）
   there（那裡）+ fore（前面）= therefore
   Muscles burn lots of calories and ***therefore*** need lots of fuel.
   （肌肉需要很多能量，因此會燃燒許多卡路里。）
   常考的同義字：accordingly, as a result, hence, consequently。

5. thereafter *adv.* 在那之後（= *from then on*）
   there（那裡）+ after（在…之後）= thereafter
   Inflation will fall and ***thereafter*** so will interest rates.
   （通貨膨脹會下降，之後利率也會跟著下降。）

6. thereby *adv.* 藉以（= *by means of that*）；因此
   there（那裡）+ by（藉由）= thereby
   He became a citizen in 1978, ***thereby*** gaining the right to vote.
   （他在 1978 年成為公民，因此獲得了投票權。）

7. third *adj.* 第三的（= *the next after the second*）　*adv.* 第三
   John came first in the race, and I came ***third***.
   （約翰跑第一，而我第三。）

8. thirst *n.* 口渴（= *a craving to drink*）；渴望
   Instead of tea or coffee, drink water to quench your ***thirst***.
   （不是喝茶或是咖啡，喝水來解你的渴。）
   She's always had a ***thirst*** for power.（她一直都渴望權利。）

9. thirsty *adj.* 口渴的（= *feeling a need or desire to drink*）；
   渴望的（= *eager*）
   thirst（口渴）+ y (*adj.*) = thirsty
   He is ***thirsty*** for news.（他渴望獲得消息。）

BOOK
13

# *29. thought*

| | | |
|---|---|---|
| **thought** [1] | 〔θɔt〕 | *n.* 思想 |
| *thoughtful* [4] | 〔'θɔtfəl〕 | *adj.* 體貼的 |
| **thousand** [1] | 〔'θauzṇd〕 | *n.* 千 |
| *threat* [3] | 〔θrɛt〕 | *n.* 威脅 |
| *threaten* [3] | 〔'θrɛtṇ〕 | *v.* 威脅 |
| *thread* [3] | 〔θrɛd〕 | *n.* 線 |
| **threshold** [6] | 〔'θrɛʃhold〕【注意發音】 | *n.* 門檻 |
| **thrift** [6] | 〔θrɪft〕 | *n.* 節儉 |
| **thrifty** [6] | 〔'θrɪftɪ〕 | *adj.* 節儉的 |

【記憶技巧】

　　從上一回的「口渴的」( thirsty )，想到一位口渴的乞丐，他「思想」( thought ) 單純，是個「體貼的」( thoughtful ) 人，卻被強盜搶走一「千」( thousand ) 元，語帶「威脅」( threat ) 不准他報警，不然會「威脅」( threaten ) 到他家人的生命，窮到身上只剩針「線」( thread )，達到申請政府救助的「門檻」( threshold )，生性「節儉」( thrift )，過著「節儉的」( thrifty ) 生活，安貧樂道。

1. **thought** *n.* 思想 ( = *idea* )
   be lost in thought　陷入沈思
   She sat there, ***lost in thought***. ( 她坐在那，陷入沈思。)
   Second ***thoughts*** are the best. (【諺】再思為上。)

2. **thoughtful** *adj.* 體貼的 ( = *considerate* )；認真思考的
   thought ( 思想 ) + ful (*adj.*) = thoughtful
   That's very ***thoughtful*** of you. ( 你真體貼。)

3. thousand  *n.* 千（*= 1000*）    *adj.* 千的
   thousands of  好幾千的      tens of thousands of  好幾萬的
   hundreds of thousands of  好幾十萬的

4. **threat**  *n.* 威脅（*= menace*）
   諧音：衰的，衰的事情對生命構成「威脅」。
   be under threat  受到威脅      pose a threat to  對…造成威脅
   The dispute *poses a threat to* peace.（這一爭端對和平造成威脅。）

5. **threaten**  *v.* 威脅（*= menace*）；（壞事）可能發生
   Many workers think that their jobs are *threatened*.
   （許多工人覺得他們的工作受到威脅。）
   It *threatens* to rain.（要下雨了。）

6. thread  *n.* 線（*= strand*）；一長條的東西    *v.* 穿線通過
   hang by a thread  岌岌可危
   My son's life was *hanging by a thread*.（我兒子的生命岌岌可危。）
   thread *one's* way through  小心穿過
   She *threaded her way through* the narrow streets.
   （她小心地穿過狹窄的街道。）

7. threshold  *n.* 門檻；入口（*= entrance*）；開端（*= beginning*）
   諧音：追收，超過數量的「門檻」要追收費用。
   He stopped at the *threshold* of the bedroom.
   （他停在臥房的門口。）
   be on the threshold of  將要開始

   threshold

   She *is on the threshold of* her career.（她將要開始她的職業生涯。）

8. thrift  *n.* 節儉（*= frugality*）
   諧音：追富的，追求富有，需要「節儉」。
   The concept of *thrift* is foreign to me.（我沒想到省錢的問題。）

9. thrifty  *adj.* 節儉的（*= frugal*）
   ty 結尾的名詞不多，有 thirsty（口渴的）、thrifty（節儉的）、tasty
   （美味的）、guilty（有罪的）。【詳見「文法寶典」p.72】

# *30. thrill*

| **thrill** [5] | 〔 θrɪl 〕 | v. 使興奮 |
| **thriller** [5] | 〔 'θrɪlɚ 〕 | n. 驚悚片 |
| **thrive** [6] | 〔 θraɪv 〕 | v. 繁榮 |
| * **throat** [2] | 〔 θrot 〕 | n. 喉嚨 |
| **throne** [5] | 〔 θron 〕 | n. 王位 |
| * **throw** [1] | 〔 θro 〕 | v. 丟 |
| **throng** [5] | 〔 θrɔŋ 〕 | n. 群衆 |
| * **through** [2] | 〔 θru 〕 | prep. 透過 |
| * **throughout** [2] | 〔 θru'aʊt 〕 | prep. 遍及 |

【記憶技巧】

　　從上一回的「節儉的」（thrifty），想到節儉的生活也可以「使」人「興奮」（thrill），看「驚悚片」（thriller），曾經有個「繁榮」（thrive）的王國，王子被人陷害，「喉嚨」（throat）失聲，因此「王位」（throne）也「丟」（throw）了，愛戴他的「群衆」（throng），「透過」（through）口耳相傳，讓「遍及」（throughout）全國的人民，擁護他重新奪回王位。

1. thrill  v. 使興奮（= *excite*）    n. 興奮；刺激
   Their recent success ***thrilled*** the whole community.
   （他們最近的成功使整個社區的人都非常興奮。）
   Skiing gives me a ***thrill***.（滑雪給我快感。）

2. thriller  n. 驚悚片；驚險小說或電影（= *an exciting,
   suspenseful play or story*）；充滿刺激的事物
   There's a ***thriller*** on.（有一部驚悚片正在上映。）

3. thrive　v. 繁榮（= *prosper*）；興盛；茁壯成長
諧音：四外富，四處外都是財富，就是「繁榮」。
Today his company continues to *thrive*. （現在他的公司持續茁壯。）
【比較】strive〔straɪv〕v. 努力

4. throat　n. 喉嚨（= *the passage to the stomach and lungs*）
clear *one's* throat　清喉嚨　　a sore throat　喉嚨痛
Have we got any medicine for *a sore throat*?
（我們有治喉嚨痛的藥嗎？）

5. throne　n. 王位（= *the position of being a king or queen*）
看成 thr (*three*) + one（一）= throne，三個人要搶一個「王位」。
John is the heir to the *throne*. （約翰是王位的繼承人）

6. throw　v. 丟（= *fling*）；舉行；使陷入
【三態變化：throw–threw–thrown】
He who lives in a glass house should not *throw* stones.
（【諺】住在玻璃房子的人不該丟石頭；自己有缺點，就不該說別人。）
throw a party　舉辦派對

7. throng　n. 群衆（= *crowd*）　　v. 蜂擁而至
看成 thr (*three*) + long（長的）= throng，「群衆」排成三條長隊。
*Throngs* of people gathered to see the queen.
（成群的人聚集來看皇后。）
The crowds *thronged* into the mall. （群衆蜂擁進入購物中心。）

8. **through**　prep. 透過（= *by way of*）；穿過　adv. 完全地
be through with　做完
When will you *be through with* your work?
（你何時可以做完你的工作？）
put *sb.* through　幫某人接通（電話）
Can you *put me through* to Lisa? （你可以幫我接通莉莎嗎？）
【比較】thorough〔'θɝo〕adj. 完全的；徹底的

9. **throughout**　prep. 遍及（= *all through*）　adv. 自始至終
through（透過）+ out = throughout
throughout the country　遍及全國（= *all over the country*）

# *31.* tick

| tick ⁵ | 〔 tɪk 〕 | *n.* ( 鐘錶 ) 滴答聲 |
|---|---|---|
| ‡‡‡ticket ¹ | 〔'tɪkɪt 〕 | *n.* 票 |
| *tickle ³ | 〔'tɪkḷ 〕 | *v.* 搔癢 |
| *tide ³ | 〔 taɪd 〕 | *n.* 潮水 |
| ‡‡tidy ³ | 〔'taɪdɪ 〕 | *adj.* 整齊的 |
| ‡‡‡tiger ¹ | 〔'taɪgɚ 〕 | *n.* 老虎 |
| *tight ³ | 〔 taɪt 〕 | *adj.* 緊的 |
| *tighten ³ | 〔'taɪtn̩ 〕 | *v.* 使變緊 |
| tile ⁵ | 〔 taɪl 〕 | *n.* 磁磚 |

【記憶技巧】

　　從上一回的「遍及」( throughout )，想到遍及整個音樂
廳，都可以聽到時鐘的「滴答聲」( tick )，大家手上拿著「票」
( ticket )，迫不及待進場，邊等邊「搔癢」( tickle )，人群像
「潮水」( tide ) 般洶湧，但場面都很「整齊的」( tidy )，沒有
「老虎」( tiger ) 般的大吼大叫，隊伍排得很「緊的」( tight )，
而持續到來的人潮更「使」空間「變緊」( tighten )，兩邊的
人被擠到靠著「磁磚」( tile )。

1. tick　*n.* ( 鐘錶 ) 滴答聲 ( = *a metallic tapping sound* )　*v.* 滴答響
   tick away　( 時光 ) 流逝
   Time was ***ticking away***, but she still hadn't arrived.
   ( 時間滴答滴答過去，而她還是沒趕到。)

2. ticket　*n.* 票 ( = *a piece of card or paper which gives the
   holder a certain right* )；罰單 ( = *notice* )

BOOK

13

a ticket to a concert 演唱會的門票　　a return ticket 來回票
I got another speeding ***ticket***.（我又收到了一張超速罰單。）

3. tickle *v.* 搔癢（= *touch lightly, often making the person laugh*）；發癢　*n.* 搔癢；發癢
諧音：弟摳，弟弟摳我，就是「搔癢」。
Don't ***tickle*** me.（別搔我癢。）

4. tide *n.* 潮水（= *current*）；形勢
The ***tide*** is coming in.（潮水漲起來了。）
The ***tide*** turned against him.（形勢轉變對他不利。）
Time and ***tide*** wait for no man.（【諺】歲月不饒人。）

5. tidy *adj.* 整齊的（= *neat*）；愛整潔的　*v.* 收拾；整理
He is a ***tidy*** boy.（他是個愛整潔的男孩。）
tidy up 收拾；整理
I must ***tidy up*** the house tonight.（我今晚必須收拾房子。）

6. tiger *n.* 老虎（= *a large feline mammal*）
Four Asian Tigers 亞洲四小龍【自 1970 年代起經濟迅速發展的四個亞洲
經濟體：韓國、臺灣、香港、新加坡】

7. **tight** *adj.* 緊的（= *close-fitting*）；嚴格的；手頭拮据的
Security is very ***tight*** at this airport.（這機場的安全措施很嚴格。）
Money has been fairly ***tight*** in our household.
（我們家手頭一直很緊。）

8. tighten *v.* 變緊（= *strain*）；變嚴格
tight（緊的）+ en（*v.*）= tighten
The government wants to ***tighten*** its control over the press.
（政府想要加強對出版的控制。）

9. tile *n.* 磁磚（= *a piece of baked clay used in covering roofs, walls, floors, etc*）　*v.* 貼磁磚
Some of the ***tiles*** were blown off the roof during the storm.（有些磁磚在暴風雨時從屋頂被吹落。）

tile

# 32. tip

| | | |
|---|---|---|
| **tip** [2] | 〔 tɪp 〕 | *n.* 小費 |
| **tiptoe** [5] | 〔'tɪp,to 〕 | *n.* 趾尖 |
| \***tire** [1] | 〔 taɪr 〕 | *v.* 使疲倦 |
| \***tiresome** [4] | 〔'taɪrsəm 〕 | *adj.* 令人厭煩的 |
| **toad** [5] | 〔 tod 〕 | *n.* 蟾蜍 |
| \*\***toast** [2] | 〔 tost 〕 | *n.* 吐司 |
| **toil** [5] | 〔 tɔɪl 〕 | *v.* 辛勞 |
| \*\***toilet** [2] | 〔'tɔɪlɪt 〕【注意說明】 | *n.* 馬桶 |
| \***tobacco** [3] | 〔 tə'bæko 〕 | *n.* 煙草 |

【記憶技巧】

從上一回的「磁磚」( tile )，想到要給貼磁磚的工人「小費」( tip )，他們害怕弄髒地板，有時還得踮「趾尖」( tiptoe ) 走路，這「使」他們更「疲倦」( tire )，然而地板上居然跳進「令人厭煩的」( tiresome )「蟾蜍」( toad )，把牠趕走後，開始吃「吐司」( toast )，最後「辛勞」( toil ) 清理完「廁所」( toilet ) 後，吸「煙草」( tobacco ) 放鬆。

1. **tip** *n.* 小費 ( = *extra money you give* )；尖端；訣竅　*v.* 給小費
leave a tip 留下小費
The booklet gives a lot of useful *tips* on flower arranging.
( 這本小冊子講了很多關於插花的小訣竅。 )

2. **tiptoe** *n.* 趾尖 ( = *the tip of a toe* )　*v.* 踮腳尖走
tip ( 尖端 ) + toe ( 腳趾 ) = tiptoe
We *tiptoed* down the stairs. ( 我們踮著腳尖走下樓。 )

3. tire　*v.* 使疲倦（＝*exhaust*）　*n.* 輪胎　　be tired of　厭倦
   I'*m tired of* answering stupid questions!
   （我厭倦了回答愚蠢的問題！）
   a flat tire　爆胎　　a spare tire　備胎

4. tiresome　*adj.* 令人厭煩的（＝*annoying*）；無聊的
   I find it *tiresome* doing the same job day after day.
   （我發現日復一日做同一件工作很無聊。）

5. toad　*n.* 蟾蜍（＝*a kind of reptile, like a large frog*）；
   討厭的人
   諧音：凸的，「蟾蜍」大多待在陸地上，身上有凸起的瘤。
   You lying *toad*!（你這個撒謊的討厭鬼！）
   【比較】frog　*n.* 青蛙（水陸兩棲，皮膚光滑）　　　toad

6. toast　*n.* 吐司（＝*sliced bread heated and browned*）；
   敬酒；乾杯　*v.* 向…敬酒　　drink a toast to *sb.*　為…乾杯
   We *drank a toast to* the happy couple.
   （我們為這對幸福的夫婦乾杯。）

7. toil　*v.* 辛勞（＝*work hard and long*）　*n.* 辛勞；勞苦
   He *toiled* all day in the fields.（他在田野整天辛勞工作。）
   She has achieved her comfortable life only after years of hard
   *toil*.（她多年辛苦後才得以享受安適的生活。）

8. toilet　*n.* 廁所（＝*bathroom*）；馬桶
   I think the *toilet* is blocked again.（我想馬桶又塞住了。）
   在美國，toilet 主要意思是「馬桶」。「廁所」通常用 bathroom、
   restroom 等。【詳見「一口氣背會話」p.331】
   Where is the toilet?（×）　　Where is the w.c.?（×）

9. **tobacco**　*n.* 煙草（＝*a substance that people smoke in
   cigarettes, pipes, etc*）
   諧音：吐白口，吸「煙草」會吐出白色的煙。
   Many people thought the advertising of *tobacco* and alcohol
   should be banned.（很多人認為菸酒廣告應該禁止。）

# *33. tolerate*

| | | | |
|---|---|---|---|
| *tolerate ⁴ | (ˈtɑlə͵ret ) | v. | 容忍 |
| *tolerance ⁴ | (ˈtɑlərəns ) | n. | 容忍 |
| *tolerable ⁴ | (ˈtɑlərəb̩l ) | adj. | 可容忍的 |
| *tolerant ⁴ | (ˈtɑlərənt ) | adj. | 寬容的 |
| toll ⁶ | ( tol ) | n. | 死傷人數 |
| ***tomato ² | ( təˈmeto ) | n. | 蕃茄 |
| *tomb ⁴ | ( tum )【注意發音】 | n. | 墳墓 |
| *tool ¹ | ( tul ) | n. | 工具 |
| ***tooth ² | ( tuθ ) | n. | 牙齒 |

【記憶技巧】

　　從上一回的「煙草」( tobacco )，想到要戒掉煙草，必須「容忍」( tolerate ) 煙癮，要有強大的「容忍」( tolerance )力，漸漸地煙癮就會成為「可容忍的」( tolerable )，同時要對癮君子「寬容的」( tolerant )，因為戒煙是很困難的，吸煙造成許多「死傷人數」( toll )，平常要多吃營養的食物，像是「蕃茄」( tomato )，才不會提早進「墳墓」( tomb )，否則只會成為煙草商賺錢的「工具」( tool )，還弄黃了「牙齒」( tooth )。

1. **tolerate** *v.* 容忍 ( = *permit* )；忍受 ( = *endure* )
   諧音：他勞累，他「容忍」勞累。
   I couldn't *tolerate* his rudeness. ( 我無法容忍他的粗魯。)

2. **tolerance** *n.* 容忍 ( = *permissiveness* )；寬容
   tolerate ( 容忍 ) – ate + ance (*n.*) = tolerance
   She has a high *tolerance* for pain. ( 她對痛有很高的忍受力。)

BOOK

13

3. tolerable *adj.* 可容忍的 ( = *endurable* )；可接受的
tolerate（容忍）– ate + able（可以…的）= tolerable
For me it's friendship that makes this life *tolerable*.
（對我來說，友誼讓這個人生還可以忍受。）

4. tolerant *adj.* 寬容的 ( = *open-minded* )
tolerate（容忍）– ate + ant (*adj.*) = tolerant
be tolerant of 容忍
They need to *be tolerant of* different points of view.
（他們需要容忍不同的看法。）

5. toll *n.* 死傷人數 ( = *an amount of loss or damage suffered* )；
通行費；過路費；損害
Every year there is a heavy *toll* of human lives on the roads.
（每年道路上都有很多死傷人數。）
take a heavy toll on 對…造成很大的損害
The stress was beginning to *take its toll on* their marriage.
（這種壓力開始影響到他們的婚姻。）

6. tomato *n.* 蕃茄 ( = *a type of fleshy, juicy fruit,
usually red* )

tomato

7. tomb *n.* 墳墓 ( = *grave* )
諧音：土墓，土做的「墳墓」。
He was buried in the family *tomb*.（他葬在家族的墓地。）

8. **tool** *n.* 工具 ( = *means* )；器具
Advertising is a powerful *tool*.（廣告是個有力的工具。）

9. tooth *n.* 牙齒 *pl.* teeth
He has had a *tooth* out at the dentist's.（他去牙醫診所拔牙。）
have a sweet tooth 愛吃甜食
My friend *has a sweet tooth*.（我朋友喜歡吃甜食。）
a decayed tooth 蛀牙

# *34. top*

| | | | |
|---|---|---|---|
| **\*\*top** [1] | 〔 tɑp 〕 | n. | 頂端 |
| **\*\*topic** [2] | 〔 'tɑpɪk 〕 | n. | 主題 |
| **topple** [6] | 〔 'tɑpḷ 〕 | v. | 推翻 |
| **torch** [5] | 〔 tɔrtʃ 〕 | n. | 火把 |
| **torment** [5] | 〔 'tɔrmɛnt 〕 | n. | 折磨 |
| **tornado** [6] | 〔 tɔr'nedo 〕 | n. | 龍捲風 |
| **torrent** [5] | 〔 'tɔrənt 〕 | n. | 急流 |
| **torture** [5] | 〔 'tɔrtʃɚ 〕 | n. | 折磨 |
| **\*tortoise** [3] | 〔 'tɔrtəs 〕【注意發音】 | n. | 烏龜 |

【記憶技巧】

　　從上一回的「牙齒」( tooth )，想到考古學家在樹幹發現一顆牙齒的化石，卡在樹幹的「頂端」( top )，於是發表一個「主題」( topic ) 關於這化石的由來，猜測遠古的人想要「推倒」( topple ) 樹木，製作「火把」( torch ) 卻失敗，讓他感到很「折磨」( torment )，而「龍捲風」( tornado ) 把他和樹木一起捲走，掉進「急流」( torrent )，經歷這一番「折磨」( torture ) 後，驚見一隻「烏龜」( tortoise ) 爬過，成了他的食物。

1. top *n.* 頂端 ( = *highest place* )；陀螺　*adj.* 最高的；最重要的
   from top to bottom　完全地；徹底地
   We cleaned the house *from top to bottom*. ( 我們徹底打掃了房子。)
   top priority　最優先事項

2. **topic** *n.* 主題 ( = *subject* )
   top ( 頂端 ) + ic ( *n.* ) = topic，文章的頂端是「主題」。

3. topple  *v.* 推翻（ = *overthrow* = *overturn* )；推倒
   A civil war might ***topple*** the government.
   （內戰可能會使政府垮台。）

4. torch  *n.* 火把（ = *flaming stick* ）
   諧音：拖去，拿著「火把」才知道要把東西拖去哪。

torch

5. torment  *n.* 折磨（ = *suffering* )；苦惱的原因  *v.* 折磨

   | tor | + | ment |
   |-----|---|------|
   | twist | + | n. v. |

   扭轉他人，就是「折磨」。
   Her eyes revealed the ***torment*** in her mind.
   （她的眼神流露出內心的痛苦。）

6. tornado  *n.* 龍捲風（ = *twister* ）
   tor (*twist*) + nado ( 諧音「那多」) = tornado
   轉很多，就是「龍捲風」。

tornado

7. torrent  *n.* 急流（ = *a rushing stream* )；大量
   tor (*twist*) + current ( 水流 ) – cur = torrent
   轉的水流，就是「急流」。
   They were swept away by the raging ***torrent***.
   （他們被奔騰的急流捲走了。）
   She attacked him with a ***torrent*** of abuse.
   （她罵他罵個沒完沒了。）

8. torture  *n.* 折磨（ = *torment* )；拷打  *v.* 拷打；逼問；使極為擔心
   tor (*twist*) + ture (*n. v.*) = torture，一直扭轉某人，就是「折磨」。
   The confession was made under ***torture***.
   （這份供詞是嚴刑逼供得來的。）
   Don't ***torture*** yourself by thinking about the money.
   （別再想著那筆錢折磨自己了。）

9. tortoise  *n.* 烏龜（ = *any of various terrestrial*
   *turtles* )；陸龜
   諧音：頭脫死，「陸龜」頭脫掉殼會死。
   【比較】turtle〔'tɝtl̩〕*n.* 海龜

tortoise

# 35. *tour*

| | | | |
|---|---|---|---|
| * **tour** [2] | 〔 tʊr 〕 | *n.* | 旅行 |
| * **tourism** [3] | 〔'tʊrɪzm̩ 〕 | *n.* | 觀光業 |
| * **tourist** [3] | 〔'tʊrɪst 〕 | *n.* | 觀光客 |
| **tournament** [5] | 〔'tɝnəmənt 〕 | *n.* | 錦標賽 |
| **tow** [3] | 〔 to 〕 | *v.* | 拖 |
| ** **towel** [2] | 〔'taʊəl 〕 | *n.* | 毛巾 |
| * **tower** [2] | 〔'taʊɚ 〕 | *n.* | 塔 |
| ** **town** [1] | 〔 taʊn 〕 | *n.* | 城鎮 |
| **toxic** [5] | 〔'tɑksɪk 〕 | *adj.* | 有毒的 |

【記憶技巧】

從上一回的「烏龜」(tortoise)，想到為了看巨大的烏龜，來這裡「旅行」(tour)的人很多，「觀光業」(tourism)因此吸引許多「觀光客」(tourist)來看「錦標賽」(tournament)，大家「拖」(tow)著行李，拿著「毛巾」(towel)，喝著水「塔」(tower)供應的水，卻發現「城鎮」(town)的水被「有毒的」(toxic)化學物質污染。

1. **tour** *n.* 旅行 ( = *visit* )  *v.* 旅遊；觀光；參觀
   A bus took us on a sightseeing ***tour*** of the town.
   (一輛巴士載我們遊覽該城鎮。)
   They ***toured*** the museum. (他們參觀那家博物館。)

2. tourism *n.* 觀光業 ( = *the business of providing services to tourists* )　　tour (旅行) + ism (*n.*) = tourism
   The country depends on ***tourism*** a lot. (那國家非常依賴觀光業。)

**BOOK 13**

3. **tourist** *n.* 觀光客（= *one who travels for pleasure*）
   *adj.* 觀光的　　tour（旅行）+ ist（人）= tourist
   tourist attraction　旅遊勝地

4. **tournament** *n.* 錦標賽（= *competition* = *contest* = *match*）
   諧音：特納悶，「錦標賽」到了，特別納悶。
   I'm playing in the next tennis *tournament*.
   （我將要打下一次的網球錦標賽。）

5. **tow** *v.* 拖（= *draw*）　*n.* 拖吊
   The car broke down and had to be *towed* home.
   （車子拋錨了，只好拖吊回家。）

6. **towel** *n.* 毛巾（= *an absorbent cloth or paper for wiping and drying something wet*）　　tow（拖）+ el = towel
   After her swim, she dried herself with a *towel*.
   （游泳後，她用毛巾擦乾自己。）
   throw in the towel　放棄；認輸【源自拳擊賽，將毛巾丟入場中，表示認輸】

7. **tower** *n.* 塔（= *a tall, narrow building*）　*v.* 聳立
   water tower　水塔
   the Leaning Tower of Pisa　比薩斜塔
   He stood up and *towered* over her.
   （他站起來高出她許多。）

   tower

8. **town** *n.* 城鎮（= *a place where people live and work that is larger than a village but smaller than a city*）；城鎮生活
   I definitely prefer *town* to country.
   （我當然喜歡城鎮生活甚於鄉村生活。）

9. **toxic** *adj.* 有毒的（= *poisonous*）
   諧音：他可吸，「有毒的」東西給他吸，自己不要吸。
   【比較】toxin〔'tɑksɪn〕*n.* 毒素
   *Toxic* chemicals were spilled into the river.
   （有毒的化學物質被倒入河裡。）

# 36. trade

| *trade ² | 〔 tred 〕 | n. 貿易 |
|---|---|---|
| trader ³ | 〔'tredɚ 〕 | n. 商人 |
| trademark ⁵ | 〔'tred͵mɑrk 〕 | n. 商標 |
| *tradition ² | 〔 trə'dɪʃən 〕 | n. 傳統 |
| *traditional ² | 〔 trə'dɪʃən!̣ 〕 | adj. 傳統的 |
| **traffic ² | 〔'træfɪk 〕 | n. 交通 |
| *tragedy ⁴ | 〔'trædʒədɪ 〕 | n. 悲劇 |
| *tragic ⁴ | 〔'trædʒɪk 〕 | adj. 悲劇的 |
| *track ² | 〔 træk 〕 | n. 痕跡 |

【記憶技巧】

從上一回的「有毒的」(toxic),想到市面上很多有毒的物質,因為做「貿易」(trade)的無良「商人」(trader)違反「商標」(trademark),添加其他物質,危及食品安全的「傳統」(tradition),讓「傳統的」(traditional)食品業遭受波及,回收的食品導致「交通」(traffic)混亂,釀成另一波「悲劇」(tragedy),留下抹滅不了「悲劇的」(tragic)「痕跡」(track)。

1. **trade** n. 貿易 ( = *commerce* );行業;職業 v. 交易;用…交換
   Japan does a lot of ***trade*** with Britain.
   (日本和英國有許多貿易上的往來。)
   They ***traded*** freedom for security. (他們用自由換取安全。)

2. **trader** n. 商人 ( = *dealer* );生意人
   trade ( 貿易 ) + (e)r ( 人 ) = trader
   a gold trader 黃金商人　　street traders 街頭小販

3. **trademark** *n.* 商標（= *logo*）；特徵
   trade（貿易）+ mark（標記）= trademark
   The striped T-shirt became the comedian's ***trademark***.
   （條紋 T 恤變成那位喜劇演員的招牌。）

4. **tradition** *n.* 傳統（= *convention*）；習俗（= *customs*）
   諧音：傳遞孫，傳給孫子的「傳統」。
   These songs have been preserved by ***tradition***.
   （這些歌曲被傳統保存下來。）
   break with tradition　打破傳統

5. **traditional** *adj.* 傳統的（= *conventional*）；慣例的
   tradition（傳統）+ al（*adj.*）= traditional
   ***Traditional*** teaching methods can put students off learning.
   （傳統的教學方法可能會使學生討厭學習。）

6. **traffic** *n.* 交通（= *transportation*）；走私　*v.* 走私；非法買賣
   There was heavy ***traffic*** on the roads.（路上交通擁擠。）
   He was tried and convicted for ***trafficking*** in illegal drugs.
   （他因販賣毒品被判有罪。）

7. **tragedy** *n.* 悲劇（= *drama about unfortunate events with a sad outcome*）；不幸的事 ↔ comedy *n.* 喜劇
   諧音：踹著弟，踹弟弟會發生「悲劇」。
   His early death was a great ***tragedy*** for his family.
   （他早死對他家人來說是場悲劇。）

8. **tragic** *adj.* 悲劇的（= *sad*）
   tragedy（悲劇）– edy + ic（*adj.*）= tragic
   The bomb explosion resulted in a ***tragic*** loss of life.
   （那次炸彈爆炸使多人慘死。）

9. **track** *n.* 痕跡（= *mark*）；足跡（= *path*）；軌道；曲目　*v.* 追蹤
   The engine went off the ***track***.（火車出軌了。）
   I ***tracked*** him as far as the factory.（我一路跟蹤他到工廠。）
   track and field　田徑運動

# *1. train*

| | | | |
|---|---|---|---|
| ***train*** [1] | 〔 tren 〕 | *v.* | 訓練 |
| **trait** [6] | 〔 tret 〕 | *n.* | 特點 |
| **traitor** [5] | 〔ˈtretɚ 〕 | *n.* | 叛徒 |
| **tramp** [5] | 〔 træmp 〕 | *v.* | 重步行走 |
| **trample** [5] | 〔ˈtræmpḷ 〕 | *v.* | 踐踏 |
| **tranquil** [6] | 〔ˈtræŋkwəl 〕 | *adj.* | 寧靜的 |
| **tranquilizer** [6] | 〔ˈtræŋkwəlaɪzɚ 〕 | *n.* | 鎭靜劑 |
| **transaction** [6] | 〔 trænsˈækʃən 〕 | *n.* | 交易 |
| **transcript** [6] | 〔ˈtræn͵skrɪpt 〕 | *n.* | 成績單 |

BOOK

**14**

【記憶技巧】

　　這次「訓練」（train）的「特點」（trait）是捉拿「叛徒」
（traitor）。偸襲時不能「重步行走」（tramp），會「踐踏」
（trample）地板，打破「寧靜的」（tranquil）氣氛，太緊
張的人要吃「鎭靜劑」（tranquilizer）。後來破獲毒品「交
易」（transaction），繳出漂亮的「成績單」（transcript）。

1. **train** *v.* 訓練（ = *drill* ）　　*n.* 火車；列車
   The engineers were ***trained*** in Germany.
   （那些工程師是從德國訓練出來的。）

train

2. **trait** *n.* 特點（ = *characteristic* ）
   A sense of humor is one of his pleasing ***traits***.
   （幽默感是他令人愉快的特點之一。）

3. traitor *n.* 叛徒（= *someone who betrays a group or a person*）；叛國賊；賣國賊

| trai + tor |
|---|
| betray + 人 |

| **traitor** |
|---|
| = betrayer |
| = informer |
| = spy |
| = rat |

You've betrayed us, you **traitor**!（你背叛了我們，你這叛徒！）
trait（特性）和 traitor 完全無關。

4. tramp *v.* 重步行走（= *walk heavily*）
「重步行走」（tramp），會落入「陷阱」（trap）。
We could hear the **tramp** of the marching soldiers.
（我們可以聽到行進的士兵在重步行走。）

5. trample *v.* 踐踏（= *squash*）
重複地「重步行走」（tramp），就是「踐踏」（trample）。
Those kids have **trampled** all over my flowerbeds!
（那些小孩在我的花壇裡四處踐踏！）

6. tranquil *adj.* 寧靜的；安靜的；平靜的（= *serene*）

| tran + quil |
|---|
| over + quiet |

由簡單字 quiet 音變為 quil。
She lived a **tranquil** life in the country.
（她寧靜地在鄉村生活。）

這個字也可唸做〔ˈtræŋkwɪl〕，但美國人都唸〔ˈtræŋkwəl〕。

7. tranquilizer *n.* 鎮靜劑；鎮定劑（= *sedative*）
Shane took a **tranquilizer**.（尚恩服用了一顆鎮靜劑。）
tranquilize〔ˈtræŋkwəlaɪz〕*v.* 使平靜；使安定

8. transaction *n.* 交易（= *business dealing*）
The **transaction** has been declined.（交易已遭到拒絕。）

9. **transcript** *n.* 成績單（= *school report*）；謄本；抄本
All the students have received their **transcripts**.
（所有學生都收到了他們的成績單。）

# 2. transfer

| | | |
|---|---|---|
| *transfer ⁴ | 〔 træns'fɝ 〕 | v. 轉移 |
| *transform ⁴ | 〔 træns'fɔrm 〕 | v. 轉變 |
| transformation ⁶ | 〔,trænsfɚ'meʃən 〕 | n. 轉變 |
| transit ⁶ | 〔'trænsɪt 〕 | n. 運送 |
| transition ⁶ | 〔 træn'zɪʃən 〕 | n. 過渡 |
| transistor ⁶ | 〔 træn'zɪstɚ 〕 | n. 電晶體 |
| *translate ⁴ | 〔'trænslet 〕【注意發音說明】 | v. 翻譯 |
| *translation ⁴ | 〔 træns'leʃən 〕 | n. 翻譯 |
| *translator ⁴ | 〔 træns'letɚ 〕 | n. 翻譯家 |

BOOK 14

【記憶技巧】

從上一回的「成績單」(transcript)，聯想到拿到好成績就能「轉移」(transfer) 目標，把枯燥的科目「轉變」(transform) 爲有趣。在轉變的「過渡期」(transition) 中，有人無聊跑去打工「運送」(transit) 貨物，有人研發「電晶體」(transistor)，有人研究「翻譯」(translation)，後來成爲「翻譯家」(translator)。

1. **transfer** v. 轉移 ( = *change location* )；轉學；轉車；調職
   trans ( 移 ) + fer (*bring*) = transfer，帶著移動，就是「轉移」。
   The head office has been *transferred* to Shanghai.
   ( 總部辦公室已經轉移到上海。)
   transfer 當名詞用時，唸成〔'trænsfɝ 〕n. 轉讓。

2. **transform** v. 轉變 ( = *change completely* )
   trans ( 移 ) + form ( 形狀 )，形狀轉移，就是「轉變」。

The Internet has ***transformed*** people's lives.
（網際網路轉變了人們的生活。）

3. transformation　*n.* 轉變（ = *shift* ）
There was a noticeable ***transformation*** in his behavior.
（他的行為有了明顯的轉變。）

4. transit　*n.* 運送（ = *transport* ）

| trans + it | 移走，就是「運送」。 |
| 移　+　go | Some goods were lost in ***transit***.<br>（有些貨物在運送中遺失。） |

Mass Rapid Transit (MRT)　大衆快捷運輸；捷運

5. transition　*n.* 過渡期（ = *shifting progress* ）；轉變
運送東西，在半路不上不下，就是「過渡期」。
The ***transition*** to democracy is usually difficult.
（往民主的過渡期通常並不容易。）

6. transistor　*n.* 電晶體（ = *a piece that controls
the flow of electricity* ）
A ***transistor*** controls the flow of electric
currents. （電晶體控制電流的流動。）

transistor

7. **translate**　*v.* 翻譯（ = *convert a language to another* ）
This book has been ***translated*** into many languages.
（這本書被翻譯成多種語言。）
這個字一般字典唸成〔træns'let〕，是根據 1944 年的 KK 音標字典，
但現在根據 Longman 發音字典，83%的美國人唸成〔'trænslet〕。

8. translation　*n.* 翻譯（ = *changing a language to another* ）
***Translation*** is an art as well as a skill. （翻譯是技術，也是藝術。）

9. translator　*n.* 翻譯家（ = *a person who translates* ）
He spoke through a ***translator***. （他透過翻譯發言。）
translate 重音在第一音節，但 translator 重音還是在第二音節。

# *3. transmit*

| | | | |
|---|---|---|---|
| **transmit** [6] | 〔 træns'mɪt 〕 | *v.* | 傳送 |
| **transmission** [6] | 〔 træns'mɪʃən 〕 | *n.* | 傳送 |
| **transparent** [5] | 〔 træns'pɛrənt 〕 | *adj.* | 透明的 |
| | | | |
| *transport [3] | 〔 træns'port 〕 | *v.* | 運輸 |
| *transportation [4] | 〔ˌtrænspɚ'teʃən 〕 | *n.* | 運輸 |
| **transplant** [6] | 〔 træns'plænt 〕 | *v.* | 移植 |
| | | | |
| **travel** [2] | 〔'trævl̩ 〕 | *v.* | 旅行 |
| *traveler [3] | 〔'trævlɚ 〕 | *n.* | 旅行者 |
| **trash** [3] | 〔 træʃ 〕 | *n.* | 垃圾 |

【記憶技巧】

從上一回的「翻譯家」( translator )，聯想到翻譯家可以「傳送」( transmit ) 訊息，使資訊變成「透明的」( transparent )，也方便跨國「運輸」( transportation )和「移植」( transplant ) 文化。出外「旅行」( travel )體驗文化的「旅行者」( traveler ) 帶上翻譯家，能過濾「垃圾」( trash ) 訊息。

1. **transmit** *v.* 傳送 ( = *send* )；傳染；傳導
   trans ( 移 ) + mit ( *send* ) = transmit，移送，就是「傳送」。
   Copper wires can *transmit* electricity. ( 銅線能導電。)

2. transmission *n.* 傳送 ( = *transporting* )
   The 4G system allows faster data *transmission*.
   ( 第四代系統能更高速地傳送資料。)

3. transparent　*adj.*　透明的（＝ *see-through* ）

「透明的」（transparent），看起來就是「明顯的」（apparent）。

This box has a ***transparent*** plastic lid.

（這盒子有一個透明的塑膠蓋。）

4. transport　*v. n.*　運輸（＝ *carry* ）

trans + port
　｜　　　｜
　移　＋　帶　　帶著移轉地方，就是「運輸」。

Such heavy items are expensive to ***transport*** by plane.

（這麼重的東西用空運會很貴。）

5. transportation　*n.*　運輸（＝ *shipping* ）

The goods are ready for ***transportation***.（貨物準備好運送了。）

6. transplant　*v. n.*　移植（＝ *graft* ）

trans（移）＋ plant（種植）＝ transplant（移植）

We will ***transplant*** the flowers to the garden.

（我們會把花移植到花園裡。）

a heart transplant　心臟移植

7. travel　*v.*　旅行（＝ *journey* ）；行進

travel abroad　出國旅行　　travel agency　旅行社

travel around the world　環遊世界

8. traveler　*n.*　旅行者（＝ *a person who journeys* ）

【比較】tourist　*n.*　觀光客

traveler's check　旅行支票

【一種須複簽以防盜的有價證券】

traveler's check

9. trash　*n.*　垃圾（＝ *garbage* ＝ *rubbish* ＝ *litter* ＝ *junk* ＝ *scrap* ）

trash can　垃圾桶　　take out the trash　倒垃圾

# 4. tread

| | | | |
|---|---|---|---|
| **tread** [6] | 〔 trɛd 〕 | v. 踩 |
| **treason** [6] | 〔'trizn̩ 〕 | n. 叛國罪 |
| **treasure** [2] ** | 〔'trɛʒɚ 〕 | n. 寶藏 |
| **treasury** [5] | 〔'trɛʒərɪ 〕 | n. 寶庫 |
| **treat** [5,2] ** | 〔 trit 〕 | v. 對待 |
| **treatment** [5] * | 〔'tritmənt 〕 | n. 治療 |
| **treaty** [5] | 〔'tritɪ 〕 | n. 條約 |
| **tremble** [3] * | 〔'trɛmbl̩ 〕 | v. 發抖 |
| **tremendous** [4] * | 〔 trɪ'mɛndəs 〕 | adj. 巨大的 |

BOOK 14

【記憶技巧】

　　從上一回的「垃圾」( trash )，聯想到以前如果把國父遺教當垃圾「踩」( tread )，可能會有「叛國罪」( treason )，要把書好好「珍惜」( treasure )，視為知識的「寶庫」( treasury )來「對待」( treat )。國父本來是醫生給人「治療」( treatment )疾病，後來廢除不平等「條約」( treaty )，有令人嚇到「發抖」( tremble )，肅然起敬的「巨大的」( tremendous ) 功蹟。

1. tread v. 踩；行走 ( = step )【三態變化：tread–trod–trodden】
   We were *treading* the path toward home.
   ( 我們當時正走在回家的小徑上。)

2. treason n. 叛國罪 ( = treasury )；大逆不道
   t + reason ( 理由 ) = treason
   He was charged with *treason*. ( 他被控叛國罪。)

3. **treasure** *n.* 寶藏（= *valuables*）　*v.* 珍惜
   I will *treasure* our friendship forever.
   （我會永遠珍惜我們的友誼。）

4. treasury　*n.* 寶庫（= *treasure house*）；寶典；國庫
   treasure（寶藏）– e + y（集合 *n.*）= treasury，寶藏的集合，
   就是「寶庫」；知識的寶庫，就是「寶典」。
   Secretary of the Treasury　財政部長
   Treasury of English Grammar
   文法寶典【學習出版公司暢銷書】

   Treasury of English Grammar

5. **treat** *v.* 對待（= *behave towards*）；請客　*n.* 請客
   Let me *treat* you. （讓我請你吧。）
   Trick or *treat*. （不給糖，就搗蛋。）
   This is my *treat*. （這次我請客。）

6. **treatment** *n.* 對待；治療（= *medication*）
   She received kind *treatment*. （她受到了善待。）
   alternative treatment　另類療法

7. treaty　*n.* 條約（= *an agreement signed by two or more countries*）
   國家間簽署「條約」（treaty）決定如何「對待」（treat）對方。
   The *Treaty* of San Francisco did not transfer the sovereignty
   over Taiwan to China. （舊金山合約並未將台灣主權移交中國。）

8. **tremble** *v.* 發抖（= *shake* = *quake* = *shiver* = *quiver* = *shudder*）
   諧音：把皮「全剝」了，很可怕，會「發抖」（tremble）。
   His voice *trembled* with rage. （他的聲音因憤怒而顫抖。）
   其他的同義字還有：shiver、quiver、shudder。

9. **tremendous** *adj.* 巨大的（= *huge* = *enormous* = *great*
   = *immense* = *vast* = *gigantic*）
   看到「巨大的」（tremendous）怪物，會「發抖」（tremble）。
   We spent a *tremendous* amount of money. （我們花了巨額的錢。）

# 5. trip

| | | | |
|---|---|---|---|
| **\*\*trip** [1] | 〔 trɪp 〕 | *n.* | 旅行 |
| **triple** [5] | 〔'trɪpḷ 〕 | *adj.* | 三倍的 |
| **trivial** [6] | 〔'trɪvɪəl 〕 | *adj.* | 瑣碎的 |
| **trifle** [5] | 〔'traɪfḷ 〕 | *n.* | 瑣事 |
| **\*trick** [2] | 〔 trɪk 〕 | *n.* | 把戲 |
| **\*tricky** [3] | 〔'trɪkɪ 〕 | *adj.* | 難處理的 |
| **\*triumph** [4] | 〔'traɪəmf 〕 | *n.* | 勝利 |
| **triumphant** [6] | 〔 traɪ'ʌmfənt 〕 | *adj.* | 得意洋洋的 |
| **\*\*triangle** [2] | 〔'traɪ,æŋgḷ 〕 | *n.* | 三角形 |

**BOOK 14**

【記憶技巧】

　　從上一回的「巨大的」( tremendous )，聯想到「旅行」( trip ) 會耗費巨大的金額，可能花超過「三倍的」( triple ) 錢，而且有很多「瑣碎的」( trivial )「瑣事」( trifle )，還會遇上騙子耍「把戲」( trick )，更是「難處理的」( tricky )。騙子一「勝利」( triumph ) 就變「得意洋洋的」( triumphant )，奸詐的臉長成倒「三角形」( triangle )。

1. trip *n.* 旅行 ( = *travel* )　*v.* 絆倒
   trip round the world　環遊世界的旅行
   He *tripped* on a stone. ( 他被一塊石頭絆到。)

2. triple *adj.* 三倍的 ( = *threefold* )　*v.* 成為三倍
   His income *tripled* in three years.
   ( 他的收入在三年間成為三倍。)

3. trivial　*adj.* 瑣碎的（= *petty*）

| tri + vial |
| three + way |

有三條路，很「瑣碎」。

Don't get angry over such *trivial* matters.
（別為了這種瑣碎的事生氣。）

4. trifle　*n.* 瑣事（= *petty thing*）
是 trivial（瑣碎的）的名詞。
I don't want to waste my time on such *trifles*.
（我不想在這種瑣事上浪費時間。）

5. **trick**　*n.* 詭計；騙局（= *hoax*）；把戲；技巧；惡作劇
You cannot teach an old dog new *tricks*.
（【諺】老狗學不會新把戲。）
trick or treat　不請糖就搗蛋（萬聖節小孩風俗）

6. **tricky**　*adj.* 難處理的（= *difficult*）；棘手的；困難的；
詭計多端的
碰到「棘手的」事，必須使用「技巧」（trick）來解決。
The problem is rather *tricky*.（那問題相當棘手。）

7. **triumph**　*n.* 勝利（= *victory*）
I saw a gleam of *triumph* in his eye.
（我看到他眼中勝利的光芒。）
Arch of Triumph　凱旋門

arch of Triumph

8. **triumphant**　*adj.* 得意洋洋的（= *proud*）
He gave a *triumphant* shout.（他發出得意的呼喊。）
triumphantly〔traɪˋʌmfəntlɪ〕*adv.* 得意洋洋地

9. **triangle**　*n.* 三角形（= *a flat shape that has three angles*）
tri (*three*) + angle (角) = triangle

# 6. *tropical*

| | | |
|---|---|---|
| * **tropical** [3] | ('trɑpɪkḷ ) | *adj.* 熱帶的 |
| **tropic** [6] | ('trɑpɪk ) | *n.* 回歸線 |
| **trophy** [6] | ('trofɪ ) | *n.* 獎杯 |
| | | |
| *** **trouble** [1] | ('trʌbḷ ) | *n.* 麻煩 |
| * **troublesome** [4] | ('trʌbḷsəm ) | *adj.* 麻煩的 |
| ‡ **trousers** [2] | ('traʊzɚz ) | *n. pl.* 褲子 |
| | | |
| * **tribe** [3] | ( traɪb ) | *n.* 部落 |
| **tribal** [4] | ('traɪbḷ ) | *adj.* 部落的 |
| * **trial** [2] | ('traɪəl ) | *n.* 審判 |

【記憶技巧】

從上一回的「三角形」( triangle )，聯想到位於副「熱帶的」( tropical ) 珠江三角洲，離北「回歸線」( tropic ) 不遠，很富裕，侵略者搜刮當地的「獎杯」( trophy )，多到覺得是「麻煩的」( troublesome )，「褲子」( trousers ) 口袋都裝滿。終於惹來「麻煩」( trouble )，首領被食人族「部落」( tribe ) 抓去進行「部落的」( tribal )「審判」( trial )。

1. **tropical** *adj.* 熱帶的 ( = *in or from the tropics* )
   知名果汁品牌「純品康納」( tropicana ) 又譯「熱帶水果」，就是由 tropical ( 熱帶的 ) 修改字尾命名。
   tropical zone 熱帶區域
   Intertropical Convergence Zone (ITCZ) 熱帶輻合區

2. **tropic** *n.* 回歸線 ( = *upper or lower limit of the tropical zone* )

「熱帶的」( tropical ) 地區在南北「回歸線」( tropic ) 之間。
The ***Tropic*** of Cancer runs through Taiwan.
（ 北回歸線經過台灣。 ）　　Cancer *n.* 巨蟹座
【比較】tropics *n. pl.* 熱帶地區

3. trophy *n.* 獎杯（ *= a large cup given as a prize to the winner of a competition* ）；戰利品；獎品
She presented the ***trophy*** to the winner. （她把獎杯頒給優勝者。）

4. trouble *n.* 麻煩（ *= difficulty* ）；苦惱　*v.* 麻煩；使困擾
get in trouble　碰上麻煩　　troublemaker *n.* 麻煩製造者
Never ***trouble trouble*** till ***trouble troubles*** you.
（【諺】勿自尋煩惱；勿杞人憂天。）

5. troublesome *adj.* 麻煩的（ *= bothersome* ）
The procedures were more ***troublesome*** than we expected.
（程序比我們預期的要麻煩。）

6. trousers *n. pl.* 褲子（ *= pants* ）
這個字是英式用法，美國人較常説 pants。
a pair of trousers　一條長褲

trousers

7. **tribe** *n.* 部落（ *= aboriginal society* ）
tri (*three*) + be = tribe，三個人，就可能聚成「部落」。
The ***tribe*** held religious ceremonies in a cave.
（那個部落在洞穴中舉辦宗教典禮。）

8. **tribal** *adj.* 部落的（ *= relating to a tribe* ）
Her father was a ***tribal*** chief. （她父親曾是個部落的酋長。）

9. **trial** *n.* 審判（ *= judgment* ）；試驗
try（試）– y + ial = trial，「審判」要「試驗」被告良善與否。
He is on ***trial*** for the possession of illegal drugs.
（他因持有毒品而受審判。）
trial and error　反覆試驗；不斷摸索

# 7. *true*

| | | |
|---|---|---|
| ‡**true** ¹ | 〔tru〕 | adj. 真的 |
| **truce** ⁶ | 〔trus〕 | n. 停戰 |
| **truant** ⁶ | 〔'truənt〕 | n. 曠課者 |
| ‡**truck** ² | 〔trʌk〕 | n. 卡車 |
| ***trunk** ³ | 〔trʌŋk〕 | n. 後車廂 |
| ‡**trumpet** ² | 〔'trʌmpɪt〕 | n. 喇叭 |
| ‡**tub** ³ | 〔tʌb〕 | n. 浴缸 |
| ***tube** ² | 〔tjub〕 | n. 管子 |
| **tuberculosis** ⁶ | 〔tju͵bɝkjə'losɪs〕 | n. 肺結核 |

**BOOK 14**

【記憶技巧】

從上一回被抓去「審判」( trial )，聯想到在「真的」( true )「停戰」( truce ) 協議之前，躲避戰亂的「曠課者」( truant ) 亂開「卡車」( truck )，撞到「後車廂」( trunk )，「喇叭」( trumpet ) 不停響，吵到「浴缸」( tub ) 的「管子」( tube ) 都爆裂噴濺，不幸讓全身濕透的路人感染「肺結核」( tuberculosis )。

1. true *adj.* 真的 ( = *real* )
   a dream come true 美夢成真【注意：此用法可直接做名詞使用】
   It's like *a dream come true* for me. ( 這對我如同美夢成真。)

2. truce *n.* 停戰 ( = *cease-fire* )
   諧音：國王「猝死」，就可能會「停戰」( truce )。
   They declared a 14-day *truce*. ( 他們宣布停戰十四天。)

3. truant　*n.* 曠課者 ( = *a person who cut class* )；逃學者
   play truant　逃學
   His brother has been a habitual *truant*.
   （他哥哥曠課成了習慣。）

4. truck　*n.* 卡車 ( = *van* )；貨車
   truck driver　卡車司機
   railway truck　鐵路貨車

5. **trunk**　*n.* 後車廂；( 汽車的 ) 行李箱 ( = *chest* )；樹幹；軀幹
   「卡車」( truck ) 的「行李箱」( trunk ) 很大。
   Bags go in the *trunk*.
   （行李放在後車廂。）( 詳見「一口氣背會話」P.1160 )

6. trumpet　*n.* 喇叭 ( = *horn* )
   由於字尾 et 代表「小」，所以又叫「小喇叭」。
   He is a professional *trumpet* player in an
   orchestra.（他是交響樂團的職業喇叭手。）

trumpet

7. tub　*n.* 浴缸 ( = *bathtub* )
   「浴缸」( tub ) 一定要有「管子」( tube )。
   massage bath tub　按摩浴缸

8. tube　*n.* 管子 ( = *pipe* )；地鐵
   最早的地鐵因管狀的隧道設計，也通稱爲 tube。
   She usually goes to work by *tube*.（她通常搭地鐵上班。）

9. tuberculosis　*n.* 肺結核 ( = *TB* = *T.B.* = *t.b.* = *a serious
   infectious disease affecting the lungs* )

   | tuber + culo + sis |
   |---|
   | tumor + core + n. |

   像「腫瘤」( tumor ) 的「核」( core )，
   就是「肺結核」。

# *8. tuck*

| | | | |
|---|---|---|---|
| **tuck** [5] | 〔 tʌk 〕 | v. | 捲起（衣袖） |
| *****tug** [3] | 〔 tʌg 〕 | v. | 用力拉 |
| *****tug-of-war** [4] | 〔͵tʌgəf'wɔr 〕 | n. | 拔河 |
| ******turkey** [2] | 〔'tɝkɪ 〕 | n. | 火雞 |
| ******turtle** [2] | 〔'tɝtl̩ 〕 | n. | 海龜 |
| **turmoil** [6] | 〔'tɝmɔɪl 〕 | n. | 混亂 |
| *****tutor** [3] | 〔'tjutɚ 〕【注意說明】 | n. | 家庭教師 |
| **tuition** [5] | 〔 tju'ɪʃən 〕 | n. | 學費 |
| **tumor** [6] | 〔'tjumɚ , 'tu- 〕 | n. | 腫瘤 |

【記憶技巧】

　　從上一回的「肺結核」（tuberculosis），聯想到要多休養，不能隨便「捲起」（tuck）衣袖「用力拉」（tug）「拔河」（tug-of-war）的繩子，不然會昏迷導致「混亂」（turmoil），連陸上的「火雞」（turkey）和海裡的「海龜」（turtle）都分不清楚，要請「家庭教師」（tutor）教學，付出昂貴的「學費」（tuition），控制結核「腫瘤」（tumor）的生長。

1. tuck  v. 捲起（衣袖）( = *roll up* )；將（衣服下擺）塞進；將…藏入
   He *tucked* up his trousers to wade across the river.
   （他捲起了褲子涉水走過那條河。）
   tuck away  將…收藏；隱藏

2. tug　*v.* 用力拉（ = *strong pull* ）　*n.* 強拉
   She *tugged* my ear.（她拉我的耳朵。）
   She felt a *tug* at her sleeve.（她感覺到袖子被拉了一把。）

3. tug-of-war　*n.* 拔河（ = *a game in which two teams pull on opposite ends of a rope* ）
   「用力拉」（tug）之「戰」（war），
   就是「拔河」（tug-of-war）。

   tug-of-war

   We cannot lose this *tug-of-war*.
   （我們不能輸掉這場拔河。）

4. turkey　*n.* 火雞（ = *a large native American bird* ）；火雞肉
   由「土耳其」（Turkey）商人引進，直接改成小寫為 turkey。
   He ate several slices of *turkey* for lunch.
   （他午餐吃了幾片火雞肉。）

5. turtle　*n.* 海龜（ = *a reptile with a hard shell* ）
   A *turtle* can pull its head into its shell.（海龜能把頭縮進殼中。）
   【比較】tortoise（ˈtɔrtəs ）*n.* 陸龜

6. turmoil　*n.* 混亂（ = *chaos* = *confusion* = *disorder* ）
   可以記成 turm (*turn*) + oil = turmoil
   「打翻」（turn）了「油」（oil），就會一團「混亂」（turmoil）。
   The town was in total *turmoil* during the strike.
   （那城鎮在罷工期間，完全是一團混亂。）

7. tutor　*n.* 家庭教師（ = *private teacher* ）
   這個字以前唸〔ˈtutɚ 〕，現在美國人多唸成〔ˈtjutɚ 〕。
   Her parents employed a *tutor* to teach her mathematics.
   （她父母聘了家教教她數學。）

8. tuition　*n.* 學費（ = *charge for education* ）；教學
   找「家庭教師」（tutor）要付高額的「學費」（tuition）。

9. tumor　*n.* 腫瘤（ = *abnormal growth of body tissue* ）
   諧音：長「腫瘤」（tumor）很心疼，關心他「痛嗎」。
   benign tumor　良性腫瘤　　　malignant tumor　惡性腫瘤

# *9. twin*

| | | | |
|---|---|---|---|
| *twin ³ | 〔 twɪn 〕 | *n.* | 雙胞胎之一 |
| *twinkle ⁴ | 〔'twɪŋkḷ 〕 | *v.* | 閃爍 |
| *twist ³ | 〔 twɪst 〕 | *v.* | 扭曲 |
| *twig ³ | 〔 twɪg 〕 | *n.* | 小樹枝 |
| *twice ¹ | 〔 twaɪs 〕 | *adv.* | 兩次 |
| twilight ⁶ | 〔'twaɪ‚laɪt 〕 | *n.* | 微光 |
| type ² | 〔 taɪp 〕 | *n.* | 類型 |
| *typist ⁴ | 〔'taɪpɪst 〕 | *n.* | 打字員 |
| *typewriter ³ | 〔'taɪp‚raɪtɚ 〕 | *n.* | 打字機 |

BOOK **14**

【記憶技巧】

從上一回的「腫瘤」(tumor)，聯想到怕「雙胞胎之一」
(twin)長腫瘤，燈光「閃爍」(twinkle)害他們跌倒，「扭
曲」(twist)了「小樹枝」(twig)「兩次」(twice)，在「微
光」(twilight)下，他們各「類型」(type)的可愛模樣，
大家都非常喜歡，不用找「打字員」(typist)和「打字機」
(typewriter)。

1. **twin** *n.* 雙胞胎之一 ( = *either of two children born at one
   birth* )　*adj.* 雙胞胎的　t + win ( 贏 ) = twin
   twins *n. pl.* 雙胞胎　twin brothers/sisters 雙胞胎兄弟/姊妹

2. **twinkle** *v.* 閃爍 ( = *sparkle* = *glitter* = *glisten* )
   *Twinkle*, *twinkle*, little star.  How I wonder what you are.
   ( 一閃一閃小星星，真想知道你是什麼。)【世界名曲「小星星」首句】

3. **twist** *v.* 扭曲 ( = *curl* )；扭傷　*n.* 扭轉；扭扭舞
   twi (*two*) + st (*strand*) = twist，原指雙股扭纏。
   His face was *twisted* with pain.
   （他的臉因疼痛而扭曲。）
   twist a person's words　曲解某人的話

   twist

4. **twig** *n.* 小樹枝 ( = *small branch of a tree* )
   twi (*two*) + g = twig，「小樹枝」會分岔為二。
   We used *twigs* to start the fire.
   （我們用小樹枝來生火。）
   【比較】branch　*n.* 大樹枝

   twig

5. **twice** *adv.* 兩次 ( = *two times* )；兩倍
   twi (*two*) + ce = twice
   She is *twice* as old as I am.（她的年齡是我的兩倍。）
   think twice　三思

6. **twilight** *n.* 微光；黃昏 ( = *nightfall* )；黎明

   | twi + light | 「微光」是一天發生兩（twi）次的光 |
   | two + 光 | （light）；清晨和「黃昏」。 |

   I like to take a walk at *twilight*.（我喜歡在黃昏散步。）

7. **type** *n.* 類型 ( = *category* )　*v.* 打字
   He is not my *type*.（他不是我喜歡的類型。）
   Kate *types* well.（凱特打字打得很好。）

8. **typist** *n.* 打字員 ( = *person whose job is typing* )
   She works as a *typist*.（她的工作是打字員。）

9. **typewriter** *n.* 打字機 ( = *machine for printing words* )
   electric typewriter　電動打字機

# *10. undergo*

| | | |
|---|---|---|
| **undergo** [6] | 〔͵ʌndɚˈgo〕 | v. 經歷 |
| **undergraduate** [5] | 〔͵ʌndɚˈgrædʒʊɪt〕 | n. 大學生 |
| **underestimate** [6] | 〔͵ʌndɚˈɛstə͵met〕 | v. 低估 |
| | | |
| *__underline__ [5] | 〔͵ʌndɚˈlaɪn〕 | v. 在…畫底線 |
| **undermine** [6] | 〔͵ʌndɚˈmaɪn〕 | v. 損害 |
| **undertake** [6] | 〔͵ʌndɚˈtek〕 | v. 承擔 |
| | | |
| **underneath** [5] | 〔͵ʌndɚˈniθ〕 | prep. 在…之下 |
| *__underpass__ [4] | 〔ˈʌndɚ͵pæs〕【注意説明】 | n. 地下道 |
| *__underwear__ [2] | 〔ˈʌndɚ͵wɛr〕 | n. 內衣 |

**BOOK 14**

【記憶技巧】

> 從上一回的「打字機」（typewriter），聯想到「經歷」
> （undergo）太少的「大學生」（undergraduate），「低估」
> （underestimate）了操作困難，想用打字機「畫底線」
> （underline），結果「損害」（undermine）了古董打字
> 機。為了「承擔」（undertake）損失，只好「在」馬路
> 「之下」（underneath）的地下道，穿著破舊的「內衣」
> （underwear）乞討。

1. undergo  v. 經歷 ( = *go through* )
   從「下方」（under）「過去」（go）了，就是「經歷」。
   He *underwent* a long surgery. ( 他經歷了一場漫長的手術。)

2. undergraduate  *n.* 大學生 ( = *college student* )

under（之下）+ graduate（畢業）= undergraduate，還沒畢業
的，是「大學生」。「研究生」則是 graduate/postgraduate。

3. underestimate *v.* 低估（= *underrate*）
   under（在…底下）+ estimate（估計）= underestimate
   Never ***underestimate*** your enemy.（永遠別低估你的敵人。）
   相反詞是 overestimate *v.* 高估。

4. **underline** *v.* 在…畫底線（= *draw a line* under）
   under（在…底下）+ line（線）= underline
   Students usually ***underline*** the main points in textbooks.
   （學生常在課本重點下畫底線。）

5. **undermine** *v.* 損害（= *weaken*）

   | under + mine | 在下面埋地雷，就會「損害」。 |
   | --- | --- |
   | below + 地雷 | Her health was ***undermined*** by overwork.（她的健康因工作過度而受損害。） |

6. **undertake** *v.* 承擔（= *shoulder*）；從事
   under（下）+ take（拿）= undertake，拿下事情，就是「承擔」。
   The work was ***undertaken*** by a committee.
   （那項工作由一個委員會承擔。）

7. **underneath** *prep.* 在…之下（= *beneath*）   *adv.* 在下方
   under（在…底下）+ neath (*beneath*) = underneath
   put a stone underneath 在底下放石頭

8. **underpass** *n.* 地下道（= *passage under the road*）
   無 *underpath*（誤）這個字。
   The ***underpass*** often floods.（地下道常淹水。）
   【比較】overpass *n.* 天橋；高架道路【無 *overpath*（誤）】

9. **underwear** *n.* 內衣（= *clothing worn next to the skin*）
   cotton underwear 棉質內衣

# 11. unify

| unify [6] | ('junə,faɪ ) | v. 統一 |
|---|---|---|
| ***uniform [2] | ('junə,fɔrm ) | n. 制服 |
| *union [3] | ('junjən ) | n. 聯盟 |
| *unite [3] | ( ju'naɪt ) | v. 使聯合 |
| *unity [3] | ('junətɪ ) | n. 統一 |
| *unit [1] | ('junɪt ) | n. 單位 |
| *universe [3] | ('junə,vɝs ) | n. 宇宙 |
| *universal [4] | (,junə'vɝsḷ ) | adj. 普遍的 |
| *university [4] | (,junə'vɝsətɪ ) | n. 大學 |

## 【記憶技巧】

　　從上一回的「內衣」( underwear )，聯想到外衣則要穿
上公司「統一」( unify ) 發放的「制服」( uniform )，展現
出「使」整個「聯盟」( union )「聯合」( unite ) 起來的感覺，
成為「統一」( unity ) 的「單位」( unit )。團結力量大，是
「宇宙」( universe )「普遍的」( universal ) 定律，不管你
畢業自哪所「大學」( university )。

1. unify  v. 統一 ( = make into one )
   uni (one) + fy (v.) = unify，使成為一，就是「統一」。
   The colonies were **unified** to be a nation.
   ( 殖民地統一一起來成為一個國家。)

2. uniform  n. 制服 ( = the special clothes worn by the same
   group )

uni (*one*) + form (形式) = uniform
統一形式的，就是「制服」。
Students in our country must wear a *uniform* before they go
to college. ( 我國學生必須穿制服，直到上大學爲止。)

3. union　*n.* 聯盟；工會 ( = *combination of members* )
uni (*one*) + on (*n.*) = union，「聯盟」是一體的。
*Union* is strength. (【諺】團結就是力量。)

4. **unite**　*v.* 使聯合 ( = *combine* )
uni (*one*) + te (*v.*) = unite，「使聯合」，成爲一體。
the United States of America　美國；美利堅合衆國
( = *the U.S.A.* )

5. unity　*n.* 統一 ( = *unification* )
uni (*one*) + ty (*n.*) = unity
*Unity* makes strength. ( 團結產生力量。)【比利時國訓】

6. unit　*n.* 單位 ( = *part* )
basic unit　基本單位　　unit of currency　貨幣單位

7. **universe**　*n.* 宇宙 ( = *the whole world* )
諧音：「宇宙」( universe ) 很大，「由你玩」。

8. **universal**　*adj.* 普遍的；全世界的 ( = *worldwide* )
全「宇宙」( universe ) 都有的，就是「普遍的」( universal )。
English has become a *universal* language.
( 英語已成爲普遍的語言。)

9. university　*n.* 大學 ( = *institution of higher education* )
流傳很廣的諧音：「大學」( university )，由你玩四年。
National Taiwan University (NTU)　國立台灣大學

# 12. *update*

| | | | |
|---|---|---|---|
| **update** [5] | 〔 ʌp'det 〕 | *v.* | 更新 |
| **upgrade** [6] | 〔 ʌp'gred 〕【注意說明】 | *v.* | 使升級 |
| **upbringing** [6] | 〔'ʌp,brɪŋɪŋ 〕 | *n.* | 養育 |
| **uphold** [6] | 〔 ʌp'hold 〕 | *v.* | 維護 |
| *__upload__ [4] | 〔 ʌp'lod 〕 | *v.* | 上傳 |
| *__upper__ [2] | 〔'ʌpɚ 〕 | *adj.* | 上面的 |
| **upright** [5] | 〔'ʌp,raɪt 〕 | *adj.* | 直立的 |
| *__upset__ [3] | 〔ʌp'sɛt 〕 | *adj.* | 不高興的 |
| **__upstairs__ [1] | 〔ʌp'stɛrz 〕 | *adv.* | 到樓上 |

BOOK
**14**

【記憶技巧】

> 從上一回的「大學」( university )，聯想到大學教材
> 也要「更新」( update )，「使」它「升級」( upgrade )，
> 「養育」( upbringing ) 下一代，「維護」( uphold ) 國家
> 競爭力，這樣「上傳」( upload ) 到國際新聞「上面的」
> ( upper ) 的排名，才會「直立」( upright ) 不搖，不會
> 因為比輸人家，一臉「不高興的」( upset ) 表情，跑「到
> 樓上」( upstairs ) 去。

1. update *v.* 更新 ( = *modernize* )
   up ( 上 ) + date ( 日期 ) = update，到日期上，就是「更新」。
   We are *updating* this pocketbook.
   ( 我們正在更新這本口袋書。 )

2. upgrade *v.* 使升級（＝*enhance*）
   up（上）＋ grade（等級）＝ upgrade，等級提升，就是「升級」。
   We endeavor to ***upgrade*** our products.（我們努力升級產品。）
   這個字當名詞時唸成〔ˋʌpgred〕*n.* 升級。

3. upbringing *n.* 養育（＝*rearing*）
   up（上）＋ bring（帶）＋ ing ＝ upbringing
   往上帶大，就是「養育」。動詞片語是 bring up（養育）。
   He had a strict ***upbringing***.（他受到嚴格的養育。）

4. uphold *v.* 維護（＝*maintain*）；支持（＝*support*）
   up（上）＋ hold（保持）＝ uphold，保持在上，就是「支持」。
   The constitution ***upholds*** the freedom of speech.
   （憲法支持言論自由。）

5. upload *v.* 上傳（＝*transfer data to a server*）
   相反詞是 download（下載），其中 load 是「裝載」。
   I am ***uploading*** my photos.（我正在上傳我的照片。）

6. **upper** *adj.* 上面的（＝*above*）
   upper limit 上限　　upper class 上層社會
   upper body 上半身　　uppermost *adj.* 最上面的

7. upright *adj.* 直立的（＝*upstanding*）
   She set the ladder ***upright*** and climbed up.
   （她把梯子豎直，然後爬了上去。）

8. **upset** *adj.* 不高興的（＝*annoyed*）；生氣的
   She was ***upset*** that her husband did not come back.
   （她因丈夫沒回家而很不高興。）
   Don't be ***upset***.（不要生氣。）

9. upstairs *adv.* 到樓上（＝*on or to an upper floor*）
   go upstairs 到樓上去　　live upstairs 住在樓上
   I'm going ***upstairs*** now.（我現在要上樓了。）

# *13. urge*

| | | |
|---|---|---|
| * **urge** ⁴ | 〔ɝdʒ〕 | v. 催促 |
| * **urgent** ⁴ | 〔'ɝdʒənt〕 | adj. 緊急的 |
| **urgency** ⁶ | 〔'ɝdʒənsɪ〕 | n. 迫切 |
| **urine** ⁶ | 〔'jurɪn〕 | n. 尿 |
| **uranium** ⁶ | 〔ju'renɪəm〕 | n. 鈾 |
| ** **usual** ² | 〔'juʒʊəl〕 | adj. 平常的 |
| **utilize** ⁶ | 〔'jutḷ,aɪz〕 | v. 利用 |
| **utility** ⁶ | 〔ju'tɪlətɪ〕 | n. 效用 |
| **utensil** ⁶ | 〔ju'tɛnsḷ〕 | n. 用具 |

BOOK

**14**

【記憶技巧】

從上一回的跑「到樓上」(upstairs) 去，聯想到媽媽「催促」(urge) 他從樓上下來，卻發現「緊急的」(urgent) 事情，「迫切」(urgency) 需要就醫。他的「尿」(urine) 中含有超量的「鈾」(urine)，這是不「平常的」(usual) 狀況，趕快「利用」(utilize) 很有「效用」(utility) 的「用具」(utensil) 裝起尿液去看醫生。

1. **urge** v. 催促；力勸
   She *urged* me to see a doctor. (她催促我去看醫生。)

2. **urgent** adj. 迫切的 ( = *compelling* )；緊急的
   urge (催促) – e + ent (*adj.*) = urgent，要催促的，就是「迫切的」。
   The patient is in *urgent* need of medical treatment.
   (這病人迫切需要醫療處置。)

3. urgency　*n.* 迫切（= *the condition of being urgent*）
We understand that this is a problem of great *urgency*.
（我們了解這是一個相當迫切的問題。）

4. urine　*n.* 尿（= *pee*）
把「酒」（wine）喝下去，變「尿」（urine）排出來。
My *urine* sample was taken for further examination.
（我的尿檢樣品被拿去做進一步檢驗。）

5. uranium　*n.* 鈾（= *a very heavy, white metal*）
*Uranium* is a vital element in nuclear technology.
（鈾是核子用途的重要元素。）

6. **usual**　*adj.* 平常的（= *commonplace*）
副詞是 usually（通常），相反詞是 unusual（不尋常的）。

7. **utilize**　*v.* 利用（= *make use of* = *take advantage of* = *use*）

> uti ＋ lize
> ｜　　　｜
> use ＋ v.

use 指一般的使用，
utilize 則強調「利用」物品的效用。

8. **utility**　*n.* 效用（= *effectiveness*）；功用；
*(pl.)* 公用事業；公共事業
marginal utility　邊際效用【經濟學中每增加
一單位所提升的滿足程度】
public utilities　公用事業【水、電、通訊、瓦斯等】

public utilities

9. **utensil**　*n.* 用具（= *instrument*）
諧音：「有天手」不夠用了，就發明「用具」（utensil）。
The store sells pots and other kitchen *utensils*.
（那家店出售鍋子和其他廚房用具。）

# *14. vacant*

| | | | |
|---|---|---|---|
| \* **vacant** ³ | 〔'vekənt 〕 | *adj.* | 空的 |
| **vacancy** ⁵ | 〔'vekənsɪ 〕 | *n.* | 空房 |
| \*\*\* **vacation** ² | 〔 ve'keʃən 〕 | *n.* | 假期 |
| | | | |
| \*\* **value** ² | 〔'vælju 〕 | *n.* | 價值 |
| **valuable** ³ | 〔'væljuəbḷ 〕 | *adj.* | 有價值的 |
| \*\* **valley** ² | 〔'vælɪ 〕 | *n.* | 山谷 |
| | | | |
| **valid** ⁶ | 〔'vælɪd 〕 | *adj.* | 有效的 |
| **validity** ⁶ | 〔 və'lɪdətɪ 〕 | *n.* | 效力 |
| **valiant** ⁶ | 〔'væljənt 〕 | *adj.* | 英勇的 |

**BOOK 14**

【記憶技巧】

　　從上一回裝尿的的「用具」( utensil )，聯想到容器是「空的」( vacant )，但人不能空虛，要趁有「空房」( vacancy ) 時展開旅遊「假期」( vacation )，才是「有價值的」( valuable ) 做法。要去玩「山谷」( valley ) 垂降，用「有效的」( valid ) 繩索綁住，發揮安全「效力」( validity )，看起來也是很「英勇的」( valiant )。

1. vacant *adj.* 空的 ( = *empty* )
   vac ( 空 ) + ant (*adj.*) = vacant
   There is no *vacant* seat for the show tonight.
   ( 今晚的表演已經沒有空位了。)

2. vacancy *n.* 空房；空缺 ( = *emptiness* )
   vac ( 空 ) + ancy (*n.*) = vacancy

We have a *vacancy* for a program designer.
（我們有一個程式設計師的空缺。）

3. **vacation** *n.* 假期（= *holiday*）
Children are on summer *vacation* from July to August.
（七月到八月是小孩的暑假。）

4. **value** *n.* 價值（= *worth*）　*v.* 重視
The *value* of currencies keeps falling.
（貨幣的價值持續下跌。）
衍生字如 evaluate（估價）、devalue（貶值）。

5. **valuable** *adj.* 有價值的（= *prized*）；珍貴的
value – e + able (*adj.*) = valuable
This is a *valuable* experience for me.
（這個經驗對我很有價值。）

6. **valley** *n.* 山谷（= *gorge*）
Their room has wonderful views
across the *valley*.
（他們的房間能看到山谷的美妙風景。）

valley

7. **valid** *adj.* 有效的（= *effective*）
The voucher is *valid* for one year.
（那張禮券在一年內有效。）
相反詞是 invalid〔ɪn'vælɪd〕*adj.* 無效的。

8. **validity** *n.* 效力（= *effectiveness*）
The *validity* of those figures is doubtful.
（這些數字的效力可疑。）

9. **valiant** *adj.* 英勇的（= *courageous* = *brave* = *bold*）；堅決的
It was a *valiant* attempt.（那是一次很有勇氣的嘗試。）

# *15. van*

| | | |
|---|---|---|
| *＊**van** ³ | 〔 væn 〕 | *n.* 廂型車 |
| **vanilla** ⁶ | 〔 vəˈnɪlə 〕 | *n.* 香草 |
| *＊**vanish** ³ | 〔ˈvænɪʃ 〕 | *v.* 消失 |
| **vanity** ⁵ | 〔ˈvænətɪ 〕 | *n.* 虛榮心 |
| *＊**vary** ³ | 〔ˈvɛrɪ 〕 | *v.* 改變 |
| *＊**various** ³ | 〔ˈvɛrɪəs 〕 | *adj.* 各式各樣的 |
| **variable** ⁶ | 〔ˈvɛrɪəbḷ 〕 | *adj.* 多變的 |
| **variation** ⁶ | 〔ˌvɛrɪˈeʃən 〕 | *n.* 變化 |
| *＊**variety** ³ | 〔 vəˈraɪətɪ 〕 | *n.* 多樣性 |

BOOK 14

【記憶技巧】

從上一回的「英勇的」( valiant )，聯想到英勇地開著「廂型車」( van )，去吃名牌的「香草」( vanilla ) 冰淇淋，讓煩惱「消失」( vanish )，並滿足「虛榮心」( vanity )。後來發現冰櫃裡有「不同」( vary ) 花樣的冰，有「各式各樣的」( various )「多變的」( variable ) 口味，「變化」( variation ) 和「多樣性」( variety ) 相當豐富。

1. van *n.* 廂型車；小型有蓋貨車
   ( = *small truck* )
   Furniture is often moved in a *van*.
   （家具常用小貨車運送。）

Van

2. vanilla *n.* 香草 ( = *a flavoring plant* )
   vanilla ice cream 香草冰淇淋

vanilla

3. **vanish** *v.* 消失 ( = *disappear* )

   | van + ish |
   |-----------|
   | vain + v. |

   in vain 是「白費」。「消失」就「白費」了。
   Her smile suddenly *vanished* from her face.
   （她的微笑突然從臉上消失。）

4. vanity *n.* 虛榮心 ( = *the quality of being vain* )；虛幻
   Once your pride and *vanity* has been wounded it takes a long
   time to recover. （自尊和虛榮一旦被傷害，需要很久才能復原。）

5. **vary** *v.* 改變 ( = *change* )；不同
   Your skin's moisture content *varies* with climate conditions.
   （你的皮膚水分含量會隨著氣候環境而改變。）

6. **various** *adj.* 各式各樣的 ( = *different kinds of* )
   I decided to quit my job for *various* reasons.
   （我由於各種原因而決定辭職。）

7. variable *adj.* 多變的 ( = *not consistent* )
   The winds here tend to be *variable*. （這裡的風經常變化莫測。）

8. variation *n.* 變化 ( = *change* )
   The figure showed marked *variation* from year to year.
   （數據每一年都表現出顯著的變化。）

9. **variety** *n.* 多樣性 ( = *diversity* )；種類
   *Variety* is the spice of life.
   （【諺】變化是生活的香料。）
   a variety of 各種的；各式各樣的 ( = *various* )
   【寫作時可將 many kinds of 代換】

# *16. vegetable*

| | | | |
|---|---|---|---|
| ***vegetable** ¹ | (ˈvɛdʒətəb!) | *n.* | 蔬菜 |
| **vegetarian** ⁴ | (ˌvɛdʒəˈtɛrɪən) | *n.* | 素食主義者 |
| **vegetation** ⁵ | (ˌvɛdʒəˈteʃən) | *n.* | 植物【集合名詞】 |
| **vend** ⁶ | (vɛnd) | *v.* | 販賣 |
| ***vendor** ⁶ | (ˈvɛndɚ) | *n.* | 小販 |
| **venture** ⁵ | (ˈvɛntʃɚ) | *v.* | 冒險 |
| ***verb** ⁴ | (vɝb) | *n.* | 動詞 |
| **verbal** ⁵ | (ˈvɝb!) | *adj.* | 口頭的 |
| **verge** ⁶ | (vɝdʒ) | *n.* | 邊緣 |

BOOK
14

【記憶技巧】

從上一回的「多樣性」( variety )，聯想到只吃「蔬菜」( vegetable ) 的「素食主義者」( vegetarian ) 要注意多樣性，吃各種「植物」( vegetation )，還要去找「販賣」( vend ) 水果的「小販」( vendor )，「冒險」( venture ) 殺價，殺太誇張，小販用「動詞」( verb ) 髒話罵他，可能犯下「口頭的」( verbal ) 公然侮辱罪，遊走法律「邊緣」( verge )。

1. **vegetable** *n.* 蔬菜 ( = *edible plant* )
   veget (*life*) + able = vegetable，多吃「蔬菜」，可以活更久。
   He sells his fruit and *vegetables* locally.
   ( 他在當地販售水果和蔬菜。)

2. vegetarian *n.* 素食主義者 ( = *a person who does not eat meat or fish* )

【比較】vegan *n.* 嚴格素食主義者（蛋、奶製品都不能吃）
They had dinner in a *vegetarian* restaurant.
（他們在一家素食餐廳吃晚餐。）

3. vegetation *n.* 植物【集合名詞】( = *plants in general* )
Clear all grass and other *vegetation* from the area.
（把這塊區域的草和其他植物都清除掉。）

4. vend *v.* 販賣 ( = *sell* )
諧音：vend（販賣）和「販的」聽起來很像。
There was a man *vending* bread and cakes.
（那裡之前有人在賣麵包和蛋糕。）
vending machine　販賣機

vending machine

5. vendor *n.* 小販 ( = *peddler* )
They found a street *vendor* selling ice cream.
（他們發現一個街上的小販在賣冰淇淋。）

6. venture *v.* 冒險 ( = *risk* )　　*n.* 冒險的事業
名詞是 adventure。
It's probably too risky a *venture*.（冒這個險的風險可能太大了。）

7. verb *n.* 動詞 ( = *a word to describe an action* )
*Verbs* change forms with person and tense.
（動詞會隨著人稱和時態而變形。）

8. verbal *adj.* 口頭的 ( = *spoken* )；言辭的；文字上的
They have extraordinary *verbal* skills and written skills.
（他們有出眾的言詞與寫作技巧。）

9. verge *n.* 邊緣 ( = *border* )
They came down to the *verge* of the lake.（他們下來到湖邊。）
on the verge of　即將；快要 ( = *on the edge of* )
She was *on the verge of* tears.（她快要哭出來了。）

# 17. *verse*

| | | |
|---|---|---|
| *  **verse** 3 | 〔 vɝs 〕 | *n.* 詩 |
| **versatile** 6 | 〔 ˈvɝsətaɪl 〕【注意說明】 | *adj.* 多才多藝的 |
| **version** 6 | 〔 ˈvɝʒən 〕 | *n.* 版本 |
| **via** 5 | 〔 ˈvaɪə 〕【注意說明】 | *prep.* 經由 |
| **vibrate** 5 | 〔 ˈvaɪbret 〕 | *v.* 震動 |
| **vibration** 6 | 〔 vaɪˈbreʃən 〕 | *n.* 震動 |
| **vice** 6 | 〔 vaɪs 〕 | *n.* 邪惡 |
| *  **vice-president** 3 | 〔 ˌvaɪsˈprɛzədənt 〕 | *n.* 副總統 |
| **vicious** 6 | 〔 ˈvɪʃəs 〕 | *adj.* 邪惡的 |

BOOK
14

【記憶技巧】

從上一回的「邊緣」( verge )，聯想到「詩」( verse )
人通常是「多才多藝的」( versatile )，不是邊緣人。詩作流
傳許多「版本」( version )，「經由」( via ) 網路廣爲流傳，
府院爲之「震動」( vibrate )。「副總統」( vice-president )
懷疑他有「邪惡的」( vicious ) 企圖，派人去調查他。

1. **verse** *n.* 詩 ( = *poetry* )；韻文
   She published several volumes of **verse**.
   （她出版了幾册的詩文集。）

2. versatile *adj.* 多才多藝的 ( = *all-round* )

   | versa + tile | 轉來轉去，各方面都很行，就是「多才多藝的」。 |
   |---|---|
   |   &#124;    &#124; | Jacky is a **versatile** actor. |
   | *turn* + *adj.* | （傑克是個多才多藝的演員。） |

這個字在 Longman 發音字典中，唸成〔ˈvɜsətl̩〕，但大部分美國人唸成〔ˈvɜsətaɪl〕，詳見 Cambridge 發音字典。

3. **version** *n.* 版本；說法 ( = *a different form* )
The Chinese *version* of the English novel also sells well.
（這本英文小說的中文版也賣得很好。）

4. via *prep.* 經由 ( = *by way of* )
They came to Europe *via* Turkey. （他們經由土耳其來到歐洲。）
這個字也可唸成〔ˈviə〕，但大多數人唸〔ˈvaɪə〕，詳見 Cambridge
發音字典。

5. vibrate *v.* 震動 ( = *move continuously and rapidly* )
The house *vibrated* whenever a heavy vehicle passed outside.
（每當重型車輛經過外面，這房子就會震動。）

6. vibration *n.* 震動 ( = *quivering* )
Big-capacity engines generate less *vibration*.
（大容量的引擎會產生較少的震動。）

vibration

7. vice *n.* 邪惡 ( = *evil* )；代理人　*adj.* 副的
記：「老鼠」( mice ) 都在陰暗處，看起來很「邪惡」( vice )。
Crime, *vice* and violence flourished. （犯罪、邪惡、與暴力肆虐。）
virtue and vice　善與惡

8. vice-president *n.* 副總統 ( = *deputy of the president* )
He is the *vice-president* of the Republic of China.
（他是中華民國的副總統。）
這個字也可寫成 vice president。

9. vicious *adj.* 邪惡的 ( = *wicked* )；兇猛的
The dog was *vicious* and likely to bite.
（那隻狗很兇，很可能會咬人。）
vicious circle　惡性循環
【比較】virtuous circle　良性循環

# *18. victor*

| | | | |
|---|---|---|---|
| **victor** 6 | (ˈvɪktə ) | *n.* | 勝利者 |
| **＊＊victory** 2 | (ˈvɪktrɪ )【注意說明】 | *n.* | 勝利 |
| **victorious** 6 | ( vɪkˈtorɪəs ) | *adj.* | 勝利的 |
| | | | |
| **＊＊video** 2 | (ˈvɪdɪ‚o ) | *n.* | 影片 |
| **＊view** 1 | ( vju ) | *n.* | 看法 |
| **viewer** 5 | (ˈvjuə ) | *n.* | 觀衆 |
| | | | |
| **vigor** 5 | (ˈvɪgə ) | *n.* | 活力 |
| **vigorous** 5 | (ˈvɪgərəs ) | *adj.* | 精力充沛的 |
| **＊victim** 3 | (ˈvɪktɪm ) | *n.* | 受害者 |

BOOK

**14**

【記憶技巧】

　　從上一回「邪惡的」( vicious )，聯想到邪惡的人耍手段
可能成爲「勝利者」( victor )，但「勝利」( victory ) 是一時
的，看完「影片」( video )，有「看法」( view ) 的「觀衆」
( viewer ) 就會發現本來很有「活力」( vigor )，「精力充沛的」
( vigorous ) 選手被壞蛋下毒，成爲「受害者」( victim )。

1. victor *n.* 勝利者 ( = *winner* )
   The *victor* returned in triumph. ( 勝利者凱旋而歸。 )
   Queen Victoria 維多利亞女王【此名變自 victor，亦有「勝利者」涵義】

2. victory *n.* 勝利 ( = *winning* )
   They went on to the *victory* in the final. ( 他們在決賽中獲勝。 )
   拍照時比的 V 字手勢，就是象徵 victory ( 勝利 )。
   這個字也可唸成 (ˈvɪktərɪ )。

3. victorious　*adj.* 勝利的（ = *successful* ）

| vict | + | or | + | ious |
| --- | --- | --- | --- | --- |
| *conquer* | + | *man* | + | *adj.* |

成功征服的人，就是「勝利的」。

Luke finally emerged *victorious* after the long match.
（路克在漫長的比賽後終於脫穎而出。）

4. **video**　*n.* 影片；錄影帶（ = *video tape* ）；錄影；視訊
The teacher uses *video* in class for teaching.
（老師在課堂上使用影片教學。）

5. view　*n.* 景色（ = *scene* ）；看法
The *view* from this window is wonderful.
（這扇窗戶看出去的景色很棒。）
take a different view　抱持不同的看法

6. viewer　*n.* 觀衆（ = *spectator* ）
Our shows are populor with young *viewers*.
（我們的表演受到年輕觀衆的歡迎。）

7. vigor　*n.* 活力（ = *energy* ）
諧音：聽起來像「威哥」，很有「活力」。
They set about the new task with *vigor*.
（他們充滿活力地開始了新的任務。）

8. vigorous　*adj.* 精力充沛的（ = *full of energy* ）
After a good night's sleep, he is now *vigorous* again.
（經過一夜好眠，他現在又是精力充沛的了。）

9. victim　*n.* 受害者（ = *sufferer of a crime of accident* ）
It is estimated that one woman in four is a *victim* of domestic
violence.（估計有四分之一的女性成爲家暴受害者。）

# *19. villa*

| | | | |
|---|---|---|---|
| **villa** [6] | 〔'vɪlə〕 | *n.* | 別墅 |
| ***village** [2] | 〔'vɪlɪdʒ〕 | *n.* | 村莊 |
| **villain** [5] | 〔'vɪlən〕【注意發音】 | *n.* | 惡棍 |
| | | | |
| **vine** [5] | 〔vaɪn〕 | *n.* | 葡萄藤 |
| **vinegar** [3] | 〔'vɪnɪgə〕【注意發音】 | *n.* | 醋 |
| **vineyard** [6] | 〔'vɪnjəd〕【注意發音】 | *n.* | 葡萄園 |
| | | | |
| ***violate** [4] | 〔'vaɪə,let〕 | *v.* | 違反 |
| ***violation** [4] | 〔,vaɪə'leʃən〕 | *n.* | 違反 |
| ***violence** [3] | 〔'vaɪələns〕 | *n.* | 暴力 |

BOOK 14

【記憶技巧】

從上一回的「受害者」(victim)，想到受害者被綁架
藏在村裡的「別墅」(villa)內，「村莊」(village)外有
「惡棍」(villain)看守，周圍佈滿「葡萄藤」(vine)，
以釀「醋」(vinegar)的「葡萄園」(vineyard)作為掩
護。「違反」(violate)壞蛋命令的人會被以「暴力」
(violence)相待。

1. villa *n.* 別墅 ( = *luxurious country house* )
   「別墅」(villa)通常在有「村莊」(village)的地方。
   They have rented a ***villa*** in the countryside.
   (他們在鄉下租了棟別墅。)

2. **village** *n.* 村莊 ( = *suburb* )    *adj.* 鄉村的
   village style 鄉村風格

3. villain *n.* 惡棍（= *rascal*）; 流氓

「惡棍」（villain）常會在「村莊」（village）為非作歹。
ain 指「人」，像 captain〔ˈkæptn̩〕*n.* 隊長。
A ***villain*** broke into his house last night.
（昨晚有一名惡棍闖入他家。）

4. vine *n.* 葡萄藤（= *grapevine*）

有「葡萄藤」（vine），才能釀葡萄「酒」（wine）。
***Vines*** produce better grapes as they age.
（較老的葡萄藤能結出較好的葡萄。）

vine

5. vinegar *n.* 醋（= *a sour liquid made by allowing wine to become acid, used for adding flavor to food*）

釀「酒」（wine）變酸，會釀出「醋」（vinegar）。
This wine tastes like ***vinegar***.（這種葡萄酒喝起來像醋。）

6. vineyard *n.* 葡萄園（= *a piece of land where vines are grown*）

vine（葡萄藤）+ yard（園）= vineyard（葡萄園）

7. violate *v.* 違反（= *defy*）

```
 viol  + ate
  |       |
against +  v.
```
「反對」的動詞，就是「違反」。

Those who ***violate*** the rules will be punished.
（違反規定的人會被處罰。）

8. **violation** *n.* 違反（= *breach*）; 侵害

We are not in ***violation*** of law.（我們沒有違反法律。）
a violation of human rights 侵犯人權

9. violence *n.* 暴力（= *brutality*）

We should all condemn ***violence***.（我們都應該譴責暴力。）

# 20. *violin*

| | | | |
|---|---|---|---|
| **\*\*violin** [2] | 〔͵vaɪə'lɪn 〕 | *n.* | 小提琴 |
| **violinist** [5] | 〔͵vaɪə'lɪnɪst 〕 | *n.* | 小提琴手 |
| **\*violet** [3] | 〔'vaɪəlɪt 〕 | *n.* | 紫羅蘭 |
| **\*virtue** [4] | 〔'vɝtʃu 〕 | *n.* | 美德 |
| **virtual** [6] | 〔'vɝtʃuəl 〕 | *adj.* | 實際上的 |
| **\*virgin** [4] | 〔'vɝdʒɪn 〕 | *n.* | 處女 |
| **visa** [5] | 〔'vizə 〕 | *n.* | 簽證 |
| **\*visible** [3] | 〔'vɪzəbḷ 〕 | *adj.* | 看得見的 |
| **\*vision** [3] | 〔'vɪʒən 〕 | *n.* | 視力 |

BOOK

**14**

【記憶技巧】

從上一回的「暴力」( violence )，聯想到「小提琴」
( violin ) 很貴，使用時不能太暴力，要讓「小提琴手」
( violinist ) 噴上「紫羅蘭」( violet ) 香水，內在修養
「美德」( virtue )，並且苦練「實際上的」( virtual ) 技
巧，以在雪梨歌劇院的「處女」( virgin ) 秀中獲得好
評。她去辦澳洲「簽證」( visa ) 的時候覺得字太小，
就戴上讓她「看得見的」( visible ) 眼鏡來矯正「視力」
( vision )。

1. **violin** *n.* 小提琴 ( = *fiddle* )
   Can you play the *violin* ?
   （你會拉小提琴嗎？）

violin

2. violinist　*n.*　小提琴手（ = *one who plays the violin* ）
Heifetz is considered the greatest *violinist* of the 20th century.
（海飛茲被認爲是二十世紀最偉大的小提琴手。）

3. violet　*n.*　紫羅蘭（ = *a small plant with dark
purple flowers and a sweet smell* ）
It is said that *violets* grew from the tears of Venus.
（據說紫羅蘭是從維納斯的眼淚生出的。）

violet

4. virtue　*n.*　美德（ = *good character* ）；長處
Prudence is a *virtue*.（審愼是美德。）
by virtue of　藉由
He succeeded *by virtue of* hard work rather than talent.
（他的成功是藉由努力，而非天分。）

5. **virtual**　*adj.*　實際上的（ = *real in effect* ）；虛擬的
She is the *virtual* leader here.（她是這裡實際上的領導者。）
virtual pet　虛擬寵物　　virtual reality　虛擬實境
virtual 和 virtue 無關，virtue 的形容詞是 virtuous〔ˈvɜtʃuəs〕*adj.*
有道德的。

6. virgin　*n.*　處女（ = *maiden* ）
常指涉最初的事物，如：extra virgin olive oil　特級初榨橄欖油。

7. visa　*n.*　簽證（ = *entry permission issued by a government* ）
You need a *visa* to travel abroad.（出國旅遊需要簽證。）

8. visible　*adj.*　看得見的（ = *capable of being seen* ）

> vis ＋ ible
> 　|　　|
> see ＋ able

可以看見，就是「看得見的」。
She had made *visible* progress.
（她的進步看得見。）

9. vision　*n.*　視力（ = *sight* ）
He suffered from bad *vision*.（他受到視力不良所苦。）

# *21. visit*

| | | |
|---|---|---|
| ***visit*** 1 | (ˈvɪzɪt) | v. 拜訪 |
| ***visual*** 4 | (ˈvɪʒʊəl) | adj. 視覺的 |
| **visualize** 6 | (ˈvɪʒʊəlˌaɪz) | v. 想像 |
| ***vital*** 4 | (ˈvaɪtl̩) | adj. 非常重要的 |
| **vitality** 6 | (vaɪˈtælətɪ) | n. 活力 |
| ***vitamin*** 3 | (ˈvaɪtəmɪn) | n. 維他命 |
| **vocation** 6 | (voˈkeʃən) | n. 職業 |
| **vocational** 6 | (voˈkeʃənl̩) | adj. 職業的 |
| **vocabulary** 2 | (vəˈkæbjəˌlɛrɪ) | n. 字彙 |

BOOK 14

【記憶技巧】

　　從上一回的「視力」( vision )，想到要有視力去「拜訪」
( visit ) 古蹟才能有「視覺的」( visual ) 感受，並「想像」
( visualize ) 古代的情景，所以維持視力是「非常重要的」
( vital )，同時要有「活力」( vitality )，平常要補充「維他命」
( vitamin )，才能保住「職業」( vocation )，要促進「職業
的」( vocational ) 發展，要多背「字彙」( vocabulary )。

1. visit　v. 拜訪 ( = *call on* )；遊覽　n. 拜訪；參觀
   vis (*see*) + it (*go*) = visit，去看，就是「拜訪」。
   pay *sb*. a visit　探望某人
   Helen recently ***paid me a visit***. ( 海倫最近有來探望我。 )

2. visual　adj. 視覺的 ( = *relating to or using sight* )；視力的
   vis (*see*) + ual (*adj*.) = visual

Painting and sculpture are *visual* arts. ( 繪畫和雕刻是視覺藝術。 )
visual impairment 視力受損

3. visualize *v.* 想像 ( = *picture* )
visual ( 視覺的 ) + ize (*v.*) = visualize
I tried to *visualize* the scene as it was described.
( 我試著去想像所描述的情景。 )

4. **vital** *adj.* 非常重要的 ( = *essential* );生命的;充滿活力的
vit (*life*) + al (*adj.*) = vital,跟生命相關,就是「非常重要的」。
It's *vital* that we act at once. ( 重要的是我們必須馬上行動。 )
vital signs 生命跡象

5. vitality *n.* 活力 ( = *energy* )
vital ( 充滿活力的 ) + ity (*n.*) = vitality
Tourism is important to the economic *vitality* of the region.
( 旅遊業對這地區的經濟活力很重要。 )

6. **vitamin** *n.* 維他命 ( = *any of a group of substances necessary for a healthy life* )

7. vocation *n.* 職業 ( = *job* )
voc (*voice*) + ation (*n.*) = vocation,找「職業」要問心中的聲音。
At 28 she found her true *vocation* as a writer.
( 在二十八歲時她找到她的真正的職業,當作家。 )
【比較】avocation〔͵ævə'keʃən〕*n.* 副業;兼差

8. **vocational** *adj.* 職業的 ( = *of or relating to a vocation* )
vocation ( 職業 ) + al (*adj.*) = vocational
*Vocational* training should be a part of a youngster's education.
( 年輕人的教育應該包含職業訓練。 )
vocational school 職業學校

9. **vocabulary** *n.* 字彙 ( = *words* )
這個字也是來自於字根 voc ( 聲音 ),「字彙」要發出聲音。
He has a *vocabulary* of about 7,000 words. ( 他的字彙量大約七千。 )

# *22. voice*

| | | | |
|---|---|---|---|
| ***voice** [1] | ( vɔɪs ) | *n.* | 聲音 |
| **vocal** [6] | ( 'vokḷ ) | *adj.* | 聲音的 |
| *volcano** [4] | ( val'keno ) 【注意說明】 | *n.* | 火山 |
| *volume** [3] | ( 'valjəm ) | *n.* | 音量 |
| *voluntary** [4] | ( 'valən,tɛrɪ ) | *adj.* | 自願的 |
| *volunteer** [4] | ( ,valən'tɪr ) | *v.* | 自願 |
| **vote** [2] | ( vot ) | *v.* | 投票 |
| *voter** [2] | ( 'votɚ ) | *n.* | 投票者 |
| **vomit** [6] | ( 'vɑmɪt ) | *v.* | 嘔吐 |

【記憶技巧】

從上一回的「字彙」( vocabulary )，想到個唸字彙，要唸出「聲音」( voice )，有「聲音的」( vocal ) 幫助才會記得牢，唸出來要像「火山」( volcano )，發出很大的「音量」( volume )，有「自願的」( voluntary ) 意志，「自願」( volunteer ) 去學習才會進步得快，連去「投票」( vote ) 的「投票者」( voter ) 都聽得一清二楚，唸到口乾舌燥想「嘔吐」( vomit )。

1. **voice** *n.* 聲音 ( = *the sounds from the mouth made in speaking or singing* )；發言權　*v.* 表達 ( = *give voice to* )
   lose *one's* voice　失聲；變啞　　lower *one's* voice　降低音量
   I have no **voice** in the matter. ( 這件事我沒有發言權。)
   He **voiced** his doubts. ( 他說出他的疑惑。)

2. **vocal** *adj.* 聲音的 ( = *voiced* )；直言不諱的
   voice ( 聲音 ) – ie + al (*adj.*) = vocal

He has been very *vocal* in his displeasure over the decision.
（他非常直接表達對這決定的不悅。）

3. volcano   *n.*   火山（ = *a mountain that forces hot gas, rocks, ash, and lava into the air through a hole at the top* ）
active volcano   活火山       dormant volcano   休火山
extinct volcano   死火山     〔'dɔrmənt 〕 *adj.*  休眠的；冬眠的
這個字不可唸成〔vɔl'keno 〕。

4. volume   *n.*   音量（ = *loudness* ）；（書）冊；容量
Can you turn the *volume* up a little?（你可以把音量開大一點嗎？）
This library contains over a million *volumes*.
（這圖書館藏書超過一百萬冊。）

5. voluntary   *adj.*   自願的（ = *intentional* ）

| volunt + ary | 有意志去做，就是「自願的」。 |
|---|---|
| &#124;        &#124; | Their action was completely *voluntary*. |
| *will*  + *adj.* | （他們的行動完全是自願的。） |

6. **volunteer**   *v.*   自願（ = *offer* ）   *n.*   自願者
She *volunteered* for the dangerous job.
（她自願去做那個危險的工作。）

7. **vote**   *v.*   投票（ = *cast a vote* ）   *n.*   選票（ = *ballot* ）
vote for   投票贊成       vote against   投票反對
None of them *voted against* the new law.（沒有人投票反對新法。）

8. voter   *n.*   投票者（ = *a citizen who has a legal right to vote* ）
Young *voters* don't always know the issues.
（年輕的投票者不一定知道這些議題。）

9. vomit   *v.*   嘔吐（ = *throw up* ）
諧音：挖米，挖口中的米，「嘔吐」出來。
If the patient starts to *vomit* blood, call the doctor!
（如果病人開始吐血，立即叫醫生！）

# 23. wag

| wag [3] | 〔 wæg 〕 | v. | 搖動（尾巴） |
| *wagon [3] | 〔'wægən 〕 | n. | 四輪馬車 |
| *wage [3] | 〔 wedʒ 〕 | n. | 工資 |
| **wait [1] | 〔 wet 〕 | v. | 等 |
| **waist [2] | 〔 west 〕 | n. | 腰 |
| wail [5] | 〔 wel 〕 | v. | 哭叫 |
| **wake [2] | 〔 wek 〕 | v. | 醒來 |
| *waken [3] | 〔'wekən 〕 | v. | 叫醒 |
| waitress [2] | 〔'wetrɪs 〕 | n. | 女服務生 |

【記憶技巧】

　　從上一回的「嘔吐」( vomit )，想到有個人在路邊嘔吐，牽著一隻「搖動尾巴」( wag ) 的狗，之後坐上「四輪馬車」( wagon )，要去領「工資」( wage )，在「等」( wait ) 待時，「腰」( waist ) 被撞倒，痛得「哭叫」( wail )，被送去醫院睡了一覺，護士看他還沒「醒來」( wake )，想「叫醒」( waken ) 他，卻被當成「女服務生」( waitress ) 使喚。

1. wag  v. 搖動（尾巴）( = wave )  n. 搖擺
   The dog was barking and *wagging* its tail
   wildly.（那隻狗在吠叫並猛烈地搖動尾巴。）

   wagon

2. wagon  n. 四輪馬車 ( = a strong vehicle
   with four wheels, used for carrying heavy loads and usually
   pulled by horses )；篷車
   wag ( 搖動 ) + on ( n. ) = wagon，「四輪馬車」很會搖晃。

3. wage *n.* 工資（= *payment*） *v.* 發動
They're protesting about low *wages*.（他們抗議工資太低。）
wage war　發動戰爭
The North *waged war* on the South.（北部向南部開戰。）

4. wait *v.* 等（= *stay*） *n.* 等候的時間
wait for　等待（= *await*）　　wait up for　不睡等候；熬夜等待
Don't *wait up for* me.　I'll be late tonight.
（不必熬夜等我，今晚我要很晚才回家。）
wait on *sb.*　服務某人；伺候某人

5. waist *n.* 腰（= *the narrow part of the human body between the ribs and hips*）
She has a very small *waist*.（她的腰很細。）

6. wail *v.* 哭叫；哭泣；哭嚎（= *cry = weep = grieve*）
The woman began to *wail* for her lost child.
（那女士開始為她失蹤的孩子哭嚎。）

7. wake *v.* 醒來（= *become awake*） *n.* 痕跡；蹤跡
wake up to　意識到；認識到
She *woke up to* the fact that she could not compete with her
sister.（她意識到她無法和他姊姊競爭的事實。）
in the wake of　隨著…而來
An inquiry was set up *in the wake of* the crash.
（墜機發生後，調查隨之展開。）

8. waken *v.* 叫醒（= *wake up = awaken*）；喚醒
wake（醒來）+ (e)n (*v.*) = waken
Have a cup of coffee to *waken* you.（喝杯咖啡來喚醒你自己。）
wake 和 waken 的區別，詳見「文法寶典」p.302。

9. waitress *n.* 女服務生（= *a woman waiter*）
wait（服務）+ ress（表示「女性」的字尾）= waitress

# *24. wall*

| | | | |
|---|---|---|---|
| ***wall** [1] | 〔 wɔl 〕 | *n.* | 牆壁 |
| **wallet** [2] | 〔ˈwɑlɪt 〕 | *n.* | 皮夾 |
| **walnut** [4] | 〔ˈwɔlnət 〕 | *n.* | 核桃 |
| **war** [1] | 〔 wɔr 〕 | *n.* | 戰爭 |
| **ward** [5] | 〔 wɔrd 〕 | *n.* | 病房 |
| **wardrobe** [6] | 〔ˈwɔrdrob 〕【注意說明】 | *n.* | 衣櫥 |
| **ware** [5] | 〔 wɛr 〕 | *n.* | 用品 |
| **warehouse** [5] | 〔ˈwɛrˌhaʊs 〕 | *n.* | 倉庫 |
| **warfare** [6] | 〔ˈwɔrˌfɛr 〕 | *n.* | 戰爭 |

BOOK

**14**

【記憶技巧】

從上一回的「女服務生」(waitress)，想到一位女服務生在「牆壁」(wall)的座位撿到一個「皮夾」(wallet)，裡面有一顆「核桃」(walnut)，卻意外引發了一場「戰爭」(war)，皮夾是一位從「病房」(ward)偷跑的犯人，他遍尋「衣櫥」(wardrobe)和所有「用品」(ware)的「倉庫」(warehouse)都找不到，他懷疑是朋友偷走的，故帶了槍向朋友開「戰」(warfare)。

1. wall　*n.* 牆壁 ( = *any of the sides of a building or room* )
   *v.* 把⋯用牆圍住 < *in* >
   ***Walls** have ears.* (【諺】隔牆有耳。)
   *Next year we plan to **wall in** the garden.*
   (明年我們打算用牆把花園圍起來。)

2. wallet　*n.* 皮夾 ( = *a pocket-size case for holding papers and paper money* )　【比較】purse 〔 pɝs 〕*n.* 錢包

3. walnut *n.* 核桃；胡桃（ = *hard dark-brown wood of any of various walnut trees* ）

walnut

4. **war** *n.* 戰爭（ = *armed struggle* ）
   declare war on 向…宣戰
   Their leader has ***declared war on*** Britain.（他們的領袖向英國宣戰。）
   All is fair in love and ***war***.（【諺】情場與戰場都是不擇手段的。）

5. ward *n.* 病房（ = *any of the separate divisions of a prison* ）；
   囚房 *v.* 躲避
   The child was rushed to the emergency ***ward***.
   （那個小孩被緊急送到急診室。）

6. wardrobe *n.* 衣櫥（ = *cupboard* ）
   ward（病房）+ robe（長袍）= wardrobe
   放長袍的房間，就是「衣櫥」。

wardrobe

   以前的 KK 音標字典中，這個字唸成〔ˈwɔrdˌrob〕，但現在次重音去掉，d 和 r 連音。

7. ware *n.* 用品（ = *articles of the same kind or material* ）
   *pl.* 商品
   作「用品」時，通常和其他的字寫在一起，如：kitchenware（廚房用具）、hardware（五金）、silverware（銀器）等。
   Merchants sold their ***wares*** at the fair.
   （商人在市集出售他們的商品。）

8. warehouse *n.* 倉庫（ = *storehouse* ）
   ware（用品）+ house（房子）= warehouse，放用品的房子，就是「倉庫」。

9. warfare *n.* 戰爭（ = *war* = *fighting* = *battle* = *combat* ）
   war（戰爭）+ fare（進展）= warfare
   war 是可數名詞，warfare 是不可數名詞。
   【比較】welfare〔ˈwɛlˌfɛr〕*n.* 福利；幸福

# 25. warn

| | | | |
|---|---|---|---|
| *warn³ | 〔 wɔrn 〕 | | v. 警告 |
| warrior⁵ | 〔'wɔrɪɚ 〕 | | n. 戰士 |
| wary⁵ | 〔'wɛrɪ 〕 | | adj. 小心的 |
| *waterfall² | 〔'wɔtɚˌfɔl 〕 | | n. 瀑布 |
| *watermelon² | 〔'wɔtɚˌmɛlən 〕 | | n. 西瓜 |
| *waterproof⁶ | 〔'wɔtɚˌpruf 〕 | 【注意說明】 | adj. 防水的 |
| *wealth³ | 〔 wɛlθ 〕 | | n. 財富 |
| *wealthy³ | 〔'wɛlθɪ 〕 | | adj. 有錢的 |
| *weapon² | 〔'wɛpən 〕 | | n. 武器 |

BOOK

**14**

【記憶技巧】

　　從上一回的「戰爭」(warfare)，想到戰爭前夕，要「警告」(warn)「戰士」(warrior) 要「小心的」(wary)，以免中敵人圈套，在通過「瀑布」(waterfall) 時，要注意別掉了手中的「西瓜」(watermelon)，要放在「防水的」(waterproof)袋子裡。戰爭勝利後，就能獲得許多「財富」(wealth)，變成「有錢的」(wealthy) 人，不再需要「武器」(weapon)。

1. **warn** v. 警告 ( = *caution* )
   warn *sb*. of/about *sth*. 警告某人某事
   They **warned him of** the dangers of sailing alone.
   ( 他們警告他獨自航行的危險。)

2. **warrior** n. 戰士 ( = *soldier* )
   war ( 戰爭 ) + r + ior ( 人 ) = warrior

3. **wary** *adj.* 小心的（= *cautious*）；謹慎的
   war（戰爭）+ y (*adj.*) = wary，戰爭中必須是「小心的」。
   **be wary of** 小心；注意
   He **was wary of** putting too much trust in her.
   （他小心提防，不敢過於信任她。）

4. **waterfall** *n.* 瀑布（= *cascade*〔kæs'ked〕）
   掉下來的水，就是「瀑布」。

waterfall

5. **watermelon** *n.* 西瓜（= *a large round fruit with green skin,*
   *juicy red flesh and black seeds*）
   water（水）+ melon（甜瓜）= watermelon，多水的甜瓜是「西瓜」。

6. **waterproof** *adj.* 防水的（= *watertight*）
   這個字在以前的 KK 音標字典中，有二個重音，現在重音在第一音
   節，詳見 Longman 發音字典。
   The tent is completely **waterproof**.（這帳棚是完全防水的。）
   【比較】water-resistant *adj.* 抗水的；不易被水損壞的

7. **wealth** *n.* 財富（= *riches*）；豐富
   Health is **wealth**.（【諺】健康就是財富。）
   He brings with him a **wealth** of specialist knowledge.
   （他帶來許多專業知識。）

8. **wealthy** *adj.* 富有的（= *rich*）
   Early to bed and early to rise makes a man healthy, **wealthy**,
   and wise.（【諺】早睡早起使人健康、富裕又聰明。）

9. **weapon** *n.* 武器（= *an object or instrument used in fighting*）；
   手段　　諧音：外噴，很多「武器」要小心會外噴。
   **weapons of mass destruction** 大規模殺傷性武器
   The murder **weapon** still hasn't been found.
   （殺人凶器尚未找到。）
   Teamwork is our best **weapon**.（團隊合作是我們最佳的武器。）

# *26. wed*

| | | | |
|---|---|---|---|
| * **wed** [2] | 〔 wɛd 〕 | v. | 與…結婚 |
| * **wedding** [1] | 〔'wɛdɪŋ 〕 | n. | 婚禮 |
| ** **Wednesday** [1] | 〔'wɛnzdɪ 〕【注意發音】 | n. | 星期三 |
| * **weekday** [2] | 〔'wik,de 〕 | n. | 平日 |
| ** **weekend** [1] | 〔'wik'ɛnd 〕 | n. | 週末 |
| **weekly** [4] | 〔'wiklɪ 〕 | adj. | 每週的 |
| * **weep** [3] | 〔 wip 〕 | v. | 哭泣 |
| * **weigh** [1] | 〔 we 〕 | v. | 重… |
| * **weight** [1] | 〔 wet 〕 | n. | 重量 |

BOOK

**14**

【記憶技巧】

　　從上一回的「武器」( weapon )，想到財富是「與」某人「結婚」( wed ) 最有用的武器，「婚禮」( wedding ) 辦在「星期三」( Wednesday )，這天是「平日」( weekday )，不是「週末」( weekend )，選平日是因為「每週的」( weekly ) 週末，賓客人數都不一樣，只好選人最多的一天，新人在婚禮上「哭泣」( weep )，因為禮金「重」( weigh ) 達一卡車，這種「重量」( weight ) 讓他們受寵若驚。

1. wed  v. 與…結婚 ( = *marry* )
   They were *wedded* last fall. ( 他們去年秋天結婚了。)
   【衍生字】newlyweds 〔'njulɪ,wɛdz 〕 n. pl. 新婚夫婦

2. **wedding**  n. 婚禮 ( = *wedding ceremony* )
   Their *wedding* was very romantic. ( 他們的婚禮非常浪漫。)

3. Wednesday  *n.* 星期三（= *the fourth day of the week*）
I have an appointment next ***Wednesday***.
（我下個星期三將有個約會。）

4. weekday  *n.* 平日（= *any day of the week except Saturday and Sunday*）
The museum is open on ***weekdays*** only.
（該圖書館只在平日開放。）

5. weekend  *n.* 週末（= *the end of the week*）
What are you going to do this ***weekend***?
（你這個週末要做什麼。）

6. weekly  *adj.* 每週的（= *every week*）  *n.* 週刊
***Weekly*** exercise may improve your health.
（每週的運動可改善你的健康。）
Jack subscribed to the local ***weekly***.
（傑克訂閱了當地的週刊。）
【比較】daily〔'delɪ〕*adj.* 每天的
         monthly〔'mʌnθlɪ〕*adj.* 每月的

7. weep  *v.* 哭泣（= *cry* = *wail*）
Claire ***wept*** when she heard about the accident.
（克萊兒聽到那場意外的時候哭了。）

8. weigh  *v.* 重…（= *have a particular weight*）
How much does the parcel ***weigh***?（這個包裹有多重？）

9. weight  *n.* 重量（= *the measure of the heaviness of an object*）
weigh（重…）+ t (*n.*) = weight
The recycled paper is sold by ***weight***.（再生紙是以重量出售。）
gain weight  增加體重    lose weight  減輕體重

# *27. well*

| | | |
|---|---|---|
| ‡**well** [1] | 〔 wɛl 〕 | *adv.* 很好 |
| *‡**welcome** [1] | 〔'wɛlkəm 〕 | *v.* 歡迎 |
| ***welfare** [4] | 〔'wɛl,fɛr 〕 | *n.* 福利 |
| ***west** [1] | 〔 wɛst 〕 | *n.* 西方 |
| *‡**western** [2] | 〔'wɛstən 〕 | *adj.* 西方的 |
| **weird** [5] | 〔 wɪrd 〕 | *adj.* 怪異的 |
| ***whale** [2] | 〔 *h*wel 〕【注意説明】 | *n.* 鯨魚 |
| **wharf** [5] | 〔 *h*wɔrf 〕【注意説明】 | *n.* 碼頭 |
| ‡‡**whatsoever** [6] | 〔,*h*wɑtso'ɛvə 〕 | *pron.* 任何…的事物 |

【記憶技巧】

從上一回禮金的「重量」（weight），想到賓客對
新人「很好」（well），受到熱烈「歡迎」（welcome），
享受新人提供的「福利」（welfare），參加完婚禮就往
「西方」（west）走，聽説在「西方的」（western）海
邊，有非常「怪異的」（weird）事情，原來是有一隻「鯨
魚」（whale）在「碼頭」（wharf）擱淺，果真是「任
何」奇怪「的事物」（whatsoever）都會發生。

1. well  *adv.* 很好（ = *in a good way* ）
   Things are going ***well***. ( 事情進行得很順利。)

2. welcome  *v.* 歡迎（ = *greet with pleasure* ）
   We always ***welcome*** guests to our restaurant.
   ( 我們總是歡迎客人來我們的餐廳。)

3. **welfare** *n.* 福利 ( = *money or aid given by government to people in need* )

> wel + fare
> |　　|
> *good + go*
>
> 「福利」是對人有益的東西。

***Welfare*** programs for the elderly provide senior citizens with nursing homes and regular financial help.
（老人福利計畫提供老人安養中心和定期的財務援助。）

4. **west** *n.* 西方 ( = *occident* 〔ˊɑksədənt〕)
The wind is blowing from the ***west***. （風正從西方吹來。）
【比較】east〔ist〕*n.* 東方

5. **western** *adj.* 西方的 ( = *occidental* )
west （西方）+ ern (*adj.*) = western
There is a blackout in the ***western*** area of the city.
（該城市的西邊區域正在停電。）
【比較】eastern〔ˊistən〕*adj.* 東方的

6. **weird** *adj.* 怪異的 ( = *strange* = *odd* )
I had a ***weird*** dream last night. （我昨晚做了一個奇怪的夢。）

7. **whale** *n.* 鯨魚 ( = *a type of very large mammal that lives in the sea* )　這個字現在美國人多唸成〔wel〕。
A ***whale*** is the biggest animal living in the sea.
（鯨魚是最大的海生動物。）

8. **wharf** *n.* 碼頭 ( = *dock* = *pier* )
這個字現在美國人多唸成〔wɔrf〕，唸不出來時，先唸 war〔wɔr〕*n.* 戰爭，再加上 f 的音。　Fisherman's wharf　漁人碼頭
There were three teenagers fishing from the ***wharf***.
（有三個年輕人在碼頭上釣魚。）

9. **whatsoever** *pron.* 任何…的事物 ( = *whatever* )
Do ***whatsoever*** you like. （做任何你喜歡的事。）

# *28. wheat*

| | | | |
|---|---|---|---|
| ‡‡**wheat** ³ | ( *h*wit ) | *n.* | 小麥 |
| ‡**wheel** ² | ( *h*wil ) | *n.* | 輪子 |
| * **wheelchair** ⁵ | ('*h*wil'tʃɛr ) | *n.* | 輪椅 |
| **whenever** ² | ( *h*wɛn'ɛvɚ ) | *conj.* | 無論何時 |
| * **whereas** ⁵ | ( *h*wɛr'æz ) | *conj.* | 然而 |
| **whereabouts** ⁵ | ('*h*wɛrə,bauts ) | *n.* | 下落 |
| * **whisk** ⁵ | ( *h*wɪsk ) | *v.* | 揮走 |
| **whisky** ⁵ | ('*h*wɪskɪ ) | *n.* | 威士忌 |
| * **whisper** ² | ('*h*wɪspɚ ) | *v.* | 小聲說 |

BOOK

**14**

【記憶技巧】

　　從上一回的「任何…的事物」( whatsoever )，想到「小麥」
( wheat ) 和任何的麵包有關，小販推著有「輪子」( wheel )
的麵包車到處叫賣，雖然坐著「輪椅」( wheelchair )，但是小
販「無論何時」( whenever ) 都會出來擺攤，「然而」( whereas )
最近卻不知「下落」( whereabouts )，結果一轉身就看到小販
正在「揮走」( whisk ) 蒼蠅，喝一杯「威士忌」( whisky )，嘴
裡「小聲說」( whisper ) 著聽不清楚的話。
　　wh 中的 h 常不發音。

1. wheat *n.* 小麥 ( = *a type of grain* )
   Bread is made from *wheat* flour. ( 麵包是由麵粉製成的。)
   【比較】rice ( raɪs ) *n.* 稻米

2. wheel *n.* 輪子 ( = *a round object that turns round and
   round to make a vehicle move* )

Cars and buses move on *wheels*.
（車子和巴士用輪子來移動。）

wheelchair

3. wheelchair　*n.* 輪椅（= *a chair with wheels*）
wheel（輪子）+ chair（椅子）= wheelchair
William broke his leg, so he had to sit in a *wheelchair*.
（威廉弄斷了他的腿，所以他必須坐在輪椅上。）

4. whenever　*conj.* 無論何時（= *whensoever*）
*Whenever* I see you, you always look happy.
（無論何時我見到你，你總是看起來很開心。）

5. whereas　*conj.* 然而（= *while*）；但是；卻
She is diligent, *whereas* he is lazy.
（她勤勞，然而他卻很懶惰。）

6. whereabouts　*n.* 下落（= *the place where a person or thing is*）
The *whereabouts* of the runaways are unknown.
（逃亡者的下落不明。）

7. whisk　*v.* 揮走（= *sweep*）
The butcher *whisked* the flies away.（屠夫把蒼蠅揮走。）
這個字背不下來，可先背 whisky。
【比較】whisker　*n.*（一根）鬍鬚

8. whisky　*n.* 威士忌（= *a type of alcoholic drink made from grain*）
Jason poured himself a glass of *whisky*.
（傑生給自己倒了一杯威士忌。）
【比較】brandy〔'brændɪ〕*n.* 白蘭地

9. whisper　*v.* 小聲說（= *murmur*）
"When can I see you again?" he *whispered* softly.
（「我什麼時候能再見到你？」他低聲地說。）

# *29. whip*

| whip [3] | ( *h*wɪp ) | | v. 鞭打 |
|---|---|---|---|
| *whistle [3] | ( 'hwɪsḷ ) | 【*h* 可不發音】 | v. 吹口哨 |
| *whine [5] | ( *h*waɪn ) | | v. 抱怨 |
| wipe [3] | ( waɪp ) | | v. 擦 |
| wise [2] | ( waɪz ) | | adj. 聰明的 |
| wisdom [3] | ( 'wɪzdəm ) | | n. 智慧 |
| withdraw [4] | ( wɪð'drɔ ) | | v. 撤退 |
| withstand [6] | ( wɪθ'stænd ) | | v. 抵抗 |
| wither [5] | ( 'wɪðɚ ) | | v. 枯萎 |

BOOK

**14**

【記憶技巧】

從上一回的「小聲說」( whisper )，想到有人騎馬經過，一邊「鞭打」( whip ) 馬匹，一邊小聲「吹口哨」( whistle )，想找人「抱怨」( whine ) 這件事，有位長者「擦」( wipe ) 了眼鏡，說出很「聰明的」( wise ) 話，真是個有「智慧」( wisdom ) 的人，所以就「撤退」( withdraw ) 回原來的地方，不加以「抵抗」( withstand )，看到旁邊有棵樹，已經開始「枯萎」( wither )，原來是冬天到了。

1. whip  v. 鞭打 ( = *lash* )
   The carriage driver ***whipped*** the horses to make them run faster. ( 馬車夫鞭打馬匹來讓牠們跑快一點。)

2. **whistle**  v. 吹口哨 ( = *make a sound by forcing one's breath between the lips or teeth* )   n. 哨子

Adam *whistled* and his dog came running at once.
（亞當吹口哨而他的狗立刻跑了過來。）

3. whine *v.* 抱怨（＝*complain*）；（狗）低聲哀叫
    *n.* 抱怨；「咻」的呼嘯聲
    They are always *whining* about trifles.
    （他們總是為了瑣事而抱怨。）
    The dog was *whining* to be taken out for a walk.
    （那隻狗低聲哀叫，希望人家帶他出去散步。）

4. wipe *v.* 擦（＝*rub*）
    George *wiped* the counter after he finished cooking.
    （喬治烹飪完之後擦拭流理台。）

5. wise *adj.* 聰明的（＝*smart*）
    It is easy to be *wise* after the event.
    （【諺】事後聰明容易；不經一事，不長一智。）

6. **wisdom** *n.* 智慧（＝*intelligence*）
    wise（聰明的）－ e ＋ dom (*n.*) ＝ wisdom
    She spoke with authority as well as with *wisdom*.
    （她說話既有權威又有智慧。）

7. **withdraw** *v.* 撤退（＝*retreat*）；提（款）

    | with + draw | 往後拉回，就是「撤退」。 |
    | --- | --- |
    | \| \| | They decided to *withdraw* the troops from |
    | back + 拉 | the front line.（他們決定將部隊從前線撤退。） |

8. withstand *v.* 抵抗（＝*resist*）；抵擋；經得起

    | with + stand | 站著反對，就是「抵抗」。 |
    | --- | --- |
    | \| \| | The walls can *withstand* high winds. |
    | against + 站 | （這些牆能抵擋強風。） |

9. wither *v.* 枯萎（＝*fade*）；使枯萎；使凋謝
    The hot sun has *withered* the grass.（炎熱的太陽使草枯萎了。）

# *30. whole*

| | | | |
|---|---|---|---|
| * **whole** [1] | 〔 hol 〕 | *adj.* | 全部的 |
| * **wholesale** [5] | 〔 'hol,sel 〕 | *n.* | 批發 |
| * **wholesome** [5] | 〔 'holsəm 〕 | *adj.* | 有益健康的 |
| * **wide** [1] | 〔 waɪd 〕 | *adj.* | 寬的 |
| * **widen** [2] | 〔 'waɪdṇ 〕 | *v.* | 使變寬 |
| * **widespread** [5] | 〔 'waɪd'sprɛd 〕 | *adj.* | 普遍的 |
| ** **window** [1] | 〔 'wɪndo 〕 | *n.* | 窗戶 |
| **widow** [5] | 〔 'wɪdo 〕 | *n.* | 寡婦 |
| **widower** [5] | 〔 'wɪdəwɚ 〕 | *n.* | 鰥夫 |

BOOK

14

【記憶技巧】

從上一回的「枯萎」(wither),想到當「全部的」(whole)盆栽都枯萎的時候,可以去大賣場買「批發」(wholesale)的盆栽,種植植物是「有益健康的」(wholesome)事。馬路不是「寬的」(wide),容易塞車,所以市政府決定「使」馬路「變寬」(widen),這件事最近變成是「普遍的」(widespread),從窗戶看出去施工的地方,剛好看到樓上的「寡婦」(widow)和樓下的「鰥夫」(widower)正要過馬路。

1. **whole** *adj.* 全部的 ( = *entire* ); 整個的
   Richard ate a ***whole*** pizza for lunch.
   (理查吃了全部的披薩當午餐。)

2. **wholesale** *n.* 批發 ( = *the sale of goods in large quantities* )
   whole ( 全部的 ) + sale ( 銷售; 特價 ) = wholesale
   全部的東西都是特價,就是「批發」價。

The boutique owner buys all of her merchandise at *wholesale*.
（精品服飾店的老闆用批發購買她所有的商品。）
【比較】retail〔'ritel〕*n.* 零售

3. wholesome *adj.* 有益健康的（= *healthful*）
whole（健全的）+ some（表示程度的字尾）= wholesome
使身體達到相當程度健全的，就是「有益健康的」。
Natural food is *wholesome*.（天然食物是有益健康的。）

4. wide *adj.* 寬的（= *broad*）
A *wide* road makes it easy to drive.（寬的道路容易駕駛。）

5. widen *v.* 使變寬（= *broaden*）
wide（寬的）+ en（*v.*）= widen
The city is *widening* this street.（該城市正在拓寬這條街。）

6. **widespread** *adj.* 普遍的（= *general*）

| wide + spread | |
|---|---|
| &#124; &#124; | 廣泛散播，就會是「普遍的」。 |
| 寬闊 + 散播 | |

The use of solar power is becoming more *widespread*.
（太陽能的使用正變得普遍。）

7. window *n.* 窗戶（= *an opening in the wall of a building, car, etc. that lets in light and air, amd is usually covered with glass*）
It's so hot inside. Can you open the *window*?
（這裡面好熱，你可以開窗戶嗎？）

8. widow *n.* 寡婦（= *a woman whose husband is dead*）
Mary is John's *widow*.（瑪莉是約翰的遺孀。）

9. widower *n.* 鰥夫（= *a man whose wife is dead*）
Paul is a *widower* with four children.
（保羅是帶著四個小孩的鰥夫。）

# *31. wild*

| | | | |
|---|---|---|---|
| **wild** 2 | 〔 waɪld 〕 | *adj.* | 野生的 |
| **wilderness** 5 | 〔ˈwɪldənɪs 〕【注意發音】 | *n.* | 荒野 |
| **wildlife** 5 | 〔ˈwaɪld‚laɪf 〕 | *n.* | 野生動物【集合名詞】 |
| **win** 1 | 〔 wɪn 〕 | *v.* | 贏 |
| **wind** 1 | 〔 wɪnd 〕 | *n.* | 風 |
| **windshield** 6 | 〔ˈwɪnd‚ʃild 〕 | *n.* | 擋風玻璃 |
| **wit** 4 | 〔 wɪt 〕 | *n.* | 機智 |
| **witty** 6 | 〔ˈwɪtɪ 〕 | *adj.* | 機智的 |
| **witness** 4 | 〔ˈwɪtnɪs 〕 | *n.* | 目擊者 |

BOOK

**14**

【記憶技巧】

從上一回的「鰥夫」( widower )，想到鰥夫遭受喪妻之痛，大受打擊，衝到「野生的」( wild )「荒野」( wilderness ) 去找「野生動物」( wildlife ) 搏鬥，當然很難打「贏」( win )，吹到「風」( wind ) 突然想到可以躲在「擋風玻璃」( windshield ) 後面偷襲，最後靠「機智」( wit ) 獲得了勝利，當場有「目擊者」( witness ) 證明。

1. **wild** *adj.* 野生的；荒涼的；瘋狂的 ( = *crazy* )
   ***Wild*** flowers are growing all over. ( 野花遍生。)
   Let's go ***wild***. ( 讓我們瘋狂一下吧。)

2. **wilderness** *n.* 荒野 ( = *wasteland* )
   The once busy town has now become a ***wilderness***.
   ( 那曾經繁榮的城鎮如今已成荒野。)
   in the wilderness ( 政黨的 ) 在野

3. **wildlife** *n.* 野生動物（= *wild animals*）
   wild（野生的）+ life（生命）= wildlife
   We have laws to protect ***wildlife*** and their habitats.
   （我們有保護野生動物和牠們棲息地的法律。）

4. **win** *v.* 贏（= *triumph*）；獲得
   win-win strategy  雙贏策略
   win fame and fortune  獲得名利

5. **wind** *n.* 風（= *air currents*）
   *Gone with the Wind*  《飄》【世界名著小說】

6. **windshield** *n.* 擋風玻璃（= *windscreen*）
   wind（風）+ shield（盾）= windshield
   Your ***windshield*** needs cleaning.
   （你的擋風玻璃該清理了。）

windshield

7. **wit** *n.* 機智（= *brightness*）；幽默
   長的是「智慧」（wisdom），短的是「機智」（wit）。
   Her speech sparkled with ***wit***.（她言談中閃露出機智。）
   Brevity is the soul of ***wit***.（【諺】言以簡潔為貴。）

8. **witty** *adj.* 機智的（= *bright*）；詼諧的
   He has a ***witty*** tongue.（他談吐詼諧。）

9. **witness** *n.* 目擊者（= *eyewitness*）；證人
   諧音:「維他你是」。要維他清白，你是「證人」（witness）。
   Any ***witness*** to the incident is asked to contact the police.
   （目擊這場意外的人請與請與警方聯絡。）
   This palace ***witnessed*** the rise and fall of the empire.
   （這座宮殿見證了帝國的興衰。）

# *32. woo*

| | | |
|---|---|---|
| **woo** [6] | 〔 wu 〕 | v. 追求 |
| **wood** [1] | 〔 wʊd 〕 | n. 木頭 |
| **wooden** [2] | 〔'wʊdn̩ 〕 | adj. 木製的 |
| | | |
| **woodpecker** [5] | 〔'wʊd,pɛkɚ 〕 | n. 啄木鳥 |
| **woods** [1] | 〔 wʊdz 〕 | n. pl. 森林 |
| **wool** [2] | 〔 wʊl 〕 | n. 羊毛 |
| | | |
| **wonder** [2] | 〔'wʌndɚ 〕 | n. 奇觀 |
| **wonderful** [2] | 〔'wʌndɚfəl 〕 | adj. 很棒的 |
| **workshop** [5] | 〔'wɝk,ʃɑp 〕 | n. 小工廠 |

BOOK
**14**

【記憶技巧】

　　從上一回的「目擊者」( witness )，聯想到目擊者剛好「追求」( woo ) 閒情逸致，跑到「木頭」( wood ) 很多的「木製的」( wooden ) 小屋去度假，看到「啄木鳥」( woodpecker ) 發狂在「森林」( woods ) 裡啄羊，「羊毛」( wool ) 紛飛，蔚爲「奇觀」( wonder )，趕快找一間「很棒的」( wonderful )「小工廠」( workshop ) 織成毛衣。

　　正常情況下，oo 讀 /u/，但是 wood, wooden, wool，及其組合字是例外，讀成 /ʊ/。

1. **woo** v. 追求；求愛 ( = *chase* )
　 聯想：發現很棒的對象，發出 woo 的驚嘆，衝去「追求」( woo )。
　 The soldier was *wooing* the daughter of a duke.
　 ( 那名軍人正在追求公爵的女兒。)

2. **wood** *n.* 木頭（＝*timber*）
All our furniture is made of ***wood***. （我們的家具都是木製的。）

3. wooden *adj.* 木製的（＝*made of wood*）
The cottage was surrounded by a ***wooden*** fence.
（那個小屋由木籬笆圍繞著。）

4. woodpecker *n.* 啄木鳥（＝*a bird that makes
holes in trees using its long narrow beak*）

woodpecker

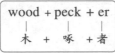

wood + peck + er
 ｜　　｜　　｜
 木　＋　啄　＋者

***Woodpeckers*** knock holes in trees to find insects to eat.
（啄木鳥在樹上敲洞以找蟲來吃。）

5. **woods** *n. pl.* 森林（＝*small forest*）
wood（木）＋ s（*pl.*）＝ woods，很多樹，成為「森林」。
I often walk the dog in the ***woods*** behind our house.
（我常在我們家後面的森林遛狗。）

6. **wool** *n.* 羊毛（＝*fleece*）
The sweater is 80% ***wool*** and 20% nylon.
（這件毛衣是 80%羊毛和 20%尼龍織成。）

7. **wonder** *v.* 想知道　　*n.* 驚奇；奇觀（＝*something amazing*）
I was ***wondering*** if you could do me a favor.
（我在想，你能不能幫我一個忙呢？）
the Seven Wonders of the World　世界七大奇觀

8. **wonderful** *adj.* 很棒的（＝*amazing*）
That would be ***wonderful***. （那太好了。）

9. **workshop** *n.* 小工廠；研討會（＝*seminar*）
Our English ***workshop*** halted during the Christmas
vacation. （我們的英語研討會在耶誕假期暫停。）

# *33. worse*

| * **worse** ¹ | 〔 wɝs 〕 | *adj.* 更糟的 |
|---|---|---|
| * **worst** ¹ | 〔 wɝst 〕 | *adj.* 最糟的 |
| **worship** ⁵ | 〔ˈwɝʃəp〕 | *n.* 崇拜 |
| | | |
| * **wreck** ³ | 〔 rɛk 〕 | *n. v.* 船難 |
| **wrench** ⁶ | 〔 rɛntʃ 〕 | *v.* 用力扭轉 |
| **wrestle** ⁶ | 〔ˈrɛsḷ〕 | *v.* 扭打 |
| **wring** ⁵ | 〔 rɪŋ 〕 | *v.* 擰乾 |
| * **wrinkle** ⁴ | 〔ˈrɪŋkḷ〕 | *n.* 皺紋 |
| ** **wrist** ³ | 〔 rɪst 〕 | *n.* 手腕 |

【注意發音】

BOOK
**14**

【記憶技巧】

　　　從上一回的「小工廠」(workshop)，聯想到小工廠常
常受欺負，「更糟的」(worse) 是被偷，「最糟的」(worst)
是被搶。有個同事很英勇，受到「崇拜」(worship)，有一次
運貨「船難」(wreck) 遇劫，他「用力扭轉」(wrench) 局
勢，跟海盜「扭打」(wrestle)，把海盜的臉「擰」(wring)
到起「皺紋」(wrinkle)，「手腕」(wrist) 爆青筋。
注意：r 前面的 w 不發音。【詳見「文法寶典①」】

1. worse *adj.* 更糟的 ( = *poorer quality or condition* )
   The weather is getting *worse* and *worse*. (天氣愈來愈糟了。)

2. worst *adj.* 最糟的 ( = *worse than all others* )
   That's the *worst* meal I have ever had.
   (那是我吃過最糟糕的一餐。)

3. worship  *n.*  崇拜（ = *honoring as divine* ）
形似記憶：「戰艦」（warship）很帥，令人「崇拜」（worship）。
The Chinese practice ancestor *worship*.
（中國人會崇拜祖先。）

4. wreck  *n. v.*  船難（ = *destruction of a ship* ）；
殘骸
The ship was saved from a *wreck*.
（那艘船從船難中獲救。）

wreck

w 和 r 很難同時發出來，所以 w 不發音。又因為唸出來需要扭轉
舌頭，所以語音字根 wr- 有「扭轉」的意思，如以下五個字：

5. wrench  *v.*  用力扭轉（ = *wrest* ）  *n.*  用力扭轉；扳手
The lid was loosened with a *wrench*.
（用力扭轉一下，蓋子就鬆了。）

wrench

6. wrestle  *v.*  扭打（ = *struggle physically* ）；摔角
*Wrestling* shows are too violent for the children to watch.
（摔角節目太暴力，不適合小孩看。）
arm wrestling  比腕力

arm wrestling

7. wring  *v.*  擰乾（ = *squeeze* ）；扭緊
He *wrung* out the wet clothes.（他把濕衣服擰乾。）

8. **wrinkle**  *n.*  皺紋  *v.*  起皺紋（ = *crinkle* ）
被扭轉（wr）之後，就會「起皺紋」（wrinkle）。
He ironed out the *wrinkles* in his shirt.
（他將襯衫上的皺紋燙平。）

9. wrist  *n.*  手腕（ = *the body part between the hand and arm* ）
She sprained her *wrist* while playing basketball.
（她在打籃球時扭傷了手腕。）

# *34. yell*

| | | |
|---|---|---|
| *yell ³ | 〔 jɛl 〕 | *v.* 大叫 |
| **yellow ¹ | 〔'jɛlo 〕 | *adj.* 黃色的 |
| **yesterday ¹ | 〔'jɛstəˌde 〕 | *adv.* 昨天 |
| yoga ⁵ | 〔'jogə 〕 | *n.* 瑜伽 |
| *yogurt ⁴ | 〔'jogət 〕【注意發音】 | *n.* 優格 |
| *yolk ³ | 〔 jok 〕【注意發音】 | *n.* 蛋黃 |
| **young ¹ | 〔 jʌŋ 〕 | *adj.* 年輕的 |
| *youngster ³ | 〔'jʌŋstə 〕 | *n.* 年輕人 |
| **yummy ¹ | 〔'jʌmɪ 〕 | *adj.* 好吃的 |

BOOK

**14**

【記憶技巧】

從上一回的「手腕」( wrist )，想到手腕受傷，痛得「大叫」( yell )，綁著「黃色的」( yellow ) 繃帶，因為「昨天」( yesterday ) 做「瑜珈」( yoga ) 不小心扭到了手，接下來要多吃「優格」( yogurt ) 和「蛋黃」( yolk ) 補充營養，雖然已不「年輕」( young )，但要過著「年輕人」( youngster ) 般的生活，吃「好吃的」( yummy ) 又營養的食物。

1. **yell** *v. n.* 大叫 ( = *shout* )
   He *yelled* at her to be careful. ( 他對她大叫，要她小心點。)
   There was a *yell* of triumph from Mark.
   ( 馬克發出勝利的歡呼。)

2. **yellow** *adj.* 黃色的 ( = *of the color of gold, the yolk of an egg* ) *n.* 黃色

3. yesterday *n.* 昨天 ( = *the day before the present day* )
   the day before yesterday 前天
   I wasn't born ***yesterday***. ( 別以為我這麼好騙。)

4. yoga *n.* 瑜珈 ( = *a system of exercises practiced as part of the Hindu discipline to promote control of the body and mind* )
   The benefits of practicing ***yoga*** are a healthy and balanced life. ( 做瑜珈的好處是有一個健康又平衡的生活。)
   【比較】yogi〔'jogɪ〕*n.* 瑜珈信徒

5. yogurt *n.* 優格 ( = *a type of semi-liquid food made from fermented milk* )
   I ate two strawberry ***yogurts***. ( 我吃了兩份草莓優格。)

6. yolk *n.* 蛋黃 ( = *the yellow part of an egg* )
   諧音：優客，給優的客人吃「蛋黃」。
   The child will only eat the ***yolk*** of an egg—she won't eat the white. ( 這小孩只吃蛋黃—她不吃蛋白。)

7. young *adj.* 年輕的 ( = *youthful* )
   look young for *one's* age 看起來比實際年齡年輕
   Rose ***looks*** really ***young for her age***, doesn't she?
   ( 蘿絲看起來比實際年齡年輕，不是嗎？)
   the young 年輕人
   Do you think ***the young*** have an easier life nowadays?
   ( 你認為現今的年輕人生活更安逸嗎？)

8. youngster *n.* 年輕人 ( = *a young person* )
   young ( 年輕的 ) + ster ( 人 ) = youngster
   ster 表示「人」的例子還有：game<u>ster</u> ( 賭徒 )、gang<u>ster</u> ( 歹徒 )、mini<u>ster</u> ( 牧師；部長 )、spin<u>ster</u> ( 未婚女性 )。

9. yummy *adj.* 好吃的 ( = *delicious* )
   諧音：養米，養出「好吃的」米。

# 35. yes

| | | | |
|---|---|---|---|
| ***yes**¹ | 〔 jɛs 〕 | *adv.* | 是 |
| ***yeah**¹ | 〔 jɛ 〕 | *adv.* | 是 |
| ***yet**¹ | 〔 jɛt 〕 | *adv.* | 還（沒） |
| **yacht**⁵ | 〔 jɑt 〕【注意發音】 | *n.* | 遊艇 |
| ***yard**² | 〔 jɑrd 〕 | *n.* | 院子 |
| **yarn**⁵ | 〔 jɑrn 〕 | *n.* | 毛線【注意說明】 |
| **yeast**⁵ | 〔 jist 〕 | *n.* | 酵母菌 |
| **yield**⁵ | 〔 jild 〕 | *v.* | 出產 |
| ***yucky**¹ | 〔 'jʌkɪ 〕 | *adj.* | 討厭的 |

BOOK
14

【記憶技巧】

從上一回的「好吃的」（yummy），想到坐船出遊時，別人要給你好吃的東西，要說「是」（yes, yeah），我「還」（yet）沒吃，乘坐「遊艇」（yacht）回家後，坐在「院子」（yard）裡，用「紗」（yarn）編織衣服，等待廚房的「酵母菌」（yeast）發酵做成的麵包，卻忘記時間，「出產」（yield）出味道很「討厭的」（yucky）麵包。

1. **yes** *adv.* 是（= *a word used to express agreement*）
   *n.* 同意；贊成票
   Shall I take that as a *yes*?（我可以把那看成是同意嗎？）
   yes man 唯命是從的人；唯唯諾諾的人（= *yes-man*）
   I want you to be honest, but not a *yes man*.
   （我要你做個誠實的人，但不是唯唯諾諾的人。）

2. **yeah** *adv.* 是（= *yes*）

yeah 是非正式的 yes，和 yes 意思相同，很常用。如：
A: Can I borrow your pen?（我可以借你的筆嗎？）
B: **Yeah**, you can use it.（是的，你可以用。）

3. yet　*adv.* 尚（未）（= *up till now*）；更加；然而（= *however*）
*conj.* 但是（= *but*）
They are not here **yet**.（他們還沒來。）

4. **yacht**　*n.* 遊艇（= *a large expensive boat*
*that is used for racing or sailing*）
His **yacht** was moored in the harbor.（他的遊艇停泊在港口。）
注意：ch 不發音。

yacht

5. **yard**　*n.* 院子（= *backyard*）；天井；碼
Give him an inch and he'll take a **yard**.（【諺】得寸進尺。）

6. **yarn**　*n.* 毛線（= *a fine cord of twisted fibers*）
在所有字典中，yarn 都翻成「紗線」或「紗；線」，事實上，yarn
就是我們織毛衣的「毛線」。
Most sweaters are knitted from **yarn**.
（大部分毛衣都是由毛線所織成。）
【比較】yearn〔jɜn〕*v.* 渴望

yarn

7. **yeast**　*n.* 酵母菌（= *a substance which causes fermentation,*
*used in making beer, bread, etc.*）

8. **yield**　*v.* 出產（= *produce*）；屈服（= *surrender*）　*n.* 產量
How much milk does that herd of cattle **yield**?
（那群牛可以生產多少牛奶？）

9. **yucky**　*adj.* 討厭的；難看的；令人厭惡的；令人反感的
（= *disgusting*）
yummy（好吃的）和 yucky（討厭的）都是小孩子常說的話，
現在大人也跟著說。
This weather is **yucky**.（天氣很糟。）
Stinky tofu is **yucky**.（臭豆腐很難吃。）

# *36. zip*

| | | | |
|---|---|---|---|
| **zip** [5] | 〔 zɪp 〕 | v. | 拉拉鍊 |
| *****zipper** [3] | 〔 'zɪpɚ 〕 | n. | 拉鍊 |
| **zinc** [5] | 〔 zɪŋk 〕 | n. | 鋅 |
| | | | |
| ***zoo** [1] | 〔 zu 〕 | n. | 動物園 |
| **zoom** [5] | 〔 zum 〕 | v. | 急速移動 |
| *****zone** [3] | 〔 zon 〕 | n. | 地區 |
| | | | |
| ***zero** [1] | 〔 'zɪro 〕 | n. | 零 |
| **zeal** [6] | 〔 zil 〕 | n. | 熱心 |
| ***zebra** [2] | 〔 'zibrə 〕 | n. | 斑馬 |

【記憶技巧】

　　從上一回的「令人厭惡的」( yucky ) 污染物，要用袋子裝起來，「拉拉鍊」( zip )，用「拉鍊」( zipper ) 把有毒的重金屬「鋅」( zinc ) 密封起來，唯恐「動物園」( zoo ) 的動物誤食，要時時刻刻用望遠鏡關注他們，望遠鏡「急速移動」( zoom )畫面推進拉遠，仔細檢查各個「地區」( zone )，要「零」( zero )污染，充滿「熱心」( zeal )，照顧「斑馬」( zebra )。

1. zip  v. 拉拉鍊 ( = *fasten or unfasten with a zipper* )；迅速做完
   zip up  拉上⋯的拉鍊　　zip code  郵遞區號 ( = *postcode* )
   She *zipped up* her dress. ( 她拉上了洋裝的拉鍊。 )
   We *zipped* through our work. ( 我們迅速做完工作。 )

2. zipper  n. 拉鍊 ( = *a fastening device consisting
   of parallel rows of metal, plastic, or nylon teeth* )
   zip ( 拉拉鍊 ) + p + er (n.) = zipper

zipper

3. zinc　*n.* 鋅（ = *a bluish-white metallic element*）
【鋅是一種化學元素，它的化學符號是 Zn，它的原子序數是 30，是一種淺灰色
的過渡金屬；在地球是第四「常見」的金屬，僅次於鐵、鋁及銅】

4. zoo　*n.* 動物園（ = *a place where wild animals are kept for the public to see*）；喧鬧混亂的地方
What a *zoo* that office is!（那間辦公室多麼喧嘩混亂啊！）

5. zoom　*v.* 急速移動；將畫面推進或拉遠（ = *bring a photographic subject or movie scene into closeup or cause it to recede by using a zoom lens*）
zoom in　（把畫面）拉近　　zoom out　（把畫面）拉遠
The camera *zoomed in on* a cat.（攝影機拉近對準了貓。）
He jumped in the car and *zoomed* off.（他跳上車快速駛離。）

6. **zone**　*n.* 地區（ = *area*）；地帶
The area has been declared a disaster *zone*.
（這個地區已經被宣佈為是災區。）
a free-trade zone　自由貿易區

7. **zero**　*n.* 零（ = *0*）
The temperature was 5 degrees below *zero*.（溫度是零下五度。）

8. **zeal**　*n.* 熱心（ = *enthusiasm*）；熱忱
He showed great *zeal* for his work.
（他對工作表現出極大的熱忱。）
【比較】zealous〔ˈzɛləs〕*adj.* 熱心的；狂熱的
　　　　zealot〔ˈzɛlət〕*n.* 熱心者；狂熱份子

9. **zebra**　*n.* 斑馬（ = *a kind of striped animal of the horse family*）
「斑馬」穿著 Z 字形的胸罩（bra）。
a herd of zebras　一群斑馬
zebra crossing　斑馬線；行人穿越道

zebra

# 1. abdomen

| | | | |
|---|---|---|---|
| **abdomen** [4] | (ˈæbdəmən ) | *n.* | 腹部 |
| **abide** [5] | ( əˈbaɪd ) | *v.* | 忍受 |
| **abnormal** [6] | ( æbˈnɔrml̩ ) | *adj.* | 不正常的 |
| **abolish** [5] | ( əˈbɑlɪʃ ) | *v.* | 廢除 |
| **abrupt** [5] | ( əˈbrʌpt ) | *adj.* | 突然的 |
| **ace** [5] | ( es ) | *n.* | 一流人才 |
| *__acid__ [4] | (ˈæsɪd ) | *adj.* | 酸性的 |
| **acne** [5] | (ˈækni ) | *n.* | 粉刺 |
| *__acre__ [4] | (ˈekɚ ) | *n.* | 英畝 |

【記憶技巧】

1. abdomen *n.* 腹部 ( = *belly* )

   諧音：阿婆的門，阿婆的「腹部」通不過門。

   You have to do some exercise to flatten your *abdomen*.

   （你應該做些運動來讓你的腹部變平。）

   形容詞為 abdominal ( æbˈdɑmənl̩ ) *adj.* 腹部的。

   abdominal muscles 腹肌

abdomen

2. abide *v.* 忍受 ( = *tolerate* )

   諧音：餓拜的，餓要「忍受」著肚子拜拜。

   I can't *abide* noisy people.

   （我無法忍受很吵的人。）

   abide by 遵守

   They have got to *abide by* the rules.

   （他們必須遵守規則。）

   | abide by 遵守 |
   |---|
   | = follow |
   | = obey |
   | = observe |
   | = adhere to |
   | = comply with |
   | = conform to |

3. abnormal  *adj.* 不正常的（= *unusual*）
ab (*away*) + normal（正常的）= abnormal
He has an ***abnormal*** fear of strangers.（他異常地害怕陌生人。）

4. abolish  *v.* 廢除（= *do away with*）
諧音：惡霸力噓，要力噓惡霸，才能
「廢除」他們可惡的行為。
We must ***abolish*** the death penalty.
（我們必須廢除死刑。）

> **abolish**  *v.* 廢除
> ⎧ = cancel
> ⎨ = end
> ⎩ = eliminate
> ⎧ = get rid of
> ⎨ = put an end to
> ⎩ = wipe out

5. abrupt  *adj.* 突然的（= *sudden*）；
粗魯的（= *rude*）
ab (*off*) + rupt (*break*) = abrupt，斷裂通常是很「突然的」，諧音
記：阿伯拉破的，阿伯「突然」就把東西拉破了。
The bus came to an ***abrupt*** stop.（公車突然停止。）

6. ace  *n.* 一流人才（= *expert*）；（撲克牌的）A
the ace of hearts  紅心 A
He is an ***ace*** at golf.（他是高爾夫球專家。）

ace

7. acid  *adj.* 酸性的（= *sour*）；尖酸刻薄的
諧音：害喜的，害喜的婦女喜歡吃「酸性的」東西。
acid rain  酸雨
Your ***acid*** remarks are not welcome.（你刻薄的話不討人喜歡。）

8. acne  *n.* 粉刺（= *a common skin disease with pimples*）
諧音：愛剋你，「粉刺」剋你的皮膚。
***Acne*** is common among young people.
（年輕人長粉刺很常見。）
【比較】acme〔'ækmɪ〕*n.* 最高點；頂點

acne

9. acre  *n.* 英畝（= *a unit of area of 4,047 square meters*）
這個字看成 care（關心），人會關心自己有幾 acre（英畝）地。
一英畝大約等於 4,047 平方公尺。
【比較】hectare〔'hɛktɛr〕*n.* 公頃【一百公畝，一萬平方公尺】

# *2. ago*

| | | | |
|---|---|---|---|
| **ago** [1] | 〔ə'go 〕 | *adv.* | …以前 |
| **agony** [5] | 〔'ægənɪ 〕 | *n.* | 極大的痛苦 |
| **aisle** [5] | 〔aɪl 〕【注意發音】 | *n.* | 走道 |
| **ambush** [6] | 〔'æmbʊʃ 〕 | *n.* | 埋伏 |
| **amiable** [6] | 〔'emɪəbḷ 〕 | *adj.* | 友善的 |
| **ample** [5] | 〔'æmpḷ 〕 | *adj.* | 豐富的 |
| **amplify** [6] | 〔'æmplə,faɪ 〕 | *v.* | 放大 |
| **analogy** [6] | 〔ə'nælədʒɪ 〕 | *n.* | 相似 |
| **anonymous** [6] | 〔ə'nɑnəməs 〕 | *adj.* | 匿名的 |

BOOK
**15**

【記憶技巧】

1. ago *adv.* …以前 ( = *in the past* )　　ages ago 很久以前
   It was *ages ago* that I met Ken. ( 我很久沒看到肯。)

2. agony *n.* 極大的痛苦 ( = *great pain* );
   煎熬
   諧音：愛過你，現在只剩下「極大的痛苦」。
   這個字比較難，看成：ago ( …以前 ) + ny
   ( 諧音「你」) = agony。
   The patient was in *agony*.
   ( 那位病人承受極大的痛苦。)
   動詞為 agonize 〔'ægə,naɪz 〕 *v.* 使痛苦。

   | agony *n.* 極大的痛苦 |
   |---|
   | = suffering |
   | = pain |
   | = distress |
   | = misery |
   | = torture |
   | = torment |
   | = hardship |
   | = discomfort |
   | = anguish |

3. aisle *n.* 走道 ( = *a long narrow passage* )【s 不發音】
   a ( 一個 ) + isle ( 小島 ) = aisle，和 isle 〔aɪl 〕的發音一樣。
   aisle seat 靠走道的座位 ↔ window seat 靠窗的座位

4. ambush  *n.* 埋伏（= *the act of lying in wait to attack by surprise*）  *v.* 伏擊
   am + bush（灌木叢）= ambush，躲在灌木叢裡「埋伏」。
   A policeman has been shot dead in an ***ambush***.
   （一位警察遭到埋伏槍殺而死。）

5. amiable  *adj.* 友善的（= *friendly*）；和藹可親的

   | ami + able |
   | :---: |
   | love + adj. |

   讓人愛的，就是「友善的」。
   He has an ***amiable*** personality.
   （他的個性平易近人。）

   【比較】amicable〔ˈæmɪkəbḷ〕*adj.* 和睦的；友好的
   an amicable agreement  友好的協議

6. ample  *adj.* 豐富的（= *abundant*）；充足的；寬敞的
   這個字想到說服人，「例子」（example）
   要很「豐富的」（ample）。
   The design gave ***ample*** space for a
   good-sized kitchen.（這個設計有充
   足的空間容納一個大型的廚房。）

   > **ample** *adj.* 充足的
   > ⎧ = abundant
   > ⎨ = spacious
   > ⎩ = capacious
   > ⎧ = plenty of
   > ⎨ = plentiful
   > ⎩ = copious

7. amplify  *v.* 放大（= *expand*）
   The music was ***amplified*** with microphones.
   （音樂的音量用麥克風放大。）

8. analogy  *n.* 相似（= *similarity*）；類推
   諧音：按那邏輯，按邏輯找出「相似」和
   「類推」。
   There's no ***analogy*** between his position
   and yours.（他的看法和你的沒有相似處。）

   > **analogy** *n.* 相似
   > ⎧ = similarity
   > ⎨ = relation
   > ⎩ = parallel
   > ⎧ = likeness
   > ⎨ = resemblance
   > ⎩ = correspondence

9. anonymous  *adj.* 匿名的（= *unknown*）
   an (*without*) + onym (*name*) + ous (*adj.*) = anonymous
   諧音：安哪能莫死，躲在哪可以安心不會死，就要「匿名的」。
   The donor remained ***anonymous***.（那捐贈者一直隱姓埋名。）

# *3. arise*

| | | | |
|---|---|---|---|
| *arise* [4] | 〔ə'raɪz〕 | *v.* | 發生 |
| *arouse* [4] | 〔ə'rauz〕 | *v.* | 喚起 |
| ascend [5] | 〔ə'sɛnd〕 | *v.* | 上升 |
| *ashamed* [4] | 〔ə'ʃemd〕 | *adj.* | 感到羞恥的 |
| asylum [6] | 〔ə'saɪləm〕 | *n.* | 收容所 |
| *aspect* [4] | 〔'æspɛkt〕 | *n.* | 方面 |
| *aspirin* [4] | 〔'æspərɪn〕 | *n.* | 阿斯匹靈 |
| *avenue* [3] | 〔'ævə,nju〕 | *n.* | 大道 |
| aviation [6] | 〔,evɪ'eʃən〕 | *n.* | 航空 |

BOOK

**15**

【記憶技巧】

1. **arise** *v.* 發生 ( = *happen* )；出現【三態變化：arise-arose-arisen】
   a + rise ( 上升 ) = arise
   These problems have *arisen* as a result of
   your carelessness. ( 這些問題因你的粗心而發生。)
   arise from 起因於 ( = *result from* )
   The problem *arose from* a misunderstanding.
   ( 問題是由誤解所引起。)

   > **arise** *v.* 發生
   > = happen
   > = occur
   > = start
   > = begin
   > = appear
   > = come about

2. **arouse** *v.* 喚起 ( = *inflame* )；喚醒 ( = *awaken* )
   a + rouse ( 叫醒 ) = arouse，諧音：*餓亂死*，會「喚起」民怨。
   Don't *arouse* my anger. ( 不要激怒我。)

3. ascend *v.* 上升 ( = *rise* )；攀登 ( = *climb* )
   a (*to*) + scend (*climb*) = ascend ↔ descend *v.* 下降
   We watched the mists *ascending*. ( 我們看著霧升起。)

4. **ashamed** *adj.* 感到羞恥的（=*feeling shame*）；感到慚愧的
   a + shame（羞恥）+ d（*adj.*）= ashamed
   She was *ashamed* that she looked so
   shabby.（她因為自己衣衫襤褸感到羞愧。）
   be ashamed of 對…感到羞恥
   He *was ashamed of* his bad work.
   （他工作做不好，感到羞恥。）

   | **ashamed** *adj.* 感到羞愧的 |
   | --- |
   | = embarrassed |
   | = sorry |
   | = shy |
   | = humbled |
   | = humiliated |
   | = sheepish |

5. **asylum** *n.* 收容所（= *an institution for the care of people*）；
   庇護（= *protection*）
   諧音：餓塞冷，又餓又冷的人都塞進「收容所」，得到「庇護」。
   He was granted political *asylum* by the U.S.
   （他得到美國政府的政治庇護。）

6. **aspect** *n.* 方面（= *point*）；外觀
   a (*to*) + spect (*see*) = aspect，看到的地方，就是「方面；外觀」。
   We must consider every *aspect* of the problem.
   （我們必須考慮這問題的各個面向。）

7. **aspirin** *n.* 阿斯匹靈（= *a kind of pain-killing drug*）【可以用來治療頭痛及身體其它部位輕微的疼痛、退燒、治療關節炎和預防血液凝結及幫助血液流通】

8. **avenue** *n.* 大道（= *a wide street*）；…街；途徑
   a (*to*) + ven (*come*) + ue (*n.*) = avenue，走到某地，要經過「大道」。
   Fifth Avenue 第五大道【美國紐約市曼哈頓一條重要的南北向幹道】
   Books are *avenues* to knowledge.（書籍是通往知識的途徑。）
   【比較】venue〔'vɛnju〕*n.* 會場；舉辦地點
   　　　　revenue〔'rɛvəˌnju〕*n.* 歲收

9. **aviation** *n.* 航空（= *the operation of aircraft*）；飛行
   avi (*bird*) + ation (*n.*) = aviation，像鳥一樣飛，就是「航空」。
   諧音：愛飛愛升，喜愛飛上天升空，就是「航空」。
   【比較】avian〔'evɪən〕*adj.* 鳥（類）的　　avian flu 禽流感

# 4. beware

| | | | |
|---|---|---|---|
| **beware**[5] | 〔 bɪˋwɛr 〕 | v. | 小心 |
| **beverage**[6] | 〔ˋbɛvərɪdʒ 〕 | n. | 飲料 |
| | | | |
| **bleach**[5] | 〔 blitʃ 〕 | v. | 漂白 |
| **bleak**[6] | 〔 blik 〕 | adj. | 荒涼的 |
| *  **blend**[4] | 〔 blɛnd 〕 | v. | 混合 |
| | | | |
| *  **boast**[4] | 〔 bost 〕 | v. | 自誇 |
| **boost**[6] | 〔 bust 〕 | v. | 提高 |
| | | | |
| **bodily**[5] | 〔ˋbadɪlɪ 〕 | adj. | 身體上的 |
| **bodyguard**[5] | 〔ˋbadɪˌgard 〕 | n. | 保鏢 |

BOOK
**15**

【記憶技巧】

1. beware  v. 小心 ( = *be cautious of* )；提防
   be + aware ( 知道的 ) – a = beware，知道才會「小心」。
   ***Beware**, this recipe is not for slimmers.*
   ( 小心，本食譜不是用於減肥者。)
   beware of  小心；注意
   ***Beware of** pickpockets!* ( 小心扒手！)

   > **beware** v. 小心
   > = be careful
   > = be wary
   > = be cautious
   > = look out
   > = watch out
   > = take heed

2. beverage  n. 飲料 ( = *drink* )
   諧音：背負力去，背負的力量失去了，
   要喝「飲料」。　　alcoholic beverage  含酒精的飲料

3. bleach  v. 漂白 ( = *whiten* )　　n. 漂白劑
   beach ( 海灘 ) + l = bleach
   She *bleached* his shirt. ( 她漂白了他的襯衫。)

4. **bleak** *adj.* 荒涼的（= *cold and unsheltered*）；陰暗的
   b + leak（洩漏）= bleak      a bleak landscape   荒涼的景色
   The future looks *bleak*.（前途暗淡。）

5. **blend** *v.* 混合（= *mix*）；調和
   b + lend（借出）= blend
   These two colors *blend* well.（這兩個顏色很相配。）

6. boast *v.* 自誇（= *brag*）；以擁有…自豪
   *n.* 自誇；誇耀
   boat（船）+ s = boast
   boast of/about 誇耀

   > **boast about** 自誇
   > = be proud of
   > = take pride in
   > = pride *oneself* on

   She *boasted about* her achievements.（她誇耀她的成就。）
   The island *boasts* the highest number of tourists in the area.
   （該島以擁有該地區最多的觀光客自豪。）

7. boost *v.* 提高（= *raise*）；增加
   *n.* 提高；促進
   boot（靴子）+ s = boost，穿靴子
   可以「提高」身高。

   > **boost** *v.* 提高；增加
   > = increase
   > = expand
   > = amplify

   It's *boosted* his reputation.（這提高了他的聲譽。）
   They are calling for a *boost* in the minimum wage.
   （他們要求提高最低工資。）

8. **bodily** *adj.* 身體的（= *physical*）    *adv.* 全身地
   body（身體）– y + ily（*adj. adv.*）= bodily
   There's more to eating than just *bodily* needs.
   （吃東西不只是身體上的需求。）
   They pushed him *bodily* out of the room.（他們把他整個推出房間。）

9. **bodyguard** *n.* 保鏢（= *guardian*）
   body（身體）+ guard（保護）= bodyguard
   Three of his *bodyguards* were injured in the attack.
   （他的三名保鏢在這次的攻擊中受傷。）

# 5. bog

| | | | |
|---|---|---|---|
| **bog** [5] | 〔 bag 〕 | *n.* | 沼澤 |
| *__bold__ [3] | 〔 bold 〕 | *adj.* | 大膽的 |
| **bolt** [5] | 〔 bolt 〕 | *n.* | 閃電 |
| **__bomb__** [2] | 〔 bam 〕【注意發音】 | *n.* | 炸彈 |
| **bombard** [6] | 〔 bam'bard 〕【注意重音】 | *v.* | 轟炸 |
| **boom** [5] | 〔 bum 〕 | *v.* | 興隆 |
| **bosom** [5] | 〔'buzəm 〕 | *n.* | 胸部 |
| **botany** [5] | 〔'batṇɪ 〕 | *n.* | 植物學 |
| **boulevard** [5] | 〔'bulə,vard 〕 | *n.* | 林蔭大道 |

BOOK
**15**

【記憶技巧】

1. bog *n.* 沼澤 ( = *very wet ground* )　*v.* 使陷入泥沼；使不能前進
   想到「沼澤」( bog ) 有很多「蟲」( bug ) 就會記得了。
   bog down　使無法前進；使受困
   We were *bogged down* with a lot of work.
   (我們被一堆工作卡住了。)

   > **bold** *adj.* 大膽的
   > ⎰ = fearless
   > ⎱ = brave
   > ⎰ = daring
   > ⎱ = unafraid
   > ⎰ = courageous
   > ⎱ = adventurous

2. bold *adj.* 大膽的 ( = *daring* )；厚臉皮的
   b + old ( 老的 ) = bold
   She becomes a *bold*, daring rebel.
   (她變成了一位勇敢無畏的反叛者。)

3. bolt *n.* 閃電 ( = *flash* )；門閂；急奔　*v.* 急奔；閂住
   a bolt from the blue　晴天霹靂　　a bolt of lightning　一道閃電
   His resignation was *a bolt from the blue*.
   (他的辭職如晴天霹靂一般。)
   She *bolted* out of the house in a rage. (她氣沖沖衝出房子。)

4. **bomb** *n.* 炸彈（= *explosive*） *v.* 轟炸
擬聲字，注意 mb 結尾字 b 不發音，如 dumb（啞的）、tomb（墳墓）。
The enemy tried to *bomb* the railroad line. （敵人想炸掉鐵路。）

5. bombard *v.* 轟炸（= *bomb*）；
向…連續提出問題（或資訊）
bomb（炸彈）+ ard = bombard
Rebel artillery units have regularly
*bombarded* the airport. （叛軍的砲兵隊經常轟炸機場。）
The speaker was *bombarded* with questions.
（人們向那位演講者提出一個接一個的問題。）

| **bombard** *v.* 轟炸 |
|---|
| = bomb |
| = blast |
| = shell |

6. boom *v.* 興隆（= *thrive*）；隆隆作響；
爆炸聲 *n.* 繁榮；轟響
擬聲字，唸起來要用力吹氣。
Business is *booming* this week.
（本週生意興隆。）
Thunder *boomed* in the distance. （遠方雷聲隆隆作響。）
baby boom 嬰兒潮【在某一時期及特定地區，出生率大幅度提昇的現象】

| **boom** *v.* 興隆 |
|---|
| = flourish |
| = grow |
| = develop |
| = expand |
| = thrive |
| = prosper |

7. bosom *n.* 胸部（= *chest*）；內心
boom（興隆）+ s = bosom
He kept his sorrow in his *bosom*. （他把憂傷藏在內心。）
bosom friend 知己

8. botany *n.* 植物學（= *the scientific study of plants*）
諧音：包它泥，研究「植物學」要先用泥土包住植物。
【比較】botanical〔bo'tænɪkl〕*adj.* 植物（學）的
botanical garden 植物園

9. boulevard *n.* 林蔭大道（= *a wide usually tree-lined road in a city*）；大街；大道
諧音：不累乏的，走在「林蔭大道」不感到累和疲乏。
用於街道名稱，可縮寫為 Blvd.，如 Davis Boulevard（戴維斯大道）。

# 6. *broke*

| | | | |
|---|---|---|---|
| *  **broke** 4 | 〔 brok 〕 | *adj.* | 沒錢的 |
| **broil** 4 | 〔 brɔɪl 〕 | *v.* | 烤 |
| **bronze** 5 | 〔 brɑnz 〕 | *n.* | 青銅 |
| **brooch** 5 | 〔 brotʃ 〕【注意發音】 | *n.* | 胸針 |
| **brochure** 6 | 〔 bro'ʃur 〕【注意發音】 | *n.* | 小冊子 |
| *  **brutal** 4 | 〔'brutl 〕 | *adj.* | 殘忍的 |
| **brute** 6 | 〔 brut 〕 | *n.* | 殘暴的人 |
| **bully** 5 | 〔'bulɪ 〕 | *v.* | 欺負 |
| **butcher** 5 | 〔'butʃɚ 〕 | *n.* | 屠夫 |

BOOK

**15**

【記憶技巧】

1. broke *adj.* 沒錢的 ( = *without money* )；破產的 ( = *bankrupt* )
   I'm as *broke* as you are.
   ( 我跟你一樣沒錢。 )
   【比較】broken 〔'brokən 〕 *adj.* 破裂的

   > **broke** *adj.* 沒錢的
   > ⎰ = penniless
   > ⎱ = impoverished
   > ⎱ = strapped for cash

2. broil *v.* 烤 ( = *grill* )
   boil ( 沸騰 ) + r = broil    She *broiled* the chicken. ( 她烤雞。 )

3. bronze *n.* 青銅 ( = *an alloy of copper and tin* )【銅錫合金】；
   青銅色    諧音：薄郎死，薄情郎死後只留下「青銅」給我。
   bronze medal 銅牌

4. brooch *n.* 胸針 ( = *a decorative pin* )【oo 發 /o/ 不是長音 /u/ 】
   諧音：別肉去，別「胸針」容易別到肉上去。
   She wore a *brooch* on the collar of her dress.
   ( 她在禮服的衣領上別了一個胸針。 )

   brooch

5. brochure　*n.* 小冊子（=*booklet*）【ch 發 /ʃ/】
諧音：薄秀，薄薄一本秀給別人看，就是「小冊子」。
Get some ***brochures*** from the travel agent.
（跟旅遊代辦人拿一些小冊子。）
同義字還有 pamphlet〔'pæmflɪt〕。

6. brutal　*adj.* 殘忍的（=*cruel*）；令人不快的；不講情面的
諧音：不如偷，都想用偷的，心要「殘忍的」。
He was the victim of a very ***brutal***
murder.（他是殘忍謀殺案的受害者。）
The ***brutal*** truth is that you're not good
enough.（你不夠好，這是個殘酷的事實。）

> **brutal** *adj.* 殘忍的
> { = cruel
> { = harsh
> { = savage
> { = grim
> { = inhuman
> { = merciless

7. brute　*n.* 殘暴的人（=*savage*）；畜生；
野獸　*adj.* 野蠻的　　brute force 蠻力；蠻勁
brutal（殘忍的）– al + e (*n.*) = brute
That dog of hers is an absolute ***brute***.
（她那條狗可真是十足的野獸。）
He used ***brute force*** to take control.（他用蠻力獲得了統治權。）

8. bully　*v.* 欺負（=*torment*）；恐嚇；罷凌　*n.* 惡霸
bull（公牛）+ y (*n.*) = bully，壯碩如公牛的人「欺負」他人。
I wasn't going to let him ***bully*** me.
（我不打算讓他欺負我。）
The fat boy was a ***bully*** at school.
（那位胖男孩是學校的惡霸。）

> **bully** *v.* 欺負
> { = intimidate
> { = victimize
> { = terrorize

9. butcher　*n.* 屠夫；肉販（=*a retailer of meat*）　*v.* 屠殺
諧音：不錯，刀法不錯的「屠夫」。
She went to the ***butcher*** for steak for
her lunch.（她去肉販那買她午餐的牛排。）
All the prisoners were ***butchered*** by
the dictator.
（所有的犯人都被那位獨裁者屠殺了。）

> **butcher** *v.* 屠殺
> { = kill
> { = slaughter
> { = assassinate

BOOK **15**

# 7. *cane*

| | | | |
|---|---|---|---|
| *cane ³ | ( ken ) | n. | 手杖 |
| *cape ⁴ | ( kep ) | n. | 披肩 |
| capsule ⁶ | ('kæpsḷ ) | n. | 膠囊 |
| **caption ⁶ | ('kæpʃən ) | n. | 標題 |
| carol ⁶ | ('kærəl ) | n. | 耶誕頌歌 |
| carrier ⁴ | ('kærɪə ) | n. | 帶菌者 |
| *carriage ³ | ('kærɪdʒ ) | n. | 四輪馬車 |
| ceramic ³ | ( sə'ræmɪk ) | adj. | 陶器的 |
| *ceremony ⁵ | ('sɛrə,monɪ ) | n. | 典禮 |

BOOK

**15**

【記憶技巧】

1. cane *n.* 手杖 ( = *stick* )；藤條
   can ( 能夠 ) + e = cane，「手杖」能夠幫助走路。
   He beat the child with a *cane*. ( 他用藤條打那孩童。)

2. cape *n.* 披肩 ( = *a sleeveless garment like a cloak* )；海角
   c + ape ( 猿 ) = cape
   She was wearing a *cape* over her dress.
   ( 她衣服上披了一件披肩。)
   the Cape of Good Hope 好望角【非洲大陸南端的海角】

   cape

3. capsule *n.* 膠囊 ( = *a small soluble container* )；太空艙
   caps ( *case* ) + ule ( *small* ) = capsule，小盒子，就是「膠囊」。
   Take one *capsule* after every meal.
   ( 每餐飯後服用一顆膠囊。)

   capsule

4. caption *n.* 標題（= *title*）;（照片的）說明；圖說
   capt (*take*) + ion (*n.*) = caption,「標題」抓住了段落的主題。
   I didn't understand the drawing until I read the
   ***caption***.（我看圖畫的說明才了解這張圖的意思。）

   caption

5. carol *n.* 耶誕頌歌（= *a Christmas song or hymn*）
   諧音：快了，耶誕節快到了，要唱「耶誕頌歌」。
   The choir is singing Christmas ***carols***.（唱詩班正在唱耶誕頌歌。）

6. carrier *n.* 帶菌者（= *a person or animal that has some*
   *pathogen to which he is immune but who can pass it on to*
   *others*）; 運輸公司；運輸工具
   carry（攜帶）– y + ier (*n.*) = carrier
   Flies are ***carriers*** of germs.（蒼蠅是細菌的媒介。）
   an aircraft carrier 航空母艦    carrier pigeon 信鴿

7. carriage *n.* 四輪馬車（= *a vehicle pulled by a horse*）; 火車車
   廂；運輸；運費    carry（攜帶）– y + iage (*n.*) = carriage
   She likes to sit in the ***carriage*** nearest the
   engine.（她喜歡坐在最靠近火車頭的車廂。）
   carriage free 免運費

   carriage

8. ceramic *adj.* 陶器的（= *made from clay baked at a very high*
   *temperature so that it has become hard*）  *n.* 陶瓷
   諧音：色蠟迷的，可上色上蠟又迷人的，就是「陶器的」。
   Some ***ceramic*** works of art are shown in this exhibit.
   （這次的展覽會展出了一些陶瓷藝術品。）

   ceramic

9. ceremony *n.* 典禮（= *a formal event*）; 禮節；客套
   諧音：刪了沒你，刪了你，不讓你去參加「典禮」。
   I attended the ***ceremony*** at the cathedral.
   （我在教堂參加了這個儀式。）
   The dinner was served with great
   ***ceremony***.（晚宴的招待非常隆重。）

   | **ceremony** *n.* 禮節 |
   | --- |
   | = formality |
   | = propriety |
   | = decorum |

# *8. chimney*

| | | | |
|---|---|---|---|
| * **chimney** 3 | (ˈtʃɪmnɪ) | *n.* | 煙囪 |
| **chimpanzee** 5 | (ˌtʃɪmpænˈzi) | *n.* | 黑猩猩 |
| ** **chin** 2 | (tʃɪn) | *n.* | 下巴 |
| * **chip** 3 | (tʃɪp) | *n.* | 薄片 |
| * **chirp** 3 | (tʃɝp) | *v.* | 發出鳥叫聲 |
| **chef** 5 | (ʃɛf)【注意發音】 | *n.* | 主廚 |
| **choir** 5 | (kwaɪr)【注意發音】 | *n.* | 唱詩班 |
| **cite** 5 | (saɪt) | *v.* | 引用 |
| **civic** 5 | (ˈsɪvɪk) | *adj.* | 公民的 |

BOOK **15**

【記憶技巧】

1. chimney *n.* 煙囪 ( = *a passage for the escape of smoke* )
   諧音：親你，聖誕老人從「煙囪」進來親你並送禮。
   The factory *chimney* poured smoke into the air.
   (煙從工廠的煙囪排入空中。)

chimney

2. chimpanzee *n.* 黑猩猩 ( = *a type of small African ape* )
   諧音：去噴洗，「黑猩猩」很聰明，用水噴洗自己。

chimpanzee

3. chin *n.* 下巴 ( = *the part of the face below the mouth* )
   keep *one's* chin up 不要氣餒 ( = *chin up* )
   *Keep your chin up.* It'll be over soon.
   (不要氣餒。很快就結束了。)

4. chip *n.* 薄片（= *a thin slice*）；晶片；籌碼；碎片 *v.* 碰出缺口
   potato chip 馬鈴薯片；洋芋片
   chips of glass 玻璃碎片
   Try not to *chip* these cups when you wash them.
   （洗這些茶杯的時候，小心別碰破。）

5. chirp *v.* 發出鳥叫聲（= *make a short, high-pitched sound*）；
   嘰嘰喳喳地說 *n.* 啁啾聲；鳥叫聲
   擬聲字，模擬鳥的叫聲。
   Listen to the birds *chirping*.（聽聽那鳥叫聲。）

6. chef *n.* 主廚（= *a head cook*）；廚師
   來自法文，注意 ch 發/ʃ/。諧音：學府，當「主廚」要先去廚藝學府。
   【比較】chief〔tʃif〕*adj.* 主要的

7. choir *n.* 唱詩班（= *a group of singers*）；（教堂內）唱詩班的
   席座；（學校的）合唱團
   和 chorus 同源，故長得很像。諧音：快餓，在「唱詩班」唱完歌
   後，很快就餓了。
   choir practice 合唱練習
   Mary sings in the church *choir*.（瑪麗是教堂唱詩班的一員。）

8. cite *v.* 引用（= *quote*）；提出；表揚；傳喚
   和 site（地點）為同音字。想到 excite
   （使興奮）– ex 就記得了。

   > cite *v.* 表揚
   > = mention
   > = acknowledge
   > = commend

   He *cited* a few examples to prove his
   views.（他引用幾個例子證明他的觀點。）
   He was *cited* for his outstanding achievements.
   （他因為傑出的成就而受到表揚。）

9. civic *adj.* 公民的（= *civil*）；市民的；城市的
   想到 civil（公民的）把 l 改成 c。
   civic center 市政中心
   【比較】civics〔'sɪvɪks〕*n.* 公民科

# 9. *clan*

| | | | |
|---|---|---|---|
| **clan** [5] | ( klæn ) | *n.* | 家族 |
| **clash** [4] | ( klæʃ ) | *v.* | 起衝突 |
| **clasp** [5] | ( klæsp ) | *v. n.* | 緊握 |
| **cold** [1] | ( kold ) | *adj.* | 冷的 |
| **coil** [5] | ( kɔɪl ) | *n.* | 捲 |
| **cone** [3] | ( kon ) | *n.* | 圓錐體 |
| **compose** [4] | ( kəm'poz ) | *v.* | 組成 |
| **composer** [4] | ( kəm'pozɚ ) | *n.* | 作曲家 |
| **composition** [4] | (ˌkɑmpə'zɪʃən ) | *n.* | 作文 |

BOOK **15**

【記憶技巧】

1. **clan** *n.* 家族 ( = *a tribe or group of families* )；宗族；派系
   諧音：可憐，可憐的「家族」。
   A *clash* had taken place between rival *clans*.
   （這兩個敵對的家族發生了一場衝突。）

   > **clan** *n.* 家族
   > = family
   > = house
   > = tribe

2. **clash** *v.* 起衝突 ( = *conflict* )；爭吵
   *n.* 爭吵；衝突；不協調　　cash (現金) + l = clash，
   現金會導致人「起衝突」。
   They *clashed* over wages.
   （他們爭吵薪資的事情。）

   > **clasp** *v.* 緊握
   > = hold
   > = grasp
   > = grip
   > = clench
   > = clutch
   > = seize

3. **clasp** *v. n.* 緊握 ( = *grasp* )；緊抱
   clap (鼓掌) + s = clasp
   He *clasped* her by her hand. (他緊握她的手。)

4. cold　*adj.* 冷的（= *chilly*）　*n.* 冷空氣；感冒
   throw cold water on　給～潑冷水
   You're always ***throwing cold water on*** my suggestions.
   （你總是給我的建議潑冷水。）
   catch a cold　感冒

5. coil　*n.* 捲（= *loop*）；圈　*v.* 捲纏；捲繞
   c + oil（油）= coil
   a coil of rope　一捲繩子
   The snake ***coiled*** round the tree.（那條蛇纏繞著樹。）

coil

6. cone　*n.* 圓錐體（= *a solid figure with a point and a base in the shape of a circle or oval*）；（冰淇淋）甜筒
   an ice-cream cone　蛋捲冰淇淋

cone

7. **compose**　*v.* 組成（= *constitute*）；作（曲）

   | com | + | pose |
   |-----|---|------|
   | together | + | place |

   放在一起，就是「組成；作曲」。
   be composed of　由…組成（= *consist of* = *be made up of* = *comprise*）

   The song was specially ***composed*** for
   their wedding.
   （這首歌是特地爲他們的婚禮而創作的。）
   Greed and ambition ***composed*** his
   personality.（貪婪和野心構成了他的人格。）

   > **compose** *v.* 組成
   > { = constitute
   > { = comprise
   > { = make up
   > { = fashion
   > { = form

8. composer　*n.* 作曲家（= *someone who composes music*）
   compose（作曲）+ (e)r（人）= composer

9. **composition**　*n.* 作文（= *writing*）；（音樂、美術等）作品；構造
   compose（組成）– e + ition（*n.*）= composition
   She is bad at English ***composition***.（她不擅長英文作文。）
   What's the ***composition*** of this medicine?（這藥有什麼成分？）

BOOK
15

# *10. component*

| | | | |
|---|---|---|---|
| **component** [6] | 〔kəm'ponənt〕 | *n.* | 成分 |
| **comrade** [5] | 〔'kɑmræd〕 | *n.* | 夥伴 |
| **conceal** [5] | 〔kən'sil〕 | *v.* | 隱藏 |
| **concede** [6] | 〔kən'sid〕 | *v.* | 承認 |
| **conceit** [6] | 〔kən'sit〕 | *n.* | 自負 |
| *  **conflict** [2] | 〔kən'flɪkt〕 | *v.* | 衝突 |
| **conform** [6] | 〔kən'fɔrm〕 | *v.* | 遵守 |
| * **confront** [5] | 〔kən'frʌnt〕 | *v.* | 使面對 |
| * **confrontation** [6] | 〔ˌkɑnfrən'teʃən〕 | *n.* | 對立 |

BOOK
15

【記憶技巧】

1. component *n.* 成分 ( = *element* )；零件
   com (*together*) + pon (*put*) + ent (*n.*) = component，放在一起，
   就是「成分」。    car components 汽車零件
   Try breaking the problem down into
   several separate *components*.
   （試試把問題分解成獨立的幾個成分。）

   | **component** *n.* 成分 |
   |---|
   | = part |
   | = unit |
   | = item |
   | = element |
   | = ingredient |
   | = constituent |

2. comrade *n.* 夥伴 ( = *friend* )；同志
   諧音：抗累，「伙伴」跟你一起抵抗勞累。
   Unlike so many of his *comrades*, he
   survived the war. (不像他很多其他的伙伴，他從戰爭中存活下來。)

3. **conceal** *v.* 隱藏 ( = *hind* )；掩蓋
   諧音：看戲喔，看戲裡面「隱藏」什麼玄機。

He *concealed* his disappointment from his friends.
（他隱藏自己的失望，不讓他的朋友看見。）

4. concede *v.* 承認（= *admit*）；割讓
con (*together*) + cede (*yield*) = concede
完全讓步，就是「承認」。
He *conceded* that he had been wrong.
（他承認他錯了。）

> **concede** *v.* 承認
> = admit
> = acknowledge
> = confess

5. conceit *n.* 自負（= *too much pride in oneself*）；自滿
諧音：抗吸的，「自負」的人自以為是，抗拒所有吸引。
He's full of *conceit* about his good looks.
（他對自己好看的外表很自負。）

6. conflict *v.* 衝突（= *clash*）；牴觸
*n.* 衝突；爭端；矛盾
諧音：啃福利，大家想啃福利，會起「衝突」。
Our views on childcare often *conflict*.
（我們經常在照顧孩子的觀點上有衝突。）

> **conflict** *v.* 衝突
> = be incompatible
> = clash
> = collide
> = differ
> = disagree

7. conform *v.* 遵守（= *obey*）；順從 < *to* >
con (*together*) + form (形狀) = conform，形狀相同，就是「遵守」。
conform to the school regulations　遵守校規

8. confront *v.* 使面對（= *bring face to face with*）；正視；處理
con (*together*) + front (前面) = confront
be confronted with 面對（= *confront* = *be faced with* = *face*）
He *was confronted with* the evidence of his crime.
（他面對自己犯罪的證據。）
We try to help people *confront* their problems.
（我們試著幫助人們正視他們的問題。）

9. confrontation *n.* 對立（= *conflict*）；衝突
This issue could lead to a military *confrontation*.
（這議題可能導致軍事衝突。）

# *11. constant*

| | | |
|---|---|---|
| * **constant** [3] | ( ˈkɑnstənt ) | adj. 不斷的 |
| * **consonant** [4] | ( ˈkɑnsənənt ) | n. 子音 |
| **cope** [4] | ( kop ) | v. 處理 |
| **corpse** [6] | ( kɔrps ) | n. 屍體 |
| **cosmetic** [6] | ( kɑzˈmɛtɪk ) | adj. 化妝用的 |
| **cosmetics** [6] | ( kɑzˈmɛtɪks ) | n. pl. 化妝品 |
| **cosmopolitan** [6] | ( ˌkɑzməˈpɑlətn̩ ) | adj. 世界性的 |
| * **cozy** [5] | ( ˈkozɪ ) | adj. 溫暖而舒適的 |
| **cowardly** [5] | ( ˈkauɚdlɪ ) | adj. 膽小的 |

BOOK

**15**

【記憶技巧】

1. **constant** *adj.* 不斷的 ( = *continuous* )；持續的；忠誠的
   con (*together*) + stant (*stand*) = constant
   一起站，就是「不斷的」。
   Women are under ***constant*** pressure to
   be thin. ( 女人受到不斷的壓力要保持瘦。)
   a constant friend　一個忠實的朋友

   > **constant** *adj.* 持續的
   > = continuous
   > = sustained
   > = persistent

2. **consonant** *n.* 子音 ( = *a speech sound that is not a vowel* )
   con (*together*) + son (*sound*) + ant (*n.*) = consonant，放在一起的
   聲音結構，就是「子音」。↔ vowel ( ˈvauəl ) *n.* 母音

3. **cope** *v.* 處理 ( = *deal* )；應付
   cope with　處理；應付
   She cannot ***deal with*** these difficulties.
   ( 她沒辦法應付這些難題。)

   > **cope with** 處理
   > = deal with
   > = grapple with
   > = handle

4. corpse *n.* 屍體（ = *body* ）

   corps（部隊）+ e = corpse，部隊戰敗只剩「屍體」。

   Don't move the *corpse* before you send for the police.

   （把警察請來之前不要移動屍體。）

   這個字是指「人的屍體」,「動物的屍體」叫作 carcass〔ˈkɑrkəs 〕。

5. cosmetic *adj.* 化妝用的（ = *serving to impart or improve beauty* ）; 美容用的　　這個字想到「康是美」（Cosmed ）藥妝店，就可以記下來了。　　cosmetic surgery 美容手術

   【比較】cosmic〔ˈkɑzmɪk 〕*adj.* 宇宙的

6. cosmetics *n. pl.* 化妝品（ = *make-up* ）

   She's quite pretty—she does not need to wear so many *cosmetics*.（她很漂亮了—她不需要上這麼多妝。）

7. cosmopolitan *adj.* 世界性的（ = *universal* ）; 國際的; 見多識廣的　　*n.* 遊歷四方的人; 四海為家的人

   a cosmopolitan traveler　見多識廣的旅行者

   諧音: 看似磨怕了疼, 走遍「世界性的」地方, 看似腳跟都磨得怕疼。

   Her ideas are quite *cosmopolitan*.

   （她的想法很有世界觀。）

   > **cosmopolitan** *adj.* 世界性的
   > { = international
   > { = global
   > { = worldwide

8. cozy *adj.* 溫暖而舒適的（ = *warm and comfortable* ）; 輕鬆友好的　　諧音: 扣緊, 扣緊房門, 感到「溫暖而舒適的」。

   I like to spend a *cozy* evening at home after work.

   （下班後我喜歡在家裡度過愜意的一晚。）

   a cozy chat　輕鬆的閒話家常

9. cowardly *adj.* 膽小的（ = *timid* ）; 懦弱的

   coward（膽小鬼）+ ly (*adj.*) = cowardly

   I was too *cowardly* to complain.

   （我太膽小, 不敢抱怨。）

   > **cowardly** *adj.* 膽小的
   > { = scared
   > { = spineless
   > { = weak

   名詞為 cowardice〔ˈkauə-dɪs 〕*n.* 膽小; 怯懦。

# *12. creep*

| | | | |
|---|---|---|---|
| *creep ³ | 〔 krip 〕 | *v.* | 悄悄地前進 |
| creek ⁵ | 〔 krik 〕 ⎫ 【同音字】 | *n.* | 小河 |
| creak ⁵ | 〔 krik 〕 ⎭ | *v.* | 發出嘎嘎聲 |
| crib ⁵ | 〔 krɪb 〕 | *n.* | 嬰兒床 |
| criterion ⁶ | 〔 kraɪˈtɪrɪən 〕 | *n.* | 標準 |
| *crush ⁴ | 〔 krʌʃ 〕 | *v.* | 壓扁 |
| crunch ⁵ | 〔 krʌntʃ 〕 | *v.* | 嘎吱嘎吱地咬 |
| crystal ⁵ | 〔ˈkrɪstl̩ 〕 | *n.* | 水晶 |
| cuisine ⁵ | 〔 kwɪˈzin 〕 | *n.* | 菜餚 |

BOOK

**15**

【記憶技巧】

1. creep *v.* 悄悄地前進 ( = *sneak* )；爬行
   【三態變化：creep–crept–crept】

   | creep *v.* 悄悄地前進 |
   |---|
   | = sneak |
   | = steal |
   | = tiptoe |

   *n.* 爬行　　*pl.* 毛骨悚然的感覺
   諧音：苦力，苦力的工作常要「爬行」。
   They arrived late and *crept* into the classroom. (他們遲到了，因此
   悄悄地溜進教室。)　　give *sb.* the creeps 使某人緊張；使某人害怕
   That movie *gave me the creeps*. (那部電影讓我感到害怕。)
   形容詞爲 creepy 〔ˈkripɪ 〕 *adj.* 令人毛骨悚然的。

2. creek *n.* 小河 ( = *a small river* )
   諧音：苦力渴，做完苦力感到很渴，去「小河」喝水。

3. creak *v.* 發出嘎嘎聲 ( = *make a high-pitched, screeching noise* )
   *n.* 嘎嘎聲　　諧音：苦力可，苦力只能睡在老舊「發出嘎嘎聲」的床。
   That chair is *creaking* beneath your weight.
   (那張椅子承受你的體重而發出嘎嘎聲。)

4. crib *n.* 嬰兒床（ = *a bed with high sides for a baby* ）；飼料槽
   諧音：可以保，可以保護嬰兒，就是「嬰兒床」。
   【比較】cradle〔ˋkredḷ〕*n.* 搖籃

   crib

5. criterion *n.* 標準（ = *standard* ）；基準
   cri (*judge*) + terion (*means*) = criterion，判斷的方法，就是「標準」。
   諧音：可以踢離人，有「標準」才可以把人踢走。複數可以寫成 criteria
   （較常用，為字典上標準的拼法）或 criterions。
   Everyone whose qualifications meet our *criteria* will be
   considered.（條件符合者我們都會考慮。）

6. crush *v.* 壓扁（ = *smash* ）；壓碎；摧毀；
   弄皺 *n.* 迷戀　　c + rush（匆忙）= crush
   太匆忙過馬路會被車子「壓扁」。
   The car was *crushed* between the two
   trucks.（那台車被兩台卡車夾得粉碎。）
   have a crush on *sb.* 迷戀某人

   > **crush** *v.* 壓扁
   > = squash
   > = smash
   > = squeeze
   > = crumble
   > = mash

7. **crunch** *v.* 嘎吱嘎吱地咬（ = *munch* ）；嘎吱嘎吱地踩
   *n.* 嘎吱聲；壓碎聲；困境；關鍵時刻
   擬聲字，想到吃 brunch（早午餐）會 crunch（嘎吱嘎吱地咬）。
   She *crunched* sweets all through the film.
   （她嘎吱嘎吱地吃甜食看完電影。）
   when it comes to the crunch 到了關鍵時刻
   *When it came to the crunch*, she couldn't agree to marry him.
   （到了關鍵時刻，她不肯答應嫁給他。）

8. **crystal** *n.* 水晶（ =*a clear glass* ）；水晶製品；結晶
   諧音：可以視透，「水晶」清淨可以看透。
   crystal clear 一清二楚；清澈的

9. **cuisine** *n.* 菜餚（ = *food* ）；烹飪（法）
   諧音：苦心，廚師苦心製作「菜餚」。　　local cuisine 當地菜餚
   Enjoy the delicious *cuisine* created by our award-winning
   chef.（請享用我們獲獎廚師烹製的菜餚。）

# 13. *deed*

| | | | |
|---|---|---|---|
| *deed ³ | 〔 dɪd 〕 | *n.* | 行爲 |
| deem ⁶ | 〔 dim 〕 | *v.* | 認爲 |
| decent ⁶ | 〔'disn̩t 〕 | *adj.* | 高尚的 |
| *decrease ⁴ | 〔 dɪ'kris 〕 | *v.* | 減少 |
| degrade ⁶ | 〔 dɪ'gred 〕 | *v.* | 降低 (地位、人格) |
| dedicate ⁶ | 〔'dɛdə,ket 〕 | *v.* | 奉獻 |
| dedication ⁶ | 〔,dɛdə'keʃən 〕 | *n.* | 奉獻 |
| *deny ² | 〔 dɪ'naɪ 〕 | *v.* | 否認 |
| denial ⁵ | 〔 dɪ'naɪəl 〕 | *n.* | 否認 |

BOOK
15

【記憶技巧】

1. deed *n.* 行爲 ( = *action* )；功績
   One good ***deed*** deserves another. (【諺】好心有好報。)
   【比較】indeed 〔 ɪn'did 〕 *adv.* 的確

2. deem *v.* 認爲 ( = *consider* )
   deem A (to be) B　認爲 A 是 B
   He ***deemed*** it unwise to tell her the truth.
   (他認爲告訴她實話是很不明智的。)

   > **deem** *v.* 認爲
   > = consider
   > = think
   > = reckon

3. decent *adj.* 高尚的 ( = *respectable* )；得體的；待人寬厚的
   諧音：低身，低身仰視「高尚的」人。
   a decent salary　不錯的薪水
   Keep your language ***decent***!
   (講話要得體一點！)

   > **decent** *adj.* 得體的
   > = respectable
   > = proper
   > = appropriate

4. **decrease** *n. v.* 減少 ( = *cut* ) ↔ increase *n. v.* 增加
   de (*down*) + crease (*grow*) = decrease,往下長,就是「減少」。
   Profits have ***decreased*** by 10%. ( 利潤減少了百分之十。 )

5. **degrade** *v.* 降低 ( 地位、人格 )( = *reduce* );貶低;使丟臉
   de (*down*) + grade ( 等級 ) = degrade

   He felt ***degraded*** by having to ask for
   money. ( 被迫向人要錢令他感到羞愧。 )
   形容詞為 degrading 〔 dɪ'gredɪŋ 〕 *adj.* 可恥的。

   > **degrade** *v.* 使丟臉
   > ┌ = humiliate
   > ┤ = disgrace
   > └ = shame

6. **dedicate** *v.* 奉獻 ( = *devote* );使致力於;把 ( 著作 ) 獻給
   de (*down*) + dic (*proclaim*) + ate (*v.*) = dedicate,宣誓處於對方之
   下,去「奉獻」自己。
   dedicate *oneself* to 致力於 ( = *be dedicated to* = *be devoted to* )
   The scientist ***dedicated himself to*** research.
   ( 那位科學家致力於研究。 )
   She ***dedicated*** that song to her friend. ( 她把這首歌獻給她的朋友。 )

7. **dedication** *n.* 奉獻 ( = *devotion* );獻詞
   His book contains a ***dedication*** to his
   parents. ( 他的書致有獻詞給他的父母。 )

   > **deny** *v.* 否認
   > ┌ = contradict
   > ┤ = counter
   > └ = oppose
   > ┌ = disagree with
   > ┤ = negate
   > └ = refute

8. **deny** *v.* 否認 ( = *negate* );拒絕
   諧音:抵賴,就是「否認」。
   She ***denied*** the accusations.
   ( 她否認那些控訴。 )
   There is no denying that~ 不可否認~ ( = *It is undeniable that~* )
   ***There is no denying that*** he was a good man.
   ( 不可否認他是個好人。 )

9. **denial** *n.* 否認 ( = *negation* );拒絕
   deny ( 否認 ) – y + ial (*n.*) = denial
   The company has issued a strong ***denial***
   of responsibility.
   ( 公司堅決否認對此錯誤負責任。 )

   > **denial** *n.* 否認
   > ┌ = negation
   > ┤ = dismissal
   > └ = contradiction

# *14. dense*

| | | |
|---|---|---|
| *__dense__ [4] | ﹝dɛns﹞ | *adj.* 濃密的 |
| __density__ [6] | ﹝'dɛnsətɪ﹞ | *n.* 密度 |
| | | |
| __derive__ [6] | ﹝dɪ'raɪv , də'raɪv﹞ | *v.* 源自 |
| __detach__ [6] | ﹝dɪ'tætʃ﹞ | *v.* 使分離 |
| __depict__ [6] | ﹝dɪ'pɪkt﹞ | *v.* 描繪 |
| | | |
| *__depth__ [2] | ﹝dɛpθ﹞ | *n.* 深度 |
| __deputy__ [6] | ﹝'dɛpjətɪ﹞ | *adj.* 副的 |
| | | |
| __diagram__ [6] | ﹝'daɪə,græm﹞ | *n.* 圖表 |
| __diameter__ [6] | ﹝daɪ'æmətɚ﹞ | *n.* 直徑 |

BOOK

**15**

【記憶技巧】

1. dense *adj.* 濃密的 ( = *thick and close* )；密集的；蠢的；難懂的
   諧音：等死，闖入「濃密的」森林，逃不出去等死。
   The fog was so *dense* that we could not see anything.
   (霧是如此濃，以致於我們什麼都看不到。)
   His prose is wordy and *dense*.
   (他的散文很多贅字又難懂。)

   > **dense** *adj.* 濃密的
   > ⎰ = thick
   > ⎱ = heavy
   > ⎱ = impenetrable

2. density *n.* 密度 ( = *thickness* )
   dense (濃密的) – e + ity (*n.*) = density
   The region has a high population *density*.
   (這地區人口密度很高。)

3. derive *v.* 源自 ( = *originate* ) < *from* >；由…得到
   de (*from*) + rive (*river*) = derive，來自河流，就是「源自」。

derive from　源自於
The English word ***derives from*** Greek.
（這個英文字源自於希臘文。）
He ***derives*** much pleasure from traveling
abroad.（他從出國旅遊得到許多樂趣。）

> **derive from**　源自於
> ⎰ = come from
> ⎱ = stem from
> ⎱ = arise from
> ⎰ = spring from
> ⎱ = originate from
> ⎱ = descend from

4. detach　*v.* 使分離（ = *separate* ）；拆開 < *from* >
   de (*apart*) + tach (*attach*) = detach，不附著，就是「使分開」。
   She ***detached*** the picture from the album.（她從相簿取下照片。）
   【比較】detached〔dɪˈtætʃt〕*adj.* 分離的；不帶感情的；冷淡的

5. depict　*v.* 描繪；描述（ = *describe* ）
   de (*down*) + pict (*picture*) = depict
   畫下來，就是「描繪；描述」。
   Children's books often ***depict*** animals as
   gentle creatures.（童書常常把動物描繪成溫和的動物。）

> **depict**　*v.* 描繪
> ⎰ = describe
> ⎱ = represent
> ⎱ = characterize

6. depth　*n.* 深度（ = *deepness* ）；深厚；(*pl.*) 深處
   in depth　深入地；徹底地
   He has studied the subject ***in depth***.（他已經深入研究過這主題。）

7. deputy　*adj.* 副的（ = *assistant* ）；代理的　　*n.* 代理人
   諧音：代補替，代理補替，就是「副的；代理的」。
   a deputy mayor　副市長

8. diagram　*n.* 圖表（ = *drawing* ）；圖解；示意圖
   dia (*through*) + gram (*write*) = diagram，寫下來成「圖表」。
   He explained the theory with a simple ***diagram***.
   （他用簡單的圖表說明該理論。）

diagram

9. diameter　*n.* 直徑（ = *width* ）
   dia (*through*) + meter（公尺）= diameter，測量「直徑」有幾公尺。
   Could you measure the ***diameter*** of that circle?
   （你可以測量那個圓的直徑嗎？）
   【比較】radius〔ˈredɪəs〕*n.* 半徑

# *15. diligent*

| | | |
|---|---|---|
| \***diligent** 3 | 〔'dɪlədʒənt , 'dɪlɪ- 〕 | *adj.* 勤勉的 |
| \***diligence** 4 | 〔'dɪlədʒəns , 'dɪlɪ- 〕 | *n.* 勤勉 |
| \***dismiss** 4 | 〔dɪs'mɪs 〕 | *v.* 解散 |
| \***dispute** 4 | 〔dɪ'spjut 〕 | *v.* 爭論 |
| **disperse** 6 | 〔dɪ'spɝs 〕 | *v.* 驅散 |
| **dismay** 6 | 〔dɪs'me 〕 | *n.* 驚慌 |
| **disregard** 6 | 〔,dɪsrɪ'gard 〕 | *v.* 忽視 |
| \***distinguish** 4 | 〔dɪ'stɪŋgwɪʃ 〕 | *v.* 分辨 |
| \***distinguished** 4 | 〔dɪ'stɪŋgwɪʃt 〕 | *adj.* 卓越的 |

BOOK

**15**

【記憶技巧】

1. **diligent** *adj.* 勤勉的 ( = *hard-working* )
   諧音：地裡整土，在農地裡整土要「勤勉的」。
   He used to be a *diligent* student.
   （他以前是個勤勉的學生。）

   > **diligent** *adj.* 勤勉的
   > = industrious
   > = studious
   > = conscientious
   > = hard-working
   > = painstaking
   > = earnest

2. diligence *n.* 勤勉 ( = *industry* )；用功
   with diligence 勤勉地 ( = *diligently* )
   He studied with *diligence*. （他勤勉地學習。）

3. **dismiss** *v.* 解散 ( = *free* )；下 ( 課 )；不予考慮：解僱
   dis ( 加強語氣 ) + miss ( 錯過 ) = dismiss
   完全錯過，就是「解散」。
   The class is *dismissed*. （現在下課。）
   He was *dismissed* from his post for
   being lazy. （他因為懶惰而被解僱。）

   > **dismiss** *v.* 解僱
   > = fire
   > = discharge
   > = lay off

4. **dispute** *v.* 爭論（= *argue about*）；否認 *n.* 爭論；糾紛
   dis (*apart*) + pute (*think*) = dispute，想法不同，會有「爭論」。
   這個字想到 compute（計算），改變字首，就可以記下來了。
   They do not *dispute* the fact that the company is in trouble.
   （他們不否認公司陷入困境。）

5. disperse *v.* 驅散（= *distribute loosely*）；傳播
   dis (*apart*) + (s)perse (*scatter*) = disperse，散播開，就是「驅散」。
   諧音：弟似噴濕，弟弟似乎要把別人噴濕來「驅散」人群。
   The police *dispersed* the crowd.（警察驅散了群眾。）

6. **dismay** *n.* 驚慌（= *panic*）；失望；難過 *v.* 使不安；使失望
   dis (*not*) + may（可能）= dismay，不好的事可能發生，會「驚慌」。
   to *one's* dismay 使某人驚慌的是；使某人不安的是
   *To her dismay*, she found her pocketbook was gone.
   （使她驚慌的是，她發現手提包不見了。）

7. disregard *v.* 忽視（= *ignore*）；輕視 *n.* 忽視；輕視；漠視
   dis (*not*) + regard（看）= disregard，不看，就是「忽視」。
   He *disregarded* my warnings.
   （他忽視我的警告。）
   What we are seeing is *disregard* of the
   law.（我們看到的是漠視法律。）

   > **disregard** *v.* 忽視
   > = ignore
   > = overlook
   > = neglect

8. **distinguish** *v.* 分辨（= *differentiate*）；區分；看出
   di(s) (*apart*) + sting（刺；螫）+ uish (*v.*) = distinguish，把刺到身
   體的針從身體拿走，就是「分辨」。
   distinguish A from B 分辨 A 和 B
   （= *distinguish between A and B*）
   Could he *distinguish right from wrong*?
   （他可以分辨是非嗎？）

   > **distinguish** *v.* 分辨
   > = differentiate
   > = discriminate
   > = tell

9. distinguished *adj.* 卓越的（= *excellent*）；傑出的；著名的
   distinguished guest 貴賓

# *16. distract*

| | | | |
|---|---|---|---|
| **distract** [6] | 〔 dɪ'strækt 〕 | *v.* | 使分心 |
| **distraction** [6] | 〔 dɪ'strækʃən 〕 | *n.* | 分心 |
| **distress** [5] | 〔 dɪ'strɛs 〕 | *n.* | 痛苦 |
| **distrust** [6] | 〔 dɪs'trʌst 〕 | *v.* | 不信任 |
| **district** [4] | 〔'dɪstrɪkt 〕【注意重音】 | *n.* | 地區 |
| **distort** [6] | 〔 dɪs'tɔrt 〕 | *v.* | 使扭曲 |
| *__distribute__ [4] | 〔 dɪ'strɪbjut 〕 | *v.* | 分配 |
| *__distribution__ [4] | 〔ˌdɪstrə'bjuʃən 〕 | *n.* | 分配 |
| **disturbance** [6] | 〔 dɪ'stɝbəns 〕 | *n.* | 擾亂 |

BOOK
**15**

【記憶技巧】

1. distract *v.* 使分心 ( = *draw away* )；轉移…的注意力
   dis (*apart*) + tract (*draw*) = distract，拉離開，就是「使分心」。
   You're *distracting* me from my work. ( 你讓我無法專心工作。)

2. distraction *n.* 分心 ( = *interference* )；使人分心的事物；娛樂
   distract ( 使分心 ) + ion (*n.*) = distraction
   Total concentration is required with
   no *distractions*.
   ( 要完全的專心，不能分心。)

   > **distraction** *n.* 分心
   > = disturbance
   > = diversion
   > = interruption

3. distress *n.* 痛苦 ( = *suffering* )；悲傷；危難　*v.* 使苦惱；使悲傷
   di(s) (*apart*) + stress ( 壓力 ) = distress，壓力很大，感到「痛苦」。
   She was in great *distress* over his disappearance.
   ( 他的消失使她非常痛苦。)
   His failure *distressed* him. ( 失敗讓他感到痛苦。)

4. distrust  *v.* 不相信（ = *have no trust in* ）；猜疑　 *n.* 不相信
   dis (*not*) + trust（相信）= distrust
   He *distrusts* his own judgement.
   （他不相信自己的判斷。）

   > **distrust** *v.* 不相信
   > = disbelieve
   > = discredit
   > = doubt

5. district  *n.* 地區（ = *area* ）；行政區
   di(s) (*apart*) + strict（嚴格的）= district，「地區」有嚴格的分別。
   I drove around the business *district*.（我繞著商業區開車。）
   Washington, D.C.  華盛頓特區【美國首都，D.C. = the District of
   Columbia（哥倫比亞特區）】

6. distort  *v.* 使扭曲（ = *twist* ）；曲解
   dis (*apart*) + tort (*twist*) = distort，轉到分開，
   就是「使扭曲」。
   The media *distorts* reality.（媒體扭曲事實。）
   Her face was *distorted* with pain.（她痛到臉都扭曲了。）

   > **distort** *v.* 曲解
   > = misrepresent
   > = misinterpret
   > = color

7. **distribute**  *v.* 分配（ = *hand out* ）；分發；配送；分佈
   dis (*apart*) + tribute（貢物）= distribute
   把貢物「分配」出去。
   He *distributed* sweets to all the
   children in the class.
   （他把糖果分配給班上所有的孩童。）

   > **distribute** *v.* 分配
   > = hand out
   > = deal out
   > = dispense

8. distribution  *n.* 分配（ = *spreading* ）；分發；配送；傳播
   distribute（分配）– e + ion (*n.*) = distribution
   The country has a very unequal *distribution* of income and
   wealth.（該國的收入和財富的分配很不均。）

9. disturbance  *n.* 擾亂（ = *disorder* ）；騷動；（精神或身體的）失常
   disturb（打擾）+ ance (*n.*) = disturbance
   We have a lot to do today, so we don't want any *disturbances*.
   （我們今天有許多事要做，所以不想受到任何干擾。）
   emotional disturbance  情緒失常

# *17. dozen*

| | | | |
|---|---|---|---|
| **dozen** [1] | 〔'dʌzn̩ 〕 | *n.* | 一打 |
| *doze* [4] | 〔 doz 〕 | *v.* | 打瞌睡 |
| *draft* [4] | 〔 dræft 〕 | *n.* | 草稿 |
| drastic [6] | 〔'dræstɪk 〕 | *adj.* | 激烈的 |
| drape [5] | 〔 drep 〕 | *n.* | 窗簾 |
| *due* [3] | 〔 dju 〕 | *adj.* | 到期的 |
| dubious [6] | 〔'djubɪəs 〕 | *adj.* | 可疑的 |
| *durable* [4] | 〔'djurəbl̩ 〕 | *adj.* | 耐用的 |
| *duration* [5] | 〔 djʊ'reʃən 〕 | *n.* | 期間 |

BOOK
**15**

【記憶技巧】

1. dozen *n.* 一打 ( = *a group of 12* )
   half a dozen 半打；六個　　dozens of 許多
   I've been there *dozens of* times. ( 我去過那裡很多次了。 )

2. doze *v.* 打瞌睡 ( = *sleep lightly for short periods* )　*n.* 瞌睡
   doze off 打瞌睡；打盹
   I *dozed off* in front of the television. ( 我在電視機前打盹。 )
   After lunch I had a *doze*. ( 午餐後我小睡一會。 )

3. draft *n.* 草稿 ( = *outline* )；匯票；徵兵　*v.* 草擬；徵召…入伍
   dra 字根為 draw ( 畫；拉 )，所以有畫
   「草稿」,「徵兵」拉人的意思。
   I rewrote his first *draft*. ( 我重寫了他的初稿。 )
   He was *drafted* into the army. ( 他被徵召入伍。 )

> **draft** *n.* 草稿
> ⎧ = outline
> ⎨ = plan
> ⎩ = sketch

4. drastic *adj.* 激烈的 ( = *severe* );劇烈的;有力的
   諧音:墜死的一刻,一定是「激烈的」。
   At this point they decided to take
   ***drastic*** action.
   (在那這時候他們決定採取激烈的行動。)

   > **drastic** *adj.* 激烈的
   > ⎰ = extreme
   > ⎱ = severe
   > ⎰ = radical

5. drape *n.* 窗簾 ( = *hanging cloth used as a blind* );褶綴
   【通常用複數】 *v.* 覆蓋;懸掛     諧音:墜,垂墜的「窗簾」。
   The ***drapes*** were drawn, and the lights were turned off.
   (窗簾被拉上,燈也關了。)

6. due *adj.* 到期的 ( = *payable* );預定的;應得的;適當的
   The rent is ***due*** on the first day of the month.
   (每個月的第一天付租金。)
   be due to V. 預定~    be due to N. 是因為~
   Jobs could be lost ***due to*** political changes.
   (因為政治的變動,可能會丟了工作。)

   > **due to** 因為
   > ⎰ = thanks to
   > ⎱ = owing to
   > ⎰ = because of
   > ⎨ = as a result of
   > ⎱ = in view of

7. dubious *adj.* 可疑的 ( = *doubtful* );無把握的
   dub (*doubt*) + ious (*adj.*) = dubious,有懷疑,就是「可疑的」。
   dubious behavior  可疑的行為
   I'm very ***dubious*** about his ability to do
   the work. (我很懷疑他做這項工作的能力。)

   > **dubious** *adj.* 無把握的
   > ⎰ = unsure
   > ⎱ = uncertain
   > ⎰ = doubtful

8. durable *adj.* 耐用的 ( = *tough* );持久的
   dur (*last*) + able ( 可…的 ) = durable,可以持續,就是「耐用的」。
   durable material  耐用的材質
   Finding a ***durable*** solution will not be
   easy. (找到一勞永逸的解決方法並不容易。)

   > **durable** *adj.* 持久的
   > ⎰ = enduring
   > ⎱ = lasting
   > ⎰ = permanent

9. duration *n.* 期間 ( = *period* );持續時間
   The course is of three years' ***duration***. (該課程為期三年。)
   Passengers are requested not to smoke for the ***duration*** of the
   flight. (乘客在飛行期間不許吸煙。)

# *18. drown*

| * **drown** [3] | 〔 draʊn 〕 | v. 淹死 |
| * **drowsy** [3] | 〔'draʊzɪ 〕 | adj. 想睡的 |
| | | |
| **dwell** [5] | 〔 dwɛl 〕 | v. 居住 |
| **dwelling** [5] | 〔'dwɛlɪŋ 〕 | n. 住宅 |
| **dwarf** [5] | 〔 dwɔrf 〕 | n. 侏儒 |
| | | |
| * **dye** [4] | 〔 daɪ 〕 | v. 染 |
| * **dynamic** [4] | 〔 daɪ'næmɪk 〕 | adj. 充滿活力的 |
| | | |
| **dynamite** [6] | 〔'daɪnə,maɪt 〕 | n. 炸藥 |
| * **dynasty** [4] | 〔'daɪnəstɪ 〕 | n. 朝代 |

BOOK
**15**

【記憶技巧】

1. **drown** v. 淹死 ( = *die under water* )；使淹死；淹沒
   down (向下) + r = drown，向下沉沒，就是「淹死」。
   A *drowning* man will clutch at a straw.
   (【諺】快淹死的人連根草都會抓住；病急亂投醫。)

2. drowsy adj. 想睡的 ( = *sleepy* )；使人昏昏欲睡的
   諧音：裝死，「想睡的」樣子就像是裝死。
   The heat made me feel *drowsy*. ( 炎熱使我覺得昏昏欲睡。)

3. dwell v. 居住 ( = *live* )
   He *dwelled* in the countryside.
   ( 他住在鄉下。)
   dwell on 老是想著
   He kept *dwelling on* what went wrong.
   ( 他一直在想出了什麼錯。)

   | **dwell in** 居住於 |
   | --- |
   | = live in<br>= reside in |
   | = inhabit<br>= populate |

4. dwelling *n.* 住宅（= *home*）；家
He has changed his *dwelling*.（他已經搬家。）

5. dwarf *n.* 侏儒（= *a tiny man*）；矮人　*v.* 使矮小；使相形見絀
諧音：短夫，身材短的丈夫，就是「侏儒」。
Snow White and the Seven Dwarfs　白雪公主與七個小矮人
The huge sign *dwarfed* his figure.
（在巨大的標誌牌下他顯得矮小。）
She completely *dwarfed* the
achievements of others.
（她使其他人的成就顯得完全微不足道。）

> **dwarf** *v.* 使相形見絀
> = tower above
> = eclipse
> = overshadow

6. dye *v.* 染（= *color*）　*n.*（用於衣服、頭髮等）染劑；染料
She *dyed* her hair red.（她把頭髮染成紅色。）

7. dynamic *adj.* 充滿活力的（= *energetic*）；不斷變化的；動力的
*n.* 活力；動力
諧音：帶那米嗑，帶著米在身邊嗑，就會「有活力的」。
We're looking for someone positive
and *dynamic*.
（我們想找一個積極的，有活力的人。）
There's a very supportive *dynamic*
between the members of the group.
（組員們之間有相互支持的強烈動力。）

> **dynamic** *adj.* 充滿活力的
> = energetic
> = spirited
> = active
> = lively
> = vital
> = vigorous

8. dynamite *n.* 炸藥（= *explosive*）；驚人的人或物
dynamic（充滿活力的）– c + te = dynamite
The terrorists blew up the station with *dynamite*.
（恐怖份子用炸藥炸掉了車站。）
Her revelations look like political *dynamite*.
（她所披露的事件看起來像是爆發性的政治事件。）

9. dynasty *n.* 朝代（= *a sequence of rulers from the same
family*）；王朝　諧音：代那是地，「朝代」佔有那塊地。
a vase dating back to the Tang dynasty　唐朝的花瓶

# *19. ease*

| | | | |
|---|---|---|---|
| **ease** [1] | 〔 iz 〕 | *n.* | 容易 |
| *** eel** [5] | 〔 il 〕 | *n.* | 鰻魚 |
| *** ego** [5] | 〔 'igo 〕 | *n.* | 自我 |
| **ebb** [6] | 〔 ɛb 〕 | *n. v.* | 退潮 |
| *** echo** [3] | 〔 'ɛko 〕 | *n.* | 回音 |
| **ecstasy** [6] | 〔 'ɛkstəsɪ 〕 | *n.* | 狂喜 |
| *** ecology** [6] | 〔 ɪ'kɑlədʒɪ 〕 | *n.* | 生態學 |
| ***** eccentric** [6] | 〔 ɪk'sɛntrɪk 〕 | *adj.* | 古怪的 |
| **elite** [6] | 〔 ɪ'lit 〕【注意發音】 | *n.* | 菁英分子 |

BOOK
15

【記憶技巧】

1. **ease** *n.* 容易 ( = *freedom from difficulty* )；輕鬆　*v.* 減輕；舒緩
   at ease　自由自在的；輕鬆的　　with ease　容易地 ( = *easily* )
   She won the prize *with ease*. ( 她輕鬆地贏得該獎。)
   The pain has *eased*. ( 疼痛已經減輕了。)

2. **eel** *n.* 鰻魚 ( = *a long thin fish that looks like
   a snake and can be eaten* )
   as slippery as an eel　滑頭的；不可靠的
   You'd be mad to go into business with him.　He's *as slippery
   as an eel*. ( 你瘋了才會去跟他做生意，他很滑頭的。)

   eel

3. **ego** *n.* 自我 ( = *self-image* )；自尊心
   e + go = ego
   His criticism wounded my *ego*.
   ( 他的批評傷了我的自尊。)
   【比較】egoism 〔 'igo،ɪzəm 〕 *n.* 自我中心；自大

   > **ego** *n.* 自尊心
   > ⎰ = self-confidence
   > ⎱ = self-esteem
   > ⎰ = self-respect

4. ebb  *n. v.* 退潮（ = *retreat* ）；衰退
   諧音：矮波，矮的波浪，就是「退潮」。
   His strength was *ebbing* fast.（他的精力快速衰退。）
   on the ebb  退潮中；衰退中　　the ebb and flow  起伏；興衰
   His influence is *on the ebb*.（他的影響力在衰退。）

5. echo  *n.* 回音（ = *resonance* ）；重複；共鳴　*v.* 發出回聲；附和
   諧音：愛歌，愛唱歌，會有「回音」。
   Her words found an *echo* in everyone's heart.
   （她說的話在每個人心中引起共鳴。）

6. ecstasy  *n.* 狂喜（ = *very great joy* ）；忘我；（大寫）搖頭丸
   ec (*out*) + sta (*stand*) + sy (*n.*) = ecstasy，精神都跑出去就是「狂喜」。
   諧音：愛可似特喜，愛到特別喜悦的樣子
   就是「狂喜」。

   | ecstasy *n.* 狂喜 |
   | --- |
   | = joy |
   | = delight |
   | = exaltation |

   He was in an *ecstasy* over his return.
   （他的歸來讓他欣喜若狂。）

7. **ecology**  *n.* 生態學（ = *the study of the relationships between living organisms and their environment* ）；生態環境
   eco (*house*) + logy (*study*) = ecology，「家」引申為「生態環境」。
   eco 作為字根，表示「生態」，如：eco-friendly  *adj.* 環保的。
   Pollution has a disastrous effect on the *ecology* of a region.
   （污染對一個地區的生態環境有災難性的影響。）

8. eccentric  *adj.* 古怪的（ = *strange* ）；怪異的　*n.* 行為古怪的人
   ec (*out*) + centric (中心的) = eccentric
   離開中心，就是「古怪的」。

   | eccentric *adj.* 古怪的 |
   | --- |
   | = odd |
   | = bizarre |
   | = weird |

   His *eccentric* behavior lost him his job.
   （他古怪的行為使他丢了工作。）

9. elite  *n.* 菁英分子（ = *a small group of people who have a lot of power or advantages* ）；人才　*adj.* 菁英的
   諧音：毅力的，有毅力才能成為「菁英份子」。
   the social elite  社會菁英

# 20. elastic

| *elastic ⁴ | 〔ɪ'læstɪk〕 | adj. 有彈性的 |
|---|---|---|
| elaborate ⁵ | 〔ɪ'læbərɪt〕 | adj. 精巧的 |
| *eliminate ⁴ | 〔ɪ'lɪmə,net〕 | v. 除去 |
| | | |
| **emotion ² | 〔ɪ'moʃən〕 | n. 情緒 |
| *emotional ⁴ | 〔ɪ'moʃənļ〕 | adj. 感情的 |
| *embrace ⁵ | 〔ɪm'bres〕 | v. 擁抱 |
| | | |
| envy ³ | 〔'ɛnvɪ〕 | n. v. 羨慕 |
| episode ⁶ | 〔'ɛpə,sod〕 | n. (連續劇的)一集 |
| epidemic ⁶ | 〔,ɛpə'dɛmɪk〕 | n. 傳染病 |

BOOK

15

【記憶技巧】

1. elastic  adj. 有彈性的 ( = *flexible* );可變通的
   想到 plastic (塑膠的) 是 elastic (有彈性的) 就可以記得了。
   elastic band  橡皮筋
   This is a fairly *elastic* arrangement. (這個安排很有彈性。)

2. elaborate  adj. 精巧的 ( = *detailed* );複雜的  v. 精心製作;擬定
   e (*out*) + labor (勞力) + ate (*adj. n.*) = elaborate,
   用勞力做出來的,就是「精巧的;複雜的」。
   The government's healthcare plan is
   the most *elaborate* yet.

   > elaborate  adj. 精巧的
   > ⎰ = complex
   > ⎱ = complicated
   > = thorough

   (政府的新健保計畫是目前爲止最詳盡的。)
   I *elaborated* my plan. (我仔細擬定我的計畫。)

3. eliminate  v. 除去 ( = *remove* );淘汰;排除
   e (*out*) + limin (*limit*) + ate (*v.*) = eliminate
   丟到界限外面,就是「除去;淘汰」。
   Can the government *eliminate* poverty? (政府能消除貧困嗎?)

4. **emotion** *n.* 情緒 ( = *feeling* )；感情
   e ( *out* ) + motion ( 動作 ) = emotion，心理跑出的動作，就是「情緒」。
   You have to learn to control your *emotion*. ( 你必須學會控制情緒。)

5. **emotional** *adj.* 感情的 ( = *of or pertaining to emotion* )；
   感動人的；激動的　　emotion ( 情緒 ) + al ( *adj.* ) = emotional
   Adolescents are often *emotional*.
   ( 青少年常常感情用事。)
   It was a very *emotional* moment.
   ( 這是非常激動人心的一刻。)

   > **emotional** *adj.* 感動人的
   > = moving
   > = touching
   > = exciting

6. **embrace** *v.* 擁抱 ( = *hug* )；包括；欣然接受　*n.* 擁抱
   em ( *in* ) + brace ( 支撐 ) = embrace，給予支撐，要「擁抱」。
   We hope these regions will *embrace*
   democratic reforms.
   ( 我們希望這些地區會樂意接受民主改革。)

   > **embrace** *v.* 欣然接受
   > = accept
   > = support
   > = welcome

7. **envy** *n.* 羨慕 ( = *jealousy* )；嫉妒
   *v.* 羨慕；嫉妒　　諧音：恩惠，得到恩惠，讓人「羨慕」。
   She could not conceal her *envy* of me. ( 她無法隱藏對我的嫉妒。)
   形容詞為 envious〔ˈɛnvɪəs〕*adj.* 羨慕的；嫉妒的。
   【比較】jealousy〔ˈdʒɛləsɪ〕*n.* 嫉妒；吃醋【意義較負面】

8. **episode** *n.* ( 連續劇的 ) 一集 ( = *part* )；片段；事件；( 病的 ) 發作
   諧音：愛拍手的，看完「一集連續劇」很精彩要拍手。
   It was a rather unfortunate *episode* of my life.
   ( 這是我一生中非常不幸的一段經歷。)
   The final *episode* will be shown next
   Saturday. ( 完結篇會在下週六播出。)

   > **episode** *n.* 事件
   > = experience
   > = event
   > = incident

9. **epidemic** *n.* 傳染病 ( = *outbreak* )；盛行　*adj.* 傳染性的；
   流行性的　　諧音：一批倒楣客，很倒楣的客人感染了「流行病」。
   A flu *epidemic* is sweeping through the island.
   ( 一陣流行性感冒橫掃全島。)

# *21. escape*

| | | |
|---|---|---|
| *escape ³ | 〔 ə'skep 〕 | v. 逃走 |
| esteem ⁵ | 〔 ə'stim 〕 | n. 尊敬 |
| estimate ⁴ | 〔'ɛstə,met 〕 | v. 估計 |
| eternal ⁵ | 〔 ɪ'tɝnḷ 〕 | adj. 永恆的 |
| eternity ⁶ | 〔 ɪ'tɝnətɪ 〕 | n. 永恆 |
| ethnic ⁶ | 〔'ɛθnɪk 〕 | adj. 種族的 |
| ethic ⁵ | 〔'ɛθɪk 〕 | n. 道德規範 |
| ethical ⁶ | 〔'ɛθɪkḷ 〕 | adj. 道德的 |
| ethics ⁵ | 〔'ɛθɪks 〕 | n. pl. 道德 |

BOOK

**15**

【記憶技巧】

1. **escape** *v.* 逃走 ( = *get away* )；擺脫；被遺忘　*n.* 逃脫；解悶
   es (*out*) + cape ( 披肩 ) = escape，脫下披肩，要「逃走」。
   Her name *escapes* me. ( 我忘了她的名字。)
   have a narrow escape　死裡逃生；倖免於難
   He used alcohol as a means of *escape*. ( 他借酒澆愁。)

2. **esteem** *n.* 尊敬 ( = *regard* )；敬重　*v.* 尊敬
   諧音：兒思聽，兒子「尊敬」父母會思考
   聽他們的話。
   hold *sb.* in high esteem　非常尊重某人
   He was ***held in high esteem*** by us. ( 他很受我們的敬重。)

   > **esteem** *n.* 尊敬
   > = respect
   > = honor
   > = admiration

3. **estimate** *v.* 估計 ( = *calculate* )；估算　〔'ɛstəmɪt 〕*n.* 估計
   諧音：愛死特美的，愛死被「估計」特美的人。
   He *estimated* that the journey would take two hours.
   ( 他估計這趟旅程會花兩小時。)

4. eternal　*adj.* 永恆的（ = *everlasting*）；
   不斷的；不朽的
   諧音：已特老，特老快「永恆」。
   He has earned our *eternal* gratitude.
   （他獲得了我們永遠的感激。）

   > **eternal** *adj.* 永恆的
   > = endless
   > = permanent
   > = enduring

5. eternity　*n.* 永恆（ = *infinity*）；極長的時間
   eternal（永恆的）– al + ity (*n.*) = eternity
   I will love you for all *eternity*.（我會永遠愛你。）

6. ethnic　*adj.* 種族的（ = *characteristic of a people*）；民族的
   諧音：愛死你克，愛死你可以克服「種族的」差異。
   ethnic food　民族風味食物
   racial（種族的）是以「膚色、外觀」來區分，像是黑人、白人和黃
   種人，而 ethnic 是以「文化、語言、信仰等」來區分，像是台灣人
   可以分成客家人、閩南人、外省人。

7. ethic　*n.* 道德規範（ = *a general principle or belief that
   affects the way people behave*）　*adj.* 倫理的；道德的
   諧音：愛惜客，愛惜客人，是種「道德規範」。
   a personal ethic　個人的道德觀
   work ethic　職業道德
   The old *ethic* of hard work has given way to a new *ethic* of
   instant gratification.
   （崇尚勤勉的舊準則已經被及時行樂的新觀念所取代。）

8. ethical　*adj.* 道德的（ = *moral*）；倫理的
   ethic（道德規範）+ al (*adj.*) = ethical ↔ unethical　*adj.* 不道德的
   They don't have any *ethical* codes to follow.
   （他們沒有任何道德規範可以遵行。）

9. ethics　*n. pl.* 道德（ = *moral values*）；倫理；（單數）倫理學
   medical ethics　醫德
   Such an action was a violation of *medical ethics*.
   （這樣的行為違反了醫德。）

# *22. evergreen*

| | | | |
|---|---|---|---|
| **evergreen** ⁵ | 〔'ɛvə‚grin 〕 | | *adj.* 常綠的 |
| **evolution** ⁶ | 〔‚ɛvə'luʃən 〕【注意説明】 | | *n.* 進化 |
| **evolve** ⁶ | 〔ɪ'vɑlv 〕 | | *v.* 進化 |
| * **extreme** ³ | 〔ɪk'strim 〕 | | *adj.* 極端的 |
| * **extraordinary** ⁴ | 〔ɪk'strɔrdn‚ɛrɪ 〕 | | *adj.* 不尋常的 |
| **excerpt** ⁶ | 〔ɪk'sɝpt 〕 | | *v.* 摘錄 |
| **exile** ⁵ | 〔'ɛgzaɪl 〕 | | *v.* 放逐 |
| **explicit** ⁶ | 〔ɪk'splɪsɪt 〕 | | *adj.* 明確的 |
| **expertise** ⁶ | 〔‚ɛkspə'tiz 〕 | | *n.* 專門的知識 |

BOOK
**15**

【記憶技巧】

1. evergreen *adj.* 常綠的（= *having green leaves throughout the year* ）；歷久不衰的　*n.* 常綠植物
   ever- 表示「一直；持續」，例如：ever-changing（不斷變化的）、ever-increasing（不斷增加的）、ever-popular（一直大受歡迎的）。

2. **evolution** *n.* 進化（= *development* ）；發展；演變
   revolution（革命）– r = evolution
   這個字美國人多半唸成〔‚ɛvə'luʃən 〕，但是 85%的英國人唸成〔‚ivə'luʃən 〕。
   Political *evolution* is sometimes a slow process.
   （政治發展的過程有時很緩慢。）

3. **evolve** *v.* 進化（= *develop* ）；發展；演化
   revolve（旋轉）– r = evolve
   Popular music *evolved* from folk songs.
   （流行音樂發展自民謠。）

   | **evolve** *v.* 發展 |
   |---|
   | = develop |
   | = advance |
   | = progress |

4. **extreme** *adj.* 極端的 ( = *very great* )；偏激的；罕見的　　*n.* 極端
諧音：一刻死去，是很「極端的」情況。
He is in *extreme* pain.
（他感到非常疼痛。）
*Extremes* meet.（【諺】物極必反。）

> **extreme** *adj.* 極端的
> = severe
> = acute
> = intense

5. **extraordinary** *adj.* 不尋常的 ( = *unusual* )；非常奇怪的
extra（超過）+ ordinary（一般的）= extraordinary
He is an *extraordinary* musician.（他是一位非凡的音樂家。）

6. excerpt *v.* 摘錄( = *select* )；節錄〔'ɛksɜpt〕*n.* 摘錄( = *selection* )；
節錄　　諧音：一個捨不得，「摘錄」文章會一個字都捨不得。
The readings were *excerpted* from his autobiography.
（這些文選是摘錄自他的自傳。）

7. exile *v.* 放逐 ( = *banish* )；流放　　*n.*
放逐 ( = *banishment* )；流逐；流亡者
ex (*out*) + (s)ile (*leap*) = exile
跳到外面，就是「放逐」。
諧音：一個塞兒，一個被「放逐」到邊塞的孩兒。
He was *exiled* from his own country.
（他被逐出自己的國家。）
The writer lived in *exile*.（那位作家過著流亡的生活。）

> **exile** *v.* 放逐
> = banish
> = expel
> = oust
> = throw out
> = drive out
> = cast out

8. explicit *adj.* 明確的 ( = *clear* )；清楚的；露骨的
ex (*out*) + plic (*fold*) + it (*adj.*) = explicit
向外摺，就是「明確的」。
Can you be more *explicit*?
（你可以再明確一點嗎？）

> **explicit** *adj.* 明確的
> = direct
> = definite
> = specific

相反詞為 implicit〔ɪm'plɪsɪt〕*adj.* 暗示的；含蓄的。

9. expertise *n.* 專門的知識 ( = *knowledge* )；特殊技能
expert（專家）+ ise (*n.*) = expertise
What he's bringing to the company is financial *expertise*.
（他帶給公司的是金融專業知識。）

# *23. factory*

| | | | |
|---|---|---|---|
| **‡factory** [1] | 〔'fæktrɪ 〕 | *n.* | 工廠 |
| **faculty** [6] | 〔'fæklṭɪ 〕 | *n.* | 全體教職員 |
| **fad** [5] | 〔 fæd 〕 | *n.* | 一時的流行 |
| | | | |
| **\*fashion** [3] | 〔'fæʃən 〕 | *n.* | 流行 |
| **fascinate** [5] | 〔'fæsn̩‚et 〕 | *v.* | 使著迷 |
| **fascination** [6] | 〔‚fæsn̩'eʃən 〕 | *n.* | 魅力 |
| | | | |
| **‡fee** [2] | 〔 fi 〕 | *n.* | 費用 |
| **feeble** [5] | 〔'fibḷ 〕 | *adj.* | 虛弱的 |
| **feedback** [6] | 〔'fid‚bæk 〕 | *n.* | 反應 |

BOOK

**15**

【記憶技巧】

1. **factory** *n.* 工廠 ( = *workshop* )  *adj.* 工廠的
   fact (*do*) + ory (*place*) = factory
   a factory worker  工廠的工人

2. **faculty** *n.* 全體教職員 ( = *staff* )；能力
   諧音：罰可踢，懲罰「全體教職員」可以踢他。
   She joined the *faculty* of that university.
   （她成為那所大學的教職員。）
   He lost the *faculty* of sight. （他失去了視力。）
   critical faculties  判斷能力

   > **faculty** *n.* 能力
   > = ability
   > = capacity
   > = capability

3. fad *n.* 一時的流行 ( = *craze* )；一時的狂熱
   It's only a passing *fad*. （這只是一時的流行。）
   Her love was only a passing *fad*.
   （她的愛情只不過是一時沖昏頭。）

   > **fad** *n.* 一時的流行
   > = fashion
   > = trend
   > = mania

4. **fashion** *n.* 流行 ( = *vogue* )；時尚（業）；方式 *v.* 精心製成
   She longed for a career in *fashion*. ( 她渴望在時尚業工作。 )
   in fashion 流行的 ↔ out of fashion 不流行的；落伍的
   She spoke in a very strange *fashion*. ( 她說話的方式非常奇怪。 )
   The desk was *fashioned* out of oak. ( 這書桌是由橡樹製成。 )

5. **fascinate** *v.* 使著迷 ( = *charm* )；強烈吸引
   諧音：發自內的，「使」你發自內心「著迷」。
   He *fascinated* the children with his
   magic tricks. ( 他用魔術迷住孩子們。 )
   be fascinated by/with 對…著迷

   > **fascinate** *v.* 使著迷
   > = absorb
   > = enchant
   > = captivate

6. **fascination** *n.* 魅力 ( = *charm* )；吸引力；使人著迷的東西
   fascinate ( 使著迷 ) – e + tion (*n.*) = fascination
   The place had held a strange *fascination* for her ever since.
   ( 這個地方從此對她有奇特的吸引力。 )

7. **fee** *n.* 費用 ( = *charge* )；服務費；入場費
   How much is the entrance *fee*? ( 入場費是多少？ )
   annual fee 年費　　school fees 學費

8. **feeble** *adj.* 虛弱的 ( = *weak* )；微弱的；無效的；軟弱的
   fee ( 費用 ) + ble (*adj.*) = feeble，聽到要付費，會變得「虛弱的」。
   He is old and *feeble*. ( 他既老又虛弱。 )
   He said the government had been *feeble*.
   ( 他說政府很無能。 )
   a feeble excuse 一個很無力的藉口

   > **feeble** *adj.* 虛弱的
   > = powerless
   > = frail
   > = infirm

9. **feedback** *n.* 反應 ( = *response* )；回饋；反饋；意見
   feed ( 餵 ) + back ( 回去 ) = feedback，餵回去，就是「反應；回饋」。
   Initial *feedbacks* from parents has been .
   encouraging ( 家長初步的反應令人振奮。 )
   Try to give each student some *feedback* on
   the task. ( 盡量對每個學生的作業都提點意見。 )
   negative/positive feedback 正面的/負面的反應

   > **feedback** *n.* 意見
   > = comment
   > = evaluation
   > = assessment

# *24. fill*

| ***fill** [1] | 〔 fɪl 〕 | *v.* 使充滿 |
|---|---|---|
| ***film** [2] | 〔 fɪlm 〕 | *n.* 影片 |
| **filter** [5] | 〔 'fɪltɚ 〕 | *v.* 過濾 |
| | | |
| **file** [3] | 〔 faɪl 〕 | *n.* 檔案 |
| ***fine** [1] | 〔 faɪn 〕 | *adj.* 好的 |
| **finite** [6] | 〔 'faɪnaɪt 〕 | *adj.* 有限的 |
| | | |
| ***flow** [2] | 〔 flo 〕 | *v.* 流動 |
| **flap** [5] | 〔 flæp 〕 | *v.* 拍動 |
| **flip** [5] | 〔 flɪp 〕 | *v.* 輕拋 |

BOOK

**15**

【記憶技巧】

1. **fill** *v.* 使充滿 ( = *make full* )；填補；修補
   fill A with B 用 B 填滿 A　　fill in 填寫 ( = *fill out* )；暫時代理
   I spent over two hours *filling in* the application form.
   （我花了兩個多小時填寫申請表。）
   I'm *filling in* for her secretary. ( 我目前暫代她的秘書的工作。)

2. **film** *n.* 影片 ( = *movie* )；底片；薄層　　*v.* 拍攝
   shoot a film 拍攝一部影片　　a roll of film 一卷底片
   We hope to start *filming* next week. ( 我們希望下週開拍。)

3. filter *v.* 過濾 ( = *screen* )；透進；慢慢傳開　　*n.* 過濾器
   諧音：廢後的，用廢後的都要「過濾」掉。
   The water in the tank is constantly *filtered*.
   （水槽的水持續地被過濾。）
   New ideas *filtered* into people's minds.
   （新思想滲入人們的心靈。）

4. **file** *n.* 檔案（= *documents*）；文件夾；縱隊　*v.* 歸檔；提出
   I'm going to save this *file*.（我要把這個檔案存起來。）
   She was *filing* a suit for divorce.（她正提出離婚訴訟。）

5. **fine** *adj.* 好的（= *good*）；晴朗的；美麗的　*n.* 罰款
   *v.* 對…處以罰款
   He was *fined* for speeding.（他因超速而被罰款。）

6. **finite** *adj.* 有限的（= *limited*）↔ infinite〔ˈɪnfənɪt〕*adj.* 無限的
   fine（好的）– e + ite（*adj.*）= finite
   好的東西都是「有限的」。

   | finite *adj.* 有限的 |
   |---|
   | = limited |
   | = bounded |
   | = restricted |

   The world's *finite* resources must be used
   wisely.（世界上有限的資源必須謹慎使用。）

7. **flow** *v.* 流動（= *move continuously*）；暢通；飄拂　*n.* 流動
   Large numbers of refugees continue to *flow* into the country.
   （大量的難民持續流入該國。）
   go with the flow 順應潮流；順其自然
   I don't mind. I'll just *go with the flow*.（我無所謂，就隨大家好了。）

8. **flap** *v.* 拍動（= *beat*）；（鳥）振（翅）；擺盪
   *n.* 振動；片狀懸垂物；激動

   | flap *v.* 拍動 |
   |---|
   | = beat |
   | = wave |
   | = flutter |

   The bird *flapped* its wings furiously.
   （那隻鳥激烈地拍動翅膀。）
   We could hear the *flap* of the flag blowing in the wind.
   （我們可以聽見旗子在風中飛揚發出的拍打聲。）

9. **flip** *v.* 輕拋（= *toss*）；使翻動；突然改變；快速轉換
   （電視頻道）　*n.* 急拋；急彈；空翻
   flip through 匆匆翻閱；瀏覽

   | flip through 匆匆翻閱 |
   |---|
   | = flick through |
   | = thumb through |
   | = browse |

   She *flipped through* the magazine.
   （她快速瀏覽那本雜誌。）
   do a flip 做空翻
   In the end, the decision was made by the *flip* of a coin.
   （最後是擲硬幣決定的。）

# *25. float*

| | | |
|---|---|---|
| * **float** [3] | 〔 flot 〕 | v. 飄浮 |
| * **foam** [4] | 〔 fom 〕 | n. 泡沫 |
| **foil** [5] | 〔 fɔɪl 〕 | n. 金屬薄片 |
| | | |
| * **frequent** [3] | 〔'frikwənt 〕 | adj. 經常的 |
| * **frequency** [4] | 〔'frikwənsɪ 〕 | n. 頻繁 |
| **freak** [6] | 〔 frik 〕 | n. 怪人 |
| | | |
| **fresh** [1] | 〔 frɛʃ 〕 | adj. 新鮮的 |
| * **freshman** [4] | 〔'frɛʃmən 〕 | n. 新生 |
| **fret** [6] | 〔 frɛt 〕 | v. 煩惱 |

BOOK
**15**

【記憶技巧】

1. **float** v. 飄浮；漂浮於（= *drift*）；漂泊；提出 n. 飄浮物；
   救生圈；花車；股票上市；有冰淇淋的飲料
   flow（流）– w + at（位於）= float，在流動上面，就是「飄浮」。
   He *floated* from place to place.
   （他到處漂泊。）

   > **float** v. 提出
   > ⎰ = suggest
   > ⎱ = present
   > ⎩ = propose

   I *floated* my idea to the committee.
   （我向委員會提出我的意見。）

2. **foam** n. 泡沫（= *bubbles*）；泡棉 v. 起泡沫
   form（形成）– r + a = foam，水可以形成「泡沫」。
   bath foam 沐浴泡沫　　foam at the mouth 口吐白沫；大發雷霆
   He was *foaming at the mouth* about the incident.
   （他正為那件事情大發雷霆。）

   foam

3. **foil** n. 金屬薄片（= *extremely thin sheets of metal*）；
   箔；陪襯者 v. 阻撓；挫敗

f + oil (油) = foil,「金屬薄片」可以隔離油。

foil

She acted as a *foil* to her beautiful sister.

（她襯托她美麗的姊姊。）

She was *foiled* in her attempt to become president.

（她想成為總統的計畫遭到阻撓。）

4. **frequent** *adj.* 經常的（= *repeated*）；習慣的；屢次的　*v.* 常去
   諧音：福利捆,「經常」把好的福利捆走。

   frequent visitor 常客

   I hear he *frequents* that restaurant.

   （我聽說他常去那家餐廳。）

   > **frequent** *adj.* 經常的
   > = usual
   > = constant
   > = customary

5. frequency *n.* 頻繁（= *constancy*）；頻率；次數

   with frequency 頻繁地（= *frequently*）

   Accidents occur here *with* increasing *frequency*.

   （這裡發生事故越來越頻繁。）

6. freak *n.* 怪人（= *a strange person*）；怪異的事物；狂熱愛好者
   *adj.* 反常的；怪異的　*v.* （使）大吃一驚

   He looks like a *freak* in those clothes.

   （他穿那些衣服看來像怪人。）

   > **freak** *adj.* 反常的；怪異的
   > = unusual
   > = abnormal
   > = bizarre

   He was killed in a *freak* accident.

   （他在一場怪異的事故中身亡。）

7. **fresh** *adj.* 新鮮的（= *new*）；新進的；涼爽的；生氣蓬勃的

   Our teacher is *fresh* from college.（我們老師剛從大學畢業。）

8. freshman *n.* 新生（= *a first-year student*）

   sophomore（'sɑfmˌor）（大二）、junior（大三）、senior（大四）。

9. fret *v.* 煩惱；（使）苦惱；焦慮（= *worry*）
   諧音：胡來的,胡來的人讓你「煩惱」。

   There is no point in *fretting* about things
   you can't change.

   > **fret** *v.* 煩惱
   > = bother
   > = brood
   > = fuss

   （為你無法改變的事情而煩惱毫無意義。）

# *26. fruit*

| | | | |
|---|---|---|---|
| ***fruit** [1] | 〔 frut 〕 | *n.* 水果 |
| **frost** [4] | 〔 frɔst 〕 | *n.* 霜 |
| **frown** [4] | 〔 fraʊn 〕 | *v.* 皺眉頭 |
| | | |
| **fry** [3] | 〔 fraɪ 〕 | *v.* 油炸 |
| **frustration** [4] | 〔 frʌsˊtreʃən 〕 | *n.* 挫折 |
| **friction** [6] | 〔ˊfrɪkʃən 〕 | *n.* 摩擦 |
| | | |
| **fume** [5] | 〔 fjum 〕 | *n.* 煙霧 |
| **fuse** [5] | 〔 fjuz 〕 | *n.* 保險絲 |
| **funeral** [4] | 〔ˊfjunərəl 〕 | *n.* 葬禮 |

BOOK
**15**

【記憶技巧】

1. fruit *n.* 水果 ( = *the part of a plant that produces the seed* )；
   果實；成果　　the fruits of *one's* labor 某人辛勞的成果
   bear fruit 結果實；有成果
   Our policies must be given time to ***bear fruit**.
   ( 我們的政策必須假以時日才能有成果。)

2. frost *n.* 霜 ( = *ice crystals* )；嚴寒 ( 期 )　　*v.* 結霜；在…
   上灑糖霜　　聯想很像的字 frozen ( 結冰的 )，都表示「寒冷」。
   The ***frost** kills flowers. ( 酷寒會摧殘花朵。)
   She ***frosted** the pie with sugar. ( 她在派餅上灑了糖霜。)

3. frown *v.* 皺眉頭 ( = *wrinkle the brow* )　　*n.* 皺眉；不悅之色
   聯想 brow ( 眉毛；額頭 )，改變頭尾就記得了。
   frown on 不贊成；不許可
   My family ***frowns on** smoking and
   drinking. ( 我家人不贊成抽煙和喝酒。)

   | frown on 不贊成 |
   |---|
   | = dislike |
   | = discourage |
   | = disapprove of |

4. fry  *v.* 油炸（ = *cook in hot oil* ）；油炒；油煎　　*n.* 油炸物
Do you want your eggs *fried* or boiled?（你要煎蛋還是煮蛋？）
French fries 薯條（ = *fries* ）

5. frustration  *n.* 挫折（ = *disappointment* ）；失望；阻撓
frustrate（挫折）– e + ion (*n.*) = frustration

> **frustration** *n.* 失望
> = annoyance
> = irritation
> = dissatisfaction

He expressed his *frustration* at not
being able to talk openly.
（他表達了對不能公開講話的失望。）
The *frustration* of his ambition made him a bitter man.
（壯志未酬使他成了個牢騷滿腹的人。）

6. friction  *n.* 摩擦（ = *rubbing* ）；不合；分歧
fiction（小說）+ r = friction
Putting oil on both surfaces reduces *friction*.
（兩面上油可以減少摩擦力。）
There was *friction* between the children.（孩童之間有摩擦。）

7. fume  *n.* 【複數】煙霧（ = *smoke* ）；臭氣　　*v.* 生氣；發怒；冒煙
想到 perfume（香水）– per = fume，都是氣體。
Traffic *fumes* raised pollution to
record levels yesterday.

> **fumes** *n. pl.* 煙霧；廢氣
> = smoke
> = exhaust
> = emission

（昨天的交通廢氣使污染程度創新高。）
He *fumed* with rage because she did
not appear.（他大發雷霆，因為她沒出現。）

8. fuse  *n.* 保險絲（ = *a piece of easily-melted wire included in an electric circuit* ）；導火線　　*v.*（使）斷電；（使）融合；（使）結合
Suddenly all the lights *fused*.（突然間燈都斷電了。）
In his richest work he *fused* comedy and tragedy.
（在他最精彩的作品中，他融合悲劇與喜劇為一體。）

fuse

9. funeral  *n.* 葬禮（ = *a ceremony at which a dead person is buried or cremated* ）　　諧音：夫難落，丈夫遇難掉落，辦「喪禮」。
He was given a state *funeral*.（他被授與國葬。）

# *27. gay*

| | | | |
|---|---|---|---|
| **gay** [5] | 〔 ge 〕 | *n.* | 男同性戀者 |
| **gain** [2] | 〔 gen 〕 | *v.* | 獲得 |
| **gaze** [4] | 〔 gez 〕 | *v. n.* | 凝視 |
| | | | |
| **glare** [5] | 〔 glɛr 〕 | *v.* | 怒視 |
| **glacier** [5] | 〔'gleʃɚ 〕 | *n.* | 冰河 |
| **galaxy** [6] | 〔'gæləksɪ 〕 | *n.* | 銀河 |
| | | | |
| **glee** [5] | 〔 gli 〕 | *n.* | 高興 |
| **gleam** [5] | 〔 glim 〕 | *v.* | 閃爍 |
| **glide** [4] | 〔 glaɪd 〕 | *v.* | 滑行 |

BOOK
**15**

【記憶技巧】

1. gay  *n.* 男同性戀者（ = *homosexual* ）　　*adj.* 男同性戀的
   gay 也可以用來指「女同性戀者」，但是後者多用 lesbian 〔'lɛzbɪən 〕。
   gay rights  同志人權

2. **gain**  *v.* 獲得（ = *get* ）；增加　　*n.* 增長；好處；利潤
   gain *one's* living  謀生　　gain ground  進步；受歡迎
   His views were once unacceptable but are now **gaining ground**
   rapidly.（他的觀點曾經令人無法接受，但是現在快速獲得人心。）
   She will do anything for **gain**.（為了牟利，她什麼都肯做。）
   ill-gotten gains  不義之財

3. gaze  *v. n.* 凝視；注視（ = *stare* ）
   They **gaze** into each other's eyes.（他們彼此凝視。）
   She felt uncomfortable under the woman's steady **gaze**.
   （在那位女士持續的注視下，她感到不自在。）

4. **glare** *v.* 怒視（ = *stare fiercely and angrily* ）；發出強光
   *n.* 怒視；瞪眼；強光
   諧音：可累了，「怒視」他人可是很累人的。
   They *glared* at each other across the table.
   （他們隔著桌子互相怒視。）
   The *glare* of the sun stings my eyes.（耀眼的陽光刺痛我的眼睛。）

5. **glacier** *n.* 冰河（ = *a slowly moving mass of ice* ）
   諧音：各類蛇，「冰河」就像蛇一樣在路上緩慢前進。
   形容詞為 glacial〔'gleʃəl〕*adj.* 冰河的；極冷的；冷淡的。

6. **galaxy** *n.* 銀河（ = *a large group of stars and planets* ）；星系
   諧音：可來顆星。the Galaxy（銀河系），另一個說法為 the Milky Way（牛奶路），因為在地球上看起來，就是一道發白光長條星群。
   形容詞為 galactic〔gə'læktɪk〕*adj.* 銀河系的。

7. **glee** *n.* 高興（ = *joy* ）；幸災樂禍
   諧音：隔離，想到感染疾病的人被隔離，感到「幸災樂禍；高興」。
   The children shouted with *glee* when
   they saw their presents.

   > **glee** *n.* 高興
   > = delight
   > = joyfulness
   > = merriment

   （孩童看到禮物高興地大叫。）
   laugh with glee 幸災樂禍地笑
   形容詞為 gleeful〔'glifəl〕*adj.* 高興的。

8. **gleam** *v.* 閃爍（ = *glimmer* ）；發出微光 *n.* 微光；（希望）閃現
   聯想 glimmer, glitter 也可表示「閃爍」，就可記得這個相似的字了。
   His eyes *gleamed* with pleasure.
   （他的眼睛閃爍著喜悅的光芒。）
   A *gleam* of hope came into her eyes.（她眼裡閃現一絲希望。）

9. **glide** *v.* 滑行（ = *slide* ）；滑動；滑翔；悄悄地走；做事順利
   The years *glided* by.（歲月飛逝。）
   glide through 順利通過（ = *sail through* ）
   He seemed to *glide through* life.（他似乎一帆風順。）

# *28. good*

| | | |
|---|---|---|
| ***good*** [1] | 〔 gʊd 〕 | *adj.* 好的 |
| **goods** [4] | 〔 gʊdz 〕 | *n. pl.* 商品 |
| **gnaw** [5] | 〔 nɔ 〕【注意發音】 | *v.* 啃 |
| | | |
| **grief** [4] | 〔 grif 〕 | *n.* 悲傷 |
| **grieve** [4] | 〔 griv 〕 | *v.* 悲傷 |
| **grill** [6] | 〔 grɪl 〕 | *n.* 烤架 |
| | | |
| **grin** [3] | 〔 grɪn 〕 | *v.* 露齒而笑 |
| **grim** [5] | 〔 grɪm 〕 | *adj.* 嚴厲的 |
| **grip** [5] | 〔 grɪp 〕 | *v.* 緊抓 |

BOOK

**15**

【記憶技巧】

1. good *adj.* 好的 ( = *great* )；擅長的；有效的　*n.* 優勢；利益
   The tickets are *good* for three weeks. ( 這些票的有效期限為三週。)
   do *sb.* good 對某人有好處　　do more harm than good 弊大於利
   If we interfere, it may *do more harm than good*.
   ( 如果我們干涉，可能弊多利少。)

2. goods *n. pl.* 商品 ( = *commodity* )；貨物；財物；動產
   You can give all your unwanted *goods* to charity.
   ( 你可以把你不要的財物捐給慈善機構。)

3. gnaw *v.* 啃 ( = *chew on* )；咬；侵蝕；使折磨【g 不發音】
   這個字可以倒過來看：wang ( 王 )，你把王倒著唸，他「咬」你一口。
   The dog was *gnawing* a large bone.
   ( 那隻狗正在咬一隻大骨頭。)
   Guilt *gnawed* at him all day long. ( 一整天罪惡感都折磨著他。)

4. grief  *n.*  悲傷（ = *sadness* ）；傷痛；傷心事
諧音：鼓勵夫，鼓勵感到「悲傷」的丈夫。
Their *grief* soon gave way to anger.
（他們的悲傷很快轉變成憤怒。）

> **grief**  *n.* 悲傷
> = pain
> = distress
> = agony
> = sorrow
> = suffering
> = mourning

5. grieve  *v.*  悲傷（ = *mourn* ）；使悲傷
grieve over  為…感到悲傷
The little girl is *grieving over* a lost cat.
（那小女孩正為一隻走失的貓傷心。）

6. grill  *n.*  烤架（ = *a device with parallel bars of thin metal* ）；
燒烤店；燒烤的肉類食物  *v.*  烤；盤問
諧音：蛤蜊喔，要放在「烤架」上烤。
The police *grilled* the man they thought was
the murderer.（警察盤問他們認為是兇手的男子。）

grill

7. grin  *v.*  露齒而笑（ = *smile broadly* ）；咧嘴笑  *n.*  露齒而笑
這個字唸起來，會發現自己的表情就是「露齒而笑」。
grin and bear it  逆來順受
There is nothing you can do but *grin and bear it*.
（除了逆來順受你別無他法。）
He agreed with a wide *grin*.（他滿臉笑容地同意了。）

8. grim  *adj.*  嚴厲的（ = *stern* ）；令人擔憂的；簡陋的；差勁的
諧音：古林，走過古老的森林是個「嚴厲的」訓練。
Her expression was *grim* and unpleasant.
（她的表情看起來很嚴厲，讓人感到不舒服。）
Things were pretty *grim* for a time.
（事情一度糟透了。）

> **grim**  *adj.* 嚴厲的
> = severe
> = stern
> = harsh

9. grip  *v.*  緊抓（ = *grasp* ）；強烈地影響；使感興趣  *n.*  緊握；
了解；控制      grip *one's* attention  吸引某人的注意
A sudden pain *gripped* him.（他感到一陣劇痛。）
He has a good *grip* of the subject.（他十分了解這門科目。）

# *29. grab*

| | | |
|---|---|---|
| ***grab** ³ | 〔 græb 〕 | v. 抓住 |
| **grumble** ⁵ | 〔'grʌmbḷ〕 | v. 抱怨 |
| **guerrilla** ⁶ | 〔 gə'rɪlə 〕 | n. 游擊隊隊員 |
| ***gum** ³ | 〔 gʌm 〕 | n. 口香糖 |
| ***gulf** ⁴ | 〔 gʌlf 〕 | n. 海灣 |
| **gulp** ⁵ | 〔 gʌlp 〕 | v. 大口地喝 |
| **\*gun** ¹ | 〔 gʌn 〕 | n. 槍 |
| **gut** ⁵ | 〔 gʌt 〕 | n. 腸 |
| **gust** ⁵ | 〔 gʌst 〕 | n. 一陣風 |

BOOK

**15**

【記憶技巧】

1. **grab** *v.* 抓住（ = *grasp* ）；吸引；趕緊　*n.* 抓住
   I *grabbed* the chance to escape for a few minutes.
   （我抓住機會逃開幾分鐘。）
   grab a bite　隨便找東西吃　　make a grab at/for　抓；搶佔
   The army *made a grab for* power.（軍隊搶奪政權。）

2. **grumble** *v.* 抱怨（ = *complain* ）；發牢騷；對…表示不滿
   *n.* 抱怨；牢騷；轟隆聲
   g + rumble（發出隆隆聲）= grumble

   | **grumble** *v.* 抱怨 |
   |---|
   | = complain |
   | = moan |
   | = whine |

   He *grumbled* at the way he had been
   treated.（他抱怨他所受到的待遇。）
   One could hear, far to the east, a *grumble* of thunder.
   （人們可以聽到從東邊遙遠的地方，傳來隆隆的雷聲。）

3. guerrilla *n.* 游擊隊隊員（ = *a member of an irregular armed force* ）　*adj.* 游擊戰的；游擊的

跟 gorilla（大猩猩）為同音字。　　　guerrilla warfare　游擊戰
The *guerrillas* threatened to kill their hostages.
（游擊隊威脅要殺死他們的人質。）

4. gum　*n.* 口香糖（= *chewing gum*）；牙齦；膠水；樹膠
Brushing regularly keeps your *gums* healthy.
（經常刷牙能保持牙齦健康。）

5. gulf　*n.* 海灣（= *bay*）；差距；歧異；深溝
the Persian Gulf　波斯灣
The government should close the widening *gulf* between the
rich and the poor.（政府應縮小日益擴大的貧富差距。）

6. gulp　*v.* 大口地喝（= *swallow eagerly or in large mouthfuls*）；
狼吞虎嚥；大口呼吸　*n.* 一大口（水）
She quickly *gulped* her tea.
（她很快喝完她的茶。）
gulp for air　喘不過氣　　in one gulp　一大口
Charlie drank the whisky *in one gulp*.
（查理一口喝光了威士忌。）

> **gulp** *v.* 狼吞虎嚥
> = bolt
> = devour
> = gobble

7. gun　*n.* 槍（= *any weapon which fires bullets*）；噴霧器；噴槍
*v.* 用槍射擊　　spray gun　噴霧槍　　gun down　開槍射殺
He pointed the *gun* at me.（他把槍對準我。）

8. gut　*n.* 腸（= *bowel*）；腹部　*pl.* 內臟；勇氣；核心部分
gut feeling　直覺；本能的反應（= *gut reaction* = *gut instinct*）
He had a *gut feeling* that Sarah was lying.
（他的直覺告訴他莎拉在說謊。）
She's got a lot of *guts*.（她很有膽量。）

9. gust　*n.* 一陣風（= *blast*）；（感情等的）爆發　*v.*（風）一陣猛吹
想到 disgust（使噁心），gust（一陣風）吹來噁心的味道。
A loud *gust* of laughter came from the next room.
（隔壁房間傳了一陣爆笑聲。）

# 30. *hail*

| | | |
|---|---|---|
| **hail** [6,5] | 〔 hel 〕 | *v.* 向～歡呼 |
| ***hatch** [3] | 〔 hætʃ 〕 | *v.* 孵化 |
| **hazard** [6] | 〔'hæzɚd 〕 | *n.* 危險 |
| ***heal** [3] | 〔 hil 〕 | *v.* 痊癒 |
| **heed** [5] | 〔 hid 〕 | *v. n.* 注意 |
| **hereafter** [6] | 〔 hɪr'æftɚ 〕 | *adv.* 今後 |
| **heir** [5] | 〔 ɛr 〕【h不發音】 | *n.* 繼承人 |
| **hedge** [5] | 〔 hɛdʒ 〕 | *n.* 樹籬 |
| **hemisphere** [6] | 〔'hɛməs‚fɪr 〕 | *n.* 半球 |

BOOK
**15**

【記憶技巧】

1. hail *v.* 向～歡呼 ( = *applaud* )；呼叫；下冰雹　*n.* 冰雹；呼叫
   They ***hailed*** him as their hero. ( 他們讚頌他為他們的英雄。 )
   hail a taxi　叫計程車　　hail from　來自；出身於；是…的人
   He ***hails from*** Texas. ( 他來自德州。 )

2. hatch *v.* 孵化 ( = *breed* )；孵出；策劃　*n.* ( 船或飛機的 ) 艙口
   用 hen ( 母雞 ) + catch ( 抓出 ) = hatch 來聯想。
   Don't count your chickens before they're ***hatched***.
   (【諺】在蛋未孵化前，不要先數小雞的數目；勿打如意算盤。 )
   hatch a plan　策劃一個計謀

3. hazard *n.* 危險 ( = *danger* )；危險物　*v.* 冒…的險；嘗試
   諧音：害身的，就是「危險」。

   | **hazard** *n.* 危險 |
   |---|
   | ⎰ = risk |
   |   = menace |
   | ⎱ = peril |

   Smoking is a serious health ***hazard***.
   ( 抽煙對健康害處很大。 )
   hazard *one's* life　冒生命危險

hazard a guess 大膽猜測；猜看看
I don't know. I'm only *hazarding a guess*.
（我不知道。我只是瞎猜。）
形容詞為 hazardous〔'hæzədəs〕*adj.* 危險的（= *dangerous*）。

4. heal *v.* 痊癒（= *get well*）；（使）復原；調停
用 health（健康）– th = heal 來聯想。
Time *heals* all wounds.（【諺】時間會療癒所有傷口。）
heal up （傷口）癒合

5. heed *v. n.* 注意（= *note*）；聽從
諧音：he 的，要「注意」他的動向。
He refused to *heed* my warning.
（他拒絕聽從我的警告。）
take heed of 注意；留意（= *pay heed to*）

> **heed** *v.* 聽從
> = listen to
> = pay attention to
> = obey

6. hereafter *adv.* 今後（= *from now on*）；將來
*Hereafter* you will no longer receive an allowance.
（今後你將不會再收到零用錢。）
the hereafter 來生；來世（= *afterlife*）

7. heir *n.* 繼承人（= *successor*）；（職位、工作或思想等）後繼者
看成 her（她的）+ i（我）= heir，她的變成我的，我是「繼承人」。
He will be the *heir* to a large fortune.（他會是大筆財產的繼承人。）
動詞為 inherit〔ɪn'hɛrɪt〕*v.* 繼承。

8. hedge *n.* 樹籬（= *a fence formed by a row of closely planted
shrubs or bushes*）；預防辦法 *v.* 用樹籬圍住；迴避
看成 high（高的）+ edge（邊緣）= hedge，「樹籬」圍成高的邊緣。
Gold is traditionally a *hedge* against inflation.
（黃金是傳統上預防通貨膨脹的方式。）
The animals were *hedged* in.（那些動物被用樹籬圍在裡面。）

9. hemisphere *n.* 半球（= *one half of a sphere*）；大腦半球
hemi（*half*）+ sphere（球體）= hemisphere
northern and southern hemispheres 北半球和南半球

BOOK
**15**

# *31. help*

| | | | |
|---|---|---|---|
| **help** [1] | ( hɛlp ) | *n. v.* | 幫助 |
| **hen** [2] | ( hɛn ) | *n.* | 母雞 |
| **hence** [5] | ( hɛns ) | *adv.* | 因此 |
| | | | |
| **hide** [2] | ( haɪd ) | *v.* | 隱藏 |
| **hive** [3] | ( haɪv ) | *n.* | 蜂巢 |
| **hi-fi** [5] | ( 'haɪ'faɪ ) | *n.* | 高傳眞 |
| | | | |
| **hire** [2] | ( haɪr ) | *v.* | 雇用 |
| **height** [2] | ( haɪt ) | *n.* | 高度 |
| **heighten** [5] | ( 'haɪtn̩ ) | *v.* | 升高 |

BOOK

**15**

【記憶技巧】

1. help *n. v.* 幫助；幫忙 ( = *aid* )　*n.* 有幫助的人或物；幫手
   can't help + V-ing　忍不住 ( = *can't help but V.* )
   I *can't help feeling* sorry for the poor man.
   （我忍不住對這位可憐的男子感到難過。）
   Your advice is a great *help*. （你的忠告很有用。）

2. hen *n.* 母雞 ( = *adult female chicken* )；雌禽　*adj.* 雌的
   *Hens* cackle. （母雞咯咯叫。）
   【比較】rooster ('rustɚ) *n.* 公雞　　crow ( kro ) *v. n.* (公雞) 叫；啼

3. hence *adv.* 因此 ( = *therefore* )；今後
   Jane eats too much and is *hence*
   overweight. （珍吃太多，因此體重過重。）
   A year *hence* it will be forgotten.
   （一年之後這就會被遺忘了。）

| hence *adv.* 因此 |
|---|
| = thus |
| = therefore |
| = thereupon |
| = as a result |
| = as a consequence |
| = consequently |

4. **hide** *v.* 隱藏（= *conceal*）；遮掩；躲藏；隱瞞（真相等）
   【三態變化：hide–hid–hidden】 *n.* 獸皮
   hide-and-seek *n.* 捉迷藏
   I have absolutely nothing to **hide**.
   I have done nothing wrong.
   （我完全沒有事情好隱瞞的。我沒做錯事。）
   He makes coats out of animal **hides**.
   （他用獸皮製作外套。）

   > **hide** *v.* 隱瞞（真相等）
   > = keep secret
   > = keep quiet about
   > = withhold

5. hive *n.* 蜂巢（= *beehive*）；蜂房；群居一起的蜜蜂；嘈雜繁忙
   的場所　　諧音：害膚，搗亂「蜂巢」被叮會傷害皮膚
   The **hive** followed the queen bee to a new tree.
   （蜂群隨女王蜂移到一棵新樹。）

6. hi-fi *n.* 高傳真（= *high-fidelity*）　*adj.* 高傳真的
   【高傳真即是低失真，能傳達出高度的真實感。這是所有高級音響系統追求的目
   標，希望將音樂演出，以最低失真最高傳真的方式呈現給聽者。】
   fidelity〔fə'dɛlətɪ〕*n.* 傳真性；真誠
   a hi-fi system　高傳真音響系統

7. hire *v.* 雇用（= *employ*）；租用；出租　*n.* 出租；出租費；雇用
   He **hired** bicycles for the picnic.（他租腳踏車去野餐。）
   for hire　供出租
   Are these bikes for **hire**?（這些腳踏車供出租嗎？）
   美國人一般用 hire 表示「雇用（人）」，rent 用於「租用（物）」。

8. **height** *n.* 高度（= *tallness*）；身高；海拔；高峰　*pl.* 高處
   看成 high（高的）+ e + t = height
   She is five feet in **height**.（她身高五呎。）
   Are you afraid of **heights**?（你怕高嗎？）

9. heighten *v.* 升高（= *raise*）；加強
   height（高度）+ en (*v.*) = heighten
   The move has **heightened** tension in the
   state.（這舉動加深了該州緊張的氣氛。）

   > **heighten** *v.* 加強
   > = increase
   > = intensify
   > = enhance

# *32. hot*

| | | |
|---|---|---|
| **\*\*\*hot** [1] | 〔 hɑt 〕 | *adj.* 熱的 |
| **\*\*hop** [2] | 〔 hɑp 〕 | *v.* 跳 |
| **hospitalize** [6] | 〔 'hɑspɪtḷˌaɪz 〕 | *v.* 使住院 |
| **honk** [5] | 〔 hɔŋk 〕 | *v.* 按（喇叭） |
| **hover** [5] | 〔 'hʌvɚ 〕 | *v.* 盤旋 |
| **hoarse** [5] | 〔 hɔrs 〕 | *adj.* 沙啞的 |
| **\*\*\*hurt** [1] | 〔 hɝt 〕 | *v.* 傷害 |
| **hurl** [5] | 〔 hɝl 〕 | *v.* 用力投擲 |
| **hound** [5] | 〔 haʊnd 〕 | *n.* 獵犬 |

BOOK

**15**

【記憶技巧】

1. hot *adj.* 熱的（= *heated*）；辣的；熱情的；最新的；活躍的
   boiling hot 滾燙的；酷熱的　　a hot temper 脾氣暴躁
   The weather is **boiling hot**. （天氣奇熱無比。）
   Strike while the iron is **hot**. （【諺】打鐵趁熱；把握時機。）

2. hop *v.* 跳（= *jump*）；單腳跳躍；匆匆跳上（下）車；搭乘；
   頻繁地變動　*n.* 跳躍；短徒旅行
   **Hop** in! I'll give you a ride into town. （上車吧！我順路送你進城。）
   Workers are **hopping** from job to job as never before.
   （工人不斷換工作，速度之頻繁前所未見。）
   It's a short **hop** to Taipei. （去台北距離很近。）

3. hospitalize *v.* 使住院（= *admit into a hospital*）
   hospital（醫院）+ ize (*v.*) = hospitalize
   Mother had to be **hospitalized** because her blood pressure was
   too high. （母親必須住院，因為她的血壓過高。）

4. **honk** *v.* 按（喇叭）（ = *use the horn of a car* ）；（鵝、雁）叫
*n.*（汽車的）喇叭聲；雁鳴聲
諧音：轟客，轟走客人，要「按（喇叭）」。
Don't **honk** that horn any more—you'll disturb the neighbours.
（別再按那喇叭了——你會干擾到鄰居。）

5. **hover** *v.* 盤旋（ = *remain in the air without moving* ）；徘徊；
搖擺不定　　h + over（在上方）= hover
A hawk **hovered** in the sky above us.
（一隻鷹在我們上方的天空盤旋。）
The patient **hovered** between life and death.
（病人在生死關頭徘徊。）

6. **hoarse** *adj.* 沙啞的（ = *rough* ）；刺耳的；嘶啞的
horse（馬）+ a = hoarse，馬的聲音
「沙啞的；刺耳的」。
The spectators shouted themselves
**hoarse**.（觀眾喊得聲音都啞了。）

> **hoarse** *adj.* 沙啞的
> ⎰ = rough
> ⎱ = harsh
> ⎩ = husky

7. **hurt** *v.* 傷害（ = *injure* ）；使痛苦；疼痛　*n.* 傷；損害；苦痛
it never hurts to V. …沒害處
**It never hurts to** ask.（問一問總沒壞處。）

8. **hurl** *v.* 用力投擲（ = *fling* ）；向…猛撲；氣憤地叫嚷
Groups of angry youths **hurled** stones
at police.（成群憤怒的年輕人向警方丟石頭。）
They **hurled** abuse at one another.
（他們彼此互相謾罵。）

> **hurl** *v.* 用力投擲
> ⎰ = throw
> ⎱ = cast
> ⎩ = launch

9. **hound**　*n.* 獵犬（ = *a dog used for hunting other animals* ）
*v.* 對…窮追不捨；騷擾；迫使…離開
諧音：嚎的，嚎叫的「獵犬」。
He was sick of being **hounded** by the press.
（他對於被媒體窮追不捨感到厭煩。）

hound

# ***33. ill***

| | | | |
|---|---|---|---|
| **\*\*ill** [2] | 〔 ɪl 〕 | *adj.* | 生病的 |
| **illuminate** [6] | 〔 ɪ'lumə,net 〕 | *v.* | 照亮 |
| | | | |
| **\*immigrant** [4] | 〔 'ɪməgrənt 〕 | *n.* | (從外國來的)移民 |
| **\*immigrate** [4] | 〔 'ɪmə,gret 〕 | *v.* | 移入 |
| **\*immigration** [4] | 〔 ,ɪmə'greʃən 〕 | *n.* | 移入 |
| | | | |
| **immense** [5] | 〔 ɪ'mɛns 〕 | *adj.* | 巨大的 |
| **immune** [6] | 〔 ɪ'mjun 〕 | *adj.* | 免疫的 |
| | | | |
| **imperial** [5] | 〔 ɪm'pɪrɪəl 〕 | *adj.* | 帝國的 |
| **imperative** [6] | 〔 ɪm'pɛrətɪv 〕 | *adj.* | 緊急的 |

BOOK
15

【記憶技巧】

1. ill *adj.* 生病的 ( = *sick* )；壞的　*n.* 罪惡；(*pl.*) 不幸　*adv.* 惡意地
   speak ill of *sb.* 說某人壞話
   Don't *speak ill of* others. ( 別說別人壞話。 )
   Sickness is one of the *ills* of old age. ( 生病是年老的不幸之一。 )

2. illuminate *v.* 照亮 ( = *light up* )；闡明；解釋；啓發
   諧音：一爐明内，一個火爐「照亮」室内。
   The book *illuminated* our problem. ( 這本書釐清了我們的問題。 )

3. **immigrant** *n.* ( 從外國來的 ) 移民 ( = *settler* )
   im (*in*) + migrant ( 移居者 ) = immigrant
   ↔ emigrant *n.* ( 移居他國的 ) 移民
   an illegal immigrant　非法移民

4. immigrate *v.* 移入 ( = *come into a new country* )
   im (*in*) + migrate ( 遷移 ) = immigrate

Many people *immigrated* at the beginning of the 20th century.
（很多人在二十世紀初移民。）

5. immigration *n.* 移入（=*the movement of non-native people into a country in order to settle there*）；出入境管理 *adj.* 移民的
There are strict controls on *immigration* into this country.
（移民入本國受到嚴格的管制。）

6. immense *adj.* 巨大的（= *huge*）；廣大的
諧音：已漫死，被「巨大的」海水淹漫而死。
The pressure on students during exam time can be *immense*.
（學生在考試期間的壓力可能會非常大。）

> **immense** *adj.* 巨大的
> ⎰ = great
> ⎱ = massive
> ⎰ = vast
> ⎰ = giant
> ⎱ = enormous
> ⎱ = tremendous

7. immune *adj.* 免疫的（ = *resistant*）；不受影響的；豁免的
諧音：移目，目光移開，不想接近，就是「免疫的；不受影響的」。
be immune to/from 對…免疫；不受…的影響
The blood test will tell whether you *are immune to* the disease.
（這個血液測試將能說明你是否對這疾病有免疫力。）
Few women *were immune to* his charm.
（很少有女人能抗拒他的魅力。）

8. imperial *adj.* 帝國的（ = *associated with an empire*）；帝王的
是從 empire（帝國），把頭跟尾的 e 都改成 i，再加上字尾 al（*adj.*）。
They made an objection to the *imperial* system with resolution.
（他們堅決反對帝制。）   the imperial family  皇室

9. imperative *adj.* 緊急的（ = *urgent*）；必要的；（語氣）武斷的
*n.* 要務   諧音：一拍了剃膚，慢一拍會剃到皮膚，很「緊急的」。
It's *imperative* to know your rights at such a time.
（當務之急是這時候要知道你的權利。）
Don't talk to me in an *imperative* tone.（不要用命令式的口氣跟我說話。）

> **imperative** *adj.* 緊急的
> ⎰ = pressing
> ⎱ = essential
> ⎱ = crucial

# *34. impact*

| *impact* [4] | 〔'ɪmpækt 〕 | *n.* 影響 |
|---|---|---|
| **impulse** [5] | 〔'ɪmpʌls 〕 | *n.* 衝動 |
| **implement** [6] | 〔'ɪmplə,mɛnt 〕 | *v.* 實施 |
| **impose** [5] | 〔 ɪm'poz 〕 | *v.* 強加 |
| **imposing** [6] | 〔 ɪm'pozɪŋ 〕 | *adj.* 雄偉的 |
| **imprison** [6] | 〔 ɪm'prɪzn̩ 〕 | *v.* 囚禁 |
| **imprisonment** [6] | 〔 ɪm'prɪzn̩mənt 〕 | *n.* 囚禁 |
| **income** [2] | 〔'ɪn,kʌm 〕 | *n.* 收入 |
| **increase** [2] | 〔'ɪnkris 〕 | *n.* 增加 |

BOOK
15

【記憶技巧】

1. **impact** *n.* 影響 ( = *effect* )；衝擊；撞擊力　〔 ɪm'pækt 〕*v.*
   影響；對⋯有衝擊
   have an impact on　對⋯有影響 ( = *have an effect on* )
   Increased demand will *impact* sales. (需求的增加會影響銷售。)

2. impulse *n.* 衝動 ( = *urge* )；一時的念頭；(電)脈衝
   im (*in*) + pulse ( 脈搏 ) = impulse，慾望在脈搏裡，會有「衝動」。
   on impulse　一衝動之下
   I bought the dress *on impulse*. (我一衝動之下買了這件洋裝。)

3. **implement** *v.* 實施 ( = *carry out* )；執行
   *n.* 〔'ɪmpləmənt 〕工具；器具
   im (*in*) + ple (*full*) + ment (*v. n.*)

   > **implement** *v.* 實施
   > = fulfill
   > = execute
   > = enforce

   = implement，變滿，就是「實施」。
   Attempts to *implement* change have met with strong opposition.
   (實施改革的努力遭到強烈的反對。)

4. **impose** *v.* 強加 ( = *place* ) < *on* >；實施；推行
im (*in*) + pose (*put*) = impose
放進去，就是「強加」。

> **impose** *v.* 強加
> = place
> = put
> = lay

I don't want to ***impose*** my view on anyone.
（我不想把自己的觀點強加於任何人。）
impose on 麻煩；打擾
Please come and stay. You wouldn't be ***imposing on*** us at all.
（請過來住吧，你根本不會打擾到我們的。）

5. imposing *adj.* 雄偉的 ( = *impressive* )；壯觀的
impose ( 強加 ) – e + ing (*adj.*) = imposing，「雄偉的」會給人壓力。
He was an ***imposing*** figure on stage.
（他在舞台上威風凜凜。）

> **imposing** *adj.* 雄偉的
> = striking
> = commanding
> = majestic

6. imprison *v.* 囚禁 ( = *jail* )；限制
im (*in*) + prison ( 監獄 ) = imprison
***Imprisoned*** by her own fears, she never left the house.
（她被自己的恐懼束縛著，從未離開過家。）

7. imprisonment *n.* 囚禁 ( = *captivity* )
imprison ( 囚禁 ) + ment (*n.*) = imprisonment
life imprisonment 終身監禁；無期徒刑
He was sentenced to ***life imprisonment***. （他被判無期徒刑。）

8. **income** *n.* 收入 ( = *earnings* )；所得
income tax 所得稅　　on ~ income 靠 ~ 收入過活
It is sometimes difficult for a family to live ***on*** one ***income***.
（一個家只靠一份收入過活有時會很艱困。）
【比較】incoming〔'ɪn,kʌmɪŋ〕*adj.* 新來的；即將來臨的

9. **increase** *n.* 增加 ( = *rise* )；增強　　〔ɪn'kris〕*v.* 增加
in (*in*) + crease (*grow*) = increase，成長中，就是「增加」。
on the increase 增加中
Workplace stress is ***on the increase***. （工作壓力日益加大。）
Please ***increase*** my allowance. （請增加我的零用錢。）

# *35. induce*

| induce [5] | ﹝ ɪn'djus , ɪn'dus ﹞ | *v.* 引起 |
| indulge [5] | ﹝ ɪn'dʌldʒ ﹞ | *v.* 使沈迷 |
| inevitable [6] | ﹝ ɪn'ɛvətəbḷ ﹞ | *adj.* 不可避免的 |
| *infant [4] | ﹝ 'ɪnfənt ﹞ | *n.* 嬰兒 |
| infinite [5] | ﹝ 'ɪnfənɪt ﹞ | *adj.* 無限的 |
| *input [4] | ﹝ 'ɪn‚pʊt ﹞ | *n.* 輸入 |
| **ink [2] | ﹝ ɪŋk ﹞ | *n.* 墨水 |
| *inner [3] | ﹝ 'ɪnɚ ﹞ | *adj.* 內部的 |
| insight [6] | ﹝ 'ɪn‚saɪt ﹞ | *n.* 洞察力 |

BOOK

**15**

【記憶技巧】

1. **induce** *v.* 引起 ( = *cause* )；導致；催生
   in (*in*) + duce (*lead*) = induce
   引導進去，就是「引起；導致」。
   induce *sb.* to V. 誘使某人去~
   I would do anything to **induce them to** stay.
   （我會想盡辦法讓他們留下來。）

   > induce *v.* 誘使
   > = persuade
   > = encourage
   > = prompt

2. **indulge** *v.* 使沈迷 ( = *allow oneself the pleasure of sth.* )；
   沈迷於；放縱　　諧音：引導去，引導他人去做，就是「使沈迷」。
   He often **indulges** himself in drinking. （他常常飲酒過度。）
   He loves his wife and **indulges** his sons. （他愛妻子，溺愛兒子。）

3. **inevitable** *adj.* 不可避免的 ( = *unavoidable* )；必然的
   諧音：因愛而疼婆，因為愛而疼老婆，是「不可避免的；必然的」。
   Confusion is the **inevitable** consequence of all these changes
   in policy. （這些政策的改變必然會造成混亂。）

4. **infant** *n.* 嬰兒（= *baby*）；幼兒　*adj.* 初期的
   諧音：嬰煩的，「嬰兒」會哭鬧，很煩的。
   *Infants* and elderly people are particularly at risk.
   （嬰兒和老年人的風險特別高。）
   an infant enterprise　一家新的企業

5. infinite　*adj.* 無限的（= *limitless*）；極大的
   in（*not*）+ finite（'faɪnaɪt）（有限的）= infinite
   We believe that space is *infinite*.

   > **infinite** *adj.* 無限的
   > { = unlimited
   >   = endless
   >   = boundless

   （我們相信外太空是無限大的。）
   He has *infinite* patience.
   （他非常有耐心。）

6. input　*n.* 輸入（= *something that is put in*）；投入；輸入的資訊
   Teachers have considerable *input* into the school's
   decision-making.（老師為學校的決策盡了很大的力。）

7. ink　*n.* 墨水（= *a liquid used for printing, writing or drawing*）；
   （章魚或墨魚噴出的）墨汁
   諧音：印刻，需要「墨水」。
   Please sign your name in *ink* rather than pencil.
   （請你用鋼筆簽名，不要用鉛筆。）

8. inner　*adj.* 內部的（= *internal*）；接近中心的；核心的；隱藏的
   He reached into the *inner* pocket of his jacket.
   （他把手伸進夾克的內袋。）
   Read closely and you will discover the *inner* meaning to his
   words.（如果你仔細閱讀，會發現他言辭中隱藏的意義。）

9. insight　*n.* 洞察力（= *understanding*）< *into* >；深入了解；見識
   in + sight（視線）= insight
   His book gives a good *insight* into the lives of the poor.
   （他的書洞察窮人的生活。）
   He was a man of considerable *insight* and diplomatic skills.
   （他是個很有見識，而且外交手段高明的人。）

# *36. intend*

| | | |
|---|---|---|
| *intend 4 | 〔 ɪn'tɛnd 〕 | *v.* 打算 |
| intact 6 | 〔 ɪn'tækt 〕 | *adj.* 完整的 |
| inherent 6 | 〔 ɪn'hɪrənt 〕 | *adj.* 與生俱來的 |
| *introduction 3 | 〔,ɪntrə'dʌkʃən 〕 | *n.* 介紹 |
| *intonation 4 | 〔,ɪnto'neʃən 〕 | *n.* 語調 |
| *intellectual 4 | 〔,ɪntḷ'ɛktʃʊəl 〕 | *adj.* 智力的 |
| *intonation 4 | 〔,ɪnto'neʃən 〕 | *n.* 語調 |
| *‡interest 1 | 〔'ɪntrɪst 〕 | *v.* 使感興趣 |
| interval 6 | 〔'ɪntəvḷ 〕 | *n.* （時間的）間隔 |
| inventory 6 | 〔'ɪnvən,torɪ 〕 | *n.* 存貨清單 |

**BOOK 15**

【記憶技巧】

1. **intend** *v.* 打算（= *plan*）；意圖；打算作為…之用 < *for* >
   in + tend（傾向）= intend，內心的傾向，就是「打算」。
   He *intended* no harm.（他沒有惡意。）
   This money is *intended* for the development of the tourist
   industry.（這筆錢是打算用於發展觀光業。）

2. **intact** *adj.* 完整的（= *undamaged*）；未受損傷的
   in (*not*) + tact (*touch*) = intact
   His reputation survived the scandal *intact*.
   （他的名聲在經歷醜聞後仍毫髮無傷。）

3. **inherent** *adj.* 與生俱來的（= *natural*）；固有的；天生的
   inherit（繼承）– it + ent (*adj.*) = inherent
   She has an *inherent* fear of snakes.
   （她生來就怕蛇。）

   | **inherent** *adj.* 天生的 |
   |---|
   | = inborn |
   | = innate |
   | = natural |

   Stress is an *inherent* part of dieting.
   （節食必定會帶來壓力。）

4. introduction　*n.* 介紹（= *presentation*）；引進；入門；序言
introduce（介紹）– e + tion (*n.*) = introduction
The ***introduction*** of computers into the classroom changed the
teaching method.（把電腦引進教室改變了教學的方式。）
The book is a friendly, helpful ***introduction*** to physics.
（這本書很容易讀，是了解物理學很有幫助的入門書。）

5. intonation　*n.* 語調（= *the rise and fall of the voice in speech*）
in + tone（音調；語氣）– e + ation (*n.*) = intonation
Questions are spoken with a rising ***intonation***.
（說問句時要用上揚的語調。）

6. **intellectual**　*adj.* 智力的（= *mental*）；理解力的；知識分子的
*n.* 知識份子　　intellect（智力）+ ual (*adj.*) = intellectual
High levels of lead could damage
***intellectual*** development.

（高含量的鉛會破壞智力發展。）

| intellectual *adj.* 知識分子的 |
| --- |
| = learned<br>= lettered<br>= scholarly |

They are ***intellectual*** elites.
（他們是知識菁英分子。）

7. **interest**　*v.* 使感興趣（= *fascinate*）；引起⋯的關注　*n.* 興趣；吸
引力；利息；利益　　in *one's* (best) interest　對某人（最）有利
It is ***in your interest*** to go.（前去對你有利。）
Does your current account pay ***interest***?
（你目前的帳戶有生利息嗎？）

8. interval　*n.*（時間的）間隔（= *period*）；間隔的空間
inter (*between*) + val (*wall*) = interval，兩面牆之間會有「間隔」。
Progess is viewed at monthly ***intervals***.（每月回顧一次進展。）
at intervals　有時（= *sometimes* = *at times* = *on occasion*）

9. inventory　*n.* 存貨清單（= *a formal and detailed list of goods*）；
詳細目錄；盤點存貨　　invent（發明）+ ory (*n.*) = inventory
He made an ***inventory*** of everything that was to stay.
（他列了一張清單，列出所有要保留的東西。）

# *1. investment*

| | | | |
|---|---|---|---|
| *investment ⁴ | 〔 ɪn'vɛstmənt 〕 | n. | 投資 |
| investigator ⁶ | 〔 ɪn'vɛstə,getɚ 〕 | n. | 調查員 |
| *involve ⁴ | 〔 ɪn'vɑlv 〕 | v. | 使牽涉 |
| *involvement ⁴ | 〔 ɪn'vɑlvmənt 〕 | n. | 牽涉 |
| *itch ⁴ | 〔 ɪtʃ 〕 | v. n. | 癢 |
| issue ⁵ | 〔 'ɪʃʊ , 'ɪʃjʊ 〕 | n. | 議題 |
| ivy ⁵ | 〔 'aɪvɪ 〕 | n. | 常春藤 |
| *ivory ³ | 〔 'aɪvərɪ 〕 | n. | 象牙 |
| *isolation ⁴ | 〔 ,aɪsḷ'eʃən 〕 | n. | 隔離 |

BOOK
**16**

【記憶技巧】

1. **investment** *n.* 投資（＝ *investing* ）；投入的資本；投資項目
   *Investment* in new technology is critical to our success.
   （投資新科技是我們成功的關鍵。）
   Buying a house is a long-term *investment*.
   （買房子是一項長期的投資。）

2. investigator *n.* 調查員（＝ *examiner* ）；偵查員；探員
   private investigator　私家偵探

3. **involve** *v.* 使牽涉（＝ *concern* ）＜ *in* ＞；包含；需要
   in (*in*) + volve (*turn*) = involve，捲進去，就是「使牽涉」。
   Many people were *involved* in the crime.
   （很多人涉入此犯罪。）
   His job *involves* a lot of travelling.
   （他的工作需要常常旅遊。）

   > **involve** *v.* 需要
   > 　＝ entail
   > 　＝ require
   > 　＝ call for

4. involvement　*n.* 牽涉（= *association*）；興趣；戀愛關係
You have no proof of my ***involvement***
in anything.

（你沒有證據顯示我有參與任何事情。）

| involvement　*n.* 牽涉 |
| = implication |
| = participation |
| = collaboration |

They were good friends but there was
no romantic ***involvement***.

（他們是很好的朋友，但是沒有任何曖昧關係。）

5. itch　*v. n.* 癢（= *tickle*）；使發癢；渴望
Some plants can cause the skin to ***itch***.（有些植物會造成皮膚發癢。）
I have an ***itch*** to travel.（我渴望去旅遊。）

6. **issue**　*n.* 議題（= *matter*）；問題；
（期刊的）期；發行　*v.* 發行；發佈
Abortion is always a controversial ***issue***.

（墮胎一直是個有爭議的議題。）

| **issue**　*n.* 議題 |
| = topic |
| = point |
| = problem |
| = concern |
| = subject |
| = affair |

He ***issued*** a statement denying the
allegations.（他發佈了聲明否認那些指控。）

7. ivy　*n.* 常春藤（= *a type of climbing evergreen plant*）
the Ivy League　長春藤聯盟【成立於 1954 年，是由
美國東北部地區的 8 所大學組成的體育賽事聯盟。包括：
布朗大學、哥倫比亞大學、康乃爾大學、達特茅斯學院、
哈佛大學、賓州大學、普林斯頓大學、耶魯大學】

ivy

8. **ivory**　*n.* 象牙（= *tusk*）；象牙製品　*adj.* 象牙白的；乳白色的
諧音：愛富利，很多商人靠賣「象牙」得到財富利益。
Taiwan has put a ban on ***ivory*** trading.（台灣已經禁止象牙買賣。）
ivory tower　象牙塔；脫離實際生活的小天地

9. isolation　*n.* 隔離（= *separation*）；分離；孤獨
諧音：挨瘦累，「隔離」後得挨苦，又瘦又累。
The prisoner had been kept in ***isolation*** for two days.

ivory

（那名囚犯已經被隔離兩天了。）

# *2. jazz*

| | | |
|---|---|---|
| **jazz** ² | 〔dʒæz〕 | *n.* 爵士樂 |
| **jar** ³ | 〔dʒɑr〕 | *n.* 廣口瓶 |
| **jaywalk** ⁵ | 〔'dʒe,wɔk〕 | *v.* 擅自穿越馬路 |
| **keep** ¹ | 〔kip〕 | *v.* 保存 |
| **keeper** ¹ | 〔'kipɚ〕 | *n.* 看守人 |
| **keen** ⁴ | 〔kin〕 | *adj.* 渴望的 |
| **kangaroo** ³ | 〔,kæŋgə'ru〕 | *n.* 袋鼠 |
| **ketchup** ² | 〔'kɛtʃəp〕 | *n.* 蕃茄醬 |
| **kernel** ⁶ | 〔'kɝnḷ〕 | *n.* 核心 |

【記憶技巧】

1. jazz *n.* 爵士樂 ( = *popular music of African American origin* )
   a jazz band 爵士樂隊

2. jar *n.* 廣口瓶 ( = *a broad-mouthed container* )；一罐的量；
   陶罐 *v.* (使)碰撞；使感到不快；不一致 < *with* >
   She poured the jam into large *jars*.
   (她把果醬倒進大的廣口瓶裡。)
   I must have *jarred* my shoulder playing basketball.
   (我一定是在打籃球的時候把肩膀碰傷了。)
   There was a modern lamp that *jarred* with the rest of the room.
   (房間裡有一盞現代的燈,和其他的東西不協調。)
   形容詞為 jarring 〔'dʒɑrɪŋ〕 *adj.* 令人吃驚的；刺耳的。

   jar

3. jaywalk *v.* 擅自穿越馬路 ( = *cross the road at a red light* )
   jay + walk (走路) = jaywalk,Jay 走路都「擅自穿越馬路」。
   Pedestrians must not *jaywalk*. (行人不可擅自穿越馬路。)

BOOK 16

4. keep  *v.* 保存（＝*preserve*）；保持；持續；飼養
   keep a pet 養寵物　　keep…from V-ing 使…無法～
   keep up with 跟上；趕上 ↔ fall behind 落後
   Can't you **keep** your dog **from barking** at me?
   （你沒辦法叫你的狗不對著我吠嗎？）
   He is having trouble **keeping up with** the rest of the class.
   （他現在很難跟上班上其他同學。）

5. keeper  *n.* 看守人（＝*overseer*）；管理員；（動物園的）飼養員
   a park keeper  公園管理員
   A tiger attacked one of the **keepers**.
   （一隻老虎襲擊了其中一名飼養員。）

   > **keen** *adj.* 強烈的
   > { ＝ intense
   > { ＝ fierce
   > { ＝ fervent

6. keen  *adj.* 渴望的（＝*eager*）；強烈的；
   敏銳的；鋒利的　　be keen on V-ing/N. 渴望～；對…著迷
   Most girls **are**n't **keen on** football. （大多數女孩不熱衷足球。）
   There's been **keen** competition for the job.
   （那份工作競爭激烈。）

7. kangeroo  *n.* 袋鼠（＝*a type of large Australian animal with very
   long hind legs and great power of leaping*）
   諧音：看個路，「袋鼠」要看路，才能跳來跳去。
   Female **kangeroos** carry their young in a pouch on their
   stomachs. （母袋鼠將小袋鼠放在肚子上的口袋裡攜帶著。）

8. ketchup  *n.* 蕃茄醬（＝*a thick red sauce made from tomatoes*）
   唸起來很像 catch up（趕上）。

9. kernel  *n.* 核心（＝*core*）；（種籽的）仁；要點；一點
   諧音：殼呢？撥開殼，只剩「核心」。
   This paragraph contains the **kernel** of the argument.
   （這一段包含了中心論點。）
   There may be a **kernel** of truth in what he says.
   （他說的話裡有幾分真理。）
   【比較】kennel（'kɛnl）*n.* 狗窩；狗屋

   kernel

# *3. label*

| | | | |
|---|---|---|---|
| * **label** ³ | 〔 'lebḷ 〕 | *n.* | 標籤 |
| **lame** ⁵ | 〔 lem 〕 | *adj.* | 跛的 |
| **lament** ⁶ | 〔 lə'mɛnt 〕 | *v.* | 哀悼 |
| * **lace** ³ | 〔 les 〕 | *n.* | 蕾絲 |
| **laser** ⁵ | 〔 'lezɚ 〕 | *n.* | 雷射 |
| **layer** ⁵ | 〔 'leɚ 〕 | *n.* | 層 |
| *** **large** ¹ | 〔 lɑrdʒ 〕 | *adj.* | 大的 |
| * **largely** ⁴ | 〔 'lɑrdʒlɪ 〕 | *adv.* | 大部分 |
| **lava** ⁶ | 〔 'lɑvə , 'lævə 〕 | *n.* | 岩漿 |

【記憶技巧】

1. **label** *n.* 標籤 ( = *tag* )；唱片公司；稱號　*v.* 給…加標籤；看作
   Read the washing instructions on the *label*.
   （閱讀標籤上的洗滌說明。）
   No one wants to be *labeled* as a coward.
   （沒人想被看作是懦夫。）

   > **label** *v.* 看作
   > = brand
   > = classify
   > = identify

2. **lame** *adj.* 跛的 ( = *disabled* )；殘廢的；( 藉口等 ) 不充分的
   想到 blame ( 責怪 ) – b = lame，大家會責怪「跛的」人。
   He was *lame* for weeks after his fall. （他摔倒之後跛了好幾週。）
   He made up some *lame* excuses for not arriving on time.
   （他捏造了一些牽強的藉口說明他爲何遲到。）

3. **lament** *v.* 哀悼 ( = *mourn* )；惋惜
   *n.* 哀悼；悲傷；哀歌

   > **lament** *v.* 哀悼
   > = grieve
   > = moan
   > = wail

   lame ( 跛的 ) + nt = lament，跛的樣子讓人「哀悼；惋惜」。
   We all *lamented* her death. （我們全都惋惜她的逝去。）

BOOK
**16**

I'm not going to sit listening to her *laments* all day.
（我不打算整天坐著聽她的哀傷。）

4. lace　*n.* 蕾絲（= *delicate net-like decorative fabric*）；鞋帶
*v.* 把…繫緊；給（飲料或食物）摻雜
Your *laces* are undone.（你的鞋帶鬆了。）
He put the shoes on and *laced* them up.（他穿上鞋並把鞋帶綁緊。）
coffee laced with brandy　摻白蘭地的咖啡

5. laser　*n.* 雷射（= *a narrow and very intense beam of light*）
為頭字語，全名是 <u>l</u>ight <u>a</u>mplification by <u>s</u>timulated <u>e</u>mission of
<u>r</u>adiation（受激輻射式微波放大器）。　　laser beam　雷射光束

6. **layer**　*n.* 層（= *covering*）；級別；階層　*v.* 把…堆積成層
lay（放置）+ er = layer
A fresh *layer* of snow covered the street.（街道覆蓋了新的一層雪。）

7. large　*adj.* 大的（= *big*）；巨大的
by and large　大體而言　　at large　逍遙法外的；全部；整個
A third, unidentified person remains *at large*.
（身份尚未確認的第三者仍逍遙法外。）
Charities, *by and large*, do not pay
tax.（慈善機構一般來說無須繳稅。）
the public at large　全體民眾

> **by and large** 大體而言
> = generally
> = in general
> = generally speaking

8. **largely**　*adv.* 大部分（= *mainly*）；主要地；大致上；大多
Her success was *largely* due to hard
work.（她的成功主要是因為努力工作。）

> **largely** *adv.* 主要地
> = chiefly
> = mostly
> = principally

9. lava　*n.* 岩漿（= *the molten, fluid rock*
*that issues from a volcano*）；火山岩
字根 lav = wash，火山噴洗的產物就是「岩漿」，lavatory 則是
「盥洗室；廁所」。
His anger spilled out like *lava*.（他的憤怒像火山爆發似的噴發出來。）
【比較】larva（ˈlɑrvə）*n.* 幼蟲

BOOK
16

# *4. learn*

| | | | |
|---|---|---|---|
| ***learn*** ¹ | 〔 lɝn 〕 | *v.* | 學習 |
| *****learned*** ⁴ | 〔 'lɝnɪd 〕【注意發音】 | *adj.* | 有學問的 |
| **learning** ⁴ | 〔 'lɝnɪŋ 〕 | *n.* | 學問 |
| ***leave*** ¹ | 〔 liv 〕 | *v.* | 離開 |
| ***leap*** ³ | 〔 lip 〕 | *v.* | 跳 |
| ***lean*** ⁴ | 〔 lin 〕 | *v.* | 倚靠 |
| ***leather*** ³ | 〔 'lɛðɚ 〕 | *n.* | 皮革 |
| ***lecture*** ⁴ | 〔 'lɛktʃɚ 〕 | *n.* | 演講 |
| ***lecturer*** ⁴ | 〔 'lɛktʃərɚ 〕 | *n.* | 講師 |

【記憶技巧】

BOOK
**16**

1. learn *v.* 學習 ( = *pick up* )；知道；熟記
   learn from experience　從經驗中學習
   learn *sth.* by heart　熟記 ( = *memorize* )
   Try to ***learn by heart*** these English words and phrases.
   （努力熟記這些英文單字和片語。）
   Live and ***learn***.（【諺】學無止境；不經一事，不長一智。）

2. learned *adj.* 有學問的 ( = *scholarly* )；學術性的；學習而獲得的
   He is a serious scholar, a genuinely
   ***learned*** man.（他是一位嚴謹的學者，
   一位真正有學問的人。）
   learned journal　學術性期刊

   > **learned** *adj.* 有學問的
   > = knowledgeable
   > = well-educated
   > = lettered

3. learning *n.* 學問 ( = *knowledge* )；學習
   The professor is a person of great ***learning***.
   （那教授是很有學問的人。）
   a learning experience　一次有收穫的經驗

4. **leave** *v.* 離開（= *go away from*）；遺留；使處於（某種狀態）
*n.* 允許；休假　　leave out　遺漏；忽視
You've *left out* a word in that sentence.
（那個句子你遺漏了一個字。）
She's gone on *leave*.（她在休假中。）

> **leave** *n.* 休假
> = vacation
> = holiday
> = break

5. leap *v.* 跳（= *jump*）；突然而迅速地移動；猛漲　*n.* 跳；激增
Look before you *leap*.（【諺】三思而後行。）
There has been a big *leap* in sales.（銷售量遽增。）
by leaps and bounds　突飛猛進地；迅速地
Her English improved *by leaps and bounds*.（她的英文突飛猛進。）

6. lean *v.* 倚靠（= *incline*）；傾斜　*adj.* 瘦的；收穫少的
Don't *lean* against the door.
（不要靠著門。）
lean on　依賴；依靠
Everybody needs someone to *lean on*
in times of trouble.
（每個人身處困境時都需要有人可以依靠。）
I only eat *lean* meat.（我只吃瘦肉。）

> **lean on** 依靠
> = depend on
> = be dependent on
> = rely on
> = count on
> = bank on
> = reckon on

7. leather *n.* 皮革（= *the skin of an animal*）
a leather bag　皮製手提包　　genuine leather　真皮

8. **lecture** *n.* 演講（= *speech*）；講課；說教；教訓　*v.* 演講；
講課；訓誡　　諧音：累苛求，發表「演講」是很累又苛求的事。
He gave an interesting *lecture* on art.
（他以藝術為主題發表一場有趣的演說。）
He *lectures* on Roman art.（他講授羅馬藝術。）
Stop *lecturing* me.（不要再訓我了。）

> **lecture** *n.* 講課
> = talk
> = lesson
> = presentation

9. lecturer *n.* 講師（= *one who delivers lectures*）；演講者
The English department has five *lecturers* and two professors.
（英文系有五位講師和兩位教授。）

# *5. length*

| | | | |
|---|---|---|---|
| *length ² | 〔 lɛŋθ 〕 | *n.* | 長度 |
| *lengthen ³ | 〔ˈlɛŋθən 〕 | *v.* | 加長 |
| lengthy ⁶ | 〔ˈlɛŋθɪ 〕 | *adj.* | 冗長的 |
| *lens ³ | 〔 lɛnz 〕 | *n.* | 鏡頭 |
| *lesson ¹ | 〔ˈlɛsn̩ 〕 | *n.* | 課 |
| ***lessen ⁵ | 〔ˈlɛsn̩ 〕 | *v.* | 減少 |
| ‡lie ¹ | 〔 laɪ 〕 | *v.* | 說謊 |
| *liar ³ | 〔ˈlaɪɚ 〕 | *n.* | 說謊者 |
| liable ⁶ | 〔ˈlaɪəbl̩ 〕 | *adj.* | 應負責的 |

【同音字】 (for lesson / lessen)

【記憶技巧】

1. **length** *n.* 長度 ( = *distance* )；一條細長的東西
   就是 long ( 長的 ) + th (*n.*)，把 o 改成 e。
   **at length** 最後；終於；詳盡地　　**go to great lengths** 不遺餘力
   Matters will be discussed *at length* later.
   （之後會更詳盡地討論此事。）
   They have *gone to great lenghts* to make us welcome.
   （他們已經竭盡所能款待我們。）

2. **lengthen** *v.* 加長 ( = *make longer* )；( 使 ) 變長；延長
   Can you *lengthen* this skirt for me?
   （你能不能幫我將這條裙子加長？）
   They want to *lengthen* the school day.
   （他們想要延長上學時間。）

   > **lengthen** *v.* 延長
   > = extend
   > = prolong
   > = protract

3. **lengthy** *adj.* 冗長的 ( = *long* )；漫長的
   The essay is interesting but *lengthy*.（這篇文章很有趣，不過太長了。）

BOOK **16**

4. lens *n.* 鏡頭;鏡片 ( = *a piece of glass* );(眼球的)水晶體
   convex lens 凸透鏡　　concave lens 凹透鏡
   contact lens 隱形眼鏡
   The camera *lens* is dirty. (這相機的鏡頭髒了。)

5. lesson *n.* 課 ( = *class* );教訓;訓誡
   skip a class 蹺課 ( = *cut a class* )　　learn a lesson 學到教訓
   A *lesson* learned is a *lesson* earned. (【諺】吃一塹, 長一智。)

6. lessen *v.* 減少 ( = *reduce* );變小
   less (比較少) + en (*v.*) = lessen
   Exercise *lessens* the risk of heart disease.
   (運動可降低心臟疾病的風險。)

   > **lessen** *v.* 減少
   > = lower
   > = decrease
   > = diminish

7. lie *v.* 說謊 ( = *not tell the truth* )【三態變化:lied–lied–lied】;
   躺;位於;在於【三態變化:lie–lay–lain】　*n.* 謊言
   Let sleeping dogs *lie*.
   (【諺】勿打草驚蛇;勿惹是生非。)
   lie in 在於
   The difficulty *lies in* providing
   sufficient evidence. (困難在於提供足夠的證據。)

   > **lie in** 在於
   > = consist in
   > = exsit in
   > = reside in

8. liar *n.* 說謊者 ( = *a person who tells lies* )
   He was a *liar* and a cheat. (他是個說謊者和騙子。)
   字尾以 ar 表示「人」還有:beggar (乞丐)、
   burglar 〔'bɝglɚ〕*n.* 竊賊、scholar 〔'skɑlɚ〕(學者)。

9. liable *adj.* 應負責的 ( = *responsible* );有做⋯責任的;
   有⋯傾向的 ( = *likely* );易罹患⋯的 < *to* >
   看成 lie (說謊) – e + able (能夠⋯的) = liable,說謊要「應負責的」。
   You are *liable* for the damage caused by your action.
   (你要對你的行為造成的傷害負責。)
   She's *liable* to get angry. (她很容易動怒。)
   Man is *liable* to disease.
   (人很容易罹患疾病。)

# *6. limp*

| | | |
|---|---|---|
| **limp** ⁵ | 〔 lɪmp 〕 | v. 跛行 |
| *****limb** ³ | 〔 lɪm 〕 | n. 四肢 |
| *****liberal** ³ | 〔'lɪbərəl 〕 | adj. 開明的 |
| ******line** ¹ | 〔 laɪn 〕 | n. 線 |
| **liner** ⁶ | 〔'laɪnə 〕 | n. 客輪 |
| **lime** ⁵ | 〔 laɪm 〕 | n. 石灰 |
| *****liver** ³ | 〔'lɪvə 〕 | n. 肝臟 |
| *****lively** ³ | 〔'laɪvlɪ 〕 | adj. 活潑的 |
| **livestock** ⁵ | 〔'laɪv‚stɑk 〕 | n. 家畜 |

【記憶技巧】

1. limp *v.* 跛行 ( = *walk lamely* )；艱難地移動　*n.* 跛行
   *adj.* 軟的；無力的
   lip ( 嘴唇 ) + m = limp，「跛行」需要動嘴找人幫你。
   He *limped* off with a leg injury. ( 他腳受傷，跛行離開。)
   He carried her *limp* body into the room and laid her on the
   bed. ( 他扛著她無力的身體進房間，讓她躺在床上。)

2. limb *n.* 四肢 ( = *an arm or leg* )；大樹枝
   She stretched out her *limbs*. ( 她伸展四肢。)
   artificial limb　義肢

   > **liberal** *adj.* 開明的
   > = tolerant
   > = enlightened
   > = permissive

3. **liberal** *adj.* 開明的 ( = *open-minded* )；大
   量的；慷慨的；不嚴格的　*n.* 思想開放的人
   諧音：力薄弱，「開明的」人，不與人爭，力量較薄弱。
   He has a *liberal* attitude toward gay marriage.
   ( 他對同性婚姻持有開明的態度。)

4. line *n.* 線 ( = *a long, narrow mark* )；行；一排（貨品）種類
   *v.* 給（衣服或容器）安襯裏；沿…排列
   stand in line 排隊 ( = *line up* )
   We *stood in line* for about an hour to get the tickets.
   （爲了買這些票，我們排了大約一個小時的隊。）
   Crowds *lined* the streets to watch the parade.
   （人群排列在街道兩邊觀看遊行。）
   *Line* up, everybody.（大家排好隊。）

5. liner *n.* 客輪 ( = *a large commercial ship* )；襯裏
   a luxury liner 豪華郵輪
   ocean liner 遠洋定期客輪；郵輪

   liner

6. lime *n.* 石灰 ( = *the white substance left after heating
   limestone* )；萊姆【一種水果，也稱作酸橙】；萊姆酒
   【比較】limestone〔'laɪm,ston〕*n.* 石灰石
   　　　　 limelight〔'laɪm,laɪt〕*n.* 公衆關注的焦點
   He has been in the *limelight* since he began his career at the
   age of 15.（他自十五歲開始他的職業生涯以來就萬衆矚目。）

   lime

7. liver *n.* 肝臟 ( = *a large organ in the body which
   purifies the blood* )；（供食用的）動物肝臟
   Cholesterol may accumulate in the *liver*.
   （膽固醇可能會囤積在肝臟。）

   liver

8. lively *adj.* 活潑的 ( = *active* )；有活力的；熱烈的
   She had a sweet, *lively* personality.
   （她格性溫和活潑。）
   He took a *lively* interest in us.
   （他對我們很感興趣。）

   | **lively** *adj.* 活潑的 |
   | --- |
   | = animated |
   | = spirited |
   | = dynamic |

9. **livestock** *n.* 家畜 ( = *domestic animals* )【牛、馬、羊等】
   live（活）+ stock（庫存）= livestock，爲不可數的集合名詞。
   The heavy rains and flooding killed scores of *livestock*.
   （許多家畜死於暴雨和洪水。）

# 7. *loan*

| | | | |
|---|---|---|---|
| *loan [4] | ( lon ) | *n.* | 貸款 |
| **loaf [2] | ( lof ) | *n.* | 一條（麵包） |
| lofty [5] | ('lɔftɪ ) | *adj.* | 崇高的 |
| | | | |
| *log [2] | ( lɔg ) | *n.* | 圓木 |
| logo [5] | ('logo ) | *n.* | 商標圖案 |
| *lord [3] | ( lɔrd ) | *n.* | 君主 |
| | | | |
| lump [5] | ( lʌmp ) | *n.* | 塊 |
| lumber [5] | ('lʌmbɚ ) | *n.* | 木材 |
| lyric [6] | ('lɪrɪk ) | *adj.* | 抒情的 |

**BOOK 16**

【記憶技巧】

1. loan *n.* 貸款 ( = *money lent at interest* )；借出 *v.* 借出；借給
an interest-free loan　無息貸款
Jim took out a **loan** to pay for his car. ( 吉姆貸款來支付車款。)
Will you **loan** me your umbrella? ( 你會借我你的雨傘嗎？)

2. loaf *n.* 一條（麵包）( = *a shaped mass of bread* )　*v.* 閒混
諧音：肉膚，每天吃「一條麵包」，才能保有身體的肉和肌膚。
a loaf of crusty bread　一條脆皮的麵包
loaf about/around　閒混；閒晃
You must not **loaf about** while others are.
working. ( 別人在工作時你不可以閒晃。)

> loaf around　閒混
> { = hang around
> { = idle
> { = kill time

3. lofty *adj.* 崇高的 ( = *noble* )；高尚的；高聳的；高傲的
諧音：老虎啼，老虎的啼聲聽起來「高尚的」。
【比較】loft ( lɔft ) *n.* 閣樓

**lofty** *adj.* 崇高的
{ = noble
= grand
= supeior

Few people can meet his *lofty* standards.
（很少人可以達到他崇高的道德標準。）
She has such a *lofty* manner.（她的態度很高傲。）

4. log *n.* 圓木（= *a thick piece of unshaped wood*）；航海日誌
   *v.* 記載；飛行或航行；伐木
   The trees were sawn into *logs* and taken to the sawmill.
   （這些樹被鋸成圓木送到鋸木場。）
   log in 登入（電腦系統）↔ log out 登出（電腦系統）

   log

5. logo *n.* 商標圖案（= *trademark*）
   The letter bore no company name or *logo*.
   （這封信上沒有公司名稱或是商標圖案。）

6. lord *n.* 君主（= *king*）；主人；支配者；（大寫）上帝
   *v.* 對…逞威風；在…面前擺架子　 lord it over *sb.* 對某人逞威風
   The lion is *lord* of the jungle.（獅子是叢林之王。）
   Praise the *Lord*.（讚美主。）
   Don't think you can *lord it over* us.（別以為你可以對我們逞威風。）

7. lump *n.* 塊（= *mass*）；腫塊　 *v.* 把…歸併在一起
   想到 bump（碰撞）就有 lump（腫塊）。
   a lump of sugar 一塊方糖
   There was a *lump* on my head where the ball hit me.
   （我頭部被球擊中的地方腫了一個包。）

8. lumber *n.* 木材（= *timber*）　 *v.* 給（人）增加麻煩；緩慢吃力
   地移動　 想到 number（數量），字首改成 l 就是 lumber（木材）。
   We loaded the *lumber* onto the truck.
   （我們把木材裝上卡車。）

9. lyric *adj.* 抒情的（= *expressing deep emotion*）　 *n.* 歌詞；抒情
   短詩　 諧音：力銳刻，「抒情的」歌感人的力量銳利，銘刻人心。
   lyric poem 抒情詩
   She has published both music and *lyrics* for a number of songs.
   （她已經幫一些歌曲譜曲和作詞。）

BOOK

16

# *8. manual*

| | | |
|---|---|---|
| \* **manual** 4 | (ˈmænjʊəl ) | n. 手冊 |
| \* **manufacture** 4 | (ˌmænjəˈfæktʃɚ ) | v. 製造 |
| \* **manufacturer** 4 | (ˌmænjəˈfæktʃərɚ ) | n. 製造業者 |
| | | |
| **mansion** 5 | (ˈmænʃən ) | n. 豪宅 |
| **manuscript** 6 | (ˈmænjəˌskrɪpt ) | n. 手稿 |
| **mechanism** 6 | (ˈmɛkəˌnɪzəm ) | n. 機械裝置 |
| | | |
| \* **mere** 4 | ( mɪr ) | adj. 僅僅 |
| **merge** 6 | ( mɜdʒ ) | v. 合併 |
| **metropolitan** 6 | (ˌmɛtrəˈpɑlətṇ ) | adj. 大都市的 |

【記憶技巧】

**BOOK 16**

1. **manual** *n.* 手冊 ( = *handbook* )；說明書  *adj.* 手工的；用手的
   manu (*hand*) + al (*n. adj.*) = manual，拿在手上，就是「手冊」。
   Consult the computer *manual* if you have a problem.
   （如果有問題，請參閱電腦用法指南。）
   Office work may be more tiring than
   *manual* work.
   （辦公室的工作可能比手工還要累。）

   > **manual** *n.* 說明書
   > = guide
   > = instructions
   > = workbook

2. **manufacture** *v.* 製造 ( = *make* )；捏造  *n.* 製造  *pl.* 產品
   manu (*hand*) + fact (*do*) + ure (*v. n.*) = manufacture
   He *manufactured* an excuse for being late.
   （他捏造了一個遲到的藉口。）
   The company is engaged in the
   *manufacture* of computer hardware.
   （這家公司生產電腦硬體。）

   > **manufacture** *v.* 捏造
   > = invent
   > = devise
   > = make up

3. **manufacturer** *n.* 製造業者（= *maker*）；廠商
   The *manufacturers* supply the goods to the distribution center.
   （製造業者提供商品給物流中心。）

4. mansion *n.* 豪宅（= *a large stately house*）；大廈；宅第；官邸
   man（人）+ sion (*n.*) = mansion，人都愛住「豪宅」。

5. **manuscript** *n.* 手稿（= *a book or other document written by hand*）；原稿
   manu (*hand*) + script (*write*) = manuscript，手寫的，就是「手稿」。
   The publishers have lost the *manuscript* of my book.
   （出版社弄丟了我書的原稿。）

6. **mechanism** *n.* 機械裝置（= *part of a machine*）；機制；結構
   跟 machine（機器）同源，注意拼字。
   Our car has an automatic locking *mechanism*.
   （我們的車有自動上鎖裝置。）
   【比較】mechanic〔mə'kænɪk〕*n.* 技工

7. **mere** *adj.* 僅僅（= *no more than*）；不過
   She's a *mere* child.
   （她不過是個小孩子。）
   【比較】merely〔'mɪrlɪ〕*adv.* 僅僅；只

   > **merely** *adv.* 僅僅
   > = only
   > = just
   > = simply

8. **merge** *v.* 合併（= *combine*）；融合；併入
   想到 emerge（出現）– e = merge。
   Three small companies *merged* into a large one.（三家小公司合併成一家大公司。）
   The thief soon *merged* into the crowd.
   （那名小偷不久即沒入人群中。）

   > **merge** *v.* 合併
   > = join
   > = unite
   > = combine

9. **metropolitan** *adj.* 大都市的（= *urban*）；大都會的
   諧音：沒車怕你等，在「大都市的」地方，沒有車恐怕就要等公車
   The *metropolitan* area of Taipei has nearly three million people.
   （台北都會區大約有三百萬人口。）

# 9. *mimic*

| | | | |
|---|---|---|---|
| **mimic** 6 | (ˈmɪmɪk ) | *v.* | 模仿 |
| **miller** 6 | (ˈmɪlɚ ) | *n.* | 磨坊主人 |
| **militant** 6 | (ˈmɪlətənt ) | *adj.* | 好戰的 |
| *  **mineral** 4 | (ˈmɪnərəl ) | *n.* | 礦物 |
| **mingle** 5 | (ˈmɪŋgl̩ ) | *v.* | 混合 |
| **mint** 5 | ( mɪnt ) | *n.* | 薄荷 |
| **moan** 5 | ( mon ) | *v.* | 呻吟 |
| **motto** 6 | (ˈmɑto ) | *n.* | 座右銘 |
| **mound** 5 | ( maʊnd ) | *n.* | 土堆 |

【記憶技巧】

BOOK

**16**

1. mimic *v.* 模仿 ( = *imitate* )    *n.* 表演模仿的人
   諧音：祕密客，「模仿」他人要低調保密。
   He made us laugh by *mimicking* the teacher.
   (他模仿老師使我們都笑起來。)
   Children are often good *mimics*. (小孩子往往善於模仿。)
   【比較】mimicry (ˈmɪmɪkrɪ ) *n.* 模仿；模仿能力

2. miller *n.* 磨坊主人 ( = *one who works in, operates, or owns a mill* )；製粉業者    mill (磨坊) + er (人) = miller
   Every *miller* draws water to his own mill.
   (【諺】每個磨坊主人往自己的磨坊注水；人人為自己設想。)
   Too much water drowned the *miller*.
   (【諺】水多太淹死了磨坊主人；過猶不及。)

3. militant *adj.* 好戰的 ( = *aggressive* )；激進的；暴力的
   *n.* 好戰份子    諧音：沒人捅他，「好戰的」人沒人敢捅他一刀。

> **militant** *adj.* 好戰的；激進的
> { = aggressive
> { = assertive
> { = combative

He is a ***militant*** reformer.

（他是個激進的改革家。）

【比較】military〔'mɪlə,tɛrɪ〕*adj.* 軍事的

4. **mineral** *n.* 礦物（ = *a substance obtained by mining* ）；礦物質
   諧音：沒了肉，人可以沒吃肉，但要補充「礦物質」。
   Some people need to take vitamin and ***mineral*** supplements.
   （有些人需要補充維他命和礦物質。）

5. mingle  *v.* 混合（ = *mix* ）；交際
   想到把很多 single（單一的）放在一起，就是 mingle（混和）。
   He felt hope ***mingled*** with fear.
   （他覺得希望和恐懼交織在一起。）

   > **mingle** *v.* 交際
   > { = associate
   > { = socialize
   > { = get together

   The event is intended to give you a
   chance to ***mingle*** with other studetns.
   （這個活動旨在給你機會和其他學生交際互動。）

6. mint  *n.* 薄荷（ = *a plant with strong-smelling leaves* ）；薄荷糖；
   鑄幣廠  *v.* 鑄造（硬幣）；創造
   in mint condition  嶄新的
   The books are ***in mint condition***.（這些書是全新的。）
   a newly minted concept  一個新創的概念

7. moan  *v.* 呻吟（ = *groan* ）；抱怨  *n.* 呻吟；抱怨；牢騷
   man（人）+ o（張大嘴巴）= moan，人張大嘴巴要「呻吟；抱怨」。
   The wounded soldier ***moaned***.（那位受傷的士兵在呻吟。）
   They were sitting having a ***moan*** about the weather.
   （他們坐在那抱怨天氣。）

8. motto  *n.* 座右銘（ = *slogan* ）；箴言
   Never give up!  That's my ***motto***.（永不放棄！這就是我的座右銘。）

9. mound  *n.* 土堆（ = *a small heap of earth* ）；堆；小山丘
   和 mount（山）長很像，意思也很接近。
   a mount of papers  一堆文件

# *10. nanny*

| **nanny** [3] | 〔'nænɪ〕 | n. 保姆 |
| * **nasty** [5] | 〔'næstɪ〕 | adj. 令人作嘔的 |
| * **namely** [4] | 〔'nemlɪ〕 | adv. 也就是說 |
| * **naked** [2] | 〔'nekɪd〕 | adj. 赤裸的 |
| * **native** [3] | 〔'netɪv〕 | adj. 本地的 |
| **naive** [5] | 〔nɑ'iv〕【注意重音】 | adj. 天真的 |
| * **nonsense** [4] | 〔'nɑnsɛns〕 | n. 胡說 |
| **nonetheless** [5] | 〔,nʌnðə'lɛs〕 | adv. 儘管如此 |
| **nonviolent** [5] | 〔nɑn'vaɪələnt〕 | adj. 非暴力的 |

【記憶技巧】

BOOK
**16**

1. nanny　*n.* 保姆（= *a person employed to care for children in a household*）；奶媽
   A lot of mothers are against the idea of employing a ***nanny***.
   （很多媽媽反對雇用保姆的想法。）
   【比較】babysitter〔'bebɪ,sɪtɚ〕*n.* 臨時保姆

2. nasty　*adj.* 令人作嘔的（= *unpleasant to the senses*）；不好的
   諧音：那死踢，死命的踢「令人作嘔的」東西。
   What's that ***nasty*** smell?
   （那是什麼難聞的氣味？）
   Don't be so ***nasty*** to your mom.
   （別對你媽那麼兇。）

   > **nasty** *adj.* 不好的
   > = unpleasant
   > = disagreeable
   > = offensive

3. namely　*adv.* 也就是說（= *specifically*）
   Only one boy was absent, ***namely***
   Kevin.（只有一個男孩沒來，就是凱文。）

   > **namely** *adv.* 也就是說
   > = that is (to say)
   > = in other words
   > = i.e.

4. naked *adj.* 赤裸的（= *nude*）；無覆蓋的；無掩飾的
They stripped him *naked*.（他們剝光他的衣服。）
The *naked* truth is that I don't want to go.
（赤裸裸的事實是我不想去。）
the naked eye 裸眼；肉眼
Bacteria cannot be seen with *the naked eye*.（肉眼看不到細菌。）

> **naked** *adj.* 赤裸的
> = exposed
> = undressed
> = uncovered

5. **native** *adj.* 本地的（= *local*）；本國的；天生的 *n.* 當地人
nat（*born*）+ ive（*adj.*）= native，出生的地方，就是「本地的」。
This plant is *native* to Australia.（這種植物原產於澳洲。）
native tongue 母語（= *mother tongue*）
She lives in Taipei, but she is a *native* of Tainan.
（她住台北，但她是台南本地人。）

6. **naive** *adj.* 天眞的（= *childlike*）；輕信的
native（天生的）– t = naive
人天生就是「天眞的」。

> **naive** *adj.* 天眞的
> = innocent
> = ingenuous
> = unsophisticated

He's so *naive* he'll believe anything I tell him.
（他是如此天眞，他會相信任何我跟他說的事。）

7. **nonesense** *n.* 胡說（= *foolish words*）；無意義的話；胡鬧
non（不；無）+ sense（意義）= nonsense
You're talking *nonsense*.（你在胡扯。）

8. nonetheless *adv.* 儘管如此；然而（= *nevertheless*）
由三個字組成：none + the + less = nonetheless
His face was serious, but *nonetheless* very friendly.

> **nonetheless** *adv.* 儘管如此
> = nevertheless
> = however
> = yet

（他的臉很嚴肅，但是其實他很友善。）

9. nonviolent *adj.* 非暴力的（= *lack of violence*）
non（不；無）+ violent（暴力的）= nonviolent
Dr. King made *nonviolent* protests against segregation.
（金恩博士對種族隔離做非暴力的抗議。）

# 11. oar

| | | |
|---|---|---|
| **oar** 5 | 〔 or 〕 | *n.* 槳 |
| **oasis** 5 | 〔 o'esɪs 〕 | *n.* 綠洲 |
| * **odd** 3 | 〔 ɑd 〕 | *adj.* 古怪的 |
| **odds** 5 | 〔 ɑdz 〕 | *n.pl.* 獲勝的可能性 |
| **odor** 5 | 〔'odɚ 〕 | *n.* 氣味 |
| * **orbit** 4 | 〔'ɔrbɪt 〕 | *n.* 軌道 |
| **ordeal** 6 | 〔 ɔr'dil 〕 | *n.* 痛苦的經驗 |
| **orchard** 5 | 〔'ɔrtʃɚd 〕 | *n.* 果園 |
| * **orchestra** 4 | 〔'ɔrkɪstrə 〕 | *n.* 管絃樂團 |

【記憶技巧】

1. oar *n.* 槳（ = *a long piece of wood with a flat end for rowing a boat* ） *v.* （用槳）划船
   諧音：喔餓，用「槳」划船後後感到很餓。
   The two men were *oaring* their way
   across the lake.（那兩名男子划船過河。）

oar　　paddle

   注意 oar 和 paddle 〔'pædl 〕 *n.* （獨木舟用的）槳 不同，oar 用於划「船」，paddle 通常用兩隻手拿，oar 通常成對使用，固定在船上，一手一隻。

2. oasis *n.* 綠洲（ = *an area in a desert where water is found* ）；舒適的地方
   The garden was created as an *oasis* of calm for employees.
   （這個花園是為了提供員工休息而設置的。）

3. odd *adj.* 古怪的（ = *strange* ）；奇數的；單隻的；零星的
   I have two *odd* socks.（我有兩隻不成雙的襪子。）
   He does some *odd* jobs in the house.（他在屋裡做點零工。）

There's something *odd* about him. （他透著一絲古怪。）

4. odds *n. pl.* 獲勝的可能性（= *the chances of success*）；可能性；有利條件
The *odds* are against you. （你沒有勝算。）
The *odds* are that she will win.
（她可能會贏。）
against all odds 儘管一切的條件都不利
He passed the exam *against all odds*.
（儘管一切條件都不利，他仍然通過了考試。）

> **odd** *adj.* 古怪的
> { = unusual
>   = bizarre
>   = weird
> { = peculiar
>   = abnormal
>   = queer

5. odor *n.* 氣味（= *smell*）；臭味；氣氛
這個字把順序調換，想到 door（門），從門縫中飄出 odor（氣味）。
Suddenly, he smelt the sweet *odor* of her perfume.
（他突然聞到她香甜的香水味。）
【比較】odorless〔'odə·lıs〕*adj.* 沒有氣味的

6. orbit *n.* 軌道（= *the path in which something moves around a planet*）；勢力範圍 *v.* 繞軌道運行
Space stations are designed to remain in *orbit* for years.
（太空站設計為要在軌道上運行多年。）
Mercury *orbits* the Sun. （水星沿軌道繞著太陽運行。）

7. ordeal *n.* 痛苦的經驗（= *hardship*）；
煎熬  or（或）+ deal（交易）= ordeal
選交易的對象是「痛苦的經驗」。
They have suffered a serious *ordeal*.
（他們經歷了一次可怕的折磨。）

> **ordeal** *n.* 痛苦的經驗
> { = difficulty
>   = trouble
>   = suffering
> { = torture
>   = torment
>   = agony

8. orchard *n.* 果園（= *a garden or other area in which fruit trees are grown*） 諧音：好吃的，「果園」有很多好吃的水果。

9. orchestra *n.* 管絃樂團（= *a group of musicians playing together*） 諧音：偶爾可試吹，偶爾要試吹「管絃樂團」。
He plays the violin in a symphony *orchestra*.
（他在交響樂團拉小提琴。）

# 12. *pattern*

| | | | |
|---|---|---|---|
| *pattern* ² | 〔'pætən 〕 | *n.* | 模式 |
| **patent** ⁵ | 〔'pætn̩t 〕 | *n.* | 專利權 |
| **patrol** ⁵ | 〔pə'trol 〕 | *v. n.* | 巡邏 |
| *pepper* ² | 〔'pɛpɚ 〕 | *n.* | 胡椒 |
| *pebble* ⁴ | 〔'pɛbl̩ 〕 | *n.* | 小圓石 |
| **peddle** ⁶ | 〔'pɛdl̩ 〕 | *v.* | 沿街叫賣 |
| **peg** ⁵ | 〔pɛg 〕 | *n.* | 掛鉤 |
| **peck** ⁵ | 〔pɛk 〕 | *v.* | 啄食 |
| *peculiar* ⁴ | 〔pɪ'kjuljɚ 〕 | *adj.* | 獨特的 |

【記憶技巧】

1. **pattern** *n.* 模式 ( = *order* )；圖案；典範　*v.* 繪製圖案；仿照
   All three attacks followed the same *pattern*.
   ( 這三次的攻擊都遵循一樣的模式。 )
   We're building a transport system that sets a *pattern* for the
   future. ( 我們正在建設一個足以成爲將來典範的交通系統。 )
   be patterned on/after 仿照⋯而做
   Her coat *is patterned on* the newest fashion.
   ( 她的外套是仿最新流行款式製作。 )

   > **pattern** *n.* 典範
   > = model
   > = example
   > = standard

2. patent *n.* 專利權 ( = *the exclusive right granted to an inventor* )
   *v.* 取得 ( 某物 ) 的專利　*adj.* 特別明顯的；顯著的
   諧音：陪同，「專利權」要陪同產品申請。
   She applied for a *patent* for her new
   invention. ( 她爲她的新發明申請專利。 )
   What she said was a *patent* lie.
   ( 她說的話很明顯是謊言 )

   > **patent** *n.* 專利權
   > = copyright
   > = license
   > = registered

3. patrol *v.* 巡邏（= *move regularly around a place in order to prevent trouble or crime*）　*n.* 巡邏；巡邏隊
諧音：怕錯，怕有出錯的事，要「巡邏」。
The car park is ***patrolled*** by security officers.
（停車場由保安警察巡邏。）
They are on ***patrol*** tonight.（他們今晚巡邏。）

4. pepper *n.* 胡椒（= *the dried, powdered berries of a certain plant, used for seasoning food*）；胡椒粉
*v.* 加胡椒粉於；掃射；佈滿
He ***peppered*** them with bullets.（他用子彈掃射他們。）

pepper

5. pebble *n.* 小圓石（= *a small smooth rounded stone*）；鵝卵石
形容詞爲 pebbly〔ˈpɛblɪ〕*adj.* 多小卵石的。
pebbly beach　多礫的海灘

pebble

6. peddle *v.* 沿街叫賣（= *travel about selling*）；散播；宣揚
諧音：怕多，「沿街叫賣」怕帶太多商品，賣不完。
These products are generally ***peddled*** from door to door.
（這些商品通常是挨家挨戶叫賣。）
She likes to ***peddle*** gossip.（她喜歡搬弄是非。）

7. peg *n.* 掛鉤（= *a hook on a wall or door for hanging clothes*）；
木樁；衣架；標定點　*v.* 固定
諧音：配個，每件衣服要配個「掛鉤」掛。
The government are trying to prevent inflation by
***pegging*** prices.（政府正設法穩定物價防止通貨膨脹。）

peg

8. peck *v.* 啄食（= *strike or pick up with the beak, usually in order to eat*）；啄；輕吻；一點一點地吃　*n.* 啄；親吻
She just ***pecked*** at her food.（她只是勉強吃了一點。）

9. peculiar *adj.* 獨特的（= *special*）；特有的
He has his own ***peculiar*** way of doing
things.（他有他自己做事情獨特的方式。）

> **peculiar** *adj.* 獨特的
> = particular
> = unique
> = distinct

BOOK **16**

# *13. peak*

| | | | |
|---|---|---|---|
| *peak ³ | 〔 pik 〕 | 【同音字】 | n. 山頂 |
| peek ⁵ | 〔 pik 〕 | | v. 偷看 |
| *peel ³ | 〔 pil 〕 | | v. 剝（皮） |
| *peer ⁴ | 〔 pɪr 〕 | | n. 同儕 |
| *penny ³ | 〔'pɛnɪ 〕 | | n. 一分硬幣 |
| pension ⁶ | 〔'pɛnʃən 〕 | | n. 退休金 |
| persevere ⁶ | 〔,pɝsə'vɪr 〕 | | v. 堅忍 |
| perseverance ⁶ | 〔,pɝsə'vɪrəns 〕 | | n. 毅力 |
| perspective ⁶ | 〔 pɚ'spɛktɪv 〕 | | n. 正確的眼光 |

【記憶技巧】

1. **peak** *n.* 山頂（ = *top* ）；最高峰　*adj.* 旺季的；高峰時期的
   *v.* 達到高峰；達到最高值
   His career was at its *peak* when he died.
   （他的職業生涯在他去世時達到高峰。）
   The roads are full of traffic at *peak* hours.
   （尖峰時間路上交通繁忙。）
   Sales usually *peak* just before Christmas.
   （銷售量通常在聖誕節前達到高峰。）

   > **peak** *n.* 最高峰
   > = high point
   > = climax
   > = crown

2. **peek** *v.* 偷看（ = *peep* ）；窺視；露出　*n.* 偷看；一瞥
   She *peeked* at him through a crack in the wall.
   （她透過牆上的小縫偷窺他。）
   The sun *peeked* out from behind the clouds.
   （太陽從雲層後面露出來。）
   Take a *peek* through the window.（從窗子偷窺一下。）

BOOK **16**

3. peel *v.* 剝（皮）(= *skin* )；剝；抽；脫落 *n.* 外皮
   She *peeled* the potatoes. ( 她把馬鈴薯皮削掉。)
   Her sunburn was so bad that her shoulders were *peeling*.
   ( 她曬傷得很嚴重，肩膀都脫皮了。)
   【比較】peeler〔'pilə〕*n.* 剝皮器

4. peer *n.* 同儕 ( = *a person who is of equal standing with another
   in a group* )；同輩；相匹敵的人 *v.* 凝視；仔細看；費力地看
   His personality made him popular with his *peers*.
   ( 他的個性讓他深受同儕的歡迎。)
   He *peered* at the small writing. ( 他使勁地看著那細小的字體。)

5. penny *n.* 一分硬幣 ( = *cent* )；便士 ( 英國貨幣單位 )
   A *penny* saved is a *penny* earned. (【諺】省一文就賺一文。)
   A *penny* for your thoughts. ( 用一分錢買你的想法；你在想什麼？)

6. pension *n.* 退休金 ( = *a regular payment to a person that is
   intended to allow him to subsist without working* )；年金
   諧音：騙孫，有「退休金」會有想騙你錢的孫子。
   He lives on his *pension*. ( 他靠退休金過活。)

7. persevere *v.* 堅忍 ( = *persist* )；不屈不撓
   諧音：迫使餵兒，被迫使餵養小孩，要「堅忍」工作賺錢。
   He *persevered* in his task. ( 他孜孜不倦地工作。)

8. perseverance *n.* 毅力 ( = *persistence* )；堅忍
   Exellent marks are a result of hard
   work and *perseverance*.
   ( 優異的成績是勤奮和努力的結果。)

   > **perseverance** *n.* 毅力
   > = resolution
   > = determination
   > = endurance

9. perspective *n.* 正確的眼光 ( = *a correct or sensible
   understanding* )；理性的判斷；看法；遠景
   per (*through*) + spect (*see*) + ive (*n.*) = perspective
   看透事物，要有「正確的眼光」。
   Keep things in *perspective*. ( 要理性看待事情。)

# *14. pessimism*

| | | |
|---|---|---|
| **pessimism** [5] | (ˈpɛsəˌmɪzəm) | *n.* 悲觀 |
| *pessimistic [4] | (ˌpɛsəˈmɪstɪk) | *adj.* 悲觀的 |
| | | |
| **piece** [1] | (pis) | *n.* 片 |
| **pierce** [6] | (pɪrs) | *v.* 刺穿 |
| | | |
| *plain [2] | (plen) | *adj.* 平凡的 |
| *planet [2] | (ˈplænɪt) | *n.* 行星 |
| **plague** [5] | (pleg) | *n.* 瘟疫 |
| | | |
| *plot [4] | (plɑt) | *n.* 情節 |
| **plow** [5] | (plaʊ)【注意發音】 | *n.* 犁 |

BOOK
**16**

【記憶技巧】

1. **pessimism** *n.* 悲觀 ( = *the tendency to expect the worst* )
   諧音：怕捨命甚，非常害怕捨去性命，就是「悲觀」。
   The trouble with her *pessimism* is that it depresses everyone else as well. ( 麻煩的是，她的悲觀也讓其他人跟著消沈。)

2. pessimistic *adj.* 悲觀的 ( = *gloomy* )
   Doctors are *pessimistic* about his chances of making a full recovery. ( 醫生們對他完全康復的可能性持悲觀態度。)

3. piece *n.* 片 ( = *slice* )；一件；一項　*v.* 拼湊
   take…to pieces 把…拆開　　piece together 拼湊
   To fix the clock, he had to *take* it *to pieces*.
   ( 他要修好那個鐘，必須先拆開它。)
   Frank was beginning to *piece together* what had happened.
   ( 法蘭克開始把發生過的事情拼湊起來。)

4. pierce *v.* 刺穿（= *cut through*）；（光線、聲音等）透過；
深深地打動

The arrow *pierced* his arm.

（箭刺穿他的手臂。）

A sudden scream *pierced* the silence.

（突然一聲尖叫劃破了沈寂。）

> **pierce** *v.* 刺穿
> = penetrate
> = stab
> = run through

Her words *pierced* John's heart.（她的話深深地打動約翰的心。）

【比較】piercing〔'pɪrsɪŋ〕 *adj.* 刺骨的；刺耳的；銳利的

5. **plain** *adj.* 平凡的（= *ordinary*）；淺顯易懂的；樸素的；坦白的
*n.* 平原

His words were quite *plain*.

（他說的話簡單明瞭。）

I'll be *plain* with you. I don't like the
idea.（我要坦白跟你說，我不喜歡這主意。）

> **plain** *adj.* 坦白的
> = honest
> = frank
> = candid

6. **planet** *n.* 行星（= *a very large round object that moves around
the sun or another star*）　　the planet 地球；地球上的一切

No generation has the right to pollute *the planet*.

（任何世代的人都沒有權利污染地球。）

7. **plague** *n.* 瘟疫（= *an extremely infectious and deadly
disease*）；禍害；氾濫 *v.* 長期困擾；使煩惱

諧音：怕來個，大家很怕來個「瘟疫」。　　the plague 黑死病

avoid…like the plague 對…退避三舍

Everyone *avoids* him *like the plague*.

（每個人看到他都退避三舍。）

As a child, she was *plagued* with
illness.（她小時候飽受病魔折磨。）

> **plague** *v.* 長期困擾
> = torment
> = trouble
> = haunt

8. **plot** *n.* 情節（= *story*）；策略 *v.* 密謀；構思

They're *plotting* his murder.（他們正在密謀殺害他。）

plow

9. **plow** *n.* 犁（= *a farm tool used for turning over soil*）*v.* 犁（地）

Farmers *plow* in autumn or spring.（農夫在秋天或春天犁田。）

BOOK
16

# *15. pork*

| | | |
|---|---|---|
| ***pork*** ² | 〔 pork 〕 | *n.* 豬肉 |
| **poke** ⁵ | 〔 pok 〕 | *v.* 刺 |
| *****polish** ⁴ | 〔'palɪʃ 〕 | *v.* 擦亮 |
| *****pole** ³ | 〔 pol 〕 | *n.* (南、北) 極 |
| **polar** ⁵ | 〔'polɚ 〕 | *adj.* 極地的 |
| *****poll** ³ | 〔 pol 〕 | *n.* 民意調查 |
| **porch** ⁵ | 〔 portʃ 〕 | *n.* 門廊 |
| **poach** ⁶ | 〔 potʃ 〕 | *v.* 偷獵 |
| **poacher** ⁶ | 〔'potʃɚ 〕 | *n.* 偷獵者 |

【記憶技巧】

1. pork *n.* 豬肉 ( = *the flesh of a pig used as food* )
   pork chop 豬排
   Can I have another ***pork chop***, please? (能再給我一片豬排嗎？)

2. poke *v.* 刺 ( = *stick* )；戳；伸出；突出　*n.* 刺；戳
   Jane ***poked*** me in the arm to get my attention.
   (珍戳了一下我的手臂，以引起我的注意。)
   poke fun at 嘲笑　　poke *one's* nose into 刺探
   Don't ask questions and ***poke your nose into*** other people's
   business. (不要問常長短刺探別人的事。)
   【比較】poker 〔'pokɚ 〕 *n.* 撲克牌；火鉗

3. polish *v.* 擦亮 ( = *shine* )；加強；潤飾
   *n.* 亮光劑；擦亮；光澤；完美
   諧音：跑來洗，洗完之就可以「擦亮」。

   > **polish** *v.* 加強
   > ⎰ = perfect
   > ⎱ = improve
   > ⎰ = refine

   Every morning he ***polished*** his shoes. (他每天早上把靴子擦亮。)

You would do well to *polish* your skills.
（你如果能改善你的技術，可以很有成就。）
The table needs agood *polish*. （這張桌子需要好好擦一擦了。）
【比較】Polish〔'polɪʃ〕*adj.* 波蘭的 *n.* 波蘭語

4. **pole** *n.* （南、北）極（= *the north or south end of the Earth's axis* ）；竿；極端；電池極點；（大寫）波蘭人
The sign hung at the top of a large *pole*.
（那告示被掛在巨大竿子的上面。）
poles apart 截然不同；南轅北轍
Our opinions on this subject are *poles apart*.
（我們對這件事情的看法南轅北轍。）

5. **polar** *adj.* 極地的（= *of or pertaining to the North or South Pole* ）；截然不同的；電極的　　polar bear 北極熊
They're *polar* opposites. （他們倆截然不同。）

6. **poll** *n.* 民意調查（= *a test of public opinion* ）；（選舉的）投票
*v.* 對…進行民意調查；得到（票數）
A recent *poll* indicated that people opposed the changes.
（最近的一次民調指出，大多數人反對這些變革。）
More than 18,000 people were *polled*. （超過一萬八千人接受民調。）

7. **porch** *n.* 門廊（= *a covered entrance to a building* ）；走廊
諧音：潑漆，「門廊」容易被潑漆。
They waited in the *porch* until it stopped raining.
（他們在門廊等待雨停。）

porch

8. **poach** *v.* 偷獵（= *hunt illegally* ）；挖角；（在微開的水中）煮
諧音：剝去，擅自剝去園中的動物就是「偷獵」。
The two men were caught *poaching* lions on government land.
（兩名男子在政府土地盜獵獅子時被捕。）
a poached egg 水煮蛋

9. **poacher** *n.* 偷獵者（= *a person who illegally hunts game* ）

# *16. precaution*

| | | | |
|---|---|---|---|
| **precaution**[5] | ﹝ prɪˋkɔʃən ﹞ | | *n.* 預防措施 |
| **precision**[6] | ﹝ prɪˋsɪʒən ﹞ | | *n.* 精確 |
| **premier**[6] | ﹝ prɪˋmɪr ﹞【注意發音説明】 | | *n.* 首相 |
| *__pretend__[3] | ﹝ prɪˋtɛnd ﹞ | | *v.* 假裝 |
| **presume**[6] | ﹝ prɪˋzum ﹞ | | *v.* 假定 |
| **prevail**[5] | ﹝ prɪˋvel ﹞ | | *v.* 普及 |
| **preview**[5] | ﹝ˋpriˏvju ﹞【注意重音】 | | *v.* 預習 |
| *__previous__[3] | ﹝ˋprivɪəs ﹞ | | *adj.* 先前的 |
| ‡**priest**[3] | ﹝ prist ﹞ | | *n.* 神職人員 |

【記憶技巧】

1. precaution *n.* 預防措施 ( = *a measure taken in advance* );
   小心　　pre (*before*) + caution ( 小心 ) = precaution
   Doctors recommend taking **precautions** to protect your skin
   from the sun. ( 醫生建議採取措施以免皮膚曬傷。)
   形容詞爲 precautionary ﹝ prɪˋkɔʃənˏɛrɪ ﹞ *adj.* 預防的。

2. precision *n.* 精確 ( = *exactness* );準確性
   precise ( 精確的 ) – e + ion (*n.*) = precision
   The flowers were drawn with great
   **precision**. ( 這些花被描繪得非常準確。)

   > **precision** *n.* 精確
   > = exactness
   > = accuracy
   > = fidelity

3. premier *n.* 首相 ( = *prime minister* )　　*adj.* 最好的;最重要的
   英國人唸成﹝ˋprimɪə ﹞,美國人唸成﹝ prɪˋmɪr ﹞。
   the Irish Premier　愛爾蘭總理
   the island's premier resort　該島的最佳去處
   【比較】premiere ﹝ prɪˋmɪr ﹞ *n.* 首演;( 電影的 ) 首映

BOOK
**16**

4. **pretend** *v.* 假裝（= *make believe*）；謊稱；裝扮
   pre (*before*) + tend（傾向）= pretend
   He *pretended* to be asleep.（他裝睡。）
   I cannot *pretend* to understand the problem.
   （我不能謊稱我了解這個問題。）

5. **presume** *v.* 假定（= *believe*）；以為；冒昧
   pre (*before*) + sume (*take*) = presume
   心中預先拿了主意，就是「假定」。

   > **presume** *v.* 假定
   > = think
   > = suppose
   > = assume

   I *presume* you've already ordered lunch.（我以為你已經訂了午餐。）
   May I *presume* to ask you a question?
   （我可以冒昧問你一個問題嗎？）

6. **prevail** *v.* 普及（= *be most usual or common*）；盛行；克服
   pre (*before*) + vail (*strong*) = prevail，在面前很有力，就是「普及」。
   The strange custom still *prevails*.（那種奇怪的風俗至今仍流行。）
   Goodwill *prevails* over evil.（善良戰勝邪惡。）
   形容詞是 prevalent（ˈprɛvələnt）*adj.* 普遍的。

7. **preview** *v.* 預習（= *view in advance*）；預告 *n.* 預演；預兆
   pre (*before*) + view（看）= preview，預先看，就是「預習」。
   Recent storms amd floods could be a *preview* of the effects of
   climate change.（最近的暴風雨和水災可能是氣候變化影響的預兆。）

8. **previous** *adj.* 先前的（= *earlier*）；以前的；預先的
   pre (*before*) + vi(a) (*way*) + ous (*adj.*)
   = previous，前面走過的路，就是「先前的」。

   > **previous** *adj.* 先前的
   > = past
   > = prior
   > = former

   No *previous* experience is required.
   （無須任何經驗。）
   *Previous* to his present job, he was a bus driver.
   （在做這份工作之前，他是公車司機。）
   previous conviction 犯罪前科（= *previous offence*）

9. **priest** *n.* 神職人員；神父（= *clergyman*）
   He had trained to be a Catholic *priest*.（他受訓練成為天主教神父。）

# *17. proud*

| | | |
|---|---|---|
| ***proud** 2 | 〔 praʊd 〕 | *adj.* 驕傲的 |
| **profound** 6 | 〔 prə'faʊnd 〕 | *adj.* 深奧的 |
| **prowl** 6 | 〔 praʊl 〕 | *v.* 徘徊 |
| **prune** 5 | 〔 prun 〕 | *v.* 修剪 |
| *prove 1 | 〔 pruv 〕 | *v.* 證明 |
| *proverb 4 | 〔'prɑvɝb 〕 | *n.* 諺語 |
| **purse** 2 | 〔 pɝs 〕 | *n.* 錢包 |
| *pursue 3 | 〔 pɚ'su 〕 | *v.* 追求 |
| *pursuit 4 | 〔 pɚ'sut 〕 | *n.* 追求 |

【記憶技巧】

1. **proud** *adj.* 驕傲的（ = *arrogant* ）；得意的；自豪的
   be proud of 對⋯感到自豪（ = *take pride in* ）
   She has a reputation for being **proud** and
   arrogant. （她以驕傲和自負知名。）

   > **proud** *adj.* 驕傲的
   > ⎰ = conceited
   > ⎱ = vain
   > ⎰ = egoistic

2. **profound** *adj.* 深奧的（ = *requiring great knowledge* ）；重大的
   pro (*forth*) + found（建立）= profound
   往前建立，是「重大的」決定。
   The experience had a **profound** influence on me.
   （那次的經驗對我影響很深。）

3. **prowl** *v.* 徘徊（ = *move about stealthily* ）；遊蕩 *n.* 徘徊；出沒
   pr + owl（貓頭鷹）= prowl，貓頭鷹在晚上「徘徊」。
   The police caught him **prowling** in the neighborhood.
   （警察發現他在附近徘徊。）
   Pickpockets are always on the **prowl**. （扒手總是到處徘徊。）

4. prune *v.* 修剪（= *cut* ）；削減　*n.* 梅乾
We'll need to *prune* back the branches.
（我們必須把樹枝剪短。）
Companies must continually *prune* costs
to stay competitive. （公司必須不斷降低成本以保持競爭力。）

> **prune** *v.* 削減
> = cut
> = reduce
> = trim

5. **prove** *v.* 證明（= *show to be true* ）；證明是；結果是
The new evidence could *prove* their innocence.
（新的證據可以證明他們是清白的。）
His suspicions *proved* to be correct.
（結果證明他的懷疑是正確的。）

> **prove** *v.* 證明
> = determine
> = establish
> = confirm

6. **proverb** *n.* 諺語（= *saying* ）；格言
pro + verb（動詞）= proverb
As the *proverb* goes, "Where there's a will, there is a way."
（俗話說：「有志者，事竟成。」）

7. purse *n.* 錢包（= *a small bag for carrying money* ）；手提包；
財力　*v.* 噘（嘴）
I looked in my *purse* for some change. （我看看錢包裡想找些零錢。）
It was too expensive for my *purse*. （對我來說太貴了。）
She *pursed* her lips in disapproval. （她噘嘴表示不同意。）

8. pursue *v.* 追求（= *chase* ）；從事；追查
purse（錢包）+ u = pursue，錢包被拿了要「追求」回來。
She *pursued* the man who had stolen
her bag. （她追趕偷她包包的男子。）
He wanted to *pursue* a career in medicine.
（他想要從事醫療工作。）

> **pursue** *v.* 從事
> = engage in
> = participate in
> = practice

9. pursuit *n.* 追求（= *seeking* ）；尋求；嗜好
in pursuit of 追求
The police are *in pursuit of* the bank
robbers. （警方正在追捕那些銀行搶匪。）
They both love outdoor *pursuits*. （他們倆都愛戶外活動。）

> **pursuit** *n.* 嗜好
> = activity
> = hobby
> = pastime

# 18. *rank*

| | | | |
|---|---|---|---|
| *rank ³ | 〔 ræŋk 〕 | *n.* | 階級 |
| rack ⁵ | 〔 ræk 〕 | *n.* | 架子 |
| raft ⁶ | 〔 ræft 〕 | *n.* | 木筏 |
| rally ⁵ | 〔ˈrælɪ 〕 | *v.* | 召集 |
| *range ² | 〔 rendʒ 〕 | *n.* | 範圍 |
| ravage ⁶ | 〔ˈrævɪdʒ 〕 | *v.* | 毀壞 |
| reap ⁵ | 〔 rip 〕 | *v.* | 收割 |
| reef ⁵ | 〔 rif 〕 | *n.* | 礁 |
| reel ⁵ | 〔 ril 〕 | *v.* | 捲 |

【記憶技巧】

1. **rank** *n.* 階級 ( = *class* )；地位；排；橫列 *v.* 排列；( 使 ) 位居
He is above me in *rank*. ( 他位階比我高。)
John *ranks* first on our swimming team.
( 約翰在我們游泳隊上排名第一。)
the rank and file 士兵；一般成員
They lost the support of *the rank and file*. ( 他們失去一般大衆的支持。)

> **rank** *n.* 階級；地位
> = status
> = position
> = order

2. rack *n.* 架子 ( = *sheft* )；置物架 *v.* 拷問；折磨
Put your coat on the luggage *rack*. ( 把你的外套放在行李架上。)
She was *racked* by doubts and indecision.
( 她因憂慮和優柔寡斷而痛苦不堪。)
rack *one's* brains 絞盡腦汁
We *racked our brains* for an answer. ( 我們絞盡腦汁找答案。)

rack

3. raft *n.* 木筏 ( = *a simple flat boat made by tying long pieces of wood together* )；救生筏；橡皮艇 *v.* 以筏運送；搭乘木筏

He went down the river on a *raft*.
（他坐橡皮艇沿河而下。）

raft

4. rally *v.* 召集（= *bring together*）；前來援助；恢復；重新振作
   *n.* 集會；回升
   He *rallied* his own supporters for a fight.
   （他召集他的支持者作戰。）
   Environmental groups held a *rally* in
   London last week.（環保團體上週在倫敦集會。）
   She *rallied* from her illness.（她從疾病中康復。）

> **rally** *v.* 召集
> ⎰ = unite
> ⎱ = assemble
>   = gather

5. **range** *n.* 範圍（= *scope*）；種類；牧場　*v.*（範圍）包括
   He has a very wide *range* of interests.（他的興趣廣泛。）
   range from A to B　範圍包括 A 到 B
   Their ages *range from* 35 *to* 50.
   （他們的年齡在 35 歲到 50 歲之間。）

> **range** *n.* 種類
> ⎰ = variety
> ⎱ = selection
>   = collection

6. ravage *v.* 毀壞（= *destroy*）；破壞　*n. pl.* 破壞
   A tornado *ravaged* the town.
   （一場龍捲風破壞了那個城鎮。）
   The *ravages* of time affected her beauty.
   （歲月摧毀了她的美貌。）

> **ravage** *v.* 毀壞
> ⎰ = ruin
> ⎱ = devastate
>   = wreck

7. reap *v.* 收割（= *cut and gather*）；收穫
   You *reap* what you sow.（【諺】一分耕耘，一分收穫。）
   Work hard now and you'll *reap* the benefits later on.
   （現在努力工作，以後將可坐收利益。）

8. reef *n.* 礁（= *a ridge of rock*）；暗礁
   coral reefs 珊瑚礁　　strike a reef 觸礁

9. reel *n.* 捲（= *a round wheel-shaped or cylindrical
   object of wood, metal, etc*）；繞；線軸
   *v.* 捲收；捲繞；蹣跚而行；暈眩
   All these statistics make me *reel*.（所有這些統計數字讓我暈眩。）

reel

# *19. realm*

| | | | |
|---|---|---|---|
| **realm** [5] | 〔 rɛlm 〕【注意發音】 | *n.* | 領域 |
| **reckless** [5] | 〔'rɛklɪs 〕 | *adj.* | 魯莽的 |
| **relevant** [6] | 〔'rɛləvənt 〕 | *adj.* | 有關連的 |
| **relic** [5] | 〔'rɛlɪk 〕 | *n.* | 遺跡 |
| *** rescue** [4] | 〔'rɛskju 〕 | *v. n.* | 拯救 |
| **render** [6] | 〔'rɛndɚ 〕 | *v.* | 使變成 |
| *** regard** [2] | 〔 rɪ'gard 〕 | *v.* | 認為 |
| *** regarding** [4] | 〔 rɪ'gardɪŋ 〕 | *prep.* | 關於 |
| **regardless** [6] | 〔 rɪ'gardlɪs 〕 | *adj.* | 不顧慮的 |

【記憶技巧】

1. realm *n.* 領域 ( = *field* );範圍;王國;國土
   This is really not within the ***realm*** of my
   experience. ( 這不太在我的經驗範圍內。)
   Defence of the ***realm*** is crucial.
   ( 國土的防衛很重要。)

   | **realm** *n.* 領域 |
   |---|
   | = area |
   | = sphere |
   | = territory |

2. reckless *adj.* 魯莽的 ( = *very careless* );不顧一切的;輕率的
   諧音:累個立死,「魯莽的」駕駛容易累到死。
   He was found guilty of ***reckless*** driving.
   ( 他被判危險駕駛罪。)

3. relevant *adj.* 有關連的 ( = *related* ) < *to* >;適切的
   諧音:累了煩,「相關連的」資料,看得又累又煩。
   Once we have all the ***relevant*** information, we can make a
   decision. ( 我們一旦掌握了所有的相關資料,就可以做出決定。)
   相反詞為 irrelevant 〔 ɪ'rɛləvənt 〕 *adj.* 無關的;不恰當的。

4. relic  *n.* 遺跡 ( = *something left from a past time* )；遺骸；
遺留物
This stone axe is a *relic* of ancient times. ( 這石斧是古代的遺物。 )

5. rescue  *v.* 拯救 ( = *save* )；解救  *n.* 解救；援救
諧音：累死苦，「拯救」快累死痛苦的人。
You *rescued* me from an embarrassing situation.
( 你把我從尷尬的場面救了出來。 )
come to *one's* recue  前來拯救某人
They *came* quickly *to our rescue*. ( 他們很快就來拯救我們。 )

6. render  *v.* 使變成 ( = *make* )；提供；表達；翻譯
His remarks *rendered* me speechless. ( 他的評論讓我無話可說。 )
Some of her poems had been *rendered* into English.
( 她的一些詩已經被翻譯成英文。 )
You have *rendered* me a service. ( 你幫了我一個忙。 )

7. **regard**  *v.* 認為 ( = *view* )；尊重  *n.* 尊重；關心  *pl.* 問候
regard A as B  認為 A 是 B
Do you *regard* this issue as important?
( 你認為這個問題重要嗎？ )
He paid no *regard* to it.
( 他對那件事毫不關心。 )
Give my *regards* to your parents.
( 代我問候你父母。 )

> **regard** *v.* 認為
> = look upon
> = think of
> = see

8. **regarding**  *adj.* 關於 ( = *about* )
I have a question *regarding* your
comments. ( 關於你的評論，我有一個問題。 )

> **regarding** *prep.* 關於
> = respecting
> = concerning
> = touching
> = in regard to
> = with regard to
> = as regards

9. regardless  *adj.* 不顧慮的 ( = *careless* ) < *of* >；不注意的
*adv.* 不顧；不管 < *of* >
He is *regardless* of the result. ( 他不顧慮後果。 )
There must be equality of rights for all citizens, *regardless* of
nationality. ( 不分國籍，所有的公民權利都必須均等。 )

BOOK 16

# *20. renew*

| | | |
|---|---|---|
| * **renew** 3 | ( rɪ'nju ) | v. 更新 |
| **renowned** 6 | ( rɪ'naʊnd ) | adj. 有名的 |
| * **reluctant** 4 | ( rɪ'lʌktənt ) | adj. 不情願的 |
| **resort** 5 | ( rɪ'zɔrt ) | n. 渡假勝地 |
| * **resource** 3 | ( rɪ'sors ) | n. 資源 |
| **reproduce** 5 | ( ,riprə'djus ) | v. 繁殖 |
| **riot** 6 | ( 'raɪət ) | n. 暴動 |
| **rifle** 5 | ( 'raɪfḷ ) | n. 來福槍 |
| **rivalry** 6 | ( 'raɪvḷrɪ ) | n. 競爭 |

【記憶技巧】

1. **renew** v. 更新 ( = *make new* )；將…延期；恢復
   Their friendship was *renewed*. ( 他們的友誼又重新開始。)
   It's time to *renew* your subscription to the magazine.
   ( 該是你續訂這本雜誌的時候了。)

2. renowned *adj.* 有名的 ( = *famous* )
   re + (k)nown (*know*) + ed (*adj.*)

   | **renowned** *adj.* 有名的 |
   |---|
   | = famed |
   | = noted |
   | = celebrated |

   = renowned，反覆地被知道，就是「有名的」。
   He is *renowned* as an artist. ( 他是著名的藝術家。)

3. **reluctant** *adj.* 不情願的 ( = *unwilling* )；勉強的
   諧音：若拉客談的，拉客人談天，他們感到「不願意的」。
   He was *reluctant* to ask for help. ( 他不願意求助。)
   She felt a *reluctant* admiration for her opponent.
   ( 她對她的對手很不服氣。)
   名詞為 reluctance ( rɪ'lʌktəns ) *n.* 勉強；不情願。

4. **resort** *n.* 度假勝地（= *retreat*）；手段 *v.* 採取；訴諸 < *to* >
   re + sort（種類）= resort
   a summer resort 避暑勝地　　a last resort 最後手段
   As *a last resort*, we could borrow more money from the bank.
   （我們不得已時還可以向銀行多借錢。）
   I think we can solve this problem without *resorting* to legal
   action.（我認為我們可以不用訴諸法律行動就能解決這個問題。）

5. **resource** *n.* 資源（= *supply*）；才智 *pl.* 處理問題的能力
   re + source（來源）= resource
   This country is rich in natural *resources*.（這個國家富有天然資源。）
   He is full of *resource*.（他很有機智。）
   【比較】resourceful〔rɪ'sɔrsfəl〕*adj.* 機智的；足智多謀的

6. reproduce *v.* 繁殖（= *breed*）；生育；複製
   re + produce（製造）= reproduce
   Fish *reproduce* by laying eggs.
   （魚以產卵的方式繁殖。）
   The effect has proved hard to *reproduce*.
   （結果證明這效果是很難複製的。）

   > **reproduce** *v.* 複製
   > = copy
   > = recreate
   > = imitate

7. riot *n.* 暴動（= *a noisy, violent public disorder*）；狂歡；多采
   多姿 *v.* 發生暴動　　諧音：亂餓，人民又亂又餓，就是「暴動」。
   The army had to be called to put down
   the *riot*.（軍隊被召來鎮壓暴動。）
   The garden was a *riot* of color.
   （這花園五彩繽紛。）

   > **riot** *n.* 暴動
   > = disturbance
   > = turmoil
   > = commotion

8. rifle *n.* 來福槍（= *a gun with a long barrel, fired from the*
   *shoulder*）；步槍

   rifle

9. rivalry *n.* 競爭（= *competition*）；敵對
   rival（競爭對手）+ ry (*n.*) = rivalry
   There is friendly *rivalry* between the two teams.
   （兩隊之間有友好競爭關係。）

# 21. *rigid*

| | | | |
|---|---|---|---|
| **rigid** [5] | ('rɪdʒɪd ) | *adj.* | 嚴格的 |
| **rigorous** [6] | ('rɪgərəs ) | *adj.* | 嚴格的 |
| ***ring** [1] | ( rɪŋ ) | *n.* | 戒指 |
| **rim** [5] | ( rɪm ) | *n.* | 邊緣 |
| **roam** [5] | ( rom ) | *v.* | 漫步 |
| *roar** [3] | ( ror ) | *v.* | 吼叫 |
| *roast** [3] | ( rost ) | *v.* | 烤 |
| **robin** [5] | ('rabɪn ) | *n.* | 知更鳥 |
| **rod** [5] | ( rad ) | *n.* | 棍子 |

【記憶技巧】

1. **rigid** *adj.* 嚴格的 ( = *strict* );不變通的;僵硬的;堅持的
   諧音:立即的,「嚴格的」規則要立即行動。
   When he was studying for exams, he kept to a *rigid* schedule.
   ( 他準備考試時會嚴格遵守讀書計畫。)
   My father is very *rigid* in his thinking.
   ( 我父親的思想很頑固。)
   I was *rigid* with fear. ( 我害怕得人都僵了。)

   > **rigid** *adj.* 不變通的
   > { = inflexible
   > { = harsh
   > { = stern

2. **rigorous** *adj.* 嚴格的 ( = *strict* );縝密的;( 氣候等 ) 嚴酷的
   rigor ( 嚴格;縝密 ) + ous (*adj.*) = rigorous
   rigorous discipline  嚴格的紀律
   He is *rigorous* in his control of
   expenditure. ( 他很嚴格控制花費。)

   > **rigorous** *adj.* 縝密的
   > { = thorough
   > { = accurate
   > { = precise

3. **ring** *n.* 戒指 ( = *a small circle of gold or silver worn on the finger* );電話鈴聲;鐘聲;拳擊場;性質  *v.* 按 ( 鈴 );發出聲響

**BOOK**

**16**

He's married but he doesn't wear a wedding *ring*.
（他已婚，但並沒有戴婚戒。）
ring a bell  聽起來很熟悉
The name *rings a bell*.（這名字很耳熟。）

4. rim *n.* 邊緣（= *edge*）；外緣　*v.* 形成…的邊緣；環繞…的輪廓
His glasses have gold *rims*.（他的眼鏡鑲有金邊。）
There was a *rim* of dirt on the outside of his collar.
（他衣領內側有一圈污漬。）
Hills *rim* the horizon.（小山構成了地平線的輪廓。）

5. roam *v.* 漫步（= *move about aimlessly*）；徘徊；流浪
Tourists like to *roam* about the old town.
（遊客喜歡在老鎮上漫步。）
You shouldn't let your children *roam* the streets.（你不該讓你的小孩在街上流浪。）

| **roam** *v.* 漫步 |
|---|
| = walk |
| = wander |
| = stroll |

6. **roar** *v.* 吼叫（= *shout*）；大叫；大笑；咆哮　*n.* 吼叫；隆隆聲
The clown made us *roar* with laughter.（那小丑讓我們哄然大笑。）
I could hear the *roar* of traffic outside.
（我可以聽到外頭隆隆的汽車聲。）

7. roast *v.* 烤（= *cook with dry heat*）；烘焙　*n.* 大塊烤肉
*adj.* 烘烤的；火烤的
roast duck  烤鴨
You should *roast* the chicken for two hours.
（這雞你應該烤兩小時。）

8. robin *n.* 知更鳥（= *a small European bird with a red breast*）
Robin Hood  羅賓漢【傳說中劫富濟貧的綠林好漢】

robin

9. rod *n.* 棍子（= *a long thin stick or piece of wood, metal, etc*）；
鞭子；竿；權杖　　fishing rod  釣竿
Spare the *rod* and spoil the child.（【諺】不打不成器。）

# *22. scale*

| | | | |
|---|---|---|---|
| *scale ³ | 〔 skel 〕 | n. | 規模 |
| *scarcely ⁴ | 〔'skɛrslɪ 〕 | adv. | 幾乎不 |
| *scatter ³ | 〔'skætɚ 〕 | v. | 散播 |
| *scold ⁴ | 〔 skold 〕 | v. | 責罵 |
| *scorn ⁵ | 〔 skɔrn 〕 | v. | 輕視 |
| *scout ³ | 〔 skaʊt 〕 | v. | 偵察 |
| scope ⁶ | 〔 skop 〕 | n. | 範圍 |
| scrape ⁵ | 〔 skrep 〕 | n. | 擦傷 |
| *scoop ³ | 〔 skup 〕 | v. | 舀取 |

【記憶技巧】

1. scale *n.* 規模 ( = *the size of an activity* )；程度；刻度；比例；
   音階；鱗 *pl.* 天平 *v.* 爬；調整；刮鱗
   The earthquake measured 4 on the Richter *scale*.
   （這場地震是芮氏規模四級。）
   The rich are at the top of the social *scale*.
   （富人位於社會等級的上層。）
   The prisoner *scaled* the high prison wall and ran off.
   （那個囚犯爬上高聳的監獄圍牆逃走。）

2. scarcely *adv.* 幾乎不 ( = *hardly* = *barely* )
   scarce（稀少的）+ ly (*adv.*) = scarcely
   We *scarcely* made it home on time.（我們差點沒能及時回到家。）

3. scatter *v.* 散播 ( = *throw about* )；撒；散開
   諧音：撕開的，撕開的紙「散播」在地。
   The explosion sent the crowd *scattering*.
   （爆炸聲使群眾驚慌四散。）
   They *scattered* the field with seed.（他們在田地上播種。）

> scatter *v.* 散開
> = disperse
> = separate
> = break up

BOOK
**16**

4. **scold** *v.* 責罵 ( = *blame* )；責備
   I *scolded* him for being late. ( 我責罵他遲到。)
   名詞為 scolding〔'skoldɪŋ〕*n.* 責罵。

   > **scold** *v.* 責罵
   > = criticize
   > = lecture
   > = nag

5. scorn *v.* 輕視 ( = *despise* )；瞧不起；不屑　　*n.* 輕視；嘲弄
   s + corn ( 玉米 ) = scorn
   We *scorn* liars and hypocrites.
   ( 我們瞧不起說謊者和偽君子。)
   He looked at my drawing with *scorn*.
   ( 他輕蔑地看著我的畫。)

   > **scorn** *n.* 輕視
   > = contempt
   > = mockery
   > = sneer

6. scout *v.* 偵察 ( = *search or examine a place* )；搜索；物色人才
   *n.* 偵查員；星探；童子軍　　sc + out ( 外面 ) = scout
   talent scout　星探
   John was sent to *scout* the area. ( 約翰被派去這個地區偵察。)
   They sent two men out in front as *scouts*.
   ( 他們派兩個人在前面偵察。)

7. scope *n.* 範圍 ( = *range* )；機會；發展餘地
   These issues are beyond the *scope* of this
   book. ( 這些議題不在這本書的討論範圍之內。)
   There is still much *scope* for improvement.
   ( 還有很大的改善空間。)

   > **scope** *n.* 範圍
   > = extent
   > = area
   > = reach

8. scrape *v.* 擦傷 ( = *skin* )；刮；擦；刮擦發出刺耳聲　　*n.* 擦傷
   sc + rape ( 強暴 ) = scrape
   I *scraped* my elbow when I fell over. ( 我摔倒時擦傷手肘。)
   scrape through　勉強通過
   He just managed to *scrape through* the entrance exam.
   ( 他只勉強通過入學考試。)

9. scoop *v.* 舀取；賺得 ( = *earn* )　　*n.* 杓；一杓的量；獨家新聞
   The boy *scooped* the sand into a bucket with his hands.
   ( 男孩用雙手舀取泥沙到桶內。)
   Two *scoops* of ice cream, please. ( 請給我兩球冰淇淋。)

# *23. scream*

| *scream* [3] | [ skrim ] | v. 尖叫 |
|---|---|---|
| *screen* [2] | [ skrin ] | n. 螢幕 |
| scroll [5] | [ skrol ] | n. 卷軸 |
| segment [5] | ['sɛgmənt ] | n. 部分 |
| seminar [6] | ['sɛmə,nɑr ] | n. 研討會 |
| senator [6] | ['sɛnətə ] | n. 參議員 |
| series [5] | ['sɪriz ] | n. 一連串 |
| sequence [6] | ['sikwəns ] | n. 連續 |
| seduce [6] | [ sɪ'djus ] | v. 勾引 |

【記憶技巧】

1. **scream** *v.* 尖叫 ( = *cry* )  *n.* 尖叫 ( 聲 )
   s + cream ( 奶油 ) = scream
   She *screamed* at the children to stop.
   ( 她對著孩子們尖叫要他們住手。)
   She let out a *scream* of terror. ( 她發出恐懼的叫聲。)

   > **scream** *v.* 尖叫
   > = shriek
   > = squeal
   > = screech

2. **screen** *n.* 螢幕 ( = *a white or silvered surface* )；銀幕；幕；簾；
   紗窗 ( 門 )  *v.* 遮蔽；篩檢；審查；放映
   Our TV has a 32-inch *screen*. ( 我們的電視有三十二吋的螢幕。)
   She first appeared on the *screen* ten years ago.
   ( 她十年前初次登上銀幕。)
   They need to *screen* everyone at risk of contracting the illness.
   ( 他們需要篩檢所有有感染該疾病風險的人。)

3. scroll  *n.* 卷軸 ( = *a document that can be rolled up* )；畫捲
   *v.* ( 使 ) ( 電腦螢幕 ) 捲動    sc + roll ( 滾動 ) = scroll

Ancient *scrolls* were found in caves by the Dead Sea.
（死海旁邊的山洞裡發現古代的卷軸。）
Use the arrow keys to *scroll* through the list of files.
（用箭頭鍵把文件目錄捲動一遍。）

4. segment *n.* 部分（= *part*）；片段　*v.* 分割
seg (*cut*) + ment (*n. v.*) = segment
切割出來，就是「部分」。

> **segment** *n.* 部分
> = section
> = division
> = portion

He divided the orange into *segments*.（他把橘子分割成好幾部分。）
The unemployed are *segmented* into two groups.
（失業的人被分成兩群。）

5. seminar *n.* 研討會（= *any meeting for an exchange of ideas*）；
專題討論課　　諧音：生命哪，「研討會」探討生命來自哪。
Students are asked to prepare material in advance of each
weekly *seminar*.（學生被要求在每週專題討論課前要準備資料。）

6. senator *n.* 參議員（= *a member of a senate*）
【比較】senate（'sɛnɪt）*n.* 參議院

7. series *n.* 一連串（= *similar things placed in order or happening
one after another*）；影集；連續刊物【單複數同形】
She made a *series* of scientific discoveries.
（她有一連串的科學發現。）
I missed the second episode of the *series*.
（我沒看到那部影集的第二集。）

8. sequence *n.* 連續（= *succession*）；一連串；順序
想到 consequence（結果）– con = sequence，「連續」造成結果。
We suffered a *sequence* of defeats.（我們遭到一連串的失敗。）
The *sequence* of names was alphabetical.（姓名按照字母序排列。）

9. seduce *v.* 勾引（= *attract*）；誘姦；誘惑
She was *seduced* by the prospect of
easy money.（她受到能夠輕易賺錢的誘惑。）

> **seduce** *v.* 誘惑
> = tempt
> = lure
> = allure

# *24. serving*

| serving [6] | ( 'sɜvɪŋ ) | *n.* 一人份 |
|---|---|---|
| sermon [5] | ( 'sɜmən ) | *n.* 說教 |
| sergeant [5] | ( 'sardʒənt )【注意發音】 | *n.* 士官 |
| \*\*\*sentence [1] | ( 'sɛntəns ) | *n.* 句子 |
| sensation [5] | ( sɛn'seʃən ) | *n.* 轟動 |
| session [6] | ( 'sɛʃən ) | *n.* 開會 |
| \*sew [3] | ( so ) | *v.* 縫紉 |
| sewer [6] | ( 'soɚ ) | *n.* 縫紉師 |
| \*severe [4] | ( sə'vɪr ) | *adj.* 嚴格的 |

【記憶技巧】

BOOK
**16**

1. serving *n.* 一人份 ( = *helping* )
   Each *serving* contains 240 calories. ( 每一份有 240 大卡。)

2. sermon *n.* 說教 ( = *lecture* ); 講道
   諧音:什麼,「說教」要說什麼?
   Father gave me a *sermon* on table manners .
   ( 父親對於我的餐桌禮儀對我說教一番。)
   The minister preaches a *sermon* now and then.
   ( 牧師偶爾會講道。)

3. sergeant *n.* 士官( = *a noncommissioned officer in certain armed forces* ); 中士【簡寫為 Sgt.】; 警佐   sergeant major 士官長
   諧音:沙場,「士官」要勇敢赴沙場。
   He is a *sergeant*. ( 他是中士。)
   【比較】corporal ( 'kɔrpərəl ) *n.* 下士;班長

4. **sentence** *n.* 句子 ( = *a number of words forming a complete statement* )；刑罰　*v.* 宣判；處以⋯的刑
   He is serving his *sentence* in a maximum security prison.
   ( 他在警備最森嚴的監獄中服刑。)
   She was *sentenced* to life imprisonment. ( 她被判無期徒刑。)

5. **sensation** *n.* 轟動 ( = *a state of widespread public excitement and interest* )；感覺；知覺
   sense ( 感官 ) – e + sation ( *n.* ) = sensation
   I felt a burning *sensation* on my skin.
   ( 我的皮膚上有灼熱感。)
   The murder caused a *sensation*. ( 這謀殺案造成轟動。)
   形容詞為 sensational 〔 sɛnˊseʃənḷ 〕 *adj.* 轟動的；駭人聽聞的

   > **sensation** *n.* 轟動
   > = excitement
   > = thrill
   > = stir

6. **session** *n.* 開會 ( = *meeting* )；開庭；授課時間；一段時間
   諧音：篩審，「開會」篩選審理案件。
   The committee hold three *sessions* a week. ( 委員會一週開三次會。)
   Shakespeare was discussed during the morning *session*.
   ( 上午的課裡我們討論了莎士比亞。)
   a training session　訓練時間　　in session　在開會

7. **sew** *v.* 縫紉 ( = *stitch* )；縫製；縫補【三態變化：sew–sewed–sewn】
   Have you *sewn* my button on yet? ( 我幫我把扣子縫上去了嗎？)
   sew up　順利解決；順利完成
   We've got the deal *sewn up* now. ( 我們已經搞定這筆交易。)

8. **sewer** *n.* 裁縫師；〔ˊsuɚ〕 *n.* 下水道 ( = *an underground pipe or passage that carries sewage* )
   They are tearing up the street to repair a *sewer*.
   ( 他們正挖開馬路修下水道。)
   【比較】sewage 〔ˊsuɪdʒ〕 *n.* 下水道的污物；污水

9. **severe** *adj.* 嚴重的 ( = *serious* )；惡劣的
   Our team suffered a *severe* defeat.
   ( 我們的隊伍遭受慘敗。)
   a severe expression　嚴肅的表情

   > **severe** *adj.* 嚴重的
   > = terrible
   > = critical
   > = grave

# 25. *sheep*

| | | |
|---|---|---|
| ***sheep***¹ | 〔 ʃip 〕 | *n.* 綿羊 |
| **sheet**¹ | 〔 ʃit 〕 | *n.* 床單 |
| **sheer**⁶ | 〔 ʃɪr 〕 | *adj.* 全然的 |
| **shed**⁶ | 〔 ʃɛd 〕 | *v.* 流（淚） |
| **sheriff**⁵ | 〔 'ʃɛrɪf 〕 | *n.* 警長 |
| *shepherd**³ | 〔 'ʃɛpəd 〕【注意發音】 | *n.* 牧羊人 |
| **shield**⁵ | 〔 ʃild 〕 | *n.* 保護物 |
| *shift**⁴ | 〔 ʃɪft 〕 | *v.* 改變 |
| **shiver**⁵ | 〔 'ʃɪvə 〕 | *v.* 發抖 |

【記憶技巧】

1. sheep *n.* 綿羊（ = *an animal kept by farmers for its wool or meat*）；盲從的人【單複數同形】
   One may as well be hanged for a *sheep* as for a lamb.
   （【諺】與其偷小羊被吊死，不如偷大羊；一不做，二不休。）
   The *sheep* were bleating on the hillside.
   （羊在山坡上咩咩地叫。）
   【比較】sheepish〔'ʃipɪʃ〕*adj.* 如綿羊的；害羞的

   sheep

2. sheet *n.* 床單（ = *bedding*）；一張（紙）；薄板；廣大一片
   We change the *sheets* every week. （我們每星期換床單。）
   A thick *sheet* of ice has formed over the lake.
   （湖面結了厚厚的一層冰。）

3. sheer *adj.* 全然的（ = *complete*）；絕對的；極陡峭的；極薄的
   He won by *sheer* luck. （他贏純粹是運氣。）

   > **sheer** *adj.* 全然的
   > = total
   > = pure
   > = utter

Don't walk near the edge. It's a *sheer* drop to the sea.
（不要靠著邊緣走，那是垂直到海邊的峭壁。）

4. shed *v.* 流（淚）（= *pour out in drops*）；擺脫；自然脫落
【三態變化：shed–shed–shed】 *n.* 棚；廠棚
shed tears　流淚　　shed blood　流血；造成傷亡
Too much *blood* has already been *shed* in this conflict.
（這次衝突已經造成大量傷亡。）
shed light on　說明；提示
Can you *shed* any *light on* the situation?
（你能把情形說得明白些嗎？）

5. sheriff *n.* 警長（= *in the United States, the chief law officer of a county*）；郡長
In the U.S., a *sheriff* is the chief law officer of a county.
（在美國，警長是一郡的最高執法人。）

6. shepherd *n.* 牧羊人（= *a person who looks after sheep*）
*v.* 帶領；指引
She *shepherded* the children towards the dining room.
（她帶孩子們去飯廳。）

7. shield *n.* 保護物（= *protection*）；盾　*v.* 保護；庇護
The police were equipped with riot *shields*.
（警方配備了鎮暴的護盾。）
He is anxious to *shield* his children from
the press. （他不想讓自己的孩子在媒體曝光。）

> **shield** *v.* 保護
> ⎧ = protect
> ⎨ = defend
> ⎩ = shelter

8. **shift** *v.* 改變（= *change*）；換檔；轉移
*n.* 改變；輪班
The wind *shifted*. （風向改變了。）
I'm on the day *shift* this week. （我本週輪早班。）

> **shift** *v.* 改變
> ⎧ = change
> ⎨ = alter
> ⎩ = vary

9. shiver *v.* 發抖（= *shake*）；顫抖　*n.* 發抖；打顫
I felt a tiny *shiver* of excitement on hearing the news.
（聽到這個消息，我興奮得微微顫了一下。）

# 26. *shop*

| | | | |
|---|---|---|---|
| **‡shop** ¹ | 〔 ʃɑp 〕 | *n.* | 商店 |
| **shoplift** ⁶ | 〔'ʃɑp͵lɪft 〕 | *v.* | 順手牽羊 |
| *****shriek** ⁵ | 〔 ʃrik 〕 | *v.* | 尖叫 |
| **shrink** ³ | 〔 ʃrɪŋk 〕 | *v.* | 縮水 |
| **shrine** ⁵ | 〔 ʃraɪn 〕 | *n.* | 聖殿 |
| **shred** ⁵ | 〔 ʃrɛd 〕 | *n.* | 碎片 |
| **shrewd** ⁶ | 〔 ʃrud 〕 | *adj.* | 聰明的 |
| **shrub** ⁵ | 〔 ʃrʌb 〕 | *n.* | 灌木 |
| *****shrug** ⁴ | 〔 ʃrʌg 〕 | *v.* | 聳 ( 肩 ) |

【記憶技巧】

1. shop *n.* 商店 ( = *store* )；店鋪；工廠　*v.* 購物；買東西
   a shoe repair shop　修鞋鋪　　shop front　店面
   shop for　買；想找；物色
   I think Sue's *shopping for* a new boyfriend.
   (我想蘇在物色新男友。)
   【比較】shopaholic〔͵ʃɑpə'hɔlɪk〕*n.* 購物狂

2. shoplift *v.* 順手牽羊 ( = *steal in a store* )
   shop ( 商店 ) + lift ( 偷 ) = shoplift
   She was caught *shoplifting*. ( 她被逮到順手牽羊。)

3. shriek *v.* 尖叫 ( = *cry* )；尖笑　*n.* 尖叫；尖笑
   The children were *shrieking* with laughter.
   (孩子們尖叫大笑。)
   All of a sudden she let out a piercing *shriek*.
   (她突然發出刺耳的尖叫聲。)

   | **shriek** *v.* 尖叫 |
   |---|
   | = scream |
   | = screech |
   | = squeal |

**BOOK**

**16**

4. **shrink** *v.* 縮水 ( = *become smaller* )；收縮；減少；退縮；逃避
   【三態變化：shrink–shrank–shrunk】
   His savings quickly *shrank*.
   （他的存款快速減少。）
   I *shrank* from telling him the terrible news.
   （我不願意告訴他這個可怕的消息。）

   > **shrink** *v.* 減少
   > = decrease
   > = diminish
   > = lessen

5. shrine *n.* 聖殿 ( = *a place of religious devotion or commemoration* )；殿堂；聖地
   想到 shine（發光）+ r = shrine，「聖殿」會發光。
   Many people visited the *shrine* where the saint lay buried.
   （很多人探訪埋葬聖人的聖殿。）

6. shred *n.* 碎片 ( = *strip* )；薄片；極少量　*v.* 把…撕成碎片
   sh + red（紅色）= shred
   Cut the cabbage into long fine *shreds*.
   （把包心菜切成細長的絲。）
   There's not a *shred* of evidence to support his claim.（沒有絲毫證據可以支持他的說法。）
   【比較】shredder（'ʃrɛdɚ）*n.* 碎紙機

   > **shred** *n.* 碎片
   > = bit
   > = piece
   > = scrap

7. shrewd *adj.* 聰明的 ( = *clever* )；精明的
   She's a *shrewd* businesswoman.
   （她是個精明的女商人。）
   【比較】shrew〔ʃru〕*n.* 嘮叨的女人；潑婦

   > **shrewd** *adj.* 聰明的
   > = sharp
   > = acute
   > = intelligent

8. shrub *n.* 灌木 ( = *a woody plant smaller than a tree* )；矮樹
   She planted some roses and other flowering *shrubs*.
   （她種了一些玫瑰，以及其他開花的灌木。）
   注意：bush〔buʃ〕尤指「雜亂叢生的灌木」，shrub 是「園中生長，獲得照料的灌木」。

9. shrug *v.* 聳（肩）(表示不知情或沒興趣)( = *raise one's shoulders* )
   *n.* 聳（肩）　　shrug off　一笑置之；對…不予理會
   She *shrugged off* all criticism.（她對所有的批評不予理會。）

# **27. *shun***

| | | | |
|---|---|---|---|
| **shun**[6] | 〔 ʃʌn 〕 | *v.* | 避開 |
| **shudder**[5] | 〔 'ʃʌdɚ 〕 | *v.* | 發抖 |
| *  **sigh**[3] | 〔 saɪ 〕 | *n. v.* | 嘆息 |
| **siren**[6] | 〔 'saɪrən 〕 | *n.* | 警報器 |
| **simultaneous**[6] | 〔 ˌsaɪml̩'tenɪəs 〕 | *adj.* | 同時的 |
| *  **sip**[3] | 〔 sɪp 〕 | *n.* | 啜飲 |
| *  **skip**[3] | 〔 skɪp 〕 | *v.* | 跳過 |
| **slam**[5] | 〔 slæm 〕 | *v.* | 猛然關上 |
| **slang**[6] | 〔 slæŋ 〕 | *n.* | 俚語 |

【記憶技巧】

1. shun *v.* 避開 ( = *keep away from* = *avoid* )；避免
   諧音：閃，閃躲就是「避開」。
   From that time forward everybody *shunned* him.
   （從那之後大家都避開他。）
   They *shun* all forms of luxury. ( 他們刻意避免任何形式的奢侈。 )

2. shudder *v.* 發抖 ( = *shiver* )；震顫　*n.* 戰慄；顫抖
   諧音：嚇得，嚇得「發抖」。
   She *shuddered* with cold. （她冷得發抖。）
   She recoiled with a *shudder*.
   （她顫抖著退縮了。）

   > **shudder** *n.* 顫抖
   > ⎰ = shiver
   > ⎱ = quiver
   > ⎰ = tremor

3. sigh *v.* 嘆息 ( = *take a long, deep-sounding breath* )；
   （風）呼嘯　*n.* 嘆息　【比較】sign〔saɪn〕*v.* 簽名
   She *sighed* with relief. （她鬆了一口氣。）
   She breathed a deep *sigh*. （她深深地嘆了口氣。）

4. siren *n.* 警報器（= *alert*）；號笛；狐狸精；迷人的美女；
（大寫）（希臘神話的）海妖
諧音：殺人，看到殺人案件要按「警報器」。
blow a siren 響著警報器；鳴號笛（= *sound a siren*）
The air-raid *siren* went off in the middle of the night.
（空襲警報聲在半夜響起。）

5. simultaneous *adj.* 同時的
（= *happening at the same time*）

> **simultaneous** *adj.* 同時的
> = coinciding
> = coincident
> = contemporaneous

諧音：賽貓等你 us，我們等你一起來賽貓，比賽要「同時的」開始。
The film will provide *simultaneous* translation in both English
and Chinese.（這影片會提供同步的中英文翻譯。）

6. sip *n.* 啜飲（= *a small drink*）；小口喝 *v.* 啜飲；小口喝
Can I have a *sip*?（我可以喝一小口嗎？）
She was already sitting at the bar, *sipping* wine.
（她已經坐在酒吧裡，啜飲著酒。）

7. skip *v.* 跳過（= *jump lightly*）；跳繩；蹺（課）；不做；不吃
The three girls were out in the courtyard *skipping*.
（那三個女孩在外面院子裡跳繩。）
It's not a good idea to *skip* breakfast.（不吃早餐不好。）
She's been *skipping* lessons all year.（她整年都在蹺課。）

8. slam *v.* 猛然關上（= *shut with violence*）；猛擊；猛烈抨擊
*n.* 猛關；猛擊；砰的一聲；大滿貫　　slam dunk 灌籃
She *slammed* the door shut in his face.
（她當著他的面砰的一聲關上門。）
She *slammed* the brakes on.（她猛踩煞車。）
She put the phone down with a *slam*.（她砰的一聲放下電話。）

9. slang *n.* 俚語（= *words and phrases used very informally*）
*v.* 辱罵　　Internet slang 網路俚語
I got furious when he started *slanging* my mother.
（當他開始辱罵我母親，我就生氣了。）

# *28. slap*

| **slap** [5] | 〔 slæp 〕 | *v.* 打…耳光 |
|---|---|---|
| **slash** [6] | 〔 slæʃ 〕 | *v.* 鞭打 |
| **slaughter** [5] | 〔'slɔtɚ 〕 | *n.* 屠殺 |
| *** slim** [2] | 〔 slɪm 〕 | *adj.* 苗條的 |
| **slum** [6] | 〔 slʌm 〕 | *n.* 貧民區 |
| **slump** [5] | 〔 slʌmp 〕 | *v.* 突然倒下 |
| *** smog** [4] | 〔 smɑg 〕 | *n.* 煙霧 |
| **smother** [6] | 〔'smʌðɚ 〕 | *v.* 悶死 |
| **smuggle** [6] | 〔'smʌgl̩ 〕 | *v.* 走私 |

【記憶技巧】

1. slap *v.* 打…耳光 ( = *strike with a flat object, such as the palm of the hand* )；啪的一聲放下；隨意地塗抹　*n.* 掌擊；摑；拍打聲
He *slapped* my face. （他打了我一巴掌。）
a slap in the face 污辱；打擊
It was *a slap in the face* when the bank turned us down.
（銀行拒絕我們時，對我們真是一個打擊。）

2. slash *v.* 鞭打 ( = *lash with a whip* )；大幅度削減；亂砍
*n.* 切口；砍；劈；斜線號 ( / )
Prices were *slashed*. （大降價。）
Several *slashes* had been made across the
plastic-covered seat. （塑膠皮座被割了幾刀。）

> **slash** *v.* 大幅度削減
> = cut
> = reduced
> = decrease

3. slaughter *v.* 屠殺 ( = *kill in a cruel manner* )；宰殺　*n.* 屠殺；
宰殺；徹底擊敗；嚴厲批評
s + laughter ( 笑聲 ) = slaughter

Thousands of people were *slaughtered*
during the conflict.
（成千上萬的人在衝突中遭屠殺。）
Methods of *slaughter* must be humane.
（宰殺的方式必須是人道的。）

> **slaughter** *v.* 屠殺
> = kill
> = murder
> = massacre

4. slim *adj.* 苗條的（= *slender*）；狹窄的；微小的 *v.* 減重；瘦身
She has a *slim*, youthful figure.（她身材苗條，富有青春活力。）
The chances of success are very *slim*.（成功的機會非常小。）
slim down 減輕體重；縮編；（機構）裁員
Many firms have had little choice but to
*slim down*.（很多公司沒有選擇，只能裁員。）

> **slim** *adj.* 微小的
> = slender
> = remote
> = faint

5. slum *n.* 貧民區（= *a district of a city marked by poverty and
inferior living conditions*）；貧民窟 *v.* 在貧民窟般的環境生活
As a social worker, she does a lot of work in the *slums*.
（身為一個社工，她在貧民區做了許多工作。）

6. slump *v.* 突然倒下（= *fall or sink heavily*）；暴跌
*n.* 不景氣；暴跌；低潮期
She *slumped*, exhausted, onto the sofa.（她累得癱倒在沙發上。）
Business has *slumped*.（生意暴跌。）
There was a serious *slump* in the 1930s.
（在 1930 年代有一場嚴重的經濟不景氣。）

> **slump** *v.* 暴跌
> = sink
> = plunge
> = collapse

7. smog *n.* 煙霧（= *a mixture of smoke and fog*）
這個字是 smoke（煙）+ fog（霧）= smog 而來。

8. smother *v.* 悶死（= *suffocate*）；包覆；把（火）悶熄；壓抑
s + mother（母親）= smother
He *smothered* his victim with a pillow.（他用枕頭悶死受害者。）

9. smuggle *v.* 走私（= *import or export secretly*）；偷運；偷帶
諧音：私賣狗，「走私」賣外國來的狗。
He was caught *smuggling* drugs.（他走私毒品被逮。）

# *29. snatch*

| | | | |
|---|---|---|---|
| **snatch** [5] | 〔 snætʃ 〕 | *v.* | 搶奪 |
| **snare** [6] | 〔 snɛr 〕 | *n.* | 陷阱 |
| **snarl** [5] | 〔 snɑrl 〕 | *v.* | 咆哮 |
| **snore** [5] | 〔 snor 〕 | *v.* | 打呼 |
| **snort** [5] | 〔 snɔrt 〕 | *v.* | 噴鼻息 |
| * **sob** [4] | 〔 sab 〕 | *v.* | 啜泣 |
| **sober** [5] | 〔'sobɚ 〕 | *adj.* | 清醒的 |
| **sovereign** [5] | 〔'savrɪn 〕 | *n.* | 統治者 |
| **sovereignty** [6] | 〔'savrɪntɪ 〕 | *n.* | 統治權 |

【記憶技巧】

1. snatch *v.* 搶奪 ( = *take* )；找機會做；奪取　*n.* 片段；片刻；搶
   諧音：死拿去，死要拿走他人東西，就是「搶奪」。
   He *snatched* the telephone from me.
   （他從我這裡搶走了電話。）
   She managed to *snatch* an hour's sleep.
   （她抓緊時間睡了一小時。）

   > **snatch** *v.* 搶奪
   > = grab
   > = grasp
   > = seize

   I heard *snatches* of the conversation. （我聽到幾段零星的對話。）

2. snare *n.* 陷阱 ( = *trap* )；圈套　*v.* ( 用圈套 ) 捕捉；設計陷害
   諧音：死內餌，死於「陷阱」裡面的餌。
   He set a *snare* for rabbits. （他設陷阱捕捉兔子。）
   Jane's main aim is to *snare* a rich husband.
   （珍的主要目標就是要釣個金龜婿。）

3. snarl *v.* 咆哮 ( = *growl* )；吼叫；使 ( 交通 ) 堵塞　*n.* 咆哮；吼叫
   諧音：死鬧吼，死命地吵鬧「吼叫」。

The dog *snarled* as we came near. (那隻狗在我們靠近時齜牙怒吠。)
An accident *snarled* (up) the traffic for hours.
(一場事故使交通堵塞了好幾個小時。)

4. snore *v.* 打呼 ( = *breathe noisily during one's sleep* ) *n.* 打呼聲
He was obviously asleep because he was *snoring* loudly.
(他顯然是睡著了，因為他正大聲地打呼。)

5. snort *v.* 噴鼻息 ( 表示輕蔑、不贊成等 ) ( = *breathe noisily and forcefully through the nose* )；用鼻子吸食 ( 毒品 ) *n.* 鼻息聲
John *snorted* with laughter. ( 約翰噗哧一笑。)
He gave a *snort* of derision. ( 他哼了一下鼻子表示嘲笑。)

6. sob *v.* 啜泣 ( = *weep noisily* )；哭訴 *n.* 啜泣；抽噎
The poor boy *sobbed* himself to sleep. ( 可憐的男孩啜泣著睡著了。)
A *sob* caught in his throat. ( 他泣不成聲。)

7. sober *adj.* 清醒的 ( = *not drunk* )；嚴肅的；樸素的
*v.* 酒醒；使清醒 < *up* >
We'll talk about this tomorrow, when you're *sober*.
(明天你清醒的時候我們再談這件事。)
She wore a *sober* dress. ( 她穿著一件樸素的洋裝。)
The news seemed to *sober* him up instantly.
(這消息似乎立刻讓他清醒了。)

8. sovereign *n.* 統治者 ( = *a nation's ruler* )；君主
*adj.* 主權獨立的；至高無上的

| **sovereign** *adj.* 主權獨立的 |
| = independent |
| = autonomous |
| = self-governing |

諧音：殺舞林，殺死舞林高手，成為「統治者」。
In some countries, they have a king as a *sovereign*.
( 有些國家以國王為元首。)
*Sovereign* power must lie with the people. ( 主權在民。)

9. sovereignty *n.* 統治權 ( = *reign* )；主權
The country claimed *sovereignty* over the island.
( 該國家宣稱有該島的主權。)

# *30. spite*

| *spite ³ | 〔 spaɪt 〕 | *n.* 惡意 |
|---|---|---|
| spike ⁶ | 〔 spaɪk 〕 | *n.* 大釘 |
| spiral ⁶ | 〔'spaɪrəl 〕 | *adj.* 螺旋的 |
| *stage ² | 〔 stedʒ 〕 | *n.* 舞台 |
| stagger ⁵ | 〔'stægɚ 〕 | *v.* 蹣跚 |
| stammer ⁶ | 〔'stæmɚ 〕 | *n. v.* 口吃 |
| stale ³ | 〔 stel 〕 | *adj.* 不新鮮的 |
| stall ⁵ | 〔 stɔl 〕 | *v.* ( 使 ) 不動 |
| stalk ⁵,⁶ | 〔 stɔk 〕 | *n.* ( 植物的 ) 莖 |

【記憶技巧】

1. **spite** *n.* 惡意 ( = *ill will* )；怨恨　　*v.* 故意激怒；存心刁難
   She refused out of *spite*. ( 她出於怨恨回絕了。)
   in spite of 儘管；不顧
   *In spite of* being tired, we decided to go out.
   ( 儘管很累，我們還是決定出去。)

   > **in spite of** 儘管
   > = despite
   > = regardless of
   > = in the face of

2. spike *n.* 大釘 ( = *a heavy nail* )；長釘；
   尖狀物；驟增　　*v.* 在 ( 飲料或食物中 ) 下藥；快速上升
   Her hair stood out in *spikes*. ( 她的頭髮一簇簇地豎立著。)
   Their stock prices *spiked* on news of the merger.
   ( 合併的消息使他們的股票價格猛漲。)

   spike

3. spiral *adj.* 螺旋的 ( = *winding round and round* )
   *v.* 盤旋上升；節節上升 ( 或下降 )　　*n.* 螺旋形之物
   諧音：似百螺，像似百個「螺旋的」樣子。
   spiral seashells 螺旋形的貝殼
   Food prices are *spiraling* up. ( 糧食價格節節上升。)

BOOK **16**

4. **stage**  *n.* 舞台（= *a raised platform* ）；階段；發生的場所
   *v.* 舉辦；上演；舉行
   There's no point arguing about it at this *stage*.
   （在這個時候爭論沒有意義。）
   The protesters are planning to *stage* a demonstration.
   （抗議者正計畫要舉行示威遊行。）

5. stagger  *v.* 蹣跚（= *walk unsteadily* ）；搖晃地走；使震驚；
   頑強地硬撐  *n.* 蹣跚
   She *staggered* and fell. （她搖晃著跌倒了。）
   Ken was *staggered* by his answer.
   （肯對他的回答感到震驚。）

   > **stagger** *v.* 蹣跚
   > = sway
   > = falter
   > = reel

6. **stammer**  *n. v.* 口吃（= *stutter* = *falter* ）；吞吞吐吐地說
   He *stammered* an apology. （他結結巴巴地道歉。）
   That child has a bad *stammer*. （那小孩口吃很嚴重。）

7. **stale**  *adj.* 不新鮮的（= *not fresh* ）；腐壞的；陳腐的；膩煩的
   s + tale（故事）= stale
   Wrap the bread up well or it'll go *stale*.
   （把麵包包好，否則會變得不新鮮。）
   His ideas are *stale* and dull.
   （他的思想陳腐無聊。）

   > **stale** *adj.* 陳腐的
   > = unoriginal
   > = commonplace
   > = stereotyped

8. **stall**  *v.* （使）不動（= *stop* ）；使動彈不得；（車輛或引擎）熄火；
   支吾；拖延  *n.* 攤位；廄；小隔間
   Talks have *stalled* and both sides are preparing for war.
   （會談陷入停頓；雙方都在備戰。）
   The truck *stalled* on the hill. （卡車在山上拋錨了。）

9. **stalk**  *n.* （植物的）莖（= *stem* ）；花梗  *v.* 跟蹤；
   大踏步走；蔓延    celery stalk 芹菜莖
   He continued *stalling* her despite a warning from
   the police. （他不顧警方的警告繼續跟蹤她。）
   He *stalked* out of the room in disgust. （他反感地大步走出房間。）

   stalk

# *31. stain*

| | | | |
|---|---|---|---|
| **stain**⁵ | 〔 sten 〕 | *v.* | 弄髒 |
| **sustain**⁵ | 〔 sə'sten 〕 | *v.* | 維持 |
| **strain**⁵ | 〔 stren 〕 | *v.* | 拉緊 |
| **strait**⁵ | 〔 stret 〕 | *n.* | 海峽 |
| **stout**⁵ | 〔 staʊt 〕 | *adj.* | 粗壯的 |
| **stunt**⁶ | 〔 stʌnt 〕 | *n.* | 特技 |
| **spur**⁵ | 〔 spɝ 〕 | *n.* | 激勵 |
| *\***stir**³ | 〔 stɝ 〕 | *v.* | 攪動 |
| **sturdy**⁵ | 〔'stɝdɪ 〕 | *adj.* | 健壯的 |

【記憶技巧】

1. stain *v.* 弄髒 ( = *dirty* )；玷污；敗壞；著色於　*n.* 污漬；污點
   White shirts *stain* easily. ( 白襯衫容易髒。)
   It was too late. Their reputation had been
   *stained*. ( 太晚了。他們的名聲已經敗壞了。)
   There was a dark *stain* on the carpet.
   ( 地毯上有塊黑色的污點。)

   > **stain** *n.* 污點
   > = mark
   > = blot
   > = spot

2. sustain *v.* 維持 ( = *keep in existence* )；保持；支撐；蒙受
   sus (*sub*) + tain (*hold*) = sustain，握住下面，有支撐，就是「維持」。
   He has *sustained* his fierce social conscience.
   ( 他一直保持他強烈的社會良知。)
   Did you *sustain* any serious injuries in the car
   accident? ( 你那次車禍有受到任何嚴重的傷害嗎？)

   > **sustain** *v.* 蒙受
   > = suffer
   > = experience
   > = undergo

3. strain *v.* 拉緊 ( = *pull, draw, or stretch tight* )；竭盡；拉傷；
   使 (關係) 緊張　*n.* 壓力；拉傷；品種；個性

BOOK **16**

Money problems have *strained* their relationship. (錢的問題使他們的關係變得緊張。) She's under a lot of *strain* at work.
（她上班時壓力很大。）

> **strain** *n.* 壓力
> = pressure
> = stress
> = burden

4. strait *n.* 海峽（ = *a narrow strip of sea between two pieces of land*） *pl.* 困境；困難
   the Taiwan Strait 台灣海峽
   The country is in desperate *straits*.
   （該國正處於極大困境。）

   > **straits** *n. pl.* 困境
   > = difficulty
   > = dilemma
   > = plight

5. stout *adj.* 粗壯的（ = *strong in body*）；堅實的；堅決的
   st + out（外面）= stout，身體往外長大，就是「粗壯的」。
   She became *stout* as she grew older.
   （隨著年齡增長，她也變粗壯了。）

6. stunt *n.* 特技（ = *a difficult, unusual or dangerous feat*）；噱頭；花招 *v.* 阻礙…的發展
   stun（使震驚）+ t = stunt，「特技」讓人震驚。
   He performs riding *stunts* in the circus.
   （他在馬戲團表演騎馬絕技。）

   > **stunt** *v.* 阻礙
   > = hinder
   > = hamper
   > = restrict

   Poor diet can *stunt* a child's growth.（飲食不良會阻礙兒童發育。）

7. spur *n.* 激勵（ = *stimulus*）；馬刺 *v.* 促進；用馬刺策馬前進
   諧音：私奔，要有「激勵」才敢私奔。
   He was driven on by the *spur* of ambition.
   （他是受到野心的刺激所驅使。）

   > **spur** *n.* 激勵
   > = incentive
   > = motive
   > = incitement

   The thought of failing my exams *spurred* me into action.（想到考試會不及格就使我動起來。）

8. stir *v.* 攪動（ = *cause to be mixed*）；喚起；引發 *n.* 攪動；騷動
   Add the cream and *stir* thoroughly.（加入奶油，攪拌均勻。）
   The news caused a *stir*.（那個消息引起一陣騷動。）

9. sturdy *adj.* 健壯的（ = *strong and healthy*）；耐用的
   He is small but *sturdy*.（他個子小但是健壯。）

# *32. subtle*

| | | | |
|---|---|---|---|
| **subtle** [6] | 〔'sʌtḷ〕【注意發音】 | *adj.* | 微妙的 |
| *\* **suburbs** [3] | 〔'sʌbɝbz〕 | *n. pl.* | 郊區 |
| **subsequent** [6] | 〔'sʌbsɪ,kwɛnt〕 | *adj.* | 隨後的 |
| **submit** [5] | 〔səb'mɪt〕 | *v.* | 提出 |
| *\* **subtract** [2] | 〔səb'trækt〕 | *v.* | 減掉 |
| **subordinate** [6] | 〔sə'bɔrdṇɪt〕 | *adj.* | 下級的 |
| **swap** [6] | 〔swɑp〕 | *v.* | 交換 |
| **swamp** [5] | 〔swɑmp〕 | *n.* | 沼澤 |
| **swarm** [5] | 〔swɔrm〕 | *n.* | (昆蟲)群 |

【記憶技巧】

1. subtle *adj.* 微妙的 ( = *not obvious, and therefore difficult to notice* );細膩的;含蓄的;敏銳的【b 不發音】
   I detected a *subtle* change in his attitude towards us.
   (我發覺他對我們的態度出現微妙的變化。)
   He has a *subtle* mind. (他心思細膩。)

2. suburbs *n. pl.* 郊區 ( = *outskirts* )
   sus (*sub*) + urb (*city*) + s = suburbs,城市之下,就是「郊區」。
   Once we have kids, we'll probably move to the *suburbs*.
   (一旦我們有了孩子,我們可能會搬到郊區。)
   in the suburbs 在郊區 ( = *on the outskirts* )
   形容詞為 suburban 〔sə'bɝbən〕 *adj.* 郊區的。↔ urban *adj.* 城市的

3. subsequent *adj.* 隨後的 ( = *coming later or after* );在…之後的
   sub (*behind*) + sequ (*follow*) + ent (*adj.*) = subsequent
   跟隨在後,就是「隨後的」。　subsequent to 在…之後 ( = *after* )
   *Subsequent to* their marriage, they moved to the city.
   (結婚之後,他們搬到市區。)

BOOK

**16**

These skills were passed on to *subsequent* generations.
（這些技能代代相傳。）

> **subsequent** *adj.* 隨後的
> = later
> = following
> = succeeding

4. submit *v.* 提出（= *offer* ）；（使）服從；屈服 < *to* >
sub (*under*) + mit (*send*) = submit，
由下往上送出，就是「提出」。
Applications must be *submitted* by June
21st.（申請必須要在六月二十一日前提出。）

> **submit** *v.* 屈服
> = give in
> = yield
> = surrender

I refuse to *submit* to his control.（我拒絕屈服於他的控制。）

5. subtract *v.* 減掉（= *take away* = *deduct* ）；減去
sub (*under*) + tract (*draw*) = subtract，往下拉，就是「減掉」。
Four *subtracted* from seven equals three.
= Seven minus four is three.（七減四等於三。）

6. subordinate *adj.* 下級的（= *secondary* ）；次要的 < *to* >
*n.* 屬下　　sub (*under*) + ordin (*order*) + ate (*adj. n.*) = subordinate
順序往下數，就是「下級的」。
She's too ambitious to remain in a *subordinate* job for long.
（她野心很大，不大可能長期擔任屬下的工作。）
In this business, everything is *subordinate* to making a profit.
（該企業營利高於一切。）

7. swap *v.* 交換（= *exchange* = *trade* ）；替換；交流
*n.* 交換；交易；交換物　　swap places　互換位置
He *swapped* his watch for a box of cigars.（他用手錶換一盒雪茄。）

8. swamp *n.* 沼澤（= *bog* ）　*v.* 淹沒；紛紛湧入；使應接不暇
We've been *swamped* with phone calls.
（我們電話多得應接不暇。）

> **swamp** *v.* 使應接不暇
> = overload
> = overwhelm
> = flood

The village was *swamped* by visitors.
（村子裡擠滿遊客。）

9. swarm *n.* （昆蟲）群（= *a large number of insects* ）；人群
*v.* 蜂擁；湧往；擠滿　　a swarm of bees/flies　一群蜜蜂/蒼蠅
People *swarmed* to the shops.（人群湧進那些商店。）

# *33. tame*

| | | |
|---|---|---|
| *tame ³ | 〔 tem 〕 | *adj.* 溫馴的 |
| taunt ⁵ | 〔 tɔnt 〕 | *v.* 嘲弄 |
| tavern ⁵ | 〔'tævɚn 〕 | *n.* 酒館 |
| *tease ³ | 〔 tiz 〕 | *v.* 嘲弄 |
| tedious ⁶ | 〔'tidɪəs 〕【注意發音】 | *adj.* 乏味的 |
| throb ⁶ | 〔 θrɑb 〕 | *v.* 陣陣跳動 |
| thrust ⁵ | 〔 θrʌst 〕 | *v.* 刺 |
| *timber ³ | 〔'tɪmbɚ 〕 | *n.* 木材 |
| *timid ⁴ | 〔'tɪmɪd 〕 | *adj.* 膽小的 |

【記憶技巧】

1. tame *adj.* 溫馴的 ( = *not wild* )；順從的；平淡的 *v.* 馴服；抑制
   *Tame* rabbits are good as children's pets.
   （溫馴的兔子很適合當兒童的寵物。）
   The movie has a *tame* ending.
   （那部電影的結尾很平淡。）
   She is an expert in *taming* animals. （她是個訓獸專家。）

   > **tame** *adj.* 溫馴的
   > = gentle
   > = obedient
   > = domesticated

2. taunt *v.* 嘲弄 ( = *mock* )；辱罵；譏諷  *n.* 嘲弄；譏諷
   t + aunt ( 阿姨 ) = taunt
   A gang *taunted* a disabled man. （一群小混混嘲弄一名殘障人士。）
   For years they suffered racist *taunts*.
   （多年來他們蒙受者種族歧視的嘲弄。）

   > **taunt** *v.* 嘲弄
   > = jeer
   > = tease
   > = ridicule

3. tavern *n.* 酒館 ( = *pub* )；酒店
   The travelers stopped at a *tavern* for a meal.
   （那些旅人在一間酒館前停下來用餐。）

4. tease　*v.* 嘲弄（＝*make fun of*）；取笑；挑逗；梳理
   *n.* 戲弄他人者（＝*teaser*）；戲弄
   I didn't mean it.  I was only *teasing*.
   （我不是說真的。我只是鬧著玩的。）
   He's just a *tease*.  Ignore him.（他只是愛戲弄人，別理他。）

5. tedious　*adj.* 乏味的（＝*boring*）；無聊的
   諧音：剃弟耳屎，剃耳屎是「乏味的」事情。
   I spent a rather *tedious* hour in a traffic
   jam.（我在塞車中度過相當乏味的一小時。）
   名詞爲 tedium（'tidɪəm）*n.* 冗長而乏味；煩悶。

   > **tedious** *adj.* 乏味的
   > ⎧ ＝ dull
   > ⎨ ＝ dreary
   > ⎩ ＝ monotonous

6. throb　*v.* 陣陣跳動（＝*beat rapidly*）；悸動；抽痛　*n.* 悸動；
   興奮　　th + rob（搶劫）＝ throb，遇到搶劫，心會「陣陣跳動」。
   Her heart *throbbed* with excitement.
   （她的心興奮地跳動。）
   The bruise on his stomach ached with a
   steady *throb*.（他腹部上的瘀傷一直隱隱作痛。）

   > **throb** *v.* 陣陣跳動
   > ⎧ ＝ beat
   > ⎨ ＝ pound
   > ⎩ ＝ pulse

7. thrust　*v.* 刺（＝*stick* ＝ *stab*）；推；擠；襲擊　*n.* 猛刺；主旨
   【三態變化：thrust–thrust–thrust】　　　trust（相信）＋ h ＝ thrust
   The man *thrust* his hands into his pockets.
   （那人把雙手插進了口袋。）
   The main *thrust* of the film is its examination of religious
   values.（這部片的主旨是它對宗教價值觀的檢視。）

8. timber　*n.* 木材（＝*wood* ＝ *logs*）【不可數】；橫樑【可數】
   The trees are being grown for *timber*.
   （種這些樹是爲了取得木材。）
   【比較】timbre（'tɪmbɚ, tæm-）*n.* 音色；音質

9. timid　*adj.* 膽小的（＝*showing fear*）；
   膽怯的
   諧音：聽命的，「膽小的」人很聽命令。
   Mary is a very *timid* child.（瑪麗是非常害羞的小孩。）

   > **timid** *adj.* 膽小的
   > ⎧ ＝ nervous
   > ⎨ ＝ shy
   > ⎩ ＝ cowardly

# *34. trauma*

| | | | |
|---|---|---|---|
| **trauma** [6] | （'trɔmə） | *n.* | 心靈的創傷 |
| **tremor** [6] | （'trɛmə ） | *n.* | 微震 |
| **trek** [6] | （ trɛk ） | *v.* | 艱苦跋涉 |
| **trench** [5] | （ trɛntʃ ） | *n.* | 壕溝 |
| **trespass** [6] | （'trɛspəs ） | *v.* | 侵入 |
| **trim** [5] | （ trɪm ） | *v.* | 修剪 |
| **trigger** [6] | （'trɪgə ） | *v.* | 引發 |
| **tyranny** [6] | （'tɪrənɪ ） | *n.* | 暴政 |
| **tyrant** [5] | （'taɪrənt ） | *n.* | 暴君 |

**【記憶技巧】**

BOOK **16**

1. trauma　*n.* 心靈的創傷（ = *an emotional wound or shock* ）；
   痛苦的經歷；外傷
   諧音：錯罵，錯罵人會讓他留下「心靈的創傷」。
   He continues to suffer emotional *trauma*.
   （他繼續忍受著情感上的創傷。）
   head and neck trauma　頭部和頸部的創傷

2. tremor　*n.* 微震（ = *a shaking or quivering* ）；小規模地震；
   顫抖；害怕　　諧音：沈沒，遇到「微震」房子就掉落沈沒。
   Earth *tremors* were felt in Taiwan yesterday.
   （昨天台灣發生有感地震。）

3. trek　*v.* 艱苦跋涉（ = *make a long, hard journey* ）；徒步旅行
   *n.* 艱苦的旅行；徒步旅行
   I have to desire to *trek* up that hill another time.
   （我得下次再爬那座山了。）

4. trench  *n.* 壕溝（ = *a long narrow ditch dug in the ground* ）；
海溝　　諧音：竄去，打戰要竄去「壕溝」尋找庇護。
Dig a *trench* at least 2 feet deep. （挖一條至少兩呎深的壕溝。）

5. trespass  *v.* 侵入（ = *enter illegally* ）；擅自進入< *on* >；過多
佔用　　*n.* 非法闖入
tres (*trans*) + pass（經過） = trespass，穿過，就是「侵入」。
They were *trespassing* on private property.
（他們擅自闖入私人房屋。）
I hope I am not *trespassing* on your time.
（我希望我沒佔用你太多時間。）

6. trim  *v.* 修剪（ = *cut* ）；減少；裝飾　　*adj.* 修長的；苗條健康的
*n.* 修剪；良好的狀態　　a trim figure 勻稱的身材
I had my hair *trimmed* every six weeks.

| **trim** *v.* 裝飾 |
| = decorate |
| = adorn |
| = ornament |

（我每六週剪一次頭髮。）
The kids always enjoy *trimming* the
Christmas tree. （孩子沒有不喜歡裝飾聖誕樹的。）

7. trigger  *v.* 引發（ = *cause* ）；促使；使（機器或設備）開始運轉
*n.* 扳機；引發（某事）的因素　　pull the trigger 扣扳機
Further violence was *triggered* by news of

| **trigger** *v.* 引發 |
| = activate |
| = provoke |
| = prompt |
| = lead to |
| = give rise to |
| = bring about |

his death. （他的死訊引起更多暴力。）
It was the *trigger* for a whole new
investigation. （這事件促使調查重起爐灶。）

8. tyranny  *n.* 暴政（ = *oppressive or unjust*
*government* ）；專制的政府；暴虐
諧音：踢了你，人民要踢了實施「暴政」的你。

| **tyrant** *n.* 暴君 |
| = dictator |
| = authoritarian |
| = oppressor |

The people will rise up to free themselves
from *tyranny*.（人民將起義擺脫專制政府的統治。）

9. tyrant  *n.* 暴君（ = *a cruel and unjust ruler* ）；專橫的人
The country was ruled by a *tyrant*. （該國被一個暴君統治。）
She describes her husband as a *tyrant*. （她把丈夫形容成暴君。）

# *35. ultimate*

| | | | |
|---|---|---|---|
| **ultimate** ⁶ | 〔ˋʌltəmɪt 〕 | *adj.* | 最終的 |
| **umpire** ⁵ | 〔ˋʌmpaɪr 〕 | *n.* | 裁判 |
| **undo** ⁶ | 〔 ʌnˋdu 〕 | *v.* | 使恢復原狀 |
| **uncover** ⁶ | 〔 ʌnˋkʌvɚ 〕 | *v.* | 揭露 |
| **unfold** ⁶ | 〔 ʌnˋfold 〕 | *v.* | 展開 |
| *ᵇunique* ⁴ | 〔 juˋnik 〕 | *adj.* | 獨特的 |
| **unanimous** ⁶ | 〔 juˋnænəməs 〕 | *adj.* | 全體一致的 |
| **utter** ⁵ | 〔ˋʌtɚ 〕 | *adj.* | 完全的 |
| **usher** ⁶ | 〔ˋʌʃɚ 〕 | *n.* | 接待員 |

【記憶技巧】

1. ultimate *adj.* 最終的 ( = *final* );決定性
的;極限的　*n.* 事物的極致或最高表現
Independence remains their ***ultimate***
political goal. ( 獨立始終是他們的終極政治目標。)
Parents must have ***ultimate*** responsibility for their children's
safety. ( 父母必須對孩子的安全負首要責任。)

> **ultimate** *adj.* 最終的
> ⎧ = last
> ⎨ = eventual
> ⎩ = conclusive

2. umpire *n.* 裁判 ( = *a person appointed to rule on plays* )【網球、
棒球、板球等比賽】;仲裁人　　諧音:安排,安排比賽,需要「裁判」。
Tennis players usually have to accept the ***umpire***'s decision.
( 網球選手通常必須接受裁判的決定。)
【比較】referee 〔͵rɛfəˋri 〕*n.* 裁判【籃球、拳擊、摔角等比賽】
umpire「不隨比賽而移動位置」,而 referee「隨參賽者在場上移動」。

3. undo *v.* 使恢復原狀 ( = *reverse* );解開 ( 結、包裹等 )
What is done cannot be ***undone***. (【諺】覆水難收。)

4. uncover *v.* 揭露（= *remove the cover from*）；發現；掀開
   un (*reverse*) + cover（覆蓋）= uncover
   His criminal activities were finally
   ***uncovered***. （他的犯罪行為最後被揭發了。）

   > **uncover** *v.* 揭露
   > = reveal
   > = disclose
   > = expose

5. unfold *v.* 展開（= *open and spread out*）；攤開；發生；發展
   逐漸明朗　　un (*opposite*) + fold（摺）= unfold
   He sat down and ***unfolded*** his newspaper.
   （他坐下來攤開報紙。）
   We stood and watched the drama ***unfold***.
   （我們站著看劇情發展。）

   > **unfold** *v.* 發展
   > = develop
   > = progress
   > = evolve

   The scandal is still ***unfolding***, but there may be a resolution
   soon.（醜聞一件件披露出來，不過可能很快就有解決辦法。）

6. **unique** *adj.* 獨特的（= *very special*）；獨一無二的；僅有的
   uni (*one*) + que (*adj.*) = unique　　be unique to 是…特有
   Each person's DNA is ***unique***.
   （每個人的 DNA 都是獨特的。）
   The problem *is* not ***unique to*** us.
   （這問題不是我們才有。）

   > **unique** *adj.* 獨特的
   > = singular
   > = distinctive
   > = peculiar

7. unanimous *adj.* 全體一致的（= *in agreement*）；無異議的
   un(i) (*one*) + anim (*mind*) + ous (*adj.*) = unanimous，一樣的想法，
   就是「全體一致的」。諧音，有難你莫死，是「全體一致的」決定。
   The jury was ***unanimous***.（陪審團意見一致。）

8. utter *adj.* 完全的（= *complete*）；十足的　*v.* 說；講；發出
   It's all been an ***utter*** waste of time.
   （這完全是浪費時間。）
   They departed without ***uttering*** a word.
   （他們一句話都沒說就離開了。）

   > **utter** *adj.* 完全的
   > = total
   > = pure
   > = sheer

9. usher *n.* 接待員（= *attendant*）　*v.* 引導；接待
   The ***usher*** showed us to our seats.（帶位員引導我們到我們的位子上。）
   I was ***ushered*** to my seat.（我被帶到我的位子上。）

# *36. vain*

| | | |
|---|---|---|
| \* **vain**[4] | 〔 ven 〕 | *adj.* 徒勞無功的 |
| **vein**[5] | 〔 ven 〕 | *n.* 靜脈 |
| **veil**[5] | 〔 vel 〕 | *n.* 面紗 |
| **vague**[5] | 〔 veg 〕 | *adj.* 模糊的 |
| **vogue**[6] | 〔 vog 〕 | *n.* 流行 |
| \* **vow**[5] | 〔 vau 〕 | *n.* 誓言 |
| \* **vowel**[4] | 〔ˈvauəl 〕 | *n.* 母音 |
| **vulgar**[6] | 〔ˈvʌlgɚ 〕 | *adj.* 粗俗的 |
| **vulnerable**[6] | 〔ˈvʌlnərəbl̩ 〕 | *adj.* 易受傷害的 |

【記憶技巧】

1. **vain** *adj.* 徒勞無功的（ = *futile* )；無用的；無意義的；自負的
   He was **vain** about his looks, spending hours in the gym.
   （他對外表很自負，花了很多時間在健身房裡。）
   They worked all night in a **vain** attempt to finish on schedule.
   （他們整晚工作試圖要如期完成，但卻徒勞無功。）
   in vain 徒勞無功
   They tried **in vain** to make her change her
   mind.（他們試著改變她的主意，卻徒勞無功。）
   名詞為 vanity〔ˈvænətɪ〕*n.* 虛榮心；自負。

   > **vain** *adj.* 徒勞無功的
   > { = useless
   >   = fruitless
   >   = futile

2. **vein** *n.* 靜脈（ = *any of the tubes that carry the blood back to the heart* )；葉脈；紋理；態度；風格
   He also wrote several works in a lighter
   **vein**.（他也用輕鬆的風格寫了幾個作品。）
   【比較】artery〔ˈɑrtərɪ〕*n.* 動脈
   　　　　vessel〔ˈvɛsl̩〕*n.* 血管

   > **vein** *n.* 態度；風格
   > { = style
   >   = tone
   >   = manner

3. veil *n.* 面紗（= *head covering*）；遮蓋物；掩飾 *v.* 以面紗遮蓋；
   遮蓋；掩飾　　把 evil（邪惡的）的 ev 倒過來，就是的 veil。
   There was a *veil* of mist over the mountains.
   （山上被一大片濃霧所籠罩。）

4. vague *adj.* 模糊的（= *not clearly expressed*）；不明確的；
   （人）說話含糊的

   Witnesses gave only a *vague* description of
   the driver.（證人只模糊地描述駕駛人的特徵。）

   She was rather *vague* about the details of
   the incident.（她對意外的細節說得很不清楚。）

   > **vague** *adj.* 模糊的
   > = unclear
   > = uncertain
   > = indefinite

5. vogue *n.* 流行（= *fashion*）；流行的事物；時尚　*adj.* 流行的
   Long hair is the *vogue* for students.（現在學生流行留長髮。）
   in vogue 流行的（= *in fashion*）↔ out of vogue 退流行的
   Platform shoes are back *in vogue*.（厚底鞋又流行起來了。）

6. vow *n.* 誓言（= *promise*）；誓約　*pl.*（婚禮等的）誓言　*v.* 發誓
   I've made a *vow* that I'm going to study
   harder.（我已經發誓要更加用功。）

   The president has *vowed* to help the earthquake
   victims.（總統已經宣誓要幫助地震災民。）

   > **vow** *n.* 誓言
   > = commitment
   > = pledge
   > = oath

7. vowel *n.* 母音（= *a sound that you make when you speak
   without closing your mouth or throat*）；母音字母（= *the
   letters a, e, i, o, u*）　【比較】consonant〔'kɑnsənənt〕*n.* 子音

8. **vulgar** *adj.* 粗俗的（= *low*）；下流的；
   庸俗的

   Such behaviour is regarded as *vulgar*.
   （這樣的行為被視為是粗俗的。）

   > **vulgar** *adj.* 粗俗的
   > = rude
   > = crude
   > = indecent

9. vulnerable *adj.* 易受傷害的
   （= *unprotected against attack*）；
   易受影響的；脆弱的 < *to* >

   > **vulnerable** *adj.* 易受影響的
   > = susceptible
   > = subject
   > = prone

   The wound is *vulnerable* to infection.（傷口易受感染。）

# 如何背 **7000** 字中的擬聲字？

「高中常用 7000 字」中，光是和聲音有關的字，就一大堆，例如，在字典上，bang 有：「巨響；槍聲；爆炸聲；咚咚聲；噹噹聲；砰砰聲；轟隆聲」等意思，不同的字典，有不同的翻譯，簡直不知道如何取捨。知道 bang 的來源是 gun（槍）的聲音，就馬上背下來了。

1. **bang**〔bæŋ〕*n.* 槍聲【gun】
2. **bark**〔bɑrk〕*n.* 狗叫聲【dog】
3. **beep**〔bip〕*n.* 汽車喇叭聲【car horn】
4. **blast**〔blæst〕*n.* 爆炸聲【explosion】
5. **boom**〔bum〕*n.* 爆炸聲【bomb *n.* 炸彈】

6. **buzz**〔bʌz〕*n.* 蜜蜂嗡嗡聲【bee】
7. **chirp**〔tʃɜp〕*n.* 鳥叫聲【bird】
8. **chuckle**〔'tʃʌkl̩〕*n.* 咯咯笑聲【laugh】
9. **clap**〔klæp〕*n.* 鼓掌聲【hands】
10. **click**〔klɪk〕*n.*（點滑鼠的）喀嗒聲

11. **crash**〔kræʃ〕*n.* 汽車相撞聲【car】
12. **creak**〔krik〕*n.*（機器未上油的）嘎嘎聲
13. **crunch**〔krʌntʃ〕*n.* 壓碎聲【crush *v.* 壓碎】
14. **drum**〔drʌm〕*n.* 鼓聲【drum *n.* 鼓】
15. **grind**〔graɪnd〕*n.* 磨擦聲【friction *n.* 摩擦】

16. **groan**〔gron〕*n.* 呻吟聲【pain *n.* 疼痛】
17. **growl**〔graʊl〕*n.* 低聲怒吼【dog 在吠叫之前】
18. **grumble**〔'grʌmbl̩〕*n.* 抱怨聲【complain】
19. **hiss**〔hɪs〕*n.* 蛇的嘶嘶聲【snake】
20. **howl**〔haʊl〕*n.* 野獸嗥叫聲【wild animals】

21. **hum**〔hʌm〕*n.* 蜜蜂嗡嗡聲【bee】
22. **jingle**〔'dʒɪŋgl̩〕*n.* 叮噹聲【鈴；金屬碰撞】
23. **knock**〔nɑk〕*n.* 敲門聲【door】

24. **moan** 〔 mon 〕 *n.* 呻吟聲【sorrow *n.* 悲傷】
25. **mumble** 〔'mʌmbl̩ 〕 *n.* 含糊的聲音【聽得見,unclear】
26. **murmur** 〔'mɝmɚ 〕 *n.* 喃喃自語【嘴巴閉起來發出的聲音,別人聽不見,continuous】
27. **mutter** 〔'mʌtɚ 〕 *n.* 喃喃低語【別人聽不清楚,complain】

28. **peep** 〔 pip 〕 *n.* 小鳥喞喞叫聲【baby bird】
29. **pop** 〔 pɑp 〕 *n.* 泡泡破裂聲【bubble *n.* 泡泡】
30. **pound** 〔 paʊnd 〕 *n.* 拳頭重擊聲【fist 〔 fɪst 〕 *n.* 拳頭】
31. **pulse** 〔 pʌls 〕 *n.* 有節奏的聲響【像脈搏或 heartbeat *n.* 心跳】
32. **rattle** 〔'rætl̩ 〕 *n.* 砰撞聲【toy】

33. **ring** 〔 rɪŋ 〕 *n.* 鈴聲【bell *n.* 鈴】
34. **ripple** 〔'rɪpl̩ 〕 *n.* 小水波聲【ripple *n.* 漣漪】
35. **roar** 〔 ror 〕 *n.* ( 獅子 ) 怒吼聲【lion】
36. **rumble** 〔'rʌmbl̩ 〕 *n.* ( 卡車 ) 隆隆聲【truck】
37. **rustle** 〔'rʌsl̩ 〕 *n.* ( 樹葉的 ) 沙沙聲【trees】

38. **scream** 〔 skrim 〕 *n.* 尖叫聲【fear】
39. **shriek** 〔 ʃrik 〕 *n.* 尖叫聲【cry *n.* 大叫】
40. **slam** 〔 slæm 〕 *n.* 砰的一聲關門【door , window】
41. **slap** 〔 slæp 〕 *n.* 手拍打聲【hand】
42. **snap** 〔 snæp 〕 *n.* 捏手指聲【大拇指和中指】

43. **snarl** 〔 snɑrl 〕 *n.* ( 咬牙切齒的 ) 咆哮聲【teeth】
44. **snort** 〔 snɔrt 〕 *n.* 鼻息聲【像 pig 呼吸】
45. **splash** 〔 splæʃ 〕 *n.* 水濺起的聲音【water】
46. **tap** 〔 tæp 〕 *n.* 輕拍聲【fingers】
47. **tick** 〔 tɪk 〕 *n.* 鐘的滴嗒聲【clock】

48. **wail** 〔 wel 〕 *n.* 哭叫聲【cry】
49. **whine** 〔 hwaɪn 〕 *n.* ( 像小孩 ) 哭啼聲【child】
50. **whistle** 〔'hwɪsl̩ 〕 *n.* 口哨聲【lips】

擬聲字

# 7000 字中的同音異義字

　　背「同音異義字」，背一個等於背兩個，發音釐清了，就不會把兩個字搞混。

1. ad〔æd〕n. 廣告
   add〔æd〕v. 增加

2. aid〔ed〕v. 幫助
   aide〔ed〕n. 助手；
   　助理

3. air〔ɛr〕n. 空氣
   heir〔ɛr〕n. 繼承人

4. aisle〔aɪl〕n. 走道
   isle〔aɪl〕n. 島

5. ant〔ænt〕n. 螞蟻
   aunt〔ænt〕n. 阿姨

6. bare〔bɛr〕adj. 赤裸的
   bear〔bɛr〕v. 忍受
   　n. 熊

7. be〔bi〕v. 是
   bee〔bi〕n. 蜜蜂

8. cell〔sɛl〕n. 細胞
   sell〔sɛl〕v. 賣

9. cent〔sɛnt〕n. 分
   scent〔sɛnt〕n. 氣味

10. chord〔kɔrd〕n. 和弦
    cord〔kɔrd〕n. 細繩

11. cite〔saɪt〕v. 引用
    sight〔saɪt〕n. 視力
    site〔saɪt〕n. 地點

12. council〔'kaʊnsḷ〕n. 議會
    counsel〔'kaʊnsḷ〕n. 勸告

13. complement
    　〔'kɑmpləmənt〕n. 補充
    compliment
    　〔'kɑmpləmənt〕n. 稱讚

14. creak〔krik〕n.（機器未
    　上油的）嘎嘎聲
    creek〔krik〕n. 小河

15. dam〔dæm〕n. 水壩
    damn〔dæm〕v. 詛咒

同音異義字

16. dear〔dɪr〕*adj.* 親愛的
    deer〔dɪr〕*n.* 鹿

17. desert〔dɪ'zɝt〕*v.* 拋棄
    dessert〔dɪ'zɝt〕*n.* 甜點

18. dew〔dju〕*n.* 露水
    due〔dju〕*adj.* 到期的

19. die〔daɪ〕*v.* 死
    dye〔daɪ〕*v.* 染

20. fair〔fɛr〕*adj.* 公平的
    fare〔fɛr〕*n.* 車資

21. fairy〔'fɛrɪ〕*n.* 仙女
    ferry〔'fɛrɪ〕*n.* 渡輪

22. flea〔fli〕*n.* 跳蚤
    flee〔fli〕*v.* 逃走

23. flour〔flaʊr〕*n.* 麵粉
    flower〔'flaʊɚ〕*n.* 花

24. foul〔faʊl〕*adj.* 有惡臭的
    fowl〔faʊl〕*n.* 家禽

25. hall〔hɔl〕*n.* 大廳
    haul〔hɔl〕*v.* 拖；拉

26. heal〔hil〕*v.* 痊癒
    heel〔hil〕*n.* 腳跟

27. heard〔hɝd〕*v.* 聽
    （hear 的過去式）
    herd〔hɝd〕*n.*（牛）群

28. him〔hɪm〕*pron.* he 的
    受格
    hymn〔hɪm〕*n.* 讚美詩

29. hole〔hol〕*n.* 洞
    whole〔hol〕*adj.* 全部的

30. idle〔'aɪdḷ〕*adj.* 懶惰的
    idol〔'aɪdḷ〕*n.* 偶像

31. in〔ɪn〕*prep.* 在…裡面
    inn〔ɪn〕*n.* 小旅館

32. lessen〔'lɛsṇ〕*v.* 減少
    lesson〔'lɛsṇ〕*n.* 課；
    教訓

33. meat〔mit〕*n.* 肉
    meet〔mit〕*v.* 遇見

34. miner〔'maɪnɚ〕*n.* 礦工
    minor〔'maɪnɚ〕*adj.*
    次要的

35. none〔nʌn〕*pron.*
　　沒有人
　　nun〔nʌn〕*n.* 修女；尼姑

36. pail〔pel〕*n.* 桶
　　pale〔pel〕*adj.* 蒼白的

37. pain〔pen〕*n.* 疼痛；
　　痛苦
　　pane〔pen〕*n.* 窗玻璃

38. peace〔pis〕*n.* 和平
　　piece〔pis〕*n.* 片；張

39. pedal〔'pɛdl̩〕*n.* 踏板
　　peddle〔'pɛdl̩〕*v.* 沿街
　　叫賣

40. peer〔pɪr〕*n.* 同儕
　　pier〔pɪr〕*n.* 碼頭；
　　橋墩

41. plain〔plen〕*n.* 平原
　　plane〔plen〕*n.* 飛機

42. pole〔pol〕*n.* (南、北) 極
　　poll〔pol〕*n.* 民意調查

43. principal〔'prɪnsəpl̩〕
　　*n.* 校長　*adj.* 主要的
　　principle〔'prɪnsəpl̩〕
　　*n.* 原則

44. profit〔'prɑfɪt〕*n.* 利潤
　　prophet〔'prɑfɪt〕*n.*
　　預言者；先知

45. rain〔ren〕*n.* 雨
　　reign〔ren〕*n.* 統治
　　rein〔ren〕*n.* 韁繩

46. rite〔raɪt〕*n.* 儀式
　　right〔raɪt〕*adj.* 對的

47. role〔rol〕*n.* 角色
　　roll〔rol〕*v.* 滾動

48. sail〔sel〕*v.* 航行
　　sale〔sel〕*n.* 出售

49. so〔so〕*conj.* 所以
　　sew〔so〕*v.* 縫製
　　sow〔so〕*v.* 播種

50. soar〔sor〕*v.* 翱翔
　　sore〔sor , sɔr〕*adj.*
　　疼痛的

同音異義字

51.
- **sole** ( sol ) *adj.* 唯一的
- **soul** ( sol ) *n.* 靈魂

52.
- **some** ( sʌm ) *adj.* 一些
- **sum** ( sʌm ) *n.* 總數

53.
- **son** ( sʌn ) *n.* 兒子
- **sun** ( sʌn ) *n.* 太陽

54.
- **stair** ( stɛr ) *n.* 樓梯
- **stare** ( stɛr ) *v.* 凝視

55.
- **stationary** ('steʃən،ɛrɪ )
  *adj.* 不動的
- **stationery** ('steʃən،ɛrɪ )
  *n.* 文具

56.
- **stake** ( stek ) *n.* 賭注
- **steak** ( stek ) *n.* 牛排

57.
- **steal** ( stil ) *v.* 偷
- **steel** ( stil ) *n.* 鋼

58.
- **straight** ( stret ) *adj.*
  直的
- **strait** ( stret ) *n.* 海峽

59.
- **tail** ( tel ) *n.* 尾巴
- **tale** ( tel ) *n.* 故事

60.
- **vain** ( ven ) *adj.* 無效的
- **vein** ( ven ) *n.* 靜脈

61.
- **vary** ('vɛrɪ ) *v.* 改變
- **very** ('vɛrɪ ) *adv.* 非常

62.
- **wait** ( wet ) *v.* 等
- **weight** ( wet ) *n.* 重量

63.
- **waist** ( west ) *n.* 腰
- **waste** ( west ) *v.* 浪費

64.
- **ware** ( wɛr ) *n.* 用品
- **wear** ( wɛr ) *v.* 穿

65.
- **way** ( we ) *n.* 路;方式
- **weigh** ( we ) *v.* 重…

66.
- **weak** ( wik ) *adj.* 虛弱的
- **week** ( wik ) *n.* 星期

67.
- **wring** ( rɪŋ ) *v.* 擰
- **ring** ( rɪŋ ) *n.* 戒指

同音異義字

A和A$^+$之間的差別，在於是否能夠不厭
其煩地和單字長久作戰。

背單字能考驗毅力，無論做什麼事，

有毅力的人終將成功。

當你煩惱時，背單字可以
使你內心平靜。

# 一口氣背 7000 字①～⑯合集
## One Breath English Vocabulary 7000

售價：990 元

主　　　編 / 劉　毅
發　行　所 / 學習出版有限公司　　　　☎ (02) 2704-5525
郵 撥 帳 號 / 05127272 學習出版社帳戶
登　記　證 / 局版台業 *2179* 號
印　刷　所 / 裕強彩色印刷有限公司
台 北 門 市 / 台北市許昌街 10 號 2F　　☎ (02) 2331-4060
台灣總經銷 / 紅螞蟻圖書有限公司　　　☎ (02) 2795-3656
本公司網址　www.learnbook.com.tw
電 子 郵 件　learnbook@learnbook.com.tw

2019 年 4 月 1 日新修訂

4713269380733